大方
sight

大秦帝國

THE QIN EMPIRE

2019 年全新修订版

国命纵横

孙皓晖

SUN HAO HUI

著

中信出版集团 | 北京

图书在版编目（CIP）数据

大秦帝国．国命纵横 / 孙皓晖著．-- 北京：中信出版社，2019.3（2024.3 重印）

ISBN 978-7-5086-9895-3

I. ①大… II．①孙… III．①长篇历史小说－中国－当代 IV．① I247.5

中国版本图书馆 CIP 数据核字（2019）第 002865 号

大秦帝国 · 国命纵横

著者：　孙皓晖

出版发行：中信出版集团股份有限公司

（北京市朝阳区东三环北路 27 号嘉铭中心　邮编　100020）

承印者：　河北鹏润印刷有限公司

开本：880mm×1230mm 1/32　印张：33.5　字数：847 千字

版次：2019 年 3 月第 1 版　印次：2024 年 3 月第 5 次印刷

书号：ISBN 978–7–5086–9895–3

定价：128.00 元

服务热线：400–600–8099

投稿邮箱：author@citicpub.com

献给中国原生文明的光荣与梦想

赳赳老秦　共赴国难

中国文明正源的强势生存

——序长篇历史小说《大秦帝国》

一

大秦帝国是中国文明的正源。

大秦帝国所处的时代是中国五千年文明史中最重要的一个时代。

不幸的是，作为统一帝国的短促与后来以儒家观念为核心的官方意识形态的刻意贬损，秦帝国在“暴虐苛政”的恶名下几乎湮没在历史的沉沉烟雾之中。有限史料所显示的错讹断裂且不必论，明清小说《东周列国志》《二十四史演义》等通俗史话作品，对秦帝国的描述更是鲁莽灭裂，放肆亵渎，将这段历史涂抹得狰狞可怖面目全非。这种荒诞的史观，非但是官方正统意识形态的形象化，而且流布民间，形成了中国民众源远流长的“暴秦”口碑。事实上，对于酷爱说古道今的中国老百姓而言，话本小说、评书戏剧、民间传说等对民众意识所起到的浸润奠基作用，远远大于晦涩难懂的史书。两千年来，在对秦帝国的描绘评判中，旧的正统意识形态与旧的民间艺术异曲同工，或刻意贬损，或肆意涂抹，悠悠岁月中众口铄金，中国文明正源的万丈光焰竟然离奇地变形了。

这是中国历史的悲剧，也是中国文明的悲剧——一个富有正义感与历史感的民族，竟将奠定自己文明根基的伟大帝国硬生生划入异类而生猛挞伐！

悲剧的深远阴影正在随着历史的进步而渐渐淡化，儒家式的恶毒咒骂也已经大体终止了。但是，国人乃至世界对秦帝国的了解，依然朦胧混沌。尽管万里长城、兵马俑、郡县制、度量衡以至我们每日使用的方块字（请注意，人们叫它“汉字”），都实实在在地矗立在那里，人们观念的分裂却依旧如斯。

秦为何物？老百姓还是不甚了了。即或在知识阶层，能够大体说叨秦帝国来龙去脉与基本功绩的，也是凤毛麟角。

于是，就有了将秦帝国说叨清楚的冲动。

在漫长艰苦的写作中，这种冲动已经慢慢淡了下来，化成一个简单的愿望——将事实展现出来，让人们自己去判断。

虽然如此，还是想将研究与写作过程中形成的一些基本思想大体说说，给读者与研究家们提供些许谈资，以做深究品评。

二

通常意义上，“帝国”是一个历史概念。它一般包含三个基本特征：其一，统一辽阔的国土（小国家没有帝国）；其二，专制统治或高度集权（民主制没有帝国）；其三，强大的军事扩张（无扩张不成帝国）。秦在这三个方面都表现得极为鲜明，可算是典型的古典帝国，而不是一个普通的王朝。

所以，这部描述秦兴亡生灭过程的长篇历史小说，就叫了《大秦帝国》。

秦之作为大帝国，略早于西方的罗马帝国，但大体上是同时代的。在古朴粗犷的铁器农耕时代，大秦帝国与西方罗马帝国一起，成为高悬于人类历史天空的两颗太阳，同时成为东西方文明的正源。但是，大秦帝国与罗马帝国的历史命运却是截然不同的。这里有两个基本方面特别值得注意：其一，秦帝国统一大政权存在的时间极短，只有十五年；而罗马帝国却有数百年大政权的历史。其二，秦帝国创造的一整套统一国家体制与文明体系，奠定了中国文明的根基，而且绵延不断地流传了下来；具有数百年历史的罗马帝国，却在历史更替中变成了无数破碎的裂片，始终未能建立一脉相承的统一文明。

一个是滔滔大河千古不废。一个是源与流断裂，莽莽大河化成了淙淙小溪。

历史命运的不同，隐寓着两种文明方式内在的巨大差异。详细比较研究这种差异，不是文学作品的任务。《大秦帝国》所展现的，只是这个东方大帝国的生灭兴亡史的形象故事。与罗马帝国的比较只是说明，秦帝国是一个具有世界意义的东方帝国，是创造了一整套不朽文明体系的大帝国。在整个人类文明史中，这样的大帝国是独一无二的。

这是我创作《大秦帝国》的信念根基。

我对大秦帝国有着一种神圣的崇拜。

三

先得说说那个伟大的时代与伟大的时代精神。

秦帝国兴亡沉浮的五百多年（从秦立诸侯国到帝国二世灭亡），是中国历史上最为自由奔放、充满活力的大黄金时代。用那个时候的话说，那是一个“礼崩乐坏，瓦釜雷鸣，高岸为谷，深谷为陵”的剧烈变化时代。用历史主义的话说，那是一个大毁灭、大创造、大沉沦、大兴亡，从而在总体上大转型的时代。青铜文明向铁器文明的转型，隶农贵族经济向自由农地主经济的转型，联邦制政体向中央统治政体的转型，使中华民族在那个时代达到了农业文明的极致状态。

这个辉煌转型的历史过程，就是秦帝国生灭兴亡的历史过程。

春秋战国孕育出的时代精神是全面竞争，强势生存。用当时的话说，就是“凡有血气，皆有争心”的“大争之世”。所谓大争，就是争得全面，争得彻底，争得漫长，争得残酷无情。春秋三百年左右的纷争组合，就像春水化开了河冰，打碎了古典联邦王国时代的窒息封闭，铁器出现、商业活跃、井田制动摇、天子权威削弱、新兴地主与士人阶层涌现，整个社会的生命状态大大活跃起来。于是，旧制度崩溃了，旧文化破坏了，像瓦罐一样卑贱的平民奴隶雷鸣般躁动起来，高高的山陵塌陷了，深深的峡谷竟然崛起为巍巍大山！进入战国，这种纷争终于演变为大争，开始了强势生存的彻底竞争。弱小就要灭亡，落后就要挨打，成为几乎没有任何缓冲的铁血现实。彻底地变法，彻底地刷新自己，成为每个邦国迫在眉睫的生存之道。由此引发的人才竞争赤裸裸白热化。无能的庸才被抛弃，昏聩的国君被杀戮，名士英才成为天下争夺的瑰宝，明君英主成为最受拥戴的英雄。名将辈出，大才如云，英主迭起。中华民族的所有文明支系都被卷进了这场全面彻底的大竞争之中！经济、政治、军事、文化、民俗，乃至生活方式，举凡社会生活的所有领域，都在这种大争之中碰撞出最灿烂的辉煌。战争规模最大，经济改革最彻底，权力争夺最残酷，政治生活最阳光，文化争鸣最激烈，民众命运与国家命运的联系最紧密，创造的各种奇迹最多，涌现的伟人最多……所有这些，都是后来的时代无法与之比肩的，甚至是无法想象的。

在这样的历史土壤中成长的秦帝国，是那个伟大时代强力锻铸的结晶。

秦帝国崛起于铁血竞争的群雄列强之林，包容裹挟了那个时代的刚健质朴、创新求实精神。她崇尚法制，彻底变革，努力建设，统一国家，统一文明，历一百六十余年六代领袖坚定不移地努力追求，才完成了一场最伟大的帝国革命，建立起一个强大统一的帝国，开创了一个全新的铁器文明时代，使中国农耕文明完成了伟大的历史转型。

作为时代精神汇集的大秦帝国，最集中地体现了那个时代中华民族的强势生存精神。中华民族的整个文明体系之所以能够绵延相续如大河奔涌，秦帝国时代开创奠定的强势生存传统起了决定性的作用。

这种强势生存精神，可以概括为六个基本方面：其一，彻底的不断的变法革命，以激发民众最旺盛的活力与国家最强大的实力为生存之本。“求变图存”，此之谓也。其二，对外部野蛮民族与愚昧文明的冲击，实行“强力反弹，有限扩张”的战略。其三，整合统一，霸气巍巍。其四，统一架构文明载体，使不同习俗的民族分支在同一文明载体下凝聚起来。其五，兼容并蓄，消解融会外部流入的不同文明。其六，崇尚法制，实行英才治国。

这种强势生存的基本精神，已经在中国文明的历史发展中一以贯之地表现了出来。否则，我们这个幅员辽阔人口众多的国度，根本不可能在统一文明中顽强地生存数千年而成为世界唯一。

大秦帝国又是中国历史上的一个黑洞，一个巨大的兴亡之谜。她只有十五年生命，像流星一闪，轰鸣而逝。

这巨大的历史落差与戏剧性的帝国命运中，隐藏了难以计数的神奇故事以及伟人名士的悲欢离合。他们以或纤细，或壮美，或正气，或邪恶，或英雄，或平庸的个人命运奏成了这部历史交响乐。帝国所编织的统一文明框架及其所凝聚的文化传统，今天仍然规范着我们的生活，构成了中华民族的巨大精神支柱。

这些，就是《大秦帝国》要用故事去表现的最基本内涵。

四

虽然我们没有忘记秦帝国，但却也淡漠了那个时代的勇气与创造力。

在这种民族精神衰退面前，欧洲人的复兴之路是我们的镜子。

当欧洲社会将要被中世纪的死海窒息时，欧洲人发动了文艺复兴，力图从古希腊与罗马帝国勃勃生气的文明中召回强大的生命力。历史没有辜负欧洲民族。正是古希腊与罗马帝国原生文明的光焰，摧毁了中世纪宗教领主文明的藩篱，引发了波澜壮阔的启蒙运动。一个新兴的资本阶级破土而出，开辟了人类历史的新纪元。

被尘封的历史竟然有如此巨大的力量？

原生文明是一个民族的根基。一个国家、一个民族，在她由涓涓溪流汇成澎湃江河的历史中，必然有一段沉淀、凝聚、升华、成熟的枢纽期。这个时代所形成的文化文明，如同一个人的生命基因，将永远以各种各样的方式影响或决定一个人的生命轨迹。这便是原生文明。各个民族对其原生文明的深刻反思，从来都是各个民族在各个时代发挥创造力的精神资源宝库。

当许多人在西方文明面前底气不足时，当我们的民族文明被各种因素稀释搅和得乱七八糟时，我们淡忘了大秦帝国，淡忘了那个伟大的时代，淡忘了向伟大的原生文明寻求“凤凰涅槃”的再生动力。

与西方原生文明相比，以秦帝国为最高峰的中国原生文明更加灿烂，更加伟大。

与中国春秋时代大体同步的古希腊文明，温和脆弱娇嫩。虽然开放得多姿多彩，却缺乏一种强悍的张力与坚韧的抵抗力。所以，在罗马军团的剑盾方阵面前倏忽崩溃灭亡。这是一个文胜于质的民族的必然悲剧。幅员辽阔的罗马帝国，则是铁马剑盾铸成的刚性社会。他没有汲取希腊文明融会改造自身，本民族又缺乏丰厚渊深的原生文明。所以，他在岁月侵蚀中无声无息地解体了。这是一个质胜于文的民族的必然悲剧。

大秦帝国则不然。她既创造了博大精深的统一文明体系，又具有强悍的生命张力与极其坚韧的抵抗力。自然条件的严酷、内部整合的激烈、野蛮部族的蚕食、强大外敌的入侵、意识形态的较量、各种文化的渗入，都远远未能撼动她的根基。秦帝国兴亡沉浮的五百多年中，华夏文明历经千锤百炼而炉火纯青，具有无可匹敌的独立性与稳定性。秦帝国时代创造的统一文明，使中国人在此后两千多年中历经坎坷曲折而没有亡国灭种。

我们可以骄傲地说，在这个地球上，只有中国人创造的原生文明在自己的国土上绵延不断地生存发展到今天！

这绝不是“地大物博，人口众多”所能解释的。

罗马帝国不大么？奥斯曼帝国不大么？拜占庭帝国不大么？一个一个，灰飞烟灭，俱成过眼烟云，这些帝国所赖以存在的民族群也都淹没消散到各个人类族群中去了……唯有中华民族，一个黄皮肤、黑头发、写方块字、讲单音节的族类，所建立的国家始终是以其原生文明为共同根基的国家。

还得感谢大秦帝国，我们那伟大的原生文明的最高峰时代。

还得感谢这种原生文明所蕴涵的奋争精神与生命张力。

这是在写作《大秦帝国》中经常涌动的骄傲与激情。

否则，我是无法坚持这么多年的。

五

从文学艺术的角度说，大秦帝国无疑是一个世界性题材。

这不仅仅在于秦帝国对中国统一文明的奠基作用。从文学艺术的角度讲，更重要的在于这个时代本身的故事性。中国原生文明的春秋战国时代是中国人心中的圣土。政治的、经济的、军事的、科学技术的、文学艺术的、法学的、哲学的、神秘文化的……举凡基本领域，那个时代都创造了我们民族在自然经济时代的最高经典，并当之无愧地进入了人类文化的最高殿堂。仅以战争规模论，秦赵长平大战，双方参战兵力总数超过一百万，秦歼灭赵主力大军五十余万（坑杀二十万）！如此战争规模，即或在当代也仍然放射着炫目的光彩而难以逾越。而创造这些奇迹的各种人物以及这些事件的曲折艰难，都构成了作家无法凭空想象的戏剧性故事。展现这些人物，展现这些故事，展现那些令人感慨唏嘘的历史血肉，是文学艺术的骄傲，是文学艺术的使命。

在中国元代以前，中国是世界文明中心，西方世界是当时的“周边文明”。秦帝国及其之后的一千余年，中国的强盛衰落总是居于世界的中心潮流，无不对世界其他文明发生着深远的冲击与影响。中国文明具有悠长内力的根源，在于秦帝国，而不是别的任何时代。从这一点说，帝国时代创造统一文明的过程与史诗般的兴亡幻灭，是当今世界具有最大开采价值的文化矿床。文学艺术对这段历史的开发，更具有特殊的意义和特殊的价值。因为只有文学艺术，才能形象地告诉人们，那个时代人的生命状态是何等饱满、何等昂扬、何等自信、何等具有进取精神！

六

遗憾的是，正面表现秦帝国时代的文学艺术作品始终没有问世。

虽然学力浅薄笔力不济，还是勉力上阵了。

时常觉得，不做完这件事情，我的灵魂将永远不得安宁。1993 年冬天进入案头工作以来，其中的艰难周折无须细说。完成一个大工程，种种艰难几乎都是必然会发生的，也只有硬着头皮不去理它了。

作为作者，我想告诉读者的一点，仍然是有关作品的一点儿体会。《大秦帝国》最艰难的是剪裁，也就是理出一个故事框架来。帝国时代是一个气象万千而又云遮雾罩的时代。浩瀚而又芜杂的典籍资料，无数令人不能割舍而又无所适从的故事与结局，常常使人产生遍地珍宝而又无可判断的茫然与眩晕。鲁迅先生曾感慨系之，说三国宜于做小说，而春秋战国不宜于做小说。其实质困难也许正在这里。以秦帝国为轴心主体，以帝国兴亡为主线（古话叫“国运”吧），以人物命运与事件冲突为经纬，虽然是能想到的一条较好路子，但依然不能包容伟大帝国时代的全部冲突，甚至不得不割舍许多重要素材（譬如诸子伟人的许多故事）。这种遗憾可能将是永远难以弥补的。为了使读者更为深入地透视帝国命运，我欲另将早秦部族的故事专门写成一部《马背诸侯》，完成后另行出版，以完整展现那个曾为中华民族文明做出伟大贡献的古老部族的历史命运。

孙皓晖

修订于海南·积微坊

2012 年春

目录

第三章　西出铩羽

第四章　谈兵致祸

第五章　天地再造

第十二章　不宁不令

第十三章　最后风暴

第十四章　百年一乱

战国时代大国外交战略的历史实践

——《大秦帝国·国命纵横》序

六部《大秦帝国》，每一部都有一个结构性主旋律。

第二部《国命纵横》的主旋律，是战国时代风云变幻的大国外交战。

秦国在孝公商鞅大变法之后，崛起为新兴大国。其时，秦国虽尚未达到后来秦昭王时期的超强大国，更未达到后来秦王嬴政亲政时期对山东六国的碾压式超强实力。但是，山东六国已经如芒刺在背，蓦然发现了一系列惊心动魄的深刻变化。秦国在变法成功之后，首先以数量不大的精锐新军收复了河西高原，再在镇压老世族复辟势力之后，趁山东六强与几个中等诸侯国相互混乱征战的时机，实实在在的夺取了巴蜀两郡，并奇袭了楚国韩国魏国赵国的相邻地区，竟在全部恢复秦穆公霸主时期的国土之后，还大有膨胀。秦国兵锋之犀利，已经令山东六国的任何一国不能单独抗衡了。

在这样的形势条件下，两个天才的布衣名士走上了历史舞台。

首先是苏秦，以燕国为切入点，接连以鞭辟入里的论证说服了燕赵韩魏楚齐六国，发动了六国合纵遏制秦国的战略攻势。苏秦的国家结盟理念，是符合时代潮流的——只有遏制住秦国的扩张趋势，山东六国才能在相对稳定的条件下推动第二次变法，以期达到秦国那样的深彻变法与快速发展。正是这样一种大道大义理念，山东六国的老一代领袖们燕文公齐威王楚威王等，才勉力抛下了既往恩怨，结成了第一个国家共同体，以苏秦为共同外相，组成了六十万合纵大军压向秦国。

秦国危机之际，另一个布衣名士张仪应运而出，为秦国提出了破除邦交困境的大战略——连横。连横的基本理念是：将山东六国同盟看成一个根基腐朽而可变的架构，以法治大国的魅力寻其薄弱环节，并与其有限联合，逐一瓦解六国同盟，并寻机各个击破之。

历史实践的发展是，山东六国距离苏秦的顶层正义理念相距甚远，根本不能同心争取变法条件，而是旧病屡发，相互不配合，强大兵势总是快速瓦解，一次次封堵遏制均告失效。虽然，合纵思潮与合纵实践一直延续到战国后期，其代表人物相继涌现了战国四大公子、蔺相如、布衣合纵家鲁仲连等，但其再也没有达到苏秦张仪时期的声势与效果。

战国中后期的秦昭王时期，秦国丞相范雎再度为秦国提出了一个惊人的国家关系战略——远交近攻。至此，战国邦交智慧的三大战略——合纵、连横、远交近攻，全部璀璨出现，大放光华。如果再加上此前孙武提出的“用间”理念，此后尉缭子提出的“黄金开路，匕首随之”的特种谍战政策，战国时代外交战的深邃智慧，可以说完全是超时代的展现在我们眼前。

那是一个残酷的国家竞争时代，也是一个邦交智慧大爆炸的时代。

那些布衣名士们的职业精神，那些为国家奔走而不失自由独立人格的名相名将，那些在邦交战场不畏生死的传奇故事，都是我们这个民族的先贤们谱写的英雄悲壮的交响曲。他们所坚守的国家信念，他们所践行的大道法则，他们所捍卫的族群利益，虽然都与我们今天的现实生活内容有了较远的距离；但是，他们的高远精神，他们的深邃智慧，他们总能根据自己所处时代的现实需求而激发的伟大创造力，都是我们的国家文明的极其宝贵的遗产。

了解了他们，我们的底气才能更为雄厚。

我们向往那个时代，我们怀念那个时代。

那里，有我们的光荣与梦想。

孙皓晖

海南·积微坊

2018 年 10 月 12 日

楔子

一场千古罕见的暴雪湮没了秦川。

秦人谚云：秋后不退暑，二十四个火老虎。谁能想到，火老虎还在当头，滚滚沉雷便不断在天空炸开，硕大的雪花从天空密匝匝涌下，弥漫了山水，湮灭了原野。无边的嘭嘭嚓嚓之声从天际深处生发出来，直是连绵战鼓，敲打得人心颤。雄视关中的咸阳城四门箭楼，顷刻间陷入了茫茫雪雾之中。九里多宽的渭水河面本来还是碧波滚滚，半个时辰中便被暴雪封塞成了一马平川。泾水、灞水、沣水、浐水、滈水、潏水、洛水，全部在一顿饭的辰光雪雕玉封。巍巍南山，苍苍北阪，尽被无边无际的白色帐幔覆盖。倏忽半日，鸟兽归巢，行人绝道，天地间一片混沌飞扬的白色，整个世界都被无边的风雪吞没了。

渭水南岸，却有一支黑色马队，正在茫茫雪雾之中向南疾行。

惊雷闪电，暴雪压顶扑面。这支马队依然保持着整肃的部伍，不徐不疾地走马行进，没有丝毫的惊慌失措。马队护卫着一辆黑色篷车，在无边雪幕中越过灞水，爬上蓝田塬，徐徐没入了被秦人称为“南山”的连绵群峰。奇怪的是，马队一进南山口，骇人的连天暴雪顿作了纷纷扬扬的鹅毛飞舞，马队所必须经过的峡谷险道上，也只积了薄薄一层冰雪，无碍于马队篷车的行进。爬上南山主峰时，莽莽苍苍的青山绿水在漫天飞舞的雪花中影影绰绰地显了出来。

一座雄峻的主峰在连绵群山中突兀拔起，于苍茫天地间生发出一片巍巍霸气。这是南山主峰，大河长江的分水岭。由此向南向北，都是堕入尘寰的长长的下山道。在这般雨雪天气中，寻常商旅与行人车马，是不敢走这南山主峰峡谷道的。仅是这段十里长的坡道，就足以令行者变色止步了。这支马队在峰顶停了下来，一个身披黑色斗篷者跳下马，回首瞭望笼罩在无边雪幕中的混沌秦川，扑地跪倒，对天三拜，又霍然站起，转身高声命令道："二十人下马护车！下山路滑，千万小心了！"

"郡守，我们去何处？"马队前一个精瘦的将军嘶哑着声音问。

"大蟒岭——"黑斗篷将马鞭向东南遥遥一指，"明日午时前，务必抵达！"

"嗨！"将军答应一声，立即翻身下马，刷拉一声撕下铁甲鳞片下的衣袖，大喊一声："弟兄们，裹住车轮，莫使打滑！"已经下马的二十个骑士，立即撕下各自衣袖，开始包裹车轮。

"山甲，用这个！"郡守胳膊一扬，一领黑斗篷向那个精瘦将领飞了过去。

"郡守，这可不行！你要受风寒。"精瘦的山甲又将斗篷掷了回来。

"嘿嘿，有何不行？"郡守说着下马，将斗篷三两下撕成布片，"你舍得前军副将不做，我樗里疾舍不得一件斗篷？来，包结实，只要商君不受惊……"说话间已是语声哽咽了。

"郡守……"山甲脸上一抹，甩出一把泪水汗水雪水，嘶哑地喊了一声，"弟兄们，小心了！商君回家要平安！"

"将军放心！商於有商君，打断骨头连着筋！"士兵们一片吼叫，齐刷刷分做两边拥住了车轮。后边数十名骑士也全部下马，用两根大绳连环拴住马具，再拽住车厢，骑士们牵住战马。显然，这是要连排倒退着下坡。

山甲一甩令旗：“小心！下坡——”

“嗨——哟！下坡了哟！莫打滑哟！”随着缓慢沉重的号子，篷车倒退着向山坡慢慢滑下。大约用了一个时辰的工夫，在步卒与马队的前扛后拉下，篷车方才缓缓地滑下了长长的山坡，湮没在纷纷扬扬的雪雾中。经过一昼夜奔波驰驱，次日将近正午时分，马队终于到达了险峻奇绝的大蟒岭。

大雪已住，红日初出，崇山峻岭间一片洁白晶莹。

遥遥看去，这大蟒岭大体上是一片南北走向的山峰，北接桃林高地，东接崤山群峰，南边数十里是秦国要塞武关，几是一条逶迤盘旋的龙蛇，商於人便呼之为大蟒岭。这片山地虽然不算十分隐秘，但却是临近武关、崤山的边界山地，要出秦国可算得十分便当。商於郡守樗里疾与商於望族的老族长们秘密计议，决意将商君与白雪的遗骨安葬在这里；其中深意，是秦国一旦有变，商君遗体便能迅速转移。

强悍倔强的商於山民们，一直为当初没有能保护住商君痛悔不已，如今要安葬保护商君遗骨，官民一体万众一心，没有丝毫的犹豫。所有从商於山地走出去闯世事的商於子弟，无论从戎的兵将，还是从政的吏员，都义无反顾地将商君看成了商於大山的“自己人”，商君的归宿理当属于商於。做了名臣封地的庶民，将功臣封主看作至高无上的圣贤，这是春秋战国以来久远的大义传统。自然，更深的根基在于，商君对秦国有无上功勋，对穷困的商於有再造之恩，却又从来无求于封地丝毫。如此封主，商於人如何不刻骨铭心？上天将商於赐予了商君，就是将商君的危难沉浮托付给了商於子民。商君临难，商於人若袖手旁观，天下大义何存？商於人颜面何存？那个做了前军副将的山甲，就是昔日商君在栎阳南市徙木立信时的扛木少年。正是这个山甲，带了一百名商於子弟兵从函谷关秘密赶到咸阳刑场，要在刑场抢尸，发誓将商君遗骨运回商山。与此同时，在咸阳为官为吏为商的商於人也纷纷走动，秘密联络，私相筹钱，打制了坚固的篷车，准备为商君收尸。

在渭水大刑场，商於郡守樗里疾与商於族长们与这两股商於“乡党”不期而遇，一个眼神，三股力量便凑到了一起，不消片刻，已迅速秘密地计议停当。

行刑即将结束之际，惊雷暴雪骤然降临。监刑官员们还在手足无措的时刻，商於人以他们特有的精明算计，三方配合，从无数要为商君收尸的力量中捷足先登，抢走了散落在刑场草地的商君尸骨，也抢走了白雪的遗体，干净利落得连一根头发都没有落下。及至甘龙、杜挚与孟西白们一片惊呼，寻觅商君遗体以“验明正身”时，商於人的马队已经消失在茫茫雪雾之中了。

商於人的神速隐秘干净利落，让侯嬴率领的富有秘密行动传统的白氏门客们惊叹不已。他们是要将商鞅和白雪的遗骨运送回魏国，安葬在安邑涑水河谷的白氏墓地，利用白圭的巨大声望，保护商君夫妇的墓地不遭破坏。侯嬴虽然想到了秦人绝不会教商鞅暴尸街头，但也以为，在甚嚣尘上的反变法声浪中，秦国即或有人行动，也是颇为顾忌，岂能有他以商君“亲属”名义公然行动来得快捷？没有想到，商於人竟在如此混乱的人海中有如此神奇的快速行动。惊怔之中，侯嬴得知了这股抢尸者是商於人，感慨地长嘘一声，命令白氏门客们停止了行动。

咸阳刑场还有另外一股秘密收尸的力量，这是玄奇率领的墨家弟子。玄奇在陈仓河谷安顿好虚弱昏迷的荧玉之后，便与身边的十多名少年弟子开始筹划安葬商鞅与白雪。以墨家弟子的训练有素，本当稳妥办成。然在人山人海的刑场上，在惊雷暴雪的混乱中，玄奇的十几个人显得力不从心。刚刚挤挨到刑台附近，玄奇眼见一队骑士围住了刑车，一群精壮的黑衣人呼啸而至，飞奔着捡拾散落的尸骨，顷刻之间烟消云散。问一个老人，得知这是商於人的行动，玄奇当即放弃抢尸，率领弟子直奔商於大山来了。

千山万壑的大蟒岭中，有一座高耸入云的孤峰，商於人叫它孤云峰。

寻常时日，总有一片白云缠绕在这座孤云峰的半山腰，谁也没看见过这孤云峰究竟有多高，有多险。此时大雪初晴，红日高照，孤云峰云雾尽收，清亮亮地显露了出来。遥遥看去，一柄长剑直刺青天，又恰似银装素裹的长发仙女，亭亭玉立在万仞群山。峰顶一片皑皑白雪，几株苍松翠柏，在阳光下分外高洁。接近峰巅处生出一片小小的岩石平台，挂下一帘晶莹透亮的冰瀑，直伸向幽幽谷底。

这里，便是商於人为商君和白雪选择的墓地。

樗里疾与十三县令并数十名老族长，为了商君安葬，大费了心思。按照传统礼法，商君当以公侯国葬待之。如今商君蒙冤，身受极刑，国葬礼遇夫复何求？反复计议，商於人决意按照山民最古老最隆重的礼仪来安葬商君。原先，人们想到的，只是将商君遗体神圣地安葬在绵绵大山的隐秘地带，却没有想到，会有一个如此美丽的女子为商君殉情而死。白雪在刑场殉情剖腹，血染法场，使商於人和千千万万老秦人一样热血沸腾，唏嘘不已。再度计议一拍即合，商於人决然要用“悬棺大贞”来安葬商君夫妇。

在这崇山峻岭之中，山民们有一种古老的习俗——对那些生死相许有口皆碑的忠烈殉情者，将他们的遗骨安葬在高高的山峰，称之为“悬棺大贞”。悬棺者，安葬之方式也。大贞者，生者对死者之定位也。

凡被悬棺安葬的死者，都被山民们尊为圣洁之神，受到人们世世代代的景仰。商君极心为民，是尊神，是法圣，更是成就忠贞痴爱的高洁名士，理当葬以“悬棺大贞”，理当受到民众最为隆重最为久远的祭祀。

正午时分，从四野山乡赶来的民众已经聚集在四面山头，摆好了各自带来的祭品，遥遥眺望着雪白苍翠的孤云峰。由商於十三县遴选出来的一百三十六名精于攀岩的药农子弟，在精瘦的前军副将山甲的指挥下，一锤一凿地打成了通向孤云峰平台的一道山梯。药农子弟们上到平台，在岩缝松柏上系好了十多条粗大的麻绳。

一声号令，大绳齐刷刷沉到山根。

山根下早已经整治平坦。樗里疾率领十三县令与数十名白发苍苍的老族长，正在两名巫师指点下，恭敬庄重地对商君夫妇举行入殓仪式。

中间空地的一张大案上香烟缭绕，系着红绫的牛头、羊头、猪头整齐排列。这是最隆重的三牲祭礼。寻常山民即或是祭拜祖先天地，也不舍得用这三牲祭品的。祭案前，是一口打造得非同寻常的大型双葬棺木。说它非同寻常，一则是用材柏木，二则是三重棺椁，三则是棺椁外的保护装饰层用了“水兕之革”——水牛皮。

按照古礼，这都是有违礼法的僭越。棺木用材，礼仪规定是“尊者用大材，卑者用小材”。具体说，天子用柏木，诸侯用松木，士与寻常官吏用杂木。如今，商於人给商君用的是柏木。棺椁规定照样严格。就实用性说，“棺”是直接装尸体的木器，“椁”则是棺外的套层。棺外套椁，礼仪规定是天子四重，诸侯三重，大夫二重，士一重。而今商君棺外三重椁，是与诸侯同礼。棺椁外的保护与涂彩装饰，只有天子可以用“水兕之革”，其他诸侯贵族只能用不同等级的丝织品，或其他低等皮革了。商於人根本不理会这些烦琐的礼仪，山乡多水田，不缺水牛，为何不用？如此安排之下，本来就很大的双葬棺木，摆在那里更是华贵显赫，不亚于王室葬礼的声势。

“置冰——”棺椁安顿就绪，一名红衣巫师高宣了下一道入殓程式。

四个老人上前，小心翼翼地将山岩上凿下的四箱干冰，稳妥地安放在棺材四角。这叫“置冰”，即尸体旁放置冰块，也有极为严格的礼法讲究。冰块来之不易。王室与诸侯均有一个称之为“凌人”的作坊，专门职司制冰用冰；只有贵族尸体可用冰块降温，而且盛冰的器具（玉盘或是瓦盘）、冰块的大小（几尺之冰），均以死者品级之高低与死时的气温而定。商於人不理会这些，采来了孤云峰冰瀑上那几乎永远不化的干冰，又用上好的蓝田玉石雕成方匣，将干冰盛入，端的是人间极致，虽天子无以做到。

装好干冰，巫师仔细地将商君尸骨拼装起来，并且神奇地为尸骨穿上了白丝长衫，戴上了高高的白玉冠，再覆盖了一件白色的斗篷。那名白发苍苍的红衣女巫师，将白雪尸体仔细地擦拭洁净，装扮得栩栩如生，而后将她与商君并排入棺。按照礼法，入棺之后要在棺中放置“殓服”若干套。春秋时期，死者无论尊卑，“殓服寿衣”至少需要十九套。战国之世葬礼大大简化，但基本的程式也还都保留着。棺中放置“殓服”，就是必需的不能简化的一道葬礼程式。恰恰是这一点，商於人大感为难。商於没有大商人，最好的衣服也就是郡守县令的官服了，然则品级太低，与商君身份大不符合；以庶民寻常衣物入棺，多倒是多，只是商於人心中不忍。反复计议，一时间束手无策。

樗里疾思忖有顷，断然下令：“商君非俗人，心敬礼敬可也，无须拘泥，往下走。”

白发苍苍的巫师一举木剑，便要招魂。招魂之后，盖棺殓成，棺椁就不能再打开了。

正在此时，山道上一声高喊：“且慢盖棺——”话音落点，马蹄如雨，一队长衫骑士在场外滚鞍下马。一个须发灰白的中年汉子匆匆走到樗里疾面前，拱手高声道："白氏总执事侯嬴，特来为商君、白姑娘送上葬礼殓服。"

樗里疾长嘘一声："天意也天意……敢问义士，殓服几何？"

"殓服四十八套，均为白姑娘生前为商君所置。"

场中官民顿时一片感慨唏嘘。此时又闻马蹄声响，一个蒙面女子领着一队少年下马，走进场中道："樗里疾大人，奉荧玉公主之命，特来为商君、白姑娘送葬，带来殓服三十套，均为二人常用衣物。"

樗里疾大为感慨，向二人深深一躬："二位大贤，非但解我商於之难，若商君夫妇地下有知，也当安息九泉矣！来，入殓服！"

两个巫师恭敬地接过一个个衣包，仔细平整地摆放在棺木之内。

一时稳妥，老巫师举剑向天，长声呼唤："商君归来兮——三生为神——"

女巫接着举剑长呼："夫人归来兮——三世圣女——"

反复呼唤中，巨大的棺椁被披麻戴孝的工匠们訇然合盖，砰砰钉封了。

樗里疾捧起一坛清酒，缓缓地洒到棺前，跪地长拜："商君、白姑娘，安心地去了，商於子民永远守护着你们的魂灵……"

白茫茫人群全体跪倒了，四面山头哭声大起，山鸣谷应间天地为之悲怆。

"商君、白姑娘，升天了——起——"

粗大的绳索伸直了，孤云峰平台上传来整齐的号子声，巨大的合葬棺椁稳稳升起。专门守候在山腰石梯上的药农子弟们伸直了手中的木杈，稳稳地顶住了棺椁，使其始终在距离山体两三尺外缓缓上升。数不清的陶埙竹篪，吹起了激越悲壮的秦风送葬曲。

第一章 铁腕平乱

一　义渠大牛首接受了羊皮血契

车裂商鞅，咸阳的世族元老们大相庆贺了。

连日来大雪封门，太师府邸却是门庭若市。总管府务的家老督促着二十多个仆役不停地清运院落、门庭与车马场半人深的积雪，才堪堪容得流水般的车马停留转圜。到太师府拜访的，都是清一色的世族贵胄。他们驾着华贵的青铜轺车，穿着历代国君亲赐的各种色式的勋贵礼服，谈笑风生地联袂而来，喜庆之情超过了任何盛大节日，在冰天雪地肃杀凛冽的咸阳城，映出了另一道风景。

太师府的正厅早已经满当当无处立足，临时应急在庭院中搭起的防雪席棚下，也站满了衣饰华贵的宾客。贵人们挤挤挨挨地走动着相互寒暄，却都只是高声谈笑着老天有眼、雪兆丰年之类的万能话语，时不时爆发出一阵舒畅之极的哄然大笑。奇怪的是，没有一个人谈论邦国大事，尽都在闲扯，却无不兴味盎然。秦人管这种闲扯叫“谝闲传”，是窝冬时节亲朋邻里相聚时消磨寒天的传统功夫。但这些华贵的宾客们高车骏马冒雪而来，却不是为了在这里谝闲传来的，他们显然在等待什么，却是谁也不说，只管高兴。

冬日苦短，看看暮色已经降临，暴雪虽然小了，可雪花还是纷纷扬扬地飘舞着，寒气袭来，已经有人开始跺脚了。这时候，华贵的宾客们渐渐安静下来，喧哗谈笑在不知不觉间凝固了。

“哎，怪也！我等没吃没喝，在这里磨叨了一天？”有人惊讶了。

“对呀，老太师该出来说几句了。”有人恍然醒悟过来。

“然也，冠带如云，还不是要老太师定夺一番？”

“是也是也，老太师为何还不出来？”

议论纷纷中，有老人大声咳嗽起来。一声方落，引来满庭院一片喀喀之声，有几个白发老人被猛烈的咳嗽憋得满脸通红，蹲在地上上气不接下气地大喘起来，抹鼻涕擦涎水忙个不停。华贵的宾客们在整日亢奋中原是不觉，一旦亢奋平息，那随着一整天喋喋不休的谈笑侵入体内的冰雪风寒之气骤然发作出来，使这些久不任事的勋贵大是难堪，在庭院席棚下纷纷蹲坐，自顾喘息不暇了。

“老太师接见诸位大人！”偏在乱纷纷之际，家老走出正厅高高喊了一嗓子。

华贵的宾客们突然来了精神，一齐站了起来，殷殷望着正厅通向寝室的那一道拱形门。

一声苍老的咳嗽，白发苍苍的老太师甘龙颤巍巍走出了隔门。他扶着一支桑木杖，身着一领没有漂染的本色麻布袍，一头白发披散，头上没有玉冠，腰间没有锦带，活似一个乡间老翁，与盈厅满室的华贵宾客相比，老甘龙寒酸得秃鸡入了鹤群一般。但就是如此一个老人，当他穿过厅堂，走到廊下，目光缓缓扫过正厅，扫过庭院时，华贵的宾客们却都羞愧地低下了头，避开了他那呆滞尖利的目光。

“老太师，我等都，都想听听，你的高见。”太庙令杜挚期期艾艾地开了口。

“哼哼。”老甘龙冷冷笑了一声，“老夫唯国君马首是瞻，何来高见？尔等都是老于国政了，邦国大事要在朝堂商议，懂么？”说完，径自颤巍巍转身，谁也不搭理地回去了。满室勋贵大是尴尬，你看我我看你，一脸大惑不解。新任客卿赵良极是聪敏，略一思忖恍然透亮，高声道：“诸位大人请回，天气冷得紧也。”说完径自回身走了。

“回去回去。”杜挚似乎也明白了什么，粗声大气道，“也是，只能做，不能说也。”

勋贵们这才活泛过来，纷纷抬头望天：“走吧走吧，冷冻时天，回家窝着去。”不咸不淡地相互议论着，各自匆匆去了，连三三两两的同路都没有，与来时的成群联袂高声谈笑大相径庭。片刻之间，太师府门可罗雀，又恢复了清冷的光景。

当家老走进书房禀报时，老甘龙正偎着燎炉，用一柄长长的小铁铲翻动着红红的木炭，仿佛要看透木炭火一般。听完家老禀报，他那沟壑纵横的脸只是抽搐了几下：“家老，叫甘成来。记住，太师府从今日起，不见任何客人。”家老恭敬点头：“晓得了。”匆匆去了。

片刻之后，一个四十多岁的中年人进了甘龙书房。他是老甘龙的长子甘成，也是一领麻布袍，朴实得像个村夫，唯独那炯炯发亮的目光，那赳赳生风的步态，自然透露出一种精明强悍。老甘龙有三个儿子，次子甘砜与三子甘兖都早早在国府做了相当于下大夫的实权吏员。唯独这最有资格做官的长子甘成，却一直是白身布衣，在家闲居，而且极少与人来往。除了过从甚密的几个门生故吏，朝中许多人甚至不知道老甘龙有这个长子。但是，恰恰是这个白身布衣的儿子，才是老甘龙真正的血肉肱股，才是支撑甘氏部族的栋梁。老甘龙被完全湮没的二十三年中，所有的密谋都是通过这个貌似木讷的甘成实施的。没有甘成，甘龙当初便不可能制造太子杀人事件，也不可能知道公孙贾的真相，更不可能与他共谋密联世族力量从而促成车裂商鞅。甘成是老甘龙的秘密利器，是斡旋秦国政局的主轴。现下车裂了商鞅，秦国正当十字路口，老甘龙又要使出他的秘密利器了。

拨旺了燎炉木炭，啜吸着浓稠的米酒，父子从天黑一直密谈到东方发白。

半个月后，封堵道路的大雪还没有完全消融，一辆牛车出了咸阳北门，咯吱咯吱地上了北阪，冒着呼啸的寒风驶进了北方的山地。

赶车的两个人一身红袍，一口大梁官话，任谁看也是魏国商人。他们不急不慌地在冰雪地里蠕动着，每遇村庄便用药材换取兽皮，偶尔也在哪个山村歇息两天，与猎户、农夫、药人尽兴地谝着闲传。如此这般走走停停，连过年都在路上晃悠，待到雪消冰开杨柳新绿的三月初，这辆牛车终于来到了陇西地带的山林河谷。这一日，牛车翻过一座高山，一片苍黄的林木，一片凌乱的帐篷赫然显现在眼前。

“甘兄，义渠国么？”年轻商人指着树林帐篷，兴奋地喊了出来。

“何有甘兄？谨细些了。”四十多岁的红衣商人老成持重地斥责了一声。

“一高兴忘记了，掌嘴！”年轻商人嬉笑着打了自己一个耳光。

“高兴事在后头，急甚来？先歇口气儿，听我说说义渠国的底细。”

“早该说了！害我做了一路闷葫芦，憋气！”年轻人一边高声大气地嚷着，一边利落地从牛车上取出一块干肉与一只酒囊走了过来。中年商人接过酒囊拔开塞子，咕咚咚大喝了一气，大袖沾沾嘴角，长长地喘了口粗气，便指着河谷密林中的帐篷，缓缓说了起来……

义渠，一个古老的部族。商末周初的时候，义渠是西戎中有数的大部族，也是少数几个以“国”自称的强大部族。那时候，义渠的活动区域在漠北草原，是个完全游牧的草原部族。义渠人剽悍善战，占据着漠北最好的河谷草原。到了西周末年，周幽王失政乱国，要废黜太子宜臼。申侯（申国国君）是太子舅父，便秘密联络西戎发兵保护太子。西戎本来就对中原敬慕垂涎不已，黄发、红发、义渠、犬丘等八个最大的部族联合组成了八万骑兵攻进了镐京，号称“八戎靖国”。八戎骑兵本打算为中原王室建立一个大功，从新天子手里得到一个封爵、一片边缘草场就满足了。及至攻进镐京，发现王室军队竟不堪一击，中原诸侯也无人敢于应战，八戎野心大为膨胀，杀死了周幽王，将王室洗劫一空，又大火焚毁了镐京。其中义渠骑兵杀戮最烈，被周人呼为“牛魔义渠”。太子宜臼发愤雪耻，秘密跋涉到陇西请求秦人发兵靖难。秦部族举族秘密东进，五万骑兵与八戎八万骑兵展开了血战，将八戎骑兵杀得尸横遍野。从此，八戎与秦人结下了血海深仇。尤其这义渠部族，死伤最多，两万精壮只逃回了五千，仇恨最大。

两百多年后，东周衰弱，西戎各族又开始杀进中原。南边的山夷、东边的东夷、北边的诸胡、西边的戎狄，四面喊杀蚕食，汪洋大海般包围了中原。义渠最为强悍，竟一路烧杀到了黄河南岸，占了两三百里大的一片荒原，宣布称“王”，要将这里作为建立“义渠国”的根基。这时，齐桓公联合诸侯，尊王攘夷，九次联合中原诸侯，对入侵中原的夷狄展开了大战。义渠部族西撤时，被刚刚即位的秦穆公率领秦军堵住了退路。一场惊心动魄的血战，义渠一族被杀得只剩下两三万人突围逃窜，又一次和秦人结下了血海深仇。

后来，中原争霸，秦穆公却全力平定西方戎狄。大大小小一百多个戎狄部族，全部被秦军打败，变成了秦国的附庸诸侯。也就是说，戎狄臣服秦国，缴纳贡赋，但依然自治。秦穆公唯独对义渠国恨之入骨，将义渠精壮三万人全部迁徙到秦国腹地，罚做奴隶民户，将其余老幼女人则全部驱赶到阴山以北的荒漠地带去了。义渠部族对秦人又记下了一笔血仇。

秦穆公之后，秦国四代衰弱，义渠部族又顽强地杀了回来，占据了泾水上游的河谷草原。直到秦献公即位，秦国整军经武，要先除义渠这个眼中钉，而后再对魏国开战。打了几次，义渠都败了，但却逃得极快，始终未伤元气。秦军一退，义渠立即卷土重来，气得秦献公哭笑不得。这时，年轻的上大夫甘龙提出了“安抚义渠，以定后方”的谋略，又慨然请命，只身前赴义渠和谈。历经三月，甘龙与义渠首领达成了“义渠称臣，秦国罢兵”的血契。秦国后方安定了，义渠也获得了休养生息。

当时，义渠占据的只有泾水上游的河谷草原。可是在秦献公无暇西顾的二十多年间，义渠又趁机占据了漆水河谷与岐山、梁山一带的山地草原，变成了半农半牧的大部族。秦孝公与商鞅二十多年间忙于变法，只要西部戎狄不生叛乱，也不会去触动他们。如此这般，义渠国安定地繁衍了五十多年，已经变成了一个富庶强盛的部族。

“我说也。”年轻人一笑，“老哥哥成算在胸，原是老伯于义渠有再生之恩，好！”

“虽说如此，还是不能大意。”中年人凝望着河谷密林中的缕缕烟柱，“戎狄凶顽，只是可用之利器罢了，不能与他认真。好了，走。”

牛车嘎吱嘎吱地下了山坡，顺着小道走向林中。只见河谷两岸的山坡上大火熊熊，围着山火的大群赤膊男女挥舞着手中的木耒铁耜欢呼雀跃，嬉闹一片。山火一熄，欢呼的人群立即扑进还冒着火星的草木灰中，挥舞着木耒铁耜猛力挖翻热土，又是一阵呼喝喧闹。中年人低声告诉年轻同伴：义渠部族认定牛是自己的祖先，是神灵，不能用牛拉车耕田，更不能宰杀，只能骑着牛打仗，拓荒种田都是人力。

“怪诞！”年轻人轻蔑地摇摇头，冷笑一声。

“别乱说。到了，看。”

前方的河谷树林已经是枯叶萧疏，一片大瓦房显露出来。房前空场上飘着一面黑色的大纛旗，依稀可见旗面绣着一头狰狞的牛头人身像。两人在林外停下牛车，徒步向瓦房走来。

突然，林中“哞”的一声低沉的牛吼，有人高声喝道：“牛，生身父母！”

“人，牛身灵性！”中年人奋力回答。

林中小道走出一名壮汉，身穿筒状的兽皮长袍，粗声大气问：“秦人么？”

“正是。”

“要做甚来？”

“要见大牛首，特急公事。”

“啊，懂了，是否甘、杜二位公子？”兽皮长袍者审视一番，显然是个知情头领。

“正是，在下甘成。”中年人一指同伴，“这位乃公子杜通。我等见过将军。”

“将军算个甚来？我是二牛！”兽皮长袍者认真纠正着自己的官号，又向树林外一瞥，脸黑了下来，“你，敢用牛神爷拉这烂车？”

“二牛大人，”甘成拱手答道，“这是头神牛，它自己非要拉着车来见大牛首。”

“噢？车里可是给大牛首的贡物？”二牛黑着脸。

“正是。药材、兽皮、刀剑。”

二牛突然哈哈大笑：“难怪难怪！当真神牛！”又转身高喝，“五牛，去将牛爷爷卸套，叫两个女人去侍候。你自己拉车到宫里来！”

“嗨！五牛遵命！”林外有人粗声答应。

“好了。你，你，随我二牛来。”头前大步带路走了。

杜通拼命憋住笑意，跟在郑重其事的甘成身后，穿过曲曲折折的林间小道。不经意一瞥，杜通却发现密林中隐藏着至少一两百身穿土黄色兽皮的弓箭手，引弓对准林间小道，心中一惊，不禁冒出了一身冷汗，四面环顾，却又不禁“噗”地笑出声来。原来林间疏疏落落的空隙处，闲走着几头壮硕的黄牛，一群男女正争相钻在牛腹下吮奶，更有几个半裸少女爬在牛脊梁上气喘吁吁，呻吟不断……甘成回身，向杜通严厉地瞪了一眼，拉起他的手大步向前。

出得树林，来到那片大瓦房前，甘成拉着杜通便向那面牛头人身的大纛旗扑地拜了三拜。领路的二牛两手圈在嘴边，向大瓦房内高声传呼：“哞！秦国老太师公子，求见大牛首！”

大瓦房内也“哞”的一声牛吼，随即一个悠远的声音应道：“进——”

甘成、杜通来到正中的大瓦房前，却见一扇整石大门洞开着，六名虎皮弓箭手雄赳赳站立门外。进得门内，幽暗一片，浑如夜晚。原来房内没有窗户，进深又深，若非一盏粗大的兽油灯吱吱冒着油烟摇曳闪烁，还真难以开目见物。甘成、杜通不由得揉揉眼睛，才看见大屋最深处有一方极大的义渠人叫做“火炕”的土榻。炕上一大张虎皮，虎皮上斜卧着一个须发花白的老人。甘成心知，这是大牛首无疑了。大牛首的火炕下有一个大洞，洞里火光熊熊，满屋子都热烘烘的。两个半裸的女奴正偎在眯着双眼的大牛首身旁，一个为他仔细地梳理白发，一个用小木槌轻叩他的小腿。火炕旁边的地上，昂首挺立着一头弯角闪亮的威猛公牛，牛身披着红布，牛头戴着铜面具，不断出蹄踩踏着伏在地上的一个裸体女人。女人辗转反侧轻轻呻吟着，似乎并不感到痛苦。

甘成还算得镇静如常。杜通却因第一次来义渠，惊讶得进了梦境一般。

“来者可是甘、杜二位公子？”火炕上的老人沙哑地悠然开口了。

“甘成、杜通，参见大牛首。”

“好了好了。老太师给我老牛带甚个好物事来了？”

“禀报大牛首，家父奉送药材一百斤、兽皮一百张、上好刀剑一百口。”

“噢，都是老牛想要的物事嘛。说，是要我出兵咸阳么？”老人依然眯缝着眼睛。

甘成拱手道：“大牛首，义渠靖难咸阳，并非家父一人之意，实是万众国人之心。商鞅新法不废，穆公祖制不复，义渠人也将大祸临头。”

“老太师可有亲笔书信？”大牛首没有理睬甘成的慷慨陈词。

“大牛首明察，家父阴书随后便到，只怕……只怕义渠无人可以整读，是故，先由甘成杜通为特使，以彰诚信。”

“嘎嘎嘎嘎嘎！”突然一阵老鸹似的长笑，大牛首道，“中原阴书算个甚？老牛懂得！敢小视我义渠么？”

杜通一直没敢插话。他当然明白“阴书”的讲究：但凡军国大事要传递秘密命令，便将一份书信的十多支竹简打乱分成三五份，由几个快马骑士分路急送，每个快马骑士只送一份，若万一被敌方截获，任谁也看不懂其中意思。收信人收齐竹简后，按照竹简背后的暗符重新整理排列，便知原意。这叫“三发一至”或“五发一至”，若无有经验的书吏，确实容易弄错顺序，导致错解密信内容。义渠蛮戎，何来此等书吏？想想生气，杜通不禁高声道：“大牛首不明事理！老太师派出公子，还不如一封阴书么？”

大牛首又是一阵嘎嘎怪笑："你这小子，说得还算有理。好，这件事撂过，老牛也不在乎那几片竹板子。"

"大牛首明断。"甘成不失时机地奉承了一句。

"哼哼。"大牛首冷了脸，拾起了方才的话题，"甘成，你也休得欺瞒老夫。商君变法，与我诸族有约：戎狄祖制，三十年不变。我义渠，有何大祸可言？"

"大牛首差矣！"甘成连连摆手，"纵然三十年不变，大牛首的安宁时光也只剩得五年了。五年后新法推行西陲，义渠人就得用牛耕田拉车了，族奴也得废除。大牛首也只能做寻常族长，再也不是义渠封国的大牛首了。义渠人，也得编入官府户籍，男丁得从军，女子得种桑麻，一人犯法，十家连坐。到得那时，义渠封国的牛神日月，只怕要从泾水河谷消失了。"

一时间，屋内的义渠牛官都惊慌愤怒地望着甘成。

大牛首霍然坐直，推开身边女奴，冷冷一笑："恢复了穆公祖制，义渠又有甚个好处？"

"祖制恢复之日，秦国世族元老将拥立新君。义渠国可得散关以西三百里地面，正式立国，大牛首可称义渠大公，与秦国并立于天下！"甘成慷慨豪爽，俨然一国使臣。

"只可惜呀，空口无凭，嘎嘎嘎嘎嘎！"大牛首又是一阵老鸹大笑。

杜通跨步上前："大牛首，这是世族三十二元老的血契！"双手捧上的是一方白色羊皮。火炕上的大牛首接过，凑近吱吱冒烟的兽油灯，一片血字赫然在目。最后是大牛首耳熟能详的一片名字。大牛首端详一阵，抖抖羊皮笑道："那我就留下这篇血契了，日后也有个了结。"

杜通急道："大牛首，这可不行，我等还要到其他部族……"

甘成连忙抢断话头："大牛首，旬日间我便可从狄道归来，届时留下血契为凭，如何？”

大牛首阴沉着脸沉吟道：“也好，我不怕你等骗诈。但有血契，我便发兵。否则，甭怪我老牛说了不算。”

甘成愣怔住了。按照他父子的谋划，血契“只做看，不做留”。如此重大的裂土分国的凭据，绝不能留在这些素无定性的蛮夷手里。然则这个老奸巨猾的大牛首，没有血契便不发兵，这却如何是好？他之所以要从最近的部族开始联结，就是怕万一在他们的联结还没有完成的时候咸阳突变，已经联结的部族就能立即发兵；如果不给他留下血契，这个万全谋划等于落空，岂不坏了大事？思忖片刻，甘成拱手道：“大牛首如此看重血契，我等就留它在义渠。然则，我有两个约件。”

“说吧。老牛只要不受骗，就不为难你。”

“其一，若其他部族头领派人来查，大牛首须得出示血契。”

“这血契，原本是对西陲诸部的，自然应你。”

“其二，若我等尚未回程而咸阳有变，大牛首得立即发兵。”

“啪！”大牛首双掌一拍，“我义渠与秦人有五百年血仇，用得你说？一言为定！”

在义渠盘桓了一夜，甘成、杜通又详细询问了义渠的兵力与可联结的同盟部族，为狡黠的老牛首出了许多主意，第二天早晨方才离去。

一路上，杜通对留下血契有可能引发的后患忧心忡忡，絮叨几次。甘成又气又笑道：“你是昏头了？不知第二步谋划么？”杜通怔怔道：“第二步？第二步是何谋划？”甘成劈手一鞭，甩断了一根粗大的拦路枯枝：“掌权之后，立即剿灭戎狄！秦国后院有此等鸟国，谈何穆公祖制？他留下血契，鸟用！”

杜通恍然大笑：“甘兄儒士，粗话却忒妙。直娘贼！走！”

二人大笑，扬鞭催马，向西去了。

二 百骑扬威 震慑草原

西出陈仓的山道上，还有一支马队在兼程疾驰。

从整肃奔驰的阵势看，这不是一支普通的马队。但是，既没有旗号，又身着布衣便装，还押着几辆遮盖得严严实实的篷车，却又分明不是军中骑队。马队中有一辆轺车，车中站着一个又矮又黑的肥子，却是那个商於郡守樗里疾。这支奇特的马队一路疾行，不在任何驿站休整，只在偏僻无人的荒凉河谷饮马打尖，然后又是无休止地奔驰。旬日之间，马队越过葫芦水、上游渭水、祖厉水、关川水、庄浪水，进入了戎狄部族聚居的陇西大草原。

神秘马队引起了戎狄牧人的惊奇，飞马跟踪，一路报到了郡守单于的大帐。

却说樗里疾料理完商君丧事后，写好了辞官书呈递咸阳，将郡署的公文、印信并一应府库钱粮打点清楚，准备回祖籍老家种田了。窝冬本来就没有甚公事，今年冬天更是冷清，樗里疾心头郁闷，除了隔三差五地找山甲饮酒，倒也悠闲地收拾妥当，准备开春后封印离去。看看过了二月头天气变暖，竟还没见罢黜君书下来，便想自顾离去。不想正在这日，官署外马蹄声疾，一骑快马堪堪赶到，报说咸阳特使到了。樗里疾生性豁达，不想将辞官弄得生硬而去，出门接了特使君书，打开一看，大大地吃了一惊——国君急命：宣他与前军副将山甲紧急赶赴咸阳！

樗里疾大是迷惑。将他当做“商鞅党羽”问罪么？君书中却只字未提商於官民与他樗里疾在冬天的作为，仿佛商於郡没有发生过任何事情一般。细细一想，国君要是拿他治罪，岂能等到今日？即或处置迟缓，派公室禁军来拘捕也完全来得及，因为他并没有逃跑的准备。是国君有所顾忌么？不会。这个新君的作为，樗里疾从远处大处看得很透，他能对商君这样的栋梁权臣动手，又何须对一个小小的郡守闪烁其词？然若非治罪，还有何种可能？莫非要升官？念头一闪，樗里疾不禁哈哈大笑，自己当真滑稽，竟在辞官归隐之时还能想到如此美事，人心，真真不可思量也。愣怔半日，樗里疾觉得还是该当走一趟咸阳，问心无愧，怕他何来！悄悄地辞官而去，日子过不安宁，心里也舒坦不了。思忖妥当，找来山甲一说，山甲也是欣然赞同。

第二日清晨，二人快马出山，直奔咸阳而来。

咸阳城的雪灾还没有彻底消弭，几乎被掩埋的四面城门，费了数万步兵之力，方才清理出来。城内街巷则大费周折，官吏、禁军、国人全部出动，铲雪堆雪运雪，整整一个冬天，咸阳才从冰封雪拥中挣脱出来。饶是已经开春，国人还是懵懵懂懂，依然沉浸在那心有余悸的惊雷暴雪之中。放眼望去，到处晃动着茫茫白色，冻干了的雪人触目皆是，漫无边际的雪原迟迟不能消融。眼看就要春耕大典，街巷却一片冷清。店铺没有开门，作坊没有工匠，官市没有生意，街上没有行人。这个生机勃勃的新国都，第一次在春天陷入了无边的沉寂。

樗里疾和山甲恰恰在这时来到咸阳，心里也是冷冰冰的不自在。进了宫门，行经车马广场，满当当一片干冰雪人。山甲不管不顾，狠狠啐了一口："直娘贼！世事咋变成了这样子！"樗里疾笑了："嘿嘿嘿，既来之，则安之，先听天由命。"前边领路的内侍仿佛没听见，自顾领着两人曲曲折折地来到一座小殿前，伸手一做请，轻捷地走了。

两人进殿，又被一个须发灰白的老内侍领进了国君书房。新国君笑着请他俩入座，却对他们在商於的事情问也没问，就展开了书案上的那张羊皮大图道："两位看看，这里是何地方？"樗里疾眼睛一瞄道："陇西，戎狄草原。"山甲只是点点头没有说话。新君嬴驷正色点头："知道就好。今日就是要派你二位做特使，到陇西去，做一件大事。”樗里疾惊讶地睁大了眼睛，一时不知如何应对，看看山甲也是木呆呆地犯迷糊。终于，樗里疾期期艾艾地拱手道：“君上，这，这，合适么？我的辞官书？”

嬴驷哈哈大笑道：“有甚不合适？二位都是奇能忠义之士，难道做不了特使？辞官书？我没看见过啊。”愣怔片刻，樗里疾觉得没必要多说了，看了山甲一眼，二人深深一躬：“请君上明示使命。”

“好！”嬴驷亲自掩上了书房大门，回身笑道，“我说完了，你等要是还不愿去，许你辞官。”坐在了书案前，一口气秘密交代了整整一个时辰。

出宫时，已经是天色暮黑了。回到驿馆，二人一番商议，次日立即分头准备。樗里疾准备一应文事，山甲则秘密挑选骑士并做一应武备。三日后的一个夜晚，一支马队便从咸阳北阪的松林中秘密出发了。

这是一次最模糊最艰难也最没有把握的出使，使命是：拆散戎狄部族与世族元老可能产生的叛乱同盟，釜底抽薪，防患于未然。说实在话，樗里疾确实没有成算。但当他听完新君的一席肺腑之言，还是二话不说慷慨应承了下来。“赳赳老秦，共赴国难”，有商君的铮铮硬骨在前，身为商君变法的地方干员，他能推辞么？但说到底，樗里疾还是被新君嬴驷铲除复辟、维护新法的胆识征服了，有这样的国君，商君总算没有白死。

然则，如何完成这趟使命，先到哪里，后到何方，樗里疾却大费了心思。

秦国大势：关中的老秦人绝不会跟随世族反对变法；唯一的危险，就是具有动乱传统的西部戎狄部族。戎狄诸部若不动荡，铲除上层的世族力量，就变成了一件比较简单的事情。否则，秦国的半壁河山大动荡，铲除世族也就变成了投鼠忌器的棘手大事；秦国必然要花很长的时间，来消磨这些反对变法的势力；搞得不好，新法功败垂成亦未可知。然则要稳定西部，却是谈何容易。

戎狄，是春秋战国时期对西部游牧部族的一个总称。实际上，西部戎狄包括了大小一百多个游牧部族。他们的生存地域极为广阔，东起泾渭河谷，西到无边无际的草原群山，根本没有确切的边界。这还只是与秦国相关的游牧部族，若要再算上燕赵两国北部草原大漠的游牧部族，那简直是数不胜数；若再算上楚国东南部众多的山林南夷部族，华夏中原便处在了游牧部族与山林蛮族的四面包围之中。虽然这些游牧部族与山林部族落后愚昧，一般不会对中原构成真正威胁，但在特定时期，若有诱发因素，游牧部族与山林部族从四面蚕食中原，灾难也是毁灭性的。春秋初期，由于王权衰落诸侯争夺，中原自顾不暇，这种灾难总爆发了。游牧部族与山林部族从四面大举进攻中原，中原农耕文明被压缩到了仅仅剩下黄河流域与淮河流域，一时岌岌可危。当时的齐桓公联结诸侯，倡行“尊王攘夷”，放弃诸侯之间的争夺，全力消灭游牧夷族的威胁。二十余年，大小百战，入侵中原的游牧部族与山林部族，方才被全部驱赶出中原。自那次大灾难之后，与蛮夷接壤的诸侯国，便将征服游牧部族与山林部族当做了头等大事。北部的赵国、燕国，东部的齐国，南部的楚国，西部的秦国，都不遗余力地对蛮夷大动干戈。当时的秦穆公最彻底，索性放弃东进争霸的雄心，全力对西部游牧部族开战，二三十年中，征服戎狄游牧部族一百多个，基本上安定了西部地区，也为秦国打下了一片广阔的后院。从那以后的百余年间，西部戎狄部族便做了秦国属地。

毕竟，游牧部族化入农耕文明的过程是艰难缓慢的。西部地区既是秦国的后院，也始终是威胁秦国的一座活火山。穆公之后，秦国但凡有动荡，戎狄部族必然是作乱一方的借用力量。秦国为使戎狄部族彻底归化，花费了极大气力。秦献公时，为全力东出，确保后院安定，将许多功勋世族举族安插进戎狄部族区域，督导游牧部族尽速地化为真正的秦人。

这一举措的结果，一方面是安定了戎狄部族，另一方面也使秦国世族与戎狄部族产生了盘根错节的关联。有些戎狄部族，逐渐地变成了某些世族直接的部族力量，唯世族之命是从，而不知公室国府为何物。而今，有可能在咸阳作乱的，几乎包括了秦国所有的世族元老，利用西部戎狄部族的力量做最后一争，便成为秦国世族最有可能的选择。

要使戎狄部族脱离世族控制，以秦国君主之命是从，绝非一件容易的事。

樗里疾知道，新君选定自己，一大半是因了自己的戎狄血统。

樗里疾祖上，本是陇西渭源河谷的大驼族人。大约还在嬴秦部族作为殷商王朝的西部常驻军时，樗里族因给驻军牧马，渐渐地变成了半牧半农家族。后来又因与华夏人通婚，化成了完完全全的耕战农人。秦穆公时，樗里疾的祖先与戎人英雄由余一起为秦国平定西部立下了汗马功劳，一时成为陇西望族。秦出公时，樗里疾的曾祖娶了出公的一个堂妹，算是与公室联姻，成了国亲。不幸的是，秦出公命蹇时乖，做了三年国君，便被逃亡在外的公子嬴师隰（秦献公）发动政变夺去了国君大位。樗里族由此被株连，地位家道一落千丈。秦献公时，樗里疾的祖父不能做官，只好回到陇西河谷侍弄桑麻。十年勤奋，挣得个富裕小康，又兼经常为戎狄头领们排解纠纷，竟成了戎狄部族中人人敬仰的“樗里公”。但樗里疾的父亲却又很想返回秦国腹地，于是在四十多年前，又回到了陈仓山地的河谷居住。在秦国新派力量中，子车氏一族、樗里一族，算是与戎狄部族渊源最深的家族了。但是，子车氏的车英身为国尉，地位太过显赫，显然不适宜作为秘密特使。于是，樗里疾便成了最合适的特使人选。国君若不清楚樗里族的家族历史，如何会教他这个文职郡守深入陇西去完成如此重大的使命？

但是，除了少年时代的模糊记忆，樗里疾还没有回到过陇西草原。这里的一切，对于他都是陌生的。路途倒是不用他操心，秦军中熟悉陇西的骑士大有人在，加上山甲又是个人精，一路上的事务几乎不用他过问。樗里疾唯一要思谋定夺的，是权衡先后次序与对付戎狄部族的众多单于头领。

国君没有交代任何具体方略，只是反复强调了一个目标：一定要切断戎狄部族与咸阳世族的任何盟约，稳定住戎狄部族。具体的行动方略，“悉听特使决断”。国君如此放得开手，倒教樗里疾心里分外沉甸甸的。一番认真琢磨，樗里疾决定走一条“先西后东”的路子——不在东部戎狄区域滞留，直插最西部的游牧部族区，从西向东稳定戎狄部族。

这是一个超乎寻常的大胆思路。寻常人做这件事，都会由近（东）及远（西），逐一安定。这样做保险——咸阳一旦有变，距离咸阳最近的戎狄部族，不会借地利之便对秦国腹地造成压力，而远在陇西草原的戎狄要开进关中，至少得二十天左右，毕竟还有时间做防范准备。

但樗里疾却完全是另一种判断。

从大处着眼，东部的戎狄部族大多与秦国来往很早，渊源较深，虽在表面上仍然保持着原先的生活风貌，然在实际上已经缓慢地脱离了粗放的纯粹游牧，逐渐成为半农半牧的“半老秦人”。更重要的是，他们都不是游牧大部族，真正游牧部族的那种狂野好战，也在他们身上逐步消退，部族的独立战斗力也大大下降。这一带唯独值得担心的，只有一个义渠国。但若没有西部的戎狄后援，义渠国的牛头兵则根本不是秦国新军锐士的对手。

另一面，上邽、临洮以西广阔的山林河谷草原上的游牧部族，才是保持着好战传统与众多人口且有真正强悍战斗力的游牧部族。这些部族虽然也臣服了秦国，但关系却很松散，治权也相对独立得多。这里的郡守、县令都是由大部族的单于轮流担任，实际上不起甚作用，但有大事，还得国君派遣特使直接调停。秦国真正的动荡根源，正是这里的戎狄部族。秦孝公初期，六国策反戎狄，瞄准的也正是这些部族。

在这些部族中，势力最大的是四大部族：山戎、犬戎、赤狄、白狄。若遇战事，这四大部族各自均能发动两三万骑兵，在草原山林区域算得上声威赫赫。西周末年周幽王时，便是这四大部族受申侯拜请，联结义渠与其他三族共八万骑兵攻陷镐京、丰京，将西周的两座京城大火焚毁，渭水平原被抢掠一空。中原诸侯的战车兵闻风丧胆，无人与之争锋。也就是那一次，嬴秦部族受太子宜臼（后来的周平王）之命，从陇西河谷奋然起兵勤王。五万黑色骑兵与戎狄的八万骑兵在渭水平原浴血厮杀，将戎狄大军杀得尸横遍野，唯余一两万人逃回西陲。自那以后的四百多年间，西部戎狄再也没有与已经成为诸侯国的嬴秦部族展开过如此血战，相安无事了一百多年。

直到秦穆公再次起兵平定西戎，大散关与陈仓谷以西的游牧戎便归附了秦国。但在穆公之后的百余年间，由于秦国内乱迭起，国力衰弱，西部戎狄与秦国的关系也就日渐松散。秦孝公即位之初发生的西貘部族叛乱，正是秦国在西部无暇维持的结果。商鞅变法时期，为了稳定西部戎狄，秦国采取了“三十年不变西族”的国策，与戎狄维持了一段井水不犯河水的岁月。若秦国大势稳定并不断强大，西部戎狄自然可以慢慢消化，甚或可以对西部开始一体变法。然则，商鞅被杀，朝局不稳，世族发动了“请命复辟”，西部戎狄的动乱就有了一个大大的诱发因素。四大部族素有敌视中原的传统，又加上对即将来临的“西族变法”忐忑不安，野心自然会蠢蠢欲动，此时若有世族元老出面，约请戎狄发兵“靖难”，难保不会发生四百年前的镐京之变。

这就是西部四大部族的危险所在，也是樗里疾直奔草原深处的用意所在。

六天之后，樗里疾的马队看到了枹罕[1]。

枹罕，秦国最西部的一个要塞，实际上就是一座方圆三里多的夯土城堡。因为地处三条河流的交汇地带，所以成为戎狄四大部族游牧的中心区域。这地方北临黄河，南临大夏水与洮水，东临庄浪水与漓水，方圆千里，山水相连，草原广阔，是秦国西部一块水草丰茂的游牧区域。西部戎狄最有实力的四大部族，在这一区域已经生存繁衍了千余年。

樗里疾在山头遥指草原土城，对便装骑士们下令：“进入枹罕，你等便是我这马商的驯马师。山甲将军便是我的家老。安住营地，不得外出滋事，违令者斩！”

“谨遵将令！”山甲与骑士们齐声应命。

“牛角号起，走马下山。”樗里疾一声令下，十名号手“呜呜”吹动号角，一名壮实骑士扯出一面写有“马商樗里”大字的黑旗，跟在樗里疾车后，不疾不徐地向灰色的小城堡而来。暮色中，又大又圆的落日挂在枯黄的草原尽头，羊群牛群马群，都在轰轰隆隆地向这座土城靠拢。有的已经在选定的避风洼地搭起了帐篷，燃起了篝火，用木栅栏圈定了牛羊，肉香和歌声也开始飘荡了起来。放眼一看，靠土城最近的是

[1] 枹罕，今甘肃省临夏市西南。

羊群牧主，外围是牛群牧主，最外围则是马群牧主，遍野烟尘中倒是颇有章法。见有吹着号角的商旅马队下山，扎定的帐篷中拥出了各色男女老幼，惊喜地高喊着：“秦货来了！”“马商来了！”“要羊皮么？羊皮！”

尚未关闭的土城中拥出了十多个皮袍长发的戎人，迎着樗里疾的马队走来，为首壮汉老远就张开双手喊了起来：“噢嗬——哪国马商？——”

樗里疾也张开双手做苍鹰飞翔状，高声回答：“秦国马商。咸阳樗里——”

“啊哈！咸阳马商，好！”皮袍壮汉兴奋得双手向天高喊，“枹罕人欢迎你们！”

樗里疾知道，来者是当值郡守的迎商吏，下车深深一躬，将一袋半两钱递上：“天冷辛苦，弟兄们喝酒了！”迎商吏哈哈大笑着将钱袋扔给身后：“贵客心意，平分了！”回头也是深深一躬，“请贵客随我入城，营地已经安排好了。”樗里疾笑道：“多谢了。当值郡守是哪一位头领啊？”皮袍迎商吏顿时没了笑脸，高声回答：“山戎单于，乌坎大人！”

“单于郡守在城内驻守么？”

“马商贵客大人，乌坎单于的营地驻在外边，呶，那里。”

樗里疾心中一动道：“啊，那我们也就不住城里了。走，向马群帐篷区扎营。”说完，跳上轺车，带领马队向最外围的草原深处冲去。身后皮袍迎商吏却快马赶来，遥遥高喊：“马商大人慢走——我来带路！有狼群——”

月亮挂在湛蓝的夜空时，樗里疾马队的十多顶帐篷扎好了。骑士们虽然便装，却完全按照军法行动，扎营完毕，立即埋锅造饭。樗里疾热情地邀请带路迎商吏品尝了秦中干牛肉、烙面饼与羊羹汤，迎商吏吃得满头流汗，啧啧赞叹不已。饭后，樗里疾请求迎商吏连夜带他到山戎单于郡守的大帐去，迎商吏现出惊讶的神色道："好马多多了！明天不行么？"樗里疾笑道："马商讲究快捷。天一亮，单于郡守拆帐走了，岂不好几天？"

"噢——明白！"迎商吏恍然点头，"好商人。走！"

樗里疾对山甲叮嘱了几句，教他留守营地，自己带了两名骑士出帐，随迎商吏向单于郡守的大帐疾驰而去。

在臣服的游牧部族区域，秦国虽然也设置了郡县，但一直没有像秦川腹地那样设立官署与驻军。因为这些游牧部族归附秦国后，游牧生计并没有改变，若常设官署与驻军，对迁徙无定的游牧部族事实上起不了任何作用。对于秦国，这些游牧部族的归附，除了为秦国提供大部分战马与少数骑士，财货上反倒是国府倒贴。秦国重视西部区域的根本原因，是消除背后威胁与提供马匹兵源，保持一个真正安定的后院。基于这个目的，西部区域的郡县官吏，都是由国府赐封各部族头领兼任。枹罕区域草原辽阔，四大部族又不相上下，秦孝公当年西巡时就订立了一个新盟约：四大部族首领（单于）轮流做郡守，每人一年，统辖枹罕四大部族与其他小部族；四大部族各出五千骑兵，组成永远不解散的两万常设官骑，只听当年郡守的命令；其他骑兵则都是老传统，不固定地属于各部族，所谓"聚则成兵，散则为牧"。如此一来，国府省了许多人力财力，部族之间也减少了诸多冲突，头领们乐于轮流执政，牧民们也很少为水草之地大打出手，二十多年来倒是一片升平气象。

山戎单于的大帐，坐落在枹罕土城最外围的草原深处。

樗里疾快马赶到时，单于郡守的大帐里正在举行一场不寻常的聚饮大宴。

枹罕土城坐落在一片连绵大山的南麓，非但向阳避风，且有大夏水从土城南流过，天然的水草形胜之地。冬天是草原部族的休牧窝冬期，从第一场大雪开始，大大小小的部族都从水草之地聚拢到这座土城周围来了。直到来年四月，方圆数十里的大草原，各色帐篷扎得无边无际，马牛羊犬的叫声此起彼伏。冬天聚拢，对牧人们还有一个特殊用场，便是“互市”。所谓互市，一来是相互交换多余物品，二来是与东方商旅交换盐铁布帛等物。一年积攒的皮张、牲畜、干肉等，都要在冬天脱手，换来粮食、盐巴、布帛、兵器、帐篷及各种日用杂物，待得冰雪融化春草泛绿，无数帐篷便星散而去，消失在无垠的绿色草原。那时候，想要找牧人做大笔生意，当真比登天还难。东方商旅总是在秋高气爽的时节，就开始向西部进发，为的就是赶冬天的草原互市。

樗里疾祖居西戎，自然十分清楚冬天对戎狄牧人的意义。

一入草原，他便嗅到了今年冬天草原的不寻常气息。以往的单于担任郡守时，除了两万官骑驻扎土城墙外，牧民帐篷都是自选地点，杂乱无章，牛群马群羊群全然不分。非但给互市带来诸多不便，猝遇风雪或外族入侵，马队牛羊相互夺路，往往混乱不堪。今年迥然有异，土城外只驻了一千官骑马队，其余牧民均按照羊群、牛群、马群的次序，从土城向外延伸：羊群帐篷在最里层，牛群帐篷在第二层，马群帐篷在最外围。乍看之下，仅仅是整顺了一些，似乎无甚其他作用。然则樗里疾看在眼里一琢磨，便觉得大有文章。这种部署的要害作用，是大大便利了军事行动——羊群牛群行动迟缓，又是真正的财富，就驻扎在最靠近土城的最避风处；马群与官骑快速剽悍，却驻扎在最外围的草原深处。这便是不寻常处，明白是戎狄部族进入了备兵状态，一旦有事，随时可战。枹罕向西，杳无人烟，更为广袤的大漠高山中，从未出过有威胁的敌人；北边是阴山胡人，距离这里有数千里之遥，更不可能骤然南下；

当此之时，戎狄部族的兵锋所指何在，已经不难看出端倪了。

樗里疾的体察没错，山戎单于的这场宴会，正是要议定东进大计。

入冬之前，山戎单于就接到了孟西白一发三至的阴书，请他们准备兵马，一旦特使到达，立即东进靖难。山戎单于曾与最亲密的犬戎单于做过秘密商议，二人都觉得这件阴书很突兀，还是先搁置一段再说。入冬不久，斥候飞骑回报——商鞅被车裂，世族元老请命复辟，咸阳陷入混乱。这个消息虽然大出意料，但却点燃了戎狄部族已经熄灭了许久的反东方火焰，人人亢奋，跃跃欲试地要做大事。山戎单于虽然只有三十二岁，刚刚继位两年，但却是个很有胆识谋略的头领。他觉得，必须在咸阳特使到达之前定下大计，才能做到动则同心，否则，牛拽马不拽，如何打仗？

大帐中聚集了四大部族的大小头领三十余人，每五人围成一圈，中间一个铁架上吊两只烤得焦黄发亮的全羊，身边是堆积如山的酒坛子。头领们大碗喝酒，短刀剁肉，高声呼喝，一片喧闹。待到人人汗津津脸泛红光时，山戎单于站起来一声高喊："静了——我有话说！"呼喝声顿时停止，目光都转向了这个年轻威猛的单于郡守。戎狄人虽然粗野狂放，但却很是尊敬主人。今夜的全羊大宴是山戎部族请客，而不是山戎单于以郡守身份动用"官货"请客，自然要对主人礼敬有加，主人要说话，头领们自然安静下来。

"小羊事一桩。"山戎单于一拍手，"咸阳新君杀了商鞅，老世族要复辟祖制，请我族群起兵，攻入咸阳，另立新君，共享秦国。去不去？放开说话。"三言两语便告完毕，大手一挥，"就这事，说！"

"哄嗡"一声，满帐头领炸开。有人不禁高喊："还羊事？马事牛事！"

戎狄习俗，大事小事均以"马牛羊"比喻，"马事牛事"是大事，

“羊事”是小事。有人高喊“马事牛事”，足见头领们的兴奋重视。他们原本已经听到了各种口风，也预感到今夜有大事，却没想到果然如此，亢奋得不能自已，立即哄哄嗡嗡地嚷嚷起来。但这件“羊事”毕竟非同寻常，半天没有一个人站出来说话。乱了一阵，一头红发的赤狄老单于阴阴笑道：“单于郡守，咸阳杀商君，可曾与我等商议？”

“没有。”山戎单于只说了两个字。

“好么，只要我做杀人刀，鸟！去做甚？”

“赤老单于大错了！”一山戎头领高声道，“咸阳老世族要与我共享秦国，何等肥美牛事？商议不商议，管他个鸟来！”

“肥美牛事？啊哈哈哈哈哈！”白狄单于扬着手中红亮亮带着血丝的羊肉，一头黄白须发分外显眼，“当真小儿郎也！知道么？当年我族攻入镐京，下场如何？苍鹰勇猛，啄不得虎豹皮肉！”

一时间大嚷大争起来，赤狄白狄两部族的头领们似乎不太热衷，反反复复只是喊“不做咸阳杀人刀”，实际上却是对与秦人血战几乎灭族的惨痛故事犹有余悸。山戎犬戎两部族的头领们却亢奋激动，大叫“羊换牛，不能错过市头”！当值郡守的山戎单于一言不发，听任众头领面红耳赤地争论，如此半日之间，莫衷一是。

正在此时，武士进帐禀报：“迎商吏带一咸阳马商，求见单于郡守。”

单于郡守眼睛一亮，高声道：“有请马商。”帐中头领们也是一阵惊喜，顿时安静下来。正说秦国事，便来咸阳人，探听虚实正是机会，谁不高兴？

“咸阳马商樗里氏，参见单于郡守！参见诸位单于头领！”樗里疾进得大帐，笑容可掬，一圈躬身拱手的大礼。

赤狄老单于哈哈大笑：“樗里氏？可是大驼樗里氏子孙啊？”

“回老单于：在下正是大驼樗里氏之后，樗里黑！”

“好好好！”赤狄老单于拍案笑道，“有个樗里疾，与你如何称呼？”

“樗里疾乃我同族堂兄，他做官，我经商，相互帮衬。”

单于郡守豪爽地一挥手：“老族贵客，来呀，虎皮垫设在首座，再烤一只羊来！”

一名壮硕的女仆立即捧来一张虎皮坐垫，安置在单于郡守的坐垫旁。这是四大单于的首座区域，设在大帐正中的三尺土台上。坐垫安好，立即就有一名赤膊壮汉提来一只刚刚剥去皮毛的红光光肥羊，“咣当”一声，吊在了首座中间的铁架上。石头圈内不起烟的木炭火蹿起高高火苗，肥羊立即冒出吱吱细响腾腾热气。

一通来回走动呼喝寒暄完毕，肥羊皮肉已经吱吱冒油，只是未见黄亮。樗里疾回到座前双手一躬：“多谢单于郡守！”坐到虎皮垫上，顺溜地抽出腰间一柄尺把长的雪亮弯刀，径自在烤羊身上“噗噗”两刀，卸下一只滴血的羊腿，摆在面前的大盘上，然后举起陶碗高声道：“樗里黑重回祖居之地，先敬单于头领们一碗！”话音落点，汩汩饮干，扬手亮碗，滴酒未下。陶碗一撂，弯刀剁下一块血丝羊肉，怡然自得地大嚼起来。

“好——”“够猛子！”单于头领们齐声喝彩，一齐举碗饮干。

赤狄老单于哈哈大笑：“这黑肥子！敢咥此等血肉，有老根！”

单于郡守笑道：“今年一冬，东方商人没一人来枹罕互市，樗里兄孤旅西来，好胆气！”

樗里疾心知郡守话中之意，啃着肉笑道：“单于郡守，东方商人今冬有一怕：怕秦国新法有变，西进互市，反被秦国截留财货。这是秦穆公老办法，果真恢复了，谁敢来也？”

“你樗里氏就不怕秦国有变么？”白狄老单于急迫插话。

樗里疾大笑：“秦国不会变，有何可怕？东商多疑，樗里黑乐得独占马利！”

单于郡守盯住客人：“秦国诛杀商君，世族元老复出请命，眼见就要变了，樗里老客如何说不会变？”此话问得扎实，帐中顿时安静下来，头领们的目光齐刷刷聚在这咸阳马商的身上。

樗里疾悠然一笑道：“单于郡守，樗里氏原本西域大驼族，与枹罕四大部族本来一家，但有实情，樗里黑不敢相瞒。我兄樗里疾说：秦国诛杀商君，一是迫于六国压力，二是新国君怕商君权力过大。若为废除新法而诛杀商君，世族元老何须请命复辟？黑肥子临走时，国君已经书告朝野，秦国新法不变！否则，黑肥子吃了豹子胆，敢继续西来互市？单于郡守，你没有收到君书么？”

“如此说来，世族元老是违抗君命了？”单于郡守回避了君书一问。

樗里疾点头：“单于郡守，明察！”

“既然如此，国君为何不诛杀世族元老？”犬戎单于骤然气势汹汹。

“君心如天心，难测难说。”樗里疾不作确定回答，更像是个商人。

帐中一个头领突然一扬手中的切肉弯刀，高声喝问：“秦国新军，战力如何？”

樗里疾见此人黑发披散，粗猛异常，知是山戎部族的勇猛将领，思忖笑道：“咱黑肥子在商不知兵，难以确实回答。不过，将军若想知道秦军战力，黑肥子倒有个办法。”

帐中一片亢奋，“哄嗡”一声，纷纷问何办法。四大单于也一齐盯住樗里疾，停食了酒肉。樗里疾悠然一笑道：“也是天意。黑肥子这次买马，是给秦军补充战马的。后军主将特许，给我拨了一百个骑士随行，专门试马、圈马、驯马。要想知道秦军战力，与这个百人队比比，不就明白了？”

“好！好主意！”“比武！”“草原骑士，战无不胜！”听说与秦军较量，帐中一片鼓噪。

单于郡守思忖一阵，也觉得这是个试探秦军虚实的好主意。要想东进，毕竟两军实力对比是最重要的。风闻秦国新军练成后战力大增，曾一举战胜魏国铁甲精骑收复河西。然戎狄部族素称骑兵鼻祖，历来蔑视中原骑兵，现今的秦国纵然练成了新军，能有多精锐的骑兵？一个百人马队的较量，是决然可以看出骑兵实力的。无论怎么说，这都是一个极好的机会，既试探了虚实，又不伤和气。虽作如是想，但这个轮值郡守的山戎单于却很有心计，看着樗里疾诡异地笑道：“黑老客，莫非有意带来了最精锐的骑士？”樗里疾哈哈大笑道：“精锐？哪个将军会把最精锐的骑士交给商人圈马？不过，实话实说吧，他们都是老兵，对验马驯马倒真有一套。不然啊，老族人骗了我，黑肥子可要掉脑袋哟！”帐中哄然大笑，谁也没有因此而感到羞恼。

单于郡守又笑了：“既非精锐，有甚比试？刀剑无情啊。”

“不是精锐，才是常情。单于的骑士胜了他们，黑肥子老戎人，脸上也有光。”

“一言为定？”单于郡守看了看四周。

“慢。”赤狄老单于站了起来，“马队比武得有个规矩。比两阵，第一阵官骑上，第二阵散骑上，死伤不论，如何？”

樗里疾略微思忖，双掌一拍：“好！有事黑肥子担了，左右只是个比武。”

一经说定，又是狂饮大嚼，樗里疾直喝得胡天胡地的呼喝喊叫，才得踉跄出帐。

四大单于与头领们却一点事儿也没有，还秘密计议了半个时辰，方才散了。

樗里疾到了黑糊糊的草地上，立即手指伸到喉咙里一阵乱抠，大大地呕吐了几阵，才被两名“马师”驮了回来。一路寒风颠簸，到得营地樗里疾已经清醒，即刻唤来山甲与骑士百夫长商议。山甲虽是步卒出身，但对马战也算通晓，更重要的是他精明过人，实战急智极为出色，是秦军中有名的“山精”，教他做樗里疾助手，为的就是比武这一着。樗里疾将事情引上了道，便教山甲们商讨应对战法。

山甲与百夫长兴奋得眼睛放光，一通计议，又找来伍长、什长一说，再会聚百名骑士布置了半个时辰。骑士们精神大振，立即分头对马具兵器检查准备，一个时辰后方才歇息。

太阳升起在山头，枯黄的草原辽阔静谧，没有风，没有霜，难得的好天气。

日上三竿时分，“呜呜”的牛角号响彻了河谷土城。草原深处烟尘大起，隐隐的旗帜招展，马蹄如雷。瞬息之间，单于郡守帐外的空旷洼地上聚来了千军万马。又一阵牛角号声，旗帜翻飞，马队迅速列成了两个大方阵。戎狄的两万官骑也是秦军装束，黑旗黑甲，在单于郡守帐外的高台下面南列开。四大部族各自的骑士，则是戎狄的传统装束，无盔无甲，长发披散，羊皮裹身，弯刀在手。旗帜分为红白蓝黑：赤狄红旗，白狄白旗，山戎蓝旗，犬戎黑旗。四面大旗下各有一万余骑士，列成了一个比官骑更壮阔的方阵。列阵之间，遥闻草原上马蹄杂沓，各部族牧民纷纷从枹罕四周赶来，聚拢在四面山头，要看这场罕见的结阵大比武。

方阵列成，四大单于登上了大纛旗旁的高高土台。单于郡守扬鞭一指台下方阵，狂放大笑：“如此军威，秦军岂非以卵击石？啊哈哈哈哈哈！”

犬戎单于雄赳赳高声道：“杀死这个百人队，祭我战旗，杀进咸阳！”

赤狄老单于摆摆手：“莫急莫急，比完再说，但愿我戎狄有五百年大运。”

白狄单于正要说话，却突然一指南面山口：“来了来了，看！”

谷地入口处，一队铁骑如狂飙般卷地而来。当先一面迎风舒卷的黑色战旗，旗面无字，旗矛却是闪烁生光，正是秦军百人队的无字战旗。清一色黑色战马，清一色黑色铁甲，在枯黄的草原上如一团黑云压来，其声势恍若千军万马。

四面山头与草原上的万千人众肃然寂静，一时忘记了喝彩。

顷刻之间，马队已经飞驰到中央高台下列成了一个小方阵。此时，樗里疾才骑着一匹走马气喘吁吁地赶到，向高台遥遥拱手道：“单于郡守——如何比法啊？——”

高台上的单于郡守摇摇马鞭作为招手礼节，高声道：“老客上来看。你在下边，没有用处！”

樗里疾哈哈大笑：“对也！黑肥子原本不懂战阵，他们有百夫长。”说着就上了土台，与秦军骑队一句话也没说。

单于郡守又摇摇马鞭，向四面山头与谷地巡视一圈，拉长嗓子高声喊道：“父老兄弟人众军兵听了：秦军骑士与我族骑士比武，两阵。每阵，双方各出五十骑。第一阵，戎狄官骑对秦军铁骑；第二阵，戎狄勇士对秦军铁骑。明白没有？”

“嗨！”谷地方阵雷鸣般答应。

“回禀单于郡守——”秦军旗下精瘦的山甲高声道，“两阵并一阵比了，更有看头！”粗重激昂的声音充满了激奋，全场大为惊诧。

戎狄骑兵不禁大笑，一片哄嗡嘻哈之声弥漫到四面山头，连赶来观战的牧民们也笑了起来，高台上的四大单于也笑成了一团。只樗里疾一本正经道："单于郡守，他们好心，想教父老们看个热闹红火。草原如此之大，人少了，不好看的了。"

一头红发的赤狄老单于呵呵笑着："你个黑肥子，马上百骑，遮天盖地，规矩不好立，死伤了人，如何得了？"

樗里疾一副漫不经心的商人样儿笑道："他们没有和草原骑兵对阵过，高兴着呢。死也好，伤也好，我出钱抹平便是。哎，可有一样，死的人多了，你们可得给我派人赶马。"

单于郡守哈哈大笑："好！真砍真杀最来得！但有死伤人命，不要你商人出钱。按草原规矩，奖赏战死勇士！如何？"

"好！"其余三个单于一脸笑意，立即回应。

单于郡守转身向谷地挥动马鞭，高声喊道："两军听了：今日较量，不用弓箭，真砍真杀，死伤有赏！戎狄官骑与戎狄勇士各出一百骑，与秦军百骑队一阵交锋！"马鞭"啪"地一甩，"开始——"

谷地山坡上的两排牛角号呜呜吹动，官骑阵前的大将弯刀一劈，一个百骑队从大阵边飞出，眨眼便到了谷地中心。领头骑士头盔插着一支五彩翎羽，显然是一员勇士战将，而不是寻常的百夫长。与此同时，四大部族的勇士骑阵也各自飞出二十五名骑士，连成一队，尖声呼喝着飞向谷地中心。他们身裹各色兽皮，裸肩长发，弯刀闪亮，与装束齐整的秦军和戎狄官骑形成鲜明对比。

论传统战力，这些裸肩长发的勇士，才是戎狄部族的中坚力量。秦孝公与四大单于盟约建立官骑时，各部族都不愿将最精锐的勇士交给官骑，最精锐的戎狄勇士仍然保留在四大部族的"部兵"里。尽管这些骑士装束不一五颜六色，却比戎狄官骑更有骄横气焰，压根儿就没有将秦军骑士放在眼里。本来他们要百人对百人，一阵击溃秦军百人队。可单于郡守坚执要比两阵——官骑与勇士散骑各出五十骑，各自对秦军五十骑较量。不想秦军小小一个百夫长，竟然提出两阵当一阵，秦军一百骑对戎狄两百骑。戎狄骑士人人怒不可遏，决意一阵便将这些老秦人剁成肉酱。枹罕草原是他们世代生存的大本营，他们的身上本来就涌动着狂猛好战的热血，岂能在本土教秦人猖狂？

散骑勇士们呼啸卷出，在距官骑百人队一箭之地，戛然勒马，雄骏的战马齐刷刷人立嘶鸣，弯刀闪亮，骑队顿时列成了黑白红蓝四个冲锋队形。这一勒、一立、一展，尽显戎狄勇士的马上功夫，草原上一片暴风雨般的欢呼喝彩。

显然，戎狄勇士是以部族为单元，要分成四个梯次对秦军侧翼发起冲锋，以便各显其能，看谁能一举击溃秦军；相邻的官骑百人队，则列成了一个“十十方阵”，要从正面冲击秦军骑阵。

南面一箭之地，是秦军铁骑。黑色战旗下清一色的年轻骑士，唯有当先的百夫长连鬓短须，估摸当在二十五六岁。这个百人队是典型的秦军铁骑，无论是战马还是装具抑或队列，都与戎狄官骑和勇士骑迥然不同。胯下战马，都是清一色的阴山胡马，高大雄骏，丝毫不输于戎狄骑士的草原骏马；不同的是，秦军战马的马身都裹着一层黑色皮革软甲，马头则戴着包裹铁皮的软甲面具，只露出战马的双眼；马上骑士全身铁甲铁胄，人手一口闪烁生光的阔身短剑。按照秦军装备，每个骑士还当有一张硬弓与二十支长箭，今日较量不许用箭，所以他们的弓箭已经全部卸下。此刻，秦军的队形很是怪异，没有列成司空见惯的方阵，而是列成了一个由三十三个三人骑组成的大三角阵势，百夫长单人独骑，在全队的最顶端。山甲则站在一座土山包上静静观望，看不出他有甚手段发号施令。秦国新军的步兵是千卒一旗，骑兵是百骑一旗，旗手均不在兵卒骑士之内计数。所以，这百骑队实际是一百零一人。旗手是专门挑选训练的特种骑士，非但要骑术高超，而且要身强力壮，能够同时使用旗枪与短剑搏杀。战场之上，旗手只跟定百夫长冲锋，所有骑士都看战旗的走向，号令分合聚散。

戎狄官骑则还是老式军制，千骑一旗。今日特殊较量，官骑散骑均有一面战旗作为声威标志，实际上并无号令作用。

见两军列阵就绪，高台上一声令下，山坡上的两排牛角号呜呜吹动了。戎狄官骑与勇士骑队一声呐喊呼啸，同时从正面与侧翼猛扑秦军。四面山头与谷地草原，也是鼓噪喊杀，声若海潮沉雷，直要吞没撕裂秦军。

秦军百人队却没有同时发动，百夫长一瞄戎狄冲锋队形，低喝一声“二三列！”只见战旗哗啦一摆，马蹄沓沓，大三角瞬息间分为两个小三角。戎狄骑兵堪堪将近半箭之地，秦军百夫长突然高喊一声：“杀——”黑色铁骑骤然发动，两支黑三角风驰电掣般迎向两个戎狄百人队。

秦军百夫长带领的十六个“三骑锥”，迎战正面的戎狄官骑，另外十七个“三骑锥”则迎向侧翼冲来的勇士百人队。按照戎狄将领会商的战法，认为百人队是秦军最小的骑兵单元，必定是一体冲锋结阵而战，善于结阵而战的戎狄官骑从正面顶压，悍猛善战的戎狄勇士从侧面展开搏杀，秦军必败无疑。及至冲锋发动，戎狄骑兵却发现秦军竟分两路展开，等于每五十骑对他们一百骑。戎狄骑兵大为惊讶，却也更加狂傲，一片呼喝啸叫：“杀死秦人！”“一个不剩！”“秦军猖狂个鸟来！”闪亮的弯刀瞬间便包裹了两支秦军铁骑。

迎战戎狄官骑的秦军百夫长骑队，在接敌的刹那之间，闪电般排成了五个梯次，每个梯次三个“三骑锥”，最前列是百夫长、旗手与一个“三骑锥”组成的大三角。戎狄官骑则是“十十方阵”，每排十骑，共十排，卷地杀来。两相碰撞，秦军铁骑的三角队形像尖刀般锐利地插入方阵之中，三骑一组，将戎狄官骑的百人队立即分割为十几个小块搏杀起来。这种奇特打法，大出戎狄官骑意料。按照骑兵的传统战法，两军冲锋相遇之后就是展开搏杀；大军之中，寻常都以百人队为搏杀单元，百人队单独作战，却向来没有成法，只是散骑搏杀而已。戎狄部族的骑兵历史，比中原诸侯国早了许多，当中原诸侯还在笨重的车战时期，戎狄部族就依靠剽悍的骑兵屡次攻进中原。所以，戎狄部族素来自诩为骑战鼻祖，在骑兵搏杀方面历来蔑视中原诸侯，以为骑兵的取胜根本就是骑术、刀术加勇猛，没有其他。

今日，戎狄骑兵却突然遇上了从来没有见过的冲锋队形——不散不展，钉子般直插核心，当真是匪夷所思。一时之间，戎狄官骑大为混乱，不由自主地被搅成了大大小小十几个小圈子，每个圈子都是十几二十骑对秦军九骑或六骑。戎狄官骑纷乱组合间，已经有十余人负伤落马。小阵搏杀，秦军三骑一组，相互保护，配合得严密异常。戎狄官骑虽勇猛冲杀，却对这种“三骑锥”毫无章法，散开则各自为战，落单被杀，聚拢则重叠掣肘，相互碰撞，威力大减。每遇戎狄骑兵最擅长的单打独斗，就有秦骑前后包抄而形成三打一。刚刚围住一个“三骑锥”，外围就有两三个“三骑锥”杀来解围。于是战场上怪异迭起：分明是戎狄官骑多出了秦军铁骑一倍，却经常出现秦军铁骑围困戎狄官骑的搏杀圈子。戎狄官骑渐渐地丧失了反击能力，一个个纷纷落马。

不到半个时辰，戎狄官骑的百人队大部被杀，其余断腿断臂者均躺在枯黄的草地上喘息。奇怪的是，秦军百夫长并没有率领自己的五十骑来增援另外一阵，而是勒马外围，静静地看着另一场还没有结束的酷烈搏杀。这种做法，意味着秦军五十骑笃定了能够战胜戎狄的一百勇士骑，根本无须增援。

四面山头的牧民们看得气愤极了，一片山呼海啸般的嘘声口哨声。

另外一阵的搏杀，更是惊心动魄。戎狄勇士们本来就分为四队冲杀，想为各自部族争光，完全没有整体队形。秦军铁骑也根本不用强行分割，很自然地分为四个三角阵迎击，每阵四个“三骑锥”，十二骑对二十五骑，余下一个领头什长的“三骑锥”做游击策应。论个人马术、刀术与体魄强猛，戎狄勇士显然强于戎狄官骑，就是与秦军相比，也略胜一筹。但秦军的精良装具与整体配合却远远胜过戎狄勇士，结阵而战，秦军竟丝毫不显人数劣势。战马穿插，剑器呼应，极为流畅。相比之下，戎狄勇士们一旦相互间三五骑并马冲杀，总是要出现磕磕碰碰，只有不断地高声呼喝同伴“闪开！”“上！”“外边！”“我在里边！”等各种口令，彼此的呼唤声与战马的嘶鸣、跳跃纠结在一起，乱成了一团。

秦军则极少出声，但有呼叫，必是队形变换。在电光石火般的激烈搏杀中，任何一个迟滞或混乱都可能是致命的。戎狄勇士的单骑本领，在训练有素配合严密的秦军铁骑面前无从施展。在一声声愤怒的嘶吼中，裸臂散发的戎狄勇士纷纷落马，或死或伤，重重地摔到坚硬的冻土地上。失去主人的战马不断在草原上狂奔嘶鸣，绕着小小战场不肯离去。饶是如此，戎狄骑士没有一个脱离战场逃跑，重伤落马者依然奋力挥刀，砍向秦军马腿。

秦军事先议定，不杀落马伤兵。这是军令，自然不能违犯。但几次这样的袭击之后，秦军骑士队形难以保持，渐渐出现了小混乱。正在此刻，突闻小山包传来一声悠长尖厉的呼哨声，响遏行云般贯彻战场！

阵中头领精神大振，怒喝一声：“杀——杀光——”一阵愤怒的呼喝嘶吼，杀红了眼的秦军骑士们纵马驰突，剑光霍霍，戎狄伤兵与残余的骑士悉数躺倒在血泊之中。

不到一个时辰，戎狄官骑全数瓦解，勇士骑兵全部被杀。

草原上安静了下来，人山人海的山头谷地，空旷得寂然无声。戎狄人无论如何不能相信，半个多时辰内两百名骑士竟全数被伤被杀，而秦军竟只是有伤无死。

四大单于脸色铁青，狠狠盯住樗里疾，仿佛要活吞了这个满脸木呆黑黑肥肥的秦商。樗里疾却恍然大悟般叫了起来：“咳呀！这新军小子们恁般厉害？单于郡守，跟他们再比！总要我族赢了才是！”

“呸！”赤狄单于怒吼，“你教戎狄丢人么？还再比？！”

单于郡守思忖良久，突然哈哈大笑道：“老客啊，说好的生死不论，戎狄人没有信义么？收兵！”

当天夜里，单于郡守大帐里的灯光亮了整整一夜。

第二日，四大单于亲自宴请樗里疾与秦军百人队，连连夸赞秦军骑士“天下无双”，并向每个骑士赠送了一把戎狄短刀。单于郡守还亲自在一张白羊皮上写了“永做秦人，永守西陲”八个大字，指派特使与樗里疾同赴咸阳面见国君。

一场痛饮，秦军骑士们将自己的甲胄赠送给了戎狄的一百名勇士，人人换上了戎狄骑士的裸肩皮袍，惹得满帐笑声。樗里疾高兴极了，出了两千匹马的大价，却只“买”了五百匹战马。戎狄牧民高兴得连呼“万岁”！草原上一片欢声笑语。

十日后，樗里疾马队带着戎狄特使，赶着五百匹战马，浩浩荡荡地向东进发了。

刚过上邽[1]，樗里疾就接到雍城县令送来的秘密战报：义渠国发兵叛乱，函谷关守将司马错率军两万，正在咸阳北阪迎敌。

---

[1] 上邽，今甘肃天水西南。

三　北阪痛歼牛头兵

老甘龙第一次感到了不安。

三月头上，到了约定日期，还没有甘成的阴符传回来，甘龙的心头隐隐跳了几次。倒不是担心阴符被人截获，那东西就是一片竹板上画了长短不等颜色不同的一些线条，除了约定人自己，任谁也休想看懂。这阴符比阴书更为隐秘。阴书是“明写分送，三发一至”，能传达复杂的秘密命令；阴符则是“暗写明送，一发抵达”，不怕截获，但却只能传达简单的信号——成了还是没成、定了还是没定等。甘成办这种秘密要务特别稳妥，老甘龙从来没想过办事出了意外，诸如送阴符的人是否病倒中途等，那种意外甘成完全可以想到，而且有办法克服。甘成的阴符杳无音信，只有一个可能，有人在针锋相对地和他“对弈”，这件事本身出了意外。

老甘龙专门进宫走了一趟，任何异常也没有觉察出来。国君嬴驷和他说了半个时辰的话，只是虔诚征询世族元老们的“国是高见”。甘龙只含含糊糊地说，世族贵胄们被商鞅害得太惨了，老秦人还是怀念秦国祖制。嬴驷则忧心忡忡地说，商鞅已经死了，事情要慢慢来，欲速则不达，要老太师多多斡旋，不要逼他，等等。末了还说到要晋升赵良为上大夫，辅助老太师理乱定国，征询甘龙意下如何。老甘龙一概地含糊其辞，不置可否。他从这位新君的眼睛里看到的是无奈，是暗淡，心下长长地嘘了一口气。

按照他的预想，新君嬴驷应当是这样的，否则，便是他大大地走了眼。

虽然如此，老甘龙还是决定提前发动“穆公定国之变”。这是他定下的事变名号——托穆公之名，引进戎狄，铲除新法，再将“杀戮乱国”的罪名加于戎狄而剿灭之。那时候，秦国就是老秦世族的，谁想推翻祖制都是痴心妄想。老甘龙不图在秦国摄政，图的就是光复穆公百里奚的王道大政。本来这件大事须当徐徐图之，不能轻举妄动。但是，甘成的阴符失踪却使他蓦然警觉：目下这国君还在懵懂之中，他若转而求助变法新派，岂非一切宏图都要付诸东流？就眼下实力而言，秦国实权还是操在变法派手中，元老们虽然都恢复了爵位，但却没有一个人派定实职，纵然赵良要做上大夫是真的，也是远水解不了近渴。当此之时，只要国君一转向，一切都会毁于一旦；机会，机会稍纵即逝；没有机会，老甘龙可以等待；有了机会，片刻的犹豫，也会招致永远的悔恨。

这日夜里月黑风高，一辆东方商人的轺车随着人流驶出了咸阳北门，驶上了北阪松林。片刻之后，一骑骏马飞出密林，在料峭春风中向北方的大山疾驰而去了。

半月之后，一个惊人的消息传到咸阳——义渠国大牛首亲率十万大军杀来了。

甘龙终于松了一口气。义渠国发兵，说明西戎的狂猛骑兵也就要到了。对他来说，要思谋的只是如何引导国君清理逆党，理顺朝局，同时防范戎狄乱兵不要毁灭了咸阳，重蹈镐京之变的覆辙。老甘龙不再韬晦了，他穿起太师官服，一拨又一拨地接见元老贵胄，秘密部署着一件又一件大事。太师府俨然成了秦国轴心，声势比商君府主政时还要显赫。这次老甘龙没有进宫，他在等待，相信国君嬴驷会亲自到来，敦请他出面定国。他相信，嬴驷一定会来。那时，他的安排将震惊天下——嬴驷将像周文王为姜尚拉车一样，亲自在脖颈套上马具拉车，将他甘龙一直拉到咸阳宫门。

然则，三天过去了，嬴驷没有露面。

这日正午，老甘龙正在与杜挚、赵良、孟西白几人密商朝中大臣的任免，突然听得府门一阵沉重急促的脚步声，接着一声高宣："国君君书到——"杜挚赵良等惊讶得面面相觑。老甘龙哼哼冷笑几声："好不晓事，不用理会他。"老甘龙号称大儒，此刻说出这等有违礼法的话来，座中人人变色。正在此时，庭院中使者已经在径自高声宣读君书："大秦国君书：凡秦国臣工，闻书立即前往咸阳北阪，以壮我军声威。违书不前者，即行拘拿！"

"要我等观战？去不去？"杜挚轻声问。

"义渠大兵到了？当真快捷！"赵良显然很兴奋。

孟西白三人阴沉着脸不说话，似乎心事重重。甘龙霍然站起，走到廊柱下对使者冷冰冰道："回去，我等自然要去壮威。"

不想使者也冷冰冰回答："不行。老太师必须立即登车。"又高声向厅中喊道："里边尚有何人？立即前往北阪，否则一体拘拿！"杜挚等人闻言出来，看看使者身后刀矛明亮威风凛凛的一队甲士，甚话也没说，便出门上马向北阪去了。

甘龙思忖片刻，觉得事有异常，但一想到义渠有十万兵马，秦国充其量也就五万多兵马，心中顿时踏实，冷笑着登上轺车出了北门。老甘龙相信，尘埃落定之时，便是他与嬴驷算总账的日子，一时屈辱何须计较。

咸阳北阪的阵势，贵胄元老们做梦也想不到。

北阪，是咸阳北门外的一道山塬，也是渭水平原北边的第一道塄坎。从咸阳北门出来，一道十里长坡上到了塬顶，便是一马平川赫赫有名的咸阳北阪。其时，渭水还没有被引上北阪，塬顶除了一大片松林，便是莽苍苍平展展的林木荒原。义渠国兵马从泾水河谷南来，北阪是攻取咸阳的必经之路。秦军迎击的地点，也正是选在这里。

嬴驷接到樗里疾的快马阴书，心中底定，对义渠的叛乱决意采取根除后患的歼灭战。

还在商君赴刑之前，对世族势力高度警觉的嬴驷，就已经通过堂妹嬴华，在各个元老重臣的府邸布下了秘密查勘的眼线。去年冬天，他接到密报——甘龙的长子甘成与杜挚的长子杜通秘密北上，意图不明。嬴驷很是敏锐，立即察觉到这是世族元老要借用戎狄力量，逼迫自己废除新法复辟旧制。嬴驷没有急于行动，他在等待一个合适的时机。在樗里疾的西路出使没有分晓之前，对咸阳贵胄与义渠国，无论如何也不能有任何动作。按照嬴驷的推测，陇西戎狄安定之后，咸阳世族可能改弦易辙，义渠国也一定会偃伏下来，那时候要引诱义渠出兵从而根除后患，还真得颇费周折。反复权衡，嬴驷决定对陇西戎狄慑服的消息秘而不宣，看看咸阳贵胄与义渠大牛首如何作为。能诱发他们出动更好，诱发不成，再图分而治之。

没有想到，义渠竟举族出动，十万大军向咸阳压来！

义渠发兵，意味着咸阳世族没有将嬴驷放在眼里，要将他这个国君撇在一边，要直接摧毁秦国新法了。那些老东西想的是，只要杀死变法派大臣，宣布恢复穆公祖制，新国君还不是他们鞭下的陀螺？想到这里，嬴驷一阵冷笑，在他看来，这恰恰是一举廓清朝局国政的大好机会，也是自己露出真面目赢得秦国民心的大好机会。此中关键，在于一举歼灭义渠国的牛头兵。嬴驷没有带兵打仗的经历，说到军事上，自然要倚重伯父嬴虔、国尉车英甚至还得加上将军出身的上大夫景监。但嬴驷想得更多更远，他要在处置这场特殊动乱中培植更年轻的真正属于自己一代的才具之士，在国事板荡中聚集未来的骨干力量。樗里疾、司马错是商君生前特意推荐的两个文武人才，一定要教他们在这场板荡中显出本色，能则大用，不能则早早弃之。嬴驷虽然相信商君的眼光，但还是要亲自考量一番。毕竟，许多才具之士在风浪之中也有把持不定处。譬如赵良，也算是大名赫赫的稷下名士了，不也在风浪中不伦不类，被朝野嗤之以鼻么？自古以来，才具卓绝而又风骨凛然者，毕竟凤毛麟角。秦国所需要的，嬴驷所需要的，正是这种才具风骨之士，而不是赵良那种学问满腹却入缸必染的“名士”。唯其如此，嬴驷对樗里疾在商於的特立独行，内心很是赞赏；不过他不能公然褒奖，只能佯装不知罢了。目下，樗里疾秘密出使陇西已经大获成功，证实了樗里疾确实是一个堪当大任的能臣。那司马错如何？一个出色的将帅，在当今天下可是第一等珍宝。

嬴驷大大破例，派出快马特使，急召函谷关守将司马错星夜赶赴咸阳。

君臣五人会商时，嬴虔满脸杀气，申明必须一战彻底消灭义渠，不留任何后患。至于如何打，他教国尉车英与上大夫景监说话。车英与景监都是谨慎周密的老臣，提出集中秦国五万新军，在泾水谷口伏击义渠的万全方略。最后，嬴驷看了看刚刚三十岁出头的司马错，道：“司马将军以为如何？”

此时的司马错，只是一个函谷关守将，按军中序列，只算得一个中级将军。面前除了国君，都是秦国军中的老一代名将，在寻常人看来，这里根本没有他说话的资格。可是，见国君垂询，司马错一语惊人：“君上，司马错请兵两万，一战痛歼义渠兵。”语气却平静得出奇。一语既出，举座惊讶。嬴虔沉声斥责：“司马错，你与戎狄打过仗么，儿戏一般。”车英倒是笑了笑：“司马错素来不是轻狂之辈，请君上、太傅听听他如何筹划。”

“君上，司马错以为，国尉与上大夫之见，虽则万全，却失之迟绥。秦国新军分驻西部散关，中部蓝田、灞水，东部函谷关三处。全部集中到泾水谷口，至少得十日，定然贻误战机。其二，义渠所谓十万大军，乃举族出动，徒有其表。真正的兵卒，也就两万左右。以我新军战力，蓝田两万步骑足以痛歼，无须大动干戈。”

“决战地点？”嬴驷目光炯炯。

“咸阳北阪。最利于骑兵驰骋。”

“何时？”

“三日之后。义渠兵正好抵达。”

“好！”嬴驷没有丝毫犹豫，立即拍案定夺，“晋升司马错为前军主将，率两万新军，迎战义渠！”

嬴驷并没有将北阪之战当成一场寻常的战争，尽管从实力对比与战国传统来说，这确实是一场平淡的小仗。但在嬴驷眼里，这场北阪之战却是大大的不同寻常，根本处便在于它的震慑力与旗帜性。正因为如此，嬴驷不但率领全体官员亲临战场，形同国君亲征，而且强令所有贵胄元老必须到北阪观战。

当老甘龙来到北阪时，被一名全身甲胄的宫廷内侍领到了靠近松林的一面山坡上。这面山坡正好向北，满满站着一大片须发花白的贵胄元老，人人都阴沉着脸悄无声息。见甘龙来了，太庙令杜挚悄悄挤过来低声道：“老太师你看，王驾亲征。”老甘龙冷笑一声：“打完了再说。”手搭凉棚，眯起了老眼向山塬瞭望。

时当初夏，广阔的北阪山青草绿。秦军两万已经列好了阵势——中央是五千步兵列成的一个向内凹陷的弧形壁垒，当先的一道铁灰色盾牌，就像是一道弧形铁墙，在正午的太阳下闪烁着一片凛凛青光。弧形大阵的边缘，立着一面高约三丈的“秦”字大纛旗，旗下一架高高的云车，车上站着黑色斗篷的司马错；东边西边，各是两个五千骑兵列成的巨大的黑色方阵；步兵的弧形阵地之后，整肃排列着一百辆战车和一百面牛皮大鼓，战车上站着的却不是车战将士，而是嬴驷率领的朝中官员；战车之后，却只有一队全副戎装的内侍兵卒，竟没有任何护卫大军。

“胆子忒大！”当过戎右将军的西乞弧低声道，“一万五对十万？匪夷所思！”

“看看那边，”曾经是车兵将领的白缙指着那列战车笑道，“不要护卫大军，五千步兵能挡住几万牛头兵冲击？有热闹看。”

只有不懂打仗的老甘龙脸色铁青，一言不发。他觉得，今日这阵势很是怪异。秦国新军至少五万，连同老军加紧急征召，凑集十万大军不是难事，为何今日只摆出了一万五千新军？有埋伏么？还是去抄义渠国老窝了？大牛首啊大牛首，你可不能大意也……

正在思忖间，突闻北方沉雷滚动连绵不绝，须臾之间，那道远远的青色山梁上烟尘大起，一道黑线在烟尘下隐隐展开。随着滚滚沉雷的逼近，烟尘变成了弥漫的乌云，将正午的太阳也遮盖了。烟尘下的那道黑线越来越粗，终于变成了漫山遍野的人潮与山呼海啸般的狂野吼叫。远远望去，遍野都是牛头人身，遍野都是弯刀闪亮。当先的一大片野牛狂奔着，丝毫不比战马的速度逊色。野牛身上的骑士，也都顶着牛头，赤膊挥舞着弯刀，一片狂野呐喊。大片的野牛后边，一面血红色的大纛旗在风中舒卷，隐隐可见旗面的牛头和旗下的车队、驮队与大片红衣赤膊的长发女人；东西两翼，则是漫无边际的牛头步兵，他们纵跃跳蹿呐喊呼叫，仿佛无数的山猴，其快捷不比当先的野牛阵落后多少；最后边，则是潮水般的“农猎兵”，他们扛着斧头、铁耒、锄头、柴刀、木棍等各式各样的兵器，赶着马车（牛神是不能拉车的），呼啸呐喊，追赶着前边的大军，将无边的原野淹没得昏黄。

南面的秦军大阵静如山岳，肃杀无声，唯闻战旗的猎猎风动。

堪堪将近两箭之地，只听义渠大纛旗下一声大吼：“牛神在上，停——”轰轰隆隆的牛群竟在骤然间放慢了狂野的奔驰，涌动磨蹭到大约一箭之地，缓缓停了下来。前方的野牛骑士阵轰隆分开，中间拥出了那面大纛旗和骑在一头怪牛身上的大牛首，花白的长发散乱地披在肩上，手中一柄锃亮闪光的长大铜刀扬起，突然沙哑地大笑起来：“嗨——我说老秦，就你这一疙瘩兵娃子，想挡住牛神财路么？啊——”

“敢问大牛首——”一个声音从高高的云车传来，分明还带着笑意，“你的牛头兵，列好阵势了么？”

大牛首惊讶地抬头望去：“你是谁？要和牛神比试阵法？牛神打仗，只说杀法！”

“我，只是秦军一员偏将而已。”云车上的将军高声道，“和你比阵，你这牛头兵配么？大牛首听仔细了：大秦国君在此，义渠投降，迁入关中，还来得及。否则，我这万余秦军就与你野战一场，只比杀法！”

“啊哈哈哈哈哈！”大牛首仰天大笑，“迁入关中？嬴驷碎崽子想得美！牛神偏要杀光秦人，报我义渠血海深仇！”说完大铜刀一举，“牛神在上——兵娃子杀啊——”“呜呜呜”的牛角号声凄厉地四面吹起，轰轰隆隆的野牛与漫山遍野的牛头人身兵呐喊着潮水般漫卷而来。

司马错在云车上看得分外清楚，令旗一劈，一百面牛皮大鼓雷鸣般响起。中央的步兵大阵岿然不动，待野牛阵冲到五六十步的半箭之地，一片尖厉的号角响遏行云。铁盾后的弓弩手“刷”地站起，长箭如暴雨般射向野牛兵。秦军步兵弓弩，都是特备的专门射穿皮革甲胄的长镞箭，野牛目标极大，箭箭没有虚发，野牛阵顿时“哞哞”惨吼，不是轰隆倒地，便是疯狂回蹿。秦军射手训练有素，每千人一个大弧形，共是五层，一层射出立即蹲身，后排续射，如此波浪起伏般衔接得毫发无差，长箭暴雨般浇了过去。野牛阵被持续密集的箭雨始终逼在一箭之外，嗷嗷狂叫着硬是无法靠近。片刻之间，五六千头的野牛阵大乱起来，自相践踏，向四面山野疯狂奔窜。

在强弩挡住野牛阵的同时，司马错两面令旗同时东西一劈，第二通战鼓再起。东西原野上，两个骑兵大三角呼啸杀出，卷向野牛阵后面的牛头步兵。这是司马错谋划的特殊战法——强弓对野牛，铁甲骑士对步兵。义渠国狂妄骄横，仗恃的就是他们那防无可防的几千头野牛，战马骑士与野牛兵正面冲锋对阵，骤然间还真是难分高下。一颠倒就大不一样，野牛阵在秦国锐士的连排步兵弩面前毫无冲击能力，散漫成习的牛头步兵则根本不懂“结阵抗骑”的战法，只是狂呼乱吼盲目拼杀，一时间分明成了秦军铁骑的劈杀活人靶。堪堪半个时辰，一两万牛头步兵锐减大半，吼叫着向来路逃去。

此时，司马错一摆令旗，身边三丈高的大纛旗大幅度地东西摆动。随着大纛旗摆动，北方山塬后突然冒出一线散开队形的黑色铁骑，倏忽之间线形扩展，就像无边的乌云从天边向义渠牛头兵与最后的农猎兵压来。南面的步兵大阵也发动起来，丢下弓弩，操起与人等高的铁盾与厚背大刀，随着战鼓的隆隆节奏，如黑色城墙般向义渠兵压了过去。南北夹击，中间又有一万铁骑猛烈砍杀，义渠部族的“十万大军”眼看就要被彻底埋葬了。

这时，战车上一直不动声色的嬴驷却突然向云车上的司马错连连摆手。司马错似乎明白国君的用意，立即下令，大纛旗缓缓摆动，十面巨大的铜锣也“哐——哐——”地响了起来。这是军法上的“鸣金收兵”。片刻之间，北阪原野上的秦军停止了冲锋厮杀，缓缓撤向战场边缘。

突然，百辆战车旁一骑飞出，黑色战马黑色斗篷，宛如一道黑色闪电，直插义渠大纛旗而去。遥遥可见骑士头上的铜面具与手中弯月形的长剑闪烁生光，瞬息之间逼近了那面牛头大纛旗。千军万马骤然愣怔，谁竟敢违抗军令独骑冲杀？未待四野军兵与秦国君臣缓过神来，便听义渠人海中一声苍老的惨嚎，黑色闪电又飞了回来，手中提着一颗血淋淋的白发人头！

嬴驷沉重地叹息了一声："公伯何其鲁莽也！"

铜面具骑士提着血淋淋的白发人头，飞马绕着战场高呼："义渠大牛首，被俺嬴虔杀了！这就是找秦人复仇的下场！义渠不降，全部杀光！说！降也不降？"

没有任何人号令，义渠人漫山遍野地跪倒哭喊："义渠降了——降了——"

四　咸阳老世族的最后时刻

北阪之战，对贵胄元老们不啻炸雷击顶。

这些元老虽然都曾经有过或多或少的战场阅历，但在变法的年代里，都早早离开了军旅，离开了权力，对秦国新军已经完全不熟悉了。况且，时当古典车战向步骑野战转化之时，军旅的装备，打仗的方略，甚至传统的金鼓令旗，都在发生着迅速的变化。二三十年的疏离，完全可以使一个老将变成军事上的门外汉。他们熟悉义渠国这种传统野战的威力，还记得当年秦国的战车奈何不得这聚散无常的牛头兵，否则，义渠国可能也早被秦国彻底吞没了。但是，元老们却不熟悉秦国新军。在他们眼里，新军就是取缔了兵车、变成了骑兵步兵而已，能厉害到何处去？看到义渠牛头兵漫山遍野压向北阪，而秦军只有三个五千人方阵时，他们都以为一万多对十万多，义渠纵然战力稍差，也是胜定无疑。尤其是孟西白族人与那些旧时将军出身的元老们，早已经在津津评点秦军的缺陷了。

“云车上是谁？还说和人家野战？”

“义渠牛头兵，野战老祖宗。谁不知道？”

“完了完了，嬴驷这小子完了！”

“何能不完？连个大将都没有！老秦国几时弄成了这样？”

“老太师，义渠兵蛮势得很，将来难弄，谁能打败大牛首？”

那时候，这群贵胄元老已经不是老秦人，而是观战使团了。当野牛阵在“哞哞哞”的连天吼叫中压过来的片刻之间，元老们一片惊呼：“哎呀——野牛阵太狠了！”一片悲天悯人的哀叹，却分明渗透出无法抑制的狂喜。可惊呼未了，那舒心的笑意就骤然凝固了。秦军步阵弓弩的威力教他们目瞪口呆，秦军铁骑摧枯拉朽般的冲锋杀伤，使他们心痛欲裂，北方山野冒出来抄了义渠后路的那支黑色铁骑，更教他们欲哭无泪。贵胄元老们在义渠人遍野的惨叫哭喊与鲜血飞溅中，死一样的沉寂了。及至嬴虔闪电般杀了义渠国大牛首，被杀怕了的义渠人茫茫跪倒时，元老们大多都软瘫在了山坡上。

老甘龙几乎变成了一根枯老的木桩。整整一天一夜，不吃不喝不睡，一个人在后园石亭下呆呆地望着苍穹星群的闪烁，望着圆圆的月亮暗淡，望着红红的太阳升起。家老轻悄悄走来禀报说，大公子甘成被山戎单于押解到了咸阳，国君却派人送到太师府来了，大公子浑身刀剑伤痕，昏迷不醒……老甘龙依然木桩一样佝偻着，没有说话。

夜晚再次来临，老甘龙进了浴房，开始了斋戒沐浴。这是一种古礼，在特别重大的事情之前尽戒嗜欲洁净身体，此所谓“斋戒以告鬼神，洁身以示庄敬”。老甘龙本来就欲念全消，此刻更是平静，枯瘦如柴的身子泡在硕大的木盆中，淹没在蒸腾的水雾中，竟恍恍惚惚地睡去了……隐隐约约的，外边有杜挚的哭声和哄哄嗡嗡的说话声，良久方散。可是，老甘龙还是没有出来。

三日后的清晨，老甘龙素服只身来到了咸阳宫的殿下广场。他从容地展开了一幅宽大的白布，肃然跪坐，抽出一柄雪亮的短剑一挥，齐刷刷削去了右手五根指头。看着鲜血汩汩流淌，老甘龙仰天大笑，挥起右手在白布上大书——穆公祖制，大秦洪范。费力写完，颓然倒在了冰冷的白玉广场。

及至老甘龙醒来，周围已经全是素服血书的贵胄元老。他们打着各种各样的布幅，赫然大书：“弃我祖制，天谴雪灾”！“新法逆天，属国叛乱”！“贬黜世族，殷鉴不远”！如此等等。一片白衣，一片白发，倍显悲壮凄惨。

消息传开，国人无不哑然失笑，纷纷围拢到广场来看稀奇。在老秦人看来，突如其来的那场惊雷暴雪，无疑是上天对诛杀功臣的震怒，对商君的悲伤。如今，却竟然有人说这场暴雪是上天对放弃“祖制”的谴责，当真离奇得匪夷所思。看来这天象也是个面团团，由着人捏磨，到谁手里都不一样，寻思着便哄哄嗡嗡地议论，有的竟高声叫骂起老天来。

正午时分，元老们向大殿一齐跪倒，头顶请命血书齐声高呼：“臣等请命国君，复我穆公祖制——”

殿阁巍巍，没有任何声息。本来异常熟悉的秦国宫殿，此刻对于贵胄元老们来说，却如同天上宫阙般遥远。北阪大战后，国君本来要召见他们，可那时却没有一个能够清醒地站出来说话的元老。他们眼看着国君轻蔑地笑了笑就走了，那真是令人寒心的笑。今日，无论如何也不能丧节屈志，要拿出老秦人的风骨，要让朝野尽知：世族元老别无所求，要的就是穆公祖制。

嬴驷的书房，正在举行秘密会商。

对于世族元老的请命举动，嬴驷并无太大压力。他所思谋的是，如何利用处置元老请命而一举恢复自己在国人心目中的地位，如何使这场国是恩怨就此了结。要达成此等目标，就不是他一个人一道君书所能解决的了，他必须与应该参与的所有相关力量联手。

虽是初夏，早晨的书房里还是有些凉气，燎炉里的木炭火也只是稍稍小了一些。嬴驷抄起铁铲，熟练地加了几块木炭。他在这种小事上从来有亲自动手的习惯，尤其在和大臣议事的时候，内侍仆役从来不能进来，琐细事务都是自己做，显得很是随和质朴。加完木炭，他看了看在座臣子笑道："还有互不相熟者，我来介绍一番。上大夫、国尉尽皆知晓，无须多说。这位乃公伯嬴虔，这位乃函谷关守将司马错将军。刚赶回来的两位，文员乃商於郡守樗里疾，将军乃前军副将山甲。诸位奉书即到，嬴驷甚觉快慰。今日，世族元老要恢复穆公旧制。诸位之见，该当如何处置？"

樗里疾、司马错与山甲三人，一则爵位官职较低，二则刚匆匆赶到，所以都没有说话。景监、车英则因为是朝野皆知的商君臂膀，答案不问自明，所以也没有说话，只是看着国君嬴驷。殿中沉默有顷，公子虔淡淡道："人同此心。我看君上就部署了。"

"正是如此，人同此心！"樗里疾突兀开口，声音响亮得连自己也吓了一跳。

"噢？"嬴驷笑了，"人同何心啊？"

"铲除世族，诛灭复辟！"樗里疾毫不犹豫地回答。

"樗里卿皂白未辨，何以如此论断？"嬴驷还是笑着。

“嘿嘿嘿，不除世族，无以彰显天道，无以抚慰民心。”

“司马错、山甲二位将军，以为如何？”

“人同此心！”两员将军同声回答，精瘦的山甲还加了一句，“早该如此。”

“上大夫，国尉。”嬴驷轻轻地叹息了一声，“不要有话憋在心里，说。”

车英骤然面色通红，高声道：“君上，臣请亲自缉拿乱臣贼子！”

景监阴沉着脸道：“臣请为监刑官，手刃此等狐鼠老枭！”

“公伯以为如何？”

蒙着长大面罩的嬴虔身子不自觉地抖了一下，声音却很是平淡道：“为国锄奸，理当如此。”

“好。”嬴驷轻轻叩了叩书案，“山甲将军辅助国尉，樗里疾辅助上大夫，其余刑场事宜，司马错将军筹划。也该了结了。”

会商一结束，车英带着山甲立即出宫，调来五百步卒五百马队。车英派山甲带领大部军兵去世族各府拿人，一个不许走脱。自己却亲自带了两个百人队来到广场。老贵胄们正在涕泪唏嘘地向着宫殿哭喊，突闻铿锵沉重的脚步，不禁回头，却是大惊失色——车英手持出鞘长剑，正带着一队甲士满面怒色地大步逼来。

“你，你，意欲何为？”杜挚惊讶地喊了起来。

“给我一齐拿下！”车英怒喝一声，长剑直指，“国贼竖子，也有今日！”

杜挚吓得踉跄后退，正巧撞在一个甲士面前，立即被扭翻在地结结实实捆了起来。一时间，苍老的吼叫接连不断，百余名元老贵胄统统被捆成了一串。只剩下枯瘦如柴须发如雪的老甘龙，甲士们却难以下手，只怕捆坏了这个老朽，杀场上没了首犯。车英大踏步走了过来，盯住浑身血迹斑斑的老甘龙，冷冷笑道：“老太师，想甚来？”

“竖子也，不可与语。”老甘龙闭上了眼睛。

“老贼枭！”车英一声怒吼，劈手抓住甘龙脖颈衣领一把拎了起来，又重重地摔到地砖上，“捆起来！这只贼老枭，撞石柱，割耳朵，断手指，照样害人，死不了！”变法后的秦国新军中平民奴隶出身者极多，对变法深深地感恩，对旧世族本能地仇恨，今日拘拿逼杀商君的老贵族，本来就人人争先，要不是怕杀场没了主犯，岂容老甘龙自在半日？此时一听国尉命令，两名甲士大步赶上，将地上猥琐成一团的老甘龙，一绳子狠狠捆了起来。

一个月后，秦国大刑，刑场依旧设在渭水河滩。

图谋复辟的世族八十余家一千余口男丁，全数被押往渭水刑场。依嬴虔的主张，株连九族，斩草除根，杀尽老世族两万余口。可是嬴驷断然拒绝了，在这种斡旋权衡的大事上，嬴驷向来是极为清醒的。他相信，只要除掉顽固元老嫡系的成年男丁，就足以稳定大局，物极必反，太狠了只能伤及国家元气。

消息传出，举国震动。老百姓们从偏远的山乡络绎不绝地赶到咸阳，都要看这为商君昭雪的天地大刑。关中的老秦人更是拖家带口，赶大集一般从东西官道流向咸阳城南的渭水草滩。六国特使也匆匆赶来了——这是秦国的大事，但六国却都担着干系，当初逼杀商鞅，六国都是对秦国强硬施压的。如今秦国又要翻个个儿，会如何对待原先这笔旧账？山东六国心中忐忑不安，都觉得这是件摸不透的棘手事。如今的秦国不是从前了，谁愿意轻易开罪这个强邻？

时当初夏，东西十多里的渭水草滩一片碧绿，此刻变成了人山人海。聪明的商人们干脆将杂货帐篷搬到了草滩，农人们趁着看热闹，还买了夏忙农具盐铁布帛等，一举两得，生意分外红火。然最引人注目的，还是那逶迤数里的酒肆长案。咸阳的有名酒家全都在草滩摆开了露天大排案，包红布的酒坛黑压压地望不到边。其中最有声势的，是魏国白氏渭风古寓的露天酒肆，一溜三排木案长达一里余，各种名酒摆得琳琅满目，大陶碗码得小山一般。但有祭奠商君者，馈赠美酒，分文不取。人们本来就喜气洋洋，有酒更是兴奋。长案前人头攒动，洒酒祭奠者川流不息。已经是须发灰白的白门总事侯嬴，亲自督促着仆役们，为每一个祭奠商君的秦人斟酒，忙得满头大汗，却是乐此不疲。

到得午时，一阵大鼓沉雷般响起，人山人海呼啸着拥向高处的河岸土包。

一千多人犯被甲士们鱼贯押进了刑场中央。为首者，正是白发苍苍的甘龙。人犯所过之处，无不腾起一片怒吼："诛杀国贼——杀——"本想赳赳赴刑以彰显骨气的老甘龙，在万千人众的愤怒喊杀中，不由自主地低下了一颗白头。时至今日，他才知道"国人皆曰可杀"这句古语的震慑力，一股冰凉的寒气渗透了他的脊梁，一切赖以支撑的气息都干涸了。踉跄几步，他瘫倒在草地上，再也无法挪动半步了。挟持的两名甲士一阵紧张，生怕他被吓死在这里，不由分说，架起老甘龙飞步来到行刑桩前，紧紧捆在高大的木桩上，使这个最为冥顽的老枭不至于软瘫下去。

人犯就位，身穿大红吉服的监刑官景监在土台上高声宣道："大刑在即，朝野臣民，听国君训示——"

国君要出来么？这是谁也没有想到的。人山人海，顿时安静了下来。

刑台中央缓缓推出了一辆高高的云车，嬴驷的声音仿佛从天上飘向河谷草滩，从来没有这样高亢："秦国朝野臣民们：本公即位之初，国中老旧世族勾连山东六国，逼杀商君！又勾连戎狄部族，图谋复辟！

赖朝野国人之力，秦国得以剿灭义渠，擒拿复辟国贼，为商君昭雪！从今日起，秦国恪守新法，永久不变！大秦国人，当万众一心，向逼杀商君的山东六国，复仇！”

黑茫茫山海般的人群振奋了。此刻，还有什么能比国君亲自出面说明真相，并为商君昭雪更能激动人心？一片连天彻地的欢呼声，顿时弥漫在河谷草滩：“国君万岁！”“新法万岁！”“向六国复仇！复仇——”

被绑缚在刑桩上的甘龙抬起了头，目光死死盯住了高高的云车，却一句话也喊不出来。

最为震惊的还是台上观刑的六国特使，最不愿意看到的事情恰恰发生了——秦国国君当着万千国人，竟公然将诛杀商鞅的罪责推到了六国头上！当此之时，谁能辩驳得清白？更何况，当初还有“请杀商君书”留在秦国。可那是“请杀”，如何竟变成了“逼杀”？特使们慌乱地交头接耳，一个个面色苍白。看来，老秦和山东六国这血海冤仇是结定了。

又是一通大鼓，景监一劈手中令旗，高声喊道：“行刑——杀——”

一片刀光闪亮，碧绿的草滩上渗出了汩汩流淌的红色小溪，渭水又一次变红了。

渭水南岸，正有一骑快马飞来。马上骑士的红色斗篷飞动如一团火焰，望着北岸刑场的人山人海，他突然勒马，哈哈大笑：“好好好！”飞马向渭水白石桥飞驰而来。

五　犀首挟策入咸阳

嬴驷大为振作，大半年来压在心头的郁郁之情，冰化雪消了。

国政大局终于在谨慎斡旋中稳定了下来。诛杀商鞅、平息戎狄、铲除世族、恢复民心，一番作为环环相连，任何一件事出了差错都可能导致秦国崩溃。他居然在连贯行动中有惊无险，不能不教他感谢上苍。然最令嬴驷欣慰感奋的，还是大刑场上民众之心的回复。车裂商君后本来已经是朝野冰冷民心尽失，然则一举诛杀复辟世族的铁腕壮举，却使秦人大大出了一口恶气，复仇的快感将压抑的积怨冲洗得干干净净，最难得的民心终于安然归来，当真令人匪夷所思。嬴驷不失时机地在刑场申明了“逼杀商君”的两大罪魁，将自己完全开脱了，将民众完全征服了。这是他最为得意的权力大手笔。他知道，终会有人骂他卑鄙，可是只要能争取到民心，能使他权力地位稳固，能使他推进秦国大业，能使他成为青史留名的不朽君主，些许唾骂指责实在是微不足道的；运用权力纵横捭阖的滋味真是特异，那是芸芸众生所无法企及的一种另类境界；只要用权有道，国君永远都是天理正义的同义语——诛杀世族没有错，平息叛乱没有错，车裂商鞅也没有错。作为国君，只要坚持新法，教民众富裕邦国强盛，民众对上层权力场中的血腥牺牲就永远不会耿耿于怀。毕竟，民众是最实在的。

秦国终于真正掌握在自己手中了。可是，下一步如何？

想到往前走，嬴驷心里总有些不踏实。自己要成为像公父那样的伟大国君，就必须在自己手里将秦国变成天下第一强国，变成唯一霸主。否则，自己必将湮没在公父与商君的身影里，史册将把他变成“杀人有术，治国无方”的乖戾君主。可是，如何向前走呢？危机消除了，朝局稳定了，需要在更大的天地里把握秦国方向时，嬴驷第一次感到了自己才智的匮乏，第一次感到了茫然。公父有商君，自己有何人？说到底，只有公父与商君那样的君臣结合，才是成就大业的气象：商君全力处置国事政务，公父一力化解各种内部危机，精诚同心，相辅相成，才使得秦国在二十年余中变法成功，彻底地脱胎换骨。嬴驷思忖，在稳定朝局方面的才能魄力，自己并不比公父差，自己所缺乏者，就是一位像商君那样的乾坤大才做丞相。商君用过的那些老臣子，如上大夫景监、国尉车英者，虽忠心可嘉，却都不是乾坤之才也。

这样的大才，可遇不可求。

正在乍暖还寒的时节，景监、车英两老臣一齐呈上了辞官书，请求归隐林泉。两人的理由几乎也都一样："内忧已除，叛乱已平，朝局稳定，老臣心力衰竭，无能辅政，请归林下，以利后进。"嬴驷一看，顿感一股压力沉甸甸地搁在了肩上。

思忖良久，嬴驷断然拍案，准许上大夫景监与国尉车英辞官退隐。甚至没有预闻伯父嬴虔，嬴驷就颁布了公室君书，赏赐两位老臣各千金，一个月内将公事交割完毕，即许离开咸阳。君书一发，朝臣哗然，以为新国君又要对"商君余党"动手。商君时起用的大臣、郡守、县令都是一阵紧张。有臣工惶惶然问计于嬴虔，嬴虔大笑道："诸公且大放宽心，老臣请辞，新锐必进，与新法何涉耶！"

嬴虔没有料错。新君嬴驷所想，正是以老臣请辞为契机来盘整朝局。景监是上大夫，商君后期实际主持日常国政的中枢大臣；车英是国尉，掌握着军政实权；两人一文一武，执掌了秦国枢要。嬴驷要有任何出新举措，都不可能越过这两根梁柱。嬴驷不乏识人眼光，丝毫不怀疑两位老臣的忠诚，但却总觉得很是别扭。他们对商君，有一种近乎对尊神一样的景仰，处置国务言必称"商君之法"而不越雷池半步，与嬴驷更上层楼开创自己功业的宏图大志，总是有所疏离。因了知道这两人早有辞官之意，嬴驷也就没有急于动手转移权力；今见两人同时请辞，商鞅的阴影又在他心头隐隐游移，仔细思量，此事只在迟早，何不顺水推舟，自己的新朝新功也早日开始？主意一定，当即实施，而且一如当年商君说公父变法之名言"大事赖独断而不赖众谋"，竟连伯父嬴虔也没有与之商议。嬴驷向秦国朝野发出了一个威严的信号：最高权力牢牢掌握在国君手里，任何人也不能动摇。

这时，内侍报说：商於郡守樗里疾求见。

嬴驷恍然笑道："等这黑子，黑子便来，快请他进来。"

樗里疾并没有接到召见君书，是自己找进宫的。从陇西回到咸阳，樗里疾嗅到了一股改朝换代的气息。他虽是一方诸侯，但毕竟只是地方臣子，加之疏于结交，在咸阳几乎没有一个可通肺腑的至交，与官员碰面也是无甚可说。凭着自己的直觉，他觉察到了弥漫官场的那种难以言传的惶惶之情。按照职责管辖，他照常到上大夫府邸复命，要备细禀报陇西之行的经过，要向国府提出安抚戎狄部族的新谋划。接待的吏员们却神不守舍，他请见上大夫景监，掌书却是虚于应酬不接话，硬是没听见。樗里疾心中明白，也打着哈哈离开。如此大事，总不能没有个交代，于是他只有直接到宫城请见国君了。

"樗里卿西出辛劳，居功至伟。"嬴驷一脸淡淡的微笑，却突兀问道，"闻得卿多年鳏居，何故啊？"

樗里疾实在想不到国君劈头就问这件事，笑道："臣欲备细禀报陇西之行。"想回避开这个话题。

"陇西之行，我已尽知，回头再说。"嬴驷笑道，"今日就说你家室之事。"

"嘿嘿嘿，此事无关痛痒，何劳君上过问？"樗里疾黑脸变成了红脸。

"何谓无关痛痒？"嬴驷脸上虽笑语气却是认真，"今日，本公要助卿成婚也。"

樗里疾连忙拱手作礼："多谢国君美意。然则，臣与亡妻情意笃厚，尚无续弦之心。再说了，嘿嘿嘿，我这黑肥子，哪家女子嫁我，都是暴殄天物。”

粗鲁的自嘲却点缀着高雅的诙谐，嬴驷不禁大笑：“樗里疾呀樗里疾，亏你说得出，黑肥子？暴殄天物？不不不，男儿鳏身，才是暴殄天物，啊哈哈哈哈……”向来不苟言笑的嬴驷，破天荒大笑起来。

“嘿嘿嘿，黑肥子殊非天物，暴了也罢。窈窕淑女，可惜了人家。”樗里疾脸色通红，说得期期艾艾，神情大是滑稽。

嬴驷更是乐不可支，笑得伏在书案上咳嗽起来，须臾平静，脸上犹是忍俊不禁道：“樗里疾不许抗命，三月后成婚。窈窕淑女，不用你黑肥子操心了。要许身国事，岂能没有家室根基？”

“君上，这这这，不是甩给黑肥子一个大包袱么？”樗里疾急得无所措辞，红着脸狠狠心道，“臣无才无行，无意做官，只想回归故土，做个隐士。”

嬴驷惊讶地看着樗里疾，突然又是大笑：“黑肥子也欲辞官？不准！你又奈何？”

樗里疾一脸沮丧，思忖一阵，嘿嘿笑道：“君上，樗里疾举荐一个栋梁大才，换下我这根绿叶朽木，国君意下如何？”

“噢？大才？姓甚名谁？现在何处？”

“此人三日内必到咸阳。国君若重用此人，便是准了臣之请求。”

“若不重用？”

“臣便甘做绿叶朽木。”

“好！”嬴驷陡然拍案正色道，“栋梁到来之前，着绿叶朽木樗里疾暂署上大夫一职，即日任事。”

“国君，这，这如何使得？”樗里疾欲待长篇大论，国君嬴驷却扬长而去。樗里疾顿时僵在厅中，懵懵懂懂，东张西望起来。正在这时，只听一阵笑声，一个戴着面纱的白发黑衣人从帷幕后走出道："上大夫，别来无恙？"

"你？"惊讶之间樗里疾恍然大悟，"樗里疾，参见公子。"

嬴虔揶揄道："顷刻之间有了高官娇妻。好个绿叶朽木，分明要开花了。"

樗里疾大为窘迫道："公子何当取笑？樗里疾并未应承。"

嬴虔冷笑道："自诩无行，却偏偏跟一班老朽邯郸学步，也闹着辞官做隐士，博取清名。还有我老秦人本色么？"

樗里疾已经平静，淡淡笑道："言行发自本心，何须邯郸学步？"

"樗里疾，可知晓何人举荐你么？"嬴虔看他油盐不浸地蔫笑，突然正色道。

"举荐樗里疾者，可谓有眼无珠。"樗里疾淡淡顶了一句。

嬴虔一阵冷笑："樗里疾，好大胆子！商君难道是有眼无珠之辈么？"

樗里疾大为惊讶，继而摇头大笑："公子高明，樗里疾佩服了。"

嬴虔却没有笑，黑色面纱后面是低缓认真的语调："樗里疾，莫以为我抬出商君糊弄你。嬴虔虽与商君有私恨，却无公仇。说到底，国君也是如此。"嬴虔深深地叹息了一声，"极刑商君，一则是私恨使然，一则是商君自请服刑使然。否则，仅是你那个商於郡，就可保商君性命无忧，加上朝野鼎沸，国君如何杀得了商君？然则，商君极心无二虑，尽公不顾私，自觉赴死方可化解秦国危机，方可维护新法。唯其如此，商君临刑之前在云阳国狱，与国君有过一次密会长谈，交代了身后一应大事。就是在那一次，商君举荐了你樗里疾，还有函谷关守将司马错。否则，国君如何能召你二人紧急入咸阳，参与攘外安内之重任？商君之心，本望你抛却私情，大局为重，做新君维护新法的股肱之臣。谁想你樗里疾，却斤斤计较于国君与嬴虔的一德之失，耿耿于商君的一己知遇之恩，在秦国最需要良臣支撑的时候，却步人后尘，仅求良心自安。如此器局，岂非大大寒了商君之心？负了国君厚望？”一席话坦率之极，赤裸裸毫无遮掩，对自己甚至对新君都作了深重的贬斥，可谓堂堂正正，大义凛然。

樗里疾不禁大为震撼，良久沉默，肃然长躬道：“樗里疾，谨受教。”

次日，嬴驷举行了平乱后的第一次朝会，颁布书令：樗里疾职任上大夫，总署国政；司马错职任国尉，掌秦国军务并统领新军；公子嬴虔仍居太傅，晋爵一级；所有郡守县令晋爵一级，原职不动。此时，靠世袭爵位在国居官的秦国老世族已经悉数清除，商君时期的变法新锐也经过了一番整肃，国中人人振作，朝局重新焕发出一片勃勃生机。

一番部署安顿完毕，正要散朝，内侍总管匆匆禀报：“宫门有一士子求见，自称魏国犀首，说有长策献于秦国。”

“犀首？”嬴驷惊讶地看着樗里疾，“可是樗里卿所说之人？”

“正是。”樗里疾道，“此人本名公孙衍，师杨朱之学，自称天下第一权变策士；曾在魏国、楚国、赵国奔走任职，屡次击败官场对手；人言如犀牛之首，锐不可当，故犀首名号多为人知，本名反倒湮灭无闻。臣与此人曾在陇西不期而遇，劝他入秦效力。”

“好！请先生上殿。”嬴驷大有顺风行船天授予人之感，很是振奋。

片刻之间，一个英气逼人的中年名士疾风般进得殿来，一领大红斗篷，散发无冠，长须连鬓，众人眼前顿时一亮。此人进殿来四面一扫，人人都领略了那双炯炯生光的眼睛。只见他快步上前，深深一躬：“山东犀首，参见秦王——”

殿中顿时一惊。嬴驷颇有不悦：“本公并未称王。先生何意耶？”

犀首朗声道：“此乃犀首献给秦国之第一策：立格王国。”

“果然犀利，要言不烦。”嬴驷淡淡笑道，“总该有一套说辞也。”

犀首站在大殿中央，拱手环视一周：“天下四王，周、魏、齐、楚。周不足论，魏正衰落，齐亦日过中天，楚则底蕴有差。唯秦之元气，旭日东升。守定一个公国，如何激励国人雄心？如何震慑山东六国？犀首断言，欲得中原逐鹿，先需正名称王！”

殿中一片沉默，对这突兀的“长策”一时反应不灵。樗里疾觉得不能总教国君直接应对而无回旋余地，一拱手笑道：“先生长策，不妨一并讲出，国君方有参酌。”

犀首傲然大笑道：“好！犀首长策乃十六字：正名称王，东出争霸，中原逐鹿，一统天下。”

“杨朱之学，拔一毛利天下而不为。先生为秦国谋划，所为何求？”樗里疾知道此人从不隐藏自己，欲弄清他的想法。

“樗里疾当真可人也。”犀首笑容中颇带揶揄之色，“人不为己，天诛地灭。杨朱一派主张利己，却不主张损人。策士为邦国谋划，邦国得利，自然要授策士以高官厚禄，此为两利不损，天下正道也。天下熙熙，皆为利来；天下攘攘，皆为利往。举凡士子，谁不为名利而来？除了高官重爵，犀首岂有他哉？”一番说辞，举殿臣工都惊讶得睁大了眼睛，人人面红耳热心头乱跳。

嬴虔却忍耐不住，冷冷笑道：“然则，先生能为秦国带来何等好处？大而无当的十六个字，就换得了高官重爵？”

这在常人看来很是刻薄的问话，犀首却丝毫没有难堪，微微一笑道：“十六字为纲，纲举目张。至于如何使秦国谋得大利，自当另有谋划，秦公请看——”潇洒地一撩斗篷，从随身牛皮袋中抽出一卷竹简，右手一拍，“王霸之图，俱在其上也。”

“先生可否见告？”嬴虔冷冷道。

犀首揶揄笑道：“长策可白，细策不宣。此乃权变之要，太傅当真不知？”嬴驷一直在沉思默想，此刻突然拍案高声道：“书命：犀首为秦国上卿。散朝。”在朝臣惊诧的目光中，神秘的犀首随着国君大步去了。

当天夜里，嬴驷召来公伯嬴虔、上大夫樗里疾、国尉司马错三人，一起为犀首接风洗尘，听犀首解说他的王霸细策，直到三更，方才将正题谈完。

嬴驷始终没有表现出犀首所期待的兴奋与震惊，凝神倾听之外只是默默思忖。倒是正题谈罢，樗里疾请犀首说说天下策士，嬴驷才高兴地不断询问起来。秦国君臣自孝公病危商君处刑以来，两三年之中危机不断，无暇旁顾，对中原情势已感生疏。犀首讲述的山东策士崛起的消息，的确使他们感到新鲜兴奋。

犀首说，近年来，诸子百家中出了一个策士流派。这个流派的士子很是奇特，各家弟子都有，无分原本所修习的学问，只是专一地钻研揣摩列国形势格局，游说诸侯，为所向往的邦国谋划王霸之策。犀首说，他自己就是“杨朱策士”，即杨子门下的策士名家。齐国的稷下学宫，敏锐地看到了策士无可限量的势头，已经有名家大师专门教习弟子“策士之学”了。其教习有两大特异处：一则，不再单一地修习某家学问，而是融诸子百家于一体，摘其强国富民与邦交纵横部分，混成策士的“合体学问”；二则，策士以锤炼辩才为增长才干的主要方式，常悬重赏激励连战获胜的辩士；稷下学宫的庄辛、鲁仲连、触龙、辛垣衍等少年锐士，已经很有策士才名了。说到末了，犀首信心十足地预言：“未来之战国，将是策士之风云叱咤，不再是法家之变法称雄！”

“如此说来，目下之策士气候，尚在发轫之初？”嬴驷似在推测，又似在询问。

“不然。”犀首大手一摆，“策士气候已经形成。一则是真正的新锐策士已经出山，二则是战国变法浪潮已过，天下均势已经形成。争霸逐鹿，正当策士谋国之时。”

樗里疾笑道：“先生所言‘真正的新锐策士’可有所指？莫非先生自诩？”

犀首爽朗大笑：“非也非也。国君、诸公，可知鬼谷子其人？”

“鬼谷子谁人不知？”樗里疾悠然一笑，以问作答。

“只怕诸公只知其一，不知其二。”犀首正色道，“世人皆知鬼谷子高深莫测，前有李悝、商鞅为法家弟子，后有孙膑、庞涓为兵家弟子。然却没有人知晓，这位高人于二十年前，已经开始雕琢策士弟子了。也是两个，诸公可知？”犀首露出一丝神秘的笑意。

这个消息当真意外。众人一齐惊讶摇头。嬴驷急迫问：“两人是谁？”

“苏秦、张仪。”犀首一字一顿，分外清晰。

“苏秦、张仪？何国人氏？”嬴虔淡淡问。

“洛阳苏秦，安邑张仪。”

“先生以为，苏秦张仪，较之先生如何？”樗里疾似乎漫不经心。

“唯闻其名，未见其人，教我这天下第一策士如何作答？”犀首骤然一本正经。话未落点，座中君臣已是同声大笑。

第二章 山东雄杰

一 洛阳苏庄的故事

二月初，冰雪消融，草木泛绿。

洛阳王畿耕牛点点，沉寂的原野上终于有了些许生机。

不知从哪一年起，周王就再也没有亲自举行过春耕大典。每年都是太子或丞相代为扶犁启耕，年复一年，二月初旬的春耕大典也就成了一个虚应故事。在苍龙抬头的二月，王畿国人再也没有了“一年之计在于春”的奋发勤耕。这一片明媚的春光，也仅仅成了结束窝冬的一个节令而已。郊外王田的启耕仪式冷清寂寥，几乎没有国人再去听那肃穆祥和的《周颂》，去看那陈旧铺排的天子仪仗。家居城内的农夫们，三三两两络绎不绝地牵牛负犁，走出城门，住进井田中的茅屋，在暖和的阳光下慢悠悠地开始了公田的春耕。这是周人的古老传统，春耕必须首先从井田中央的那一块公田开始。在周室兴盛的时候，年年这一天，王室官员都要亲临王畿每一井的公田，代天子给八家启耕的农人赏赐，其乐融融的繁忙春耕就此正式开始。如今，这一切都没有了。春日原野的欢声笑语，耕耘劳作的勃勃生机，都随着洛阳王气的沉沦而淡淡地消逝了。王畿国人们只是踩着祖先久远的足迹，顺从着积淀了千百年的忠诚，依旧首先耕种着属于王室的公田。

时当正午，洛阳南门飞出三骑快马，在井田沟洫的堤道上向原野深处奔驰。

“哎——快看，天子使者，要赏耕了！”有人惊喜地喊了起来。

“我看看。咳！何以是天子使者？苏氏三兄弟。”

“别做好梦了。天子，还没睡醒也。”井台旁打水的汉子蔫蔫儿笑了。

“苏氏兄弟出城，看启耕王典么？啧啧啧！”一个女人不胜惊讶。

共耕公田的八家男女轰然笑了起来，一个老人停下犁道：“你且不去看，苏氏兄弟有闲心看那老古经？往东瞅，那是苏氏乘轩里，苏门有大事了。”

“乘轩里是官府叫的，一大片地哩！那座庄，老民都叫苏氏别庄。”一个女人笑道。

城外原野的东南处，一片柳林刚泛青绿，在枯黄的原野上鲜嫩醒目。柳林深处，掩映着一片青色砖瓦的大庄园。庄园外的土地沟洫纵横，井田中耕牛点点，歌声隐隐。庄园内炊烟袅袅，鸡鸣狗吠。在慵懒困窘的洛阳郊野，这片庄园难得的一片兴旺。

这就是洛阳国人眼热称奇的苏氏别庄。

这座庄园，坐落在乘轩里地面。里，是周室井田制的名称，大体三井（二十四家）为一里。按照周人的礼法，王城四野的土地直属天子管辖，叫做王畿。王畿之民叫做国人。那时土地广阔，人口稀少，国人都住在王城之内。只是没有国人身份的隶农，才居住在城外原野叫做“田屋”的茅屋里。直到春秋之世，城池依然是国家命脉，集中了几乎全部的社会财富与人口精华。所以，那时的战争才以攻取城池为战胜目的，每战不说占地多少，而只说“拔城”几座。每逢收种耕耘的时节，住在城里的国人才出得城外，住进原野井田的耕屋。农事结束，又回到城中居住。沧海桑田，世事变迁。到了战国之世，这种“国人居于都”的情况渐渐发生了很大变化。中原诸侯实行变法，废除了隶农制，昔日只能住在荒郊野外田屋的奴隶也大多变成了平民。平民有了自己的土地，房屋庄园慢慢好了起来，既便利耕作饲养，住着又宽敞自在。人口慢慢增加了，土地却在日渐减少，拓荒开垦便成为天下农人的家常便饭。住在城外的新平民不受出入城门的时间限制，也不受城内官署工商的无端干扰，开垦的荒地多，又可以起早贪黑地勤耕细作多养牛羊家畜，便有许多农人迅速富了起来，超过了居住在都城内的“国人”。时间长了，城池里的国人农户也渐渐醒悟，纷纷变通，在郊田中盖起了长期居住的瓦房院落，家族中的精壮人口便常年住在郊田庄园，大养牛羊家畜，随时照料田园沟洫；城池中的老宅便留下老幼病弱养息看守，活泛之人便将多余的房子改成店铺作坊，做点儿市易买卖。

于是，城池的人口慢慢发生了结构的变化——农耕人口渐渐迁出了城池，原野中出现了星罗棋布的村庄，城池渐渐变成了官署、士人、工匠、商贾聚居的处所和交易的中心。从此，土地和人口财富连在了一起。打仗也开始看重对土地的争夺了，占地多少里，得民多少户，也开始成为战胜的成果。战败者也以割让土地，渐渐取代了割让城池。

然则，在这熙熙攘攘的天下潮流中，洛阳王畿却几乎没有变化。

就像汹涌波涛中的一座孤岛，洛阳王城依然浸淫在万世王国的大梦里。国人依然住在王城之内，郊野井田里依然只有星星点点的耕屋与隶农破旧的茅屋。三百余年前，周平王东迁洛阳时，周围的王畿之地包容了方圆千里的三川地区，天下诸侯称为“千里王畿”。三百余年过去，洛阳王畿萎缩到了“方七十里”，站在洛阳城头即可一览无余，成了汪洋大海里的一叶孤舟。尽管如此，洛阳王城里的国人还是一如既往地守着祖宗的礼法，守着久远的井田，守着苍老的王城，守着“日出而作，日落而息，躬耕而食，凿井而饮”的永恒准则，淡淡漠漠地做着周天子的忠顺臣民。

在这片王畿土地上，苏氏别庄是显赫的，也是孤独的，无异于鹤立鸡群，如何不令国人眼热叹羡？在启耕公田的大典之日，苏氏兄弟鲜衣怒马地奔驰在初绿的原野，又如何不令国人啧啧侧目？但闻马蹄声中，洛阳国人特有的洪亮口音随风飘来：

“四弟，张兄此来，却是何意？”

“我如何晓得？这要二哥说。”

“休要多问，回去自然知晓。”

说话之间，三骑骏马已经消失在绿色摇曳的柳林之中。

田埂的老人摇摇头，一声深重的叹息：“世风若此，国将不国了。”躬耕垄上的农人们也纷纷跟着摇头叹息一番，无可奈何地开始了默默劳作。

苏氏别庄的主人叫苏亢，论原本身份，却也平常得很，一个专门从事长途贩运的生意人而已。那时候，生意人分为两类，行商坐贾——行走四方采购货物者叫“商”，坐地开店零售货物者叫“贾”。这苏氏一族本是殷商后裔，身体里流淌着殷商部族驾牛车奔走天下的血液，做的自然是行商。殷商王朝被周人革了命，殷商部族的平民们却远远没有上层贵族那么多仇恨与忧戚，依然是一辆牛车走天下，过着传统的商人生活。但周人礼法严格，市易皆由官营，不许私人做生意，自然也就瞧不起商人。但周王室却有罕见的冷静，一则为了消磨商人的仇恨，二则也觉得商人周流四方财货，对民生国计有好处，也就对商人网开一面，允许他们在官营市易之外继续做商人，并没有一刀硬砍，强迫商人变为耕耘的农人。这一宽松果然见效，醉心于财货积累的商人们一心奔走谋利，大大削弱了殷商贵族的根基力量。西周初年的周公旦能一举平息殷商贵族与管叔、蔡叔的叛乱，使周室河山真正安定了下来，不能说与殷商庶民根基的流失没有关联。

苏氏一门在“管蔡之乱”前就在洛阳定居了下来。那时候，洛阳还是个不大不小的城堡，仅仅因为是拱卫镐京东部的屏障而颇有名声。谁想三百多年后周平王东迁，洛阳竟做了京都王城。在“王城料民”[1]时，礼法规定：居住在洛阳城内的国人只能是周人部族。苏氏作为“商人”，本当迁出洛阳。当时的苏氏族长冒死求见周平王，陈述苏氏居住洛阳三百多年，早已成为“国人”，不当迁出。周平王为安定人心，破例下诏：凡在洛阳居住百年以上的“商人”，均可成为“国人”。

苏氏族长犯难请命，安定了商人，也使苏氏一门名声大振，成为“新国人”的望族。但几百年下来，苏氏一门的“行商”生计却没有发达起来，依旧是个平庸的商人家族。到苏亢做了族长，继承了祖业，天下已经是大争之世的战国了。

这苏亢聪颖智慧，非但通达商道，使家业重新振兴，而且知书达理，与天下名士交往颇多。久为商旅，苏亢周游天下见多识广，深感洛阳国人的活法简直与活棺材无异，与天下大势相去甚远。他很想变个活法，活得自由自在一些，便独出心裁，一步一步地做了起来。第一步，他在洛阳城外私下买了一家“国人”荒芜的百亩弃地，盖了一座小院子做别居。半年之后，洛阳官署无人过问他的“私相易田”之罪。苏

[1] 料民，上古时期清理登记人口的专门用语。

亢的胆子大了起来，也看到了王室官署无暇治民，便找那些无力耕耘荒田的“国人”私下商议，将他们井田中的“私田”一块一块地买了下来。十几年工夫，他逐步买下的“荒田”竟达两千多亩。

买田之后，不愁耕耘。每逢收种，苏亢便“买工”——付钱给住在郊野的隶农，教他们帮自己耕种收获。洛阳王畿的隶农是“国隶”，也就是官府奴隶，只归官府管辖派工。王室整天战战兢兢地防备战火，对奴隶的管束松弛得几乎是放任自流——只要不逃亡，就是好隶农，谁还来整天督导你耕作？于是苏亢有了取之不竭的劳动力，加上他厚待隶农工钱多，隶农为苏庄做工便特别踊跃。商路生意好，土地收成好，苏家就蓬蓬勃勃地发了起来。

苏庄不断扩大，苏家便成了唯一在洛阳城外拥有丰厚田业的国人。

但是，这些还并不是苏亢的最终谋划。他的大志在于改换门庭，使苏氏家族从世代商人的身份中摆脱出来，成为士大夫贵族世家。虽说商人在战国之世已经不再公然被人蔑视，但在官署与世人眼里，却终究是言利小人。苏亢在自己的经商交往中，对这种身份差别有痛彻心肺的体察。一介商贾，别说与高车驷马的王公显贵有霄壤之别，即便是清贫士子与寻常国人农夫，也常常不屑与商人为伍，更不说结交了。

有一年，苏亢到魏国安邑采购丝绸，不知哪条沟渠没有渗到，安邑官市竟要驱逐他这个洛阳商人。苏亢愤而争执，闹到了丞相公叔痤府里裁决。公叔痤官声颇好，苏亢对丞相裁决满怀厚望。谁知进得府中，那个官市小吏气昂昂进去了，苏亢却被府吏挡在院中等候，严令不许走动窥视。在北风呼啸的寒冬，苏亢整整站了一个时辰，浑身冻得僵硬，也不能到廊下避风处站立，更不要说到客厅取暖。那时候，他流下了屈辱的泪水，暗暗对天发誓，一定要教儿子入仕做官，永远不要做这种“富而贱”的商人。

后来，苏亢有了四个儿子。经过仔细审量，他教资质平庸的长子苏昌跟自己经商掌家，却将聪慧灵秀的三个小儿子送出去求学了。他给三个求学的儿子立下了规矩：若不能成名入仕改换门庭，死后不许入苏氏宗祠。

苏家的举动，是无声的告示。王畿国人有人嘲笑，有人惊叹，有人艳羡，口风相传，成为一时佳话。苏氏家族的命运能否改变，成了洛阳国人拭目以待的谜。

但是，没有等得多少年，洛阳国人便对苏亢刮目相看了——苏家三个儿子个个学问非凡，都成了洛阳名士。这三个儿子，便是纵马原野的苏氏三兄弟——苏秦、苏代、苏厉。

二 双杰聚酒评天下

三骑刚入柳林，便闻一阵爽朗大笑：“走马踏青，苏氏兄弟果然潇洒也！”随着笑声，林中小道走出一个身材高大的年轻士子，青衣竹冠，抱拳拱手间气度不凡。

马上为首青年红衣玉冠，英挺脱俗，却正是苏氏次子苏秦。他翻身下马间大笑：“闻讯即来，如何成了走马踏青？张兄好辞令。”疾步向前，四手相握，相互打量着又一阵大笑。

“苏兄别来无恙？”来者无意套了一句官场之礼。

“有恙又能如何？”苏秦当了真，揶揄反诘。

“张仪颇通医道也。”

“张仪者，医国可也。医人？啧啧啧！”

“国中难道无人乎？”

“国有人，人中无苏秦也。”

“子未入国，安知国中无苏秦？”

“子非苏秦，安知苏秦定入其国？”

两人边说边走，应对快捷不假思索，仿佛家常闲话一般。跟在后边的两个少年惊讶新奇，稍大者跺脚高声道：“慢一点儿好不？这就是名士学问？”

前行的苏秦和张仪大笑回身。苏秦笑道：“啊呀，还有两个小弟也。张兄啊，这是三弟苏代，这是四弟苏厉。三弟四弟，这就是我平日向你们提起的张兄仪者也！”

苏代苏厉拱手躬身，同声道：“久闻张兄大名，见过张兄！”

张仪一本正经道：“两位小兄莫笑，与苏兄打了十几年嘴仗，见面不来几句心慌也。”

四人哄然大笑，苏秦道：“三弟四弟，锤炼学问辩才，可得多多讨教张兄。”

“请张兄多多指教。”苏代苏厉不待张仪说话，再次大礼一躬。

张仪揶揄道：“苏氏兄弟，个个聪明绝顶，做好套子让人钻也。我，不上当。”语态之滑稽，将苏代苏厉两兄弟逗得哈哈大笑。

苏秦拉起张仪道：“走，进庄，话可是多也。”

张仪边走边感慨：“苏兄啊，我可真是没想到，洛阳王畿竟有如此美庄园。安邑郊野亦多有庄园，可挤挤挨挨，如何比得这无边旷野，一座孤庄，占尽天地风光也。”

苏秦不禁“哧”地笑了出来：“张兄，你这可真是将穷瘦当细腰也。安邑领先天下时势，数十年前城郭之外已经多有村庄，自然是炊烟相望，鸡鸣狗吠相闻，一片兴旺了。洛阳王畿破败荒凉，张兄不见其衰朽颓废之气，独见其旷野孤庄之美，真道别出心裁也。”

张仪原本是触景生情，没想到这一层，经苏秦一说，不禁慨然一叹："还是苏兄立论端正，张仪佩服。"

"佩服？只怕未必。四弟，知会家老，为张兄接风洗尘。"

苏代却道："四弟，还是先给大嫂说管用，她有绝学好菜。"说着与苏厉一起，抢先跑步进庄去了。

从外面看，苏氏庄园是个影影绰绰的谜。不太高的院墙外裹着层层高树，即或是树叶凋零的枯木季节，也根本看不见庄园房舍。面南的门房，也是极为寻常的两开间。一只高大凶猛的黄狗蹲在门道，见主人领着生人进来，霍然挺身，边摇尾巴边从喉咙发出低沉的呜呜声。苏秦笑道："黄生，这是张兄，认得了？"大黄狗"汪"的一声，蹭着张仪的衣服嗅了嗅，摇摇尾巴径自去了。张仪笑道："苏家一只狗，竟也如此通灵？啧啧啧！"苏秦笑道："此乃老父从胡地带回的牧羊犬，的确颇有灵性。张兄，这边。"

绕过一道将庭院遮得严严实实的青石影壁，第一进是一排六开间寻常茅屋，看样子是仆人住的。过了茅屋，是一片宽敞空旷的庭院，三株桑树已经发出新叶，两边茅屋的墙上挂满了犁锄耒锹等各种农具，俨然农家庭院。庭院尽头又是一排六开间茅屋，中间一道穿堂却被又一道大影壁挡住了。

走过穿堂，绕过影壁，一座高大的石坊立在面前，眼前景象大变——一片清波粼粼的水面，水中一座花木葱茏的孤岛；水面四周垂柳新绿，绕水形成一道绿色屏障；柳林后漏出片片屋顶，幽静雅致得令人惊奇。张仪惊讶笑道："里外两重天，天下罕见！"苏秦却是淡淡一笑："也无甚新奇。苏庄里外之别，就是天下变化的步幅。"

张仪恍然笑道："如此说来，外院是世伯第一步试探，内院是近十多年所建？"

苏秦点头道："张兄果然明澈。然到底也与家父心性关联，不喜张扬，藏富露拙而又我行我素。等闲人等，家父从来都是在外院接待的。”

张仪若有所思地点点头：“苏世伯真乃奇人，只可惜见他不得了。”

苏秦笑道：“家父与长兄，一年中倒有大半年在外奔波，我也很少见。”

说话间两人穿过柳林，曲曲折折来到一座孤立的青砖小院前。苏秦指点道：“张兄请，这便是我的居所。”张仪四面打量一番，见这座小院背依层林，前临水面，与其他房舍相距甚远，确实是修学的上佳所在；抬头再看，小院门额上四个石刻大字赫然入目——雷鸣瓦釜。

张仪凝神端详：“苏兄，志不可量也。”

苏秦揶揄道：“你那‘陵谷崔嵬’又如何说去？”两人同声大笑一阵，走进了小院。

院内只有一座方形大屋，很难用寻常说的几开间来度量。大屋中间是一方不大不小的厅堂，西首隔间很小，隐在一架丝毫没有雕饰的木屏风后面；东首隔间很大，几乎占了整座房屋的三分之二，门却虚掩着。厅中陈设粗简质朴，没有一件华贵的家具饰物。

张仪由衷赞叹道：“苏兄富贵不失本色，难能可贵也。”

苏秦不禁笑道：“我等瓦釜，何须充做钟鼎？”

张仪大笑：“苏兄妙辞！惜乎瓦釜竟要雷鸣，钟鼎却是锈蚀了。”

苏秦摇摇头：“张兄总能独辟蹊径，苏秦自愧弗如也。”

张仪听得更是大摇其头：“苏兄差矣！不记得老师考语了么？‘苏秦之才，暗夜点火。张仪之才，有中出新’。苏兄原是高明多了。”

苏秦默然有顷，叹息道：“老师这考语，我终是没有悟透。哎，他们来了。”

脚步杂沓间，门外已经传来苏厉稚嫩的嗓音：“二哥，酒菜来了——”便见苏代推开院门，两个仆人抬着一个长大的食盒走进，身后还跟着一个丰满华贵的女子。

苏秦指着女子笑道："张兄，这是大嫂，女家老。"

家老是当世贵族对总管家的称呼，张仪自然立即明白了这个女子在苏家的地位，忙深深一躬："魏国张仪，见过长嫂夫人。"

女人脸上绽出了明艳的笑容，随和一礼道："先生名士呢，莫听二叔笑话。小女子痴长，照料三个小叔自是该当，苏家指靠他们呢。这是我亲手为先生做的几个菜，来，抬进去摆置好了。"快人快语，连说带做，片刻间在客厅摆好了四案酒菜。

苏秦对张仪轻声道："大嫂古道热肠，能饮酒。"

"别奉承我。"女人笑道，"来，落座。先生西首上座，二叔东首相陪。两个小叔南座。好，正是如此。"快捷利落，免去了任何谦恭礼让。

苏氏三兄弟与张仪俱各欣然就座。张仪正待对这位精明能干的大嫂家老表示谢意，却见微笑的苏秦还是望着大嫂，便没有开口。这时大嫂已经走到最小的苏厉案边笑道："老公公与夫君不在，我自然要敬先生一爵。"张仪一瞥，已经看见苏厉的案上摆着两个酒爵，知道这位大嫂一切都是成算在胸，便也像苏秦一样微笑着听任摆布。

女子举起酒爵道："先生光临寒舍，苏家有失粗简，望先生见谅。小女子与三位小叔，为先生洗尘接风。来，干了！"一饮而尽，笑盈盈地望着张仪。

"多谢长嫂夫人。"张仪一饮而尽，苏秦三兄弟也一起干了。

女子笑着一礼："先生与小叔们谈论大事，小女子告辞。"转身又道，"四弟，我在门外留了一仆，有事尽管说。我走了，啊。"待苏厉答应一声，她已经轻捷地飘出了院子。

苏秦："如何？大嫂是个人物也。"

张仪微笑："不拘虚礼，精于事务，难得。"

苏厉天真笑道："二哥最怕大嫂，说她'言不及义'。"

"四弟差矣！那是怕么？那是烦。"苏代认真纠正，"义利两端。言不及义，必是言利之人，二哥焉得不烦？"

张仪大笑："苏代如此辞令，苏兄教导有方啊。"一句话岔过了对大嫂的品评。

"张兄，"苏秦笑道，"来，再饮一爵说话。"

"好。"张仪举爵，"三弟四弟，同干。"饮尽置爵，目光向案上一扫，见两尊铜鼎赫然冒着腾腾热气。再看苏秦三兄弟案头，也是铜鼎灿灿，张仪不禁惊叹："苏兄啊，今日只差钟鸣了。"

苏代抢先道："张兄不知，大嫂喜欢显摆贵气，二哥烦得很。今日她听说来了魏国名士，硬是将这套鼎具搬了出来，忒是俗套。如今殷实富贵之家谁没有这物事？只是洛阳国人不敢用，做稀罕物事罢了。大嫂井底之蛙，张兄见笑了。"

张仪大笑一通，煞有介事地长声吟道："开鼎——"打开一只鼎盖，透过袅袅热气便见油红明亮香气喷鼻，不禁惊叹一声，"好方肉也！"又打开另一鼎，却见一汪雪白浓汤拥着一丛晶莹碧绿，煞是好看，"噫！这是何菜？香得如此奇特！别急，有点土香味儿，野菜么？不像。"

苏秦微微一笑："张兄不用琢磨，你不识得的。此物乃西域野草，胡人叫做'木须'，中原有人写作'苜蓿'，本是胡人牧马之上等饲草。多年前，家父通商西域买马，时常在草原野炊，不耐整日吞食肥羊。有一次忽发奇想，采了大把鲜嫩的牧草和在肉汤里煮。一食之下，竟是清爽鲜香，美味无比。家父便向牧人讨了一捆老苜蓿带了回来，打下种子，在庄内种了半亩地。目下正是春日，野苜蓿鲜嫩肥绿，大嫂视若珍品，等闲人来，还不肯献上。"

张仪听得神往，不由得夹起一筷入口，略一咀嚼拍案惊叹：“妙哉！仙草也！”

苏氏三兄弟一齐笑了起来。苏厉一拍手：“张兄，我给你偷一包苜蓿种，何以谢我？”

“偷？”张仪忍住笑低声道，“得仙草种一包，我赠你秘典一册。如何？”

“好！一言为定。”苏厉转着眼珠，“大嫂管得紧，不好偷也。”

三人不禁大笑一阵，一起夹出碧绿的苜蓿品尝，尽皆赞叹不绝。笑语稍歇，苏秦悠然一笑：“张兄呵，千里迢迢从安邑赶来，为了这味野菜么？”

张仪一声叹息道：“不瞒苏兄，我是遇到了难题。家母逼我娶妻，我想避开，又不知该去何方。就想躲过来，也顺便听听苏兄高论了。”

“是么？”苏秦闻言心中暗笑，知道这个师弟机变过人却又心高气傲，即便讨教于人也要找出个“顺便听听”的理由，也不去计较，顺着话题问道，“却不知张兄志在何方？”

“我想先去齐国，若无甚乐趣，再去楚国。”张仪没有再提逃婚之事。

“张兄以为，齐国楚国堪成大事？”苏秦眼睛一亮。

“齐国，田因齐称王已经三十余年，民众富庶，甲兵强盛，国力已经隐隐然居六国之首。乃天下第一可图大业之邦，自然当前往一游。至于楚国，数十年虽无战胜之功，但其地广人众，潜力极大，也是可造之国。苏兄以为如何？”话入正题，张仪很认真。

苏秦道：“张兄难道对魏国没有心思？”

张仪道：“说起我这祖国，实在令人感慨万端。强势虽在，却屡遭挫折。被秦国夺回河西之地，又迁都大梁，朝野不思进取，一派奢靡颓废，令人心寒齿冷也。”

“我倒以为，张兄当从魏国着手。”苏秦目光炯炯，“奢靡颓废，人事也。魏国若有大才在位，整饬吏治，扫除奢靡，何愁国力不振？以魏国之根基，一旦振兴，雄踞中原，天下何国堪为敌手。张兄生乃魏人，何舍近而求远？”

“既然如此，苏兄何不前往魏国？”张仪狡黠地一笑。

“人云，良马单槽。我去了魏国，置张兄于何地？”苏秦还以揶揄的微笑。

张仪哈哈大笑：“如此说来，苏兄是给张仪留个金饭碗也。”

苏秦释然笑道：“岂有此理？原是我不喜欢魏国朝野的风华奢靡之风。张兄若得治魏，也要费大力气移风易俗，譬如商鞅在秦国之移风易俗。”

张仪思忖点头：“你我在魏国王屋山浸泡了十年，那时苏兄就说过厌烦魏国，张仪如何能忘记了？只是我已占了三个强国，苏兄却向何处立足？”

苏秦微笑：“张兄不妨为我一谋，天下之大，我欲往何方？”

张仪心知苏秦虽机变稍差，但虑事深彻，总能在常人匪夷所思处振聋发聩。这一问显然在考量自己，略一思忖便道：“苏兄志在北方，燕赵两国，可是？”

“何以见得？”

“燕国，奇特之邦也。”张仪侃侃道，“周武王所分封最古老之大诸侯国中，唯有燕国沉舟未泯，成为七大战国之一。若说根基，天下无出其右。且燕国北接胡地，东连大海，纵深广袤，国风剽悍。假以整饬，焉知不会对天下成泰山压顶之势？再说赵国，现已是三晋中最有战力的邦国，骑兵之强，天下第一；数十年来连败匈奴，扩地接近敕勒川，又吞灭半个中山国，势力大增；更兼山川险峻，西有上党之东要塞，东有大河屏障，易守难攻。君主赵语，持重勤奋，朝野气象颇为兴旺。如此之国，前途不可限量也！”张仪说得兴奋，见苏秦只是微笑摇头，骤然打住，“难道，燕赵当不得苏兄大才？”

苏秦悠然一笑：“燕赵之长，张兄寥寥数语悉数囊括，可谓精当。然则燕赵之短，张兄却未言及，此短足以抵消其长也。”

“未曾虑及，愿闻兄论。”忽然之间，张仪觉得自己对大势尚欠揣摩。

苏秦道：“燕赵两国之最大短处，在于旧制立国，未曾变法。七大战国，魏国、楚国、齐国、韩国、秦国，已经先后变法，唯独燕赵两国未曾大动。赵国由三家分晋而立国，之后陷于军争，无暇变法，算得半新半旧。燕国则旧坛老酒，几乎丝毫未动，若不是地处偏远，中间有赵国相隔，难保不被魏国齐国吞灭。未经变法，国无活力，自保图存尚可，断无吞国图霸之心力。若入此等邦国，无异于自缚手脚，岂能大有伸展？”

张仪心中已是豁然明白，暗暗叹服，口中却又追问：“难道你我不能做变法之士，像李悝、吴起、申不害、商鞅那般，成一代强国名臣？”

苏秦听得大笑：“张兄真能想入非非，佩服！”

“未曾修习法家之学，当真可惜也。”张仪自嘲地叹息一声，“苏兄莫非看好秦国？”

“张兄以为如何？”苏秦认真地点了点头。

显然没有想到这是苏秦的认真选择，张仪困惑地摇摇头：“不瞒苏兄，我对秦国素来憎恶，所知甚少。这个西陲诸侯，半农半牧，国小民穷却又蛮勇好战，忝列战国已是一奇，何有远大前程？纵有商鞅变法，也是一时振作而已，充其量与韩国不相上下。况秦国新君寡恩薄义，车裂商鞅，故步自封，岂能寄予厚望？”

苏秦丝毫没有惊讶，悠然笑道：“张兄啊，你还是没有脱开魏秦夙仇之偏见，对秦国可说是不甚了了。实言相告，我对秦国原本也无好感。但有一个疑问始终在我心头：像商鞅这般大才名士，何以要去秦国？秦国若是愚昧平庸，又如何能重用商鞅变法二十余年？若商鞅变法果如中原所言，残暴苛虐，何以秦国竟能有如此军力，一举夺回千里河西？有此疑惑，去冬我便随家父去了一趟秦国，所见所闻，当真令人大开眼界。一进函谷关，田畴精细，村庄整齐，虽是北风寒天，田头却熙熙攘攘地修缮沟洫，渭水货船来往穿梭。可以说，当今天下任何邦国，都没有这番勃勃生机！家父乃走遍天下的老商，他指着渭水中穿梭般往来的货船，对我说：商家入国看货流，货流旺，百业兴，秦国了不得也。进入咸阳，街巷整洁，国人淳朴，人人视国法如神圣；民无私斗，官无贿赂，商无欺诈，工无作伪，道不拾遗，夜不闭户；外国商人大觉安全，倒是十有八九都将家眷迁到了咸阳。十多天中，我听到见到的犯罪者，竟全部都是东方商贾！张兄，我等也算游历颇多，你说，当今哪个国家有此等气象？”见张仪默默摇头，苏秦打住话头，“张兄以为不然么？”

虽然魏国与秦国接壤，但张仪却从来没有去过秦国。虽则如此，他坚信自己对秦国的根底还是有把握的。这番话要是别人说出来，张仪一定会不屑一顾地大加嘲笑，但师兄苏秦沉稳多思，素来不谬奖人物，他既然亲历，说出来断然无虚。但是，张仪还是感到惊讶不已，按照苏秦之说，秦国岂非大治之国？这如何可能？见苏秦看着自己，张仪若有所思地一笑：“表面大治，鲁国也曾经有过，结果如何？”

“张兄之意，我明白。”苏秦将三弟苏代斟的一爵清酒一饮而尽，慨然道，“鲁国虽曾以礼法大治，国中一度康宁繁盛，但其君臣食古不化，且内争剧烈，终至萎缩衰微。周公封邑，原本天下第一诸侯，竟至连殷商后裔的宋国也不如了，令人扼腕叹息也！然则，秦国与鲁国迥然有异，断不可同日而语。秦国新法根基空前稳固，旧世族势力二十多年没有抬头。新君嬴驷虽车裂了商鞅，但也彻底铲除了图谋复辟的世族力量，一次整肃旧世族。商君新法非但不会动摇，而且将更进一步，即将向陇西戎狄区域推行。跟随商君变法的上大夫景监、国尉车英等股肱大臣也必然隐退。新君嬴驷，将起用忠于新法的商於郡守樗里疾，函谷关守将司马错。商君时期的郡守县令，一个也不会罢黜，变法派大权在握。你说如此秦国，能是一时之治么？更有一个奇人，去冬到了秦国。张兄可知？”

张仪感到惊讶：“奇人？可是那个犀首？”

“然也！”苏秦兴奋拍案，“你们魏国的一个纵横高士，他已做了秦国上卿！”

“犀首已经捷足先登，苏兄为何还要去秦国？良马不单槽了？”张仪颇不以为然。

苏秦颇为神秘地一笑：“张兄，天下策士，可有人在你我之上？”

张仪恍然大笑：“苏兄是说，有你入秦，犀首无所作为？”

“正是。”苏秦胸有成竹，“犀首第一策就是劝秦国称王，可谓不识时务。今春没有动静，足证新君嬴驷没有采纳，所以只教他做了上卿。秦国之上卿，从来都是虚职了。”

“如此说来，苏兄入秦之心已定？”

苏秦点点头：“张兄以为如何？”

张仪慨然一叹：“我对秦国原不甚了了，苏兄如此推重，看来定然不差。然则有犀首在秦，苏兄还当谨慎为好。”

“自当如此。”苏秦笑道，“十年铸剑，一朝出鞘，天下谁堪敌手？”

张仪被苏秦激励得豪情大发，开怀大笑：“好！苏兄入秦，张仪入齐，驰骋天下！来，干此一爵！”两人同时举爵，“当”地一碰，一饮而尽。

三　洛阳试剑　苏秦成名不成功

次日，张仪匆匆走了，安邑还有许多事等着他办。

苏秦开始忙起来，除了筹划上路物事，便沉浸在书房里浏览搜集到的秦国典籍。过了几日，一切就绪，只待次日西行去秦国了。天刚暮黑，四弟苏厉来雷鸣瓦釜小院送饭，说老父从宋国回来了，估摸膳后就会来二哥处。苏秦对父亲很是敬重，正为不能向父亲辞行感到缺憾，听说父亲回来了自然高兴，连忙用饭，准备吃完饭去拜望老父。谁想就在他与苏厉走出小院时，却见父亲迎面走来。

“父亲。”苏秦看见老父疲惫的步态，心中一阵酸热，忙深深一躬，扶住了父亲。

名动洛阳的苏亢，已经是白发苍苍的老人了。他点了点头，拂开了苏秦要扶他的手，却没有说话，径自往院中走来。苏秦素知父亲寡言少语，事大事小都是只做不说，也不再多话，陪着父亲默默走进了院中。

进厅堂坐定，苏厉重新点亮了铜灯，苏秦给父亲捧来了一盅鲜绿的春茶。老人依旧只是默默啜茗。苏秦坐在父亲对面，将张仪来访以及自己的谋划说了一遍：“父亲，季子明日就要西行入秦，望父亲多加保重，莫要再奔波劳碌。苏氏已经富甲一方，商事交由大哥料理足矣，父亲早当在家颐养天年了。若再高年奔波，季子于心何安？”

季子，是苏秦的“字”，也就是举行加冠礼时取的另个别名，这个别名（字）是专供社会人群称呼的，以示对父母取的本名的尊重。但是“字”在战国史料中却不多见。苏亢喜欢呼儿子这个被自己叫做“小名”的名字，苏秦在父亲面前也多以此名自称。老人一直凝神地听着，仿佛没有看见儿子含泪的眼睛，也没有理会儿子最后的话题，若有所思沉默了许久，终是滞涩开口：“何去何从，凭你学问见识。为父唯有一想，你自揣摩：无论厚望于何国，都应先说周王，而后，远游可也。”

苏秦大为惊讶——自他离家求学，父亲从来不与他交谈政事。他偶然向父亲谈及天下大势，父亲也只是留神细听，从来不问不对。今日，老父却在如此重大的事情上提出了如此匪夷所思的“一想”，当真令苏秦莫名惊讶。苏秦深深知道，老父亲久经商旅沧桑，遇事不断则已，断则每每有成算在胸。然则，要将奄奄一息的洛阳王室做第一个游说对象，在任何策士看来都是不可想象的荒诞之举，更何况苏秦这样的名门高士？但无论如何荒诞，苏秦都没有立即回绝。他了解父亲，他要再想想。

老人已经站了起来，看着茫然若有所思的儿子，淡淡地说了一句：“祖国为根，理根为先。”说完径自走了。

这一夜，苏秦无法入睡，索性到庄园中转悠去了。

春寒犹在，夜空碧蓝深邃，星光闪烁，隐藏着天地间无穷的隐秘。苏秦仰望星空，终于找到了那颗暗淡的大星。那是填星[1]，是洛阳周王室的国运之星。在占星家眼里，填星乃是黄帝之星、德政之星、“执绳而制四方”的中央之星。这颗填星晨出东方，夕伏西方，每年停留（填）在二十八宿的一宿中间，二十八年填完二十八宿，完成一个周天，活似

[1] 填星，古占星学又称决星、卿魄，即土星。

一个至尊老人在众多儿孙家轮流居住，故此叫了填星。填星的常色极为明亮，几与北极星不相上下，填于任何星宿之中，都可以一眼认出那灿烂的光华。可是，目下这填星隐隐约约地填在东方房四星之中，暗淡发红，几乎要被湮没。苏秦虽然不精于占星之学，但跟随那位博大精深的老师修学十余年，耳濡目染，对星象基本变化的预兆还是清楚的。老师曾说，填星在周平王东迁洛阳后就渐渐暗淡了，近百年以来，填星更是回填女四星即暗。而女四星，恰恰便是中原洛阳的星宿座。天象若此，地上之周室也确实已经失去了德政，如同湮没在茫茫天宇中的填星一样，已经湮没在战国大争的汹汹潮流之中了。

这样的王国，值得去殉葬么？

苏秦并不完全相信此等颇见神秘的占星学，他修习的是实实在在的策士谋略之学。要说天象，他更欣赏赵国年轻士子荀况说的“天行有常，不为尧存，不为桀亡”。但因为对星象学有所了解，反而是经常在夜里总要习惯性地抬头端详夜空，一看便知天下将有何种“预言”流传。师弟张仪淡漠此道，经常嘲笑他在山顶观星是“苏秦无事忧天倾”，经常取笑地问他，“苏兄啊，可知上天要将我填到哪个坑里啊？”苏秦则总是微微一笑：“学不压身。我还想做甘德、石申[1]的学生，要不要再做一回师兄弟？”

遐想之中，一阵寒风扑面，苏秦顿时清醒过来。老父要自己先入洛阳，肯定有他的道理。父亲是久经沧桑的老商旅，不可能对洛阳周室的奄奄待毙视而不见。既然如此，老父之意究竟何在？

“祖国为根，理根为先”——老父最后的话猛然跳了出来。苏秦心中不禁一亮——入洛阳游说，意不在于周王重用，而在于向天下昭示气

[1]　甘德、石申，战国著名星象学家，最早记载了彗星现象。

节！生为王畿子民，在祖国奄奄待毙时不离不弃，敢于做救亡图存的孤忠之士，传扬开来，这是何等高洁名声？殷商末年的伯夷、叔齐二人没有任何功业，生平只做了一件事，那就是在殷商灭亡后不食“周粟”，饿死在首阳山上，于是乎名满天下了。

看来，老父的心思颇有殷商遗老的印痕，由对伯夷叔齐的敬重而生发出对儿子的唯一要求。虽然是个很老派的谋划，若公然与新派名士商讨，一定会引来满堂嘲笑。但细细一想，这个很老派的谋划，却恰恰符合了权力场亘古不变的名节要求。从古至今，无论是官场庙堂还是山野庶民，人们都敬重忠诚气节，都蔑视反复无常。交友共事、建功立业、居家人伦、庙堂君臣，一个“忠”字，一个“义”字，从来都是第一位的品行名节。庶民不忠不义，毁掉的是家人友人；臣子不忠不义，毁掉的是邦国命运。唯其如此，“忠臣义士”成为当世诸侯取士用人的一个基本准绳。所谓“德才”二字，德之基点便在于忠义两则。尽管战国之世，对“义”的推崇更甚于“忠”，但“忠”的重要也是显而易见的。大争之世，哪个国家都有倏忽间兴亡倾覆的可能，谁不希望自己的朝臣庶民尽皆忠义之士？人同此心，心同此理，岂有他哉！而一个游说天下建功立业的士人，最容易被人怀疑为朝三暮四的无行才子，若在大动之前已证明了自己的高风亮节，无异于获得了一方资望金牌，岂非事半功倍？

思忖之下，苏秦对老父的“一想”不禁刮目相看了。他想改变次序，先行入洛阳觐见周王，视情形再定入秦之事。可是，觐见周王呈献何等兴国大计？总是要有一番说辞的，没有惊世之策，岂有名节效果？苏秦又是久久地仰望星空，要在明暗闪烁的群星中寻找那个闪光的亮点。

突然之间，他放声大笑，对着星空手舞足蹈了。

三日后，苏秦骑了一匹寻常白马，布衣束发，出得苏庄向洛阳王城走马而来。

真正的王城是城中之城，坐落在洛阳正中，几乎占了整个大洛阳的一半。三百多年前周平王东迁时，洛阳城已经是函谷关外拱卫镐京的要塞重镇了。那时候，洛阳就属于天子直辖的王畿，而没有分封给任何一个诸侯国。经过东周初期近百年的不断扩建，洛阳已经堪与当年的西周镐京相媲美了。就地理而言，洛阳虽不如镐京那样居于关中而易守难攻，但也算是天下上佳的形胜之地——北面大河，南依嵩山，三川环绕（洛水、伊水、汝水），八津拱卫（黄河与三川的八处渡口），沃野千里，沟渠纵横，较之关中却是更加广阔丰饶。尤其是经过戎狄之乱，洛阳更显出了它优于镐京的最突出之点：与西部戎狄有着较远的距离，更为安全可靠。西面的关中与函谷关，恰恰成了抵御戎狄的坚固屏障。那时候王权尚盛，中原安定，主要的威胁在于西部的游牧部族。如此情势，洛阳就显得特别适合于做京师王畿。春秋中期，戎狄动乱，大举入侵中原，东周都城洛阳虽然经受了巨大的冲击，终究岿然不动，最根本之点就在于洛阳地处中原，诸侯勤王极为便捷。于是，齐桓公的“尊王攘夷，九合诸侯”才能极有成效，全部将戎狄驱逐出中原腹地。

那时，国人无不惊叹天子神明——东迁洛阳，挽救了周室。

然则，沧桑终是难料。戎狄消退了，诸侯却迅速坐大，王权也无可奈何地衰落了下去。原本远离夷狄安全可靠的中原，却翻腾得惊天动地，洛阳王畿也变成了惊涛骇浪中的一叶扁舟。百余年下来，诸侯变着法儿蚕食，洛阳的千里王畿渐渐萎缩得只剩下了城外七八十里的“王土”了。

洛阳国人伤心之余，又每每怀念四面要塞的镐京，说东迁洛阳毁了周室。

就这样背负着周王朝的兴衰荣辱，走过了三百多年，洛阳老了，如同她的王室主人一样老了。高厚拙朴的城墙，坚固巍峨的箭楼，尽皆年久失修，城砖剥落，女墙破裂，钟鼓锈蚀，楼木朽空。昔日旌旗招展矛戈生辉的四十里城头，如今竟只有些许老兵在懒洋洋地转悠，宽阔的护城河堤岸也是杂草丛生，淤塞得只剩下一道散发着腐腥味儿的溪流。那座幽深的城门，终日洞开着。护城河上宽大破旧的吊桥，也是终日铺放着，竟至断了铁索埋进了泥土，变成了固定的土木桥。城门洞外，则站着一排衣甲破旧的老卒，对进出人等不闻不问，泥塑的仪仗一般。

洛阳的衰老，令苏秦感到震撼。

身为王畿国人，进出洛阳自是家常便饭。然而，苏秦对洛阳却从来没有仔细品味过。少年离家求学，洛阳在他的记忆中只是一座硕大的古老城池，一片金碧辉煌的王城宫殿。出山归来，进出洛阳不知几多，却也熟视无睹，从来没有留意过洛阳的变化。十多年修学游历，苏秦对天下潮流时势了如指掌，对大国新城的兴旺气象也颇为熟悉，临淄、安邑、大梁、新郑、咸阳、邯郸、郢都、蓟城，所有这些著名都会，他都能如数家珍般评点一番，唯独对王城洛阳却不甚了了。在他的心目中，周室天子已经是昨日大梦，洛阳王城已经是过眼云烟，留下的，只是一道古老神秘的天符，混沌得几乎没有任何的具体感知。

今日，当苏秦以名士之身进入洛阳，要对周天子献上振兴大计时，才发现自己对洛阳是何等生疏。一路行来，仔细打量，感慨万千。在当今天下，唯有洛阳完整地保留了古老的《周礼》规范：“农人井田，工贾食官”，一切都由国府料理。如今的王室国府，再也没有力量承担这细致繁冗的管治了。井田、作坊、官市、店铺，一切都在松弛地溃烂着。目下正是春耕时节，农人一出城，街巷就冷清得幽谷一般，连平日最热闹的官市也人迹寥寥，只有打造日用百器的作坊街传出叮叮当当的锤锻声，使人感到这座城池的些许生气。苏秦油然想到了临淄齐市与咸阳南市，那真是市声如潮，绵延数里的汪洋人海，摩肩接踵，挥汗如雨，置身市中，当真是一片生机勃勃。两相比较，洛阳是一座令人窒息的古墓。寻常时日，总是振振有词地评说洛阳王室的奄奄待毙，实际上却并无真实体察，如今身临其境，用心品味，方实实在在地感到了这个辉煌王朝的垂垂老矣。

进入王城，苏秦已经不再惊讶了。只是他没有想到，觐见天子竟如此的容易。王城宫墙外，无所事事的守军对有人觐见天子似乎感到很诧异，问了姓名国别，听说是洛阳国人，领哨将军挥挥手叫过城门内一个小内侍："领他进去便是。"

走过宽阔幽深的门洞，是天下闻名的王场。

这片包围在高大楼宇中的广场，全部用三尺见方的白玉岩铺成，两边巍然排列着九座大鼎，中间形成宽约六丈的王道。这便是象征王权神器的九鼎？那时候，九鼎是王权的标记，具有无上的神圣与权威，如同后来的传国玉玺一样，谁拥有九鼎，几乎是名正言顺地拥有天子权力。九鼎代表着天下九州，鼎身铸刻了本州地貌，铸刻了人口物产与朝贡数字。这巍然九鼎立于王城，曾经意味着"普天之下，莫非王土，率土之滨，莫非王臣"的皇皇威权。百余年来，诸侯国举凡向王权挑战，第一件大事便是图谋取得九鼎。从楚庄王问鼎中原之后，九鼎便成了天下大国密切关注的王权神器。刀兵连绵的大争之世，人们之所以还能记得洛阳，十之八九，是因为洛阳有至高无上的天赋权力的象征——矗立在这里的九鼎。

逐一凝望着丈余高的巍然大鼎，苏秦眼前油然浮现出使节云集山呼万岁的盛大仪典，不禁一声深重的叹息。宫殿依旧，九鼎依旧，这里却变成了空旷寂凉的宫殿峡谷，白玉地砖的缝隙中摇曳着泛绿的荒草，铜锈斑驳的九鼎中飞舞着聒噪的鸦雀，檐下铁马的叮咚声在空洞地回响，九级高台上的王殿也在尘封的蛛网中永久地封闭了。

再也没有昔日的辉煌，再也不是昔日的洛阳了。

王城里的周显王很有些烦闷，总找不出一件要做的事来。

他二十三岁即位，已经做了三十二年天子，算是少见的老王了。即位之初，他曾经雄心勃勃地要振兴周室，做一个像周宣王那样的中兴之主。试了几回身手，却都是自讨没趣。先是蕞尔小诸侯梁国与王畿争夺洛阳之南的汝水灌田，屡次挑衅，挖断了王畿井田的干渠。显王大怒，亲自率领两千兵马与一百辆战车兴师讨伐。谁想梁国附庸于韩国，“借”了韩国五千铁骑，竟将王师杀得大败而归。

后来又是“东周”、“西周”两个自家封邑大打出手，搅得洛阳王畿鸡飞狗跳，国人不敢出城。周显王破天荒地在王殿举行了三公（太师、太傅、太保）并卿大夫议国朝会，决意取缔先祖周考王留下的这两块封邑，将洛阳王畿统一到天子治下。谁想这些白发苍苍的老臣竟没有一个赞同，反而都替“东周”、“西周”请命，喋喋不休地说：分封制乃周礼根本所在，不能悖逆祖制。显王哭笑不得，便坚持要将“东周”、“西周”的朝贡礼品增加两倍。谁知天子刚一出口，三公大臣一齐亢声死谏，说从三皇五帝到商汤周武，诸侯朝贡历来都是量力而行，若像战国一样将贡品变为赋税，王道德政何在？吵闹了一整日，王制丝缕也不能擅动，气得周显王拂袖要去。

谁知走也不行。司寇硬是拉住天子衣袖犯颜直谏，责以“我王有违礼法，朝会失态”。周显王无可奈何地长嘘一声，只得坐下来听老臣们聒噪，直到散朝也没说一句话。

从那以后，一百余里的洛阳王畿，便固定裂为三块：东周四十里，西周三十里，天子七十里，整天搅闹得不可开交。东周欲种稻，西周不放水；西周要灌田，东周就掘堤；天子要例贡，两周就一齐叫苦。

大事不能做，周显王就想在小事上来一番气象，一搭手，还是不行。

显王通晓古乐音律，要将王室的钟乐《周颂》重新编定演奏。消息传出，一班公卿大夫与东周公、西周公联袂进谏，坚称“礼乐天授，不能擅改”。无可奈何，只得作罢。后来，周显王又想改制王室禁军的礼仪与侍女内侍的服装。还没动手，便“朝野”哗然，似乎天要塌将下来一般。再后来，周显王想将王殿与九鼎广场整修一番，与尚商坊官员计较商议。不料尚商坊官员搬出了《王典》，说触动神器要举行祭天大典、天子沐浴斋戒一月，方可择吉动工。天子府库空空如也，何来财力举行祭天大典？周显王只好叹息一声作罢。

百无聊赖，周显王想起了鲁国孔子的话：“饱食终日，无所用心，难矣哉！不若博弈可乎？”便整日与几个内侍侍女消磨在围棋案前打棋博彩，倒也优游自乐。谁知又是好景不长，股肱老臣与袭爵幼臣一齐发难，辞色肃然地责备天子“嬉戏玩物，徒丧心志，不思振作，何颜得见先祖”。一气之下，周显王烧掉了棋枰，砸碎了棋子，蒙头大睡了三天三夜。

天下之大，无奇不有。一个真命天子，竟至一件事也做不得。

“饱食终日，无所用心，难矣哉！”

叹息之余，周显王觉得孔子老头儿是个知己了。

虽则如此，周显王毕竟豁达，很快就将天子生涯简化为一日三件事：吃饭、睡觉、观乐舞。食不厌精，脍不厌细，饿了就吃，吃得极少，时间却长得惊人。睡觉则全无规则，困了就睡，零零碎碎一日总能睡个几十次。乐舞则是十二个时辰内将《风》《雅》《颂》一首挨一首奏将过去，不奏完不算一日结束。周显王不圈不点不评，只是听只是看，往往是长夜竟日的乐舞声中，天子已经沉沉睡去。待舞女乐师们睡着了，周显王却醒了过来，睡眼惺忪地品评着东倒西歪的各种睡态，高兴了便摸摸这个翻翻那个，不亦乐乎地独自大笑一通。

岁月如梭，倏忽间过去了三十二年。

一个英气勃勃的王子，变成了白发皓首的老天子，周显王总算习惯了这饱食终日无所用心的活法儿，渐渐地，那种“难矣哉”的心境也淡漠了，一切都变得自然平淡起来。

今日，周显王却有些不耐。他在梦中朦朦胧胧听到了钟鼓乐舞和肃穆清雅的《周颂》，“执竞武王，无竞维烈，不显成康，上帝是皇……斤斤其明，钟鼓喤喤……降福简简，威仪反反……”在那追念先祖功业的悠远歌声中，他莫名其妙地哭醒了，泪流满面，泣不成声，吓得乐师舞女们齐齐匍匐，不敢抬头。

“起去起去，不关尔等事。”周显王挥挥手，破例地点了一首《秦风》：“奏那个那个，噢，对了，《蒹葭》。”当高亢悠远而又略带苍凉的乐曲奏响时，周显王低声和着这首著名的情歌，“蒹葭苍苍，白露为霜。所谓伊人，在水一方……”渐渐地，他又朦胧了迷糊了，扯起了悠长的呼噜声，睡得分外香甜。

“如何？不奏乐了？”周显王突然睁开了眼睛，习惯了和乐入睡，竟被这突然的寂静惊醒了。

“禀报我王，洛阳名士苏秦求见。”一个领班侍女恭敬地回答。

“有人求见？”周显王斜倚卧榻，不禁失笑，“谁？哪个名士？”

“禀报我王，洛阳苏秦。”

“苏秦何人？洛阳还有名士？”周显王念叨着，打了个长长的哈欠，“那就，宣他，进来也——”

“小臣启奏：我王当更衣正冠，升殿召见，方有王室礼仪。”领班侍女躬身劝谏。

“罢了罢了。”周显王不耐地挥挥手，“教他进来。”

“谨遵王命。”女官飘然出门。

顷刻间，廊下传来老内侍尖锐的长调：“洛阳苏秦，进殿——”随着锐声长调，一阵脚步声传来，清晰有力，毫无拖泥带水的沙沙声。

周显王耳力敏锐，一听之下竟离开卧榻大枕，坐正了身子，挥手让乐师舞女们退了下去。

随着女官走过了幽暗的长廊，苏秦眼前豁然明亮，却又十分的惊讶。青天白日之下，这座大殿竟是灯烛齐明，红毡铺地，四面帐帷，虽然空荡荡的，但显然是一座富丽时新的寝宫。在洛阳王城衰颓幽暗的古典贵族的气息中，这座小小寝宫显得极不协调，倒像是哪个诸侯的国君寝宫。略一打量，发现中央高高的帐帷中一张长大的青铜卧榻，上面坐着一位宽袍大袖的老人，须发灰白惺忪疲惫。

女官眼波示意，苏秦恍然大悟，深深一躬：“洛阳苏秦，拜见我王——”

周礼定制：士之身份与百工、农人等同，不能觐见天子，即或敬贤破例，也须匍匐大拜，山呼“万岁”。然时世变迁，战国之世，士人已经迅速成为天下变革的主要力量，地位大长，成为一个新兴的文明阶层。于是，天下有了“士不拘礼”一说。名士晋见各国君主，躬身拱手便算是大礼了。苏秦游历天下，读书万卷，又是洛阳国人，自然知道觐见天子的礼仪，可是他却没有以周礼参拜。苏秦心思，是想试探这个深居简出的周天子，对外界天翻地覆的变化究竟知道多少，自己的说辞该定到何种尺度。

周显王却只慵懒地一笑：“苏秦啊，有事么？坐。”家常若和善老人。

那位唯一站在“殿”中的女官，向正中一个乐师的坐台一指轻声道：“先生，请坐。”

苏秦正襟危坐，觉得那坐台还留有余温，不禁飞快地闪过一个念头，这里方才有人。暗笑之间心神一定，肃然拱手道：“苏秦敢问我王，醉死梦生，可是天子日月？”

“先生明言，天子又能如何？”一言未了，周显王打了两三个哈欠。

苏秦精神一振：“天子之道，兴国为本。王室衰败，天子岂能无所作为？苏秦以为，目前危局尚可挽回，若运筹得当，定可中兴大业，恢复王权。”

“先生高论。”周显王没有丝毫惊讶，嘉许地点了点头。

苏秦顿时觉得泄气。按照他设想的对策过程，一个尖锐问题的提出，君主一定会大感兴趣，追问如何中兴，说辞自然就喷发而出。然则这个天子根本没有提问的兴趣，一副万事都明白万事都无动于衷的样子，当真大煞风景。但苏秦的沮丧瞬间便消失了，这是出山后第一次游说，原本就没有指望有成，试剑沽名而已，何须当真？能见到天子陈说对策，这就是成功，何能半途而废？定定神，苏秦侃侃道：“苏秦乃我王子民，素怀赤子报国之心，中兴王业，更是责无旁贷。苏秦的方略是：策动天下二十三个小诸侯结成盟约，以周室为盟主，组成联军，与七大战国并立。而后利用战国间之利害冲突，逐一分化削弱。如此五十年内，王权定可中兴！此乃聚众抗强之大略也。我王明察，二十三诸侯结盟，国土约占天下三分之一，人众将近千万，可征发兵士八十余万，任何一个战国都不足以与之抗衡。长久相持，周室王权当再度统领天下！”

“好——谋略。”周显王说话间又打个哈欠揉揉眼睛，看着面前这个英挺俊朗的名士，仿佛来了兴趣，随和地笑道，“先生，你想过没有，以何结盟天下小诸侯？粮食、财货、兵器、衣甲、战车、马匹、铁材、铜材、金钱，王室有么？没有这等物事，如何做得盟主？再说，二十三小诸侯天各一方，被各个大战国挤在旮旯缝隙之中，稍有动静，辄有灭顶之灾，谁敢作仗马之鸣？”摇摇头苦笑一声，“苏秦，你尚欠火候也。”

苏秦一怔，亢声道：“瓦全何如玉碎？只要天子举起王旗，诸多难题当迎刃而解。”

“玉已成瓦，想做玉碎，难矣哉！”周显王摇头摆手，显然不想再说下去。

苏秦无计可施，叹息一声便想告辞。周显王却招了一下手，让女官扶他下了那张特大的青铜卧榻，踱着步子慨然道：“苏秦啊，看你也非平庸之士。原先有个樊余，也劝过我振作中兴。非不为也，实不能也。人力能为，何待今日？子为周人，便是国士。找个大国去施展吧，周室王城已经是一座坟墓了，无论谁在这里，都得做活死人。”说罢一声深重的叹息。苏秦默然，扑地一拜，起身拱手告辞。

“先生，且慢了。”周显王眼睛有些湿润，“王室拮据，赐先生轺车一辆，望先生为周人争光。”说罢，深深一躬。

苏秦大为惊讶，连忙扑地拜倒：“天子大礼，苏秦何敢当之？谢过我王赏赐！”

“汗颜不及，何须言谢？”周显王摆摆手，吩咐女官，“燕姬，你带先生去，尚商坊青铜轺车。”便回过身去了。

那位女官向愣怔的苏秦微微一笑：“先生，请。”

苏秦恍然醒悟，跟着女官走出了灯烛殿堂，走出了幽暗的长廊。乍到阳光之下，两人同时捂了捂眼睛。待苏秦放开手，却惊讶得说不出话来——这个女子竟是如此之美！一领翠绿的曳地丝裙，一片雪白的搭肩直垂在腰际，一根玉簪将长发拢成一道黑色的瀑布，身材修长纤细却又丰满柔软。如此简单的衣着，如此单纯的色调，在她身上却显出了一种非常高雅的仪态，当真令苏秦不可思议。看那女子，也在默默地注视着自己，含蓄的笑意充盈在嫣红的脸庞。

"苏子，请向这厢。"女子轻声礼让。

一声"苏子"，苏秦心头蓦然一阵热流。这不经意的称谓改变，在苏秦却有一种微妙的震颤。按当世习惯，称"先生"乃完全的敬意，"子"虽用于卓然大家，但在非礼仪场合，却有着敬慕亲切的意味。这种微妙，非其人其时不可以言表。心念一闪，苏秦拱手道："敢问女官，如何称谓？"

"我叫燕姬，祖籍燕人。苏子直呼可也。"女子嫣然一笑，领步前行。

"燕姬辛劳，苏秦多谢了。"

"敢问苏子：洛阳城外，今夕何年？"

苏秦愕然止步，随即恍然叹息道："天上宫阙，竟不知今夕何年？洛阳之外，早已经天地翻覆了。今岁是：齐王二十三年，魏王三十七年，楚王六年，秦新君二年，韩侯元年，赵侯十六年，燕公二十八年。纪年已乱，不知燕姬想知道哪国纪年？"

"方今燕国，情势如何？"

"燕国大而疲弱，法令国制没有变革。然则，尚算安定。"

"苏子离周，欲行何方？"

苏秦慨然道："天子不振，我欲去一个最具实力的国家，一展胸中所学。"

说话间不觉已到了王城府库。这是一座有上千间坚固石屋的城中之城，除了粮食，所有的朝贡物资及王畿尚坊制品都收藏在这里。周平王东迁初期，这座天下第一府库当真是满当当盈积如山，铜币、衣物、兵器、车辆等，多有锈蚀腐朽而白白扔掉者。沧桑巨变，这座天子府库像刺破了的皮囊，倏忽间瘪缩了下来，只剩下大约十分之一的石屋有物事可放了。整个王城，只有这里驻守着数百名老军。箭楼下，府库城堡的大石门紧闭着，只留了一车之道的小门供人出入。城堡外矗立着一座司库官署，不时有侍女内侍出入领物，倒略有些人气。

燕姬将一面小小的古铜令牌交司库验看，宣明了赏赐苏秦的王命。

老司库满面通红，尴尬地笑着："我王不知，封赠赏赐用的青铜轺车，唯余六辆了。还都是轮破辕裂，如何是好？"燕姬倒是坦然，淡淡道："古云：雷霆雨露皆王恩。天子赐车，原不在富丽堂皇。苏子以为如何？"苏秦不禁暗暗钦佩这个美丽女子的见识，她完全知道"王车"对于他的意义，由衷笑道："燕姬所言极是，天子赏赐，原在奖掖臣民。"

老司库说声"如此请稍等片刻"，便进了府库石门。大约半个时辰，咣当咣当的车声驶出了石门道，驾车的两匹白马瘦骨嶙峋，确实是毫无气象。老司库脸上流着细汗，将古铜令牌与锈迹斑驳的轺车一起交到燕姬手中。

燕姬看看苏秦，递过马缰马鞭："可会驾车？"

"尚算不差。"苏秦躬身一礼，从燕姬手中接过马缰马鞭，"苏秦告辞。"

"莫忙，我送你出王城，许多路不能走了。"燕姬笑笑，"你得先牵着马走。"

古老的青铜轺车在石板地面咣当咯吱地响成一片。苏秦富家名士，对高车骏马熟悉不过，生平第一次挽如此破旧的王车，竟有些局促起来，不知如何应对身旁这位美丽的女子，更不知该不该对这般王车评点一二，一时竟无话可说。燕姬似乎毫无觉察，默默行走间突然问道：“苏子家居何街？”

“洛阳城北乘轩里，苏庄。”

燕姬惊讶了：“如何？苏子不是国人么？”

苏秦笑道：“女官有所不知，方今世事大变，国人出城别居已成时尚，只洛阳尚算罕见。苏氏老宅在城内官市坊，已经做了店铺，无人居住了。”

“郊野孤庄，定然是清爽幽静了。”燕姬一句赞叹，神往之情油然而生。

突然之间，苏秦觉得面前这个高贵美丽的女子封闭在这古老幽暗的城堡之中，直是暴殄天物，脱口而出道：“惜乎女官身在禁地，否则，苏秦当邀女官一游天下。”

“王城里的树叶，都难绿也。”燕姬望着枯枝丫杈的老树，幽幽一叹。

“树犹如此，人何以堪？”苏秦慨然止步。

燕姬抬头望望王城宫墙：“苏子，今日一别，后会有期。”

“人间天上，何得有期？”苏秦怅然了。

燕姬淡然一笑道：“若得有期，苏子莫拒人于千里之外。”说罢飘然去了。

苏秦怔怔地凝望着那个美丽的背影消失在高高的宫墙之内，良久不能移步，蓦然之间，觉得自己在这里长久伫立很不得体，跳上轺车咣当咯吱地去了。出得洛阳，已是日暮，眼见夕阳残照，金碧辉煌的壮丽王城化成了红绿相间的怪诞色块，大片乌鸦在宫殿上空聒噪飞旋，隐隐的编钟古乐夹杂其中，一派庄严的沉沦，一派华贵的颓废。苏秦不禁感慨中来，猛然打马一鞭，破旧沉重的轺车咣当叮咚地去了。

四　安邑郊野的张家母子

离开洛阳，张仪星夜赶回了安邑。

和苏秦相比，张仪不能那么洒脱地不管不顾。

张家祖上本是附庸农户，隶农身份。还在魏文侯任用李悝变法的时候，张仪的曾祖有幸成了第一批脱籍的自由庶民，分到了两百亩私田。曾祖勤奋力耕，晚年时已经成了殷实富户。其时吴起正在魏国招募士兵，准备与秦国争夺河西之地。张仪的大父[1]投军做了“武卒”。吴起训练的魏武卒是步兵，必须身穿铁片连缀的重铠、手执长矛、身背强弓与三十支长箭并携带三天干粮干肉，连续疾行一百里且能接战方算合格，是魏军最精锐的攻坚力量。武卒的地位与骑士同等，是很难得的荣誉。在魏国变法前，隶农子弟是没有资格做骑士与武卒的。大父本是苦做农夫，做了武卒，感念新法功德，在军中任劳任怨勇猛作战，几年后便被赏罚严明的吴起晋升为千夫长，十年后又做了统辖万卒的将军。张家从此成为新兴贵族。后来，吴起受魏国上层排挤，离开了魏国，大父再也没有晋升。

再后来，父亲一辈弃武从文，做了魏武侯时期的一个下大夫，主司盐业。谁想在魏武侯死后，父亲却莫名其妙地卷入了混乱的权力漩涡，成了公子罃政敌中的一员。后来公子罃战胜即位，成了魏王，父亲一党惨遭涂炭。虽说是职位最小的“党羽”，父亲还是被放逐到离石要塞做了苦役。没有三年，父亲便在苦役折磨中死去了。那时候，父亲还

[1]　大父，春秋战国时期对祖父的正式称呼。

不到三十岁，母亲正是盈盈少妇，他们唯一的儿子张仪才只有三岁。大难临头，母亲没有丝毫的慌乱，她卖掉了安邑城内的府邸，埋葬了父亲，安顿遣散了绝大部分仆役，搬到了安邑郊外的僻静山谷。迁出后，母亲切断了与官场的所有“世交”，也切断了与族人的一切往来，带着几个义仆，在几乎与世隔绝的山谷里艰难谋生。

那时，母亲最大的事，是为小张仪寻觅老师。

也是遇合凑巧。两年后，幽静的山谷居然撞来了一位云游四海的白发老人。老人在山溪边遇见了唱着《诗》采药的小张仪，问答盘桓了大半个时辰，老人带着小张仪找到了张家简朴幽静的庄园。老人说了他的名号，母亲喜极而泣大拜不起。老人只说了一句话：“此子难得，乃当世良才也。”便带走了小张仪。倏忽十三年，张仪没有回过家，母亲也没有到山里找过他。

张仪出山归家，堪堪四十岁的母亲已经是白发苍苍的老妪了。偌大庄园，只有一个老管家带着三个仆人料理。张仪心痛不已，决心搁置功业，在家侍奉母亲颐养天年。谁想母亲却是个刚强不过的女子，见张仪守在家里不出门，便知儿子心思。一日，母亲命小女仆唤来张仪，开门见山问：“张仪，你修学十余年，所为何来？”

“建功立业，光耀门庭。”张仪没有丝毫犹豫。

母亲冷笑：“你习策士之学，却离群索居，如何建功立业？”

“母亲半世辛劳，独自苦撑，虽是盛年，却已老境。儿决意在家侍奉母亲天年，以尽人子孝道。”张仪含泪哽咽着。

母亲正色道：“论孝道，莫过儒家。孟母寡居，孟子却游说天下。孟子不孝么？孟母不仁么？你师名震天下，你却不识大体，拘小节而忘大义，有何面目对天下名士？”

“儿若离家游国，高堂白发，凄凄晚景，儿于心何安？”沉默半日，张仪还是坚持着。

“你随我来。”母亲拄着木杖，将张仪领到后院土丘上那间孤零零的石屋，推开门道，“这是张氏家庙。你来看，张氏祖上原是隶籍，自你曾祖开始小康，大父为将，乃父为官，至今不过四代。张仪，你对着张氏祖宗灵位说话，你这第四代张氏子孙，如何建功立业？”

看着石屋内三座木像并陪享祭祀的历代尊长，惊讶之中，张仪对母亲产生了深深的敬意。他从来没有来过这座家庙，也不知道这后院有一座家庙。按照礼法，立庙祭祖是诸侯才有的资格，寻常国人何谈家庙？苏秦可谓富裕大家了，可庄园里也没有家庙。凝神端详，张仪明白了，这家庙一定是母亲搬出安邑后建的，而且就是为了他建的。

张氏几遭灭门大祸，男丁唯余张仪，还不能留在身边；建家庙而激励后人，决意守住张氏根基，这便是母亲的苦心。张仪望着白发苍苍的母亲，不禁悲从中来，伏地跪倒，抱住母亲放声痛哭。母亲毫不动容，顿顿手杖道：“张氏一族是重新振兴，还是再次沦落，全系你一人之身，这是大义。孝敬高堂，有心足矣，拘泥厮守，忘大义而全小节，岂是大丈夫所为？”

张仪思忖半日，起身一礼：“母亲教诲，醍醐灌顶，张仪谨遵母命！”

从那日开始，张仪重新振作。第一件事，就是赶赴洛阳会见苏秦。他与苏秦做了十多年师兄弟，山中同窗修习，游历共沐风雨，虽非同胞，却是情同手足。去年夏日，二人一起出山，商定先各自回归故里，拜见父母并了却家事后再定行止。半年过去了，自己蜗居不出，安邑几个世交子弟邀他去大梁谋事，他也都拒绝了。如今要定策士大计，张仪第一个想见的，不是那些张氏“世交”的膏粱子弟，而是苏秦。在张仪心目中，只有苏秦是自己的知音，如同俞伯牙的琴中心事只有钟子期能够听懂一样。苏秦非但志向远大，且多思善谋，与他谋划大业，真是一件令人愉快的事情。

离开苏庄，张仪很是振奋。他已经有了自己的明晰计划——先谋魏，次谋齐，再谋楚。三国之中，总有自己一展抱负的根基之地。更重要的是，他与苏秦达成的默契——各谋一方，只有呼应而没有倾轧。苏秦说得好：良马单槽。有此一条，两人都感到了轻松。同别士之间的竞争，他们都不屑一顾。两人都觉得，只有对方才是自己势均力敌的对手，只要他们之间不撞车，纵横天下就没有对手。苏秦不久就要西行入秦，自己也要立即奔赴大梁。不久，两人的名声就会传遍天下，岂非快事一桩？

快马疾行，天未落黑时张仪回到了安邑郊外的山谷。

看着儿子风尘仆仆却又神色焕发，母亲脸上的皱纹第一次舒展开来。她默默地看着张仪吃饭，待他狼吞虎咽地大嚼完毕，淡淡笑道："仪儿，要走了？"

"回母亲，儿明日要去大梁，归期尚是难定。"

母亲笑了："尚未出门，何论归期？娘是说，要送你一件礼物。"

"礼物？"张仪一笑，"一定是上好的酒囊饭袋了。"

"就晓得吃。"母亲疼爱地笑笑，笃笃笃顿了几下手杖，一个清秀少年走了进来，向母亲躬身一礼："见过主母，见过公子。"母亲喟然一叹："仪儿，这孩子叫绯云，是娘给取的名字。六年前，这孩子饿昏在山谷里，娘救了他。他无家可归，娘又收留了他。这孩子聪慧伶俐，帮着娘料理家事，也粗粗学会了识文断字。你孤身在外闯荡游历，娘就教绯云给你做个伴当。"

"母亲……"张仪心头一阵酸热，"儿不能尽孝侍奉，原已不安。绯云正是母亲帮手，儿万万不能带走，再添母亲劳累。"

“傻也。”母亲笑道，“庄中尚有几个老仆，不用娘操持。娘想过了，儿既为策士，周旋于诸侯之间，难保没有不测。绯云跟了你，缓急是个照应。这个孩子，难得也。”

“母亲……”张仪知道母亲的性格，她想定的事是无法改变的。

三日之后，张家的一辆轻便轺车上路了。

轺车是母亲按照父亲生前爵位的规格，在安邑作坊打造的。桑木车身，铁皮车轮，只要一马驾拉，简朴轻便却又很是坚固。车盖规格只打了四尺高，是中等爵位的轺车，既实用又不显张扬，倒很合乎张仪布衣之士的身份。按照官场规矩，这种轺车应由两马驾拉，再有一名专门驾车的驭手。但战国以来名士出游，但凡有车者都是亲自驾驭。如此，轺车可以打造得更加轻便，只趁一人之重一马之力。母亲打造的这辆轺车也是此等时尚规格，宜于一人一马，若加一驭手，轺车便显滞重。但令张仪惊讶的是，这个青衣短打布带束发的小绯云仿佛没有重量，扭身飘上车辕，张仪在车厢中竟没有任何感觉。也不见他扬鞭，马缰只轻轻一抖，轺车便轻灵上道，辚辚飞驰，不颠不簸很是平稳。张仪不禁脱口赞道：“好车技。”少年回眸一笑：“公子过奖了。”蓦然之间，张仪注意到这个小仆人竟是如此一个英俊少年，清秀明朗，双眸生光，一头长发黑得发亮，若再健壮一些，当真是个美男子。张仪高声道：“绯云，你有姓氏么？”

“没有。”绯云答了一声，没有回头。

华夏族人的姓氏，原本不是人人都有。夏商周三代，只有世家贵族才有姓氏，且多以封地、封爵或官号为姓，如同一个部族的统一代号。寻常国人有姓者很少，隶籍庶民就更不用说了，都是有名无姓。春秋时期，礼崩乐坏，身份稍高的“国人”也都有了姓，或从族中官吏尊长，或从原本的封国，或从自己所赖以谋生的行当，譬如铁工就姓了

“铁”，不一而足。战国以来，变法此起彼伏，各种奴隶纷纷成为自由平民，姓氏也就普及起来了。张仪的“张”姓，就是曾祖脱去隶籍后从了“老国人”中的姻亲定的姓，至今已经四代。现下还没有姓氏的，就是那些还没有脱去隶籍的官奴与山野湖海的隶农、药农、渔人、猎人等所谓贱民。而这些人在魏国已经很少，燕赵楚三国则依然很多。如此说来，这位俊仆倒有可能不是魏国人，而很可能是逃离本土到魏国谋生的饥荒游民。心念及此，张仪也就没有再问，他不愿意这个英俊少年伤心。

大梁、安邑是新旧两个都城。两地之间的官道宽阔平坦，轻便轺车马不停蹄，一天一夜便可到达。但张仪原非紧急军情，神色疲惫地急吼吼赶道，反倒有失名士气度，自然就不想赶得紧。日暮时分，渡过大河，他便想在南岸的广武歇息一夜。绯云自然是听他安排，主仆二人在广武城外一家可以喂马的小客栈住了下来。

安顿好马匹，绯云问：“公子，往房间里送饭吧，外边人多。”

张仪笑道：“人多好啊。走，外边。”

两人来到客栈大堂，只见宽大简朴的厅堂座座有人。绯云正在皱眉，正好侍者收拾完窗口边一张案几，走过来殷勤地请他们入座。一落座，绯云便向侍者吩咐道：“一荤一素，两份汤饼。”侍者连声答应着去了。张仪惊讶道：“绯云，你如何知晓广武的汤饼名吃？”绯云笑道：“学的。主母教了我许多。”说着看看窗外，只见厅堂外的大院子里蹲满了人，尽是布衣短打，一边嚼着干饼一边呼噜呼噜地喝着菜汤，一片热气腾腾。绯云诧异道：“这地方忒怪吔，城小，却车多人多，挤得像个水陆码头吔。”

张仪笑了：“这广武，虽是大河南岸的一座小城，却因东南数十里有一座著名的敖仓，便生出了商旅大运。敖仓是魏国的最大粮仓，每日进出运粮的牛车马队络绎不绝。但敖仓周围十里之内都是军营，不许车马停留。缴粮调粮的车马队，只有到最近的广武城外歇脚打尖。时间一长，这广武便成了敖仓的连体根基。你看，广武最大的怪异处，是城外繁华，城内冷清。窗外吃喝的，是各郡县的车役挑夫；厅堂里用饭的，十有八九都是押运的县吏。”

绯云不由得肃然起敬：“公子懂得真多，绯云长见识了。”

张仪哈哈大笑，觉得这个俊仆当真聪慧可人。

此时饭菜酒已经上齐，一方正肉，一盆青葵，两碗羊肉汤饼，小小一坛楚国的兰陵酒。绯云对侍者说：“你去，我来。”利落地打开酒坛，给张仪斟满一碗捧到面前：“公子请。只此一坛。”张仪恍然，心知母亲怕自己饮酒误事，教绯云时刻提醒自己，感慨笑道：“一坛三斤，只饮一半，余下的留在路上便了。”绯云大约没想到公子如此好侍候，意外地高兴。张仪大饮一碗，连连赞叹，教绯云也来一碗。绯云连连摇头，说自己从来不饮酒。张仪慨然道：“大丈夫同路，如何能滴酒不沾？这楚国兰陵酒甜润清凉，醉不了的，来！”绯云无奈，皱着眉喝下一碗，一时满面潮红，呛得连连咳嗽。

张仪不禁笑道：“满面桃花，绯云像个女儿家。”绯云大窘，脸更加红了。

第二天太阳上山，张仪的轻便轺车驶出广武客栈，直上官道。经过敖仓时，忽见敖仓军营的马道上尘土飞扬，直向官道而来。绯云怕前行赶得太急，跟在后面又要吃落土，便停车靠在道边，要等敖仓马队去远了再走。片刻之间，马队从军营中冲来，当先一面幡旗在烟尘中迎风招展，旗上分明大书一个“先”字。

张仪惊喜，霍然站起高喊：“先兄——张仪在此！”

喊声方落，马队骤停，当先一辆轺车拐了过来。车盖下，一个高冠红服长须拂面的中年人遥遥拱手笑道："张兄好快！我正要去大梁先期周旋也。"

张仪已经下车，走到对方车前拱手笑道："不期而遇先兄，不胜欣慰。本说下月去大梁，怎奈家母催逼，早了日子，先兄见谅。"

来人也已下车，拉住张仪笑道："无妨无妨。好在我只是引见，无须多费周折。成事与否，全在张兄自己了。"

"自当如此。张仪不会连累你这个敖仓令担保举荐。"

"哪里话来！张兄国士，我区区小吏，何有资格担保举荐？"

两人一齐大笑，敖仓令道："张子，并车同行如何？"

张仪拱手道："不必了。先兄官务在身，多有不便。到得大梁，张仪自来府上拜访。"

"张子既不想张扬，先轸也不勉强，大梁见。"回身登车，扬尘而去。

待敖仓令的马队走远，张仪方才登车缓行，向大梁辚辚而来。这个敖仓令先轸，祖上本是晋文公时的名将先轸。似乎应了一句古老的谶语，"名将无三世之功"，先氏后裔竟弃武从文，始终没有大进。先轸也只做了个司土府辖下的敖仓令，算是个有实权而无高位的中爵。虽然如此，先氏的声望犹在，先轸在大梁依旧是魏国闻人。张仪的父亲也曾在司土府任事，与当时做司土府都仓廪的先轸父亲同事，有通家之好，所以张仪与先轸也算得是世交了。后来张氏罹祸，搬出安邑，两家往来也就中断了。张仪年少入山，与这先轸从未谋面，自然也不认识了。但张仪从王屋山修习归来，在大梁安邑的士大夫中已经有了名士之誉，先轸慕名拜访，世交又自然恢复了。先轸为张仪引见了诸多"朋友"，都是当年司土府官吏的后裔，自嘲是大梁的"司土党"。叙谈世交情谊之余，众人纷纷鼓动张仪来大梁做官。张仪只是高谈阔论，并没有接这个话题。在他心目中，魏国虽是祖国，但吏治太腐败，正是自己这种才具之士的天敌，所以并没有想留在魏国。再则，他对凭借朋党裙带谋官谋事素来厌恶蔑视，自然也不想过深卷入到“司土党”里去。

洛阳之行，与苏秦一夜长谈，张仪大受启迪，重新审视了魏国，觉得自己不应该放弃在魏国的努力。无论如何，魏国的强大根基犹在，若能根除侈靡腐败而重新振作，统一六国还是比其他战国有利得多。有了这一番思谋，便在从洛阳回家的途中取道大梁，似乎无意，拜会了一个“司土党”，酒酣耳热间透露了自己想在大梁谋事的想法。张仪的本心，是给自己原先的婉拒打个圆场，不想无端开罪于“司土党”，并没有请“司土党”斡旋引见的意思。谁知对方是个官场老手，世故老到，认准了是张仪放不下名士身份而做出的委婉含蓄姿态，其实就是要“司土党”给他修桥铺路。“司土党”中若有了张仪这等名士身居高位，自然是势力大涨，所以对张仪的清高也毫不计较。

消息传开，便有了“司土党”首吏——敖仓令先轹回大梁为张仪斡旋之事。

凡此种种，张仪都蒙在鼓里。张仪走的是当世名士的路子，直接求见君主，无须任何人从中引见。这种方法简单扎实，既能充分体现名士天马行空特立独行的风骨，又对君主的识人眼光与用人胆略有直接考量的效果；成则一举公卿，不会陷于任何官场朋党；败则飘然另去，不会将大好光阴空耗在无休止的折冲斡旋之中。这是春秋战国以来，实力派名士不约而同的路子。孔子、孟子、范蠡、文种、吴起、李悝、商鞅，以及他们身后的诸多名士，几乎无一例外地采取了这种做法。张仪一身傲骨，如何能狗苟蝇营于朋党卵翼之下？因了这种想法一以贯之，坚定明确，所以张仪从来没有求助于人的企图，与谁都是海阔天空；不合多了一番心思，想消除一个无端对手，却引出了一场额外的“援手”；偏偏张仪浑不知晓，见了敖仓令先轸也还是左右逢源地虚应故事，使先轸不得要领，悻悻而去。

一路消闲，夕阳衔山时到了大梁。

北门外，早有敖仓令先轸带了“司土党”几个实权官员在迎候，要接张仪到先轸府上接风洗尘。此时，张仪才觉得事情有些拧，好在他心思灵动，略一思忖，吩咐绯云驱车去安置客栈，而后在先轸府外等候自己，他则与先轸同乘一车去赴酒宴。这便是委婉地与“司土党”保持了距离，显示了自己的独立。“司土党”本来已经商定，张仪住在先轸府，觐见魏王谋官一事，由“司土党”合力斡旋，如今见张仪如此做派，一时颇感难堪，气氛不由得别扭起来。

张仪一拧，接风酒宴便显得客气拘谨起来。虽然张仪做出浑然不觉的样子，照样海阔天空，然却闭口不谈大梁觐见之事。这在对方，觉得大失体面，人人尴尬，自不想再与这个不识抬举的名士着实结交，酬酢便冷淡了下来。直到酒宴结束，也没有人提及引见举荐之事。不到初鼓，接风洗尘告罢，没有一人送张仪前去客栈。张仪毫不在乎，一一打拱辞行，跳上绯云的轺车大笑着扬长而去了。

回到客栈，绯云已经事先关照客栈侍者备好了沐浴器具与大桶热水。张仪在热气蒸腾的大木盆中浸泡，心中却思谋着明日的说辞对策，“接风”酒宴的些许不愉快，也烟消云散了。沐浴完毕，绯云捧来一壶冰镇的凉茶。张仪咕咚咚牛饮而下，胸中的灼热酒气荡涤一去，顿感清醒振作，吩咐绯云自去歇息，自己从随带铁箱中取出了一卷大书，在灯下认真琢磨起来。绯云知道这是公子每日必做的功课，不再多说，掩上门出去了。

这是一本羊皮纸缝制的书，封面大书“天下”两个大字。大皮纸每边一尺六寸有余，摊开占了大半张书案。竹简时代，这种羊皮纸缝制的书算是极为珍贵的了，只有王侯公室的机密典籍与奇人异士的不传之秘，才用这种极难制作的羊皮纸缮写。面前的这本《天下》，是老师积终身阅历，并参以门下诸多著名弟子的游历见闻编写的，书中记载了七大战国与所存三十多个诸侯国的地理、财货、国法、兵制、吏治、民风等基本国情，颇为翔实。更重要的是，各国都有一幅老师亲自绘制的地理山川图，要隘、关塞、仓廪、城堡、官道路线等无不周详。在当世当时，只有鬼谷子一门有能力做如此大事。因为，非但老师本人是五百年一遇的奇才异士，所教弟子也尽皆震古烁今的经纬之士。别者不说，独商鞅、孙膑、庞涓三人，就足够天下侧目而视了。这本《天下》，就是包括了苏秦张仪在内的这些学生们的心血结晶，如何不弥足珍贵？临出山前，老师特意教他与苏秦各自抄写了一本《天下》，作为特别的礼物馈赠两人。抄完书的那天，老师亲自在封皮题写了书名，又在扉页写了“纵横策士，度势为本”八个大字，便送他们出山了。

张仪将《天下》中的七大战国重新浏览一遍，对献给魏王的霸业对策已经成算在胸，思谋一定，倦意顿生，上得卧榻呼呼大睡了。

清晨起来，张仪精神奕奕。绯云笑道：“吔，公子气色健旺，要交好运了。”张仪揽住绯云肩头笑道：“绯云，不要叫公子，我又不是世家膏粱子弟，听得不顺。”绯云惊讶：“吔，教我如何称呼？”张仪略一思忖道：“共车同游，就呼我张兄可也。”绯云面色涨红：“如何使得？坏了主仆名分吔。”张仪揶揄道：“不知晓礼崩乐坏么？你只管叫就是。”绯云嗫嚅道：“张兄……我，等你回来中饭？”

张仪大笑：“便是如此了。中饭我不定回来。你收拾好行装车辆，也许，就要搬到大地方了。”说罢扬长而去。

五　张仪第一次遭遇挑衅

大梁王宫今日特别忙碌。

魏惠王要出城行猎。陪猎大臣及内侍、禁军从五更就开始忙起来。这是迁都大梁以来魏惠王首次出猎，王宫上下特别兴奋。车辆、仪仗、马匹、弓箭、帐篷、酒器、赏赐物品、野炊器具等，忙得上下人等穿梭般往来。天一亮，丞相公子卬进宫检视。他是魏王族弟，又是围猎总帅，逐一落实细务后又调拨各路军马、指定各大臣的陪猎位置、确定行猎路线、委派各路行猎将军、宣布猎物赏赐等级等，又是大忙一番。一切妥当，刚好太阳升起到城楼当空的辰时，只等魏王出宫，行猎大军便要浩浩荡荡地开出。

“大王出宫——”大殿口老内侍一声长呼，魏惠王全副戎装甲胄，大红斗篷，后边跟着婀娜多姿的狐姬走出了长廊。殿外车马场的王子大臣军兵内侍齐声高呼：“魏王万岁！王后万岁！”魏惠王步履轻捷，矜持微笑着向三军与大臣招手，似乎从来都是这般欣然。

三年前丢失河西之地，而后迁都大梁，魏惠王一直很是郁闷。庞涓战死，龙贾战死，公子卬竟被商鞅俘虏了一回。魏国非但丢失了占据六十多年的大河西岸土地，而且连河东的离石要塞与包括函谷关在内的崤山，也一并让秦国占了去。安邑屏障顿失，简直就在秦军的铁蹄之下。无奈之中，提前迁都大梁，举国上下很是灰溜溜了一阵。好在迁都大梁准备了好多年，本来就在筹划之中，也算是朝野尽知，没有引起很大的混乱。再说，魏国的本土也还算完整，丢失的都是祖宗夺取的秦国土地，所以还没有动摇根本。要在其他缺乏根基的邦国，遭逢这“失地千里，丧师迁都”的重大打击，引起内乱逼宫都是经常有的。开始，魏惠王倒也是心惊胆战了好一阵子，后来见国人权臣尚算安定，便渐渐地缓了过来。回头一想，暗自好笑，自己平定内乱于危难之中，振兴国威三十年之久，纵有小败，何至国人不容？如此一想，负罪歉疚之心顿消，精神又振作了起来，图谋好好地搜罗几个吴起商鞅那样的名士大才，将失去的霸业再夺回来。

魏惠王决意要重振雄风，蜗居书房，宣来丞相公子卬很是谋划了一阵子。公子卬盛赞魏王"宵衣旰食，为国操劳"。魏惠王大是欣慰，立即觉得身为一国之君须得张弛有度。于是，公子卬的行猎主张当即被欣然采纳。于是，就有了这场"将大长国人志气"的狩猎举动。

"禀报我王——"掌宫老内侍气喘吁吁跑来，"孟子大师率门生百人，进入大梁，求见大王。"

魏惠王大为皱眉，觉得这老夫子来得实在扫兴。但这孟子乃儒家大师，算得上是天下第一老名士了，若因行猎不见，传扬开去可是大损声望，魏国正当用人之际，如何拒绝得如此一个招牌人物？思忖有顷，魏惠王对公子卬无可奈何地笑笑："撤销行猎，仪仗迎接孟夫子。"片刻之间，早已准备好的行猎鼓乐手列队奏乐，王宫中门大开，魏惠王率领陪猎大臣迎出宫来，一切就便，快捷非常。

然这声势，却使孟子大吃了一惊。

孟子在列国奔波多年，来魏国也不知多少次了。儒家的为政主张已经是天下皆知，无论大国小国，虽然无人敢用儒家执政，却也没有哪个国家敢无故开罪于这个极擅口诛笔伐的学派。时日长了，孟子也明白了此中奥妙，打消了出仕念头，将游历天下看做了讲学传道的生涯。各国君主也看出了奥妙，对孟子师生也不再心怀芥蒂，而乐得为自己博个礼贤下士的名望。如此一来，儒家竟与各国君臣奇妙地融洽了起来，举凡所过国家，都是一番祥和隆重的礼遇，比起当年孔夫子的惶惶若丧家之犬，可要气派堂皇多了。国君不问政事，孟子也只谈学问，留下了许多脍炙人口的问答篇章。

这次，孟子回归鲁国故里，路经大梁，本没有想拜见魏惠王。毕竟，孟子对这些徒有声势而不涉实际的应酬也有些不耐。但在路上却听到一个消息：魏惠王要出大梁行猎三日。孟子突发心思：既然魏惠王要出猎，不妨前去拜望，既免去了应酬之苦，又还了魏惠王平素对孟子礼敬有加的情谊，岂不妙哉？这一手也是孔子首创。当年，孔子不想与阳货交往，又脱不得礼仪，故意在阳货不在家时前去“回拜”，结果自然是两全其美。今日之拜见魏惠王，正与孔老夫子见阳货有异曲同工之妙，孟子还真有些小小得意。

孟子熟知各国礼仪，知道魏国行猎的王制是“卯时出城，无扰街市庶民”，便吩咐大弟子万章教车队缓行，赶辰时到达大梁即可；此时魏王出城已经一个时辰，正好“全礼”而归，不误自己的行程。孰料人算不如天算，偏偏魏惠王因迁都大梁后首次出猎，宣布改了王猎规制，变作“辰时出城，以利庶民观瞻”，意在教国人看看王室的振作气象。不想恰恰遭逢了孟子前来拜会，就势行事，大张旗鼓地开中门率群臣迎接孟子。这一番意外，如何不教正在悠然自得的孟子大为惊讶。

“孟老夫子，别来无恙啊？”魏惠王遥遥拱手，满脸笑意。身后的大臣们也是一齐躬身作礼：“见过孟夫子！”

孟子远远地听见鼓乐奏起，就已经下车了，及至看见魏惠王君臣戎装整齐地迎来，就知道自己算计不巧触了霉头，心中大是别扭。但孟子毕竟久经沧海，立即换上了一副坦然自若的笑容迎了上去，长躬到底：“孟轲何能，竟劳动魏王大驾出迎，孟轲无地自容也。”

魏惠王娴熟地扶住了孟子：“当今天下第一名士光临大梁，为大魏国带来文昌隆运，本王敢不尽地主之谊乎？”说完顺便拉起孟子的左手，环顾左右大臣：“诸位臣僚，到大殿为孟夫子接风洗尘。孟老夫子，请。”便与孟子执手走向富丽堂皇的王宫正殿。孟子的学生们也压根没想到会有这场突如其来的隆重礼遇，一个个被礼宾官员们“侍奉”得方寸大乱。最后总算是纷纷聚合到大殿，开始了接风洒宴。

礼宾应酬，魏惠王向来喜欢铺排大国气度，场面宏大，极尽奢华。这次又是借行猎之势接待天下大宗师，自然更不会省略。钟鼓齐鸣，雅乐高奏，灿烂的舞女教孟子眼花缭乱。酬酢反复，礼让再三，孟子依然淡淡漠漠，一副若有所思的神态，没有往日高谈阔论的兴致。魏惠王是应酬高手，很善于找话题，见孟子落落寡欢，便关切地问起孟子在齐国的境况。孟子见问，不胜感慨，说已经辞了稷下学宫的馆爵，准备回鲁国兴办儒家学宫了。

魏惠王大为兴奋，立即力劝孟子来魏国兴办学宫，职任学宫令，爵同上卿。

孟子淡然一笑：“孟轲两鬓如霜，老骥不能千里，望大王恕罪。”

魏惠王哈哈大笑，连连劝慰孟子不要歉疚，并慨然许诺，将资助孟子在鲁国兴办学宫。这是一件实事，孟子倒是着实感谢了一番，气氛便渐渐融洽热烈起来。

猛然，魏惠王心中一动，离席起身，恭恭敬敬地向孟子一躬：“孟夫子领袖天下士林，敢请为魏国举荐栋梁大才，魏罃不胜心感。”

孟子大是意外，这是魏惠王么？他也想起了求贤？

战国以来，天下名士十之八九出于魏齐鲁三国。鲁国以儒家、墨家发祥地著称。齐国以门类众多号称“名士渊薮”的稷下学宫著称。魏国则以治国名士辈出著称，李悝、乐羊、吴起、商鞅、孙膑、庞涓等皆出魏国，若再加上后来的犀首、张仪、范雎、乐毅、尉缭，魏国简直可以称为名将名相的故乡与摇篮。虽然群星如此璀璨，魏国的光芒却是一天天暗淡了下去。魏国涌现的大才，除了魏文侯、魏武侯两代用了一个李悝、大半个乐羊、小半个吴起而使魏国崛起于战国初期以外，从魏惠王开始，魏国就再也留不住真人才了。

孟子很清楚，举凡天下才士，莫不以在魏国修学若干年为荣耀。事实上，魏国才是真正的名士渊薮。魏国若要着力搜求人才，完全可以悉数网罗天下名士于大梁。然则，天下事忒煞奇怪。魏惠王的魏国竟成了名士的客栈，往来不断，却鲜有驻足。孟子本人也是终身奔波求仕的沧桑人物，如何不知其中就里？要他荐举贤才原也不难，非但自己门下尽有杰出之士，就是法家兵家，孟子也大有可荐之名士大才。譬如稷下学宫的邹衍、慎到等第一流的名士，以及后起之秀荀子、庄辛、鲁仲连等。可魏惠王能真心诚意地委以重任么？礼遇归礼遇，那与实际任用还差着老远。有魏罃这样的国王，公子卬这样的丞相，谁要给魏国荐贤，那必是自讨没趣。但无论如何，公然的求贤之心，孟子却是不好扫兴的。

思忖有顷，孟子肃然拱手道："魏王求贤，孟轲钦佩之至。然则，孟轲多年来埋首书卷，与天下名士交游甚少，急切间尚无治国大才举荐，惭愧之至。"

"既然如此，日后但有贤才，荐于本王便是。"魏惠王极有气度地笑着。

殿中一人突然站起："启奏我王，臣有一大贤举荐！"

"噢？"魏惠王一看，竟是敖仓令先轸。他素来不喜欢小臣子抢班奏事，先轸虽是名将之后，毕竟只是个司土府低爵臣工，何来大贤可荐？但方才公然向孟子求贤，此刻也不好充耳不闻，于是矜持地拉长了声调："谚云：物以类聚，人以群分。敖仓令职司细务，也有大贤之交？却是何人也？"

"启奏我王。"先轸走出一步拱手高声道，"臣虽职司低微，然因先祖之故，与名士贤才尚有交往。臣所举荐之人，乃齐国稷下名士惠施。此人正游学大梁，机不可失。”

“惠施？何许人也？噢——想起来了，他不是在安邑做过几天外相么？才情如何？”魏惠王恍然转向孟子，“若是名士，孟夫子定然知晓也。”

孟子见魏国官场有人荐举惠施，自然明白是惠施想重回魏国下力斡旋所致，心下便对这种有失名士身份的做法大不以为然。但孟子在公开场合不能计较这些，惠施毕竟还不算徒有虚名之辈，微笑答道：“惠施乃宋国人，久在稷下学宫致力于名家之学，持‘合同异’之论，确是天下名士也。”

魏惠王素知孟子孤傲，他说是名士，那一定是大名士无疑，欣然笑道：“好啊！我大魏国正是用人之际。先轸，明日即带惠施随同行猎，本王自有道理。”

“谨遵王命！”先轸兴奋了，应答得格外响亮。

正在此时，正殿总管老内侍匆匆进殿道：“禀报我王，名士张仪求见。”

“又是名士？”魏惠王不耐地皱起眉头巡视大殿，“张仪何许人也，谁知道？”

丞相公子卬等几位重臣齐声回道：“臣等不知。”

末座中的先轸与左右对视会意，也齐声答道：“臣等不知。”

“举朝不知，谈何名士？赏他五十金罢了，本王要就教孟夫子，不见。”

“魏王且慢。”孟子摆摆手，脸上露出一丝莫测高深的笑意，“这个张仪，虽则未尝扬名于天下，然孟轲却略有所闻。他与苏秦同出一隐士门下，自诩纵横策士。魏王不妨一见，或能增长些许见识。”

"好。孟夫子既有此说，见见无妨。"魏惠王大度地挥挥手，"教他进来。"

片刻之间，一个年轻士子悠然进殿，举座目光立即被吸引了过去——一领黑色大袖夹袍，长发松散地披在肩上，头上虽然没有高冠，高大的身材却隐隐透出一种伟岸的气度；步履潇洒，神态从容，在贵胄满座的大殿中非但丝毫不显寒酸，反有一股逼人的清冽孤傲之气。士子从容地躬身作礼道："安邑士子张仪，参见魏王。"

魏惠王大皱眉头，冷冷问："张仪，你是魏人，却为何身着秦人衣色？"

这突兀奇特的一问，殿中无不惊讶。孟子不禁感到好笑，身为大国之王，妇人一般计较穿戴服色，真乃莫名其妙。此时却见张仪不卑不亢道："张仪生地乃魏国蒲阳，与秦国河西之地风习相近，民多黑衣。此无损国体，亦不伤大雅。"

"此言差矣！"丞相公子卬深知魏惠王心思所在，觉得由自己出面更好，便指着张仪高声道，"魏秦，世仇也！目下正当大魏朝野振作，图谋复仇之际，魏国子民便当恶敌所好，尚我大魏本色。一介士子，就敌国服色而弃我根本，大义何在！"

张仪满怀激切而来，迎头就碰上这令人啼笑皆非的一问，心中顿时腻味，及至听得这首座高冠大臣振振有词的滑稽斥责，不禁哈哈大笑道："公之高论，当真令人喷饭。若以公之所言，秦人好食干肉，公则只能喝菜汤；秦人好兵战，公则只能斗鸡走马；秦人好娶妻生子，公则只能做鳏夫绝后了；秦人尚黑衣，公也只能白衫孝服了？"

话音未落，大殿中已哄然大笑。魏惠王笑得最厉害，一口酒"噗"地喷到了下首公子卬的脸上。公子卬面色涨红，本想发作，却见魏惠王乐不可支，顿时换了一副面孔，竟也一脸酒水地跟着众人哈哈大笑起来，于是禁忌全消，大殿中笑声更响了。

魏惠王向孟子笑道：“孟老夫子，如此机变之士，常伴身边，倒是快事也。”

孟子带着揶揄的微笑：“魏王高明。此子，当得一个弄臣也。”

张仪本傲岸凌厉之士，长策未进却大受侮辱，不禁怒火骤然上冲，欲待发作，脑海中却油然响起老师苍老的声音：“纵横捭阖，冷心为上。”瞬息间便冷静下来。又正色拱手道：“魏王为国求贤，大臣却如此怠慢，岂非令天下名士寒心？”

魏惠王哈哈一笑道：“张仪，孟夫子说你乃纵横策士，不知何为纵横之学？”

“魏王。”张仪涉及正题，精神振作，肃然道，“纵横之学，乃争霸天下之术。纵横者，经纬也。经天纬地，匡盛霸业，谓之纵横。张仪修纵横之学，自当首要为祖国效力。”

“经天纬地？匡盛霸业？纵横之学如此了得？”魏惠王惊讶了。

孟子冷笑着插了进来：“自诩经天纬地，此等厚颜，岂能立于庙堂之上？”

“孟夫子此话怎讲？倒要请教。”魏惠王很高兴孟子出来辩驳，自己有了回旋余地。

孟子极为庄重道：“魏王有所不知。所谓纵横一派，发端于春秋末期的狡黠之士。前如张孟谈游说韩魏而灭智伯，后如犀首游说楚赵燕秦。如今又有张仪、苏秦之辈，后来者正不知几多。此等人物朝秦暮楚，言无义理，行无准则；说此国此一主张，说彼国彼一主张，素无定见，唯以攫取高官盛名为能事。譬如妾妇娇妆，以取悦主人，主人喜红则红，主人喜白则白；主人喜肥，则为饕餮之徒；主人喜细腰，则不惜作践自残；其说辞之奇，足以悦人耳目，其机变之巧，足以坏人心术。

此等下作，原是天下大害，若执掌国柄，岂不羞煞天下名士！”孟子原是雄辩之士，一席话慷慨激昂义正词严，殿中一片默然。

魏国君臣虽觉痛快，却也觉得孟子过分刻薄，连死去近百年的“三家分晋”的功臣名士张孟谈也一概骂倒，未免不给魏国人脸面。然则，此刻却因孟子对的是面前这个狂士，便都不做声，只是盯着张仪，看他如何应对。

事已至此，张仪不能无动于衷了。他对儒家本来素无好感，但因了敬重孔子孟子的学问，所以也就井水不犯河水，今日见孟子如此刻薄凶狠，不禁雄心陡长，要狠狠给这个故步自封的老夫子一点颜色。只见张仪悠然转身对着孟子，坦然微笑道：“久闻孟夫子博学雄辩，今日一见，果是名不虚传也。”

“国士守大道，何须无节者妄加评说。”孟子冷峻傲慢，不屑地回过了头去。

突然，张仪一阵哈哈大笑，又骤然敛去笑容揶揄道：“一个惶惶若丧家之犬的乞国老士子，谈何大道？分明是纵横家鹊起，乞国老士心头泛酸，原也不足为奇。”

此言一出，孟子脸色骤然铁青。游历诸侯以来，从来都是他这个卫道士斥责别人，哪有人直面指斥他为“乞国老士子”？这比孔子自嘲的“惶惶若丧家之犬”更令人有失尊严。孟子正要发作，却见张仪侃侃道：“纵横策士图谋王霸大业，自然忠实与国，视其国情谋划对策，而不以一己之义理忖度天下。若其国需红则谋白，需白则谋红，需肥则谋瘦，需瘦则谋肥，何异于亡国之奸佞？所谓投其所好，言无义理，正是纵横家应时而发不拘一格之谋国忠信也！纵为妾妇，亦忠人之事，有何可耻？却不若孟夫子游历诸侯，说遍天下，无分其国景况，只坚执兜售一己私货，无人与购，便骂遍天下，犹如娼妇处子撒泼，岂不可笑之至？”

“娼妇处子？妙！”丞相公子卬第一个忍不住击掌叫好。

“彩——”殿中群臣一片兴奋，索性酒肆博彩般喝起“彩”来。

魏惠王大感意外：这个张仪一张利口，与孟老夫子竟是棋逢对手。好奇心大起，笑问张仪：“有其说必有其论，‘娼妇处子’，却是何解啊？”

张仪一本正经道：“鲁国有娼妇，别无长物，唯一身人肉耳。今卖此人，此人不要。明卖彼人，彼人亦不要。卖来卖去，人老珠黄，却依旧处子之身，未尝个中滋味。于是倚门旷怨，每见美貌少妇过街，便恶言秽语相加，以泄心头积怨。此谓娼妇处子之怨毒也。”

“啊——”殿中轻轻地一齐惊叹，臣子们一则惊诧这个年轻士子嬉笑怒骂皆成文章，二则又觉得他过分苛损，大非敬老之道。

魏惠王正自大笑，一回头，孟老夫子竟簌簌发抖欲语不能，顿时觉得有点儿不好收拾。孟夫子毕竟天下闻人，在自己的接风宴会上被一个无名士子羞辱若此，传扬开去，大损魏国。想到此处，魏惠王厉声道：“竖子大胆，有辱斯文！给我轰了出去！”

“且慢。”张仪从容拱手，“士可杀，不可辱。孟夫子辱及纵横家全体，张仪不得不还以颜色，何罪之有？魏王莫要忘记，张仪为献霸业长策而来，非为与孟夫子较量而来。”

魏惠王愈发恼怒：“阴损刻薄，安得有谋国长策？魏国不要此等狂妄之辈，轰出去！”

“既然如此，张仪告辞。”大袖一挥，张仪飘然而去。

绯云在客栈忙了大半日，先洗了张仪昨夜换下的衣服，趁晾衣的空隙收拾了行装，清理了客栈房钱，直到晌午过后还没来得及吃饭。一想着公子要在大梁做官，绯云就兴奋不已。在张家多年，绯云深知老夫人对公子寄托的殷殷厚望，大梁之行一成功，公子衣锦荣归，那张家就真的恢复了祖先荣耀。老夫人可搬来大梁，绯云自己也能在这繁华都市多见世面，岂非大大一件美事。渐渐地日头西斜，衣服晒干了，张仪还没回来。绯云想，迟归是吉兆，任官事大，岂能草草？如此一想，便将行装归置到轺车上，赶车到客栈门前等候张仪，免得到时忙乱。

正在等候，张仪大步匆匆而来。绯云高兴地叫了一声："张兄。"却见张仪一脸肃杀之气，不禁将后面的话吞了回去。张仪看看绯云，倒是笑了："走，进客栈吃饭，吃罢了上路。"

"你还没用饭？那快走。"绯云真是惊讶了，将轺车停在车马场，随张仪匆匆进了客栈大堂。

刚刚落座，一个小吏模样的红衣人走了进来，一拱手问："敢问先生，可是张仪？"张仪淡淡点头："足下何人？"红衣人双手捧上一支尺余长的竹筒："此乃敖仓令大人给先生的书简。"张仪接过，打开竹筒抽出一卷皮纸展开，两行大字赫然入目："张兄鲁莽，咎由自取。若欲入仕，我等愿再作谋划。"张仪淡漠地笑笑："烦请足下转复敖仓令：良马无回头之错，张仪此心已去，容当后会。"红衣人惊讶地将张仪上下反复打量，想说话却终于没有开口，径自转身走了。张仪也不去理会，自顾默默饮酒。绯云灵动心性，看样子知道事情不好，一句话不问，只是照应张仪饮酒用饭，连自己也没吃饭都忘记了。

从客栈出来，已是日暮时分。绯云按照张仪吩咐，驾车出得大梁西门，却不知该去哪里，便在岔道口慢了下来。

"绯云，洛阳。"张仪猛然醒悟，高声笑道，"教你去看个好所在，走！"

绯云轻轻一抖马缰，轺车顺着官道向正西辚辚而去。见张仪似乎并没有沮丧气恼，去的又是自己做梦都不敢想的王城洛阳，绯云也高兴起来，高声道："张兄，天气好吔。晚上定有好月亮，赶夜路如何？"

"好！"张仪霍然从车厢站起，"月明风清，正消得闷气。"于是扶着伞盖铜柱，望着一轮初升的明月，挥着大袖高声吟哦起来，"北冥有鱼，其名为鲲。鲲之大，不知几千里也！化而为鸟，其名为鹏。鹏之背，不知几千里也！怒而飞，其翼若垂天之云……水击三千里，抟扶摇而上者九万里也！"

"张兄，这是《诗》么？好大势派！"

张仪大笑道："《诗》？这是庄子的《逍遥游》。'天之苍苍，其正色邪？其远而无所至极邪？'大哉庄子！何知我心也？"

绯云一句也听不懂，却莫名其妙地被那一串"三千里"、"九万里"、"水击"、"垂天"一类的很气派的词儿感染得笑了起来，飞车在明月碧空的原野，觉得痛快极了。

六　函谷关外苏秦奇遇

从洛阳王城回来后，苏秦一直闷在书房里思忖出行秦国的对策。

自觉胸有成算，他走出了书房，却发现家人似乎都在为他的出行忙碌。苏代苏厉两个小弟为他筹划文具，上好的笔墨刀简装了一只大木箱，还夹了一叠珍贵的羊皮纸。在外奔波经商的大哥也回来了，从洛阳城重金请来两名尚坊工师，将周王特赐的那辆轺车修葺得华贵大方，一望而知身价无比。利落的大嫂与木讷的妻子给苏秦收拾衣物，冬衣夏衣皮裘布衫斗篷玉冠，满当当装了一只大木箱。

"好耶！二叔终归出来了，看看如何？"大嫂指着衣箱笑吟吟问。

"有劳大嫂了，何须如此大动干戈？"举家郑重其事，苏秦很是歉疚。

“二叔差矣！”大嫂笑着转了一句文词儿，“这次啊，你是谋高官做，光大门楣，不能教人家瞧着寒酸不是？你大哥老实厚道，就能挣几个钱养家。苏氏改换门庭，全靠二叔呢！”

苏秦不禁大笑：“大嫂如此厚望，苏秦若谋不得高官，莫非不敢回来了？”

大嫂连连摇手，一脸正色：“二叔口毒，莫得乱说。准定是高车驷马，衣锦荣归！”

“好了好了，大嫂等着。”苏秦更加笑不可遏。大嫂正要再说，苏代匆匆走来道：“二哥，张仪兄到了，在你书院等着。”

“噢？张兄来了？快走。”苏秦回头又道，“相烦大嫂，整治些许酒菜。”

“还用你说？放心去。”大嫂笑吟吟挥手。

到得雷鸣瓦釜书院外，苏秦远远就看见散发黑衣的张仪站在水池边，一辆轺车停在门外；一个少年提着水桶，仔细梳洗着已经卸车的驭马，倒是一派悠闲。苏秦高声道：“张兄好洒脱。”张仪回身笑道：“如何有苏兄洒脱？足未出户，已是名满天下了。”两人相遇执手，苏秦笑道：“张兄来得正好，我后日便要西入函谷关了。走，进去细细叙谈。这位是？”张仪招招手笑道：“我的小兄弟。绯云，见过苏兄。”绯云放下水桶走过来一礼：“绯云见过苏兄。”苏秦惊讶笑道：“啊，好个英俊伴当。张兄游运不差。走，进去饮酒。”绯云红着脸道：“我收拾完就来，两位兄长先请了。”

过得片刻，又是大嫂送来酒菜，苏代苏厉相陪，加上绯云共是五人。酒过三巡，寒暄已了，张仪慨然道：“苏兄，我一路西来，多听国人赞颂，言说周王赐苏兄天子轺车。不想这奄奄周室，竟还有如此敬贤古风？苏兄先入洛阳，这步棋却是高明！”

苏秦释然一笑道：“你我共议，何曾想到先入洛阳？此乃家父要先尽报国之意，不想王城一行，方知这个危世天子，并非‘昏聩’二字所能概括。一辆轺车价值几何？却并非每个国君都能办到。在我，也是始料未及也。”

“一辆天子轺车，愧煞天下战国！”张仪拍案，大为感慨。

苏秦心中一动，微笑道：“轺车一辆，何至于此？张兄在大梁吃了闭门羹？”

张仪“咕”地大饮了一爵兰陵酒，掷爵拍案道：“奇耻大辱，当真可恨也！”将大梁之行的经过详说一遍，末了道：“可恨者，魏王竟然不问我张仪有何王霸长策，便赶我出宫。一个形同朽木的老孟子，值得如此礼遇么？”

苏秦素来缜密冷静，已经听出了个中要害，慨然拍案道：“张兄何恨？大梁一举，痛贬孟子，使魏王招贤尽显虚伪，岂非大快人心？依我看，不出月余，张仪之名将大震天下！”又悠然一笑，“你想，那老孟子何等人物？以博学雄辩著称天下，岂是寻常人所能骂倒？遇见张兄利口，却落得灰头土脸。传扬开去，何等名声？究其实，张兄彰的是才名，实在远胜这天子轺车也。”

张仪一路行来，心思尽被气愤湮没，原未细思其中因果，听得苏秦一说恍然大悟，开怀大笑道：“言之有理！看来，你我这两个钉子都碰得值。来，浮一大白！”说着提起酒坛，亲自给苏秦斟满高爵，两人一碰，同时饮干，放声大笑。

这一夜，苏代、苏厉等早早就寝。苏秦与张仪依然秉烛夜话，谈得很多，也谈得很深，直到月隐星稀，雄鸡高唱，二人才抵足而眠，直到日上中天。

第二日，张仪辞别，苏秦送上洛阳官道。拙朴的郊亭生满荒草，二人饮了最后一爵兰陵酒，苏秦殷殷道："张兄，试剑已罢，此行便是正战了，你东我西，务必谨慎。"

"你西我东，背道而驰了。"张仪慨然笑道，"有朝一日，若所在竟为敌国，战场相逢，却当如何？"

"与人谋国，忠人之事。自当放马一搏。"

"一成一败，又当如何？"

"相互援手，共担艰危。生无敌手，岂不落寞？"

张仪大笑："好！相互援手，共担艰危。此苏张誓言也！"伸出手掌与苏秦响亮一击，长身一躬，一声"告辞"，大袖一挥，转身登车辚辚而去。

送走张仪，苏秦回庄已是日暮时分。

连日来诸事齐备，明日就要启程西去了。苏秦想了想，今夜他只有两件事：一是拜见父亲，二是辞别妻子。父亲与妻子，是苏秦在家中最需要慎重对待的两个人。父亲久经沧桑，寡言深思又不苟笑谈，没有正事从来不与儿子闲话。所以每见父亲，苏秦都必得在自己将事情想透彻之后。对妻子的慎重则完全不同，每见必烦，需要苏秦最大限度的克制，须得在很有准备的心境下见她，才维持得下来。

一路上苏秦已经想定，仍然是先见父亲理清大事，再去那道无可回避的敦伦关口。

苏庄虽然很大，父亲却住在小树林中的一座茅屋里。母亲于六年前不幸病逝了，父亲虽娶得一妾，却经常与妾分居，独守在这座茅屋里。从阴山草原带回来的那只牧羊犬黄生，成了父亲唯一的忠实伙伴。黄生除了每日三次巡嗅整个庄园，便亦步亦趋地跟在父亲身后，任谁逗弄也不去理会。父亲若商旅出家，黄生便守候在茅屋之外，不许任何人踏进这座茅屋，连父亲的妾和掌家的大嫂也概莫能外，气得大嫂骂黄生“死板走狗”。苏秦倒是很喜欢这只威猛严肃的牧羊犬，觉得它的古板认真和父亲的性格很有些相似。

踏着初月，苏秦来到茅屋前，老远就打了一声长长的口哨。几乎同时，黄生低沉的呜呜声就遥遥传来，表示它早已经知道是谁来了。待得走近茅屋前的场院，黄生已经肃然蹲在路口的大石上，对着苏秦发出低沉的呜呜声。苏秦笑道：“好，我站在这里了。”话音刚落，黄生回头朝着亮灯的窗户响亮地“汪汪”了两声，接着听见父亲苍老的声音：“老二么？进来。”苏秦答应道：“父亲，我来了。”黄生喉咙呜呜着让开路口，领着苏秦走到茅屋木门前，蹲在地上看着苏秦走了进去，才摇摇尾巴走了。

“父亲，”苏秦躬身一礼，“苏秦明日西去，特来向父亲辞行。”

父亲正坐在案前翻一卷竹简，“嗯”了一声没有说话。苏秦知道父亲脾性，也默默站着没有说话。片刻之后，父亲将竹简合上：“千金之数，如何？”

“多了。”虽然突兀，苏秦却明白父亲的意思。

“嗯？”父亲的鼻音中带着苍老的滞涩。

“父亲，游说诸侯，并非交结买官，何须商贾一般？”

“用不了，再拿回来。”父亲的话极为简洁。

“父亲，”苏秦决然道，“百金足矣。否则，为人所笑，名士颜面何存？”

父亲默然良久，喟然一叹，点了点头：“也是一理。”

苏秦知道，这便是父亲赞同了他的主张，撇开这件事道：“父亲年高体弱，莫得再远行商旅。有大哥代父亲操劳商事，足矣。儿虽加冠有年，却不能为父亲分忧，无以为孝，唯有寸心可表，望父亲善纳。”

父亲还是“嗯”了一声，虽没有说话，眼睛却是晶晶发亮。良久，父亲拍拍案头竹简：“最后一次。可保苏氏百年。大宗。须得我来。”说完这少见的一段长话，父亲又沉默了。

苏秦深深一躬，出门去了。与父亲决事从来都是这样，话短意长，想不透的事不说，想透的事简说。苏秦修习的艺业，根基是雄辩术，遇事总想条分缕析地分解透彻，偏在父亲面前得滤干晒透，不留一丝水汽，不做一分矫情，否则无法与父亲对话。曾有好几次，苏秦决定的事都被父亲寥寥数语颠倒了过来，包括这次先入洛阳代替了先入秦国。事后细想，父亲的主张总是更见根本。苏秦少年入山，对父亲所知甚少，出山归来，对父亲也是做寻常商人看待。包括国人赞颂父亲教他们三兄弟修学读书的大功德，苏秦也认为，这是光宗耀祖的人之常心罢了，并非何等深谋远虑。可几经决事，苏秦对父亲刮目相看了。这次，父亲居然能赞同他“百金入秦”而放弃了“千金”主张，当真是奇事一桩。父亲绝非只知节俭省钱的庸常商人，只有确实认同了你说的道理，他才会放弃自己的主张。在平常，这几乎是不可能的，今日居然变成了事实。虽然，苏秦还没有体验过说服诸侯的滋味，但在他看来，说服一国之君绝不会比说服父亲更难，今晚之功，大是吉兆。

怀着轻松平和的心情，苏秦来见妻子。

这座小院落，才是他与妻子的正式居所。父亲秉承了殷商后裔的精细，持家很是独特。每个儿子加冠成婚后，便在庄园里另起一座小院居住，不配仆役，日常生计是各对夫妇独自料理。从大账上说，苏氏是一个整体大家。从小账上说，苏氏却是一个个小家，恰似春秋诸侯一般。如此之家，省去了诸多是非纠纷，非常的和谐。苏秦从来不理家事，只觉得父亲是为了省却麻烦，也不去深思其中道理。

将近庭院，苏秦看见了灯光，也听见了机杼声声，顿时放慢了脚步。

母亲病危将逝时，父亲做主给他娶过了妻子。那时候，苏秦还在山中修习，父亲没有找他回来奔丧守孝，他自然也无从知晓自己已经有了明媒正娶的妻子。妻子，是洛阳王城里一位具有“国人”身份的工师的女儿，端庄笃厚，勤于操持，很是得老父亲与掌家大嫂的欢心。及至苏秦归来，面对这个比自己大两岁的生疏女子，其尴尬是可想而知的。按照苏秦挥洒独行的个性，很难接受这个对自己相敬如宾的陌生妻子。然则，这是母亲临终时给自己留下的立身“遗产”，是父亲成全母亲心愿而作出的选择，如何能休了妻子而担当不孝的恶名？对于苏秦这种以纵横天下诸侯为己任的名士，名节大事是不能大意的，身负“不孝”之名，就等于葬送了自己。当年，吴起身负“杀妻求将”的恶名，天下无人敢用。“不孝”之名，几与“不忠”同恶，一个策士如何当得？反复思忖，苏秦终于默默接受了这个妻子。但苏秦却常常守在自己的雷鸣瓦釜书院，极少“回家”与妻子行敦伦之礼。仿佛心照不宣一般，父亲、大哥、大嫂与所有的家人，都从来不责怪或提醒苏秦，甚至妻子自己，也从来不到书院侍奉夫君。在苏秦的真实生活中，似乎根本没有一个妻子的存在。

如今要去游说诸侯，不知何年归来，全家上下视为大事。唯独妻子依然故我，只是默默地帮着大嫂为苏秦整理行装，见了苏秦也依然是微笑作礼，从来不主动问一句话。苏秦突然觉得心有不忍，也从家人欲言又止的语气与复杂的眼神中，悟到了他们对自己的期待。夫妻乃人伦之首，远行不别妻，也真有点儿说不过去……

机杼声突然停了，妻子的身影站了起来，走了出来，却掌着灯愣怔在门口：“你？你……有事么？”

“明日远行，特来辞别。”苏秦竭力笑着。

妻子的眼睛亮晶晶地闪烁着，手中的灯却移到了腋下，她的脸骤然隐在了暗影中：“多谢……夫君……”

“我，可否进去一叙？”苏秦的心头突然一颤。

“啊？”妻子的胸脯起伏着喘息着，“你，不是就走？夫君，请……”

借着朦胧的月光和妻子手中的灯光，苏秦隐约看见院子里整洁非常：一片茂密的竹林前立着青石砌起的井架，井架前搭着一片横杆，上面晾满了浆洗过的新布；井架往前丈余，是一棵枝叶茂盛的桑树，树下整齐摆放的几个竹箩里传来轻微的沙沙声；东首两间当是厨屋，虽然黑着灯，也能感到它的冷清；西首四间瓦屋显然是机房和作坊，墙上整齐地挂着耒锄铲等日常农具，从敞开的门中隐约可见一大一小两架织机上都张着还没有完工的苧麻布；上得北面的几级台阶，是四开间三进的正房。第一进自然是厅堂，第二进是书房，第三进便是寝室。轻步走进，苏秦只觉得整洁得有些冷清，似乎没有住过人的新房一般。

妻子将他领到厅堂，局促得满脸通红：“夫君，请，入座。我来煮茶，可好？”

苏秦还没有从难以言传的思绪中摆脱出来，迷惘地点点头，便在厅中转悠。妻子先点起了那盏最大的铜灯，厅堂顿时亮堂起来；又匆匆出去找来一包木炭，跪坐在长大的案几前安置好鼎炉、陶壶、陶杯，开始煮茶。苏秦已经稍许平静下来，坐在妻子对面默默地看着她煮茶。明亮的灯光照着窘迫的妻子，苏秦有些惊讶了。这个他从来没有正眼细看过的妻子，竟然很美。五官端正，额头宽阔，体态婀娜丰满，稍厚的嘴唇与稍大的嘴巴配在满月般的脸庞上，显得温厚可人；一身布衣，一头黑发，不加丝毫雕饰，却自然流露出一副富丽端庄的神态。若在春日踏青的田野里，如此一个布衣女子唱着纯情的《国风》，洒脱无羁的苏秦说不定便要追逐过去，忘情地唱和盘桓……

“啊！”妻子低低地惊呼了一声。窘迫忙乱的她，被鼎炉烫了手指。

苏秦恍然醒过神来，不禁关切道：“如何？我看看。”拉了妻子的手便要端详。妻子却紧张地抽了回去，歉意笑道：“茶功生疏了，夫君见谅。”

这一下，苏秦也略有尴尬，笑道：“擦少许浓盐水，会好一些。”

“夫君，你如何知晓此等细务？”

“山中修学，常常游历，小疾小患岂能无术？”

“啊——”妻子抬头望着苏秦，“那……夫君须得珍重才是。”

苏秦笑笑：“这个自然。”却再也不知道该说何等话了。看着妻子紧张得额头上渗出了晶晶细汗，脸颊上也有慌乱中沾抹上的木炭黑印，苏秦心中一动，猛然想用自己的汗巾给她沾去汗水，拭去木炭灰。手已触到汗巾，看着妻子正襟危坐一丝不苟的神色，却又无论如何拿不出手来，沉吟再三道：“不要煮茶了，说说闲话了。”

“夫君初归，当有礼数，岂能简慢？”妻子低头注视着鼎炉，声音很轻。

“一日，能织几多布？”苏秦找着话题。

“一日丈三,三日一匹。”

“家道尚可，何须如此辛劳？”

“家道纵好，亦当自立。夫君求学累家，为妻岂能再做累赘？”

“一朝功成名就，自当报答家人。”苏秦既感歉疚，又生感慨。

妻子却只默默低头，轻轻叹息了一声。

“你信不过苏秦？”

妻子摇摇头：“居家唯求康宁，原本无此奢求。”

平平淡淡的一句话，苏秦顿时生出索然无味之感。从总角小儿开始，苏秦就是个胸怀奇志的孩童，与木讷的哥哥迥然有异。在他五岁时，父亲用殷商部族的古老方法为两个儿子做“钱卜”——这是殷商部族试验小儿经商才能的一种方法——根据总角小儿朦胧冒出的“天音”，决定给他请何等商人为师。聪敏灵动者大体学行商（长途贩运），木讷本分者大体学坐贾（坐地开店）。父亲拿出五十金，放置在厅中长案上，将两个儿子唤到面前，指着灿灿发光的一盘金饼问：“给你兄弟每人五十金，如何用它？”八岁的哥哥红着脸道：“置地，建房，娶妻。”小苏秦却绕着金饼转了一圈，童声昂昂道：“华车骏马，周游天下！”父亲不禁大为惊讶，觉得小儿志不可量，才产生了后来与寻常商家迥然相异的种种苦心。十多年修学游历，在旷世名师的激励指点下，苏秦心怀天下志在四海，成了雄心勃勃的名士。与张仪一样，他最喜欢读庄子的《逍遥游》，常掩卷慨然：“生当鲲鹏九万里，纵南海折翅，夫复何憾！”他最瞧不起的，便是那种平庸自安的凡夫俗子，常嘲笑他们是“蓬间雀”。寻常与人接触，他本能地喜欢那种纵然平庸但却能解悟名士非凡志向，并对名士有所寄托的俗人。譬如大嫂，对苏秦奉若神明般地崇拜，口口声声说二叔要带苏家跳龙门。苏秦就不由自主地有几分喜欢，连大嫂的聒噪也觉得不再那么讨人嫌。苏秦最厌烦的，就是那种自己平庸但还对名士情怀不以为然，对名士也淡然无所依赖的俗子。

想不到，妻子恰恰是这样一个人。

她恪尽妻道，恪守礼数，安于小康，不追慕更大的荣华富贵，对夫君可能给她带来的鱼龙变化，也显然有一种淡漠。片刻之间，苏秦对妻子那种因生疏而产生的一种神秘一丝敬慕一缕冲动，也烟消云散了。蓦然之间，他觉得妻子很熟悉，熟悉得已经有些厌倦了。

“还有诸多预备，我告辞了。”苏秦站了起来。

妻子正在斟茶，窘迫地站了起来：“夫君……礼数未尽，请，饮杯茶，再走。”

“好。”苏秦接过陶杯，呷了一口滚烫的茶水，放下杯子道，“善自珍重，我走了。”

妻子默默送到门口，脸庞依然隐没在灯影里：“夫君……可有归期？”

“成事在天，难说。”大袖一挥，苏秦的身影渐渐隐在朦胧的庄园小道里。

那一点灯光，却在门庭下闪烁了很久很久。

天色一亮，苏秦的轺车驶出了洛阳西门。

两个时辰后，苏秦渡过洛水，沿大河南岸的官道向函谷关进发了。苏秦是两匹骏马驾拉的青铜轺车，堪称高车骏马。三弟苏代认为，天子赏赐的轺车不能没有良马相配，说动大哥，在将轺车修葺得焕然一新后，又买了两匹雄骏的胡马驾车。按照苏代的做法，大哥还要给苏秦配一名高明的驭手以壮行色。可这些都被苏秦坚执拒绝了。按照苏秦本意，这辆天子轺车虽然铜锈斑驳，轮厢松动，然却是六尺车盖的大臣规格，气魄自在，只需将车轮车厢修葺坚固即可；目下既然已经整修得灿烂如新，也不可能复旧了，也只好作罢。再有骏马驭手，搞成天子特使一般的气象，便太过招摇了，若使风习质朴的秦人侧目而视，岂不弄巧成拙？所以，苏秦坚持自己亲自驾车，不要驭手，也不要童仆。

如今一上官道，这高车骏马大大显出了非凡气度——车声辚辚纯正，马行和谐平稳，高高的青铜车盖下，苏秦的大红斗篷随风飘摇，掠过商旅的队队牛车，引来路人惊叹的目光与时不时的喝彩，当真是洒脱名士。

日暮时分，到得函谷关外。但见两山夹峙，关城当道，车辆行人皆匆匆如梭，要忙着在闭关之前进关出关。苏秦第一次经函谷关入秦，不禁驻车道边，凝神观望。这时的函谷关已经回到秦国将近十年，关城整修得雄峻异常，关门只有一洞，城墙箭楼却有百步之宽。关城上黑色的“秦”字大旗随风招展，女墙垛口的长矛甲士钉子般一动不动。关下门洞前百步之遥，伫立着两排甲士，一名带剑军吏一丝不苟，认真地盘查着出入车辆行人的货物与照身帖，一边不断正色拒绝着华贵商人塞过来的钱袋，并高声宣示：“秦法不容贿赂，商贾勿得犯法！”道边有几家客栈店铺，门前已挑起了风灯。其中一家风灯上大书“渭风古寓”，显然是最讲究的一家，时有准备安歇在城外的行人车马，纷纷驶进了客栈。

观望一番，苏秦觉得井然整肃，不禁油然生出一股敬意。

“苏子别来无恙？”

苏秦回头，却见自己车后站着一个面戴黑纱通体黑衣的人，不禁大为惊讶道：“足下可是与我说话？”

“函谷关下，有第二个苏秦么？”

好熟悉的声音！苏秦猛然醒悟，一跃下车道：“你是？燕……”

“嘘——”黑衣人摇手制止，“敢请苏子移步，到客栈说话。”

“好，我将车停过去。”

“函谷关下，道不拾遗。不晓得么？”

苏秦兴奋歉然地一笑，将马缰丢开，便跟着黑衣人来到道边那家最大的渭风古寓。虽是道边客店，却也整洁宽敞，毫无龌龊之感。穿过两进客房来到后院，院门有两名带剑军士守护，见了黑衣人肃然躬身，苏秦不禁惊讶莫名。进得大门，只见庭院中赫然搭着一座军帐，帐外院中游动着几名甲士。苏秦大惑不解，却也不问，跟着黑衣人一直走进了正房。

“苏子请入座。”黑衣人招呼了一句，进了隔间，片刻出来，却变成了发髻高挽红裙曳地的美丽女子。站在厅中，默默微笑地看着苏秦，脸上一片红晕。

“燕姬？”苏秦惊叹着站起来，“你如何到得这里？欲去何方？”

“莫急。”燕姬嫣然一笑，对门外高声道，“给先生上茶。”

一个侍女应声飘入，轻盈利落地托进铜盘将茶水斟妥，又轻盈地飘了出去。恍惚之间，苏秦仿佛觉得又回到了洛阳王城那陈旧奢靡的宫殿。

侍女退去，燕姬在苏秦对面跪坐下来，一声叹息道：“苏子，我已奉王命，嫁于燕公了。”

苏秦恍然大悟，怔怔道：“噢——赐亲北上？省亲南下？”

“天子特使赐亲。北上。”燕姬淡淡笑道，“周礼废弛，他们又都与我相熟，苏子莫得拘泥。燕姬等在这里，就是要见你一面。”

苏秦总有一种恍惚若梦的感觉。自从洛阳王城与这位天子女官不期而遇，直觉这个女子非同寻常，镶嵌在自己的记忆里挥之不去。一夜，苏秦梦见自己高车骏马身佩相印回到了洛阳王城，飘飘若仙的燕姬飞到了他的车上，随他云里雾里地隆隆去了……倏忽醒来，兀自怦怦心跳，觉得自己梦见这遥远飘忽的女官实在荒唐。想不到今日竟能在函谷关外与她相逢，更想不到，此时的她已经成了燕国国君的新娘。

一个美丽的梦中仙子，倏忽之间变成了实实在在的世俗贵夫人。那缥缈的梦幻，在苏秦心底生成了一种空荡荡的失落，化成了一声难以觉察的轻声叹息：“汉之广矣，不可泳思。江之永矣，不可方思……”

骤然之间，燕姬的双眼朦胧了。苏秦轻声吟诵的《国风》，她自然是听见了。那本是洛阳王城的布衣子弟唱出的失意情歌，歌者追慕春日踏青的美丽少女，却因身份有别而只能遥遥相望。那第一句便是“南有乔木，不可休思”——南方的树木啊，虽然高大秀美，却不要想在她的树阴下休憩……当年，这首真诚隽永的情歌一传进王城，打动了无数嫔妃侍女的幽幽春心，燕姬自然也非常熟悉，而今，苏秦喃喃自语般地吟诵，在燕姬听来却是振聋发聩。

燕姬缓缓起身，走到厅中琴台前深深一躬，打开琴罩，肃然跪坐，琴弦轻拨，歌声随着叮咚琴音而起：

南有乔木　不可休思
汉有游女　不可求思
汉之广矣　不可泳思
江之永矣　不可方思
……

苏秦的恍惚迷离，在美妙的琴音歌声中倏忽散去了。他从琴音歌声中品出了燕姬的同一番心曲——君之于我，亦是“南有乔木”。心念及此，苏秦大感慰藉，空荡荡的心田忽然便有一层温暖弥漫开来。燕姬款款走来，似乎方才的一切都已经随着琴声歌声消失了。她跪坐案前，平静地微笑着：“苏子，我在此相候，为的是问君一言，请君三思而答。”

苏秦认真地点点头。

“你可愿去燕国？”

苏秦惊讶地看着燕姬，良久沉默了。倒不是这个问题不好回答，而是想不到燕姬如何能想到这样的去向？莫非是她向燕国国君推荐了自己？不可能。未曾入燕，何得进言？那莫非是周天子借“赐亲”之机向燕国举荐了自己？依周王个性与处境，也不大可能。但无论如何，苏秦对功业大事还是有决断的，他思忖着摇摇头道：“燕国太弱，了无生气，不能成就王霸大业。”

“苏子评判，自然无差。”燕姬毫无劝说之意，“日后，苏子若有北上之心，我当助君一臂之力，谅无大碍。”燕姬说完自己的意思，默默看着苏秦。

苏秦慨然一叹：“燕姬有如此襟怀，苏秦刮目相看了。然则，苏秦只能去秦国。只有秦国，堪当大业。”

“若秦国不用苏子？”

苏秦爽朗大笑：“我有长策，焉得不用？燕姬但放宽心也。”

“既然如此，云游到燕，苏子须来会我。”

“从今而后，苏秦可能再没有云游闲暇了。”突然之间，苏秦觉得自己不能心存旁骛，留恋这样一个诸侯夫人，平静笑道，“若当出使燕国，也无由会晤国君夫人也。”

燕姬默然有顷，却淡淡笑道：“苏子车马太过奢华，留一匹马与我，可否？”

“大是。”苏秦连连点头，“我一路颇觉不安。干脆，换我一辆轺车如何？”

“这有何难？”燕姬很高兴，她本来想委婉地帮苏秦纠正有损名士高洁的气象，不想苏秦如此痛快自责，便可想见高车骏马定是家人所为，心念及此，燕姬多了一分欣慰，起身拍掌，对门外走进的一个内侍总管吩咐道：“将店外道边那辆华车赶进来，换一辆王车，再留下一马，车上行囊妥为移过。仔细了。”

“谨遵夫人命。”内侍总管快步去了。

燕姬轻松笑道：“函谷关日落闭关，鸡鸣开关，苏子可与我做一夜之饮，如何？”

“恭敬何如从命。”苏秦愉快地答应了。

燕姬命人打开了天子赏赐的一坛邯郸赵酒，请渭风古寓烹制了一鼎肥羊炖与几样秦菜，特以纯正的秦风筵席做了二人的告别小宴。更重要的，当然是为了给苏秦壮行。两人默默饮得几爵，醇冽的赵酒使他们如醉如痴，你一言我一语地说将开来。绵绵不断而又感慨良多，话题宽泛，却又似乎紧紧围绕着某个圆圈，说得很多很多，不觉雄鸡三唱，函谷关的开关号角已经悠扬回荡了。

苏秦酣畅大笑，向燕姬慷慨一拱，跳上青铜轺车，辚辚进入了函谷关。

第三章 西出铩羽

一 新人新谋弃霸统

第一次，嬴驷遇到了令他难以决断的微妙局面。

上卿犀首郑重上书，提出了完成秦国霸业的具体方略——立即称王，一年内攻取三川，三年内吞灭三晋，五年内统一中原，十年内廓平四海。就嬴驷本心而论，很是赞赏犀首方略横扫山东六国的大气魄，果真如此，他也是成就千古大业的一代英主了。一想到梦寐以求的辉煌，嬴驷就有一股本能的冲动。可是仔细揣摩，总觉得有些虚处。毕竟，嬴驷在磨难之际对秦国境况有过长期的踏勘思索，认定秦国在商鞅变法之后虽然国力大长，但与扫灭六国所应当拥有的实力，还有不小距离。基于这一判断，他确实没有立即奋起与山东六国决战的想法。然则，犀首作为天下名士，绝非轻言冒进之辈，他能提出如此方略，自当有所依据。莫非是当局者迷，自己低估了秦国力量？或者山东六国腐朽透顶，确实已经不堪一击，而秦国君臣却闭锁不知？反复思忖，嬴驷不能决断。

最后，他想出了一个办法：下诏太傅嬴虔、上大夫樗里疾、国尉司马错三人在三日之内，各自上书对犀首方略作出评判。嬴驷之所以不召集朝会议决，是因为将如此经国大策骤然交朝会众议，纷纷扬扬，传到山东六国反而打草惊蛇。万一此策可行，反而教山东六国有备无患，岂非大大轻率？再则，朝会之上，大臣易于受人诱导启发，更有许多臣工量势附和，反而不容易将事情利害说透。单独上书，则上书者必要有深彻思索，且可免去当面相争的诸多顾忌，利害剖陈必然彻底。若三位股肱大臣上书相合，见诸朝会便是一场激励朝野的定策部署，与朝议论争大不相同。嬴驷还有一个心思，就是想留下凭证，测试谁在这迷茫难决的歧路口见事更深透眼光更远大，更可作为秦国未来的真正栋梁。

三日之中，嬴驷忐忑不安。兹事体大，关乎他毕生功业能否登峰造极，实在令他不能闲适以对。虽然他表面上一如既往地沉静稳健，但贴身内侍却从他进食减少、寝枕梦呓、书房长踱中觉察到了他的焦躁，一个个谨小慎微，不敢弄出些微声响，偌大宫廷沉寂得如同幽谷一般。焦急的等待中，嬴驷隐隐约约地希望自己原先的判断有错，希望看到三位大臣异口同声地赞同犀首的宏大方略，自己便能放手一搏，真正统一华夏，成为与夏禹商汤周武齐名的一代圣王。

新君嬴驷的不安没有持续到第三天，一卷书奏先行送到，是太傅嬴虔的上书。

嬴虔的上书很短，主张也很明确：东出函谷关非今日提出，先君孝公已有此图谋；犀首所议，势在必行，无须自疑多议；然后是慷慨请战："臣尚在盛年，思及昔日国耻，每每热血沸腾，愿自领一军，东出函谷关与三晋首战，立我大秦国威！"

嬴驷读罢，觉得不得要领，不禁叹息了一声。公伯嬴虔在三十年前就是秦军猛将，也颇具政事头脑，若非他的坚实支持，公父当初的即位以及后来的变法，都是不可能稳当的。包括自己诛杀商鞅、平定叛乱、肃清世族、站稳根基，如果没有公伯的鼎力支持，同样不可能顺利。然则，公伯就像大多数老秦元勋一样，耿介固执，恩怨分明，任何时候说起与中原诸侯的仇恨，都是咬牙切齿；任何时候说出关作战，都踊跃万分，既不想能不能打胜，更不问打得是不是时候。老秦部族长期奋战自保，做诸侯立国后，又遭遇山东诸侯蔑视而长期挣扎图存，数百年的闭锁奋争传统，使老秦臣工大多养成了褊狭激烈的个性——疏离于天下大势之外，耿耿于秦国苦难之中，但凡对外，人人莫不喊打。公伯的上书也大体上循了这条路子：先君图谋——国耻所在——热血沸腾——坚请一战。

嬴驷的特殊阅历，使他能够清楚看到老秦人的这种缺陷，如此做法，图小霸足矣，图天下差矣。从长远谋划着眼，他所需要的并不是这种盲目喊打的一片呼应，而是高屋建瓴洞悉天下的行动方略，从而决定秦国究竟该不该在这时候大打出手。看来公伯并没有冷静下来。也许，在这件事情上，他永远不可能冷静下来了。

第四日清晨卯时，上大夫樗里疾的书奏送到了，嬴驷立即闭门展卷：

臣启国君：犀首之策，大长秦国志气，实堪称道。然臣扪心静思，以为尚有可商榷处：其一，山东六国，其势未衰：齐国实力大增，已取代魏国而成第一强国。魏楚两国实力尚在。赵韩燕三国，大弱之后正图恢复，亦未病入膏肓。其二，秦国实力，只可谓强出任何一国，不可谓以一敌六。若仓促东出，敌国相援，以一敌二尚可，以一敌三则胜算极小。其三，秦国内治尚有诸多难事：人口不足以扩充大军，良田不足以长资军食，新法尚未在陇西、北地及收复之失地生根。大战一起，绵绵无期，倾国之力，能否持久，臣不敢断言。有此者三，大业似当徐徐图之，不可期盼于朝夕之间。至于秦国目下之攻守方略该当如何？臣尚无成算定策，容臣思之而后奏。臣樗里疾上。秦公二年四月初三

“可惜……”嬴驷掩卷叹息了一声。

樗里疾的上书是一面性的，只对犀首方略提出了“商榷”，实际上是从三个方面否定了犀首的“称王东进，统一六国”的方略。这几条清楚明白，切中要害，往出一摆便立即显出了犀首方略的缺陷。以嬴驷对秦国的透彻了解，自然掂出了沉甸甸的分量。应该说，樗里疾的眼光还是足以胜任治国大任的。

但是，樗里疾却没有提出秦国应该采取的大谋方略，使嬴驷总觉得空荡荡的。如果既不采纳犀首方略，却又拿不出自己的方略，往前走还不是盲人瞎马？嬴驷需要的，也是秦国朝野需要的，是一套能够振作国人激励士气指引大道的兴国方略。譬如在公父时期，商君提出的“变法强国，雪我国耻”，一直激励秦国朝野发奋了二十多年。如今到了一个新生代，国家已强，国耻已雪，自然需要新的目标激励国人，激励自己。若无此急迫，当时犀首只说出了十六个字，嬴驷如何能当殿封他为上卿？樗里疾毕竟久居郡县之职，缺乏对天下大势的鸟瞰洞察，也不能求全责备于他。

又是久久地陷入沉思。嬴驷以为，对司马错的上书也不能期望过高。樗里疾身为一代才士，尚且不能筹划出切实大计；司马错毕竟军人，纵是名将之后，又岂有此等筹划全局之才？看来，此事还得与犀首商议，请他像商君那样：先行将秦国勘察一遍，再重行谋划，也未尝不可……

“禀国君：国尉府呈来司马错上书。”傍晚时分，长史捧着一卷竹简轻步走进书房。

“噢？”嬴驷稍许感到了意外。天已暮黑，三日限期已到，司马错竟有了上书？嬴驷一阵兴奋，要立即看看这个国尉如何说法。内侍挑亮大灯，又在书案顶端放置了一座一尺多高的铜人座灯，书房分外明亮，嬴驷立即打开了竹简：

臣启君上：犀首方略，倚重军争，看似远图，实为近谋。近谋者，必以当下国力为根基。秦国新军尚未扩充，以五万之众欲吞灭天下，难矣哉！秦国元气虽成，然不足以对抗六国之力。以臣确算，欲东出大战，非三十万精兵不能言胜。而扩充军力、训练士卒，非两年不能完成。另则，秦国目下之可耕良田，唯关中近百万亩，余皆山地广漠，无以提供数十万大军长期征战之军粮。故此，犀首之谋，近不可行。

秦国方略，可作两期：前三年预期，后十年动期。三年之内，韬晦猛进，暗拓国土，充实国力，整军经武，是为预期方略。三年之后，大举东出，远图可谋。不积跬步，无以成千里。不思寸功，无以成大业。愿君上冷静思之。臣司马错谨上。秦公二年四月初四

“啪！”嬴驷合上竹简。

“哗——”嬴驷又不自觉地打开竹简。

整整一个时辰，嬴驷一动不动地反复琢磨。终于，他霍然起身道：“备车出宫，国尉府！”

国尉府的后园很是奇特。司马错正在这里忙碌。

四棵大树上挂着八盏风灯，照得树下一片“山川”沟壑分明。司马错手中拿着一支丈杆，凝神绕着这片“山川”踱步鸟瞰，不断用丈杆度量着山头、道路、河流，念出一串串数字，等旁边的一名司马记录完毕，又是一阵沉默审量，时而摇头，时而点头。

从来没有想到自己会做国尉，司马错的梦想，是成为驰骋疆场的一代名将。战国时期的国尉，并不是实际上的三军统帅，而只是处置日常军务的武职大臣。寻常时日，国尉在丞相府节制下要做的是：征召兵员、训练新兵、筹备军资军食、打造兵器装备、统筹要塞防务等，并不领兵打仗；遇有战事，统兵出征的上将军才是真正的军队统帅；国尉府，只是统帅的后方官署而已。按照传统，国家的上将军一职平常是可设可不设的，只在战事来临的时候才选定任命。但进入战国之世，大仗连绵，军争不断，上将军便逐渐成为常设重职，其爵资与统摄国政的丞相同等，足见其地位显赫。初期魏国的吴起和继任的庞涓，便始终是上将军；后来的齐国上将军田忌，燕国上将军乐毅，赵国大将军廉颇与李牧，楚国上将军项燕，秦国的三代上将军白起、王翦、蒙恬等，都是在统兵大战中涌现出的赫赫名将。司马错想做的，正是这样的名将，而不是操持兵政的国尉。

然则，命运却偏偏教他做了国尉。

司马错很是沉默了一段，不想将国尉做得出色，总想给自己统兵出战留下退路。几次议事，却发现国君并没有将自己当做寻常军政臣子对待，而颇有倚重之意。司马错猛然悟到，自己错了。眼下，秦国统兵出战的资深上将军唯有嬴虔，可嬴虔是老军时期的名将，对如今的步骑野战已经很生疏了，加之闭门十三年足不出户，要胜任新军统帅几乎已经不可能。当此之时，自己必然会成为秦国的统兵将领，然则自己资望尚浅，且没有统兵大战的皇皇军功，骤然授予上将军大任，在素有军争传统的秦国，必然引起非议；国君先授自己爵位较低的国尉之职，既不误事，又无非议，可谓用人独到，自己如何能懈怠军政？

一旦豁然，司马错便开始了对秦国军争大略的深究谋划。

司马错出身兵家，祖上本为齐国的田氏部族。先祖田穰苴，本是春秋时齐景公的名将，百战沙场，军功卓然，封为齐国司马。田穰苴晚年写了一部兵法，传抄传读者皆以习惯的官称冠名，呼为《司马穰苴兵法》[1]。这是春秋时期的第一部兵法，比后来的《孙子兵法》早了数十年。子孙以此扬名，便也姓了司马。后来，司马一族在齐国动荡中沉沦式微，辗转曲折地迁徙到了洛阳王畿，以示对田氏夺政的不满和对天子王室的忠诚。

谁知世事多变，王畿迅速萎缩，司马一族的小城堡在三家分晋后又成了韩、魏争夺的目标。为了避战，司马一族又迁徙到了函谷关外的大河南岸。后来，魏国吞并了秦国的河西地带，司马一族便被魏国官府迁徙到了函谷关内做“镇抚之民”。秦献公时，秦国一度反攻到函谷关，将魏国“镇民”全数迁徙到秦国腹地。司马一族便在渭水南岸定居了。

到司马错出生，司马一族已经是三代秦人了。司马错十九岁应召从戎，加入秦国新军，从骑士做到什长、百夫长、千夫长。在商鞅收复河西的大战中，司马错独领千骑夜袭大河东岸的离石要塞，一举成功，拔掉了魏国在河东的最大根据地；又马不停蹄地长途奔袭函谷关，从魏国手中接收了秦国最重要的隘口要塞，切断了魏国华山大营的退路。商鞅对这位青年千夫长的用兵才能大为惊叹，立即破格晋升司马错为函谷关守将。在秦国历史上，镇守函谷关为秦军第一要务，守将历来由公族大

---

[1]　根据今人考证，《司马穰苴兵法》与流传的《武经七书·司马法》不是同一部兵书。

将担任。而今，这一重任交付给堪堪三十岁的司马错，足见商鞅对司马错之器重。非但如此，临刑前，商鞅还将司马错郑重推荐给新君嬴驷，终于使这颗将星冉冉升起。

司马错要谋求的，是一条扎实可行的用兵之路。

他的谋兵思路深受先祖兵法影响，最大特点是不“就兵论兵”，而是“据势论兵”。《司马穰苴兵法》共有四篇，分别是《形势篇》《权谋篇》《阴阳篇》《技巧篇》。其中只有《技巧篇》一篇是纯粹论兵，其余三篇都是论述战地用兵之外的广阔基础。这是司马兵家独有的深邃兵谋。司马错从少年时代浸淫于先祖兵法，心无旁骛，思考用兵之路从来与人不同。这次是他第一次担当大任，第一次从一个国家的角度寻求用兵出路，自然对兵事之外的整体形势尤为关注。他的第一举措，是吃透国力。除了国尉府的典籍，他又在上大夫府、长史府作了不厌其烦的查询，对秦国的土地、赋税、人口、国库、生铁、粮食、马匹、兵器等，都一一了然于胸。第一步做完，他立即有了清醒的判断——三年之内，秦国没有同时击败两个战国的能力，也就是没有全面东出争雄的能力。

既然如此，秦国在三年之内应当如何动作？兵事上是否无可作为？

按照寻常思路，全面东出，就要冒以一敌六的风险，如果没有抗御至少三国联兵的实力，就当稳妥采取守势，待实力具备时再鱼跃而出。然则，司马错的过人之处正在这里，他不想教秦国装备精良的五万新军三年无事，空耗大量财货粮食。对于秦国这样方兴未艾的强国，又在刀兵连绵的大争之世，精兵闲置三年是无法忍受的。对于一个名将，三年无战也是无法忍受的。他要谋划一条出路，出奇制胜，打能打之仗，缩短积聚国力的时间。

犀首入秦之前，他的思路已经大体上酝酿成熟。但是他多谋深思，不喜欢在“大体有致”的时候和盘托出。犀首一番慷慨长策，激发了他更加认真地揣摩自己的方略。

别出心裁的司马错，在国尉府后园修造了一大片缩小的秦国边境地形。这种缩小，时人谓之“写放”，也就是以原比例缩小建造，堪称古典仿真地形。写放成就，司马错便整天站在这片“山川”前凝神发怔。国君的君书送到他手里时，他的思路已经到了用兵的细枝末节。直到国君限定的第三天午后，他才开始坐在书案前动笔上书。书简送走，他又来到后园对这些细枝末节做最后的核查。司马错的稳健，正在于清醒冷静，深谙再宏大巧妙的谋兵方略，如果没有细枝末节的精确算计，同样会招致惨败这样的基本道理。

“禀报国尉：国君驾到，已进大门！”一名军吏匆匆走来急报。

司马错一惊，来不及细想，丢下手中丈杆向外迎去，尚未走到后园石门，却见国君只带着一名老内侍迎面走来。

“国尉司马错，参见国君！”

“免礼了。”嬴驷笑着虚扶了一把，“灯火如此明亮，国尉在做灌园叟？”

司马错不惯笑谈，连忙答道：“臣何有此等雅兴？臣正在度量‘山河’。”

“噢？度量山河？”嬴驷大感兴趣，大步走到风灯下，略一端详便惊讶地“啊”了一声，“国尉，这不是秦楚边界么？”

“国君好眼力。这正是秦国商於与楚国汉水地区。”司马错从军吏手中接过丈杆指点着。

嬴驷心中一叹，此地使他饱受磨难，焉得不熟？仔细再看：“西边呢？”

“这一片是巴国，这一片是蜀国，这道横亘的大山是南山。”

嬴驷目光炯炯地盯住司马错：“国尉揣摩这片奇险边地，却是何意？”

“臣想谋划一场秘密战事，可立即着手。”司马错语气很是自信。

“秘密战事？尚能立即着手？”嬴驷不禁大为惊讶。

“君上，臣虽不敢苟同犀首上卿的大战方略。但秦国数万精锐新军，亦当有所作为，不能闲置空耗。为此，臣欲在两年之内谋划两场奇袭，拓我国土，增我人口，充实国力。”司马错显然深深沉浸在既定思虑之中，竟忘记了请国君到正厅叙话。

嬴驷更是专注，盯着一片“山川”头也不抬：“奇袭何处？这里么？”

司马错手中的丈杆指向秦楚交界处：“君上请看，这条河流是楚国汉水，南与江水相距千里。江汉之间，虽是山地连绵，然却温暖湿润，土地肥沃，比我商於郡富庶许多。汉水之南二百三十六里，便是房陵，楚国西部重镇。更要紧者，房陵的房仓储粮三百六十余万斛，几与魏国的敖仓相匹。臣以为，第一战可奇袭房陵，夺过这片宝地。”

“有几成胜算？”嬴驷的声音暗哑了。

“八成。”司马错硬生生咽回了“九成”两个字，坦然道：“其一，房陵与我接壤，用兵便利。楚国向来畏惧魏齐两国，而蔑视秦国，其最大的粮仓，不敢建在毗邻魏国的江淮之间，也不敢建在毗邻齐国的泗水之间，甚至也不敢建在江水下游的江东地带，只因东南的越国虽已成强弩之末，却素来与楚国不和。这房陵地带，僻处两江之间的山谷盆地，与郢都所在的云梦大泽相距仅六百余里，水路运粮很是便利。房陵北面是秦国的商於郡，穷山恶水，多少年来不驻守军马。楚国认为这里最安全，便在这里修建了最大的粮仓。”

嬴驷怦然心动："家门有大仓，好！再说。"

"其二，房陵守备虚弱，是楚国弱地。"司马错长杆一圈秦楚边界，"天下皆知，秦国的用兵路子历来是东出函谷关。楚国从来没有想过秦国会打到房陵，所以军备松懈之极，房陵只有三两万辎重兵，主要用于协助粮食吐纳，防卫战力很弱。其三，时间对我军极为有利。郢都大军要驰援房陵，山地行军，至少须十日方能到达。旬日空余，对于秦军来说，足以占领房陵所有关隘要塞。其四，楚国援军不足惧。楚国没有新军骑兵，车兵与水军又无法施展，能开到的只有步兵，而楚国的步兵恰恰最弱，战力与秦国锐士不可同日而语。有此四条，臣以为胜算当有八成。"

这一番透彻实在的侃侃论述，嬴驷立即掂出了分量，不禁大喜过望。但他素来深沉，面上却是振奋中不失冷静："两成不利，却在何处？"

"举凡战事，皆有利弊两端。"司马错的丈杆又指向了那片连绵山川："其一，山地不利于骑兵驰骋，须得步兵长途奔袭；若遇急风暴雨、山洪暴发等紧急险情，我军兵员可能锐减。其二，奇袭贵在出其不意，若有泄密，大为不利。"

一言提醒了本来就很机警的嬴驷，笑着拉住司马错的手："还是到厅中说话，墙太薄。"

司马错恍然道："臣粗疏无礼，君上恕罪。"趁着拱手作礼很自然地抽出了手，恭敬地将嬴驷让在前边，"君上请。"

来到正厅，嬴驷坚持教司马错与自己一案对坐，灯下咫尺，促膝相谈，直到雄鸡高唱东方发白，犹自意兴未尽。司马错又详述了第二场奇袭战，目标是巴蜀两个邦国，方略是夺得楚国房陵后就地屯兵休养并训练山地战法，一旦准备妥当，立即轻兵奔袭。嬴驷本来不谙兵事，但他素来细心多思，一连串提出了十多个具体困难，询问司马错如何解决。司马错虽然谋划缜密，还是对国君的细致入微深感惊讶，便一一对巴蜀国情、巴蜀地形、道路选择、兵士装备、粮草供应、作战方式、双方兵力战力对比、占领后如何治理等，作了详尽回答。嬴驷听得极为认真，很少插话，更没有点头摇头之类的可否表示。

“此两战若开，需要多少兵力？”这是嬴驷的最后一问。

司马错知道国君的担心所在，明白答道：“两场奔袭战，臣当亲自为将，只需两万步兵锐士足矣。新军三万铁骑，分驻函谷关、武关、大散关，只做相机策应，重在防备北地胡人南下掳掠。至于山东六国，臣以为彼等自顾不暇，两三年内决然无力觊觎秦国。”

嬴驷一阵大笑，登上轺车辚辚去了。

三日后，嬴驷在咸阳大殿朝会上宣布：国尉司马错巡查关隘防务时日较长，离都期间，国尉府公务交由上大夫樗里疾一并署理。国中大臣，谁也没有在意这个变动。国尉视察防务，本来就是分内职责所在，况乎秦国收复河西之地后也确实需要大大整肃各个要塞隘口，自然需要花费时日，岂能朝夕就了？

犀首却觉察到了此中微妙，心中大是不安。

他来秦国，献上的是“称王图霸，统一天下”的大计。按此大计方略，秦国应扩整大军准备东出，才是目下急务。而扩整大军，正是国尉职责所在，是国尉最不能离所的重大时刻；而今国尉却突然去视察“防务”，实在莫名其妙。视察关隘防务虽说也是正常，然则此举此时与“霸统”大计南辕北辙，却是极不正常。莫非秦国要采取守势，抛弃他的“霸统”大计？否则，如何解释司马错的作为？

司马错新贵失势，受了国君冷落被变相贬黜？不可能。如果那样，上大夫樗里疾或者自己，总应有一人担负扩整大军的重任。最重要的人物突然离都，做的又是与“霸统”大计毫无关联的事，“霸统”所急需的大计筹划也泥牛入海……种种迹象，还能说明何事？

心念及此，犀首大大的不是滋味儿。身为天下名士，谋划之功历来都是功业人生的根基。谋划落空，一切皆空。若秦国不用自己的“霸统”大计，自己在秦国就是寸功皆无，自然也就黯然失色，还有何面目居于上卿高位？像他这样赫赫大名的策士，又奉行杨朱学派的“利己不损人”准则，素来讲究“无功不受禄，受之则无愧”，若大计不被采纳，留在秦国必然令天下人耻笑；若厚着脸皮留在秦国，一刀一枪地苦挣功劳，也只能是大失其长……想想还不如早日离去，免得自取其辱。

可是，秦公的真实意图究竟如何？毕竟还没有水落石出，匆忙离去，似乎又大显浮躁。反复思忖，犀首决意晋见国君，而后再决定行止。犀首历来是名士做派，洒脱不拘细行。此时进宫，不坐那气度巍巍的青铜轺车，却是快马一鞭，径直飞驰咸阳宫。

嬴驷正在湖边练剑，听得犀首请见，立即收剑迎了出来。尚未走出湖边草地，高冠大袖的犀首已经快步而来，迎面一躬：“臣犀首，参见秦公。”

“上卿何须多礼？来，请到这厢落座。”

绿油油的草地中央，有光滑的青石长案和铺好的草席，旁边的木架上挂着嬴驷的黑色斗篷和一柄铜鞘长剑，石案上摆着一只很大的陶盆和两只陶碗。来到石案前，嬴驷笑道：“上卿可愿品尝我的凉茶？”犀首心思一动道：“一国之君，如此粗简，臣钦佩之至。”嬴驷大笑摇头：“积习陋俗，与君道无干，上卿谬奖了。”说着拿起陶盆中的长柄木勺，将两只陶碗打满红绿色的茶水，“来，共饮一碗。”

国君如此平易如友，犀首自然也不便恪守名士做派，不待国君动手，双手捧起一碗递上：“秦公请。”又自己端起一碗，一气饮下。茶水入口，但觉冰凉清冽微苦微甜，胸中闷热的暑气一扫而去。

犀首不禁大为赞叹：“好茶！臣请再饮三碗。”

嬴驷爽朗大笑：“此茶能得上卿赏识，也算见了天日。来，多多益善！”说着又亲自用木勺为犀首打茶。

连饮三碗，犀首笑道：“谢过秦公，臣有一请。”

“噢？”嬴驷以为犀首要谈正题，敛笑点头，“上卿但讲。”

“请秦公赐臣凉茶炮制之法。”犀首肃然一躬。

嬴驷不禁莞尔道：“此等凉茶，本是商於山民田中劳作的解渴之物。原本以茶梗与粗茶叶入水，大锅混煮片刻，注满陶罐，放置于阴凉石洞；次日正午，由送饭女子连同饭箩挑到田头，供农夫饮用。上卿欲长饮之，不怕落人笑柄？”

“秦公已为天下先，臣本布衣，何惧人笑？”

“说得好！”嬴驷双掌一拍，对走来的老内侍吩咐道，“将煮制凉茶的家什并一担粗茶，即刻送到上卿府。”

“谢过秦公，臣今夏好过矣！”犀首拱手称谢，着实高兴。

“可本公的夏天，却是大大的不好过。”嬴驷的揶揄笑意中颇有几分亲切。

“秦公何难？臣当一力排遣。”犀首本就洒脱，此时更是豪爽。

嬴驷开始就注意到犀首一直称他为“秦公”，而不是秦国臣子惯常用的“国君”或“君上”。战国以来，臣子对国君的称谓本无定制，只要表示景仰之意，君臣朝野谁也不会计较。但如犀首这般，按照王制诸侯的规格生生称为“秦公”的，确实不多。依据周礼分封制，诸侯封国分为三等：公国，国君称“公”；侯国，国君称“侯”；伯国，国君称“伯”。其余领有五十里以下土地的爵位，如“子”、“男”等，不足以成为邦国诸侯，自然不在诸侯序列。春秋时代，这种等级称呼还算流行，是公就称公，是侯就称侯，是伯就称伯，尤其是使节觐见异国之君，这种称谓必须顾及。然进入战国以后，邦国等级大乱，楚、魏、齐三国已经自称王国，国君的称谓等级也就名存实亡了。其间微妙的变化，是各国臣子对自己的国君也不再明确地以老规格称呼，而模糊地变为“君上”或“国君”这样的事实称号。这种变化的实际内涵，是给本国国格的“晋级”留下广阔的余地，而不再自我拘泥于“公”或“侯”。

当此之时，犀首这般连国号（秦）带爵号（公）一齐称谓，便极为罕见了。

嬴驷何等机敏，自然不会忽视这个经常出口的称谓礼节。他明白，这是犀首在提醒他，秦国还是个二等战国，应该称王晋级，图霸统大业。今日犀首匆匆而来，虽并未急于切入正题，但一有机会就呼出“秦公”二字，其意不言自明。

嬴驷对犀首的个性做过一番揣摩，知道他自尊过甚，对国君的待贤礼遇极为看重，喜欢国君移樽就教，而绝不会急迫地献策并敦促国君实施。要正题深谈，就要自己主动。因为在犀首看来，入国主动献策已经在先，剩下的就是国君明断，他只要觉得自己探清了国君之“断”，无论结果如何，都不会纠缠。

作为国君，嬴驷也不想在此等大事上模糊，犀首一问，他就势说开：“上卿方略，甚是宏大，然秦国之军力、国力仓促间不能匹配。嬴驷苦思无解，岂不大大难过？”

“秦公之难若在此处，臣以为不难。”犀首的双眸骤然发亮。

“上卿教我。”嬴驷座中深深一躬。

“举凡霸统大业，必有准备期间，任谁不能一蹴而就。此谓预则立，不预则废，其要害在于决断。早断早预，迟断迟预，不断不预。依臣之见，秦国可在一年之内做好一切预备。其一，秦国人口已与齐国大体相当。加之秦国民气高涨，半年之内征集十五万大军并非难事。再有半年训练，二十万锐士指日可成；其二，秦国民众富庶，国库盈满，已直追魏齐两国，军资粮草兵器的筹集，亦在举手之间；其三，秦国有北地郡与胡地相接，又有陇西草原河谷，战马来源大大优于中原，一年内建成十万铁骑，应不是难事；其四，国尉司马错乃兵家名将之后，臣已详知其在河西之战中的用兵才能，堪为秦国统兵上将；其五，秦国上下同欲，君明臣良，如臂使指，列国无可比拟！有此五条，霸统大业，何难之有？”犀首一口气说了五条，目光炯炯地看着国君。

“上卿所言甚是，秦国必得一番认真准备。”嬴驷明明朗朗地肯定了犀首的主张，话锋一转，“然则，这准备一年不行，可能要三年，甚或五年。”看着犀首惊讶的目光，嬴驷微笑道，“上卿姑且听嬴驷算算大账，可否？”

“臣洗耳恭听。”犀首倒真想听听国君的盘算。

“其一，扩军在于人口。就总数而言，秦国人口目下与齐国相当，大体不到八百万，青壮男丁当在七八十万左右。按照三丁抽一的成法，可成军二十余万。上卿肯定也是如此计算。然则，秦国人口分布与中原战国大有不同，有三处人口不能征兵：一、北地郡与胡地接壤，素来是国府不驻军，而由庶民结兵抵御，若在北地征兵，无异于自毁长城。二、陇西戎狄部族不能征兵。陇西有近百万游牧族人，悍勇善战，是秦国抵御西部匈奴的天然屏障。西部匈奴飘忽无定，隐藏在天际云海，往往在毫无征兆的情势下遮天蔽日地压来，唯戎狄这样的马上部族可针锋相对，其兵员战力不能削弱。三、新收复的河西之地不能征兵。公父、商君与河西父老有约：十年之内唯变法，不征赋税不征兵。而今河西收复刚刚五年，国府何能食言自肥？除此三地之外，商於十三县穷山恶水，历来减征减赋，也要大打折扣。如此一来，所余兵员之地，唯有关中腹地的老秦部族。老秦人众将近四百万，青壮男丁四十万左右。关中农耕为秦国之本，不能三丁抽一，只能四丁抽一。如此折算，大体可征兵十万左右。即或不将原有的五万新军记在征兵之内，也只能得兵十五万。要大出山东，却是差强人意。上卿以为然否？”

犀首凝神倾听，不禁对这位秦国新君生出了一股朦胧敬意。他在列国做官数十年，接触的国君各式皆有，也不乏勤奋明君，但只要谈及国情国事，大都不甚了了。即或是天下公认的强悍君主魏惠王与齐威王，也是无丞相不谈国情，如秦公嬴驷这般对国情数字随手拈来，如数家珍般的清晰，天下绝无仅有。

“犀首愿闻其二。”犀首绝非知难而退的寻常之辈，他要彻底弄清国君的打算。

“秦国府库尚需充实，然军辎粮草并无上卿估测的那般殷实充盈。”嬴驷饮了一碗凉茶，喟然一叹，“公父与商君变法二十三年，国府始终不曾加征加赋。秦国庶民死保新法，根源正在于此。府库所增收的财货五谷，全因了赋税来源大有扩展，而非提高税率。譬如隶农二十万户，全部变为独立缴纳赋税的平民户，府库收入自然增加。直到今日，秦国的赋税额大体还是以先祖简公‘初租禾’时的征发为底数。这在秦国叫‘变法不变赋’，然却从来不对天下昌明，上卿晓得么？”

“臣不知此情。”犀首第一次听说秦国实际的赋税征收法，确实感到惊讶。中原各国与天下士流，都想当然地认为秦国变法是“苛政虐法”，是“横征暴敛”，否则何以兴建新都、训练新军、收复河西、一朝富强？谁能想到，商鞅变法竟真正将富庶给予民众，国府只依靠扩展税源来增加收入。仔细咀嚼，如此简单的国策中大有奥秘。非但使庶民死保新法，而且依靠这种保法激情，化解了各种变法阻力。犀首也曾经是密切关注秦国变法的名士，当初无论如何都想不通，商鞅如何能使愚昧蛮荒的老秦人在短短几年间移风易俗归化文明？那时天下众口一词——如无暴政威逼，断然不能使老秦人有此骤变！如今想来，个中奥妙竟是如此简单——国让利于民，民忠心于国。此等大手笔，非治国巨匠，何能为之？

嬴驷见犀首愣怔沉思，以为这个以精明著称的大策士不相信他的剖陈，坦率笑道："上卿以为本公是托词搪塞么？"

"秦公何得此言？"犀首拱手笑道，"臣在揣摩'利心互换'的治国大法，无得有他。"

"无愧杨朱传人，上卿竟将商君治国概括为'利心互换'，匪夷所思也！"嬴驷的笑声中不无揶揄。

"秦公明察。"犀首坦然笑对，"天下之要，一则利，一则心。孤臣能死国难，无非国君以高官厚禄换之；士为知己者死，无非知己者以利换之。鲍叔牙当年不慷慨，何来管仲之高义？周厉王若不专利，何得失国出走，而致'共和执政'？轻利者必得大义，专利者必失人心。大哉孝公！大哉商君！此乃臣之心得也。"

"一家之言，一家之言。"嬴驷不禁大笑，觉得犀首这番话泥沙俱下鱼龙混杂，硬生生将原本要说的"有失偏颇"咽了回去，却也不便于一概褒奖。

笑得一阵，犀首正色拱手道："秦公所思，犀首尽知。臣告辞。"

嬴驷一怔："上卿何得匆忙？正要共商长策。"

"秦公定策在胸，何用犀首多言。"说完，大袖飘飘而去。

次日傍晚，老内侍禀报："上卿府总管来报，上卿封印离都，留下一卷书简。"

嬴驷打开竹简，寥寥数行，尽行入目：

秦公明察：无功不居国。犀首言尽事了，耽延无益，自当另谋他国。秦国机密，自当永守，以报公三月知遇之恩。犀首昨闻洛阳名士苏秦已入咸阳，或可有奇谋良策，公当留意。犀首拜辞。

嬴驷看罢，不禁一阵怅然。一策不纳，飘然辞去，犀首未免太过自尊也。但设身处地仔细一想，如此秉性的特立独行之士，要他无功居于高位，无异折辱其志节；强留别扭，不如顺其自然，日后也是一个长情。

拿起书简再看，嬴驷方注意到“洛阳名士苏秦已入咸阳，或可有奇谋良策，公当留意”这句话，不禁精神一振。想起犀首初到时曾经说起苏秦、张仪二人，思忖一阵，嬴驷吩咐老内侍：“秘查洛阳苏秦行止，着速报来。”

二　关西有大都

仲夏，苏秦终于到咸阳了。

夕阳下的咸阳城郭，分外壮丽动人，背靠莽莽苍苍的北阪，南面滚滚滔滔的渭水，一道白色石桥披着金红色的霞光横亘水面，恰似长虹卧波，旌旗招展的巍峨城楼，与青苍苍的南山遥遥相望，气势分外宏大。苏秦驻车观望良久，一时大为感慨——人言金城汤池，天下非咸阳莫属也。

驾车上得长桥，却见桥面两道粗大的黑线划开了路面，车马居中，行人两侧，井然有序地在各自道中流向城内。放眼看去，十里城墙的垛口上挂满了风灯，暮黑点亮，宛如一条灯火长龙，照得城下一片通明，俨然一座不夜城。但最令苏秦惊讶的，是咸阳城门没有吊桥，渭水大桥直通垂柳掩映的宽阔官道而直抵城门。城门下也没有守军，而只有两排带剑门吏在接应公事车马。寻常行人无须盘查，径自入城，在战国之世，直是匪夷所思。

进得城中，正是华灯初上。但见宽阔的街道两边，每隔十数步一棵大树，浓阴夹道，清爽异常。所有的官署、民居、店铺，都隐在树后的石板道上，街中车马通畅无阻。但最令苏秦感到意外的，还是咸阳的整洁干净——车马辚辚，满街不见马粪牛屎。炊烟袅袅，道边无一摊弃灰堆积。偌大都市，弥漫出的草木清新之气，令人心气大爽。

在中原士子眼里，而今天下大都，莫如大梁、临淄、安邑、洛阳四大城。洛阳不必说，大则大矣，其衰老破旧与萧条凋敝早已不堪为人道了。安邑乃魏国旧都，繁华锦绣有之，然则终是要塞扩展，其格局狭小重叠，却是任谁也不敢恭维。大梁新都，王城铺排得极有气势，其繁华商市堪称天下第一，但街市混乱，常见杂物草灰随处堆积，脚下亦常遇马粪牛屎，大是令人尴尬。临淄鹊起数十年，齐市已经号称“天下第一大市”，其市面之繁华拥挤，曾令苏秦惊叹不已。他游齐归来曾对老师说：齐市之人海可“联袂成帏，挥汗如雨”。老师被苏秦的绘声绘色引得大笑不止。但是，临淄除了稷下学宫与王城有树林掩映颇为肃穆外，街市却是狭窄弯曲，全无树木，花草更是极少；冬春两季，光秃秃的街巷常有风沙大作；夏秋暑日，烈日暴晒下难觅一处遮阴，虽时有海风，也教人燠热难耐。

相比之下，咸阳简直是无可挑剔。地处形胜，气候宜人，肃穆整洁，繁华有致，一派大国气象。山东士子都说秦人愚昧肮脏，睡火炕熏得大牙焦黄，脏衣服上虱子乱窜，街道上牛屎遍地。临行时，大嫂还特意给苏秦塞了一包草药末，笑着叮咛他：与秦人见面时，药末要撒在领袖上，防备秦人的虱子满身爬过来。可置身咸阳街市，行人整洁，街巷干净，比山东六国的大都会清新多了。刹那之间，苏秦实实在在感觉到了这个西部战国的天翻地覆，仿佛看到了一座大山正在大海中蒸腾鼓涌，正崛起于万里狂涛。

“先生，住店么？街边不能停车。”

苏秦回头，见一个中年女子站在身后，长发黑衣，满脸笑意盈盈。

苏秦恍然拱手：“敢问大姐，这是何街？距宫城多远？”

“长阳街。端走到头，东拐一箭，便是宫城，近得很。”女人比划笑答。

“如此，我住在你店了。”苏秦爽快答应。

“小店荣幸。先生站开，我来赶车。”女人从苏秦手里接过马缰，熟练地“吁”了一声，将马缰一抖，轺车左靠，拐向了大树后人行道的一座木门。女人一个清脆的响鞭，两扇木门咯吱拉开，轺车轻快地驶了进去。女人返身出来笑道：“先生请从这厢进店。车上行装自有人送到房内，不用操心。”一边说，一边领着苏秦走到客栈正门。

苏秦方才在端详街市，没有看到这家客栈，及近打量，见客栈门前风灯上大字分明——栎阳客寓。街灯照耀下，可见三开间大门敞开，迎面一道影壁却遮住了门外视线。门口肃立着两个黑衣仆人，恭敬地向客人一躬。

苏秦恍然道：“这是栎阳老秦人开的客栈？”

女子笑吟吟道：“先生有眼力。这客栈正是栎阳老店，与国府一道迁过来的。”

苏秦点头笑道：“如此门面的客栈，在大梁、临淄也不为寒酸。”

女子淡淡一笑：“秦人老实，不重门面。先生且请进去，看实受的。”

绕过影壁，便是一个大庭院，两排垂柳，一片竹林，夹着几个石案石礅，很是简朴幽静。从竹林边的鹅卵石小道穿过，迎面两扇没有门扇的青石大门，门口风灯高悬，每座门口都端端正正站着两个少女。左首风灯上大书“无忧园”，右首风灯上大书“天乐堂”。

苏秦止步笑问：“这无忧、天乐，是何讲究？”

女子笑答：“无忧园是客官居所，高枕无忧嘛。天乐堂是饮宴进食处。哪个夫子说的？民以食为天嘛。”

苏秦不禁大笑赞叹：“好！尽有出典，难得！此等格局，在中原与国府驿馆不相上下。在咸阳，定然是首屈一指了？”

女子咯咯咯笑个不停：“先生谬奖，我这客栈连第十位都排不到，敢首屈一指？”

“噢？第一谁家啊？”苏秦不禁大为惊讶。

女子道：“自然是渭风古寓了。魏国白氏在栎阳的老店，搬来咸阳，让秦人买了过来。一日十金，先生若想住，我领你过去。”

“一日十金？”苏秦内心惊疑，嘴上却笑道，“秦人做商来得奇，给别家送客人？”

“量体裁衣，唯愿客官满意了。”女子明朗笑道，“渭风古寓多住商贾，我这栎阳客寓多住士子。我看先生轺车清贵古雅，定是游学士子初来咸阳，不然，不敢相请呢。”

苏秦看着朦胧灯影里的这个商贾女子，对她的精明大起好感，拱手道：“多承夫人指点，我就住在这里了，只是日期不能确定。”

“哟，甚个夫人，不敢当，还是叫我大姐好。”女人亲切的口吻像家人亲朋一般，“要甚定期？出得远门，由事不由人。先生请。”

进得无忧园里，苏秦又一次感到了一种新颖别致。中原大城的一流客栈，寻常都是厅房连绵，修葺得富丽堂皇，根本不可能有空地山水。这里却是大大的一片庭院，树林草地中掩映着一幢幢房屋，夜晚看来，灯光点点，人声隐隐，好似一片幽静的河谷。恍惚间，苏秦好像回到了洛阳郊野的苏氏别庄，倍感亲切。女子将他领到了一座竹林环绕的房屋前，苏秦借着屋前风灯，看见门厅正中大书三字“修节居”，不禁大为赞叹：“修节明志，好个居处。”

女子看苏秦高兴，嫣然一笑道：“春上住得一个先生，他取的名字。”

“噢？此人高姓大名？”

“名字很怪，好像是……对了，犀牛？不对，犀——首。”

“犀首？”苏秦颇为惊讶，“姓公孙？魏国人？”

女子歉意地摇摇头：“我再想想。”

苏秦笑了：“不用，你想不起来，他没说过。”说着进了门厅。女子灵巧地绕到了前边高声道：“鲸三，接客官了。”话音落点，一个朴实整洁的少年挑着风灯从屋内走出，向苏秦一个大躬道：“鲸三侍奉先生。请。”女子利落吩咐道：“你且侍奉先生入住。我去教人送先生行李过来。”待少年答应一声，女子又向苏秦一笑，“先生好生安顿，我先去了。”一溜碎步摇曳而去。

这座独立的房子三间两进，颇为宽敞。中间过厅分开，形成两个居住区间。少年将苏秦领到东首区间打开门，毕恭毕敬道：“先生看看中意否？不中意可换房。”苏秦原没打算换房，然少年一说之下，倒也想看看这犀首住过的“修节居”究竟如何？抬眼打量，只见进门一间大客厅，红毡铺地，陈设整洁。最令人满意的是东面墙上开了两面大窗，窗棂用白细布绷钉得极为平整，白日一定敞亮非常。客厅东南角有一道黑色木屏，绕进去是一间精致的小书房。两面都是乌木书架，很是高大坚固。长大的书案上除了常备的笔墨砚，还有刻刀与一箱单片竹简。绕过屋角木屏，便是寝室。中间一张极大的卧榻上吊着一顶本色麻纱帐幔，四周墙壁用白土刷得平整瓷实，更显屋中洁白明亮纤尘不染。

“噢？为何只有寝室做成白墙？”苏秦问。

“回先生，寝室图静，没有窗户，白墙有亮色。”少年恭敬回答。

苏秦点头，暗自佩服主人的细心周全，正要举步走出，少年却道：“先生，还有一进。”

“还有一进？”苏秦不禁困惑，天下客栈住房，最华贵的也就是厅堂、书房、寝室，所不同者大小文野而已，这里竟还有一进，能做何用？再说，满墙洁白，也没有门，如何能还有一进？该不是少年懵懂，误将后院也当做一进了。苏秦疑惑间，少年一推屋角，白墙竟自动开了一道小门。少年站在门口恭敬道：“先生，里边是沐浴室与茅厕间，为防水汽进入寝室，这里装了一道假墙，一推即开，方便呢。”

“茅厕间？！”苏秦更是惊讶，茅厕间哪有安在房内之理？看来，秦人的蛮荒习俗还是没有尽扫。刹那之间，仿佛恍然窥见了野狐尾巴，苏秦几乎哑然失笑。想了想，还是进去看看再说，不能忍受就立即搬走。进得屋内，却见很是敞亮，几乎有两个书房大，三面墙上均有大窗，却装得很高。房中微风习习，丝毫没有寻常茅厕间的刺鼻异味儿，想来白天也一定敞亮干爽。

“窗户如此之高，却是为何？”苏秦仰视问道。

“先生……”少年憨厚地笑着，有点儿窘迫。

苏秦恍然大笑：“啊，沐浴如厕，自要高窗。小哥见笑了。”

“不敢。”少年恢复了恭敬神态，“先生，这厢是沐浴室，我每晚会送热水来。”

屋中用黑色石板隔成了两部分。进门大半间是沐浴室，墙壁地面全部用黑色石板砌铺，中间一个箍着两道铁圈的硕大木盆，木盆中还有一条横搭的木板与一只长柄木瓢。苏秦一看即知，这是制作极为讲究的大梁浴盆。如此看来，另外小半就是厕间了。苏秦小心翼翼地绕过高于人头的石板，眼前豁然一亮——原来，墙上挂着一盏昼夜明亮的大大的风灯。地面是明亮如铜镜般的黑色石板，墙面却是木板到顶；靠外墙一面，立着一个一尺多高的方形石瓮，瓮中满当当清水；瓮旁一方小小石案，案上木盘中一摞折叠好的柔软布头；石瓮石案旁边的地面上扣着一个鼓面大小的凸形"木板"。除此而外，别无长物，只能听见隐隐约约的水流声。

"这？是茅厕间？"苏秦有些茫然，如此干净整洁的屋子，却到何处如厕？

"先生请看——"少年俯身将凸板揭开，隐约的水声立即清晰可闻，"这里是如厕处，完后盖上即可。"少年又指着石瓮石案，"这里清洗，这些软布头用来擦拭。"

苏秦俯身盯着如厕处，只见黝黑中水波闪亮，怔怔问："这水何处来？竟无恶臭？"

"回先生，这是咸阳建城时引入的渭水。陶管埋在地下，流经宫城、官署、官市、作坊与大店的地下，流出城外便引入农田，不再回流渭水。水流从高往低，很大很急，任何秽物都积存不住，没有腐臭气息。"少年一如既往地恭敬。

苏秦听得愣怔半日，慨然一叹："好！住这里，很中意了。"

少年高兴了："多谢先生。送饭来？还是到天乐堂自用？"

"我自去天乐堂，看看秦风。"苏秦笑了。

"如此我去挑担热水，先生沐浴后再去不迟，夜市热闹。"少年轻快地出去了。

犀首好动，用过晚饭左右无事，换了一身布衣出得上卿府，向咸阳街市漫步而来。

咸阳夜市颇为特异，与中原大城不同，街市冷清如常，而客寓酒店热闹非凡。这是因为秦人勤奋俭朴，加之法令限酒，一到夜间，除了确实需要购物者匆匆上街外，大多庶民工匠都是早早安歇，预备黎明即起操持百业。但是，秦国对外国客商与入咸阳办事的本国外地人却不限酒。所以，每逢入夜华灯初上，外国客商、游学士子、外地游人客商及来咸阳办理公务的吏员等，便聚在了各个酒店客寓，尽情地饮酒交游。

犀首出来，是想找个酒肆小酌一番，消消胸中块垒。

午间晋见秦公后，他已经明确无误地知道了秦国不会采用他的“霸统”方略，心反而定了下来。从加冠之年，他开始周游列国，先后在大小十三个诸侯国做过官，最长的在楚国三年多，最短的在宋国大约只有半年。辞官的原因虽各不相同，但最主要的起因，还是官高无事的尴尬。他精明过人，又加办事认真，总能在极短的时间内毫不费力地将管辖事务处置得精当无误，同僚们总是对他赞不绝口，国君也总是时常褒奖，谁与他都一团和气，议爵时也都众口一词地荐举他，人望口碑一片蒸腾。然则，奇怪的是，无论他的爵位多高，却怎么也掌不了实权，做的尽是些少傅、太傅、少师、太师、太史丞、太庙令之类的“望职”。谁都知道，他的长处在兵家在权谋在治国治民，可上将军、丞相、上大夫、令尹、大司土一类的实权重职，偏是轮不到他，结果总是不堪无聊，挂冠辞国。

这次入秦，是犀首最为认真的一次谋划。可是，秦公当场拜他做上卿时，他心中却不自觉地咯噔了一下，一种不祥之感立即在心头隐约弥漫。上卿一职，在春秋时期颇为显赫，像晋国的上卿赵盾，本身就是相国（丞相）。但在战国之世，权力结构相对稳定也相对简化，国君、丞相、上将军三权鼎立治国，上卿早已经变成了虚职。秦国素与中原隔膜，官职名号与中原大不相同，一是庶长治国（大庶长、左庶长、右庶长），大夫辅助（上大夫、中大夫、下大夫）；二是没有虚职，太师、太傅、上卿等统统没有。自从秦孝公与商鞅变法，秦国的官制才开始向中原靠拢，逐渐推行了“君——相——将”三权共治，官员设置的怪诞名称也渐渐淡出。对于秦国的这些历史沿革，犀首很是清楚。而今，秦公陡然封自己一个例无执掌的“上卿”，显然是灵机所动当场周旋而已。及至秦公搁置“霸统”，诉说困境，犀首已经明白，自己若要在秦国长居任官，前景依旧是高爵无事。

时也？命也？蓦然之间，犀首生出了一种浓厚的天命感——一个立志掌权任事的策士，却无论如何不能摆脱无聊的富贵，岂非造化弄人？一番思忖，犀首笑了。他想起了孔老夫子周游列国不得志时的自嘲：“饱食终日，无所用心，不若博弈乎？”孔夫子不失乐天知命的豁达，求官不成便下棋、编《诗》、揣摩《周易》、教导弟子，倒也忙得不亦乐乎。可自己呢，如何了此一生？

“先生！你还记得小店？”一声清脆惊喜的问话，一个长裙女子当道一躬。

漫步之间，犀首不自觉地来到了住过的栎阳客寓前，竟又遇上了热情可人的女店主，他恍然大笑：“好好好，正要旧地重游，痛饮一番。”

“刚刚进得一车安邑烈酒，先生请。”女人高兴极了。

栎阳客寓的天乐堂，实际上是间很讲究的食店。大厅呈东西长方形，南北两面没有墙而只有红色圆柱，形成两道宽敞的柱廊；靠南一面临着庭院大池，碧波粼粼；靠北一面临着一片竹林，婆娑摇曳；木屏将很大的厅堂分割成了若干个幽静的座间，每间座案或两三张或五六张不等，但却都恰到好处地临竹临水，各擅胜场；晚来柱廊上挂满红灯，每个座间外面还各有两盏写着名号的铜人风灯，明亮璀璨，整洁高雅；大部分座间都有客人，谈笑声隐约相闻，丝毫不显得喧闹嘈杂。

犀首对这里很熟，信步而来，走到临池的一间："好，还是这'羡鱼亭'。"

女子一路跟来，笑道："这名字是先生取的，先生准到这里。翠子，侍奉先生。"

一个女侍飘然而来，蹲身一礼笑问："先生，老三式不变么？"

犀首不禁大笑："然也！安邑老酒、栎阳肥羊、秦地苦菜。"

"这名号取得不好。"一个冷冷的声音从角落传来。

"噢？"犀首惊讶打量，才发现座间还有一人，坐在靠近木屏的案前，红衣散发，自斟自饮，颇为悠闲。

"哟，是先生！"女店主惊喜地笑了，"先生，这位先生今日住进，就在修节居。先生，这位先生就是原先那位先生，两位先生……"

犀首没有理会女店主的绕口辞，盯住红衣人淡淡道："足下之意，当取何名？"

"结网亭。"红衣人淡淡回答。

"结网？"犀首心念一闪，肃然拱手，"先生何意？"

"临渊羡鱼，何如退而结网。"红衣人也拱手一礼。

"好！临渊羡鱼，何如退而结网。先生高我一层。"

女店主看这两位开始都大有傲气，骤然之间又礼敬有加，左右相顾恍然笑道："哟！两位先生都喜欢打鱼，没说的，明日我出小船，渭水湾，一网打十几斤鱼！"

一语未毕，犀首与红衣人同声大笑。笑得女店主也高兴起来："一言为定，明日打鱼！"犀首笑得大喘气道："此鱼，不是彼鱼也。将这两案合起来，我与这位先生共饮。"

“也是。共舟打鱼，同案饮酒，忒对窍。”女店主也没叫女侍，一边说一边亲自动手，快捷利落地将两张酒案拼起。方才侍奉的女侍也正好捧盘而来，摆好了酒菜，女侍跪坐一旁开桶斟酒。

“二位先生，慢饮了。”女店主笑着一礼，径自去了。

“请教先生，高名上姓？”犀首待酒爵斟满，肃然一拱。

“不敢当，在下洛阳苏秦。”红衣人恭敬地拱手作答。

“苏秦？”犀首不禁大笑，“好！真道人生何处不相逢，我乃魏国犀首。”

“先生进堂，在下一望便知，否则何敢唐突？”苏秦也同样兴奋。

“噢，你知道我是犀首？看来，你我聚首竟是天意，来，干此一爵！”

苏秦连忙摇手：“我饮不得安邑烈酒，还是用这兰陵酒，醇厚。”

“也罢，君子所好不同也。来，干！”“咣当”一声，铜爵相撞，两人一饮而尽。

苏秦置爵笑道：“公孙兄弃楚入秦，气象大是不同。苏秦当敬兄一爵，聊表贺意。”说罢从女侍手中接过木勺，打满两人酒爵，“来，苏秦先饮为敬！”

犀首摇摇头，却又毫无推辞地举爵一饮而尽，置爵慨然道：“苏兄莫非入秦献策？”

“正是。”苏秦坦然点头。

“不怕犀首先入，你已无策可说？”犀首目光炯炯。

“同殿两策，正可分高下文野，求之不得，何惧之有？”苏秦微笑地迎着犀首目光。

“好！”犀首哈哈大笑，“苏秦果然不同凡响，看来必是胸有奇货也。”又突然收敛笑容，低声正色问，“苏秦兄，可知我所献何策？”

苏秦悠然一笑："称王图霸，岂有他哉？"

"你？从何处知晓？"犀首不禁惊讶。

"秦国强盛，但凡有识之士必出此策，何用揣测探听？"

此话表面轻描淡写，实则傲气十足，犀首岂能没有觉察。但是，此刻他的心境已大有变化，非但不以为忤，反倒觉得苏秦直率可亲，乐哈哈笑道："如此长策，苏秦兄却看得雕虫小技一般，犀首佩服。然则，苏兄可知，秦公之情如何？"

"束之高阁，敬而远之。"

犀首倏然一惊。这一下，可是当真对面前这个素闻其名而不知其人的年轻策士刮目相看了。大事知其一易，知其二难，苏秦既能料到他的献策，又能料到秦公的态度，足见他对秦国揣摩之透，也足见自己献策之平庸无奇。刹那之间，犀首心头一闪，觉得与苏秦邂逅相遇，似是上天对他的命运的一个警示——若再沉溺策士生涯，必将身败名裂。心念电闪，拱手微笑道："犀首辞秦，指日可待，原不足为虑。然则，苏兄入秦，却是何策？可否见告？"

"无得新策，有新说。"苏秦自信地回答。

"如何？"犀首先是一惊，继而大笑，"你仍能以王霸之策，说动秦公？"

苏秦当然感到了犀首的嘲笑与怀疑，依旧淡淡笑道："此事原非荒诞。秦国原本便有王霸之心，兄之说辞不透而已。但凡长策立与不立，在可行与不可行也。公孙兄唯论长策，忽视可行。秦公顾忌难处，自当束之高阁。"

犀首听得仔细，觉得这个苏秦的话虽在理，但却自信得有些不对味，想警告一下这个年轻气盛的名门策士，喟然一叹道："犀首看来，苏兄若别无奇策，大可不必在秦国游说，以免自讨无趣。"

苏秦不禁大笑道："公孙兄既在咸阳，何不拭目以待？"

"无论身在何地，犀首都会知晓。来，再干一爵……"犀首醉眼蒙眬了。

"此爵为公孙兄饯行了。干！"苏秦豪气顿生，一饮而尽，高声吩咐笑盈盈赶来的女店主，"大姐，用我车送回先生。"

一通忙碌，青铜轺车终于辚辚启动了。犀首扶着轺车伞盖的铜柱喃喃自语着："呵呵呵，王车？难怪……啊哈哈哈哈哈哈！"

三　夤夜发奇兵

司马错突然出现在蓝田军营，将领们确实惊讶莫名。

蓝田塬驻扎着秦国的两万五千新军，步骑各半。如果说函谷关是秦国的门户要塞，那么蓝田塬就是秦国的咽喉命脉。这片方圆近百里的高地，南接连绵大山，北面鸟瞰渭水平原，正卡在两条从南部进入关中腹地的要道——东边的武关与西边的南山子午谷——中间。万一武关失守或强敌偷袭子午谷，蓝田军营都可迅速设置第二道防线，铁骑驰骋，半个时辰可在平原展开。从东部防御看，蓝田塬距离函谷关六百余里，若强敌铁骑攻破函谷关，到蓝田塬下恰是三两日行程，可从容部署狙击强敌。蓝田塬西北面，距重镇栎阳不到一百里，极易获得策应。再向西二百余里，是秦都咸阳，国君兵符半日可达，号令极为便利。秦国收复河西之后，北地胡人、河东魏赵、西域匈奴对于秦国的威胁都大大减小，西部大散关与陈仓要隘的重要性也相对降低，秦国的防御重心自然向了东南，蓝田塬的重要位置骤然突出。

这时候，秦国五万精锐新军的部署是：东面函谷关驻扎一万，北面离石要塞驻扎五千，东南面武关驻扎五千，西面大散关驻扎五千；其余两万五千新军精锐，全部驻扎在这个可四面策应的中央高地。

国尉夜临军营，必有重大战事。然则将领们事先却毫无所闻，这是他们惊讶莫名的根本原因。此时，秦国没有正式封号的上将军，国尉就是最高武职，谁敢掉以轻心？辕门外一阵尖厉的号角，中军大帐顿时紧张起来。

“击鼓聚将！”蓝田将军车震一声令下，帐外大鼓轰隆隆响起，万千军灯骤然点亮，军营一片通明。片刻之间，士卒跃出军帐，顶盔贯甲在帐外列队待命。战马嘶鸣，战旗猎猎，顷刻间便可开拔。

轻装快马的二十名军吏，簇拥着司马错飞驰而至。自从接掌国尉，司马错是第二次来蓝田军营。第一次是配备新打造的精铁兵器，来去匆匆，对这座最重要的军营与蓝田将军车震的带兵才力，都还不够很熟悉。这次夤夜前来本是秘密举动，不想一出兵符令箭，辕门口就是一阵惊心动魄的牛角号，号声一落，满营启动，竟似顷刻间便可开出列阵；尚未进得辕门，便闻一片马蹄声急风暴雨般卷来。快捷连贯，当真罕见。

一将翻身下马：“蓝田将军车震参见！三军就绪，国尉可即刻下令发兵！”

司马错一扬手中青铜令箭：“偃旗息鼓，全部回帐。”

车震惊讶地抬起头来，稍一思忖，高声下令：“偃旗息鼓，将军回帐！”

“嗨！”二十多员顶盔贯甲的大将一声雷鸣，一片甲叶响亮，上马返回。

司马错对车震一阵低声吩咐，马队向中军幕府从容而来。片刻之后，中军幕府传出将令：“军帐熄灯，军士安歇，勿得惊扰。”一阵呜呜悠扬的号声，广袤的山塬又在疏疏落落的军灯与叮当呼应的刁斗声中恢复了宁静。

中军幕府却是灯火通明。

按照军中法令，司马错先与主将勘合兵符，验证令箭。明亮的灯光下，司马错带来的兵符与车震的兵符锵然合一，变成了一只刻满字符的青铜猛虎。车震将整合兵符供于帅案中央，深深一躬，转身接过了司马错手中令箭。这是一支形似短剑般的青铜令箭，沉甸甸金灿灿，令箭中央镌刻四个大字“如君亲临”。大字下面，是嬴秦部族崇敬的鹰神。秦法有定：持此令箭而无诏书者，都是身负重大使命的特使——其机密甚至不能见于公开君书，而必得由特使口头宣布施行。

车震一看令箭，转身对中军司马下令：“帐外一箭之内，不许任何人靠近！”司马大步出帐，车震对司马错肃然一躬：“请国尉升座行令。”

司马错缓步走到帅案前站定：“诸位将军：我奉君命，筹划一场战事。此战之要，在于秘而不宣。诸将但听军令，莫问所以。凡有泄密者，军法从事！”

帐中将领凛然振作，“嗨”的一声，满帐肃然。

“步军主将山甲听令！”

“山甲在！”

“你部一万步兵，卸去重甲长矛，全部轻装，三日干粮，务必在五鼓时分听令开拔！”

“嗨！”精瘦的山甲双脚一碰，接过令箭，疾步出帐。

“后军主将嬴班听令！”

“嬴班在！”

“你部作速改装一百辆牛车，全部装运长矛羽箭。你亲自带领三百名士卒，扮作商旅押运，昼夜兼程南出武关，六日后，在上墉谷地待命！”

“嗨——”嬴班沉稳接令，大步出帐。

“蓝田将军车震听令！”

“车震在！”

“明日开始，立即秘密监视南山各条路口。但有北上商旅，一律许进不许出。步兵班师之前，蓝田军营不得收缩营帐旗帜，日日照常操练！”

车震与十多员将领齐声领命，“嗨”的一声，大帐轰鸣。

司马错部署完毕，走出帅案向车震微微一笑：“将军，请再为我遴选一百名精锐骑士，一员骁将。我要明火执仗地巡视商於防务。”

“国尉放心。”车震转身向一个青年将领下令，“嬴豹，即刻选出一百名铁鹰骑士，由你率领，护卫国尉南下！”

“嬴豹得令！”英气勃勃的小将抱拳一拱，大踏步出帐去了。

车震笑道：“国尉莫看嬴豹年轻，他可是新军第一猛士。”

“是公室子弟么？”

“应该是。”车震歉意地笑道，“可无人知道他是哪家公族子孙。”

司马错笑了：“猛士报国，贵贱等同。他不说，又何须问之。”

说话间，众将已经匆匆出帐，分头各去调度移防。司马错又对车震备细交代了诸多事项，在中军大帐匆匆吃了一块干肉一个干饼，已到了四鼓时分。秦国新军训练有素，行动极为迅速，刁斗方打四鼓，步军主将山甲进帐复命：一万步卒准备完毕，已经集结河谷待命。司马错立即带领两名军吏出帐，与山甲飞马驰向西山河谷。

河谷塬坡下，黑压压的步兵与荒草丛林连成了一片，却肃静得唯闻小河水声。司马错立马山冈，低声赞叹：“好！可算得静如处子。”随即对身边山甲下令，“山甲将军，三日后你部须在上墉谷待命。这位行军司马，就是你的向导。他会领你穿出大山，直达上墉谷地。”

精瘦的山甲也换上了轻便软甲，左手长剑，右手一支光滑的木棍。出使归来，他已经晋升为步军主将，爵位与中大夫同等。这位在大山中长大的药农子弟，对开进自己老家作战兴奋极了，赳赳慷慨道：“禀报国尉，山甲药农子孙，踏遍南山险道，向导留给车队好了。山甲误事，甘当军法！”

司马错不熟悉山甲，对这种回答感到惊讶，肃然正色道：“将军者，统兵大将也，不是百夫千夫长。若一味前行辨路，何能居中提调？奇袭战孤军深入，不得有丝毫差池。一将生死，岂可担待国家兴亡？将军若不戒鲁莽，司马错立即换将！”

山甲胆大心细，悟性极高，被国尉严词惊出一身冷汗：“山甲受教，不敢以国事儿戏，但听国尉号令便是！”

“出发！”司马错断然发令。

山甲右手两指向嘴边一搭，一声呼哨响彻河谷。无边无际的“荒草丛林”从河谷霍然拔起，刷刷刷地向南山口移动而去，渐渐地消失在沉沉夜色之中。

司马错选定的行军路线极为奇特，连寻常以为极隐秘的子午谷小道，也嫌不够机密。他给山甲的道路，是一条无名山溪：只许沿有水河道趟水而上，到得南山巅峰，再沿另外一条山溪趟水而下，直达汉水谷地。

这条无名山溪，是从南山腹地流向关中的无数小河之一。水量不大，淙淙如溪，但却穿山而出，流入灞水，再入了渭水；溯流而上，无名小溪的源头直达南山（秦岭）巅峰。这南山巅峰是一道分水岭，越过巅峰，这种小溪又成了淙淙向南的汉水支流，最终并入浩浩江水。这种小溪流大体相似，河床河谷布满了历经千百年冲击的光滑鹅卵石，轻装步兵完全可以沿河或趟水前进。

那时候，要从关中进入层峦叠嶂的南山群峰，而到达商於山区或汉水盆地，只有东南的武关小道、西南大散关的褒斜小道，两条路都是官道。再有中央一条小道，就是最近便直接的子午谷小道。这条小道从关中中部直入南山，比两边迂回要近数百里路程。子午谷虽然不是官道，却经常有楚国商旅北上，或秦国商人南下。如此一来，这种小道还是有“暴师”的可能。经过精心揣摩探察，司马错定下了“以溪为路，隐匿踪迹”的行军方略，要一万轻装步兵三五日之内秘密越过南山，到达汉水山谷。

此时，这支精锐的秦国新军步兵，抛弃了重甲长矛与硬弩长箭，每人手中一支短剑、一支木棍，身背三天干粮，在万山丛中疾进，山溪冲刷了他们的一切踪迹，山林湮没了他们的任何动静。战国之世第一场最长距离的奔袭战，便这样悄悄地开始了。

次日天亮，蓝田塬上出现了一支长长的牛车队，悠悠驶上了通往武关的官道。车轮尖厉的咯吱声在原野上分外刺耳，听声音，便知道这遮掩得严严实实的牛车都是吃重满载。当先开道的，是一面黄色大旗，绣着“猗顿”两个黑色大字，分外显眼。大旗后三十多名劲装骑士，一律腰悬吴钩弯剑，身背硬弓长箭。车队逶迤里许，最后才是一辆华贵的篷车。看旗号声势，显然是名满天下的楚国大商猗顿的车队。猗顿氏，素以与中原做盐铁生意闻名，进出中原各国的车队动辄便是数百辆。这样一支车队经蓝田出武关，进汉水入郢都，便是很平常的商旅路线了。

日上三竿，蓝田军营辕门大开。骑将嬴豹率一队铁骑当先冲出，一辆高挂“特使”幡旗的青铜轺车紧随其后，车上站着斗篷飞舞的国尉司马错。出得辕门，轺车正要拐上官道，突闻西边官道马蹄声疾。司马错转身一看，却见一队便装骑士簇拥着一辆黑色篷车风驰电掣而来，不禁一怔，命令嬴豹："让过马队，后行。"

话音落点，疾驰的马队突然勒缰，十多匹骏马人立嘶鸣，篷车也戛然停下，激扬起一片烟尘。司马错未及细看，便见车帘一掀，国君嬴驷跳下车来笑道："惊扰国尉了。"

司马错大是惊讶，连忙下车："参见国君。"

嬴驷一挥手，制止了要下马参拜的骑士，笑道："别无他事，特来为国尉送行。"

司马错心念一闪，便知国君对这第一战放心不下，肃然拱手道："臣启国君，一切均按筹划进展。臣不敢掉以轻心。"

"胜败兵家常事，国尉放手去做便是。"嬴驷微笑摇头，"我是想求教国尉，奇袭若成，国尉作何谋划？"

司马错又是一怔，这本来是谋划清楚也对国君剖析清楚的：奔袭一旦成功，兵屯汉水稍事休整，再行奔袭巴蜀。国君有此一问，莫非国中有了变故？当此临行决断之时，不能含糊不清，略一思忖，司马错坦率问："国君之意，莫非放弃巴蜀？"

嬴驷摇摇头："两战连续，当在一年以上，时日太长。再者，兵力分散，大将远处，难保山东无变。巴蜀，似可稍缓。国尉三思了。"

司马错恍然："臣有应变之策。若山东有变，臣即刻班师北上，何能拘泥于一途？"

"如此甚好。来人，拿酒！"嬴驷一声吩咐，军士捧来两只大爵，顿闻酒香清冽。嬴驷亲捧一爵双手递于司马错，自己又端起一爵："千山万水，国尉保重。干！"

"君上保重，但等佳音。干！"司马错一饮而尽，深深一躬，"臣告辞了。"转身大步上车，一跺车底，"开行！"骑队辚辚远去了。

嬴驷望着远去的车马，望着莽莽苍苍的南山，良久伫立。

“国君，可到蓝田大营歇息？”御车内侍低声问。

“不必了。”嬴驷跳上篷车，“返回咸阳。”马队又飓风般卷了回去。

嬴驷是昨夜与上大夫樗里疾密商后赶来的。为求稳妥，嬴驷就司马错的奔袭谋划征询樗里疾主张。樗里疾大是赞同奔袭房陵，但认为连续进行两场奔袭战值得揣摩。从兵家战事的眼光看，占领巴蜀胜算很大。然则，司马错没有虑及兵家之外的民治。巴蜀地险人众，民风刁悍，要化入秦国，初治必得驻军，否则占领巴蜀没有实际价值。但如此一来，司马错精兵必得滞留巴蜀，急切不能班师。当秦国军力尚未扩展之时，大将精兵久屯于荒僻之地，国中空虚，是为大忌。若在秦国拥兵二十万时，再分兵袭取巴蜀，更为稳妥。嬴驷一听，大是赞同，便在黎明时分火急赶来。

一路沉思，嬴驷心里老是沉甸甸的。犀首虽然走了，但犀首的“霸统”方略却久久萦绕在他的心田。何年何月，秦国能着手霸统大业？

“禀报国君，洛阳名士苏秦求见。”刚刚下车，内侍总管匆匆走来禀报。

“苏秦？真来了？”一个念头闪过，嬴驷吩咐老内侍，“请这位先生在东殿等候。再请上大夫与太傅进宫，也到东殿。”

四　雄心说长策

悠然打量着这座宫殿，苏秦全然没有寻常士子等待觐见的那种窘迫。

咸阳宫前区只有三座宫殿，中央的正殿与东西两座偏殿。正殿靠前突出，建在六丈多高的山塬上，开阔的广场有三十六级白玉台阶直达正殿，恍然若巍巍城阙，大有龙楼凤阁之势。这是秦国的最高殿堂，非大型朝会与接见外国特使，轻易不在这里处置日常政务。两座偏殿，则坐落在正殿靠后的平地上。除了殿前广场是白玉铺地，三面都是绿色：西面竹林，北面青松，东面草地。西偏殿是国君书房与寝室所在，除了召见亲信重臣，这里很少有礼仪性会见。东偏殿比西偏殿大出许多，九开间五进，是国君日常料理国务的主要场所，重门叠户，划分了诸多区域。除了最后一进另有门户，是长史与所属文吏起草、誊刻君书与处置公文的机密官署外，其余四进通连，分为东中西三个区域：中间区域是议政堂，东边是出政堂，西边是庶长堂。

远看咸阳宫，苏秦颇有一种奇特的感觉。洛阳王城与山东六国的宫殿，都是大屋顶长飞檐，远处看去，飞檐重叠连绵，气势宏大，富丽华贵，飞檐下铁马风动，叮咚悦耳，一派宫阙天堂的气象。咸阳宫虽然也不失宏大，但却很简约，一眼望去，总觉得视线里少了许多东西。仔细打量，才看出咸阳宫屋顶很小，大约只能长出墙体五六尺的样子，斜直伸出，没有那王冠流苏般的华丽飞檐。乍一看，就像巨人戴了一顶瓦楞帽，虽然也觉英挺，却总是缺了些许物事，光秃秃的。苏秦思量，秦人本来简朴务实，建造咸阳时又是墨家工师担任“营国”[1]筹划。墨家的节用主张与秦人的简朴传统正好吻合，产生如此的宫殿样式也就不足为怪了。

进得殿中，只见厅堂宽阔高大，陈设却极为简单。中央一张几乎横贯厅堂的黑色木屏，屏上斗大的两个铜字分外醒目——国议。屏前正中位置有一张长大的书案，两侧各有几张稍小的书案。书案区域外，有两只巨大的铜鼎，两只几乎同样巨大的香炉，除此而外，再看不见任何装饰性陈设。白玉地面没有红毡，连书案后的坐席也是本色草编。入得厅

---

[1]　先秦时代，一般将建造都城称为“营国”，具体包括对都城及建筑式样的设计与施工、监督。

堂，立即有空旷冷清之感，丝毫没有东方宫殿那种帐帏重重、富丽华贵的舒适与温暖。与大梁王宫的殿堂相比，这里处处都透着“冷硬”二字。奇怪的是，苏秦却对这种毫无舒适可言的“冷硬”殿堂，油然生出了一种敬意，觉得一进入这座殿堂，一看见“国议”那两个大字，就心思凝聚，不由自主振作起来。

“太傅、上大夫到——”殿外传来内侍悠长细亮的报号。

苏秦恍然醒悟，举目望去，只见殿廊外有两个黑衣人走来，样子都很奇特。一个戴着类似斗笠的竹冠，冠檐垂着一幅宽大的黑色面纱，身形粗壮笔挺，步态勇武步幅很大。另一个则壮硕短小，罗圈腿晃着鸭步，摇摇摆摆走在蒙面者旁边，样子颇为滑稽。苏秦扫视一眼迅速断定：蒙面者是名闻天下的复仇公子嬴虔，肥壮鸭步者当是化解西部叛乱的樗里疾。一个是公族柱石，一个是总揽政务的上大夫，都是目下秦国举足轻重的人物……心念一动，苏秦转过身背对着殿门，注视着“国议”两个大字。听得身后脚步声进殿，却没有任何动静。凭感觉，苏秦知道这两人的目光正在自己身上端详，依旧凝神沉思般地站着。

“敢问足下，可是王车西行的洛阳名士？”

听这随意而又带笑的口吻，苏秦便知此人是谁，恍然回身从容拱手道：“在下正是洛阳苏秦。”

樗里疾嘿嘿一笑：“先生远道而来，秦国大幸也。这位乃太傅公子虔。在下嘛，上大夫樗里疾。想必先生也明白。”

苏秦淡淡带笑，微微点头却不说话，既对樗里疾的中介表示认可，又对樗里疾的诙谐不置可否，但却没有对两位重臣行“见过”常礼。一直冷眼沉默的嬴虔，却是深深一躬：“先生远道入秦，多有辛苦。”苏秦始料不及，连忙一躬道：“士子周游，原是寻常。谢过太傅关爱之情。”

“嘿嘿，入秦即是一家，忒得多礼？来，先生入座。”樗里疾笑着请苏秦坐在了中央大案的左下首，也就是东方首座，又推嬴虔坐在了右首首座，自己则坐在了右首末座，随即拱手笑道：“先生远来，定有佳策了？”

苏秦本想按照礼仪，等待秦公入殿行过参见大礼后再入座。及至见樗里疾安排，不由得闪上一个念头：莫非秦公安排这两位对我先行试探？便觉不是滋味。然则苏秦心思极快，刹那之间心意已定，随对方如何安排，自己笃定便是。此刻见樗里疾如此发问，自然是所料非虚，从容拱手道：“上大夫执掌国政，定有治秦良策，苏秦愿受教一二。”

樗里疾嘿嘿嘿笑道：“先生有回头之箭，果然不凡。”拍拍自己凸起的肚皮，“你看，樗里疾酒囊饭袋，内中尽是牛羊苦菜。先生若有金石之药，不妨针砭，何须自谦？”

“谚云：腹有苦水，必有慧心。上大夫满腹苦菜，安得无慧心良策？”苏秦见樗里疾在巧妙地回避，依然逼自己开口，笑着迂回开去。

樗里疾一怔，迅即拍案：“好！来人，拿国图来。”

猛然，却闻内侍高声报号：“国公驾到——”

尖细的嗓音还在飘忽环绕，嬴驷已经从容地从“国议”木屏后走了出来，未容三人站起，一摆手道：“无须烦冗，尽自坐了。”

敏锐机警的苏秦，目光几乎与内侍尖细的声音一起瞄向木屏左面的出口。刹那之间，便与那双细长的三角眼中射来的晶亮目光骤然碰撞。苏秦正要低眉避过，三角眼却已经眼帘一垂光芒顿失。只此一瞬，苏秦心中一个激灵——这位秦公非同寻常！心念一闪之间，起身长躬：“洛阳苏秦，参见秦公。”

嬴驷尚未入座，立即虚手相扶：“先生远道而来，嬴驷不得郊迎，何敢劳动大礼？先生入座，嬴驷这厢受教了。”说完，回头吩咐内侍，

“上凉茶。”

两名黑衣内侍抬着一个厚布套包裹的物事轻步而来，走到座侧空旷处放好。有两名侍女轻盈飘出，一个用大铜盘托着几只陶碗和一个长柄木勺，一个解开了厚布套的绵帽儿。苏秦不禁惊讶，原来布套包裹的是一口细脖陶缸。只见侍女从铜盘中拿下长柄木勺，将木勺伸入缸中，舀出一种依稀红亮的汁液，轻快地斟满了几只陶碗。捧盘侍女轻盈走来，竟先向苏秦案上摆了一只大陶碗，然后再在秦公、嬴虔、樗里疾面前一一摆上。苏秦不禁又是惊讶感慨——天下豪爽好客之地他无不熟悉，然则无论多么好客的国度，只要国君在场，无论多么尊贵的客人，礼遇也在国君之后；也就是说，上茶上酒，当然都会先敬献国君，而后才论宾客席次。即或在礼崩乐坏的战国，这也是没有任何异议的通例，即或最孤傲的名士，也认为这是理所当然。可是，秦国殿堂之上，却将“第一位”献给宾客，当真是放眼天下绝无仅有。只此一端，便见秦国强大绝非偶然也。

苏秦恍惚感慨间，秦公嬴驷已经双手捧起大陶碗笑道：“夏日酷暑，以茶代酒，权为先生洗尘接风了。”说完，咕咚咚一饮而尽，直如村夫一般。

出身王畿富商之家，受教于名师门下，且不说已经有了名士声誉，仅以洛阳王畿与魏国的文化礼教熏陶而言，苏秦的言行都无不带有浓厚的贵族名士色彩——豪爽而不失矜持，洒脱而不失礼仪，没有丝毫的粗俗野气。骤然之间，见秦公饮茶直如田间村夫，苏秦心头猛然泛起一种卑薄轻蔑，方才的感慨敬意消失得荡然无存。

虽则如此，却也是无暇细想，他双手捧起大陶碗恭敬回道：“多蒙秦公厚爱，苏秦愧领了。”又对两位大臣笑道，“太傅、上大夫，两位大人请。”说完，轻轻地呷了一口——噫？冰凉沁脾分外爽快。瞬间犹豫中，竟不由自主地举起粗大的陶碗咕咚咚一饮而尽，饮罢“嘭”地放下大碗，嘴角犹自滴水，胸膛起伏着不断喘息。倏忽之间，一股凉意直灌丹田，周身通泰凉爽，分外惬意。猛然之间，苏秦面红过耳，拱手道：“惭愧惭愧，苏秦失态……不知这是何等名茶？”

“嘿嘿，这种茶，就要这种喝法。”

嬴虔道：“先生有所不知。这是商於山中农夫的凉茶，粗茶梗煮之，置于田头山洞，劳作歇晌时解渴。国公在地窖以大冰镇之，是以冰凉消暑。”

“秦公雅致，点石成金也！苏秦佩服。”

嬴驷微微一笑：“先生谬奖了。庶民如汪洋四海，宫廷中能知几多？”

“乡野庶民，原是国家根本。秦公有此识见，秦国大业有望矣！”

嬴驷细长的三角眼猛然一亮。他欣赏苏秦不着痕迹的巧妙转折，心知便是这位名士说辞的开始，肃然拱手道：“秦国大业何在？尚望先生教我。”

苏秦坦然地看着这位被东方六国视为“枭鸷难以揣摩”的秦国新主，语调很是平和：“秦国出路何在？犀首已经昌明，秦公腹中也已定策，无须苏秦多言也。”

“先生知晓犀首策论？”嬴驷颇为惊讶。

“先生与我不期而遇，酒后感慨，言及策论。”

“既然如此，先生定然另有长策高论，嬴驷愿受教。”

苏秦摇摇头：“秦国大业所在，苏秦与犀首相同，无得有他。”

“噢？如此，先生何以教我？”嬴驷嘴角泛出一丝揶揄的微笑。太傅嬴虔、上大夫樗里疾也现出惊讶困惑的神色。

苏秦仿佛没有觉察，从容答道：“强国图霸图王，如同名士建功立业，乃最为寻常，而又最为必然之归宿，纵是上天也不能改变，况乎犀首、苏秦？唯其如此，王霸之策并非奇策异谋，原是强国必走之路。奇策异谋者，乃如何实现王霸图谋？秦公以为然否？”

“大是！敢请先生说下去。”嬴驷精神顿时一振。

“自古以来，王霸无非两途：其一，吊民伐罪，取天子而代之，商汤、周武是也。其二，联结诸侯，攘外安内，成天下盟主，齐桓、晋文是也。然则，如今战国大争之世，天子名存实亡，吊民伐罪已成无谓之举。战国比肩而立，称雄自治一方，盟主称霸也已是春秋大梦。唯其如此，以上两途均无法实现王霸之业，须得开创第三途径，此为如今王霸大业之新途。如何开创这条新路，方为真正的奇策异谋。”

大殿中静悄悄的。嬴虔向轻柔走来斟凉茶的侍女与守候在座侧的老内侍不耐地挥挥手，内侍侍女便都退到木屏后去了。空阔的国议殿更显空阔，苏秦清朗的声音带了些许回声，如同在幽幽深谷一般。嬴驷只是专注地看着苏秦，脸上却平静得没有任何表情。

苏秦相信他的开场说辞已经深深吸引了秦国君臣。虽然如此，深谙论辩之道的他知道，此刻的开场说辞只是导入正题的引子，尚不足以让听者提问反诘，便作了极为短暂的一个停顿，立即迎着他们的目光侃侃而论：“王霸新途，必出于战国，此乃时也势也。苏秦以为，战国之王霸大业，既不在吊民伐罪，也不在合同诸侯，而在于统一中国。此等统一，既不同于夏商周三代的王权诸侯制，更不同于春秋的诸侯盟约制，而必当是大争灭国，强力统一，使天下庶民土地，如同在一国治理之下。成此大业者，千古不朽！放眼天下，可担此重任者，非秦国莫属。此苏秦所以入秦也。”

说到这里，苏秦猛然停了下来。这是一个崭新的话题，更是他经过深思的一个崭新见解，他要看看秦国君臣有没有起码的反应。如果他们不具备相应的决断与见识，这秦国也就了无生趣了。

“先生之见，战国之王霸大业，必得灭人之国，取之于战场？”黑面罩嬴虔的声音有些沙哑喘息。

“甚是。方今大争之世，较力之时，非比拼实力，无以成大业。”

“灭国之后，不行诸侯分治，而以一国之法度统一治理天下？”樗里疾跟问。

“然也。这是战国王霸的根基。分治，则散则退。统治，则整则合。”

嬴驷的脸色依然平静淡漠。但苏秦从他骤然发亮的目光中，却感到了这位君主对自己见解的认同。只见他习惯性地用右手轻叩着书案：“先生说，担此重任非秦国莫属，何以见得？”

苏秦精神大振，清清嗓子道：“秦国可当一统大任者，有四：其一，实力雄厚，财货军辎超出六国甚多，可支撑长期大战。其二，秦人善战，朝野同心，举国皆兵，扩充兵力之速度远快于山东六国，战端一起，数十万大军只是期年之功。其三，秦国四面关山，东有崤山函谷关，西有陈仓大散关，南有南山武关，北有高原横亘。被山带河，据形胜之要，无异平添十万大军。唯其如此，秦国无后顾之忧，可全部将兵力投入山东大战。仅此一点，中原四战之国无法匹敌也。其四，秦国变法深彻，法度成型，乃唯一可取代诸侯分治，而能统治天下之国家。有此四者，王霸统一大业，唯秦国可成！”

就在苏秦侃侃大论中，嬴驷的目光却渐渐暗淡下来，黑面罩嬴虔似乎也没有反应了。有何不妥么？苏秦似乎也觉察到了异样，停顿下来，殿中一时宁静。唯有常带笑容的樗里疾目光巡睃，拱手笑问：“先生所言，为远图？为近策？”

苏秦：“霸业大计，自是远图。始于足下，亦为近策。”

“左右逢源，好辩才！”樗里疾哈哈大笑，“然则，先生究竟是要秦国做远图准备抑或立即东出？”

“上大夫，秦国自当立即着手王霸大计。唯其远图，必得近举也。”

黑面罩的嬴虔喘了一口粗气，似乎憋不住开了口：“先生前后两条，嬴虔不敢妄议。然则中间论兵两条，嬴虔颇不敢苟同。一则，先生对秦国扩充兵力估算过高，又对山东六国兵力估算过低。且不说秦国目下现有新军，远远不足以大战六国，即以扩军论之，一支数十万的大军，如何能一年成功？春秋车战，得万乘兵车，至少须十年积聚。而今新军是步骑野战，以十万铁骑十万甲士，共计二十万兵力计，且不说精铁、兵器、战马之筹集，仅以征兵训练而言，至少三年不能成军。先生知晓魏国的二十多万精兵，庞涓训练了多长时日么？再有，山东六国的兵力，魏国赵国各二十多万，楚国齐国各三十多万，偏远的燕国与小一点的韩国也各有十万左右。相比之下，倒是秦国兵力最少。二则，秦国关山形胜，固然易守难攻，然则若无实力，也不尽然。吴起有言，固国不以山河之险。若关山必能固国，当年魏国何能夺我河西六百里，将我压缩到一隅之地？”

嬴虔是秦国著名将领，一生酷爱兵事，虽然在秦国变法中退出政坛深居不出，但并没有停止对军旅生涯的爱好揣摩。这番话有理有据，显然是不堪苏秦的议兵之说冲口而出的。以嬴虔的资望与持重，这番话简直就是宣布：苏秦的说辞荒唐不足信。

但苏秦并没有慌乱。他是有备而来，自然设想过各种应对。略加思忖，苏秦笑道：“太傅既知兵，苏秦敢问，何以山东六国兵力俱强，却皆居防守之势？何以秦国兵力尚未壮大，却已居进攻之势？”

嬴虔一怔，喉头“咕”的一声，急切间想不透，未反上话来，默在那里了。

樗里疾机警接上：“以先生之见，却是为何？”

“此中要义，在于不能以兵论兵。兵争以国力为基石，并非尽在成型之兵。无人口财货之实力，虽有善战之兵，必不能持久。反之亦然。先年，秦国献公率能征惯战之师，而终于少梁大败，丧师失地，导致列国卑秦而孝公愤立国耻石。此中因由何在？当时非秦国兵弱也，实秦国国弱也；非六国兵强也，实六国国富也。今日之势则相反，秦国富强，故兵虽少而对山东居于攻势；六国实力大减，故兵虽众而自甘守势。此攻守之势，绝非单纯兵力所致，实乃国力所致。唯其如此，以兵论兵，不能窥天下堂奥也。太傅以为如何？”苏秦觉得必须以深彻见解使这两位大臣无反诘之力，才能达到说服秦公目的，一番话说得很有气势。

樗里疾却嘿嘿笑了：“先生一番话倒颇似名家诡说，国力兵力犹如鸡与蛋，孰先孰后，却看如何说法了。”

“避实就虚，不得要领。”嬴虔冷冷一笑，霍然站起，“君上，臣告退。”说完竟大步去了。苏秦心中一沉，大是惊讶——秦国臣子如何恁般无礼？

国君嬴驷却仿佛没有看见，淡淡笑道：“先生之论，容嬴驷思谋再定。来人，赏赐先生二百金。”话音落点，木屏后一声尖细的应答，一个黑衣老内侍捧盘走出，仿佛准备好的一般。

刹那之间，苏秦面红过耳，满腔热血涌向头顶。他低下头咬紧牙关，一阵长长的鼻息，强迫自己镇静下来，从容站起拱手道：“多谢秦公厚意，苏秦衣食尚有着落。告辞。”说完大袖一挥，扬长而去。

“先生慢走！”樗里疾气喘吁吁地追到车马场，在轺车前拦住苏秦深深一躬，“先生莫得多心，国君赏赐乃是敬贤之心，并非轻慢先生。”

“无功不受禄，士之常节也。”

“先生可愿屈居上卿之职，策划军国大计？”

苏秦仰天一阵大笑：“犀首尚且不屑，苏秦岂能为之？上大夫，告辞了。”一拱手转身跨上那辆青铜轺车，一抖马缰辚辚而去。樗里疾怔怔地站在广场，迷惘地看着苏秦远去的背影，沉重地一声叹息。

五　命乖车生祸

一辆青铜轺车从长街驶过，车声辚辚，马蹄脆疾，行人纷纷侧目。

并非秦人少见多怪，实在是这件事大为奇特。按这辆青铜轺车的华贵典雅，惯常当是四匹同色骏马驾拉，方合高车驷马的规矩。至少也应当是两匹骏马驾拉，方算得轻车简从。这不仅仅是威仪匹配，还因为这种青铜轺车坚实厚重，绝非一马之力可以长行。但这辆轺车却只有一匹并不雄骏的棕色马驾拉，偏又跑得轻松急促。秦人素有马上传统，岂能不大为惊奇？更有眼疾者惊呼：“呀，还没有驭手！”“布衣无冠，如何有此等高车？”一惊一乍，招来市人驻足观望。

车上主人却仿佛没有看见纷纷聚拢的行人，径自抖缰催马，直向东南一片灯火汪洋的街区而来。时当暮色刚刚降临，夕阳还没有隐去，眼前这片明亮的灯海与身后已经陷入沉沉暮霭的国人区，仿佛两个天地。

这片遥遥可见的灯海，是秦都咸阳名动天下的尚商坊。

老秦人常说周秦同源。秦人所建的咸阳都城，大格局上师法了镐京古制，只不过规模大了许多，小布局略有变通而已。整个咸阳分为两个区域，即“城”与“郭”。“城”是国君宫殿与官府官署集中的区域，四面有城墙，民间称为小城或王城；“城”外的街市区域称为“郭”，是国人、军队、商贾、作坊集中的区域。春秋战国之世，“郭”的区域远远大于“城”，所以有“三里之城，七里之郭”的说法。至于大多少，则无定制，要取决于都市的建造目标与可能进入的人口。咸阳的城、郭都很大，建造时的规模已经与当时的大梁、临淄、洛阳比肩，成为天下第四大都城。历经十多年的扩展，事实上已经超过了东方三都，成为天下第一大都城。举凡国都，堂皇气势在于“城”，殷实富贵在于“郭”。真正能够对天下商旅与民众生出吸引力的，还是“郭”区。工匠、百业、商贾、店铺、财货、器物以及国人文明，统统都在“郭”里体现出来，其中最具影响力的是“郭”中商市的繁荣程度。商旅通则物流通，物流通则财货不乏，物流畅通，非但弥补了本国物料的短缺，而且增加了国库钱税。如果一个国都的“郭”区能够成为天下著名的商旅都会，给这个国家带来的好处，那可真是难以估量。

历经春秋三四百年，商人商业就像无孔不入的涓涓溪流，非但渗透瓦解了古老的礼治根基，而且融通了天下财货，给庶民官府带来了许多好处。周王室时期那点儿可怜的官商官市早已经被生机勃勃的私商取代，新兴的诸侯国对商业商人也早已经刮目相看了。齐国管仲做丞相时，官府介入商业，经营最重要的盐铁，又对私商统一管理，使商业在齐国成为与农耕并存的两大经济支柱，也使齐国临淄成为春秋时期最发达的商旅大都。

进入战国，商旅与自由工匠融合起来，商贾不再仅仅是贩卖成物的牛车商旅，而且成为直接制造各种器物的作坊主，他们的作用更大了。这时候，最早实行土地变法的魏国，成了天下最大的市场。丞相李悝发明了一个平粜法——丰年谷贱时由国库用比较高的价钱收买农民的余粮，荒年米贵时将国库储存的粮食低价（平价）卖出；具体价格由年成丰歉的程度（丰年三等，荒年三等）核定。这样一来，但凡丰年，商旅们就将在别国低价收购的粮食运到魏国来，卖给国库，魏国府库便极为充盈；而但凡荒年歉收，商旅们却又无法在魏国高价卖粮，因为他们无法抵御魏国府库源源不断的低价粮食；运走吧，几百里路途人吃加牛马饲料更是折本，无奈只好自认倒霉，跟着降价。

如此一来，魏国粮食只进不出，几乎将天下商旅手中的粮食财货大半吸引到了魏国的安邑商市。魏国的富强，一半功劳便在于借了吐纳天下财货物流的力量。直到魏国迁都到大梁，大梁依然是天下著名商市。

在秦国变法的商鞅，本来就对魏国熟透，如何能忽视魏国这个基本的致富途径？然则秦风古朴，民众素来淡漠商人。这种民风很有利于保持秦国的农战本色，但却不利于在秦国生发商业。权衡利害，商鞅创立了一套内外有别的独特路子——对老秦国人，板上钉钉地重农抑商，商人不得入仕为官，国府不授商人爵位，国人经商须得官府准许并得缴纳高于农耕两倍的税金。对山东六国则大开商门，建立咸阳大市，税率也只有山东六国的一半，吸引六国商旅财货大量西来。

因了如此，建造咸阳都城时，“郭”区的一半是规模最大的秦市与六国商贾区，命名为尚商坊——崇尚商人若贤士一般。对于这个商区，秦人只能白日进去买东西，夜晚不能进去饮酒挥霍，此为限酒。

一开始，秦人与六国商人都觉得别扭。时间一长，便都习惯了。在秦人，一则是慑于法令，二则是对商人世界本来就嗤之以鼻，不去也罢。在六国商人，则是贪于厚利来得便捷。秦人虽只在白日入市，却是入市必买，极少有山东商市那些闲逛之客；更兼秦人已经富有，出手豪爽，既不还价又不啰嗦，买完物事就走，极为爽利；若遇秦国官府上市购物，更是利市大开，精铁、生盐、毛皮、兵器、马匹、丝绸等诸般物事，只论好坏，不讲价钱不欺商旅。这在山东六国可是难得之极。众口相传，咸阳尚商坊的口碑便高大起来，名头越来越响，前来建立各种作坊与店铺的商人越来越多，咸阳也越来越繁华了。

尚商坊分为两个区域：西边是咸阳南市，也就是山东六国称为“秦市”的交易街区，五里长街，店铺林立，货物极为丰盈；东边是外国客栈、作坊、酒店与六国商贾集中居住的坊区。在整个咸阳，这尚商坊真正是一片不夜城，其车马如流锦衣如梭繁华奢靡之景象，非但在质朴简约的秦人天地里显得格格不入，即或在山东六国也是寥寥无几。入夜之后，这里没有了黑色布衣的秦人，整个尚商坊便成了山东游客的中原大市。人流如梭，灯红酒绿，恍如天上街市一般。

那辆青铜轺车急急驶入尚商坊的东街，在一家最大的酒店前驻马停车。一个红丝斗篷束发无冠的青年跳下车来，将马缰甩给一个殷勤迎来的红衣侍者，昂昂大步走进店堂。

“敢问先生，吃酒？吃茶？博彩？对弈？”一个美艳的女侍迎了上来。

“吃酒。”来人冷冷一句，面色铁青着向里便走。

“先生，这厢清静。”女侍依旧笑意盈盈，飘在客人前面领路。

宽敞明亮的厅堂已经座座皆满，女侍将客人领到一个木屏隔间：“这间刚才退酒了，先生好气运。”

“好气运就是吃酒？”来人冷笑，“赵酒一坛，逢泽麋鹿一鼎，即刻便上。”

“敢问先生几位？一鼎麋鹿三斤，一金之价呢。”

“啪”的一声，红斗篷人拍案：“赫赫大名的渭风古寓没有麋鹿？还是怕我少金？！”

“先生恕罪。本店规矩：麋鹿稀缺昂贵，定菜须得提醒客人。先生意定，自当遵从。”女侍不卑不亢地笑着行礼，转身走了。

片刻之后，三个红裙女侍鱼贯而入，轻盈利落地摆上热气蒸腾的铜鼎与酒坛酒爵并一应食具，笑盈盈地退出去了。先前那位红衣女侍立即毫无间隔地飘了进来：“先生，我来侍奉。”说话间打开酒坛，一股凛冽的酒香立即弥漫开来。

“赵酒猛烈，先生饮得，豪侠之士也。”女侍一边熟练地斟酒，一边瞄瞄这位英挺俊朗却又满面愤然的客人，自然地提起话题。谁知这位客人却极为不耐地拍拍长案：“你且下去，这里不用侍奉。”女侍惊讶地看了一眼客人，迅速换上笑脸起身道：“先生，我守在外面，你击掌我便进来。”客人烦躁地挥挥手：“晓得晓得，去，拉上木屏。”女侍依旧笑着，轻轻拉上活动的木屏，轻盈地走了。

女侍一直在木屏外悠然徘徊，不时向经过的客人点头微笑。

这渭风古寓，便是闻名天下的魏国白氏开在秦国的老店。最早开在栎阳，执事侯嬴与东家女主白雪，与秦国都有很深的渊源。白雪随商鞅死后，侯嬴等元老不甘白氏商事泯灭，各掌一支继续经营。侯嬴便成了统管白氏天下酒店的总事。当初秦国迁都咸阳时，因了渭风古寓的声望，商鞅为了吸引六国客商，力劝侯嬴与白雪将渭风古寓迁到咸阳，并且扩大了几倍，几乎与当年安邑的洞香春比肩。商鞅惨遭车裂，白雪殉情而去，侯嬴便想将这渭风古寓卖给楚国大商人猗顿，白氏商家永远离开秦国。谁知秦国看重白氏对天下商旅的感召力，新君嬴驷两次亲自到渭风古寓拜访侯嬴，希望白氏商家继续留在咸阳，做山东客商的大纛旗。反复思虑权衡，侯嬴终于还是留了下来。

这时，魏国的都城已经迁出安邑多年，安邑的洞香春已经繁华不再。侯嬴索性将安邑洞香春的贵重设施与经营老班底全部迁来咸阳，又将渭风古寓的格局按照洞香春的经营之道进行了重新改制，干脆大做起来。这一番举措名声大噪，渭风古寓顿时成了六国商贾与天下名士在咸阳的聚会中心，也成了消息集散地。这里的一班主管、侍女与仆人，都是原来安邑洞香春的老班底，见多识广，驾轻就熟，不用侯嬴操心，一切都是井井有条。这位女侍是这里的“长衣”领班。与其他女侍不同的是，她身着一领红色的大袖长裙，庄重大方中透着精明干练。而其他女侍则短裙窄袖，多了几分柔媚活泼。她们虽然都是豆蔻年华，但特殊的职业阅历，却使她们对人有着一种独有的敏锐眼光。客人进店，一瞄其言谈举止步态神色，“长衣”立即发出一个自然的手势暗号，便有适合接待此类客人的女侍上前应对，桑田沧海，竟是很少差池。

目下，“长衣”领班亲自应对侍奉木屏后的客人，这是极为少见的。

大约小半个时辰，长衣似乎听见了什么，轻疾地推开木屏，不禁一惊，竟不知如何应对了。客人已经是满面通红，大汗淋漓，左手的酒爵还在摇摇晃晃，右手却不断拍案长笑：“秦公哪秦公——你，好蠢也——不识苏秦大计长策，你，你，你，啊哈哈哈哈哈……”笑声凄楚愤激，长衣不禁陡然激灵了一下。略一思忖，长衣还是走了进来，轻柔地跪坐案前：“先生第一次饮赵酒，立下半坛，豪量也。”

“笑我苏秦？不会饮赵酒？噢——你如何又来了？出……去！”

“是。先生慢饮，我去拿醒酒汤来。”长衣站起身来，没有立即就走。

“我，苏秦，醉了么？休得聒噪，去……”话未落点，一头软在了案上。

正在此时，一个短裙女侍匆匆走了进来，轻声在长衣耳边说了几句。长衣大是皱眉：“这如何使得？我去看看。你叫酒侍来，关照这位先生。”说完，与女侍匆匆走了出去，径直向停车场而来。

渭风古寓的停车场，是一道高大的木栅栏圈起来的大场院，有六名通晓剑术的男仆专司守护，有十多名仆役专司照料车辆马匹。来渭风古寓的客人都不是等闲庶民，人人都是高车驷马，每辆车又都各不相同，这停车场便成了天下名车骏马汇集的大场院。每逢夜色降临，楼外停车场便成了渭风古寓最有声势的招牌。那道高大的木栅栏上，高高挂着一圈特制的硕大风灯，照得满院通明。辚辚进入的各色车辆，立即被侍者引领到不同车位稳妥排列。按照惯常规矩，车主人一般都在酒店正门下车进店，然后由仆役驭手驾车进入停车场，安顿车马等候主人。一班喜好亲自驾车的豪客，便有渭风古寓的“车侍”在酒店正门接过车辆，驾到停车场安顿妥当。车马一旦停好，驭手们便大摇大摆地进入停车场内专门为他们开设的店堂，或进食饮酒，或博彩玩乐。停车场的仆役们则按照车辆主人或驭手的要求，或刷车擦车，或洗马喂马。明光锃亮的车辆间人影如梭，骏马嘶鸣，一片忙碌。

于是，这偌大的停车场不期然成了一个独特的车马较量场。那些酷爱名车骏马的客人，往往在应酬玩乐之后信步来到这里，欣赏形制各异的不同车辆，一一评点，甚或豪兴大发，以惊人的高价买下一辆自己喜欢的好车，或一匹驾车的骏马。时间一长，这渭风古寓停车场便成了车马爱好者们约定俗成的独特的交易场。有一班“车痴”、“马痴”来渭风古寓，为的就是看车看马，往往不入酒店而径自进入车马场徘徊观赏。

长衣领班与短裙女侍匆匆来到车马场时，一群华丽客人正围着一辆青铜轺车兴奋议论。

“大雅大贵，好车！”

“六尺车盖，六尺车厢，品级顶天了！”

“噢呀，六尺车盖者不稀奇，好多去了。贵重处在这里。看看，车盖铜柱镶嵌红玉！谁人见过啦？”一个黄衣商人操着楚语高声惊叹。众人眼光顺着他的手一齐聚集到车盖铜柱上，果然见一块两寸见方的红玉镶嵌在锃亮的古铜中间，熠熠闪光。不禁纷纷惊讶叹羡，争相围着轺车抚摩品评。

“快来！看这里！”有人在脚下惊叫一声。众人哄笑起来：“呀，真是车痴！韩兄好兴致！”原来有个人提着一盏小风灯钻到了车厢下，坐在地上自顾端详车底，听见同好们笑声，他的腔调顿时尖锐：“别笑了！快来看也！”

一圈十多人顾不得锦衣贵体，纷纷匍匐着钻到车下伸长了脖颈，端详之下，一时鸦雀无声。原来，车厢底部的铜板虽然铜锈斑驳，但依稀间仍可看见“冬官坊”三个刻字。那时候谁都知道，“冬官”就是周王室的司空，职掌百工制造；铜板上有此三字，证实这青铜板料是王室炼制的专用铜材，也就意味着，这辆车极有可能是周王室特制的青铜轺车。

“西周还是东周？”有人忍不住轻声问了一句。

“这里！还有刻字！”一个跪在地上的贵公子模样者仔细抠着车辕内侧的铜锈，一字一顿：“辀——人——皂，黎，氏！看见了么？辀人！快！再看车床、车轮！”众人激动，纷纷找来几盏风灯举着，仔细端详抠摸着这辆神秘轺车的铜锈部分。片刻之后，蹲在车厢的一个人喊了出来：“车床有字！舆人夭黄氏！”又有人喊：“车轮铜箍有字！轮人蚣闾氏！”众人惊讶纷乱间，又响起贵公子尖锐的声音：“这里！车辕内——王驭造父！天哪，造父！造父也！”

一连串的发现，当真使这些嗜车癖们惊讶万分——面前这辆车，竟当真是千古难逢的西周王室的名器。那刻有“冬官”字样的铜材是王室专用的，那“辀人”是西周王室作坊专门打造车辕的工匠官号，皂黎氏则是这位工匠的名字；打造车床的“舆人”是夭黄氏，打造车轮的“轮人”是蚣闾氏。这些刻字，本来就已经足以证实这是一辆西周王室的王车，是天下难觅的至宝了。可是，更令这些车痴们咋舌的是，这辆车竟然还是造父曾经驾驭的王车！造父，那可是神灵一般的

“车圣”，在车痴们心中比三皇五帝还要神圣光彩。造父本是周穆王的勇士驭臣，能降伏驯化野马。周穆王西游昆仑，正是造父以四匹驯化的野马驾车，风驰电掣日行千里，使周穆王及时赶回镐京消弭了一场叛乱。从此以后，造父就成为“驭神车圣”，成为驾车者永恒膜拜的英雄。五六百年后，这些车痴们竟亲眼见到造父驾驭过的青铜轺车，这简直是做梦也想不到的，如何不令他们大喜若狂？

车痴们木呆呆地看着这辆车，这里摸摸，那里摸摸，你看我我看你不知如何是好了。

良久，贵公子猛然醒悟过来，失惊喊道：“神车在此，还不参拜？”说着整衣肃容，一个大拜，长长地跪伏在车前。车痴们恍然大悟，也连忙跟着大拜长跪。

正在这时，一盏风灯悠悠飘来，两个女侍站在了车旁：“哟，先生们灰头土脸一身汗，参拜土神么？”长衣领班笑盈盈瞄着刚爬起来的车痴们。

“哪里啦，我等想买这辆车，谁的车啦—”楚国黄衣商越急拖腔越长。

“噢，先生们要买这辆破车？”长衣女侍笑盈盈反问。

“正是。”刚刚爬起来的贵公子一边对车痴们眼风示意，一边大咧咧笑道，“这辆车尚算古朴可人。我等想与车主人博彩赌车，长衣侍姐，能将主人请来否？”

“那位先生正与一位大梁贵客聚酒长谈，不能前来，先生们改日再议了。”长衣领班脸上弥漫着可人的笑意，明亮的目光却扫着每个人的神色。

“大梁贵客？何人？”一个红衣商人操着魏国口音高声道，“咸阳的魏国人，十有八九我都识得，没个不爱好名车的，我去请来便是！”

“先生且慢。”长衣笑道，“诸位都是老客，此间规矩想必不用我说。客人正事未完，不得随意邀客人博彩。先生大人们多多关照，小女先行谢过了。”

贵公子沉吟着：“也是。长衣侍姐，得等候几多时辰？”

“渭风法度：不许问客人行止。我如何说得定准？”

“嘿嘿嘿……”贵公子大咧咧笑着眨眨眼，突兀地提高声音，“还是明日相约，那位先生也是渭风古寓常客，对么？”

车痴们纷纷点头：“行。”“明日就明日。”“那我就再看看这车。”

长衣女侍作了一礼：“如此谢过诸位。先生们且看，我去侍奉客人了。”说完，对一脸茫然的短裙女侍笑道，“茜姐儿，走。”风灯又悠悠飘去了。

长衣女侍匆匆回到店堂时，那位英挺俊秀的客人已经大醉，躺在厚厚的地毡上长长地喘着粗气。酒侍呆呆地站在一旁，却不敢动他。长衣颇觉奇怪，轻声呵斥酒侍道：“黑猢，如何发呆？还不快给客人服冰酒。”酒侍忙答：“回掌堂姐姐，这位先生醉得蹊跷。我进来时他还在大笑吟诗，叱责我多事，喊我将冰酒拿走。这陡然之间又大醉倒地，小可正不知如何是好。”长衣端详一番，断然命令：“来，扶起先生，我来喂他。”渭风古寓的“酒侍”不同于其他侍者，一律都是粗通武道的少年健仆，很有劲力，专门关照那些烂醉如泥的客人。黑猢听得吩咐，跪坐于地，熟练轻巧地将客人扶靠在自己怀里，好像是客人自己坐起来一样自然。长衣拿过旁案上一个布套包裹的陶罐，打开布套与罐盖跪伏在地，用一把细巧的长木勺给客人喂服醒酒汤。

渭风古寓的“醒酒汤”大不一般，是山果浅酿后藏于地窖的淡酒，本来就酸甜渗凉，用时再加地窖冰镇，便成了一种甘美冰凉酸甜爽口的佳酿，老客皆称其为“冰酒”。酒醉之人皆浑身燥热口干心烧，然则饮水又觉过于寡淡。些许冰酒下肚，一股冰凉之气直通四肢百骸，神志便顿时清醒许多。只是这冰酒酿制困难且是免费，不能见客皆上，只有大醉者才有资格享受。于是常有老客故意狂饮大醉，为的就是享受这能使人由麻木而骤然清醒的冰酒滋味儿。

“掌堂姐姐，他是有意么？”酒侍黑猢轻声问。

“胡说。这位先生初饮赵酒，过猛了……他一定有心事。”喂下半罐冰酒，长衣怔怔地跪在客人对面端详，声轻如喃喃自语。

“呼——”客人猛然长长地出了一口粗气，赵酒浓烈的气味瞬间弥漫在小小隔间。

酒侍皱皱眉头，知道客人就要醒了，双手准备随着客人的动作助力将他扶起。却见长衣向他轻轻摇手，便停了下来。片刻之间，客人睁开眼睛霍然坐起，声音沙哑道：“你？你？我没醉。起开！”说话间一瞄长衣身旁的陶罐，哈哈大笑，“好啊！渭风古寓有此等好酒，竟不写明点卖，是何道理？”几乎同时，敏捷地伸手一抓端过陶罐，扬起脖子咕咚咚一气饮干，罐子一掷哈哈大笑，“好啊好啊，苏秦也能牛饮了！端的赵酒如此提神！张兄，知道么？啊哈哈哈哈哈……”身子一挺，酒侍一扶，竟然洒脱地站了起来！

长衣也连忙站起来笑道：“先生且请安坐，饮些许淡茶，听小女唱支歌儿可好？”

“唱歌儿？啊哈哈哈哈，你唱？何如我唱？”

“那是最好了。我为先生吹埙。《雅》曲么？”

“《雅》曲？不好。《风》曲，《秦风》？好，《秦风》！”

长衣一怔，亮闪闪的眼睛看着手足虚浮而又极度亢奋的客人。

士子咏唱，一般都是《大雅》《小雅》的曲调，纵然唱风曲，至少也是《王风》。前两种是王室歌曲，庄重优雅。后一种是王畿国人的流行歌曲，也是清远婉转。还有《颂》曲，因了那是歌颂天子盛德的庙堂歌曲，已经很少有人唱了。自孔丘将传世的歌词分类删定，编为《诗》三百篇，歌儿的旋律曲调便也随着歌词大体确定了下来。各种《风》，原是各诸侯国流行的庶民曲调，一般的官吏名士顾忌身份，在公开场合是不屑于吟唱的。如同说话一样，自西周将王畿语言规定为“雅言”官话，其他诸侯国的语言便成为不登大雅之堂的庶民俗语（方言）。后来的荀子曾经说：“楚人安于楚，越人安于越，君子安于雅。”楚国庶民说楚国话，越国庶民说越国话，但是天下有身份的君子都应当说雅言官话。一个唱歌，一个说话，虽不是根本大事，却也直接显示着一个人的身份地位，以及士子本身的学问水准。眼前这个客人无论怎么看，也是确定无疑的名士，仅仅那辆令大商车痴们垂涎的青铜轺车，就表明他绝非等闲士人。可是，他竟然开口要唱《秦风》，这不能不让这位颇有阅历的女领班惊讶。秦人的曲调粗朴激越苍凉凄苦，简直就是发自肺腑的一种嘶喊。若非常年在旷野山峦草原湖泊的马背上颠簸，那种高亢激越的曲调根本不可能吼得出来。

这个英挺斯文的士子，能唱出这等撕心裂肺的《秦风》？

片刻愣怔，长衣已经从贴身裙袋中摸出一个碧绿的玉埙来，凑近秀美的嘴唇，一声裂帛破竹的高亢音律破空而出，长长地回荡在整个店堂。客人开怀大笑，陡然间纵声高歌，酒后嘶哑的嗓音平添了几分苍凉苦楚——

天地悠悠　我独远游
家国安在　落叶作秋
渭水东去　西有源头
彼当争雄　长戈优柔

何堪书剑　将相王侯

……

一个激越高亢的尾音，歌者戛然而止，偌大厅堂静悄悄地无人作声。

一阵大笑，“哗啷”一声，客人丢下一袋金饼，摇摇晃晃地大步出门去了。

“先生，用不了如此多也！”长衣惊讶地拾起钱袋，那人却已经踉踉跄跄地走远了。

“快追上！送他回住所！”长衣吩咐酒侍一声，两人急忙追了出来。及到得车马场，那辆青铜轺车已经辚辚而去了。长衣连忙询问车场的当值车侍，粗壮勇武的车侍回答：“车侍胡鲸驾车送客人回去了，先生住长阳街栎阳客栈。”

长衣长长地出了一口气，大是放心，转身回店堂去了。原来，这渭风古寓关照客人的细致周到是天下闻名的。但凡客人酒醉而又没有驭手驾车的，都是由渭风古寓的车侍驾车送回。客人也满意，车侍也高兴。因为客人大抵总是要给车侍一些赏金的，纵是当时酒醉未付，次日也一定派人送来。况且，长阳街栎阳客栈也是老秦人开的著名客寓，绝不至于出事的。

然则，这辆青铜轺车却没有驶往长阳街，而是一路出了北门，直向北阪去了。

阪者，高坡也。北阪是横亘咸阳城北的一道山塬，林木茂密，有三条大道直通塬顶。登上塬顶又是一望无际的平坦沃野。与秦昭王之后的北阪相比，这时的北阪还只是一道莽苍粗朴的山塬，比咸阳城南的渭水之滨荒凉多了。秦法整肃，通往北阪的三条道各有专用。中间最宽阔的大道，坡度稍缓，是官府车马军队以及所有单人轺车的专用车道。东道稍窄稍陡，是农夫商旅工匠的运货车辆走的专用道。西道最窄最陡却也最短，是国人庶民步行登塬的专道。眼下这辆青铜轺车出得北门，直入中央大道，一路向林木葱茏的高坡驶去。时已天交四鼓，更深人静，青铜轺车驶上塬顶，拐入一条便道，在北阪松林间的空地上停了下来。

那匹驾车健马似乎感到了异常，一个人立嘶鸣，几乎要将“驭手”掀下车来。

十多个黑影惊讶唏嘘地围了上来。一个贵公子模样的人上前一拱手：“胡鲸，这是你的赏金。我这匹胡马赏你了，回城去，这里没你的事了。”

车侍被骏马的突然发作惊吓，一个纵跃几乎是跌下车来，惊魂未定却又是受宠若惊，连忙拱手作礼：“先生，赏金太多了。还有如此好马，胡鲸如何消受得起？”

“公子赏之，领了就走，恁般聒噪啦？”一个黄衣肥子不耐地呵斥。

“是是是，胡鲸去了。”车侍忙不迭上马抖缰，箭一般穿出了松林。

黄衣肥子呵呵笑道：“猗矛兄，你和呆子谈这笔买卖啦。”说着走到青铜轺车旁使劲儿拍打车厢，“呔！醒醒啦——耶，酒气忒重！看来这兄台喝了不少啦。”看车中人仍然是鼾声大作，肥子探身车厢拍打车主人的脸：“呔！醒来啦……”话音未落，一声惊叫，“通”的一声跌坐到车轮旁，手中火把差点儿烧了眉毛。

车中人霍然坐起，火把照耀下，只见他长发披散满面通红，目光犀利得吓人，四面打量，冷冷问道：“这是何处？尔等何人？”

黄衣贵公子拱手笑道：“先生，我等多有得罪，尚请见谅。我乃楚国客商猗矛，这厢有礼了。敢问先生高名上姓。”

“洛阳苏秦。”车上人一骗腿已经下车，脚下虽有虚浮，但显然与方才的酣醉酣睡判若两人。他矜持地整整衣衫，一双大袖背后，轻蔑地扫视了一圈冷笑道，“看模样都是富商大贾，却行此等勾当？”

猗矛恭敬笑道：“虽不闻先生大名，但料先生也非等闲人物。我等出此下策，皆因渭风古寓不便洽谈。我等酷爱高车，人称‘车痴’。今见先生轺车古朴典雅，欲以千金之数，外加一辆新车、四匹骏马，买下此车。不知先生意下如何？”

苏秦恍然，不禁一阵大笑：“足下竟能买通渭风古寓的车侍，将客人劫持到北阪松林，可见用心良苦。然则，我若不卖，诸君何以处之？”

“不识人敬啦！”肥子商人喝道，“既是车痴，岂有买不下的车马啦？”

“如此看来，尔等是要强人所难了？”苏秦冷笑，眉宇间轻蔑之极。

贵公子模样的猗矛依旧是满脸微笑：“尚望先生割爱了。看先生气度，一定是心怀天下，区区一辆青铜轺车又何须在乎？我等商贾，以奇货可居为能事，先生肯与我等比肩而立么？”这番话极是得体，对于一个名士来说，的确是不屑与商贾比肩的；而作为名动天下的大商，能如此恭维一个名士，确实也是难得。仅此一端，便知这个猗矛绝非寻常商人。

苏秦本是性情中人，若在功业遂心意气风发之时，这番话完全可以教他放弃这辆王车。尽管这是周天子赏赐的王车，而且是燕姬重新换过的一辆旧王车，其中非但有着天子亲赐的荣耀，还有着燕姬换车的情谊，绝不是一辆寻常的轺车。纵然如此，苏秦依然将它视做身外之物，并没有特别看重它，如同他对任何财货金钱都恬淡处之一般。

但是，眼下的苏秦却没有这种恬淡心境，他只感受到了一种强烈的侮辱。在咸阳宫碰了个大大出乎预料的钉子，郁闷无从发泄，一坛天下闻名的邯郸烈酒，使他在飘飘忽忽中涌出一腔浓烈的愤世嫉俗之情，也平添了几分豪侠之气。此刻，亢奋奔放而又郁闷在心的他，觉得眼前这帮商人实在是龌龊极了，尤其这个贵公子模样的猗矛，更是可恶。苏秦本来就是商贾世家出身，又对天下大商了若指掌，自然知道猗矛是楚国巨商猗顿的胞弟，是商界一言九鼎的霸主。唯其如此，苏秦觉得他的恭敬外表下隐藏的是金钱，是强暴，是欺人太甚。苏秦何许人也，功业失意，难道随身之物也要被人无端劫持？怒火涌动间，苏秦陡然仰天大笑："猗矛啊猗矛，可曾听说过，士可杀不可辱？"

"先生何出此言？猗矛岂敢辱没名士？唯做买卖而已。"平和的话语中猗矛的笑容已经收敛，眼中渗出一股阴毒的光芒。

"天下名士，不与你做车马买卖！"苏秦声色俱厉，大步走到车辕旁，便要上车离去。

"呔！不能走啦——"肥子商人大喝一声，大手一挥，车痴同伙举着火把围了上来，七嘴八舌地喊："士不可辱，我等商人可辱么？""是也！谁敢与我等商人不做买卖！""不识敬，千金买一辆旧车，还不知足？""甚名士？我看是个野士！""没个了断，如何能走？商人好欺么？""是名士就拔剑，商人也要雪耻！"

苏秦转身冷冷一笑："要做劫匪？还是要私斗？这是秦国。"

话音落点，车痴们顿时愣怔——秦国新法如山，抢劫与私斗都是死罪，一经查实，立即斩首。谁都会顾及自己的生死，更何况这些富商大贾？猗矛却是狺狺笑着走了过来道："我等并未用强，买卖不成，仁义尚在。先生却自恃名士，辱及我等，这该当有个了结吧？秦法纵然严明，也总须讲个公道。"

"对！该当有个了结！"车痴们又轰然动了起来，举着火把凑集到苏秦周围。

“噢——”苏秦冷笑，“天下之大，无奇不有啊，强盗也要讲公理了。我倒想听个说法，如何了结？”

猗矛依旧阴柔地笑着：“先生与这位肥兄决斗一场，便了却今日恩怨。”

私相决斗，本是春秋以来士子阶层的风气。士人兴起之初，多受贵族挑衅与蔑视，为了维护自己的尊严与声誉，往往拔剑而起与挑衅者做殊死拼搏，以表示虽死不受侮辱的名节气概。此所谓“士可杀，不可辱”。几百年下来，决斗便成了维护尊严名节的古老传统。决斗杀人，官府历来是不加追究的。猗矛不知苏秦根底，提出决斗只是个试探：若苏秦剑术高强，自然只好收场；若苏秦是那种只文不武的士子，则必定要“成交”这笔生意了。

听得决斗二字，苏秦被激怒了，右手向车厢一探，一柄青光凛凛的长剑锵然在手：“谈何决斗？一齐来。”

猗矛却摆摆手道：“不能，肥兄一人替代我等便了，如何能以众凌寡？”

“好，便是我来啦——”黄衣肥子拉着长长的楚腔，丢掉手中火把，笑眯眯地拔出了一口弯月似的吴钩，脚步像水牛般沉重地挪了过来，“出剑啦！——”肥胖的双手攥着一口半月形的细剑，样子颇为滑稽。

苏秦不禁哈哈大笑。他练剑十多年，从来没有与人真正交过手，今日第一遭就遇到了如此一个滑稽人物，不由自主地大笑起来，学着他的楚腔：“肥子先出剑啦——”

“敢笑我？找死啦——”黄衣肥子大怒，吴钩一挥，一道弧形的寒光向苏秦胸前逼来。苏秦浑身灼热，浑不知这吴钩“斜啄”的厉害，只一剑直刺当前，又快又准。这吴钩“斜啄”是当胸横划，速度稍慢，攻击的范围却是极宽。寻常剑士但见一片弯月形剑光逼来，往往不知从何处防御，若有刹那犹豫，吴钩划到胸前，人便会被拦腰划开。偏偏苏秦是简约剑法，不管你如何挥舞，我只一剑直刺。只听叮当一声大响，火星飞溅，两剑相交，吴钩剑光芒顿失，黄衣肥子噔噔噔后退了三步。

“啊哈哈哈哈哈哈！”苏秦畅快无比地大笑起来，心思老师这简约剑还当真高明，第一剑便将这楚剑吴钩震退，不由得胆气顿生。原来，苏秦剑术缺乏天赋，老师便教他反复练习快剑突刺，说不管敌人如何挥剑，你只一剑快刺，只要做到“快稳准狠”四个字，自保足矣。苏秦自然信奉老师，寻常练剑便是千遍万遍地突刺快剑，经常惹得张仪大笑不止。苏秦却不管不顾，只是一剑一剑地认真突刺。今日临敌，这一剑快刺大是威风，如何不高兴万分？

黄衣肥子恼羞成怒，吼叫一声“真找死啦——”要冲上来拼命。

“且慢。”猗矛却伸手拦住了肥子，对苏秦拱手笑道，“决斗完了，先生胜。日后我等绝不再找先生聒噪便是。”

“算你明理。苏秦告辞。”

“且慢。”猗矛轻捷一闪，拦在了苏秦面前。

“猗矛，还做劫盗么？”苏秦冷笑。

“先生差矣。”猗矛满面笑容，“先生快剑，猗矛生平未见，斗胆想与先生走几圈。十剑为限，点到为止，可否？”

苏秦初尝快剑之妙，内心正在兴奋处，听得猗矛要和他比剑，而且“点到为止”，乐得再尝试一番，欣然应道：“好！就陪你十剑。”

四周火把顷刻又围成了方圆两三丈的一个大圈子。猗矛拔剑，却是一口小吴钩，长不到两尺，与苏秦的三尺长剑相比，显得寒瘦萎缩。猗矛右手持剑，左手是弯弯的青铜剑鞘，显然是剑、鞘双兵。他猫腰蹲身，喝声“起——”，挺着剑缓缓围着苏秦打起了圈子。

苏秦的快剑有两个前提，一是正面对敌，二是敌不动我不刺后发先至。如今猗矛围着他打圈，他也便挺着长剑转圈，始终与猗矛保持正面相对。转得两三圈，猗矛突然一声大喝，吴钩与剑鞘一划一击，同时两路攻到。苏秦在他喝声一起时一剑刺出，直指猗矛胸膛。

“好！第一剑！”猗矛一跃丈许，闪出苏秦剑光，却又立即逼上来绕着苏秦打圈子。

苏秦狂饮了一坛赵酒，能够一时清醒，全因了渭风古寓特制的醒酒汤。但那醒酒汤解得一时醉意，却并不能消解酒力。本来就飘飘然如腾云驾雾的苏秦，几圈转下来便觉眼前金星乱冒，心中明白上了猗矛的恶当，却是已经晚了，一声“猗矛……”喊出，脚下虚浮，天旋地转，硬生生栽倒在地。

“好！妙！”“小子倒——倒——倒了——”车痴们挥舞着火把跳了起来。

“还是公子高明啦！各位听公子的啦——”黄衣肥子挥舞着吴钩叫起来。

猗矛冷冷笑道：“肥兄带两个人，立即将那辆车秘密运出秦国，藏到郢都家库中。韩兄带两个人，立即将这个不识敬的主儿抬到官道旁边，好衣服全部剥了，弄出遭劫的样子。各位该得的利金，我改日如数奉上。如何？”

“好！便这样了。”其他商人车痴也知道猗顿家族财势太大，王车肯定是人家的，平白得一笔巨额利金也就知足，异口同声答应了。

“立撤！半年内，谁也不许在咸阳露面。”猗矛一声令下，车痴们熄灭了火把，悄悄分头出了北阪松林。

六　孑然一身出咸阳

日上三竿时分，北阪渐渐地热了起来，蝉声开始无休止地聒噪了。

麦收已过，秋禾初起，新绿无边无际地弥漫了北阪原野。这时正是最为燠热的三伏天，田野的农人们开始三三两两地向北阪松林聚拢，要在这里等待家人送饭，吃过饭便在松林中消暑一个时辰，避过最酷热的正午时刻，再继续午后的劳作。

“噫！快来看，有人在这儿睡大觉！”松林边的村姑尖叫起来。

一个老人扇着大草帽走了过来：“人家睡觉，关你甚事……哎，这是睡觉么？不对！快来呀，有人遭劫啦！”

田头走出的农人们闻声陆续赶来，围住了路边大树下这个酣睡者，不禁惊讶得鸦雀无声。

此人赤裸着身子，浑身只有贴身的一件丝绸短褂，脸上、腿上、胳膊上，到处都是细细的划伤，好像光着身子从荆棘林中穿过来的一般，脚上两只绣花白布袜倒很是讲究，却鞋子也没有，炽热的阳光已经将他晒得浑身通红，可他犹自在呼呼酣睡，粗重的鼾声鼻息声，不在任何一个村夫之下。

“细皮嫩肉，肯定是个富家子！”

“废话！光这丝绸小衣，咱三辈子也没见过。”

“吔！布袜上的绣花好针脚，多细巧！”一个送饭的女子叫起来。

“啧啧啧，是个俊后生，鼻梁多挺！眼睛不睁也好看哩。”另一个女子跟着嚷起来。

“大姐，干脆给碎女子招赘个女婿罢了，值哩！”一个中年汉子恍然高喊，众人哄地笑了起来。那个女人骂道：“天杀的你！招你老爹！”众人更是跌脚大笑，那个中年汉子上气不接下气地喘息着：“哎呀呀，老爹好福气哩。”女人满面通红，抽出送饭扁担就来追打那个汉子，汉子笑得瘫在地上举手连连求饶，一片哄笑，乱作一团。

“起开！”最先赶来的老人高喝一声，“路人遇难，有这等闹法么？都给我闭嘴！”老人显然很有权威，一声大喝，众人顿时静了下来。

“里正，先报官府吧。”那个中年汉子歉疚地挤了上来，低声出主意。

“在我里地头，报官自然要报。先把人抬到树阴下，别要晒死人了。”

“来！快抬！”中年汉子一招手，两个后生过来，三人搭手，将路边酣睡者平稳地抬进了松林，平放在一块大青石板上。这位酣睡者依旧烂泥般大放鼾声。

老里正凑近打量，眉头大皱：“好重的酒气！谁家凉茶来了？”

“我这有。”手里还拄着扁担的那个女人，连忙从饭筐里拿出一个布套包裹的陶壶。老里正吩咐道：“你手轻，就给他喂。要不，我估摸他要睡死的，脸都赤红的了。”

女人很细心地蹲下身子，将陶壶嘴轻轻对着酣睡者的嘴唇，陶壶稍稍倾斜，冰凉的茶汁便流了出来。奇怪，那火红滚烫的嘴唇竟然像片干旱的沙土，丝毫不见动静，茶水却一丝不漏地吸了进去。女人倒得快，“沙土”就吸渗得快，片刻之间将大大的一陶壶冰茶吞了个一干二净。

“啧啧啧！”女人惊讶得咋舌，“快，谁还有？这人要渴死了！”立即有人应声，递过来两个大陶壶。女人如法灌喂，那酣睡者在片刻之间又吸干了两陶壶冰茶。

围观人众不禁骇然，目光不由得一齐聚向老里正。

老里正凑近酣睡者鼻息，听听闻闻摇摇手道：“不打紧了，过会儿能醒来。”

众人还未散开，便见那人长长的一个鼻息，两手伸展开来打了个大大的哈欠：“好风凉！好舒坦！”眼睛悠然睁开一瞥，却突然立即闭紧，两手拼命揉着眼睛，揉得一阵，霍然坐起睁开眼睛，左右一阵打量，又看看自己身上，不禁满脸涨红，期期艾艾道，“诸位，父老，我，这，这是在何处？我的，我的衣物何在？”急得眼中要喷出火来一般。

老里正肃然道：“后生啊，我等瞅见你时，你正在这官道边野卧。老夫估摸你是酒后遭劫，被劫匪抛在了这荒郊野外。想想，可是？”

后生双眼死死盯着天空，腮帮咬得脸都变青了。

喂水女人小声道：“里正，邪门儿，快叫叫他，失心疯了不得哩。”

老里正摆摆手：“我看这后生不是凡人，教他静静。起开，不要围在这，各咥各饭去！”

众人不言声地散开了，眼睛却都时不时地瞄着青石板。良久，那后生从青石板上站起，默默地向老里正和众人深深一躬，转身大步就走。老里正疾步赶上拦住道：“我说后生啊，你有志气，老夫看得出。可你如此模样，走得多远？谁没个三灾六难，老秦人能看着你这模样走了？来，先咥饭，再穿一身衣服，老夫决然不拦你，咋样？”

愣怔片刻，后生又默默地一躬，跟着老里正走进了松林。老里正亲自拿来了几张干饼几块干肉一把小葱一罐豆粥：“后生，咥吧，莫嫌粗淡。”后生二话没说，大嚼起来，吃着吃着，泪水断线般流了下来。老里正长长地叹息一声，向身边一个少年低声吩咐了几句，少年飞快地跑出了松林。半炷香的工夫，少年气喘吁吁地跑了回来，交给老人一个黑布包袱。老里正打开包袱对后生道：“这是我大儿子的一身见客衣裳，后生穿了，莫嫌粗简。”说着一件一件地递到了后生手中：一件黑色麻布长衫，两件未染颜色的本色裤褂，一双结实端正的厚底布靴；簇新的布色，浆洗得平平整整。在老秦庶民来说，这的确是上好的衣裳了。那后生没说一句话，拿着衣裳就走进了树林，片刻出来，已经变成了一个英挺的布衣士子，要不是那铁青涨红的脸色，倒是另有一番精神。后生手中捧着自己那两件汗污不堪的丝绸裤褂与那双起花细布袜，恭敬地向老里正一躬，将手中衣物放在了老人面前，转身便走。

“后生慢走。”老里正拿着衣裳过来，“后生啊，这两件衣裳你自己带着，万一不济就卖了它。丝绸的，二十个秦半两差不多，也值几顿饭钱。”

后生看看老人手中已经包好了的衣裳，也不说话，便接了过来。老人又道：“后生啊，老夫是里正，得说两句官话，如何处置，你自思量了。依得秦法，路人遭劫，但凡路遇知情者，须得报官。你是酒后遭劫，老夫估摸你有难言之隐。你说，我等报官不报？报官，你就得随我等到咸阳令官署，追回你的物事。不报，你就不能说自己遭了劫，得吃个暗亏了。你思谋咋个办好？老夫绝不难为你。”

后生略一思忖，坚决地摇摇头，显然是“不要报官”的意思。老里正点点头道：“老夫晓得了。你走，咱是谁也没遇见过谁。”后生却深深一躬道：“老人家，我乃洛阳人氏，名叫苏秦。多蒙你救我大难，容当后报了。”这是面前后生第一次开口说话，老里正沟壑纵横的古铜色脸上不禁荡出了一丝笑意：“老了，记不得那么多了，你走。”

苏秦咬咬牙，转身大步走了。这个老里正真是个风尘人物，若在平日，苏秦定要和他结个忘年知己，然则目下落魄如此，却只能匆匆去了。虽然没有问老里正名讳，但苏秦永远都会记住咸阳北阪的这个村子，记得这片松林的，日后能否报答老人，只有天知晓了。目下燃眉之急，是如何渡过这道难关。苏秦很清楚，抢劫他王车的这批人绝非寻常盗贼，他们早就离开秦国隐匿得无踪无影了，秦国官府如何缉拿他们？一旦报官，非但麻烦多多，“苏秦说秦不成，醉酒遭劫”也会成为天下丑闻，岂不是生生地毁了自己？唯一的选择，只能隐忍不发，自己了结这场灾祸，再图去处。看看进了北阪小道，苏秦没有立即进咸阳城。他找了路边一片小树林，躺在了一块石板上假寐沉思，想着想着又朦胧睡去了。

直到日落西山，北阪一片暮色，苏秦才出了小树林，匆匆进了咸阳城。

北门街市内车马行人很少。这里是老秦人居住区，不比尚商坊，入夜行人稀疏车马罕见。苏秦一个人急匆匆行走，分外地显眼。走走问问过了几条街，才见一片客寓外风灯高挂，行人稍多了一些，仔细一看，正是长阳街到了。苏秦驻足打量，已经看见了前面不远处风灯上“栎阳客寓”几个大字，也看见了在大门前招徕客人的女店主的身影，却只是站在灯影里踌躇不前。过往行人都要奇怪地瞄他一眼，几家客寓门前的迎客侍者也都不断地向他打量，只是没有一个人邀他住店。思量老站在这里也不是办法，苏秦终于硬着头皮向栎阳客寓走来，看看离女店主只有几步远了，可她竟然没有看见自己，只顾向街中车马张望着。

“吭——喀！”苏秦很响亮地咳嗽了一声。

“哟——恁般粗野，好吓人！没瞅这是啥地方？你家炕头么？”女店主一连串唠叨着转过身来，却猛然僵住了，“你你你，你是谁呀？”

苏秦勉强笑着：“大姐不认识客人了？”

“哪里敢哟！”女人两只眼睛滴溜溜转，笑得亲切极了，“有般粗人，天黑便不规矩，我也是怕。先生，到北阪走村去了么？一身布衣，多洒脱！如何不见你的车？在后边么，我去赶来。”

“不用了，车送一个老友了。”苏秦冷冷笑着，向客寓大门走去。

“啧啧啧！多好的车哟，先生出手好阔也。”女人脸上笑，嘴上说，眼睛还向街面飞快地打量，看周围确实没有车来，一溜碎步跟了上来，“先生没喝晚汤吧，我去叫人准备。”

“不用了。”苏秦摆摆手，“我要离开咸阳，片刻后你来兑账。”

“先生客气了。先生慢走，鲸三在修节居收拾呢，先生沐浴休憩一会儿再说。”待苏秦走进庭院，女店主对前庭一个年轻侍者轻声耳语了一阵，年轻侍者匆匆出店去了。

那个木讷朴实的男侍鲸三刚刚将房间收拾完毕，苏秦便回到了修节居。鲸三小心翼翼道：“先生气色不太好，是否酒后受了风寒？要不要我去请个医官来？”苏秦见他显然没有任何疑心，淡淡道：“不用了。有热水么？我沐浴一番。”

“现成的。先生稍待，我立即去挑来。”说完匆匆去挑热水了。

鲸三一走，苏秦立即打开两只大箱翻了起来。这是两个上好的楠木大箱，一个是衣箱，一个是文箱。衣箱是大嫂与妻子收拾的，文箱是苏代苏厉收拾的。来到咸阳，苏秦只打开了几次文箱，拿出了最上面的几卷竹简和几张羊皮纸，并没有仔细翻检过。他目下最关心的是，箱中有没有金钱。苏秦出门时说定的只带百金，按照大哥的商旅阅历，这一百只金饼分做三处，放置在车厢的三个暗箱中。函谷关与燕姬换车，金饼原封不动地转移了过来——自西周以来，王车的打造规格从来不变，车中暗箱的位置也都是同一的。大哥叮咛过：这一百金都是家传的殷商金，金饼上有商王铭文，每金足抵十多个战国流行的金饼，一百金足当千金之多。目下，这些金饼自然不去想了。苏秦想看看，衣箱文箱里有没有大嫂她们放的零金。翻到衣箱底层，苏秦看见了一只皮袋，手一碰便知道是金币。拎出来“哗啷”倒出一数，却只有二十个。再翻文箱，只有十多枚魏国的老刀币。苏秦知道，那是因为他平日喜欢收藏刀币，苏代带给他赠送同好用的。

正在苏秦翻检得满屋都是凌乱物事的时候，院中响起了沉重的脚步声，应该是鲸三挑水来了。苏秦连忙将金钱放进箱中锁好，打开了房门。

“先生，我在门外，有事唤我了。”鲸三将热水添好，拉上房门就要出去。

“鲸三，这栎阳客寓，日金几多啊？”苏秦一副不经意的样子。

“看如何说了。”鲸三低着头，“这修节居，每日一到两金。”

“好了。随意问问，你去。”

待鲸三出门，苏秦到里间沐浴，泡在热水中顿时一身大汗，浑身瘫软了一般。苏秦思忖，自己在这里住了几近两个月，少说也得五十金，如今手边只有二十金，差得太多；随身值钱之物也都没了，那些衣物虽是上好，可也得看人家认不认。看今日街市上情景，这个女店主似乎也不是个善主。是啊，人都如那老里正一般，也就没有这“利欲”一说了。苏秦啊苏秦，你当真是命蹇时乖也，说秦不成尚不打紧，如何偏偏遇上了这帮冠冕堂皇的车痴劫匪？苏秦自呱呱坠地，从来没有体察过缺少金钱的滋味儿，方得出山，正在雄心万丈之时，竟突然遭遇了这匪夷所思的事端，一夜之间，沦为赤手空拳的布衣穷汉，还真有些乱了方寸。

沐浴完毕，苏秦觉得精神稍许好了一些。他换了一身新的内衣，外边还是穿上了那件布衫，方得收拾妥当，听见门外脚步声。仔细一听，却是两个人的脚步声。

“哟，先生精神气色好多了。”女店主笑脸盈盈，身后却没有别人。

“大姐，兑账，我该给你多少金？”苏秦看着这笑脸觉得别扭，毫无打趣的兴致。

“不多不多。”女店主笑盈盈站在那里，一双眼睛却在房间滴溜溜转，“人家魏国白氏的渭风古寓一日十金，我这儿一日只两金。先生住了五十三日，权作五十日计，也就百金之数。店小情薄，先生见笑哩。”

“好说。”苏秦心中暗暗一惊，果然是个毫不通融的厉害女人。如果自己不遭横劫，要说迟付一月，那女人肯定还巴不得。可如今不同，这女人好像知道了甚事，那副神情显然是要立马兑金，只是不知晓自己囊中底细，先行客气罢了。自己若显出底气不足，只怕今日大是尴尬。想到这里，苏秦悠然一笑，“倒是不多。然则，我的金匣在车上，友人赶车办件急事去了。先兑你二十金，一个月后再加你百金，如何啊？”

“哟！先生真是阔主。”女店主虽然还是一脸笑意，却不屑地撇了撇嘴，“我这小店可是负债周旋，不敢赊欠。那一个月后的利头，小女子也不敢贪。秦国新法，诚实交易，暴利有罪，诈商也有罪哩。”话语之中隐隐地带了些许威胁。

苏秦虽是商家出身，对商道却大是生疏，对此等商人更是拙于周旋，听得女店主笑语不善，面色顿时涨红：“那就兑。除了我的文箱，一应物事都给你。”

“哟——”女店主笑脸顿时带了嘲讽，“先生当我这儿是南市大集，羊皮换狗皮么？住我这店的客人，可没有拿东西抵账的。小女子倒是有个主张，先生愿不愿听？”

苏秦点点头，冷着脸没有说话。

“先生若能找个官员给我招呼一声，也就罢了。或者，有个山东商人也成。”

“没有！”苏秦脸色铁青，“我任谁也不认识。你自己看，那些物事够你了。”

女店主咯咯笑了："也好。只是小女子不晓得贵贱，我叫抱大账的先生进来看看。"说罢向外高声道，"先生进来。"话音落点，一个黑胖胖矮墩墩的中年汉子推门进来，也不向苏秦作礼，只对女店主一躬身道："请女主吩咐。"女店主笑道："没甚事。先生将先生的这些物事检检看看，估个价，看值得几多？"

黑矮胖子眼睛一瞄，便知屋中两口楠木大箱是要检看的物事，上前先打开衣箱一件件抖落，末了淡淡说了一句："大体值得二十金。"说完要来翻检另一只木箱，苏秦"啪"的一拍箱盖："这是文箱，不许动。"又冷冷一笑，"你识得好赖么？仅那件化雪于三尺之外的貂皮斗篷，就值得五十金！"

"先生所言，乃是市价。若先生拿去南市卖了，再来兑账，自是另说了。"黑矮胖子也绷着脸冷冰冰的。

"哟——"女店主咯咯笑道，"小女子原是只喜欢兑金，不喜欢这些物事抵账。算了算了，衣裳先生还得穿不是？先生就兑金算了，多干净啊？"

苏秦咬着牙冷冷道："不说了，都给你们，了账。"

"哟——差那么多，如何了账啊？"

"先生，我还是检检这只木箱，文箱有甚用？不值钱。"黑矮胖子说着径自打开了文箱。苏秦脸色涨红得出血一般，生生咬紧牙关，拿出了那几卷竹简抱在怀中："那些都给你！"

黑矮胖子边检边报："羊皮纸五十张，白简一百支，刻刀两把，翎笔十支，玉砚一口，老刀币二十枚，铜管三支。没有了。大体值得十金罢了。"

听得这喋喋不休的念叨，苏秦直是心头滴血。他的文箱可说是件件皆宝，那羊皮纸在战国时期是极为贵重的文房至宝，一张至少值得一金。二十枚老刀币已是古董，至少也是一枚一金，更不要说玉砚翎笔了。可是，自己能拿到市上去卖么？能去做天下笑柄么？既然不能，就得忍耐，就得听任这般屈辱。

骤然之间，苏秦仰天大笑，一脚踹开房门，抱着竹简扬长去了。

第四章 谈兵致祸

一 十六字诀震撼了齐威王

在洛阳和苏秦分手，张仪终于到了临淄。

对于临淄，张仪并不生疏，一入城便直奔王宫。在宫门广场停下轺车，他对绯云吩咐道：“车就停在此处，你可去逛逛街市，临淄可是热闹得很。”绯云笑道：“吔，逛个甚来？我就在车上睡觉等你。”张仪说声随你，便向宫门去了。

张仪对齐国是充满向往的。在他看来，齐国是天下大变化的枢纽，齐王田因齐则是天下仅存的第一雄主。这田因齐即位三十余年，做了三件大事，每件事都改变了天下格局。第一件，铁腕整肃吏治，启动了战国之世第二次变法的潮流，带出了韩秦变法；第二件，与魏国霸权对抗，打了围魏救赵、围魏救韩两场大胜仗，使魏国霸权一落千丈，天下由魏国独霸变为齐秦魏三强鼎立；第三件，建立稷下学宫，使天下士子由争相“留魏”变成了争相“赴齐”，天下文明潮头自然也由魏国转到了齐国。在三十年里，齐国能够从中等战国一跃成为首强，自然是齐威王扭转乾坤。秦孝公英年早逝，在方今天下君主中，齐王就成为当之无愧的第一雄主。正是看中了齐国的强盛与齐威王的雄明，张仪才选定了齐国。

张仪的步履是从容的，也是自信的，因为他清楚齐国目下的危机，也已谋划好了化解危机的对策，只看这个老齐王如何对待他了。

齐威王正在王宫园林踽踽漫步，偏偏传来密报：东南的越国正在秘密集结大军，准备夺取齐国南部的胶潍地区。他顿时烦闷起来，望着垂柳在波光粼粼的湖面上轻拂，直如梦幻一般。即位三十年余了，他第一次感到了疲惫，第一次心中发虚。老了么？五十多岁，正在如日中天。累了么？心中明明还憋着一股劲儿使不出来。

半日徘徊，齐威王总算明白了自己——最教他不安者，是没有一个高明的争霸方略。齐国在他手里是无可置疑地强大了，可如果仅仅如此，你田因齐毕竟是个庸才。论强国功业，天下数秦孝公首屈一指。老实说，那才叫急起直追迎头赶上。你田因齐秉承的基业家底儿，可是比秦孝公雄厚多了，与嬴渠梁比，你至多做个第二。和老魏王那个酒囊饭袋比么，未免显得窝囊，可不想窝囊还不行，齐国现下也就是与魏国不相上下。若说到财富根基，说不得魏国还略胜一筹。只有使齐国更上层楼，完成统一霸业，你田因齐才算得天下第一雄主，做出了千古第一功业。否则，就只能是个二等明君而已。可是，从何处着手呢？

现下秦魏齐三强并立，面对一个老霸主，一个新强国，齐国该如何摆布？齐威王竟思谋不出一个满意的对策。当年的上将军田忌出走了，洞察天下的孙膑也不辞而别隐居去了。只剩下一个老丞相驺忌，虽长于处置国务，却素来没有大谋略，与他商议多次都是不得要领。多方派员打探孙膑下落，也是一无所获，使得齐威王终日闷闷不乐。

目下又是越国要进犯。越国虽不是劲敌，但对于十多年没有大战的齐国来说，也是一件很头疼的事。不怕打不过，只怕陷入纠缠。别看这个快被人遗忘的越国，山高水深林密，你要打他找不见，他要打你陡然冒出一大片，若陷入纠缠，急切间不能脱身，中原霸业就等于白白地拱手送给了两个强大对手。此等局面，齐威王如何能够忍受？可是，如何全盘筹划，急切间却难以权衡决断。齐威王又一次想起了田忌和孙膑在国时的气象，不禁深深懊悔当初对驺忌、田忌将相倾轧的失策处置，非但逼走了田忌，还带累孙膑也走了，这是他即位以来犯下的最大错失，想起来就隐隐心痛……

“魏国名士张仪，求见我王。”内侍匆匆走来禀报。

“张仪？”齐威王一愣，“是那个骂倒孟子的张仪么？”

“禀报我王：正是那个张仪。”

“好！有请先生，到湖边茅亭。”

内侍匆匆去了。齐威王立即吩咐侍女在茅亭摆下简朴的小宴，他要与这个能骂倒孟子的天下第一利口小酌对谈。在齐威王眼里，一个能将孟子骂倒的人物，一定不是等闲之辈。孟子何许人也？天下第一雄辩大师，天下第一卫道士，清高之极渊博之极智慧之极，但遇对手从来都是高屋建瓴滔滔不绝，鲜有对手走得了三五个回合。这是齐威王在稷下学宫多次亲眼目睹的。就是几个锋锐无匹的新秀，也只和孟子堪堪战了个平手，更不要说其余人物了。可这个张仪，竟在大梁魏王宫以牙还牙，骂得孟子几乎要背过气去。连素来喜欢在名士面前打哈哈的老魏王都恼羞成怒了，可见其人辞色之锋利。

一个月前，当这个故事传到齐国时，有人说张仪有失刻薄，齐威王却不禁哈哈大笑：“好好好！天下出了此等人物，孟夫子一口独霸从此休矣！”齐威王明白，要说尖酸刻薄，孟子绝非厚道之辈，痛斥贬损从来毫不口软，而且往往都是抢先发难，何独怨张仪？想不到这个张仪今日竟来到了齐国，可得用心体察一番，若果真是个名士大才，那可真叫上苍有眼。

片刻之间，垂柳下草地小径上走来了一个黑衣士子，大袖飘飘，身材伟岸，束发无冠，步履轻捷，恍若一朵黑云从绿色的草地飘了过来。

“好人物！”齐威王暗自赞叹，大笑着迎了上去，“先生光临齐国，幸甚之至也！”

张仪也远远看见齐威王迎了过来，心中大感欣慰。这个老国王是天下有名的铁面君主，天性傲慢凌厉，生杀予夺嬉笑怒骂从来都是毫不给臣下脸面，对待稷下学宫的名士，也极少对谁现出赞赏，只有即位头几年，才对孟子孙膑这样的人物恭迎如大宾。如今，老国王却亲自起身迎接自己，虽然仅仅是一个湖边相迎，谈不上大礼相敬，但张仪已经预感到自己所料不差。思忖间齐威王已是咫尺之遥，张仪连忙恭敬地深深一躬：“魏国张仪，参见齐王。”

“先生拘泥了。”齐威王大笑着扶住了张仪，并拉住他一只手，“来来来，这厢茅亭落座。”亲切豪爽如见老友一般。

张仪本来洒脱不羁，对齐威王的举动丝毫没有受宠若惊的紧张难堪，任齐威王与自己执手来到茅亭。这座茅亭坐落在湖畔垂柳之下，三面竹林婆娑，脚下草地如茵，宽大的亭子间里青石为案，草席做垫，异常的简朴雅致。进得亭中落座，微风习习一片清凉，酷暑之气顿消。

“好个茅亭，令人心醉。”张仪不禁赞叹。

齐威王笑道：“先生可知这茅亭名号？”

“张仪受教。”

“国士亭。惜乎国士亭，冷清近二十年也。”齐威王慨然叹息了一声。

“张仪无功，齐王何以国士待之？”突然，张仪觉得这个老国王有些着意高抬自己，心中掠过一丝阴影。

“大梁挫败孟子，先生之才可知。生为魏人，先行报国，先生之节可知。挟长策而说诸侯，先生之志可知。如此才具志节，安得不以国士待之？”齐威王说得字字板正。

张仪第一次受到大国之王的真诚推崇，不禁心头一热，慨然拱手道：“齐王以国士待张仪，张仪必以国士报齐王。”

齐威王亲自斟满了一爵：“来，先共饮一爵，为先生洗尘！”

“谢过齐王。”两只青铜大爵一照，张仪一饮而尽。

“先生远道来齐，欲入稷下学宫？抑或入国为官？”

张仪不禁对齐威王的精明由衷佩服——心中分明着急国事大计，却避开不谈，先征询你的实际去向，既显得关切，又试探了你的志向；更重要的是，就此隐藏了齐国最紧迫的困窘，却要试探你是否一个真正洞察天下的大才？寻常士子顺着话题走下去，热衷于自己的去向安排，也就必然对齐国的急难茫然无觉，果真如此，这场小宴也就到此结束了，“国士”云云也将成为过眼云烟。心念一闪而过，张仪拱手作礼道：“谢过齐王关切。然则，张仪不是为游学高官而来，却是为齐国急难而来。”

“噢？”齐威王惊讶微笑，“一片富庶升平，齐国有何急难？”

“歧路亡羊故事，齐王可知？”张仪也是微微一笑。

“歧路亡羊？先生请讲。”

“杨子的邻人丢了一只羊，请了许多人帮着寻找，也请杨子帮忙顺一条直路寻找。杨子惊讶问：一只羊，何用如此多人寻找？邻人说：歧路多也。杨子就帮着去找了。整整一日过去，找羊者晚上在邻人家会合了。杨子问：谁找见羊了？都说没有。杨子惊讶不解。邻人说：歧路中又有歧路，我等不知所以，只有回来了。此所谓歧路亡羊也。张仪以为，歧路可亡羊，歧路亦可亡国。目下，齐国正当歧路，齐王以为然否？”

“齐国歧路何在？”齐威王目光炯炯地盯住了张仪。

“齐有大国强势，却无霸业长策，此歧路一也。西有中原大业，南有海蛇纠缠，何去何从，了无决断，此歧路二也。大道多歧路，若贻误时机，一步出错，齐国就会纷扰不断，日渐沉沦。殷鉴不远，在夏后之世。魏国之衰落，也只在十余年也。”

一席话简洁犀利，齐威王面色肃然，起身离席，深深一躬：“先生教我。”

张仪坦然道：“霸业长策，首在三强周旋，次在四国捭阖。我有十六字，齐王思之：联魏锁秦，和秦敬魏，北结燕赵，南遏楚韩。”

“烦请先生拆解一二。”齐威王精神大振。

“三强之势：齐国处东海之滨，秦国处西陲关山，魏国居于中原要冲。秦国与齐国少有战事，但却都是近三十年来崛起的新锐强国，都是实力雄厚的大国，都有雄心勃勃的君主。统一中原，是齐国与秦国的共同志向。唯其如此，只有秦国才是齐国真正的、长期的敌手。魏国则是沉沦腐败、外强中干，不堪威胁天下。然则，这个魏国对于秦齐而言，却又是极为重要的一个力量，魏国倒向何方，就可能获得立足中原的巨大优势！秦魏百年深仇，素来敌对，迄今为止，秦国还没有洞悉到争取魏国的重要。当此之时，联魏锁秦，使秦国不能轻易东出函谷关，为齐国霸业之要。此其一也。其二，秦国虽是齐国的真正敌人，但在列强并立之时，齐国却不能与强悍之秦国结怨，而要和解为上，尽量冲淡两国争霸之真面目，多多向秦国宣示修好愿望。如此一来，秦国这个火炭团便推给了魏国。而联魏、敬魏之根本，在于利用魏国做齐国的石头，打向秦国脚跟。若按如此方略，三强之中，齐国稳操胜券也。”张仪侃侃而谈，显然是早已想透。

“好！后边八字如何？”齐威王一动也不动。

“天下战国，三强连成东西一线。其余四国，北方燕赵，南方韩楚，应对所以不同，在于他们与齐国的利害关联各不相同。燕赵两国均与齐国接壤，多有边民冲突，小战不断。齐国要聚力压向中原，必须与这两个大邻国结盟修好，腾出手来专力与秦国、魏国周旋抗衡。齐对赵有救援之恩，对燕有战胜之威，只要齐国示好，赵国燕国定会乐于跟从，如此北方大安。此为北结燕赵。”

齐威王微微点头，目光如火焰般灼热。

张仪侃侃道：“遏制楚韩，因由不同。韩国虽小，却地处中原要害，又有宜阳铁山，各国大是垂涎。得韩，则南可威胁楚国，西可封锁秦国，东可压迫魏国，洛阳王室更在韩地包围之中。然则，申不害变法失败后，韩国实力锐减，劲韩之名大为暗淡，已经成为最弱战国。齐对韩有再生大恩，韩对魏有血战之恨，韩国人恨魏而爱齐。只要齐国继续与韩国修好，韩国就会成为齐国的附庸。要韩国长久附庸齐国，就既不能教韩国强大，又不能教韩国受欺。齐国需要一个驯服的韩国，此为遏制韩国的根本所在！南方楚国，山高水深，地域荒僻广袤，任谁不能一战数战灭之。然则，楚国历来冥顽不化，对中原野心勃勃，任何国家也不能控制。唯一有效对策：联合魏国，封锁楚国与淮水陈地以南，使其不能北上。此为遏制楚国。如此纵横捭阖，齐国安得不成千古大业！”

微风吹拂，湖畔垂柳摇曳，张仪咬字很重的魏国口音在风中传得很远。

听着听着，齐威王紧紧握住了铜爵，双手微微有些发抖。这一番鞭辟入里的解析，使他如醍醐灌顶般猛醒。骤然之间，三强格局与天下大势格外透亮。寻常名士泛论天下大势，齐威王也听得多了，往往都是不得要领。张仪却迥然有异，以齐国利益为立足点，剖析利害应对，句句要害，策策中的，堪称高屋建瓴。连齐威王都觉得是一团乱麻的七国纠缠，被他刀劈斧剁般几下就料理清楚。

“此人大是奇才！”瞬息之间，齐威王几乎立即就要拜张仪做齐国丞相。然则，这位久经风云变幻的老辣国王还是生生忍住了，他要再看看张仪，这可是托国重任啊。尽管已经平静下来，他还是情不自禁地一拍石案道：“先生一席话大是解惑。但不知这联魏锁秦，却有何具体方略？如何联？如何锁？”

张仪几乎不假思索：“齐魏相王。齐秦通商。”点到为止，没有再说。

齐威王默默思忖有顷，已经想得清楚，觉得张仪的方略实在高明，心中大是快慰，不禁又起身为张仪斟满一爵道：“来，为先生长策，一干此爵！”先自饮尽，还笑着向张仪亮了一下爵底。酒谚云：先干为敬。但在国君待臣的礼仪中，却没有任何一个国君这样做。张仪自然深感齐威王敬重之情，举爵一气饮干，也笑着亮了一下爵底，只不过是双手握爵，以示更为谦恭的回敬。

“先生对越国北进，有何化解之策？”齐威王知道，面对如此奇人已经无须隐瞒，直截了当地问出了这件头疼事。

“化解越祸，易如反掌也。”张仪颇为神秘地笑了笑，“只是，此事须得张仪亲自出马。”

“如何？”齐威王显然是不愿张仪离开了，“先生定策，派特使交涉不行么？”

“齐王且先听我策谋。”说着凑近齐威王身边，一阵悄声低语，仿佛怕远远站着的老内侍听见一般，说完坐回笑问，“如此捭阖，特使可成？”

齐威王听得频频点头，却又大皱眉头："先生孤身赴险，我却如何放心得下？然则，此事要派别个前去，确实也可能坏了大事，当真两难……"

知道齐威王已经是真正地为自己担心了，张仪心中大是感奋，慨然拱手道："齐王以国士待我，张仪敢不以国士报之？齐王但放宽心，张仪定然全功而回。"

齐威王思忖一番，终于一拍石案："好！先生返齐之日，便是齐国丞相。"

"谢过我王。张仪今日便要南下。"

齐威王慨然一叹："先生如此忠诚谋国，田因齐心感之至。只是无法为先生一壮行色了。"说罢回身对老内侍下令，"立即带先生到尚坊府库，一应物事财货，任先生挑选！"

张仪笑了："谢过我王，快马两匹，黄金百镒，足矣！"

二　一席说辞　大军调头

广袤荒原上，一片蓝蒙蒙的军营。大纛旗上的"越"字，三五里之外都看得清楚。

这里正是齐国南长城外，越国北征的大军营地。

在中原大国眼里，越国是个神秘乖戾的邦国——人情柔昵却又野蛮武勇，国力贫弱却又强悍好战。远古时期，越人本是蚩尤部族的一支。蚩尤部族极善于铸造剑器，在中原部族尚在蛮荒石兵的时候，蚩尤部族就开始了以铜为兵，铸造的铜剑无敌于天下。仗着这神兵利器，蚩尤部族北上，与中原的黄帝部族展开了浴血大战。谁也说不清其中的奥秘，蚩尤铜兵反而战败了，被黄帝诛杀了。蚩尤部族逃亡避祸，星散瓦解了。后来，有一支归入了夏王少康的部族，从此便以夏少康作为自己的始祖，再也不说自己是蚩尤部族的一脉了。可是，蚩尤部族的神秘图腾，酷好铸兵的久远传统，却深深渗在了这个部族的血液中。后来，夏少康将越地封给了这个部族，从此有了“越人”。

说也神奇，越人造不出一辆好车，可是却能铸造出罕有其匹的锋利剑器。春秋战国的名剑，十有八九都出自越人之手。吴国有一段打败了越国，将越国的铸剑师劫掠到了姑苏城，要越国铸剑师为吴国打造出天下独一无二的兵器。越国铸剑师竟没有为难，打造出了一种形似一勾弯月的剑器，无论形制还是锋锐，尽皆天下无双。吴王夫差大喜过望，将这弯月剑器命名为“吴钩”，命令大量打造，吴兵人手一口。此后百余年，吴钩成为楚、吴、越三国的主战兵器，威力毫不逊色于中原直剑。

历代越王都是收藏剑器的名家，越人中也常有著名的相剑师。越王勾践的父亲允常，藏有数十口天下名剑，曾经请来相剑大师薛烛，从中相出了天下十大名剑。从此，铸剑藏剑相剑之风弥漫越人，人人爱剑，人人练剑，纵是山乡女子中也常有剑道高手。“越女善剑”便成为流行天下的美谈。

就是如此一个剑器之国，国运却像海上漂蓬一般沉浮无定。

越国不是西周的正封诸侯，而是以“圣王后裔”的名义，独自立“国”生存的部族。由于地处偏僻的东海之滨，西周王室鞭长莫及，便也在天下安定后渐渐认可了这个诸侯。越国在春秋之前的历史，只有越人自己的传说，中原人没有一个说得清楚。张仪也不例外。

进入春秋时期，因勾践复仇灭了吴国，越国才一跃而起，成为南方大国。在勾践之前，越国是默默无闻的蛮荒小邦。正在勾践谋求良才，求得名士范蠡与文种，欲图振兴时，北边的吴国强大了。吴国大军压境，一战破了越国都城会稽，越国面临彻底灭亡的危局。幸亏勾践临机忍辱，接受了大夫范蠡的主张——主动请做吴国附庸，保全越国不灭。为了让吴王夫差相信，勾践带着范蠡到姑苏城做人质去了，只留下大臣文种治理越国。几年之中，越国君臣用尽了一切手段，收买吴国权臣、离间吴国君臣、给吴国进贡不发芽的稻种、给吴王贡献西施及数不清的美女等等。最后，勾践自己竟连吴王夫差的粪便都尝了，惹得天下诸侯好一阵嘲笑。无所不用其极之后，勾践终于回到了越国。十年卧薪尝胆，休养生聚，勾践君臣终于使越国强大了。后来，趁着吴军北上与齐国争霸时，勾践率领大军一举攻破姑苏，逼杀夫差，又在中途迎击吴军并战而胜之。终于，越国第一次成了江东江南之霸主。

可这第一次也就成了最后一次。勾践称霸后，范蠡出走隐居，文种被勾践杀害，越国就像流星一闪，又迅速暗淡了。南方老霸主楚国，像座大山压在越国头上。北面的齐国也眼睁睁警惕着越国，越国丝毫动弹不得。就这样，窝窝囊囊过了几十年，渐渐地又被中原淡忘了。

到了战国三强并立，越国已经是勾践之后的第七代国君了。这个国君叫姒无疆，是个一心想振兴祖上霸业的赳赳勇武之辈。他与几个谋臣商讨，一致认定：振兴霸业，就要讨伐战胜齐国。说来，这是“南蛮三国”（楚吴越）北上称霸的老路。春秋时期，有实力阻挡江淮三国北上的，只有中原的晋国与齐国。楚国称霸时，主要对头是晋国。吴国、越国称霸，则都是战胜齐国而奠定霸主地位的。而今，齐国依然是中原的赫赫强国，越国战胜齐国，自然就威震天下。从实际情势而言，越国灭吴后，已经成为说大不大，说小不小的“准战国”，北面直接与齐国接壤，用兵极为方便。齐国为了防备这个神秘乖戾的邻国，特意在南部胶水、潍水地区修筑了一道长约三百多里的夯土长城。这道长城以高密为后援基地，长期由檀子将军率军镇守。越王姒无疆却以为，齐国修长城，正是惧怕越国，更加卖力地准备伐齐大战。

今岁开春，姒无疆一道严令，将都城从僻处南部山区的会稽，迁到了北方的琅邪。南北千里之遥，越国竟然只用了短短两个月。琅邪，本来只是老吴国的一座要塞边城，东临大海，北接齐国，距离齐国南长城仅仅只有百余里。寻常岁月，这琅邪本是人烟稀少冷冷清清一座小城堡，而今骤然变做了都城，行宫、官署、作坊、商贾、国人，挤得熙熙攘攘热闹非凡。

越王姒无疆嫌小城堡憋闷，便将行宫安在了城外原野，说这是效法祖上的卧薪尝胆，定能一举破齐。可如此一来，谁还敢住进小城堡？官署大帐与商贾国人，都在城外扎起了帐篷，小城堡变成了都城工地，昼夜叮当作响，热闹得不亦乐乎。再加上十五万大军的连绵军营，气势壮阔得令人咋舌。一眼望去，帐篷连天，旌旗招展，炊烟弥漫，人喊马嘶，市声喧闹，琅邪原野活生生成了一个游牧部族的天地。

姒无疆下令：休整一月，讨伐齐国，一举成就大越霸业！

就在这时，张仪风尘仆仆地赶到了。他将自己的轺车留在了临淄府库，与绯云各骑一匹雄骏胡马，兼程南下，一天一夜出了齐国南长城，很快，琅邪城已是遥遥在望。

“吔——大军营寨就是这样儿啊？大集似的！”绯云扬鞭指着闹哄哄无边无际的帐篷，惊讶得叫了起来。

张仪哈哈大笑：“你以为，天下军营都这样么？走。”

原野上的大道小道人道马道纵横交错，绯云手足无措。张仪扬鞭一指：“看见那面越字大纛旗了么？照准下去。”说着一抖马缰，缓辔走马嗒嗒前行。

虽说是望眼可及，却因原野上到处都是匆匆行人与牛马车辆，时不时得停下让道，这段三五里小路走了足足半个时辰。看看夕阳将落，方才到得大纛旗前的华丽大帐。帐外几十辆破旧的兵车围成了一道辕门，辕门外站满了手执木杆长矛身穿暗污皮甲的越国武士。见有人来，一个身佩吴钩的军吏高声喝道："此乃王帐！快快下马！"

绯云下马，赳赳拱手高声道："中原名士张仪，求见越王，请作速禀报。"

"好脆亮的嗓门。"吴钩将军嘿嘿笑着，"中原与我大越何干？快走开！"

张仪在马上高声道："我给越王带来了千里土地。小小千夫长敢阻拦我么？"

吴钩军吏围着张仪的骏马打量了一圈，终于拱手道："先生请稍待。"一溜小跑进帐去了，片刻又匆匆出来在张仪马前端正站好，高声喊了一嗓子："张仪晋见——"

张仪下马，将马缰交给军吏，昂然进入了华丽的行宫。辕门内长长的甬道上铺着已经脏污不堪的红地毡，将华丽的帐篷陪衬得格外怪诞。内帐口一个女官清亮地喊了一声："中原士子到——"张仪进得内帐，见正中一张长大的竹榻上斜卧着一个紫色天平冠的精瘦黝黑汉子，心知这是越王姒无疆无疑，长长一躬道："中原张仪，参见越王。"

越王姒无疆目光一瞥，没有起身，傲慢地拉长腔调问："身后何人噢——"

张仪正要回答，绯云一拱手道："张子书仆绯云，参见越王。"

"书仆？书仆也配进王帐噢——"

张仪一本正经道："越王乃上天大神，小小书仆自然不配。然则，我这书仆身上有带给越王之大礼，不得已而来，尚望越王恕罪。"

"噢哈哈哈哈哈！"越王大笑，"张子好气派，还有捧礼书仆。好说了，入座。"说着不自觉从竹榻上坐直了身子，又瞄了绯云一眼。

一名绿纱女侍轻盈地搬来一只竹墩，放置在越王竹榻前丈许。越王连连摇手："远噢远噢。"女侍连忙将竹墩挪到榻旁两三尺处，方自退去。张仪坦然就座，绯云站在张仪身后，却直耸鼻头紧皱眉头。越王黝黑的脸上掠过一道闪电般的笑容——张仪看见的只是嘴角抽动了一下而已——晶亮的目光定在了张仪脸上道："张子仆仆而来，要给我千里土地？"

张仪笑道："启禀越王：张仪要酒足饭饱，方可言人之利也。"

"噢哈哈哈哈哈！"越王大笑，"得罪得罪噢。来人，酒宴为张子洗尘。"

片刻之间，几名女侍鱼贯而入，摆上两张长大的竹案并两张竹席。越王被两名女侍扶着从榻上下来，再入座竹案前。一起一坐，方见他两腿奇短，身子却很是长大，站起来矮小精瘦，坐下去却颇为伟岸。绯云拼命憋住笑意，转过身响亮地咳嗽了两声。张仪浑然无觉，只是打量了一眼地上的竹席，觉得编织得极为精美，坐上去清凉滑爽惬意之极，心思有如此精美之物，却偏偏要学中原铺什么脏兮兮的红地毡，当真是东施效颦糟践自己。暗自思忖间，酒菜已经摆好，却是一酒两菜：酒是越国的大坛米酒，盛在白玉杯中一汪殷红，煞是诱人；一只大铜盘中盛着一条洗剥得白亮亮的大生鱼，生鱼旁是一口五六寸长的小吴钩；另一只铜盘中是一盏浓酱、一撮江南小葱、一盏红醋、一小盘近似小虾的银色小鱼，还有一双竹筷。本色竹案本就淡雅，加上红白绿相间，分外入眼。

张仪不禁暗自赞叹："越人烹饪，倒算是自有章法。"绯云坐在旁边一张小竹案前，一脸茫然，不知这等生物却如何吃法。

越王端起白玉杯向张仪一伸："来，本王为张子洗尘了。干噢！"呱呱饮干摇摇玉杯，"张子，我越酒比中原酒如何噢？"

张仪方得饮干，正在品咂滋味儿，觉得不辣不烈却是力道醇厚，毫不寡淡，入喉下肚便有一阵热气在体内倏忽弥漫开来，却又与那清冽柔曼的楚国兰陵酒大相径庭，着实别有神韵。不禁拍案赞叹道："好个越酒！强过楚酒多矣！"

"噢哈哈哈哈哈！"越王姒无疆一阵得意的大笑，"张子尚算识得货色，对路！"又伸手在竹案上一圈，"可知我越食吃法噢？"

张仪微微一笑，从容地从大铜盘中拿起小吴钩，在肥厚的生鱼尾部切下薄薄的一片，拿起来向灯光一照，鱼片儿亮得透明。越王大笑着点头。张仪便将生鱼片儿在浓酱中一蘸，就一撮小葱入口，又悠然地呷了一口殷红的越酒；再拿起竹筷夹一个银白似虾的小鱼，在醋中一蘸，又是悠然一口殷红的越酒下肚，笑道："此乃震泽银鱼，生蘸苦酒，大是美食。"

绯云看得童心大起，也跟着张仪一鱼一酒地品咂："吔，酸得有趣。"

"张子师徒对越国很熟噢，何以教我啊？"越王姒无疆又是一阵大笑。

"敢问越王：十五万兵马攻齐，能得几何利市？"张仪不急不慌地反问一句。

越王目光陡然一闪："齐国乃我大越世仇，伐齐一则可重振越国声威，二则可得齐南五百里土地。此乃越国大业所在，岂在利市二字噢？"

张仪大笑摇头，一副大是不屑的模样。越王被他笑得一脸困惑："你，笑从何来噢？"

"敢问越王：楚人刻舟求剑，可曾听说过么？"

"刻舟求剑？张子倒是说说噢。来人，酒！"这越王酷好传说，一听有故事大感兴趣。

“有个楚国商人，在越国买了一口名剑。”张仪说得煞有介事。越王听说故事中还有越国，更是大长精神：“噢，这剑是在越国买的？”“正是。”张仪接道，“坐船过江时，商人抽出剑来反复观赏。不防船一摇晃，名剑脱手掉入江中。船上客人都替商人惋惜。商人却不慌不忙地又拿出一把短剑，在船边刻了一道印痕。船至江边，客人上岸，商人却脱光了衣服要跳水。船家大惊，拉住商人询问。商人说，我的名剑从这里掉进了江水，我自从这里下去捞回。船家问何时落水？商人答曰：一个时辰之前。船家大笑，连呼蠢商蠢商。敢问越王，这商人蠢在何处？船家何以笑他？”

“这有何难？”越王大咧咧笑道，“商人不会游水噢，要是本王，早捞上来了！”

“越王做如此想？”张仪颇见揶揄，又有些惊讶。

“那是噢——”越王傲慢地拉长了声调。

话音落点，帐中一片窃窃笑声。刚刚闻讯赶来的几位大臣连忙大袖遮面，一片吭哧咳嗽，侍女们也背过身去嘻嘻笑了。绯云笑得最响亮，想说话，却软在了小竹案上。越王自觉不大对劲儿，大喝一声道：“笑个鸟！听张子说话！”帐中顿时安静下来。

张仪见这个越王憨直粗朴，心思须得直截了当，庄容拱手道：“越王，这楚商求剑，与会不会游水却是无关。船固无变，流水已逝。一个时辰过去，剑已经在数里之外，纵然精于游水，也永远找不到那口剑了。以船体刻痕，求流水之势，此乃楚国商人之蠢也。船家所笑，原是在此。”

“噢哈哈哈哈哈！”越王恍然大笑，“原来如此。蠢！蠢！楚人蠢！”猛然又回过神来，笑声却戛然而止，“这刻舟求剑，与我大越霸业，有何相干噢？”

“事虽不同，理却一辙。”张仪侃侃道，“越国僻处东海一隅，越王尚沉浸在先祖霸业的大梦里。殊不知，三十年来中原已经是天地大翻覆。春秋一强独霸之路，早已经如流水逝去了。中原战国，目下是秦魏齐三强鼎立，谁也不是霸主。越王图谋北上争霸，正如同那楚国商人在船行数十里之后，却要下水寻剑。数十年来，天下征战已经不再是争霸大战，而是利市之战，每战必得夺取大量土地、人口与财货，方算得实实在在的实力扩张。越王图谋，只求战胜称霸，而不求夺取土地利市，早已经是陈腐过时之老战法了。”

“噢——”越王傲慢地拉着长调，“我就夺齐国土地人口，不也利市么？”

“此处，正是事理交关也。”张仪从容笑道，“若不图争霸而图谋利市，齐国便索然无味了。”

“噢？此话怎讲？”

“齐国乃中原三强，军力正在全盛之期。张仪观越军气象，伐齐犹如以卵击石耳。此其一。其二，齐国南长城以内的百里地面，尽皆海滨盐碱荒滩，苇草苍茫，杳无人烟。纵然战胜，不独没有利市可言，荒地反成越国累赘，这便是索然无味。越王以为然否？”

越王的傲慢大笑没有了，低头思忖良久，突然抬头道：“大越白白折腾了？”

“非也。”张仪摇摇头，“箭在弦上，岂能不发？”

“还是噢——”越王又大笑起来。

“然则，这支箭须得射中一只肥鹿，才算本领。”

“肥鹿？肥鹿在哪里噢——”

“楚国。一只肥大麋鹿。”

“噢哈哈哈哈！张子是说打楚国？”倏忽间，傲慢的大笑却泄了底气，低声咕哝着，“楚国楚国，打得过么？”

张仪不禁莞尔：“越王敢打齐国，却疑惧一个楚国，匪夷所思也。”

“莫非，楚国比齐国还好打？”越王显然对楚国心有顾忌。

百年以来，楚越吴三国虽然都是中原诸侯眼中的“南蛮”，但相互间却是势同水火。吴越两国是真正的滨海邦国，比楚国更为偏远闭塞。楚国占据长江中游与淮河流域，堪称“半中原半江南”大国。楚国的中心区域始终在长江中游与淮北地带，所以有“荆楚”之名。三国间多有冲突征战，吴国、越国都分别强盛过一段，也都有过打败楚国的一两次胜利。但从大处说，楚国始终是南三国中最强大的国家。吴越两国即或在最强盛的时期，也从来没有正面突破楚国而长驱中原的。吴越两国的称霸，始终都是走偏锋——从东北一角攻击齐国得手。楚国就像一座大山，横亘在正面，吴越两国始终都无法逾越这座大山而直达中原大地。这样的历史，就沉淀成了这样的心态——惧楚不惧齐。越国吞灭吴国的初期，曾经是实力大长，但对楚国却从来是井水不犯河水。

张仪自然已经将其中的奥秘揣摩清楚，收敛笑容道：“越王有所不知，近三十余年来，楚国每况愈下，已经和当年的吴国没有两样。虽则楚国地广人众，却是数十家贵族割据封地，一盘散沙。就实力而言，楚国几乎没有骑兵，只有古老的战车与步兵，可谓师老兵疲；更兼没有名将统兵，战力可想而知。越王挟十五万精兵，又是王驾亲征，必然一鼓战胜楚国！”

越王姒无疆精神大振，“啪”地一拍竹案道：“能败楚国，利市大了去噢！”

张仪微笑接道：“楚越接壤两千余里，交界处无一不是鱼肥水美。此等丰饶土地，得之尺寸，也强于齐南百里荒野。若能占据整个云梦泽水乡，越国便是天下第一强国！”

“噢哈哈哈哈哈！”越王一阵纵声大笑，“好！我便攻楚，白鱼大大有得吃了噢！”笑着笑着，戛然而止，猛然盯住了张仪阴声问，“张子，老实说噢，为何要我弃齐攻楚？”

张仪悠然笑道：“越王神明，外臣自是有所图而来。”

“噢？求官还是牟利噢？”

“张仪有一癖好，酷爱名剑。此来为求越王一口名剑也。”

“噢？一口名剑？”越王目光闪烁，打着哈哈道，“本王之意，张子做我越国上大夫，如同范蠡一般谋划军国大事。本王封你一百里土地如何？那名剑顶得白鱼美酒么？”

张仪强忍笑意，一本正经道：“张仪布衣闲散，四海漂泊，不善居官理事，岂敢与范蠡相比？能得越王剑一口，张仪生平足矣！”

“噢哈哈哈哈，好说好说！”越王打着哈哈踌躇踱步，“张子求剑，有个名目么？”

“张仪斗胆，敢求蚩尤天月剑。”

“噢？”越王大为惊诧，“你如何晓得这蚩尤天月剑？”

“生平揣摩名剑，张仪知道，唯有越王藏有蚩尤剑。”

越王姒无疆急得面红耳赤：“不不不！听噢：这蚩尤天月剑，连本王也是只听过没见过，据先人留言，蚩尤剑数百年前已经流入中原。噢，对了！你若能找到蚩尤剑，你来做越王，本王给你做上大夫噢！”急迫之情，显见是个大大的剑痴。

“噢——”张仪不自觉学着越王腔调，沮丧地长叹一声，“还是你做越王，我却只要名剑便了。张仪是个剑痴，惭愧惭愧。”

“噢哈哈哈哈，同道同道。”越王大笑着，“张子献大计与我，岂能没有回报？来人，取龙泉剑出来！”

“龙泉剑？张仪如何闻所未闻？”

越王又是一阵得意的大笑：“越剑之秘，岂是中原人所能尽知噢？大越西南有瓯水，知道么？瓯水有山溪一道，从高山密林涌出，匹练汹涌，大有气象，铸剑师名为龙泉溪。这龙泉之水噢，铸剑一绝！当年的吴钩，就是越国铸剑师在龙泉溪建炉铸造。龙泉剑，吴钩之神品噢！张子见识见识了。”

张仪心下暗暗叹息，说到铸剑，这个姒无疆倒是比军国大事有见识多了。此等剑痴玩物有余，可上天却偏偏教他治国理民担一国兴亡之重任，真乃上苍作孽也。正在叹息感慨间，一个须发花白的内侍捧来了一个陈旧暗淡的长条红木匣，恭敬地放置在越王案头。姒无疆恭敬起身，向木匣深深一拜，然后抖起丝衣大袖，小心翼翼地打开木匣，郑重其事地招招手道：“张子请来看噢。”张仪走过去一看，见木匣中又有一个长方形的青铜匣子，铜锈斑驳，颇有古董气韵。姒无疆伸手摁了一下青铜匣中央边缘部位的一个凸起铜扣，只听“当”的一声，铜匣弹开，一柄弯月形的剑器卡在金红的丝绸之中，紫红色的皮鞘，如清秀的处子躺卧在朝霞中一般，幽静而羞涩。

“张子，请来品评这龙泉吴钩噢。对了对了，先要拜剑噢。”

张仪本是照葫芦画瓢，学姒无疆的样子装作一个真正的剑痴，却因了煞有介事，竟得到姒无疆的赞赏。待上前双手捧起这口弯剑，立即感到一股沉甸甸冰凉凉的寒气渗进了骨骼。略微一掂，便闻一阵隐隐约约的金铁振音。张仪虽然并非剑痴，却也与苏秦的剑盲大是不同，是名士中罕见的剑器爱好者，否则不会充做剑痴来了结姒无疆最后的疑虑。一搭手，张仪便知这“龙泉吴钩”绝非凡品。仔细审量，见这剑鞘是罕见的鲨鱼皮制作，光泽幽幽，贴手滑爽，与木铜合制的剑鞘相比，别有一番神韵；连同剑鞘、剑格看外形，这剑长不过二尺五寸，形似半月，英挺秀美，端的是一口长短适中的实用格斗利器。

春秋以来，铸剑术长足进步，剑器形制也日益纷繁，从五六寸的特短剑（世人称为“匕首”），到剑身三尺（连剑格当在三尺五六寸左右）的长剑，从窄如柳叶的细剑，到骑士用的阔身短剑，从柔若锦带的软剑，到厚重威猛的铁剑，数不胜数品形各异。但以实际用途而言，长剑在战国初中期尚不普及，仅仅是国君、豪士、贵族将领的佩剑，极少用于随身携带。最为实用的，还是这种剑身二尺许的“中剑”。所以张仪一掂分量，便觉这口剑十分趁手。再看剑格，与剑身连铸，工艺十分的考究。出手一握，掌宽很是舒适。护手的铜挡并不厚，却是特别的坚挺明亮，毫无锈蚀。剑格工艺历来是铸剑师的门面，一口剑是否名器，一看剑格便知十之八九。

战国之世，豪华讲究的风习已经渗透铸剑领域，剑格已经不再成型连铸，而是只铸“铁根”，而后再在“铁根”上另行装饰剑格，于是出现了“木格”、“铜格”、“玉格”等各种剑格不同的剑器，甚或有豪阔者在剑格镶嵌珠宝的所谓“宝剑”。剑格连铸，事实上已经成为春秋时期一种老式铸剑工艺了。它要一次成型，难度当然比后来的只铸剑身与“铁根”的铸剑术要大得多。这也是名震天下的铸剑师只出在春秋时期的原因。这口剑是连铸剑格，自然是春秋越国的铸剑师作品，也自然是一口兼具古器神韵的名剑。

张仪兴奋，熟练地拔剑出鞘。但闻一阵清亮悠长的振音锵锵然连绵不断，剑身出鞘，一道幽幽蓝光在剑锋之上磷火般悠悠滑动，在半月形的剑身形成了一弯美妙的弧光。

“当真好剑！”张仪不禁脱口赞叹，“可以试手么？”

越王姒无疆见张仪神往的样子，大是得意，噢哈哈哈哈一阵大笑道：“来人！牵一头活猪进帐。”

张仪连忙道："越王不妥，名剑试于猪，大是不敬。不试也罢，好剑无疑了！"

越王又是大笑："张子孤陋寡闻噢：牛羊猪三牲祭物，唯天地配享之，试剑正是得其所哉！这是越国铸剑师的风习，晓得噢？"姒无疆好容易博识了一次，得意非常。

"越王神明，张仪受教。"铸剑历来是最为神秘的行当，张仪也真是第一次听说这个讲究，实实在在谦逊了一回。

一头肥大的生猪被圈赶进来，声声尖叫分外刺耳。越王郑重其事地向肥大生猪深深一躬，回头高声喊道："张子试剑噢！"张仪从来没有用剑器杀过猪，总觉得这种试法有些荒诞不经，加之不熟悉吴钩的使用技法，有些迟疑发怔。此时肥猪在大帐左冲右突，将竹案王榻纷纷拱倒，侍女们惊叫着跳窜躲避，乱纷纷笑闹一片。

张仪觉得不能犹豫，双手捧剑喊道："敢请越王赐教。"

越王姒无疆噢哈哈哈哈哈一阵大笑："张子毕竟书生，你来看噢！"接过龙泉吴钩，向张仪喊着，"吴钩之法：斜劈为上。看好了！"恰逢那头肥大生猪正尖叫着奔突窜来，姒无疆手中吴钩在空中一划，青蓝色的光芒闪出一勾弯月似的弧线，但闻"噗"的轻微一声，猪头已经齐刷刷滚落在地，兀自在地毡上尖叫蹦弹。

眼见粗大的猪脖子变成了白生生一道切口，竟没有喷血，张仪不禁大是惊愕。不想正在此时，切口血柱却四散喷射如挟风疾雨。随着侍女们的一片惊叫，大帐中所有人的衣裳都变成了血点红。最神奇的一股猪血，竟将越王姒无疆的王榻喷成了一汪血红。

"噢哈哈哈哈！"姒无疆一阵大笑，"张子请看，剑锋有血么？"

张仪接过龙泉吴钩，见那剑身剑锋依然是蓝汪汪一泓秋水，仿佛只是从风中掠过一般，不禁大是惊叹："龙泉吴钩，真神器也！"

"好！"越王豪气大发，"你我两清了。待我灭得楚国，再送张子一个大大的利市——越国上大夫！如何噢？"

张仪大笑道："那时啊，越国天下第一强，越王真要发市也。"

三　策士与君王的交换

轻舟扬帆，三五日之间，张仪从琅邪南下入泗水、江水，进入了云梦泽。

在遥远的洪水时期，长江中游弥漫出了一片辽阔汪洋的水域，东起江汉平原，西至漳水下游，北接涢水下游，南抵湘水、资水、汨罗水，纵横千里，占了当时楚国的三分之一。从长江西上，一入江汉交汇处，烟波浩渺云遮雾障莽苍苍水天一色，水势汪洋充盈，岛屿星罗棋布，气象宏大极了，扬帆其中，直如烟云大梦，当世呼之为云梦泽。

张仪雇用的小帆船，是越国有名的出海轻舟。船家水手对云梦泽的水路极是熟悉，根本不用张仪操心。郢都在云梦泽西岸，从东向西横渡云梦泽，要整整漂流四五个昼夜。所幸云淡风轻，倒是一帆风顺。张仪虽不是水乡弟子，更没有在茫茫水上连续漂泊的经历，但由于经常出山游学，遇水乘舟也是常事，总算还能支撑。只是绯云大大的辛苦，在泗水平静的水面时，尚能在船头走动。一入长江，大觉发晕，只得躺在舱中昏睡，进入云梦泽，波涛汹涌舟行如浪，小船免不得多有颠簸，绯云觉得天旋地转，不停地呕吐起来，一日之间吐无可吐，只有干呕了。

张仪着急，请教船家。船家说，初涉大水都是一样，慢慢会好的，一定要吃水物，只要吃得下，日后没事。张仪亲自洗干净了一盘云梦小白鱼，连同一小碗红醋端到舱中。绯云兀自昏睡，面色苍白。张仪笑着轻轻拍了拍绯云的脸蛋儿："咳，小哥儿，醒醒。"绯云睁开眼睛，见张仪俯身咫尺之间，满面通红霍然坐了起来：“我，我又睡着了么？”张仪不禁笑了：“我又睡着了么？都睡两天了。快来，云梦白鱼。船家说了，多吃白鱼，水神护佑。”绯云大是困窘道：“张兄，我，我倒成了你的累赘了……”说着竟是要哭的模样。张仪哈哈大笑道：“跟主母读了两天书，成小木头了？来，吃了云梦白鱼，明日就好。到了郢都，吴钩杀猪给你吃。”一说吴钩杀猪，绯云也忍不住“噗”地笑了出来：“好，我吃。不能习水，绯云如何跟张兄漂泊四海？”说着精神大振，拿过盘子用手抓起白鱼吃了起来。张仪惊讶笑道：“哎哎哎，苦酒！蘸苦酒！白吃有腥味儿。”“不怕。”绯云边吃边说，“就要这样吃，将这水腥鱼腥全吃熟了，谁怕谁吔？”片刻之间将一盘云梦生白鱼淡吃了下去。张仪高兴得拊掌大笑：“好！世有小子，其犟若牛，够气魄！”绯云却惊愕地笑了：“不对吔！白鱼有这么香？”张仪惊讶：“你觉得淡吃香了？”绯云困惑地点点头：“对，怎么回事吔？”张仪恍然大笑：“站起来，走走，还晕不晕？”绯云小心翼翼地站了起来，走得几步，没有丝毫的摇晃：“不，不晕了？吔——不晕了！”几步跑过来猛然抱住了张仪，两人一起大笑起来。

漂得几日，船到云梦泽西岸。张仪付了佣金，船家去兜回路客了。张仪主仆安步当车，向郢都城而来。不消两个时辰，已经进了郢都西门。张仪不去接待官员国使的驿馆，却找了一家上等客栈住了下来。他要先摸摸楚国情势，再相机行事。

就张仪的使命而言，将越国这场“伐齐”麻烦引开，他便算南下圆满成功了。北返齐国，张仪便是可一展宏图的齐国丞相了。可张仪想得深远，深知齐国权臣世族之间倾轧甚烈，要在齐国站稳脚跟，甚至在齐威王身后也安如磐石，就必须将根基扎得更深一些。张仪的秘密盘算是：借机进入楚国，将逃隐的上将军田忌与军师孙膑找出来，说动他们重返齐国，与他形成“张田孙铁三足”，稳固长久地鼎立齐国。根据他的观察揣摩，齐威王对田忌、孙膑的出走已经大为后悔，丞相驺忌的权势已经大为暗淡。只要他与田忌、孙膑同时回到齐国，驺忌一定会被贬黜，齐国的大振兴一定会在他们三人手里完成。三人之中，张仪肯定是丞相，田忌、孙膑两人实际上合成了一个天下无敌的上将军。更重要的是，这两个人都属于专精军事而疏淡权力的那种贵胄名士，既不会拥兵自重威胁权力中枢，又能为开创大业建立汗马功劳，确实是天下难觅的大业伴当。驺忌与这两个人倾轧争斗，实在是缺乏大器局，小聪明过了头。两人一走，驺忌捉襟见肘，丞相地位摇摇欲坠，何其愚蠢也。

这一番谋划要想实现，必须借助楚国。春秋战国数百年，已经形成了一个才士流动传统：大凡在位名臣出走他国，只要他国接受，本国不得干预；但出走名臣在他国无论隐居还是做官，要想重新返回祖国，都必须他国赞同放行；否则，出走者被杀被害，他国没有任何顾忌。中原名臣每每在遭受陷害时，多是逃隐楚国。当年的吴起，连同目下的田忌、孙膑，以及后来的赵国上将军廉颇等，都曾经逃隐楚国。其中原因，一则是楚国纵横辽阔山重水复，利于隐居藏匿，常有隐居多年而楚国朝堂尚不知情的名臣才士；二是楚国长期疲软，用人见识褊狭封闭，吴起之祸后，楚国对中原的人才名臣一向淡漠，逃隐名臣大多不受纠缠。尽管如此，像田忌这样的当世名将，要离开楚国，还是以稳妥为上，求得楚王的放行方算上策。难处是，张仪还不知道田忌孙膑隐居在何处，楚王会不会放行便无从谈起了。一路思忖，张仪已经拿定主意，先见楚王，再访田忌。

这时的楚国已经改朝换代，执政三十年的楚宣王芈良夫死了。年轻的太子芈商即位已经三五年了。中原各国对楚宣王颇为熟悉，也深谙如何与其打交道，但这个新楚王禀性究竟如何？张仪还拿不准。策士游说，最根底的功夫，就是对游说对象的基本了解，此谓“非其人，不与语”的准则，盲人瞎马是策士最忌讳的。但如何对国君的志向做派进行判定，策士之间便大有不同了。

次日，张仪带着绯云，在郢都城外的村野田畴转悠了整整一天，日落西山才回到客栈。第二日，又在城内闲逛，走商市，进酒肆，看作坊，僻静街巷遇见老妪老翁讨碗水喝着，天上地下地闲扯一通。天黑时分，张仪见满城灯火，街市依旧热闹，饶有兴致地拉着绯云进了一家酒肆，饮了一坛兰陵酒，与邻座几个楚国文吏热热闹闹地说了一个多时辰，回到客栈，已经是午夜子时了。绯云侍奉张仪沐浴完毕，却站在房中不走。张仪笑问：“还不困乏么？休憩去，明日还有许多事。”

“整日闲逛，不务正经。”绯云突然红着脸，气冲冲冒出了一句。

张仪恍然大笑：“你个小子，吃饭不多，管事不少。那叫闲逛？”

“吔，不是闲逛？走东串西，闲话饮酒，还能叫甚？”绯云兀自嘟哝着。

张仪正在心情舒畅，呵呵笑道：“你个小子坐好了，听先生一课。那叫‘入国四问’，明白么？是说，到了一个陌生国度，要知道国君品性，就问四种人：一农、二工、三商、四老。这是我师秘传，明白？”

“你问国君品性了么？净东拉西扯说闲话。”绯云依旧低着头嘟哝。

“你个小木头。”张仪又气又笑，打了一下绯云的头，“那叫‘勘民生，度民心，大问于天’。逢人打问宫廷秘闻，那是三流痞士。明白？”

“那如何不早说？”绯云嘟哝一句，“噗”地笑了。

“谁能想到，老娘派了个小家老也。”张仪哈哈大笑着拍了拍绯云的头。

“主母叮嘱：‘不守正，戒之。’绯云不敢造次吔。”

“好了好了，收拾歇息，明日可要务正了。”

绯云高兴地去了。张仪却在灯下踱步良久。虽说自己对这位年轻楚王的大作为已经有所了解，但他在“人”上究竟胸怀如何？还很难揣摩。毕竟，这个新楚王即位几年，真实面目还是云遮雾障，没有什么大举动令人足以判定其志向品性。楚国历来是个颇难捉摸的国家，国王似乎历来有神秘做派的遗风，即位初期总有一段模糊时期，使人很难对他的趋向作明确评判。最甚者，大概就是楚庄王的“三年不鸣，一鸣惊人”。其后，用吴起变法的楚悼王，头两年也是不知所云。后来大杀贵族为吴起复仇的楚肃王，开始很长时间也是隐匿极深，杀了贵族，却又莫名其妙地复辟了旧制。再后来的楚宣王，笃信星相莫衷一是。现下这新楚王，已经是五年无大举，模糊得就像云梦泽的茫茫水雾。

楚威王接到了快马急报，越国十五万大军从琅邪南下，向楚国东北压来！

楚国上层对吴越两国已经淡漠了很长时间，数十年间，几乎没有任何邦交来往。从根上说，也是楚国与吴越两国恩怨纠葛太多，最终导致了楚国与越国的疏离断交。春秋时期，吴国地处震泽荒岛，越国更是“文身断发，被草莱而居”的弱小愚昧部族的时候，楚国就是声威赫赫的大国了。那时候，吴越两国都以楚国马首是瞻，两国间的摩擦也依赖楚国调停。这一时期，楚国吞并了大小数十个小诸侯邦国，可是没有吞并很弱小的吴越两国。从根本上说，一则是两国都是水域蛮荒部族——吴国以震泽（今日太湖）岛屿为中心区域，越国以东海之滨为中心区域——楚国要消灭这些流动在水域山林的部族，确实力有不逮；即便千难万险地灭了两国，也是无力治理，反倒成为累赘。对于志在中原的楚国来说，向北面淮水流域的良田沃野推进，自然要比与吴越纠缠有利得多。其二，吴越两国素来臣服楚国，定期纳贡，灭不灭一个样，又何须大动干戈？那时候，诸侯分封制是天经地义的王国样式，就是做了天子，也是求得个“诸侯臣服，四夷来贡”，吴越已经是臣服之邦了，再要吞灭就是有违天道的乖戾了。

楚国与吴越两国的连环恩怨，是从两百年前的楚平王时期开始的。

其时，楚平王昏暗失政，竟夺自己亲生长子（太子）建的新婚之妻。太子傅伍奢据礼力谏，被处灭族酷刑。伍奢在外领兵的两个儿子伍尚、伍员逃奔到了吴国。按照吴国对楚国的臣服关系，伍尚、伍员自然不能在吴国藏匿，须得将“叛臣”献给楚国。可这一回，事情却偏偏出了差错。吴王僚看准了机会，非但不交出伍员，还委伍员以秘密练兵的重任。后来，好歹交出了伍尚，对伍员则谎称逃窜无着。从这时候开始，楚国的大灾难便接踵而至了。三年后，吴国将军伍子胥，也就是那个怀着血海深仇的伍员，率领三千死囚练成的敢死孤旅做先锋，吴王僚亲率五万大军随后，大败楚军，攻入淮水以北的楚国腹地，俘虏了楚平王的王后。楚平王恼羞成怒，封大将囊瓦为令尹，修筑郢城，与越国联手建立舟师（水军），南下攻吴。不想伍子胥率领的吴军却抄了楚军后路，一举占领了楚国的腹地重镇钟离、居巢[1]，楚国又一次战败。这次大败，楚平王声名狼狈，在只做了十三年国王的盛年之期活活给气死了。

楚昭王刚刚继位，吴军又立即杀到。这次却是楚军将士合力，围困了吴军。期间恰遇吴军发生了内乱，公子光遣剑士专诸于宴席间刺杀吴王僚，自立为吴王。楚军将领闻吴国内乱，即行退兵，错过了一举灭吴的大好机会。这公子光，就是赫赫大名的吴王阖闾。他以伍子胥为大将，雄心勃勃地修筑了阖闾城[2]，使吴国有了中心根基地，准备全力对

[1] 钟离，今安徽凤阳东北地区；居巢，今安徽寿县东南。
[2] 阖闾城，后称姑苏，今苏州城。

楚。两三年间，伍子胥率军不断袭击楚国，楚国却抓不住吴军踪迹，疲于奔命没有一次战胜之功。这时候，楚国感到了吴国真正的威胁。防御这个昔日的臣服小国，一时变成了楚国最要紧的存亡大计。

但是，真正的大灾难却还刚刚开始。一年之后，兵家名士孙武到了吴国，吴王阖闾立即拜孙武为上将军，对楚国发动了长距离的奔袭战，三次攻入楚国淮北腹地。期间吴国又大败越国，显然成了江东江南霸主。吴王阖闾九年（公元前 506 年），吴国北联中原晋国，对楚国南北夹击。晋国联结鲁、宋、卫、陈、蔡等十余诸侯，从北面压制楚国。吴国则由孙武、伍子胥亲率大军越过大别山长途奔袭楚国腹地，在柏举[1]大败楚国令尹囊瓦的大军，并一举占领郢都。囊瓦逃亡郑国，楚昭王逃匿云梦泽，遭遇匪盗袭击，又逃亡随地。

这是楚国数百年来最深重的一次亡国危机。幸亏了那个申包胥，在秦国宫门外哭了七天七夜，秦哀公才发兵救楚。

楚国虽然没有灭亡，却从此在中原丢尽脸面，非但北上争霸无望，而且不得不与吴越两国开始了长期周旋。从这时开始，楚国扶植越国与吴国对抗。越国野心由此而引发出来，以楚国为后盾训练军旅，袭扰吴国。期间虽然也几次打败吴国，但却总是无法遏制吴国对楚国的攻势。吴王阖闾十一年，吴军大败楚国水军，又大败楚国的战车陆师于繁阳[2]。楚昭王恐惧之极，将都城东迁了数百里，在郡城[3]暂时避难。至此，吴国成了真正的南部霸主。后来，便是那尽人皆知的故事——吴王夫差灭了越国，越王勾践卧薪尝胆，恢复越国后又灭了吴国。

至此，楚国背后最大的威胁消失了。可是，被楚国扶植起来的越

[1] 柏举，今湖北麻城东部。
[2] 繁阳，今河南新蔡北部。
[3] 郡城，今湖北宜城东南。

国，丝毫不念楚国之情，虽然没有大举进犯，却也与楚国龃龉不断。这时天下已经进入战国，楚国在吴越争斗中历经吴起变法，元气已经大大恢复，重新将注意力转向了中原。越国则对吴起变法时的楚军颇为忌惮，也龟缩回震泽岛屿与东海之滨，远避楚国锋芒。

从此，楚越两国大大冷淡，几乎没有邦交往来了。

今年春日，楚威王得报：越王姒无疆迁都琅邪，要北上攻齐。楚威王哈哈大笑道："越蛮不知天高地厚，死期到了也！"这才几个月，如何便要调头南下来找楚国寻衅生事？正在疑惑间，又接斥候密报：中原策士张仪说动越国放弃攻齐，南下攻楚！

楚威王大是恼火，对这个张仪恨得咬牙切齿。原来，楚威王大有雄心，几年来正在秘密物色人才，准备第二次变法，刚刚有得头绪，却又越国大兵压境，一旦陷入战事纠缠，谁知道要耽搁多长时日？楚威王如何不感到气恼？

这天风和日丽，楚威王正在王宫湖畔练习吴钩劈刺。说是练剑，却有一搭没一搭地想着心事。越国既然来犯，不想打也得奉陪，可目下楚国连个像样的将军都没有，谁来操持这件军国大事？楚威王第一次感到了窝囊：一个几次做过天下霸主的堂堂楚国，竟被一个昔日附庸欺侮，当真是岂有此理！然则天下就是这样，你不强大，就要受气，就要受辱，就要挨打。看来，楚国不振作不训练新军是不行了。可是，远水不解近渴，关键是眼前这场兵灾如何消弭。想着想着，楚威王手中的吴钩偏了方向，一剑没有劈到木桩，却劈到湖畔石案上，"当"的一声大响，火星飞溅，震得楚威王一个趔趄，手中吴钩飞出老远，"噗"地插进了粼粼波光的湖水中。楚威王怔怔地望着湖面，甩着生疼的胳膊，沮丧到了极点。

正在此时，内侍急急走来："禀报我王，中原张仪求见。"

“谁？张仪？他在何处？”楚威王牙齿磨得咯咯响，却没有转身。

“在宫门外候见。”

“教他进来。”

“遵命。”内侍一溜碎步跑了出去。

片刻之间，布衣大袖的张仪飘飘而来。楚威王远远打量，见这个黑衣士子与自己年龄相差无几，不由得冷笑几声，纹丝不动地站着。张仪自然将这位年轻国王的脸色看得分外清楚，一副浑然不觉的样子深深一躬：“中原张仪，参见楚王。”

“张仪，尔在列国翻云覆雨，不觉有损阴骘么？”劈头冷冷一句斥责。

张仪不禁恍然笑道：“原来楚王为此不悦，幸甚如之。张仪周游天下，彰天道而显人事，使该亡者早亡，当兴者早兴，正当延年益寿，何能有损阴骘？”

“无须狡辩。”楚威王冷冷一笑，“引兵祸入楚，还敢张扬郢都，不怕绞首么？”

“张仪给楚国带来千里鱼米水乡，何由绞首？”张仪平静地微笑着。

楚威王何其机敏，微微一怔：“你是说，越国是送上门的鱼腩？”

“正是。难道楚王不以为然么？”

“越为江南大国，善铸利器，悍勇好斗，十五万大军压来，岂是孱弱小邦？”

张仪哈哈大笑道：“楚王何其封闭耳。今日越国，岂能与五十年前之越国相比？越国自勾践之后，人才凋零，内斗不休，非但无力北上，连昔日丰饶无比的震泽，也成了人烟稀少的荒凉岛屿。三代以来，越国远遁东海之滨，国力大大萎缩。目下这姒无疆不自量力，却要攻打楚国，岂非送给楚王大大一个利市？楚国灭越，其利若何？楚王当比张仪清楚。”

楚威王半信半疑：“如你所说，这奴无疆是个失心疯？”

张仪揶揄笑道：“楚王为君，自然以为君王者皆高贵聪明了。然则在张仪看来，天下君王，十之八九皆是白痴木头。这奴无疆，除了剑道，连头猪都不如。”

楚威王想笑，却嘴角只是抽搐了一下：“既然如此，你为何将越国大军引开齐国？难道不想在齐国讨一份高官重爵么？”

张仪在草地上踱着步子，侃侃道：“灭国大礼，天有定数。齐国虽强，灭越却非其长。楚国虽弱，灭越却是轻车熟路。百年以来，楚国与吴越纠缠不休，对吴越战法也大是熟悉，水战陆战，楚国皆是吴越鼻祖。天道有常，越国向楚国寻衅，岂非楚国的雪耻振兴之日？”

楚威王思忖有顷，拱手歉意笑道：“多有得罪，先生请坐。来人，兰陵酒！”

片刻酒来，楚威王频频与张仪举爵，饮得一时，楚威王停爵笑问：“先生给楚国鱼脯，难道无所求么？”

“虽无所求，却想与楚王做一交换。张仪一老友隐居楚国，要请楚王高抬贵手也。”

“噢？先生老友隐居楚国？何人？”

“齐国田忌。”

“如何？”楚威王惊讶间不觉站了起来，“田忌隐居楚国？在何处？”

“请楚王高抬贵手，易人。”张仪没有正面回答，只是悠然地拱手一笑。

楚威王绕着石案急促地转着，突然止步：“莫急。放走田忌可以，然也须得有个交换。”

张仪大笑一阵：“楚王但讲。”

“田忌为将，率楚军灭越。”

张仪顿时愣怔，心中飞快盘算，踌躇笑道：“此事尚须与将军商议，不敢贸然作答。”

“芈商与先生同见将军商议，如何？”楚威王显然很急迫。

“这却不必。”张仪笑道，“我能说动将军，自来禀报楚王。楚王突兀出面，有差强人意之嫌，这庄交易便不能做了。”

楚威王思忖一番道：“也是。只是先生万莫迟延。来人，给先生备轻舟一只、快马三匹、驷马轺车一辆，随时听候先生调遣。”老内侍答应一声，匆匆去了。

张仪笑道：“多谢楚王，张仪还真不知用哪种好也。”

四　云梦泽访出了逃隐名将

云梦泽水天茫茫，一叶轻舟扯着高高的白帆，悠悠地向深处飘荡。

张仪真是不知道田忌隐居处，只是在大梁酒肆听过一个游学士子与人论战时的一番感慨，说齐国已是强弩之末，“名将逃隐云梦，权相故步自封，老王踽踽独行”等等。当时张仪倒是没有留意盘诘，待入临淄得齐威王青睐而谋及远事，才重新想起了那个士子的话。本想在临淄秘密探询一番，无奈行程匆匆无暇得顾。这次向楚威王提出放行田忌，本想是一种交换，不教楚国欠他这个“国情”。不想楚威王临机多变，以其人之道还治其人之身，也与他交换了一番。这一“交换”不打紧，却将寻觅田忌的事情由从容打探变成了当务之急。尴尬之处在于，张仪既不能说自己不知田忌隐居何处，又不能拒绝楚威王的急切敦促，分明自己给自己出了一道难题。

好在张仪生性洒脱不羁，自认对名士隐居的选择好恶还算摸得透，决意到云梦泽寻觅一番，撞撞大运。从越国一路西来时，张仪对沿途水域的岛屿已经大体有数，十来个看去葱茏幽静的小岛都在心里了，尤其是郢都附近的山水岛屿，张仪都以名士眼光做过了一番评判，也大体上心中有数。

因不知田忌确定居处，张仪婉辞了楚王的官船，自家雇了一只轻舟进入云梦泽。小舟飘出了郢都水面，船家问去何处，张仪便答："好山好水，但有人居，靠上去便是。"这小舟是专门载客览胜的那种快船，船家须发花白精瘦矍铄，一看就是个久经风浪饱有阅历的江湖老人。见张仪说得大而无当，老人操着一口柔软的吴语笑道："先生是闲游？是觅友？好山好水勿相同呢。"张仪笑道："老人家好见识，正是觅友。只知他隐居云梦，却不知何方山水？"老人站在船头四面瞭望，一一遥指："先生瞧好了，东南西北这几个小岛，我都送过贵客，不知先生先去何方？"张仪凝神观望了一番，指着北面一座隐隐青山道："就那里了。"老人点点头："侬好眼力，阳水穿过那片山，天阳谷真是好山好水呢。"说着操舵转向，长长地一声喝号，"天阳谷——开也——"隐蔽在舱面下的四名水手"嗨——"的一声答应，便闻桨击水声，小舟悠悠向北飘去。

大约半个时辰，那座青山近在眼前，穿过一片弥漫交错于水面的红树林，轻舟靠在了岸边一块硕大的石条码头旁。老人将船停靠稳当道："先生，半山腰的茅屋便有贵人，我晓得，小货船常来呢。"张仪对老人一拱手："老人家，相烦等候了。"老人拱手笑道："先生自去无妨，晓得呢。"张仪与绯云便踏石上岸，顺着踩开的小道上了山。

还在进入红树林之前，张仪就已经看见了那座茅草屋顶。按照他的推断，茅屋建在山腰，这是北方名士的隐居习惯，图的是气候干爽，登高望远。若是南国名士，这茅屋该当在水边了。看来，这里的主人即便不是自己要找的人，也很可能问出些许线索来。及至上岸登山，才知这座远看平淡无奇的小山竟大有城府。登上一个小山头，翠绿的山谷豁然展开，一道清澈的山溪从谷中流过，鸟语花香，谷风习习，不觉精神顿时一振。

“吔——蒸笼边还有口凉水锅！”绯云高兴得手舞足蹈。

张仪大笑：“粗粗粗！甚个比法？蒸笼凉水锅，就知道厨下家什。”

“吔——那该比个甚来？”绯云脸红了，一副请教先生的样子。

看绯云认真受教的神情，张仪煞有介事地想了一阵，竟真想不出什么更好的比法，对于自己这般炉火纯青的舌辩大策士来说，这的确是破天荒第一遭。憋了片刻，张仪不禁哈哈大笑：“民以食为天，我看也就大蒸笼、凉水锅了。”

绯云咯咯咯笑得喘不过气来：“不是说，君子远庖厨么？张兄下厨了吔。”

“被你个小子拖下去的。”张仪故意板着脸大步走向溪边。

绯云咯咯笑着追了上来：“吔吔吔！慢走，要脱靴子呢。”说着推张仪坐在了一块青石上，咯咯笑个不停地跪坐在地，利落地为张仪脱下了两只大布靴，又脱了自己的两只布靴，顺手从腰间解下一条布带子，将两双布靴三两下绑定，褡裢似的搭在肩上，兀自笑意未消：“吔，走了。”张仪却笑了：“小子，倒像个老江湖。”绯云边走边道：“跋山涉水，打柴放牛，绯云天下第一吔。”张仪见他左肩包袱右肩褡裢，手上还有一口吴钩，却丝毫没有累赘趔趄之相，犹自走得利落端正，不禁笑道：“看来比我是强一些了。”“那可不敢当吔。”绯云笑道，“张兄是高山，绯云只一道小溪，能比么？”张仪大笑：“高山小溪？两回事儿，能比么？”“能吔。”绯云一梗脖子红着脸，“有山就有水，山水相连，不对么？”张仪看见绯云长发披肩脸泛红潮声音脆亮，不禁莞尔：“绯云，我如何看你像个女孩儿？”绯云大窘道：“吔！瞎说，你才是女孩儿。”说完一溜碎步跑了。

两人一路笑谈，不觉到了山腰。脚下坑坑洼洼的草丛小路，已经变成了整洁干净的红土碎石小径，一道竹篱笆遥遥横在眼前，几间茅屋错落隐没在绿茵茵的竹林中，后面的一座孤峰苍翠欲滴，啁啾鸟鸣，更显得青山杳杳空谷幽幽。面南遥望云梦泽，却是水天苍茫，岛屿绿洲星罗棋布，有鸟瞰尘寰之境界，大是超凡脱俗。

“何方高人？选得此等好去处也！”张仪不禁高声赞叹。

“谁在门外说话？”随着一个苍老的声音，竹篱笆门“吱呀”拉开了，出来一个须发雪白的老人，手搭凉棚悠悠地四处张望。

“老人家，搅扰了。”张仪拱手高声道，“敢问将军在庄否？”

“将军？”老人摇摇头，“这里只有先生，没有将军。”

“请恕在下唐突，先生可在庄上？”

“足下何人？到此何事？”一个浑厚冰冷的声音突然从身后传来。

绯云大惊，快步转身，手中吴钩已经出鞘。张仪没有回身却哈哈大笑道：“先生到了，安邑张仪有礼。”转过身正待深深一躬，却突然钉在了当地——面前一个伟岸的大汉，一顶斗笠，一件蓑衣，手中一支大铁桨，活生生一个生猛的云梦泽水盗。张仪不禁愣怔，按照他的推想，盛年之期的田忌纵然隐居，也必定是名士清风洒脱雅致，能与孙膑那样的名士结成莫逆，能有如此超凡脱俗的隐居庄园，田忌当是一位风华将军才是。可眼前这位铁塔般的猛汉，与张仪想象中的田忌大相径庭。瞬息愣怔，张仪恢复常态，拱手笑道：“足下可是此庄先生之客人？与张仪一样，同来访友？”

蓑衣斗笠大汉却冷冷道：“张仪何人？此间主人并不识得。先生请回。”

张仪心中猛然一动，长笑一躬道：“上将军何拒人于千里之外？昭昭见客，何惧之有？”

“岂有此理？此间没有上将军，先生请勿纠缠。”蓑衣大汉手中的铁桨一拄，碎石道上“当”的一声大响火星飞溅。

“上将军。”张仪肃然拱手，“故国已成强弩之末，将军却安居精舍，与世隔绝，专一地沽名钓誉，不觉汗颜么？”

蓑衣大汉默然良久，粗重地喘息了一声：“何须危言耸听？”

“广厦千间，独木难支，图霸大国，一君难为。又何须张仪故作危言？”

“当年有人说，地广人众，明君良相，垂手可成天下大业。”

“已知亡羊，正图补牢。其人已经后悔了。”

又是良久沉默。终于，蓑衣大汉喟然一叹：“田忌得罪了。先生请。”

“承蒙上将军不弃，不胜荣幸。”张仪说着跟田忌进了竹篱笆小门。

这是一座山间庭院，院中除了一片竹林与石案石礅，便是武人练功的诸般设置：几根木桩，一副铁架，一方石锁，长矛大戟弓箭等长大兵器都整齐地排列在墙边一副兵器架上，显得粗朴整洁。沿着竹林后的石梯拾级而上，是一间宽敞的茅屋。

“先生稍待，我片刻便来。”田忌请张仪就座，自己进到隔间去了。

这间茅屋木门土墙，厅堂全部是精致的竹器案几，煞是清凉干爽，显然是主人的客厅。后面山上升起一缕青烟的茅屋，才是主人的家居所在。张仪正在打量，只听草帘“呱嗒”一响，身后响起田忌粗重的嗓音：“先生请用茶。”张仪回身，不禁又是一怔。田忌脱去了蓑衣斗笠，换上了一领长大布衣，身材壮硕伟岸，一头灰白的长发长须，古铜色的大脸棱角分明沟壑纵横，不怒自威，气度非凡。

张仪笑道："人云齐国多猛士，信哉斯言。"

"先生远来，清茶做酒。来，品品这杯中物如何？"田忌只是淡淡地一笑。

老仆已经在精巧的竹案上摆好了茶具，那是一套白陶壶杯，造型拙朴，色泽极为光润洁白。茶壶一倾，凝脂般的陶杯中一汪碧绿，一股清淡纯正的香气弥漫开来。张仪不禁拍案赞叹："地道的震泽春绿，好茶。"田忌笑了："好在何处？"张仪笑道："中和醇厚，容甜涩苦香清诸般色味，却无一味独出。堪称茶中君子也。"田忌欣然道："张子如此见识，却是罕见。不知何以教我？"

张仪见田忌改变了称呼，将恭敬客气有余的"先生"变成了尊崇但又坦率的"张子"，心知田忌不是虚应故事了，拱手一礼，开门见山道："张仪入楚，欲请将军与军师重回故国，共举齐国大业。"

"如此说来，张子要做齐国丞相？"田忌目光一闪，却也没有特出惊讶。

"承蒙齐王倚重，张仪有望一展所学。"

田忌喟然一叹："只可惜，军师无踪可寻了。没有孙膑，田忌庸才也。"

"难道，军师与将军不通音讯？"张仪颇为惊讶。

"张子诚心，何须相瞒。"田忌一声沉重的叹息，"他是看透田忌的平庸无断了，伤心了。田忌生平无憾，唯对孙膑抱愧终生。孙膑以挚友待我，鼎力助我，成我名将功业，自己却始终只任军师而不居高官。桂陵、马陵两场大战之后，军师提醒我有背后之危，劝诫我经营封地，预留退路。我却浑然不觉，反笑军师疑虑太多。就在我逃国三日之前，先生已经遁迹。至今六年，依然是踪迹难觅。老夫几乎找遍了所有能想到的地方，都是空有旧迹，物是人非。这次，老夫也是刚从吴地震泽归来，不期而遇张子的。此生终了，田忌只怕也见不到军师了……”一丝泪光，分明在田忌的眼中晶晶闪烁。

一阵沉默，张仪豁达笑道：“智慧如孙先生者，不想出山，只恐神鬼也难索得。将军无心之失，何须抱愧终生？若欲军师相见，张仪倒有一法。”

“噢？张子教我。”田忌陡然振作。

“重振功业，廓清庙堂。先生闻之，必有音信，纵不共事，亦可情意盘桓。”

田忌恍然拍案：“好主张！以军师之期盼，报军师之情谊，正得其所。”

“只是，此间尚有个小小难处。”张仪神秘地笑了笑。

“噢？”田忌神色顿时肃然，“但请明言，绝不使张子为难。”

“错也错也。”张仪摇头大笑，“非是我为难，是你为难。楚王要你先为他打一仗。”

田忌听得一怔，继而恍然道：“噢，越国兵祸？”

“正是。这是楚王的交换。”

田忌摇头苦笑：“寄人篱下，终不是滋味。要紧时刻，只是一枚棋子也。”

“上将军差矣！”张仪爽朗笑道，“楚王也是一枚棋子。连楚国越国在内，都是天下棋子。世事交错，利害纠缠，人人互动，物物相克，此乃天下棋局也。将军何自惭形秽，徒长他人威风也。”

“说得好！听张子说事，如听孙膑谈兵，每每给人新天地。”田忌大是感慨。

“多承奖掖。”张仪拱手笑道，“如此请将军上路了。”

“即刻上路？”田忌惊讶，连连摆手，“不行不行。与越国大战，须得我认真谋划一番，胸无成算，如何仓促便行？”

张仪大笑道：“将军天下名将，越国乌合之众，列阵一战就是，何须恁般认真？”

田忌蓦然收敛了笑容，盯着张仪沉默了片刻，冷冷道：“田忌庸才，没那般本领。”

张仪顿时尴尬，但他机变过人，思忖间肃然一拱道：“原是张仪唐突，将军见谅。请将军自断，谋划须得几日？”

“五日。”田忌也拱手还了一礼，算是了却了方才的小小不愉快。

“好！一言为定。”张仪说着站了起来，“将军跋涉方归，须得养息精神，告辞了。”

田忌似乎还想说什么，终于只笑了笑点点头：“但随张子。”

云梦泽边，田忌久久望着那远去的一片白帆，凝神沉思了许久，总觉得这个张仪有点儿说不出来的异常之处，才华横溢豪气纵横，见事极快剖析透彻，可自己却总觉得不踏实。若没有与孙膑共处共事的那几年，田忌也许不会有此等感觉。莫看孙膑断了一条腿，看去像个文弱书生，实际却是一副傲视天下的硬骨头。他剖陈利害谋划行动，往往都是常人匪夷所思的奇路子，然则一经说明，就教人觉得扎实可行，心里特是踏实。小事如赛马谋划，大事如围魏救赵之桂陵大战、围魏救韩之马陵大战，都是天下独步的神来之笔。孙膑在齐国所有的谋划，都是田忌在实际操持实现。每次最关键最危险的环节，都是田忌亲自担当，两次大战，带兵诱敌深入的都是田忌，率领齐军冲锋陷阵的还是田忌，心里踏实，做起来就挥洒自如。今日的这个张仪，与孙膑同出一门，都是那鬼谷子老头儿的高足，如何自己总觉得有点儿别扭？

湖畔思忖半日，莫衷一是。田忌苦笑着摇摇头，踽踽回到了天阳谷，一头扎进那间本想邀张仪进去共商的“兵室”，闷了整整四天四夜没出来。

五 昭关大战 老军灭越

楚威王在郢都王宫隆重地召见了田忌。

楚国的元老重臣济济一堂，悉数参加了召见。楚威王没有将越战当军国机密，而是采取了大张旗鼓的举动。一来，他要显示对田忌的最高礼遇。二来，他要着意营造一种“谈笑灭越，举重若轻”的氛围，以振作楚国衰颓已久的士气，给第二次变法铺路。当然，给了楚威王勇气的，还当首推张仪。半月以来，楚威王经过张仪反复的对比剖析，对楚国与越国的实力民心军情国情，都有了清楚的了解，精神大是振作。他相信张仪的评判：楚国灭越，确实是“牛刀杀鸡，一鼓可下”，除了胜利班师，没有其他任何第二种可能。

身为大宾的田忌，却对大庭广众公然商讨大军行动很不以为然。

神速与机密，已经是战国兵家的两个基本准则。除了有意给敌方释放假消息，任何军事机密都不应该在朝堂上公然商讨。当初在齐国，大战运筹除了齐威王之外，只有他与孙膑秘密定策，连丞相驺忌也不能参与。今日这郢都王宫，却聚集了二十多位重臣元老，以令尹昭雎为首，昭、景、屈、黄、项，楚国五大世族的首领与中坚人物全部到场。田忌不禁深深皱眉，看了一眼坐在楚威王左下首的张仪，古铜色的长脸既淡漠又困惑。

其实，张仪事前也不知道楚威王要搞如此大排场。在他心目中，以何种礼遇召见田忌，在多大范围里商讨灭越大计，都是不需要他着意提醒的，说多了反而容易生疑。自己入楚本来就是匆匆过客，交换回田忌万事大吉，又何须多事？如今楚王要田忌统军灭越，他的担待便是全力相助田忌顺利战胜，不使生出意外。对于楚国事务，他绝不作任何涉及，楚威王问什么他回答什么，而且只说越国楚国的战事。及至今日入宫，见到如此隆重的场面，起初也颇觉意外。然则张仪毕竟豁达，转而一想，对楚威王的苦心便也体察了。更重要的是，在张仪看来，纵然事不机密，灭越大战也必胜无疑，又何须在如此细节上丝丝入扣地计较？看田忌的脸色，张仪便知这位秉性严正的上将军对自己心有不悦，却苦于大庭广众无从解释。好在田忌坐在楚威王右下首，与自己对面，便对田忌眼色示意无须计较，坦然应对便是。偏偏田忌眼帘低垂，浑然不觉，仿佛不认识他一般，张仪只好心中叹息一声了事。

“诸位臣工。”楚威王站在整块荆山玉雕成的王台上开始说话了，“越国蛮夷举国犯楚，十五万大军向西压来。本王承蒙中原名士张仪鼎力襄助，请得田忌上将军入楚，统率我楚国大军迎击越蛮。今日恭迎将军，是我大楚国的吉日。大将军是把整个越国奉献给大楚国，给楚国带来土地、民众、荣誉与胜利！”

“楚王万岁！”“大将军万岁！”朝臣被楚威王的慷慨情绪大大激发，高声欢呼起来。

令尹昭雎从座中站起，高亢宣布：“楚王授田忌大将军印——”

殿中乐声大起，四名老内侍抬着一张青铜大案，稳步走到大殿中央的王台之下。楚威王在肃穆的乐声中走下了王台，向肃立在大殿正中的田忌深深一躬，待田忌还礼之后，将青铜大案上的全套物事一一授予了田忌：一方大将军玉印、半副青铜兵符、一口象征生杀大权的王剑、一套特制的大将军甲胄斗篷。

其时，楚国与中原各国不同，出征的最高统帅称“大将军”而不是“上将军”。其间的差异在于，楚国大将军的爵位更高一些，权力更大一些。中原战国在相继大变法之后，权力体制已经相对成熟，将相分权也已经有了明确的法令。楚国则因为吴起变法的失败，仍然是“半旧半新”之国，权力体制多有旧传统。这种旧传统有两个基本方面，一是世族分治，二是重臣专权，后者以前者为基础。在最终以战争形式决定国家命运的战国时代，所谓重臣专权，更多地体现在最高军事统帅的权力上。由于这种差别，楚国的大将军更多地带有古老的英雄时代的遗风——言出如山，肩负国家民众的生死存亡与荣辱。在寻常时期，楚国大将军的全套权力，从来不会一次性地授予任何一个统帅。这是君主保持权力稳定的必然制约。但楚威王清楚地知道，田忌这次率军灭越是交换性的，田忌是要回齐国的。一次授予大将军全部权力，非但能激励田忌的受托士气，而且绝不会出现大权旁落，更能向天下昭示楚国求贤敬贤的美名，吸引中原士子更多地流向楚国，何乐而不为？田忌自然深知其中奥妙，所以也坦然接受了。

按照礼仪，楚威王当场侍奉田忌换上了大将军全副甲胄斗篷：一顶有六寸矛枪的青铜帅盔，一身皮线连缀得极为精致的青铜软甲，一双厚重考究的水牛皮战靴，一领绣有金丝线纹饰的丝绸斗篷。一经穿戴就绪，本来就厚重威猛的田忌更显得伟岸非常，直似一尊战神矗立在大殿之中。

“好——”众臣一片叫好，分外亢奋。

“田忌谢过楚王。”田忌向楚威王深深一躬，这是全礼的最后一个环节。

楚威王却并没有按照礼仪回到王座宣布开宴，他兴奋地打量着田忌，高声询问：“大将军，灭越大计实施在即，还需本王做何策应？”

田忌已经将大战谋划成熟，也确实想对楚王提醒几个要点，但却都是准备私下与楚王秘密商谈的，看目下如此这般声势，楚威王的确与张仪想的一样——列阵一战便是了，完全没有与自己密谈定策的模样。此时不说，很可能就没有机会说了。想到这里，田忌肃然拱手道："对越大战，乃楚国三十年来之最大战事，须倾举国之兵，方有胜算。田忌唯有一虑：楚国全部精兵南调，则北部空虚，须防中原战国乘机偷袭；以目下情景，与楚接壤的齐魏韩三国，都无暇发动袭击，唯有北方的秦国须做防范。臣请派一员大将驻守汉水、房陵一线，一保楚军粮草接济，二保后方无突袭之危。"

田忌说完这番话的时候，楚国的元老重臣们一片目瞪口呆。

在元老贵胄们心中，灭越大战的方方面面都是楚王早已经运筹好的，何有危险可言？如今田忌一说，似乎这场大仗还未必是那么有把握，好像还有后顾之忧，顿时神色惶惶起来，你看我我看你，人人露出了疑惑的目光。楚国打仗，兵员钱粮的大部分都要从这些世族的封地征发，没有世族的支持，王室根本不可能有独立大战的根基。此刻他们若心有疑虑，这灭越大计便要麻烦起来了。

楚威王没有料到，田忌会提出如此一个事先完全没有想到的严重事实，赞同田忌所说么？很有些扫兴。断然否定么？田忌是天下名将，他有如此担心，定然不会是信口开河。楚威王阅历甚浅，这时对天下大势的确不甚了了，一时竟没了主意。猛然，他想到了张仪，转身笑道："先生以为，大将军之言如何？"

张仪洒脱地大笑了一阵道："大将军多虑了。秦国目下刚刚从内乱中挣扎出来，民心未稳，急需安抚朝野，根本无力他图。况且秦国新军只有五万余，还要防北地、西戎叛乱，如何有军力南下偷袭楚国？大将军但举倾国之兵，一战灭越为上。分散兵力，不能彻底灭越，反倒拖泥带水，两端皆失。"

“兵家法则，后方为本，但求防而无敌，不求敌来无防。田忌但尽所虑，楚王决断便是。”田忌很是淡漠，完全没有争辩的意思。

楚威王经张仪一说，顿感豁然开朗，对田忌笑道：“大将军全力灭越便是。预防偷袭之事有张子筹划，定能万无一失。”

“谨遵王命。”田忌没有多说，平淡地退到了自己座中。

“开宴，为大将军壮行。”楚威王一声令下，钟鼓齐鸣，举殿欢呼，一场隆重热烈的宴会一直到华灯齐明方才散去。

曲终人散，田忌向楚王、张仪辞行，带着一班司马匆匆赶赴军中去了。

楚国东北部的原野上烟尘蔽日，大江中樯桅如林。

越国大军从水陆两路大举压来。

张仪走后，越王姒无疆与一班大臣将军商讨了整整两日，方才将攻楚的诸般事宜确定了下来。原先进攻齐国，北上的只有马步军，而今转而攻楚，自然要动用舟师（水军），便不得不稍缓了些许时日。早年，只有楚吴越三国有舟师，而以吴国的舟师最强大。吴国舟师以震泽（太湖）为根基水寨，上溯入江可直抵云梦泽进入楚国，南出震泽则直接威胁越国。当年吴国大败越国，舟师起了很大的作用。后来越国灭吴，舟师也起了同样作用。吴国灭亡，越国接收了吴国舟师，水军规模便成天下第一。与吴越两国对舟师的重视相比，楚国尽管拥有天下最为广袤苍茫的云梦泽，舟师却一直规模很小，作用也不显著。根本原因，是楚国的战争重心一直在中原大地，舟师派不上大用场。

这次，越王姒无疆大起雄心，要一举攻占楚国东北部江淮之间的几百里土地。这一带平坦肥沃，河流湖泊纵横交错，正是水陆同时用兵的上佳之地，越国舟师正好派上用场。议定大计，越王派出快马特使兼程南下，急令舟师出震泽进长江，直达云梦泽东岸扼守。他自己亲自统帅的十五万马步大军，则从北向南压来，形成“南堵北压”的攻势，意图一举占领江淮原野二十余城。

姒无疆是志在必得，诏命舟师多带空货船，准备大掠楚国财货粮食。越国舟师的战船原是两百余艘，征发的空货船却有三百余艘之多。五百多艘大小船只张起白帆，在浩渺大江中陡然立起了一片白色的樯桅之林，旌旗招展，号角相闻，声势壮阔之极。陆路之上，从琅邪南下的十五万马步大军汹涌展开，更是沉雷般滚过江淮原野。

消息传来，农户逃匿，商旅远避，大小城堡尽皆关闭。

楚国东北顿时陷入了惊恐之中。

就在越国水陆两路大举压来的同时，楚军也针锋相对地向江淮地区移动——陆路出昭关，水路下长江。与越国煊赫浩大的声势相比，楚国大军却是悄无声息地秘密移动，尽管还达不到田忌要求的那种隐秘与快速，却也不会将进军意图张扬得路人皆知。

战国之中，楚军的构成最为复杂。由于吴起变法夭折，新军训练没有成熟定型，楚军就变成了一种“老根基，新影子”的混杂大军：战车兵、骑兵、步兵、舟师四大兵种全都有。舟师不用说，是楚国这种水乡泽国的特殊兵种，与一百多年前没有任何变化。战车兵本该早已淘汰，可楚国却原封不动地保留着两千辆兵车与十万战车兵。铁甲骑兵是战国新军的核心兵种，可楚国却只有不到五万骑兵，而且还算不得精锐铁骑。楚国步兵本来不独立，在车战时隶属于战车单元，战车淘汰后，步兵才开始了与骑兵对应的独立步战。这种似独立非独立的步兵，楚国有三万多，既不属于战车兵，又不是与骑兵有效结合的步骑新军，只是全部驻扎在房陵山地，守护着这个辎重基地。楚国大军号称三十万，实际上的主战力量就是十万战车兵，其余的骑兵、步兵、舟师加起来十万出头，都不能独当一面地作战。

反复盘算，田忌只有根据楚国的实际军力来打这一仗。

田忌命令：舟师的一百多艘战船从云梦泽直下长江，在彭蠡泽[1]江面结成水寨，断绝越军舟师的退路。此时，越军舟师已经进入云梦泽东岸的安陆水面[2]，正在上游。越军舟师原本就不是为打仗而来，驻扎在云梦泽东岸，为的只是要堵住“楚军溃败之残部”准备大量装载抢掠财货，顺流而下。楚军舟师悄悄卡在下游的彭蠡泽江面，越军舟师便无法单独逃回越国。这是田忌的缜密处——若仅仅是陆上战胜，而让越军残部从水路逃走，那也不能一战灭越。

与此同时，田忌亲自率领十万战车兵与五万骑兵秘密东进，日夜兼程地赶到了昭关外的山谷扎营，准备迎候越国大军，在这里决战。对于驻守房陵的三万步兵，田忌没有动用。他始终认为，房陵汉水是楚国大军的粮草基地，但却是一根软肋，需要有所防范。尽管楚王与张仪都拒绝了他的看法，但既然做了楚国的统帅，田忌还是要为楚国认真谋划，不想顾此失彼。三万步兵，对于战胜越国来说，增添不了多少力量，但对于扼守汉水房陵来说，就是一支弥足珍贵的兵力。这是田忌瞒着楚威王君臣与张仪，私自决断的，假若对越国战败，田忌就要承担“调兵失当”的罪名了。

昭关[3]外的丘陵原野，是田忌选择的战场。

昭关是楚国东部要塞，也是与老吴国的界关。这里东临大江，多有丘陵山地，昭关便坐落在岘山两座山峰夹峙的谷口，山外是平坦的原野河谷。无论从东部还是北部进入楚国，昭关都正当冲要。田忌率先头

---

[1]　彭蠡泽，古代长江大湖泊之一，在今九江区域。

[2]　安陆水面，古代云梦泽东部，当在今武汉区域。

[3]　昭关，今安徽含山北部的小岘山地区。

五万骑兵赶到时，从郢都、淮北几座军营陆续赶来的战车兵还没有全部到达。等得三两日，这些笨重的战车，才在轰轰隆隆的人喊马嘶中卷着冲天的烟尘到齐了。

这时田忌接到斥候急报：越军还在三百里之外，两三日才能赶到昭关。田忌不禁长长松了一口气：“天助楚国也。”原来，他最吃不准的就是楚军与越军的行军速度。当年与孙膑打仗时，都是靠大军快速调动实施谋略的。围魏救赵、围魏救韩，都是千里驰驱，昼夜兼程，否则不能诱敌深入，更不能集中兵力伏击强敌。这场大战，楚军能够先期到达，以逸待劳，可在国门之外进行决战，胜算便很大。若越军先期到达攻下昭关，则楚国朝野震恐，纵能在境内取胜，也必得大费周折。尤其是这种老式战车兵，如不能先敌从容部署，仓促迎战，十有八九都会溃败。

这两天时间可是太要紧了。田忌立即下令：大军偃旗息鼓，全数驻扎在隐蔽的山谷，使昭关外的河谷原野看不到一座军营。暮色时分，田忌升帐聚将，开始详细部署大战谋划。由于楚军车战将领对新战法非常生疏，田忌必得向每个受命将军反复说明交代，如此直到四更方散。

一切准备就绪，楚威王与张仪赶到了。看到昭关外一片宁静的原野，楚威王惊讶了：“大将军，楚国大军何处去了？还没有抵达么？”田忌悠然道：“虚则实之，实则虚之。楚王但放宽心便是了。”张仪爽朗笑道：“将在外，君命有所不受。楚王明日但看大将军灭越是了，何须问他细务？”楚威王恍然笑道：“先生说得是。大将军，虚则实之。好。”

第三日将近午时，山外碧蓝的晴空突然变成了灰黄色，隐隐沉雷从东北天边隆隆逼来，昭关外的河谷也突然阴暗了下来。须臾之间，沙尘天幕中旌旗招展，恍若连天海潮向昭关压来。岘山峰顶的楚威王与张仪看得特别清楚，不禁相顾变色。再看旁边的田忌，却正在指挥军吏转动那杆黄红色的大纛旗。大旗三摆，田忌已经飞马下山。

片刻之间，楚威王便看见岘山谷口排开了一个巨大的步兵方阵。仔细看去，竟然全部是弓弩手，战车骑兵不见踪迹。田忌立马阵前，怀抱一面红色令旗，好整以暇。楚威王不禁低声嘟哝：“如何只有这少许人马？越军可是十五万大军，仗能这样打么？”张仪高声笑道：“楚王快看，姒无疆到了。”楚威王遥遥鸟瞰，只见土红色的越军已经漫山遍野地压到岘山谷口，东北原野上犹有烟尘蔽天源源涌来。当先两辆战车，第一辆载着一面“越”字大纛旗当先奔驰。这是战车兵的战阵传统，叫护旗车。后面一辆战车四匹白马驾拉，驰骋如飞，在土红色的海洋里分外抢眼。楚威王对战车还算熟悉，一眼看去，便知这是一辆配备五名车战甲士的重型战车。战车正中，一领大红斗篷迎风飞舞，头顶玉冠在阳光下熠熠生辉，显然是越王姒无疆。

将近楚军一箭之地，越王战车停了下来。姒无疆打量着谷口这片土黄色的步兵方阵，扬鞭一指哈哈大笑：“阵前何人？些许黄虫，能挡得海神天兵么？！”

田忌出马阵前，拱手一礼：“在下田忌。我有十万天兵埋伏，越王还是下马向楚王称臣，免你死无葬身之地。”大将军没有一丝笑意。

“田忌？噢哈哈哈哈哈！”姒无疆笑得更加骄狂，“无名鼠辈，也学会了本王的海神天兵战法么？”

“正是。”田忌又是一拱，“天兵战法，越国一绝，在下自然向越王讨教。”

“好噢！”越王姒无疆一跺脚，大纛旗与重型战车飞一般驰向右边一个山包，到得山顶，越王向东海方向深深一拜，猛然回身，拔出青光闪烁的吴钩大吼，“海神驾临——天兵奋威——”随着悠长尖锐的呼号，那面红色大纛旗左右急速摆动，越军阵前的三百多辆战车飞驰两边，

“呜呜”的海螺号声响彻山谷，土红色海洋中涌出了一个怪诞狰狞的大阵——青面獠牙的海蓝色面具，硕大的棕色皮盾，闪亮的吴钩弯剑。

这便是天下罕见而越国独有的“海神天兵阵”。随着大阵涌出，越军的三百多辆战车与两万多骑兵分列在“海神天兵”的左右原野，成为侧翼力量压了过来。

田忌曾经做过齐国的南长城守将，对楚越两军的军制战法都很熟悉。据多路斥候回报：越王这次“伐楚”以战车与骑兵当先，步兵随后，而没有以“海神天兵”做主力大阵的意思。虽然越军的战车、骑兵数量很少且战力较弱，但田忌还是不想用楚国的战车骑兵正面迎击。若双方车骑正面交战，楚军最多只能击溃越军车骑而不能歼灭。在大体平坦的山原河谷交战，战车与骑兵都很容易脱离纠缠而逃跑。最好的情势是：越军以步战为主，战车骑兵辅助步兵大阵，有利于楚军一战成功。越国多山，加之河流纵横湖泊密布，战车骑兵难以驰骋，所以历来以步兵为主力军。越人剑术普及，精健灵动，几乎人人都是上佳武卒。所以越军的十万步兵是真正不能小视的。中原战国与越国交兵，最感棘手的还是越国步兵。以常理推测，楚军似乎不应与越军步兵正面决战。

但事有奇正，目下的楚军偏偏就是越国步兵的对头。原因很简单，开到昭关的楚军只有战车兵与骑兵。这战车恰恰是单纯步兵的最大克星。虽然说车、步、骑各有所长，但在特定形势下却不能一概而论。两军总体对比，都是车战时代的军制战法，无分伯仲。但同是旧军，战车冲击力大大优于步兵。尤其对于没有深沟高垒的步兵，战车更是致命威胁。而楚国的五万骑兵，多少还有一些新军的影子，对付越国的战车、骑兵也是游刃有余。正因为如此，田忌才要设法引诱越王摆出“海神天兵”的步兵大阵来。而在骄横的越王姒无疆看来，却是将计就计，正好牛刀杀鸡，何乐而不为？

见战阵列好，田忌高声喊道：“请越王发兵——田忌天兵应战也——”喊声落点，飞马驰向楚军大阵右边的山头，站在了一面亮黄色的大纛旗下。

“海神天兵——灭杀黄虫——”越王姒无疆一声高喊，土红色大纛旗急速摆动，山头上的几百支海螺号凄厉长鸣，海蓝色的狰狞大阵轰轰轰地向楚军压了过来，大有排山倒海之势。

楚军大阵却像沉寂的山谷，只闻风卷旌旗的猎猎之声。待海蓝色大阵压到半箭之地，楚军山头突然战鼓如惊雷滚动，黄色方阵万箭齐发，海蓝色的浪头便轰隆隆卷了回去。与此同时，田忌所在山头的黄色大纛旗四面摆动，几百支牛角号呜呜吹动，两面山谷中惊雷大作，一面涌出的两千辆战车如山崩一般压向海蓝色大阵，一面涌出的五万骑兵如潮水般卷向越国两翼的战车。楚国的战车全部是两马驾车、车下五十卒、车上甲士三名的中型战车。车上甲士配备长矛硬弓，车下步卒都是吴钩藤牌。越军步卒的个人技击能力虽然出色，但却从来没有结阵而战的训练传统，其战法与北方胡人的散漫冲杀如出一辙。如此步兵又无壕沟掩体，与山岳般压来的战车正面撞击，立即被分割得七零八落，兵不见将，将不见兵，一片呼喝吼叫。楚军战车后的配伍步卒趁乱猛砍猛杀，漫山遍野的海蓝色“天兵”大阵，顿时成了楚军的大屠场。

车战是成本极为高昂的一种古典战法。战车精良、车上技击、车下配伍，是车战的三个基本要素。一辆装备精良，经得起高速奔驰、剧烈颠簸、强力冲撞而又能保持作战性能的战车，大约需要数十家农户一年的赋税才能打造出来。春秋时代，一个大诸侯国能拥有一千辆战车，便是非常难得的了，此所谓千乘之国也。而车上甲士的技击训练更是严格。且不说在高速颠簸中保持长矛击刺、强弓远射的杀敌能力，仅甲士所需要的基础功夫——驾车、马术、车上平衡、相互配合保护等，就远非一般人所能胜任。而与车战配伍的步卒与寻常步兵也有很大不同，除了跟随战车奔跑杀敌的速度与耐力，还得保护战车不被敌方伤害，同时又必须在高速奔跑中结阵杀敌。也就是说，车战是一种完整的战争方式，对所有方面都有严格的要求，绝不仅仅是简单的马车加步兵。这种高昂的成本，是车战消亡的重要原因。到了战国之世，频繁的战争使车战所需要的各种资源无法满足：战车无法快速打造，车上甲士无法成批训练出来，配伍步卒也难以大批挑选出来，就连适合驾驭战车的良马也根本无法源源提供。

目下，楚国这车上甲士与车下步卒就多有滥竽充数者。为了确保战车的冲击力，田忌事前对战车兵作了适度裁减。车上甲士减为每车两人或一人，车下步卒每车减为三十卒或二十卒，年长迟钝者全部改为弓弩手，所留甲士步卒都是较为精悍的劲卒。所以，楚军战车在平坦的河谷原野上展开，轰隆隆铺天盖地，威力大是惊人。

两翼的骑兵冲杀，又是另一番景象。越军的骑兵与战车本来就是越王姒无疆的直辖亲军，寻常都在中央主阵保护越王。偏偏今日以“海神天兵”做了主阵，骑兵战车被摆在了两翼，越王的重型战车也脱离了战车阵形，飞上了一座山包去指挥大军。楚军骑兵一出谷口便分为两路，一路杀向越军的三万骑兵，一路包抄越军的三百辆战车。越军的骑兵与战车本来缺乏训练，数十年来几乎没有经历过实战，战马、骑士、战车，都成了徒有其表的仪仗兵。相比之下，楚军毕竟长期与中原冲突，骑兵更是最经常使用的快速力量，基本的战力始终是稳定的。冲击越骑的这路楚军骑兵也是三万，兵力相当，按照骑战规矩，正是旗鼓相当。但一经在原野上展开，三万越骑却大见狼狈——旗帜散乱，盲目窜突，大呼长吼间纷纷人仰马翻。楚骑尚未冲杀到核心，越骑先自乱作一团，有的要冲过去保护越王，有的要与战车会合，有的要逃跑，有的要

楚国灭越之战示意图

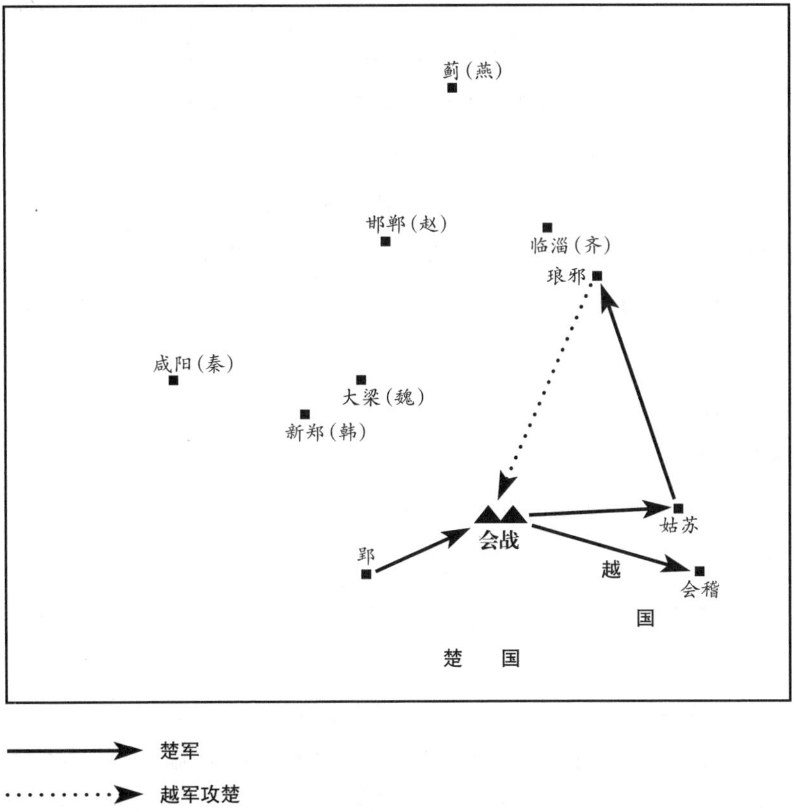

杀敌，自相冲突践踏，完全不成阵形。楚骑山呼海啸般杀来，吴钩闪亮翻飞，不到半个时辰，越军骑兵便告土崩瓦解。

另一路骑兵对战车，更是奇观。战车是老式重兵，骑兵是新军重兵。车战时代没有集团骑兵（散骑例外），所以也没有战车与集团骑兵交战的先例。目下，战车在中原战争中消亡，集团骑兵也没有过与战车交锋的战例。如此一来，这场车骑之战便成了无规矩可循的乱战。战车与骑兵，都以快速奔驰为基本点，谁丧失了速度，谁便丧失了冲击力。战前，田忌给这两万楚军骑兵的战法是“百骑对一车，先车后卒”。按照越军战车一车百卒的军制，三百辆战车共三万兵力。楚军的一百骑对越军一百卒加一辆战车，也是旗鼓相当。谁知越军战车一开始奔驰迎击，山原上便大是热闹起来：越军的老旧战车一经剧烈颠簸，有断轴者，有折辕者，有甲士摔下战车者，有步卒被战车碾死者，甚至有车轮四散而战马只拖着车厢狂奔者……楚军骑兵冲杀间忍不住一片哈哈大笑。

日暮时分，战场的喊杀声沉寂了，昭关外唯有楚军欢呼胜利的声音。

整整两个时辰，越国的十五万大军土崩瓦解，姒无疆被乱军所杀，越军残部全部降楚。

在楚军的欢呼声中，楚威王在昭关举行盛大宴会庆功。张仪、田忌被楚威王请到了最为尊贵的中央位置，楚威王自己与随行大臣则全部在偏座。张仪洒脱不羁，见楚王相邀盛情难却，也就哈哈大笑入座了。田忌却是几番推辞，总算被楚威王扶到了案前，还是如坐针毡般大不自在。

“诸位臣工。”楚威王兴奋地举起了大爵，“一战灭越，全赖先生谋划、大将军统军大战之功！来，为先生，为大将军，干此一爵！”

“为先生！为大将军！干！”全场欢呼，个个痛饮。

“启奏我王。”令尹昭睢起身高声道，“臣请赐封田忌大将军三县之地，封号武成君，统率大楚兵马，北上与中原争霸。”

“臣等赞同！”楚国大臣异口同声。

楚威王爽朗大笑：“大将军，本王正有此意，就做楚国武成君如何？”

田忌一脸肃然，拱手答道：“楚王与先生本有定议，田忌只打一仗。”

张仪看看楚威王笑道：“楚王英明，岂肯食言自肥失信于天下？”

“噢，回头再议了。”楚威王岔开话题道，“先生、大将军对灭越后事有何见教？”

张仪悠然笑道：“越国立国一百六十四年而被楚灭，使楚开地千余里，增民两百万，几成半天下之势，天下待楚国将刮目相看也。然则，越国部族散居荒山、水泊、海岛，极难归心。欲得真正安定，化越入楚，尚需派出一支大军常驻越地十余年，待其民心底定后再行常治之法，方为上策。”

“大将军之见如何？”楚威王似乎更想听田忌的看法。

田忌坦然道：“先生所言，极是远虑深彻，田忌以为大是。”

“好！”楚威王拍案，“明日即派大军开赴越地，化越入楚……”

突然，大帐外马蹄声疾，大是异常。楚威王尚在沉吟间，辕门已经传来锐急的报号声：“房陵军使，紧急晋见——”话音落点，一人跌跌撞撞进帐，一身污秽血迹，扑在楚威王案前号啕痛哭。

帐中皆愕然变色，楚威王大是暴躁，拍案怒喝：“败兴！说话！”

“禀报我王。”军使哭声哽咽道，“秦军偷袭房陵，夺我府库仓廪，杀我两万余人，汉水之地三百里，全都让秦国占了……”

偌大军帐，骤然死一般沉寂，方才的隆重喜庆气氛片刻间荡然无存。汉水三百里土地尚在其次，房陵数百座粮仓府库的失守才当真令人心惊肉跳。那里储存了楚国十分之七八的粮食兵器财货，夺走房陵，无异于夺去楚国近百年的府库积累。对于任何一个楚国人，这都是难以忍受的噩耗。

死一般的寂静中，楚威王面色铁青，牙关紧咬，“咣当”将一只铜爵摔在地上。

令尹昭雎阴沉着脸站起，突然一声大喝：“张仪——给我拿下！”

田忌愤然高声道：“且慢！此事与张子何干？田忌敢请楚王说话。”

楚威王冷冷地瞅了田忌一眼，大袖一甩，转身而去。如此几番折腾，张仪竟然还愣怔在座中，苍白的脸上木呆呆没有丝毫反应。田忌大急，疾步上前掐住了张仪的人中穴，大喊一声：“张子——”

六　错也数也　不堪谈兵

昏暗的石屋里，遍体鳞伤的张仪终于醒了过来，恍惚间仿佛一场噩梦。

身下的石板是冰凉的，浑身是冰凉的，心也是冰凉的，那一线微光似乎也是飕飕的凉风，将那一丝朦胧混沌的感觉都变成了冰凉。睁开眼睛，张仪觉得很清醒又很朦胧，明明是一方凉冰冰的天地，如何却又感到热烘烘的一片焦躁？还是闭上眼睛想想，究竟发生了何等事情？如何自己突然变成了一片空白？

张仪深深吸了一口气，日间之事在一片冰凉潮湿中渗了出来——呵，军使来报，房陵被秦军偷袭，楚王摔了铜爵，昭雎喊了什么？是了，拿下张仪。对了，田忌还争吵了一阵，好像没用。以后的事么，不用想了，还能如何？突然，张仪觉得很可笑，入楚原是名士，灭越之后更是尊神，如何正在被楚国君臣的香火供奉之时，虔诚的颂扬突然变成了一记闷棍？一谋之功，由人而神。一谋之过，由神而鬼。世间事当真如此滑稽？是也是也，当真滑稽。心念一闪，张仪突然大笑起来，边笑边唱：“习习谷风，维山崔嵬。无草不死，无木不萎。忘我大德，思我小怨。”唱着唱着，又飘飘然去了……

再次醒来时，张仪浑身软得酥了一般，透体的冰凉如何又换了轻飘飘暖洋洋，仿佛大醉之后一般？那是什么声音？窸窸窣窣隐隐约约的好像就在身边？张仪费劲地睁开眼睛，却见一个人跪坐在身边，似乎还在低声哭泣，闭闭眼睛再睁开，张仪相信这不再是梦，不再是醉眼昏花，这是真实的。

“绯云？是你么？”张仪含混地嘟哝了一句，那张嘴仿佛不是自己的。

“张兄！你，你终于醒了……”哭声停了，泪珠却滴在了张仪脸上。

“绯云。”张仪慢慢张开嘴巴，“看，看，我的舌头还在么？”

绯云“扑哧”笑了，边抹眼泪边点头：“在，在吔。”

“好，好。”张仪长长地喘了一口粗气，“但有三寸舌在，张仪，还是张仪。”

“先别说话，我给你喂点儿热米酒。”绯云轻柔地扶起张仪倚在自己肩头，转身拿过一个布套包裹的铜壶，将壶嘴儿搭在张仪嘴唇边，“来，喝下去会好些。”香甜温热的米酒一入口，张仪大感干渴，咕噜咕噜牛饮般吞咽起来，一壶热米酒顷刻全部干净。张仪大感精神，四顾打量，发现这是一间竹墙茅屋，透过半掩的木门，一座苍翠的山头横在眼前，似曾相识。“绯云，这，这是何处？”张仪惊讶得有些结巴起来。

“长阳谷，田忌隐居之地。”

“如何能在这里？田忌何在？”

“张兄莫急。”绯云叹息了一声，“我这就说给你听……”

昭雎缉拿了张仪。田忌大急，一面教绯云到令尹大帐打探，一面连夜紧急求见楚威王。绯云火急赶去，用一百金买通了令尹府一个军吏，才得以守候在令尹府门厅等候。夜半时分，田忌匆匆赶到，出示了楚王的金令箭，才强迫昭雎放出了遍体鳞伤的张仪。出得令尹府，田忌一句话也没说，连中军大帐都没有回，就亲自驾着一辆战车将张仪主仆送到大江边。这时，一艘轻便快船已经在江边等候了。朦胧月色下，田忌对绯云说：“先生重伤，好生护持。我稍后便归。余事不用操心，上船便知。”说完匆匆走了。

上得轻舟，一个精悍的年轻人来到舱中对绯云说：“我乃将军族弟，名叫田登。小哥但放心看护先生便了。这是一个红伤药箱，小哥想必会打理红伤。”绯云急忙点头谢了，便在一支粗大的蜡烛下埋头打理昏迷不醒的张仪。整整一个时辰，绯云才将张仪的全部伤口擦洗上药完毕。这时田登又来到舱中，见张仪已经安然昏睡，方才对绯云说了田忌的安排。田忌叮嘱：楚国君臣正在嫌恶张仪，更兼昭雎险恶，先生不能留在昭关，须得先回长阳谷疗伤，待痊愈后再作他图。如此漂漂荡荡地走了六天，才回到了这云梦泽的长阳谷。

“将军如何，他没受牵累么？”张仪急问。

“田登说，楚王与将军又做了一个交换：将军须统兵收复房陵，楚国方能放人。将军坚执要楚王先放出张兄，否则不接受交换。僵持半个时辰，楚王才出了令箭。送走我等，楚王便敦促将军连夜带兵北上了。田登安顿好我等，也随后追赶将军去了。”

张仪听得愣怔，良久道：“绯云，你去歇息，我好生想想。”

“哎，做好饭我便来吔。”绯云收拾了零碎物事，扶张仪躺好，轻手轻脚地出去了。

田忌统兵北上的消息使张仪大感意外。田忌为自己开脱辩解，这是很正常的；连夜赶到楚王行辕解救自己，也属该当之行。毕竟，是张仪给田忌创造了重新返回齐国的机会，而且准备共事图谋振兴齐国。利害关联，作为报答也都是题中应有之意。可是，以统兵收复房陵为交换，就大大超出了报答举动。秦国新军绝非越国的乌合之众可比，楚国的老战车与半新半旧的骑兵如何能收复房陵？秦军能够千里奔袭，谋划者与统兵大将一定都是非凡人物，岂能没有充分的迎战准备？楚军北上，岂非以卵击石？田忌作为当世已经成名的老将，历来用兵慎重，一个牛刀杀鸡的对越之战，尚且是战战兢兢如履薄冰，岂能对秦楚实力心中无数？更重要的是，如此交换，将使田忌在楚国越陷越深，楚人薄情寡恩，败了走不脱，胜了不能走，后患将是无穷尽的。实际上，做出如此交换，田忌等于将自己的后半生全部押给了楚国，重回齐国的愿望很可能因此而永远无法实现，对于一个齐国王族子孙而言，永远地客居异国，老死异乡，那真是一曲磨人终生的悲歌。

显然，田忌将自己押在楚国，楚国对张仪的恨意才会稍减，他张仪才算彻底地脱离了险境，才有安全养息的可能。张仪啊张仪，你值得田忌付出如此牺牲么？若是挚友知音如俞伯牙钟子期者，自然是士为知己者死，死而无憾。可张仪之与田忌，却只是初次结识，既算不得挚友，更算不得知音。张仪为田忌返齐奔波，也只是出于为自己物色力量的利益之需，本来就是“权衡利害决其行”，所以张仪对田忌也从来不从“义”字上说事，甚至也不从“道”字上说事。豪放不羁的张仪，对人对事从来不讲虚伪烦琐的情义理礼，而只追求透彻地把握利害关联。田忌虽寡言，却睿智，岂能不知策士纵横之准则？所以，张仪与田忌谈不上情义之交。那么，谈事定策的见识方面呢？似乎更与知音不搭界。

秦军偷袭房陵，田忌是经过认真揣摩，事先作为唯一的危险提出来的。而张仪，却不假思索地立即否定了田忌，最终也导致了楚王对田忌的否定。事实上，田忌并没有赞同张仪的看法，但却也没有像策士那般据理争辩，非要见个你高我低。现下想来，田忌的那句话是有道理的："兵家法则，后方为本，但求防而无敌，不求敌来无防。"

回想起来，张仪真是不可思议，当时自己为何对如此要紧的兵家格言充耳不闻，那么一阵笑谈，便否定了一个当世名将的深思熟虑？张仪啊张仪，身为名门策士，如此浅薄轻狂，实在是天下笑柄。当房陵军使急报噩耗时，你张仪震惊得面色灰白，呆若木鸡般连话也说不出来，不觉得羞愧么？！

心念及此，张仪苍白的脸色涨得通红，生平第一次生出了无地自容的感觉。仔细想来，自己对秦国从来不甚了了，偏偏竟莫名其妙地蔑视秦国。对兵家战事之学，自己从来就是皮毛耳耳，偏偏竟莫名其妙地轻率谈兵。张仪啊张仪，与苏秦的沉稳与透彻相比，你是何等的浅薄浮躁？苏秦常说："锋锐无匹，吾不如张仪也。"张仪对苏秦的这种称赞，每每总是大笑一通，口中"非也非也"，心里却是很得意的。这次，也是生平第一次，张仪蓦然醒悟，自己与苏秦相比，实在是差了一筹。

木门半掩，昏黄的阳光长长地铺在了茅屋的厅堂，张仪盯着枕在山头的那一轮残阳渐渐沉沦，一线冰凉的泪水涌上了苍白的面颊。

猛然，他心头一阵震颤，霍然挺身坐起，却又低低地闷哼了一声，沉重地倒下，压得身下的竹榻吱呀吱呀一阵大响。咬牙片刻，他又重新坐了起来，抹抹额头汗水，撑着竹榻缓缓站了起来。四顾打量，他看见了门后那根撑门的风杖，试图走过去拿那根风杖助力，不想方得抬脚，膝盖便一阵发软，"咕咚"坐在了地上。张仪哈哈大笑，兀自摇头嘟哝：

“昨日英雄盖世，今日步履维艰……”喘息得一阵，又全神贯注地两手撑地着力，竟缓慢地站了起来。咬牙挪得两步，便将那支风杖抓在了手里，虽摇摇晃晃却总算没有跌倒。借风杖之力，张仪站着稳住了气息，自觉那种眩晕漂浮和眼前的金星慢慢消失，一身大汗之后，觉得大是清醒。拄着风杖，张仪一步一步地挪出了门外。

夕阳西下，一抹血红的晚霞还搭在苍翠的峰顶，一缕袅袅扶摇的炊烟正融进苍茫的暮色，三面青山如黛，谷底澄江如练，谷风习习，山鸟啁啾——多么美好的河山，多么美好的尘世。瞬息之间，张仪生出一种恍如隔世的感觉，痴痴地伫立在晚风之中。

“张兄——”随着脆亮急切的呼唤，绯云急匆匆赶来，“吔！你敢站在这儿？田忌这望乡台是临渊孤石，有多险！不知道么？快下来，慢点儿，踏实了，哎，对了。”

张仪被绯云一顿嚷嚷，下得孤峰高台，方才回过神来，抬头正要说话，却惊讶地盯着绯云哈哈大笑起来：“是了是了，这才是真山真水嘛！”绯云大窘，捂着脸笑道：“你不见了，人家顾不上了吔。”张仪高兴得点着风杖笑道：“好啊好啊，我张仪有个小妹了！”

张仪在长阳谷秘密养伤，绯云全副身心地操持料理。这长阳谷本是隐居之地，除了盐巴铁器等物要上市购买外，一切都是自耕自足。下厨做饭，就要先到菜田摘菜，到井中汲水，若米面没有了，还得捣臼舂面，便成了古人常说的“儿女常自操井臼”。更不要说还有自酿米酒、浆洗缝补、采茶炒茶、洒扫庭除等活计。但最要紧的，还是全力侍奉重伤的张仪，煎药喂药、擦洗伤口、敷药换药、扶持大小解、昼夜守候。绯云虽是精明利落，也忙得陀螺般转。

长阳谷原是留有两个守庄老仆，可绯云坚执自己料理一切，除了田中粗重活计，绝不要仆人帮忙。这些细碎烦琐而又连绵不断的活计，要做得又快又好又干净，便不自觉地要遵从一些基本规则：下厨戴围裙，头上包布帕，长发盘成发髻，喂药换药要跪坐榻前，浆洗缝补免不了要飞针走线。每日操持忙碌之中，绯云竟渐渐忘记了原来长期训练成的男身习惯，此刻风风火火赶来，头戴布帕，腰系围裙，一支玉簪插在脑后发髻上，长长的云鬓细汗津津，丰满的胸脯起伏喘息，眼波盈盈，白皙红润，活脱脱一个干练的美少女。张仪如何不惊叹？

母亲将绯云交给他时，并没有说绯云是个少女。游历蹉跎，虽说也常常觉得绯云显出顽皮可爱的女儿神态，但也只是心中一动而已，张仪并没有认真去想。毕竟，少男少女之间的差别并不是泾渭分明的，而且也确实有那种音容笑貌相类于少女的少男。但更重要的是，张仪出身寒门，襟怀磊落而又洒脱不羁，对仆人历来不做贱人看，也不想无端地去追问这些一己之秘。在他看来，绯云不说，那便是不能说不愿说或者无甚可说，又何须使人难堪？今日绯云如此景象，他自恍然大悟，心中莫名其妙地大是畅快。

“吔，别站风里了，回去。”绯云羞涩地小声嘟哝。

“绯云。”张仪突然正色道，“必须离开长阳谷，收拾一下，后半夜走。”

“吔！这是为何？你伤还没好，走不得。”绯云一急，声音又尖又亮。

“吔，你不知道么？”张仪学着绯云独有的惯常口吻笑道，“田忌换我，身不由己，将我安顿在这里，也本是权宜之计。只要我在这里住，田忌便不能甩开楚国。将心换心，我要给田忌自由，他绝不想在楚国陷得更深。必须走！”

“没有人知道我们住在这里啊？”绯云还是想不通。

“小孩子话。”张仪“笃笃笃”地点了点风杖，“那房陵是昭雎封地，秦国挖了他老根，他恨死我了。纵然楚王放我一马，昭雎也会寻找我的。他是令尹，权势大了，这里决然逃不出他的密探刺客。”

“吔！”绯云惊出了一身冷汗，“那就快走！到齐国的路还算好走。”

“还能回齐国？”张仪苦涩地一笑，“回家，回安邑老家。”

“张兄，你……”绯云看见张仪眼中泪光，哽咽起来，却又立即咬牙忍住，“好，回老家。走，你先歇息养神，我去准备便了。”

四更时分，月明星稀，一叶独木扁舟漂出了滚滚滔滔的长阳山溪，漂进了水天一色的茫茫云梦泽，漂向了遥远的北方彼岸。

“张兄，你在想甚？好痴吔。”绯云的声音在桨声中飘荡着。

“苏秦。他为何选择了秦国？”

“他觉得秦国好吔。还能有甚？”

张仪哈哈大笑：“倒也是！并无甚个奥妙。只是啊，我也得对秦国重新估量了。这老秦忒恶，跌我出门一个嘴啃泥，忘不了也！”

第五章 天地再造

一 异数中山狼

一个多月了，苏秦总算进入了上郡，走到了秦长城脚下。

回洛阳的大道是东出函谷关，非但路近，而且沿途人烟稠密多有驿馆，穷路富路都很方便。可苏秦不想走大道，不想教任何人看见自己这潦倒模样。出得咸阳时分，他已经孑然一身了无长物，唯一的一个青布包袱中，还只是不能吃不能喝且越来越显沉重的几卷竹简，直与乞丐一般无二。理论起来，一次说秦失败，也远非陷入绝境，还完全可以继续游说其他几个大国，毕竟成就霸业的雄心绝非秦国一家。可是，一次莫名其妙的车痴之祸，竟使自己一夜之间变成了赤裸裸的穷汉子，举步维艰，如何能去周旋于王公大臣之间？苏秦倒是闪过一个念头，去燕国，燕姬一定会帮助自己。认真一想，不禁失笑。燕姬初为国后，纵然想帮自己也未见得能使上力。纵然燕姬能使自己衣食不愁，可那无聊的日子受得了么？若在燕国再度被困，那可就真正地陷入绝境了。

苏秦在北阪道边想了整整一夜，最后终于想定，只有回家。

苏秦选择的这条路很生僻，与其说是路，还不如说只是个方向——出咸阳北阪，经云阳、栒邑直入北地郡，再沿秦长城到上郡的阳周[1]，而后东过大河，经离石要塞再南下回洛阳。且不说这条路比函谷关大道远了多少倍，更重要的是，在进入魏国河内地区之前，这是一条越走越荒凉的险道。可苏秦顾不得那么多，他只有一个念头，不要见人，悄悄回家。至于吃苦冒险，那是上天对自己荒唐行径的惩罚，原是罪有应得。

夕阳将落，河西高原已经湮没在暮色之中了。披着晚霞的夯土长城像是一道鳞光闪闪的巨龙，顺着山脊蜿蜒地伸向了东北，直达遥远的云中大河南岸。无边林木覆盖了千山万壑，极目望去，一片苍苍莽莽的空旷寂凉。山风呼啸，林涛隐隐，唯有长城亭障上那一缕袅袅飘散的炊烟，那一阵召唤巡骑的悠扬号角，给这荒莽的山林沟壑增加了一线生机。

这便是名闻天下的河西高原，一片人烟稀少的荒莽山地。

苏秦从来没有到过河西之地，以往也确实难以理解，秦魏燕赵与阴山胡人为何要反复争夺这片荒莽的高原？一百多年征战厮杀，死人无算，争来这片荒凉的山塬究竟有何大用？这次从关中跋涉北上，历经山山水水隘口亭障，才明白了这荒莽的河西高原是多么重要的必争之地。如果仅仅从生计上看，这里多是山林沟壑，既没有适合放牧的广阔草场，又没有多少值得耕耘的良田，无论谁占领这片高原，都不能得到当时极为缺乏的人口农田与牛羊。

但若从国家争霸的整体上看，河西高原便光芒四射。它是矗立在整个大中原腹部的制高点，谁雄踞河西高原，谁便对四面势力（北方匈

[1]　阳周，今陕北绥德以西，当时是秦长城的要塞。

奴、东方燕赵、西部秦戎、南部魏韩）有了居高临下的威慑力。魏国占领河西的五六十年，正是魏国的最强盛时期。秦国收复了河西，便立即成为鸟瞰中原、威慑北胡的强势大国。秦国要确保河西高原，靠的就是西边的大河天险，东边的千里长城。商鞅收复河西后，将大河天险延伸到了东岸的离石要塞，将秦国原来的旧长城一直修筑到了云中[1]之地。如此一来，河西高原成了稳定的老秦本土，秦国便真正成了被山带河的四塞之国。天时地利，何独佑秦国也？

饥肠辘辘地感慨嗟叹了一番，苏秦不禁失笑，暗自说声“惭愧”，连忙坐在一块山石上铺开包袱布，开始大咥起来。这是老秦人的狩猎路饭，一块半干的酱牛肉夹进厚厚的大饼，再加几根小葱，便是一顿结实鲜辣的路饭。苏秦食量本来不大，可一个多月跋山涉水下来，竟变得食量惊人，每次开吃都将所带路饭一扫而光，兀自感到意犹未尽。饶是如此，也还是变成了一个精瘦黝黑长发长须的山汉子，任谁也认不出这是昔日的苏秦。吃完路饭，苏秦到山溪边咕咚咚牛饮了一通，又跳进水里擦洗了一番，这才感到清凉了许多。收拾好自己，看看太阳已经完全下山，天色就要黑了下来，连忙背起包袱提起木棒，又开始了跋涉。

夜行昼宿，这是老猎户教给苏秦的“河西路经”。

一路行来，苏秦是讲书换食。每有农家可夜宿，不管老秦人如何朴实好客，苏秦都要给主家的少年子弟讲一两个时辰的书，以表示报答。走到白于山麓[2]时，农户渐渐减少。一打听，才知道自从商鞅收复河西之后，将散居深山的农户全部迁到了河谷地带，建立新里（村）推行新法，山林中只留下世代以狩猎为生的老猎户。

那一日，天色已经黑了，却看不见一户人家。苏秦正在着急，却遇

[1] 云中，今内蒙呼和浩特西南部，当时有要塞城堡，后有云中郡。
[2] 白于山，今陕北靖边与吴旗之间的山地，秦长城沿此山北进。

见一个老猎户狩猎归来，邀他到家中做客。那是山坳里的一座小院子，大石砌墙，石板垒房，老猎户一家在这简陋坚固的山石小院里已经居住了四十余年。老人有两个儿子，都在深山狩猎未归，家中只有老夫妇留守。苏秦无书可讲，便与老人在山月下谈天说地，请教河西路情民风。老人见苏秦是个大世面人，谈吐豪爽快意，一发打开话匣子，将“河西路经”整整说了个通宵。

“河西山路两大险，地漏中山狼。”这是老人最要紧的告诫。

所谓地漏，说的是那些被林木荒草覆盖的无数沟壑山崖。老猎户说，大禹治水的时候，这河西高原被大大小小的河流山溪冲刷切割得沟沟坎坎峁峁墚墚，山崖多，山坑更多；偏偏又是遍山的林木荒草，一眼望去的平坦山塬，走起来却是险而又险；一不小心，便要掉进树枝荒草下的山崖山坑。老人说，许多山坑深不见底，通到了九地之下，掉下去便没有救了。秋冬草木枯萎，“地漏”之险稍好一些。夏日草木葱茏，最是危险。由于这种“地漏”之险，河西人行路都有一支长长的木棒探路，而且大都在白天走路。

“可你不行。不能白天走。”这是老人的又一告诫。本地人行路大多是短途短时，自然是白日最佳。但对长途跋涉竟日行走者，却要白天睡觉，晚上走路。老人说：“一出白于山，荒山老林无人烟。”长行路，必定疲惫不堪，夜里一旦睡死，便有极大危险。只有白昼时日选个安全避风的山旮旯，方可睡上一两个时辰。且次日再睡，一定要离开昨日地点六十里以上，否则仍不能安宁。

这一切，都是因为河西高原还有最大的一个危险——中山狼。

河东有个中山国，乃是春秋早期的白狄部族建立的。那时，西北方的戎狄胡游牧部族大举入侵中原，与东南部的苗夷部族一起，对中原形成了汪洋大海般的包围。白狄是其中的一个部族，占据了晋国北部的山地河谷。后来齐桓公尊王攘夷，联合中原诸侯连年大战驱赶夷狄，终于将入侵的游牧部族赶出了中原大地。这时，晋国北部的白狄却已经化成了半农半牧的“晋人”，被晋国当作属地接纳了。后来晋国衰落，智魏赵韩四家争斗不休，白狄又野心大起，趁机自立为诸侯邦国，叫做了“中山国”。中山国建立不久，便被新诸侯魏国吞灭了。后来吴起离魏，魏国军势减弱，白狄部族又从草原大漠卷土重来，中山国又神奇地复国了。这个中山国虽然说不上强大，但却好勇斗狠，横挑强邻，死死咬住燕赵两国不放，居然还小胜了几次，被天下人看做与宋国一般的二等战国。

中山国声名赫赫，一大半是因了这中山狼。

老猎户说，中山狼都是妖狼，狡猾赛过千年老狐，凶残胜过虎豹。它认人记仇，遇上落单的路人，绝不会一下子扑上去将人咬死，而是跟着你周旋挑逗，直到这个人筋疲力尽心胆俱裂，才守在你身边慢慢撕咬消受；若有人打杀了狼崽，中山狼便会跟踪而至，日复一日地咬死你家的猪羊牛鸡，再咬死你家的小孩女人，最后才凶残地吞噬主人。更有甚者，中山狼能立聚成群。寻常时日，你无论如何看不见狼群。但若有孤狼遇敌，这孤狼伏地长嗥，片刻之间便会聚来成百上千只中山狼，连虎豹一类的猛兽也吓得逃之夭夭。河西高原的猎户以剽悍出名，可是却不敢动这中山狼。魏国占领河西高原的几十年里，中山狼几乎就是河西高原的霸主。狼灾最烈时，魏国军营的游骑夜间都不敢出动。河西高原人烟稀少，一大半都是这中山狼害的。

老人说，早先晋国的权臣赵简子曾经以狩猎为名，率大军三次杀狼，中山狼一度不见了踪迹。可中山国复活后，这中山狼也神奇地复活了。商君收复河西后，为保境安民，下令五千铁骑专门剿灭狼群。说也怪，这秦军铁骑仿佛天生就是中山狼的克星，狡猾凶残的中山狼硬是被他们杀怕了。秦军总是以三五小骑队驮载带血的牛羊引诱狼群聚集，而后大队铁骑从埋伏地猛烈杀出，穷追狼群，每“战”必杀中山狼数百头以上。经过三五年的灭狼战，河西高原的中山狼渐渐少了。

“还是要小心。猎户都知道，妖狼还没有死绝。”老人重重地叮嘱。

苏秦听得惊心动魄。他想不明白，这中山国与河西高原非但隔着横亘百里的崇山峻岭，还隔着一道惊涛骇浪峡谷深深的大河天险，中山狼如何就能翻山渡河而来？天地造化，当真是神秘莫测。苏秦原是听老师说过，中山狼是天下异数——白狄部族有驯兽异能，他们当年南侵时从草原大漠带来了漠北狼群，这种狼以中山国山地为巢穴，却很少伤害白狄人，只是成群地流窜邻国，使燕赵魏秦头疼不已。中山国四邻都是强大的战国，但若无充分准备和精锐大军，都不想与这个“狼国”纠缠。中山狼对于中山国来说，简直不亚于十万大军。

那时候，苏秦听了也是听了，只是将老师这“顺便提及”当做了一段天下奇闻，没有上心。如今想来，这中山狼竟远非“奇闻古经”四字所能了结，它是实实在在的灾难，匪夷所思的天地异数。

老人很是周到细心，特意给苏秦削磨了一根青檀木棒。这种青檀木坚如精铁，叩之有金石之声，寻常利刃砍下连痕迹也没有。五尺长短，粗细堪堪盈手一握，极是趁手。老人说，河西人几乎都有一根这样的青檀木棒，猎户们都管它叫“义仆”。这“义仆”可探路，可挑包袱，可做手杖，当然更重要的是打狼，简直比那口长剑还管用。

苏秦算得多有游历了，夜路也走过不少，可那都是一半个时辰的夜路而已，月明风清，倒有一种消遣情趣。可如今这夜路大大不同，从傍晚走到日上三竿，还不定能寻觅到一个合适的山旮旯睡觉。纵然有了山旮旯，也往往是一睡三醒，但有异动就猛然跳起。睡不踏实，那浓浓的睡意就老是黏糊在身上。夜晚上路，走着走着睡着了，不是在石缝里扭了脚，便是在大树上碰破了头，再不然就是衣服挂在了野枣刺上，有两次还差点儿掉进了“地漏”。几个晚上下来，苏秦已经是遍体鳞伤衣衫褴褛了。但苏秦还是咬着牙走了下去，实在走不动了，便靠在孤树或秃石上喘息片刻，困得眼睛睁不开时，便用握在手心的枣刺猛扎自己大腿，往往是鲜血流淌到脚面，自己才清醒过来。

夜路的最大危险，当然还是中山狼，且不说还有山豹虫蛇等。老猎人教给苏秦的诀窍是：“有树上树，无树钻洞，无洞无树，装死。”上树钻洞的事儿是家常便饭了，虽然还不能说敏捷如灵猿，但在苏秦说来，已经觉得自己与山猴相差无几了。有几次，苏秦还在枯树枝杈上睡了一觉，下来后精神大振，高兴得直跺脚。只有“装死”的事儿，还从来没有做过。老猎户说，中山狼从来不吃死物，万一在白日睡觉时骤然遇见中山狼，便要装死。这本来就是“险中险”，幸亏苏秦警惕灵动，一直没有碰上。

三日后，苏秦出了阳周要塞，顺着长城又向东走了两夜，太阳升上山顶时，终于看见了通向大河的山口。一鼓作气又赶了半个时辰，苏秦已经站在了山口大道边。向东望去，离石要塞的黑色旌旗影影绰绰，横跨大河的白石桥已经是清晰可见了，身后大道边的山坳里是一座秦军营寨，鼓角马鸣隐隐传来。军营边一个小小村落，袅袅炊烟随风飘散，鸡鸣狗吠依稀可闻，初秋的朝阳温暖如春，辽阔的山塬如仙境一般。

“噢嗬——有人了——”苏秦兀自跳着喊了起来，当真是恍若隔世。

比起长城山地，这里便是阳关大道了。“比山旮旯强多了，何不在此大睡一番？”苏秦念头一闪，顿时便觉浑身无力，软软地倒在了光滑的山岩上……

不知过去了多长时分，朦朦胧胧的苏秦觉得凉风飕飕，“对，该起来了。”陡然，苏秦觉得不对，是何声音？如何与父亲的牧羊犬大黄一般哈哈喘息？这里哪会有大黄？中山狼！心念一闪，陡然一身冷汗。

苏秦强自镇静，眼睛微微睁开一道缝隙，立即倒吸了一口凉气——漆黑夜色下，一只硕大的侧影就蹲在他身边五六尺开外，浑身白毛，两耳直竖，一尺多长的舌头上吊着细亮的涎水，哈哈喘息着，昂首望着天上的月亮——不是中山狼却是何物？！瞬息之间，一阵冰凉如潮水般弥漫了全身。

正在此时，中山狼仰天长嗥，一连三声，嘶哑凄厉，在茫茫旷野山鸣谷应。苏秦猛然想起老猎户的话：白毛老狼是中山狼的头狼，最是狡猾邪恶，每遇活物便守定不走，召唤它的妻子儿女和臣服它的狼群前来共享。看来，这是一只白毛老头狼无疑了，如何对付它呢？苏秦下意识地悄悄握紧了压在身下的青檀木棒，却是丝毫不敢动弹。“打狼无胜算，只有装死。”这是老猎户的忠告。可是，这只老头狼显然早已识破他不是死人，正在召唤同伴来享用，装死是不管用的，难道等着狼群来撕咥了自己？不！苏秦不能这样死去！滚下山崖？对，滚……

正在苏秦屏住呼吸要翻身滚崖时，骤闻崖下大道马蹄如雨，秦军铁骑路过么？没错，这是唯一的机会！心念电闪，苏秦骤然翻身跃起，大吼一声“狼——”抡圆了手中青檀棒向中山狼腰上砸下。那中山狼闻声回头，“嗷”的一声蹿出棒头，铁尾一扫，长嗥着张开白森森的长牙，正对着苏秦凌空扑来。“狼——”苏秦又是一声大吼，抡棒照着狼头死力砸下。只听“咣！嘭！”两声，那根硬似精铁的青檀棒竟拦腰断为两截。苏秦浑身一阵剧烈的酸麻，软软地倒了下去。那只老狼却只是大嗥了一声，滚跌出几尺，却又立即爬起，浑身白毛一阵猛烈抖擞，又猛扑过来……

正在这千钧一发之际，马蹄暴风雨般卷来，一支长箭带着锐利的呼啸“嘭”地钉进了中山狼后臀。全力前扑的老狼“嗷”的一声坐地跌倒，一个翻滚消失在山岩之后。

“快！救人！四面提防！”马队中一个粗嗓子高声大喊。

一骑士飞身下马抢上山岩：“什长，人死了！”

“胡说！带人上马！”

突然，一阵“呜——呜——”的吼声仿佛从地底生出，沉闷凄厉而旷远，山头河谷都生出了共鸣回应。

“头狼地吼了！点起火把！黏住狼群——”

什长话音方落，四野连绵地吼，火把圈外的暗夜里顿时飘来点点磷火，越聚越多，片刻间便成了磷火的海洋。风中飘来奇异的腥臭与漫无边际的咻咻喘息声，在河西高原消失已久的中山狼群复活了。

面对无边恶狼，战马嘶鸣喷鼻，惊恐倒退，一时有些混乱起来。什长嘶声怒吼：“圆阵不动！放下马甲！紧急号角——”随着什长吼声，三支牛角号尖厉地划破夜空，一连三阵，短促而激烈。十骑士同时走马，迅速围成了一个背靠背的火把圈子，五人弓箭五人长剑地配对花插，一阵锵锵声响，战马腹部与马腿立即放下了一层铁皮软甲。这是秦军铁骑的诱狼小队与狼群对峙的独特阵法：狼群成百上千，小股骑队绝不能贸然展开冲杀，也不能被狼群冲入马队，一旦陷入纠缠，杀不尽的狼群必然将马队分割撕咬，其后果不堪设想。寻常情况下，狼群的主动攻击比较谨慎，至少在半个时辰内要反复地“侦察与部署”。恰恰这半个时辰，便是秦军大队铁骑所能利用的路途时间。

谁知十人骑队刚刚列成圆阵，便听狼群中一声长嗥，那头苍毛老狼猛然冲近了火把圈子，后臀上的羽箭还颤巍巍摇晃。它蹲坐在火把之下，昂首冷冷地盯着战马骑士，从容地将硕大粗长的嘴巴拱到地上，“呜——”地发出一声长长的沉闷凄厉的嘶吼。随着这声地吼，火把圈外的汪洋磷火骤然发出惊心动魄的嗷嗥群吼，随着吼声，狼群蹿高扑低地从四野拥向火把。

“杀——顶住——”什长令下，骑士们的弓箭长剑同时射杀，几十只中山狼顿时血溅马前。中山狼一旦成群攻击，从来都是前仆后继不怕杀，十人骑队面对蜂拥扑来的千百只恶狼，无论如何是顶不住半个时辰的。

陡然，山塬上号角大起，火把遍野，杀声震天，马蹄声如沉雷隆隆滚过，秦军大队铁骑潮水般压了过来。蹲在山岩上的带箭老狼一声怪嗥，成千上万只中山狼竟一齐回头，骤然消失在无边的暗夜之中。铁骑火把也在山塬上成巨大的扇面形展开，喊杀穷追，直压向大河岸边……

苏秦醒来的时候，发现自己躺在一顶军帐里。一个壮实黝黑的年轻士兵正在帐中转悠，见他醒了，惊喜地喊了起来：“人醒了！千夫长快来——”便听脚步匆匆，一个顶盔贯甲手持阔身短剑的将军走了进来，径直到军榻前笑道：“先生好睡，整整三天了，能起来么？”

苏秦虽还有些懵懂飘忽，但也明白这必定是秦国军营，奋力坐起下榻，摇摇晃晃拱手作礼：“将军大恩，没齿难忘。”

千夫长哈哈大笑着扶住苏秦：“先生哪里话？引来狼群，聚歼除害，这可是先生大功呢。”

“你们，杀光了中山狼？”苏秦大为惊讶。

“不敢说杀光，也八九不离十。”千夫长显然很兴奋，一手扶着苏秦，一手比划着，“这是河西残留的最后一群中山狼，两千多只，追了三年都没有拢住。不想教先生给引了出来，一战杀了一千八百只中山狼。最大的战果，是杀了那头白毛老狼！那是狼王，偏偏就教你遇上了，先生命大得很！”

“惭愧惭愧。”苏秦连连摆手，“若非大军铁骑，早已葬身狼腹了。”

“来，先生这厢坐。”千夫长扶着苏秦坐到军案前，转身吩咐，“三豹子，给先生拿吃喝来，不要太多，快！”

“知道。”那个年轻壮实的士兵腾腾腾大步去了。

片刻之间，三豹子捧盘提壶走了进来：一个是布套包裹的大陶壶，壶嘴还冒着丝丝热气，大木盘中是一张白白厚厚的干饼，一盆已经没有了热气的带骨肉，还有几疙瘩小蒜[1]。苏秦但闻肉香扑鼻，顿觉饥肠辘辘，不待千夫长说“请”，便伸手抓起一块带骨肉大咥起来，只觉得生平从未吃过如此肥厚鲜美的肉味。眼见盆中肉完，苏秦抓起温软的大饼一扯，一手将盆中剩余的碎肉全部抓起塞进大饼，咬一口大饼，向嘴里扔进一疙瘩带皮小蒜。肉饼吃光，三豹子已经将大陶壶中的浓汤倒入盆中，苏秦双手端起咕咚咚牛饮而下。片刻之间风卷残云，吃得一干二净。苏秦满头大汗，兀自意犹未尽，双手在身上一抹，又用残破的衣袖擦了擦嘴角。

“咥得美！”千夫长一阵大笑，“先生猛士之风，高人本色。”

“见笑见笑。”苏秦不禁红了脸。

“先生可吃出这是甚肉？”

苏秦一怔：“好像？”却总也想不起方才吃肉的味道，忍不住也哈哈大笑，“囫囵吞下，浑不知肉味也。”

“狼肉！中山狼的一只后腿。”

“啊！狼肉？”苏秦始而惊愕，继而大笑不止，“狼可咥人，人可咥狼，谁咥谁，势也！”

千夫长拱手笑道：“先生学问之人，末将佩服。三豹子，拿先生的竹简来。”三豹子快步从后帐拿出一个青布包袱放到军案上，千夫长打开包袱笑道：“先生发力猛烈，这些竹简全被震飞了。杀完狼群，清理

---

[1] 《齐民要术·种蒜》载：小蒜为中原固有，大蒜乃西汉张骞出使西域带回。

战场，方才搜寻捡回了。军中书吏看不懂，不知缝连得对不对，先生查查了。”

“多谢将军了。”苏秦深深一躬。

“先生不必客气，请先擦洗换衣，末将还有求于先生。三豹子，带先生擦洗。”

“是。先生跟我来。”三豹子领着苏秦走进一道大布相隔的后帐，指着一个盛满清水的大木盆道，“先生自擦洗了。这是千夫长的一套衬甲布衣，先生且先将就换了。”说完走了。

苏秦已经脏得连自己都觉得酸臭难耐，脱下絮絮绺绺的破衣烂衫，痛痛快快地擦洗了一番，换上了短打布衣，顿觉浑身干爽舒适，精神大是振作。千夫长从帐外回来，见苏秦虽是长发长须一身短布衣，却是黑秀劲健别有一番气度，不由得笑道：“末将没看错，先生出息大了。三豹子，上茶。先生坐了。”待苏秦坐定，三豹子斟好殷红的粗茶，千夫长庄重拱手道：“敢问先生高名上姓？何国人氏？”

“在下苏季子，宋国人，师从许由农家门下治学。”苏秦料到迟早有此一问，早已想好以自己的“字”作答。这个“字”除了老师、家人与张仪，很少有人知道，叫的人更少；学问门派，则是因为自己对农家很熟悉，宋国又离洛阳很近，便于应对。苏秦打定主意不想在这番“游历”中留下痕迹，自然不想以真面目示人。

“先生以何为生？欲去何方？”

“农家以教民耕作术为生，在下此次奉老师指派，来河西踏勘农林情势，而后返回宋国。”

“是这样。”千夫长笑道，“国尉司马错求贤，末将看先生非寻常之士，想将先生举荐给国尉谋划军国大事，不知先生意下如何？”

苏秦暗暗惊讶，一个千夫长只是军中最低级的将军，能直接向国尉举荐人才？不由得微微一笑：“将军与国尉有亲么？”

“哪里话来？”千夫长连连摇手，“国尉明令，举贤为公，不避远近亲疏，但有举荐，必答三军。无论任用与否，国尉都要向三军申明理由。先生放心，秦国只认人才。”

苏秦心中慨然一叹：“贤哉！司马错也。此人掌秦国军机，列国休矣。”却对千夫长拱手笑道，“在下于军旅大事一窍不通，只知农时农事耳，况师命难违，委实愧对将军了。”

“哪里哪里？”千夫长豪爽大笑，“原是末将为先生一谋，先生既有生计主张，自当从业从师，何愧之有？”

“季子谢过将军了。”

“既然如此，军中也不便留客。”千夫长快捷爽利，立即高声吩咐，“三豹子，为先生准备行程，三天军食要带足！”

只听一声答应，三豹子拿来了一应物事——除了牛皮袋装的干肉干饼与一个水袋，便是苏秦原来的包袱与青檀木棒。苏秦惊讶地拿起木棒，但觉中间的铜箍光滑坚固，丝毫没有曾经断裂的松动感觉，这是自己的“义仆”么？

千夫长笑道：“青檀棒是稀罕物事，坏了可惜。末将教军中工匠修补了，趁手么？”

“趁手趁手。”苏秦肃然拱手，“不期而遇将军，不知肯否赐知高姓大名？”

“不足道不足道。”千夫长大笑摇手，“先生记得中山狼就行。”

二　荒田结草庐

老苏亢突然醒了过来，大黄正扯着他的裤脚“呜呜”低吼。

人老了瞌睡见少，却生出一个毛病——日落西山便犯迷糊，打个盹儿醒来却又是彻夜难眠。这不，方才正在望着落日发痴，一阵困意漫了上来，竟靠在石桌上睡着了。明明是刚刚迷糊过去，如何天便黑了下来？对，是黑了，天上都有星星了，这大黄也是，明明方才还卧在脚下自在地打呼噜，如何就急惶惶地乱拱起来？

“大黄，有盗么？”老苏亢猛然醒悟，拍拍大黄的头站了起来。

“呜——”的一声，大黄原地转了一圈，张开大嘴将靠在石桌上的铁皮手杖叼住塞进老人手里，又扯了扯老人裤脚，箭一般向庄外飞去，没有一声汪汪大叫。

是盗。老苏亢二话没说，笃笃笃点着铁皮杖跟了出来。大黄的神奇本事老苏亢领教多了，它的警告绝对不会出错。洛阳王畿近年来简直成了盗贼乐园，韩国的，楚国的，魏国的，宋国的，但凡饥民流窜，无不先入洛阳。如今这天子脚下的井田制，可是最适合流盗抢劫了，偷了抢了没人管，报了官府也是石沉大海。“国人居于城内，庄稼生于城外”，这种王制井田，饥寒流民如何不快乐光顾？庄稼无人看管，夜来想割多少就割多少。普天之下，哪个邦国有如此王田？只是目下秋收已完，遍地净光，强割庄稼是不可能了，莫非流盗来抢劫我这孤庄？果真如此，苏庄也就走到头了。

突然，大黄在门外土坎上停了下来，昂首蹲身，向着那片树林发出低沉的“呜呜”声。

树林中没有动静，老苏亢放下了心，笃笃地顿着手杖道：“树后客官，不要躲藏了。我东边田屋还有一担谷子，去拿了走。”

树林中没人答话，却传来一阵脚踩枯叶的沙沙声。大黄猛然回头，对老主人“汪”地叫了一声，身子一展，扑进了树林，接着便听见一阵“汪汪汪”的狂吠。这叫声怪异。大黄怎么了？老苏亢正要走进树林，却突然听见林中传来低沉的声音："大黄，莫叫了。"接着是大黄哈哈哈的喘息声。

老苏亢一时愣怔，木呆呆地站在土坎上迈不动步子了。

没有人声，没有狗吠，一阵长长的沉默。终于，林中沙沙声又起，一个身影一步一顿地挪了出来。朦胧月色下，一身短衣的身影特别瘦长，一根木棒挑着一只包袱，木然地站着，熟悉又陌生，他？他是谁？猛然，老苏亢一阵震颤，摇摇晃晃几乎要跌坐在地，死死扶住手杖才缓过神来："季子，是，是你么？"

"父亲，是我。"

又是长长沉默，唯闻人与狗一样粗重的喘息声。

"季子，回家。"老苏亢终于开口了，一如既往的平淡温和。

苏秦尚未抬脚，大黄就"呼"地长身人立，叼下了木棒包袱，回身向庄内跑去。

正厅刚刚掌灯，四盏铜灯照得偌大厅堂亮堂极了。寻常时日，苏家正厅是只许点两灯的。今日不同，苏家妯娌要在正厅办一件大事，破例地灯火通明了。

"哟，到底是自家大事，妹妹来得好快。"管家大嫂胳膊上挎个红包袱兴冲冲进来，还没进门就对坐在灯下的苏秦妻子笑语打趣。

"大嫂取笑我，原是你叫我来的。"寡言的妻子正在厅中一张铺着白布的木台上端详一匹苧丝，一答话满脸通红，仿佛犯了错一般。

"哟，看妹妹说的，他是我的夫君么？"大嫂将红包袱往台上一放，利落地打开，"看看这块如何？你大哥昨日从大梁捎回来的，说是吴锦呢。"说着摊开了包袱中的物事，便见一方鲜亮的紫红锦缎铺了开来，细细的金丝线分外地灿烂夺目。

“啊——”妻子轻轻地惊呼了一声，“太美了，大嫂可真舍得。”

“看这妹妹说的。”大嫂笑着点了点她的额头，“二叔高官荣归，那是光宗耀祖，苏家一门的风光呢。为二叔做件锦袍，还不是该当的？我这做大嫂的管着家，敢不上心么？妹妹日后封爵了，可别不认我这乡婆子哟。这人活着呀，就得像二叔一般！谁像你大哥个死汉，光能赚两个小钱，不能比哟。”

“我说大嫂。”妻子幽幽一叹，怯怯的，“你从哪里听说他成事了？还要荣归？”

“你看你看，还是不信。”大嫂一脸神秘的笑意，“你大哥说的，洛阳王室大臣都知道了，二叔见了秦王，做了上卿。上卿知道么？和丞相一样呢！你大哥托人打问，都说二叔不在咸阳，这不是回来省亲是甚？真个糊糊你也。”

妻子又红着脸笑了：“真的就好哎。我是想，他那心性，成事了不会回来的。”

“哟，说的，莫非不成事才回来？”大嫂大不以为然地撇撇嘴，“二叔是我看着长大的，不是薄情寡义小人。妹妹是正妻，日后可不得乱说。”

“甚个正妻？连碰都没碰过……”妻子哀怨地嘟哝着，眼泪都快出来了。

“哟哟哟。”大嫂连忙笑着搂住妯娌妹妹，又抽出袖中锦帕为她沾抹去了泪水，悄声笑道，“没碰过怕甚？原封好哟。这次二叔荣归，来个洞房真开封儿，大嫂包了！”

“你包什么哟？”妻子“噗”地笑了。

“哟——该死！”大嫂恍然大悟，连连摇手，笑得弯下了腰去。

妻子捂着嘴好容易憋住了笑：“我先上机了，锦袍布衬不好织呢。”

“好。”大嫂好容易直起腰来，“上吧，妹妹的织机手艺天下无双呢。”正在笑语连连，突然“啊”地尖叫了一声，“妹妹快！狗——”

明亮的灯光下，大黄“呼”地冲了进来，撂下木棒包袱，冲着两个女人“汪汪”大叫。大嫂历来怕狗，从来不敢走近这只与狼无异的猛犬，见它突然冲进厅堂大叫，吓得连忙便往妯娌妹妹身后躲藏。

妻子却很喜欢亲近狗，回头笑道：“大黄，抓住盗贼了？”

“汪汪汪！”

“立功了好啊，一会儿给你大骨头。”

“汪汪！呜——”大黄发出一阵呼噜声，“呼”地冲过来咬住了妻子的裙角。

“啊！你这狗——”大嫂吓得飞快地绕到锦缎台子后边躲了起来。

“大黄。”院中传来老苏亢平淡粗哑的声音，“莫叫，她们听不懂你。”大黄闻声放开了妻子裙角，喉头“呜呜”着耷拉着尾巴走出了大厅，显然扫兴极了。老苏亢笃笃着铁皮杖走了进来，瞄了一眼两个儿媳，回头淡然道：“季子，进来，免不了的。”

院中传来缓缓的脚步声，一个身影从黑暗中走来，兀立在明亮的厅堂门口——短打布衣褴褛不堪，长发长须精瘦黝黑，一股浓烈的汗酸臭味儿顿时弥漫了华贵的厅堂。厅中死一般的沉寂。大嫂慢慢地站了起来，眼睛瞪得滴溜溜圆，张着嘴半天出不了声气儿。妻子向门口一瞥，原本通红的脸色顿时一片煞白，明亮的眼睛立刻暗淡了下去，木头般地呆了片刻，脚下猛一用力，织机“呱嗒呱嗒”地响了起来。

突然，大嫂尖声笑了起来，手扇着萦绕鼻息的汗臭：“哟——这是二叔么？怎的比那叫花子还酸臭？好妹妹，快来看啊，你朝思暮想的夫君回来了！”

织机依旧“呱嗒呱嗒”地响着，妻子仿佛与织机铸成了一体。

苏秦的黑脸已经涨成了猪肝颜色，额头也渗出了津津汗珠。他紧紧咬着牙关沉默着，任大嫂绕着他打量嘲笑。渐渐地，苏秦额头的汗珠消失了，脸上的涨红也褪去了，平静木然的眼光写满了生疏与冷漠。

“大媳妇，季子饿惨了，去做顿好饭。”老苏亢终于说话了。

“哟！看老爹说的。活该我命贱似的，连一个叫花子也得侍候？”大嫂平日对公爹毕恭毕敬唯命是从，此时却换了个人似的，脸上笑着嘴里数落着，“王车宝马呢？貂裘长剑呢？古董金币呢？锦衣玉冠呢？哟，丢了个精光也！还游说诸侯呢，分明花天酒地采野花去了。不赌不花，带的金钱够你打十个来回呢，至于这样儿么？还有脸回来呢，指望我再供奉你这荷花大少么？除非太阳从西边出来，你苏季子高官金印！要不啊，没门儿！想吃饭，自己讨去啊，不是已经学会讨饭了么？真丢人……”

“够了！”老苏亢铁杖“笃”地一顿，怒吼一声。大黄“呼”地蹿了进来，骤然人立，两爪搭在了正在起劲儿数落的女人肩上，血红的长舌呼呼大喘着。

大嫂“啊”的一声尖叫，脸色苍白地倒在了地上。

“大黄，出去。”老苏亢顿顿手杖，大黄又耷拉着尾巴意犹未尽地出去了。

织机依旧“呱嗒呱嗒”地响着，妻子依旧没有下机，依旧没有回头。苏秦向妻子的背影看了一眼，牙关一咬，嘴唇上的鲜血骤然滴到了白玉砖地上……他弯腰拿起自己的包袱和木棒，默默地出了厅堂。

老苏亢摇摇头，也笃笃地出去了，厅中的织机依旧“呱嗒呱嗒”地响着。

这座小院子还是那么冷清整洁。

老苏亢吩咐使女整治了一大盆汤饼，默默地坐在了石案对面。苏秦吃得吸溜吸溜满头大汗，吃相直如田中村夫一般。大黄蹲在旁边，不断舔着苏秦的脚面，喉头呼噜不停。这是洛阳汤饼，猪肉片儿和着面饼条儿煮的，更有绿莹莹的秋苜蓿入汤，鲜香肥厚。苏秦吃得舒畅极了，片刻吸溜呼噜下肚，一推陶盆："再来一盆。"

"只此一盆。不能尽饱。"父亲睁开了眼睛。

苏秦默然，看着使女收拾了石案，依旧沉默着，实在不知如何对父亲交代这场奇异的变故。他等待着老父亲的发问，甚至期待老父亲狠狠骂他一顿，抡起手杖打他一顿。可是，老父亲却只是仰头看着天上的那一勾弯月，什么也不问，什么也不说。

"父亲，大哥弟弟他们呢？"苏秦终于想到了一个话题。

"行商去了。"父亲也终于不再望月，淡淡的，"季子，可要改弦易辙？"

"不。初衷无改。"

"不后悔？"

"不后悔。"

"吃得苦？"

"吃得苦。"

"受得屈辱？"

"受得屈辱。"

老人"笃"地一顿手杖："创业三难，败、苦、辱。三关能过，可望有成也。"

苏秦肃然向父亲深深一拜："父亲，请赐儿荒田半井。"

"商人无恩，唯借不赐。"

"是。请借季子荒田半井。"

"借期几多？"

“三年为限。”

老人点点头，疲惫地闭上了眼睛。

次日清晨，老苏亢带着苏秦来到郊野农田。秋收已过，星星点点的私田茅屋已经冷清清地没有了人烟，田间一片漫无边际的空旷。秋风吹过，分外苍凉。普天之下，只有洛阳王畿还保持着古老的正宗的井田制——国人农夫居于王城，收种时节出城住在私田茅屋，收种之后搬回城堡消暑窝冬，田野空荡荡地杳无人烟了。从前，作为王畿国人的农户，各自还都有几户、十几户的隶农，他们没有资格住在王城，便在国人的私田里搭几间茅屋遮风挡雨，洛阳郊野在冬夏两季还有些许人烟。可再后来，隶农们也渐渐逃亡，到新战国当自由民去了，尤其是在商鞅变法的二十多年里，洛阳王畿剩余的隶农几乎全部逃亡到秦国去了。从那以后，秋收后洛阳城外的王畿井田，就真正成了荒漠的旷野，相比于村畴错落、四季勤耕不辍的战国都城郊野，这里就像一片荒凉冷清的陵园。

苏秦第一次发现，孤零零的苏庄与遥遥相对的王城，在这苍凉的旷野都显得那样的渺小。甚至，连印在童年记忆中高耸的红墙绿瓦，长长飞檐下的叮咚铁马，也都不再辉煌，看去竟那样破旧丑陋。奇怪，原来如何没有这种感觉？

“季子，这是半井荒田。”父亲伸出铁杖，向远处画了一个圈子。

荒芜残缺的路堤下，有一片荒草茫茫的土地，中间几面断垣残壁，旁边一副破旧的井架。无边良田之中，这块荒草茫茫的荒田透着几分神秘，几分恐怖。

按照正宗健全的井田制，一井九田——八家私田，中央公田，井在公田正中。十“井”为一“成”，实际上便是一个灌溉区；“井”内灌田的小水道叫做“渠”，都是各家自己修建的，小渠堤兼做了各家的田间小道；“井”与“井”之间的水道叫做“沟”；“成”与“成”之间更大的水道叫做“洫”。沟洫是官府征发民力修建的公共水道，沟洫堤岸是田间大道，两岸栽满了杨柳，春日柳絮飞雪，夏日绿树成荫。这种无数的方格绵延开去，便是一幅静谧康乐井然有序的王畿井田图。

一千多年过去，那耕耘相望、踏歌互答、鸡犬相闻的井田诗意，早已经随着耕作奴隶的逃亡流失而荡然无存了。剩下的，只有这空旷的荒野，残破的茅屋，秋风下无边的萧瑟。普天之下，争城夺地的狂潮正在一浪高过一浪，大约也只有洛阳王畿的井田还能保留这份空旷与苍凉。快了，那无边洪峰的浪头眼看就要压过来了，这种无风无浪无声无息死亡般的平静，眼看也就要结束了，上天啊上天，我能在这里平静地度过三年么？

“季子，过去。”老父亲“笃笃”地点着手杖，大黄闻声，嗖地蹿进了荒草。

苏秦恍然，大步走到父亲前面，手中“义仆”拨打着荒草，深一脚浅一脚地来到荒井废墟前。显然，父亲也是多年没来这里了，重重地叹息了一声，一句话不说，眯着眼陷入一种迷茫中去了。

苏秦默默转悠着，四面打量了一圈。父亲说，这里原是一个隶农的家，人在二十年前就逃亡了。父亲精明，当初只买隶农逃亡而主家无力耕种的荒田。所谓“半井”，就是苏家在暗中买下的四家荒田。一井八家，四家便是“半井”了。按照王畿井田制，“半井”大约有三四百亩地的样子。苏家经商，无人专司农耕，买下了也只算买下了，荒田依旧是荒田，破屋自然更破了。

三间茅屋已经被风雨冲刷得只剩下了光秃秃的几面土墙，屋前丈许远，还留下了一个石舂，舂坑里竟神奇地生出了一窝野草。门前一方空地，是原来的小打谷场。三五丈外，是一口竖着高高的桔槔[1]木架的水井，井台用青石条铺成，修得四方四正，井口还有一副半人高的辘轳桩，只是没有了辘轳与井绳。虽然荒草已经长上了井台，但从其规整的井台与齐备的两种汲水工具（桔槔与辘轳）仍然可以想见，这是一口老公井，而不是后来私家挖的新井。所谓老公井，是正宗井田制时期，按照官府堪舆的风水走向，合一井八家之力修建的公用水井。这种水井都在公田的中央，而公田又在八家私田的中央，如此各家打水的距离便是一样的。另外，公用水井的汲水工具也由官府统一安装，既有辘轳，又有桔槔，加之轮流维护经常修葺，显得很有器局规格。而所谓新井，则是井田制松弛后各家在私田挖的井，这种井只供一家之用，所以一般都只有辘轳，或只有桔槔，井台也要小得多。

有口老公井，自然方便许多，只是不知道这口井干了没有。苏秦走上井台，身子伏在辘轳桩上凝神向黑黝黝的井中望去，居然隐隐约约能看见圆圆的一片白光。好！还有水。从井台上下来，苏秦又沿着父亲说的“半井”地界走了一圈，他走出来时，心中已经盘算好了。

“父亲，就这里了。”

老人点点头：“何日动手？”

“就在目下。我不回去了。”

老人默默思忖片刻：“也好。午后我再来一次。”说完对大黄招招手，大黄呼地蹿过来望着主人。老人拍拍大黄的头：“大黄，你有大用了，守在这里吧。”

“汪汪汪！”

老人轻轻抚摩了大黄一阵，回身走了。

[1]　桔槔，春秋早期已经开始使用的杠杆式汲水工具。北方某些地区现在仍可见到，呼为“秤杆”。

“父亲。”苏秦喊道，“你不能没有大黄！”

“汪汪汪！呜——”大黄猛叫几声，沮丧地趴在地上不动了。

老人没有回头，拄着拐杖走了，渐渐地，茫茫荒草湮没了苍老的身影。

父亲一走，苏秦立即脱光膀子干起活儿来。山间修习时，老师对他们经常说到墨家子弟的自立勤奋，也时不时教他们做一些修葺茅舍、山溪汲水、进山狩猎之类的生计活儿。对于自己动手，苏秦并不陌生，况且跋涉三月，他已经完全习惯了扎扎实实自谋生路，对脱了衣服下田这样的事儿，非但不再感到难堪，反倒觉得体味了另一种人生，别有一番苦滋味儿。昨夜情景，已经使他一路上对家的思念化为乌有，温情的梦幻在那一刻突然地破碎了，断裂了。要不是木讷深远的老父亲，他肯定会愤然离家自己闯荡去了。大嫂与妻子残酷地撕碎了自己梦幻的那一刻，他就打定了主意——远远离开自己原先华贵的瓦釜书院，离家苦修，再造自己。在荒野中时刻与风雨霜雪为伴，时刻处在痛苦与屈辱的体验之中，只能更加惕厉奋发。他决意做一次勾践式的卧薪尝胆，无情地摧残肉体，猛烈地刺激灵魂。

第一件事，就是在这断垣残壁上结一间能够遮风挡雨的草庐。

方才他已经留心查看了田里的荒草，虽然不如河滩茅草那般柔韧，却也长得颇为茂盛，草身尚算细密，稍加选择，一定能盖一间厚实的屋顶。眼下虽说没有一件工具，但先拔草总是可以的。霜降已过，秋草已经变黄变干，连草根上的那截绿色也没有了，正是苫盖屋顶的合用草材。他一头钻进齐腰深的荒草，拣细密的茅草一撮一撮地拔了起来。

大黄一直卧在断墙下自顾呼噜，后来终于也钻到荒草中来了。

“大黄，你还是回去，老父亲离开你不方便。”苏秦拍拍大黄的头。

“呜——汪汪！”大黄对着苏秦叫了两声，并没有回头走开。

“大黄，那就一起干活儿了。”苏秦有过了遭遇中山狼的经历，对良犬的灵异也便有了深切的感悟。像大黄这种有灵性的猛犬，对主人的忠诚与服从是无与伦比的，主人派它守在这里，它就一定不会离去，虽然它更想跟在主人身边。想了想，苏秦将拔好的茅草打成小捆子，拍拍大黄：“大黄，叼起来，哎，就这样。好，送到断墙下去，那儿——”苏秦伸手一指，大黄叼起草捆子，嗖地蹿了出去。

太阳西斜，父亲赶着牛车再来时，苏秦拔的茅草已经摊满了断墙四周。

“看看，还缺不？”父亲手中的短鞭指着牛车。

苏秦有些惊讶。他实在没想到，父亲竟能亲自将一辆牛车赶到这里。一路坑坑洼洼遍地荒草，走路都磕磕绊绊，更别说赶车了。可父亲除了额头上有汗珠，却是若无其事，转身看自己拔下的茅草去了。苏秦知道父亲的性格，也没说话，就去搬车上的东西了。父亲送来的物事不多，却都很实用。铁耒、泥抹、木桶、麻绳、柴刀等几样简单的工具；铁锅、陶壶、陶碗等几样煮饭烧水的炊具；一包原先的衣服，一袋够三两天吃的干饼干肉，剩下的五六个木箱便是自己的书了。搬完东西，苏秦觉得又渴又热，拿着麻绳木桶来到井台，将麻绳在桔槔上系好，又用绳头铁钩扣牢木桶放下了老井。吊上来一看，水清亮亮的，捧起喝了一口，竟是清凉甘甜。苏秦将水提到牛车旁，打了一陶碗递给父亲。

“季子，这是口活水井。”父亲品着清水，“上天有眼。”

“有吃有喝，够了，父亲回去歇息吧。”

父亲用短鞭敲打着一个锈迹斑斑的铜箱：“这是一箱老书，一并给你。”说完，父亲坐在牛车上咣当咣当地走了，走得几步，父亲回身向大黄招了招手。大黄“嗷”地叫了一声，几个纵跃，跳到了牛车上猛亲主人。父亲摸了摸大黄，又对它说了几句，大黄“汪汪”两声，又呼地跳下了牛车，蹲在荒草中，看着牛车去了。

父亲一走，苏秦立即重新开始拔草，要趁着天亮尽量地多拔一些。暮色消失天黑定时，断墙下又堆了一大垛茅草。时下正当九月中旬，秋月将满，分外明亮。打了一桶清凉的井水，苏秦与大黄各自吃了一张干饼一块酱肉，大喝了一通甘凉的井水，便开始盖自己的草庐。

这座小院子原来是一排三间草房，如今只剩下了四面断墙与架在墙顶的椽子。苏秦趁着月色仔细查看了断墙，觉得中间两面墙稍为完整，风雨冲刷的痕迹稍少，就决定用这两道墙盖一间草房。不用砌墙，就是屋顶上草抹泥，苏秦此刻觉得一点儿也不难。他先用铁耒挖土，围了一口很大的泥锅，又打了五六桶水倒进泥锅，然后向泥锅里填满选好的半干土块；等待泥锅泡土的时刻，用那口柴刀剁了许多细碎茅草，扔进了泥锅，然后赤脚跳进泥锅反复踩踏。月上中天的时分，一锅软黏适度的草泥和好了。

虽然是大汗淋漓，苏秦却是精神抖擞，丝毫不觉得困乏。三个月河西夜路的打磨，心力精力比原来有了神奇的增长。一鼓作气，他开始了屋顶上草。寻常间修建一间普通的茅屋，屋顶上草是技术性最强的一关。防风防雨的性能如何，全在于屋顶上草。讲究的茅屋，要上三重茅草，屋内方有冬暖夏凉的功效。苏秦当然做不到如此讲究，更重要的是，他毫不在乎是否冬暖夏凉，只求不要漏雨透风而已。如此要求，自然简单多了。

土墙原本不高。苏秦先将一捆削好的树枝扔上墙头，再装好一个泥包提到墙下，然后手拿泥抹、腰缠麻绳爬上墙头。在墙头端详一番，苏秦放下带钩的麻绳，向大黄招手比划：“大黄，挂住泥包。”

“汪汪汪！”大黄绕着绳钩转了两三圈，真的叼住了铁钩，钩住了泥包。

“大黄，好！”苏秦高兴地吊起了泥包，开始向椽子上铺搭树枝，再向树枝上糊草泥，赶一层草泥糊满，东方已经鱼肚白了。苏秦没有歇息，立即开始铺干茅草。这是很需要细心与技巧的：要从屋檐铺起，每排草根部糊泥压紧，后排盖住前排的泥根，一排排压上去直到屋脊。正午时分，苏秦压完了一面茅草，高兴地从土墙上爬下来，双腿一软，倒在了大黄身边。“汪汪！”大黄已经变成了一只泥狗，原先丝绸般闪亮的黄毛，糊满了屋顶掉下来的泥巴。见苏秦倒地，它惊叫两声，凑了过来。

“呼——”一阵粗重的鼾声响了起来。大黄嗅了嗅苏秦，摇摇尾巴也卧倒了。

“呜，呼噜……”大黄喉头呼噜着，也靠在苏秦身上睡着了。

三　亘古奇书阴符经

北风呼啸，大雪纷飞，原野上的一切都模糊了，孤独的草庐已经完全淹没在漫无边际的风雪之中。远远看去，只有那高高的桔槔与井台上的辘轳依稀可见，成为寻找草庐的唯一标记。大黄从旷野里飞奔过来，须得时不时地停下来瞅瞅桔槔，嗅嗅脚下，才能继续飞奔。大黄终于扑到了草庐门前，“汪汪汪”地抖搂着浑身雪花大叫起来。

门板刚刚拉开一道缝隙，大黄嗖地裹着风雪蹿了进去。“大黄，真义士也！”苏秦啧啧赞叹着，连忙拿下大黄口中叼着的丝绵包袱，又连忙顶上门板堵上草帘，才回头拍拍大黄，“来，一起吃。”“汪汪！”大黄摇摇尾巴，径自卧到角落去了。

“啊，你吃过了？好，不客气了。”苏秦打开包袱，拿出里面一个尚有温热的铜匣，拉开盖子，一匣满当当的软饼酱肉弥漫出浓浓的香气。苏秦拿出一块饼一块肉放在大黄身旁的石片上，“这是你的，饿了吃。”说完回身大咥起来。

苏秦已经两天没吃饭了。

草庐一结好，苏秦便开始了一种奇特的粗简生活。每日黄昏，大黄准时回庄，叼来一顿干食。他知道这是父亲的苦心安排，便也没有拒绝。几天之后，索性自己也不再动炊，就是这每晚一顿干饼酱肉，喝一通老井的甜水了事。瞌睡了，在草席上和衣睡上一两个时辰，醒来了到井台上用冷水冲洗一番，立即又回来揣摩苦读。日复一日，倒是分外踏实。前两日突然下起了漫天大雪，苏秦才恍然大悟，已经是冬天了。看看风狂雪猛，他没有教大黄回庄，可也忘记了自己动炊，硬是一天一夜没离开那张破木板书案。直到方才大黄在门外狂叫，他才猛醒，大黄自己偷偷回庄了。

狼吞虎咽地咥完了软面饼与酱肉块子，苏秦精神大振：“大黄，雪很大么？”

“汪汪汪！”

苏秦笑了：“我去赏雪了，你歇息。”刚拉开门，大黄已经嗖地蹿了出去。

茫茫原野，风雪无边，充斥天地间的只有飞舞的雪花与呼啸的风声。极目不过丈许，闻声不过咫尺。苏秦什么也看不见，什么也听不见，只能感到冰凉的雪花打上脸颊，呼啸的寒风掠过原野。久旱必有大水，秋末入冬三个月一直没有雨雪，上天幽闭过甚，自要猛烈地发泄一番，上天无情，却有人道啊。

住进草庐，苏秦心底深处的那股烦躁急迫消失了。他的第一件事，是翻检书箱挑选书籍。自己书房的那几箱书，他只选出了老师临行赠送的《天下》，其余诸子大师的文章抄本，他都觉得与自己所要做的事太过疏离，没有必要再花工夫。东归的路上他已经想好，自己的学问面上渊博，缺乏的却是专注一点的精深。这一点，就是对天下大势的洞察。要锤炼这种见识，需要的不是具体的就事论事的学问，而是高屋建瓴鸟瞰天下的眼光境界。可是，到哪里寻觅这种启迪智慧之门的钥匙呢？记得老师有次对他们讲到太公吕尚时说：“人之能，不仅在学，且在悟。悟之根本，不在少学，在难后重学。大难而有大悟，始得大成。”那时，他与张仪都觉得，这只是老师针对太公这种“老才老运”说的，与他们离得很远很远。况且，战国名士大多都是年轻成名，都像太公那样耄耋建功，天下岂不成了老叟世界？然则一番磨难之后，老师的话却如此清晰地凸现出来了。天下事原本就不是一成不变，无论耄耋建功还是英年成名，大约这个“大难大悟”都是该当有的。

“必须大悟，方得有成。”这是苏秦在坎坷屈辱中磨出来的见识。

想不到，上天居然给他打开了一扇大门，竟使他得到了一本久闻其名而寻觅无门的亘古奇书。那天，他在翻检完自己的书箱后，无意打开了那只锈蚀斑驳的铜箱。在他想来，父亲所谓的“老书”，一定是一些商家典籍。但无论如何，不看看是对不起父亲的。就在他打开铜箱翻检到最底层时，一本破旧的羊皮纸大书出现了。拿起一看，破旧发黄的封面是五个硕大的古篆，仔细端详，呀——《阴符四家说》！天哪，他几乎惊讶得要跳起来。这是真的么？他揉揉眼睛走到茅屋外边，光天化日之下，“阴符四家说”五个大字凿凿在目，旁边还有两行小字，拭目细看，隐隐约约便是“伊尹太公范蠡鬼谷子”四个名字。

“上天啊——父亲！”苏秦大喊一声，扑倒在地，哈哈大笑着连连叩头。

“汪汪！汪汪汪！”大黄也狂吠起来。

苏秦发现的，是一本亘古奇书。这本书名叫《阴符经》。世人传说：这是黄帝撰写的天人总要。也有大家名士说：这是一位殷商高人隐名写的，托名黄帝，只在于增其神秘而已。这部《阴符经》，只有四百二十四字，其神圣地位却在《周易》之上。在春秋战国的大家中，认真揣摩《周易》并写出注文的，只有孔夫子。但将《阴符经》奉为圣典并潜心注文的大家，却不下十家。更引人注目的是，但凡注文《阴符经》者，都是赫赫大名的将相学问家，譬如伊尹、太公、范蠡等。真正在野的学问家注《阴符经》者，大约只有鬼谷子一人。而这一人，又恰恰是志在精研治世学问的千古奇才。这本身就意味着，《阴符经》既不是《周易》那样的料事之书，也不是《老子》那样的论道之书，而是开启权力大智慧的棒喝之书，是所有志在建功立业者的一把钥匙。

这就是《阴符经》的永恒魅力。

苏秦与张仪听老师专门讲过一次《阴符经》。老师说："阴者，命之宗也，隐微难见。符者，命之本也，妙合大道。此谓《阴符》。天机暗合于行事之机，为《阴符》之根本。唯深微而能烛照，谓之阴。唯变通而无羁，谓之符。烛照以心，契合以符，《阴符》之意尽矣！"

那时候，老师手边没有《阴符经》，他们也只能唏嘘感叹一番。老师说，他对《阴符经》潜心揣摩了二十年，方能贯通经世之学。老师又说："吾为《阴符经》注文三年，游历楚国，却不意丢失于客栈之中。此为天意，罚我不得尽窥天机矣！"

至今，苏秦还记得老师说起这件事时的感慨嗟呀。

如此一本亘古奇书，却如何落到父亲手里做了"老书"？苏秦当真万般困惑。但他此刻已经顾不上想那么多了，二话不说，坐在门外土坎上便翻了起来……几个月下来，他已经能将《阴符经》倒背如流了。可这《阴符经》就像无边无际的丝绵套，只要轻轻一挤，就有汁液汩汩流出。一句话明明是懂了，可你联系不同的事情去想，便立即有了不同的心解，当真是“变通无羁，深微烛照”。且不说还有伊尹、太公、范蠡与老师四人的注文。苏秦只觉得，自己还远远未将《阴符经》咀嚼透烂，还得再下苦工夫。

风雪扑面，苏秦逆风而立，一字一字，高声吟诵起了《阴符经》——

观天之道，执天之行，尽矣。故天有五贼，见之者昌。

天性，人也。人心，机也。立天之道，以定人也。

天发杀机，龙蛇起陆。人发杀机，天地反覆。天人合发，万变定基。

性有巧拙，可以伏藏。九窍之邪，在乎三要，可以动静。

火生于木，祸发必克。奸生于国，时动必溃。知之修炼，谓之圣人。

天生天杀，道之理也。

天地，万物之盗。万物，人之盗。人，万物之盗。三盗既宜，三才既安。故曰，食其时，百骸理；动其机，万化安。

人知其神而神，不知不神所以神也。

日月有数，大小有定，圣功生焉，神明出焉。

其盗机也，天下莫能知。君子得之固躬，小人得之轻命。

瞽者善听，聋者善视。绝利一源，用师十倍。三反昼夜，用师万倍。

心生于物，死于物。

机在于目。

天之无恩而大恩生，迅雷烈风，莫不蠢然。

至乐性余，至静性廉。天之至私，用之至公。

禽之制在气。

生者死之根，死者生之根。恩生于害，害生于恩。

愚人以天地文理圣，我以时物文理哲。人以愚虞圣，我以不愚虞圣。人以奇期圣，我以不奇期圣。故曰：沉水入火，自取灭亡。

自然之道静，故天地万物生。天地之道浸，故阴阳胜。

阴阳相推，变化顺矣。是故圣人知自然之道不可违，因而制之。

至静之道，律历所不能契。

爰有奇器，是生万象。八卦甲子，神机鬼藏。

阴阳相胜之术，昭昭乎进乎象矣。

……

苏秦的声音嘶哑了，吼出最后一个字的时候，喉头一阵发甜，猛然喷出了大大一口鲜血，颓然扑倒在地。大黄“呜”的一声低吼，箭一般扑了过来，围着苏秦飞快地转了两圈，叼住苏秦的腰带，狼腰一弓，使劲儿往门口拖。大黄是阴山草原的牧羊猛犬，身材与豹子一般大小，每天要大吞五斤肉或带肉骨头，体力战力都远远超过一只普通的野狼，力气自是惊人。它将苏秦拖到门口，又三两下拱开了门板，将苏秦拖到了屋内。望望呼啸着扑进屋里来的风雪，大黄横卧在门口一动不动了。

“啊啊……”喉头一阵呼噜喘息，苏秦终于醒来了。睁开眼睛，看见门口隆起了一个高高的雪堆，自己的身边却干干的。不对，不像，啊，是大黄！苏秦挣扎着摇摇晃晃站起来，扑上去扒拉大黄身上的积雪，刚触摸到皮毛，大黄骤然站起，一阵猛烈抖擞，积雪冰块便全部抖落。“大黄，快进来。”苏秦喊了一声，却没了声音。当下也顾不得细想，连忙奋力挡上门板，再用一段准备生火用的树根撑在门后，又挂上那片又粗又厚的茅草帘子，这才点起了风灯。

“……”苏秦想对大黄说话，却没有了声音。静神一想，知道是方才迎着风雪吼叫，喉咙受伤失音，不再惊慌，喝了一通冰凉的甜井水，又坐在了风灯前。

方才一阵风雪吼诵，使他突然顿悟——《阴符经》正是纵横捭阖的大法则！其中天地之道、为政之道、君臣之道、创守之道、天人生克之道、万物互动之道、邦国互动之道无所不包。将这些大道理揣摩深透，何愁不能窥透天下奥秘？何愁不能找出列国症结？何愁不能纵横战国？

苏秦又兴奋地打开了《阴符经》，又一字一字地开始琢磨。读到“食其时，百骸理。动其机，万化安”一句，他眼睛突然一亮。老师鬼谷子在这句下边注文：“食者所以治百骸，失其时而生百病。动者所以安万物，失其机而伤万物。时之至间，不容瞬息，先之则太过，后之则不及。是以贤者守时，不肖者守命也。”读着想着，苏秦心中一片豁亮——

五谷百草能梳理生命百骸，但服食不应时却可以导致百病；人之行动可以与万物和谐，但若不应时而动，该收获却播种，该播种却睡觉，则要伤及万物；时机之重要，非但要认准它，而且要立即抓住它，此谓应时而动。早了太过，迟了不及。所以，“守时”是贤者的才能，“守命”则是不肖者的愚蠢。老师将“食其时，百骸理。动其机，万化安”这十二个字的精髓，的确讲得透彻之极。

想想自己说周说秦，一个是后之不及，一个是先之太过，如何能够成功？周不必说了，原本也没指望成功。入秦是经过反复思虑的，不成功一定是不应时了。王霸大业，秦国是没有拒绝的理由的，但秦国却偏偏拒绝了，而且还拒绝了两次，犀首失败了，他苏秦也失败了。现下静心想来，确实是早了。新君即位堪堪一年，秦国内政未安，实力的确也要扩展，这时候要秦国立即实施东出争霸，事实上是不可能的……

想着想着，他迷迷糊糊地瞌睡了，头“咚”的一声撞在了木案上。苏秦醒来揉揉眼睛，站起来在屋中踱步，念着想着，自言自语地嘟哝着……猛然，他盯住了“机在于目”四个字，顿时陷入了沉思，想着想着心中一闪，觉得似乎抓住了什么，瞌睡却又猛然袭来，那闪光又被淹没了。苏秦气恼异常，抓起案上的缝书锥对着大腿猛然一刺，一股鲜血“哧”地喷了出来。

苏秦猛然清醒，啊，“机在于目”，就是见机而动，不死守一端。

“啊哈哈哈哈哈！”苏秦仰天大笑，手舞足蹈，脚下一软，扑在了大黄身上。

冰天雪地的草庐里，苏秦抱着大黄睡过去了，人的鼾声与狗的呼噜声交织在了一起。

四 战国乱象大演绎

倏忽三年过去，草庐之外的世事，已经发生了翻天覆地的变化。

第一件大事，“齐魏相王”，东方两大王国结成了同盟，列国顿时陷入混乱！

苏秦西出铩羽，张仪南下折翅，在战国间倒是引起了一阵小小的波澜，但很快就在剧烈的争夺中被人们忘记了。齐威王本来想派特使赴楚，敦请张仪北返齐国，可听说了张仪在楚国“错断兵事”的探报后，对张仪的才能又产生了怀疑，觉得书生毕竟不能成事，便不再动作，听任张仪自生自灭了。但是，齐威王却没有忘记张仪“齐魏相王”的谋划，觉得这是齐国打开僵局的妙棋。于是，齐威王立即派靖郭君田婴主持大计，秘密与魏国联络。按照齐国的朝臣状况，此等军国大事本当由丞相驺忌主持。可齐威王对驺忌已经失去信任，本来是要等张仪入朝后再处置驺忌的，如今放弃了张仪，自然要另找个适当的时机罢黜了驺忌。反复权衡，齐威王选择了“齐魏相王”这个关节，既向天下昭示齐国新气象，又能借此树起新主政大臣的人望。

靖郭君田婴是齐威王的族弟，与原来的上将军田忌是堂兄弟。齐威王对王族子弟很少大用，深恐他们拥有大片封地属民，如果再拥有国府大权，很可能尾大不掉。田忌已经是上将军了，自然不能再用他的堂弟做文职大臣。当初使用乐师出身且与王族不和的驺忌做丞相，实际上也是牵制王族在国府的势力。待田忌孙膑出走，齐威王顿时感到国府萧瑟，少了左膀右臂。可处置田忌的决策是自己作出的，又不好公然迁怒于驺忌，一肚子火气便憋了下来。自从张仪给他透彻地剖析了齐国的困境，齐威王才感到了真正的急迫。如果再不物色大才，齐国只怕就要无疾而终了。着急是着急，齐威王毕竟久经沧海，还要做得不着痕迹，不能引起朝局动荡。田婴虽是贤明豁达，却从来没有担当过大任，也没有建立过大功勋，全靠王族爵位继承制做了靖郭君。用他的好处在于，此人既不构成威胁，朝臣又提不出异议，即使田忌能够归来，拿掉他也很容易。于是，齐威王公开下书，授田婴上卿之职，主司“齐魏相王”大事。

三天之后，驺忌呈上了《辞官书》，请求归老林泉以养沉疴。

齐威王立即下书嘉勉，对驺忌的功勋与辛劳表彰一番，末了“特赐三百金，准封成侯，回归封地，颐养天年，以慰朝野感念之心”。随后立即册封田婴为齐国丞相，赴徐州筹划齐魏会盟。

田婴与魏国新丞相惠施紧张忙碌了两个多月，秋天到来的时候，齐威王与魏惠王在徐州的泗水东岸举行了“相王”大典。徐州本是大禹治水后划分的古九州之一，《书·禹贡》记载：“海（黄海）、岱（泰山）及淮（水），唯徐州。”古徐州的广大地面除了魏、齐、楚三大国各有领土外，还有宋国、薛国、滕国、邹国、鲁国几个夹缝中的老诸侯国。以当时的势力范围，除了不太安分的宋国，这几个老小诸侯都是齐国的后院。齐魏会盟的地点，就在这几个老诸侯的边缘。这是齐威王选定的地点。他想借此震慑这几个小国，从而安定后院，使齐国能够全力在中原伸展。魏惠王这时已经威风尽失，雄心大减，对齐威王的会盟主张直有受宠若惊之感，生怕呼应不周，如何顾得提出异议？所以，一切都听从了齐国的安排。

会盟大典上，齐威王与魏惠王各自祭祀了天地，然后郑重宣告了承认对方为王国的文告；又由两国丞相田婴、惠施分别宣告了“修好同盟，永息刀兵”的盟书。

参加大典的五个老小诸侯诚惶诚恐，为两大国王很是卖力地颂扬了一番。

大典之后，消息立即传开，遂引发出了乱纷纷的称王、相王大风潮。

蓄之既久，其发必速。“相王”，实在是当世乱象憋出来的一股山洪。

春秋时期，国君的爵号尚能比较严格地代表诸侯国等级，除了楚国擅自称王，中原大诸侯依然还是公、侯两大名号。进入战国，陵谷交替，称王便成为实力的象征。中原战国中，魏国最先称王，齐国再称王，天下便有了魏齐楚三个王国。

但是，毕竟这几个王国都是自己加给自己的冠冕，其他国家并不正式承认。在正式的使节晋见与会盟场合中，他国使者或国君完全可以不以王礼行事。也就是说，你的大国地位并没有获得他国正式的认可。齐魏相王所以引起天下骚动，就在于这次相王打破了“天下一王”、“唯天子称王”的传统典制，公然承认在“本王”之外，还可以有王号。实际上，这是承认了天下可以多王分治。流传数千年的“四海之内，莫非王土；率土之滨，莫非王臣”的一王大一统典制，一时被踩在了脚下。

骚动之下，立即引出了第二件大事——三小国称王，战国格局大乱。

徐州相王不到半年，立即一个大爆冷门——宋国称王！惊得天下战国一齐咋舌。

说起来，宋国也是一个老诸侯。还在殷商末期，商王纣便封了庶兄微子启于宋国，自此有了“宋”这个国号。殷商灭亡后，周公又平定了殷商旧贵族叛乱，接着分封了一批诸侯国，其中便保留并重封了这个宋国。宋国重封的特别，在于它变成了殷商王族之后的一个特殊封国，又用了微子启的旧国号。当时，宋国的封地在靠近殷商故都朝歌[1]的东南地带，都城建在老宋国的废墟上，名叫商丘[2]。由于殷商王族后裔的特殊地位，宋国一直是战战兢兢小心翼翼地臣服于天子，不敢越雷池半步。春秋大乱，宋国才慢慢张扬起来。

到宋襄公时期，宋国发展到拥有一千辆兵车的“千乘之国”，与郑国并称天下两小霸。中原霸主齐桓公死后，宋襄公雄心大发，与楚国争霸。可几次都被楚国打败，自己还当了一回楚国俘虏。但霸业之心始终

[1] 朝（zhāo）歌，殷商后期都城，在今河南淇县。
[2] 商丘，在今河南商丘市南。

不泯，又联合卫国、许国、滕国兴兵讨伐郑国，要拔了这个眼中钉。楚国发兵救郑，兵至泓水与宋襄公大军相遇。当时楚军正在渡河，宋军大将目夷提出："半渡而击之，可大败楚军。"

宋襄公一副王者气概，义正词严说："王者当有仁义道德，岂能乘人之危？"

楚军安全渡过泓水，但尚未列成阵势时，大将目夷又请命出击。

宋襄公又是义正词严："君子不攻不成阵势之军。"

待楚国大军列成大阵，宋军士兵已被窝得没有了火气。一战下来，宋军大败，宋襄公也重重挨了一箭，第二年伤重死了。从此，这宋国日渐孱弱下去，虽然也时不时出点小彩，可始终只是个三等附庸国。

如今，一个几乎要被天下遗忘的诸侯国，竟然在一夜之间成了王国，岂能不令天下咋舌？谁知更令天下咋舌的还在后头。本来，宋国这时候的国君是司城子罕。此公平庸无能，黧黑干瘦，列国轻蔑地呼其为"剔成肝"。但是，也恰恰因了此公无能，宋国也没有任何作为，不致开罪于强邻大国，剔成肝竟也忽悠悠做了四十一年国君。这剔成肝有个三十多岁的弟弟，名叫偃，以国号为姓，国人呼为宋偃，却是个生猛狂热的武士。宋偃历来不满兄长的孱弱，多次提出"振兴襄公霸业，光复殷商社稷"，却都在剔成肝那里作了泥牛入海。

这年春天，忽然有人来报：东城墙拐角处的雀巢里，生出了一只刚刚孵出来的雏鹰。剔成肝懒得理会。宋偃却精神大振，请来巫师在祖庙祷告后用龟甲占卜，卦象大吉。巫师断卦象说："雀生苍鹰，反弱为强，乃霸主之兆。"宋偃大喜过望，立即宣告：这是应在自己身上，无能的剔成肝辜负先祖，应当受到惩罚。一班追随的武士也狂热呼应。当晚宋偃便纠集了几百死士，黎明时分突然冲进宫中。剔成肝年老睡浅，正在枕边逗弄一个刚刚入宫的十六岁少妃，突闻猛烈躁动，公服也没穿，便从榻后的暗道钻出了寝宫，带着几个亲信跑到齐国去了。宋偃也不追赶，天亮立即就任国君。即位第一件事，便是宣布称王（后人称宋康王）。若仅仅是宣布称王，虽则也令人意外，却不足以令人震惊。

列国震惊处在于，宋偃的称王大典变成了向“天地神鬼”的宣战。

本来是祭天的高台，宋偃却派人将一只盛满猪牛羊三牲鲜血的皮囊挂了上去。他挽起硬弓，搭上长箭，口中大骂：“上天瞽聋无察，当射杀！”一箭射去，皮囊迸裂，鲜血喷溅。宋偃大吼：“射天功成！再扑地！”本来是祭地的礼坛，宋偃却挥舞起两丈长鞭捶扑地面，咒骂：“大地淫逸无行，孳生妖孽，该当鞭杀！”

在国人目瞪口呆的注视下，宋偃又操起铁耒，向祭祀谷神、土神的祭坛（社稷）猛铲，高喊：“鬼神为剔成肝张目，给本王毁了！”狂热的追随者们高喊着“万岁宋王”蜂拥上去将宋国社稷拆成了废墟。宋偃踩在天地鬼神的废墟上，向前来瞻仰大典的国人大喊：“本王苍鹰，高飞万里！国人须呼本王为‘万岁’！宋国霸业，天地鬼神不能挡！”

一片连绵不断的“万岁”狂热地持续了三天三夜。

消息传开，列国无不大呼“荒诞绝古，匪夷所思”。时日不长，各国不约而同地将宋偃比做荒诞暴虐的夏桀。后来干脆直呼为“桀宋”。齐威王本想借此发兵，灭了这个狂妄的宋桀，却虑及楚国魏国都一直对这条“小大鱼”有意，担心刚刚与魏国结盟，若因灭宋而与魏国成仇，便是因小失大了，反复权衡，最后也就容忍了这个狺狺猖狂的桀宋。

宋国称王不到三个月，又传出了一个更加令人咋舌的消息——中山国宣布称王！

这次，列国不是震惊，而是啧啧称奇哈哈大笑，天下一片滑稽。

中山国是个奇特的邦国。一则，是白狄插进中原的一根楔子，始终被列国视为戎狄异类。二则，国土只有几百里山地，国人半农半牧，是天下最穷的邦国。三则，两次被消灭，全赖逃回大漠卷土重来而两次复国，虽说顽强，可也算得军制最旧、军力最为孱弱的邦国。四则，以中山狼闻名天下，除了河西的猎户平民，天下人但说“中山狼”，倒有一大半说的是中山国。

一开始立国，中山给自己的规格是“公国”一等诸侯。当时的魏赵韩尚是“侯国”，只有老诸侯燕国、齐国、秦国是“公国”。中山国非但称公，而且也学习中原谥法[1]，将几代国君分别谥为文公、武公、桓公、成公。

此时的国君正当盛年，叫𫲨。𫲨亲率游骑五千，侵掠赵国边境，不想一战大胜，夺了一座城池与上万头牛羊。正在得意处，恰逢宋国称王的消息传来，𫲨立即召来所有大臣，兴奋地宣布：“自即日起，中山是王国，本公是国王！”大臣们立即赞同呼应，一片万岁颂扬之声。𫲨也很聪明，立即大肆封赏了一通：丞相、上卿、上大夫、上将军等，应有尽有。丞相立即提出：“中山国称王，天下大事，当昭告列国，务使诸侯公认之。”𫲨觉得大是有理，立即派出三十名快马特使星夜出发，大小国家一律告知，务求天下皆知。

齐威王接见了中山国特使，一看“王书”，一通哈哈大笑：“𫲨也中山狼，得志便猖狂。”中山国特使大为尴尬，竟不知如何应对。

不久，“𫲨也中山狼，得志便猖狂”这句话传了开来，列国无不大加嘲笑，拍案称奇。只有赵国君臣气得咬牙跺脚，恨不能一口吞了这只中山狼。但后边的燕国却老是与赵国为敌，时不时在背后制造侵扰。赵国要灭中山国，又怕燕国这只“老黄雀”在后，只好强忍作罢。

---

[1] 谥法，古代开创的死后追认制度，主要适用于国君与权臣，根据死者功业与为政特点确定名号。

宋国、中山国称王，各大国倒是没有特别当真。就实力而言，若非大国间矛盾纠葛相互抗衡，谁都可以在三天之内灭了这两个王国。可有一个小战国却沉不住气了，立即跟着宣布称王。

这便是韩国称王。

秦国崛起后，在七大战国中，韩国便成了最小战国。然韩国却素有“劲韩”之名。所以有此名声，一是韩国的宜阳是天下著名的铁山，韩国的铁兵器制造业一直为列国眼热；二是立国初期曾经有一支规模不大的精兵。虽则如此，立国百年来，韩国却一直处于受欺侮状态。秦国、魏国、赵国、齐国、楚国都打败过韩国，夺得过韩国的城池土地。韩昭侯初年，连二流的宋国都敢于攻打韩国，还夺取了韩国的黄池城[1]。在整个韩国的前期历史中，韩灭国扩地最少，要不是趁着一场内乱消灭了奄奄一息的郑国，将都城迁到了新郑，韩国可能连跻身七大战国的资格都没有。正是由于这种长期受欺，三十年前韩昭侯与申不害在韩国实行变法、改革军制、建立新军，韩国很是振作了一段，将近二十年没有一个大国敢于侵犯韩国。

这段历史成了韩国永远的骄傲。只可惜好景不长，就在韩昭侯雄心勃勃地准备称王时，魏国大举攻韩，韩昭侯与申不害都在魏国攻韩的大血战中惨死了。韩国新君为了稳定政局，部分地恢复了贵族旧制，新法大大地打了折扣。韩国的骄傲与荣誉流水般消失了，重新走向孱弱，又成了七强末座。

这一番大起大落，使韩国上层备感羞恼。即位新君韩琏，为君父未能称王耿耿于怀，为自己只能称“侯”大感屈辱，硬生生想了个奇特的点子，命朝臣国人称他为“威侯”——做王不成，也要做个威震

[1]　黄池，在今河南省封丘西南。

天下的侯。整个战国时期，在位自命者大约也就这韩琏一人。及至宋国称王、中山国称王的消息迭次传来，韩琏和大臣们终于忍不住了，朝会上一拍即合，立即宣布称王。

韩国称王，给战国带来了新的骚动。

这次，各国真正地惊讶了，出现了一时沉默。

在此之前，战国七强已经有了三个王国——楚魏齐。齐魏两国的相王同盟，更对其他四强造成了强烈刺激。当此之际，韩国突然宣布称王，可谓在剩下的四强中爆出了一个大冷门。论实力，目下最当称王的是秦国；论资格，最当称王的是燕国；论军力，最当称王的是赵国。可这三强都没有宣布称王，却是最为孱弱的韩国率先称了王。

列国的惊讶沉默被打破了。

魏国迅速提出"五国相王"的动议，又一次掀起了称王相王的巨大波澜。

这是魏国丞相惠施的谋划。惠施是稷下学宫的名家大师，十多年前曾经在魏国做过一段大夫，自感未获重用而离去。三年前经大梁"司土党"与孟子向魏惠王郑重推荐，又做了魏国丞相。论修学，惠施既不是兵家，也不是法家，而是专攻论辩术的"名家"。这名家，以探究万物之间的"名""实"关系为主旨，本是诸子百家中最远离治国为政的学派。然则天下事多有诡异。这个专究名实、酷好辩论术的惠施，偏偏又是一个酷好参政热衷做官的人物。与他的同门庄周相反，终年奔走列国求仕，其顽强竟与孔孟儒家不相上下。于是惺惺相惜，孟子在自己执政无望的情势下，着力荐举了惠施入魏为相。惠施初当大政，雄心勃勃，一心想做出几件惊人业绩，令天下刮目相看。论才具特长，惠施不通兵事、不懂变法，在魏国这样的老牌强国本来很难立足。可时势凑巧，这时的魏国恰恰已经无心变法、无力军争，久挫心灰的魏惠王，只想在大国斡旋中来一些惊人之举，以保持魏国的老霸光环。这种图谋与惠施对自己功业方向的图谋不谋而合。于是，惠施在魏国风光了起来。

韩国称王，使惠施突然看到了，功业的希望正从大国摩擦的缝隙中放射出灿烂的光华。惠施的想法历来与常人不一般，否则也提不出“白马非马”之类的惊人论断。

他对魏惠王说：“王虽名号，实则却是邦国地位。一国称王，其实在宣告受命于天，不受制于任何其他王国。齐魏相王，引起列国称王风潮，足见名号之威力也。今韩国称王，安知秦赵燕不会立即称王？与其彼等自行称王，莫如我大魏发起‘列国相王’，实则使列王以我王为首，如此可重振魏国霸业也！”

“列国相王？也送秦国一个王号么？”魏惠王很是兴奋，但对秦国却总是牙根发痒。

“也可不要秦国。”惠施本来的谋划是包括秦国的。既然挡不住秦国，莫如大大方方承认秦国的王国地位，如此一来，既可使秦国与山东剧烈争斗，又可使魏国实际上拥有“赐秦王号”的天下盟主地位。但他见魏惠王对秦国耿耿于怀，立即改变了主意——在魏国，这个老国王的好恶是决然不能违背的，否则一件事也甭想做成。思忖间，他的新谋划已流畅地涌了出来：“可行五国相王：魏韩赵燕，加上宋。如此可孤立秦国，使其不能东出。”

“好谋划！”魏惠王拍案大笑，“只是啊，桀宋声名狼藉，不能要。再说，要是承认了桀宋这个王位，三五年就不能灭他了，是么？”

“那就是四国相王了。也可。”

“不，五国相王，加上中山！”

“啊……好好好，也好！”惠施本来惊讶得嘴巴都合不拢，居然硬生生地合上且一连串地叫好，也实在是想不出如何来赞美这则匪夷所思的王命。他本能地觉得，教中山国加入相王行列，完全可能使这场相王同盟变成儿戏。

“惠子有所不知。”魏惠王从来不称惠施“丞相”官号，而只呼“惠子”，他见惠施愣怔，神秘笑道：“要燕赵受制于我，就得中山狼加盟。懂么？”

“啊啊啊——明白，我王神明！”惠施惊愕得连“啊”几声，终于“明白”，还加了一句结结实实的赞颂。

终于，五国相王的会盟特使派出了。可是不到半月，却传来惊人消息：赵燕韩三国拒绝参加相王同盟。赵肃侯与燕文公公然大骂魏惠王“与中山狼一般无二”。韩宣惠王虽然没有破口，却也阴沉沉地当场撕碎了国书。一场“五国相王”的同盟霸主梦，就这样轻易地破灭了。魏国非但没能争回老霸光环，反而引起了赵燕韩三国的强烈愤懑，也使齐楚两个老牌王国大为不满。

齐威王怒斥魏惠王“无耻负约”，将魏国径自发动“五国相王”视为对齐国新霸权的挑战，立即打出了反对中山国称王的旗号，对燕赵两国发出国书说：“与中山狼并王，耻莫大焉！愿与两国起兵，灭此朝食！”

赵肃侯却没有进攻中山，而是立即发兵南下，进攻魏国的黄城[1]。

北面的燕国突然破脸，立即在背后偷袭赵国。

赵国手忙脚乱，连忙从魏国撤军，与燕国打了起来。

中山国新近称王，乐得为大国互斗火上浇油，毫不犹豫地发兵偷袭了燕国。

燕国两面受敌，非但被中山夺取了三座城池，又被赵国杀得大败。

---

[1] 黄城，今河南内黄西部。

韩国对魏赵两个“三晋兄弟”向来愤恨，见魏国陷入纠缠，立即夺了魏国西南两座小城，又在回兵途中顺路夺了宋国两座城池。韩宣惠王自感雪耻，下令举国欢庆。

如此一来，中原列国顿时陷入了空前混战：新称王的宋国趁着乱象突然奇袭滕国，竟一举灭了只有三座城池的滕国；又接连攻取了齐国一座城池，再接着灭了邻近只有五座城池的薛国。除了鲁国，宋国一口气吞灭了齐国后院的两个小国，竟猛然膨胀起来。宋偃宣布：要趁势南下灭楚，成就殷商帝业！楚国不能忍受，立即发兵攻宋，却不想竟在淮水北岸莫名其妙地败给了宋国。楚威王大怒，认为魏国在背后支持桀宋，发誓要与魏国一决雌雄。

沸沸扬扬的称王相王风潮，闹哄哄地互相攻伐，中原陷入了战国中期的第一次大乱。

如此乱象，由“五国相王”而起，气得魏惠王像吞了一只苍蝇，一下子疏远了惠施。直到三年后苏秦合纵，魏国才重提“五国相王”，在苏秦主持下抹平了这次事端。

这时，唯有强大的秦国不与任何邦国结盟，游离于中原的乱象之外。但却趁着乱势，不声不响结结实实地打了几仗，对山东六国形成了前所未有的威慑。

第一战是秦楚大战，楚军大败，举国震恐，楚国被迫迁都。

秦国奔袭楚国房陵得手后，楚国朝野震恐，发誓要夺回这个大粮仓。楚威王命田忌统率楚国的战胜之师，乘灭越声威兼程北上，要将秦军消灭在房陵。田忌对楚军实力已经熟悉，但对秦国新军却很生疏。秦国齐国，一东一西相距千里，历来很少交战，进入战国，这两个大国还没交过手。但田忌明白，山地的长途奔袭战只能是精兵轻装，不可能是秦国的重装铁骑。楚军战力虽差，但以精简后的十万楚军对三两万秦军，胜算还是有的。身为大将，若能打破秦国新军锐士不可战胜的神话般的声威，也是田忌的莫大声望。大军未动，田忌便派出了数百名游骑斥候，秘密探听秦军动静。不久斥候回报：秦军奇袭兵力只有两万余，占领房陵后尚未撤出。田忌立即兵分两路兼程北上：东路，前军主将子兰率领四万骑兵，沿汉水谷地秘密向西北行进，在丹水山地设伏，堵住秦军北撤退路；西路，自己率领重新整编的步骑六万，乘舟师大船越云梦泽，出郢都，正面进逼房陵与秦军决战。

无论从哪方面说，这都是一个周全的决战方略。

楚威王认定这次大战“万无一失，楚军必胜”，郢都连北上灭秦的王书都拟好了，单等房陵大捷便昭告天下，挥师关河。

可是，当田忌大军到达房陵山地时，两万秦军却鬼魅般地消失了。

正在田忌惊疑未定之时，探马急报：秦军奇袭郢都，王城岌岌可危！

田忌星夜回师，却在夷陵[1]峡谷突遭伏击。五万步骑军兵在陡峭的山谷中血战昼夜，最后只有数千人马逃出。旬日之后，东路也传来败绩：子兰大军反被一支由武关开出的秦军截了后路，唯有子兰率三千残兵逃回。

楚威王大怒，下令缉拿田忌来郢都问罪。但当王命特使截住败逃军兵时，田忌已经不在军中了。消息传出，楚国举朝恐慌——房陵屏障已失，大军主力被歼，唯一可凭借的统帅也神秘逃走，郢都完全暴露在房陵秦军的威慑之下，岂非大险？匆忙聚商，楚威王与所有王族大臣连夜乘舟师进入云梦泽避难。有一支颇具规模的水军，这是楚国唯一强于秦国的地方，否则便当真是大难临头了。三个月后，楚国为了避开秦军

[1] 夷陵，今宜昌地区的山地。

锋芒，迁都云梦泽以东、长江南岸的寿春[1]，都城名字仍然叫做郢都。

第二仗，攻取韩国宜阳[2]，夺得韩国铁山。

司马错奇兵战胜楚国大军，楚国被迫迁都后，秦国朝野大为振奋。司马错对山东列国的战力有了更清楚的了解，在回师北上时向秦公嬴驷上书：顺道出武关，夺取韩国的宜阳铁山。嬴驷立即召叔父嬴虔与樗里疾会商，三人对司马错的用兵才能已经不再疑虑，立即快马回书，赞同夺取宜阳。同时议定：樗里疾率领蓝田一万铁骑，东出策应。

宜阳地处函谷关以东百余里，东北距洛阳只有数十里，是洛水中游山地的咽喉要塞。因为这片山地有天下最为富有的铁矿石，所以韩国专门设置了宜阳邑镇守宜阳铁山。近百年来，围绕着争夺宜阳，韩国与几乎所有的大国，包括宋国一类的二流国家都打过仗，无论如何，总是胜多败少，确保了宜阳没有丢失。韩国在申不害变法时曾经训练出了十万新军，但在对魏国的新郑大血战中几乎打光，侥幸剩下的，便是驻守宜阳的两万骑兵。那场大血战后，新郑国人死伤十余万，韩国财富也几乎消耗殆尽，元气大伤，根本无力扩充新军。重新招募的五万士卒，也缺乏精良军器与充足粮草，严格训练自然也是大打折扣，其战力与申不害时期已经不可同日而语。唯独驻守在宜阳的这两万骑兵是当年的劲韩铁骑，堪称真正的精锐之师。韩国攻宋、攻魏接连得手，靠的便是这支铁骑主力。

正在大宴群臣满城欢庆的时候，韩宣惠王突闻警报——秦国偷袭宜阳，激战正酣！

“哐啷”一声大响，韩宣惠王的铜爵掉在了鼎盘中，汤汁四溅。

拱卫新郑的五万步骑立即兼程疾行，开往宜阳救援。三天三夜之

[1]　寿春，今安徽寿县西南。

[2]　宜阳，战国时韩国设宜阳邑，在洛水中游，今洛阳西南。

后，疲惫不堪的韩军方才渡过伊水，看见了洛水北岸的宜阳城楼。韩将下令全军埋锅造饭，战饭之后激战秦军。可炊烟刚刚升起，一股溃散的骑兵就冲了过来，战马骑士浑身鲜血，看得韩军将士胆战心惊。三言两语，便知秦军已经攻下宜阳，韩国两万精锐骑兵已经全军覆没。

逃回来的骑兵说，月黑风高的后半夜，秦军步兵突然出现在宜阳城下，趁夜全力猛攻。待到天亮，韩军守将清楚了秦军全是步兵，便率领城内铁骑杀出，要一举消灭秦军。谁知秦军根本不退，反而筑成步兵圆阵迎战。宜阳骑兵被秦军的傲慢激怒了，发誓要与秦军步兵见个高低。鏖兵竟日，韩军无法撼动秦军步兵的大阵，反而死伤了两千人马。这时，天近暮色，大祸降临，秦军大队铁骑神奇地从漫山遍野杀了过来。韩国的宜阳铁骑就这样陷入两面夹击，两个时辰便全军覆没了。只是不知何故，秦军没有追击韩国援军。

“那真叫害怕……”伤兵惊魂未定，“黑人，铁马，尖厉的号角，闪亮的长剑，我们还没回过神来，就被分割成了碎块！”

消息传来，韩国朝野无不倒吸一口凉气。要知道，申不害训练的韩国铁骑也是赫赫大名的天下劲旅，魏赵齐楚燕几个大国无不忌惮三分，可如今竟被秦军一夜之间全部歼灭，这秦军锐士之战力如何不令人胆寒？

第三战，夺取魏国占领的崤山区域，全面控制崤山。

对秦国战事的前期谋划，司马错始终在壮大根基上做文章。楚国房陵是粮仓，韩国宜阳是铁山。紧接着，司马错看准了夺取崤山这步棋。崤山，是与秦、魏、周、韩、楚五国都大有干系的要塞山地。从位置看，它处在黄河东折处的南部，与桃林高地连成了一片广袤的山塬，向西伸展到华山地带，向南楔入楚国北部的丹水中游，向东则居高临下地鸟瞰三川地区，与洛阳几乎只有百里之遥，骑兵两个时辰便可兵临城下。崤山地带的咽喉要塞就有三处——东边函谷关、南边武关、西边桃林塞[1]。对于这五国，崤山都有“门户”的意义。谁占据了崤山，谁便真正掌握了自己的国门。

长期以来，崤山与河西地区一样，都是魏国占领的“飞地”。商鞅收复河西后，只收回了包括函谷关在内的崤山西部地带，崤山的大部分地区尚处在分割拉锯状态。楚国占据了崤山南部，魏国控制了崤山东南部。也就是说，秦国的武关直接处在楚魏势力范围，函谷关外的东部山麓也在魏国手里，崤山所具有威慑力的全部地段，并没有被秦国全部掌控。从东出争霸的眼光看，只要崤山处于分割状态，秦国东部的封锁就还没有彻底打开，出得函谷关并不能长驱东进。

全部占据崤山，就是要使山东六国的门户洞开，而秦国的防守要塞却更加牢固。

在崤山东南，魏国驻扎了五万守军，一部驻扎在武关背后的洛水上游河谷，一部驻扎在函谷关外大河南岸的三门大峡谷内[2]。洛水河谷以步兵为主，大峡谷以骑兵为主。魏国虽然衰落，但仍然是一流的强国富国，魏军也仍然算是天下少有的几支强大军队之一。训练严酷敢打硬仗的“魏武卒”更是威名赫赫。但是，在桂陵大战、马陵大战、秦魏河西大战后，魏国的精锐主力已经基本拼光，剩下的各关隘驻军全是守备之师，只有二流战力。庞涓死后，魏国军权先后由三任太子执掌，没有再设上将军。太子申掌兵伐齐被俘，后立太子赫不得魏惠王之心又被废，目下是新太子魏嗣掌兵。魏嗣志大才疏，以“名将”自居，执掌军权后两次征发，将魏军兵力总数重新扩大为三十万，一时颇有声威，一心要打几场大胜仗，复兴大魏的霸主地位。

---

[1] 桃林塞，春秋战国时为要塞城堡，东汉设为潼关，在今潼关县境内。
[2] 三门大峡谷，即今黄河三门峡，在今河南三门峡市与山西平陆县间。

对秦国而言，这是新君臣第一次对中原强国的直接挑战，也可以说是一种试探。魏国目下力量究竟如何？能否对秦国构成新的封锁？都将在崤山之战见出分晓。毕竟，魏国不是楚国，更不是韩国。

司马错提出夺取崤山的谋划后，嬴驷立即带领轻装骑队秘密东来。两日后的深夜，嬴驷进了宜阳，与司马错、樗里疾会齐，君臣三人秘密谋划了整整三日，议决由司马错统一指挥崤山之战，樗里疾总揽后援，嬴驷坐镇咸阳做万一失利的应变准备。

旬日之后，正是月初。夜黑风高，崤山南麓的武关开出了一支偃旗息鼓的步兵，轻装疾进，直扑洛水河谷。天将黎明，魏军正在酣梦之中，突闻鼓声如雷号角凄厉，漫山遍野的黑影潮水般压了下来。魏军惊慌大乱，自相践踏，溃不成军。两个时辰后天色大亮，魏军数千人拼命杀出重围，沿洛水河谷向东逃窜。未走几里，秦军一支伏兵杀出，硬生生将魏军残部封堵在山谷之中。日色正午时分，崤山东南便恢复了平静。这支秦军步兵迅速集结，战饭之后立即兼程北上，向函谷关外秘密运动。

三门大峡谷的黑夜一片静谧，唯有大河涛声隐隐可闻。魏军骑兵操演了一天阵法，早已经酣然入梦，连谷口的游骑步哨都不再游动，聚在山坳里燃起篝火避风取暖，不消片刻，都呼呼大睡了。魏军也是太大意了，认为这里虽是山地峡谷，但却在函谷之外，历来是魏国的本土；西边的函谷关，秦军只有一万步骑驻防，岂敢寻衅三万铁骑？东边距重兵驻守的大梁不过一日路程，大军随时可到。对于风驰电掣的骑兵来说，这里简直就是平安谷。况且太子亲统大军，正要重振魏国雄风，哪里还有人敢在这里与魏国打仗？

突然，却闻战鼓如雷杀声震天，火把如同白昼。黑色骑兵神奇地从峡谷深处铺天盖地地杀了出来。魏军营寨立即大乱，人喊马嘶，争相逃窜。统兵大将从睡梦中惊醒，慌忙上马发令，几经弹压，杀掉了几十名惊慌逃窜者，主力才稍见聚拢。大将下令，向峡谷外突围，在平原上与秦军决战。魏军潮水般冲向谷口，忒煞作怪，谷口竟无一秦军，畅通无阻。

“啊！秦军主力——”前行骑士几乎是尖叫起来。

漆黑的原野上出现了广阔的火把海洋，横宽无边，正正地堵在魏军骑兵面前——铁马面具，黑色森林，清一色的阔身长剑，正是秦国的铁骑主力。

“杀！杀出去——”情知生死在即，魏军大将怒吼着发出了死战命令。魏国的红色骑兵高举着长剑，冲向了无边的火把海洋。“哗——”火把海洋的中央地带却退潮般迅速缩回，两翼伸向无边的夜色之中，将冲锋的红色集团倏忽围困在火把海洋之中。

大河南岸的原野上，弥漫出惊心动魄的无边喊杀。

深秋的太阳升起时，原野上沉寂下来，层层叠叠的红色尸体从山外平川一直绵延到大峡谷深处。秦军迅速清理了峡谷，修筑起新的营寨。日落时分，大峡谷口已经竖起了一面黑色的“秦”字大纛旗。

消息传到大梁，太子魏嗣暴跳如雷，立即就要出动大军复仇。

“嗣儿，少安毋躁。”已经两鬓斑白的魏惠王深深地叹了口气，“如今大乱之势，猎犬捕兔而虎狼在后的事还少么？你没打过大仗，万一有差，大魏基业何人承继？”

太子魏嗣顿时泄了气，大骂秦国一通“蛮夷虎狼”了事。

此战虽然规模不大，但却打出了秦国的威风——一举控制了崤山全部，一脚踏出了函谷关，迫使赫赫魏国忍气吞声，洛阳周室、韩国新郑、楚国郢都尽皆噤若寒蝉，齐赵燕三大国也假装不知道似的默不作声。秦国的威慑力首次覆盖了大河南岸，一股凛冽的寒气开始弥漫中原。

然则，事情并没有就此终止。

一鼓作气，秦国打了第四仗——东出汾水，夺取晋阳[1]。

商鞅收复河西，秦国在大河东岸仅仅占领了离石要塞，在河东地带扎了一个小小的钉子，对赵国、中山国、燕国几乎没有任何威慑力。而这三个国家，都是秦国恨得牙痒，而又长期被魏国牵制得无法动手的国家。中山狼对河西的灾难，已经使秦国朝野切齿。赵国屡次策动秦国西部后院的戎狄叛乱，又屡次参与瓜分秦国，几乎与魏国不差上下。燕国则历来以老牌贵族自居，蔑视秦国，不屑为伍，多次拒绝了秦国在困窘时期的修好请求。秦孝公视为国耻者，即六国“不屑与我会盟”。这种仇恨，秦国朝野是不可能忘记的。

如今情势大转，秦国的后续目标立即瞄准河东，要在这里立下一个根基。

“夺取晋阳！这里是河东腹心。”这次是樗里疾的主张。

“有理。”嬴虔立刻赞同。他青年时期长年在西北作战，对西部戎狄与河东燕赵一带特别熟悉，“晋阳不大，却是兵家形胜之地。东南直接压迫邯郸，东北威慑中山，北面对燕国的雁门塞[2]与代地可成攻势。一石三鸟，好棋！”

“国尉之见？”嬴驷特别地看重司马错的评判。

“臣以为有理。”司马错虑事细密，沉吟道，“只是，攻取晋阳，须得劳动太傅一场。”

“但凭国尉差遣！”嬴虔大是兴奋，他已经二十多年没有上过战场了。

[1] 晋阳，今山西太原地区。

[2] 雁门塞，当时的军事隘口，即后来的雁门关。

“好！夺取晋阳仍由国尉统一号令，太傅与上大夫襄助。”嬴驷断然定板。

月余之后的一个深夜，一支商旅马队秘密出了咸阳北阪星夜北上。这是嬴虔率领的一支由公室弟子组成的特殊马队。西周初期，嬴秦部族曾经三分流亡。一支进入西部半农半牧，后来立国成为诸侯之前，两支较大的支脉曾经进入阴山草原，又从阴山南下，进入汾水流域的河谷草地，在那里定居下来。余部流散于东方山海之间，后来北上的秦人便成了后来的赵国。是故，秦人中流传着“秦赵同族同宗”的说法。其中，一支“赵人”定居在晋阳，是晋阳地带极为重要的一支力量。嬴虔的公室马队，就是要策动这支“赵人”认祖归宗，做秦军的接应力量，事后重新回归秦国。

半个月后，司马错接到秘密消息：嬴虔大获成功，“赵人”已经做好了接应准备。

司马错这时已经移帐离石要塞，闻讯立即下令：河西三万铁骑兼程北上，绕到晋阳北面待命。同时，司马错亲自率领八千轻装步兵，从汾水河谷秘密北进，堵住晋阳正面，以防赵国骑兵增援。

旬日之后，嬴虔率领的“赵人”勇士与秦军三万铁骑同时发动，内外夹击。一夜之间，晋阳的一万赵军全部被歼。赵肃侯接报大惊，立即派出五万骑兵挽救晋阳，眼看晋阳遥遥在望，不想却被司马错的步兵堵在汾水西岸的龙山峡谷，激战竟日，无法越过。次日，秦军三万铁骑杀到，与赵军骑兵展开了激烈厮杀。也是半日工夫，赵军损失大半，仅余万余骑突围逃走。

晋阳一鼓而下，燕、赵、中山无不惊恐。

颇有气焰的中山国首先发出修好和约，主动将临近晋阳的三个隘口割让给了秦国。

燕国百余年从来没打过大仗，面对秦军威势更是不敢贸然，只好以“秦虽无礼，却也未侵掠我邦”为自慰，宣告作罢。赵国倒是真想打一场，但自觉凭一国之力不足以取胜，须联合齐、楚、魏其中的一个大国方能出兵。可几经联络，三大国各有搪塞，硬是没有一个愿意结盟出兵。齐国是唯一没有与秦国直接冲突的大国，也是现下唯一可与秦国抗衡的大国。可是，齐国非但不想联兵攻秦，反乐得看到与秦接壤的各国手忙脚乱，以便从中渔利。心念及此，一股凉气顿时涌上赵肃侯脊梁。他恨透了这些无义邦国，更恨透了秦国。

“秦国蛮夷，虎狼之邦！”赵肃侯狠狠地大骂了一声。

这句咒骂迅速传开，“虎狼”立即成为秦国的代名。山东列国的口语中渐渐衍生出“虎狼之邦”、“虎狼之国”、“秦为虎狼”、“虎狼秦”、“秦虎狼”等关于秦国的诸多骂词。骂归骂，山东六国终是无可奈何。

骂了一段，中原战国又恢复了相互攻伐的乱象。

三年之间，大大小小打了四十余仗，没有稳定的同盟，甚至没有临时的合力，只有混战而没有目标。只有秦国似乎游离于中原乱象之外，冷冷地窥视着一切可利用的裂痕与时机，随时准备闪电般地出击。

中原列国之间充满了仇恨与猜忌，更对“虎狼秦国”神出鬼没的袭击战恐惧不已，生怕这“虎狼”之灾突然降临到自己头上。于是，各国纷纷在国界修筑长城，将自己圈得壁垒森严。非但齐魏燕赵楚韩六大战国开始修筑边境长城，连中山国、宋国也动手修筑长城了。

“洪水猛兽，莫如虎狼之秦！”这句咒骂永远地挂在了中原列国嘴上。

第六章 风云再起

一 红衣巫师的鼎卦

春草又绿，洛阳东门飞出了两骑快马，直向苏庄外荒野的草庐而来。

正在古井台上呼噜晒太阳的大黄嗖地立了起来，昂首凝望片刻，立即冲到草庐门前“汪汪汪”地狂叫起来。茅屋里，苏秦正在揣摩那张《天下》图，不时对照旁边的一本羊皮册子。这张大图，是老师当年从周室太史令老聃那里绘制的，原题《一千八百诸侯图》。所不同的是，老师对这张图做了详细注文，注明了每个诸侯国的始封时间、历代君主及灭亡时间。老师注文另成一册，与大图一合并，无异于一部最简明的天下诸侯兴亡史。春寒犹在，地上又很潮湿，苏秦双手拢在绵袢袖里围着羊皮大图打转，时不时还得一阵跺脚。

突闻大黄狂吠，苏秦惊得一个激灵。他觉得奇怪，大黄遇到险情是从来不叫的，但叫，一定是它熟悉的人来了。父亲是不会来的，纵然来了大黄也不会如此叫法。那么会是谁呢？苏秦思忖着刚拉开门，大黄嗖地蹿上了门前的土坎。

手搭凉棚遮阳远望，苏秦依稀看见泛绿的荒原上奔驰着两匹快马，就像两朵朦胧的云彩悠悠飘来——他的目力已经大减，看不清骑士的服色是黑是红了。突然，苏秦一阵心跳，莫非是张仪？不可能！若张仪有成，岂能等到今日来找他？

“二哥——”清亮的喊声随着急骤的马蹄声迅速逼近，大黄已经“汪汪汪”地迎了上去，引来一阵萧萧马鸣。啊，是苏代苏厉。苏秦心头一阵发热，双眼顿时潮湿了。三年不见，两个小弟已经长大了，已经是英俊少年了。

“二哥……”转眼之间，马到屋前，两个红衣少年滚鞍下马，却吃惊得呆住了。

面前就是他们的二哥么？就是那个曾经名动天下英挺潇洒的名士苏秦么？一头蓬乱灰白的长发，一脸杂乱连鬓的长须，身后是破旧不堪的茅屋，面前是一望无际的荒草，他木然伫立着，一身褴褛破旧的皮袍，目光蒙眬，黝黑干瘦，活脱脱一个饥荒流民。

“二哥——”一声哭喊，苏代苏厉跪倒在地，同时抱住了苏秦。

原是满怀喜悦激情而来，他们却被眼前的景象深深震撼了。在少年兄弟的想像中，名士草庐孤身苦修，是一件充满诗意的幻境，是只有世外高人才能品味的半仙生活。兄弟俩无数次地编织诉说着二哥的隐居境界——春日草长莺飞，手执一卷踏青吟哦，当引来多少游春少女的目光？夏日里绿荫古井，散发赤脚昼眠夜读，该是何等快意洒脱？秋风里草庐明月，河汉灿烂，长夜伫立，仰问上苍之奥秘，该是何等神奇意境？冬日里漫天皆白，或轻裘拥炉而读，或踏雪旷野而思，该是何等高洁情怀？兄弟俩相约，总有一日，他们也要像二哥那样，做一番隐居苦修，品尝一番高人境界。正因为如此想像，兄弟俩始终恪守着父亲叮嘱，三年内不扰乱二哥的清修。如今，二哥竟弄到了如此模样，这一对堪称锦衣玉食的兄弟如同遭受当头棒喝，如何不感到震惊？

“脱胎换骨，岂在皮囊？”苏秦虽只淡淡一笑，却是充实明朗。

“二哥，你受苦了。”苏代站起来低头拉着苏秦的手，一副不忍卒睹的样子。

“二哥，你不觉得苦涩？”苏厉毕竟年少，对苏秦安适的笑容觉得惊讶。

看两个弟弟悲天悯人的样子，苏秦不禁揽住了两人肩膀，一阵舒畅明朗的开怀大笑，毫无萧瑟凄楚，那是想装也装不出来的一种发自内心的轻松。

苏代苏厉终于破颜笑了：“二哥，我们给你报好消息来了。”苏厉忍不住先露了底儿。

“三弟四弟，就坐在这里说，屋里阴凉。”

“二哥，你先吃点儿，边吃边听。”苏厉从马鞍上拿下了一个皮袋打开，“父亲特意从一个老猎户手里买了一只逢泽麋鹿，二嫂……”苏厉突然顿住，又期期艾艾道，“二嫂执意要亲自做……”

苏代叹息了一声：“二哥，二嫂也可怜……不要记恨她。”

苏秦不禁大笑摇头：“梦也梦也，苏秦若还记恨，岂非枉了这荒野草庐？来，我咥。”说着摊开荷叶，撕开一块红亮的鹿肉大嚼起来，“三弟，你说，我听着。”

“二哥，我从大梁回来的，四弟从洛阳回来的。大事都清楚了。天下如今可是大乱了，我给你从头说吧。”苏代喘息了一下，一款一款地说起了这几年的天下攻防大事，有声有色，说到最后一声感叹，“咳，总归一个乱字，只有虎狼秦国占了大便宜！”

苏厉满面红光：“乱世出英雄，二哥，你该再度出山了！二哥，你……”

苏秦听得很仔细很认真，没有插问一句，一直在平静地沉思，丝毫没有兄弟俩预料的那种惊喜激奋。见两个弟弟困惑的样子，他在露出皮毛污黑的破衣襟上随意地抹了几下手，微微一笑：“看来，比我预料的快。我得想想，你俩明日再来。”

苏代苏厉相互看看，怏怏地走了。

望着两个弟弟骑马远去的背影，苏秦生出了一种奇特的感受——明明平静得心如止水，却觉得轻松得要飞了起来，充实得要喊了出来。不自觉地，他走进了茫茫荒草，越走越快，终于跌跌撞撞地跑了起来，湮没在无边的碧草浪中，一边仰天大笑，一边手舞足蹈地“啊啊啊”吼叫着。

“天意啊，天意——”一个苍老的声音在耳边悠然响起。

“谁？谁在说话？”苏秦气喘吁吁地摇晃着，看见茫茫泛绿的苇草中摇曳着一个红色身影，站定一看，红袍竹冠，雪白散发，清越得直如天人一般。“前辈高人，在下有礼了。”苏秦恭敬地躬身一礼，他知道，这种老人只可能是尊贵神秘的王室大巫师。

“得遇雄贵，老夫不胜荣幸。”明明迎面而立，苍老的声音却是那般旷远。

“雄贵？你说我么？”苏秦低头打量了自己一番，禁不住仰天大笑，“天下之大，当真无奇不有也。”

“老夫相术甚浅，不敢断言。先生可愿占得一卦？”

“天无常数，在下力行入世，不信虚妄。”

老人微微笑道：“武王伐纣，太公踩龟甲而止卜。非不信也，乃有成算也。先生不信，亦是成算在胸。然天道幽微，岂是‘力行’二字所能包容？若有印证，岂非天道无欺？”

苏秦肃然拱手道："愿受教。"

"你来看。"老人大袖一挥，身形转开，指着原先挡在身后的一蓬青黄相间的奇特长草，"此乃老夫今日觅得的一株千年蓍草，以之占卜，可窥天地万象之密，先生何其大幸也。"

苏秦暗暗惊讶。他与大多经世名士一样，虽不精专《周易》，却也颇有涉猎。老师原本就是精研《周易》的大家，但却从来不为弟子占卜，只是向他们讲述易理与易家规矩传闻，让他们广博学识而已。老师说过，千年蓍草为易家神物，功效大过龟卜时期的千年龟甲，可遇不可求。但凡觅得千年蓍草，必得为所遇第一人卜卦而镇之，否则不能折草。看来，面前这位红衣大巫师要给自己占卜，也并非心血来潮，易家规矩使然，何妨坦然受之？心念及此，默默一躬。

老人点点头，宽大的衣袖中悠然现出一支细长的木剑，对着碧绿而又透着苍黄的蓍草深深一躬，站定凝神，木剑轻轻挥出。但听轻微脆响，一根三尺余长的草枝笔直地在空中竖起，草叶在瞬息之间飘回蓍草蓬根，一根绿黄闪光的草茎，横平着飘落在木剑之上。老人顺势坐地，木剑倏忽消失，蓍草已经平托在双手之上。

"太极。"老人轻轻地念了一声，蓍草茎神奇地断开了短短一节，落在了老人两腿间的袍面上。

"两仪，日月，四季，五行，十二月，二十四气。"随着老人的念诵，蓍草茎迅速地一节节断开落下，在红色袍面上整齐地排列成一、二、二、四、五、十二、二十四共七个单元。

苏秦看得惊讶了。他知道，蓍草占卜需要五十根草茎，"五十"之数的构成便是老人念诵的七个单元；有一根取出来始终不用，意味着天地混沌未开的"太极"；其余的"两仪"等四十九根便是用来占卜的实数。他惊讶的是，蓍草如何能如此神灵，竟能飞去草叶？竟能应声断开？如此说来，“千年蓍草之下，必有神龟伏之”也是可能的了？思忖之间，老人已经占卜完毕，悠然笑道：“鼎卦。”

苏秦默然。他理解“鼎卦”的意义，却觉得匪夷所思。

“先生通达易理，无须老朽细拆。”老人淡淡笑着，“只是这鼎卦之幽微在于‘九三’。九三虽正，却与‘六五’相隔，主初行滞涩；然‘九三’得正，唯守正不渝，终会‘六五’。余皆先生所能解，无须老朽多言也。”

“多谢大师。”苏秦深深一躬。

“先生自去。老朽尚须为神蓍守正。”

苏秦没有多说，默默去了。他走得很慢，“鼎卦”的卦象弥漫在心头挥之不去。

鼎卦之象

在《周易》六十四卦之中，鼎卦与革卦相连，组成了一个因果相连的卦象。革卦的卦象是除旧布新——“革”，是将兽皮制成皮革的过程，除去兽皮旧物而产生的新皮，便是“革”。鼎卦的卦象则是合百物而更新——鼎为炊器，煮合百物而成美食的过程，便是“鼎”。鼎合百物是艰难的，生的硬的干的湿的咸的腥的，都要在鼎中合成，经过“火”而达成新物；鼎卦的上卦是“火”，下卦是“木”，木入火为烹饪之鼎。从卦理上说，鼎卦之大意，在阐释贤才布新的大道——刚柔相济，持之以恒，方能合百物而出新。

大巫师说的“鼎卦幽微处”，在于“鼎卦虽吉，却有艰难”这个道理。此卦为自己占卜，所谓的“九三”一爻，是鼎卦中“才”的位置；

而“六五”一爻，则是“君”的位置；“九三”与“六五”相隔了一爻，不能立即交会；但由于“九三”是正才之位，经“上火”催生，终于可合百物，而与“六五”交会……

想着想着，苏秦不禁“扑哧”笑了出来——这《周易》八卦确实奇特，每一卦都是用极为寻常极为简单而又亘古不变的一种“物事”来做卦象，却又能对最为纷繁复杂的人世万象做出恰如其分的拆解，当真匪夷所思。就说方才这个鼎卦，竟用“煮饭”这个过程来说明天下乱象的整合，却是那样的妙不可言。看似简单，细细一想，却又复杂得不可思议。

“大哉伏羲！大哉文王！”苏秦情不自禁地喃喃感慨。

尽管大巫师的鼎卦是一个令人鼓舞的“天机”，但苏秦还是很快就将它抛在了脑后。如同当时所有的入世名士一样，他从来不将自己的命运寄托在这种神秘游移的预言上。原因很简单，他了解一切神明预测的基本缺陷——模糊的断语能解释后来的一切：你胜利了，它能说通；你失败了，它也能说通；你信它，它能说通；你不信它，它照样能说通。

对于“上天”，苏秦很赞赏两个人的话。一个是稷下新秀名士荀况，他说：“天行有常，不为尧存，不为桀亡。”一个是老孟子，他说：“天听自我民听，天视自我民视。民心即天心。”说到底，天为何物？就是天下人心。顺应人心做事，就是天下大道。行天下大道，自当以大道为本，当为则为，当不为则不为，何言吉凶？若天下人皆以吉凶决事决命，何来慷慨成仁舍生取义？何来吴起、商鞅一批“极心无二虑，尽公不顾私”的忠臣烈士？我苏秦出山，虽然也为功业富贵，但所做之事却是顺应大道，吉凶二字何须在心？

草庐苦修，他一刻也没有忘记揣摩天下风云。每有心得，他都要将列国利害以各种方式拆解组合一遍。渐渐地，他形成了一个清晰的判断：山东列国必将陷入互相算计攻伐的乱象，秦国必将东出，一一攻破中原战国。面对这种即将到来的天下大乱，他当持何种方略应对？长策在胸，自可叱咤风云改变天下格局；若无长策，纵然谋得高官厚禄，也无非是高车驷马的行尸走肉，苏秦何堪此等人生？三年来，苏秦反复思虑，多方演绎，终于形成了一套明晰的思路，一套周密可行的大方略。

苏代苏厉的到来，使苏秦猛然醒悟——机会终于来了。

他原先预计，这种乱象至少要酝酿五年。没有想到，三年之中天下已经大乱了。他等的就是这个乱世。天下不乱，列国无亡国危机，力挽狂澜的长策徒然一篇说辞而已，他苏秦也徒然一个狂士而已。秦国固要称霸，然时机不到，说也白说。天下固要整合，然若无人人自危之乱象，说也白说。这就是“贤者守时，不肖者守命”的奥秘。

窥透时机，应时而出。这就是苏秦孜孜三年，所浸润出的大谋境界。

不觉回到草庐，苏秦开始收拾准备。其实，草庐的一切日用物事都是任何家庭也用不着珍惜的粗物，根本用不着收拾交代。苏秦所要准备的只有一件事——将那张《天下》绘制在永远不可能丢失的地方。这件事他思谋已久，准备已久，但真做起来也不是一件容易事。从午后到天亮，整整八九个时辰，苏秦才直起腰来，颓然倒在草榻上。

正午时分，马蹄声响，苏代苏厉准时来了。

苏秦拉着两个弟弟的手：“三弟四弟，我要走了。”

“何时？”苏厉急迫地问。

“还问？自然是今日晚上了。”苏代显然成熟了许多。

苏秦点点头，似乎也想不起什么叮嘱的话，面对两个聪慧绝顶的弟弟，什么话都显得多余。见两个弟弟似乎在等他开口，苏秦终于说了句：“好生修习，苏家也许要靠你们了。”

“此言差矣！”苏厉这回倒是老气横秋，“二哥天下第一，岂能英雄气短？”

苏秦哈哈大笑：“好！四弟有志气。二哥就做一回天下第一！”

苏代郑重其事道：“二哥，傍晚我俩在路口等你。”

“不用操心，一切都会准备好的。”苏厉慷慨接口，比自己上路还激奋。

苏秦肃然拱手：“多谢三弟四弟。”

“二哥如何恁般作怪？这像弟兄么？”苏厉面红耳赤，先自急了起来。苏代却默默地低着头没有说话。

苏秦长长地叹息了一声，又微微一笑：“三弟四弟毋怪，自当初困顿归来，为兄明白了一个道理：人须自立，不可将任何外助看做理所当然，包括骨肉亲情。嫂不为炊，妻不下机，皆因我以家财出游，而于家无益。苏家本商人，利害所至，自当计较，我如何能以空泛大义求之于人？三弟四弟愿助我一臂之力，为兄自当感谢了。”

苏厉惊愕得说不出话来，只呆呆地看着须发灰白杂乱的哥哥，仿佛突然间不认识这位兄长了。苏代却轻轻叹息一声：“二哥，人间情义还是有的。自你独处草庐，大嫂害怕大哥责骂，从不敢提你，蔫得霜打了一般。二嫂，更不用说了，每年交冬，她都要到这片荒田站几个晚上，却从来不敢走近茅屋……”

三兄弟一阵沉默，苏秦笑道：“三弟四弟，顾不得许多了，我总归还会回来。”

“成败寻常事，家人总归亲。”苏代喃喃吟诵了一句。

“家人或可亲，成败岂寻常？”苏秦认真地回了一句。

苏厉却先“扑哧”笑了，向苏秦顽皮地做了一个鬼脸，三兄弟不禁哈哈大笑起来。

暮色时分，苏秦对着草庐深深一拜，举起那盏油灯对正了屋顶垂下的长长茅草。刹那之间，火苗腾起，整个茅屋顿时淹没在熊熊烈焰之中。苏秦一阵大笑，背起一个青布包袱，拿着那根青檀木棒，头也不回地大步走了。奇怪的是，大黄始终没有叫一声，只是默默地跟着苏秦。

官道路口，苏代苏厉守着一辆单马轺车正在等候。月光下遥见苏秦身影，苏代迎了上来，接过苏秦的包袱与木棒，利落地放到车身暗箱里："二哥，带了一百金，在这个暗箱。衣服未及准备，遇见大市买了。"

苏秦点点头没有说话，蹲下身子抱住了大黄的脖子，良久没有抬头。大黄伸出长长的舌头，不断舔着苏秦的脸颊，喉咙发出低沉的呜呜声……终于，苏秦站了起来，拍了拍苏代苏厉的肩膀，接过马鞭缰绳跳上了轺车，"啪"的一个响鞭，辚辚去了。

"汪！汪汪！"大黄叫了起来，声音从未有过的喑哑。

将近庄外，苏秦不禁张望了一眼那片熟悉的树林，惊讶地停住了车马——月光下的小树林道口，依稀伫立着一个白色身影。刹那之间，苏秦愣怔了，他似乎意识到了什么，怔怔地站在车上不知如何是好。慢慢地，白色身影一步步走到了轺车前，将一个包袱放在了道中，无声地跪了下去，连三叩首，又猛然起身，飞一般地跑了……

苏秦蒙了。他分明听见了树林中沉重的喘息与呜咽，却钉在车上一般不能动弹。良久，苏秦缓过神来跳下轺车，拿起了道中那个包袱，月光下，包袱皮上的四个鲜红大字赫然在目——冷暖炎凉。心中一动，伸手轻抚，湿滑沾手，竟是血书大字！"轰"的一声，苏秦觉得热血上涌，颓然坐到了地上。半晌，苏秦慢慢站了起来，将包袱放进车厢，对着树林深深一躬，回身跳上轺车去了。

白色身影出了树林，站在道口久久地伫立着。辚辚车声渐去渐远，树林边响起了幽幽的歌声——

燕燕于飞　差池其羽
远送于野　我心伤悲
鳞鳞远去　悠悠难归
瞻望弗及　泣涕如雨

二　奉阳君行诈苏秦

虽是四月初夏，邯郸却是杨柳新绿，寒意犹存。清晨起来，大雾蒙蒙，宫室湖泊树林都变得影影绰绰一片混沌。宽袍大袖的赵肃侯出得寝宫，来到湖边草地，做了几个长身呼吸，开始纵跃蹲伏地操练起来。

“君父，练胡功要穿胡服。”随着年轻的声音，一个少年走出了树林。

“雍儿么？”赵肃侯一个跳跃回身，“噫！你这是胡服？好精神！来，我看看。”

少年赵雍穿着一身紧袖短衣，脚下是长腰胡靴，手中一柄弯月胡刀。与赵肃侯的宽袍大袖相比，显得精干利落别有神韵。赵肃侯打量一番，点头笑道：“守边一年，有长进。”

“君父，胡人比我快捷，大半与这衣着有关。”赵雍兴奋地比划着，“你看，这身胡服里外四件，冷了最多加一件皮袍。我等一身，至少八九件，加上腰带高冠宽袍大袖，里外十几件，累赘多了。我的千人队，现下都是胡服，打了几仗，利落得很。”

“嗯，不错，军中穿穿还行。打仗嘛，就要动若脱兔。”

突然，一阵沉重急促的脚步声传来，朦胧可见一个红色的高挑身影大步匆匆走来。“是肥义，没错。”赵雍目力极好，只一瞥便认准来人。

“禀报君上。”丈许之遥，红色身影高亢的声音传了过来，“齐国大举兴兵灭宋，派特使前来，约我共同起兵。”

“禀报奉阳君了么？”赵肃侯淡淡地问。

“还没有。臣请君上先行定夺。”肥义拱手一礼，低着头不再说话。

赵肃侯面色阴沉地踱着圈子，良久沉默。

“君父，肥义将军忠诚可嘉。”赵雍慷慨激昂，“军国大计，理当国君决断。”

赵肃侯没有理睬儿子，回头对肥义道：“禀报奉阳君，听候定夺。”

“君上……”肥义看了看国君，终于没有说话，大步转身去了。

“君父，你要忍到国乱人散，方才罢休么？”赵雍面色涨红，几乎要喊起来。

“住口！”赵肃侯一声呵斥，四周打量一番，低声道，“他统领大军十余年，又有上党[1]封地二百里，兵强马壮，财货殷实，不忍又能如何？”

“君父勿忧，我有办法。”赵雍见父亲又要四面打量，大手一挥，“百步之内，断无一人。君父无须担心。”

赵肃侯盯着这个英气勃勃的儿子，悠然一笑：“力道几何？”

“死士三百。”赵雍肃然挺身。

“三百人就想翻天？真有长进。”

“专诸刺僚，一身为公子光翻转乾坤，况我三百死士！”

---

[1] 战国时赵国、韩国各有上党郡，后来韩上党归并赵国，治所壶关（今山西壶关以北）。

赵肃侯目光一闪，沉默良久，转身径自走了。赵雍略一思忖，跟着父亲进了晨雾蒙蒙的树林。

当肥义来到奉阳君府邸时，晨雾已经消散，府门外正是车水马龙的当口。

奉阳君乃赵成侯的三子，赵肃侯的胞弟。赵成侯本有三个儿子，长子赵语，次子赵继，三子赵城。赵成侯对三个儿子都很器重，每有亲出，总由长子留邯郸监国，两个小儿子随军征战。时间一长，次子三子成了军中大将，赵语则时常执掌国政，顺理成章地做了太子。赵成侯死后，次子赵继不服太子赵语，起兵夺权。赵语应对沉稳，联合三弟赵城打败了赵继，赵继弃国逃亡到韩国去了。为了报答三弟，赵语将赵城封为奉阳君，封地扩大了两倍。由于赵语不太通晓军事，赵国又多有征战，赵城兼领了上将军。几次胜仗，赵城的威望权势渐渐膨胀了，赵城也渐渐地威风起来了。

秦国夺取了晋阳，赵城领兵救援，却差点儿做了秦军俘虏。赵城恼羞成怒，要起倾国之兵与秦军决战。赵肃侯这回却出奇地固执，坚决不赞同与秦国硬拼。他当着全体大臣，将国君大印捧在手上说："奉阳君若一意孤行，请收下这传国金印，赵语当即隐退山野。"赵城大为尴尬，硬是给闷了回去。

此后，奉阳君更是横行国中，不将赵肃侯放在眼里。许多大臣不满奉阳君的专横气焰，纷纷秘密上书，请赵肃侯"杀奉阳君以安赵氏"。赵肃侯非但不置可否，反而又将丞相权力交给了奉阳君，请奉阳君"开府号令，总摄国政"。

如此一来，赵国几乎成了奉阳君的天下。府邸整日间门庭若市冠带如云，赵城忙得不可开交。许多原先秘密上书的大臣眼看国君孱弱，也就顺势投奔到奉阳君门下，官位纷纷晋升了。只有这个万骑将军肥义落落寡合，该如何便如何，依旧时常找国君禀报军情，官爵也就老是原地踏步了。

“噫！肥义也，稀客哟！”一个圆鼓鼓胖乎乎矮墩墩红亮亮的白发老头儿，眯缝着双眼，满脸堆笑地倚着门庭下的石柱，拉长声调惊叹着。

肥义大步走上九级宽大的白玉台阶，淡淡道：“李舍人，肥义要见奉阳君。”

这个李舍人，本是奉阳君的门客家臣，当时一般统称为舍人。李舍人多年追随奉阳君，很出过一些斡旋朝局的点子，自奉阳君得势，晋升了府邸总管。中原“三晋”魏赵韩同俗，都将总管称为“家老”。近年来，这李家老在邯郸红得发紫，大小官员无不敬畏三分，见面莫不打拱作礼连呼“家老大人”，还要眼疾手快地给门庭一口铜箱里搁点儿金贵物事进去，否则，你便得处处难堪。肥义是赵国大臣，不可能不知道奉阳君府邸的进门规矩，但却公然直呼“家老大人”为“李舍人”，如何不教这位炙手可热的李家老气上心头？虽则如此，李家老毕竟老辣，反倒拱手作礼笑道：“将军乃国家干城，自当要务在身。奉阳君正在竹林苑晨练，将军请了。”

肥义二话没说，大袖一甩，径自进府去了。

奉阳君府邸已经由六进扩展为九进，府后还建了一座水面林苑。所谓竹林苑，是第三进国政堂东边的一片竹木花草园囿，除了一大片青森森的翠竹，还养着一些珍禽异兽。奉阳君久在军旅，晨练原是寻常，肥义自然不去多想，直奔竹林苑而来。晨雾尚未消散，静谧的竹林中忽然传来粗重的喘息与细长的呻吟……肥义突然觉得异常，立即停住脚步，略微思忖，肥义对着青森森的竹林拱手高声道：“万骑将军肥义，紧急晋见奉阳君，有军国大事禀报。”

但闻竹林中婆娑阵阵，传来粗重嘶哑的呵斥：“大胆肥义！私窥禁园，可知罪么！”随着话音，薄雾中转出一个须发斑白威猛壮硕的汉子，浑身淌汗，只在腰间裹着一片斑斓虎皮，仿佛一个远古猎人。

“国家为上，臣不知罪。”肥义肃然拱手，低头不看面前的奇异景观。

“哼哼，赵国唯你肥义忠臣了？啊！”赤身“猎人”大喝，“来人！将肥义革去官爵，贬黜云中大营，罚做苦役！”

雾气缭绕中遥闻呼喝之声，李家老领着一班武士上来，立即将肥义夺冠去服绑缚起来。肥义没有丝毫惊慌，只是狠狠盯了李家老一眼，微微冷笑了一声，便不由分说地被押走了。流散的晨雾中传来一阵哈哈大笑。

一个带剑军吏匆匆走来：“启禀奉阳君，洛阳苏秦求见。”

“苏秦？苏秦是谁？”问话的虎皮“猎人”已经变成了衣冠整肃的奉阳君。

李家老笑道：“臣想起来也，此人就是几年前说周说秦的那个游士，鬼谷子高足。天子赐王车，还拒绝了秦国的上卿高爵，名噪一时也，只是，不知后来为何沉寂了。”

“噢？好呵！”奉阳君笑了，“如此名士，求之不得。见。”

“主君且慢。”李家老低声道，“容老臣探听明白，以防背后黄雀。”

“也好。弄清他究竟真心投奔，还是别有他图？”

“老臣明白。”圆圆的李家老一阵风似的随着雾气去了。

邯郸是苏秦的第一个目标。

方今天下，对秦国仇恨最深的莫过于魏楚赵韩四国。魏国是秦国的百年夙敌，楚国近年来受秦国欺侮最甚，韩国直接被秦国夺去了宜阳铁山，赵国丢了晋阳之后，成为眼下受秦国威慑最为严重的中原国家。要在反秦大计上做文章，就要从这四国之中选择一个入手。苏秦做了反复权衡，魏国实力最强，但魏惠王君臣消沉颓废，想要他出头挑起反秦重担很难；楚国偏远，素来对中原狐疑，虽可能成为反秦主力，但却不适合做发起国；韩国太小，但有风吹草动都可能被秦国扼杀在摇篮。只有这个赵国，国力居中，民风剽悍善战，在中原六大战国中影响力仅仅次于魏齐两国。更重要的是，赵国在列国冲突中素来敢作敢当，国策比较稳定；前代赵成侯与目下赵侯都算得明智君主，善于决断权衡。凡此种种，都使苏秦毫不犹豫地直奔了赵国。

一路北上，苏秦对赵国的朝局已经了如指掌，决意先行说动奉阳君，然后晋见国君。听说奉阳君有早起理政的习惯，他便赶在大清早前来晋见。一见那个圆乎乎满脸堆笑的家老，苏秦心知这是一个“人猫”，很自然地向铜箱中丢进了三个有天子铭文的“洛阳王金”。家老立即对他肃然起敬，安排好他在暖房等候，匆匆进去禀报了。

过得片刻，家老满脸堆笑地碎步出来：“先生，奉阳君紧急奉诏，进宫去了，特意转告先生，请先生明日晚上前来赐教。老朽当真惭愧也。”

“家老言重了。苏秦明晚再来便是。”

回到客寓，苏秦思量今日所遇，觉得大有蹊跷。权倾一国如奉阳君者，天下无出其右。此公有清晨独处园囿的嗜好，赵肃侯岂能不知？奉阳君紧急奉命云云，定是托词不见而已；然却又“特意转告”明晚“赐教”，又分明是想见他。一推一拉，仅仅是一种小权谋么？似乎是，又似乎不仅仅是。大挫重生，苏秦已经对“顺势持己”有了新的感悟，对于权力场的云谲波诡鱼龙混杂也有了一种登高鸟瞰的心境。面对这刚烈专横的奉阳君与柔腻阴险的“人猫”家老，苏秦决意抱定一个主意，顺势而说，见机而作，绝不再纠缠于一国一邦。

次日暮色时分，苏秦在家老殷勤的笑脸浸泡下见到了奉阳君。

煌煌灯下，两人都对对方打量了一番。苏秦看到的，是一个与这豪华府邸格格不入的粗壮黧黑的布衣村汉，两只眯缝得细长的眼睛突然一睁，会放射出森森亮光。奉阳君看到的，是一个从容沉稳的布衣士子，须发灰白，黝黑瘦削，幽幽的眼光教人莫测高深。

“先生策士，若以鬼之言说我，或可听之。若言人间之事，本君尽知，无须多说。”刚刚坐定，奉阳君怪诞冰冷，似乎要着意给苏秦一个难堪。

“以鬼之言见君，正是本意。”苏秦微微一笑。

“噢？此话怎讲？”

“贵府人事已尽，唯鬼言可行也。”

奉阳君突然一阵大笑：“好辩才！愿闻鬼言。”

“我来邯郸，正逢日暮，城郭关闭，宿于田野林畔。夜半之时，忽闻田间土埂与林间木偶争辩。土埂云：‘你原不如我。我是土身，无论急风暴雨，还是连绵阴雨，泡坏我身，我却仍然复归土地，天晴则又成埂。土地不灭，我便永生。你却是木头，不是树木之根，便是树木之枝。无论急风暴雨，还是连绵阴雨，你都要拔根折枝，漂入江河，东流至海，茫然不知所终。’请教奉阳君，土埂之言如何？”

“先生以为如何？”奉阳君似觉有弦外之音，却又一片茫然，反问了一句。

“土埂之言有理。”苏秦直截了当地切入本题，“无本之木，不能久长。譬如君者，无中枢之位，却拥中枢之权，直如孤立之木，外虽枝繁叶茂，实却危如累卵。若无真实功业，终将成漂流之木。”

奉阳君目光一闪，没有说话，思忖有顷，摆手道：“先生请回馆舍，明日再来。”

苏秦情知奉阳君木然烦乱，拱手作别，径自去了。

奉阳君黑着脸倚在长案上发呆。苏秦的话使他感到一丝不安，“无中枢之位，却拥中枢之权”，的确是权臣大忌，可是势成骑虎，自己能退么？听这苏秦话音，又似乎有转危为安的妙策。可能么？一介书生士子，能扭转乾坤？正在思绪纷乱，一阵轻轻的脚步来到身边。

“敢问主君，苏秦如何？”李家老的声音殷切恭谨，让奉阳君觉得舒坦。

“你以为如何？”奉阳君脸上威严持重。

“臣有一问：苏秦劝诫主君急流勇退，主君打算听从么？”

“不能。”奉阳君犹豫片刻，吐出了两个字。

“如此臣则可言。臣观苏秦谈吐，其辩才博学皆过主君。此人入赵，所图谋者终为自己功业，主君只是他建功立业的垫脚石罢了。唯其如此，此人将对主君大为不利。”

“赶走苏秦，开罪天下名士，谁还来投奔老夫？”

“主君勿忧。我有一计，可使苏秦乐而去之，不累主君敬贤之名。”

“噢？说说看。”

家老凑近，一番低语，奉阳君哈哈大笑。

次日晚上，苏秦悠然而来。奉阳君小宴款待，酒罢肃然求教。苏秦格外真诚，剖析了奉阳君的危局，提出了一举解脱危局的根本谋略——由奉阳君出面联合六国抗秦，拥戴赵肃侯出任盟主，化解君臣猜疑，既建立真实功业，又不露痕迹地回归臣子本职，如此奉阳君便可如土埂般永生。最后，苏秦慷慨言志：“苏秦本风尘布衣，不忍中原诸侯受强秦欺凌，愿奋然助君以成大业，愿君力挽狂澜，做天下砥柱。赤子之心，愿君明察。”

奉阳君两眼一直看着苏秦，脸上却没有任何表情。起初，苏秦只以为此人机谋深沉，自是江河直下滔滔不绝，说了一个时辰，奉阳君仍是正襟危坐，丝毫不为所动。苏秦觉得蹊跷，停了话头，端详着奉阳君神情，等待他的发问。谁知奉阳君依旧木然端坐，终是一言不发。

“苏秦告辞。”情知有异，苏秦拱手一礼，径自去了。

“先生留步。”身后传来沙沙柔柔的声音，李家老轻步追了上来，“老朽代主君送先生了。”

苏秦淡淡一笑：“敢问家老：昨日粗谈，奉阳君尚且动容；今日精谈，奉阳君却木然无动于衷，缘故何在？”

家老神秘地笑了笑，将苏秦拉到道旁大树下，先深深一个大躬，又幽幽一叹道：“先生机谋大，策划高，我家主君才小量浅，不能施展。老朽恐先生有不测之危，便请主君丝绵塞耳，无听谈说。老朽惭愧，惭愧。”

苏秦大是惊愕，愣怔片刻，纵声大笑起来：“奇也！奇也！当真大奇也！”

待苏秦笑声平息，家老又是幽幽一叹：“虽则如此，先生游历诸侯，跋涉艰难，无非图个锦衣玉食。老朽定然请求主君，资助先生以高车重金。老朽惭愧，惭愧。”

“噢——”苏秦更加笑不可遏，“还有此等事？不听我言，却赠我钱？”

“还请先生明日再来。老朽惭愧，惭愧。”

“好好好，明日再来。”

“老朽惭愧，惭愧。”

苏秦觉得大是滑稽，想忍也忍不住满腔笑意，大笑着扬长去了。

回到馆舍，苏秦忍不住大笑了半日，惹得邻居客人伸头探脑啧啧称奇。虽说天下之大无奇不有，然则自春秋以来，如此塞耳使诈者，当真是闻所未闻匪夷所思。一篇精心构思的宏大说辞，竟作了聋瞽塞听，当真对牛弹琴。名士游说有如此滑稽奇遇者，五百年也就我苏秦一人耳。既遇如此滑稽褊狭之徒，何不顺势而下，成全了这个滑稽故事？

次日午后，苏秦如约前往，李家老肃然迎出请入。奉阳君在正厅隆重设宴，连说一番“昨日受教，如醍醐灌顶”云云。李家老便急忙对着苏秦使眼色。苏秦又是一通大笑，也就势说了一通“水土不服，便欲归去”云云，虽都是口不应心，却也是其乐融融。

酒宴之后，奉阳君“赐赠”了苏秦许多贵重物事，除了黄金百镒，轺车一辆，有三样珍宝倒确实是苏秦所没有见过的：一是一颗明月珠，在幽暗中能光照丈许。二是白玉璧一只，李家老特意叮嘱说这是楚国的荆山璧，与和氏璧齐名也。三是黑貂裘一领，能化雪于三尺之外。

“老朽惭愧惭愧。”李家老指点交代完毕，毕恭毕敬地看着苏秦，生怕生出意外。

苏秦却大笑着接受了。

三　燕山脚下的古老城堡

一过易水，进入燕国地界。

苏秦听到的第一个消息是：老国君病倒，蓟城禁止夜行了。

这个消息使苏秦生出了几分莫名其妙的不安。燕文公在位已经二十九年，是中原战国中以“明智”著称的老君主。苏秦离赵赴燕，就是想从这个明智的老国君身上打开目下的僵局，若燕文公突然病逝，一个国丧至少耽延数月，再加上新君往往忙于理顺朝局，一年内能不能见到新君都很难说。

但苏秦丝毫没有改变目标的念头，反倒快马加鞭，力图早一日赶到蓟城。

北上燕国，苏秦还有一个朦胧的梦，就是见到那个至今还在他心目中保持着几分神秘的天子女官。苏秦原本的打算是：说燕成功，就正式请求拜见国后，能得片时交谈，就了却夙愿了。当然，若说燕不成，这个梦想也就只有永远地埋在心底了。可听到燕文公病倒的消息后，苏秦陡然觉得，无论如何都应该见到她。老国君病危，正是年轻美丽的国后即将失势的尴尬时期，官场宫廷最是冷酷，一旦失势便有可能发生各种危险。此时正是她独木临风之际，苏秦既然知晓，自当义无反顾地助她一臂之力。

昼夜兼程，古老的城堡终于遥遥在望了。时当盛夏日暮，雄伟的燕山横亘在蔚蓝的天际，山麓的城堡显得那般渺小。就在轺车向着山麓城堡疾驰的刹那之间，苏秦倏忽感到了一阵凉爽。燠热顿时消失，仿佛从蒸笼跳到了清凉的山溪，习习山风徐徐拂面，凉爽宜人，与中原盛夏不可同日而语。

古老的城堡果真是戒备森严，城外五六里有马队巡视，喝令一切车辆走马缓行，在城门外验身后方可入城。苏秦到达护城河前时，正逢闭关号角吹响。按照寻常规矩，闭关号角半个时辰内吹过三遍，便要悬起吊桥关闭城门，未入城者便要等到次日清晨开关。苏秦已经验身，匆匆走马，向吊桥而来。

“大胆！找死你！”一声呵斥，一个军吏猛冲过来挽住马缰，硬生生将轺车拉得倒退几步。再看面前，吊桥正在轧轧启动，湍急的卷浪河水就在面前翻滚。

苏秦一时懵懂，及至清醒过来，气咻咻喊道：“一遍晚号关城，岂有此理！”

“咳！脾气比我还大？”军吏不禁“扑哧”笑了，“你这先生从天上掉下来的？戒严半月了，早关晚开，不知道你？没淹死算你命大了，还喊。”

苏秦粗重地叹息了一声：“那，今晚不能进城了？”

“今晚？”军吏又气又笑，“你看着月亮做梦吧。”

苏秦顿时沮丧，坐到石礅上痴痴地盯着护城河湍急的流水发呆。眼看月亮爬上了山头，苏秦依然痴痴地坐着，想到自己事事不顺，不禁一阵长长叹息。

“哎？我都巡察几圈了，你还在这儿守啊？”那个军吏提着马鞭走了过来，一番端详，低声笑道，“说说你入城原由，看我能不能想个法儿？”

苏秦精神一振，连忙拱手一礼：“我乃洛阳士子苏秦，为燕公带来重大消息。小哥若肯帮衬，我当为小哥请赏。”

“与国事相干，有转圜。随我来。”军士上马，苏秦上车，绕行到另一座城门前。军吏扬鞭向城楼高喊：“东门尉听了——有洛阳士子与国事相干，请放入城——”但闻城楼答话：“南门尉不必客气。放吊桥——”苏秦拱手道：“将军原是南门尉，苏秦失敬。”军吏大笑：“先生一言，我就做了将军，痛快！”眼见吊桥轧轧放下，军吏一拱手：“先生请。告辞。”苏秦未及答话，军吏已经飞马去了。

由于是单独放行，东门尉没有开启正门，而教苏秦轺车从便门进入。苏秦进得便门瓮城[1]，道谢之余颇感好奇：“既是国事相干，为何东门可进？南门不可通融？”年轻的东门尉郑重其事地拱手回答：“国师祈天，南门夜开，不利国君病体。”苏秦不禁想笑，可看着东门尉一脸

[1] 瓮城，古代较大城堡在主要城门旁修建的屯兵、诱敌场所，四周城墙，形似天井大瓮，谓之瓮城。

肃然，也连忙郑重点头：“上天佑燕，国君无恙。”

正在此时，瓮城外军士高喝：“国后车驾到——”

东门尉忙道：“先生稍等，国后车驾过去再出。”疾步匆匆地走出了瓮城。

听得“国后”二字，苏秦的心一阵猛跳。是她么？肯定是。国后能有几个？从瓮城幽暗的门洞看出去，一队火把骑士当先，一片风灯侍女随后，一辆华盖轺车辚辚居中，车中端坐着一个女子，绿衣白纱，美丽肃穆……苏秦一阵心跳，死死地抓住了车辕。

“啧啧啧！国后当真贤德，每日都要去太庙祈福。”

“那是，国君痊愈，国后平安嘛！”

“难说。真正平安，要天天祈福？”

“嘘——不许乱说！”东门尉低声呵斥。

车马过完，苏秦不待东门尉点头，跳上轺车辚辚出街。一阵疾驰，追上了国后车马，尾随到宫室街区，苏秦轺车不能前行，只好看着那队风灯侍女簇拥着华盖轺车迤逦消失在层层叠叠的宫殿群落里。

燕国自来贫弱，除了五六百年将宫室营造得颇为气派之外，商市民居都无法与变法之后的中原战国相比。蓟城国人居住的街区大都简陋破旧，石板砌的房屋极多，偶有高房大屋，不是官署，便是外国商人开的客寓。月亮尚在山头，城中已经是灯火寥落，行人稀少了。与咸阳、大梁、临淄的繁华夜市相比，蓟城的夜晚的确是一片萧瑟。加上燕山清风毫无暑气，使人在盛夏的夜晚平添了几分寒凉。苏秦满腹感慨，信马由缰地在蓟城转悠，最后来到一家客寓门前，见风灯上大字赫然——洛燕居。店名很是雅致，一问之下，是洛阳商人开的，欣然住了下来。

萧瑟夜晚有客人投宿，店中顿时一片欣然。片刻之间，店东出来相见，是个年过六旬的老人，虽白发苍苍，却矍铄健旺。几句寒暄，老店东得知苏秦乃故里客官，备觉亲切，立即亲设小宴为苏秦洗尘。老人数十年未回过洛阳，殷殷请苏秦详说洛阳变化。及至听苏秦说了一番，老人感慨唏嘘道：“赫赫王城，今不如昔，我辈愧对祖先矣！”

“敢问老人家，可是老周王族？”苏秦知道，洛阳国人大抵都是周室部族。除了苏家这样的殷商后裔，经商之人极少。老人显然不是殷商后裔的那种商人，倒很有可能是因某种变故逃离洛阳的王族子弟。

老人沉默不语，良久，慨然一叹：“洛阳蓟城，俱都式微，周人气运尽也！”

“燕为大国，如何式微？愿闻前辈教诲。”苏秦很想听燕国目下情势，连忙恭敬请教。

“先生当知，燕国乃周武王始封，召公奭为开国君主。目下，这燕国是天下唯一的姬姓诸侯了。若燕国气象振兴，周人或可有望。然燕国也是唯知安乐，不思振兴，已被赵国齐国挤到了边陲一隅，尚不知危难。国君病体恹恹，太子虎视眈眈，臣子惶惶不可终日，偌大蓟城，无一中流砥柱……当真一言难尽也。”

苏秦惊讶地看着老人，更加相信老人绝非寻常商人，思忖问道：“方才入城，见国后为国君祈福而归，人皆赞颂。前辈以为如何？”

“洛阳唯此奇女子，惜乎埋没燕山了。”老人粗重地叹息了一声，“国后本是王族公主，大义高才，自请嫁燕，欲助王族诸侯崛起，使周人重生。可入燕以来，国后多方求贤不成，反与权臣扞格，竟至一筹莫展。燕公病倒，国后更是举步维艰了。国人唯知其贤，不知其难也。说到底，还是天不佑周人也！”

苏秦心头一阵发热，不禁脱口而出：“前辈可是国后同支？”

老人默然良久：“先生何有此问？”

“烦请前辈告知国后：洛阳苏秦入燕。”

老人看看苏秦，默默点头，一句话也没有问。

苏秦一夜难眠，心中闪过与燕姬两次不期而遇的情景，许多疑惑顿时明白，许多疑惑又丛生心头。燕姬不是寻常的女官，竟是王族公主，这是他始终没有料到的。作为公主，自请嫁燕救周，更是他没有预料到的。在他心目中，一个天子女官嫁给诸侯国君，无论命运如何，都是无奈的悲凉的。那个绿衣白纱的美丽身影，其所以深深烙在他的心头，不能说与他深深地为之扼腕无关。现下想来，燕姬原是自己走上祭坛，要以自己的毁灭来拯救衰落的王室部族的。一个女子有如此超乎寻常的情怀，确实令苏秦怦然心动。春秋战国多慷慨悲壮之士，苏秦如同任何一个名士一样，对那些孤忠苦愤的英雄，无不抱有深深的敬意。如今，一个隐藏在古老宫墙里的女子，竟然就是这样一个孤忠苦愤的名士女杰，岂能不教他感慨万千。如此说来，当初在函谷关巧遇，燕姬请他入燕，当是她有意求贤了。可为何只是那么轻轻一问，甚至连正面的请求都没有？敬重他的选择么？为何她没有将他当做一个有用贤士那样，不惜一切手段地争取甚至强迫过来？惊鸿一瞥，任君而去，这是一个兴邦才女的作为么？也许，只有一种理由能够解释……可是，苏秦不愿意那样去想——那只是虚无缥缈的幻象，只是残存在自己心底的依稀旧梦。

次日，苏秦还是到宫室去了。宫廷多诡谲，不管外间如何传闻，总是要亲自尝试一下才踏实。谁知他尚未报名求见，就被宫门将军正色挡回：“国君有疾，朝野皆知，如何能见中原士子？若有国事，请到太子府处置。”

无可奈何，苏秦怏怏回了洛燕居，思忖一番，开始埋首开列早已成竹在胸的《说燕策》纲目。他相信，无分迟早，衰颓的燕国总是需要他的。贤者守时，他就要等待这个机会。日暮时分，店仆送来燕国名吃胡羊葱饼，苏秦胡乱吃了两块，又埋首灯下了。

“嘭嘭嘭”，随着轻轻的敲门声，房门无声地开了，一个面垂黑纱的白衣人已经站到了屋中。苏秦丝毫没有觉察，犹自埋首灯下。

“季子别来无恙？”白衣人轻轻的声音。

苏秦蓦然回首，惊愕间心头电闪：“你？你？是……”却终是没有说出。

“季子，你？连我的名字，都叫不出来了？”白衣人声音有些颤抖，说着摘掉黑纱，脱去长大的士子白衣，一个秀发如云绿裙白纱的美丽女子宛然便在目前。

“燕姬……实在没有想到。”苏秦一时间有些手足无措。

“别动，我看看。”燕姬将苏秦扳到灯下亮处，端详有顷，泪光莹莹。

苏秦心念一闪，肃然躬身：“国后，苏秦入燕，多有唐突，尚望见谅。”

燕姬眼波一闪，释然笑道：“季子请坐，能说说为何选择了燕国么？”

“我有改变天下格局之长策，需要从燕国迂回入手。”说到正事，苏秦顿时坦然。

“燕国只是棋子？”

“不，首要为燕国谋利。不安定燕国，何显长策？”

燕姬静静地看着苏秦的眼睛：“季子，你是天下大才，我没有看错。可当年在函谷关，我没有强拉你来燕国，知道原由么？”

苏秦略一思忖：“国后，你知道苏秦当日尚在稚嫩，不足以担当大任。”

燕姬叹息了一声，摇摇头道：“我没有那般远见……季子，听听我的心里话，我们都不要欺瞒自己了。洛阳王城初识君，便知君为天下英杰。燕姬固想挽回王族危难，心中也自知难为。周室衰微，根在久远，时势已过，灭亡难免。三皇五帝，夏商至今，谁曾见过万世不朽的王室王族？燕姬身为王族之后，自当为王族之苟延残喘尽孤愤之力。这是一条看不见尽头的幽幽穷途，燕姬不想将一个天下英才拉着殉葬。你看中强国，要在那里实现辉煌的功业，燕姬心里很是清楚。鲲鹏展翼九万里，燕姬岂忍将君当做蓬间雀？平心而论，若非王族之身，燕姬早随君去了……"

"燕姬！"

"季子……"燕姬走了过来，轻轻抱住了苏秦，低声道，"日后有时日。"

苏秦有些恍惚起来。本来他已经拿定主意，若能得见，只和燕姬说国事。自从他听说燕姬是王族公主后，这个主意更坚定了。他觉得自己很清醒，一个自觉为没落王族献身的女才士，绝不会为了一个朦胧的梦幻使自己陷入私情纠葛之中，与其后患难料，不如一开始就不要发生。可是，燕姬的一番倾诉，竟然就如此轻易地模糊了自己的棱角，如此轻易地打碎了自己的坚壁，无论自己内心如何呐喊着"岂有此理"，他都无法抗拒那轻柔的拥吻。刹那之间，苏秦觉得自己不清楚自己了，而在此前，他对自己的自制力是毫不怀疑的。多少次，他都满怀怜惜地准备抱起妻子，与她完成敦伦大典，可最后都因为内心自责"虚情"而退却了。苏秦因此而相信，他在男女之事上是冷漠的，是永远不会陷入私情纠葛的。从来不隐讳丽人嗜好的张仪，嘲笑他是"柳下惠坐怀不乱"，可也由衷地称赞"苏兄心如铁石，堪当大任也"。今日是怎么了，铁石之心如何瞬间消于无形？

"季子，不要自责。"燕姬悠然一笑，"你对自己总是苛求过甚。情理人欲，与天地大道相合，有何惭愧？”说也奇怪，燕姬几句话，苏秦顿感舒坦明朗，不禁笑道：“苏秦还是学未到家，惭愧。”燕姬不禁笑道：“噫？你如何与奉阳君那个家老一辙？”苏秦惊讶道：“奇！你如何知道那个‘惭愧’家老？”

“日前，奉阳君派家老率领三名赵国太医，前来为燕公治病。”

“燕公接受么？”苏秦蓦然心动。

“燕赵世仇，如何接受？可燕国正在艰难，又不好开罪赵国。”

“燕姬。”苏秦肃然道，“我可化解燕赵纠葛，只不知燕公是否还清醒？”

燕姬没有丝毫惊讶，凄婉一笑：“季子入燕，必是瞄着燕赵仇隙而来。否则，燕国也真是没有价值。”

“燕姬……”

“季子，燕公没有大病，三日内你可以见他。”

“没有病？”苏秦虽然惊愕，却也立即一阵轻松，“宫闱深邃，又是一奇也。”

燕姬嫣然一笑：“日后你会知道的。季子，我得走了。”

“这就走？”苏秦很惊讶，想到函谷关竟夜畅谈，显然大觉意外。

“等我消息。”燕姬匆匆说了一句，迅速地穿上白衣戴上黑纱，没等苏秦说话便带上门出去了。苏秦怔怔地站着，觉得像一场梦。

发了一会儿呆，苏秦漫步来到洛燕居后园，登上了土丘石亭。山风凉爽，碧蓝的夜空星斗满天。啊，天帝之车北斗星已经略微偏西了，除了玉衡光芒四射，其余六星都是那样混沌不清；[1] 尤其是居于枢要的

[1] 古星象家认为，北斗星既是天帝之车“运于中央，临制四乡”，又在不同季节的不同时分指向不同分野，其光芒的明暗强弱，预示着分野之际的灾异祸福。北斗七星分别是天枢、天璇、天玑、天权、玉衡、开阳、瑶光。“玉衡”是北斗第五星，与“天帝”（天权星）相连。

斗魁四星，尽皆暗淡昏黄。按照星象分野，此刻的玉衡所指，正是河西秦川所在。虽然天象难测，苏秦更非占星家，但也许应了“象由心生”这句老话，今晚这北斗星象苏秦却看得分外清白：一星独明而六星昏暗，这不分明便是天下大势么？苏秦啊苏秦，你要改变这种天下格局，却是谈何容易？燕国之行看来气运不错，能不能做成一个有气势的开端，还得看自己的作为；以燕姬的身份与神秘降临来看，她是无法对燕公正面提及自己的，她所能提供的只是机会与条件，能否把握住这个难得的机会，归根结底还要靠自己的真实谋划。心念及此，苏秦反倒觉得踏实了。如果自己依靠燕姬的荐举力保而任职燕国，那在他是无法接受的。莫说燕姬是红颜名士，即或燕姬是须眉豪杰，他也照样无法接受。苏秦出山，永远有一个坚定的信念——依靠自己独特的智慧与才华，打开一条独特的功业大道，非如此，苏秦枉修纵横之学十余年。

天将拂晓，苏秦方才回到住房，心中虽是轻松，却也疲惫不堪，倒头便睡。一觉醒来，已是午后日斜。梳洗一毕，自觉神清气爽，看见书案上摆着一盘松软酥香的胡饼与一壶温热的米酒，立即大嚼一阵，风卷残云般一扫而光，惬意中正待起身，眼角余光忽然瞄见一支竹简孤零零地摆在书案中央。

苏秦目力不济，连忙拿过竹简近看，顿见一行小字入眼——明日酉末进宫！

太阳一落下燕山，蓟城一片暮色了。

燕文公觉得自己老了，一个显然的感觉是心绪特多烦躁，忧心的事连绵不断：秦国刚夺了赵国晋阳，捎带抢去了燕国两座小城；还未及反应，北边胡人又有数万骑兵抢掠骚扰；刚一出兵，西南边中山国又趁火打劫；及至回兵，狡猾的中山狼又销声匿迹；正欲报复，东南边齐国渔民又是明火执仗地争夺湖泊水面。这些事还只算麻烦，最严重的是赵国这个老冤家正在边境集结重兵，准备寻衅攻燕。百思无计，燕文公与国后密商，决定称病诱敌，同时秘密集结兵力，要一举解决赵国威胁。

谁知事有乖戾，他染病不起的消息一传出，太子却想入非非，密谋发动宫变提早夺权。燕文公觉察后气恼攻心，竟真的病倒了。若不是国后燕姬斡旋折冲，说服太子负荆请罪，又说服燕文公隐忍不发，燕国大局还真要崩溃了。其间，赵国奉阳君狐疑不定，假惺惺派来太医“救治燕公”，燕文公只好压下了太子事端，将计就计地认真病了起来。

暮色降临，燕文公觉得憋闷，吩咐内侍将自己的病榻抬到湖泊竹林旁。待内侍退去，他坐了起来，在清凉的晚风中沿着湖边漫步。走得一段，两盏风灯从对面悠悠而来。燕文公知道，那一定是国后，别人到不了这里，包括太子。

“国公，如何一个人出来走动了？”老远传来燕姬关切的声音。

“你呀，当真了？”燕文公对年轻美丽的妻子几年来的作为很是信服，见面便高兴。

燕姬上来扶住燕文公笑道：“原本就是真的也。来，慢慢走，到亭下坐坐。”

这是一座宽敞的茅亭，脚下绿草如茵，背后竹林婆娑，面前波光粼粼，周遭晚风习习，加之燕山凉爽，夜无蚊虫，真是湖边一块上佳的休憩所在。燕姬吩咐侍女在亭下石榻上铺好竹席置好靠枕，扶着老国君舒适地斜倚石榻，然后吩咐侍女推来酒食车，说她要在湖边与国公小酌。燕文公大是欣然，立即催促侍女快去快回。

“国公，我方才从太庙归来，在宫门遇见一个求见士子。”

“又觉是个人才？”燕文公不经意地笑着。

燕姬笑了笑：“我倒是没留意，只是在暗处听他与宫门尉争辩，方知他是洛阳名士苏秦。国公可知此人？”

“苏秦？噢——莫非是几年前，名震一时的鬼谷子高足？”

“对，是他。他说‘燕有大疾，我有长策。拦苏秦者，燕之罪人也’。我便秘密唤来宫门尉，安顿他在宫门等候，又连忙赶来禀报国公。”

燕文公默然有顷，高声吩咐：“来人！立即带苏秦从秘道入宫，在此晋见。”

“遵命。”竹林边老内侍答应一声，匆匆去了。

片刻之后，燕文公遥见一人随着老内侍飘飘而来，月光下，但见来者散发大袖，步态洒脱，内心先暗自赞赏。及至稍近，已能看清来者的服色是洛阳周人特有的深红，燕文公更是平添了几分亲切，觉得在如此月夜清风中与一个来自故国的名士相见，纵无奇策，也是快事一桩。

“洛阳苏秦，参见燕公。”

“先生请入座。”燕文公欠身作为还礼，“本公稍有不适，不能正襟危坐以全礼待之，尚请先生包涵。来人，上酒，为先生洗尘。”

几年苦修，苏秦目力本已减弱，但眼下却毫无朦胧之感，只觉天上一轮明月，地上碧水绿草，虽无风灯照明，已是澄澈一片。茅亭下石榻上的国君，苏秦也看得分外清楚，须发斑白，干瘦细长，晶亮的目光与喘息的声气大是不相符合。

“月是燕山明。先生，品一爵老燕酒，看比赵酒如何？”燕文公微笑举爵，却只是轻轻呷了一口。

苏秦举爵一饮而尽，置爵品咂：“肃杀甘冽，寒凉犹过赵酒。”

“好！老国人毕竟有品位。”燕文公大笑，“可笑赵人，竟传我燕人不善酿酒也！”

“酿得好酒，又能如何？”

“先生差矣！”燕文公很兴奋地把玩着酒爵，“酒乃宫室精华，无五百年王族生涯，不足以领略王酒奥秘。譬如《大雅》国乐，若非庙堂贵胄，岂能品得其中神韵？赵人暴发立国，粗俗鄙陋，以蛮辣赵酒风行于天下，岂不令人齿冷？”

“燕公博闻，可知天下贵胄，品位第一者何人？”苏秦悠然笑问。

“噢？闻所未闻，何人堪称‘贵胄品位第一’？”

“魏国公子卬。”

“啊，公子卬？”燕文公大笑，“声色犬马之徒也，谈何贵胄品位？”

“燕公但知其一，不知其二也。”苏秦笑道，“所谓声色犬马之徒，乃此人败国，天下指控之辞。究其衣食住行、鉴赏交游、宫室建造、狩猎行乐而言，公子卬天下第一贵胄也。梁惠王[1]尚自愧弗如，何况他人乎？此人食不厌精脍不厌细，带兵出征与商鞅争夺河西，尚且要从千里之外的安邑洞香春飞马定食；逢春必循古风，踏青和歌，与民间少女篝火相偎；行猎必驾战车、带猎犬、携鹰隼，祭天地而后杀生；每饮宴必有各等级铜爵千尊以上，使每人爵位席次丝毫不差；每奏乐必《大雅》《小雅》，乐师有差，必能立即校正；每入王宫遇梁惠王狎昵美姬，视而不见，谈笑自若；收藏古剑，品尝美酒，鉴赏妇人，更是精到之极。不瞒燕公，苏秦不善饮酒，对老燕酒之品评，正是公子卬判词也。”

“先生似有言外之意？”燕文公听得仔细，却觉得哪里拧劲儿。

“一国之君，唯重王族血统，必坠青云之志。处处在维护贵胄品位上与邻国角力，纵然事事尊贵，亦徒有虚荣也。”苏秦素来庄重，一番话直责燕文公。

[1] 梁惠王，即魏惠王，因魏国迁都大梁而产生的当时称谓。

“先生言如药石，愿闻教诲。”燕文公肃然坐起，拱手一礼。

“战国以来，天下大争，唯以实力为根本。然燕国却百余年几无拓展，颓势如年迈老翁。安乐无事，不见覆军杀将，天下无过燕国也。此中根本，皆在公族虚荣之心，若瞽若聋，闭目塞听，不思整肃实力，不思邦交周旋。若非燕国地处偏远，早成卫、宋之二流邦国也，何能立身战国之世？”

燕文公粗重地叹息：“先生痛下针砭，亦当有药石长策。”

“强燕长策有八字：内在变法，外在合纵！”苏秦清晰果断。

燕文公眼睛骤然一亮：“敢请先生详加拆解。”

“强国根本在变法，已经成天下公理，无须多言。然变法需要邦国安定，无得外患，否则不可能全力变法。目下燕国危难在外，得外事为先，邦交为重。而燕国外患，须得从天下大势出发，一体解决，方为长远之策。如今天下大势之根本，在于强秦东出，威胁山东。尤其秦国占领晋阳之后，对燕国威胁也迫在眉睫。唯其如此，燕国解决外患，立足点也是八个字——修好赵国，合纵抗秦！”苏秦一挥手，又江河直下，“燕与赵多年交恶，此为燕国大谬也。赵国在西南，如大山屏障一般，非但为燕国挡住了当年魏国霸主的兵锋，而且为燕国挡住了今日秦国的兵锋。赵国处四战之地，国人悍勇善战，兵势强过燕国多矣。赵若攻燕，一日便能越过易水，而直抵蓟城。若非中原乱象多有掣肘，赵国兵祸早已湮灭燕国了。当此情势，燕国本当与赵国结盟修好，然燕国却屡屡在赵国有外战时袭击赵国，以致仇隙日深，终致赵国决心策动灭燕大战。究其竟，实属燕国长期失误所致。一举安赵，燕国外患便消弭大半，燕国之声望地位便立可奠定。此为修好赵国。”

“合纵抗秦如何？”

“秦为虎狼，已对山东构成灭国之患。然山东列国犹不自知，一味地相互攻伐，陷入一片乱象。长此以往，不消十余年，秦必逐一吞并中原。此情此景，绝非危言耸听。当此之时，中原列国本当结盟同体，形成山东一体合纵之大格局。若得如此，强国并存，天下安宁。惜乎无人登高一呼，连接天下。若燕公能做发轫之举，燕国纵不是盟主，亦当成为堂堂大国。其时外患熄灭，境内安定，再行变法，燕国何愁不强？王族何愁不兴？此为合纵抗秦也。”

“好！”燕文公听得血脉偾张，霍然站了起来，“先生真长策，燕人举国从之。”说罢，深深一躬。

“原是燕公贤明。”苏秦连忙扶住燕文公。

“天佑燕国，赐我大才。”燕文公满面红光，兴奋地对天一拜，又转身看着苏秦，“从明日起，先生便是燕国丞相，安赵合纵！”

“不妥。”苏秦冷静地摇摇头，“安赵合纵，臣唯以特使之身可也。骤然大位，反使燕公与臣皆有诸多不便。”

燕文公惊讶了，思忖有顷，猛然拉住了苏秦的双手：“成功之时，卿必是大燕丞相！”

次日，燕文公书告诸臣病愈理事，首先召太子并枢要大臣与苏秦会商国政。苏秦对强燕大计作了整整一个时辰的陈述解说，竟意外地获得了权臣们的一致认可。燕文公更是高兴，立即下诏：特封苏秦为武安君，职任燕公全权特使，赴赵结盟合纵。权臣们见苏秦虽然高爵，却并无实职，自然异口同声地赞同，纷纷提议重赐苏秦，以壮行色。燕文公当殿赐了苏秦六进府邸一座、黄金千镒[1]、绢帛三百匹、驾车名马四匹、护卫骑士百人并一应旗号仪仗。

---

[1] 镒，战国重量单位，一镒合二十两，千镒即两万两。

举殿皆大欢喜，燕国君臣期待着一举摆脱困守燕山的尴尬险境。苏秦请准了三日准备之期。他不想在合纵功成之前搬入那座府邸，依旧住在洛燕居，只是到府邸去了一日，料理了出使的所有文书、印信，确定了两名随行文吏。事毕当晚，苏秦策马南门，找见了那个南门尉。

“哎呀先生，那日进城顺当么？”南门尉很是高兴。

“兄弟，可愿随我建功立业，挣个爵位？”苏秦开门见山。

南门尉困惑地笑了：“末将一介武夫，但不知派何用场？”

“做我的护卫副使如何？”

“护卫副使？”南门尉惊讶了，“先生做了公使？”

苏秦点点头：“官不大，愿意去么？”

南门尉慨然拱手：“末将荆燕愿追随先生！只……不敢当兄弟称呼。”

苏秦大笑：“好个荆燕，解我急难，成我大事，虽兄弟不能报也，何愧之有！”

“大哥在上，受兄弟一拜！”南门尉荆燕慷慨激奋，纳头便拜。

苏秦连忙扶住：“荆燕兄弟，半个时辰后你到蓟城将军府交割，明日卯时到武安君府。”说完飞马去了。

回到洛燕居已是初更，苏秦用过晚饭闭门沉思，究竟该不该见燕姬一面？她方便不方便，会不会给她带来麻烦？想了半日，一件事也想不清楚。正在暗自烦乱，门却无声地开了。苏秦刚一回头，一件白色物事凌空笔直飞来。他大惊跳开，那件物事却轻飘飘地落在书案正中，毫无声息。一打量，是折叠紧凑的一方白绢。苏秦不禁哑然失笑，隐约已经明白，拿起白绢打开，两行大字赫然入目——盟约结成，当回燕国，以燕为本，可保无恙。

夜静更深，明月临窗，苏秦怔怔地站着，心绪飞得很远很远。

四 明大义兮真豪杰

燕国使团大张旗鼓地出发了，蓟城国人几乎是倾城而出，夹道欢呼。

多少年来，燕国朝野都没有如此舒心过。一次特使出行，使君臣国人如过年节如迎大宾，似乎确实有些小题大做了。但苏秦却明白其中原由，他从夹道国人明朗真诚的笑脸上看到了渴望灾难消弭的激动兴奋，从朝臣们郑重其事的恭敬中看到了他们为燕国能够发动一次正义结盟而生出的骄傲。几百年了，燕国人从来以“周天子王族诸侯”骄傲，以西周时代“靖北大国”的功勋骄傲。就是在礼崩乐坏的春秋时期，燕国北抗胡族，也是备受天下敬重的邦国。可进入战国以来，燕国的光环消失了，外出燕人在列国再也不是受人敬重的大邦国人了，困守一隅，连中山狼这样的蛮邦都敢挑衅燕国，燕国朝野如何不感到窝火？多少年来，燕国与赵国、齐国之所以锱铢必较，为的就是维持些许可怜的面子，守住些许脆弱的尊严。苏秦一策点化，使燕国豁然开朗——燕国可以消弭兵灾！燕国可以高举抗暴安天下的正义大旗，成为力行天道的大国！燕人以天下为己任的王族子民的胸怀立即显现了出来，古老周人敬重功臣的传统情怀，也淋漓尽致地涌现出来，如何能不感激这位来自洛阳王畿的天赐大才？

轺车辚辚，站在六尺车盖下的苏秦肃穆庄重，心头反复闪过白绢上的大字“以燕为本，可保无恙”。古老疲弱的燕国啊，谁能想到，你竟然会成为第一个接纳合纵长策改变天下格局的国家！

十里郊亭，燕文公为苏秦饯行：“苏卿谨记，成与不成，速回蓟城。”

苏秦慨然举爵：“受燕重托，忠燕之事，苏秦决然不辱使命！”

绿衣白纱的国后燕姬走到百人骑队面前，亲自从内侍手中抱过酒坛，一碗一碗地斟满了整齐排列在骑士们面前的大碗，然后举起一碗老燕酒道："燕山壮士们：燕国安危在武安君，武安君安危在你等。身为国后，为了燕国存亡，为了武安君平安，我敬壮士们一爵！"说完一饮而尽，躬身殷殷拜倒。肃然列队的骑士们热血沸腾了，全体刷地跪倒。荆燕拔剑高喝："歃血——"百名骑士齐刷刷拔剑向掌中一勒，大手一伸，鲜血滴入了每个陶碗。

荆燕举起血酒，激昂立誓："义士报国，赴汤蹈刃！不负国后，不负武安君！"

"义士报国，赴汤蹈刃！不负国后，不负武安君！"百名骑士举碗汩汩饮尽，一齐将碗摔碎。骤然之间，苏秦热泪盈眶。借着向燕文公躬身告别，大袖一挥，遮住了自己的泪眼，转身下令："起行！"跳上轺车辚辚去了。

当苏秦车队到达易水河畔时，接到探马急报：赵国发生宫变，奉阳君府邸被围困。

大权在握的奉阳君根本没有觉察到危险在临近，更没有想到，此等危险是由被他贬黜边地的肥义引出的。肥义原本就是与草原匈奴作战的将军，罚他到边军中做苦役，恰恰使他如鱼得水，不久便生出了事端。

赵国大军素来有步骑两大势力：步军以奉阳君一族的封地为成长根基，主要驻守赵国南部，对中原作战；骑兵以国君嫡系一族的封地为根基，主要驻守雁门、云中、九原等隘口要塞，对匈奴作战。那时，阴山草原尚在匈奴（胡人）之手，燕、秦、赵三国均受到匈奴游骑的很大威胁。赵国北部边境恰恰又与匈奴部族正面接壤，地域最广阔，所受威胁最大。直至战国中期，赵国边患始终是匈奴大于中原。正因为如此，北边的骑兵一直是赵国的主力大军，但却很少开进中原作战。中原列国之所以经常占赵国便宜，却又对赵国畏惧三分，顾忌的也就是这支骑兵大军。赵国之所以屡败于中原而笃定以“强赵”自居，倚仗的也是这支等闲不动的锁边力量。

赵肃侯目光深远，将少年太子赵雍派到北边锤炼，为的就是掌控这支主力大军。赵雍是一个胆识过人的少年英雄，与肥义一见如故，成了忘年至交。其时，肥义正是北边骑兵的名将之一，深沉而有机谋，在军中很有根基。赵雍将肥义荐举给父亲，赵肃侯立即调肥义入朝，做了官小权大的兵库司马，掌管全军兵器配给。这兵库司马隶属国尉，而国尉府历来都是武职文事，奉阳君不屑掌管，给了国君面子，由着他去任命。肥义秉承国君叮嘱，凡奉阳君调拨兵器，不驳不挡，只是及时禀报国君。如此两三年中，倒是相安无事。这次偏偏遇上“人猫”李家老要捉弄肥义，使肥义去碰奉阳君的清晨大忌，引得奉阳君恼羞成怒，当场将肥义重贬治罪。

奉阳君听“人猫”家老一番解说，自感借此拔了一颗铁钉子，高兴得连呼快哉快哉。

正在奉阳君府邸举酒相庆之际，大祸突然降临——两千精兵从天而降，包围了府邸。原来，肥义权衡朝局，决意发动宫变。借着屈辱难耐为由，肥义通联军中密友歃血为盟，立誓杀回邯郸复仇。大事底定，肥义又与赵雍秘密联络，一拍即合，于是率两千精骑星夜南下，在邯郸城外的山谷隐蔽三日，换装散流入城，重新秘密集结，在月黑风高的夜晚，突然包围了奉阳君府邸。

奉阳君大怒，亲自率领府中二百名甲士冲杀突围。可血战两个时辰，二百名甲士全部战死，也没能迈出前院一步。绝望之下，奉阳君手刃全家老小十余口，长声嘶吼："赵语，我何负于你？出此毒手——"愤怒剖腹，人已气绝，兀自腹中插剑，跪立血泊之中。

肥义冷笑着一剑砍倒奉阳君尸体，喝令搜查李家老。这只"人猫"被血战吓得魂飞胆裂，竟软倒在茅厕里，被押到肥义面前时尚禁不住屁滚尿流。肥义嘿嘿嘿笑了几声："如此腻歪小人，当真令人恶心！"剑光一闪，李家老雪白的肥头已经飞出了丈外。

突变发生，赵肃侯尚蒙在鼓中，及至得报，大剿杀已经完毕。赵肃侯迫于无奈，只好出面收拾残局：立即赐肥义兵符，令其调兵封锁邯郸外要塞隘口；又命太子赵雍镇守邯郸，同时派出快马特使，急召奉阳君一脉的在外将吏还都。赵肃侯自己则紧急召集文武百官，宣布奉阳君谋逆大罪，立即晋升了一批新贵，当殿剥夺了奉阳君亲信将领的全部兵权。

一番紧急折腾，邯郸总算没有大乱。这时，奉阳君一脉的在外势力也全部回到了邯郸。赵肃侯下诏：除官升爵——每人爵升两级，实职全部免除，封地变为虚封（只收赋税而无治权）。至此，赵国局面才算大体稳定了下来。但从此以后，赵国的边地将军便在政局中开始拥有极为特殊的地位，致使军人宫变成为赵国无穷的后患。大局方定，探马急报：燕国武安君苏秦出使赵国，已到邯郸城外。

"燕国特使？"赵肃侯冷笑，"老朽之国，又来使诡计？不见。"

"父侯且慢。"赵雍上前低声耳语了一阵。

赵肃侯思忖点头："也好，那你去迎他。"

倏忽之间，苏秦又来到了邯郸，然则今非昔比，心中不禁感慨万分。

太子赵雍亲自在北门外隆重迎接。将苏秦护送到驿馆住好，赵雍尚无离去之意。苏秦已知邯郸宫变情形，对这位尚未加冠而威猛厚重的太子颇有好感，也知他对赵侯大有影响，诚恳相邀饮茶清谈。赵雍爽快，一口答应，两人便在驿馆庭院的竹林茅亭下品起茶来。

“武夫好酒，我只觉这茶太清苦了。”赵雍呷了一口笑道。

“太子不闻《诗》云：谁谓荼[1]苦？其甘如荠。”苏秦悠然一笑，“茶之为饮，发乎神农氏，闻于鲁周公。那时候，酒还在井里呢。”

“酒如烈火，茶若柔水，可像赵燕两国？”赵雍颇为神秘地笑着。

“此火此水，本源同一。若无甘泉，酒茶皆空。”苏秦应声便答。

“先生好机变，佩服。”赵雍不禁肃然，俄而微笑低声道，“闻奉阳君家老与阁下交好，可有此事？”

苏秦大笑一阵道：“此等人猫，想不到竟被奉阳君当做心腹，当真天杀也！”见赵雍欲言又止的样子，苏秦心中一动道，“太子，奉阳君一脉在燕国多有势力，与辽东燕人渊源颇深。我在得知邯郸事变后，已经快马知会燕公，对奉阳君势力多方监视，务使对赵国无扰。”

“先生周详，父侯定然高兴。”赵雍显然轻松了许多，“恕我直言，燕国惯于骚扰赵国，尽做偷鸡摸狗勾当，赵国朝野不胜其烦。然则说到底，赵国也无力全吞了燕国。赵国为中原扛着匈奴这座大山，中原列国还要趁机挖我墙脚，赵国压力太大了。否则，赵国早对燕国算总账了。赵雍心中无底：燕国虽然听从先生，然则究竟能否改弦更张，从此停止偷袭？”

“能。”苏秦坦然坚定，“太子所疑自有道理。苏秦原本也觉燕国怪诞乖戾，入燕体察，方知燕国公室虚荣过甚，常以锱铢偷袭之利，维持贵胄尊严。今燕公悔悟，已明燕国利害之根本，和赵也得朝野拥戴，何

---

[1] 荼，先秦时对“茶”的称谓之一。

能旧病复发做市井行径？”

“好！要的就是这句话。”赵雍爽朗大笑，“先生且歇息半日，静候佳音。”说完拱手一礼，匆匆去了。

苏秦望着远去的赳赳身影，不禁感慨赞叹：“天生赵雍，赵国当兴也！”

次日清晨，荆燕匆匆来报：“国君特使来迎，车马已到馆门。”

苏秦以为是赵雍亲来，连忙迎出馆门，却见轺车下来一个决然不过十五六岁的少年，红衣玉冠，面目清朗，一股勃勃英气。苏秦稍有愣怔，少年已经双手捧着一卷竹简深深躬下：“公子赵胜奉君命前来，恭迎武安君入宫。”虽然两句话，却是声音朗朗轻重有致，大是清新。

“此儿少年加冠，又一个弱冠英才！”苏秦心头一闪，接过少年手中的国君君书展开，两行大字赫然入目：“特命公子胜为特使，迎燕国武安君来落雁台会商，赵侯即日。”方未合卷，但闻马蹄沓沓，荆燕已经领着百人骑队将苏秦的轺车驾了过来。

“荆燕，就你随我前往便了，护卫骑队撤回。”苏秦想的是凸现对赵国的信任。

荆燕尚在犹豫，公子赵胜拱手朗声道：“国君有命，武安君可带全部护卫入宫。”

“既然如此，公子请。”苏秦心中顿时一热，也不想反复推托。

“武安君请。”公子赵胜恭敬还礼，上前将苏秦轻轻一扶上车。待苏秦坐定，赵胜拱手道，“敢请驭手下车，赵胜为武安君驾车。”

荆燕目光一闪，就要制止。这个驭手是万里挑一的驾车剑术两精通的奇才，而且是国后燕姬亲自交到荆燕手中的，如何能轻易换了？燕赵世仇，谁敢掉以轻心？哪知尚未开口，却见苏秦笑道：“恭敬不如从命，正可领略公子车技了。”驭手看看荆燕，荆燕一摆手，驭手身形未动已跃起飞出，落在两丈外的一匹备用战马身上。

“好！燕国有此奇士，当教我的几个门客也见识一番。”公子赵胜显然也是此道痴者，少年心性顿时流露，未见动作，人已经站上了车辕，两手一展两边马缰，轻轻一抖，轺车已经辚辚上街。片刻之间，轺车马队出了邯郸北门，直向落雁台飞来。公子赵胜立在车辕，英挺明朗，长发随着大红斗篷迎风飘舞，当真是玉树临风。也不见他有大幅度动作，只是两缰轻摇，偶尔一声口哨，轺车却始终是平稳飞驰，毫无剧烈颠簸。苏秦多有游历，也算得驾车好手，却真是惊叹这个少年公子的本领。要知道，他驾的是陌生车马，要在搭手之间对车马秉性立即感悟，岂是一件容易的事情?

不消片刻，落雁台已经遥遥在望。

落雁台，是赵成侯时为庆贺雁门关对匈奴的一次大胜仗修建的，坐落在邯郸城北的漫水南岸，实际上便是赵肃侯的行宫。落雁台建在一座小山顶上，从山下开始，一百余级的白色石梯直达山顶的绿色宫殿，远远望去，如在云天。苏秦知道赵国君主有个传统，大事往往在宫外会商。今日赵侯将会见地选在落雁台，应该是一个很好的征兆。

车队马队到得台下，早有太子赵雍迎了上来，与赵胜左右陪伴着苏秦登台。燕国的百名骑士下马在后紧紧跟随。到达顶端下的平台时，苏秦命令卫队止步，只许荆燕以副使身份跟随。赵雍本来还要请卫队上台，被苏秦坚执谢绝了。

落雁台顶端实际上是一个硕大无比的石亭。除了“亭”后树林中有两排房屋作为起居饮食处所外，落雁台廊柱环绕，四面临风，居高鸟瞰，确实使人心胸顿时开阔。此时落雁台上已经肃然聚集了赵国的十几名实力权臣，赵肃侯居中就座，显然已经将赵雍对苏秦的试探说了，权臣们正在各自思忖，间或小声议论一阵。

“燕国特使武安君到——”

随着内侍在台口的高声报号，苏秦在赵雍、赵胜陪伴下踏进了落雁台大厅。

“燕使苏秦，参见赵侯。”苏秦深深一躬。

赵肃侯在座中大袖一伸遥遥虚扶：“先生辛苦，入座。”

一名红衣老内侍立即轻步上前，将苏秦引入赵肃侯左手靠下的长案前就座。苏秦一瞄，赵雍已经坐在了他对面案前，少年公子赵胜竟然坐在赵雍之下，心中不禁暗暗惊讶，看来这个少年公子在赵国果然是个人物。

“先生使赵，何以教我？”赵肃侯淡淡开口。

“苏秦使赵，事为两端：一则为燕赵修好，二则为赵国存亡。”苏秦肃然回答。

话音落点，座中一人高声道：“肥义不明，敢问特使：前者尚在特使本分，后者却分明危言耸听！赵国有何存亡之危？尚请见教。”

“将军看来，赵国固若金汤。苏秦看来，赵国危如累卵。”

“轰——”一言落点，举座骚动。一个白发老臣颤巍巍道：“苏秦大胆！百余年来，赵国拓地千里，北击匈胡，南抗中原，巍巍乎如泰山屹立，如何便有累卵之危？”

苏秦悠然笑道：“国之安危，在于所处大势。大势危，虽有破军杀将之功，终将覆没，此春秋晋国所以亡也。大势安，虽有数败而无伤根本，此弱燕所以存也。赵国地广两千里，步骑甲士三十万，粮粟有数年之存，隐隐然与齐魏比肩，堪称当今天下强国。”苏秦一顿，辞色骤然犀利，“然赵国有四战之危、八方之险，纵能胜得三五仗，可能胜得连绵风雨经年久战？”

“何来四战之危、八方之险？当真胡说！”肥义显然愤怒了，竟然用了“胡说”两字。赵国人将匈奴胡人之说蔑称“胡说”，意谓乱七八糟的脏谬之言。这在赵人是很重的斥责了。苏秦却没有计较，侃侃道：“四战之危，乃赵国最主要的四个交战国：魏赵之战、秦赵之战、韩赵之战、燕赵之战。此乃四战。诸君公论，赵与四国之间，血战几曾停止过？”见座中一片寂然，无人应对，苏秦接道，“更以大势论，匈胡之危、中山之患、齐赵龃龉、楚赵交恶，再加秦魏韩燕经年与赵国开战，岂非八方之险乎？”

满座寂然，唯有肥义涨红着脸喊道：“即便如此，奈何赵国！”

苏秦大笑道：“匹夫之勇，亡国之患。赵国之危，更在心盲之危。”

“此言怎讲？先生明言。”公子赵胜急迫插话。

“所谓心盲者，不听于外，不审于内也。赵国自恃强悍，与天下列国皆怒目相向，动辄刀兵相见，外不理天下大势，内不思顺时而动，致成好勇斗狠之邦，譬如盲人瞎马，夜半临池……”

“啊——”举座大臣惊讶地一声喘息，虽然很轻，寂静中却清晰可闻。

“依先生所言，天下大势作何分解？”公子赵胜紧追不舍。

苏秦应声便答：“方今天下，人皆说乱象纷纷，列国间无友皆敌。此乃虚象也，此言亦大谬也。方今天下大势之根本有二：其一，山东列国势衰，陷入相互攻伐之乱象；其二，关西秦国崛起，利用六国乱象，大取黄雀之利。近四五年来，山东列国相互五十余战，大体上谁也没占得一城之利。然则再看秦国：三五年来先夺房陵，大败楚军，威逼楚国迁都；再夺崤山全部，使魏国向东龟缩三百里；又夺韩国宜阳铁山，锋芒直指河内[1]沃野，对周韩魏如长矛直指咽喉；三夺赵国晋阳，直在赵

---

[1] 河内，与“河外”相对，指黄河东折后的南岸平原；河外指北岸平原。

国肋上插刀，在燕国门庭舞剑；唯余齐国无伤，皆因相隔太远。一朝中原打通，齐国顿临大险。这便是如今天下大势之要害——强秦威慑中原，而中原却一片乱象，坐待秦国各个击破，分而食之。赵为山东强国，不思大势根本，一味牙眼相还，唯思些小复仇，岂非要被强秦与乱象湮没哉！”

落雁台大厅静得唯闻喘息之声，谁也提不出反驳，人人都觉得一股凉气直贯脊梁。

“先生之策若何？”赵肃侯终于开口了。

苏秦精神大振，胸臆直抒：“安国之本，内在法度，外在邦交。刀兵争夺，邦交为先。今山东六国皆在强秦兵锋之下，赵国又在山东六国之腹心。山东大乱，赵国受害最深，威胁最大。山东安，则赵国自安。唯其如此，赵国当审时度势，借燕赵修好之机，发动合纵盟约，六国一体，共同抗秦！如此则天下恢复均势，赵国可保中原强国之位。”

“先生且慢。”肥义站了起来，“合纵盟约，如何约法？得说个明白才是。”

“合纵盟约，大要在两点：其一,六国结盟，互罢刀兵；其二，任何一国与强秦开战，五国得一齐出兵救援。救援之法，以开战地点不同而不同。苏秦拟定了六套互援方略，各有一图，尚请将军指教。”说着回身吩咐，“荆燕副使，请张挂六图。”

荆燕利落地打开木箱，拿出六幅卷轴。赵胜大感兴趣，连忙走过来帮忙，片刻将六幅卷图张挂在六根粗大的廊柱上。赵国臣子几乎人人都有过戎马生涯，聚拢过来看得片刻，不消解说已经大体明白，不禁相互议论点头，大有认同之意。

肥义看得最细，看罢也不与人交谈，径直走到苏秦面前高声问道：“六国同盟，我赵国吃亏最大，要为他邦流血死人，对么？”

“将军差矣！”苏秦毫不回避肥义锋棱闪闪的目光，慨然高声道，“恰恰是赵国得利最大。要说首当其冲之危害，当属魏韩两国。但得合纵，魏韩便成赵国南部屏障，秦国纵是虎狼，也不可能越过魏韩径直从天外飞来。此中道理，将军当不难明白。”

肥义沉默，又不得不点头。

“然则，赵国总不至于只乘凉，不栽树吧。”苏秦跟了一句，颇有讥讽。

“岂有此理！先生轻我赵人也。”公子赵胜满面涨红，慷慨激昂，“老赵人刚烈粗朴，岂有安心乘凉之理？但为合纵同盟，赵国必为居中策应之主力大军，先生岂可疑我赵国！”

苏秦哈哈大笑：“公子快人快语，苏秦失言了。”说罢深深一躬。

太子赵雍呵呵笑道：“先生一激，果然忍耐不得，当真赵人也。”

落雁台中气氛顿时轻松。赵肃侯从中央长案前站起，向苏秦拱手一礼道：“先生长策，我君臣皆服，愿从先生大计，燕赵修好，六国合纵，以图恢复中原均势，求得赵国长安。”

“赵侯明智，苏秦不胜心感。”

赵雍上前与赵肃侯耳语了几句，赵肃侯高声道：“本侯书封：苏秦为赵国上卿，兼做赵国特使，代本侯出使列国，同盟合纵。”

“好——”赵国臣子们素来粗豪不拘礼仪，一片叫好拍掌。

赵肃侯出了座案，拉着赵胜向苏秦走了过来：“上卿，这是公子胜，本侯最钟爱的一个族孙，尚算聪敏才智，我已为他加冠了。本侯派他做副使，上卿意下如何？”

“臣谢过国君。”苏秦深深一躬，“公子少年英才，苏秦深为荣幸。”

赵雍在旁笑道：“胜侄，就带我的雁门骑士队去。”

“谢过大父，谢过族叔，赵胜定然不辱使命！”

“好！成得大功，国有重赏。”赵肃侯欣然激励。

三日后，苏秦车马队出了邯郸南门，气势是任何特使都无法比拟的。这支车马大队分为三节，当先是赵胜的雁门百骑护持着两面大旗，一面大书“燕国武安君苏”，一面大书“赵国上卿苏”；苏秦的青铜轺车与六辆装载礼品的马拉货车辚辚居中，荆燕的百骑护卫分成两翼，将苏秦车队夹在中间；最后又是赵胜的二百雁门铁骑与十二辆辎重车。公子赵胜总司这支军马的行止，号称“燕赵骑尉”，怀抱令旗不断地前后飞马驰驱。

如此气势的出使，一路行来浩浩荡荡，尚未到达韩魏地界，新郑、大梁已经是尽人皆知。也自然惊动了各方哨探斥候，各方探马流星般飞驰列国都城。

五　大节有坚贞

渭水之上，一艘黑帆大官船正顺流东下，南岸葱茏的骊山遥遥在望。船头上一个黑矮的胖子正在凝望骊山，一副怡然自得的神态。突然，视线中出现了一骑快马，沿着南岸官道飞一般向东追来。看看与官船平行之际，快马拐下官道，直向渭水官船而来。“停船。”黑矮胖子一声命令，大船锚链“咕咚咚”抛下，官船稳稳当当地停了下来。黑矮胖子看看岸边两三丈宽的芦苇泥滩，高声下令：“搭下长板。”话音落点，骑士已经飞驰到岸边，疾如闪电的黑色骏马陡然长嘶人立，马上骑士已经借着骏马前冲之力高高跃起，大鹰般飞上了船头。

“公子好身手。”黑矮胖子嘿嘿笑了。

青年骑士一甩脸上汗珠，连带一个拱手礼道：“上大夫，事体紧急，我要即刻禀报君上。”

“公子随我来。”上大夫樗里疾抬脚迈步的同时一声长传，“公子嬴华紧急晋见！”随着声音，两人下了短梯，来到中央大舱。国君嬴驷已经笑着迎了过来道：“小妹急得如此模样，看来不是佳音啊。上冰茶。”嬴华未及说话，接过内侍递上的一盆冰茶汩汩饮干，摘去湿漉漉的束发丝带，一头乌亮的长发瀑布般披散在双肩，瞬息之间变成了一个明朗英秀的女公子。她没有丝毫消闲姿态，涨红着脸急急道：“君上，山东六国要包围秦国了！”

“别急别急，坐下，缓缓道来。”嬴驷笑着指指座案，“总还没打进函谷关也。”

嬴华略带羞涩地笑了笑，详细说了各处斥候紧急报来的消息：燕赵异动以及苏秦目下的游说行止等，整整说了半个时辰。听着听着，嬴驷与樗里疾的脸色不约而同地阴沉下来。

“上大夫以为如何？”嬴驷缓慢地踱着步子。

“兹事体大，臣以为当立即召太傅、国尉商议才是。”

“这次渭水视察，又半途而废了。”嬴驷一拳重重地砸在舱柱上，显是深为痛心。这次嬴驷与樗里疾带了五名老水工[1]沿渭水东下，本来是要勘察渭水沿岸的盐碱危害，确定治理方略，想尽早使根治秦川盐碱的工程动起来。这也是上大夫樗里疾极力推进的“先富根基”的主要部分，他力主在六国纷乱之时抢时间开工，两三年内一举改变秦川面貌。谁知刚刚勘察了一半，便遇到如此突然的大变故，如何不使嬴驷痛心？

“君上，存亡事急，当火急应对，迟则生变。”樗里疾没有任何叹怨。

[1] 水工，先秦时代对治水专家的称谓，并非一般的工匠。

“来人。”嬴驷转身下令，“快马急传，请太傅、国尉即刻前来会商。”

樗里疾立即接道：“大船靠上骊山码头等候。”

嬴华霍然起身：“君上特使只管东路国尉便了，我回咸阳。”话音落点，人已经出了船舱，只听得一声响亮悠长的呼哨，黑色骏马已经从草滩嘶鸣飞来。嬴华从高高船头一跃而起，飞上马背，闪电般向西去了。

“君上，嬴华公子派得大用场也。”樗里疾悠然一笑。

“好啊，上大夫就给她想个大用场，省了她整日找我要事做。”

“嘿嘿，待臣与太傅、国尉合计合计再说。”樗里疾狡黠地笑笑点头。

次日清晨，河滩晨雾尚未消散，太傅嬴虔与国尉司马错相继从咸阳和函谷关赶到。樗里疾已经在昨日将水工继续勘察的事安排妥当，见嬴虔、司马错上船，吩咐官船立即逆流西上，商议完毕正好赶到咸阳部署实施。嬴驷心细，料得嬴虔与司马错一路驰驱正在饥肠辘辘，吩咐内侍搬上酒菜在舱中摆开，叮嘱二人放开吃喝，先边吃边听。樗里疾便先将嬴华汇集的各路探报从头至尾说了一遍，末了归总道：“此事虽然重大，却正在成势之中。君上之意，当早日谋划上佳应对之策，否则待六国势成而后动，我必将陷入汪洋封堵之局面。”

“鸟！”嬴虔一拳砸在案上，“这个苏秦也忒歹毒，先杀了这个贼种，再破六国封堵！”

樗里疾嘿嘿笑了：“纵然杀了管用，也未必杀得了苏秦。太傅，消消气。”

嬴虔也是释然一笑：“我一介武夫，只是会听，你肥子肚大点子多，先说。”

“我揣摩了一个晚上，还真没谋划出破解苏秦这连环合纵的法子。”樗里疾沮丧地摇摇头，“不过，我想了两个题外之法：一则，派一路特使，说动齐王与我秦国结盟，东西夹击中原，共分天下。只要先稳住齐国，其余五国势力稍减，再徐徐图之。二则，最好有一密使能见到苏秦，说动苏秦重返秦国。不要忘记，苏秦最先是看重秦国的，此可谓釜底抽薪。君上、太傅、国尉，以为如何？”

“国尉以为如何？”嬴驷看着司马错，很想听他如何说法。

司马错一直沉默思忖，见国君发问，拱手道：“臣以为，上大夫两策可行。齐为山东第一强国，齐国若能暂时不动，六国结盟将有挫气焰。此路特使，臣以为唯上大夫堪当大任。至于苏秦，臣以为很难说动，此人目下声势显赫，十有八九根本无法谋面……”

“谋面苏秦，我来设法。”舱外守护的嬴华一步踏了进来，“要紧的是，谁来做说客？”

嬴虔微微一笑：“我看，还是肥子最合适。去齐国，顺路捎带办了。”

“君上，容我与公子合计后再说，还是先定下大计。”樗里疾未置可否。

“好，且听国尉说完。”嬴驷笑道，“何人实施，倒是不难。”

司马错接道：“臣以为还当谋及一点，既然有了苏秦此等合纵奇士，秦国便得寻觅一个才智足可抗衡苏秦的策士，否则，秦国将有很大危局。臣差强军事，上大夫长于治国理民，对邦交纵横均非所长。唯有觅得如此大才，秦国方可放开手脚。”

“妙！”樗里疾拍掌笑道，“一言提醒大梦人，我想起一个人，抗苏足矣！”

“上大夫快说，谁？”嬴驷急迫发问。

“苏秦师弟，张仪！”

“张仪？”君臣三人恍然点头，又一齐默然。还是嬴驷道：“此人倒是曾经听说，他还活着么？”

樗里疾摇摇头：“臣不知此人死活，唯知此人可抵苏秦。不知死活，则有活的可能。”

嬴驷默然良久，断然拍案：“好！查访张仪，活要见人，死要见尸。”

暮色时分，船到咸阳，君臣秘密会商方才结束。当夜，咸阳宫大书房灯火彻夜通明，一道道君书、密令接连发出。嬴虔、樗里疾、司马错、公子嬴华一直守在出令堂紧急调度，忙到东方发白，方才平静下来。

三日后，一支商旅车队出了函谷关，过了洛阳，直向新郑开来。

新郑城正在热闹之中，韩国民众奔走相告着一个消息：“结盟抗秦！韩国有救了！”萧瑟冷清的商市不知不觉地热闹繁华了，郊野耕作的农人们也放开喉咙唱起了那首《郑风》中有名的悲中遇喜的歌儿：

风雨凄凄　鸡鸣喈喈
既见君子　云胡不夷
风雨潇潇　鸡鸣胶胶
既见君子　云胡不瘳
风雨如晦　鸡鸣不已
既见君子　云胡不喜

韩国朝野压抑得太久了。自从韩昭侯申不害死后，韩国一直抬不起头来，元气大伤，民心沮丧，连宋国这般小疯子都要来趁火打劫。虽然国君硬撑着宣布了称王，事实上却是谁也没有高兴起来。尤其是秦国强夺了宜阳铁山之后，韩国朝野就像泄了气的风囊，大骂了一阵“虎狼暴秦”便惨兮兮地沉默了。三晋之中，韩国与魏国有血战大仇，与赵国也是龃龉不断，如何能指望人家帮助夺回宜阳？齐国与秦国修好，不愿再插手中原；燕国自身难保；楚国也被秦国逼得迁都淮南了。天下乱象纷纭，韩国竟找不到一个盟国，落到了在强秦虎视之下奄奄待毙的地步。当此之时，燕赵忽来与韩国结盟，如何不使韩国人惊喜万分？尤其是赵国，在魏国衰落之后军力已经是三晋之首，与赵国修好，无异于韩国有了一个使秦国顾忌的强大盟邦，韩国人当真是求之不得。消息传开，朝野上下奔走相庆，一扫阴霾。

苏秦预料得毫无差池，对韩国没费唇舌，几乎一拍即合。

韩宣惠王听完苏秦对天下大势的分析与对韩国危境的估测，已经是挽起大袖，双眼圆睁冒火，霍然而起，按剑长长叹息一声道：“君毋多言，韩国若屈身事秦，天诛地灭！我韩国上下，愿举国追随先生，合纵抗秦！”

当晚，苏秦便与韩宣惠王达成盟约。韩宣惠王于新郑大殿隆重宴请苏秦一行，韩国君臣众口一词，发誓合纵，永不负约。席间，宾主无不慷慨激昂，频频大爵豪饮，直到三更方散。

回到驿馆，公子赵胜与荆燕都醉到了十分，径自呼呼酣睡了。苏秦却很清醒，因为他只饮温顺的兰陵酒，不饮赵国烈酒，饶是如此，也还是脸色通红脚下飘飘然。用冷水冲过全身，苏秦酒意消去大半，在厅中铺开那张《天下》大图，踱步端详着揣摩下面的三个大国——魏、楚、齐。六国合纵，这三国是最大的力量，是根本，三国中任何一个国家拒绝，都是合纵的失败。虽然苏秦颇有把握，但还是不敢掉以轻心。要知道，这三国的君主都是非同寻常：魏惠王与齐威王都是老一代国君，老辣狡黠，极难说动。楚威王虽然年轻，也是与赵肃侯同时即位的四十来岁的老资格国王了，楚国丢失房陵被迫迁都，楚威王决心在楚国推动第二次变法，当此之时，他愿意加盟合纵么……

突然，苏秦听见一种奇异的声响，很沉闷很轻微很清晰很遥远而且似乎越来越近。对，就在地下！苏秦骤然一头冷汗，霍然起身收拾藏好大图，疾步走到剑架前取下长剑，在厅中悠然舞了起来。河西夜路与荒野草庐，已经使苏秦不再对任何怪诞事体心怀畏惧，他要看看，这新郑驿馆有何诡异？

轻轻地，大厅深处的帷幕动了一下。苏秦眼力不好，听力却是非凡，一阵极轻的嚓嚓声已经被他敏锐地捕捉到了，却浑然不觉，依然在悠悠舞剑。突然，苏秦觉得身后一阵轻微异响，一个滑步转身，惊讶得目瞪口呆——

那面书架竟变成一扇门无声地开了！一个又黑又矮又胖的绿衣人摆着鸭步从“门”里摇了出来，一个长躬，满脸笑意道：“苏子别来无恙？”几乎就在他出来的同时，那道“门”立即无声地合上了。刹那之间，苏秦瞥见了“门”后暗影里一片白色倏忽闪了一下，显然，“门”后帷幕后都有人隐藏。

“你？如何是你？”苏秦愣怔了。

“嘿嘿，苏子做了大官，不识故人了？在下樗里疾，没错。如何进来，容当后说，先说正事如何？”黑矮肥子笑容可掬。

苏秦冷冷道：“正事？身为上大夫，如此鼠窃狗偷，办得正事么？”

樗里疾又一个长躬道：“无奈之举，尚请苏子恕罪。”

“说吧，有何正事？”苏秦指着长案，“请入座。”

樗里疾坦然就座，笑眯眯道："苏子，六国合纵能成功么？"

"秦国已经怕了？"

樗里疾叹息一声："苏子，当初秦国没有重任留你，秦公深以为悔，至今犹在思念。"

苏秦不禁大笑一阵道："此等没气力话，樗里疾竟能说出来，当真一奇也！没有合纵，秦公想得起苏秦么？当初秦国不用我策，自然无须重任留我，有何可悔？苏秦不怨秦公，亦无悔当初。"

"好！不绕弯子。"樗里疾正色拱手，"秦公命我为特使，诚意相邀苏子回秦，执掌丞相大任。望苏子以强秦为根基，成就一番大业，名垂千古。"

"樗里子学问名士，当知刻舟求剑故事了。"苏秦悠然一笑，"流水已去，心境非昨，如何能以今日之志，重蹈昨日覆辙？良禽固然择木，也须持节自立。朝秦暮楚，终将自毁。耿耿此心，尚望秦公见谅。"

"苏子襟怀，令人感佩。"樗里疾由衷赞叹，却又口气一转道，"然则六国孱弱，一团乱象，苏子明知不可而为之，岂非与孔老夫子奔走呼号井田制如出一辙？"

"此言大谬也！"苏秦大笑，连连摇头，"孔夫子逆时势而动，如何能与苏秦相比？方今天下，七大战国皆非旧时诸侯，各有变法图强之志。其中差别，唯在谁家变法更深彻更全面。目下而言，秦国当先。然则大潮汹涌，大争连绵，安知六国中没有一国超越秦国？昨日之志：苏秦欲将秦国变法之实力，化为一统大业。今日之志：苏秦欲将变法图强之潮流，弥漫山东六国，与秦国一争高下！今日昨日，苏秦皆无复辟守旧之心，唯有趁时成事之志，谈何明知不可而为之？"

"好说辞！"樗里疾不禁拍案叫好，又喟然一叹，"若秦国有抗衡先生之才，苏子之梦想，岂非终将成为泡影矣！"

“是么？”苏秦微微一笑，“天下大道，何惧抗衡？我这便向秦国荐举一人，其才足以抗衡苏秦，上大夫以为如何？”

“果真如此？”

“绝无虚言。”

“愿闻姓名。”

“安邑张仪。”

“张仪？此人还活着么？”

“张仪者，天不能死，地不能埋也。如何有死活之问？”

“敢问：张仪目下却在何处？”

“秦国已经瞄上张仪了，只找他不见，可是？”

“苏子慧眼，确实如此。”樗里疾坦率诚恳。

“安邑城外，涑水谷，张家孤庄……”突然之间，苏秦双眼潮湿了。

“苏子，樗里疾未能说动你，然樗里疾敬重你，告辞。”樗里疾站起身来肃然一拱，迅速消失在那扇已经打开的“门”里了。

倏忽之间，一片若有所失的惆怅涌了上来，苏秦心头空荡荡的。虽然拒绝了秦国的策反，但他对秦国君臣的胸襟还是充满了敬意。一个能够真诚反省自己过失的国家，是最有力量的。这样的国家，可以错过犀首，错过苏秦，但决然不会再失去张仪。他们已经清醒过来，已经实实在在地开始行动了。能在韩国都城如此神秘地闯到自己面前，需要花费多么巨大的努力，这是任何一个中原战国都难以做到的。看来，当初自己确实没有看错，秦国的崛起强大是很难阻挡的。若有了张仪，秦国将更是另一番气象。张仪将给这个长期闭关锁国缺乏邦交斡旋经验的西部战国，带去他独特的智慧，并一定能使秦国以非凡的气势，一举进入中原逐鹿的大战场。

那时候，苏秦的合纵大业或将更加艰难，也许，还有失败的可能。

如此说来，不该给秦国荐举张仪么？不！应该荐举。从个人成败而言，张仪一旦入秦，就必然是自己的竞争对手，谁成谁败，实难逆料。但从他们一致憧憬的天下一统大业而言，他们的目标又都是一致的，都是立志结束天下战乱，使华夏族群在统一国度里蓬蓬勃勃地富裕壮大。这是老师当初给纵横派立下的入门誓言——纵横捭阖，四海为一。老师曾经谆谆告诫："行可殊途，心须归一。否则，纵横家将沦为诈术。"一开始，他与张仪便选择了各自认为最适合自己的国家：苏秦志在秦国，张仪志在中原。一番风雨，他们的位置竟颠倒了过来，苏秦施展于中原，张仪却可能进入秦国。其间发生的一切灾难波折，都是他们所无法预料也无法逆转的，也许，这就是命运对他们安排的"殊途"。从根本上说，张仪的复出也是无可避免的，你苏秦不荐举，张仪就不会出山么？果真那样，也未免过低估计秦国的索贤能力了。

"上卿何须多虑，我有破解良策。"

苏秦回身，大红斗篷手持长剑的公子赵胜正笑吟吟站在厅中。苏秦不禁讶然笑道："奇也！公子不是大醉酣睡了么？"

"赵国骑士，等闲饮得三四坛，一坛酒岂能醉我？"赵胜露出与年龄极不相称的狡黠笑意，"此等小技，我早已觉察。我与荆燕大睡，就是给这黑肥子留个缝儿，看他钻进来做甚？实不相瞒，也想见识一番先生志节。"

"公子不信苏秦？"

"不。"赵胜摇摇头，"先生是合纵策士，目下又是燕赵特使，何时不可见秦人？秦人又何时不能策反先生？阻拦密使，如同为渊驱鱼，为丛驱雀。若先生志节不坚，早变也许比晚变更好。是以，我等只保先生全身，不阻拦先生与任何人接触。不想先生精诚若此，赵胜敬佩之极！"

苏秦不禁赞叹："公子如此年少，却有如此见识，令人刮目相看也。"

赵胜做了个受宠若惊的顽皮鬼脸："哎哎哎，这是族叔教我的，与我无关啊。"

苏秦笑了："公子方才说的破解之策，要破解何事？"

"先生向秦国荐举了张仪，却又分明担心张仪成为合纵劲敌，可是？"赵胜又骤然变得老到深沉，"我来料理此事，可保张仪不能为害。"

苏秦哈哈大笑："公子非我，如何知我之心？"

"人同此心，心同此理：功名大业，岂容他人分享！"

苏秦不禁愣怔了，如此少年，却如此熟谙人心本性。对这种在宫廷杀戮争夺中浸泡长大的贵族公子，能解释得清楚自己的想法么？沉默良久，苏秦慨然一叹："公子啊，不要轻举妄动。张仪只能对合纵有好处。此中奥秘，非一日所能看清也。"

"好，但依先生。"赵胜明亮的眼睛不断地闪烁着。

"谢过公子。"苏秦笑道，"明日赶赴魏国，公子有成算么？"

"只要先生有成算。赵胜只保先生要见谁便能见谁。"赵胜说完，笑着一拱去了。望着赵胜的大红斗篷，苏秦心中又蓦然浮现出樗里疾与张仪的影子。

新郑城北的迎送郊亭外，停着一支正在歇息的商旅车队。车夫们一边忙着喂马，一边架起吊锅煮饭。车队、炊烟、道边林木与熙熙攘攘的人喊马嘶完全挡住了石亭。

石亭之下，樗里疾与公子嬴华正在低声密谈。樗里疾说服苏秦的使命没有完成，却对苏秦有了贴近的了解与真实的敬重。他没有想到，苏秦竟能荐举张仪入秦与自己抗衡，更没有想到苏秦对张仪下落的判断是那样的自信而明确。回来说给嬴华，这位女公子也是大为意外。从咸阳出发时，嬴华已经向大梁与名士隐居的经常地点派出了访查探马，在新郑的几天已经纷纷接到回报，都没有张仪的踪迹。嬴华顿时茫然，一时没了主意，听得樗里疾一说，大是兴奋，决意亲自到河内访查。

樗里疾与嬴华商议的是：若能找到张仪，如何动其心志？是樗里疾亲自前来，还是嬴华见机行事？目下，樗里疾一定要赶在苏秦之前稳住齐国，自然无法与嬴华一起赶到河内。嬴华虽是一个不让须眉的女公子，见识本领也都极为出色，然则毕竟没做过为国求贤这种大事。按照传统，此等事该当由国君亲自出面的。事关重大，嬴华一时沉吟，与平日的明朗果决大是不同。

“这样。”樗里疾一挥手，“若情势异常，断不能错失良机，公子当相机立断。若情势正常，有成算便动，若无成算，待我赶来便是。”

“好！一言为定。”嬴华心中有底，高兴起来，举起酒碗道，“上大夫身负重任，一路保重了。”汩汩饮尽。“罢了罢了。”樗里疾举碗笑道，“长远计，争得张仪是根本，齐国是靠不住的。公子要做的，是一件布袋买猫的大事，难。干了！”也是咕咚咚饮了。嬴华“哧”地笑了：“布袋买猫？此话怎讲？”

“不明就里，估摸着办也。”

嬴华不禁大笑：“呀，听说张仪利口无双，要知道做猫，可饶不得你也！”

“惭愧惭愧，谁教他躲在暗处？”樗里疾笑着拱手，“公子，就此告辞。”

“后会有期。”嬴华也是一拱，大步出了石亭。

一声轻轻的呼哨，三骑快马上了官道，向河内方向疾驰而去。片刻之后，商旅车队丢下了载重货车与车夫，清一色的十余骑快马簇拥着一辆轺车，向东北大道去了。

六　秋雾迷离的张氏陵园

秋风乍起，涑水河谷满目苍黄，幽静萧瑟。

自从魏国迁都大梁，这道安邑郊野的狩猎河谷年复一年地冷清了。王公贵族与豪富巨商，都随着王室南下大梁了，安邑的繁华富庶梦幻般消失了。秦国夺回了河西高地，占据了河东的离石要塞，安邑没有了北大门，也失去了大河天险；赵国占据了上党山地，安邑的东北面也完全敞开了。倏忽之间，这座昔日的天下第一都城，成了一座四面狼烟的边塞孤堡。人口大减，商旅止步，涑水河谷中星罗棋布的狩猎山庄，也成了蛛网尘封狐兔出没的座座废墟。每当明月高悬，河谷里的虎啸猿啼随着习习谷风远远传开，即便是猎户世家，也不敢在夜间踏入这道河谷。

就在这样的月夜，河谷深处的松林里却亮着一盏灯火。林间小道上，一个纤细的身影正向着灯火走来。渐行渐近，松林中的一座大墓与墓旁的一座茅屋已经清晰可见。

“哟——张兄快来！”纤细身影惊叫着跳了起来。

一个高大的身影提剑冲出茅屋：“绯云，别怕。”

“蛇！吔，好粗！跑了跑了。”纤细身影惊呼喘息着。

高大身影哈哈大笑：“秋风之蛇，困龙一条，饶它去也。”

“吔！我偏踩上了，又硬又滑。呸呸呸，一股腥味儿。”

“你呀，日后晚上不要来，饿不死张仪。”

“吔，就会瞎说。除了蛇我甚也不怕。快进去，饼还热着。”说话间拉着张仪进了茅屋。

这是一间极为粗朴的陵园茅屋，门是荆条编的，后边挂着一幅宽大的本色粗麻布做挡风的帘子。屋中大约一丈见方，墙角避风处的草垫芦席上有一床丝绵被，算是卧榻了。除此之外，两只满当当的书箱、一片架在两块老树根上的青石板书案、一口挂在墙上的吴钩，便是这茅屋中的全部物事了。绯云将提篮放在石板书案上，揭开苫布，利落地从篮中拿出一个饭布包打开，原是一摞热气腾腾的面饼，又拿出一个饭包打开，却是一块红亮的酱肉。

“呀，好香！甚肉？”张仪挂上吴钩，兴奋地搓着双手。

“猜猜。”绯云又拿出一包剥得光亮亮的小蒜头，“吔！不晓得了吧。”

张仪不去凑近酱肉，只是站着使劲儿耸鼻头，猛然拍掌：“兔肉！没错。”

“吔，野味儿吃精了，一猜就中。”绯云顽皮地笑笑，“快吃，趁热。”

张仪咽着口水悠然一笑：“不是吃精了，是饿精了。”说着就势一跪，一手抓起酱兔肉，一手抓起热面饼蘸儿粒蒜头，狼吞虎咽地大嚼起来。

“张兄，有人要赁我家老屋做货栈，你说奇也不奇？”绯云边扫地边说话。

“如何如何？”张仪抹抹嘴笑了，“甚生意做到深山老林来了？当真一奇。”

“还有，一个年轻人带了个小童，也住进了我家老屋。吔，你别急，听我说。”绯云拿起屋角木架上的陶壶给张仪斟满了一碗凉茶，笑道，“那天我去山坳里摘野菜，回来后听张老爹说：一个公子探访老亲迷了路，又发热，求宿一晚。张老爹于心不忍，教他住下了。我不放心，特意去看了看，那公子还真是发热。我看他生得俊气，人也和善，不像歹人，也没说甚。谁知都三日了，他的热烧还不见退。那小童除了天天给他熬药，还出去打猎。小童说猎物放久了不好吃，要我等家人天天吃。这几日便天天有肉了。你看这事儿？”

张仪沉吟着问：“要赁老屋的商人也来了？”

“吔，还没。”绯云笑道，“我没答应。他也说他们东家还没定主意，过几日再来看看，东家要定了再和我说价，还说保我满意。”

张仪咕咚咚猛喝了一碗凉茶，半日没有说话。这两件事来得蹊跷，可一下子也说不清疑点在何处。要在十几年前，安邑城外那可是商贾纷纷，租赁民居、夜宿郊野者实在平常得紧。可如今，这安邑已经成了孤城荒野，却忽然有人前来经商，有人前来投宿，可真是少见。然则，天下事本来就没有一成不变，若有商旅忽发奇想，要在这里采药猎兽也未可知；至于有人路病投宿，也并非荒诞不经，张仪自己不就多次投宿山野农家么？如此想来，似乎又不值得惊奇生疑。可不管如何开释，张仪心头的那股疑云都是挥之不去，连张仪自己都觉得不可思议。

终于，张仪定了主意：“任其自便，只是多长个心眼，暗中留心察看。”

“吔，我也是这般想法。你放心，谁也逃不过我的眼睛。”

张仪笑了：“心里有数就好。走，我送你下山。”说着摘下吴钩，顺手拉开荆条门，与绯云出了茅屋。绯云红着脸笑道：“不用送，我不怕吔。”张仪笑道：“你是不怕，我想出来走走。”绯云高兴地挽起张仪的胳膊：“是该走走的。吔，你的吴钩练得如何？会使了么？”张仪兴致勃勃道：“越王这口吴钩，还真不好练，要不是我还算通晓剑器，真拿它没辙。”绯云一撇嘴笑道：“那是当然，张兄天下第一吔。”张仪哈哈大笑：“你个小东西！跟着我海吹啊。”绯云咯咯咯笑得打跌。

说话间到了山口，山脚下老屋的灯光已经遥遥可见。张仪站在山头，直看着绯云隐没在老屋的阴影里，方才转身，本当回到茅屋，却不由自主地沿着河谷走了下去。天空湛蓝，月光明亮。涑水波涛拍打着两岸乱石，虎啸狼嗥随山风隐隐传来，都使得这山谷秋夜在幽静之中平添了几分苍凉。

张仪对这道涑水河谷是太熟悉了，儿时的记忆，家族的苦难，自己的坎坷，都深深地扎根在这道河谷。但是，这道河谷给他打上最深烙印的，还是母亲的骤然亡故。

当初，张仪从楚国云梦泽连夜逃走，与绯云一路北上，进入河外已经是冬天了。逃离云梦泽时，张仪被打伤的两条腿本来就没有痊愈。几个月的徒步跋涉，伤口时好时坏，不得不拄着一支木杖一瘸一瘸地艰难迈步。要不是绯云顽强地撑持，张仪真不知道自己会不会突然倒在哪道荒山野岭。

路过洛阳郊野的时日，张仪腿伤发作，倒在了路边。田野耕耘的一个老人将他们当做饥荒流民，好心留他们在一间闲置的田屋里住了下来。在那间四面漏风的田屋里，张仪自己开了几味草药，教绯云带着越王送给他的那口吴钩，到洛阳城卖了换钱抓药。绯云去了，也抓了药，可也带回了那口越王吴钩。绯云对他说遇上了一个好心店东，没收钱。夜半更深，张仪伤疼不能入睡，看见和衣蜷缩在身边的绯云的头巾掉了，圆乎乎的小脑袋在月光下青幽幽的，伸手一摸，一根头发也没有了！

骤然之间，泪水涌满了张仪的眼眶。一头秀发，对于一个含苞待放的少女，意味着诱人的魅力，意味着大贞大孝大节，更意味着对生命之源的恒久追念。“身体发肤，受之天地父母，毫发不能摧之。”男人名士尚且如此，更何况一个女子？可是，为了给他治伤，绯云竟卖掉了满头青丝……

就在那一刻，张仪抹去了泪水，心中暗暗发下了一个誓愿。

回到这条熟悉的河谷时，正是大雪纷飞的冬日。看到老屋门前的萧疏荒凉，张仪心中猛然一沉。母亲是严整持家的，虽然富裕不再，但小康庄院从来都是井井有条的。可如今，门前两排大树全成了光秃秃的树根，青石板铺成的车道也残破零落，高大宽敞的青砖门房竟然变成了低矮破旧的茅草房。那时候，张仪几乎不敢敲门，他不知道，迎接他的将是何种情景。他记得很清楚，当绯云敲开屋门，老管家张老爹看见他时立即扑地大哭。张仪双腿顿时一软，跌坐在大雪之中……

当他踉踉跄跄地撞进母亲的灵堂时，他像狼一样地发出一声惨嚎，一头撞在灵案上昏了过去。后来，张老爹说，那年魏赵开战，魏国败兵洗掠了涑水河谷，砍树烧火还拆了门房；幸亏主母认识一个千夫长，才免了老屋一场更大的劫难；从那以后，主母一病不起，没大半年便过世了；临终前，主母拿出一个木匣，只说了一句话："交给仪儿，也许，他还会回来。"

留在张仪心头永远的疼痛，是母亲的那几行叮嘱："仪儿，黄泉如世，莫为母悲。人世多难，自强为本，若有坎坷，毋得气馁。后院树下石窟，藏得些许金玉，儿当于绝境时开启求生。母字。"

掘开了后院大树下的石窟，张仪拿出了那个锈迹斑斑的小铁箱，打开一看，除了六个金饼，全部是母亲的金玉首饰……张仪看得心头滴血，欲哭却是无泪。母亲留下了少妇时的全部首饰，素身赴了黄泉，没有丝毫心爱的陪葬之物。对于张仪，这是永远不能忍受的一种遗恨。他咬着牙打开了母亲的坟墓，将金玉首饰与三身簇新的丝衣，装进了自己亲手打制的两个木匣里，放进了棺椁顶头的墓厅。从那天晚上开始，张仪在母亲的墓旁搭起了一间茅屋，身穿麻衣，头戴重孝，为母亲守丧了。

寒来暑往，在母亲陵园的小松林中，张仪渐渐地平静了下来。

虽然他从未下山，但对天下大势还是大体清楚的。这也亏了绯云，她不但要与张老爹共同操持这个破败的家，还时不时赶到安邑打探各种消息。半个月前，绯云去了一趟大梁，回来后兴奋地告诉他，苏秦已经重新出山，谋划合纵抗秦，燕赵韩都欣然赞同了！

“吔！我正好遇上苏秦车队进大梁，声势好大吔。幡旗、马队、车辆，整整有三里路长。苏秦站在轺车上，嗬！大红斗篷，白玉高冠，一点儿也不笑。只是他的头发都灰白了，教人心里不好受。”绯云说得眉飞色舞，最后却嘟哝着叹息了一声。

“你看得恁清楚？”

“吔！我爬到官道旁的大树上，谁也看不见我。”

张仪不禁怦然动心了。苏秦复出并不令人惊讶，那只在迟早之间。教他心动的，是苏秦提出的崭新主张——六国合纵，结盟抗秦！苏秦对秦国关注得很早，与自己对秦国的淡漠大不相同，苏秦第一次出山就选定了秦国，纵然没有被秦国接纳，何至于立即将秦国当做仇敌？不。这不是苏秦的谋事方式，也不是历来名士的传统精神，其中一定另有原因。最大的可能，是苏秦对天下大势有了全新的看法。苏秦思虑深彻，善于创新，正如老师曾经说的：“无中生有，暗夜举火，苏秦也。”如今在山东大乱之际，苏秦倡导六国合纵，当真是刀劈斧剁般一举廓清乱象，使山东六国拨云见日，一举使天下格局明朗化。这岂非暗夜举火，烛照天下？从这里看去，用个人恩怨涂抹合纵抗秦，就显得非常的滑稽，至少张仪是嗤之以鼻的。

既然如此，张仪的出路何在？

半个月来，他一刻也没有停止思索。苏秦廓清了大格局，天下必将形成山东六国与秦国对峙的局面。他从听到“合纵抗秦”这四个字，便敏锐意识到苏秦必然成功。天下已经乱得没有了头绪，列国都想使局势明朗化，都不想被乱象淹没。当此之时，山东六国的君臣们能拒绝具有“救亡息乱”巨大功效的合纵同盟么?

可如此一来，张仪顿时就没有了选择。天下战国七，苏秦一举居六，张仪又能如何?

曾几何时，天宽地阔的张仪，骤然之间只剩下了一条路，而且是自己最为陌生的一条路。自己的立足点一开始就在山东六国，并不看好秦国。第一番出山，自己几乎就要大功告成，若非轻言兵事，错料房陵之战，早已经是齐国丞相了。比较起来，苏秦的第一次失败，在于“策不应时”；自己的第一次失败，则在于“轻言坏策”。也就是说，苏秦败在划策本身，张仪败在划策之外。就第一次而论，张仪自觉比苏秦要强出些许。可这一次呢?苏秦当先出动，长策惊动天下，其必然成功处，正在于划策切中时弊。此等情势下，自己要在山东六国谋事，无异于拾人余唾。想想，你张仪难道还能对山东六国提出另一套更高明的方略?提不出，那就只有跟在苏秦身后打旋儿。

这是张仪无法忍受的，也是任何名士所不屑作为的。

看着天上月亮，张仪笑了。难道要被这个学兄逼得走投无路了么?苏兄啊，你也太狠了，将山东六国一网打尽，使张仪竟茫然无所适从，岂不滑稽?

“山月作证。”张仪对着天上月亮肃然拱手，“张仪定要与学兄苏秦比肩天下，另辟大道。”

多日来，张仪揣摩思虑的重心，就是如何应对苏秦的六国合纵。他作了一个推测：作为六国合纵所针对的秦国，不可能无动于衷；秦国要动，就要破解合纵；那么，如何破解?谁来破解?便成为必然的两个难题。第一个难题，他已经思虑透彻，有了应对之策。张仪坚定地认为，除了他这套谋划，苏秦的六国合纵无策可破。那么，秦国有这样的人才么？他虽然对秦国颇为生疏，但大情势还是明白的。商鞅之后，秦国似乎还没有斡旋捭阖的大才。司马错虽然教他跌了一大跤，但司马错毕竟是兵家将才，秦国不会教一个难得的名将去分身外事。樗里疾呢？治国理民可也，伐谋邦交至多中才而已，岂是苏秦对手？

放眼天下，唯张仪可抵苏秦。

然则，秦国能想到这一点么？难。秦国虽然强大，毕竟长期闭锁，对天下名士一团朦胧，如何能知晓他张仪？那么，只有一条路——主动入秦，游说秦国，献长策而与苏兄较量天下。可是，能这样做么？在寻常情势下，名士主动游说无可非议。然则在苏秦发动合纵后，天下便是壁垒分明的两大阵营，当此之时，秦国若无迫切求贤之心，这秦国国君也就平庸之极了；对平庸之主说高明长策，那是注定的对牛弹琴；魏惠王、楚威王尚且如此，这个拒绝过苏秦的秦国新君又能如何？说而不纳，何如不说？可是，假若秦国君臣想到了自己，你张仪又该当如何？

想到这里，张仪不禁哈哈大笑，觉得自己瞻前顾后婆婆妈妈的实在滑稽。这种事儿，神仙也难料，何须费力揣测？心思一定，张仪大步走上河岸，向松林陵园走来，堪堪走进林间小道，他惊讶地揉了揉眼睛。

出来时分明吹熄了灯火，如何茅屋却亮了起来？

张仪隐身树后，凝神察看倾听片刻，已经断定树林中没有藏身之人。他目力听力都极为出色，从些微动静中已经听出茅屋中最多只有两个人。于是他大步走出，挺身仗剑，堵在茅屋前的小道正中高声喝问："何方人士，夤夜到此？"

"吱呀"一声，荆条门开了，一个粗壮的身影走出茅屋拱手作礼：

“末将见过先生。”

“末将？究竟何人？直说了。”

“末将乃赵国骑尉，奉密令前来，请先生屋中叙话。”

“反客为主了？就在这里说，省点儿灯油。”

骑尉笑了。“也好，月亮正亮。”回头喊道，“墨衣，出来，吹了灯。”

屋内风灯灭了，走出来一个手持长剑身形瘦小的劲装武士。张仪知道，赵国君主的卫士通常叫做“黑衣”，此人被称为“墨衣”，无论如何也是个卫士头目。从他的步态便可看出，这个墨衣定然是个一流剑士。张仪也不理会，径自坐到小道旁一块大石上：“说。”

骑尉又是一拱：“先生，我二人奉太子之命，请先生星夜赴邯郸。”

“可有太子书简？”

“赵国军法：密令无书简。这是太子的精铁令牌，请先生勘验。”

“不用了。太子召我何事？”

“太子只说：要保先生万无一失。余情末将不知。”

张仪悠然一笑：“既然如此，敢请二位回禀太子：张仪为母亲守丧，不能离开。”

骑尉僵在那里，似乎不知如何是好。这时，那个精瘦的墨衣说话了：“太子有令，务必请回先生，先生须得识敬才是。”

“如此说来，若是不去，便是不识敬了？”

骑尉拱手道：“我等奉命行事，敢请先生务必成全，无使强逼。”

“强人所难，还要人无强其难。赵人做事，可谓天下一奇也！”张仪哈哈大笑。

墨衣冷冰冰开口：“先生当真不去，只有得罪了。”

“如何得罪啊？”张仪性本桀骜，心中已经有气，脸上却依旧微笑。

“胜得我手中剑，我等便走。否则，只有强起了。”

“你手中剑？怕是你等两个手中剑了。”

墨衣正要说话，骑尉抢先道：“那是自然，公事非私斗，如何能与剑士独对？”

“好！理当如此。”张仪豪气顿生，霍然站起，“请。”

“墨衣，我先了。”骑尉大步走出，只听“咔嗒”两声铁音，一柄闪亮的厚背长刀已弹开刀格，提在手中。张仪本是老魏国武士世家出身，对三晋兵器本来熟悉，一看便知这是赵国改制的胡人长刀。这种刀以中原精铁锻铸，背厚刃薄，刀身细长而略带弧弯，砍杀容易着力，击刺不失轻灵，且比胡人原刀形还长了一寸有余。赵国在与匈奴骑兵的较量中屡占上风，与这种锋锐威猛的战刀大有干系。虽然如此，张仪却是毫无畏惧。他相信手中这口越王吴钩绝不输于赵国的改制战刀。

月光下，一道细长的弧形青光伴着嗡嗡震音闪过，张仪的吴钩已经出鞘。

这吴钩虽然也是弧形，却是剑而不是刀。剑为双刃，厚处在中央脊骨。刀为单刃，厚处在背。同是弧形，骑士战刀较吴钩要长，弧度自然小得些许；吴钩稍短，其弧度几乎接近初旬瘦月，而且还是双刃。两相比较，骑士战刀专为战场骑兵制造，趁手好使，即或未经严格训练，也能仗着膂力使出威风。吴钩却大大不然，它本来就是吴越剑士的一种神秘兵刃，初上手极为别扭，等闲人等根本无法劈刺击杀，使用难度比骑士战刀要高出许多。张仪自从接受了越王吴钩，便在闲暇时悉心揣摩，也是他颇有剑术天赋，竟教他无师自通，自己摸索出了一套吴钩使法。绯云也喜欢剑法，见他练过几次，惊讶得连连赞叹。此刻，张仪也知道赵国骑士的剽悍威猛，自然不会掉以轻心，吴钩出鞘，右剑左鞘守定不动，准备后发制人。

骑尉抱剑作礼道：“太子敬重先生，我只与先生虚刺，剑沾其身即为胜。”

张仪冷笑：“我只会实刺，不会虚刺。”

旁边的瘦子墨衣不胜其烦：“剑士之道，安得有虚？将军当真絮叨。”

骑尉无奈地笑笑：“先生执意如此，末将只好从命。看刀——”喊声未落，骑士战刀已经带着劲急的风声斜劈下来。这是骑士马战的基本功夫，最为威猛，对方若被砍中，大体是通体被斜劈为两瓣。骑兵对步兵，居高临下，这斜劈是威力极大使用最多的杀法。

张仪身材高大，对方也不在马上，所以并没有感到战刀凌空的威力，但听这刀风劲锐，便知这战刀力道不凡。不及思索，张仪手臂一掠，吴钩划出一道寒光，鱼跃波涛般迎了上去。但听“叮”的一声急响，骑尉的战刀已经断为两截，刀头飞上树梢，又哗啦啦削断树枝，“噗”地插进了地面。

“噫——”骑尉惊叫一声，一跃跳开，“你有神兵利器？”

张仪哈哈大笑：“第一次用，不晓这越王吴钩如此锋锐，多谢陪练。”

瘦子墨衣冷冷一笑：“将军战刀是军中大路货，如何敌越王吴钩？今日，也教先生见识一番赵国精兵。”说罢肩头一抖，黑色斗篷蝙蝠一般飞了起来，竟堪堪地挂在了身后松树枝丫上。只此一个动作，便见赵侯卫士的不同凡响。斗篷离身的同时，星光骤然一闪，墨衣手中已经出现了一支短剑。战国之世，长剑已经成为多见兵器，短剑便多成为传统剑士手中的利器，等闲人倒是很少见到了。传统剑士的短剑，与越王吴钩一样，十有八九都是春秋时期著名铸剑师的精品。紫蓝色光芒一闪，张仪便知道墨衣手中短剑绝非凡品，微微一笑：“神兵相交，两败俱伤，岂不暴殄天物？”

“小瞧赵国剑士么？”墨衣冷笑道，“驾驭名剑，自有剑道，岂能笨伯互砍？”言下之意，显然在嘲笑张仪与骑尉的剑术。

张仪心知此人必是第一流剑士，自己虽然也略通剑器剑法，但毕竟不是用心精专，无法与此等剑士抗衡。但听他说不与自己“互砍”，倒是轻松了一些，剑器互不接触，那无非是他直接将我刺伤，而后再“请”走了。张仪自信墨衣做不到这一点，你不砍我砍，大节当头，何顾些小规矩？舞开吴钩护住自己，只要他剑器刺不到我身，又能奈我何？

“既然如此，足下开始。”张仪淡淡地一笑。

“先生，看好了。”话音未落，黑色身影一跃纵起，一道紫蓝色光芒向张仪头顶刺来。张仪的吴钩已经挥开，趁势向上大掠一圈。谁知他上掠之时，墨衣已经越过他头顶，就在他尚未转身之际，右肩已经被刺中。一阵短促剧烈的酸麻疼痛，张仪右手吴钩脱手飞了出去。黑色身影脚一点地，立即闪电般倒飞出去，在空中将吴钩揽在手中，稳稳落地道：“先生还有何说？”

张仪咬牙撑持，才没有坐倒，勉力笑道：“你，剑术无匹。我，却不去。”

“先生不识敬，在下只好得罪了。”墨衣冷冷一笑，走了过来。

突然，一声悠长粗厉的虎啸，疾风般掠过山林。

瘦子墨衣愣怔了一下。骑尉笑道：“涞水河谷夜夜如此，平常得紧……”正说着却骤然变色，“你你你，是人？是鬼？！”张仪看去，见月光下的山口林间小道上，悠着一个细长的白色身影，长发披散，手里却拄着一根竹杖，一阵清朗大笑传来：“强人所难，这是谁家生意经？”

骑尉缓过神来，冷冷道："你若是商家，赶快走开，莫管闲事！"

瘦子墨衣："既看了，只怕不能教他走。"

白衣又一阵大笑："我说要走了么？战国游侠，可有不管闲事者？"

"游侠？"墨衣拱手作礼，"敢问阁下高名大姓？"

"高名大姓？"白衣人骤然冷漠，"邯郸墨衣，趁早离开，还先生安宁。"

"足下绝非正道游侠！将军护着先生，我来料理他。"瘦子墨衣显然被激怒了。

"且慢。"白衣人笑道，"先生并不认可两位，无须你等护持，敢请先生作壁上观。"说完向张仪深深一躬，"先生，这是一包伤药，请到那边石礅上自敷便了。"

片刻之间，张仪大为困惑。此人若是游侠，那当真是天下一奇。须知战国游侠常常被时人称为"带剑之客"、"必死之士"，所谋求者皆是惊动天下的大事，极少到市井山野行走，即或隐居，也是等闲不过问民间琐事。闻名天下的游侠如春秋的公孙臼、专诸、北郭骚、毕阳、偃息等，战国的要离、聂政、孟胜、徐弱等[1]，都是在邦国上层行大义、除大恶的名士，几乎没有一个关注庶民恩怨的风尘游侠。此人自称游侠，张仪自然难以相信，然若不是游侠，又何来此等行踪本领？倒真是令人难以揣测，且先看下去再说，至少在当下，他对张仪不构成危害。于是张仪也不多说，走到小道边石礅上坐下敷药。

白衣人见张仪走开，回身笑道："一齐来。"

骑尉、墨衣本来担心张仪被游侠劫走，此时见此人并无帮手，张

[1]　这些游侠都是战国中期之前的游侠，战国中后期还有诸多著名游侠，但在张仪之后，是未提及。

仪也泰然自若，自然便要先全力解决这个游侠。墨衣低声道：“将军掠阵，我来。”骑尉点点头：“小心为是，此人大是蹊跷。”墨衣冷笑一声，径自走到白衣人对面丈许：“游侠请了。”

白衣人见墨衣岿然不动，笑道：“让先么？好！”一个“好”字出口，竹杖啪啦脱手，但见森森光芒裹着“嗡——”的金铁震音，一柄超长的异形弯剑已经凌空罩住了墨衣头顶。墨衣大惊，一个贴地大滑步，堪堪躲开，森森光芒又如影随形般从身后刺到，大是凌厉。慌忙之中，墨衣一个侧滚，方得脱出剑锋之外，额头却已经是冷汗淋漓。见白衣人没有追击，墨衣气哼哼问道：“阁下使何兵器？尚望见告。”

“此兵器天下无人识得，只让你见识一番便了。”说罢，白衣人顺手一掠，一道森森寒光竟从身边一棵合抱粗的树身掠出，没有任何声息，松树也丝毫未动。白衣人悠然一笑：“敢请二位观赏了。”墨衣与骑尉疑惑地走到树前，借着明亮的山月，分明可见大树腰身有一道极细的缝隙。

“你是说，方才拦腰切断了这棵大树？”骑尉惊讶地拍打着树身。

“将军力大，一推便知，何用多说？”白衣人显然不屑与之争辩。

骑尉一个马步扎稳，双手按住树身，猛然一推，缝隙之上的树身骤然向外滑出，树干喀啦啦向里压来，如同疾步之人脚下打滑摔了个仰面朝天一般。骑尉、墨衣飞纵闪开，待大树倒下，上前查看，留下的三尺树身切面平滑如镜，兀自渗出一片细密油亮的树脂。墨衣二话不说，拉起骑尉便走。

白衣人拱手笑道：“敢请转告赵雍，敢对先生非礼用强，墨孟不会旁观。”

墨衣骤然回身道：“你？是墨家孟胜大师？”

“既知我师之名，便知天道不会泯灭。”

墨衣似乎还想问什么，却终于忍住没说，拉着骑尉回身走了。

白衣人向张仪走过来道："敢问先生剑伤如何？"张仪笑道："他没想狠刺，不妨事，多谢义士好药了。"白衣人长出了一口气："涑水河谷看似荒僻，实则大险之地，先生守丧已过三年，该当换一个地方住了。""这却奇了。"张仪揶揄道，"义士怎知我守丧三年已满？难道也是游侠职分么？"白衣人笑道："看这光洁的陵园小径，看这草色变黑的茅屋，还有山林中踩出的毛道，只怕还不止三年也。"张仪从石礅上站了起来："有眼力，只是我还不想到别处去。"白衣人笑道："我只是提醒，此乃先生之事，该当自己决断，在下告辞。""且慢。"张仪目光一闪，"看义士年轻不凡，为何要冒游侠之名？"白衣人一怔道："先生如何知我不是游侠？"张仪道："战国游侠，皆隐都城谋大事，不动则已，动则一举成名，可有跑到荒僻山地，长做夜游神者？"

白衣人惊讶了："何言长做？在下是夜来路过而已。"

张仪大笑："义士漏嘴了，若是匆匆过客，何以连四面山林踩踏的毛道都恁般清楚？若非旬日，转不完这涑水河谷。"

白衣人沉默有顷，郑重拱手道："先生所言不差，在下本非游侠，只是见情势紧急，临机冒名罢了。"

"冒名也罢，又何须为墨家树敌？"

白衣人脸上掠过一抹狡黠而又顽皮的笑："先生穷追猛打，只好实言相告：在下本是宋国药商，图谋在涑水河谷猎取虎骨，已在此地盘桓多日。今夜进山查勘虎踪，不意遇见有人对先生用强，是以出手，唐突处尚望先生见谅。"

"既是药商，如何知晓彼等是赵国太子指派的武士？"

白衣人笑了："先生果然周密机变，然这回却是错了。那是在下在大树上听到的，至于赵国太子之名，天下谁人不知，况我等游走四方的商旅之人？再说了，在下不想暴露商家面目，只好将义举让名于墨家。否则，日后如何到邯郸经商？”

至此，张仪完全释疑，拱手道：“张仪禀性，心不存疑，义士见谅。”

白衣人嘟哝道：“这人当真难缠，做了好事，好像人家还欠他似的，审个没完。”

张仪哈哈大笑道：“义士真可人也！走，到茅屋……啊，偏是没有酒也。”

“先生有趣，想说痛饮，却没有酒。”

“兄弟莫介意，无酒有茶，凉茶如何？”

“先生大哥的茶，一准好喝。”

“先生大哥？”张仪不禁又是大笑，“大哥就大哥，先生就先生，选哪个？”

“大哥！”白衣人笑着拍掌。

“好兄弟！”张仪拍拍白衣人肩膀，慨然一叹，“风清月朗，萍水相逢，也是美事一桩，真想痛饮一番也。”

“大哥稍等。”白衣人话音落点，身影已在林木之中，片刻之间又飞步而回，举着一个大皮囊笑道，“上好赵酒！如何？”

“好！月下痛饮，快哉快哉！”

“不问个明白么？”

“日后问，走！茅屋去。”

“大哥差矣。谷风习习，山月朗朗，就这里好。也省你灯油啊。我去拿陶碗。”说罢轻步飘飘，转眼便从张仪的小茅屋中拿来了两只大陶碗摆在大石礅上，解开皮囊细绳，咕咚咚倒下，一股凛冽的酒香顿时飘溢开来。

“当真好酒也！”张仪耸耸鼻头，久违的酒香使他陶醉了，“来，兄弟，先干了这碗！”

“哎哎哎，且慢，总得两句说辞嘛，就这么干干？”白衣人急迫嘟哝，有些脸热。

张仪大笑一阵：“兄弟可人，大哥喜欢。为上天赐我一个好兄弟，干！”

“上天赐我一个好大哥……干！”白衣人骤然一碰张仪陶碗，汩汩饮尽。

仔细品闻酒香，张仪兀自感慨长吟：“酒啊酒，阔别三载，尔与我兄弟同来，天意也！”说罢猛然举碗，长鲸饮川般一气吞下，丢下酒碗，长长地喘息了一声。

“大哥三年禁酒，当三碗破禁，再来。”白衣人说着又咕咚咚斟了一碗。

张仪自觉痛快，连饮三碗，方恍然笑道：“呵，你为何不饮？”

“小弟自来不善饮，寻常只是驱寒略饮一些。今夜不同，大哥三碗，小弟陪一，如何？”

“好。”张仪笑道，“不善饮无须勉强，我有学兄也不善饮，依然天下英雄。”

“大哥学兄是天下英雄，那大哥也是天下英雄了。”

“可是未必。苏秦能成功，张仪未必能成功。”

“哎呀！大哥学兄是苏秦么？那真是个英雄也，如今走遍山东六国，苏秦几是妇孺皆知了。大哥去找苏秦，不也大是风光了？”

张仪猛然饮干一碗，目光炯炯地盯着白衣人，一脸肃然：“此话要在饮酒之前，你我就不是兄弟了。大丈夫生当自立，如何图他人庇护？”

“啪！”白衣人打了自己一个耳光，打拱笑道：“大哥志节高远，小弟原是生意人无心之言，大哥宽恕才是。”

张仪也笑了：“兄弟也是商旅义士，原是我计较太甚，不说了，干！”又大饮一碗。

白衣人陪着饮了一碗，又为张仪斟满酒碗，轻轻地叹息一声：“大哥要终老山林么？”

张仪默然良久，喟然一叹：“天下之大，唯一处我从未涉足，可目下却偏偏想去此地。”

“楚国偏远，是那里么？”

“不，是秦国。”

“啊……”白衣人轻轻地惊叫了一声，又连忙大袖掩面。

“兄弟害怕秦国？”

“有点儿，大父当年在秦国经商，被秦献公杀了。”

张仪叹息道：“此一时，彼一时。秦国自孝公商君变法，已经是法度森严的大国了。尽管我没去过秦国，也曾鄙视秦国，但目下，我已经对秦国有了另一番见识。只是不知秦国有无求贤之心。须知苏秦、犀首都不被重用而离开了秦国。商君死后，秦人似乎丧失了秦孝公之胸襟，又在排斥山东士子了。”

白衣人听得眼睛一眨不眨，释然笑道：“大哥毋忧，小弟的一车虎骨正要运往咸阳。大哥不妨与小弟先去咸阳看看，合则留，不合则去嘛。”

张仪大笑：“好！便是这般主意。”

“大哥痛快！那就三日后启程如何？”

“也好。就三日后。”

这时明月淡隐，山后已经显出鱼肚白色，松林间已经降下白茫茫霜雾。两人对饮了最后一碗赵酒，白衣人就消失在霜雾迷离的河谷里。张仪看着那细长的白色身影渐渐隐没，自觉胸中发热，不禁长啸一声，左手拔出吴钩力劈，一段枯树喀啦裂开。

霜雾消散，红彤彤的太阳爬到山顶时，绯云送饭来了。张仪将昨晚的事大约说了一遍，绯云惊讶得直咋舌："吔，昨夜那公子住的老屋一直没声气，我悄悄从窗下过了两趟，听出屋里根本就没有人。你说，这公子是不是那公子？"张仪沉吟道："有可能是。然不管此人身份如何，却绝非邪恶之徒。不要说穿，借他之力，我先到秦国再说。"

绯云点点头："那好，我赶紧回去收拾打理一下。吔，张老爹咋办？"

"老钱金币还有多少？请老人家，到安邑买所房子安度晚年吧。"

"只有二百钱、三个金币了。"

张仪大手一挥："全给老人家。"

"老屋？"

"烧了。"张仪咬牙吐出两个字。

"不烧！"绯云红着脸喊了一声，"我来处置，不用你管。"站起来匆匆走了。

想了想，张仪终于没有喊回绯云，任她去了。他知道，绯云从五六岁的孤儿被母亲领回，就一直在老屋与母亲共度艰辛共尝甘苦。铩羽回乡，又是绯云与张老爹苦苦撑持，才保他守陵再造。绯云与张老爹对张庄老屋的依恋，比四海为家的自己要强烈得多……罢了罢了，还是教他们处置，何须一定要摆出一副名士不留退路的做派？

心定了，张仪开始整理自己的随身之物。衣物不用他操心，他也弄不清自己的衣裳有几件。需要他自己动手的，是两架书简，还有自己三年来撰写并誊刻就绪的一堆策论札记。那些札记是自己的心血结晶，也是自己痛彻反省的记录，更是自己生命的一部分。他将必须携带的书简装进了一只大木箱，那些札记，则特意用母亲留给他的那只铁箱装了，而且将那支小小的铜钥匙系在了脖颈贴身处。突然，张仪心中一动，又将两只箱子搬到母亲墓旁的一个小石洞里，又用茅草苫盖妥当，一宗宗做完，天也黑了下来。

奇怪，绯云如何没有上山送饭？出事了么？心思一闪，张仪摘下吴钩，大步出了茅屋。

将及南面山口，突闻河谷中一阵隆隆沉雷。仔细一听，张仪立即辨出这是马队疾驰，且是越来越近。张仪机警异常，看看四周，快捷地爬上了一棵枝繁叶茂的大树。片刻之间，马蹄声止息，一片清晰沉重的脚步声进了北面的山口。

时当明月初升，依稀可见一队甲士开进了松林，散成了扇形，将茅屋围了起来。一个带剑军吏高声命令："守住道口，不许任何人进来。荆燕将军，点起火把，随我去见先生。"说着便见一支火把点起，两个身影走进了茅屋。片刻之后，两个身影又走了出来，军吏道："先生显然走了，我等也只好回去复命了。"那个举着火把的荆燕答道："该不是赵国将先生请走了？我却如何向武安君交令？"军吏笑得很响："老话真没错：燕人长疑赵。如今两国结盟了，我若捣鬼，太子如何对武安君说话？"荆燕叹息一声："咳！也是天数，张仪没贵命，武安君好心也没用。"军吏笑道："将军若不放心，可带十骑留下，继续访查。"荆燕道："武安君安危要紧，我如何放心得下？"

"既然如此，也不用费心了，有一信放着，先生会看到的。回兵。"

甲士们收拢成一队，又出了北山口，片刻间便闻马蹄声隆隆远去了。

张仪见马队远去，下了大树，走进茅屋点起风灯，发现石板书案上赫然一个扁薄的铜匣。看来，这就是他们方才说的信了。张仪拿起铜匣端详，一摁中央铜钮，铜匣无声地弹了开来。匣中红锦铺底，一个火漆封口的羊皮纸袋正在中间。吴钩尖端轻轻一挑，羊皮纸袋"嘶"地开了一个口，一页羊皮纸"刷"地掉了出来，张仪拿起一看，极为熟悉的字迹立即扑进了眼帘：

> 张兄如面：合纵有望，其势已成。我已向樗里疾荐兄入秦，望兄与时俱进，对我合纵。兄做对手，苏秦当更惕厉奋发，再创长策。破我即助我，此之谓也。时势诡谲，安邑不安，望兄作速入秦，大振雄风。苏秦大梁秋日。

"好！"一眼瞄过，张仪已是血脉偾张。苏秦已经在战场上向他招手了，张仪岂能拖泥带水？苏秦如此襟怀气度，张仪自当全力施展，使天下大浪淘沙。看来，入秦已是事不宜迟了。苏秦既然已经向秦国上大夫荐举了自己，便说明秦国已经知道了自己……

且慢！一个念头突然生出：秦国既然知道了自己，为何却没有动静？是秦国君臣迟钝么？抑或另有隐情？既然说不清楚，最好还是不要冒失，要沉住气，做成大事不在三五日之间。一番权衡掂量，张仪已经冷静下来：入秦是肯定的，只是不能贸然，这是最后一条路，不走则已，走则务必成功，如何能在扑朔迷离之时贪图一时痛快？苏秦说"时势诡谲，安邑不安"，究是何意？对了，苏秦肯定发现了"有人"对自己心怀叵测，提醒自己早日离开这里。这"人"是谁？目下看来，似乎是赵国。可是，就必然没有秦国么？古往今来，国君求贤而佞臣杀贤的事数不胜数，若果樗里疾是个小人，担心自己入秦威胁到他的权力，难保不私下“控制”自己，情势没有完全明朗之前，就无法排除这种可能。

思忖一番，张仪觉得自己还是按照原来谋划行事较为稳妥——白身入秦，看清再说。

一阵匆匆脚步声，绯云送饭来了。张仪心中兴奋杂乱，也确实饿了，狼吞虎咽吃起来，及至吃完，却见绯云直抹眼泪，不禁惊讶：“绯云，有事了？说呀！”

绯云带着哭声道：“张老爹不要钱，也不离开老屋……我看，老人家有死心吔……”

张仪二话没说，拉起绯云便走。老人是张家的“三朝”管家了，从迁出安邑开始，张家上下便呼老人为“张老爹”。四十多年来，张氏家族的风雨沧桑就是老人的兴衰荣辱，老人对张氏家族的忠诚、功勋几乎是任何人都不能比拟的。如今，老人家绝望了么？

陵园离老屋只是山上山下之隔。张仪大步匆匆，片刻到了老屋门前。三年未下山，他发现张庄已经比当初有了些许生气，门前已经重新栽上了一片小树林，茅草小门楼也变成了青砖门房。他顾不上细看，推开门进得庭院高声道：“老爹！我回来了。”见无人应声，绯云轻轻推开了堂屋大门，骤然之间，绯云哭叫起来：“老爹，何苦来呀——”

张仪急忙进屋，被眼前的景象惊呆了——张老爹跪在张仪母亲的灵位前，鲜血流淌，腹部已经大开，双手依然紧紧握着插在腹中的短剑。

“老爹……”张仪骤然哽咽，扑地跪倒，抱住了张老爹。

老人艰难睁开了眼睛：“公子……莫忘故土……”软软地倒在了张仪怀里。

“老爹，安心走……”张仪泪如雨下，将老人的眼皮轻轻抹下，

“绯云，给老爹穿上最好的衣裳，安葬陵园……”

天将拂晓，霜雾迷蒙，一辆灵车缓慢地驶上了通往张氏陵园的山道。太阳初升的时分，一座新坟堆起在张仪母亲的大墓旁。

“张兄吔，主仆同葬，自来未闻，你不怕天下嘲笑么？”

“忠节无贵贱，大义在我心。他人嘲笑？鸟！”张仪愤愤然骂了一句。

绯云忍不住笑了，笑脸上挂着两行晶莹的泪珠。

“大哥！教小弟好找。”随着话音，那个英秀的白衣药商飘然而来，走到近前却觉得气氛不对，稍做打量已经明白，立即走到那座新坟前肃然一躬：“老爹啊，多日蒙你关照，不想你却溘然去了……老爹走好，晚辈年年来涑水，定会为你老人家扫墓祭奠的。”说罢长身拜倒，肃然三叩。

张仪不禁唏嘘道：“兄弟啊，罢了。”绯云走过去，抹着眼泪扶起了白衣后生。

“大哥。”白衣后生道，“涑水河谷已成多事之地，我等不妨今日便走如何？”

张仪默然片刻，看看绯云，绯云道：“给我两个时辰，但凭张兄便了。”张仪点点头道，“好，午后走。”

白衣后生笑道：“大哥尚不知我的名姓，实在惭愧。我叫应华，宋国应氏后裔。日后就叫我华弟吧。小妹，你可该叫我大哥。”

绯云笑道：“吔，宋国应氏，那可是天下大商家了，难怪神秘兮兮。”

应华咯咯笑道：“不就悄悄捕老虎么？小妹为我操心了。”

“你们俩呀，针尖儿对麦芒。”张仪笑道，“别聒噪了，分头准备。华弟，我听你吩咐。”

“大哥明断。”应华笑道，“一路行止，都听我，保你无事。”

秋日西沉，晚霞染红了满山松林的时分，一队商旅车辆驶出了涑水河谷。上得官道，车队辚辚疾行，沿着大河北岸直向西去了。

第七章 大成合纵

一　大梁公子出奇策

进了魏国，苏秦有一种奇特的憋闷。

当他的三国车骑声威赫赫地进入大梁时，这座天下最大的都城平静得一点儿波澜也没有，非但郊野没有观者如潮的景象，连看热闹的传统地方城门口也是冷冷清清的。街市照样繁华锦绣，人流如梭，市声如潮，可苏秦无论如何也没有感应到一种勃勃生气。所能感到的，只是一种平静的麻木，一种深刻的淡漠。苏秦没有偏见，不至于因为魏国人没有夹道欢迎而对大梁生出失落或愤懑。对魏国，他是抱有最大期望的。他期望魏国成为六国合纵的真正轴心。虽然魏国衰落了，但按照诸般实力与曾经有过的辉煌，魏国依然是最适合扛起合纵大旗的盟主国。然进得大梁，苏秦的心却直往下沉。

住进华贵的国宾驿馆，魏国掌管迎送的“行人”前来通报：“魏王尚在逢泽狩猎，两日内不能还都，敢请武安君先行歇息。”赵胜气得满脸通红：“岂有此理？我去找魏无忌说话。”匆匆大步走了。苏秦送走行人，对荆燕笑道："换上便服，到市井看看去。"

苏秦曾经游历各国，每进一城，他都要先到市井街区转转看看。有时候竟日流连，许多名胜去处都被耽延了。苏秦有个说法："市井之区，邦之经脉，细细把之，可得国命。"当年游临淄，天下对齐国尚不看好，可在游览齐市三日后，苏秦对老师详细描述了临淄的民生民气，断言："齐国有强盛之象，绝不在魏国之下。"老师大为赞赏，对苏秦的预言下了八字考语："善把国脉，独具慧眼。"教张仪很是发急了一阵子。对于大梁，苏秦并不陌生，当年每次出游，都要经过大梁，几个月前北上燕赵，也还从大梁过了一趟。应该说，大梁是苏秦所到次数最多的大都，也是苏秦最熟悉的一座都城。

天下人将大梁的商市称为魏市。魏市分成了老市、新市两个区域，未做都城前的市区叫老市，做了都城后扩展的市区叫新市。经过一番归并，老市街区成了私市交易的大市场，一切不受官府控制的货品都在这个区域交易：丝绸、衣物、珠宝、家具、车辆、牲畜、五谷并各种日用器物分做了几条大街，琳琅满目，市声如潮。新市被民间称为"官市"，举凡官府控制的物品都在这里交易。当时各国控制的市易不尽相同，越是穷弱之国，控制的货品就越是多。譬如燕国有一段禁止战马的交易，秦国在商鞅变法之前是连醋都禁止私自买卖的。当时的醋叫做"苦酒"，因为要用粮食酿造，所以常常在饥荒之年受到官府的控制。魏国是最先富强的大国，货品限制最少，官市经营的主要是盐、铁、兵器三项。这个"铁"主要指铁料铜料——铸铁块、铜锭以及源头产品铁矿石铜矿石等，而不是所有铁制品。在铁器成品中，官府寻常只控制兵器交易，其他铁器则视国家情势而定。魏国大约是各大战国中控制最松弛的。商鞅变法后的秦国是"依法市易"，当是控制货品最多的国家，但其控制的方式与山东六国又有不同。

对于官市，苏秦寻常都是走马观花，走一遭便知大概。对于私市，苏秦则看得仔细，他所说的“国脉”，根基便在这熙熙攘攘的私市人潮之中。

苏秦出门，正在行将暮色而尚未掌灯之时。大梁是天下第一商市，其不夜闹市也是天下有口皆碑的。按寻常惯例，这大半个时辰正是商家最为忙碌的一段。店小们一面要轮流吃饭，一面还要继续招呼那些趁着“日市尾子”磨价钱的上门客官，还要同时准备灯火与适合夜市摆卖的特殊货品，大体上每个店铺在这时都要高声呼喝一阵子，而且大多数店东或执事都要亲自出来，帮着打点一番。苏秦走遍天下大市，对这种夜市前的特殊嘈杂最是熟悉不过。可今日走进大梁私市，却觉得空荡荡的，市人在慢慢消散，几乎有一半店铺在“呱嗒咣当”地上门板，没有上门的店铺也是一番悠闲景象，只有眼见的几家在点硕大的风灯准备夜市，一眼看去，也都是外国商家。苏秦有些惊讶了，这是大梁夜市么？

“老伯呵，如此早打门，不夜市了么？”苏秦上前问一个正在打门的老人。

“呵呵呵。”老人将门板交给一个后生，回身淡淡地笑着，“先生外国人，多日不来大梁了吧。也说不清因由，反正这大梁的夜市啊，不知教甚个风一吹，它就淡了，没了。再去看看官市吧，半后晌就没有人了，真是怪也。先生，你可是要买货？”厚道的老人似乎觉得自己太唠叨，耽搁了客人正事。

“只想买几卷白简罢了，没大事。”

“看，前头那街是文品街，都黑了一大半了。往常，文品街可是红火得不得了呢。中原文士，谁不想在大梁买白简、笔墨、羊皮纸，如今这大梁啊，没人来了。看看，老朽又多说了。要在往常啊，这时辰，老朽哪里有工夫和人说话？先生，你去买吧，前边，走好了。哎，后会有期，后会有期。”

望着半明半暗的萧条街市，苏秦不禁有些怅然，曾几何时，大梁繁华不再？

大梁商人素来领天下风气之先，那种“天下第一”的张扬与得意是任何旅人都能感觉到的。他们可以放肆地嘲笑外国人的口音，也可以粗声大气地对买主喊出：“言不二价，这是大梁。”买主回头，他们又会在背后撂上一句：“这是大梁，没钱别来。”人们艳羡大梁，气恨大梁，又对大梁商人的做派无可奈何，终了还得说一句：“谁教人家是魏国也。”当初，魏国北面攻赵、南面攻韩、东面威慑齐国、西面压迫秦国、东南逼得楚国唯魏国马首是瞻的时候，大梁人是何等的意气风发，大梁的魏市是何等的风光？而今，大梁商人的声音苍老了，凄凉了，听得出，琐碎的唠叨后面是大梁人的沮丧与麻木。

“走，到中原鹿去。”

中原鹿，是大梁最豪华的酒家，也是大梁名士聚集的中心。当初魏国都城在安邑的时候，安邑白氏的洞香春天下有名，也在于它是天下的消息集散中心。魏国迁都大梁，白氏商家随着岁月流散，洞香春虽依旧留在安邑，却也风光不再了。这时候，大梁的酒肆行业突然出现了一家更为豪阔的酒家，名字便叫中原鹿。市井传闻：这中原鹿的真正主人，是魏国老丞相公子卬，大梁的酒肆都得让它三分。开始，高傲的魏国人不认这个陌生而又咄咄逼人的新贵酒肆，力图在大梁拥戴出一个像安邑洞香春那样的名贵老店。无奈时过境迁，一则是名贵如洞香春那样的赫赫老店，朝夕间无从寻觅；二则是以大梁富商为常客的酒肆人流，再也没有了安邑那种高贵的底色，“天下名士争往游学，列国冠带趋之若鹜”的景象，在大梁已经不复存在了。大梁做了都城，魏国人似乎也变了味儿：只要豪华舒适，对领先天下文明的自信与情趣却是大大淡漠了。时日蹉跎，这中原鹿也顺理成章地成了大梁上流人物的聚散之地，而大凡这种地方，不想做消息议论的湖海都难。

苏秦就是想看看，想听听，仔细掂掂魏国的分量。

中原鹿很是气派。一幢三层木楼，富丽堂皇地矗立在最宽阔的王街入口处，林木掩映，灯火通明；六开间的门庭前，三十六盏巨大的风灯照得六根大铜柱熠熠生光，美艳的侍女在灯下矜持柔媚地微笑着，像是天上的仙子；西面树林间的车马场，高车骏马穿梭进出，门庭前锦衣如流，各种华贵的服色灿烂交织令人目眩。这一切，都骄傲地宣示着这里的财富等级，也冷森森地阻隔着贫寒布衣的脚步，与方才商市的萧瑟落寞相比，直是另一重天地。

苏秦驻足凝望，不禁轻轻地叹息了一声。

“先生，这厢请了。”两个仙子飘了过来，殷勤主动地引导苏秦与荆燕。

“最大酒厅。”荆燕生硬地吩咐着。

“是了。”侍女轻柔地答应着，“请上楼，小女来扶先生。”

荆燕冷冷甩开仙子的小手，径自寸步不离地跟在苏秦身后，嘴里嘟哝着：“这脚下软得怪，要醉人一般，啧啧啧！扶手都是金铜，魏国真富，鸟！”苏秦回头使个眼色，荆燕脸红了一下，板着脸不再吭声了。

上得二楼，眼前顿时豁亮，偌大的厅堂用绿纱屏风隔成了几十个小间，可见人影绰绰，可闻高谈阔论，却又互不相干，倒也是别有一番意味。苏秦多有游历，自然知晓其中门径，瞄得一眼道：“就在临窗处。”侍女立即嫣然一笑，对一个飘过来的长裙侍女道：“先生要临窗坐席。”说完深深一礼，飘然去了。

长裙仙子一身轻纱，雪白的脖颈上拖一抹曳地的红绫，长发乌云般垂在肩头，浑身散发着醉人的香气。“阿嚏！”荆燕不禁打了个响亮的喷嚏，口水立即星溅到仙子裸露的脖颈胳臂上。仙子一面咯咯咯笑着，一面轻柔利落地将手心一方白巾捂在了荆燕鼻头上。荆燕大急，顺手一推，仙子娇笑一声跌倒在地。荆燕却弯腰顿足，“阿嚏阿嚏”地连连打起了更猛烈的喷嚏。仙子旋跌旋起，几乎是起舞一般，又咯咯笑着飘过来扶荆燕。荆燕躲避不及，大吼一声：“给我滚！”

仙子顿时脸色发青，嘤嘤抽泣着跪在地上：“小女得罪，敢请客官惩罚。”

“这这这，这是甚路数？起来起来，我又没……”荆燕大急，手足无措。

苏秦忍俊不禁，哈哈大笑道：“起来吧，我等小国寡民，没经过这阵势也。”

“多谢先生了。”仙子破涕为笑，“先生这厢请了。”再也不往荆燕身边靠了。

临窗确是雅座，既看得大梁街景，使荆燕一饱眼福，又听得清全场议论之声，使苏秦大可静心品评。落座之后苏秦道：“两鼎逢泽鹿，一坛赵酒，半坛兰陵酒。你不用在此侍候，我等自饮。”那个仙子脸上笑着口中应着，飘飘去了。荆燕气狠狠地嘟哝了一句：“鸟！气死布衣也。”苏秦笑道：“兄弟忍住了，大梁风华奢靡，原非燕国可比。”荆燕也“哧”地笑了：“大哥，你说这等国家，富得流油，还能打仗么？”苏秦笑道：“能否打仗，不在穷富，秦国不富么？”正在说话间，一队浓施粉黛的仙子飘了过来，一阵莺声燕语，摆好了鹿鼎，斟好了酒爵，又带着一片香风飘去了。

荆燕耸耸鼻头，眉头大皱，回头正要猛打喷嚏，却生生顿住，霍然起身："大哥，别动。"话音落点，荆燕站到了屏风入口，一柄短剑已经赫然在手。

苏秦没有觉察到如何异常，惊讶莫名，却知道荆燕有"神獒"之称，眼力听力与嗅觉远超常人，便也坐着没有动。荆燕回头低声道："像是公子赵胜声音，好像在找你。"

"赵胜？他如何找到这里？有了意外么？"偌大厅堂人声哄嗡，苏秦甚也没有听见，但他相信荆燕绝不会听错，略一思忖道，"找赵胜过来，大事要紧。"

"嘘——他来了。奇怪，两个人。"

这时，苏秦已经隐隐听见侍女与赵胜的对话声，似乎说那个先生不让侍候……只要是赵胜，不管他带来了何人，都已经不用担心，苏秦起身离座，准备与赵胜回去。

"先生，有个客官请见。"一个仙子飘进来柔声禀报。

苏秦一怔，惊讶这少年公子如何懂得这般古礼？思忖间也依礼高声作答："苏秦扫庭以候，公子请了。"绿纱屏风外影影绰绰，可见赵胜拱手道："在下带来一位高朋，同来拜会先生。"苏秦不禁笑道："公子尽管进来。"

只听赵胜一阵笑声，走了进来道："先生莫怪罪我，是我这姐丈哥非说甚'宾座如宅，礼同拜会'。你看，先生不是拘泥之人吧。"一通爆豆儿般快语，苏秦荆燕都笑了起来。赵胜却恍然道："看看，还没中介。先生，这位是公子魏无忌，我的未来姐丈。这位先生是武安君苏秦。那位，是将军荆燕。"

赵胜身后站着一位红衣青年，端严凝重，气度沉稳，上前来深深一躬："无忌对先生心慕已久，今日得见，不胜荣幸。"转身又一拱，"无忌见过副使。"

早已在二人进门时，苏秦便留意到了这位公子，同是及冠青年，他与赵胜站在一起，显然有一种赵胜所缺乏的沉稳厚重，先就有了好感，及至听赵胜说，这位公子要在如此场合以古礼拜见自己，便觉此人不同流俗，庄重地一躬到底道："苏秦幸会公子。"

赵胜低声道："先生，换个地方说话，事情或有转机。"

"好。"苏秦精神顿时一振。这时只见一位素装长裙的美丽女子走到了屏风外面："请诸位跟我来。"说着将绿纱屏风顺势一推，面前出现了一条幽静的小径，走得三五丈便到尽头。素装女子又一拧墙上一个凸出的小木轮，便见墙面像大门一样打开，里面隆隆吊下一个巨大的铜筐。素装女子先请四人进筐，然后她自己也走了进来，摇摇筐边一条细绳，隐约听见高处"丁零"一声，铜筐徐徐升起，外面的墙面也徐徐合拢，片刻之间，铜筐便停了下来。素装女子一摁墙边机关，墙面又像门一般打开，女子对魏无忌笑道："公子，这厢请，我已经安置妥当了。"

"好，你领道，先生请。"魏无忌对苏秦拱手一礼，坚执请苏秦先行。

苏秦一行跟着女子走过一条铺着大红地毡的长廊，便觉眼前骤然一黑……仔细一看，竟来到了满天繁星的露天楼顶。说是露天，四面却是半人高的厚厚板壁，唯独头顶露出了一片碧空。夜风习习，满城灯火尽收眼底，河汉灿烂如在身边，仿佛置身于一艘大船，漂在无边天河之中，说不出的开阔惬意。

"有此等佳境，果见公子品位高雅。"苏秦不禁由衷赞叹。

"好地方！不憋气！"荆燕高兴拍掌，连连深呼吸几番，"那味儿实在难受。"

赵胜笑道："先生不知，我这预备姐丈是通天彻地，中原鹿这机密，魏王都不知道也。”

“又信口开河。”魏无忌笑道，“先生，此处总执事，曾经是我之门客，如此而已。”

这时，那个素装女子走了过来道：“公子，收拾妥当，敢请入席。”

魏无忌做请，苏秦跟着女子来到楼顶唯一的宽敞隔间内。此时正逢下旬，半个月亮刚刚爬上城楼，可见隔间内的四张长案上已经是酒菜齐备。素装女子为每案斟了一爵，对魏无忌作了一礼道：“公子不要侍奉，我便去了，若有急需，摇铃。”魏无忌笑道：“好了，你去，莫教任何人上来。”女子答应一声，轻柔地飘走了。

四人落座，月光下相互朦胧，别有一番韵味。魏无忌举爵笑道：“勉为东道，且先为先生洗尘。来，干了此爵。”一饮而尽。

苏秦正要说自己不能饮烈酒，及至举爵，一股熟悉的兰陵酒香扑鼻而来，不禁对这位公子的细致周到大是感慨，一声“多谢”，也举爵一饮而尽。

赵胜先开了口：“先生，我也是在大厅找见公子的。我与他正在理论，他却听得外边声气不对，说是像燕国武士打喷嚏。我出来一瞄，果然是先生的背影。他思忖一番，方才决断在这里拜会先生。”

魏无忌作礼道：“唐突冒昧，尚请先生恕罪。”

苏秦对赵胜说法感到惊奇，爽朗笑道：“无妨无妨，人生何处不相逢也。”

荆燕恍然大悟：“敢问公子，燕国武士的喷嚏不一样么？”

魏无忌微微一笑道：“听赵胜说，无忌只是觉得连打喷嚏，很不寻常罢了。”

荆燕大笑，上气不接下气道：“那，那味儿，香得，刺鼻……”

赵胜惊讶道：“荆兄啊，听人说，只有狗不喜欢闻这种香气，你也受不了么？”

苏秦忍不住“噗”地喷出了一口酒：“公子好眼力。荆燕被军中称为‘神獒’，不知道吧。”魏无忌与赵胜哄然大笑，赵胜连连打拱道：“得罪得罪。”

荆燕却大惑不解：“狗也不喜欢？难怪也。”

三人更加乐不可支，前仰后合大笑起来。

良久平息，赵胜向魏无忌努努嘴：“该你东道唱了。”魏无忌慨然一叹道：“先生有所不知，赵国赞同合纵后，我对大父魏王讲说了此事。可大父王不置可否。念起先生终将前来，必能说服大父王，无忌也没有再作纠缠。不想大父王明知先生已经从韩国出发来大梁，却到逢泽去狩猎，当真令人汗颜。”

默然有顷，苏秦道：“大梁朝局，可有微妙处？”

“今非昔比。”魏无忌脸色沉重，“自从魏国迁都大梁，朝野风气大变。魏国恰似泄气之鼓风皮囊，又好似霜打之秋草，一日一日地瘪了，一日一日地干了。大父也老了，雄心不再，除了狩猎，便是和老孟子谈天说地。权臣们也都是花天酒地，没有一个庞涓那般的强硬人物出来说话。连韩国都抖起了精神，魏国却如此沉迷，无忌当真是欲哭无泪也。”

赵胜愤愤道：“先生不知，公子小辈，上有老祖父压着，下有太子父亲挡着，公子虽有主见，诸多朝臣也拥戴公子，老魏王却是优柔寡断，任何大事都是拿捏不住。”

“胜弟休得乱说。”魏无忌打断了赵胜，显然不想涉及朝局。

苏秦明白此中奥秘，却也不能理会，只是喟然一叹道：“魏王当政四十余年，岂能不知秦国威胁？但能见得魏王，苏秦必使他决断合纵。”

魏无忌眼中骤然生光：“先生有此心志，无忌当全力促成。”

“如何做法？”赵胜紧紧追问。

“我陪先生直赴逢泽，可保先生见得大父。”

“何时可行？”赵胜目光炯炯。

“明日寅时出发，午后可赶到逢泽行营。”

“如此，苏秦谢过无忌公子。”苏秦站起来肃然一躬。

逢泽依然壮美如昔，所不同的是，湖畔山麓多了一道长长的城墙，城墙中有了一片巍峨的宫殿。这是迁都大梁后，丞相公子卬为魏惠王修建的狩猎行宫。可魏惠王说这里阴冷，住了一次后再也不来了。后来每次来逢泽狩猎，魏惠王都坚持住在行辕大军帐里，说帐篷里暖和舒适。这次也一样，逢泽北岸的山凹地带，便成了辕门行营的驻扎地。这里避风向阳，在秋天是不可多得的小阳春之地。

站在山腰望湖台上已经两个时辰了，遥望着茫茫逢泽，魏惠王也弄不清自己究竟想了些什么？总归是有些伤感，不想离开这渺茫的大湖。四十多年前，魏罃还是刚刚加冠踌躇满志的英俊公子，夺太子、平内乱、首称王、大战天下，一举成为战国盟主。那时，魏国是中天的太阳，没有一个国家不在她的煌煌光焰下诚惶诚恐。那时，安邑比大梁可是小多了，但是，魏惠王所有的骄傲却都是在小小安邑获得的，所有的梦想，也都是在安邑实现的。倏忽二十三年，他做了多少事情？魏国领土在那二十多年几乎扩大了两倍，三十万铁骑威震天下，几乎就要灭了秦、赵、韩三国……可世事偏偏无常，不知不觉间魏国就萎缩了，他也老了。又是倏忽二十来年，河西千里全部丢了，离石要塞丢了，崤山西大门丢了，上党北大门丢了，巨野东大门也丢了，魏国又回到老祖父魏文侯时代的老疆域了。魏罃已经六十多岁，是满头霜雪的老人了。他平心静气地想了许久，还是觉得自己没有铸过何等大错，一切都是天意——上天兴我我则兴，上天亡我我则亡，岂有他哉？

自从惠施做了外事丞相，魏惠王对阴阳五行说有了兴趣，常常通宵达旦地与惠施商讨。他说大梁风水不佳，累了国运，要惠施用阴阳学说多方论证，好再次迁都。然也奇怪，惠施虽说在论辩术之外酷爱阴阳说，却偏偏别扭，老是聒噪道：“我王切莫热衷此道，强兵富国于阴阳五行，臣未尝闻也！”每每扫兴，魏惠王只有邀请老孟子到大梁盘桓，终日说叨些远古奇闻与小国寡民井田制，无奈老孟子雄心犹在，总是劝他“力行仁政，廓清天下”。魏惠王觉得老孟子迂阔可爱，便老是打哈哈。老孟子总埋怨说“王顾左右而言他”。魏惠王更是哈哈大笑一通了事。老孟子一生清高，自也耐不得性子，终究是拂袖去了。

于是，魏惠王到逢泽行猎，也没有心情邀惠施同来，只有孤独地消磨这长长的时光。要说也不是没有朝臣可见，没有国事可议。然魏惠王历来有“大王之风”，最烦大臣拿琐碎细务来纠缠他，也最厌烦与大臣商讨具体政务。除了任免丞相、征伐敌国，魏惠王以为其他所有事情都该是臣下“依法度办理”。

六国使者们常常说：“天下之大，魏国做官最轻松，权大事少俸禄高。”

魏国官员们却每每愁眉苦脸地说：“魏国做官最烦恼，做不得事，立不得功，替人代罪做牺牲。”

魏惠王也听到了这些话，每次都是哈哈大笑了事，身为王者，岂能没有包容四海的胸怀？不管朝野如何风吹草动，他依旧只见丞相，只说大事，剩下的时日宁可自己消磨。女人玩腻了，狩猎过去了，便对着烟波浩渺的大湖发发呆。

“禀报大王，公子无忌请见。”老内侍声音很轻很柔。

“无忌？他来何事啊？”

“公子说，给大王举荐一个清谈名士。”

魏惠王笑了:“孙儿有心啊,知道找个人陪大父说话。好,宣他来。”

片刻间,魏惠王看见少孙带着两个人上了山阶。站了半日,魏惠王自觉疲惫,斜躺在竹榻上闭目养神,准备享受难得的清谈乐趣。

“无忌拜见大父。大父康健。”

魏惠王睁开眼睛笑道:“无忌啊,起来,难得你记挂大父,回头赐你大珠一颗。”

“谢过大父。”魏无忌站了起来,“大父,这位是赵国公子胜,屡次请求一睹大父威仪,无忌斗胆带了他来。”

魏惠王笑着:“公子胜?是我孙儿的那位内弟么?一表人才,好!”

“赵胜参见王大父。王大父威仪皇皇,如中天之日,赵胜不胜荣幸。”赵胜本来玲珑聪敏,一通颂词清亮悦耳,说得顺溜之极。魏惠王大乐:“起来起来,赐座。赵语后辈若此,大福也。”

“大父,这位是洛阳名士苏秦。”

“苏秦参见魏王——”

“苏秦?苏秦?”魏惠王思忖片刻,恍然笑道,“无忌啊,你对大父说过这位先生,好像是?噢,对了,合纵。”魏惠王竟从榻上站了起来,虚手相扶道,“大魏国求贤若渴,这无忌竟将先生做清谈名士待之,岂有此理?先生请入座。”说完,魏惠王自己也在竹榻上坐了起来,以示敬贤之道。老内侍连忙走过去,给老王推过来一个高大的兽皮靠背,让老魏王舒适地靠坐着。

苏秦听说过许多老魏王的传闻,知道此王素有“敬贤不用贤”的名声。天下许多大名士都与魏惠王有亲密过从,最著名者如孟子、慎到、邹衍、孙膑、许行等,但都是礼遇优厚而一一离去。至于商鞅、犀首、张仪等曾经被荐举或撞到魏惠王面前而离去的名士，还不在其“敬贤”之内。不管途径如何，只要一个名士能到魏惠王面前，这位大王都会很耐心地听你说话，如果说辞与国事无关，这位大王则更是虚心求教兴致盎然。尽管如此，这样的机会对于苏秦仍然只有一次，而且不能失败。

“苏子远来，何以教我？”魏惠王颇为郑重地开始了敬贤之道。

“苏秦无才，只想给魏王说个故事，聊作笑谈。”

“噢？先生能说故事？好！听听了。”魏惠王脸色顿时舒展。

苏秦微微一笑：“苏秦生于村野，能知兽语。当日居破旧田屋夜读，曾经听到一场田鼠论战，大是奇特，至今不能忘怀。”

“如何如何？田鼠论战？”魏惠王哈哈大笑，“奇！先生好本事，快说来听听。”

“天旱饥荒，田中无粮，田鼠们大诉其苦，一致要搬迁到人家去谋生。一只老硕鼠慷慨唏嘘：‘我辈原是家鼠，吃不愁，喝不愁，子孙繁衍不愁，五十三鼠居于一大户之家，何等悠游自在？’此言一出，群鼠大哗，纷纷责问老硕鼠：‘为何搬家，使我辈流落荒野？’老硕鼠答曰：‘不是我辈愿意搬家，而是来了一只黑猫。’群鼠愤愤然：‘一只黑猫算甚？我辈不是咬死过三只黑猫么？’老硕鼠叹息一声：‘那时我辈也是这样想了，说定黑猫一出来，我辈便四面拥上，纵然被那厮咬死几只，也要撕碎了那黑物！刚刚说定，黑猫便吼叫着猛蹿了出来。我鼠辈却是争相四散逃命。黑猫抓住了一只逃得慢的，便细细吃了……如此反复，两个月后，鼠辈只剩下老奶奶我一个了。那日我正在伤心，黑猫又猛蹿出来。老奶奶我也没想活，与黑猫拼命厮咬！半个时辰，我浑身是血，还是与黑猫纠缠。不想黑猫突然吱吱尖笑说：‘今日一个拼命，何如当初一齐拼命？若一齐拼命，我猫大人岂不呜呼？’老奶奶我咬牙切齿地发誓：‘若得逃出，定要让鼠辈一齐拼命，咬死尔等猫类！’黑猫尖笑说：‘鼠辈尔尔，还能一齐拼命？放你出去，看鼠辈如何变法？’如今，孙孙们要回人家，先好好想想，敢不敢同心拼命？一席话毕，鼠辈们竟无一吱声，那只老硕鼠呜呜哭了……”

听着听着，魏惠王皱起了眉头，不禁摇头道：“此等故事，大有意味。”

“敢问魏王，方今天下可有一只大黑猫？”苏秦依旧轻松地微笑着。

魏惠王眯起了一双老眼，思忖沉默片刻，悠然笑道：“先生所言，也有道理。无忌向我说起过此事，当初也没想到，燕国这个老蔫儿竟出了一回彩。先生若能第一个来大梁，由我大魏动议合纵，那是何等力道？如今么，既然燕赵韩三国都合力了，老夫也乐观其成吧。我大魏不惧秦国，然毕竟做过山东盟主，不能撇下盟邦也。”他说得一派真诚，赵胜却只是想笑不敢笑地使劲儿努着嘴巴。魏惠王突然一拍竹榻道：“本王决断，依赵国例：拜先生为上卿，派公子无忌做魏国特使，随同先生促成合纵！”

“谢过魏王——”苏秦心中大石落地，立即以臣子身份行了大礼。

“无忌谨遵大父之命！”魏无忌显然也很兴奋。

“赵胜代主父谢过魏王！”这位公子终于笑出了声。

魏惠王摆摆手，慢悠悠道：“且慢。此等大事毋得急躁。若办不下来，本王出面收拾，毕竟，我这老盟主比你等有数。上卿以为然否？”

苏秦憋住笑意拱手正色道：“我王洞察深远，臣自当遵命。”

魏惠王高兴地呵呵笑了：“苏卿果然干练。来人，赏赐上卿府邸一座、全套出行仪仗、三百名铁骑护卫，恩加一辆镶珠王车，以壮苏卿行色。”

苏秦虽然久闻魏惠王出手豪阔不吝赏赐，但还是为这瞬间重赏惊讶了。燕文公、赵肃侯、韩宣惠王都是常规处置——未曾实建功效，君封止于仪仗。而据苏秦观察，在他的“捧辞”之前，魏惠王是决然没有想到如此赏赐于他的。一言之喜，便宠爱有加。若一言有失呢？苏秦骤然想起魏国官员们流传的魏王口碑，不禁心中一抖。然则，这种赏赐是决然不能推辞的，苏秦立即深深一躬：“臣谢过我王——我王万岁——”

“好！”魏惠王指着小孙子，“无忌啊，还有你这个赵胜，要听命于上卿，啊！”

“谨遵大父命。”魏无忌恭敬回答。

“遵命。”赵胜笑着作礼。

从望湖台下来，魏无忌在行营官署办理了王命君书并调兵虎符，主张立即回大梁。苏秦欣然赞同，四人策马加鞭，一夜疾行，次日清晨便回到了国宾驿馆。

苏秦在驿馆设了小宴，四人聚酒，商议下一步行程。苏秦慨然举爵：“若无公子襄助，合纵几乎半途而废。为公子大义高风，我敬此一爵！”说罢破例地大饮了一爵赵酒。赵胜与荆燕也是同声相应，大干一爵。魏无忌却慨然一叹道：“今日一行，先生当知我大魏国振兴之难也。”说罢泪光莹然，举爵猛然饮尽。苏秦心知魏无忌所指者何，却也无法附和，轻轻一叹道：“魏有公子，后国之福也。”

赵胜哈哈笑道：“说那些何用？还是魏人不利落，放在赵国，打翻便是。”

魏无忌瞪了赵胜一眼，破颜为笑道：“大事要紧，先生指派，无忌听命。”

苏秦心中舒展，便说了下一个目标去楚国，并大体叙说了快马使者在楚国的联络情势，末了笑道：“如今这合纵特使已经是四国了，千余人马，加上车骑、辎重、仪仗，行止便要统一号令，否则无法合同做事。我意：无忌公子任行军主将，统一调遣；公子胜与荆燕辅之，如何？”

赵胜拍掌笑道：“先生慧眼！我这预姐丈熟谙兵法，人称兵痴，做行军主将最妙不过！”

“胜弟又信口流淌。”魏无忌对苏秦拱手笑道，“无忌只是比他长得两岁，自当为先生分忧。若有不当，先生说破便是，无忌最忌客套虚礼。”

荆燕笑道：“我老燕武士一搭眼，便知公子有能耐，荆燕唯公子马首是瞻。”

苏秦慨然笑道：“不想公子果然知兵，此乃合纵大幸也！天赐公子于我，合纵如何不成？”又与三人举爵同饮良久，方才分头去做上路准备。

二　南国才俊多猛志

中原结盟的消息迅速传到了楚国，郢都被震动了。

楚威王夜不能寐，在园林中悠悠漫步。秋风吹来，已经是夜凉如水，他却觉得浑身燥热。自他继承王位十年来，楚国经历了一个奇特的转折：扩张与收缩并存，声威与屈辱俱来。四年前一战灭越，楚国完全占据了淮水江水以南的广袤土地，楚国历代君主的第一梦想，便是吞吴灭越，一统华夏泰半。这个梦想，在他手里终于变成了事实，使他得到了“威加江南，振兴大楚”的朝野赞颂。但接踵而来的却是丢失房陵、丧师汉水、被迫迁都，使楚国蒙受了立国以来的最大屈辱。至今，楚威王都说不清楚国在自己这十年当中，究竟是得到的多，还是失去的多？

每每扪心自问，他都觉得愧对列祖列宗。芈氏部族立国数百年，大半时间受到中原诸侯的强烈蔑视。北上中原争霸，显示问鼎中原的实力，便成为楚国的第一国策。能否与中原诸侯一争高下，是楚国历代君主的成败标尺，与内政失误、吴越骚扰相比，中原争霸永远都是第一位的。楚庄王数年不鸣，一鸣惊人，就是内政失败却争霸成功从而成为一代英主的。

如今，他虽然灭了越国，但却在中原争霸大业上一败涂地，认真说起来，还是耻辱大于功劳。更何况，灭越之战本来就不是楚国君臣的谋划，而是张仪与田忌的功劳。想起这两个人，楚威王就痛悔不已：一谋之失，一战之败，何至于怒而问罪，将两个天下大才逼得逃出楚国？当时若能善待张仪、田忌，请两个人留在楚国效力，弥补他们对楚国的损失，以两人的名士本色，必能全力谋划以报楚国。有此二人，楚国何至于狼狈若此？可自己当时血气方刚，就是觉得这两人误了他的第二次变法的时机，竟听任昭雎加害于他们，当真是悔之晚矣。

一阵秋风掠过，楚威王猛烈地咳嗽了一阵，雪白的汗巾上咳出了一片血迹。

“禀报我王，左司马屈原求见。”

“屈原……”楚威王粗重地喘息着坐到草地石礅上，“宣进来。”

内侍去了，楚威王却疑惑起来。一个掌管军中政务的司马，在楚国只是个与下大夫相当的官员，若论官职，是没有资格晋见国王的。可这个屈原不一样，他是楚国老世族屈氏的贵胄子弟，职官在他身上便成了并不主要的东西。楚国的世族制一直没有根除，昭、屈、景、黄、项五大部族始终是支撑楚国的根基力量，如果再算上王族芈氏，楚国的权力和财富几乎被这六大部族全部分割。世族子弟在加冠前后的青年时期，在楚国的实际地位并不取决于官职大小，而取决于他在本族内所领封地的大小、继承爵位或被赐爵位的高低。青年贵胄的官职，最多只表示着他是否有了实际功业而已。

这个屈原，是楚国世族中涌现出的一个新锐人物，加冠两年便做了左司马，名满楚国朝野。究其竟，一则屈原是屈氏部族的嫡系长孙，加冠之时立即被赐亚大夫爵位，在族内袭受封地一百里；二则这屈原才华横溢，性格又坦诚热烈，在贵胄子弟中大有人气。所以，青年屈原在郢都早已经是声名鹊起的名士了。

楚威王还记得，第一次见到屈原，是在自己即位的第二年。那次，老臣屈匄陪楚威王巡视云梦泽，带着他十余岁的长孙屈原。那时，楚威王心思沉重，明月初升时便在船头独自徘徊。

“我王思治楚国，便当动手。”一个脆亮的声音从他身后传来。

回头一看，一个英俊少年在月下如玉树临风，不由得惊奇道：“子系何人？妄言君心。”

少年拱手回答：“布衣屈原，不敢妄言。”

楚威王恍然，对少年屈原的老成之气颇有兴致：“算我思治楚国，当如何动手？”

少年屈原没有片刻犹豫，高声回答：“效法商鞅，彻底变法！”

楚威王愣怔，不禁笑道：“为何不是效法吴起？吴子可是在楚国第一次变法了。”

“吴起不足效法，商君方为天下楷模。”少年依旧毫不犹豫。

“却是为何？”楚威王第一次听到楚国人说“吴起不足效法”，有些认真了。

“吴起治表不除根，商君治本真变法。”

楚威王当真惊讶了。一个弱冠少年，对国政大事竟有如此明确坚定的看法，真正是志不可量也。他关切地询问了屈原的族脉、年龄、喜好，还谈天说地般考察了一番屈原的学问，结果更是惊讶非常——这个少年对《诗》三百篇，几乎能倒背如流！对天下流传的名家著作如《计然策》《商君书》《吴子兵法》等，也是如数家珍。不知不觉的，他和这个少年屈原在船头月下竟整整海阔天空说了一夜。

从那时候起，楚威王有了在楚国进行第二次变法的志向。倏忽八年，诸多梗阻，第二次变法被搁置了起来。渐渐地，屈原也二十多岁了，曾经几次晋见，竟都没有再请命实施变法。他隐隐约约地疑惑惋惜，这个才俊之士是否成名太早，雄心不再了……

"屈原参见我王。"一个英挺的身影已经站到了茅亭外边。

楚威王恍然："屈原啊，进来吧。"

屈原走进茅亭，见楚威王面色苍白地斜倚在竹榻上，不禁惊讶关切地问道："我王可是不适？当及早请名医诊治为是。"楚威王略显疲惫地笑了："略受风寒，咳嗽而已。坐下说。夤夜晋见，有何大事啊？"

屈原坐到了竹榻对面的石礅上："启禀我王，臣得游骑探报：苏秦率四国特使南下楚国，旬日后将到郢都。"

"晓得了，无非邀我结盟而已。如今天下，盟约最不值价也。"

"我王差矣。此次盟约绝非寻常，它是上天赐予楚国的一个大好时机！"

"噢？此话怎讲？"楚威王淡淡笑了，觉得这个才俊之士又在故作惊人之语。

"臣请我王思之：十年以来，楚国二次变法搁置不行，因由何在？秦国夺我房陵、灭我大军、迫我迁都于淮南小城。多年来，朝野无得片刻安定，岂能谈得上变法？秦国威胁不除，楚国不得安宁。这便是今日大局。此次苏秦合纵中原，其所以已得四国响应，便在此大局已经为天下共识。楚国若得与中原五大战国结盟，非但秦国威胁消除，中原乱象亦可自灭。楚国至少十年安宁，岂非天赐良机？”

楚威王已经霍然坐起：“卿以为合纵有此功效么？”

“臣虽不知合纵具体款约，但据臣远观：苏秦能使三晋与老燕国冰释恩怨纠葛，其中定然对列国有绝大裨益。天下第一利害，无非国家安危，岂有他哉！”

楚威王目光一闪，又陷入了沉默。

屈原一鼓作气道：“我王思之：楚国虽经吴起短暂变法，然世族领地并未触动，老楚国本土民治分割六块；加之东灭吴越，扩地千里，增口两百余万，吴越旧世族又形成新的世族领地；楚国之下，诸侯林立，但凡国家大事，不聚世族首领不能推行；王命不出二百里，政令不能统一。如此陈腐旧制，民不能治，财不能聚，兵不能齐，如何能与强秦抗争？如何能与中原抗争？商鞅变法之前，楚国已是外强中干，勉力与中原保持均势而已。强秦崛起，楚国立成风中之烛。当此之时，深彻变法乃楚国唯一选择，合纵抗秦更是变法之唯一时机。我王若再犹豫，楚国将永远被时势抛弃！”

楚威王坐不住了，站起道：“依卿之见，与世族领主无须商讨？”

“我王明断！”屈原坚定果断，“变法治本，正在根除世族割地，若要商讨，岂非与虎谋皮？楚国诸侯林立，变法大计不能与中原一般大张旗鼓，须得依时而行，另辟蹊径。”

“噢？卿有谋划？快说。”

“臣有一请：敢请我王允准臣秘练一支精锐新军，以为变法利器。与此同时，秘密制定新法，秘密网罗吏治人才。明年今日，可以雷霆之势厉行变法。”

“啪”！楚威王拍案而起，却又猛然打住，盯着笑道：“屈原啊，你可是世族贵胄，想过没有，变法大潮一起，屈氏部族也将被淹没？”

屈原粗重地喘息了一声，声音出奇的平静淡漠：“极身无二虑，尽公不顾私。屈原誓做商君第二。”

“好！”楚威王拉住屈原的双手，“卿做商君，我安得不做秦孝公？”

“我王有孝公之志，楚国大幸也！”

楚威王哈哈大笑：“来人，上酒！与屈子痛饮一番。”

片刻酒来，楚威王与屈原边饮酒边议论，变法大计便渐渐地明晰起来。楚威王说，应当再有一个才智之士，与屈原共谋大事。屈原荐举了公子黄歇。楚威王大笑道：“正合我意也！”酒过三爵，楚威王宣来出令掌书当场记录，赐封屈原“执圭”[1]爵位，左司马升迁大司马[2]。

明月西沉，屈原方才出宫，打马一鞭，向公子黄歇的府邸而来。

次日清晨，一支马队簇拥着一辆青铜轺车，向淮水北岸疾驰而去。轺车前一面“黄”字大旗迎风招展，轺车伞盖下挺立着一个黧黑精悍的青年，头戴六寸白玉冠，手持三尺吴钩剑，金色斗篷鼓荡飞扬，分外的意气风发。这便是公子黄歇，奉屈原转达的楚王命令：兼程北上，迎接合纵特使。

黄歇并非楚国芈氏王族，但母亲却是楚威王的族妹，虽是外戚，在楚国传统中也算王族成员，也称为“公子”。在楚国贵胄子弟中，青年黄歇是一个才智名士，机变多谋，随和诙谐，极善应酬周旋，在楚国人望极好。说也奇怪，黄歇性情随和，却与奔放热烈的屈原甚是相得，常常竟日盘桓，唱诗和歌，较武论文，情谊甚笃。时日一久，郢都便有了“双子星”一说。楚威王其所以欣然赞同屈原荐举黄歇为助手，共图变法大计，非但因为黄歇是自己的外甥，更重要的是因为屈原与黄歇少年

---

[1] 执圭，楚国的第三级高爵，仅次于君、侯。

[2] 大司马，执掌全国军事行政，同中原战国的国尉职权。

意气相投，能够坦诚共谋且风险共担，对于秘密谋划大事而言，精诚一心胜于智计百出。

楚威王所料不差，当屈原连夜向黄歇转述了秘密谋划后，黄歇二话没说，义无反顾地全力投入。他所承担的第一个使命，便是北渡淮水，迎接苏秦使团南来楚国。

按照列国使节来往的惯例，楚国无须迎出国界。事实上，赵、韩、魏三国也都没有这样做。但屈原力主破例出迎，楚威王思忖一番，也便赞同了。屈原有一个雄心勃勃的谋划：楚国不能仅仅是参与合纵，而是要借合纵之机，振兴楚国声望，力争成为合纵盟主。此前，楚威王无论如何没作此想，及待屈原剖析了六国情势，方才赞同了这种做法，至于能否如愿，楚威王确实心中无底。毋宁说，他之所以赞同，是想实地检验一下屈原的料事与谋划能力。然则黄歇却是一力赞同，且显得极有成算："噢呀，六国之中，唯楚国君明臣贤，一片亮色。苏秦何许人也？岂能没有此等眼光？"

对魏楚之间的淮北地带，黄歇极为熟悉，马队沿颍水河谷北上，两日后便走出了楚国北界二百里，却还是不见苏秦车骑踪迹。黄歇不禁大起疑惑，派出飞骑斥候前出探测，半日之后得到回报：苏秦车骑在女阳谷地遭遇神秘奇袭！黄歇大惊，立即催动马队疾驰北上。

这场袭击，来得十分突然，异常神秘。

按照当时的官道，从大梁南下楚国，沿颍水西岸的大道直下是最近便的走法。魏无忌酷爱兵法，对魏国的地理山川自然是熟悉不过。他谋划的南下路线，也是这条大道。四国特使出使楚国，早已经是天下皆知的事情，走捷径小道当然远不如官道来得万全。魏无忌思虑周密，一路之上命斥候游骑前出百里探路，全无丝毫异常。赵胜笑他"太得谨细，淑女出嫁一般"，他也只是一笑了之，丝毫没有放松警觉。谁也想不到，在女阳这样一个平平常常的地方，竟然真的出事了。

颍水西岸有座小城，名字很奇特，叫女阳[1]。据学问之士考究，此乃“缺称”。此城本名“汝阳”，曾经是汝水的河道，小城在汝水之北，依地名惯例便叫了“汝阳”。不知何年，这条汝水断流干涸而改道，民间便呼为“死汝水”，老老实实地将“汝阳”变成了缺“氵”的“女阳”。而今，干涸的河道变成了深深的土山峡谷，几乎与颍水并肩南下。旧河道淤泥肥厚，又无人开垦，两岸与谷中林木参天。颍水官道从女阳开始，自然利用了这段平坦的老河道，从峡谷密林中穿出，百里之后方重新回归颍水西岸。

行至女阳城正当晌午，魏无忌下令在城外扎营歇息，明日黎明开始上路。如此调度，为的是要一个白日走完这段峡谷密林。扎营之后，魏无忌来到苏秦大帐，与苏秦秘密计议了一个时辰，诸事安排妥当方才歇息。

次日黎明，魏无忌下令拔营整装。曙光初露时分，车骑马队已经进入了老河道峡谷。前行开路者，是赵胜率领的三百赵国骑士，断后者是荆燕的两百名燕国武士。魏无忌居中策应，率领魏国五百精锐与自己的一百名门客，亲自护卫苏秦轺车与辎重车队。峡谷中旌旗招展，号角相闻，斥候穿梭，车马辚辚，当真与一支大军无异。天气凉爽，车马只在中途歇得片刻便连续赶路，暮色降临时分，堪堪就要穿出谷口。

突然，一阵凄厉的虎啸猿啼，道中战马纷纷人立嘶鸣。魏无忌大喝一声：“骑士勒马，毋得乱动！”话音未落，便闻隆隆雷声轰鸣，山崖密林中滚下无数巨石，直冲马队中央砸下。与此同时，两边树林中箭如骤雨，带着劲急的啸声齐射中央轺车。刹那之间，魏无忌立刻明白，

[1]　女阳，见《水经注》，亦做汝阳，今河南周口市西南。

手中令旗一劈："两头掩杀！中军后撤！"话未落点，但闻"哐啷咔嚓"一阵巨响，苏秦轺车骤然被砸翻压碎，血溅当场。

只听山崖上一声虎啸，滚石箭雨顿时消失。唯有赵燕马队呼啸追杀的声音响彻河谷。魏无忌却巍然勒马，魏国骑士的方阵也依旧旌旗如林，井然有序。

"鸣金！"魏无忌高声下令。

一阵大锣"镗镗"响，追杀的两支马队迅速回撤。赵胜、荆燕旋风般卷到中央车队前，几乎是异口同声："先生如何了？"荆燕猛然瞥见那辆被砸得支离破碎的青铜轺车与地上的血迹，大吼一声："魏无忌！武安君在哪里？说！"燕国两百名死士"刷"地举起长剑，向旌旗林立的魏国马队围了过来。赵胜骤然变色，一时间手足无措。

"将军少安毋躁。"年轻的魏无忌面无表情，"啪啪啪"拍掌三声，身后的一片旌旗分开，一个双手执定一面大旗的红衣骑士沓沓出列。荆燕惊喜地大叫一声："武安君！"滚鞍下马便扑了过去。"红衣骑士"笑道："荆燕鲁莽，还不向公子赔礼？"荆燕恍然大悟，走到魏无忌马前扑地拜倒，头在地上直碰得咚咚响。魏无忌连忙下马扶起："将军赤子之心，我却如何承当？"

赵胜惊讶了："车中死士是谁？"

苏秦沉重地一叹："公子门客，天下义士也！"

魏无忌回身对一名书吏吩咐道："速将舍人尸身收拾妥当，就高冈之上安葬。回得大梁，再为舍人请功定爵。"书吏一声答应，带人去办理了。

苏秦下马肃然拱手："公子，我去义士墓前祭奠了。"

"先生且慢。"魏无忌横身当道，"古谚云：礼让大义。此时刺客未必退尽，先生当以六国大义为重，岂能亲身涉险？"

“有理！武安君当立即南下！”荆燕急吼吼地嚷道。

“那就别僵在这儿了，武安君，走。”赵胜笑着上前扶住苏秦，要他上马。

苏秦正要上马，却闻峡谷外隆隆马蹄急风暴雨般卷来。魏无忌骤然变色，厉声大喊：“全体上马！丢下辎重，退上北岸山头！魏兵断后！”就在赵燕两支马队拥着苏秦撤进密林，魏无忌的红色铁骑刚刚列成冲锋队形时，谷口马队隆隆涌入，一骑当先飞到，手举一面黄色令旗高喊：“楚国公子黄歇到——对面可是魏无忌公子——”

魏无忌凝神观察，见衣甲旗帜口音的确是楚国马队，走马前出道：“我是魏无忌，黄歇公子何在？”话音落点，对面黄色马队分列，一辆轻便轺车疾驰而出，车中人遥遥拱手高声急迫道：“噢呀，无忌公子，先生安在？”魏无忌拱手笑道：“黄歇公子别来无恙？先生无事。”说罢回身吩咐，“号角。”

一阵悠扬的牛角短号，山头树林的两支马队隆隆下山。魏无忌高声道：“先生，黄歇公子特意迎接你了。”苏秦走马上前道：“多谢公子了。”黄歇惊讶地对着苏秦上下打量着，恍然大笑道：“噢呀，先生瞒天过海，好高明也！”苏秦笑道：“此乃无忌公子谋划，在下也是恭敬不如从命。这位是赵国公子胜，这位是燕国将军荆燕。”三人相互见礼，略事寒暄，魏无忌便问：“前路如何？”黄歇笑道：“噢呀，楚国境内，跟我走便是了。”说着对魏无忌一拱，“末将请命，楚军做先锋。”魏无忌笑道：“岂敢言命？到得楚国，自当客随主便了。”黄歇大笑道：“噢呀，还是魏公子爽快。好，楚军开路！”

一阵号角，五色马队辚辚上路。黄歇来时已经安排好了沿途驿站的迎送事宜，军食、马料、宿营等几乎没有任何耽搁，三天行程，便到了郢都郊野。

时当午后，秋阳西沉，遥望十里长亭下旌旗招展，隐隐的钟鼓大作。苏秦游说合纵已经四国，这是第一次遇到郊迎大礼。战国之世礼仪大大简化，这种带有古风的郊迎礼仪已经很少了，且黄歇已经出迎数百里，还用隆重的郊迎么？

正在疑惑，苏秦见一辆青铜轺车迎面而来，六尺伞盖下站立一人，大红斗篷，白玉高冠，身穿软甲，腰悬吴钩，一副大胡须飘拂胸前，威猛潇洒尽在其身。苏秦虽然目力不济，却也看得清爽，不禁高声赞叹道："江东子弟多有才俊，好个人物也！"

黄歇哈哈大笑："噢呀，武安君好眼力也！这是楚国大司马屈原。屈兄，这是武安君，正在夸赞你。"轺车堪堪停稳，屈原肃然拱手作礼道："屈原见过武安君，见过两位公子。"

苏秦三人一齐还礼，相互致意。屈原恭敬下车，扶苏秦上了自己轺车，然后跳上驭手座位，亲自为苏秦驾车居中前行。魏无忌周到细致，早命随行司马带开辎重车队，整肃仪仗队形，大张四国旌旗，随后沓沓跟进。对面郊亭下已是乐声大起，庄重悠扬而又委婉动听。与黄歇并马的魏无忌笑问："这是《颂》《雅》《风》么？"黄歇笑着摇头："噢呀，屈原兄是乐道大师，肯定是他选的乐曲了。这是楚乐，不入《诗》，稍待问他便了。"

到得亭下，宴席已经摆好，苏秦居中首座，屈原对面主位相陪，魏无忌、黄歇、赵胜、荆燕四案分列两厢。黄歇笑道："噢呀，这云梦银鱼、兰陵老酒，都是楚人口味，不知先生用得惯否？"赵胜兴致勃勃道："算你蒙对了，先生不饮我赵酒，历来只饮兰陵酒。银鱼嘛，天下美味，多多益善。"黄歇哈哈大笑道："噢呀，这可是屈原兄蒙的，与我不相干了。"

一片笑声中，屈原起身举爵道："武安君身负天下兴亡，历经艰险，兼程南来。屈原与公子黄歇奉我王之命，专程迎候。今日郊宴，特为先生并诸位洗尘。来，我与公子，先敬先生并诸位一爵。”说罢，与已经站起的黄歇一饮而尽。

苏秦也举爵起身：“多谢大司马、黄歇公子，我等为楚国振兴，干此一爵！”

“为楚国振兴，干！”魏无忌三人同声响应，一饮而尽。

屈原笑道：“先生与诸位远道而来，先请一睹楚乐楚舞如何？”

“噢呀，这可是屈原兄亲写的歌儿了。”

苏秦很想见识屈原的才华，自是欣然赞同。魏无忌、赵胜原是洒脱不羁的贵公子，听说屈原亲自写歌，更是齐声叫好，只有荆燕微笑静观。屈原谦逊地笑笑：“此歌乃越人歌，不入《诗》，我略改几句罢了，先生诸位听个新鲜而已。”说罢，向亭外乐师班头一挥手。

但听庞大的编钟阵形中飘出旷远的乐声，亭下瞬间便是亘古无人的幽幽山谷。八名身着粗朴短裙的半裸山姑，在旷远的乐曲中飘了出来，舞了起来，一名同样是山姑装扮的女歌师婉转明亮地唱了起来：

今日何日兮
得遇君子共一舟
明日何日兮
愿偕君子四海游
山有木兮木有枝
心思君兮君不知
君不知兮愁煞我
魂魄绕君兮到白头
到白头兮何所求

江水沧沧兮相知悠悠

……

随着一声响遏行云的高腔，满场静寂，余音犹自绕梁，久久不散。

“好！”苏秦情不自禁地高声赞叹，“朴实无华，情深意切，真正庶民心声。”

魏无忌长嘘一声，仿佛刚刚从沉醉中醒来，恍然惊讶道：“素闻楚风雄健粗犷，山气甚重，如何竟有如此本色动人之曲？”

“对呀对呀。”赵胜迫不及待，“这首歌儿唱得人心里酸楚，却又美得人心醉。看看，荆燕兄都抹眼泪了。”

屈原爽朗大笑道：“楚地数千里，隔山隔水不通言语，风习民歌岂能一律？方才乃楚地越歌，柔韧绵长天下无双。楚歌更有《射日舞》，高颂九头鸟之凶猛；《山鬼舞》，颂英灵魂魄生生不息。此等尽皆刚猛无匹，改日再请先生并诸位观赏了。”

苏秦意味深长地一叹：“大司马所言无差，楚国山川广袤，壑谷深邃，一朝振作，承担天下重担者，舍楚其谁也！”

屈原目光炯炯地看着苏秦：“楚国振作，也许便在今朝。郊宴之后，敢请先生到我府一叙，屈原尚有请教处。”

“大司马言请，苏秦自当从命。”

郊宴礼罢，已是暮霭沉沉。苏秦一行住进驿馆，随行的四国马队在驿馆外空地扎营。一切安排妥当，屈原已经派车马卫士来请。苏秦邀魏无忌、赵胜同往，二人一齐推却，魏无忌笑道：“盟约确定后我等自当拜望屈原、黄歇。今日先生初谈，涉及楚国利害，微妙处甚多，我等回避为宜。”苏秦见二人心中清白，释然一笑，也不多说，自带着荆燕去了。

屈原虽做了大司马，却依然住在自己原先的宅第。楚国原是地广人稀，郢都又是新迁都城，城墙圈地甚广，官署民居却是疏疏落落，使人觉得空旷寂凉，远不能与中原大都的繁华锦绣相比。屈原的府邸，是一所庭院宽敞房屋却很少的园林式府邸。说是园林，其实也就是一大片草地、几片小树林、一片小湖泊，粗简之象绝不能与洛阳、大梁、咸阳、临淄的精致庭院相比。只是那草地树林中的几座茅屋，却是实实在在的别有情致，看得苏秦啧啧赞叹。

黄歇笑道："噢呀，屈原兄特立独行，不爱广厦楼台，却偏爱这草庐茅屋。"

屈原也笑了："你倒是楼台广厦，湖光山色，却偏偏爱到我这野人居来。"

苏秦慨然一叹："占地百余亩，草庐三重茅，纵然隐居，亦非大贵而不能。天下多有贫寒布衣，几人能得此茅屋一住？"

黄歇顿显尴尬，黧黑的脸膛变得紫红："噢呀噢呀，此话怎说？原是小事一桩，先生却当真了也！"

屈原却对苏秦深深一躬："先生济世情怀，令屈原汗颜。"

苏秦心下赞叹，连忙拱手一礼道："苏秦唐突，敢请屈子见谅。"

"噢呀，这是么子一出？请请请，先生请进了。"黄歇呵呵笑着扶苏秦走进了正中茅屋。

茅屋厅堂宽大，六盏风灯照得屋中通亮。屈原拍拍掌，三名侍女轻盈地进来摆置茶具。鼎炉、木盘、陶壶、陶碗，片刻间在四张红木大案上安放整齐。屈原笑道："先生雅士，今夜我等以茶代酒如何？"苏秦本不嗜酒，自是欣然赞同。黄歇却笑着摆手："噢呀，你的茶太苦，我却要淡些，茶醉可不好受也。"屈原大笑道："何等时刻，能教你醉么？今夜四炉，均是淡茶温饮，如何？"

“淡茶温饮。”苏秦点头微笑，“屈子为清谈定调，当真妙喻也。”

黄歇揶揄笑道：“噢呀，屈原兄竟也学会了清谈？啧啧啧，奇闻一桩了。”

屈原大笑：“知我者，黄兄也。得罪处，尚请先生包涵。”

一直没有说话的荆燕看看左右煮茶的四个侍女，又看看屈原：“大司马，是否该屏退左右？”屈原挥挥手：“先生将军放心便是，这几个侍女都是哑女，不妨事。”

“哑女？”苏秦脸色顿时阴暗下来。楚国的奴隶制远远没有铲除，难道这个屈原，竟也在这美丽的茅屋园林中蓄养奴隶不成？一想到制作哑奴，苏秦的心一阵剧烈的颤抖，身上骤然生出了鸡皮疙瘩。只有那些精明可人的少男少女，才配被主人选定为哑奴坯子；被选定的少男少女，要被强迫吞下大小不等的烧红的木炭块，将咽喉发声部位全部烧死；而后再天天服药，使咽喉恢复吞咽功能；再由专门的歌舞师训练他们如何用身体动作表达各种意思。许多主人制作出哑奴，并不是自己使用，而是用来行贿或换取更多的黄金地产。苏秦在洛阳时，一个老内侍曾经带他看过一次王室尚坊制作哑奴，当那个美丽少女发出一声惨绝人寰的叫声时，苏秦当场就昏了过去……至今，苏秦依然不能忘怀那毛骨悚然的情景。屈原若有如此阴鸷癖好，如何能与之共谋大计？

看看苏秦神色惊愕，黄歇哈哈大笑道：“噢呀噢呀，屈原兄这是从何说起？先生听我说了：这四个哑女，都是屈原兄在奴人黑市上强买回来的。为此，屈原兄还杀了一个族长，只差被削爵。买回哑女，屈原兄请来乐舞大师教她们舞技，还教她们识文断字，对她们就像亲妹妹一般。昭雎丞相几次要重金买这几个哑女，屈原兄坚执不给。他啊，要将这几个哑女送到太庙做乐舞女官。可这几个女子啊，宁肯饿死，就是不离开屈兄……”说到后面，黄歇唏嘘不止了。

四个煮茶哑女一起回头，殷殷地望着苏秦，那种热烈的首肯是不言而喻的。

苏秦怦然心动，肃然拱手道：“屈子情怀，博大高远，苏秦多有得罪。”

屈原泪光闪烁，慨然一叹：“苏子何出此言？以此罪屈原者，大义高风也。只是我楚人苦难良多，国弱民困，屈原不能救苍生于万一，此心何堪也！”

骤然之间，苏秦觉得自己遇到了一个难得的奇才。此人才华横溢，品格高洁，胸襟博大，志向高远，更有激情勃发，当真是楚国的中流砥柱。有此人在楚国当政，六国合纵便坚如磐石，强秦的光焰便会迅速黯淡。心念及此，慨然拍案道：“屈子谋国救世，为天下立格，苏秦愿与屈子携手并进，挽狂澜于既倒。”

“好！”屈原慷慨激昂，“壮士同心，其利断金。屈原愿追随苏子，虽九死而无悔！”

“噢呀，苦茶一盏，明月作证啦。”黄歇不失时机地笑吟吟站起。

三人陶碗相碰，汩汩饮下了一碗碧绿的茶水。黄歇笑道：“噢呀，我看还是说说正题，六国合纵，谈何容易啦？”

“各为国谋，公心自当本色。两位有话明说便是，苏秦不会客套。”

“敢问苏子，六国合纵，相互间恩怨如何了却？”屈原立即正色发问。

此一问正在要害。苏秦游说合纵的真正难处，也正在这里。秦国的威胁，目下已经不难为各国承认，结盟抗秦也不难为各国接受，因为这是唯一可行的最好选择，各国君臣都不是白痴。可是，中原战国一百多年来相互攻伐，恩怨纠葛实在太深了。谁和谁都曾经做过盟友，谁和谁都曾经有过血海深仇。合纵是一种协同抗敌，最需要的自然是相互信任。可是，有这一百多年甚至三四百年的恩怨纠葛缠夹在中间，说不清道不明，信任从何谈起？而没有起码的信任，合纵又从何谈起？燕、赵、韩、魏四国其所以赞同合纵，也都是从强秦威胁与自身稳定出发的，但四国君主权臣都曾经撂下一句话："该说的话，到时还是要说的。"

显然，这"该说的话"不是别的，就是想讨回令自己心疼的某些城堡土地，尽量使本国得到一个公道。每个国家都如此坚持，岂非又成了一锅粥？除了燕、韩两国，其余的魏、楚、齐、赵四国实力大体相当，纠缠起来肯定是互不相让，如果事先不能有一个成算在胸的斡旋方略，而只是一味回避，合纵必将付诸东流。

屈原能提出这个问题，意味着楚国君臣很清醒其中利害。那齐国呢？齐威王更是一世威风，人称战国英主，又岂能不提到这个要害？看来，这个棘手的问题已经摆到案头上来了。苏秦自然有自己的方略，可是，他不能贸然拿出。

"屈子洞察要害，苏秦敢问：以屈子之意，如何处置方为妥当？"

"噢呀先生，如何皮球又踢了回来？"

"屈子有问，必有所思。苏秦实无定策，尚望屈子不吝赐教。"解释中苏秦又一次请教。

苏秦虚怀若谷，屈原倒是不好再坚执其辞，沉默有顷，屈原缓缓道："为合纵计，此事不宜不管，又不宜清算，当有一个适当的处置，使列国都能接受，苏子以为然否？"

苏秦点头："敢请屈子说下去。"

屈原微笑着摇摇头："言尽于此，方略还得苏子厘定。"

苏秦略感意外。他原以为屈原激情坦率，定会顺着话题一吐为快，却不料屈原突然打住。当然，方略由苏秦提出，楚国便有见机回旋的余地，而如果由屈原提出，则楚国事实上就变成了一种事先承诺。但屈原又有基本思路，至少表示了楚国不会坚持清算，不会斤斤计较。从这等适可而止的应对来看，屈原绝不仅仅是个激情满怀的诗家，而且是一个练达老到的无双国士。面对如此人物，雕虫小技只能适得其反，最好的办法是以真诚对真诚，心换心地磋商出可行之策。想到此间，苏秦一拱手道："不敢说厘定。苏秦的谋划与屈子一辙：不宜回避，不宜清算。大计是：秦国东出之前的旧账，一概不提；秦国东出三年多来，中原六国间的争夺，一律返回原状。"

"噢呀，也就是说，六国间只清结这三年以来的土地、城池？"

"正是。公子以为如何？"

"噢呀……那小小几座城池不打紧。这几年倒是宋国、中山国占了诸多便宜了。"

屈原静心思忖，"啪"地一拍长案："好方略！合纵目标，在于抗秦。秦祸之前，一概不究。秦祸之后，争夺作废。如此一来，六国恩怨消解，唯余对秦仇恨，妙！"

"噢呀，赵失晋阳，魏失崤山，韩失宜阳，楚失房陵，大仇尽在秦国！"黄歇兴奋间却又突然沉吟，"唯有齐燕两国未被虎狼撕咬了，他等……"

苏秦笑道："公子毋忧，对齐、燕两国，苏秦自有主张，必使两国铁心合纵。倒是楚国，三年来失地最多，夺得淮北几县又须得退还韩、魏，楚王能否接受？"

屈原沉默良久，喟然一叹道："楚国之难，不在我王。先生明日自知。"

三人又商讨了一些细节，一路说来，不知不觉已是四更。秋霜晨雾轻纱般悠悠笼罩了树林、茅屋、草地，苏秦回到驿馆，已经是雄鸡高唱了。

辰时日上三竿，郢都王宫的大殿里聚满了楚国权臣。

楚威王听了屈原的详情禀报，觉得已经没有必要再单独会见苏秦，便下书召集了这次朝会，教苏秦直接面对楚国的贵胄权臣说话。邦交大事每每关系国家安危，没有柱石阶层的认同，国王也是孤掌难鸣。尤其是楚国，芈氏王族虽然势力最大，但对于整个吞并吴越后的大楚国来说，依然是小小一部分而已。那广袤的土地、人口，都要靠各个自领封地的部族势力来聚拢汇集。没有世族大臣的认可，举国协力就是一句空话。将最终的决策权交由御前朝会，对于世族权臣是一种尊严和体面，对于楚王则是进退皆可自如。更重要的，是楚威王要借此考验苏秦的胆识才华，以决定对合纵的信任程度。

郢都新宫的正殿不大，只有四十多个席位，权臣贵胄全数到齐，几乎是座无虚席。苏秦进来的时候，大殿中鸦雀无声，大臣们目光炯炯地盯着这个红衣高冠大袖飘飘须发灰白却又年轻冷峻的当世名士，艳羡妒忌赞赏气愤，还夹杂着诸多说不清的滋味儿，一齐从锐利的目光和各异的神色中涌流出来。苏秦却是旁若无人，从容走到大殿中央的六级台阶下深深一躬："苏秦参见楚王——"

"先生无须多礼，请入座。"楚威王虚手示意，当值女官将苏秦引导到王座左下侧一个显赫而又孤立的坐席前。苏秦坐定，抬眼向大殿瞄了一圈，便见两边各有三排坐席，满当当的人头白发者多黑发者少，如屈原、黄歇等少壮人物都在前十座之后，不禁心中慨然一叹："人道楚国暮霭沉沉，果不虚言矣。"心知今日必有一场口舌大战，沉下心神默默思忖，静候楚王开场。

“诸位大臣。”楚威王轻轻咳嗽了一声，不疾不徐地开了口，“几个月来，合纵之事已经在朝野传开。然我楚国，尚未决定是否加盟合纵。先生身兼四国特使入楚，意在与我磋商合纵大计。今日朝会，便是议决之时。诸卿若有疑难，尽可垂询于先生，以便先生为我解惑释疑。”寥寥数语极为得体，却又留下了极大的回旋余地。苏秦听得仔细，不禁暗暗佩服楚威王的狡黠。

殿中片刻沉默，前排一位老人颤声发问：“老夫景珩，敢问先生：合纵抗秦，对我大楚究竟有何好处？先生彰明义理，公道自在人心也。”

这景珩是楚国五大世族之一的景氏宗主，封地数百里，私家势力直追春秋小诸侯。景氏与王室融洽，景珩本人又方正博学，楚威王拜他做了太子傅，领侯爵，算是楚国一个四面都能转圜的人物。苏秦听他的问题，便知其老谋深算——只引话题而不置可否。

“合纵抗秦，首利在楚。”苏秦从容道，“强秦东出，楚国先失房陵，辎重粮仓尽被洗劫一空；再失汉水，步骑十万溃不成军。两战之后，楚国匆忙迁都，江水上游与汉水山地竟成空虚。若秦国一军出夷陵，顺江直下，直指楚国腹心；一军出武关、下黔中，直逼郢都背后，楚国岂非大险？列位思之，秦国固然威胁中原五国，然可有一国如楚国这般屡遭欺凌践踏？方今天下，楚国与秦国已成水火之势，其势不两立。秦强则楚弱，楚强则秦弱。所谓合纵，实是楚国借中原五国之力以抗秦，于楚国百利而无一害。唯其如此，合纵之利，首利在楚，列位以为然否？”

大殿中死一般寂静。苏秦丝毫没有粉饰太平，而是赤裸裸地将楚国的屈辱困境和盘托出。对于楚国人，这是难以忍受的痛苦与屈辱。几百年来，楚国屡屡挑战中原，自诩“大楚堪敌天下”。对中原战国，楚国历来保持着极为敏感的大国尊严与战胜荣誉。房陵大败迁都淮南后，楚国君臣对耻辱保持了奇特的沉默，一次也没有在朝会上公议过这些败绩。如今，谁也不愿直面相对的伤口，竟被苏秦公然撕开，楚国大臣们的难堪可想而知。

“苏秦大胆！”一个甲胄华贵的青年将军霍然从后排站起，“子兰问你：胜败乃兵家常事，如何夸大其词，说成亡国之危，灭我楚国威风，长虎狼秦国志气！”

“子兰公子，当真可人也。”苏秦揶揄笑道，“一个大国，若将丧师失地、迁都避战也看做吃饭一般经常，其国可知也。”

这子兰乃是楚国首族昭氏宗主昭雎的侄子，任柱国将军之职（掌都城护卫），卓尔不群，酷好谈兵论战，常以“名将之才”自诩，曾对田忌败于秦师大加挞伐，对楚国两次大败也极是不服。此刻受苏秦嘲笑，大是羞恼，面色涨红，厉声喝道：“苏秦，楚国两败，皆因田忌无能，误我楚国！若子兰为帅，战胜何难？！”

苏秦不禁哈哈大笑：“子兰公子，若非田忌，楚国何能一战灭越？”一语出口，敛去笑容正色道，“田忌虽非赫赫战神，却也是天下名将，一战灭越，足以证明其绝非庸才。然则，同一名将，率同一大军，胜于越而败于秦，因由何在？非田忌无能，而在楚国实力疲弱也。秦国乃铁骑新军，楚国却是战车老卒；秦国粮草丰盛，楚国却捉襟见肘；秦人举国求战，人皆锐士，楚国却一盘散沙，人多畏战。如此国情，虽吴起再生而不能战胜，况乎未经战阵的子兰公子？”

“如先生所说，楚国唯有合纵一途了？”座中一个白发老臣拍案而起。

苏秦悠然一笑：“前辈若有奇策，合纵自成虚妄。”

“老夫却是不信！”白发老臣须发戟张，“我项氏一族领有江东，可召三万子弟兵。若大楚五族共奋，可成三十万精锐大军与秦国死战！

何须那牛拽马不拽的合纵？”

苏秦肃然拱手：“楚国项氏，尚武大族，前辈亦当是沙场百战之身，何以论兵却如此轻率？苏秦敢问：纵然募得三十万子弟，须得多久方能训练成军？战马须得几多？甲胄、马具、兵器、精铁须得几多？云梯、弓弩、军帐、旌旗、木材、布帛、兽皮，须得几多？粮食、草料、干肉、辎重、赋税，须得增加几多？以秦国之强之富，商鞅二十年变法，只练成新军五万。莫非老将军有呼风唤雨之能，撒豆成兵之法，朝夕一呼，便有三十万大军？若非如此，三十万子弟兵也只是鱼腩而已，安有死战一说？”

白发老臣满脸通红，无言以对。这位项氏老将军原是一时愤激，苏秦问得合情合理，字字击中要害，如何能强词夺理？思忖无计，“咳”的一声坐了下去。

“先生之言大谬！”一个老臣沙哑愤激地高声问，“我黄氏不服：今日楚国，无论如何比当日秦国强大。当初六国锁秦，秦国与谁合纵了？也未见灭亡，反倒成就了二十年变法！我楚国并未到衰败崩溃之时，为何不能变法自强，却要与中原五国沆瀣一气？他们屡屡坑害楚国，还嫌不够么？”

此人乃公子黄歇的祖父，黄氏部族宗主，官居左尹[1]。黄氏部族领地虽然不算广袤，却与楚国王室渊源深厚，数代结亲，子弟多是实权职位，在楚国影响甚大。此老说法自然须得认真对待。苏秦起身拱手道：“左尹之言，及表不及里，及末不及根。时移势易，岂能做刻舟求剑之论？苏秦敢问：楚国变法，最需要者何？”

大殿肃然无声，众臣被问得愕然，唯有屈原目光炯炯地盯着苏秦。

[1]　左尹，即令尹副职。楚国令尹即是丞相，副职为左尹、右尹。战国楚国尚左，左在右前。

楚国大臣多认为楚国是经过吴起变法的新战国，谁也没想到楚国还要变法，又如何有人思虑变法需要什么？一问之下，大臣们面面相觑。

“大凡一国变法，最根本者乃是国势稳定。”苏秦侃侃道，“何谓稳定？内无政变之忧，外无紧迫战患，是谓稳定也。战国百余年，内乱外战而能变法者，未尝闻也！六国锁秦之时，秦孝公忍辱割地与魏国媾和，又派密使分化六国盟约，方争得一段安定，始能招贤变法。及至魏齐赵韩间四次大战，中原无暇顾及秦国，方成就了秦国二十年变法，此乃天时之利也。若今日楚国变法，其志固然可嘉，然则天时何在？稳定何在？强秦在侧，五敌环伺，楚国虽有三头六臂，也当疲于奔命。喘息尚且不能，又何来变法时机？”

大殿中唯闻喘息之声，大臣们有一种心惊肉跳的感觉。

苏秦大袖一挥：“楚国若想变法振兴，唯有合纵，舍合纵不能救楚国。因由何在？合纵能给楚国安定，能使强秦望楚而却步，能使中原五国化敌为友，能使楚国安心内事，振翼重兴。不结合纵，楚国危在旦夕也！”慷慨之中，苏秦戛然而止。

“哼！”一声冷笑在寂静的大殿中清晰传开，前排首座那位白发苍苍的干瘦老人缓缓站了起来。苏秦知道，他是楚国令尹昭雎，楚国最大部族的宗主，在楚国实在是一言九鼎的人物，也是最令楚威王棘手的人物。

他慢悠悠地环视了一周，却似乎谁也没看，沙哑苍老的声音一字一顿，透出一种久居高位浸泡出来的矜持：“先生与诸公，大论合纵变法，无稽之谈也。”一句话，便将苏秦与论战的楚国大臣全数否定。举座错愕，苏秦却是微微冷笑。昭雎依旧是谁也不看地扫视着全场，款款数落着，“谁说楚国要变法了？难道楚国没有过变法么？楚国是旧诸侯么？楚国不是新战国么？我大楚立国数百年，从来都是领先时势，未尝落后也。称王第一，称霸第一，问鼎中原挑战天子者，仍是第一。悼王吴起变法，与魏武侯同时，也是领天下之先。抹杀祖宗功业，侈谈重新变法，居心究竟何在？”

如同肃杀秋风，殿中气氛顿时冷僵。

对楚国君臣而言，这无疑是一个明确警告：楚国绝不会第二次变法，谁也不要想动摇楚国旧制。楚国大臣中本来也没有变法呼声，论战中基于维护楚国体面，话赶话赶出来而已，谁也没有当真去想。昭雎却如同一只老鹫，警觉地嗅出了其中的异常——如此话题会给居心叵测者提供变法口实。楚国之大，安知没有野心勃勃之徒？若不借此时机大敲一记警钟，合纵一成，朝局便难以掌控。但是昭雎没有料到，这一番既无对象又囊括全体的“训诫”，却使朝会宗旨猛然扭曲，楚国君臣顿时在赫赫合纵特使面前，公然暴露出深深的内政危机。这是邦交礼仪场合最大的忌讳，楚国君臣顿时陷入大大的难堪。

按照寻常规矩，要不要变法这种大政决策，非君王不能轻言。昭雎身为令尹，纵然是实力权臣，笼统的训诫论断也显然是越矩的。但是，其余朝臣却无法开口。而楚威王若出面矫正，则无论支持还是否定，都会将一个尚在秘密酝酿中的决策公然提前端出，只能使局面更加混乱。思忖之下，楚威王面色淡漠地保持着沉默，殿中一片奇特的肃静。

“令尹之言，歧路亡羊也。”苏秦站了起来，脸上一副淡淡的微笑。昭雎一开口，他便看穿了这个首席权臣的用心，也看见了屈原眼中火焰般的光芒，看见了黄歇面如寒霜般的黑脸。可是，他们都不宜正面与昭雎碰撞，打开这个僵局的合适人选，只能是苏秦。而且必须给这个老鹫一点儿颜色，压下他的气焰。否则，楚国在合纵中的作用将大受掣肘。

苏秦气静神闲地笑道：“今日朝会，本是议决合纵。变法之说，本为延伸之论，涉及合纵能够给楚国带来的利害而已，无人决意要在楚国变法，如何便成无稽之谈？如何竟有‘居心何在’之问？论辩争鸣，历来讲究‘论不诛心’，老令尹动辄凶险诛心，非但一言屠尽忠臣烈士，而且与合纵之议南辕北辙，置合纵大计于歧路亡羊之境，与国无益，于事无补，弦外之音却大有杀气。苏秦敢问：老令尹究竟居心何在？”

“鬼谷子高足，果然名不虚传也。”昭雎老到地笑了。苏秦一句“弦外之音却大有杀气”使他心头猛然一颤，立即断定不能再教此人在这个话题上纠缠下去。打断苏秦，昭雎一脸庄重之色，“方才只是题外之话，权且作罢。老夫所疑者：六国间争斗百余年，恩怨至深，一旦合纵，如何保得相互诚信？”

苏秦见昭雎插断，又主动找回话题，便知他已生退心，也乐得重回合纵本题，于是悠然笑道：“六国宿怨，不可不计，不可全计。苏秦以为：合纵盟约在于抗秦，秦国东出之前的六国争夺，一笔勾销；近三年以来的六国争夺，各自返还原状。老令尹以为如何？”

昭雎默然片刻，转身向楚威王一礼：“此中利害，敢请我王定夺。”

楚威王心知昭雎做出一副尊王姿态，意在委婉地修饰方才的越矩，却依然是面无表情，不置可否，给了昭雎一个软钉子。群臣却少有觉察，一个高亢的声音急迫发问：“右司马靳尚不明：宋国夺我大楚的两座城还不还？我大楚灭越，退不退？啊！”

“轰”的一声，殿中哄堂大笑。

屈原霍然站起，一声怒喝：“愚蠢靳尚，还不退下！”

苏秦看时，原是后排座中一个面如冠玉的俊秀青年在说话。见屈原怒斥，他面红耳赤地嘶声喊道：“屈原，尔无非一个新任大司马！我靳尚乃六年右司马也，你敢当殿侮辱大臣？靳尚请我王秉公处置！”喊声未落，殿中又是一阵哄然大笑。

这个靳尚，本是小吏世家子弟，因俊秀风流而被称为“郢都美少”。偏偏这个“美少”懒于读书修学，开口便显愚笨可笑，却又忒爱人前邀宠而争口舌之功，每每引得人乐不可支。因了少年弱冠，反倒被人视为憨直可爱。有贵胄纨绔子弟者，便将这个“郢都美少”引荐给太子芈槐。不想这“美少”竟大得芈槐欢心，三五年间竟做了太子舍人。虽是下大夫一般的小官，毕竟进入了“臣子”之列，也是他祖辈小吏的靳氏家族最为荣耀的高职了。没过几年，太子芈槐又荐举靳尚做了右司马，与屈原这般贵胄俊才比肩了。屈原本非骄矜贵胄，更无蔑视平民子弟之心，无奈这靳尚每每在议论军务时口没遮拦，大嘴巴信口开河，惹得不苟言笑的一班军中将领大为不快，屈原便开始从心底里厌恶这个“金玉其外，败絮其中”的市井痞子了。新近屈原做了大司马，右司马是他的部属官员，理当出面申斥。可这靳尚仗恃太子宠爱，竟不将屈原放在眼里。

楚威王大怒，“啪”地拍案：“来人！将竖子剥夺冠带，赶出王宫，永不许为官！”

四名武士轰然一声上前。靳尚“哇”的一声坐地大哭道：“我王做主，靳尚冤枉！太子大哥，快来救救小弟弟啊……”楚威王面色阴沉之极，正要大发雷霆，四名武士已经猛然捂住靳尚嘴巴，将他飞一般拖了出去。

殿中寂然，无人再笑得出来。

这时黄歇站了出来，向楚王深深一躬，以惯有的诙谐口吻道：“噢呀，我王明鉴：大国如江海，鱼龙混杂也是常情，无须我王与这般竖子较真。臣以为，我王当决断大计，决策合纵才是了。”

黄歇虽年轻，却长于折冲周旋，言谈温和雅致，那笑在言先的“噢呀”口头禅，更是虽雷神火暴也不能峻拒的“善引子”。他寥寥数语，殿中气氛顿时缓和下来。楚威王点头笑道："黄歇大是，本王倒是肝火过盛了。"随即扫视大殿，肃然正色道，"朝会论战，合纵大计已无异议，本王决断：楚国加盟合纵，举国跟从先生。今命：公子黄歇为本王特使，随先生谋划合纵；与合纵相关之内政，由大司马屈原一并处置。"决断完毕，转身对着苏秦深深一躬，"合纵功成，先生便是楚国丞相。"

苏秦连忙大礼拜下："外臣苏秦，谢过楚王。"

朝会散去，魏无忌、赵胜、荆燕三人早已经在驿馆门口迎候苏秦。苏秦将朝会情形细细一说，三人兴奋异常。正在谈笑间，公子黄歇前来相邀到府中做客。黄歇已成楚王特使，将与一众同行，本来也有诸多事务需要磋商确定。苏秦一行略事安排，留下荆燕坐镇，立即登车上马，辚辚来到黄歇府邸。

进得正厅，宴席已经安置妥当。黄歇本是刚刚从王宫办理出使王书出来，便先对苏秦几人讲述了楚王对合纵的决心与期望，转述了楚王的八个字——全力促成，愿担重责。苏秦大为振奋，心中一块大石顿时落地。如果说大殿朝会只是一种姿态，对黄歇的这八个字显是楚王真实的意愿了。楚为大国，又是受秦国伤害最深的国家，一旦加入，合纵便成功了一大半，苏秦如何不感到高兴？赵胜却有疑惑，瞪着一双大眼问："这'愿担重责'却待怎讲？六国合纵，职责不同么？"魏无忌却只是微笑不语。

苏秦爽朗笑道："公子一时懵懂而已。六国合纵，须得有大国做盟主。此事苏秦自有主张，只是尚未到商讨时机。待齐国底定后，此事自会水到渠成。此时先告诸位：苏秦必定处以公心，不使盟主之位成为合纵羁绊。"

"好！"魏无忌拍案赞叹，"有先生公心，合纵必有大成。"

黄歇端起酒爵笑道："噢呀，楚国受秦欺凌最甚。我王之意，是愿多出兵出粮，可没有二心也。”

四人一阵大笑，却听院中有人高声道：“好啊！聚酒行乐，竟无我份，岂有此理？”

“噢呀，屈原兄！”黄歇一声笑叫，人已经到了廊下，“你不是进宫了么？”

“进宫就不出来了？”屈原大袖飘飘，神采奕奕。

苏秦三人已经站起：“大司马酒中豪杰，来得正好，快请入座。”

屈原坐定，先与四人连干了三爵，方才撂下大爵，慨然一叹：“想不到，今日朝会竟成楚国振兴之转机，屈原谢过先生了。”

苏秦微笑道：“大司马有好消息？”

屈原笑而不答，却又径自干了一爵，粗重地喘息了一声，显然在压制内心的兴奋：“楚国，终于等到了这一日。屈原，终于等到了这一日！”双眼潮湿，一拳砸在案上，大爵“咣当”落地。苏秦也不细问，举爵慨然道：“来！为屈子耿耿情怀，干！”五爵相撞，一饮而尽。

黄歇轻声问：“决断了？”

屈原轻轻点头：“你走之后，立即开始。”

“噢呀，了不得了……”黄歇也激动得喘息起来。

苏秦三人都没有插话。谁都能感觉到，楚国将要发生一场出人意料的变化。在战国大争之世，除了变法，还能有何等大事使人激动若此？如此一个广袤纵深的大国，若进行一场如同秦国那样的雷霆变法，天下格局又当如何？闪念之间，一阵风暴不约而同地滚过三人的心田。苏秦默默地慨然叹息，魏无忌紧紧咬着嘴唇，赵胜愣怔怔地瞪着双眼。

“噢呀，都愣怔何来？我与屈兄并无密谈了。”黄歇一阵大笑，“来来来，还是说正事了，几时去齐国？”

苏秦恍然笑道：“公子若无急务缠身，后日如何？”

“噢呀，一言为定，就后日了。”

“我已经派斥候探明，潍水正在枯水期，无须绕道……”魏无忌尚未说完，突闻府门马蹄如雨，众人惊愕间，荆燕已经大步匆匆进来道：“禀报武安君并无忌公子：斥候急报，潍水突然暴涨，水流湍急，河道漫溢十余里！”

“如何？”魏无忌骤然站起，“咄咄怪事！十月初冬，何来洪水？”

众人面面相觑，一时不知如何是好。屈原沉吟道：“潍水上游在鲁国境内，有四条支流。当年楚齐争战，倒是都到上游峡谷堵过水，而后放水淹没河道，阻止对方军马。可目下，谁肯花此等力气？”

赵胜急迫道：“此事看来不简单，即使河水退了，十余里宽的烂泥塘，十天半月也过不了河。”

“能否绕路？”苏秦急问。

魏无忌面色阴沉：“绕路而行，只有北上宋国、魏国，再经薛国、鲁国到达临淄，加上转换关文，足足得磨上一个月。”

“噢呀不行，宋国这个地头蛇恶气正盛，一定从中作梗！稍有麻烦，岂不阴沟里翻船了？”黄歇情知楚国与宋国交恶，实在是不放心这条路。

苏秦思忖片刻，断然道：“就过潍水！明日便出发。荆燕打前站，找几条渔船等候。”

“我立刻便走。”荆燕一拱手转身走了。

苏秦五人又商议了片刻，散了酒宴，各自分头准备去了。

三　壮士舍身兮潍水茫茫

樗里疾可是着急了，驿馆庭院的绿草被他踩出了一大片白地。

来临淄已经二十余日了，竟然见不上老齐王，急得他直骂田因齐老枭。每当他想拂袖而去，那个专门陪他的公子田文便会说：“我王病情好转，三两日可见上大夫。”可当他兴致勃勃地做好了准备，公子田文又会来说：“我王病情发作，敢请上大夫稍待两日。”如此反复了几次，樗里疾也皮了。原本是着意赶到苏秦前边来临淄，就是要先稳住齐国，使苏秦的“六国合纵”少去一个重要支柱，变成瘸腿。可如今一耽搁，这“抢先一步”就变得毫无意义了。可要不见老齐王一面便走，又实在不妥，毕竟秦国现在要自己解困，是有求于齐国。等在这里吧，又实在是着急。

今日，樗里疾又在庭院草地打圈子，懒得再骂齐王老枭，慢悠悠踱步，慢悠悠思忖，倒是冷静了下来。对呀，这分明是那只老枭有意拖延，既不想放他走，又不想立即见。这只老枭意欲何为？对了，一定在等待苏秦一行。这只老枭要将秦国和“苏秦五国”都握在自己手里掂量一番，既要利用秦国压“苏秦五国”，又要利用“苏秦五国”压秦国，然后权衡取舍，使齐国从中谋到更大利市。呀，好一只狡黠的老枭。想到这里，樗里疾不由自主地笑了：“鸟！你个田因齐，竟敢拿咱黑肥子作耍。咱就逗逗你这只老枭，没结果咱就不走，看你如何了结这场博戏？”

“上大夫啊，和谁说话？”一阵清朗的笑声在背后响起。

“反正啊，没和你这公子哥说话。”待樗里疾转过身来，却见一个英气勃勃的青年笑吟吟地走来。此人身材高大，散披长发，一身红色软甲，外罩一领大红绣金斗篷，左手一口阔身长剑，活生生一个战国剑士。樗里疾上下端详一番，揶揄笑道：“虽说像个剑士，到底富贵气忒重，少了布衣剑士的肃杀凛冽，倒像个荷花大少一般。”

来人大笑道：“樗里子，不管你如何骂，我还是没办法也。”

"你田文没有办法，我有办法，怕甚来？"

"樗里子又要走？"田文目光骤然一闪。

"哼哼，你才要走。"樗里疾冷笑道，"我呀，吃不到猪肉也要守着猪，你齐国总得给一根猪骨头了。"

"恶人自怜。"田文又是一阵大笑，"秦国威风八面，齐国敢得罪么？樗里子哪里是要一根骨头，分明是要囫囵吞下一口肥猪也。"

"嘿嘿嘿，岂有此理？秦国可是没拔过齐国一根猪毛也。"

田文笑不可遏地点点头："倒也是。哎，我说樗里子啊，我今日请老兄去市井一乐，如何啊？"

樗里疾将鼓起的肚皮拍得啪啪响，一本正经道："老也肥也，能与你等少年风流同乐？罢了罢了。"

"哎——"田文神秘地笑笑，"临淄圣境，天下独一份，真不去？"

"那……"樗里疾眨眨秦人独有的细长三角眼，"嘿嘿，莫非是国王后宫不成？好，走。"也不啰嗦，跟着田文便走。到了驿馆门口，一辆宽大的篷车正等在门口，田文笑吟吟伸手做请，樗里疾也不客气地坐了进去。田文跟着坐进，脚下一跺，篷车放下前厢厚厚的垂帘，辚辚启动了。

樗里疾在暗幽幽的车厢里打量，只见这车厢特别宽敞，并排两个宽大的座位，脚下还有隆起的脚凳，坐着特别舒适；不可思议的是，后边还有一个小巧的卧榻，一个人蜷卧在那里是绰绰有余的，显然，这是特制的一种篷车。"齐人费神，这叫甚车？"樗里疾笑问。田文笑道："没见过吧，这叫逍遥车，野游是四马驾拉。后面那张卧榻还可伸缩，小到一个座位，大到一张卧榻。榻下有一个暗箱，里面酒肉茶齐全。铺上锦被大枕，这逍遥车便一个销金窟也，要不要改日试试？"

"啧啧啧！"樗里疾不禁咋舌道，"临淄贵胄了得，了得也！"

“秦人真是少见多怪。”田文大咧咧笑道，“这种车在临淄多了去，我这逍遥车算最寒酸的了。齐王的逍遥车，车厢展开有一丈见方。就是几个元老权贵的逍遥车，也是八九尺见方，装三两个美女大是宽敞也。”

樗里疾黑脸已经绷紧，本想痛斥一番，可转念一想，却嘿嘿嘿笑了：“临淄已经领天下文明风华之先，超越大梁了。想必稷下学宫的士子们，也快一人一辆逍遥车了。”

“别绕着弯儿作践齐国。”田文笑道，“文明风华？亏你想得出！灌我迷魂汤，教齐国继续荒唐奢靡么？稷下士子一人一辆，齐国不得趴下了么？”

樗里疾哈哈大笑：“齐国有公子，总算还有一口气了。”

田文慨然一叹：“樗里子，大石滚山，独木也是难支。到了，下车。”

樗里疾下车，只见篷车停在一道街口，抬眼打量，街口的高大石坊正中有四个大字“绿谷胜境”，街中一色的绿顶木楼，虽不甚宽阔，却整洁异常。最为不同的是，石坊下站着四名带剑的文职小吏，在认真查勘每个进街人的照身牌。照身牌是齐国发给外国商人、使节的一个铜牌，上面刻有持牌者的画像、姓名、国别，背面还有铸牌尚坊的铜印，私人决计无法仿造。

田文低声笑道：“樗里子，这里只许外邦人士进去，尤其欢迎外邦商人，然则只能步行。”

樗里疾点点头，揶揄笑道：“嘿嘿，这就是管仲老儿掏外国人钱袋的鸟物事么？怕人家不给钱跑了，便不许坐车骑马。还绿谷胜境，啧啧啧！老面皮说得出。”

“管仲可是齐国功臣，不得乱说。”田文笑笑，“若非陪你，我也进不去。”

樗里疾大笑道："啊，田文也有借光的时日嘛。好！带你进去风光风光。"说着递上特使铜牌，小吏验看后对两人恭敬作礼。樗里疾二话不说，拉着田文走了进去。

街两边全部是两层的绿顶小木楼，仔细看去，各擅胜场，一座与一座决然不同。各个楼前临街的正门，都矗立着一座石刻，石上刻着自己的字号："绿月楼"、"散仙居"、"河汉春"、"白云涧"、"云雨渡"、"阳春雪"……樗里疾一路念叨，连呼肉麻，田文笑得不亦乐乎。最后，樗里疾指点道："阳春雪嘛，差强人意。"

田文笑道："那就进去，别夫子气。"不由分说将樗里疾推进了"阳春雪"的门厅。不想这阳春雪豪华得令人咋舌。十丈见方的宽阔大厅，一色白玉大砖铺地，光亮得能照出人影儿来。门厅两边，两片婆娑摇曳的绿竹，在雪白的玉砖地面衬托下和谐雅致。大厅尽头是一面几乎与墙等高的铜镜，将门厅外的绿色长街映成了无限纵深的甬道，客人迎面走来，仿佛要走向无可揣测的神秘去处。左面墙上一个孤零零的大字——食。右面墙上也是孤零零一个大字——色。

樗里疾看得浑身局促，脸色涨红道："啧啧啧！齐国真是富，这简直就是金饼堆起来的，管仲老小子真黑，黑！"

"又村气了？不闻孟夫子高论：食色，性也？"田文开心地看着樗里疾的窘态。

"嘿嘿，还孟夫子？老头儿要知道两个字写在这里，还不活活气死？"

"嘘——别扯了，妈妈来了。"

"妈妈？"樗里疾笑不可遏，"这地方有妈妈？你妈妈还是我妈妈？"

田文可劲儿捏了樗里疾一把，低声道："只是妈妈，谁的都不是。"

“莫得乱捏。谁的都不是，算甚妈妈？”樗里疾更是惊讶。

田文情急，伏在樗里疾耳边狠狠道：“妈妈就是女人班头。别聒噪了。”

一个身着白纱长裙的丽人轻盈走来，向田文款款一礼道：“公子请随我来。”田文惊讶道：“妈妈如何识得我？”丽人妩媚地笑了：“临淄谁人不识君？公子光临阳春雪，也是我门一大盛事呢，请到楼上消闲。”田文释然笑道：“我陪这位贵客前来，先生口味很是高雅，妈妈留意了。”丽人一双清凌凌大眼飞快地扫了樗里疾一番，庄重温柔地微微一礼：“小女子见过先生。”举止极是温文尔雅。樗里疾不由自主地一拱手，竟冒出了一句道：“多承关照。”田文不禁“噗”地笑了。樗里疾顿觉狼狈，狠狠地瞪了田文一眼。那位丽人却是嫣然一笑：“先生原是贵人雅客，请了。”说罢飘然举步，带二人绕过铜镜，踏着猩红松软的厚厚地毡走上了楼梯。樗里疾看看金黄铿亮的楼梯扶手，伸手一弹，竟是“当”的一声，不禁惊叹出声道：“噫！真货！”“阿嚏！”田文生生憋住笑意，却打了个响亮的喷嚏，脚下踩空，身子猛然一闪。白裙丽人好像事先料到一般，轻轻偎身一扶，恰到好处地将田文身体稳住了。樗里疾却嘿嘿笑了：“善有善报也。”丽人回首，眼角一瞟道：“先生诙谐可人，真名士呢。”一句话竟使樗里疾暖烘烘的，不禁又拱手道：“公子妈妈褒奖，如何敢当？”一句话出口，田文与女子不禁笑得跌坐在楼梯上，田文上气不接下气道：“你，你，你，妈妈……”樗里疾原是真不知晓此中规矩，认真摇头道：“非也非也，君子不掠人之美，岂有争妈妈之理？”看他认真争辩的模样，田文与女子更是笑作了一团。

好容易上得楼来，丽人带着两人曲曲折折拐了好几个弯儿，才来到一间绿纱环绕极为典雅的房间。丽人笑问：“公子、先生，先吃酒？先沐浴？”

田文道："先沐浴了。"

"吃酒。嘿嘿，十日前我已沐浴过了。"樗里疾认真摇头。

丽人第一次惊讶地张开了小口，又连忙用一方白巾捂在了脸上。田文哈哈大笑道："老夫子也，你多久沐浴一次？"

"一个月。打起仗来就没日子了。"

"早馊了！"田文笑叫，"别聒噪了，先沐浴。"

丽人已经被笑意憋得面色通红，闻言连忙"啪啪"拍了两掌，便见从左右绿纱后分别飘出两名美丽活泼的少女，分头向两人作礼："敢请大人行沐浴之乐。"田文笑道："先请樗里先生，可要小心侍奉了。"丽人妈妈向少女只一瞄，那个少女立即敛笑低眉，化成了一个温顺淳朴的村姑对樗里疾羞怯怯道："敢请阿大沐浴了。"

秦人土语将父亲唤做"大"，这"阿大"几近义父之意，后来演化做"干大"，中原叫做"干爹"。樗里疾年近四十，加之肤色黧黑粗糙，寻常也时不时以"老夫"自嘲，听少女呼他"阿大"，自觉也当得如此少女的父辈，竟顿生淳朴乡情，呵呵笑道："好好好，阿大就沐浴一回。你等我，出来吃酒。"

"不等，此处是自个方便。"田文笑吟吟地拒绝了。

"如何能自个方便？要方便一起方便！"樗里疾已经走到了隔间口，却回头认真起来，高声大嗓地叮嘱。

田文道："好了好了，一起方便，我等你。"

丽人与少女见樗里疾走了进去，不由自主地喷声大笑，一齐软倒在田文身上……

这时，突然传来一阵急促沉重的脚步声，一个男仆匆匆走了进来对丽人一躬道："禀报东主，公子门客紧急求见公子。"

"何人？"田文急问。

“报名冯驩。”

田文霍然起身道：“请妈妈关照，贵客稍时出来，护送他到街口篷车，我去了。”说完也不待丽人回答，匆匆去了。

冯驩带来了一个突然消息：潍水暴涨，苏秦一行可能延期。田文顿时面色铁青道：“走，回府计较。”坐在车中一言不发，心中却是分外焦急。冯驩也不多问，专注驱车，片刻回到田文府邸。

田文是齐威王庶孙，被齐威王称做“田氏新锐”，在齐国贵胄子弟中可谓独领人望。这次，田文奉齐威王密令：全力斡旋“苏秦五国”与秦国特使，为齐国谋划最佳出路。田文很清楚，无论自己如何权衡，最终都要老齐王亲自接见双方作最后决断。而这位曾经英气勃勃的国王，如今年事已高，痼疾缠身，近日愈见不善，眼看是随时都可能溘然长逝。加之樗里疾又耗在这里，苏秦一行自然是越早到越好。为此，田文在六百多名门客[1]中遴选出三十人的一支精悍队伍，交给文武全才的舍人[2]冯驩，由他率领这支人马随时探听各国动向。苏秦游说赵国成功后，这支人马撒开了大网，随时将各种消息送到临淄。苏秦入楚，樗里疾入齐，齐国成为合纵与秦国双方争夺的焦点，这支人马便更加忙碌了。眼下潍水莫名其妙地暴涨，冯驩他们竟查不出是何方神圣作祟，岂非咄咄怪事？若耽延日久，岂不大大误事？

回到府邸，田文一面派出一个精明门客去驿馆找理由向樗里疾解释，一面立即与冯驩一班心腹门客商议。冯驩早有思索，提出了三路并进的主张：其一，由他率领二十名善于泅水的骑士连夜赶赴潍水，争取渡过潍水接应苏秦；其二，由两名门客携带田文密件，连夜赶赴潍水岸

[1] 门客，春秋战国时期贵族权臣私家聚养的士人，即所谓“养士”，主要为权臣谋划利益并付诸实施。

[2] 舍人，战国时期贵族权臣的家臣称谓，有才能的门客一般都是舍人，具体职责临事而定。

边征集大船，能将苏秦全部人马接过来更好；其三，由驯马奇士苍铁驾千里车，从齐鲁边境绕道潍水，若苏秦一行走了远道，立即用千里车将苏秦一人先行接来。

冯驩说罢，其他人没有异议，田文也欣然赞同，于是立即分头出发。田文自己则急忙赶赴驿馆安抚樗里疾，毕竟，这个秦国特使也是不能得罪的。

冯驩马队出发的时候，苏秦的五国使团刚刚抵达潍水东岸。

潍水发源于琅邪郡境内的潍山，是以名为潍水。琅邪郡本是越国后期的都城，楚国灭越后，琅邪之地成了楚国的北部边境。潍水向西北独立入海，流经临淄东部平原，成为横贯齐国境内的最大河流。潍水在独立入海的二等河流中（古人将独立入海的江、河、淮、济四条大水称为“四大名水”，没有包括流程较短的独立入海者），堪称大水，水流丰富，河道宽阔，过山河段则狭窄湍急。其时，潍水在楚国境内的两岸尚是人烟稀少的荒凉地区，数百里茫茫盐碱滩，连当时的越国都无心占领，而将长城修筑在盐碱滩之南，楚国灭越后承袭了越国北境，无心派兵向北推进。齐威王初期，本想占据这块茫茫芦苇滩作为向南推进的根基，后来却觉得揽在手里反倒惹事，便将齐长城修筑在可耕田的南部边缘。于是，这片一望无际的茫茫盐碱地便成为楚齐两国的一片无人缓冲区，倒也乐于为双方所接受。

苏秦的五国使团已经有了两千多随行军马，连同辎重车队与文吏随员，足足有三千人。按照魏无忌的调遣，从郢都乘楚国舟师的十艘大战船，从淮水顺流东下，穿过洪泽下船乘马，兼程北上，再从齐国境内的高密城西渡潍水，直达临淄。一路顺利，第六日可到齐国境内。然赶到潍水岸边，所有人都茫然无措了。

寻常清澈的潍水，变成了一条恶浪汹涌的浑浊泥流。岸边良田统统被淹没在齐腰深的泥水里，河边的官道也被浸成了踩不得人马的软根路。遥望西岸，黄蒙蒙无边无际，莫说无船，纵然有船，这汹涌澎湃的泥水与西岸无边无际的浅水烂泥，又如何能过?

“噢呀呀，洪水如此厉害，有船也不行！”黄歇急得声音都变了调。

“狗贼子！一定是秦国使坏！”赵胜恶狠狠骂了一句。

“武安君，我看只有绕道了。”魏无忌看看苏秦，又看看茫茫泥流，“选十匹快马，武安君先行。路上若不出事，半个月可到临淄。”

“其余人马？”荆燕急问。

“原地守候，能走再走。”

黄歇、赵胜都没有说话，显然也认为这是唯一的选择了。赵胜少年心性，见苏秦没有异议，便急匆匆道：“选马的事交给我，我有现成的五匹胡马，保你一日六百里！”

“且慢。”苏秦摇摇手，“绕道之烦之险，在郢都已经议过……没有办法，只有泅渡。”

“噢呀噢呀，泅渡？笑话！太险了！”黄歇连连摆手，脸都白了。

赵胜锐声道：“武安君，如何泅渡？你会水么？”

荆燕黑着脸：“万万不能！万一出事，我无颜回老燕山。”

只有魏无忌沉默着，见苏秦望着他，沉重地叹息了一声道：“武安君一身系天下安危。谚云水火无情……”

“诸位休要再说了。”苏秦冷静果断，“齐王时时有不测之危，秦国也意图拉过齐王。岂能耽延半月一月？合纵成败，在此一举。行百里半九十，岂能功败垂成？”看看几个人的沉重犹疑，苏秦慨然一叹，“生死何足论，唯愿死得其所也！我带荆燕泅渡，三位公子绕道，其余人马原地守候。”

话音一落，几个人“轰”一下嚷嚷起来，黄歇声音最响：“噢呀，泅渡就泅渡！为何我就不算？有比我水性更好的？”赵胜更是面红耳赤：“武安君大谬，瞧不起我赵胜么？赵国剑士有丢下正主儿不管的么？大谬大谬！”魏无忌摆摆手，庄重地对苏秦一拱手道：“武安君之言气壮山河，泅渡便是。只是，武安君命无忌掌军行止，须得听我分派，不能乱了军法。”

苏秦点头：“也好，公子分派。”

魏无忌转身肃然道：“诸位听我将令：公子黄歇，在楚国子弟中挑选三十名水中好手，随侍武安君两侧，专司保护；公子赵胜，遴选十匹上等骏马，带二十名骑士牵马泅渡；将军荆燕，率领军马留守东岸；我魏无忌，带领二十名壮士保护一应文箱泅渡。若无异议，立即分头准备，半个时辰后泅渡！”

“我有异议！”荆燕慷慨激昂，“要我留下，荆燕立即自刎！我不能离开武安君，燕国壮士也不能离开武安君，就是这话！”说着锵然拔剑，明晃晃的剑锋已搭在了脖子上。

全场愕然。苏秦也不知该如何说才好，原是他从安危考虑，不想教三个栋梁人物涉险，将燕国壮士看做自己老根，才首点荆燕跟随，如今魏无忌却将自己的安排颠倒了过来，荆燕又是如此激烈，委实难以处置。

默然良久，魏无忌轻轻一叹：“将军放下剑，无忌留守便了。”

荆燕缓缓撤剑，却惊讶地看着魏无忌，心中有些茫然。在他看来，赵胜最年轻，该当留守才是，如何魏无忌要自己留下？他可是行军总管啊，可转念一想，以赵胜的少年气盛，又如何肯放弃英雄举动？方才他还说苏秦瞧不起他，争执起来，魏无忌又该当如何？想想，荆燕深深一躬道：“多谢公子成全，荆燕永世不忘公子。”

魏无忌哈哈大笑道：“哪里话来？我随后设法赶来便是，也许，就是我留守合适。诸位，开始准备！”

三个人都匆匆去了，苏秦对魏无忌慨然一拱道：“公子屈己容人，真乃全局之才。苏秦先行一步，定设法早日接回公子。”魏无忌笑道：“不劳先生费心，走！我帮先生准备。”

最忙碌的要算黄歇。他将三百名楚国骑士与全部随员集中起来，登上轺车高呼：“楚国壮士们，武安君为了天下安危，决意泅渡潍水！我黄歇也决意追随。我要问，谁是水中高手？谁愿共赴国难？左袒！”话音方落，人群轰然骚动，接着一片呼喊：“我是！”“我算一个！”“我等云梦泽子弟，全数都是！”呼喊声中，袒露的左臂齐刷刷举成了一片黝黑树林。

“好！楚国多义士，何愁楚不兴！”黄歇奋然高呼，“云梦泽子弟前出！”

楚国本是水乡，云梦泽渔民更是楚国腹地的泽国老民，几乎人人熟悉水性，是楚国水军的主要兵员地。从军成为骑士的云梦泽子弟，更是水陆两硬的渔民精华。他们在左袒的同时，已经迅速地剥掉了全部甲胄，只留得贴身短褂，听得黄歇呼唤，云梦泽子弟呼啸一声大步前出，站成了白花花的一排。

“噢呀……”黄歇骤然哽咽了，“诸位壮士人人赐爵一级！但有牺牲，加爵三级，还乡厚葬。”说罢深深一拜，跪倒在轺车辕上。

“云梦子弟，誓死报国！”一声呐喊，一片呼应，六十多名云梦泽子弟齐刷刷跪倒了。

黄歇跳下轺车道：“诸位请起，听我分派：水中斗杀力强者，站左；善泅而膂力弱者，站右。”队中一人高声道：“公子下令便了，我等在水中无有弱者！”黄歇道：“好！左队三十人护持武安君，十人前游开路，八人断后，十人居中两侧护卫，两人驾扶武安君泅渡。”

“遵命！”左边三十人一声呼应。

“右队三十人，十人前行探水，十人辅助赵国壮士牵马，十人巡回救急。”

“遵命！”

“一刻准备，留言留物。一刻之后，全数列队下水！”

云梦泽子弟们散开了，黄歇稍事收拾了自己，又对留守随员交代了几件事务，便匆匆来找苏秦。一座小帐篷里，苏秦已经收拾妥当，魏无忌正在端详品评。黄歇却看得惊讶不止，但见苏秦紧束灰发，上身赤裸，全身唯有一件紧身布包着下身。紫铜色的肌肉结实饱满，却又是伤痕累累。“噢呀武安君，如何恁多伤疤了？”苏秦尚未答话，赵胜急匆匆走了进来，魏无忌看着浑身雪白的黄歇与赵胜，不禁莞尔道：“赤裸裸相对，便见精铁脆玉之别了。”

黄歇也笑了：“噢呀，你魏无忌难道还比武安君强了不成？”

赵胜也是惊叹不已：“呀！武安君并无征战，如何直与老军卒一般？”

“未经风霜，不成大器，信哉斯言矣！”魏无忌慨然一叹。

苏秦笑了：“公子们钟鸣鼎食，苏秦蓬蒿布衣，时也命也，如何比得？”

“噢呀。”黄歇恍然道，“秋令时节，水是冰凉，先生裸身，如何受得？”

“无妨无妨。”苏秦笑道，“我最耐寒，冰天雪地，也奈何不得我这裸身。”

此时，帐外号角齐鸣。四人连忙出帐，只见荆燕已经将泅渡队列整肃列阵，高声向魏无忌禀报：“泅渡阵式列成！敢请公子下令！”魏无忌转身向黄歇一拱，双手奉上令旗道：“水上之事，还是黄兄调遣妥当，魏无忌拜托了。”

黄歇肃然还礼：“大事临头，恭敬不如从命。”说罢大踏步跳上一辆轺车，令旗一劈高声下令：“探水斥候，先行入水——”

十名云梦泽子弟一声呼喊，呼啦啦越过泥滩，扑入茫茫黄水。遥遥望去，他们在河面上散开成一字排列，布满了大约一里宽的水面。渐渐地，他们的身影变成了小小黑点，出没在滚滚泥浪之间，渐渐地水天苍茫，什么也看不见了。大约有半个时辰，对岸传来悠扬粗重的螺号声。

“噢呀，三长两短。水底多险滩，水面多浮物，加倍小心！”黄歇转身看看苏秦，苏秦平静地点点头。黄歇转身高声发令：“公子赵胜，率赵国壮士牵马，先锋泅渡！云梦子弟十人游动救急！”令旗劈下，“出发——”

赵胜一声大喝，赵国二十名勇士分别牵着鞍辔齐全嘶鸣跳跃的十匹阴山战马，走进了滔滔大水。只见赵胜居中关照，每三人一马一个单元，两个赵国勇士一前一后牵马推马，一个云梦泽子弟左右游动救急。十个单元并排前进，河面不断传来萧萧马鸣与赵胜尖锐的呼喝之声。听得岸边人心惊肉跳。

半个时辰后，荆燕率领的八十名燕国骑士下水了。燕国派出的护卫骑士本是两个百人队，但反复遴选，会水的只有八十人，但在这汹涌泥水中泅渡，本领显然不如楚国子弟。荆燕毕竟不糊涂，不再坚持要燕国骑士全部泅渡，也不再坚持一定要亲自护卫苏秦泅渡，而是服从了黄歇命令，单独率领燕国骑士泅渡了。这是水性最弱的一阵，黄歇又特意加派了落选的楚国子弟四十名，连同原来的十名云梦泽子弟，共五十人与燕国骑士共同泅渡。饶是如此，茫茫河面也不断传来呛水、溺水的救急呼喊，带给岸边阵阵慌乱。

良久，西岸终于传来了又一阵螺号声。

此时暮色已经降临，黄歇有些犹疑：“武安君，明日再泅渡如何？”苏秦却没有丝毫犹豫，“不，点起火把，连夜泅渡！”魏无忌大是感奋：“逆境愈奋，武安君英雄本色也。来人，点起火把！拿酒！”

大片火把在沉沉暮色中燃起，魏无忌亲自把酒，敬了苏秦，敬了黄歇，敬了所有的云梦泽子弟。而后魏无忌走上一座土丘，命令将三面牛皮大鼓全部抬上土丘，魏无忌脱去斗篷，走到居中大鼓前，拿过那对硕大的鼓槌：“武安君，无忌为你擂鼓壮行了！”

三鼓齐鸣，隆隆如雷。黄歇大喊：“壮士们，下水！——”

岸边火把连天，一片呐喊。三十名云梦泽子弟，人人手持一支火把，簇拥着苏秦进入了汹涌的泥流，一个火把圈子便围着苏秦缓缓前进了。黄歇游在苏秦的身边，不断高喝着推开漂来的树木草堆。行至河心，骤然水深丈余，波涛滚滚冲力极大，苏秦顿感吃力，身体不由自主地随浪漂去。两名夹持护卫的云梦泽子弟一声大吼，不由分说一边一个架住了苏秦。恰在此时，一根巨大的断树在火把阴影中乘着浪头冲了过来。右边的黄歇一声大喝，来奋力猛推，不料黄歇力弱，水性又是堪堪自保，竟被断木枯枝撞向一边，胳膊上还划开了大大一道血口。黄歇被撞得呛水，连连猛咳间却见断木直冲苏秦而去，不禁大惊失声：“噢呀！”

这时，苏秦右边的云梦子弟大叫一声：“护住人了！”便全力冲向浪头断木。只见他跃起水面，迎着断木的来势一压，用肩膀向斜刺里顶去，瞬息之间，断木偏开，水面上却漂出一片殷红的血水。

“兄弟呀——”随着架扶苏秦的云梦子弟一声哭嚎，三四名游过来的云梦子弟顺着断木血水直追而下。大约一顿饭工夫，他们托着一个人艰难地游了回来。黄歇嘶声喊问：“人有救么？”一个子弟哭喊着：“枯枝插进了肚皮……”另一个子弟游过来禀报：“屈三是船家子弟，本来已经将断木荡开，水下枯枝却刺进了腹中。还有一口气，死活难说！”

此时已过深水河心，苏秦在泥水中沉浮，泪水却将脸颊泥巴冲开了两道，脚一触地，奋然从泥流中站起：“走！为这位兄弟治伤！”一声嘶哑大喝，竟神奇地从泥流中走了出去……越过两里多宽的泥滩，两片火把终于相聚了。赵胜听得动静有异，早已命军士铺好了一堆干茅草，并从马具里拿出了伤药。赵胜迎到泥人，便要察看苏秦黄歇。苏秦哑声大喊：“我没事，快救楚国兄弟！”此时楚国子弟已经将屈三抬到了茅草堆上，火把已经围了一圈。黄歇浑身带血冲了过来道：“噢呀闪开，我来看。”但见火把照耀下，泥乎乎的屈三双目紧闭，肚腹中还插着一根利剑般粗长的枯枝。“清水！伤药！”随着黄歇喊声，已经有人端来大盆清水，将屈三身上冲洗干净。泥水一去，便见屈三肚腹肿成了一个巨大的淤青硬块，枯枝周围裂开成一个森森白口。面色苍白如雪的屈三，眼见已经是奄奄一息了。

“兄弟呀，你就这样去了！睁开眼，看看我！”一个泥人踉踉跄跄地冲进来，抱住屈三放声大哭。扶持苏秦的云梦泽子弟，原是屈三一对双胞胎兄弟。哥哥在水中已经知道弟弟凶多吉少，却只是哭喊了一声再不开口，咬紧牙关将苏秦护过深水区，便昏了过去。此时哥哥醒来，一见兄弟惨状，情知无救，大放悲声。

“哥哥……我，我有爵位了……屈家，不做隶农了。”屈三神奇地醒了过来。

“噢呀屈三，我是黄歇。你有爵位！全家脱隶籍！你做千夫长！听见了么？”黄歇哽咽着嘶哑大喊，他精通医道，心知屈三不行了，一时语不成声。

苏秦举着一支火把走了过来，肃然跪倒在屈三身旁：“屈三兄弟，你是为我去的，你永远都是我苏秦的兄弟，永远再不做奴隶……

屈三！”

“武安君，公子，好，好……”带着满足的笑容，屈三安详地闭上了双眼。

“屈三啊……”云梦泽子弟们哭成了一片，跪倒在屈三身旁。

秋风萧瑟，吹来了潍水的滚滚涛声。五国壮士们按照云梦泽的古老习俗，将屈三的遗体放在了一只独木舟上，云梦泽子弟们喊着号子将独木舟抬进了滚滚波涛，眼看着独木舟随着波峰浪谷漂向了北方的茫茫大海。

四　烈士暮年的最后决策

田文接到紧急密令，立即进宫。

已经近一个月没有见到老国王了，田文也是忐忑不安。他目下做的这件事干系实在重大，确实需要时时晋见国王，以便得到明确指令。可国王已经今非昔比，近年来深居简出，极少接见臣下，自己一个后进公子，目下又无实职，连爵位也还没有确定，又如何能随意进出王宫？其实也不仅仅是田文，即或如父亲田婴，接任驺忌做了丞相，爵位又是靖郭君，在齐国可谓高爵重权的开府权臣，也是很长时间见不到老国王一次。虽则如此，朝中大臣可是谁也不敢掉以轻心。寻常时日，齐国大臣多有先斩后奏之事，近年来反倒都是谨慎有加，如履薄冰，未经王令，哪个官署也不敢就任何大事做主。倒不是齐国官员没有了既往的率直坦诚，而是官员们对老国王实在无法捉摸。经常在谁也无法预料的时刻，在谁也估摸不准的府邸，在谁也看不清有何重要性的事情上，往往就有紧急王书或紧急宣召降临，而官员所得到的决策命令，又往往的出乎预料。

今日也是如此，田文实在想不到会在这个时刻紧急宣召他进宫。

三个月前，当苏秦刚刚在燕国游说成功的时候，田文第一次被秘密召进了王宫。就实而论，田文并没有见到老国王，只是隔着一道帷帐，听见了一个苍老沙哑而又令人敬畏的声音："田文啊，你乃齐国王族之后进新锐，本王素寄厚望。"那个沙哑苍老的声音粗重地喘息了片刻，接着一口气说了下去，"今闻急报：苏秦游说合纵抗秦。兹事体大，天下格局可能巨变。以大父老眼，中原五国受秦巨创，合纵必成。未来数月之内，苏秦必到临淄，秦国特使亦必到临淄。然则，是否加盟合纵，齐国最难抉择。齐国濒临东海，远离秦国，与之素无深仇大恨。合纵抗秦，则齐国将无端树一强敌。游离合纵之外，则中原五国将视我为另类，迟早亦是大祸。"田文清楚地记得，说到这里，帷帐后一阵苍老沙哑的喉喘痰咳之声，可是他却丝毫不敢分心，依旧纹丝不动地跪坐在案前。片刻之后，苍老沙哑的声音舒缓了一些："今召汝来，委汝重任：汝携我王剑，全权周旋两方，使我有回旋余地，可是明白？"

"田文绝不负大父王厚望。"

"王孙无官无爵，又是庶出，有难处么？"沙哑苍老的声音平淡冷漠。

"为国效力，田文当克难全功。"

帷帐后再没有了声息，一个侍女走了出来："大王入眠，公子可以走了。"

那次未曾谋面的接见，使田文在临淄权力场骤然变成了一个神秘人物。寻常间逍遥平静的公子府邸，变成了日间车马穿梭夜来灯火通明的繁忙重地。在所有官署都冷清下来的时候，有如此一个公子府邸在日夜不息地动作，能不让官场侧目？但田文却没有时间去理睬，不仅仅是那口供奉在出令堂的王剑赋予了他无限的权力，也是因为他毕竟是丞相田婴的儿子。

父亲本是老齐王的少子，也是嫔妃庶出。长期酷烈的宫廷争斗，使父亲变成了一个谨慎君子，在王族贵胄中最是平淡无奇。他经常告诫田文一班儿孙："王族旁支坐大，历来是国王大忌，尔等都要收敛锋芒，莫得生出事端。"接任丞相，父亲几番推辞，想要提出召回上将军田忌主持国政，可一想到田忌是自己的王族堂兄，又硬生生忍住了。父亲当政，奉行"减政去冗"的办法，除了边防急务与赋税纠葛，凡是大政一概压下，等待老国王召见时请命定夺。如此一来，这个开府丞相也确实清闲了不少。父亲见小儿子骤然变成了一个神秘的大忙人，风言风语多有流播，便来到田文府中想看个究竟。不想田文却正在与冯驩等心腹门客秘密议事，匆匆迎得出来，颇是神不守舍。

"文，近日何事匆忙啊？"父亲口气虽然从容，目光却是究根问底的。

田文略微犹疑，终于明朗回答："回禀父亲：儿奉王命，绝非私家俗务。"

父亲思忖片刻，默默地走了，一句话也没有多说。田文心中歉疚，夜晚来到丞相府邸向父亲赔礼。父亲却摆摆手制止了他，默然良久，父亲开口了："知晓大父何以委你么？"田文道："儿未尝思之。"父亲淡淡道："你有王族之名，而无官职之身，似公似私，进退裕如。你有近千门客，尽皆白身[1]，可免王室国府人力之繁难。"田文默然点头，承认父亲说得对。"约束门客，慎之慎之。"父亲叩着书案郑重叮嘱了一句，便出了书房。

家族是个特异的家族，田文自己，又是这个特异家族中的一个特

[1]　白身，指身无官职的布衣之士。

异人物。

家族的特异处，在于这个“田”既是田氏王族的嫡系，而又是一个庶出支脉。一百多年前，齐国的正宗君主是姜氏。齐国第一代接受周武王封号的诸侯君主，是太公姜尚。春秋中期，田氏部族渐渐强大，最后在田完时期终于实力超过公室，实际夺取了齐国政权。田完做了国君，齐国便成了今日的“田齐”。田氏宗室为了防备重蹈“姜齐”覆辙，一开始便采取了抑制嫡系庶出势力膨胀的国策，立下定制：王族嫡系庶出子弟，可高爵，不可重权。在这种定制之下，嫡系宗脉实际上只能确定一个太子继承王位，其他子弟，尤其是庶出子弟，则都只能尊贵荣华，而不能掌权任事。然则，田氏毕竟是齐国第一大部族，人口众多，代有英才，全然不用，也在这大争之世无法立足。于是，田氏王族的庶出子弟也渐渐有了脱颖而出的机会，时有几个出色者做了实权重臣，庶出支脉便形成了新的田氏望族。二十多年前的上将军田忌，是田氏庶出支脉的第一个显赫重臣。目下的丞相田婴，是田氏庶出支脉的第二个显赫重臣。而田忌、田婴又恰恰是同一庶出支脉的庶兄弟。短短二十余年，同一庶出支脉涌现两位当政大臣，这在齐国历史上是绝无仅有的。

田文很明白，父亲的谨慎根源正在这里——木秀于林，风必摧之。

田文之特异，在于他“其身不正而才堪栋梁”。所谓其身不正，是说田文母亲不是田婴的正妻，而是小妾，田文是庶出而不是嫡出。在礼法严格的春秋中期，庶出子弟是没有资格继承父亲爵位财产的，在家族中的地位自然也是二流的。进入战国，礼崩乐坏，长子世袭制被冲击得接近于名存实亡，才能的重要性大大超出了身份的重要性，嫡庶大防也大大松弛，庶出子弟也多有取代嫡长而成正宗的。虽然大势如此，但具体到每个家族每个庶出子弟身上，要突破这些传统礼法，也绝非轻而易举的事。难处之一，庶出子弟必须有过人才能与特别功勋；难处之二，嫡出长子须得确实平庸无能。二者同时具备，庶出子弟才有入主正宗的可能。二者缺一，庶出子弟便只能成为凭借自己实力去奋发的寻常士子。

但是，田文最为特立独行处，尚不在身份的瑕疵，而在于他惊世骇俗的作为——门客众多而多行侠义。战国中期，权力竞争加剧，贵族权臣与王室子弟纷纷招募为私人所用之士。这种“士”不受王室官职与俸禄，由权臣贵胄从私家财产中提供优厚的生活待遇。士子受人知遇，忠人之事，成为专一为权臣贵胄谋划私家行动的智囊库。于是，天下出现了一个新词——门客。招募门客，被称为养士。战国之世，养士之风已经成为一种特殊的风潮，赵国公子胜、魏国公子无忌、楚国公子黄歇、齐国公子田文，恰恰是当时天下最有名的四家养士公子。这时，“战国四大公子”的名头虽然还没有叫响，但他们的养士之名，却已经在天下传开了。

田文的养士别出心裁。寻常私家养士，以寻觅谋略之士为主，养武士者相对少。赵国公子胜少年征战，又兼赵国权力争夺酷烈，喜欢招募剑士。魏公子无忌喜欢学家名士，门客少而精。楚公子黄歇喜欢风雅之士，门客常被他荐举到国府做官。唯独田文养士大有不同，无分学问身份，但有一技之长者均可成为他的门客。唯其如此，投奔田文的门客多有市井奇能之士。有一次来了三个市井之徒，田文问其特长本领，一人说善于学雄鸡打鸣，一人说善于学狗叫，一人说善于盗物。田文大笑一通，令三人当场演技。鸡鸣者一开口，笑得众人前仰后合，雄鸡、斗鸡、母鸡的各种叫声尽皆惟妙惟肖，引得庭院外一片鸡鸣声。狗吠者更是出色，夜半狗吠、春情狗吠、厮咬狗吠、觅食狗吠、撒欢狗吠等，不一而足，尽都可与真狗一般无二，竟引得田文的几条凶猛猎犬狂吠不止。盗物者也是神奇，光天化日之下走过田文身边，便拿掉了他藏在大袖中的白丝汗巾。田文心中一动，大笑一阵，竟收下了这三个鸡鸣狗盗之徒。此举轰动临淄，引来朝野一片嘲笑，田文浑然不为所动，依旧我行我素。

然则，门下的有识之士也不满了。一日，田文到门客大院视察，远远听到当门传来一阵“叮当叮当”的弹剑之声，俄而一人高声吟诵：“鸡鸣狗盗兮竖子锦衣，磐磐壮士兮无车无鱼。安得骏马兮一去千里，高山大川兮藏我布衣。”田文听得仔细，遥遥拱手道：“怨声载道者，可是冯驩？”弹剑者淡淡道：“怨声不隐，正是冯驩也。”田文笑道：“从此刻起，先生便是我门下舍人，总掌府事。”转身吩咐家老，“即刻给先生配备骏马高车，一等俸。”家老答应着疾步去了。冯驩愣怔良久，方才默默地深深一躬。出得庭院，随行一个门客幽幽笑道：“一个酸布衣呻吟两声，便有了高车一等俸，公子何以服人？”田文一阵大笑道：“你也如此呻吟两声我听，自然一视同仁。”门客顿时红着脸不再多说了。

就是这个冯驩，一掌事便做了一件令田文刮目相看的大事。

那时候，天下除了秦国彻底废除了分封制，其余六大战国还都程度不同地保留着封地制。齐国对贵族与功臣的封地素有宽厚之名，田婴便领有封地二百余里。田婴家族与中原战国的大家族一样，也是内部分封：父亲将自己所领的二百余里封地，分给嫡长子田彤五十里，庶出子田文四十里，由他们自己掌管封地的民治赋税。田文洒脱不羁，素来不屑于钱财算计，便派冯驩代他视察封地民治并清理所欠赋税。

十日之后，一个门客飞骑回报：冯驩不听随行门客劝阻，竟将赋税债券一把火烧了，更大胆的是，也把封邑大夫当场杀了。田文大惊，这烧债券还则罢了，封邑大夫可是国府直派的官吏，如何轻易杀得？他无暇多想，立即飞马赶到封地，迎接他的却是万千民众的夹道欢呼，“万岁”之声铺天盖地。

田文查实：封邑大夫非但克扣赋税，假造债券，而且苛虐治民，确实罪有应得。虽则如此，他自己一个白身公子也无权先斩后奏，更何况冯驩一个布衣门客？冯驩却很是坦然：“杀掉一个酷吏，少收千石赋税，却得狡兔三窟，公子不以为然么？”

“狡兔三窟？”田文感到惊讶。

“狡兔之窟，性命根基也。”冯驩的眼中闪射着狡黠的光芒，“天下大争，齐国多事。自此以后，公子回到封地，便可得民死力，岂非一个永久洞窟？”

田文恍然大笑，非但一力承担了“私杀吏员”的罪名，且对冯驩更是器重异常。否则，这次白身担大任，冯驩如何能做他的行动总管？当然，父亲寥寥数语，也明白地告诉他：大父国王完全知晓他的门客力量，而且正是要利用这种力量的布衣身份，以使国王与国府隐身到幕后周旋，你田文孺子白身，千万不要掉以轻心。按此推测，国王对事件的每一步进展肯定也都清楚，只是不出面罢了。既然如此，却为何要在他还没有接触苏秦一行，事情还没有任何眉目时召见他？“君心似海，猜不透也。”田文苦笑着摇摇头。

“来者可是公子文？”一个轻柔清亮的声音拦在了对面。

田文抬头一看，不知不觉间已经来到了王宫最深处的碧玉池。奇也，轺车不得进宫，如何我的轺车能进到这里来？匆促间田文顾不得细想，恭谨一礼道：“正是田文，奉召晋见。”

“公子随我来。”绿纱长裙摇曳着身段隐没在灯影之中。

对这些女官，田文可是不敢怠慢，一言不发地跟着走便是。近年来，祖父老国王性情大变，身边内侍、护卫、文吏竟然全部换成了清一色女子，从妙龄少女到白发老妇，王宫女子竟多达数百。如果是魏惠王如此，天下任谁也不会感到奇怪，魏罃本来就是个浮华纨绔子弟也。可齐威王田因齐却是天下有名的正干君主，不近女色厌恶奢靡勤于政事宵衣旰食，惩治贪吏的酷烈壮举曾经使天下为之变色。如此一个英名四播的君主，晚年隐身于深深宫闱，沉溺于裙带海洋，当真是不可思议。然而，更不可思议的是，他的威慑光芒却并未因此丝毫减弱。本性桀骜不驯的田文，唯独对祖父老国王敬佩有加，常感到以自己的阅历与智慧尚远远不能看清这座云遮雾障的高山。

碧玉池实际上是一个一百余亩地的大湖，湖边草地树林，湖中岛屿相望。一到暮色，座座岛屿的亭台上风灯点起，在碧波荡漾的水面上恰似一座座仙山。田文没有来过碧玉池，可知道这是老国王晚年开凿的大湖，一建成便钉在了这里，再也不去其他宫殿，更不去临淄外的那几座行宫。从湖边向里走，先过了一片草地，再过了一片竹林，又过了一片森森松林，田文看见了一片隐隐灯火，渐行渐近，灯火也大亮起来。

在看见灯光一片的时候，领路的女官将他“交接”给了另一个白纱长裙的女官，脚下也变成了白玉铺就的大道，一座城堡式的宫殿被遍体灯火照得一片通明，背后却是一座黑黝黝的大山。田文不禁大为惊讶，临淄地处海滨平原，哪里来如此一座大山？仔细一想，恍然——这座大山定然是开凿大湖的泥土堆积而成，山下城堡也定然是依山而建，山外依然是王家园囿。恍如仙境的灿烂城堡外，看不见一个护卫甲士，也没有任何弦歌之声，寂静得就像天上的洞府。

走进城门，田文又被“交接”给一个红纱长裙的女官。穿过曲曲折折的回廊，田文也始终没有看见一个卫士。大约一顿饭的辰光，田文随女官来到一片竹林前，穿过竹林，一座很是普通的青砖大屋矗立在面前。趁着女官又在“交接”的时刻，田文稍稍打量了一番，这座青砖大屋的墙体完全是一丈见方的巨大石板拼砌而成，房高三丈有余，很可能是两层石楼。一丈之下，看不见一个窗户，只有接近屋顶的部分有三个方洞。

进得大屋门厅，迎面一阵暖气烘烘扑来，与外面的萧瑟寒凉顿然两重天地。过得门厅，是一座巨大的影壁，影壁后有一片不大不小的天井庭院。庭院中花木葱茏，飘出的香气直如春日郊野般清新。穿过天井庭院，进入了一间明亮宽敞的大厅，大红地毡，帐幔四垂，静悄悄的一个人也没有。

“敢请公子入座，稍候片刻。”紫衣女官飘然捧来一盏热茶，又飘然去了。

一盏热茶堪堪饮完，田文额头已经渗出了细细的汗珠。他喜欢粗豪的生活，一旦进入这细巧豪华的深宫重地，一时竟有些手足无措。突然，他听见帐幔上方有一种奇特的轧轧之声，仿佛城堡在放吊桥一般。田文目力耳力都很敏锐，立即判断出这是楼上放下的一种天车，随着轧轧声止息，天车显然已经落地了。田文心中清楚，却只是肃然端坐，目不四顾地品茶。

“禀报我王，公子文奉命来到。”紫衣女官不知何时飘了出来，站在田文身旁。

田文连忙站起，对着帐幔后深深一躬道：“田文参见大父王——”

“田文么？入座便了。”帐幔后传来那个熟悉的苍老沙哑的声音，“苏秦将至，樗里疾未去，你当进入直面周旋也，可有难处？”

听到这威严中不失关切的天音，田文心中一动，几乎就要说出自己的难处，但还是生生忍住，高声答道：“为国效力，田文自当冒死犯难。”

“赤心报国，孺子可教，田氏有后也。”苍老沙哑的声音喟然赞叹，片刻喘息后缓缓道，“本王特命：田文立为田婴世子，以本王特使之身与苏秦等斡旋，建功后另行封赏爵位。”

“田文谢过我王！”

“田文，记住八个字：不卑不亢，不罪强梁。非如此，不保齐国。”

“田文谨记我王教诲。”

“一个月内，你可随时晋见。好了，去吧。”

田文还没有来得及拜辞，那轧轧声就升上了高处。田文尚在愣怔，帐幔后飘然出来一个紫衣玉冠的中年女官，双手捧着一个小小玉匣：“公子，这是齐王的令箭、虎符，一月后缴回。敢请收好了。”田文对着玉匣深深一拜，接过来抱在怀中。

出得宫门，一辆轺车已经候在白玉大道，一名女官请田文上车。片刻之间，轺车已辚辚驶出王宫。田文下车，换乘自己的轺车飞驰而去了。

回到府中，田文还是在梦中一般，几乎不能相信这梦寐以求的尊贵就如此这般地如愿以偿了？苏秦将到，田文最感尴尬的就是自己的身份。魏无忌、赵胜、黄歇三人，都是名副其实的王室公子，另加特使衔，代表三国自然是名正言顺。就连燕国荆燕，也是副使头衔。可是自己却只是一个白身公子，而且还不是正宗世子，徒有一个公子名义罢了。如此身份，如何与燕国武安君、五国上卿苏秦与三国公子特使会谈大事？邦国交往，自古以来便是身份对等者的周旋，自己矮了一大截，岂不尴尬难堪？田文没有更大的奢求，只想有个王室特使职分，事情便顺理成章了。他也想过，若老国王始终“忘记”此事，那便意味着马上要换人与苏秦周旋了。迫在眉睫了还是没换，便当不会忽略这个关键环节。突然召见，他也曾想过可能会解决这个难题，但他还是没有料到自己的祖父老国王出手竟是如此大器——世子、特使、令箭、虎符，一举便将田文变成了齐国的实力贵胄。

世子是根基地位，是最根本的身份。在春秋之前，天子与诸侯国君的嫡长子才称为“世子”。有世子身份，才有继承王位、君位与财产的权力。入得战国，天子与诸侯国君的“世子”都升了格，称为“太子”。于是，“世子”便成了贵胄继承人的称谓。田婴家族是王室支脉，爵位是靖郭君，又是开府丞相，其继承者自然便是“世子”。贵胄权臣确立世子如同国君确立太子一样，历来有“立嫡立长”与“立贤立能”两种章法。在凝滞平静的年月，立嫡立长自然是难以动摇的法统。但在战国大争之世，立贤立能却成为主流呼声。虽则如此，立嫡立长还是优先，除非嫡长不贤不肖，立贤立能还是不能理所当然。能否立贤立能，一则靠家族首领的遴选确认，二则便是国君的指定。寻常时日，国君是不干预的，但在要害权臣的继承人确定上，国君一旦指定，那便是不可改变的王命。齐威王君命田文为田婴世子，那便是将田文确立为田婴家族的嫡系继承人，田婴家族的全部权力、荣耀、财富，都理所当然地由田文继承。对于田文这样一个庶出子弟，这是最重要的命运改变。有此身份，特使与否便立即显得无足轻重了。

令箭，是他在一个月内随时晋见国王的特殊权力。虎符，则是他一个月内可任意调动齐国兵马的特殊权力。在老国王的晚年，将如此权力赐予一个新锐后进，是临淄权臣们无论如何也难以想象的。

田文在后园里转悠了半个时辰，方才慢慢平静下来。他决定立即去见父亲，毕竟，在此等大事上装聋作哑，是会令父亲难堪的。不想匆匆回到丞相府，在门厅便恰恰遇上父亲派去接他的书吏。原来父亲也同时接到了老国王的君书，要田婴立即为田文举行世子加冠的大典。田婴已经将大典确定在次日清晨，要将田文召来叮嘱细节，并在家族聚会中一并公布。此时，田文无可推脱，一切听任父亲做主了。

次日清晨，田氏宗庙举行了盛大的“王命世子加冠”大典。一个时辰中，田文便从一个庶出子变成了靖郭君世子，名正言顺的王族公子，田文的府邸也变成了世子府。

隆重的典礼刚刚结束，门客斥候飞骑回报：苏秦一行冒死泅渡潍水，冯驩已经妥为接应，晚间当抵达临淄。田文听罢，立即命令国宾驿馆作速布置准备接待。传令骑士刚走，田文蓦然想起一事，随后飞车来到驿馆。

樗里疾正在悠悠漫步，不防田文匆匆而来，嘿嘿笑道："你这小子，又要来糊弄老夫了？明告你，那个鸟地方，老夫再也不去了。"

田文哈哈大笑道："天下之大，上大夫见识见识何妨？"

"嘿嘿嘿，留下你去见识吧，老夫可要多活几年。"说着黧黑的脸膛红了。

田文笑不可遏："也就是上大夫可人，别人啊，田文还不费这番心思。"

樗里疾笑骂："鸟！也就是老夫孤陋寡闻，才上你这恶当！"

两人笑得一阵，田文拱手道："上大夫，这驿馆住得长了也憋闷，换个地方如何？"

"噢？换到何处？"

"王宫之南，稷下学宫大师堂，如何？"

"也好。齐国也就稷下学宫是个正经地方，老夫还真想见识见识。"

"拣不如撞，现下就搬过去如何？"

"你这小子，总是风风火火。好，恭敬不如从命，寄人篱下，也只有任人欺侮了。"

"上大夫竟日骂我，田文才是受气包。"

"哪里哪里？"樗里疾大笑间，却突然压低声音颇为神秘地低声道，"哎，老实说，你小子敢不敢到秦国去？"

“到秦国？”田文惊讶笑道，“做盐商还是马商？”

“出息？做丞相。”樗里疾一字一顿，神色郑重。

田文惊讶得张开口却不知道要说什么，蒙了片刻，不禁哈哈大笑道：“上大夫啊上大夫，一次绿衔，你个老哥哥当真恨我了？捉弄人好狠也。”

“胡说甚来？”樗里疾正色道，“樗里疾乃秦国特使，如何能拿此等事儿戏？”

“兹事体大，我还回不过神来，容我想想再说。”田文笑道，“来，我帮你收拾。”

“没的啥收拾，你坐在这儿等便了，片时就好。”樗里疾说着摆着鸭步摇进了大厅，只听一阵呼喝，不消两盏茶工夫，便与三个随从护卫走了出来。随从抬着一口木箱，樗里疾自己背着一个包袱，若非衣饰差别，还真是难分主仆。田文不禁暗自感叹：秦人如此实在，秦风如此简朴，秦国安得不强？若是中原六国特使，连送的带买的，任谁也得几车行囊了。

护送樗里疾到稷下学宫安置好，田文又与这位黑胖子特使盘桓了半日，觉得樗里疾快人快语，爽朗诙谐，当真投机。老国王叮嘱他“不罪强梁”，就是指不能无端得罪秦国特使。目下看来，想得罪这位黑胖子还真是不容易。他是软硬不吃，又从来没有恃强凌弱的大国强横脾性，硬是与你磨叨，你是弱国臣子，又能拿他如何？看看到了午后，田文还是硬着心肠告辞了，惹得樗里疾啧啧啧地感叹了好一阵子。

这时，苏秦一行已经到了淄水西岸，临淄城楼已经遥遥在望了。

“公子郊迎先生了！”冯驩指着远处的烟尘旗帜，兴奋地喊了起来。众人望去，但见宽阔的临淄官道上一面大旗当先，马队轺车锐急而来，直如离弦之箭，将滚滚烟尘远远地抛在了身后。

“好快！绝非寻常车马。”赵胜不禁高声赞叹。

冯驩道：“诸位有所不知，公子门客中有一班驯马奇才，是以多有良马飞车。接无忌公子的那辆车，才是真正的日行千里，人称‘追造父’！”

“噢呀，追造父？那无忌公子明日就该到了！”黄歇大笑起来。

苏秦凝望着对面渐渐逼近的车马旗帜，已经朦胧看见了那个斗大的“田”字，想到这是合纵成败的最后关头，不禁一阵感奋，打马一鞭迎了上去，黄歇赵胜荆燕等立即飞骑随后，迎向了田文车马。

田文已经远远看见了冯驩，心知对面是苏秦一行，便将轺车放缓了速度徐徐打量而来。面前这队人马不过二百余人，没有旌旗，没有轺车仪仗，普通得如同一支民间商旅。将近半箭之地，田文清晰地看见了须发灰白衣衫仍然沾满泥巴的苏秦，心中不禁肃然起敬：一个布衣之士，历经磨难而胸怀远大抱负，面临急难，不惜舍身泅渡，此等气概天下能有几人？感慨之间，田文已经跳下轺车遥遥拱手：“齐国田文，奉王命恭迎武安君并诸位公子。”

苏秦也下马迎来：“苏秦多谢齐王，多谢公子。来，这位是楚国公子黄歇，这位是赵国公子胜，这位是燕国副使荆燕将军。还有一位是魏国公子无忌，可惜留在了潍水营地。”

田文与几人一一见礼，末了慨然笑道：“武安君毋忧。我已得飞鸽信报：苍铁已经在潍水接到了公子无忌，今夜定然可到临淄聚齐。”

苏秦惊讶：“苍铁何许人也？如此之快？”

“噢呀，就是那个‘追造父’了。”

田文笑道：“此人与田文也是一段奇遇，日后说与武安君消闲。诸位一路鞍马劳顿，请登车入临淄，田文为诸位洗尘接风！”说罢一挥手，马队中便驶出了四辆青铜伞盖轺车。田文请苏秦四人登车，一声令下，冯驩率马队开路，田文自己殿后，护卫着苏秦车队辚辚西去。

到得临淄，驿馆已经是灯火通明，护卫森严。驿丞向田文禀报：诸位大人的住所、骑士营地与接风酒宴已经准备妥当，请令定夺。田文与苏秦略一商议，先行安顿骑士在驿馆外树林中扎营，苏秦几人先到住所梳洗更衣，半个时辰后开宴。

接风宴席排在了驿馆正厅，倒也是富丽堂皇。按照田文目下的地位与权力，本当在自己府邸举行这场接风宴席。但田文的原有府邸太小，只有五开间六进，偏院还住满了门客，多有不便。最主要的是田文想到了老国王的叮嘱“不卑不亢”，接风宴席设在驿馆，便是国事，进退皆可斡旋，又避免了“私结外使”的嫌疑，倒也不失为两全之地。

田文正在大厅门口等候，突然听得驿馆门外响遏行云般的萧萧马鸣。心中一动，快步走出大门，便见一辆奇特的无盖黑篷车堪堪停在门口，四匹雄骏的胡马正在喷鼻嘶鸣。一个黑衣劲装的精瘦汉子拱手高声禀报：“苍铁奉命赶回，贵客安然接到！”田文大喜，正要上前迎接客人，却见一人已经从篷车中跳下，内穿铁色软甲，外罩大红斗篷，一顶六寸玉冠，分外的凝重挺拔。田文肃然行礼：“得见公子无忌，荣幸之至。”魏无忌从容作礼笑道：“公子侠义雄奇，魏无忌三生有幸也。”对答两句，两人大笑执手，联袂进了驿馆。

苏秦刚到厅中，惊讶得揉了揉眼睛：“啊，真是公子无忌么？”

田文大笑道：“大活人一个，如假包换！”

“噢呀！神奇神奇，我以为齐国人虚应故事了。”黄歇兴冲冲走了进来，连声惊叹。

“大兄！”赵胜在门外便喊了起来，冲进来拉住魏无忌笑叫，“真是神！早知道有这般神车，也不用泅渡了。”

田文笑道：“车再神，最多也只能坐两人，你还是得泅渡。”

众人不由得一阵大笑，田文道："来来来，入席！无忌公子不用梳洗，正好！"

六张长案早已排好，苏秦东面居中，田文对面相陪，魏无忌、黄歇、赵胜、荆燕两侧就座。田文举爵高声道："武安君并诸位今日赶到，恰遇时日。来，先干一爵，为诸位洗尘！"

"干！"铜爵相向，众人都一饮而尽。

"噢呀，这齐酒如此厉害了？"饮惯了柔顺兰陵酒的黄歇，咂着嘴满脸通红地嚷起来。

"也是，没想到齐酒如此凛冽。"苏秦也是额头冒汗，啧啧连声。

赵胜却大是精神："好酒好酒！与我赵酒堪称伯仲之间。"

魏无忌只是淡淡微笑，浑无觉察，举爵笑道："我要敬公子文一爵，多谢你的骏马神车。否则，魏无忌无今日口福也。"大饮而尽。

"好酒量！"田文高声赞叹，"齐酒取海滨山泉酿就，后劲忒长，寻常人须间歇饮之。无忌公子颠簸千里，空腹连饮两大爵，佩服！"

"诸位兄长不知道么？我这大兄是有名的海量君子，从来只饮不说。"

魏无忌笑道："休听赵胜之言，无忌只是憨饮而已，与诸位善品善饮差之远矣。"

席间一阵笑声，苏秦举爵向田文道："齐国有此好酒，公子有此大才，合纵便是吉兆。来，我等与公子再干一爵！"说罢也是一饮而尽。

田文爽朗大笑："闻武安君绵长柔韧，竟能连饮齐酒，田文夫复何言？干！"饮罢一爵，心知苏秦要将话头引入正题，不禁置爵慨然道，"武安君，诸位兄台，齐国之事，田文自是一力为之。只是齐国近年与中原列国来往稀疏，国政多有微妙，田文尚不知我王如何决断。"

"噢呀，那个秦国樗里疾，是否也在临淄了？"

田文点头道："实不相瞒，樗里疾来临淄一月，尚未见到齐王。"

"咄咄怪事！那他如何不走？"赵胜少年心性，急不可耐地插了进来。

苏秦道："此人韧性极好，齐王不作最后决断，他是不会离开临淄的。"

"噢呀，齐王狐疑不决，难处究竟何在了？"

苏秦向魏无忌微微一笑："公子以为如何？"

"齐王之疑，根在魏国。"魏无忌不假思索地回答，"魏国衰败，直接事端便在与齐国两次大战：围魏救赵之桂陵大战，围魏救韩之马陵大战。两战之后，魏国三十万精锐大军连同名将庞涓，悉数覆灭。此后，秦国商鞅借此百年不遇之良机，一举歼灭魏国仅存的五万铁骑、八万河西守军，非但收回河西，而且占据了河东要塞离石。魏国被迫迁都大梁，从此一落千丈。齐魏两战，乃魏国衰败之枢纽。"魏无忌沉重地叹息了一声，"齐王之虑，在于魏国能否丢开这个大仇，真正与齐国和解。"

赵胜急迫道："就是说，魏齐能和解，则齐国加盟合纵；不能，则与秦国结盟？"

苏秦点点头："诚如是也，魏公子大有眼力。"

"噢呀，这魏王齐王，都是老王。人老记仇。一辈子酿的陈酒，还真难变淡。"

田文一直没有说话，内心却大是惊讶。自己一直以为，老国王不作决断，是年老难以理事，甚或是昏聩不明雄风不再丧失了判断能力，却如何就没有想到这一层？魏无忌一说，田文立即恍然，老国王对他的所有模糊叮嘱都变得清晰起来，拖住樗里疾的意图也顿时清楚。田文自感惭愧，不禁慨然拍案道："诸公所言，田文顿开茅塞。然则，不知武安君可有解开我王心结之良方？”

苏秦正待说话，突闻大厅门外一阵急骤的马蹄声。众人不禁一怔，这驿馆虽非官署，可也是国宾重地，等闲斥候是不能驰马直入的。田文是东道主，立即站起疾步而出，旋即又大步进来向苏秦拱手道：“我王书令，即刻召见武安君与公子无忌。”

厅中一片肃然。作为使节，晋见国君自然是越早越好，这是值得高兴的。但是，这无疑立即印证了苏秦与魏无忌的判断，六国合纵的最后一个关口便赫然矗立在面前。攻克此关，合纵大功告成，否则便是功亏一篑。座中各人都是六国合纵的直接主事者，顿时都感到了一种沉重的压力。苏秦肃然站起，向座中拱手环礼一周，看看魏无忌，便欲举步。

“且慢！”黄歇破天荒地忘记了“噢呀”话头，离座起身，高举铜爵，“来，我等为武安君，为魏公子壮行，一干此爵！”

六只大铜爵锵然碰撞，尽都一饮而尽。苏秦已经缓过神来，朗声笑道：“诸位继续痛饮，静候佳音。二位公子，走。”

三辆轺车辚辚驶过临淄市街，驶入王宫，驶入碧玉池畔，又换马穿过草地、竹林与树林，才被女官领引到一座大殿等候。田文心中忐忑，不知老国王要在哪里召见他们，面对苏秦与魏无忌又不好启齿，只有沉默。幸亏只等得片刻，便有一名紫衣女官前来宣令：“敢请武安君、魏公子无忌、公子文，到二陵殿晋见。”田文一听，更是困惑莫名，齐王宫中几曾有过一个二陵殿？这会是何等地方？思忖之间，女官已经领引着三人穿过几道回廊，来到了一座灯火通明的青砖大屋前。田文恍然笑了，这不就是往昔老国王常常议事的大政殿么，何时改名叫了二陵殿？不过能在这里接见苏秦魏无忌，田文总算松了一口气，他最怕祖父老国王一时糊涂，将赫赫苏秦弄到帐幔四垂的密室，自己再从天而降，岂不贻笑天下？

进得大殿，苏秦不禁惊讶了。从门厅到正厅，几十盏白纱风灯照得通明一片，晶莹光润的白玉地面中央是一片巨大的红色地毡，地毡中央是三张长大书案。最引人注目的，是两边墙壁上的巨大壁画。一边大书“桂陵之战”，一边大书“马陵之战”，画的正是两场伏击战的激烈场面。《马陵之战》将庞涓惨死的场面画得尤为真切。虽然惊讶，苏秦对齐威王的用意却是一目了然，反倒是微笑着欣赏了两边壁画。再看魏无忌，却是两眼一瞄再也不看，脸上浑然无觉一般。

正在此时，紫衣女官高宣一声：“齐王驾到——”

随着尖锐清亮的声音，中央巨大的木屏后走出一位年迈的老人：一身宽大松软的布衣，一头白如霜雪的须发，一脸清晰可见的黑色老人斑；没有高高的天平冠，没有华贵威严的王服，也没有象征权力的三尺王剑。任谁看见，也不会想到这便是叱咤风云威震中原一举将齐国变成一流强国的齐威王。

苏秦略微一怔，躬身拜下道：“五国特使苏秦，魏国公子无忌，参见齐王。”

老人站在六级王阶上，静静地注视着两人，目光犀利得如同两柄长剑，苍老沙哑的声音回荡在大殿：“苏秦？好！是个人才：跋涉于坎坷，崛起于沉沦，终成大器也。”

“齐王奖掖，催臣惕厉自省。苏秦谢过齐王。”

“公子文，请两位入座。”老人的布衣大袖摆了摆，两位女官飘了过来，轻柔地将老人扶进王案后的坐榻之上，还给老人脚下垫上了一个厚厚的丝绵枕。这样一来，高坐的老人好像一个居高临下的仙翁一般。老人坐定，微微平息了喘息，悠然问道：“先生此来，何以教我？”

“苏秦为六国合纵而来齐国。天下大势，齐王洞察深彻，不用苏秦赘述，但凭齐王决断。”苏秦破天荒的简洁利落，全无条分缕析雄辩滔滔的说辞。

老人无声地笑了："田因齐老矣，听不得长篇大论了。先生简约如此，老夫也就直言了。先生可曾想到，此殿何名？"

"二陵殿。"

"何谓二陵？"

"桂陵、马陵，两次大战。"

"两次大战，何国受益？何国受害？"

"齐秦大益，魏国大害。"

老人喟然一叹："先生明白人也。齐国有恩于秦，齐秦结盟，当是水到渠成。若加盟合纵，齐国却是有大仇于魏，齐魏接壤，岂非弄巧成拙？既丢了秦国，又与强邻为敌？此中利害，先生如何权衡？"

苏秦思忖，齐王果然老辣，三言两语便将利害摊开，向合纵开价，逼魏国作出明确承诺，而且将秦齐结盟郑重端出，用了"水到渠成"来说，显然是想教苏秦与魏无忌知道，他的本意是想与秦国结盟的。事实上，樗里疾还没有见到齐威王，齐国在两方之间还是保持着一种不偏不倚的中立。老齐王如此说法，显然是想表示一个明确强硬的姿态：不满足齐国的要求，他就会"水到渠成"地与秦国结盟。对于齐威王这样曾经沧海的君主，任何避实就虚的说辞，他都会不屑一顾，要使他转变，只有一个办法：必须明确回答他的要求，行还是不行。

苏秦看了看镇静自若的魏无忌，向齐威王高声道："六国合纵，要害便是同心协力。齐王所虑，大在情理之中。苏秦素无虚词，不想徒然担保。公子无忌乃魏王嫡孙特使，魏齐怨恨，公子无忌可向齐王申明。"

"先生真睿智之士也。"齐威王喟然一叹，突然沉声问，"无忌公子，魏王之意，究竟如何？"瞬息之间，这位老人眼中又闪出凌厉的光芒。

魏无忌生性持重，虽然心中已经全然明白齐王的意图，却依然不想急于说话，就要等老齐王发问。如此姿态，也是要给老齐王一个印象：魏国也不是急于要和齐国修好，魏国完全是从天下大局出发而“被迫”作出痛苦抉择的。若急于表明心迹，反倒容易使年老多疑的齐王误以为魏国另有所图。

见齐王发问，魏无忌郑重作礼道：“启禀齐王：魏王与国中大臣，原是对齐国有深仇大恨。然则强秦东出，屠戮中原，大势所迫，兼武安君运筹策划之功，我王方才决意加盟合纵，并决意与齐国泯灭恩仇，永久修好。强秦虎狼，目下唯独对齐国没有直接侵掠，齐国若能加盟合纵，实为大义之举，列国自当以齐国为楷模，铭记齐国大恩。若与齐国计较旧恨，实为泯灭良知之举。我王虽则多有缺失，然则大敌当前，还是决意从大局出发，向齐王申明两则：其一，魏国推齐国为合纵盟主，以盟主号令是从；其二，愿与齐国单独订立盟约，各守疆土，永久修好。”

“噢？”齐威王悠长的一声感叹，惊讶、欣赏、疑问尽在其中，“魏王比老夫大是年长，果真有如此明锐？无忌公子，魏王最多是点点头而已，这般分量之言辞，恕老夫无礼，老魏王说不出来。”片刻停顿喘息，老人又是赞赏感慨，“魏罃后辈若此，老夫眼红得紧也！”语气突然又是一转，“公子明言：你既非太子，又无实职，做得老魏王之主么？”

“有关合纵，魏无忌做得主。”

“好。然则，老夫如何才能踏实？”

这一问大有深意，魏无忌此前已经说过，魏国要与齐国单独结盟修好，只因两国有根深蒂固的老仇恨。可齐威王仍然有此一问，显然是不相信一简盟约。思忖之间，魏无忌已经明白，断然答道：“齐王若有疑虑，魏无忌愿留齐国，以做人质。”

“好！有胆识。”齐威王拍案激赏，“有得先生、公子，本王决断：齐国加盟合纵。”

“齐王明断！”苏秦与魏无忌想不到齐威王如此明快，不禁同声赞叹。

“呵呵呵。”齐威王也高兴地笑了，“至于盟主，齐国是不做的了。盟主之国，须得与秦国有大仇者担当，请先生另行谋划了。从今日起，合纵涉齐之事，由公子文全权处置。”

田文惊讶得愣怔了片刻，方才拜下高声道：“臣田文领命！”

齐威王疲倦地挥了挥手，紫衣女官高声宣道：“召见礼成——”话音落点，年迈的国王已经靠在大枕上睡着了，一阵苍老的鼾声粗重地回荡在大殿。

回到驿馆，苏秦对焦急等候的黄歇三人备细说了情由，几个人都是感慨万分。黄歇兴奋地提出重开夜宴，田文哈哈大笑，连声吩咐摆酒庆功。这一场酒直喝到东方发白，除了不再饮齐酒的苏秦与东道主田文，人人都醉倒了。

就在朦胧的秋霜晨雾中，王宫女官快马驰入驿馆，宣布了齐威王的紧急书命：赐封公子田文为孟尝君。

苏秦心中一动：“不好！公子即速进宫，否则只怕是来不及了。”

田文大惊，飞马进宫，大约一个时辰，王宫中传来消息：老国王薨了[1]！

及至午后几人酒醒，苏秦将情由一说，几人不禁愕然。良久，黄歇长叹一声道：“噢呀，老齐王一世英雄，去得也太快了，只可惜

[1]《礼记》载：天子之死为“崩”，诸侯国君之死为“薨”，战国相同。

呀……”赵胜红着脸急道：“你究竟想说甚？吞吞吐吐好不急人。”黄歇吭哧片刻道：“噢呀，我是担心，老齐王突然一去，往前会不会有绊马坑了？”苏秦摇头道：“该当不会。合纵是老齐王最后的决断，依他在最后时刻突然封田文以孟尝君看，对身后的合纵大事，他定有妥善部署。我等只是要计议一番，如何参加老齐王的葬礼？无忌公子，你以为我等当如何行止？”魏无忌一直在沉默深思，似有恍惚，竟没有听见苏秦的话。黄歇笑了，上前拍了一下魏无忌肩膀：“噢呀魏公子，老王去了，齐国新君自然不会留你做人质，该当高兴的了。”魏无忌已经清醒，却只是摇摇头不说话。赵胜不耐道：“呀，又是一个温吞水！公子说得对，老哥哥摇个甚头？”苏秦摆了摆手，制止了黄歇赵胜的搅扰道：“黄兄见事不透。老齐王若在，绝不会将无忌公子做人质。新王即位，却恰恰有可能将公子扣下做人质。”

话音落点，便听“噢呀”两声，黄歇赵胜一齐惊讶问道：“却是为何？”

苏秦悠然道：“举凡征战沙场的英雄君主，邦国仇恨都铭刻不忘，睡觉都对仇敌睁着一只眼，老而弥辣。寻常人便以为，他们对敌国锱铢必较。实则不然，英雄君主都喜欢实力较量，都有一个明确信条：实力雄厚，邦国自安；没有实力，在在皆空。两位想想，战国以来，哪个明君雄主看重过人质？老齐王若在，断然不会扣留无忌公子做人质。他要的只是魏国一种承诺，但绝不会把邦国安危最终押在这种承诺之上。新君不然，未经锤炼，总喜欢将邦国安危系于某种形式，以为有了人质，便会有邦国安全。无忌之忧，正在此也。”

“噢呀，惭愧惭愧！”黄歇红着脸道，“难怪屈原老说我不深。看来要多读书才是了。”

赵胜深深一躬：“先生教诲，赵胜茅塞顿开。”

魏无忌笑了："我这些许心思，教武安君一说倒是有板有眼。实则我也没有想透，只是觉得些许不妙而已。"

四人笑了一番，正在计议如何得见孟尝君，以确定如何应对齐国国丧，却闻驿馆外马蹄如雨，孟尝君田文身穿白衣重孝，带着两名宫中女官飞马到来。进得正厅，孟尝君对众人深深一拜道："老王薨去，田文一来报丧，二来宣告老王遗命。"说罢起身，对两名女官一招手，紫衣女官打开一卷竹简高声宣读："齐王特书：本王朝夕薨去，合纵特使苏秦等无须为本王葬礼耽延于临淄，宜作速运筹合纵会盟大典。齐王田因齐三十七年秋月。"

另一名绿衣女官接着打开一卷竹简高声宣读："齐王特书：魏公子无忌者，大贤大才，当随同苏秦等筹划合纵，齐国不得将其扣为人质。孟尝君田文，不得受本王葬礼约束，当随同苏秦等奔波合纵。齐王田因齐三十七年秋月。"

两书读罢，厅中一片肃然沉默，人们都被老国王感动了。

良久，苏秦带头向案头王书伏地大拜，哽咽长呼："齐王明锐，大义垂范，苏秦等谨遵遗命！"魏无忌泪如泉涌，一句话也说不出来。

当晚，苏秦的六国人马离开了临淄。行前，苏秦率领四公子特意到齐威王灵柩前肃穆祭奠，并向守灵的太子田辟疆哀悼作别。既不能参加国丧葬礼，早早离开临淄自然是上策。为了向这位英雄一世的老国王表示敬意，统率行止的魏无忌下令：三日以内，六国人马白衣白甲，禁酒禁乐，直到河内营地方可开禁。

五　苏秦佩起了六国相印

大河从洛阳头顶汹涌东去，南岸便成了广阔的平原。

说平也不尽平，在这敖仓以西二百里处，有两座山头平地拔起，时人叫大伾山。伾者，两山重叠之象也。其所以叫大伾山，原是这两座山连体崛起，高大重叠而又显赫孤立。若在群山丛中，这两座山本也是微不足道的小丘。可它偏偏生在紧靠大河的南岸平原，便显得不同凡响了。春秋战国时人，但凡以“大”字为某事命名，极赞其崇高伟岸。人如“大禹”，水如“大河”。此山冠以“大”字，足见其在时人眼中的显赫不凡。但是，这个“大”字也绝不仅仅是山有险峻雄奇便能得到的，更重要的是，这座山有着久远的神性，有着极为重要的要塞地位。

西周时期，大伾山本来是郑国北部的界山。山上山下林木苍莽，郑国就势圈为“郑圃”，将大伾山做了郑国公室的专有狩猎区域。周穆王喜好出游狩猎，闻得郑圃多有鸟兽，便率王师三千，东来射鸟猎兽。来到山下，周穆王弃车换马全副戎装，立即登山围猎。掌管天下山泽的虞人[1]连忙带领三百军士在前面掠林搜山，驱赶出隐藏的走兽大鸟以供天子射杀。不想掠至山腰，骤然发现一只斑斓猛虎伏在芦苇丛中。眼看天子就在后面，虞人惊慌大呼：“虎伏葭中！我王退后！”周穆王的马前猛士奔戎一声大喝，势如奔雷，飞步赶来，扑入芦苇丛中与猛虎徒手相搏。未及一刻，奔戎手执猛虎双耳，骑着猛虎来到周穆王马前。奔戎一声大吼，猛虎长啸一声，匍匐在天子面前。群臣军士高呼：“猛虎臣服！天子万岁！”周穆王大喜过望，高声下令：“虎为兽王，将其永久关押此山，毋加伤害。”奔戎便将猛虎关进一只山洞，洞口用大石堆砌，大书了“虎牢”二字。

从此之后，人们一提起大伾山，便都呼为“虎牢”。

---

[1] 虞人，西周时掌管天下山林水面的官员，本称“虞”，春秋战国称“虞人”。

春秋时期，郑国一度称霸中原。当时的大诸侯晋国是晋成公在位，他联络中小诸侯三十余国，会盟于黄河北岸，决心遏制郑国。经过三日秘密商议，会盟诸国在大伾山修建了一座可以驻屯十万大军的城堡，这座城便命名为虎牢关。虎牢关筑成，诸侯盟军堵在了郑国大门口，逼得郑国不得不与盟国议和罢兵。从此，郑国小霸一蹶不振了。

进入战国，郑国被韩国吞灭，但虎牢关却被吴起率军夺归了魏国，成为魏国向崤山与函谷关推进的要塞基地。秦国强大后夺回了函谷关与崤山，趁势推进到函谷关以东，虎牢关的位置骤然显得更为重要，成了整个中原的西大门。这时的虎牢山与虎牢关，历经百余年修葺扩建，已经成为雄奇险峻的赫赫关城。后世《水经注》如此描述虎牢关："萦带伾阜，绝岸峻周，高四十丈许，城张翕险，崎而不平。"就是说，虎牢关[1]南有汜水北有济水萦绕，建在大伾山的中央山腰，居高临下地控制着东西两面的要道，城高四十多丈，依山势开合，险峻异常。

苏秦选中了虎牢关，要在这里举行六国合纵的会盟大典。

会盟地点的确定并不是轻而易举的。出得临淄的第一夜，他们整整商讨了两个时辰。寻常时期，会盟地点是由盟主国确定的。今盟主未定（实际上要在会盟时方能确定），与盟各国都想会盟在自己的国土内举行，以显示本国的实力地位。六国合纵，未定盟主，地点的选择自然会有一番微妙的纠葛。黄歇最先提出：会盟当在楚国的淮北。韩国派使委婉提醒苏秦：最好在新郑会盟，以壮弱韩声威。赵胜提出在上党，理由是使秦国不敢觊觎河东。燕国自知偏远，没有提出动议。唯独齐国孟尝君提出在别国举行，齐国目前不宜做东。魏无忌始终没有说话，只说此事非大节，当由苏秦决断。一番思忖，众人都不再说话，只是望着

[1] 虎牢关，在秦末置县，即城皋县，遗址在今河南荥阳汜水镇西。

苏秦。

“虎牢关。”苏秦似乎早已经想好，悠然微笑着讲说了虎牢关的历史变迁，最后笑道，“虎牢会盟，恰似当年晋国会盟诸侯，遏制郑国霸权。且虎牢关直面函谷关，抗秦壮志昭昭大白，岂不大长六国志气？”

“好！虎牢关。”众人大是振奋，异口同声地拍掌赞同。

会盟地点一确定，众人一致公推将韩国新郑作为会盟后援基地，以示对唯一没有派特使参与商议的韩国的抚慰。大计定下，各特使便回国禀报并商定会盟日期。荆燕回燕国，赵胜回赵国，黄歇回楚国，魏无忌回魏国。苏秦顾忌孟尝君回去后可能被国丧羁绊，极力主张孟尝君留下，与自己一起到新郑筹划会盟事务。众人一致劝说，孟尝君也就认可了。次日一早，众人在大河岸边约定了回报日期，便分道扬镳了。

却说苏秦与孟尝君带领六国护卫三千余人，先行赶到虎牢关外扎好大营，立即派一员魏国将军持魏王令箭与苏秦书简进关联络。这时的虎牢关，已变成了魏国的抗秦西大门，由青年将军晋鄙率领五万精锐镇守。晋鄙验看了令箭书简，亲率一千军马与十辆牛车，拉着几十头猪羊与几十坛大梁酒前来犒劳。苏秦见晋鄙稳健厚重不苟言笑，言谈间也是甚为相投，便在饮酒间委托晋鄙辅助孟尝君进行前期劳作，晋鄙豪爽地答应了。苏秦见大事已定，次日清晨带着一百铁骑南下新郑了。

这时，韩国正面临一场大战，朝野间充满了紧张气氛。

原来，苏秦在几个月前离开韩国后，韩国加盟合纵的消息便传到了宋国。狂妄的宋王偃，立即感到这是大捞韩国一把的最后机会，立即秘密准备，撤回了驻守在边境的全部兵马，并派出密使与秦国联络，要两路大举进攻韩国，图谋一举破韩。不想在宋国的韩国商人将消息秘密传回了韩国，韩国顿时紧张起来。一个宋国已经令韩国大为头疼，再加上秦国泰山压顶，韩国岂能保全？于是韩国一边紧急备战，一边派出飞骑斥候打探合纵消息，一边派出紧急特使向三晋老根——魏赵两国求救。

正当风声鹤唳之际，苏秦到来了。韩宣惠王一听大喜过望，立即亲自出城郊迎。及至苏秦将合纵经过情形备细说明，宣惠王感奋不已，虔诚地向苏秦一躬到底：“先生天下大器，救韩国于水火之际，自今日伊始，先生便是我韩国丞相！”苏秦连忙谦让，韩宣惠王却生怕跑了这个目下能调动六国兵马的救星，更是力劝不止，且立即命内侍捧来丞相大印，亲自佩在苏秦腰间方才作罢。

苏秦喟然一叹道：“韩王听臣一言：苏秦断定，宋国秦国必在三几日内销声匿迹，宋国很可能还要派使与韩国结盟修好。此非苏秦之力，而是合纵之力也。”

“是么？”韩宣惠王迷惘地睁大了眼睛，突然高声道，“先生莫忙，看个水落石出再走。”情急之相，显是生怕苏秦走了。

苏秦哈哈大笑：“大事未了，苏秦如何走得？”

三日之后，斥候传来密报：秦国没有出兵；宋国特使上路，前来议和修好。消息传开，新郑顿时沸腾，比打了一场大胜仗还热闹。韩宣惠王大宴苏秦，感慨之情溢于言表：“合纵未动，不战而屈人之兵。丞相奇才矣！大哉合纵也！”

就这样，苏秦佩着韩国相印、带着六百名韩国的铁骑护卫与韩国的太子特使，一起回到了虎牢关。几天之中，孟尝君已经指挥军士将会盟场地的各国行辕驻地大体划好，唯等苏秦定下次序式样，便可动工搭建。苏秦将韩国的情由说了一遍，感慨良多。孟尝君大笑不止道：“世事忒煞作怪！背晦之时，要官都没有，气运来时，不当官都不行。我看呀，先生这相印不止一个也。”苏秦揶揄笑道：“孟尝君是说自己？”“对对对，我也是。”孟尝君连连点头，“一个庶出子，正在提心吊胆的当口，爵位高冠就雨点般地来了，打得你缓不过气来。”苏秦破天荒开怀大笑："孟尝君啊，当真可人！莫怪鸡鸣狗盗之徒也追随。"两人同声大笑，引得另一座帐篷的韩国太子连忙派人来问有何好事，两人更是乐不可支。

正在苏秦准备盟约文本，孟尝君搭建会盟祭坛的忙碌时刻，荆燕飞马赶回，带来了一个惊人的噩耗：老燕公溘然病逝了。

苏秦想起燕公对合纵的发轫之功，对自己的知遇大恩，不禁悲从中来，跌足大哭，在虎牢山北麓专门设置了一个祭坛，向北遥遥拜祭。直到入夜，荆燕才独自走进苏秦大帐，将一个密封的铜管交给了他。苏秦默默打开，赫然一幅白纱，娟秀两行大字：

> 苏子无恙乎？别来甚念。燕公骤薨，大志东流。新君称王，我心惴惴。唯有大隐，可得全节。思君归来，点我迷津。君业巍巍，远人慰矣。

苏秦读罢，百感交集，痴痴愣怔了半日。

大半年来六国奔波，虽说是风云变幻惊险坎坷，却也是淋漓尽致挥洒才华的快意岁月。在环环相扣的紧张斡旋中，燕姬已经深深地沉到了他的心底。骤然之间，燕文公病逝，燕姬成了孤悬老树的一片绿叶，酷烈的权力风雨，是随时都有可能将这片绿叶撕碎的。"新君称王，我心惴惴"，可见燕国宫廷绝不平静，燕姬已经觉察到了暗藏的危险。"唯有大隐，可得全节"，燕姬是个奇女子，在燕文公晚年多病的几年中，她一直是燕国举足轻重的人物，与太子也一直相处得颇好。然则一国新君即位，就是一场权力重新分配的冲突，传统的权力绝不允许一个女子夹在其中，除非她本身具有极大的实力。燕姬虽有斡旋之才，却决然不是强力女主之气象。在此危机四伏的关头，她置身权力场之外而

“大隐”，的确不失为保全自己的明智选择。至于如何大隐？苏秦相信燕姬能找到最合适的方式。想到燕姬一时尚无性命之忧，苏秦心中略感宽慰，不禁长长出了一口粗气。合纵正在最后的要紧关头，自己如何能北上燕国？也只有等合纵告成之日，再回燕国与她相见了。

这一夜，苏秦生平第一次难以入眠，大帐踱步，直到东方发白。

日上三竿，孟尝君来邀苏秦去视察盟主祭天台，将及大帐，突闻马蹄声疾。孟尝君手搭凉棚一望，便见一骑火红色骏马风驰电掣般冲下官道，冲进了军营，瞬息之间飞到了中央大帐前。见孟尝君仗剑而立，骑士滚鞍下马道：“公子无忌紧急书简！”孟尝君连忙打开，一行大字触目惊心——魏王病逝，举国哀痛，国丧在即，会盟似可稍缓。

“岂有此理！”孟尝君愤愤地嘟哝了一句，快步直入大帐。

苏秦还和衣伏在长案上，听得高声疾步，猛然睁开眼睛，见孟尝君神色有异，心中不禁一沉，人已霍然站起。孟尝君面色阴沉地将竹简递给苏秦，却是一句话不说。苏秦凑近一看，惊讶得愣怔了片刻。孟尝君冷笑道：“魏王做了五十一年国王，比我王还年长十多岁，凭甚说也是老喜丧了。如今却要借国丧之机延缓会盟，真真岂有此理！果真延迟，我对齐国朝野如何开释？莫非齐王国丧就比不得魏王么？”苏秦尚在嗟叹惋惜之中，孟尝君的愤愤之情，却使苏秦顿时醒悟——此事不能等闲视之，如果会盟因此而更改，第一件大事违了诚信，六国合纵便可能就此效尤。苏秦思忖片刻冷静了下来道：“孟尝君少安毋躁，我等得好生揣摩此事。”

“揣摩？”孟尝君揶揄笑道，“先生真乃鬼谷子高足也，明是魏国做大，能揣摩出小来？”

苏秦心知齐魏结怨极深，孟尝君的刻薄也在情理之中，只是他身为合纵总使，却一定要熄灭了这点火星：“孟尝君，你以为魏无忌此人如何？”

“无忌公子没说的，大器局。”

“如此说来，无忌公子不会提出延缓之说了？”

“那是自然。定是新君昏聩，要彰显自己的大孝之名。”

“果然如此，无忌公子难道就不能劝谏？”

孟尝君困惑地笑了：“对也，这无忌公子如何就不据理力争？报来国君之意，将火炭团撂给先生，岂不惹天下英雄一笑么？”

“无忌公子颇有机谋，绝非不能力争，而是想借你我之力。”苏秦颇有神秘意味地笑了笑，“以我揣摩，无忌公子乃新君之子，父王主张延缓会盟而全力守丧，无忌公然反对似有不妥。于是，公子将此意在报丧书简中一并提及，教你我反对，他来助力，如此似乎顺当一些。孟尝君以为然否？”

孟尝君恍然大笑：“有道理！先生果然揣摩有术，田文大长见识。谁去大梁？”

“我去。最迟两日便回。”

“好！田文守营，等候楚赵消息。”

两人议定，苏秦立即忙了起来。先向新燕王修书陈明利害，力主按期赴盟。书简写成，荆燕立即带着书简飞马北上。为防楚国有变，苏秦又向黄歇与屈原各自修书一卷，派两名楚国军吏兼程南下。“赵国近便，有事我一并融通，祭台工期不能拖延。”苏秦匆匆叮嘱了孟尝君一句，便带着十名燕国骑士奔赴大梁去了。

说也费解，恰恰在这最要紧的关头，几个大国都出了事。齐威王、魏惠王、燕文公三个老国君一个接一个病逝。赵肃侯、楚威王两个正在盛年的国君，又同时卧病不起。只剩下一个韩宣惠王，一日三探，急得团团转。当此时刻，苏秦没有慌乱。冷静揣摩之后，他认为这正是合纵的生死关口，也是自己终生功业的生死关口，能够挽狂澜于既倒，合纵可成，功业可建；否则合纵效尤，功业流水，自己将永远成为天下嘲笑的人物。苏秦的秉性特长，正在于他的柔韧强毅。他在奔赴大梁的途中，已经接到了楚国赵国的紧急书简，但仍然风风火火地赶赴大梁。

魏无忌正在忙碌国丧，听得苏秦到来，立即赶回府中。两人秘密商议了一个时辰，苏秦连夜赴魏王灵堂祭奠。遵照传统丧礼，太子魏嗣只得在灵堂旁的偏殿会见了苏秦，对推迟会盟表示了深深的歉意，反复申明了自己的大孝之心。

“敢问太子，何谓大孝？”

“恪守古礼：麻衣重孝，守陵三载，是为大孝。”

“敢问太子，古往今来，可有一位国君做到了麻衣重孝守陵三载？”

魏嗣愣怔半日道：“以先生之见，何谓大孝？”这位太子本是个心无定见之人，被一些心腹谋士说动，决意以大孝彰显名节而在天下立格，使朝野景仰，不想苏秦一问，立即没了主意。

苏秦从容道：“大孝者：明大义，守君道，彰社稷，强国家也。”见魏嗣依然愣怔懵懂，苏秦坦率庄重道，“目下天下动荡，强秦虎视在侧，大义之所在于邦国安危，社稷存亡；君道之要，在于外却强敌，内安朝野。唯其如此，可使泉下之先人瞑目，可使新君之功业大显。否则，国家破，庶民散，纵有麻衣守陵，何以为孝？”

魏嗣沉默片刻，起身一躬到底：“先生之言，当头棒喝也！魏嗣决意跟从先生，如期会盟，建功立业，以慰父王泉下之灵。”

苏秦大拜还礼道：“国无主则乱，太子当立即除服即位，称王建制。一月半之后，虎牢关再会。”

魏嗣大是振作，提出教无忌随同苏秦前往筹划。苏秦却执意要魏无忌留下，辅佐新君安定朝局。魏嗣感动得涕泪唏嘘，直将苏秦送出王宫之外，又叮嘱魏无忌郊送十里方罢。苏秦本来很想有魏无忌这样一个帮手，但又怕魏嗣中途再变，只有教魏无忌留下督促魏嗣。魏无忌也明白苏秦心意，依依不舍地将苏秦送到十里亭下，对苏秦说了赵国的许多宫廷内情，方才看着苏秦上马去了。

及至苏秦马不停蹄地赶到邯郸，赵胜早在等候了。稍作计议，赵胜立即带领苏秦去见主政的太子赵雍。赵肃侯操劳成疾，近日突发腿疾，竟然卧榻不起，事属突然。赵雍与赵胜拿不定主意，不知如何对君父说起合纵的紧急。苏秦见赵雍赵胜叔侄依然如故，便知赵国并无国策变化之忧，也就放下心来。三人通气之后，苏秦入宫求见赵侯。

肃侯赵语虽然在位已经二十四年，五十岁刚刚出头，正在盛年之期。但这赵语少年时多有坎坷，三次受伤，患了莫名暗疾，加之即位后昼夜操劳，腿疾发作后便只有常年卧榻了。苏秦见到赵肃侯时，他正在卧榻上听人读简，小小寝宫中弥漫着浓浓的草药气息。从帷幕外望去，卧榻上的赵肃侯满头白发枯瘦如柴，一副英雄暮年的悲凉气象。蓦然之间，苏秦想起了白发苍苍的齐威王的最后时刻，不禁感慨万端，双眼模糊了起来。

“帐外，可是苏秦先生？”赵肃侯声音虽弱，却是耳聪目明，神志清醒。

“苏秦参见赵侯。”

“先生远来，莫非合纵有变么？”

“君上明鉴：齐魏燕三王薨去，楚王与赵侯又骤然患病，苏秦恐合纵有流沙之危，特来禀报，以求良策。”苏秦语气很是沉重。

赵肃侯霍然坐起，目光炯炯有神道：“先生毋忧，赵语坐着轮椅车，也当撑持合纵！”

一语掷地，字字金石，大是英雄本色。在这位国君心目中，合纵虽然名义上从燕国发起，然而只是在真正有实力的赵国加盟之后，合纵才成为真正可行的天下大计。赵语始终认为，赵国才是合纵大业的真正根基。赵人自来多英雄豪情，视支撑危局为最大荣耀。当此六国合纵面临夭折之际，赵语想起与父亲赵种周旋终生的几个老国王都撒手去了，中原战国唯有他一棵老树参天了，支撑合纵，舍我其谁？

苏秦肃然一躬："但有赵侯，天下何忧。"

赵肃侯哈哈大笑："老夫也是来日无多，权当最后风光也！"

赵胜在旁高声道："孙儿欲与先生同去，敢请大父允准！"

"男儿本色在功业，守在邯郸老死么？去！跟先生长长见识。"赵肃侯笑着答应了。

邯郸事定，苏秦心中稍安，次日清晨便与赵胜兼程南下。两天后赶到虎牢关，楚国方面还是没有消息。苏秦反复思忖，终是心有不安，请孟尝君与赵胜在虎牢关留守，自己又马不停蹄地南下了。虽说是一色的快马轻骑，但楚国山重水复，不似中原大道可放马驰骋，想快也快不到哪里去。苏秦断然下令：减人不减马，每人两马，轮换骑乘，昼夜兼程。如此一来，原先的护卫骑士由十人变成了五人，连带苏秦六人十二马，昼夜不停地赶路。

整整四个昼夜，除了就餐喂马，没有片刻歇息。到达郢都城下时，十二匹战马齐齐颓然卧倒，五名骑士也滚落马下，横七竖八地倒卧在泥水之中。只有苏秦摇摇晃晃地走到守门军吏面前，堪堪亮出了楚王的白玉令箭，便软软地倒在了城门之下……

黄歇闻讯，一面派人飞马通报屈原，一面带着太医驾着轺车飞赴郢都北门。来到城门，只见一人倒卧在雨后泥水中，面色苍白瘦削，须发灰白杂乱，两股之间的布衣已经渗出了殷红的一片。骤然之间，黄歇大是惊慌，手忙脚乱地将苏秦抱起登车，马不停蹄地回府急救。片刻之后，屈原也匆匆赶到了。太医堪堪将苏秦的衣服艰难地剥下，只见两条大腿间被马鞍磨破的血肉犹自涔涔渗着血珠，血渍汗污已经使衣裤结成了硬板，一片浓烈的汗臭和血腥味立即弥漫开来。黄歇惊讶得“噢呀”连声，紧张地前后张罗。屈原却是泪眼蒙眬，久久地沉默着。及至将昏迷的苏秦安置到卧榻，太医说了声“无得大碍”，屈原便大踏步转身去了。

“噢呀屈兄，待先生醒来计较一番再说了。”黄歇见屈原神色激奋，连忙劝阻。

“何须等待？我去禀报楚王！”屈原大袖一甩，径自去了。

一个时辰后，屈原与一队军马护卫着一辆黄色篷车来到了黄歇府邸前。车篷张开，四名内侍从车厢抬下了一张卧榻，卧榻上躺着枯瘦苍白的楚王。卧榻抬到正厅，黄歇方才匆匆迎出，一个大礼参拜，却是默然无语。

“先生情势如何？”卧榻上的楚威王喘息着问。

“噢呀，臣启我王：先生昏迷，尚未醒来。”

“进去。我要，亲守先生醒来。”

卧榻抬进两面竹林通风极好的大寝室，安置在苏秦榻前三尺处。两名侍女将楚威王扶起，靠在一个厚厚软软的大枕上。楚威王静静看着昏迷的苏秦，觉得他比半年前消瘦苍老了许多，那灰白的鬓发，那细密深刻的鱼尾纹，活生生一个久经沧桑的老人。一个刚及而立之年的英雄名士，如此百折不挠，如此不畏艰险，在六国合纵的奔波中折磨得如此疲惫苍老，当真令六国君臣汗颜。

“噢呀，先生醒来了！”黄歇兴奋地叫了起来。

“低声些个。”屈原走到榻前端详，轻声道，“先生醒了？我王来探视先生了。”

苏秦悠悠睁开了眼睛，觉得那股沉沉绵绵的睡意实在难以挣脱，但魂魄深处却总是轰轰响着一个声音，使他不能安寝。那个声音熟悉极了，河西夜行随时都有可能倒下时，那个声音使他挺了过来；草庐苦读，昏昏欲睡时，那个声音又使他挺了过来。如今，这个轰轰作响的声音又在心底回荡着，将他从无边的朦胧中硬生生拖了出来……他看到了屈原的盈眶泪水，看到了黄歇的惊喜交加，看到了坐在卧榻上的那个苍白枯瘦的黄衣人——楚王？正是楚王！苏秦心中一震，竟霍然坐了起来要行礼参见，却又眼前发黑，颓然跌坐在榻上被屈原黄歇两边扶住。

"先生有伤，躺卧便了。"楚威王连忙叮嘱。

苏秦闭目片刻，大是振作，坚持拜见了楚威王，又冒着满头虚汗简略叙说了各国决断，最后目光炯炯地看着楚威王："楚王乃合纵轴心，不知病体能支否？"

楚威王微微一叹笑道："芈商病体支离，本想延缓会盟之期。奈何先生奋身南来，令我等君臣汗颜。先生若此，我等何堪麻木？"喘息一阵，楚威王正色道，"楚秦势不两立，本王决意如期会盟，但听先生号令。"

"楚王壮心，令人感佩之至。"苏秦肃然一躬到底，"苏秦尚有一请，敢请楚王做合纵盟主，担纵约长重担！"

楚威王道："先生可与列国君主计议过？"

"计议妥当，各国都赞同楚国担纲，苏秦亦认为楚王最为适当。"

屈原很是振奋："先生之意，大有利于楚国变法振兴，我王当义不容辞！"

"噢呀，我王担当纵约长，可大增六国同仇敌忾之气，大好事！"

楚威王苍白的脸上泛出了一片红晕，微微笑道："既然先生信得芈商，楚国就勉为其难了。只是六国抗秦，联军事大，不可落空，尚请先生与屈卿仔细斟酌一个可行谋划，会盟时当全力落实。”

苏秦见楚威王胸有成算，显然也是有此准备，顿觉宽慰道：“楚王所说极是，苏秦已有大致谋划，晚间当与屈原大司马、黄歇公子细加磋商。”

大计商定，楚威王回宫去了。苏秦心头一松，酣然睡去，第二天傍晚方才醒转，梳洗之后顿觉神清气爽饥肠辘辘。黄歇打开一坛陈年兰陵酒，陪着苏秦大大饕餮了一顿。饭罢苏秦笑道：“正好！没耽搁晚间议事，走，到屈原兄府上去。”黄歇哈哈大笑：“噢呀，都过去十二个时辰了，这是第二个晚上也。”苏秦愣怔片刻，不禁大笑起来：“糊涂糊涂，快去找屈原兄！”

“不用找，我自己来也。”但听厅中一阵笑声，屈原已经甩着大袖飘了进来。

三人一阵笑谈，开始商议苏秦的《六国联军案》，直到五更鸡鸣。

此日午后，苏秦与黄歇带着二十名护卫骑士匆匆北上了。

回到虎牢关，荆燕也已经返回，带来了燕国新君的书简，申明了燕国发轫合纵当如期赴约的意愿。至此，六国皆在国内生变的关头扭转了过来，重新坚定了合纵意向，可说是大势已经明朗了。除了魏无忌尚在大梁，苏秦合纵的原班人马悉数聚齐。苏秦设宴与众人痛饮了一番，而后分派各人职责：黄歇辅助苏秦准备一应文告；赵胜人马负责扩整各国的行辕场地并中央会盟行辕；荆燕职司营地护卫；孟尝君爵位最高，筹划仪仗并职司迎宾特使。分派一定，虎牢关外顿时紧张忙碌起来，昼夜灯火，人喊马嘶，整整热闹了一个月。

公元前333年深秋，中原六大战国的国君齐聚虎牢关，举行了隆重的合纵会盟大典。这时候，除了赵国没有称王，其余五国都已经成了王国：楚威王、齐宣王、魏襄王、燕易王、韩宣惠王。其中齐魏燕韩四王都是三十岁左右的青壮国君，器宇轩昂，仪仗宏大，一片勃勃生机。楚威王与赵肃侯是会盟大典的轴心，偏偏两人都身患痼疾，一个坐着竹榻被抬进行辕，一个坐着轮椅被推进行辕，给会盟大典平添了几分悲壮。

苏秦主持了六王初会，公推楚威王为纵约长，会盟大典有声有色地铺排开来。

第一日，举行了极为隆重的祭天大典。祭天台设在大伾山的顶峰，台高十丈，从山麓下的军营望去，几乎是直入云霄。纵约长楚威王被三十六名楚国壮士轮流抬上祭天台。到得台顶，山风呼啸，众人无不担心祈祷。可楚威王竟神奇地站了起来，天平冠粲然生光，黄丝大袖飘飘飞舞，云中天神一般。那高亢沙哑的声音从天上飞来，在大河平原上悠悠飘荡："伏唯天帝兮芈商拜祭：六国多难，强秦肆虐，生灵涂炭，国将不国。今六国结盟，合纵抗秦。祈望天帝佑我社稷，保我苍生，使我六国，永世康宁……"

山下六国的万千人马一片欢呼。

次日是盟约大典。赵肃侯宣读了《六国合纵盟约》。这个盟约简洁凝练，只有六条：

六国君主，会盟虎牢，同心盟誓，约法六章：

其一，六国互为盟邦，泯灭恩怨，共视虎狼秦国为唯一公敌。

其二，秦攻一国，即六国受攻，同心反击。

其三，六国各出大军，组得合纵盟军，纵约长得赐封大将。

其四，自盟约伊始，六国与秦断绝邦交，杜绝商旅，同心锁秦。

其五，六国各派特使周旋合纵事宜，但有所请，无得拒绝。

其六，六国共视苏秦为本国丞相，赐相印，授权力，总揽合纵大局。

盟约宣罢，全场雷鸣般雀跃欢呼。“万岁合纵！”“同心抗秦！”欢呼声席卷了大河平原。趁热打铁，六国君主在行辕大帐立即歃血盟誓，在羊皮盟约上庄严地盖上了六国君主的鲜红大印，国各一份，盟约正式告成。之后，各国君主立即指派了本国的合纵特使，其中四个大国特使当场被君主封为高爵特使：魏国魏无忌，立封信陵君；齐国田文，已封孟尝君；赵国赵胜，立封平原君；楚国黄歇，立封春申君。

第三日为最后盟会，在楚威王主持下六国议定了各自当出的盟军兵马：楚国十五万，齐国八万，魏国八万，赵国十万，燕国五万，韩国五万，共计五十一万大军。兵马议定后，举行了盛大的六王大宴，席间最为隆重的仪式，便是六国君主一一向苏秦授本国相印。

那时候，各国丞相的权力不尽相同，名称也各有差异，但却都是总揽国政的开府丞相。苏秦兼领各国相职，自然不会是实实在在的开府理事丞相，而是一种总揽邦交大事的“外相”。战国为大争之世，邦交斡旋常常胜过雄兵十万，干系邦国安危，所以丞相权力的一大半便是外事。如今六国将外事大权一体交于苏秦，当真是旷古未有的同心壮举。当六颗金印光灿灿地用铜匣、玉匣各自捧出，又一颗一颗佩上苏秦腰间皮带时，乐师席奏响了庄严肃穆的《大雅》乐曲，行辕大帐觥筹交错，一片赞颂欢呼……

一颗一颗地接受了沉甸甸的金印，苏秦的心情却出奇的平静。一个布衣之士，往往终生奔波而不能求一颗金印，朝夕之间，他却佩起了六颗相印。平静淡漠的笑容下，他有些恍惚了。蓦然之间，他想起了张仪，那伟岸的身躯，那洒脱的谈笑，骤然间清晰地浮现在眼前。张仪啊，好师弟，你在何方？是守在陵园还是去了秦国？

第八章 连横奇对

一 张仪的声音振聋发聩

六国合纵的消息传到咸阳，嬴驷君臣坐不住了。

苏秦游说之初，秦国君臣虽说也很重视并尽快地采取了应对行动，但随着各种消息纷至沓来，秦国君臣们渐渐懈怠了。山东六国累世恩仇，相互间拼杀得不共戴天，他们能同心结盟么？认真说起来，山东六国中也就魏国是秦国的老冤家，除魏国之外，秦国与任何一个国家的冲突都极为有限。近几年来，也就是夺取了山东六国以往进攻秦国的一些重要根基而已，细算起来，统共也就五六座城池、几百里土地。与魏国的攻赵攻韩、齐国两次痛击魏国、楚国夺取淮北等大战相比，都可说是战国之世的小争端。山东六国果真能泯灭他们之间的血海深仇，而共同对抗一个只不过收回了自己的河西故土、只不过夺取了他们几座关隘要塞的秦国？徇情推理，真是比登天还难。尤其是齐威王、魏惠王、燕文公突然在一个月内相继病逝，赵肃侯楚威王又都是病入膏肓的消息传来时，嬴驷君臣几乎已经认定，合纵只不过是苏秦与六国的一个梦幻而已。樗里疾争取齐国无功而返，嬴驷君臣本来还颇有压力，及至这时，却已经轻松了。司马错提出了一个大胆周密的谋划：发动突然袭击，一举攻占河东的野王、上党地区，斩断赵国燕国与中原的主要联结高地，而后相机蚕食山东。为此，嬴驷专门召集了一次秘密会商，君臣一致赞同。太傅嬴虔尤其慷慨激昂，坚持要打生平最后一仗，否则死不瞑目。嬴驷与司马错通融，只好教嬴虔做了前军主将，立即筹划奇袭河东——冬日用兵，打山东六国一个措手不及。

谁知就在这个节骨眼上，六国竟然合纵成功了。

嬴驷好容易耐住焦躁的心情，将合纵盟约并几份要件翻阅了一遍，翻完了，心中却更是烦乱，铁青着脸在书房愣怔，一时茫然无措。对于漂泊山野严酷磨炼近二十年的嬴驷来说，这种慌乱茫然只有过一次，那就是在郿县白里的那个夜晚，要不是公父恰好赶来接他回咸阳，嬴驷肯定是永远地崩溃了。可是，这次不是那次，公父不会死而复生，又有谁能给他一条明路？嬴驷啊嬴驷，六国合纵可是比当年的六国分秦要严峻十倍不止，你当何以处之？当年的中原六国盟主是志大才疏的魏惠王，公父以柔克刚韬晦缩防便渡过了险关，可今日纵约长是励精图治的楚王，实际筹划推行者更是当世奇才苏秦，仅从建立六国联军看，他们的盟约便远非昔日的任何盟约可比，你却如何应对？妥协退让么？若六国趁势压来，岂非亡国之危？硬抗么？六国军力远胜秦国数倍，分而击之可也，以一对六只能自取其辱……

“禀报君上，太傅、上大夫、国尉联袂求见。”内侍连说了两遍。

“噢——”嬴驷恍然醒悟：真是昏了，如何一个人发蒙？“快快快，请他们进来。”

嬴虔、司马错、樗里疾三人匆匆大步进来，都是神色严峻。连寻常总是悠然微笑的樗里疾也铁着黑脸，鼓着腮帮，显然是咬牙切齿的样子。

“公伯、上大夫、国尉，请入座。”嬴驷平静地笑着。

“此时不能示弱，照打不误！”嬴虔未曾落座便嚷了起来。虽然戴着面纱，但粗重的喘息与颤抖的白发却无法掩饰他的激愤，“直娘贼！秦国被欺负得还不够么？夺我河西多少年？杀我秦人多少万？丢几座城池就要掐死老秦么？鸟！给我一道金令箭，嬴虔立马到陇西，征召十万精骑，杀他个落花流水！灭了这些狗娘养的！”嬴虔本是一等一的猛将，一通发作如同狮子怒吼，震得殿中轰嗡不断。

说也奇怪，嬴虔的一通怒吼叫骂仿佛是宣泄了每个人共有的愤懑，嬴驷三人的心绪片刻间平静了许多。“公伯且请息怒，此事还当认真计较才是。”嬴驷声音很轻柔，充满了关切。

“君上，兵家相争，不得意气用事。”司马错神色肃然，一字一顿道，“臣以为，敌已有备，当立即停止奇袭河东之筹划。六国合纵既成，天下格局已是大变。如何应对，当一体计议，决然不能逞一时之快而误大计。”

嬴虔气得呼哧呼哧直喘，却只是不说话。他是个内明之人，素来欣赏铮铮硬汉，服有真见识的能才。司马错的耿耿直言他虽然大是不满，却也知道不能凭自己的一腔怒火行事，只有兀自气呼呼地大喘。

“上大夫以为如何？”司马错一番话已使嬴驷悚然憬悟，他想仔细听听各种说法。

“三百年以来，秦国便是中原异物。”樗里疾少有地满面寒霜，“山东六国相互征战惨杀，远胜于与秦国之冲突。然则，从无天下结盟共同对抗一国的怪事。而今六国合纵，表明中原战国自来便视秦国为蛮夷异类，必欲灭之而后快。秦国弱小，他们不放过。秦国强大，他们更不会放过。他们对秦国又蔑视，又憎恨，而今更是增加了恐惧。长远虑之，中原战国是秦国永远的死敌。无论秦国如何力图融入中原文明，中原都将视秦国为可怕鬼魅。”樗里疾喘息了片刻，转而平和道，“唯其如此，秦国已经面临立国三百年以来的最大危机，须对通盘大计一体权衡，与中原战国做长期周旋，万不能掉以轻心。一步踏错，秦国便有灭顶之灾。”殿中气氛骤然凝重，狂躁消失了，压力却更为沉重了。

嬴驷轻叩书案：“时也势也，计将安出？”

良久沉默，樗里疾终于笑了笑：“君上，臣荐举一人，可通盘斡旋。”

“噢？快说！”嬴驷急迫，嬴虔与司马错也猛然一齐盯住了樗里疾。

“张仪。君上还记得否？”

“张仪？在何处？”嬴驷说着霍然站起。

“君上莫急，张仪已经在咸阳了。”樗里疾悠悠然一语，嬴驷君臣三人都吃了一惊。嬴虔先急了：“你这个黑肥子，如此大事，真能闷住！”樗里疾嘿嘿笑道：“性急煮不得好胶，张仪对秦国疑虑未消，得有个缓头。”“疑虑？”嬴驷困惑道，“秦国与张仪毫无恩怨瓜葛，比不得苏秦。再说，我等君臣对张仪追慕已非一日，诚心求贤，他有何疑虑？上大夫又如何得知？”樗里疾徐徐道：“君上不知，张仪本是老魏人，对秦国最是偏执蔑视。当年苏秦选了入秦，张仪则宁可入魏入齐再入楚，也没有想到过来秦国，此其一。”“鸟！”嬴虔忍不住笑骂了一句，“山东士子老毛病，不足为奇。”樗里疾道：“张仪大挫，为母亲守陵三年。其间苏秦复出，发动合纵，方促张仪重新思谋出路。臣出使齐国时，苏秦曾对臣提及张仪，举荐张仪入秦。”

“如何？苏秦举荐过张仪？”这次是司马错惊讶了。

“不足为奇。”嬴驷微微一笑，“一个人天下无敌，也就快没有价值了。张仪如何？”

“张仪知道苏秦向秦国荐举了他，却没有立即动身入秦。然则，张仪又断然拒绝了不明势力的胁迫诱惑，拒绝前往别国。最后是白身入秦，住在咸阳静观。此间多有蹊跷。依臣之见，仍是张仪心存疑虑，要踏稳脚步，怕重蹈入楚覆辙。”

“直娘贼！”嬴虔粗重喘息着骂了一句，“老天磨才，也忒啰嗦。”

“既然如此，如何处置方为妥当？”嬴驷已经完全平静了下来。

“要解此扣，须得稳住了神才是。”

“上大夫有计？”嬴驷笑了。

“君上稍候，臣谋划便是。”樗里疾神秘地“嘿嘿”一笑。

暮色降临，咸阳尚商坊成了河汉璀璨的不夜城。

虽说是一国君主，嬴驷却从来没有到过这个特殊的商区。他只熟悉咸阳的国人区，熟悉那里的肃穆凝重，熟悉那里的井然有序，虽然尚商坊早已经是名声大噪，嬴驷却从来不屑于光顾。在他想来，无非就是十里长街一片店铺，还能有甚？商鞅变法后一反秦国传统，大重工商，在嬴驷心目中，这也只是商君增加国赋的一条渠道而已，如同管仲大办绿街，将卖色卖身也纳入国家商贾征税一样。他没有想到，即位后尚商坊的赋税收入逐年猛增，上年竟然占到了国库总赋税的四成，一举超过了魏国齐国的商市赋税。嬴驷当时还没有意识到这是一种什么样的变化，经过樗里疾的一番条分缕析，嬴驷才悚然醒悟：百工商贾，在秦国已经变成了与农耕比肩而立的民生根基，已经变成了富国强兵不可或缺的栋梁行业。在农战立国的老秦人眼中，这不啻是悄无声息的沧桑巨变。谁能想到，商鞅撒播的这片种子，竟能如此快速地成长为支撑秦国天空的茫茫林海？也就是从那一天起，嬴驷萌生了来尚商坊一睹风采的念头。想归想，终是忙得没有成行。

今日樗里疾神秘兮兮地将他领出宫来，一身布衣，一辆轺车，从一条僻背小巷曲曲折折地驶进了这汪洋恣肆的灯火大海。嬴驷实实在在地惊讶了——衣饰华贵的人流、豪华讲究的店面、辚辚穿梭的高车、鞍辔名贵的骏马、明眸皓齿的丽人、色色各异的望旗、天南海北的口音、浓郁醇馥的酒香……直使人目不暇接。嬴驷第一次在如此广博的人间财富面前目炫神摇，第一次在农耕之外看到了另一番博大的工商天地。骤然之间，嬴驷忘记了布衣出行的所图，只顾痴痴地打量着眼前流动着的每一件新鲜物事。

“公子，前面就到。”轺车驶入了一条通明幽静的大街，驾车的樗里疾第一次开口。

“闹市之中，这条街如此幽静！”嬴驷看见几家门厅黄澄澄的大铜柱下都站着几个须发如霜的老人，只是比宫中的老内侍多了胡须，华灯大明的门前却是少有行人，大是不解。

“这条街全是老字号酒肆客寓，车马场都在店后。为了方便，客人都从车马场偏门出入。这大门，只有贵客光临用一下了。”樗里疾笑着低声解释。

“哪？从何处走？”

“今日布衣，偏门妥当。”

樗里疾祖籍本陇西戎狄，驯马驾车倒还真有一手。只见他将两马轺车轻盈地拐进店旁的一条说是小巷其实却也很宽阔的车道，从车马穿梭如流中，轻松自如地拐进了灯火通明的车马场。嬴驷抬眼望去，只见足足有三四亩地大的敞开席棚下，满当当全是各种华贵车辆，嬴驷的青铜轺车一点儿也不显得出众。一个精干利索的年轻仆人抢步上来，满脸笑意地将樗里疾的轺车引领到恰当车位，热情地说了声：“先生出来时派个小姐姐招呼一声，我便将车停在街口等候了。”便大步流星地忙着引领别的车辆去了。

嬴驷看得大为感慨："看来山东多有能人也，商道之上，山东比秦人高明。"樗里疾笑道："商道如兵道，全赖运筹调度。中原风采文华，生计谋划可是大有人才。"嬴驷却皱了皱眉头低声道："只是如此奢靡，坏了老秦人本色也是不得了。"樗里疾呵呵笑了："老秦有商君法制，奢靡掩不得本色，公子放心便是。"嬴驷道："今日罢了，回头还得再来尚商坊多看看，此地学问大也。"樗里疾低声笑道："公子但有此心，秦人之福。秦国之生计财货，原是不如中原。"

两人正在车马场门口说得投入，一个英挺俊秀的白衣公子匆匆走了过来："哎呀呀，好兴致，看稀奇来了么？"嬴驷恍然抬头道："是小妹啊，好洒脱。"樗里疾笑容顿消连忙道："如何出来了？先生不在么？"白衣公子颇有急色道："他说左右无事，到酒厅去了。"又压低声音道，"我先走，须得见机行事，千万莫鲁莽。"说完大袖飘飘地去了。嬴驷笑道："华妹还真出息了。"樗里疾拉了一下嬴驷衣袖道："走，跟着。"遥遥地看着那个潇洒的白衣身影，跟着进了店中。

张仪到咸阳已经三日了。

从安邑涑水河谷一出来，他很少说话，直至进了函谷关进了咸阳，他仍然是沉默寡言。绯云随张仪多有游历，素知张仪豪爽洒脱的个性，如今见他一路沉思，大是担心，但看见稍有新鲜的物事便有意无意地大呼小叫，存心要教张仪高兴。张仪不耐，破天荒地申斥了绯云两次，绯云再也不乱叫了。遥遥看见咸阳东门箭楼时，张仪下车步行登上了北阪，站在最高处怔怔地凝望咸阳，直到落日沉沉地隐没在西山之后。绯云遥遥跟在后面，见张仪愣怔，上前低声道："张兄不喜欢这地方，就回家，涑水河谷做个田舍翁也好。""你说甚来？"张仪回身恍然笑道，

“田舍翁车载斗量，张仪天下只有一个。”说罢大步下山了。一路上，倒是那个白衣商人应华对张仪的沉默似乎丝毫不以为奇，张仪沉思他打瞌睡，张仪偶然有问，他立即笑语作答，说完又是无穷尽的瞌睡，只害得绯云又担心又憋闷。

可到了咸阳住过一个晚上，张仪又立即变成了海阔天空明明朗朗的张仪，问东问西，对甚事都要刨根究底。应华忙着去安顿生意，张仪便带着绯云在咸阳整整转悠了两日一夜，除了没进咸阳宫，跑遍了大街小巷。

绯云跑得脚软，噘着嘴儿嘟哝：“在临淄郢都，转了一天就说够了，进了咸阳不要命了吔。”张仪非但没有生气，反是哈哈大笑道：“绯云啊，你没觉得咸阳是个大世面么？”“吔，大世面？”绯云顽皮地笑了，“谁说的？秦国荒蛮穷困，变也变不到哪儿去。”张仪拍了一下绯云的头笑道：“小鬼头，等这儿揭我短。走，再到尚商坊看看去，跑不动我背你了。”说着便来拉绯云的手。绯云打掉张仪的手，红着脸笑道：“吔，不凶人家就行了，谁背谁呀？”

在那片作坊聚集的尚商坊区，两人整整转悠了大半日，打问了每一件货品的用材、底本与价钱，连菜刀锅铲都没有放过，兵器农具看得问得就更细了。尚商坊小吏直以为他们是山东商人，非但不厌其烦地有问必答，而且亲自带他们看了兵器坊、农具坊与打车坊。午后回到渭风古寓，沐浴之后已是将近晚饭时刻，张仪显然很高兴，对绯云笑道：“走，到酒厅去。这是老魏国洞香春的老店，有好酒。”绯云却眨着眼低声道：“吔，我问了，这店贵得要命。手里没钱，如何还应华这个人情？人家是商人，图你个甚来？”张仪哈哈大笑道：“走，只管饮酒便是，我的人情可是大得很。”

正在说话，白衣应华满面春风地匆匆来了：“大哥啊，还没用饭吧。若是不累，我请酒了。”张仪对绯云笑道：“如何？我正要去品尝一番秦酒，还是小弟可人，走。”应华见绯云有些犹豫，笑着一躬道：“小妹，在下有请了。”绯云“噗”的一笑，也只有跟着走了。

进得酒厅，侍女领着三人到了一个极为雅致的屏风隔间。应华笑道：“大哥点酒，我点菜。”张仪笑道：“洞香春赵酒最有名声，今日我等却只饮秦酒，两坛。”“好！”应华笑道，“逢泽鹿三鼎，炖肥羊半只，秦苦菜三份。秦菜配秦酒如何？”张仪慨然笑道：“好啊！初次入秦，真没想到秦国酒肆有如此气派。就秦菜秦酒。”应华笑笑：“秦国也就这尚商坊有些模样，其他街市也平常得紧。”“吔，才不是。”绯云笑道，“张兄带我在咸阳转悠了两日一夜，好去处多了。连张兄都说咸阳是大世面，秦国的真正气象不在尚商坊，而在国人区。”“是么？”应华明亮的眸子向张仪一闪，“倒是我这个商人见识短浅了。”张仪笑了笑：“久居咸阳，司空见惯，自然又是不同。”应华笑道：“大哥说笑了，我虽常来咸阳，也就在尚商坊走动，对咸阳么，也许真还没有你熟。”

说话之间，几名侍女鱼贯飘了进来，每人捧着一盘，瞬间将酒菜在各人案头摆置整齐，又鱼贯飘出，只留下一名绿衣侍女侍酒。应华摆摆手道：“小姐姐去吧，我等自己来。”绿衣侍女笑着答应一声轻盈地飘了出去。应华举起了大铜爵道：“大哥初到咸阳，小弟权且做个地主，为大哥接风。来，大哥小妹，干此一爵。”张仪揶揄笑道：“地主就地主，权且个甚？好，干了。”说着一饮而尽，置爵品咂一番惊讶道：“噫！这秦酒当真给劲，绵长凛冽，好！不输赵酒！”应华笑了：“大哥可知秦酒来历？”张仪摇摇头：“惭愧，我对秦国可是生得紧。”“那是没上心。”应华道，“这秦酒也叫凤酒。周人尚是诸侯时，凤鸣岐山，周人以为大吉，酿的酒就叫凤酒了。秦人继承周人地盘，大体沿袭周人习俗，也叫凤酒，只是山东商贾叫做秦酒罢了。说起来已经千余年了，以大哥看，可算得天下第一老酒？”张仪拍案：“大是算得。来，再干！”

“且慢。”应华笑道，“这秦酒配苦菜，最是有名。大哥试试了。”张仪夹了一筷野菜入口俄而惊讶道：“噫！苦得够味儿。”说着汩汩一爵，回味片刻，恍然笑道，“这番搭配却是匪夷所思，酒中奇才也！”绯云也吃了一口苦菜，皱着眉头道：“吔！又苦又辣，谁个受得？”张仪饶有兴致道：“你等不善饮，不知酒中奥秘。这秦酒稍薄，而苦味儿正增其厚，单饮秦酒，不输赵酒，若配苦菜同饮，则胜过赵酒了。若非酒中奇才，断难发现如此绝配。”应华听得眸子闪亮，粲然笑道：“大哥不输于这个奇才。听说，当年商君入秦，这渭风古寓的店东就用苦菜秦酒接风。商君大是赞赏，从此便将苦菜秦酒做了自己的家常美味。秦人感念商君，这苦菜秦酒之配，也就风靡了秦国城乡。久而久之，连山东商贾也以苦菜秦酒为荣耀了。只是啊，没有一个人说得出口味上的奥秘。”一席话毕，张仪却默然良久，慨然叹息道：“大哉商君，清苦如斯！张仪敬你一爵了。”说着站起身来，将满满一爵秦酒缓缓地洒在了地上，又斟一爵，自己汩汩饮干。应华一双眸子亮晶晶地盯着张仪，也肃然站起，猛然大饮了一爵。

大约饮得半个时辰，那个侍女飘了进来对应华作礼道：“公子，你的家老有事请你示下。”应华笑道：“大哥，我片刻便来，准是虎骨有买主了。”说着出了隔间。张仪笑道：“绯云，来，吃了这鼎逄泽鹿，大补。”绯云顽皮笑道：“吔！一口便是一百老刀币。”张仪哈哈大笑：“那就吃一肚子刀币。”

正在谈笑饮酒，应华笑吟吟走了回来道：“原是两句话的事，妥了。”说着入座与张仪对饮起来。两爵方罢，却见那名绿衣侍女又飘了进来恭谨作礼柔声细语道：“启禀公子先生，临间两位客官欲与你等共饮，差小女子通禀，允准可否？敢请示下。”应华惊讶连声道：“有人要与我等共饮？哎呀，此等事体向来是名士做派，我这小商贾可是没经过，还得请大哥做主。”张仪拍案笑道：“秦国也有了此等文华气象？大好！请与我等并席。”绿衣女子一点头，笑着摁动大屏风上的一个圆木柄，厚重的实木屏风两扇小城门一样无声地滑开，赫然现出了两个布衣士人：相同的黑色大袍，相同的两张黑脸，除了高矮胖瘦略有不同，简直就是两根黑柱子。

张仪一瞄，便知这两人绝非山东士子，而可能是秦国本土名士，或戎狄胡人中的豪杰领袖之士。张仪虽然狂傲不羁，却素来敬重风尘英雄，起身拱手笑道：“在下安邑张仪，多蒙两位垂青，同席共饮海阔天空便了。”矮黑胖子还礼笑道：“嘿嘿，果是张仪，好气度！我俩在邻间听得多时，敬佩先生见识，便学中原名士，来个同席畅谈了。”张仪笑道：“四海皆兄弟，好说！两位请入座。”这期间绿衣侍女已经唤来几名同伴，利落地将两位黑衣人的座案并了过来，又关闭屏风，顿时成了一个宽敞的五人大间。

应华笑道：“哎呀呀，都是英雄名士，左右我只是听，便由我来侍酒。你等都下去，我不叫莫得进来。”侍女们又鱼贯飘了出去。绯云笑道：“应哥哥只管坐了，这等事儿你不如我。”黑矮胖子笑道：“且慢，张兄饮的可是秦酒？”张仪点头道：“秦酒苦菜，天下难觅。”黑矮胖子像所有胡人那样耸着肩哈哈大笑：“不不不，张兄可愿品尝一番我等胡酒？”张仪慨然笑道：“好啊，一日两酒，都是罕见之物，在下何等口福也！”黑矮胖子耸耸肩道：“这位小哥，这是三坛胡酒，相烦小哥随饮随打了。”绯云笑道：“吔！不消说得。”说着跪行碎步为每座打酒，利落轻柔不输于店中侍女。

一直微笑沉默的黑瘦子举爵道：“我等兄弟，敬佩中原有先生这等学问见识之士，先敬英雄一爵！”张仪笑道：“只言片语，谈何学问英雄？天意相逢，共饮便了。”抱爵一拱汩汩饮尽。“痛快！”黑矮胖子耸耸肩颇为神秘地一笑，“张兄，我这胡酒，比秦酒如何啊？”张仪看了一眼爵中残酒道：“此酒白亮而略带黏稠，酸甜出头，苦辣涩诸味退后，爽则爽矣，失之太淡，远不如秦酒厚重凛冽，有一爵贯顶之力。以在下口味，还是秦酒为上。”置爵于案，似乎不想再饮这胡酒了。黑矮胖子摇头笑道：“不不不，我这胡酒乃青稞酒，中原人叫‘裸大麦’的酿成，酒成掺以马奶，后劲儿大了。我草原骑士痛饮，可是提神长劲，像一头大熊！”张仪大笑：“有此妙处，自当痛饮。来，再干！”

觥筹交错，饮得一阵，几人脸上都泛起了红光。张仪觉得通身燥热，额头细汗不止，竟脱去了长大布袍，只穿贴身短衣。黑矮胖子连呼痛快，也立即脱掉了布袍，现出一件皮短褂，赤裸着古铜色的双肩，倒确实一个胡人武士。只有那个黑瘦子沉静如常，只是微笑着慢饮慢品。张仪猜度他必是胡人邦国的王子或首领，心觉奇异，不觉笑问：“两位来到咸阳，莫非要做兵器买卖？”

“不不不，”黑矮胖子耸耸肩，“我等住得很远很远，在阴山草原。我们来，是要与秦国修好结盟的，谁不打谁。可到了咸阳，却听说中原六大战国合纵结盟，将秦国当做死敌。我们呀，松了一口气，就来猛吃猛喝了。”

“噢，二位是阴山匈奴国？我去那里买过马，秦国是你们的老冤家了。”应华笑得很开心，似乎特别高兴。

“不不不，”黑矮胖子连连摇手耸肩，“匈奴？那是中原骂我们的，我们是大熊之国，大熊知道么？雪白的！高大的！没有对手的！”

黑矮胖子认真的辩驳和匈奴人特异的说话方式，引得应华与绯云咯咯咯笑个不停。黑矮胖子急得满脸涨红道：“笑？雪山一样的大熊是没有对手的。几百年了，赵国、燕国、秦国，一直像高山一样挡着我们，大熊不能南下中原。如今赵国燕国不行了，退缩了。只有秦国这只黑鹰，飞过了大河，飞过了阴山，飞进了我们的草原。如今，黑鹰的翅膀就要折了！啊哈哈哈哈，我们可以放开马跑了。来，朋友，为我大熊欢呼痛饮了！”举起案头大爵咕咚咚饮干，嘿嘿笑着亮了亮爵底。

张仪没有举爵，淡淡笑道：“如此说来，大熊要放马南下？”

“不不不，”黑瘦子摇手笑道，“熊弟素来口如大河，英雄见谅。我族只想先撂下与秦国修好，看看再说，说到底，中原时势是大变了。”

“啊哈哈哈，小单于兄太客套了。”

黑矮胖子耸耸肩站起来，肥鸭子一般摇晃到张仪案前道：“英雄是魏国人，魏国是地上长虫，秦国是天上老鹰，老鹰折了翅膀，长虫就威风抬头！英雄一定比我黑熊还高兴，啊哈哈哈哈！”

“啪”的一声，张仪拍案而起：“两位既是匈奴太子将军，我也无须客套。张仪今日正告两位：秦国依旧是秦国，黑鹰永远不会折翅，大熊永远不可能南下！秦国乃华夏屏障，中原大国，痛击匈奴更不会手软。三百年前，你等祖先八万骑兵入镐京，秦人五万骑兵杀得你等祖先丢下了几万具尸体，灰头土脸逃回了大漠草原，难道已经忘记了么？是的，我张仪确是魏人，然则，张仪首先是华夏子孙。你大熊胆敢南犯，也许我张仪就会成为秦国人，亲率兵马，剥下十万张熊皮！”

骤然之间，举座肃然无声，两位黑子的眼睛都瞪直了。张仪的急变之才本是出类拔萃，又兼一张利口一腔热血一副桀骜不驯洒脱不羁的心性，声色俱厉之下当真莫之能当。

黑矮胖子耸耸肩嘿嘿笑了：“不——中原人说：英雄斗智不斗气。先生若能说得出黑鹰永远不会折翅的理由，黑熊便服。不然，嘿嘿嘿，熊皮可不是好剥的。”

张仪哈哈大笑道："看来大熊还不笨，知道斗智。天机不可预泄，只对你等说明大势便了。"见黑矮胖子光膀子喘着粗气入座，张仪端着大爵在厅中踱步，边走边饮边说："秦国崛起，已是鲲鹏展翅。六国虽然合纵，却是蓬间雀之聚。你等鼠目寸光，但知六国相加，土地财货民众兵力比一国众多，而不知'散六不敌混一'之奥妙，窃窃欣喜，竟自以为有机可乘也。"

"不不不。"黑矮胖子连连耸肩，"明明是合纵同盟，还有联军，如何能叫'散六'？"

张仪现出高傲的微笑道："大熊国名副其实，以为秦国就束手无策了？张仪明告：秦国只要镇静应对，不急于反击，以柔韧克之，合纵必乱！大凡团体结盟之初，必显同心。外部压力愈大，该盟约就愈巩固。若急于反击，犹如为渊驱鱼，为丛驱雀，耗尽秦国之力，而敌方不能瓦解。反之，秦国若采取弹性极大之策略，表面退让，先守定自己，整肃民治，扩充大军，以静制动。如此，则六国戒备之心必日渐松弛，旧有仇恨重新发作，六国合纵必然瓦解矣！"

两个黑子听得大是兴奋，黑矮胖子连连耸肩笑道："不不不，英雄还当有一拳一脚的对策，光柔韧两个字，合纵还是像阴山一样坚实。"

张仪揶揄笑道："一拳一脚？那是你等能听的么？那是只能对秦王说的。"

黑矮胖子仍是连连耸肩："不——六国合纵有个大英雄，苏秦！张兄说的这些，他想不到么？没有苏秦敌手，合纵还是阴山一样，高耸入云的。"

张仪一阵放声大笑："天下之大，岂能没有苏秦敌手？六国病入膏肓，苏秦纵然奇才，也只能救六国于一时，不能救六国于永远！此乃时也势也，尔等大熊国岂能尽知？"

“先生如何对秦国有此等信心？”黑瘦子目光炯炯地看着张仪。

张仪从容笑道：“张仪走遍天下，唯独没来过秦国。若在一个月前，也许我会赞同你等说法。然则入秦一路半月，又在咸阳三日踏勘，以张仪目光：秦国已成天下真正的法治大国，耕战精神已经成为国人根基；朝野整肃，国人奋发，财货充盈，民心思战。反观中原，六国个个旧根未除，奢靡颓废之风弥漫山东；官吏嫉贤妒能，民心散乱低迷；哪一国能再争得二十年时间彻底变法，而做第二个秦国？决然不可能。当此之时，秦国就是天下楷模。对秦国没有信心，对天下就没有指望！”

黑瘦子站起深深一躬，肃然道：“先生之言，振聋发聩，我等必改弦更张，另谋国策。”张仪却自嘲笑道：“在下无能，入秦未说秦王，倒对你等大熊费了一番口舌。来，干了！”应华咯咯笑道：“大哥英雄，秦王要是知道了，该封大哥丞相做才对也。”张仪哈哈大笑：“果真如此，苏秦有六国相印，张仪只拿一颗对他，稳赢不输！”

黑矮胖子肩膀又是一阵大耸：“对对对！英雄志气像高高的阴山，我等敬英雄一爵！”张仪已有几分酒意，忍俊不禁，扶着黑矮胖子的肩膀笑道：“别老是高高的阴山，当心有一日，秦国的长城修到阴山顶上，你等也是秦国臣民了。”黑矮胖子却高兴得哈哈大笑：“英雄把长城修到阴山，大熊便服了。”

应华学着黑矮胖子口吻，耸耸肩笑道：“不——该当这样。”

“噢——”黑矮胖子长长地惊呼一声，耸耸肩，“我没有这样么？那是身上不痒了，虱子教英雄吓跑了。”

“哄”的一声，几个人齐声大笑，应华笑得直打跌。绯云上气不接下气道：“吔！原来是虱子痒的呀，我以为是脖子抽风吔！”这下连不苟言笑的黑瘦子也哈哈大笑起来：“小哥说得是，胡人耸肩，原本就是虱子痒了。噫！先生……”

张仪歪倒在酒案上呼呼大睡了。绯云笑道："吔，没事。张兄没有饮过胡酒与秦酒，更没有一起饮过这么多，大睡一觉便好。"黑矮胖子笑道："嘿嘿，英雄海量！要是我来两种酒呀，早撂倒了。"黑瘦子道："我等告辞，二位好生照料先生，我等明日午后便走了。"应华点头笑道："知道了，明日午后走好。"

初冬的正午，柔柔的日光照在了窗棂上。

张仪一觉醒来，觉得身上汗津津的，睁眼一看，身上一床大被，榻前一个木炭燃得红彤彤的燎炉，静悄悄的寝室明亮而又暖和。掀开被子站起，张仪打了一个长长的哈欠，顿时觉得神清气爽，正要喊绯云，寝室门"吱呀"开了。绯云托着一个大盘走了进来道："吔，果真起来了，头疼么？""不不不，"张仪笑着耸耸肩，"清爽极了。"绯云咯咯笑道："吔！胡人虱子也跑到你身上了？"张仪不禁大笑道："别看两个胡人长虱子，都是英雄豪杰。"绯云过来拉着张仪胳膊笑道："吔，甭管胡人了，快来沐浴。"张仪进了沐浴房，见硕大的木桶中已是热气腾腾，旁边木台上摆放着一摞整洁的衣服，便笑道："好了，你去，我自己来。"绯云笑着拉上厚厚的木门出去了。

片刻间张仪出来，散发大袖红光满面，显得分外精神。绯云笑道："快来用饭了，秦地肥羊炖，鲜美得紧吔。"张仪走过来一看，一只大陶盆架在一只小巧精致的铜燎炉上，陶盆中炖着一只羊腿，雪白的汤汁翻翻滚滚弥漫出特有的羊膻香味儿，旁边还配有一大盘干黄松软的面饼。张仪啧啧感叹："也是怪，老秦人硬是踏实简单，连这名吃都是一肉一饼。大洒脱！大洒脱！"绯云正跪坐在案头盛汤，笑道："吔，快吃吧，别唠叨了。"张仪道："秦人叫'咥'！不叫吃。你看，大盘腿一坐，捞起一大块肉骨头大啃，这劲头儿啊，唯一个'咥'字了得！"

绯云咯咯笑道："吔！就算叫'咥'了，迷上秦国了，秦国没有不好的吔。"张仪笑笑，只顾大啃大嚼，咥得满头细汗，痛快之极。

一时风卷残云，一盘面饼一盆炖羊已被张仪悉数扫尽。看看绯云亮晶晶的目光痴痴地盯着自己，张仪拍拍肚皮笑了："进了咸阳，连肚腹也变大了，忒煞作怪也。"绯云低声道："吔，看看甚时候了？一天一夜没吃，能不饿么？三年苦熬，都瘦得光剩下大骨头架儿了……"张仪拍拍绯云肩头，关切疼爱地笑道："小妹，只要有这副骨架，大哥就撑得一片天地，来，笑笑了。""我信吔。"绯云点点头，仰起带泪的脸庞，粲然笑了。

突然，一阵整齐沉重的脚步声从庭院中传来。

绯云猛然跳起，一柄雪亮的短剑已经从皮靴中拔出。张仪却安然端坐，只是凝神倾听。随即庭院中传来苍老的长声："秦公特使，太子荡、太傅公子虔到——"张仪一怔，秦国太子他虽然没有听说过，但公子虔的大名及其在秦国的地位他却是很清楚的。这两人之中任何一位作为特使，都是最高礼仪了，如今两位同来，在秦国简直就等于国君亲自出马了。心念闪动，张仪还是没有移步，只是向绯云摇了摇手，示意她收剑。绯云也已经大体明白，便去收拾案头食具。正在此时，门外传来浑厚苍老的声音："秦国太傅嬴虔，拜见先生。"

张仪听得清楚，大步走了出来。

这座房子，是渭风古寓最为幽静宽敞的一个院落，庭院中两株老松一片竹林，中间夹着一片流动的大池，纵是冬日也是满眼苍翠碧绿。门前青砖小径直通池边车马场，行动方便极了。张仪走到正厅廊下，看见车马场排列着整齐的斧钺仪仗和几辆青铜轺车，青砖小径的顶头站着两个极不寻常的黑衣人：一人须发如霜头戴布笠面垂黑纱，站在风中纹丝不动；一人黑衫无冠，高鼻深目黄发披散高大威猛，活生生一个胡人猛将。张仪心中暗暗诧异：这两位人物并肩而来，当真是天下罕见。嬴虔面垂黑纱虽然颇显神秘，毕竟也是数十年老事天下皆知，也就不足为奇了。可这太子生得胡人模样，天下可是从无传闻，当真教人匪夷所思。惊奇归惊奇，张仪丝毫没有愣怔停顿，行进间遥遥拱手作礼：“安邑张仪，见过两位特使。”

嬴虔肃然一躬道：“嬴虔见过先生。此乃太子荡，少年尚未加冠，与我同为特使。”

“嬴荡拜见先生。”威猛少年虽然相貌稚嫩，说话却是声如洪钟。

“谢过太子。”张仪还了一礼，微笑着不再说话。

嬴虔庄重拱手道：“太子与嬴虔奉君命而来，恭请先生入宫。”

张仪拱手答道：“本该即刻奉书，奈何一个友人此刻不在，可否容张仪等得片时，与友人辞别？”嬴虔道：“但凭先生，我等在此恭候。”张仪道：“如此多谢二位特使。”拱手一礼，飘然进去了。

绯云惊讶道：“吔！也不请人家进来就座饮茶？”

张仪微微一笑：“观此爷孙都是火暴如雷，我倒要试试。”

“吔，魏齐楚都是立即晋见，见了就说，到秦国变了？”

张仪意味深长地笑了：“孜孜求见，滔滔便说，结局如何？天下事，未必全凭本心。”

绯云粲然一笑：“吔，那我也慢慢收拾了，应华公子还不定甚时回来，省得人家耐不住发作，你又不去了。”说是说，说完却开始利落地收拾行装书简，片刻后又拿来一件绣有云纹的丝袍要给张仪穿上。张仪也没理会，只将丝袍撂在书案上，又径自踱步思忖。绯云又要给张仪梳发戴冠，张仪不耐道：“你烦不烦？恁多张致？”绯云咯咯笑道：“吔！名士气度不要了？你看人家苏秦，甚时不是鲜衣怒马？”张仪不禁笑了：“还知道鲜衣怒马？苏秦是苏秦，张仪是张仪，苏秦不是张仪，张仪不是苏秦，明白？张仪不拘常形，受不得拘谨，顺着宫廷礼仪爬，张仪准跌大跤。秦国若是容不得如此这般的张仪，也就无所谓了。”说到最后，轻轻地一声喟叹。绯云笑道：“吔，原本你已经想好了的，我瞎忙个甚？好，我去煮茶，消闲等着应华公子了。”

冬日苦短，午后一个多时辰说话间过去了。眼看红日西沉暮色已至，西北风带着哨音开始刮了起来，应华还是没有来。张仪只顾品茶，悠然自得。绯云有些着急了，不知该不该点灯。想了想，还是轻手轻脚地走到门厅下向外瞭望了一番，又轻轻回来顽皮地一伸舌头：“吔！两根木桩似的，人家可是没吃没喝，一老一小吔。”张仪笑道：“我猜，应华也该来了。”

话音落点，门厅外一阵匆匆脚步脆亮话音：“哎呀，如此多人！小妹如何不掌灯？天都黑了，大哥睡觉了么？”随着话音，白衣应华风一般飘了进来，绯云也恰恰将几盏纱灯点亮，屋中顿时一片通明。张仪笑道：“小弟早出晚归，生意真忙了。”应华一边用雪白的汗巾沾着额头汗水一边笑道：“大哥见笑了。商旅老话：由事不由人。大哥酒醒了么？走！再去痛饮一番，也许还能见到那两个大黑熊。”绯云向门外努努嘴：“吔，能去么？”应华恍然笑道：“噢，门外那么多人做甚？好像是官家人。”张仪笑道：“秦公派特使召我，我等你辞行。”“呀，太好了！”应华高兴地叫起来，“我还正为大哥设法，这秦公就自己找上门来了，天意天意！走，大哥，我送你。”张仪笑道：“谁也不用送，我自去便了。”说着站了起来举步出厅，应华绯云也连忙跟了出来。

晚来风疾，屋中隐隐灯光照出嬴虔身影，黑袍白发渊渟岳峙般屹立风中纹丝不动。少年太子似乎不耐，在周围踱步消遣。张仪遥遥一躬：“友人迟归，张仪多有怠慢，尚请特使恕罪。”嬴虔还礼道：“先生待友赤诚，原是高义，何有怠慢。敢请先生登车。”

此时，太子已经亲自驾着一辆轺车辚辚驶到面前："先生请了。"

张仪未及推辞，被嬴虔恭敬地扶上了轺车。太子嬴荡轻轻一抖马缰，轺车辚辚隆隆地启动了。绯云在灯影里高声喊道："张兄，我等你回来！"应华笑道："大哥大喜，你倒惨兮兮地抹泪，真是女孩子家。""我怕吔。"绯云揉着眼睛道，"在楚国，在临淄，也都是风光去的，谁能想到有那么大的灾祸？他这人命硬多难，但愿秦国没有凶险吔。"

应华笑着拍拍绯云肩头道："放心，我看这回没事，你只收拾好行装，准备搬进大府邸便是。"

"吔，那公子呢？"绯云笑了。

"我？大哥一得志，我自云游商旅去了，还能如何？"

"吔，张兄会想你的。看得出，他可是喜欢你了。"

应华眼睛大亮，沉默良久，点头喟然一叹："我信小妹的话，我也欣慕他。名士英雄，如张仪这般本色烈火者，天下能有几人也？"

"吔，公子大哥，我也会想你。若不是你，张兄如何能顺畅出得安邑河谷？"

应华清亮地笑了："哟，好个忠义女仆！句句不离你的张兄。其实，谁看不出，大哥从来没有将你做仆人看待。"

"吔！我能与公子大哥比？整天大哥大哥的，我又做不了小弟。"

"你做小妹也。更亲更近，不是么？"

"公子大哥胡说……"绯云的脸庞顿时涨红了。

"好了好了。"应华拍拍绯云，"日后，我等也许还会在一起。"

"吔，你不做商旅了？"

"你这小妹好实在。"应华笑道，"有如此一个好大哥，我就不能向他讨个一官半职，弃商入仕，与你一样为大哥做事？"

“吔！才好。”绯云拍着手笑，“一家人，我有两个大哥了。”

“要说呀，还是我得光，一个大哥，一个小妹，齐全！”

寒凉的北风中，两人说得甚是相得，咯咯笑个不停。

二　第一国王与第一丞相

当特使车队驶进咸阳宫时，已经是初更时分了。

张仪虽然对咸阳城有了大体了解，但对咸阳宫却是一无所知。在他高傲的心目中，天下宫殿当首推洛阳的天子王宫。洛阳虽然破旧了，但那种承天命而鸟瞰天下的恢弘器局却是万世不朽的。其次是大梁王宫，华贵博大，层层叠叠六百亩，融山水风光于奇巧构思之中，那种实实在在的富丽舒适是天下绝无仅有的。老秦人朴实无华，起造咸阳城时还正在元气刚刚养成之时，能与临淄王宫媲美已经不错了，还能如何?但是，当轺车驶进咸阳宫正门时，他立即被一种强烈的气势震撼了。

刚从少有灯火的国人区驶出，面前这片汪洋灯海简直与尚商坊可一争高下。这片灯海弥漫出的不是尚商坊那种令人沉醉的酒色财气，而是一种令人凛然振作的新锐正气。那简洁得只有两道黑色石柱夹一座青石坊的宫门，那挤满车马的白玉广场，那耸立在夜空中的小屋顶宫殿，那弥漫出隐隐涛声的松柏林海，那灯火通明的东西两片官署，那斧钺生光甲胄整肃的仪仗，那偏门不断进出的急骤马蹄声，那脚步匆匆而又毫无喧哗的来往官员……这里与张仪熟悉的六国宫殿截然不同，然而又绝不仅仅是宫殿的感觉。张仪也曾经听人说起过秦宫高耸的小屋顶的奇特，但也只是一笑了之。今日亲临，张仪实实在在地感到了一种新鲜强烈的冲击。与其说是宫殿的冲击，毋宁说是精气神的冲击。走进这卓尔不群的宫殿区，立即能感到这里绝不是奢华享乐的靡靡之地，而是如同农夫耕耘工匠劳作一样的昼夜忙碌之地，一股新锐的气息在这里流动弥漫，连冬夜的寒风也无法使这里变得冷清。

一路看来，张仪不禁暗暗感慨：“上苍有眼，这正是我心中的秦国气象也！”

“先生请看，国君亲自在阶下迎候。”嬴虔的声音从车下飘了上来。张仪恍然醒悟，却见轺车已经在正殿阶下停稳，几名高冠大袖的黑衣人正快步走来。及至张仪被嬴虔扶住下车，为首黑衣人已到面前深深一躬：“先生安好，嬴驷等候多时了。”

嬴驷？那不是当今秦公的名号么？张仪惊讶地睁大眼睛：“你？不是胡人王子么？”

后边的黑矮胖子哈哈大笑：“我等冒昧，尚请先生见谅。”

张仪心思机敏，恍然大笑一躬道：“我竟当真了，张仪多有不敬，秦公恕罪。”

嬴驷双手扶住张仪笑道：“不入风尘，焉知英雄本色？先生使嬴驷大开眼界。原是我等君臣敬贤不周了。来，先生请。”说着亲自来扶张仪。

张仪拱手笑道：“秦公若再多礼，张仪不自在了。秦公请。”

“敬贤本是君道之首则，也是嬴驷本心敬佩先生。老秦人不讲虚礼，先生尽管自在便是。来，你我同步了。”嬴驷自来稳健厚重不苟言笑，今日却是豁达爽朗，拉起张仪的手便上了红毡铺地的台阶。张仪也不再谦让，与秦公执手而上。到得灯火通明的大殿，嬴驷请张仪坐了上位，自己与几位大臣拱着张仪坐成了个小方框。张仪见秦公连国君面南的礼制座次都变成了师生宾主的座次，知道嬴驷为的是让自己洒脱说话，不禁心下一热，觉得自己今日教秦国君臣等候了半日有些过分，拱手笑道：“张仪狂放不羁，为等朋友辞行，竟让秦公并诸位大人空等半日，多有唐突。太傅年高，太子年少，均未进食，张仪委实不安。”

嬴虔大笑：“这算甚来？打起仗来三天不咥都是有的，他们一样，也没咥。”

“听完先生高论一起咥！如何？”樗里疾嘿嘿笑着。

嬴驷笑道：“我等先说，厨下便做，做好了就上，要甚讲究？”转身一摆手，一个老内侍匆匆去了。嬴驷回头道：“先生认识一番了：这位是上大夫樗里疾，祖籍西戎大驼。这位是国尉司马错，兵家之后。”两人一齐拱手道：“见过先生。”张仪笑道：“上大夫智计过人，张仪佩服。”樗里疾嘿嘿笑道：“雕虫小技，何足道哉。”张仪看着顶盔贯甲的司马错，却站了起来深深一躬道：“张仪生平第一次谈兵，便被将军断了一条腿，张仪敬佩将军。”司马错连忙站起还礼道：“原是先生疏忽而已，司马错何敢当先生敬佩。”张仪慨然笑道：“张仪原本狂傲，自司马错出，而知天外有天，岂能不敬佩将军。”

“好！”嬴虔拍案，“老夫就喜欢此等磊落汉子！莫怪……”突然打住了。

“手有十指，各有短长。先生大智大勇，见事透彻，昨夜可是大显威风也。”樗里疾知道嬴虔心事，嘿嘿笑着适时插上，为嬴虔遮过了尴尬。

嬴驷笑道：“先生昨夜所言，大开我等胸襟。今日请为秦国谋划，望先生不吝赐教。”

张仪成算在胸，微微笑道：“昨日略言大势，今日当谋对策。目下之秦国，直接压力自是合纵。然则长远看去，合纵之势乃是山东六国与秦国真正抗衡的开始。以秦国论，既要破除合纵挤压，更要立足长远抗衡，绝不能头疼医头脚疼医脚，跟在六国之后疲于奔命。从此开始，秦国之每一对策，都要立足主动，变后发为先发。”寥寥数语，嬴驷君臣眼睛大亮无不点头。

嬴虔不禁拍案赞叹："先生刀劈斧剁，料理得清楚！愿闻应对之策。"

"秦国应对之策有四：其一曰连横，其二曰扩军，其三曰吏治，其四曰称王。"

"愿闻其详。"嬴驷悚然动容，禁不住向张仪座案移动，生怕听不清楚。

"先说其一。六国为南北，是为合纵。秦与六国为东西，是为连横。连横之意，便是秦国东出函谷关，与中原六国展开邦交斡旋，分化合纵，而后各个击破。连横之要：在于秦将六国看成一个可变同盟，不断选择其中之薄弱环节渗透，瓦解其盟约链条，与一国或两三国结成哪怕暂时之盟友，孤立攻击最仇视秦国之死敌。以整体言之，秦乃新兴之国，山东六国乃旧式邦国。新旧之间，水火不容，势不两立，任何一国都是秦国之敌人。唯其有此根本之别，六国才能闻所未闻地迅速结成盟约。其间根本并不在于六国卑秦，而在新制旧制之抗争！正因如此，秦国不能对六国抱任何幻想，实施连横必须无所不用其极，以求最大限度之分化敌国。力行连横，合纵必破！此其一也。"

座中君臣听得大是兴奋。黑矮胖子樗里疾搓着双手嘿嘿嘿直笑："妙哉连横！先生与苏秦真乃棋逢对手，天下做棋盘，列国做棋子，旷古奇闻也！"

嬴驷摆摆手："且听先生下文。"

张仪侃侃道："其二，合纵既立，秦国必有大战恶战。说到根本，战场乃连横之后盾，非战场胜利不足以大破合纵，不足以使连横立威。闻得秦国只有不到十万新军，远不足以与六国联军做长期抗衡。当此之时，秦国扩军时机已到。连横之力，大约可保秦国一年之内无战事。这一年之内，秦国若能成新军二十万，打得一场大胜仗，连横威力自当大显。”

“大是！”嬴虔对军事的直感极为敏锐，拍案高声道，“老夫招募兵员，国尉只管练兵便是。”一向沉稳的司马错也慨然拱手道：“君上，先生之策深谙兵国之道。有太傅鼎力扶持，臣若一年不成军二十万，甘当军法！”

嬴驷冷静道：“听先生下文，完后一体部署便是。”

张仪道：“其三是吏治。国政清明，方能使民以国为家，愿效死力保家卫国。此乃千古常理，断无二致。目下秦国变法已经近三十年，秦公即位忙于外忧，未及整肃内政，朝野已有积弊之患。官员执法有所懈怠，庶民守法已不甚严谨，官场中已隐隐然有怠惰荒疏阿谀逢迎之风。奋发惕厉、法制严明之气象已经有所侵蚀。张仪在六国官场多次遭遇不测之祸，深知吏治积弊乃国家大危祸根。一国为治，绝无一劳永逸之先例，须得代有清明，勤修法政，方可累积强大国力，完成一统大业。六国合纵，秦国暂取守势，若能借此良机大力扫除积弊，刷新吏治，振奋民心，犹如秦孝公借守势退让而变法，使秦国实力更上层楼，则秦国大有可为也！”

一席话毕，座中尽皆肃然。准确地说，是由惊讶而沉默。

战国时代，吏治本是天下为政革新的主题之一。所谓变法，一大半国家实际上就是在整肃吏治。韩国的申不害变法，齐国的齐威王变法，楚国的吴起变法，都是在吏治上下工夫。就连魏文侯的李悝变法，除了部分废除耕地贵族化、推行土地平民私有、土地可自由买卖的“尽地力之教”外，也是将整肃吏治作为变法最主要的大事。其所以如此，一则是彻底变法太难，阻力太大，所需要的内外条件未必每个国家都能遇到；二则是整肃吏治是亘古不朽的为政大道，只要君主振作，辅助得力，推行起来阻力小、见效快、最容易直接争取民心。正因为这种“吏治变法”成为一种时尚，法家名士申不害还创立了“申术”，将“法”与“术”并列，使这种以督察臣下、防止奸佞的权术学说成为法家的一部分。到了后来，韩非将权术论更加系统，将法家学说变成了“法、术、势”的三位一体，与商鞅坚持力行的以法为本、唯法是从、法制至上的正宗法家产生了极大的变异。这是后话。在这种“术变”潮流中，商君在秦国的变法最彻底，开创了真正的变法时代，被战国之世称为“千古大变”。商鞅变法与同时代其他变法的根本不同，在于他将根本放在“立法立制”与“执法守法”两个立足点上，从权力体制到土地分配乃至庶民生活，都颁发了系统的法令。

这种变法之下，秦国真正翻新成为一个全新型的国家，吏治在大变法中只是一个环节，只是大法推行的一种必然结果。所以，在秦国君臣心目中，只要坚持商君法统，国家便会自然清明，从来没有想过将吏治作为一个专门大项来对待。

今日，张仪鲜明地将吏治作为治内大策提了出来，座中君臣确实一时愕然。秦国的吏治有那么令人忧虑么？若像山东六国那样轰轰烈烈地当做变法来推行，秦国还能全力对付合纵么？另一层更深的疑虑是：整顿吏治会不会改变秦国法制？秦法威力昭彰，已经成为秦人立足天下的基石，秦国朝野对任何涉及商君法制的言行，都是极为敏感的。

事关政事，主持国政的上大夫樗里疾特别上心，嘿嘿笑道：“果如先生所言，整顿吏治当如何着手？”言外之意，你得先说清办法，从你的办法便可以看出是否可行。

张仪何等机敏，见举座愕怔，哈哈大笑道：“张仪志在维护商君法制，岂有他哉！办法么，十六个字：惩治法蛊，震慑荒疏，查究违法，清正流俗！”

“好！”樗里疾拍案赞叹，“先生十六字可谓治内大纲也。改日当登门求教。”

座中顿时轻松起来。嬴虔高声道：“先生第四策如何？”

嬴驷沉吟道：“此时称王，是否操之过急？”

“不迟不早，正当其时。”张仪轻轻叩着书案道，“秦国早当是名副其实的王国了。孝公未称王，有韬光养晦之意。犀首、苏秦主张称王，而秦公未称王者，是不想因一名号而招致东方敌意。时也势也，皆非本意也。今日时势大变，称王有三重必要：其一,六国合纵以秦为死敌，秦国已无示弱之必要；其二，秦国既立抗衡六国之雄心，称王正可彰显秦国决然不向旧制六国退让的心志与勇气；其三，大敌当前，称王可大大激励秦国朝野士气，使秦人之耕战精神得以弘扬。国君名号，原本便不是国君一己之事，诸位以为然否？”

“大是！”除了嬴驷，其余人拍案同声，连少年太子也分外兴奋。嬴虔激昂骂道：“直娘贼！山东列国欺压老秦多少年了？老是让让让，鸟！该出这口恶气了，称王！先生说到老秦人心坎里了！”

“臣亦赞同君上称王！”樗里疾与司马错异口同声，而这两人在犀首、苏秦提出称王时是一致反对的。

嬴驷很兴奋，拍案道：“好，先咥饭痛饮，为先生庆功！边咥边说。”

“咥——”异口同声的呼喝中，一长串侍女层层叠叠摆上了大鼎大盆大爵，觥筹交错，高谈阔论，一通酒直饮到雄鸡长鸣。

回到渭风古寓，张仪已经醉了，跌倒榻上呼呼大睡。

午后时分，绯云突然发现这座幽静庭院的几个出口有了游动的黑色身影，顿时起了疑心。这个地方除了衣饰华贵的客商，连游学士子都很少有，如何有如此三三两两的布衣走动？看这些人的走路架势，显然都是习武之人，他们卡住这些出口门户用意何在？张仪没醒来，绯云心中着急，匆匆到另一座院子找应华商议，一问才知，应华已经辞房走了。绯云大急，这里房金贵得吓人，应华一走如何了得？看应华的做派也不像个等闲人物，如何突然不辞而别？绯云多年来跟着张仪历经磨难，也算长了许多见识，怔怔思忖一阵，觉得一定是张仪又得罪了秦国国君或哪个权臣，这个人物又要陷害张仪。对，除了权力这个只讲势力不讲道理的东西，又有甚样危险，能教应华这样的富贵公子逃之夭夭？看来，得赶快设法逃出咸阳。

可是，当绯云匆匆回到庭院时，却惊呆了。一队顶盔贯甲手执长矛的武士已经封住了庭院的正门口，三个小门也是警戒森严。进得院中，只见一队车马仪仗已经在庭院摆开成一片，一个白发苍苍的老内侍正站在昨日特使站的那个地方，一动不动。绯云又大起疑窦，害人抓人有如此恭敬的么？莫非张兄有好事了？心念一闪，绯云狠狠骂了自己一句："吔，村傻！有好事人家不嚷嚷报喜？有此等安宁？一定又是个忒阴毒的人物要消遣张兄！"绯云想到这里，倒是坦然了起来，既然逃不了，只有与他们周旋，怕甚来？绯云但随张仪出游，都是男装，咳嗽一声，大摇大摆地向屋前走来。

"敢问小哥，可是张仪童仆？"白发苍苍的老内侍恭谨地作礼询问。

"正是吔。前辈何事啊？"绯云拉长了声调。

"秦公有命，敢请张仪接君书。"

怪道如此排场，原来是国君害人。绯云冷笑道："我家主人酒醉未醒，国君敬贤，总不能教我家主人饭也不吃吧？"

"小哥说得是，我等在此恭候便是。"

绯云冷冷一笑，昂首挺胸走进了门厅。进得屋中，绯云快步来到张仪寝室，摇晃着沉睡的张仪压低声音急急道：“张兄快起来！出大事了吔！”张仪懵懵懂懂坐起来打了个长长的哈欠：“呀，好睡！哎，你说出事了？”绯云急急道：“张兄，你有没得罪秦国权势？”张仪揉揉眼睛道：“此等事谁能说得准？”绯云立即涨红了脸道：“吔，外边又是一大队人马！应华也走了！快起来，走！”张仪看着绯云的急迫样儿，不禁哈哈大笑道：“你呀，就不作兴我来一次好事？是秦公请我去议事，别担心，啊。”绯云见张仪坦然自若，笑道：“吔，人家倒也恭敬，是我不放心，你回来又没说。那就快梳洗，教人家老是等不好吔。”张仪笑着站了起来：“好好好，梳洗。”

绯云利落之极，片刻间便帮张仪收拾妥当。张仪走出门厅遥遥拱手道：“昨夜酒醉，多劳特使等候，我这便随你进宫。”

“张仪接书——”老内侍苍老尖锐的声音，像在宫中宣呼一般响彻了庭院。

张仪愣怔片刻，国君对一个布衣之士下书，实在突兀。略一思忖，张仪躬身一礼道：“布衣张仪，愿闻君命。”言外之意，我还不是秦国臣工，无须大礼接书，先听听再说。

老内侍展开一卷竹简高声宣读：“张仪我卿，谋划深远，才兼军政，今特命张仪为秦国丞相，封爵大良造。君书到日，着即入主丞相府领政。秦公嬴驷冬月书。”

张仪真正地惊讶了。他如何能想到秦国君臣有如此宏阔的气魄，一旦认准人才，毫不吝惜高官重爵，一举将他推到人臣最高位？更重要的是，秦国从来也没有设置过丞相职位，就是商鞅，也是以大良造摄政的。如今对他张仪，竟能破天荒地设置了丞相，爵位竟是大良造！刹那之间，张仪感动了，深深一躬道：“臣，张仪接君书。”双手恭敬地接过了那卷毫无华贵装饰的竹简。

“车马仪仗已经齐备，恭请丞相登车入府。”老内侍恭敬地施了一礼。

张仪慨然笑道：“特使啊，许我半个时辰准备了。”

“但凭丞相吩咐。”

突然，庭院入口处传来一阵嘿嘿笑声：“丞相大人，黑胖子接你来了。”随着笑声，樗里疾摇晃着鸭步悠然摆了过来。

张仪笑道：“上大夫，张仪还没醒来也。”

樗里疾嘿嘿笑着：“君上可是一直还没睡觉也。你走了，君上与我等一直商议到天亮，又下君书，又选府邸，方才刚刚回宫。剩下的大雅之曲啊，就要你丞相来唱了。”

张仪听得感慨万端，喟然一叹道：“秦公如此重托，张仪何以为报也！”

樗里疾笑道：“老秦人做事实在，丞相无须多虑，更无须以官场权术费力周旋，但以谋国做事为上便了。事做不好，老秦人也翻脸不认人也。嘿嘿嘿，樗里疾爱说丑话，丞相毋怪。”

张仪哈哈大笑道：“上大夫此话，张仪却听着对劲儿踏实。一国君臣但能以做事为上，天下何事不成？”又突然压低声音笑道，“樗里兄，日后私下场合你我互称兄长如何？丞相上大夫的，不上口。”樗里疾笑不可遏道：“嘿嘿嘿，好好好，对我老黑子脾胃！走，张兄，老黑子帮你收拾，看看你的家底了。”

两人进入屋中，绯云高兴得抹着眼泪作礼道：“吔，胡大哥也来了？快快请坐。”樗里疾耸耸肩笑道：“不不不，从今日起不是胡大哥了。”绯云惊讶道：“吔！你要在咸阳做商人了？”樗里疾又是连连耸肩：“不不不，胡大哥要跟张大哥讨个官做。”绯云急道：“吔！那可不行，人家秦国任人唯贤，胡大哥就会‘不不不’，能做甚？”樗里疾乐得大笑不止。张仪道："绯云啊，胡大哥不是胡大哥，是秦国上大夫樗里疾大人。"绯云顿时脸红道："上大夫？哪？那一位小单于呢？"张仪笑道："那便是秦国国君了。"绯云当真是惊讶了，愣怔着笑道："吔！我也见到国君了么？这秦国就是不一样，连国君都跟平头百姓一样吔。"樗里疾嘿嘿笑着耸耸肩："不不不，你日后还会见到的，平常得紧，有甚稀奇？"

一番笑谈，绯云只让两人在厅中饮茶，一个人不消片刻便将所有行装物事收拾齐整。张仪道："樗里兄，我与一个朋友一起来咸阳，昨夜他却不辞而别，这却该如何处置？"樗里疾道："张兄啊，我已经到前堂问过，那位小哥倒是利落，已经将账目结清了。山不转水转，也许还能见到也，总不成在这里老等他？"张仪笑道："也只好如此了，我倒真是想再见到他。"绯云笑道："吔，好办，我留心他便了。"

张仪被高车骏马接出渭风古寓的时候，整个尚商坊都被惊动了。

游学士子与富商大贾们争相拥上街头，都要亲眼一睹这位秦国第一丞相的风采气度。眼见张仪布衣散发站在六尺车盖下只是平静地微笑，毫无神奇，人们欢呼着感慨着叹息着，尚商坊万人空巷了。人们为天下又出了一个布衣英雄喝彩，为秦国在商鞅之后再次大胆重用山东名士叫好。感慨者说：此人命好，犀首、苏秦都在秦国碰壁，唯独此人入秦即起，竟做了这天下第一强国的第一位丞相，时也命也。叹息者说：可惜这个英雄名士坐上了燎炉，非得烤焦烤糊了不可！商君旷古奇才都栽在了秦国，这个张仪能有好结果么？

说也奇怪，一出尚商坊进入国人街区，却是平静如常，店铺照常经营，行人照常匆匆，似乎从身边辚辚驶过的车马仪仗与他们毫无瓜葛。车行顺利，片刻之间便到了宫城外一条幽静的大街。车马停稳，樗里疾晃着鸭步走过来道："请张兄下车，这便是丞相府了。"

进入街口，张仪开始留意打量。这条街颇为奇特，很宽很短，苍松夹道，只有一座显赫孤立的府邸；隔街的高墙之内，是绿色小屋顶高耸的咸阳宫，隐隐可见斜对府门的宫墙还开有一道拱门。一座府邸能建在如此位置，竟然还有直通宫中的门径，定然是一座极不寻常的府邸，也绝非仓促间专门修建的。

“樗里兄，鸠占鹊巢，可是不能做。”张仪下车笑道。

“张兄不知，君上为这丞相府邸费神了，进宗庙祷告占卜，才定在这里。”

张仪不禁又惊讶了——国君赴宗庙祷告占卜那可是非同小可的大事，不是事关国家兴亡，是绝不会祷告祖先祈求上天的。如此说来，这座府邸的启动在秦国是极不寻常的事了？猛然，张仪心中剧烈地一跳：“樗里兄，这是何人府邸？”

“商君府。一直封存未启。”惯常诙谐的樗里疾一脸肃穆。

骤然之间，张仪感慨万端，对着府门深深一躬道：“商君之灵在上：张仪入主秦国丞相，定然效法商君，极心无二虑，尽公不顾私，若有欺心，甘受商君法治！”

樗里疾也是深深一躬，兀自嘟哝着：“商君啊商君，商於郡守樗里疾来了……”

暮色之中一阵清风掠过，仪仗幡旗“啪啪啪”大响，原本关闭着的厚重的铜钉大木门竟隆隆大开。全体护卫甲士无不惊讶肃然，拜倒高呼：“商君法圣，佑护大秦——”

樗里疾高兴道：“张兄，商君请你了！进府。”

张仪又是深深一躬：“多谢商君。”拉着樗里疾大步进入府中。

庭院中已经是灯火通明，先行派来的侍女仆人正在院中列队等候，见张仪到来作礼齐声：“恭迎丞相入府！丞相万岁！”樗里疾嘿嘿笑道：

“这是我从官署仆役中挑选的，都是商君府原来的老人。若不中意，张兄可随时替换。”张仪笑道：“好说好说，粗疏布衣，何有忒多讲究。但按商君旧例便了，各司其职。”“是。”侍女仆役们井然有序地散开了。

樗里疾带着张仪与绯云巡视了一周，熟悉了国事堂、出令室、大书房、官署厅等要害处所。最后来到跨院，樗里疾道：“张兄啊，唯独这寝室是原先的琴房棋室刷新改的，若不中意，日后便新建了。”绯云指着灯光下熠熠生辉的华贵家什与低垂的纱帐笑道：“吔！和大梁贵公子一般了，教人发晕。”张仪皱皱眉笑道：“另建自是不必了。这，太得奢靡，绯云另行收拾一番。”樗里疾嘿嘿笑道：“这也是君上主张，说先生是魏国人，要教先生过自己习惯的日子。”张仪不禁大笑道：“君上好心。魏国人如何都能如此过日子？张仪倒要看看商君与公主的寝室，是否也这般华贵？”樗里疾笑道：“张兄要看，这便去看了。”

一个已经生出白发的老侍女，领着他们来到了与大书房相连的寝室。一路走来，张仪笑道：“樗里兄不觉怪异么？这里毫无尘封多年的迹象，倒像是天天都有人居住一般。”樗里疾笑道：“嘿嘿，我也觉得忒煞作怪。”掌灯领路的老侍女低声道：“丞相恕罪，这是我等老仆天天夜里进来打扫，多年没有断过。”樗里疾倒是惊讶了：“我如何不知道？你等如何进来？”老侍女笑道：“驻守军士与管辖我等的吏员，都知道我等是商君府老仆，没有不给方便的，上大夫且勿怪罪他等才是。”张仪听得大为感慨：“民心悠悠，可比苍天。人死如商君者，死亦无憾也！”樗里疾久久默然，长长地叹息了一声。

进得商君寝室，几个人都愣怔了。里外两进：宽大的外间只有六张长案而已，里间是真正的寝室，也是青砖铺地、四面白墙、一张卧榻两床布被、一面铜镜、一座燎炉、一张长案而已。没有厚厚的红毡铺地，没有艳丽的轻纱帐幔，甚至寝室连带必有的坐榻、绣墩都没有，简单粗朴得令人惊讶。这是任何一个寻常布衣士子都可以拥有的寝室，然而，它却恰恰是爵封商君权倾朝野一妻富甲天下一妻贵为公主的商鞅的寝室。

绯云鼻头发酸，抽抽搭搭地哭了。

张仪眼中闪烁着晶晶泪光，喟然长叹道："苏秦啊苏秦，你我吃得数年之苦，比起商君终生清苦，却是两重天地了。极心无二虑，唯商君之谓也！"

这天夜里，张仪久久不能入睡，索性披衣而起在园中漫步。听得咸阳城楼上刁斗打响了五更，张仪驾车进宫了。

嬴驷也没有入睡。

张仪的长策谋划，拨开了久久笼罩在心头的阴霾，彷徨心绪一扫而去，看清了秦国的位置，明白了该做的事情，也强烈地意识到：秦国将在自己手里开始大大地转折，对山东六国即将展开长期的正面抗衡。当初，公父秦孝公与商鞅肝胆相照，才创下了秦国无与伦比的根基。今日，秦国战车要碾碎山东六国的合纵大梦，就要与张仪同心携手。是的，秦国不能没有张仪。

长夜应对之后，一个大胆的决断在嬴驷心中形成了。张仪走后，他留下嬴虔、樗里疾与司马错共议，征询他们对张仪的官职任命。嬴虔说了客卿，要先看一段再说实职。司马错说了上卿，以为客卿太虚。樗里疾则说了左庶长，说张仪大才，当按商君入秦同等对待。当嬴驷断然说出"丞相"两个字时，三位大臣都惊讶得良久沉默。

嬴驷拍案慷慨道："苏秦合纵于六国艰危，一身佩六国相印！张仪受命于秦国危难之际，我老秦人如何能惜官惜爵，竟不如山东六国？"一语落点，三人恍然大悟，异口同声地赞同拜张仪为秦国丞相。嬴驷在用人上极有器量，立即想到要将封闭多年的商君府赐予张仪，但又担心宗族大臣生出纷纷议论，天亮后便到宗庙祷告占卜，得出的竟是“龙战于野”的振兴卦象。嬴驷立即将卦象书告朝野，并同时下书将商君府赐予张仪做丞相府，由樗里疾立即操持开府事宜。上应天命，元老大臣们也无话可说，朝局竟是出奇地稳定。

嬴驷舒了一口气，午间小憩片刻，令内侍急召嬴华进宫。与嬴华密谈了整整一个时辰，已是暮色时分，嬴驷草草用过晚餐，恰恰樗里疾来禀报日间进展。嬴驷静静听完，大是舒心，便与樗里疾继续商议给张仪配备辅佐官吏，又是整整一个时辰。樗里疾走后，嬴驷倒头大睡。直到五更刁斗，他才习惯性地警觉起身，梳洗一罢，来到庭院在寒风中练剑。

“禀报君上，丞相晋见。”

“噢？快请进来。”嬴驷说着连忙收剑整衣。张仪黎明进宫，嬴驷还真有些没有想到。对待张仪，嬴驷是做好了准备的，决然不会拿张仪做寻常朝臣对待，一心要充分接纳这个东方名士的洒脱不羁。一个人真有本事，不拘小节又有何妨？更何况老秦部族本来就是粗犷豪放的，除了行军打仗，谁也不习惯在细节上抠掐别人。昨日张仪醉倒在君臣小宴，众人非但没有责怪他，反而觉得这位名士本色可人，一迭连声地争着送张仪回去。依嬴驷想法，张仪今日就是大睡一天一夜，他也丝毫不以为怪。想不到张仪如此敬事，竟然五更进宫，嬴驷当真是怦然心动了，隐隐约约地，嬴驷觉得张仪已经与秦国融成了一体，真是天意。

“君上勤政奋发，臣敬佩在心。”张仪深深一躬，全无寻常挂在脸上的调侃笑意。

“一旦大任在肩，立见英雄本色。丞相弃独居之风，毅然树执政典范，才当真令嬴驷敬佩也。请入座。本想明日才能见到丞相。”爽朗的笑容罕见地溢满嬴驷黝黑的脸膛。

“君上，臣想立即筹划君上称王大事。王号一立，臣当立即以秦王特使东出。”

“对朝局，丞相有何想法？”国君称王，官员权力结构必然地要有所变化。嬴驷之意，是要听张仪的整体谋划。

张仪思忖道：“朝局官制，秦国与楚国一样，历来有不同于中原的旧制法统。其弱点在于职爵混淆、事权不明。孝公商君未能破之，不是不破，而是虑及世族难以接受。臣以为，目下秦国已成天下第一大国，不能以僻处西陲之习俗，自外于天下文明潮流，不能以当年军民一体之旧制为设官根基。当破除旧制法统，仿效中原官制。”

“大是！嬴驷也有此想法，丞相一并筹划之。”

“既如此，臣不日当上书详陈。”

“丞相啊，商君当年执政变法，有文武两大辅佐。我想将樗里疾派为丞相政事辅佐，你意如何？”

“上大夫辅佐？未免太得屈才了。”张仪有些意外，然仔细一想，自己要着力连横斡旋，内政的确不能尽全力；樗里疾本来就是上大夫主持内政，说是辅佐，实际上是给自己派一个分管内政的大臣，以免内政与邦交脱节；可是樗里疾乃秦国资深老臣，名义确实不顺当，思忖至此，张仪道：“臣以为，当以樗里疾为右丞相，与臣共执国政为好。”

“有胸襟！”嬴驷赞叹一声，“不过事先言明：不是共执国政，而是右丞相辅佐丞相，以便丞相出使，政事不致紊乱可也。”

张仪笑道：“如此安排，臣心中大是实在。”

一经说定，张仪告辞出宫。一路之上，越想越是佩服这位秦公的权力调度之能。樗里疾与自己携手共事，可谓相得益彰，既大大增强了丞相权力的一统，又使樗里疾原先的“上大夫主持国政”在设置丞相后有了一个最好的归宿，非但不显尴尬，而且还有所晋升。更重要的是，一举消弭了老秦权臣与山东名士之间无形的鸿沟。剩下的便是将司马错安置妥当，秦国便是文武协力的大好局面。张仪已经想好了司马错的位置，他相信秦公也一定是这样想的，只是要由自己这个丞相提出来而已。

用过早膳，张仪走进了书房。

这个书房，正是当年商鞅处置政务的主要场所。说是书房，实际上由四个隔开的政令典籍室与一间宽大敞亮的批阅公文厅组成。与寝室相比，商君这书房可是罕见的大气派，既实用又讲究。在樗里疾督促下，又增加了秦国近年来所有的公文副本，足不出户便可了解秦国政令。书房老仆前来请示：“丞相若觉何处不当，我等重行摆置便了。”张仪爽朗笑道：“甚好甚好！若需更改，我自会随时吩咐。”说完，便走进典籍室开始浏览起来。

张仪天赋极强，读书奇快，又几乎是过目不忘，浏览这公文典籍更是一目十行。老仆人在门外只听得竹简一卷一卷哗哗响，以为张仪在搬动竹简，几次三番匆匆进来道：“丞相，但有搬简粗活，小老儿来做便了。”张仪头也不抬地接连打开三卷竹简：“我在读简，没有搬，你去吧。”老仆人怔怔地看了一会儿，终于忍不住惊叹：“丞相如此读书，当真是旷古未闻！还是小老儿来给你展卷，我熟悉，丞相只说要哪卷便是。”张仪笑道：“也好，顺着次序拿，一次展开十卷，我走过你便收起上架。”老仆人惊讶咋舌，便从书架上一次抱下十卷，在厅中头尾相接全部展开。张仪从边上慢步走过，便是一轮读完。不到一个时辰，老仆人搬上搬下展开合起，累得满头大汗，气喘吁吁。张仪关切笑道：“老伯啊，歇息片刻吧，日后找个年轻帮手了。”老仆人擦着汗连连感慨：“小老儿一辈子照料书房，当真是头一遭儿，搬书的竟没有读书的快！”张仪不禁哈哈大笑道：“都是公文，好看好懂，不用揣摩的。”老人连连摇头：“那也得一个字一个字过不是？丞相天神！若能记得住，就更神了。”张仪又是一番大笑。

“何等美事，张兄如此开怀？”随着声音，樗里疾从书房外摆了进来。

“樗里兄啊，来得正好。”张仪走出典籍室来到书房正厅，“我正在浏览典籍，樗里兄请坐。”待樗里疾坐定，张仪便将与国君商定的事说了一遍，末了道：“就实而论，我这丞相与商君不同。商君治内为主，大良造便是总摄国政。今日却是外事为主，张仪担连横之任，大体无暇内政。你我合力，便是内外不误。只是樗里兄屈居张仪名下，却要担待一二了。”

“张兄见外。樗里疾吉星高照，做了右丞相还敢不满么？”樗里疾嘿嘿嘿笑着，“君上原本与黑肥子说好的，依当年景监、车英例：我左迁一级，做丞相府丞辅佐张兄。偏是张兄抬举，君上临时一昏，竟教黑肥子捡了个肥羊腿，你说我还能抱怨谁去？”

“樗里兄当真可人也！”张仪不禁大笑，“秦国内事，张仪拜托了。”

樗里疾肃然拱手道：“丞相勿忧，樗里疾定按丞相方略行事，一力承担！”

两人又商讨了秦公称王的诸般细节与秦国新官制的构想，便到了正午时分。一顿粗简便饭过后，樗里疾匆匆走了。张仪依旧走进了书房，他给自己的期限是：三日之内，通读所有的典籍政令；秦公称王之日，熟悉秦国所有的政事官署。这天晚上，他整整在书房待到五更，前半夜阅读，后半夜草拟了《王国新官制书》，直到天色放亮才回到寝室。

经过近一个月的紧张筹划，秦国终于在这年初冬举行了称王大典。

大典简朴而又隆重。嬴驷在咸阳北阪举行了祭天大礼，向上天禀报了“称王靖乱，解民倒悬”的宏愿，又隆重拜祭了太庙，祈求列祖列宗佑护秦国。正午时分，嬴驷在咸阳宫正殿即位称王，史称秦惠文王。称王大朝会的第一件事，是由张仪宣布推行新官制。这种新官制不涉及爵位，而只框定了政务大格局：

丞相	开府总摄军国政务，设行人、属邦等专门官署
右丞相	辅佐丞相处置政务，主内政民治
上将军	秦国军旅最高统帅，战时开府
国尉	掌军事行政，于丞相府设置官署
长史	掌王室机要并日常事务
大田	掌秦国农耕土地，设太仓、大内、少内等粮食物资属官
司空	掌秦国工程、商市并作坊制造，设工师、关市、工曹等属官
司寇	掌国中治安、行刑、牢狱并各种形式的罪犯
廷尉	掌国中司法审讯
国正	监掌官员监察（后来的御史台）
太史	掌文事并编撰国史等，设太庙、太祝、卜、史等属官
内史	掌都城军政，设中尉（都城卫戍）等属官

新官制事权明确，归属顺当，比较于老秦国的重叠掣肘确是面目一新。但更令朝臣们兴奋的是，秦以大国规模设官，官署机构与吏员数目都有相应扩大，几乎是人人升官。张仪宣读完毕，大殿中一片“秦王万岁”的欢呼声。新国王嬴驷亲自宣读了任张仪为丞相、樗里疾为

右丞相、司马错为上将军的王书，大殿中又是一阵欢呼。

当天夜里，咸阳城彻夜欢腾，连尚商坊这个六国商贾区域也是彻夜聚酒，一片慷慨。老秦人有了王国子民的骄傲，顿时扬眉吐气。六国商贾与游学士子们，慷慨中大有迷惘：十多年以来，列国称王者多了，可没有一次像秦国称王这样的冲击。秦为王国，将给天下带来如何变化？人们说不清道不明，但却实实在在地相信，这是战国以来最值得记住的日子之一。

三 匕首金窟黑冰台

天色已晚，张仪用完饭正要再进书房，门吏来禀报：有一个叫做应华的商人求见。

“吔！我去接。”绯云一阵风跑了出去。

白衣应华翩翩进得庭院时，张仪已经站在廊下含笑拱手：“小弟别来无恙啊？”

“士别三日，真当刮目相看。今日大哥，可是威风了得也。”应华笑吟吟走到张仪面前，“不想我么？”张仪大笑：“想你又能如何？神龙见首不见尾。”应华一笑道：“你当了恁大官，小弟在那里碍眼，是以不辞而别，大哥不怪小弟么？”张仪揶揄道：“碍眼？只怕是又到哪座山猎虎去了。”应华咯咯笑道：“虎为兽王，猎一只行，哪能天天猎得？”绯云笑道：“吔，公子大哥好容易来了，站在风地里说甚，快进去暖和着。”说着拉着应华胳膊进了正厅。

张仪对书房文吏吩咐了几件事情，便来到正厅。绯云已经将燎炉木炭火烧得通红，茶也煮好了，厅中暖烘烘的一片春意。应华笑道：“大哥有绯云姑娘侍奉，真个好运。”绯云粲然一笑：“吔，公子大哥才是好运。”又打住了不说。张仪入座笑道：“小弟生意如何？要否我这个大哥帮衬？”“真是。”应华板着脸道，“就会谈生意，比我还商人似的。”张仪大笑道：“我倒是想说别的，你可应么？”

应华明亮的眼睛盯住张仪，点头道：“说，迟早之事。”

张仪一拱手道：“能否见告，阁下究竟何人？”

“大哥怀疑我不是宋国商人？”应华依旧笑吟吟。

张仪笑着呷了一口热茶：“宋国有应氏，却没有你这个公子。依我看，你是那个‘嬴’，而不是这个‘应’，如何？”

“大哥何时有此想法？”

“就在你报出‘应华’名号时。”

“为何不说？”

“为何要说？”

两人对视片刻，同声大笑。绯云却惊讶得不敢做声了。虽然张仪也对她说过应华不一定是商人，但在她想来，“应华”最大可能是个官场公子而已。如今“应华”变成了“嬴华”，竟是个真正的王室公子，她如何能再像从前那样做“大哥”对待？

嬴华却对门外老仆人道：“你下去，没有传唤，不要教人到这里。”回身爽朗点头道：“大哥没错，我是嬴华。”又看着绯云笑了笑，“我也不是公子，我是一个女子。”说着摘掉束发锦带，一头瀑布般的长发便黑亮亮地垂在肩头，又脱去外边白袍，一件红色长裙便衬出了一个亭亭玉立婀娜多姿的美丽女子，粲然一笑，顾盼生辉。

“吔——好美！”绯云惊讶地赞叹着。

张仪也惊讶了。他虽然想到了嬴华是个王室公子，却无论如何没有想到他会是一个公主。一个年轻女子竟有如此才干，当真令人难以想象。嬴华红着脸笑道：“没有人知道我是女儿身，也请大哥小妹勿得外泄。”说着一个原地大转身，回过头来，又神奇地变成了一个白色长衫的英俊士子。她对着张仪绯云笑道：“大哥小妹，谁也不许将我做外人对待，小妹还得叫我大哥哥。”绯云顽皮地伸着舌头：“吔，好个美人哥哥。”张仪不禁笑道：“小弟日常间做何营生？”嬴华道：“一事一做，说不准。这次我是要向丞相讨个官做做了。”绯云先笑了：“吔，走遍天下，可有公主讨小官做的？”嬴华笑道：“秦国不同，任你王孙公子，不做事没有俸禄，国人也瞧不顺眼。”

张仪：“真的想做事？”

嬴华：“我还要上书丞相，采纳我的谋划，这叫无功不受禄，对么？”

“倒是不错，颇有名士气度。说来听听，有何谋划？”

嬴华咳嗽了一声，清清嗓子挺挺胸：“启禀丞相：以在下之见，要分化六国，便要在六国权臣中寻觅亲秦代言者。如此之人，唯有黄金收买、利刃胁迫两法。不受金帛，匕首随之，非如此不足以收分化奇效。闻得丞相有言：分化六国，须得无所不用其极。在下便斗胆前来，呈上一策：建立黑冰台，专事秘密作为。在下自荐做黑冰台总事，丞相以为如何？”嬴华语气神态虽然不乏调侃，但也将事情说得清清楚楚，全然不是谈笑之语。

张仪皱起了眉头：“黑冰台？事实上已经有了？”

“这名号，是在下来路上才想出的。要说事实，只有寥寥百余人，还大都散在山东六国。也是当初君上刚刚即位时，觉得六国内情刺探不力，将秦国原在六国的秘密斥候从国尉府剥离，归总交我掌管。大哥，不对，丞相。丞相的事，也是借了这个方便，我也是借此做了一回商人。”

“你这黑冰台，可曾在咸阳动过手脚？”

“那可不敢。”嬴华笑道，“秦国唯法是从，纵有权臣不轨，都是依法惩治，如何用得此等手段？丞相怕黑冰台乱政么？”

张仪脸色缓和了一些道：“一个国家走上正道，是千难万难的一件事，些微缝隙，都有可能毁坏根基。所谓千里之堤，溃于蚁穴，便是这个道理。以文乱法，以武犯禁，正是法家治国最反对的两宗大害。商君焚书禁侠，正是为了杜绝这两大祸端。小弟若到六国官场走上一遭，便会看到上层倾轧的黑幕：不讲法制，唯讲势力，结党营私，豢养死士，为自己清除政敌。专诸刺王僚、聂政刺韩傀、要离刺庆忌，天下赫赫有名的刺客，最后都成了搅乱国政的利器。这次，因苏秦合纵而被封君的四大公子信陵君、孟尝君、平原君、春申君，都算得天下英雄了，却也都是各自养士成百数千。所为何来？还不是显示私家强力？六国朝局无定形，一半原因在崇尚阴谋、刺客与暴力。秦国所以清明，正在于法制担纲，官场多公心而少私祸。黑冰台一出，我只恐它会变成一头难以驾驭的怪兽，到头来伤了秦国根基也。”

嬴华听得良久沉默，半晌道：“丞相大哥说得大是，原是我思虑浅薄。只不过，黑冰台只对外不对内，不用太可惜。”

张仪被嬴华一个“丞相大哥”叫得不禁一笑，气氛缓和了许多。

“丞相大哥，在下小弟有一法，可防此患。”

张仪终于禁不住笑道：“丞相大哥？在下小弟？亏你想得出。说，甚方法？”

“且先不说，保管丞相大哥满意便是。”

“好，事关重大，且容我与右相、上将军、太傅商议，再禀报秦王允准。”

嬴华惊讶道：“哟！这可是丞相的分内权力，如此无担待，黑冰台还是秘密么？”

张仪锐利的目光骤然盯住嬴华，却又释然笑道："你公子哥懂甚？此等团体一旦成立，威力必是奇大。若不事先通报国中大臣并经我王允准，就会成为你我手中的私家利器，害人害己害国家，后患无穷。张仪纵有担待，岂能拿国命做儿戏？"嬴华终于明白了其中干系，却又故作生气道："芝麻大个事，丞相大哥一说也成了胡瓜。好，听你的，谁教我要讨官做。"

嬴华走后，张仪思忖一番，立即将黑冰台一事起草了一份专门密件，连夜上书秦王。惠文王接到密件，次日便召丞相张仪、太傅嬴虔、上将军司马错、右丞相樗里疾进宫商议。君臣议决：秦国成立黑冰台，隶属丞相府行人寺[1]管辖，直接听命于丞相张仪；其所需经费与属员俸禄单列，由右丞相樗里疾掌管发放；其属员遴选由太傅嬴虔与上将军司马错确认，并发放"铁鹰牌"方为有效；其属员之爵位封赏，则须经秦王下书；黑冰台所有事宜，只限君臣五人知晓。

如此一来，黑冰台自然成了只对外事邦交，而不会对朝局国政造成无端威胁的秘密利器。

张仪回到府中，正要差人去召嬴华，她就恰到好处地翩翩来了。嬴华进门就问："丞相大哥，如何？"张仪笑道："你有耳报神么？如何总是来在节骨眼上？"嬴华道："我呀，心思一动，就知道哪里有事。"张仪揶揄道："噢，巫师一个。"嬴华咯咯笑着："就做巫师，缠着你不放。"张仪没听见一般正色道："公子大策已经我王决断，立即着手。自今日起，公子便是丞相府属官，职任行人，专司外事。"

"是！属下参见丞相。"嬴华精神抖擞地深深一躬。

张仪又将朝会商定的有关黑冰台的诸般职掌说了一遍，末了道：

[1]　行人寺，战国时秦国职掌外事的官署，长官称"行人"，隶属丞相府。

“黑冰台的所有事宜：总署地点、剑士数额、所需金钱等，要尽快开列施行，若能在冬日之内完成，便能在来春出使六国时派上用场。”

嬴华道：“属下请丞相即刻视察黑冰台旧署，丞相或可另有决断。”

“另有决断？”张仪笑道，“如此说来，公子早有准备？”

“敢请丞相大哥只带绯云一人，莫带护卫才是。”

张仪点点头，绯云便飞步入内取了那口越王剑出来，跟在两人身后出了门。门外已经有三匹骏马在空鞍等候，张仪便知嬴华是着意请自己来的，也不说话，翻身上马跟着嬴华出了咸阳北门。片刻之间，三骑快马飞上了北阪，穿过松林进入了一道峡谷。北阪虽是林木葱茏，大势却并不险峻，也没有石山，偏这道峡谷大是奇特，两边大石嵯峨，谷底流水潺潺，山腰山头被苍松翠柏封得严严实实，连寻常峡谷的一线天也没有。进入谷中，就像进入了一个漆黑的山洞，除了流水松涛之声，一切都被淹没了。

到了一个避风处，嬴华回身道：“大哥，马拴在这里。”说着跳下马来，也没看见如何动作，手中便骤然亮起了一支火把。光明之下，但见一个小小的山洞，又干燥又避风，靠壁处还有一个长长的青石马槽。“吔！山洞马厩。”绯云低声惊叹着下马，又将张仪的马牵了过来一并拴好，笑问，“公子大哥，可有草料？”嬴华走过来道：“看看，记住了。”说着右手抓住马槽顶端的一个不起眼的石疙瘩一旋，喀哒一声，正对马槽的山洞顶部竟裂开了一道大约四指宽的缝隙，碎干草混合着碎豆瓣儿便哗哗地流淌下来。看看马槽将满，嬴华一旋石疙瘩，洞顶缝隙又喀哒关闭。“这边有水瓮。”嬴华说着又向洞底石墙上一拍，一道石板门“吱”的一声开了，一个硕大的陶瓮赫然便在眼前。绯云眼尖，一眼看见瓮上漂着一只小木桶，便抢上去打了一桶水均匀地泼在马槽，又回身将木桶丢进大水缸，再一拍石墙那个掌印，石门“咣”地合拢。“吔，这样啊，记住了。”绯云好奇而又兴奋地笑叫着。

嬴华又递给绯云一支火把：“我领路，你断后，大哥中间，走。”说着出了山洞。

出得山洞马厩，嬴华领着张仪绯云趟进了一道哗哗溪流。说也奇怪，虽是冬天，这山溪水流却是暖暖的丝毫不见冰凉。顺着山溪向前，溪流中光滑嵯峨的巨石几若一道天然的山梯，攀缘而上，越走越高，水声也如沉雷般轰鸣起来。绯云的火把早已经被飞溅的水珠打灭，嬴华的火把却始终在高处闪动。借着光亮，张仪看见山溪已经变成了一道瀑布，他们竟攀缘在水帘之中；又攀了两级“山梯”，居然进到了水帘之内，呼啸的山风顿时消失，面前一片温暖干燥的乱石山体。

嬴华叮嘱道：“跟我来，小心，脚不要插进石缝。”说着举着火把从两块巨大山石的缝隙中侧身走了进去。张仪虽然瘦削，身材却是高大，长长吸了一口气，才扁着身子挤了过去，里边是个天然石洞，却是空荡荡的。嬴华将火把向右一摆：“这里了。”脚下猛然一跺，右首山石轧轧开裂，一道石门赫然出现在眼前。

“进来。”嬴华举着火把先走了进去。张仪跟进，眼前一间两三丈见方的山洞，也是空荡荡的。嬴华用火把点亮了两边壁洞里的四盏纱灯，洞中顿时大亮。张仪看到了右首墙上的一道小小铁门笑道：“机密在这里？”嬴华嫣然一笑，上前抓住铁门把手左右各拧了三转，一阵隆隆声，铁门缓缓洞开。“丞相大哥，跟我来。”嬴华率先进洞，又点亮了两盏大纱灯。灯光之下，一个摆设如书房一般的山洞赫然呈现在眼前——几个书架、几个铜柜、一张石案、一个插着各式长短剑的兵器架。

“噢——这是中军幕府了。”张仪颇带揶揄地笑了。

“难道不是么？”嬴华笑着打开了一只铜柜，捧出一只小小铜箱，一摁机关，箱盖“当”地弹开。嬴华拿起一个形状怪异的青铜物件道：“这是君上特赐的兵符，不是大将虎符，而是秦国公室调动禁军的‘凤符’。持此兵符，可到宫廷护卫中任意挑选铁鹰剑士。”又拿起一支大约四五寸长的金制令箭，“这是秘密金令箭，可到公室府库直接支取钱财，多少不限量。”

张仪笑道：“权是大也。”

嬴华没有丝毫笑意：“这些，都是君上在特殊时日的特殊调遣。今日回归正道，交于丞相，黑冰台日后纳入外事调遣，不再由我一人秘密掌控。”

张仪正色道：“秦王已经朝会决策，黑冰台便是国家利器。本丞相命：公子以行人之职，兼掌黑冰台，凤符与金令箭由行人掌管，只是每次使用，须得本丞相准行方可。”

“是！属下明白。”嬴华将军一般赳赳挺身，拱手领命。

张仪笑道：“如此大费周折，就为了藏这几样物事么？”

“那岂非暴殄天物？”嬴华笑了，“丞相大哥跟我来。”出了“中军幕府”，打开了另一道石门，洞中码满了两排大铁箱。嬴华笑道：“猜猜，这里面都是何物？”张仪道：“黄金珠宝罢了。”嬴华道：“秦国王室的祖传宝物，十有八九都在这里了。君上说，有用于国，方为宝物，留在宫中做摆设糟蹋了，都教我给搬出来了。”

张仪不禁慨然一叹，想起天下以收藏珠宝为乐事的魏惠王，想起六国贵族对财货珠宝的贪婪，想起楚国权臣争夺金玉财宝用尽机谋，那个昭睢竟然诬陷自己偷了他一对玉璧而置自己于死地。“天下熙熙，皆为利来；天下攘攘，皆为利往”，财货珠宝为天下利市之精华，视之如粪土者能有几人，秦王若此，秦国安得不强？

“这是兵器库。”嬴华的声音惊醒了张仪，抬头一看，这个山洞里环绕着一架又一架长剑短剑。“这些兵器都涂着一层厚厚的牛油，所以光芒收敛了。”嬴华笑道，“这些短剑都是一等一锋利的匕首，黑冰台勇士人各一把。长剑只给单独行动者配备。”嬴华说着从架上拿下一把短剑，用石桌上的细纱擦去牛油，短剑顿时青光闪烁森森逼人。嬴华将短剑插入配套的牛皮剑鞘，双手捧起道：“绯云小妹，如今你是丞相护卫了，本行人将这把短剑配给你。这是楚国风胡子匕首，削铁如泥。”绯云笑道：“吔，谢过行人大哥。”张仪大笑道：“甚个叫法？全无法度了。”嬴华却高兴得咯咯直笑：“好！就这样好。丞相大哥，行人大哥，还有……家老小妹。”这“家老”本是中原人对大管家的称谓，用到绯云身上倒也颇有趣味。一语落点，三人一齐大笑。

嬴华又点起火把，领着二人穿出山洞，洞外却是莽莽苍苍的林木，隐隐可见草木丛中的小道直通山外。张仪笑道：“你去安邑，也是从这里出发？”嬴华笑道：“那是自然，黑冰台的秘密使者，都是在这里训练准备，而后从这里出发。”绯云惊讶道：“行人大哥好心思，选了这么个鬼都找不到的地方吔。”嬴华咯咯笑道：“君上原是要在咸阳给我一幢隐秘府邸，我没有要。这里多好，略微修葺一番，胜过金城汤池。”张仪道：“你自己找的么？”嬴华点点头又摇摇头：“是我小时候采药发现的。”张仪惊讶了：“你采药？宫中太医……”嬴华叹息了一声，沉默地咬着嘴唇，眼睛却暗淡了。

张仪笑道：“时间也长了，回去。”

下得山来进入北阪，灰蒙蒙的夜空开始飘下飞扬的雪花，冬天的第一场大雪就这样悄悄来临了。回到府中，张仪接到了一个惊人的消息：苏秦北上燕国，正与四公子分头组建六国盟军，准备来春夺回函谷关外的六国失地！

四 衣锦荣归动洛阳

苏秦要回故乡的消息传遍了洛阳王畿，惊动了大梦沉沉的周天子。

周显王虽说无所事事，日夜浸泡在乐舞之中，但对天下动静倒也清楚。只要是稍大一些的国家有喜事，或打了胜仗，或新主即位，便派王使去嘉勉赏赐；只要有邦国盟约，也派出王使去祝贺；残余的三十多个小诸侯有了纠纷争夺，排解者中也永远少不了天子特使。虽然已经是徒有其名，但天下任何大事却都少不了这个周天子的点缀。周显王心中明白极了，也无奈极了。天子要存在，洛阳王畿要存在，就必须扮演这个锦上添花的闲适角色，否则只有被挤压得粉碎。于是，周天子的全部政务，就变成了应酬天下的各种喜庆，排解天下的各种纠葛，对天下大事不想知道也必须知道。无可奈何也好，哭笑不得也好，都必须事事露个脸。四十年来，这位周天子从英俊少年变成了白发老翁，应酬得心头都起了老茧，可还得撑持着应酬下去，眼看着强变弱弱变强大变小小变大生生灭灭，这位天子确实是应酬得累了。

老太师颜率向天子禀报苏秦要回洛阳省亲时，周显王睡眼惺忪地问："苏秦？好耳熟，何许人也？"颜率高声道："苏秦，六国丞相也，创立合纵，声威赫赫！当初，我王曾赐此人天子王车也。"周显王长长地打了个哈欠道："噢——那个秦国使者么，不是给了些许盐铁么？"颜率也是白发皓首了，精力本来不济，高声半日好容易使天子明白了苏秦来历，已经是气喘吁吁了。周显王却倚在榻边侍女肩上，慵懒地笑了笑："老太师权衡操持吧，不开罪于人便是了。"

自觉此事重大，颜率召来了王族的另外两个"诸侯"商议：一个是东周公，一个是西周公。这两公是一对好事的冤家，争水源，争人口，争王产，十多年来闹得不亦乐乎，对天子的事历来不愿应承。今日黑着脸听老太师颜率说罢，是无一人开口响应。老太师多方陈说利害，反复申明结好苏秦对王室王族的诸般好处，两位诸侯才答应共摊一半财货。老太师当场做了分派：东周公为苏庄修一座六国丞相府，西周公整修洛阳城外的三十里官道，同时修一条王城通往苏庄六国丞相府的大道；迎接苏秦的仪仗与赏赐等由天子府库支出。见是三家均摊，两个诸侯才老大不情愿地答应了下来。

依照周室法统，太师之职本来是三公（太师、太宰、太傅）之首，职责是“辅助天子，协理阴阳，经略大政”，不涉具体事务。然则时至今日，太师的光环早已经销蚀净尽，只落得一个首席大臣的名位，实际上已经沦落为处置各种琐碎杂务的大夫了。老颜率也是如此，陪着天子做了四十年太师，实则忙忙碌碌地做了四十年勤杂。说起来也是无可奈何，王族贵胄忙着谋诸侯大位，稍有见识才能的大夫，都纷纷投奔强国去了，偌大王城，凋敝得只剩下一班遗老遗少与几百名侍女内侍。上大夫樊余已经走了，老颜率如若再走，周室立时便没了撑持。无奈之下，颜率只有苦撑，好在也都是些应酬事宜，只要细致些许，也出不了大错。可这次却是要实实在在地奔波驰驱，要督察六国丞相府的修造，要督察官道郊亭的修葺，还要演练久已尘封了的王室仪仗，当真是要劳碌一番了。

大事安顿妥当，老太师亲自出城到乘轩里苏庄来了。

一片树林包围着一片庄园，远远望去，洛阳城外的苏庄依旧是那样的宁静。轺车驶近，却发现林木荒疏野草丛生，砖石破损黄叶飘零，周围井田一片荒芜，没有一方绿苗。老太师清晰地嗅到了他所熟悉的那种衰颓破败的气息，不禁暗暗惊讶：传闻苏庄富甲洛阳，如何这般荒凉气象？轺车停在道边，老颜率带着四名抬着礼盒的老内侍，走过了林间破损不堪的砖石小道，命一名老军上前通禀。

“啪啪啪！”门环三响，老军拱手高声道：“请苏家主人答话。”

但闻“汪汪汪”三声狗吠，厚重的大门“吱呀”开了，一条精瘦的大黄狗先蹿了出来，昂首蹲在门厅警觉地注视着门外来人。紧跟着一个须发灰白腰身佝偻的布衣汉子走了出来道：“苏家不欠债了，谁呀？你等……”看见门外官人聚集，汉子顿时愣怔了。

老军高声道：“前辈可是苏府仆人？相烦通禀：周室太师造访苏府。”

须发灰白的汉子使劲地揉揉眼睛：“我？我是苏家老大……太师？苏家犯官了么？”

老颜率与颟顸的老天子整日周旋，知道如何对这种人说话，见状径自上前高声道：“大公子，老夫乃周室太师颜率。贵府苏秦公子功业彪炳，已经做了六国丞相。老夫奉天子之命，特来抚慰犒赏！”

“你说甚？苏秦做了六国丞相？”汉子激动得声音都沙哑了。

“正是。苏秦做了六国丞相。”

“嘿嘿，嘿嘿，嘿嘿嘿！”须发灰白的汉子咧着嘴断断续续地笑了几声，突然之间哈哈大笑，手舞足蹈地踉跄着反身跑进大门，“二弟成了！成了！六国丞相了！六国丞相了！啊哈哈哈哈！”

只听一阵杂乱的脚步声，一个女人尖声嚷着：“做好梦都疯了你！还六国丞相呢，六国天子倒好！苏代，扶他进去，别再出来丢人现眼。”

“不！不进去！二弟做了丞相了！六国！哈哈哈，六国！”汉子的挣扎声与一个年轻人的劝慰声、女人的呵斥声、大黄狗激动的汪汪声夹杂在一起，院子里乱纷纷一团。

老颜率听得分明，大步踏进门槛高声道：“敢问：苏亢老前辈可在？”

院子里的吵闹声立即静止下来，尖声嚷嚷的黑瘦女人惊讶地回过头来盯着这个须发雪白气度不凡的老人，突然间脸上绽开了一片笑容道：“哟！老大人一看就是贵人，家父如何当得起前辈两个字？敢问大人，何事光临寒庄茅舍？”不多几句话，一副惯于应酬的掌家模样。

正在劝慰中年汉子的布衣年轻人走过来肃然一躬道：“启禀老大人：家父久病在榻，这位是我家掌家大嫂，大人有事，但说便了。”

“掌家大嫂接王书——”老太师苍老的声音分外响亮。

“哟！王书啊！”女人叫了一声，两手在衣襟上直搓，脚下团团乱转，慌乱得无所措手足。布衣青年过来扶住她道：“大嫂莫慌，大礼接书便了。”说着往边上跪倒：“洛阳子民苏代接王书。”大嫂一见，连忙学样儿跪倒，颤抖着尖声道：“苏大娘子，接王书！”

颜率接过老内侍递过的王书打开，悠然高声念诵道：“兹尔苏氏，秉承王道，教子有成。苏秦合纵，大功告成。消弭刀兵，弘扬德政，六国丞相，光耀门庭。特赐苏亢伯爵官身，苏门其余人等子爵官身；着王室尚坊立功臣坊，造六国丞相府邸。大周王四十年秋月。”

黑瘦女人惊愕得张大了嘴巴，说不出话来了。

苏代低声道：“大嫂快谢恩。”

女人如大梦初醒：“啊啊啊，谢恩！对对对，谢恩！苏大娘子，谢过天子恩典——”尖锐颤抖的声音中夹着咚咚咚的叩头声，满头流汗。

“抬过礼盒。”颜率一声吩咐，四名老内侍抬过两口大铜箱，颜率上前打开道，“此乃天子赏赐苏府的黄金百镒、绢帛二十匹。三日之后，六国丞相府着手建造，望掌家早做铺排，定妥宅基。老夫告辞。”

“哟！老大人如何走得？总要尝一口草民的热酒了。”大嫂已经缓过神来，兴奋得满面红光，一叠声地边施礼边拦挡。

“无须叨扰了，掌家谨记：但有所请，可到太师府见老夫便了。告辞。”老颜率说完出门登车走了，身后传来一片连绵哭声。

次日清晨，一辆破旧的牛车咣当咣当地驶进了洛阳。苏代与大嫂带着老苏亢的信求见太师，再三申明：唯愿官府修复被流民洗劫毁坏的苏庄足矣，不敢劳动天子建造六国丞相府邸。颜率不敢怠慢，立即驱车到苏庄与奄奄一息的老苏亢商议，老人竟坚执不受府邸。老太师只好禀明天子，除了原样修复苏庄外，只新建门庭与功臣坊便了。东周公大是高兴：苏庄虽大，房屋却很少，也没有多少礼仪讲究，比建造豪华气魄的六国丞相府邸省事多了。

将要入冬时，苏庄修复好了。高大的功臣坊与金碧辉煌的六国丞相府门庭，又一次惊动了洛阳国人。人们啧啧称奇：眼看穷得狗都快要饿死了的苏庄，如何一夜之间变成了六国丞相府？六国丞相谁听说过？那个黑瘦的女人又活泛起来了，整日欢声笑语地张罗着迎接叔叔归来。像霜打了一般的两个蔫后生也顿时精神了，鲜衣怒马，腰悬长剑，竟日在功臣坊前迎送川流不息的锦衣贵客。惊叹咋舌之中，人们却再也看不见那个拄着一根铁手杖领着一头大黄狗的老人，在最值得他风光的时日，为何老人就偏偏不露脸了？

秋风萧瑟黄叶铺地时，快马斥候传来消息：苏秦车驾进入了洛阳地界。

虎牢关六国会盟圆满告成，六国君臣皆大欢喜，一时间豪情张扬弥漫，对秦国前所未有地蔑视。苏秦也正沉浸在喜悦兴奋之中，禀明纵约盟主楚威王，要回洛阳看望年迈的老父。楚威王与五国君主赞叹苏秦的大孝之心，各自赏赐了许多的金玉珠宝，许苏秦在省亲之后着手组建六国联军。行程既定，苏秦与四大公子议定：一个月内分头确定各国军马数目，一月后在大梁会商联军事宜。一应安排妥当，苏秦便于大典次日启程向洛阳而来。

这是一支浩浩荡荡的军马车队。荆燕统率的六国铁骑护卫共是三千六百名，分做六个不同的方阵色块，燕赵韩在前，魏齐楚殿后。中央是壮观的六国丞相仪仗与苏秦的华贵轺车。最后则是一千铁骑护卫下的一百多辆满载各种礼物的牛车。远远望去，旌旗招展，号角呼应，烟尘连绵二十余里。

在洛阳东门外山头观望的老太师大是惊叹："纵是天子出巡，何有此等声威？壮哉苏秦！夺尽天下风光矣！"

正在辚辚推进，荆燕飞骑来报："周室太师颜率，正在天子官亭郊迎丞相！"

苏秦下令："铁骑仪仗分列两厢，单车拜会老太师。"

荆燕一声令下，仪仗骑士哗然分开，苏秦轺车辚辚驶出。

太师颜率正在修葺好的郊迎石亭前恭候，见仪仗旗帜分列，便知苏秦将出，连忙带领几名白发苍苍的老臣与几名少年王子肃立道中。及至轺车驶到面前数丈许，颜率虽然老眼昏花，却也看得清楚：粲然生光的青铜轺车由四马驾拉，六尺车盖下站着一人，一领大红绣金斗篷随风舞动，几近九寸的玉冠在秋日的阳光下闪烁着晶莹的绿色光泽，腰悬极为罕见的古铜长剑，灰白的须发飘洒在胸前，凝重敦厚的微笑镌刻在黝黑丰润的脸膛。老颜率久经沧海，见过的国君权臣不计其数，内心却也暗暗惊叹："苏秦气度，胜似王侯！不想王畿衰败，洛阳却出了此等人物，当真异数也！"思忖间拱手高声道，"周室太师颜率，率诸王子与贵胄重臣，恭迎六国丞相——"

按周室礼制，天子太师位同大国诸侯，苏秦这六国丞相是要低几个等级的。然则天子名存实亡，天下战国多已称王，这旧礼制也就无法维持了。于是，在邦交周旋中各方心照不宣地将礼遇对等起来，君对君等礼，臣对臣等礼。苏秦自然熟谙其中奥秘，见周室太师在前，从容下车拱手道："在下苏秦，见过老太师。"他不称官身名号，将自己降低一格，为的是要在天子的洛阳王畿、自己的故土之上显示出尊王姿态，否则，洛阳国人会很不高兴的。

老太师对此等周旋也是心中雪亮，知道眼前这个炙手可热的显赫人物的谦逊无论如何也不能当真，肃然还了一礼，高声道：“郊迎三酒——”

一个老内侍躬身捧来一个红锦铺底的青铜托盘，颜率亲自捧起一只诸侯等级的青铜大爵：“此乃天子特赐之郊迎王酒，为丞相洗尘接风！”苏秦知道郊迎王酒都是醇厚的米酒，双手接过道：“苏秦谢过天子恩典！”便举爵饮尽。连续三爵，郊迎礼节便告结束。按照已经大大简化了的时下礼仪，苏秦的仪仗护卫缓缓跟进三五里停了下来，由周室仪仗护卫着苏秦到洛阳东门觐见天子。

周显王破例地摆出了近百年不曾使用的天子仪仗，虽然事先已经修补了一番，也仍然是破旧不堪：旗帜暗污了，斧钺锈蚀了，盔甲破损了，仪仗所需要的雄壮猛士更是没有了。虽则如此，毕竟是旌旗招展，斧钺成列，背后衬着沉沉壮丽的洛阳王宫，远远看去也是前所未有的隆重壮阔。见苏秦轺车仪仗到来，司礼大臣连声高宣，乐师们奏起了《天子韶乐》，舞女们在大红地毡上展开了优雅的《八佾之舞》，三十六名王室老歌手唱起了《周颂》中封赏功臣的《赉乐》，悠扬庄重的歌声随风飘得很远很远：

天作高山　地作四极
济济多士　唯周之命
封于太庙　大哉之恒
刻于青史　日月之名

周显王坐在四面垂帘、侍女簇拥的王车之中接受了苏秦的大礼。他早已经忘记了苏秦的年龄相貌，看见一个须发灰白的红衣人躬行大礼，一时感慨中来：“卿白发建功，若我朝开国大贤太公望，堪称暮年佳话矣！”站在王车边上的颜率大是着急，隔帘提醒道：“英年，不是暮年。”偏在此时周显王来了精神，悠然一叹道：“大器老成，何愧之有？强如英年多矣！”颜率正在难堪无计，苏秦却高声道：“天子圣明洞察，臣心已是垂暮之年，不敢当英年之名。”周显王高兴地笑了：“老成大才，老成大才也。”

“宣天子王书——”老太师担心天子再犯糊涂，连忙宣读了天子的嘉勉王书，宣布了对苏秦的诸多赏赐，这场隆重的礼仪，便在天子王车回城的车轮声中结束了。

带着自己的仪仗铁骑驶上新修的大道时，苏秦不禁感慨万端。

洛阳东门通往苏庄的路，本来只是一条几尺宽的小道，两边是纵横交错的井田沟洫。春耕之时，田野上炊烟袅袅，秋收之后，满目苍黄。但在苏秦心中刻下最深印记的，却是田野里的冬日。他在那座小小茅屋里度过了三个冬天，那呼啸的北风，那掩埋了一切崎岖坎坷的漫天大雪，那滴水成冰的桔槔井台，那无法入眠的漫漫长夜，那一盏豆大的昏黄灯光，那忠诚守时的大黄，那神秘的红衣巫师的鼎卦……在苏秦的记忆中，许许多多的东西都简化了，模糊了，只有修业的大山与洛阳郊野的寒冬永远凝固在他的心中，永远不能消失。遥遥望去，那座茅屋已经不见了，庄外那片熟悉的树林也不见了，映入眼帘的，是平整枯黄的田野与一座隐隐可见的壮丽石坊。熟悉的三尺小道，变成了三丈宽的平坦大道，两排松柏夹道，比许多中小诸侯的园林大道还要壮阔。

苏秦皱起了眉头，心头空落落的。归乡省亲，不能说没有衣锦荣归的想头，但更重要的是，苏秦要最后一次探望落寞寡言的老父，重温一番那熟悉的痛苦与萧瑟孤愤的苦修，在他将投身宦海权力而不再回头的时日，他需要清醒地重温这种痛苦。在洛阳故乡，只有老父与茅屋，是他恒久的精神支柱。而今，这一切却都变了模样，权力竟那样迅速那样不由分说地抹去了坎坷苦难的印迹，他只能毫无选择地接受荣耀财富与膜拜赞颂。六国君主赐给他那么多财宝，能拒绝么？府库空虚的周天子将苏庄全部翻新，能拒绝么？不能。既然将自己镶嵌进了权力的框架，就必须接受权力框架的规则——享受权力带来的财富荣耀，而远离旷达洒脱的无羁境界。

“草民拜见丞相！”“六国丞相万岁！”

突然，苏秦被一片喧闹欢呼惊醒。原来，在新修的大道尽头，也就是在那座高大的功臣石坊前的空阔场地上，跪满了黑压压的庶民百姓。他们叩头欢呼，一片兴高采烈，完全陶醉在一种荣耀之中。按照井田制，他们都是苏家的乡邻。秋收过后农人们都搬进了城池，如今竟拥出王城聚集到这里，要一睹故乡大人物的风采，每个人都是由衷地兴奋，如同自己的家人建功立业一般。拳拳之心，苏秦不禁悚然动容。

“父老兄弟乡邻们，苏秦如何当得如此大礼？快请起来——”

苏秦在轺车上团团打拱，声音却淹没在成千上万人的礼拜欢呼中。苏秦只得跳下车来，一个一个地扶起前排的老人，看着老人们惶恐不安无所措手足的样子，苏秦当真不知说什么好了。突然，苏秦对身后的荆燕高声道：“荆燕兄，每个乡邻一个金币！快！”荆燕疾步唤来总管交代，片刻之间，便有几百名军士仆人开始向国人乡邻赏发金币了。

捧着刻有各国王室徽记的极为罕见的金币，人们更是欢呼潮涌，万岁之声震动原野。然则，老周国人却在这时显示了天子部族深厚的礼法教养，领得赏金者有了永远的念想，达到了“观瞻大人”的最大企望，立刻知足地退到了后边。没有人维持督察，欢呼雀跃的人流井然有序地走过赏金台，没有一个人企图多领赏金。川流不息的人群从苏秦面前整整过了一个多时辰。仅仅是不断点头拱手，偶尔与熟悉的乡邻寒暄几句的苏秦，嗓子也沙哑了，胳膊也酸麻了。

将及暮色，人潮方才退去，萧瑟清冷的秋风掠过，高大的功臣石坊前空荡荡了。

牌坊脚下，依然有几个人匍匐在地，衣饰鲜亮华贵，却一点儿声息也没有。苏秦大是奇怪，紧走几步拱手问道："诸位乡邻，可是没有领得赏金？"一个青年猛然抬起头来："二哥！我是苏厉，大嫂硬是教我等跪接丞相。"苏秦听见小弟弟尚带少年气息的熟悉声音，惊喜笑道："苏厉？快起来！你是苏代了，起来起来。纵是丞相，当得兄弟如此大礼么？"苏厉苏代一边笑着爬起，一边向依然匍匐在地的两个妇人做着鬼脸。苏秦仔细一看，不禁"噗"地笑了出来——两个女人都穿着大红吉服，珠玉满头灿灿生辉，却早被万千人群荡起的尘土弄得一片脏污，直是贵夫人在田野里翻滚之后的光景。

苏秦不禁笑道："大嫂，何故前倨而后恭也？"

为首妇人将头在地上撞得咚咚响，高声答道："叔叔位高多金，小女子岂敢不敬！"

一声"小女子"，苏秦不禁哈哈大笑道："大嫂公然景仰权位金钱，倒是坦率得可人，快快请起。"

大嫂抬头，黝黑的一张胖脸，鬓发沾着汗水也掩盖不住细密的皱纹，分明大经了一番风尘沧桑的模样。苏秦不禁惊讶了，大嫂原本是丰腴白嫩风风火火的一个女掌家，操持之利落，好恶之分明，都在那不断变换的热辣辣与冷冰冰中淋漓尽致地显示出来。从心底里说，苏秦对这个大嫂的心境是复杂的，甚至是哭笑不得的。她只懂得锦上添花，从不做雪中送炭的善举，然则一旦你翻身过来，她却又是明明朗朗地对你恭敬，绝没有那种痛苦的揪心的嫉妒与愤怒。曾几何时，大嫂变成了一个辛苦劳作的妇人相，苏家发生过重大变故？

“叔叔真粗心，还有一个人呢。”大嫂笑着扯扯苏秦衣襟，嘴向旁边一努。

苏秦恍然，还有个女人匍匐在地，一定是妻子了。他上前两步想扶起妻子，却怎么也伸不出手去，只好低声道：“起来，成何体统？”大嫂立即上去扶起妻子：“哟！叔叔心疼妹妹，快起来吧。”妻子站起低声嘟哝了一句：“是大嫂强拉我来。”低着头不再说话。大嫂乐呵呵笑了：“哟哟哟！妹妹真是，平日总说想叔叔，如何功劳便是我了？”苏秦知道妻子秉性，也知道大嫂目下是竭力不使叔叔难堪而圆场，雄辩的苏秦对这种家事纠葛素来无可奈何，哈哈一笑道：“走吧，都上车，回家了。”又回身对荆燕吩咐道：“荆兄率军士们在这里扎营，等候三两日。”荆燕笑道：“大哥但去，多住几日无妨，大梁约期一个月呢。”

五辆轺车与长长的财宝牛车启动了，辚辚隆隆地驶进了功臣坊后的苏庄大道。

轺车刚到一字六开间的高大门楼前，苏秦便闻“汪汪汪”一阵狗吠，一只大黄狗带着显然是挣断了的铁链冲了出来！三个仆人跟在后面惊慌失措地喊着追着。

“住手！”苏秦猛然一声高喊，轺车尚未停稳，便跳了下来迎着黄狗跑了过去。

大黄喉头呜呜着哗啷啷冲到苏秦面前，一个直立扑到了苏秦怀里，长长的舌头在苏秦脸上猛舔。苏秦紧紧地抱住大黄，一任那热烘烘的舌头刮舔着脸上的风尘：“大黄啊，你瘦了，老了，看看，胡须都有白了……”猛然，心头掠过大黄叼着饭包在雪野纵跃的矫健身姿，苏秦不禁哽咽了，细心地为大黄卸下了粗大的铁链，拍拍大黄的头：“大黄啊，自今日起，没有人敢再用铁链拴你了，苏庄是大黄的地盘，你可以自由自在，啊。”大黄一动不动地听着，那双幽幽发光的大眼分明流出了两行眼泪，眼角的短毛湿漉漉的，喉头不断发出低沉的呜呜声。心中一阵热流，苏秦不禁又紧紧抱住了大黄。

猛然，大黄挣脱了苏秦怀抱，“汪汪”叫了两声，叼住苏秦斗篷往庄内扯。

苏秦笑道：“好好好，跟你走。”便大步跟着大黄进了庄门。一瞄之间，苏秦发现一切布局照旧，却都变成了新房子，心中不禁一沉。大黄领着苏秦曲曲折折地来到了水池边父亲的小院子，蹲在门口“汪汪汪”叫了三声，只听屋中一声苍老微弱的咳嗽，大黄呼地蹿了进去。

走进幽暗的大屋，一阵浓浓的草药气息扑面而来。一个年轻的侍女正在燎炉上煎药，见苏秦进来连忙站起行礼：“丞相大人，奴婢正在按方煎药。”苏秦惊讶道：“你如何知道我？”侍女低声道：“奴婢原在王室，特被选来侍奉苏伯的。”苏秦心中明白，低声问道：“老人家用药么？”侍女默默摇头，轻轻地叹息了一声。苏秦不再说话，轻手轻脚地走进了寝室。一盏明亮的纱灯下，面色枯黄的老人静静地躺在榻上，大黄蜷伏在榻前一动不动。

“父亲，季子回来了。”苏秦跪在了榻前，在老父面前，苏秦总是出奇的平静。

老父亲睁开了眼睛，静静地望着儿子灰白的须发、晶莹的玉冠、绣金的斗篷，还有腰间那条粲然生光的六印金带。渐渐地，老人眼中放射出异样的光彩，脸颊神奇地泛出了一抹淡淡的红晕。老人目光灼灼地盯着儿子：“季子，你终究成事了，苏家门庭，终究改换了……苏亢对得起列祖列宗了……仕宦无常，好自为之……”老人安详地永远合上了双眼。

苏秦静静地看着父亲刀刻一般的皱纹缓缓舒展，苍白枯黄的脸上写满了平静与虚无，变得婴儿般平静安详。人世的沧桑忧患留给父亲的痕迹，连同父亲的生命一起，从此永远地消逝了。

“父亲，你心里舒坦，走得安宁，季子无愧于心了。”苏秦站了起来，为父亲盖上了那方大大的白布。大黄人立起来，呜呜低吼着反复嗅了一阵老主人的身体，静静地蜷伏在榻前不动了。

三日后，苏家简朴隆重地安葬了父亲。陵园是老人生前自己选好的，在苏家地面的一座小山下面，一条小溪流，一片松柏林，倒也是平实幽静。苏秦深知父亲秉性，坚执婉拒了周室参与，更没有报丧六国，在一众乡邻的争相帮衬下，平静地办完了这场喜丧。办完丧事，苏秦与家人议定：父亲明大义重事功，无须以周礼守丧三年；苏代苏厉须发奋读书，大嫂大哥与妻子支撑祖业，务求光大。谁知已经是半疯癫的大哥硬是不赞同，哭闹着坚持要给父亲守陵三年。大嫂无可奈何，抹着眼泪对苏秦说：“教他去吧，他跟老父奔波几十年，守着老父他也安心。再说，他也无用了，就让他替二叔尽尽孝吧。”

送大哥到陵园时，却见大黄蜷伏在老父的墓前静静地动也不动。给它留下的一大箱干肉与带肉骨头、一盆清水竟然原封未动。苏秦惊讶了，大黄在这里不吃不喝地守了三天么？

“大黄，吃吧。”苏秦抚摩着大黄，拿着一根带肉的大骨头凑到它鼻头前。

大黄纹丝不动，连低沉的呜呜声也没有。

“大黄，跟我走吧……”

大黄还是一动也不动，只有那两只幽幽的眼睛扑闪着幽幽的晶莹。

“大嫂，给大黄盖间木屋，遮风挡雨了……”

大嫂哽咽着点点头。

“放心去吧，大黄我来管。”不知何时，妻子到了背后，“大黄是孤命，我晓得。”

“你……”刹那之间，苏秦不知如何应对了。孤命？妻子分明在说自己。可是苏秦又能如何？她是自己的妻子，可她与自己却又如此陌生而格格不入，几次冲动都被她那永远矜持守礼的端庄消融得无影无踪。妻子，那是一个多么温馨喷香的向往，可在自己这里如何就如此的可望而不可即？愣怔半日，苏秦对大嫂深深一躬道：“大嫂，拜托了。”

大嫂依旧哽咽着不断点头。

“放心去吧，只怕是我要侍奉大嫂了。”妻子出奇的平静，脸上带着罕见的微笑。

猛然，大嫂放声大哭，捶胸顿足，泪如雨下，跌坐在茅草枯黄的墓前。

三日后，苏秦满腹惆怅地离开了洛阳，没有衣锦荣归带来的奋然，也没有阖家团聚的喜悦。刚毅明智的老父亲去了，忠勇灵慧的大黄活活为老主人殉葬了，辛劳半生的大哥变疯癫了，风风火火明明朗朗的大嫂骤然萎缩了，木讷柔韧的妻子变得更为生疏而遥远……洛阳故乡的这块土地，处处给苏秦留下了浓浓的忧戚，若非那两个生气勃勃的弟弟的一抹亮色，这块沉沦衰败的土地简直就要令人窒息了。

苏秦赶到大梁的时候，四公子正在焦灼地等待。他们给了苏秦一个令人震惊的消息：楚威王骤然病逝，太子芈槐即位了；屈原派快马密使送来一封密柬，请求迅速促成六国联军，迟则生变。苏秦当即与四公子议定：各回本国落实盟约军马，来春立即赶赴楚国，筹划对秦国发动第一次进攻。

五　合纵阵脚在楚国松动

接到楚威王病逝的消息，张仪仰天大笑道：“天助秦国！天助张仪也！”

嬴华主张立即出使楚国，张仪摇头笑道：“不，恰恰要迟些个。”嬴华疑惑道：“迟些个？丞相大哥不怕失了先机？”张仪道：“楚国情势，你不甚了了。这个芈槐，天下第一个没见地的君主。楚威王骤然病逝，世族权臣与变法新人必有一场权力争斗。去得太早，两派尚未开斗，反倒容易使他们拧成一体共同对外。晚些时日，两边要么难分难解，要么已成血海深仇。我，也才有周旋于两派之间的余地，此乃其中真谛也。”绯云在旁笑道：“吔！老谋深算，听得人直起鸡皮疙瘩。”张仪嬴华不禁哈哈大笑。

过了一个长长的冬天，春暖花开的三月，张仪才从容启程向郢都而来。张仪没有错料，楚国的确经历了一场残酷的内斗，朝局权力已经是面目全非了。

楚威王做了十一年国王，已经为变法摆置好了一个较为有利的权力框架：以令尹昭睢为首的旧贵族的权力大大缩小，以大司马屈原与春申君黄歇为首的新派的权力大大增强，六国合纵一建立，楚国的外部威胁大体解除，楚威王便要立即在楚国推行第二次大变法。参加合纵会盟大典之前，楚威王已经与屈原详细商定了变法方略，而且专门将屈原与太子芈槐留在郢都镇国。作为六国合纵的赫赫盟主，楚威王回国之日，便是变法启动之时。谁知人算不如天算，孱弱的楚威王一回到郢都便病倒了，整整两个月卧榻不起，难以料理国事。入冬之际，四十九岁的楚威王终于撒手尘寰，死时圆睁双眼，守候大臣无不怵目惊心。

楚威王一去，大司马屈原与春申君黄歇受命主持国丧，忙得寝食难安。旧贵族们却在忙另外的事。他们敏锐地嗅到了这是一个极好的机会，如同当年楚悼王逝世，老世族趁机铲除吴起一样的好机会。他们立即秘密聚会，商定了夺回权力的协同方略，谁也没有去争国丧与扶持新王登基那种出力未必讨好的权力。

待得二十六岁的太子芈槐一登上王位，五大世族的元老大臣立即递上血书，要求国王罢免屈原，废黜春申君，否则，全体元老去国还乡！当屈原与黄歇看到屈黄两族的元老们竟然也出现在血谏之中时，顿时乱了方寸。黄歇激烈主张：调来屈原练好的八万新军，剿灭一班老朽。屈原反复思量，觉得那无异于楚国内部大战，土地财货与基本兵力都在旧世族的封地里，八万新军如何有扭转乾坤之力？最后只得长叹一声，找楚怀王芈槐商议大计。

这芈槐是个素无主见且耳根极软的庸碌人物。屈原黄歇一番慷慨陈词，芈槐立即激昂拍案，要用王族亲军来“维持父王的变法大志”。屈原黄歇一走，元老们跪成一片守在宫门请命，芈槐顿时没有了主意，急得团团乱转。这时，世族元老们祭出了最为隐秘的一个利器——王妃郑袖。

郑袖是个神秘女人，功夫独到，昔年便将太子治得服服帖帖而不为外人知晓。如果没有这个秘密利器，也许老贵族们真还没有底气发动这场逼宫大战。但是，这些宫闱密情对于屈原黄歇来说，不过是不屑一顾的龌龊小技，永远不屑为之的。

三日之后，事情发生了莫名其妙的变化：屈原的大司马被罢免，新职是三闾大夫。这个职位听起来倒是显赫：掌管楚国贵族升迁封赏。实际上，在楚国这个各种实力牢牢掌控在贵族手中的国家来说，却没有任何实权。黄歇的春申君倒是没有被罢黜，但是却只留下了一个权力：职司合纵，不得染指其他。在宣读王书的朝会上，屈原愤激大叫：“上苍昏昏兮，亡我大楚！”连呼数遍，当场吐血昏厥。春申君却是哈哈大笑着扬长而去了。

张仪入楚，事先通报了楚国王室。楚怀王与郑袖正在湖中泛舟，闻报笑道：“来就来了，秦国还当真虎狼不成？”泛舟罢了，将此事忘得一干二净，朝臣没有一人知晓。于是，张仪进入郢都波澜不惊，入住驿馆，也没有任何与丞相规格相对等的接风洗尘宴会。嬴华愤愤道：“好个楚国，竟如此做大？日后有它好看！”张仪意味深长地笑道：“此乃天意也，过得几日，便知好处。”嬴华见张仪笃定成算，笑了笑不再说话。

入夜，郢都街市空前热闹了起来。国丧三月，国人憋闷了整整一个冬天，时当春暖花开国丧解禁，国人顿觉大大舒畅。等闲农夫工匠白日春忙，只有趁着夜市来添置一些日用器物。官吏士子们更是洒脱，白日踏青放歌，夜市聚饮作乐，五色斑斓的长街中车马如流行人如梭，弥漫出罕见的繁华康乐，恍若太平盛世。

一辆四面垂帘的篷车，在郢都最为宽敞的王宫前街上随着车流辚辚向前。这种篷车厢体宽大，帘幕讲究，可坐二到四人不等，寻常至少要两马驾拉。稍微殷实的商贾，除了轻便快捷的轺车，总是要有一辆这样的大型篷车，以供主人携贵客同游。眼下这辆篷车很是考究，除了车轮，车身材质几乎全部是锃亮的古铜，四围的丝绸帘幕镶嵌在青铜方框中，绷得平展妥帖，外边不见里边，里边却能透过细纱清楚地看到街景人物；尤其是驾车的两匹纯黑色骏马，鞍辔鲜亮，身姿雄骏，虽是碎步走马，却整齐一律得一匹马也似。辕头驭手是一个英俊少年，一身红色皮短装，手中马鞭把手时不时闪烁出灿灿金光，一看便是富商俊仆。车行街中，时有路人驻足品评啧啧称赞，众口一词地认为：这车主是临淄大商无疑。

在一家经营珠宝玉石的富丽堂皇的大店前，篷车停了下来，车中走出两个头戴竹笠身着宽大长衫的红衣人。待篷车湮没在珠玉店的车马场，两个红衣人也进了灯火通明的店堂。一个黄衫中年人正摇着大芭蕉扇在店堂巡视，瞄了客人一眼走过来拱手笑问："敢问客官，可是苍梧大商？"

年轻红衣人笑道："店家好眼力，我等正是苍梧商贾，欲买上好楚玉，不知可有存货？"

"可是与和氏璧匹敌者？"

"正是。"

"二位请到后堂看货。"

中年人带两位竹笠红衣人穿过两道回廊，来到庭院中一间孤立的大石屋中。一名少年仆人点亮纱灯捧来茶具，便退了出去。中年人深深一躬道："属下参见台司大人。"

年轻红衣人摘去头上斗笠道："这位是我王特使张大人。"

"属下参见张大人。"

高大的红衣人也摘去了斗笠，摆了摆手径自坐在长案前默默饮茶。年轻台司是嬴华，特使却是张仪。只见嬴华摆摆手示意中年人坐了，她自己站在张仪身边问道："商社在楚国可有进境？"

"禀报台司：商社已经与令尹昭雎的长公子、昭府家老过从甚密，属下出入昭府已经没有任何阻碍；与新王宠臣靳尚，亦可称兄道弟，甚是相得。"中年人恭敬回话。

"这个靳尚，官居何职？"

"靳尚原是大司马屈原属下司马，新王即位，被任为王宫郎中，职司王妃郑袖护卫。此人官职不大，却深得新王与郑袖信任，目下是郢都炙手可热的人物。"

“郑袖其人如何？有甚等嗜好？”

“属下派员奔波三月，遍访郑袖故乡及郢都王宫侍女内侍。此人说来话长，容属下细细道来……”中年人侃侃讲出了一个奇异女子的故事：

郑袖家族原本是中原郑国的大族。春秋末期，郑国大大衰落，郑氏首领也在权力场败落，率领族人南迁到偏僻的越国会稽，成为占据一方的山地部族。越王勾践时，郑氏部族出了一个著名的美女，叫郑旦。勾践献给吴王夫差的美女中，除了赫赫大名的西施，便是这个美丽善良的郑旦了。后来，西施与郑旦都成了夫差宠爱的妃子，日日夜夜地拖着夫差欢宴行乐。悠悠岁月，郑旦却真正深深地爱上了豪爽豁达的夫差，与西施走上了截然不同的道路。后来越国攻灭吴国，大军进入姑苏城，西施被范蠡救出乱军，永远隐遁了。郑旦却在最后关头自杀殉情，与夫差死在了一起。战后论功罪，郑旦被加上了“卖国邀宠”的大罪，郑氏部族骤然由献女功臣成为有罪部族，被一体罚为王室的奴隶。楚国灭越后，这个郑氏部族被当做财产，封赏给了令尹昭雎。

郑氏部族的处境虽已低贱，代出美女的部族遗风却没有丝毫改变。或耕田，或狩猎，或放牧，或打鱼，郑氏部族那些少女少妇的绰约风姿，非但没有因为布衣风尘而衰减，反倒是平添了几分红润丰腴的神韵，比那苍白瘦削的细巧美人更是诱人。每逢春日踏青，郑氏部族的布衣少女都会引来无数王公贵族的热烈追逐。白发皓首的昭雎，正是在踏青之时为美丽的郑氏布衣少女怦然心动的。他先为自己选了一个郑氏少女做侍妾，一月之后大是满意，便遍访郑氏村落，选了一个最令人心动的少女献给了太子，这个少女就是郑袖。

郑袖生得娇小婀娜，田野风尘与粗劣的生计，赐给了她永远也无法改变的一种明艳红润。除了美丽女人能歌善舞的寻常本事，更重要的是，这个郑袖秉承了郑氏美女的最动人处：美丽多情而又极其善解人意，粗识文墨，却能解得老人辈最深奥的话题，那双幽幽深潭般的眼睛，似乎天生便能看到男人的内心深处，时时准备着满足男人最为隐秘的渴望。

昭雎原本是将郑袖献给太子做侍妾的，谁也想不到，一年之后，郑袖竟变成了太子妃。虽然不是正位夫人，却是一人专宠。要不是楚威王不悦，焉知太子不会与郑袖大婚？昭雎见微知著，立即将郑氏家族脱除隶籍，赐给独立的十里封地，又荐举郑氏族长做了小官，郑袖哥哥做了令尹府属吏。渐渐地，郑袖变成了风韵天成的少妇，酷爱一切新奇珍宝，也酷爱着她的夫君，令人不可思议的是，太子在她面前驯服得像个大儿子一般。

据宫中一个老侍女说，郑袖曾指点着太子的额头笑道："乖乖听话，日后在外人面前不许狗儿般驯顺，还做国王呢，晓得无？"太子挺身高声道："是了，记住了！"太子即位做了国王，昭雎又将靳尚荐举给郑袖做了侍卫郎中。于是，郑袖与靳尚便成了昭雎手中的两根绳索，牢牢地拴住了新楚王，掌控了郢都朝局轴心。

"看来，倒是个多情红颜了？"嬴华冷冷一笑。

张仪思忖道："若要疏通郑袖，你等可能接近？"

"能。"中年人爽快答道，"属下可请靳尚引见。"

"好。"张仪点头，"你在明日内办好两件事：一则，与靳尚约定，后日引见一贵客给郑袖；二则，向昭雎家老透露：张仪入楚。他如何说法，迅速报我。"

中年人听得"张仪"二字，悚然起身拜伏在地："不知丞相驾到，请恕小吏不敬之罪！"

张仪笑道："不知者不罪，起来。"

嬴华正色道："丞相入楚，多有危机。商社要派出全部干员，探听郢都各种动静，但有可疑，立即报来。"

"属下明白！"中年人军中将领一般赳赳领命，又问道，"敢请丞相示下：属下可否向靳尚与昭雎家老显示秦人身份？"

张仪看了看嬴华，嬴华有些愣怔，心知商社既往只是以商贾身份疏通，没有暴露真实身份；如今要做这两件大事，寻常商人之身，难免会引起靳尚与家老怀疑，确有不便。嬴华没做过这种半公开的差使，转着眼珠不说话，显然是吃不准。张仪思忖一番道："第一次，对昭雎家老只说是祖居秦国，听入楚秦人闲话说的；对靳尚，只说是故国商人想揽楚国王室的一笔生意，要请郑袖疏通。若进境顺利，日后可逐步教他们略有觉察，但却不需明说。"

"是！属下明白。"

"那好，我们走了。"嬴华顺手给张仪戴上斗笠，中年人捧起屋角石案上一只精巧的铜匣，仿佛替主顾送货一般将两人送了出来。到得店门，华贵的篷车已经在那里等候，绯云笑着摇摇头道："没有人打扰吔，过来得顺呢。"

车行途中，嬴华轻声笑道："真没想到，丞相还是个秘事高手，属下佩服。"

张仪笑道："大道驭技，何足道哉！可曾读过《孙子兵法》？"

"读过啊。"

"你听好了。"张仪念诵道，"明君贤将所以动而胜人，成功出于众者，先知也。先知者，不可取于鬼神，不可象于事，不可验于度，必取于人而知敌之情也……非圣智莫能用间，非仁义莫能使间，非微妙莫能得间之实。微哉！微哉！无所不用间也……故明君贤将，能以上智为间者，必成大功。"

嬴华惊讶地睁大了眼睛。她读过《孙子兵法》，也知晓这是《用间篇》里的话，可过往如何就一点儿印象也没有，更没有与自己做的秘事联系起来。此刻一听，大觉有醍醐灌顶之效，不禁感慨赞叹："大哥当真过目不忘，能朗朗上口呢。"

"不上心，甚也记不住。"

"是。最后一句是说：须得以高深智慧者统帅用间秘事，方可成得大功？"

"不错。记住了？"

嬴华沮丧笑道："我可是不配，怪道只能做些鸡零狗碎的勾当。"

张仪哈哈大笑："小弟可是上上之'间'也！几时自惭形秽了？"

"好！有大哥统帅间事，管教楚国晕头转向。"

"用间敌国，奥妙无穷，还得用心揣摩。"张仪笑着叮嘱。

"大哥说得是，小弟记住了！"嬴华的确是真心佩服张仪了。

次日午后，商社报来第一个消息：靳尚已经欣然应允引见，只是提出要分一成利金。张仪笑道："伸手索钱，成事之兆。行人小弟，我看这第一趟，要你出马。""我？"嬴华惊讶道，"对付女人，我可是没谱得紧。"张仪揶揄笑道："看来啊，女人还只有男人对付了。"嬴华骤然红了脸笑道："真没谱。我说真的。"张仪颇为神秘地笑道："来来来，我教你一条稳心妙计……"低声对着嬴华耳边如此这般地说了一遍，嬴华点头笑道："好吧，试试了，若得灵验，我服你懂女人。"张仪大笑摇头道："不不不，女人入得邦交，我便懂。否则，我也是一抹混沌。"

次日傍晚，一艘乌篷小舟驶出了郢都南门的水道，进入了城外的一片茫茫大湖。这是云梦泽北部边缘的浅湖，阳春三月的季节浮萍遮掩红树茫茫，小舟如漂行在绿色的原野。舟行半个时辰，遥遥一座小山在前，山腰闪烁着点点灯光，恍如天上宫阙。不消片刻，小舟靠岸，便闻码头石上“啪啪啪”三掌。小舟船头站着的一个黑衣人，也是“啪啪啪”三掌回应。

“小哥到了么？我等候多时了。”码头石上传来一个年轻的声音。

“多劳靳兄。我如约来也。”说话时小舟已经悠然靠上码头，黑衣人跳上码头石回身拱手道，“小哥请下船，郎中在此等候。”

舱中走出一个身材高挑的白衣人，身后还跟着一个捧匣少年。白衣人从容上得码头石拱手笑道：“相烦郎中照拂，在下无以为敬，敢请郎中收下这三个天子方币了。”说罢一挥手，空中“哗啷”一声，一件物事从身后少年手中飞向对面的带剑黄衣人。

黄衣人双手接住，欣然一躬道：“如此罕见宝物，靳尚如何当得？”原来，这“天子方币”是西周王室尚坊铸造的一种四方古金块，天下统称“方金”，专门用来赏赐大国诸侯，实则是铸造金币的原料块。由于有天子徽记，再加民间绝无流通，甚至周室东迁后连洛阳王城府库也没有了，所以成为天下绝品。如此“方金”，得一方便价值无算，靳尚骤然得了三方，如何不惊喜激动？

白衣公子淡淡一笑：“些须之物，不成敬意，倘得事成，日后容当重谢。”

靳尚慨然道：“小哥富贵天相，断无不成之理，请随我来。”转身向山腰走去。黑衣人却留在码头守候。朦胧月光下，可见石板小径直通山腰一座虽然不大但却很高的房子，房子似乎是楚国特有的那种竹木楼，屋外四面都是婆娑绿树。白衣人向绿树丛中瞄了一眼，笑道：“郎中，埋伏了几多人马等我啊？”靳尚回身笑道：“这是王室常规，与小哥无关，若小哥害怕，我令他们撤出便了。”白衣人笑道：“如何能坏了郎中职司？我只是觉得新鲜罢了。”说笑着到了竹木楼前。

靳尚走上门厅台阶，向里拱手道：“启禀王妃：贵客到了。”

只听一个模糊柔和的声音道："教他进来。"

"小哥请。"靳尚拱手作礼间，一个艳丽侍女已经打起薄如蝉翼却又垂得极为平整的丝帘。白衣公子借着明亮的灯光向靳尚打量了一眼，见这个被郢都视为新贵的人物生得鼻直脸方英挺颀长，一身紫皮软甲，果然一个俊秀人物。白衣公子皱皱眉头，带着俊仆从容跨进了门槛。这是一间整洁宽敞的大厅，地是竹板镶嵌的，墙是竹板拼装的，屋顶与楼梯也是竹制的，连座案小几琴台绣墩，都无一不是细韧光洁的竹皮包成，处处散发着竹子特有的清新芳香，令人感到舒适清新之极。大厅里空荡荡的一个人也没有，白衣公子也不着急，悠然地四面打量，欣赏着墙壁上的各种竹拼花纹。

"毋晓得何方贵客，定然要在这里见我啊？"一个柔亮的声音在厅中荡开，却未见人在何处。

白衣公子也不端详探询，只是拱手低头道："在下乃秦使张仪之仆从，特意拜会王妃。"

一阵莺莺笑声传来："秦使张仪？晓得谁哦？找我一个宫闱女子何事啊？"语气中透出一种柔昵的纯真与好奇。

"禀报王妃：特使大人祖上本是楚国越人，闻得王妃是故乡仙女，羡慕异常，特意遣在下拜望，聊表故国乡情。"

"哦！"柔昵的声音惊讶了，"晓得。如此这张仪也是个念祖义士了。他在秦国做何等官职啊？"

"张仪大人，秦国丞相。"

"天！秦国丞相？"柔昵的声音情不自禁地惊叹了，"毋晓得有此大才，当真是越人荣幸呢。替我回复丞相：若有故乡旧事未了，来找郑袖哦。"

"多谢王妃。"白衣公子深深一躬，"丞相为表乡情，献给王妃一件薄礼。”

“哦？”柔昵的声音甜蜜而恬淡，“有稀罕物事？丞相心意，郑袖晓得了。”

“丞相礼物，虽不金贵，却是天下唯一，与王妃最是相配。”

“哦？天下唯一？毋晓得何物？”

“貂裘宝衣。”

“晓得哦。”柔昵的声音一阵咯咯甜笑，“貂裘我有两件，银灰的哦！”

“启禀王妃：这件是红貂皮裘。”

“红貂？”柔昵的声音惊讶了，“晓得毋？红貂可是绝世极品，真有此物哦？”

白衣公子朗声道：“王妃果然慧眼。貂皮乃皮具至宝，红貂更是百世一见。相传六百年前周穆王有过一件，此后，只闻其名不见其实。这件红貂，乃陇西大驼族单于在寒冻大雪中猎得，可化雪于三尺之外，确是稀世奇珍。”

“晓得了，我来看看！”柔昵的声音顿时脆亮起来，接着听见一阵轻盈急促的脚步声隐隐从竹墙中传来，一个美丽动人的女子骤然从竹墙中飘了出来。一领竹绿的长裙，一方曳地的披肩白纱，雪白的肌肤晶莹光洁，一头秀美的长发随意飘洒在双肩，一双晶亮的眸子像那幽幽的深潭，分明是惊喜而来，脸上却写满了少女一般的纯真从容，决然看不出财货珍宝浸泡的虚伪与邪恶。随着她的出现，厅中顿时明亮了许多，俊秀明朗的白衣公子惊讶地睁大了双眼：“王妃不事雕饰，美丽如斯，当真天地造化！”

郑袖粲然一笑道：“哦！毋晓得侬竟生得如此可人！比靳尚还多了几分灵秀呢。”

“在下资质愚鲁，何敢与郎中大人相比？王妃请来看红貂宝裘。”

郑袖却依旧幽幽地盯着白衣公子道：“侬毋晓得，男子是要女子品味哦？你穿上女装，定比女子还美呢。说给丞相，将你赏给我哦？”

白衣公子的笑脸上骤然涌出一片红潮。此时，旁边的少年俊仆双手一抖，厅中顿时一片金红的亮光：“敢请王妃鉴赏红貂——”光芒乍现，郑袖不自觉地用手捂了一下眼睛，及至转身，惊喜笑道：“天哦！毋晓得红貂如此美呢！”此时，白衣公子已是笑意从容道：“王妃请看：这红貂裘用金线缝制而成，金线光芒闪烁于大红之中，熠熠生辉。王妃晶莹如玉，绝世佳丽，红貂裹身，如火拥梨花，岂非天下丽质奇观？”

“天哦——”郑袖又一次惊叹，“毋晓得天下有如此宝物呢，好了，我来穿上哦！”

少年俊仆将大红貂裘展开，婀娜郑袖依身着衣，轻盈一个转身，倏地满室生辉。

靳尚从门廊下大步进来，一叠声惊叹道：“王妃与红貂堪称双绝合一！当真巫山神女也！秦使大人好眼力！”

“天哦！好热！”顷刻之间，郑袖额头涔涔细汗，脸泛红潮。靳尚连忙上前将红貂展下，甜腻笑道：“冬日飞雪，只需一件纱裙贴身，便温暖如春，好惬意呢。”郑袖柔柔笑了：“晓得侬孝顺了，饶舌哦。”又转身笑道，“张仪大大可人，毋晓得何以回报哦？”

白衣公子恭敬作礼道：“丞相为秦楚修好而来，倒是无甚大事。王妃盛情，在下定然禀报丞相。”

“晓得哦。”郑袖微微一笑，“丞相为罢兵息战而来，此等好事，定然顺当了。”

“多谢王妃。”白衣公子向少年俊仆瞟了一眼，少年捧着一方竹匣走到郑袖面前恭敬地低声道：“王妃，此物为西域神药，强身延寿。匣内附有服用之法，是丞相敬献于楚王的，请王妃转呈。”郑袖嫣然一笑：“毋晓得西域还有神药？好，我代大王收了哦。”

三更时分，乌篷小舟离开山下码头，凭着王室护军的夜行令箭，顺利地驶进了郢都南门。尚未入睡的张仪听完嬴华、绯云二人的细致学说，不禁拍案笑道：“这郑袖果然聪颖灵慧。用间第一步，大功告成也。”嬴华笑道：“我倒看这郑袖一身异味儿，却是说不清白。”绯云急急道：“吔！她要她给她做管事呢。”张仪不禁笑道：“她她她，究竟谁呀？”绯云咯咯笑道：“吔，就是她要她嘛。”嬴华红着脸笑道：“我差点儿没忍住，幸亏绯云挡了一阵。咳，上天也真是奇妙。”一副不胜惋惜的样子。张仪道：“丽人未必丽心。夏之妹喜、商之妲已、周之褒姒、吴之西施，哪个不是天姿国色良善聪慧？她们的异味都不是娘胎里生的，是宫闱里浸泡的。国有异味，丽人如何能洁身自好？皎皎者易污，诚所谓也。”

次日商社来报：昭雎闻张仪入楚，大是惶惶不安。请命张仪如何应对？张仪悠然道：“暗示昭雎家老：张仪健忘好酒，宴请一次，厚礼赠送，或可无事。”商社头领答应一声欣然去了。

“张兄，昭雎害得你好惨吔！”绯云黑着脸咬牙切齿。

嬴华低声道：“要不杀了昭雎？我看郑袖、靳尚成事足矣！”

“当真胡说。”张仪罕见地沉着脸道，“国家兴亡，何能尽一己之快意恩仇？郑袖靳尚，差强可对付楚王，然对付不了屈原黄歇一干重臣。昭雎之能，要害在左右朝局，压制楚国之合纵势力，无人可以取代。此人于秦国有益，于连横有利，纵是张仪仇人，又有何妨？”

嬴华与绯云沉默了，看着张仪，两个人的眼眶中涌出了一线泪水。张仪笑了，拍着两人肩膀道：“昭雎绝非善类，要教他服软，到时……”一番低声叮嘱，两人都破涕为笑。

次日，一辆华贵的青铜轺车驶到了驿馆门口。一个黄衫高冠的贵公子，被一个须发皆白的老仆扶下了轺车。驿丞得报，匆匆迎出门来：“不知公子光临，有失远迎，万望恕罪。”贵公子傲慢地笑着：“张仪可在？”驿丞躬身道：“在在，公子稍等，小吏去叫他出来便是。”贵公子冷笑道：“叫他出来？你好大面子！带着家老通禀。”驿丞拭着额头汗水，连声答应着带老仆人走了进去。片刻之后，家老碎步跑出：“公子，张仪说请你进去。”贵公子脸上一喜，却又低声问：“气色如何？”家老道：“小老儿看不出。”“笨！”贵公子嘟哝了一句，大步进了驿馆。

“楚国裨将军昭统，求见丞相大人。”贵公子在门厅前远远施礼报号。

“啊，令尹公子，请进了。”嬴华走了出来。

大厅之中，张仪安然坐在长案前翻阅竹简，连头也没有抬。贵公子略显尴尬地咳嗽了一声，又一次躬身高声报了号。张仪依旧没有抬头，只是漫声道：“一个裨将军，见本丞相何事啊？”贵公子惶恐作礼道：“在下奉家父之命，特来向丞相致意。”“家父？究竟谁呀？”张仪冰冷矜持，依旧没有抬头。

“家父，乃是，令尹昭雎。”贵公子期期艾艾地很是紧张。

“昭雎？”张仪猛然抬头，眼中射出凌厉的光芒，有顷，冷笑道，“昭雎向本丞相致意么？”

“正是。”贵公子额头上冒出了涔涔细汗，“家父，闻得丞相为秦楚修好而来，颇为欣慰，意欲为丞相接风洗尘……”

“客到三日，还有接风洗尘之说？”

“家父本意，是想与丞相共商修好大计。”

“如此说来，令尹昭雎赞同两国修好？”

贵公子连忙点头道：“家父素来敬重丞相，欲请丞相晚来过府共饮，澄清昔日误会纠葛，共襄两国邦交盛事。”

张仪思忖一番，淡淡笑道：“好，本丞相入夜便来，听听令尹如何说法。”

“这是家父亲笔请柬。”贵公子兴奋地从大袖中拿出一个硕大的黄色封套，双手捧到张仪书案前。张仪傲慢地笑笑，没有接柬。昭统只好恭敬地将封套放到书案上：“在下告辞。”惶恐地迈着一溜碎步走了。

暮色时分，令尹府派来三辆轺车迎接。张仪不带护卫，只带了嬴华绯云两人，各乘轺车辚辚隆隆地向令尹府而来。到得府门，昭雎已经在门厅郑重迎候。张仪轺车到时，昭雎亲自上来扶张仪下车，谦恭热情之态，仿佛在侍奉国王。张仪毫不推辞，一脸高傲的微笑，任他搀扶领引，只是坦然受之。

到得府中，盛宴已经排好，在一片水面竹林间的茸茸春草之上。暖风和煦，月光明亮，一顶雪白的大帐，仿佛草原旅人相聚，倒真是饮酒叙谈的好所在。张仪揶揄笑道：“楚国好山好水，都被令尹占了。”昭雎呵呵笑道：“丞相说好山好水，老朽就很是欣然了。其实啊，郢都最好的园林，当是屈黄两府。老朽迟暮之年，老旧粗简而已，如何比得新锐后进？”张仪悠然一笑，对昭雎的试探浑然无觉道：“令尹这老旧粗简，也强过张仪丞相府多矣。惜乎秦国，只有铁马金戈也。”昭雎笑着凑上来低声道：“老朽保丞相回转之日，可在咸阳起一座豪华府邸。”张仪大笑一阵道：“果真如此，张仪可是命大也。”

说话间进得大帐，红毡铺地，踩上去劲软合度，脚下分外舒适，没有纱灯，一片银白的月光透过雪白的细布帐篷洒了进来，既清晰又朦胧。青铜长案粲然生光，黄纱侍女绰约生辉，当真诗情画意般幽雅。张仪心中暗自惊讶，想不到一个阴鸷大奸，却有如此雅致情趣。若非对面是昭雎，以张仪洒脱不羁的性格，早已经高声赞叹不绝了。虽然如此，张仪也还是微笑着点头赞叹："令尹眼光不差，深得聚酒之神韵也。"须发雪白的昭雎在月光下直是仙风道骨气象，闻言拊掌笑道："原是丞相慧眼，老朽没有白费心机也。"

这时，两个全副甲胄的青年将军大步进帐，躬身向张仪行礼。昭雎笑道："此乃犬子昭统，做了个小小的裨将军。这位是老朽族侄，名唤子兰，职任柱国将军，颇有些出息。今日老朽家宴为丞相洗尘，他们两个奉陪了。"张仪笑道："令尹子弟皆在军中，可是改了门庭也。"昭雎呵呵笑道："何敢谈改换门庭？后生们喜欢马上生计，老朽也是无可奈何了。来，敢请丞相入座。"

六张青铜长案摆成了一个扇形，张仪与昭雎居中两案，左首嬴华与绯云两案，右首子兰与昭统两案。案上食鼎酒爵连同长案，一色的幽幽古铜。张仪一看，便知是楚国老贵族的特有排场，非遇上等贵客绝不会搬出。再看排在各个长案后的酒桶，却是驰名天下的六种名酒：赵国邯郸酒（赵酒）、魏国大梁酒（魏酒）、齐国临淄酒（齐酒）、楚国兰陵酒（楚酒）、越国会稽酒（越酒）、鲁国泰山酒（鲁酒）。酒香弥漫，煞是诱人。

未曾开酒，昭雎先拱手作礼道："久闻丞相酒中圣哲，却不知情钟何方？今日天下名酒皆备，俱是窖藏五十年以上之名品。还有，老朽专为丞相备了六桶秦国凤酒，听任丞相点饮，老朽相陪，一醉方休了。"说完，拊掌三声，六名黄纱侍女各捧深红色的酒桶飘然而入。

"敢请丞相定夺，何酒开爵？"昭雎兴致盎然。

张仪知道楚国贵胄们有一个心照不宣的聚酒习俗：根据酒性预测事之吉凶，几乎就是一种"酒卜"。今日昭雎齐备天下名酒而要张仪定夺开爵酒，实际上便是一种微妙的试探，看张仪是心怀酷烈还是意在温醇。张仪拍拍热气蒸腾的大鼎道："酒为宴席旌旗，菜为宴席军阵。旌旗之色，当视军阵而定。看菜饮酒，诚所谓也。今日鼎中乃震泽青鱼，自当以越酒开爵为上。”

“丞相酒圣，果非虚传，上越酒。”昭雎绽开了一脸笑意。

一爵饮下，昭雎喟然一叹：“丞相今日能与老朽同席聚饮，老朽不胜心感哪。老朽阅人多矣，却在丞相身上跌了一跤，至今想来，仍是惭愧不能自已……”说话之间，眼中竟涌出了泪水，唏嘘之态，一片真诚。

张仪朗声笑道：“各为其主，令尹何出此言哉！张仪虽断了一条腿，毕竟性命还在，恩恩怨怨，睚眦必报，何来天下大道？令尹莫多心，张仪绝非小肚鸡肠也。”

“好！”子兰慨然拍案，“丞相果真英雄气度！我等晚辈敬丞相一爵！”说着与昭统一齐举爵，遥遥拱手，一饮而尽。张仪也笑着饮了一爵。

“丞相心地宽广，老朽敬服也。”昭雎又是一叹，“丞相前来修好秦楚，老朽愿同心携手，成秦楚邦交盟约。就实而论，合纵抗秦，大谬。春秋战国三百余年，强国出过多少，何以偏对秦国耿耿于怀？”

“令尹老成谋国，说得大是。”张仪笑道，“楚国强大过，魏国强大过，齐国也强大过，就不许秦国强大几日？说到底，还是中原诸侯老眼光，视秦国为蛮夷，见不得米汤起皮罢了。本来这楚国也是南蛮，不想却鬼使神差地做了合纵盟主，当真可笑也！”

“先王病体支离，神志不清，被一帮宵小之徒蛊惑了。”

“宵小之徒？令尹大人，彼等势力可是大得很也。”

昭雎冷冷一笑：“汪洋云梦泽，浪花只会作响罢了。”

“好！”张仪拊掌笑道，“不说浪花之事，免得浪费这大好月光。令尹，两位将军，请了。”举爵遥遥致敬，汩汩饮尽。

“好！”昭统饮下一爵，拍案赞叹，“丞相酒品，在下敬佩之极。在下素闻丞相酷好名酒剑道，我子兰兄乃楚国第一剑，敢请为丞相剑舞助兴，丞相意下如何？”

“楚国第一剑？好，见识见识了。”张仪大笑拊掌。

昭统“啪啪啪”三掌，帐外飘进一队舞女。与此同时，帐外草地上一大片红毡撒开，一个编钟乐队整整齐齐地排列开来。子兰起身肃然一躬道：“在下幼年于越地拜师习剑十年，资质愚鲁，剑术实不当老师万一，献丑于丞相，敬请指教了。”说罢一个滑步，身子如一叶扁舟般漂到了大帐中央，骤然又如中流砥柱般屹立不动，飘飘斗篷也“刷”的一声紧紧贴在了身上，仿佛体内有个吸力极强的风洞。仅此一斑，张仪便知此人决然是越剑高手。只见他双手抱拳一拱，一柄弯如新月的吴钩便悬在了胸前。此时编钟轰然大起，悠扬地奏起了楚国的《山鬼》，八名黄衫舞女也轻盈灵动地飘了起来，大帐中顿时充满了一种诡秘的气息。

“山鬼”本是楚国山地部族崇尚的大山神灵。楚国多险峻连绵的高山，多湍急汹涌的大川，山川纠葛，生出了万千奇幻。山地部族无不敬畏高山大川的诡秘神力，各地便衍生出名目繁多的山神。楚人虽敬之若神明，却呼之为山鬼。这种山鬼，在楚国腹地是山民所说的“山魈”；在楚国西部大江两岸，山鬼则是“巫山神女”；而在新楚，也就是故旧吴越之地，山鬼则化成了“女尸”（天帝女儿的名字）。山鬼被普遍供奉，各地都有《山鬼》歌舞，且都是灵动诡秘，与越剑剑术的神韵很是相和。子兰以《山鬼》之曲相伴而舞剑，倍添其神秘灵动。此时，歌女们边舞边唱：

风飒飒兮木萧萧　表独立兮山之上

猿啾啾兮长夜鸣　雷填填兮雨冥冥
青光寒兮碧血凝　剑入手兮一羽轻
借凌厉兮决恩仇　锻玄铁兮成吴钩
安剑履兮身名裂　起长歌兮古今愁
霹雳剑兮君和我　西风来兮醉千筹
今采菊兮奉吴钩　霜月白兮梦远游

楚地歌声，尖锐高亢大起大落，时而如高山绝顶，时而如江海深渊，凄厉呜咽，如泣如诉。随着这种在中原人听来起伏全无规则的长歌，子兰的吴钩宛如一道流动的月光，在大帐中穿梭闪烁，嗡嗡劲急的剑器震音不时破空而出，给凄婉诉求的歌声平添了一股威猛凌厉的阳刚之气。

"彩——"剑气收敛，歌舞亦罢，昭统兴奋地拍案喝彩。

昭雎淡淡笑道："丞相剑道大师，看子兰越剑尚差强人意否？"

"令尹谬奖了。"张仪哈哈大笑，"我三脚猫一只，岂敢当剑道大师？又岂敢指点子兰将军？座中我这两位属吏，倒都在军中滚爬过几日，教他们说说了。"

"噢？"昭雎捋着长须笑道，"只知二位是行人、少庶子，尚不知两位是剑道高手。敢问剑士名号？"此一问，便知昭雎很熟悉秦国的剑士等级。

"在下黑虎剑士。"嬴华拱手回答。

"小可苍狐剑士。"绯云拱手回答。

"啊哈哈哈哈！"昭统大笑起来，"丞相真道诙谐，我还以为是秦国的铁鹰剑士也。黑虎苍狐，一个二流，一个三流，如何评点楚国第一剑士？"

“只怕未必。”嬴华冷冷笑道，“子兰将军之剑舞，固是妙曼无双，然若实战，在下以为：却是镴矛头一支。”对这阴柔而张扬的《山鬼》舞，嬴华本来就不以为然，在她的耳目之中，这首《山鬼》背后的话语是：我昭睢与你张仪修好，只是想了却恩怨罢了，却也并非怕你，我有天下第一流的吴钩剑士，你也不要欺人太甚。张仪说昭睢不是善类，看来果然如此。作为一个特异的剑士，她必须教昭睢明白：只要张仪愿意复仇，秦国剑士随时可以取走昭睢的人头。没有如此威慑，昭睢未必会服服帖帖地听命于张仪。虽说嬴华很赞赏子兰的越剑技艺与剑舞才情，但也看出了他的剑术的致命弱点，此刻便毫不客气地点了出来。

子兰顿时面色涨红：“行人之言，子兰要讨教一二，何谓镴矛头一支？”

“是否镴矛头，却要实战，言辞如何说得明白？”嬴华面带微笑，话语却强硬不过。

“行人当真痛快！”子兰转身对张仪一拱，“敢请丞相允准子兰与这位兄弟切磋剑术，以助酒兴。”

“也好，月下把酒看剑，原是美事一桩。”张仪带了三分醉态，哈哈大笑道，“行人兄弟，赢不了不打紧，二流剑士嘛，谁教你口出狂言，啊！”

昭睢微微一笑道：“子兰小心，不要伤了这位后生英雄。”

嬴华离席站起，向子兰抱拳一礼：“在下点到为止，将军尽管施展。”此话一出，子兰不禁微微变色，咬咬牙关压住了火气笑道：“好，小兄弟先出剑便了。”嬴华道：“我从来不先出剑，将军请了。”子兰又气又笑，若非顾忌今日本意在结好张仪，真想一剑洞穿这个傲慢小子。想想也不计较，吴钩一划，空中闪烁出一道青色弧光，陡地向嬴华当胸刺来。

嬴华使楚，特意带来了那把祖传的蚩尤天月剑。赴宴之前，她将天月剑的枯枝木鞘已经换成了黑牛皮鞘，握在手中好似一支黑沉沉的异形精铁。子兰剑光一闪，嬴华的带鞘天月剑骤然迎上，黑色闪电般搭住了迎面疾进的吴钩。骤然之间，一泓秋水般的吴钩光芒尽敛，竟粘在天月剑身上不能摆脱。嬴华大臂一沉手腕翻转，天月剑便绞住吴钩在空中打起了圈子。两剑纠缠，若脱不出剑身，自然是任何招数都使不出。唯一能够比拼的只能是实战力量：一是甩开对方剑器绞缠之力而另行进击；二是比对方的绞力更大更猛，迫使对方剑器脱手。

这是战场上经常遇到的实战情形，任何虚招都毫无用处。可惜子兰剑术虽然妙曼，却没有在战场上生死搏杀的经历，也没有与真正高超的剑士刺客做殊死拼杀的经历，此刻被天月剑绞住，竟无论如何脱不出手。眼看黑沉沉的天月剑越绞越快，子兰只有靠着柔韧的身段跟着连续翻转，否则只有撒手离剑。那样一来，以任何较量规矩都是必须认输的。就在子兰咬牙坚持连环翻身寻觅机会的时候，突然间天月剑猛转方向，便听“当啷”一声金铁大响，手中一轻，弯如新月的吴钩拦腰折断，天月剑闪电般定在了他的咽喉部位，一股森森冰冷立即弥漫了他的全身。

“吔！才一回合呀？”绯云高兴地拍着手笑了起来。

嬴华收剑，气定神闲地拱手笑道：“承让了，将军若打几年仗，可能有成也。”

子兰翻身跃起，胸脯大起大落脸色青红不定，却终究生生忍住向张仪拱手道：“秦国剑士剑术高强，在下佩服！”张仪似乎醉了，红着脸哈哈笑道：“高强么？连个铁鹰剑士都不是，只有跟我做文吏。”昭雎一直含笑静观，表面不动声色，内心却实在震惊，待那黑沉沉的异形剑电光火石间压在了子兰咽喉，笑容在苍老的脸上顿时僵住了。听见张仪舒畅地大笑，他竟毫无说辞地跟着只是呵呵地笑。

“啪”的一声，昭统拍案站起：“丞相，闻得秦国苍狐剑士长于短兵，可否让在下与这位少庶子切磋一番？”

“那就切磋。令尹啊，我等把酒再观赏了，干！”张仪大笑着饮干一爵，昭雎连忙笑着陪饮了一爵，一双老眼盯住了少年一般俊秀的少庶子。

“少庶子，丞相允准了，我俩就来助助酒兴。”昭统手往甲带上一趁，一把铜背短弓赫然在掌，“昭统身为王宫侍卫，练的就是短兵。少庶子若能与我对射两阵，定是一场好博戏。”绯云已经离席起身，手中空无一物，纤细的身材愈发显出一个大袖飘洒的美少年。她粲然笑道：“吔，小可只是一个小侍从，自然任凭将军立规了，只不知两阵如何对法？”昭统道：“第一阵，互射三箭；第二阵，相互齐射；若还未分胜负，你我再比第三阵短剑。”绯云笑道：“吔，那将军就开弓吧。”昭统道：“你弓箭上手，我自然开弓。”绯云笑道：“短兵短兵，越短小越好吔。就在身上，将军开弓吧。”

“好！第一箭！”昭统单手一扬，只见月色下金光一闪，一阵细锐的啸声破空而来，月色下却不见踪影。昭统存心必胜，一瞬之间三箭连发而出，一箭当头，一箭当胸，一箭却在足下。绯云天生的眼力奇佳，否则练不得短兵。啸声一起，她便看准了三箭方位，心中暗骂：“吔，小子好狠毒！”不闪不避，右手大袖只是一摆一兜，那细锐的啸声泥牛入海一般没了声息，她却依旧垂着大袖，站在月下满脸笑容。昭统大是惊讶：“我的箭？你，你是巫师么？”绯云咯咯笑道：“吔，你才是巫师呢，还你了。”左手一扬，三支箭发着同样的啸声神奇地钻进了昭统甲带上的小箭壶里。

这一下当真是匪夷所思，在场的所有人都睁大了眼睛。张仪只听母亲说绯云略通匕首袖箭，也从来没有见她施展，今日得见如此神奇，心中大是赞叹，饶是当着昭雎父子，也不禁拊掌大笑。昭雎与子兰瞠目结舌，一句话也说不出来。

昭统恼羞成怒道："此等臂腕小技，有何炫耀？真射一箭我看！"

"吔，我又没说是大技。"绯云笑道，"只此一箭，射不中我便输，如何？"

"好，可是你自己说的。"昭统脸色发黑，凝神聚力要接住这支短箭，教训这个狂妄的少年，他相信自己的目力与敏捷，接一支箭当是万无一失。

"我要射掉你的头盔吔，看好了。"绯云咯咯笑着丝毫未动，也没有任何声息。

昭统高声道："来吧……"话音未落，头盔"咚噗"一声砸在了地毡上！

"噫？！"昭雎与子兰、昭统一齐长长地叫了一声，惊讶疑惑恐惧赞叹无所不包。昭统木呆呆地站在帐中，盯着地上的头盔只是出神。

"吔，微末小技，得罪将军了。"绯云笑着向昭雎一拱，"令尹与我家丞相聚酒，小可便献个灭烛小技，博令尹一笑如何？"昭雎恍然醒悟，连忙点头笑着："好好好！少庶子再显神技，老朽可是等着见识了。"

绯云命方才的八个舞女进来，人手一支点亮的蜡烛举在头顶，在大帐中央站成了一个弧形。绯云退到帐口大约三十步左右方才站定。寻常短箭是不敢射如此距离的，纵是战场强弓，百步之外也就没有了准头。如今一个少年，却要在三十步之外射灭豆大的蜡烛火苗，简直令人无法想象。战国刀兵连绵，谁对武道都有些许常识，况乎在血雨腥风中滚出来的昭雎家族？一时间，大帐静得喘息之声可闻，几个举烛舞女更是裙裾索索提心吊胆。此时绯云身形站定，骤然间长身跃起，空中大袖一展，便听“噗噗噗”一阵连梭轻响，八支蜡烛几乎是一齐熄灭！

绯云拱手笑道：“吔，献丑了。”便坐到了案前没事儿般自顾吃了起来。

“令尹啊，以为如何？”张仪醉眼蒙眬地看着昭雎。

昭雎早已经出了一身冷汗——张仪身边有如此鬼魅人物，要取人首级当真如探囊取物。纵然张仪不在郢都，他那个秦国商社安知没有此等人物？自己身边虽然也是多有剑士，可谁又能敌得如此长剑短兵？心念及此，昭雎不禁惶恐笑道：“神乎其技！神乎其技！老朽大开眼界了。丞相有此等英杰，老朽敬服也。”

“饮酒作乐尔尔，何足道哉！”张仪一通大笑，拱手道，“叨扰令尹，告辞了。”

“丞相稍待。”昭雎“啪啪”两掌，一个老仆捧来一只一尺见方的铜匣。昭雎凑近张仪低声说了一阵，张仪只是矜持地微笑点头，吩咐绯云接过了那只铜匣。一切完毕，大帐外驶来了一辆四面垂帘的篷车。昭雎将张仪殷殷扶上车，子兰亲自驾车将张仪送回了驿馆。

此时已是四更将近，绯云吩咐厨下做来一大盆又酸又辣的醒酒鱼羊汤，喝得三人满头冒汗，却都是异常的兴奋。绯云笑道：“老贼好神秘吔，大张旗鼓地请客，却偷偷摸摸地用篷车后门送人。”张仪笑道：“神秘兮兮，就是这老贼服软了。今夜两位小弟大有功劳，来，干一碗庆功！”径自将大碗与两人面前的空碗“当”的一碰，又咕咚咚喝了一碗。绯云笑道：“吔，酒徒一个，任甚都做酒了。”嬴华第一次看见张仪酒后模样，觉得这时的张仪爽直憨厚诙谐，与平日的张仪判若两人，竟觉特别的可亲，不禁咯咯笑道：“喝了七种酒还能说话，人家可是酒圣呢。”说着拿下张仪手中的空碗：“别举着了，没酒了。说说，今晚谁功劳最大？”张仪呵呵笑着：“大小弟，一剑立威。小小弟嘛，令老贼毛骨悚然。功劳，都大也。”嬴华笑着拍案：“酒糊涂！小小弟功劳大，那才真叫神乎其技也。”张仪也拍着长案一副恍然醒悟的样子：“大小弟大是，小小弟当真一个小巫婆！我都不晓得她有这两手也。”绯云笑得捂着肚皮道：“吔！才不是小巫婆呢。”缓过劲儿来道，“其实不神吔，我的袖箭不是甩手，也不是寻常小弓单箭，我是公输般的‘急雨神弩’，一机在袖，可同时发射八支箭，也可单支连发。张兄、华哥你们看。”说着右手向上一伸，大袖滑落，手臂上赫然现出一个用皮条固定的物事。

绯云解开皮条，将物事摆在了案上：“看看，这便是‘急雨神弩’了。”

这急雨神弩外观极是寻常，不足一尺长的一片厚铜板而已。然则仔细端详，却是一套巧夺天工的连锁机关。八个箭孔大约竹签一般粗细，在铜板上排成了错落无序的奇怪形状；铜板横头伸出了一个带孔的榫头，孔中穿了一根精致的皮条；以不同方式扯动皮条，小箭就会以不同方式发射。嬴华是兵器行家，一番端详后不禁惊叹：“用之简单，威力惊人，当真匪夷所思！”张仪笑道：“那层出不穷的机关，都包在肚子里了。”嬴华笑道：“小弟定有奇遇，此等神兵可是绝世珍品呢。”

绯云道：“吔，这可是张家的祖传之物。”

嬴华大是惊讶。张仪却哈哈大笑道：“海外奇谈！张家祖传，我如何不知？”

绯云幽幽一叹道：“那是主母不让告你吔。主母说：张家祖上有一代做过洛阳工匠，后来跟着神工公输般做了徒弟。这‘急雨神弩’是公输般匠心画图，却是张祖一手制作。只做了六件，公输般破例教张祖留了一件，说张家有远运，有朝一日会有大用的。我被主母救回的第三年，主母才将这急雨神弩的故事说给了我，还说此物张兄用之不妥，教我精心练习，跟随张兄。”

“那？你跟谁学的射技？母亲？”一说到母亲，张仪便情不自禁。

绯云摇摇头：“张老爹教我的，他老人家是高手。主母说，要不是张老爹，张家早被流盗洗劫了。”说着说着绯云有些哽咽了。

张仪叹息一声，良久沉默。嬴华道：“大哥不需忧伤，今日事伯母地下有知，也当含笑九泉。”绯云也抹去眼泪笑道：“吔，都是姐姐摆功摆出来的呢。”嬴华咯咯笑道：“哎呀呀，如何又变成姐姐了？是大哥。”绯云笑道：“吔，大哥只有一个，你是假大哥真姐姐呢。”说着两人笑成了一团。张仪忍俊不禁，也哈哈笑了。

次日午后，一辆青铜轺车在一队甲士护卫下开到驿馆，张仪被隆重地迎接进了郢都王宫。

楚怀王大是烦恼。先是郑袖花样百出的宫闱“规劝”，后是昭雎一班老臣子软硬兼施的利害陈说，楚怀王本来已经打算听从他们的主意了；偏在这时，屈原黄歇一班变法新锐却又闻讯而动，非但闯进王宫慷慨陈词质询他“将先王遗志置于何地”，还当场断指写下了鲜血淋漓的长卷血绢，发誓要与虎狼秦国周旋到底。

这一下楚怀王当真为难了，他不怕别的，就怕这顶“背叛先王遗志”的铁头罪冠。老昭雎如此死硬，当初也没敢断然主张背弃楚威王的既定国策，而只是胁迫他罢黜屈原缩权黄歇，合纵与变法却只字未提，还不是不想背“忤逆先王”的恶名？芈槐别的不清楚，父王在楚国朝野与天下诸侯中的巨大威望，却是最清楚不过的。父王死了，但父王的威望却是他的立身之本，一旦被朝野指为“背叛先王”，那还不成了天下不屑一顾的恶君，说不定随时都有倒戈之危。

细细一想，芈槐觉得大是怪异：张仪一来，一切大变。行事向来讲究“分寸”的老昭雎与从来不过问国事的郑袖，竟全都急吼吼地要与秦国修好。屈原黄歇一班新锐，在遭到贬黜时也没有如此激烈的言辞举动，如今竟指天发誓地对他这个新王施压。平心而论，对于是否一定要和秦国修好，还是一定要和秦国为敌，芈槐当真不在乎，也认为大可不必如此认真。邦交大道，从来都是利害计较，哪有守株待兔的蠢人？如今两派各自咬住一方，水火不能相容，他却彷徨无计了。两边都有胁迫他的利器，两边都不能开罪，两边也都不能听从，芈槐第一次感到了当国王的苦恼。烦乱之下，他坐着王船独自在云梦泽漂了一天一夜，生生憋出了一个主意，第一次感到了做国王的快乐。

张仪来了，被领过了曲曲折折的回廊小径，最后进了一座极为隐秘的小殿。这是芈槐亲自指定的密谈地点，他要依靠自己的见识，在大国邦交中显示国王的圣明。

“丞相入楚，芈槐多有简慢，望勿介怀。”

“先王方逝，主少国疑，张仪岂能不知？”

“先生以丞相之身使楚，必是重大事体，芈槐愿闻先生高见。”

“秦楚修好，别无他图。”张仪要言不烦。

“改弦更张，楚国有何好处？”芈槐也是直触要害。

“秦楚接壤千里有余，一朝为敌，秦国伤害而已，楚国却是岌岌可危也。”

“丞相是说，楚不敌秦？”

“楚若敌秦，何须六国合纵？”

楚怀王一怔，又立即笑了：“合纵深意，在于灭秦，而不是抗秦。”

张仪骤然一阵大笑：“掩耳盗铃者，不想却是楚王也。秦国现有十万铁骑，一年之内将增至二十万。楚国只有支离破碎的二十万老军，楚国抗秦，无异于以卵击石。至于六国灭秦，更是痴人说梦。难道楚王

战国合纵连横路线图

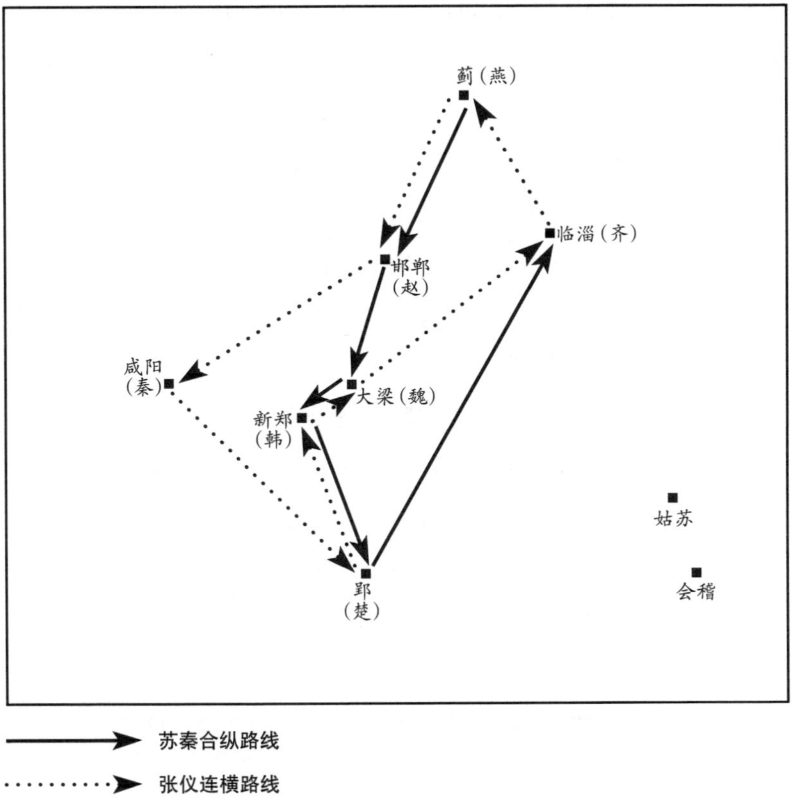

忘记了三十年前的六国灭秦大会盟么？其时也，秦国尚是穷困羸弱，六国尚不能灭，况乎今日哉？”

楚怀王顿时语塞。虽然他觉得张仪有些盛气凌人，但对张仪所说的事实却无法辩驳，谁教秦国确实比楚国强大了许多？芈槐也想强硬对话，但他知道，实力较量，弱势一方是没有资格强硬的。沉默有顷，楚怀王换上了一副微笑的面孔道：“丞相曾助楚国灭越，对楚国朝局当不陌生。秦楚修好，赞同者有之，反对者有之，本王何以自处？尚请先生教我。”

张仪揶揄笑道：“楚王若能将王权让于张仪，张仪自有办法。”

“丞相取笑了。”芈槐见张仪软硬不吃，顿时没了应对之法，只好直截了当，“秦国若能返还房陵，本王便有立足之地。”

“倘若返还，楚国如何？”张仪紧叮一句。

“退出合纵，秦楚结盟。”

“好！”张仪欣然拍案，“请楚王宣来史官，当场立下盟约。”

楚怀王没想到如此顺当地讨回了房陵之地，一时竟有些不敢相信。房陵六百里河谷盆地，又是几百年粮仓，对楚国的重要性怎么说也不过分，但能不动刀兵而收复房陵，纵退出合纵，屈原黄歇一班新锐也奈何他不得。芈槐笑道：“两国立约，须得双方君主押约上印了。”言下之意，是要钉实张仪的权力。

“张仪乃秦国开府丞相、秦王特使，楚王若有疑虑，自当作罢。”

芈槐略微思忖便高声下令：“宣太卜进宫。”

楚国的官制相对简约，太卜兼有记载国史、执掌宗庙、占卜祭祀等多种职责，实际便是文事总执掌。楚国具有浓郁的山地神秘传统，素来将占卜职能列于首位，此官便称为太卜。中原各国则将记载国史列为首位，一般称为太史令，府下分设宗庙、占卜、祭祀等属官。这时楚国的太卜是郑詹尹，此人与郑袖一样，乃楚国郑氏家族的支脉，为人深沉寡言，与朝中各方都甚为相得，与屈原还是忘年诗友。闻得楚王宣召，郑詹尹立即登车匆匆进宫。及至听到楚怀王立即拟就盟约的命令，他竟怔怔地愣在那里说不上话来。在他六十多年的记忆里，如此没有任何仪典的邦交立约是从来没有过的，尤其是一国之王与一国丞相立约，更是匪夷所思。他想说出自己的想法，却又嗫嚅着开不得口——太卜在实际国务中是无足轻重的，说了又能如何？愣怔片刻，只得拱手领命，坐到内侍已经准备好的长案前，双手提笔，在两张大羊皮纸上同时写下了两份盟约。

“太卜高年清华，竟有双笔才能，张仪佩服了。”张仪丝毫没有在意盟约，只对郑詹尹一手双笔绝技赞不绝口。

“如何？我大楚国也有上上之才了！”楚怀王芈槐也是不说盟约，只注意张仪说话。

老内侍将盟约递到王案前，楚怀王瞄了一眼，写上了“楚王芈槐”四个大字，随即命令：“用印。”一方鲜红的大印清晰结实地盖在了羊皮纸上。老内侍又将两份盟约捧到张仪案前，张仪笑道：“丞相印在咸阳，张仪只能押上名号了。”楚怀王笑道：“无妨。本王派特使随丞相去咸阳，用印之后随即交割房陵，如何？”张仪笑道：“土地乃无可移动之死物，邦交却是无常活物。何者先行兑现，楚王自当权衡。”楚怀王恍然拍案道：“好！三日之内，楚国派出特使，知会苏秦，退出合纵。”

张仪大笑：“三日后，张仪与两位特使离开郢都。”

楚怀王送走张仪，立即回到后宫对郑袖说了今日盟约。郑袖拍着芈槐的脸颊连连夸赞他“长大了，有谋划”，还破例地教芈槐当了一回威风凛凛的大男人，芈槐乐得直叫，又一次体味到了王者的快乐与力量。

不想屈原黄歇当晚匆匆入宫，愤愤劝谏楚怀王勿受秦国诱骗，当立即撤除盟约，立即派出合纵联军。芈槐气得脸色发青，愤愤然辩驳："合纵联军一定能收回房陵？你屈原担保？还是黄歇担保？兵不血刃而收复房陵，本王错在何处？六国合纵好，可曾给了楚国一寸土地？本王为何一定要守株待兔？！"

"噢呀我王，"春申君黄歇换了话题，"张仪狡诈无常，若骗了我王，楚国岂不贻笑天下？那时楚国何以在天下立足？"

"大谬！"楚怀王声色俱厉，"秦国失信？张仪行骗？果真如此，本王自当统帅三军，为楚国雪耻复仇！"

屈原深深一躬道："言尽于此，夫复何言？臣等愿我王记住今日才是。"说完大袖一摆扬长而去，春申君也跟着匆匆去了。芈槐兀自喘着粗气自说自话地骂了一通，刚刚骂得累了，老令尹昭雎又到了。昭雎盛赞楚怀王："明君独断，力排众议，挽狂澜于既倒，救楚国于危亡，英雄气度，胜过先王多矣！"芈槐顿时心花怒放，觉得老令尹当真忠心耿耿老成谋国，立时赏了昭雎黄金百镒。

当晚，屈原在春申君府邸彻夜商议。天色泛白时分，一骑快马飞出郢都北门，直上官道奔赴燕国去了。

第九章 纵横初局

一 燕山幽谷 维风及雨

苏秦回燕，燕国当真是惊动了。

蓟城万人空巷，红色人群从郊野官道一直蔓延到王宫门前，鼎沸欢腾之壮观使任何大典都黯然失色。老人们说，一辈子都没见过这样的人山人海，武安君给燕国带来了大运。

燕国君臣郊迎三十里，旌旗矛戈如林，青铜轺车排成了辚辚长龙。燕易王恭敬地将苏秦扶上王车，又亲自为苏秦驾车，引得万千国人激情澎湃漫山遍野地雀跃欢呼，万岁之声淹没了山原城池。谁都觉得，这个给燕国带来巨大荣耀的功臣，无论给予多么高的礼遇都是该当的。百余年来，燕国是战国中唯一的老牌王族诸侯，也是唯一没有扩展而始终在龟缩收敛的战国，没有在值得记忆的大事中风光过哪怕一次，燕国人也从来没有扬眉吐气的时日。如今，燕国成了六国合纵的发轫之国，赫赫六国丞相竟回到燕国就职。一夜之间，燕国成了天下瞩目的首义大国，朝野臣民谁不感慨万端唏嘘欢庆？上自燕易王，下至工匠耕夫，谁也没有仔细去品味这件事对燕国的真实意义，更没有人去想，是否值得为一次邦交斡旋的成功如此狂欢，只是听任那压抑太久的萎缩之心尽情伸展，尽情发泄。

王车上的苏秦，一副淡漠的笑容。

面对绵延不绝的欢呼与形形色色的顶礼膜拜，苏秦有些茫然了。同是一个人，在潦倒坎坷的时候没有谁去理睬他，一朝成名，却有如此难以想象的荣耀富贵与崇拜颂扬如大海波涛般要来淹没他。洛阳归乡，国人对他欢呼赞颂，但苏秦却没有茫然眩晕，反倒有些许真诚的陶醉与喜悦。毕竟，衣锦荣归是人生难得的一种骄傲，纵然这种骄傲不无浅薄处，但它却是一种真实的愉悦享受。

今日不然，燕国朝野的狂热，使他如芒刺在背浑身不自在。他实实在在地觉得，六国合纵是自己的血汗功劳，纵然身佩六国相印也当之无愧。但是，他也实实在在地以为，六国合纵不能从根本上挽救任何国家，更不会给庶民百姓带来富裕康宁。将六国合纵看成救世神方，将苏秦看成上天救星，实在是一种虚妄。期之愈深，失之愈痛，一旦六国合纵出现危机，光环与泡沫骤然消失，人们又当如何？如果说，国人百姓的欢呼颂扬，苏秦还能释然一笑，那么国君大臣给他的旷世礼遇，则的确使他隐隐不安。他本能地觉得，六国君臣之中，极少有人把握六国合纵的真实用心与本来图谋。他甚至有了一丝隐隐的恐惧：六国合纵一旦立于天地之间，这个庞然大物的命运，已经不是他能操纵的了。

燕易王为苏秦举行了盛大的接风宴会，国中大臣与王室贵胄三百多人济济一堂，钟鸣乐动，高歌曼舞，觥筹交错，人人欢欣。席间燕易王拍案下书：拜苏秦为燕国开府丞相，赐易水封地二百里，在蓟城起造武安君丞相府邸。既是武安君，又是开府丞相，这便是老百姓们津津乐道的“封君拜相”，也是天下君王对臣子的封赏极致，同样也是布衣入仕所能达到的最高峰。燕易王话音落点，大殿中一片高呼：“武安君万岁——”“丞相万岁——”苏秦依照礼仪一躬到底谢了王恩，却没有燕国君臣所期望看到的欣喜激动。但燕国君臣这一丝失望也一闪而逝，迅速被宴会的大喜大庆淹没了。

三更时分，大宴方才结束，看着峨冠博带的大臣们与灿烂锦绣的贵胄们川流不息地走出大殿，苏秦心中空荡荡的。从始到终，他都没有看见燕姬的身影。她是前国后，只要在蓟城，燕王断无不请她赴宴之理。难道她不在蓟城了？她能隐到哪里去？

“武安君啊，”燕易王从中央王座走了过来，“大宴散去，本王留了几名大臣再与武安君小宴叙谈，听武安君说说六国大势如何？”燕易王三十余岁，一副络腮长须，粗壮敦实，酒后正是满面红光兴致勃勃的样子。

“臣亦正有此意。”苏秦拱手道，“然则，人少为好，臣欲向我王陈明秘策。”

燕易王略有沉吟，终于笑道：“好，那就留宫他、子之两人。”

群臣退去，燕易王在大殿东侧的书房外厅设了小宴。说是小宴，实则是每人一鼎燕国的酸辣羊肚汤醒酒，之后就是饮茶。燕易王安排这个小宴，本意不在酒，而在于让大臣们听苏秦讲述六国合纵的经过与各国详情，以及如何使燕国声威大震的宏图长策，以振奋朝野。可苏秦却提出“人少为好，陈明秘策”，燕易王便感到有些扫兴。但苏秦目下是六国一言九鼎的人物，燕易王想想也就听从了，只留下了两个武臣相陪：一个是边丞宫他，一个是辽东将军子之。宫他原是周室大夫，护送燕姬嫁于燕文公后，留在了燕国，此人正在盛年又颇通兵法，燕文公任命他做了掌管全国边境要塞的边丞，虽然并不显耀，但却是实权臣子。子之是燕国东北方的抗胡边将，正好来蓟城办理兵器，燕易王想教他听听天下大势。其所以留下这两个人，是燕易王估料苏秦的秘策必是组成六国联军攻秦，而这两人恰恰是燕易王心目中要派出的将领。

“武安君何以教我？”羊肚汤饮罢，燕易王拭去额头汗珠，笑吟吟看着苏秦。

苏秦悠然笑道：“魏王告诉臣，孟夫子给他说了一个故事，我王可否愿听？”

“好。”燕易王道，“孟夫子常去大梁游，惜乎不来燕国也。”

“孟夫子说：有个宋国农夫种下一片麦子，天天到地头看，两个月了，麦子老是只有两三寸高。农夫心中着急，将麦苗一根根拔高了几寸，满眼望去，一片麦苗齐刷刷高了许多，蓬勃碧绿大有起色。农夫匆匆回家，高兴地对老妻与儿子说：‘今日辛劳，揠苗助长。明日再揠，过几日就能收获了。’老妻儿子大是惊讶，连忙赶到地头，一看之下，好端端的麦苗已全部枯萎了。”苏秦打住，依旧微笑地看着燕易王。

“完了？”

“完了。”

“甚个故事？”燕易王沉吟道，“世间有如此蠢人么？”

“真正揠苗助长者，可能没有。然做事相类而急于求成者，数不胜数。”

“噢——”燕易王恍然道，“武安君是说，六国合纵不能急于求成？”

“非纯然如此。”苏秦道，“孟夫子这个故事的真意，告诫人做事须得求本，而不是虚张声势。根本坚实，声势自来。根本虚弱，纵有外势而依旧枯萎。我王以为然否？”

“也是。武安君似有弦外之音？”如此一个故事，燕易王确实有些茫然。

苏秦肃然道："臣之本意：六国君臣大多未能体察六国合纵之本意。"

"合纵本意？难道不是六国抗秦么？"

"抵御强秦，只是六国合纵之直接目标，当务之急罢了。"苏秦虽目力不佳，此时眼中却是灼灼生光，"六国合纵之根本，在于争取数年甚或十余年稳定，使各国能够抢出一段时间变法图强，与秦国作根本国力之竞争。但识得这一要旨，便将合纵视为手段方略，而将变法图强视为真正目的。惜乎六国之中，只有楚国体察了这一要害，否则楚威王不会如此果决地力行合纵。魏赵韩齐四国，都对利用合纵机遇而变法图强，没有丝毫体察。臣今归燕，似觉燕国朝野亦无变法图强之筹谋，举国上下，皆视合纵为挡风之墙、御敌之盾。而除此之外，究竟该当如何作为，却没有思谋对策。如此情景，臣不能不忧心忡忡。"

在发动合纵的游说中，苏秦的说辞从来只涉及各国所面临的威胁、各国间的恩怨纠葛以及与六国共同大敌——秦国的仇恨，从来没有对任何一个君主说出六国合纵的深远本意。不是不可说，而是没有必要说。六国君臣中浅薄平庸颟顸者多，深远意图往往会被看做不着边际的书生空言，何如不说？除了楚国殿堂那场特殊的论战，苏秦只用对面君王能够听得懂的语言说话，甚至对于四大公子，他也没有剖陈过六国合纵的本意。今日有感于燕国最初的知遇之恩，真诚坦率地说了出来，一席话显得分外的沉重。

燕易王却被苏秦说得有些懵懂了。他暗自觉得好笑，不就变法强国么，这也是秘策？一百多年来不知多少人说过了，但凡名士都将变法挂在嘴边，至于如此郑重其事？谁不想强大，可那容易么？燕国连场像样的胜仗都没打过，秦国欺负，赵国欺负，齐国欺负，连中山国也欺负，威胁日日不断，能守到今日已经是罕见了，大势不稳，谁敢变法？虽作如此想，他却不能对苏秦如此说，思忖一番笑道：“武安君说得也是，本王受益匪浅。燕国一旦康宁，立即着手变法如何？当务之急嘛，还是派军入盟，打败秦国。两位将军以为如何？”

宫他挺身拱手道：“臣以为大是！外敌不去，何论内事？”

“要抗秦，也要变法！”辽东将军子之只硬邦邦一句话。

苏秦沉默片刻，突然带有几分酒意地大笑起来：“我王已经想到此事，原是臣画蛇添足也。”少顷似乎醒过了神，笑道，“合纵成军，燕国何人为将？派军几何？”

“宫他为将，出兵五万。”燕易王爽快脆捷。

子之突然高声道：“子之请命为将，血战秦国，为大燕雪耻！”

燕易王似有犹豫，笑道：“此事回头商议便了。”

“好！将军请战，燕国有望！”苏秦哈哈大笑一阵，“臣，今日醉了……”一言未了，烂泥般软倒在地毡上。

燕易王大笑：“哎呀，武安君酒量当真浅也。来人，王车送武安君回府。”

一辆华贵的驷马青铜篷车辚辚驶出了王宫。三月的燕山风浩荡吹来，车帘啪啪直响，躺在车中的苏秦霍然坐起，打开车帘，扑面一阵料峭寒意。苏秦顿觉清爽，猛然长身站上车辕，如同站在轺车伞盖下一般，斗篷与大袖齐舞，长发与高冠纠结，空旷寂静的长街响彻着他的曼曼吟诵：“钟鼓锵锵——河水汤汤——忧心且伤——怀允不忘——”

离开燕国南下的时候，苏秦已经有了一座武安君府邸，那是一座王族罪臣的抄没府邸。虽然在穷困的燕国已经是很显赫了，但就实而言，也就是一座四进六开间的大宅院而已。这座府邸苏秦只住了不到十日便走了，连庭院中的房屋都没有时间看完。燕易王接到苏秦北上归燕的消息，加紧对这座府邸进行了一番修缮，又从王宫与官署挑选出了二十多名侍女与官仆，在一名王宫老内侍的督导下日夜整修刷洗，使武安君府变得亮堂堂一片生气。王车到达府门，家老总管领着四名侍女前来迎接，一看武安君醉不可支，立即用软榻将苏秦抬了进去。

王车一走，苏秦立即恢复了常态，饮了几盏淡茶，在庭院转悠了两遭，惊讶地发现这座不大的庭院已经变得与他离开时有了霄壤之别，除了不够宏阔，完全是一个贵胄府邸了。既然如此，燕易王为何还要另外为他起造新的武安君丞相府？难道这里不能开府理事么？对于穷弱的燕国，一座华贵宏大的府邸需要耗费多少民脂民膏，燕王难道没有想过么？尽管燕易王今日对他的主张表示了淡漠与嘲笑，苏秦也不愿意初回燕国便与燕王发生摩擦，但苏秦还是不忍看到燕国在如此衰弱之际做如此的大肆铺排。思忖良久，苏秦回到书房，提笔向燕易王上书：

谏君相府邸书

王欲为苏秦新起君相府邸，臣心殊为不安。墨子云：国有七患，城郭沟池不可守而治宫室，民力尽于无用，财宝虚于待客，大患之首也。臣之府邸四进六开，仆从数十，修葺一新，开府可也，理事足也，无当新起宏阔府邸。先祖立国之初，燕山荒莽，林草连海。先燕人奋发惕厉刀耕火种而成家园，遂立于北国诸侯之首。当此内忧外患之际，边卒饥寒，战车锈蚀，工匠穷困，农人饥馑，我王当辄思先祖国人之大德，固本用财，聚集国力，激励民心，以为变法图强之奠基。《周书》云：国无三年之食者，国非其国也；家无三年之食者，子非其子也。王若虚耗国家财货，铺排君臣行止，上不厌其乐，下不堪其苦，国家忧患多矣！

“当”的一声，苏秦掷笔，青铜笔杆撞得玉石砚台脆响。

帷幕后传来一声轻轻的叹息。苏秦霍然起身，沉声喝问："谁在帐后？"

纱帐一阵婆娑，暗影中走出一个斗笠垂纱裙裾曳地的人来，看那高挑婀娜的身材，便知是女子无疑。苏秦心中一动："你？可是……"只见那人缓缓摘下吊着黑纱的斗笠，现出了那永远烙在苏秦心头的绿色长裙与披肩白纱。

"燕姬……"苏秦揉揉蒙眬的眼睛，"果真是你么？"

"季子，没有错，是我。"燕姬灿烂的笑脸上闪着晶莹的泪花。

苏秦端起书案上的风灯，喘息着一步一步挪到近前，凝望着那张不知多少次闯入他梦乡的面容：乌发依旧那么秀美，肌肤依旧那么皎洁，眼睛依旧那么明亮，微笑依旧那么神秘，那，那是……苏秦颤抖的手指轻轻地摩挲着燕姬眼角细密的鱼尾纹，骤然之间泪如泉涌，颓然跌倒，手中的风灯也"咚"地砸在地毡上。

"季子……"燕姬低低惊呼一声，将苏秦抱起，放在了日间小憩的小竹榻上。

苏秦睁开眼睛霍然坐起道："燕姬，快说说！你是如何过来的？你藏在何处？"

"呀，捏得我好疼。"燕姬轻声呢喃，又粲然一笑，"你躺下，我再说好了。"

"好。"苏秦也笑了，"一见你，我竟弱不禁风了。"斜倚在了竹榻靠枕上。

"太操劳了。"燕姬幽幽一叹，"迢迢驰驱，时时应酬，日日应对，夜夜上书，有如此做事的么？"

"无妨，打熬久了，我撑持得住，先说你。"

燕姬无可奈何地笑了笑，向苏秦讲述了宫闱巨变中她的经历。

燕文公骤然死去，燕姬大为起疑。文公虽然已经五十多岁，且有老疾缠身，但据太医的诊断与燕姬自己的体察，燕文公在三五年之内至少不会有性命之忧。可是，就在燕姬陪着太子去举行春耕开犁大典回来时，老国君已经死在了书房之中，面色紫黑大睁双眼形容可怖！燕姬立即查究侍奉老国君的内侍侍女，却找不出任何头绪。就在她喘息未定的时分，太子竟然带着三百名精锐甲士与几名大臣赶到了后宫，丝毫没有询问老国君的死因，也丝毫没有与她商量，立即下书宣布了国公薨去的消息，宣布了国丧，宣布了太子即位。令燕姬惊讶莫名的是，平日里对她甚是敬重，她也曾多次助其度过危机的太子，竟然在顷刻之间变得冷酷凌厉，对她视若无物。燕姬沉住气一句话也没有说，离开了寝宫，立即着手清理了自己的物事，做好了随时离开宫廷的准备。整个国丧的一个月里，她都没有离开自己的庭院一步，既不参与葬礼，更不过问国事朝局。突然之间，她这个国后变成了被遗忘的古董，似乎从来没有存在过。大丧之后，新君宣布称王，在新御书[1]清点燕文公书房时，却发现少了一方最重要的传国玉印、一幅燕国秘藏图。

新王气势汹汹来找她时，将那座小庭院包围了。燕姬非但没有惊慌，反而笑吟吟地向新王申明：她奉天子王命，要重回洛阳王室。新王阴沉着脸说，只要她交出玉印与秘图，就放她回洛阳。燕姬一阵大笑道："我不回洛阳，死在燕国又有何妨？"新王无奈，只好屏退甲士，一个人温言软语地劝她求她。燕姬全然不为所动，冷冰冰地提出："先君死得蹊跷，查明死因，究办谋逆奸凶，再说此事不迟。"新王万般无奈，只好连夜与心腹密谋，第二天便将宫中内侍总管与三家大臣满门斩首，蓟城国人一片欢呼。

[1] 御书，燕国掌管国君文书的官员，相当于秦国的长史，也就是国君秘书长。

新王又来见燕姬。燕姬便将玉印交给了这个已经十分陌生的昔日太子。新王又索要秘藏图。燕姬拿出了燕文公的遗书，遗书上赫然写着："秘藏图交由国后燕姬掌管，新君可酌情支取，不可更改执掌。若有违背，宗庙不容！"新王愣怔半日，长叹一声道："国后意欲如何？"燕姬笑答："唯想隐于秘藏之地，远离宫廷纠葛，如是而已。"新王道："若有急处，如何找到国后？"燕姬道："先君有三只信鹞，但放一只，两个时辰内我便可收到，届时我自会指明地点。"新王思谋良久，只好答应燕姬离开蓟城。

燕国虽国用拮据，但历代国君都秉承了老周王族的谨细传统，将一定的剩余财货囤积隐藏。六百多年下来，这些秘密藏匿的财宝实在是不可小视。燕国敢于以穷国弱国摆老贵胄架势，一大半原因是因了这些惊人的秘藏。离开这些秘藏，燕国不能应对任何一场像样的大仗。唯其如此，新君无论如何不敢开罪这位奉先君遗命掌管秘藏图的国后，反而每隔一两月便派出信鹞嘘寒问暖一番。如此一来，燕姬过起了真正的隐居生活。

"他要跟着信鹞踪迹找你，岂非大大麻烦？"苏秦有些着急。

"季子傻也。"燕姬笑道，"不是信犬，不是信鸽，是信鹞。鹞子如苍鹰，一展翅直上云中，难觅踪迹，他却如何跟踪？这也是历代燕君的老法子，从来没有闪失的。"

"如此便好。"苏秦长长地舒了一口气，"荆燕上次回燕，没有听到你的消息。今日宴席也没见你，我真有些急也。"

"新君多权谋，将宫中封锁得很是严密，对外却无事一般。季子以为新燕王如何？"

"权谋机变有余，雄心正才不足，不是好气象。"苏秦忧心忡忡。

"你还愿意将燕国作为根基么？"

“燕国为合纵发端，天下皆知，还当是立本之国。”

燕姬笑道：“夜深了，这些事择日再说。”

苏秦恍然坐起：“你究竟在何处？如何找你？”

“三日之内，按图来寻。”燕姬微笑着从袖中抽出一方白绢摁到苏秦手掌中，“保你有说话的好所在。我走了，你别动。这里的内侍官仆都是我的旧人，出入忒便当。”说完戴上斗笠，一闪身转入帷幕后消失了。

苏秦顿时觉得空荡荡的，茫然怅然恍惚烦乱，片刻间一齐涌上心头。睡是无论如何也睡不着了，索性到庭院中闲走。蓟城刁斗已经打响了五更，天中月明星稀，横亘北方天际的那道山峰剪影好像就压在头顶。山风还没有鼓起，天地间万籁无声，苏秦突然生出一种从未有过的窒息感，胸中憋闷极了。

合纵发端便危机丛生：联军尚未建立，楚威王就突然病逝了；燕文公、齐威王、魏惠王，几个对秦国怀有深刻警惕的老国君也都死去了；任何一国，随时都可能突然生出各种各样的麻烦。燕易王的言行使他突然悟到：六国合纵的真实意图，可能永远都难以被人理解了，更是难以实现了；他所面对的，将是层出不穷地奔波补漏；六国合纵所能起到的唯一作用，很可能只是一张需要不时修补的盾牌。

一想到这里，一种浓浓的沮丧渗透到苏秦心头。在洛阳郊野冰天雪地中构思的远大宏图，在今日六国君臣们的狗苟蝇营中，仿佛一场光怪陆离的梦。变法不好么？强国不好么？为何这些君主权臣就是不愿意做？真是一个天大的谜团。骤然，苏秦觉得自己疲惫极了，苍老极了，对世事无奈极了，真想躲进一个世外仙山，仔细地透彻地揣摩一番人世间的奥秘。可是，世外仙山在哪里？洛阳苏庄么？老父故去了，留下的苏庄只是一片充满了世俗渴求的故园旧土而已。两个弟弟期望着二哥将他们带上入仕的大道，让他们一展才华；大嫂期盼着他的权力万世永恒，使苏氏家族永远辉煌；妻子倒是期盼他是一介平民男耕女织，可她能给苏秦的，依然是一种窒息，一种深深陷入田园泥土而不许自拔的窒息。说到底，当你褪尽身上的权力光环时，那片故园旧土给你的便只是蔑视与嘲笑，而绝不会给你一种出世的超脱。梦中仙子一般的燕姬，偏偏又陷入了燕国的宫廷阴谋之中，该当自由的时日，她却依旧戴着国后的桂冠，并没有远走隐世的打算，她似乎注定要在这个阴谋圈子中周旋下去，永远地留在燕国土地上。果真如此，苏秦的梦幻也将永远地化为乌有……

三十岁尚是处子之身的苏秦，第一次萌生了深刻的迷茫，有些无所措手足了。

“大人！如何睡在这里？”一个侍女惊慌地喊着。

苏秦睁开眼睛，看见自己躺卧在水池畔的一张石案上，衣衫潮湿冰凉，露水珠儿尚在晨雾中晶莹生光。侍女小心翼翼地扶起苏秦：“大人，家老正在四处找你呢。”苏秦慵懒地打了个长长的响亮的哈欠，揉揉眼睛问：“有事么？”

“说是荆燕将军紧急求见。”侍女低声回答。

“荆燕？”苏秦精神一振，霍然起身，大步匆匆向书房而来。

随着苏秦归燕，荆燕在燕国也声名大振。大宴之时，燕易王下书封荆燕为中大夫。对于一个平民出身的武士来说，原先的千夫长已经是荆燕的最大出息了，封为中大夫而位列朝臣，无异于极身荣耀彻底改换门庭。可荆燕却红着脸对燕王说：“荆燕一介武夫而已，不敢位列庙堂之上，愿终生为武安君属吏。”燕易王大感意外，又要在朝堂显示用贤气度，倒也着实劝说了几句，期望他接受王封。可荆燕却只是红着脸摇头，一句话也不说。燕易王扫兴又无奈，只好褒奖几句作罢。苏秦也颇为困惑，趁席间如厕，于无人处询问缘故，荆燕却只木讷道：“心智浅薄，当不得大命。”见荆燕不愿多说而又绝无更改的样子，苏秦也没有多问。大宴未完，荆燕南下大梁联络去了，如何恁快便回来了？

荆燕正在书房外焦急地徘徊，见苏秦衣衫不整长发散乱满脸青灰地匆匆走来，不禁迎上前去惊讶问道：“大哥如何这般模样？”苏秦摆摆手道：“无妨，酒多了而已，出事了？”荆燕低声急迫道：“斥候急报：张仪出使楚国！我怕你有新谋划，便半道折回，你定了主张我立即出发。”苏秦沉默着没有说话，思忖片刻道：“你在外厅稍待片时，此事容我仔细想想。家老，给将军上茶。”说完大步进了书房。

一个时辰后，苏秦走出书房，手中拿着四个铜管道：“荆燕，你立即分派得力骑士，将这四份书简分送信陵君、孟尝君、平原君、春申君四大公子。三日后你随我南下，你来准备细务，我有一件事需要料理。”

“大哥放心，你尽管办事，我这便去。”荆燕将铜管插入腰间皮袋，大步出门去了。

苏秦觉得有些困倦，来到浴房在冷水中浸泡了片刻，神志顿时清爽。这是他在郊野苦读时形成的习惯，夏日在冰凉的井水中浸泡，冬日赤身在冰雪中打滚儿，那冰凉的气息直渗心脾，消解困顿最为有效。冷水浴完毕，他又匆匆地吃了一鼎肉汁面饼，便乘坐一辆四面垂帘的辎车直出蓟城北门。到得郊野无人处，换上一匹青灰色阴山骏马，苏秦直向大山深处飞驰而去。

三月的燕山，苍黄夹着青绿，莽莽苍苍地横亘在面前，数不清有多少河谷有多少奇峰。来到一条清波滚滚的河边，苏秦一番打量，脚下一磕，骏马沿着河道直向那道最为低缓平庸的山谷驰去。走得一程，山谷突然由南北向转为东西向，苏秦左手马缰轻抖，进入了西面的山谷。大约走得三五里，山谷渐行渐窄，身上却觉得越来越热，燕山特有的那种饱满浩荡而略带寒意的春风，不知不觉间竟变成了和煦温暖的习习谷风。面前奇峰高耸入云，地上柔柔绿草如茵，满山林木苍翠葱郁，与山外直是两重天地。

苏秦驻马张望一番，觉得这道山谷的奇妙景色在燕山之外断难想到，当真是平中隐奇。突然，他听到了一种隐隐约约的隆隆之声，走马寻着隆隆声深入山谷，大约里许，迎面一道大瀑布从高高的山峰上跌落，飞珠溅玉，水雾中断断续续地闪烁出不断变幻的彩虹。抬眼四望：瀑布正在山谷尽头，两边奇峰对峙，中间谷地只能可可地容下这片碧绿的深潭；潭边谷地生满了野花野草，层层叠叠交相纠结，却叫不上名字。鸟鸣虽湮没在隆隆瀑布声中，但那些灵动出没于花间草丛树梢的五彩身影，却实实在在的是生机盎然。

“天泉谷？好个所在！”苏秦大伸腰身做了一个长长的吐纳，觉得身上酥软了一般。静了静神，他从长衫衬袋里拿出一只黑黝黝的陶埙吹了起来。这是洛阳人烙在心头的踏青民谣，在《诗》中便是《王风》中的《黍离》，是周人在东迁洛阳时西望镐京废墟，对部族衰落的迷茫与叹息。这首歌儿，在中原战国也许已经被人遗忘了，但洛阳王城的子民却是永远不会忘记的。

随着悠扬沉郁的埙音，谷中突然飘出了悠长的歌声：

知我者谓我心忧
不知我者谓我何求
悠悠苍天
此何人哉
……

歌声苍凉肃穆，正是《黍离》的老词，那种滞涩的唱法，那种独特的招魂般的呼唤，不是周人决然不能唱出。

“燕姬——你在哪里？”

“右首看——”

苏秦转身，朦胧看见了山花烂漫的山腰中随风飘展的一点雪白。虽然目力不佳，他也断定那是燕姬无疑，打马一鞭，骏马长嘶间箭一般向东边山峰冲来。

“季子！我来了——”山腰一阵清亮的笑声，一个绿衣白纱的身影轻盈地从山上飘了下来，堪堪地落在了马背之上。一阵丰满柔软的馨香与温暖顿时从背后包围了苏秦，淹没了苏秦。一种从未体验过的奇异感受，闪电般袭击了他，使他差点儿跌下马来。猛然，他一把将那丰满柔软的绿裙白纱揽了过来，紧紧地箍在怀中，一阵急促的喘息，两个灼热的躯体在马背上重叠了，融化了……

“真是一头饿狼。”花草丛中，燕姬摩挲着苏秦的脸颊。

“中山狼！”一阵大笑，苏秦又将燕姬拉进了怀中。她满脸红潮地喘息着，紧紧抱住了津津冒汗黝黑闪亮的结实身躯，任那令人如醉如痴的潮水裹挟着腾腾热汗，恣意地向她冲击，在她晶莹丰满的身体里尽情翻涌。她仿佛变成了一叶轻舟在波峰浪谷中出没，又仿佛一片羽毛在风中飘荡，悠上巅峰，飘下深谷，湮没在无边的深深的愉悦里。她尽情地叫喊着呼唤着寻觅着，却又更深更深地湮没了自己……

阳光徜徉到山顶的时候，燕姬醒了。她没有惊动苏秦，到山根小溪流中收拾好自己，坐在他身旁，静静地端详着守候着，一任那一抹晚霞从山顶褪去。终于，苏秦睁开了眼睛：“噫！天黑了？”燕姬亲昵地笑着在他脸颊上拍拍：“季子，你是真累了。”苏秦霍然坐起摇摇头笑道：“从来没有如此酣睡过，冷水冲冲，三日三夜也没事。”燕姬咯咯笑道："真是头中山狼。看那边，山根是小溪，潭中溢出天泉水，只怕有点儿凉。"

"越凉越好。"苏秦走了过去，躺在了溪中的卵石上，任清凉的山溪哗哗流过自己。

"夜来何处啊？山洞？谷地？"燕姬坐在溪边大石上笑吟吟地喊着。

"都是仙境。"苏秦仰面朝天躺在水流中，快乐地高声答着。

燕姬笑着站了起来，打开她的随身皮囊，支开了一顶白色小帐篷，燃起了一堆熊熊篝火。此时，一轮明月爬上山顶，峡谷的一线天空碧蓝如洗，花草的淡香和着瀑布激扬的水雾，混成清新纯馥的气息弥漫在谷中，隐隐水声传来，倍显出一种无边的静谧。苏秦出了山溪，只觉一种从未体味过的轻松舒畅，情不自禁地对着天中明月高声吟哦："谁谓河广？一苇航之。谁谓天高？跂予望之！谁谓河广？曾不容刀。谁谓天高？暮暮朝朝——"

燕姬笑了："被你一改啊，这首《河广》还真是深远了许多。"

《河广》原是宋国流浪者的思乡歌谣。苏秦心思潮涌，将"谁谓宋远"一句，改成了"谁谓天高"，意境便大为深远起来——谁说大河宽广？一苇扁舟便可渡过。谁说上天高远，踮起脚来便可相望。谁说大河不宽广？一苇小舟不容逾越。谁说上天不高远？暮暮朝朝也走不到。

苏秦喟然一叹："今日天堂，只怕是暮暮朝朝也。"

"你呀，先来吃喝了。"燕姬笑道，"只要想走，又岂怕暮暮朝朝？"

"说得好！"苏秦大笑一阵，猛然闻见一股奇特的酒肉香气飘来，趋前几步，见篝火铁架上烤着一只红得流油的山鸡，旁边摆着一坛已经启封的兰陵酒与两只陶碗，不禁大喜过望，"噫！如何有酒肉了？"燕姬笑道："不出一箭，百物齐备呢，回头细说。来，先共饮一碗。""且慢。”苏秦端起陶碗笑道，“总该有个说辞也。”

“今日得遇君，永世毋相忘。”

“魂魄绕子衿，来生亦相将！”

两碗相撞，两人一饮而尽。燕姬的笑脸上挂着晶莹的泪珠，顾不上擦拭，拿下铁架上红亮的山鸡用短剑剖开，递给苏秦一只硕大的鸡腿。苏秦一手接过，另一手却轻轻抹去了她脸颊的泪痕。“季子……”燕姬一阵颤抖，连忙背过了脸去用汗巾堵住了自己泉涌的泪水，回过头来又是灿烂的笑容。苏秦大撕大嚼，燕姬一块一块地将山鸡递到他手上，自己却始终只是默默地凝望着。

“完了？呀！你如何一点儿没吃？”苏秦惊讶地摊着两只油手叫了起来。

燕姬“噗”地笑了：“看你吃比我吃舒心多了，来，洗洗手擦擦脸。”说着从身后扯过一个皮囊解开，倒水教苏秦洗手擦脸。收拾完毕，两人默默相望，一时无话。良久，燕姬低声道：“几多时日？”

“还有十二个时辰……”

“还来得及。看看我的住处吧。”

“燕姬，你要在燕国永远住下去？”

燕姬轻轻地叹息了一声：“天地虽大，何处可容我身？我的梦想，一半已经破灭了。剩下的一半，将永远留在我的心里……燕姬不能嫁给你，不能名正言顺地做你的妻。你不能娶我，不能名正言顺地做我的夫。可上苍偏偏教我们相遇，教我们相知，教我们相爱。你说，我们又能如何？纵然无视礼法王权，可你还有刚刚开始的功业，那是你终生的宏图，我们没有毁灭它的权力……”

心中一阵大痛，苏秦生生地咬牙忍住了那几乎要喷发出来的呐喊，不能！他不能给燕姬留下太过猛烈的伤痛。沉默良久，苏秦渐渐和缓过来，拨弄着篝火低声道："我只是担心你的处境。"

"季子，我是万无一失的。对付宫廷权谋，自保还是有余的。"燕姬目不转睛地看着苏秦，"倒是你，太执著，看重建功立业，忽视权谋斡旋，我真担心你呢。"

"我有预感：六国合纵的真正目标，已经不可能达到了。目下我只有一个愿望：促成六国联军，与秦国大打一仗，使秦数年内不敢东出函谷关。以铁一般的事实说话：合纵抗秦，能够为中原六国争取时日。白白挥霍浴血争来的时日，那是六国自取灭亡！真的，我不想将遗恨留给自己……"一阵粗重的喘息过后，苏秦慨然笑道，"这个愿望一成，我便与你隐匿山野，做世外仙人。六国自顾不暇，那时谁来管一个逃匿了的苏秦？谁来管一个早已消失的国后？"

"季子！"燕姬猛然扑到苏秦怀里，紧紧地抱住了他，分不清是笑还是哭。

山月已到中天，那堆明亮的篝火渐渐地熄灭了。

二　怪诞说辞竟稳住了楚国

春申君比谁都焦急，天天以狩猎为名，在郊野官道等候苏秦的消息。

眼看张仪在挥洒谈笑间颠倒了楚国格局，新锐人士都有些蒙了，人心惶惶，心思灵动者已经开始悄悄向昭睢一边靠拢了。连小小郎中的靳尚，也成了郢都的热门人物，昔日的新锐们纷纷凑上去小心翼翼地逢迎，求一个穿针引线的门路。若秦国一旦将房陵之地交还于楚国，楚国正式退出六国合纵，楚国变法岂不眼睁睁地就夭折了？第一次，春申君感到茫然无所适从了。对张仪这个人，他实在是揣摩不透，更想不出应对办法。张仪入楚，春申君与屈原事先都知道，可并没有在意，其中原由在于：昭雎是张仪的大仇人，张仪一定会借着秦国强大的威慑力，逼迫楚王杀掉昭雎；昭雎则一定会全力周旋反击，无论结果如何，昭雎的势力都会削弱，楚王都会重新倚重新锐人士。他们认定：入楚对张仪是个泥潭，对昭雎是场劫难，对他们却未尝不是一件好事。春申君与屈原，那时都不约而同地说出了“作壁上观”四个字。

谁能料到，张仪静悄悄地住在驿馆，竟能与昭雎化敌为友；竟能渗透宫闱与郑袖结盟；竟能使楚怀王大失分寸，置先王遗命于不顾而与虎谋皮。等到春申君与屈原挺身而出，血谏抗争的时候，惜乎大错铸定，为时已晚了。对如此一个嬉笑怒骂皆成文章的诡谲莫测之士，屈原也是束手无策，只是反复念叨：“一定要等苏秦，此人非苏秦不是对手，一定要等。”

郢都北门外的山塬已经是郁郁葱葱了。淮南的春日比中原要来得早一些，风中的寒气早已消散，和煦的微风中已经有了初夏的气息。春申君与门客们在山塬上追逐着星散的野兔狐鹿，眼光却不时地瞟一瞟山下伸向北方的官道。

“春申君快看，有车队南来！”一个门客站在山头大喊起来。

绿色平原的深处，一股烟尘卷起，正缓缓地向南移动着。正在这时，一骑骏马从郢都北门飞来，遥遥高喊：“报——武安君书简到——”随着喊声，骏马已风驰电掣般来到面前。春申君接过书简打开一瞄，打马一鞭，向山下飞驰而来。

北方烟尘，正是苏秦的骑队。从蓟城出发时，苏秦免去了全部车队辎重，只带领原先的一百名剽悍骑士，人各快马，兼程南下。荆燕乘一匹西域汗血马早发半日，前行联络。马队赶到邯郸，平原君已经在郊外等候；赶到大梁，信陵君也已经在郊野等候。一声问候，一爵烈酒，苏秦匆匆安排一番，便马不停蹄地驰驱而去。一路兼程疾行，竟与先发两日送信的骑士同日到达。郢都城楼已经遥遥在望，苏秦看见迎面一骑飞来，那熟悉的黄色斗篷随风翻卷，不是春申君却是何人？

“武安君——”

“春申君——”

两人同时飞身下马疾步向前，紧紧地抱在了一起。

“噢呀，武安君好洒脱！”春申君一番打量，一阵大笑。原来苏秦为了疾行快赶，非但亲自骑马，而且是一身红皮软甲，长发披散，身背长剑，斗篷头盔一概没有，活脱脱一个风尘剑侠。

“骑术不高，只好利落点儿了。”苏秦也是一阵大笑。

“噢呀别说，这剑背在身上还当真利落也！苏秦背剑，日后我也学学。”

苏秦笑道：“偷懒你也学么？不常用可背，你等剑士要背剑，急了拔得出来？”

“好，回头你教我便了。噢呀快走！屈原等急了。”春申君随着话音飞身上马，一磕马肚，箭驰一般飞出。苏秦骑队随后紧跟，片刻间进了郢都北门。

到得府邸，春申君立即命人去密请屈原。屈原这时已经贬为三闾大夫，军国大政难以参与。但凡大事，春申君却还是与屈原尽量地先行秘密商议，尽量地不张扬。当屈原到来时，苏秦刚刚用冷水冲洗完毕，换了一身轻软的布衣来到正厅。二人见面，四手相握，苏秦说屈原瘦了，屈原说苏秦黑了，一番感慨唏嘘，直到春申君招呼入席落座。饮了一爵洗尘酒，春申君便将楚威王病逝后的朝局变化与张仪入楚的经过说了一遍。

屈原拍案愤激道：“张仪可恨！昭雎可恶！靳尚可耻！郑袖可悲！

楚王可笑！楚国可怜也！”春申君连忙摇摇手，示意屈原不要过分犯忌，又连忙吩咐家老关闭府门，拒绝造访。

苏秦沉默良久，方才问道：“讨回房陵，谁先动议？”

“噢呀，那是我王自家先提，本为搪塞我等，不想张仪竟一口应允了。”

“盟约双方，谁人签押？有秦国王印相印么？”

“噢呀，我听一个老内侍说：张仪只写了名号，说相印王印皆在咸阳，回去补上了。”

“派出特使交割，是何方主张？”

“自然是楚国。”屈原又愤愤拍案，“张仪忒煞可恨也！”

苏秦微微一笑道：“看来，事有转机也。”

“有转机么？”春申君大是惊喜，“噢呀，武安君快说！”

苏秦道：“张仪为人洒脱，行事机变细密不拘常法，不似我等这般拘泥。将合纵撕开一个裂口，是秦国当务之急。当此情势，楚王提出任何要求，张仪都会先行答应下来，回头再谋化解之策。以方才几个事实看，秦国根本没想归还房陵。果然有此预谋，张仪自会先有筹划，将秦国义举传扬得天下皆知，更会带着秦王的印鉴王书与丞相大印。据此推断：楚国特使一定是无功而返。两位说说，假若如此，又当如何？”

“噢呀，楚王亲口说的：‘果真受骗，本王自当统帅三军雪耻复仇！’”

屈原惊讶了：“如此说来，这张仪也忒出格！做了丞相，竟敢拿邦交大事行骗，日后如何立足于天下？岂非奇闻一桩？”

苏秦笑道：“以王道礼法衡之评判，说张仪是欺诈行骗，也不为过。然则以战国机谋算计观之，却是无可指责了。生灭兴亡，无所不用其极，自家昏庸，何怨敌国狡黠？”说罢一声长长的叹息。

“噢呀武安君，你只说，目下如何走这步棋了？”

苏秦略作沉思后道：“先说三步：第一步，我拜会楚王，为下一步立定根基；第二步，加快组建联军，促使抗秦大局明朗起来，使楚王不致过分松动；第三步，房陵骗局一旦大白，立即联军攻秦。只要打得一仗，楚王再想变，只怕也难。”

“妙！噢呀呀果真棋逢对手，非苏秦不能对张仪了！”

屈原也舒展一笑：“第三步若能走成，武安君便挽救楚国了。”

苏秦笑道：“明日拜会楚王，只我与春申君前去，此中意味，尚请屈兄体谅。”

屈原爽朗大笑，曼声长吟：“骐骥伏匿而不见兮，凤凰高飞而不下，鸟兽犹知怀德兮，何云贤士之不处？”

“屈子诗才，天下无双也！”苏秦不禁拊掌赞叹。

“噢呀，屈原兄久不开口，今日吟哦，大是吉兆了。”

苏秦又说了燕赵魏韩四国已经开始着手调派大军的情势，以及信陵君、平原君的信心，末了道：“从百年邦交看，中原锁秦的历次盟约，软弱处都在楚齐两国。楚国之变，因由在于地域广阔、内乱频仍，往往自顾不暇。齐国之变，因由在于与秦国相距遥远，少有直接的利害冲突。目下看来，六国合纵之薄弱环节，依然是楚齐两国。楚国本是合纵盟主，居于六国合纵之枢要，楚国站在谁边，谁便有了六成胜算。由此观之，楚国齐国，乃是天下纵横的两大主要战场。今次第一局，便是争夺楚国！”

“大是！”屈原恍然道，“武安君，二位该去见楚王了。我去办另一件事。”

“噢呀，说得入辙，到时辰了。”春申君霍然起身，“武安君，进宫。”

“进宫？”苏秦笑了，“这是丑时，算哪家时辰？”

“噢呀走吧，车上再说，否则迟了。”春申君说着拉起苏秦便走。

在四面垂帘的辎车中，春申君一边摇头叹息，一边诉说着楚怀王的怪癖。

芈槐是个谜一般的君主。由于楚威王的严厉，芈槐也从军打过仗，也在低层官署当过小吏，还在楚威王离京时做过监国太子。该经过的都经过了，可依然是一个富贵安乐素无定性的纨绔王子，忽而清醒得出奇，忽而颟顸得滑稽。就说这起居议事，楚威王历来是鸡鸣三遍即起，批阅公文一个时辰，卯时准定朝会议事。那时候，芈槐只要在郢都，每次也都是参与朝会的。可自己做了国王后，竟鬼使神差地大转弯。夜里不睡，白日不起，每隔三日，才在午后来到正殿坐上片刻，碰巧有大臣求见便见，若无人求见，便在殿中观赏一个时辰的歌舞，然后立即回到后宫。即位一年，没有一次大朝会。大臣要见楚王，就得猫捉老鼠一般守候在大殿外。

春申君有一个门客叫李园，在宫中做主酒吏，深得楚怀王赞赏，成了随身不离的玩伴儿。每次要见楚王，春申君都要事先找李园打探芈槐的行踪。苏秦要来，春申君更是上心，派了一个心腹门客专门与李园联络，随时报知楚王行踪，否则，想见楚王也见不上。苏秦听得大皱眉头，心中沉甸甸的不是滋味儿。

楚怀王正斜倚在坐榻上，观赏一支新近排练成的歌舞，饶有兴致地和着节拍哼唱；却见一领黄衫的春申君匆匆进来，身后还有一个散发无冠的红衣人，不禁大皱眉头，极不情愿地坐了起来，挥挥手教舞女们下去了。

“臣，春申君黄歇参见我王。”

“春申君，此地乃王宫，不是人市，晓得？”楚怀王斜眼瞄着红衣散发人，一脸阴云。

“噢呀我王，此人正是你大为称颂的六国丞相、武安君苏秦。”

“啊——”楚怀王长长的惊叹仿佛在吟哦，高低起伏，似乎恍然惊醒一般。随着悠长起伏的惊叹，笑意终于铺满了白胖的脸庞，脚步也移到了苏秦面前，“武安君大名如雷贯耳，先王屡次说要带我见你了。”嘴上说着，眼光却不断上下打量着苏秦。

春申君心中清楚，拱手笑道：“噢呀我王，武安君风尘仆仆，刚到郢都一个时辰，沐浴后未及更衣，便来拜见了。”

“噢——”又是一声长长的吟哦惊叹，“武安君如此奋发，芈槐敬佩不已了。来来来，这厢坐了，慢慢说话，上，上茶了——”芈槐本来想喊上酒，一想这是大殿不宜随意摆酒，磕磕绊绊地喊成了上茶，结巴得满脸通红。

“多谢大王礼遇臣下。”苏秦恭敬地拱手作礼，表示他完全理解这是楚王的特殊敬重。

芈槐原本不喜欢倨傲名士，如今见赫赫苏秦这般谦恭有礼，心中大感舒坦，呵呵笑道：“谦谦君子，武安君可人。那个张仪是你师弟？如何忒是气盛？”

“秦国强大，张仪自然气盛。”

“秦国强大么？”芈槐惊讶地睁大了眼睛。

“秦国不强大么？”苏秦也惊讶地睁大了眼睛。

芈槐一怔，骤然哈哈大笑：“回得有趣！秦国啊，是强大，虎狼之国嘛。”

“既是虎狼，大王可知是何种虎？何种狼？”苏秦兴致勃勃。

芈槐困惑地摇摇头：“毋晓得，虎狼就是虎狼，不一样么？”

“那是自然。”苏秦悠然笑答，仿佛一个老人在给一个孩童讲说天外奇闻，“是丛林虎，是中山狼。”

“丛林虎？中山狼？好厉害么？”

“当真厉害。”苏秦似乎余悸在心一般，“丛林虎吃人不吐骨头，中山狼能变身骗人，吸干人之骨髓。”

“你，见过？”

“见过。”苏秦点点头，“我只差被中山狼啃开头颅，吸了骨髓。”

“噢——”芈槐脸色发青，“那你还活着？”

“明知必死，性命相搏，就活了下来。”

“啊——”芈槐吟哦着恍然点头，“只要死打，就能活。”

“对对对。”苏秦大为赞赏，“我可不如大王聪明绝顶，这是一个世外高人告诉我的：中山狼能窥透人心，人无死战之心，则狼必定要吃了你。若想死战到底，狼便放你逃生。”

“噢——”芈槐又一次吟哦惊叹，“中山狼，上天派来专吃懦夫？”

“大王圣明！高人正是如此讲说。”

芈槐哈哈哈大笑了一阵：“如何当得，如何当得啊？”舒畅得脸上泛出了红光。

苏秦郑重其事道：“本当聒噪大王，不想大王对秦国本性竟有如此洞察，苏秦自愧不如，也就不饶舌了。”

“武安君大可放心。”芈槐慷慨拍案，“本王立誓继承先王遗志！晓得？要不是他等添乱，本王连张仪见也不见！晓得？”

“晓得晓得。”苏秦连连点头，“臣只待大王派定军马，与秦国决战。”

“那是。”芈槐挺挺胸膛道，“楚国出十万军马！够了？”

“大王气壮山河，苏秦万分敬佩。”苏秦深深地一躬到底。

“还是武安君善解我意，她还说我笨……”芈槐嘟哝一句，突然打住。

春申君拼命憋住笑意，将脸埋在大袖里猛烈咳嗽了好一阵。出得宫来登上辎车，终于憋不住了，大笑不止道：“噢呀呀武安君啊，这，这便是你等纵横家的说辞了？”笑着笑着竟软倒在车榻上。苏秦悠然吟道：“说人主者，当审君情。因人而发，说之要也。如此而已。”春申君恍然道：“噢呀，还是我等不得法，激烈认真过甚了。”苏秦笑道：“要在别个君主，也许如此。然在这个楚王身上，我却没谱。也许是我的说运好，歪打正着了。”

刚回到府邸，家老捧给春申君一支铜管，说是三闾大夫派人送来的。春申君连忙打开铜帽抽出一页皮纸，赫然一行大字——吾去安陆五六日还。

春申君大是惊讶，愣怔着说不出话来。旁边苏秦问：“安陆？要紧地方么？”春申君低声道：“云梦泽东北岸山城，新军训练营地，原是屈原兄掌管。”苏秦听罢也是一怔，踱着步子不说话。春申君着急道：“噢呀武安君，这位老哥哥此刻去安陆，会不会有点鲁莽，会不会添乱？”苏秦笑道：“至少不会添乱。屈子大才，岂能没有这些许分寸？鲁莽，大约也不会。至于他究竟想做何事？我却说不准了。”春申君笑道：“噢呀好，那就先放下，回头我派得力门客照应便了。走，先用饭再说。”

饭后二人又密议了一个时辰，苏秦进了寝室。连日奔波疲惫，竟呼呼酣睡到日上三竿方醒，梳洗完毕出门，却见荆燕匆匆赶来，禀报说马队已经开出北门外等候。春申君陪着苏秦匆匆用饭，饭罢相互叮嘱几句，苏秦便与荆燕飞马出城了。

苏秦的谋划是：趁楚国特使没有从咸阳返回，而楚国也不会有明确举动的这段时日，尽速赶到临淄稳住齐国，最好能与孟尝君一起带出齐国军马，赶赴虎牢关联军幕府；齐国一定，回头再照应楚国。

三　门客大盗开齐国僵局

这时的临淄，一片悠悠然升平气象。

齐国地处大海之滨，不在中原腹心，很少受到根本性威胁。齐国所接壤的三个大邻国——燕国、魏国、楚国，也极少挑衅齐国。除了真切地感到威胁，齐国历来不愿意主动搅进中原的混战圈子。只要战火不烧到自家国门，齐国朝野就尽情享受着“远在天尽头”的富庶风华。齐威王时期不得已救赵救韩，两次大胜魏国，奠定了东方强国地位，但却依然固守着齐国的这个老传统。苏秦进入临淄街市，行过鱼市、盐市、铁市、农市、百物市，又行过官署国人街与稷下学宫大道，熙熙攘攘一片升平，平静奢靡的气息扑面而来，丝毫没有国难临头的危急紧张气象。恍然之间，苏秦似乎看到了昔日的安邑与大梁。

国人若此，孟尝君又当如何？难道他也淡漠了六国合纵？

孟尝君成了大忙人。前些日刚刚搬进修建好的新府邸，原来的府邸改成了门客院。此刻，孟尝君正与冯驩几个舍人，忙着商议分配门客的居所衣食的等次。封君之后，孟尝君名声大振门客骤增，已经到了三千余人。

这些门客大体分为三类：一是列国求仕无门的布衣之士，一是流动天下的游侠剑士，一是各种各样的逃匿罪犯，其中大多数是复仇杀人而逃亡者。就个人说来，这些人大都是各个阶层游离出来的能者，身怀一技之长，生性桀骜不驯，将名望与尊严看得比生命还重要；但有待遇不周或自感委屈，轻则扬长而去，重则公然诉求搅闹，绝没有息事宁人一说。偏是孟尝君豪侠义气，不吝钱财，又精明机警长于斡旋，竟使这些昂昂豪徒人人以为孟尝君只对自己最好。每次接纳门客，孟尝君都要亲自接见，一则抚慰激励，二则询问其家人亲戚恩人仇人的居处下落。所有这些问答，都被屏风后的书吏记载下来。过后，门客的家人、恩人、亲戚便会接到一笔安家钱财，门客的仇人也会遭到各式各色的报应。

一次，孟尝君设夜宴为一个新门客接风。席间，仆人不小心将厅中大灯撞翻，顿时一片漆黑。对这种无心错失，孟尝君历来宽厚，灯灭了倒是一阵大笑："黑食白食皆是吃，来！再干了！"新门客却大起疑心，以为席间宾客酒菜有别，不想教人看见，故意黑灯。于是，门客愤然起身摔碎酒碗，一声"告辞"，抬脚就走。

"义士且慢。"孟尝君站了起来，在重新点亮的煌煌灯光下，笑吟吟端着自己的食盘走了过来，"义士，换换如何？"说着便端起了新门客的食盘。新门客回身，见孟尝君的铜盘中也是一盆鱼羊炖，不禁大是羞惭，深深一躬慨然高声道："吾以小人之心猜度君子，污人名声，有亏士道，当还公子一个公平！"说完肃然坐下，拔剑猛然刺入腹中，大睁着双眼，端端正正地坐着死了。

从此，孟尝君"客无所择皆善待"的名声传遍天下，列国游士纷纷来投。虽则如此，门客毕竟还是有别的。大争之世，养士本来就是为了实力较量，若才能大小一体待之，如何能以功过赏罚激励才能之士？但如此一来，数千人的衣食住行，就成了一个需要逐一考功的细致事务。几十个门客舍人（头领）排定之后，孟尝君还得核查询问一遍。饶是如此，也还有难以预料的突发搅闹。尤其是有了两座府邸后，门客的居所显著变化，需要孟尝君亲自处置定夺的事务更多，忙得不亦乐乎。

"禀报孟尝君：六国丞相苏秦到。"家老疾步匆匆地走了进来。

“啊？到了何处？”孟尝君大是惊讶。

“马队驻扎城外，轺车已到了府门。”

孟尝君霍然起身，向冯驩说一声“改日再议”，匆匆出门去了。

苏秦本可径直进门，无须通报，但他却按部就班地下车，让家老去通报，自己在府门外悠然地踱着步子，欣赏这极有气派的六开间门厅。未及片刻，孟尝君大步匆匆出门，玉冠也没戴，红衫散发，一派洒脱，老远便拱手大笑道：“武安君别来无恙乎！”

“天远海阔，新楼高卧，孟尝君当真潇洒也。”

“武安君骂我了不是？咳，也该骂！”孟尝君一阵大笑端详，“满面风尘烟火色，武安君倒是当真受苦了，走！”拉起苏秦的手一路笑着进了门厅。

少不了海鲜珍奇的接风宴席，在慷慨激昂的高谈阔论与花样翻新的频频劝酒中，苏秦也有了三分酒意。这就是孟尝君：不管你与他有多少嫌隙恩怨，一旦坐到一起，你都会如坐春风，如对明月，觉得天下一切事情都好商量，于是放开海量饮酒，敞开胸襟说话，所有的怨气都随着坦诚的快乐悄悄地消融了。等到孟尝君吩咐撤去酒席屏退左右，开始煮茶叙谈的时候，苏秦对孟尝君的一丝不快已经烟消云散了。

“武安君，田文问心有愧也！”孟尝君拍案叹息着，“合纵大典归来，新王对联军大事不置可否。田文几次请见，王顾左右而言他，硬是转不过话题。紧接着便是启耕大典、学宫春典、官市解冻等等，凡冠冕堂皇的事都派我去，只是不与我说合纵联军。月前，又逢搬迁府邸，杂乱无章，无暇他顾，合纵联军竟一无进展。你说，田文奉先王遗命，受六国丞相之命，身为合纵专使，却是一筹莫展……”说着“咚”的一拳砸在案上。

苏秦呵呵笑道：“何须如此自责？孟尝君，你只要做好一件事，便是补天了。”

“武安君但说，田文万死不辞！”

“尽快教我见到齐王。”

“就这件事？”

“就这件事。”

孟尝君哈哈大笑道：“武安君哪武安君，你也忒小瞧田文了！莫说今日，便是当初见先王，不也没费力气？这算得补天之事？传扬出去，岂不贻笑大方？”

苏秦带着三分醉意摇摇手：“那就试试你的通天手眼了。”

孟尝君又气又笑道：“这有何难？用得着通天手眼？你只想好说辞，明日午后进宫便是。”说话间站了起来，绕着苏秦踱步，“你不说，我替你给田文下令：田文，你要据理力争，拿到兵符印信，半月内将五万兵马带到虎牢关……咦——武安君，你这是何意啊？”

扯着粗重的呼噜，苏秦已经倒在地毡上，睡着了。

孟尝君一阵大笑，立即吩咐侍女将苏秦扶到寝室休憩。安顿好苏秦，孟尝君依然是精神奕奕毫无倦色，一番思忖便吩咐备车进宫。他要和苏秦开一个小小玩笑，教他天亮便见齐王，懵懵懂懂的说辞不利落，而后再教他多见几次，看他还认为这是大事么？孟尝君原本豁达豪侠，与门客们也时有善意戏弄之举，越想越觉得此计大妙，想到苏秦在王殿懵懂黏糊而又惊诧的样子，不禁在车中大笑起来。

午夜的宫门空旷冷清，孟尝君的高车特别显赫。宫门司马[1]原是孟尝君的一个门客，因其剑术搏击出类拔萃，且通得些许文墨，孟尝君便荐举给齐威王做了侍卫。此人忠于职守，唯王命是从，齐宣王即位便

[1] 宫门司马，齐国掌管宫门警卫的官吏。

将他拔为宫门司马。见孟尝君辎车到来，宫门司马匆匆迎上，拱手低声道："主君何夤夜前来？"

"我有急务，要面见齐王。"

"哎呀，"宫门司马满面通红道，"王有严命，三日内不见任何大臣。"

"如何？"孟尝君大急，"三日不见，究竟为何？"

"在下如何得知？"宫门司马一脸沮丧。

孟尝君愣怔片刻，情知剑士门客都是"义"字当先一腔热血，稍有为难定然是没有退路，若开口请他疏通，无异于逼他当场自杀。堂堂孟尝君，用一条将军人命换得苏秦面见齐王，还有何面目在天下周旋？想想笑道："王命便是王命，与你无关。你只告我齐王明日的行踪，我来设法。"

"齐王严命：我等护卫军士，不得步入二进之内，更严禁与内侍宫女接触。"

孟尝君摇摇手制止了宫门司马。他知道，宫门将领并不是国君的贴身卫士，寻常时日也只能从内侍宫女的口中得知国君行踪，这条路一断，再要他探听，便是大犯忌讳的事了。稍有不慎，又是一条人命。心中如此想，嘴里还不能说，孟尝君便道："没事，三日后也不迟，我走了。"宫门司马一脸愧疚深深一躬，却红着脸说不出话来。

孟尝君猛然回身笑道："哎，三日后还要你帮忙也。"

"嗨！"宫门司马顿时精神抖擞如释重负。

辎车辚辚碾过长街，孟尝君第一次茫然无计了。赫赫孟尝君见不上齐王，有这种咄咄怪事么？看来，这个族叔新王是有意不见他无疑了。有意不见，便是有意搪塞六国合纵，岂有他哉！六国丞相苏秦来解这个扣儿，齐国合纵专使孟尝君，竟连面君程序都启动不了，颜面何存？这时，他才对苏秦方才的话体察出意味来了。想想颇觉奇怪：苏秦事先探听清楚了临淄内幕么？不像。苏秦做事极是方正，不可能也没有时间秘密探听临淄王宫的内情。看来，苏秦对齐王的心思是揣摩透了，至少比他这个齐国重臣要清楚得多。一番叹息，孟尝君雄心陡起，脚下猛然一跺，那辆驷马辎车在空旷的长街飞驰起来，隆隆辚辚声势惊人。

生就的好强好胜，越是常人不能做到的事，孟尝君越是发力。

记得母亲说过，他是五月初五生的，能活下来已是个奇迹。按照阴阳家的说法：五月子败家，不利父母。当初，太医号准了母亲生子日期后，父亲田婴忧心忡忡，思前想后终于咬着牙对母亲说："不要了！不要生这个儿子了。"可母亲身为小妾，将儿子看成生命，当时虽然没说话，实际上已经打定主意要生这个儿子。于是，母亲与忠实的女仆在临淄郊野找了个农家住下，将儿子生了下来，寄养在农夫家中。

后来，母亲时不时偷偷去探望儿子。五年后，母亲秘密托人，将儿子送进了稷下学宫读书。十岁时，孟尝君已经长成了一个谈吐不凡的英俊少年。有一次，母亲鼓起了最大勇气，将儿子带到了田婴面前。田婴一见，很是喜欢这个英气勃勃的少年，问可是母亲的娘家族侄？母亲低声回答："不。他是你十年前的儿子，取名田文。"父亲惊愕愤怒道："当日命你不要生，如何竟敢擅自生了？！"母亲吓得瑟瑟发抖道："君若不取，妾身与儿子远走便是。"少年田文却昂昂挡在母亲身前，向父亲一躬道："君为王族名士，能否见告，何以不要五月子？"田婴气呼呼道："五月子，长大后不利父母，男害父，女害母！"田文高声道："人生受命于天？还是受命于家？"父亲一听，愣怔着不说话了。田文昂昂然高声道："我若受命于天，你又有何忧？我若受命于家，则必当光大门户，无人能止。"父亲惊愕沉默良久，终于长叹一声："罢了罢了，你，留下便了。"

回归王族公子的身份后，田文在家族中还是被视为“庶出五月子”，处处受气。母亲为此郁郁寡欢。少年田文憋闷极了，心中一百个不服气，下决心要显示学问，改变母子处境。一日，四十个儿子济济一堂，由父亲考校学业。例行问答完毕，父亲说：“周旋列国，辩才当先。谁若能问得住我，谁便是田门英才。”锦绣华贵的大小哥哥们争先恐后地发问，一个也没有难住父亲。父亲长叹一声：“看来，田门到此为止矣！”

此时，田文霍然起身，高声发问：“子之子为何？”

“为孙。”父亲悠然笑了，兄弟们也哄堂大笑——如此问话，何其浅薄也。

“孙之孙为何？”田文小脸绷得紧紧的。

“玄孙。”

“玄孙之孙为何？”

父亲愣住了，摇摇头：“不知道了。你等，谁个知道啊？”厅中一片摇头，没有人再笑了。父亲回头问：“文，你自己知道么？”

田文高声答道：“玄孙之孙为来孙，来孙之孙为昆孙，昆孙之孙为仍孙，仍孙之孙为云孙，云孙之后，以代计之。此谓人伦梯次也。”

举厅惊愕，田文一举在家族中成名。父亲对他开始另眼相看了。有次父亲问他：“子以为田氏有何缺失？”田文肃然答道：“古云：将门必有将，相门必有相。田氏富豪敌国，门下却无一贤，诚非大患乎？”父亲睁大双眼看着他，当真是惊讶了。第二天，父亲便命田文为掌家公子，主接待宾客招贤纳士。几年之间，田文的豪侠睿智与特立独行的做派，使诸多名士宾客深为钦佩。田氏敬贤的名声大起，田婴家族倏忽成为齐国举足轻重的势力。列国诸侯但凡出使齐国，都指名道姓地要求田文做会谈特使，末了，竟纷纷请求齐威王与田婴将田文立为世子。正是在这种声望下，田文终于成为田婴家族的继位栋梁。

孟尝君没有失败过，更没有在邦交宾客的周旋中失败过。更何况，这次六国合纵是他功业名望的根基，如何能败在一个最不起眼的环节上？

回到府中，孟尝君立即急召门客舍人议事。片刻之间，二十多个舍人聚齐，孟尝君将事情一说，众人一片默然。孟尝君从来不公然指责门客，只是阴沉着脸不停地兜圈子踱步，舍人们你看我我看你，大是难堪。谁都知道“养兵千日，用兵一时”，如今孟尝君要在这些奇能异士中找一条出路，众人却是无计可施，安得不如坐针毡？

良久，冯驩道：“主君，我看可教苍铁一试。”

“如何试法？”

冯驩嗫嚅道：“只是，主君要失去一件宝物了。”

孟尝君冷冷一笑：“何物是宝？你倒是好清楚。”

冯驩知道仗义疏财的孟尝君真是生气了，连忙如此这般地说了一遍。舍人们纷纷点头称是。孟尝君思忖一番也觉可行，不禁笑道：“好！我这便去见苍铁，其余接应事宜，冯驩调遣。”舍人们散去，孟尝君便向门客院的车骑部走去。

苍铁，出身赫赫大盗，是门客中一个独一无二的人物。此“盗”，却非窃贼或寻常抢劫者，而是反抗官府的奴隶叛逆军。春秋战国之世，盗军蔓延最广泛者，是奴隶制解体最缓慢的楚国。在楚国盗军中，势力最大战力最强的，是“盗跖”军。跖率领的盗军，全部是官府罚做苦役的奴隶，脸上烙着永远的印记，走到哪里都是永远的罪犯。逃亡造反后，他们或在楚齐吴越魏几个大国，或在十多个小国的边界山地，或在茫茫大湖中流窜，以各种形式袭击官府，防无可防剿无可剿，一时震动天下。后来，在各国官军的围追堵截下，跖终是战死了。但是，跖的盗军并没有销声匿迹，而是散成了几股逃进了高山密林。其中一股近千人的盗军，从楚国北部山地偷越秦国大散岭，向北流窜到了阴山草原。

十余年后，中原大势渐渐稳定，奴隶制也土崩瓦解了。这股流窜草原的楚国盗军，在争夺水草的拼打中只剩下了二三百人，也都到了四十余岁，日益地思念故土。最后，头领拍板决断：回中原！经过一年多的仔细打探，他们选择了齐国薛邑作为落脚之地。这薛邑，是田婴家族的封地，与楚国风习相近。当时的田文虽然还未封君，但已掌家多年。他闻得封邑来了一群流民，也没在意，只下令划出一大片山林教他们定居。毕竟，在人口稀缺的战国，没有人会拒绝流民逃入自己的封地。

一日，孟尝君率领门客骑士到这片山林去狩猎。刚到山口，便听得山林中一片响遏行云的嘶鸣。门客中有一人原是马贼，断定这是漠北野马特有的嘶鸣。孟尝君大觉奇怪，当即遴选了十名骑术剑术俱佳的门客，随他进山察看。进得山谷草地，眼前的景象使所有人大为震惊：四匹雄骏的火红马驾着一辆庞大的铁车，在两山之间来回飞驰！铁车上的驭手长发飞舞黝黑精瘦，身包一张斑斓虎皮，仿佛一段生铁钉在车辕，手抖四根马缰，口中不时吹出各种呼哨。每到山根，驷马一齐嘶鸣、一齐急剧转弯，声震山岳间比四个人一起反身跑还来得整齐利落。那风驰电掣的车速，任谁也闻所未闻，那几乎贴着草地飞起来的气势，任谁也大为向往。孟尝君情不自禁地高喊："壮哉猛士！"随着山鸣谷应的喊声，驷马铁车骤然回头冲来，又在闪电般的冲击中，骤然山岳般钉在了距离孟尝君五尺开外。但见驷马人立，铁轮隆隆，草皮大飞，门客们不约而同地跳开，只有孟尝君纹丝不动地钉在原地。

"阁下有此胆识，可是公子田文？"精铁汉子在高高的车辕上昂昂拱手。

"正是，阁下高姓大名？"

“在下苍铁。”

就这样，一番快意攀谈，一通大肉烈酒，苍铁带着十五条长发遮着烙印的汉子，做了田文的门客。这苍铁，便是漠北盗跖军的首领。在阴山漠北流窜的近二十年里，这十六人为了熟悉马上生涯，练就了一身降伏野马的高超本领。苍铁本是郢都造车坊的苦役奴隶，悄悄跟一个造车工师学了一手高明的造车术。但更为难得的是，苍铁对驾车驯马有着过人的天赋，在盗跖军中是唯一的马上猛士。进入漠北，苍铁为了使残余兄弟在匈奴骠骑下生存，非但教习马术，而且带领兄弟们驯服了一批野马。为了在进入中原后站稳脚跟，他们在中山国秘密打造了一辆铁轮车，用驯化的四匹野马驾拉，由苍铁做驭手，可日行三千里。为此，军中兄弟都说：苍铁就是给周穆王驾车会见西王母的造父。后来，苍铁便有了“追造父”这个名号。要将如此车马与如此人物送出去，孟尝君确实心疼。更重要的是，还不知道苍铁是否愿意这样做。苍铁不是寻常门客，孟尝君绝不想使他有丝毫的为难。一个浴血百战的英雄，一个九死一生的奴隶，任谁都不会轻慢这样的人物。

半个时辰后，孟尝君走出了苍铁的小院落，回到府中已经是脚下飘浮，倒身榻上便酣睡了过去。

日上三竿时分，齐宣王田辟疆正在湖边与一个老人对弈。

极为平庸的棋艺，丝毫不影响齐宣王酷爱黑白子游戏，更不影响他与天下闻名的高手对阵。从做太子时算起，他已经记不清与多少棋道高人切磋过了。奇怪的是，无论切磋多少高手，他的棋艺始终没有丝毫长进。齐宣王也是丝毫地不放在心上，依旧是每日三局，局后便走进了书房或殿堂。今日对局的老人，是新到稷下学宫的一个陈国棋士。老人布衣白发，棋风凌厉无匹，眼看杀得黑棋全盘无一片可活。齐宣王竟每死一片便哈哈大笑一阵，却没有星点儿缴棋认输的意思，依然是东一榔头西一棒槌地横冲直撞。老人也是怪异，既不生气，也不懈怠，更无高兴，只是石俑一般肃然端坐，一板一眼一刀一枪地应对着，该杀死的绝不退让，该防守的绝不冒进。齐宣王眼看全盘皆死，大笑拍案："好棋！再来第二局！活一片我便赢！"

侍女正在收棋，宫外突然传来一阵响遏行云的萧萧嘶鸣。齐宣王眼睛一亮，正待发问，内侍总管一溜碎步跑来："禀报我王：宫门外有人献宝！"

齐宣王霍然起身："是千里马么？"

"我王圣明！不是一匹，是四匹，还有千里云车！"

"宣他进宫……且慢！"齐宣王突然打住，略一思忖道，"领他到宫城东门等候。"

"谨遵王命。"老内侍答应一声，一溜碎步消失了。

齐宣王撂下棋士老人，一句话也没说匆匆走了。对于围棋黑白子，田辟疆是爱而无心，玩乐而已，但对于良马名车，田辟疆却是真正的行家里手，说爱之入骨也毫不为过。齐国正在最强大的时候，父王也叮嘱他不要轻易地将齐国引入战国纠葛，只要守得住齐国的富庶升平，与中原列国做长期竞争，齐国便可大成。守定这个宗旨，他有的是闲暇时间，有的是府库金钱，有的是无上权力，能够将他的喜好淋漓尽致地展现出来。田辟疆不是昏聩君主，他自认玩乐是有度的：每日三局棋，每日一趟马，其余时间处置国务；三局棋是无意消闲，一趟马却是极为认真地锤炼骑术车技，黑白子再输也不打紧，车马锤炼却务求日有长进。一个骑术车技的环节不精熟，田辟疆绝不罢手。往往是车马出城时说好的一个时辰完毕，回来时却已经是掌灯时分了。这几日为了避开孟尝君，田辟疆已经多日没有出城趟马了，虽觉憋闷异常，却也是无可奈何。今日有人献来宝车良马，听那响遏行云的嘶鸣之声，田辟疆便知绝非虚妄，自然是再也忍不住了。

宫城东门，是个清静隐秘的偏门，但凡君主秘事都从这里出入，等闲大臣不会在这里出现。田辟疆换好一身狩猎甲胄，飞马来到东门，刚刚在箭楼女墙站定，林间大道中一辆驷马高车红云一般飘了过来，辚辚隆隆声势惊人，到得箭楼前三丈处戛然刹车，驷马一车如同钉在地上一般。

“好！”田辟疆拊掌高声赞叹。

“禀报我王：献宝义士到了。”车厢中的老内侍尖声喊着。

“草民铁苍，参见齐王！”车辕上一个精铁般的汉子拱手作礼。

田辟疆高声道：“铁苍义士，箭楼下调头，我来试车。”

“嗨！”精铁汉子答应一声，马缰轻抖，驷马铁车辚辚走马向前。堪堪将近箭楼，“哗啷”一响，前后伸展三丈余长的车马竟在城门洞中骤然转弯调头，身后车厢正正地对着箭楼。田辟疆兴奋地喊了一声好，大红斗篷翻卷，大鹰一般落到了宽敞的车厢之中。

“大王可要试车？”精铁汉子立在辕头却没有回身。

“如此良车宝马，岂能不试？”田辟疆兴奋地打量着车身与一色火红的骏马，“出城！到郊野我来驾车。”

“嗨！”精铁汉子脚下轻轻一跺，驷马铁车“哗”的一声飘出了林阴大道，飘出了临淄北门，直向大海边飞去。田辟疆只见两边林木飞速倒退，自觉腾云驾雾一般。饶是行家里手，他也不禁双手紧紧握住了铁柱扶手。片刻之间，车马到了荒无人烟的茫茫草地，精铁汉子喊道：“大王车技如何？”

“尚可。”田辟疆已经回过神来，分外兴奋。

精铁汉子又喊道：“先接右手马缰，对了！再左手马缰，好——

要轻——”

齐宣王挺身站在辕头，手执四根马缰，第一次感到了驾车竟是如此美妙。四匹骏马就像一团火焰在茫茫绿草上飘飞，坚实硕大的铁轮无声无息，头上一团白云片刻间被抛到了身后。更妙不可言的是，这车驾来分外轻松舒畅，手中马缰只要持平，几乎不用任何动作便照直飞驰，与寻常驾车者一连串“嘚儿驾”的吆喝简直是天壤之别。那种车，王者不能上手，此车却是天下神物，天生的王车。

“海山——”精铁汉子一声大喊，一声呼哨，驷马云车稳稳地钉在了白色沙滩外的山岩顶上。放眼望去，茫茫大海波涛连天，汹涌潮水惊涛拍岸，白色沙滩伸展成辽远的弧线，驷马铁车恰恰伫立在森林苇草覆盖的苍绿色山顶。海风扑面，涛声隆隆，白云悠悠，海燕翻飞，恍如身在荒莽旷远的天尽头。

田辟疆正在痴痴瞭望，身后遥遥传来骏马嘶鸣与沉雷般的马蹄声，其间还夹杂着隐隐狗吠。凭经验，他知这是狩猎马队在逼近。田辟疆有些惊讶，这里距离临淄少说也有二百多里，谁能到此狩猎？莫非辽东的狩猎部族迁徙过来了？回头一望，几面红色幡旗分明是齐军旗号，不禁长长地舒了一口气，吩咐精铁汉子圈回车马候在一座小山头，要看看究竟何人有此雅兴？

眨眼之间，一群四散奔突的野鹿野羊出现在绿色的山塬上，红色大旗也风一样飘了过来。奇怪，旗上竟然没有字号。田辟疆不禁有些困惑，心头又蹿出辽东部族的影子。正在犹豫要不要离开，一辆战车飞快驶来，车上一人斗篷如火手执长弓遥遥高喊：“何人车驾在此？莫非天外来客？”

孟尝君？如何是他？田辟疆又气又笑，不想见他，偏又遇他，当真是好没来由。想飞车走开，未免不伦不类，哪有君主公然逃避臣子的道理？索性不走，他还能在这野荒荒的天尽头聒噪六国合纵么？主意一定，田辟疆悠然自得地站定在高车上，笑看孟尝君追逐猎物而来。

随着一声“停车”，隆隆战车在三四丈外紧急刹住。孟尝君跳下战车疾步趋前施礼道：“闲暇狩猎，不想却遇我王，唐突处尚请王叔恕罪。”

齐宣王笑了：“不期而遇，何来唐突？孟尝君，你如何到海边狩猎？”

“禀报王叔：田文款待贵客，邀客人海猎，图个新奇。”

“噢？何方贵客，劳动孟尝君亲自出马？”

“禀报王兄：六国丞相苏秦。”

“你说何人？”齐宣王惊讶了，“苏秦来了？在哪里？”田辟疆精明异常，既然苏秦撞到了面前，若是失敬，那可是大大的不周。苏秦毕竟是当今天下举足轻重的风云人物，等闲国君想见他还真难，过分冷落可是对齐国声望有损的。

孟尝君笑着一指远处的大旗：“那边。武安君要与我比赛猎获物，两路逐鹿了。”

齐宣王道：“来，上我车，拜会苏秦。”孟尝君飞身上车。齐宣王一点头，驷马云车哗啷启动，在草地上骤然飞了起来。孟尝君惊讶大喊：“哎呀！这是甚车？风神一般！”齐宣王哈哈大笑：“驷马云车！你可曾见过？”孟尝君摇头大笑：“哎呀呀，这是天车！如何得见？”话音落点，驷马云车已经在狩猎战车前钉住了。

齐宣王跳下云车遥遥拱手道：“武安君入齐，田辟疆有失迎候，尚请见谅。”

苏秦已经下了战车，也遥遥拱手笑迎：“匆促前来，未及通报，原是苏秦粗疏也。”

齐宣王一挥手："孟尝君，扎起大帐，我等与武安君海阔天空。"

"好！"孟尝君一声令下，一顶牛皮大帐片刻扎好，铺上毛毡，摆上烈酒干肉，顿时无限风光。齐宣王先表示了大海洗尘的敬意，接着着实将今日得到的驷马云车大大夸赞了一番，请苏秦回程一试云车。苏秦与孟尝君着意赞叹，帐中一片融融春意。酒过数巡，齐宣王问起苏秦行踪。苏秦便将组建六国联军的进展说了一遍，特意细诉了楚怀王的转变，说到北上入齐，微笑着打住了。

"楚国变回，自然可喜可贺。"齐宣王意味深长地一笑，"然则，秦国还未见分晓，此事仍在变数之中，武安君以为如何？"显然，楚国的一切齐宣王都是清楚的。

"齐王以为，合纵变数在楚？"

"武安君以为不在楚？"

苏秦摇头："不在楚，在齐。"

齐宣王哈哈大笑："武安君且说，齐国变在何处了？"

"齐国之变，如同苏秦的双眼，常人难以觉察。"

"此话怎讲？"

"目力不佳，只看得眼前，十丈之外，一片朦胧。"

"武安君，你是说田辟疆目光短浅？"

"齐王可曾想过，齐国摧毁了魏国的霸主地位，却为何依然蜗居海滨？三百年前，姜齐绝无今日田齐之富强国力，[1] 为何却能尊王攘夷，九合诸侯，成为中原文明之擎天大柱？"苏秦目光炯炯道，"此中根本，在于田齐淡漠天下苦难，唯顾一国之富庶升平，以为长此以往他国自会衰落，齐国自会强大。届时瓜熟蒂落，齐国则坐拥天下。乍然看去，似

[1] 姜齐，春秋时代以姜氏为国君的齐国；田齐，战国时代以田氏为国君的齐国。后者乃政变夺权。

乎深谋远虑。仔细揣摩，却是一条亡国之道。”

“武安君危言耸听也。”齐宣王对苏秦直接洞察抨击先王确定的秘密国策，觉得老大不快，“即便齐国后发制人，如何便是亡国之道？”

苏秦一辙到底道：“尝闻齐王饱读经史，古往今来，可曾有过守株待兔得天下者？谚云：流水不腐，户枢不蠹。邦国在激荡锤炼中强大，国人在安乐奢靡中颓废，此谓多难兴邦，千古不变之道也！秦国曾经四面危机，然则奋发惕厉，一朝竟成天下超强。燕国三百余年矜持自好，素来对中原冲突作壁上观，却沦落为连中山国都敢于向其挑衅的最弱战国。痛定思痛，燕文公方决然下水，发起合纵，举国民心为之大振。若鼎力变法，燕国富强便在眼前。齐国已经是三十年富强，却不思进取，以垂暮之静应朝阳之动，沉沦暗夜便在数年之间。此谓盲人骑瞎马，夜半临深池，岂有他哉！”

随着苏秦坦诚犀利的剖析，齐宣王静静地看着苏秦，一言不发，良久沉默，之后喟然长叹：“武安君请明示，要齐国出兵几多？”

“少则五万，多则八万。”

“好！八万。”齐宣王一阵大笑，“武安君解惑有功，回临淄大宴。”

当晚，齐宣王为苏秦举行了盛大宴会，当场下令孟尝君为齐军统帅，赐兵符印信。朝臣大是振奋，纷纷请战。齐宣王当即拍案，准许二十多名王族子弟随军磨炼。一时间，大殿宴会变成了生机勃勃的议政堂，连预备好的歌舞也没有人关心了。

次日，孟尝君立即派出飞骑调集兵马。三日后，齐国的八万大军便在临淄郊野集中完毕。苏秦忧虑楚国反复，立即向齐宣王辞行，与孟尝君率领八万大军浩浩荡荡地向虎牢关幕府进发。行至中途，春申君特使飞报：秦国拒绝交还房陵，楚国朝野愤怒，楚怀王却又犹疑反复，不敢发兵，请武安君立即南下！

四　积羽沉舟新谋略

回到咸阳，张仪吩咐嬴华将楚国特使送到驿馆，自己轻车进宫了。

张仪将出使楚国的经过一说完，秦惠王拍案赞叹：“用间化仇，一举使楚国混乱，非张卿之潇洒，不能成此大功也！”又恍然笑道，“只是这归还房陵之约，可有些棘手。”

秦惠王自然清楚，张仪不可能将房陵真正地归还楚国，只是总觉得如此做法有些说不出口来。秦人勇武厚重不务虚华，素来崇尚实力较量，蔑视山东六国的诡诈倾轧，一贯地在邦交中坦诚明争；尤其是秦穆公与百里奚时代，秦国的王道邦交更是有口皆碑；秦献公、秦孝公两代被山东长期封锁，但只要有邦交来往，秦国从来都是信守承诺的。也就是说，秦国朝野对“欺骗”两个字是深恶痛绝的。在秦国历史上，商鞅第一次冲击了老秦人的这种“王道邦交”。在收复河西的大战中，商鞅以“设宴议和”为名俘获了魏国统帅公子印。那时候，山东六国骂商鞅是“小人负义”，老秦人心中也觉得有些不硬正。可商君却说：“大仁不仁。拘泥些小仁义，置国家利害于不顾，真小人也！”自那以后，秦国朝野已经发生了很大变化，迂腐的王道传统几乎已经被人们遗忘了。虽则如此，像张仪这种做法，还是出乎秦惠王预料的。他佩服张仪的超凡才华，竟能在旬日之间将合纵撕开一个裂口，大大超出了他的期望。但是，以“归还房陵”为名，诱使楚怀王退出合纵，却明显是欺骗。秦惠王总觉得道义上有些难堪，却又不好责备张仪。

“我王尽管隐在幕后，此事张仪一人处置。”张仪淡淡笑道，“我王若对‘无所不用其极’六个字没有体察，连横便是一句空言。”

“嬴驷不是宋襄公，没有恁般愚蠢的仁义道德，只是……”

“秦国崛起，六国合纵，秦国与山东皆在生死存亡关头。”张仪一句话廓清大势，脸色郑重起来，“当此你死我活之际，成者王侯，败者贼寇，赤裸裸冷冰冰岂有他哉！若有一丝一毫之迂腐，连横之策便会大减锋芒。昔日宋襄公不击半渡之兵，大败身亡；文种以煮熟的种子进贡吴国，而使敌国颗粒无收。古往今来，贤能豪杰之士欺骗敌国者数不胜数，何能以行骗二字掩盖其万丈光焰？昏聩颟顸之主，恪守王道仁义者亦不可胜数，何能以诚信二字减少其丑陋滑稽之分毫？况秦为法治大国，肩负统一天下之大任，若对强敌稍存怜悯之心，再求自己沽名钓誉，则强势崩溃，大业东流，徒为青史笑柄也。我王出于苦难，成于板荡，若不能理直气壮地无所不用其极，则王道滥觞，秦国锐气锋芒必将大减！此中后患，望我王深思。”

秦惠王听得心头直跳，肃然起身一躬：“嬴驷谨受教。”

“我王心坚，臣便意定了。”张仪拱手作礼，“楚国特使，我王只是不见便可。”

“好！便是如此。”

此后几日，楚国使者三次求见张仪，丞相府领书不是说丞相进宫去了，便是说丞相出咸阳视察去了。楚使无奈，只有求见秦王。可内侍却说秦王狩猎去了，要十日才回。楚使无计，也顾不得大臣体面，只有日夜守候在丞相府门口等候。

这日三更时分，恰逢张仪车马辚辚归来。楚使拦住轺车大喊：“丞相何其健忘啦！房陵盟约已定，何日交割啦？”尖锐悠长的楚调使护卫甲士哄然大笑起来。

张仪下车笑道：“特使何其性急也！一则，我王狩猎未归，王印未用。二则，楚国尚未履约，房陵如何交割？”

楚使急道：“楚国如何没有履约啦？”

张仪淡淡道：“楚王承诺退出合纵，并与齐国断交，退出了么？断交了么？”

楚使红着脸道：“楚王说，那是交割房陵之后的事啦。”

张仪冷冷道：“盟约是双方订立，如何只凭楚王一面之词？回去问明，楚国若已经退出了合纵，且与齐国断了邦交，我自然会交割房陵之地。”

楚使一时愣怔，无话可说。张仪大袖一拂，径自去了。

万般无奈，楚使又等了十多日，总想见到秦王澄清此事，可无论如何也见不上。楚使无法，只好又守候在丞相府门前，好容易等着了张仪，张仪却反倒笑着问他：“如此快便回来了？想来楚国已经退出合纵，也与齐国断交了？”楚使结结巴巴道：“丞相大、大错啦。我没、没有回郢都啦！”张仪哈哈大笑：“那就是说，楚国不打算要房陵了。也好，我也没有那么多土地送人。”楚使愣怔间黑着脸喊起来：“你，你是丞相，说话不作数啦！”张仪揶揄笑道：“芈槐还是国王啦，他都不作数，我如何作数啦？”楚使还要搅闹，张仪大袖一拂，又径自去了。

绝望的楚使只好星夜离开咸阳，南下回郢都了。

楚使刚走，嬴华便来禀报：郢都商社飞鸽快讯，苏秦已经赶到楚国，说得楚怀王几乎就要反复了回去，立誓拿不回房陵便与秦国血战。末了嬴华嘟哝道：“我就不明白，你一说芈槐就转过来，苏秦一说芈槐就转过去，是芈槐颟顸糊涂，还是你俩说辞厉害？”张仪哈哈大笑：“如此看去，缺一不可也。”嬴华担心道：“假若楚国真转了，丞相大哥岂非劳而无功？”张仪笑道：“你呀，只知其一，不知其二。连横对合纵，绝非一两个回合能见分晓的。此乃长期较量，从宫廷到战场，从邦交到内政，须得拼尽全力、持之以恒地周旋，方能最终战胜对方。合纵初立，若能一击即溃，那你也忒小瞧我那师兄了。”嬴华笑道：“哟，那我这行人可就做老了。”张仪呵呵笑道：“青衣小吏做白头，苦差使也，后悔么？”“你才后悔。”嬴华满面通红，粲然一笑，回身便走。

“哎，你这个行人，回来。”

“有事么？”嬴华转了回来，脸颊上红晕犹在。

“请教了：王族中可有待嫁公主？”张仪悠然地踱着步子。

“你要做甚？”嬴华猛然警觉起来，眼睛一转却又揶揄笑道，“若是丞相大哥想做王室快婿，我倒是可以帮忙。”

“那好啊，说来我听听，几个？年齿？相貌？艺能？”

“哼哼，你买牲畜么？不知道！”嬴华黑着脸一跺脚走了。

张仪愣怔片刻，径自哈哈大笑：“张仪张仪，你好蠢也。”走进书房去了。

暮色时分，绯云前来送饭，却见幽暗的书房里晃悠着张仪长大的身影，一个人在默默踱步沉思。绯云点亮了纱灯，在一张空案上摆好了饭菜道：“吔，老爷大哥，用饭了。”恍惚坐到案前，张仪突然笑道：“你方才叫甚来着？”绯云撇着嘴道：“吔，是老爷大哥嘛，饭来了，连看也不看人家一眼。”张仪拍着绯云的头哈哈大笑道：“绯云啊绯云，我看这可人的小女人最厉害，否则，勾践怎么拿西施郑旦做灭敌利剑？”绯云娇嗔道：“呸呸呸，你老爷是夫差，我可不敢做西施。别瞎说了，吃饭吔。”张仪拿起玉箸，向书案一努嘴：“请领书来，将书简誊清存底，立即呈送秦王。”

绯云走过去一看，书案上摊着一长卷竹简，简上墨迹方干，显然是刚刚写成。绯云连忙去请来执掌机密的领书。领书问过张仪，卷起竹简到缮写房去了。

晚饭后，张仪正在书房端详楚国地图，宫中内侍匆匆来到，宣召张仪立即进宫。张仪没有片刻耽搁，上得轺车从府门斜对面的宫墙偏门进了王宫。内侍没有领他去经常议事的偏殿，径直将他领到了大书房。

张仪自然清楚，到了这里，便是秦惠王要与他单独密谈了。

秦惠王正在用饭，眼睛却盯着面前的长卷竹简：

积羽沉舟　长破合纵

臣张仪顿首：臣自楚国归来，尝思楚芈槐之反复，以为连横破合纵乃长期之功，不能毕其功于一役。极而言之：六国不灭，秦国不统，纵横之争将永为纠缠。有鉴于此，臣出八字对策：积羽沉舟，长破合纵。即不求一次摧毁六国盟约，而以各式手法不间断示好分治，以求各个击破；即或屡次反复，亦绝不休止。长此以往，六国间积怨日深，合纵则不攻自破也。鸿毛虽轻，积多可沉舟，此所谓积羽沉舟也。以臣之见，燕国与秦无旧仇，可嫁公主而结好；齐国偏远，可尊其虚号而结好；楚国贪婪，可以利诱之，使其不断反复，从而自外于合纵；三晋与我接壤，可软硬兼施，胁迫之，分化之。若如此，则合纵必可流于无形矣！

看到张仪的上书，秦惠王第一个感觉是惊讶。连横本来就已经是惊世奇策，且一次出使就动摇了楚国，张仪的斡旋才华与连横的威力，已经使秦国朝野刮目相看了。谁能想到张仪在一次出使之后，竟能举一反三，提出更为明晰可行的连横策略？一眼看完，顾不上用饭，秦惠王立即派内侍宣召张仪。

“我王如此勤政，秦国大有可为。”张仪笑着走进来深深一躬。

秦惠王一推鼎盘站了起来：“勤政算甚来？没有长策大谋，还不是越忙越乱？来，丞相这厢坐了。”说罢回头吩咐，“上茶。”待张仪坐定，秦惠王拿过案上长卷，不断轻弹着慨然赞叹，“读丞相上书，直如醍醐灌顶，快哉快哉！”

“我王认同，张仪倍感欣慰。”

“积羽沉舟，长破合纵。有此八个字，当真是点石成金也！”秦惠王不禁轻叩书案，击节吟哦：“六国不灭，秦国不统，纵横之争永为纠缠……不求一次摧毁，而以各式手法不间断示好分治，以求各个击破；即或屡次反复，亦绝不休止——丞相可谓一举廓清迷雾，字字力敌万钧也！”

“我王慧眼，臣倒是多了一番忧虑。”

秦惠王少见地大笑起来：“丞相啊，对六国的各种手法，今夜可是要仔细揣摩一番了。定策难，做起来又谈何容易。”

张仪不禁喟然一叹：“六国若有一王如此，苏秦幸何如之！”

秦惠王不意被触动心思，饶有兴致地问：“若苏秦当年为我所用，卿当如何？”

“一如苏秦，六国合纵。”张仪没有丝毫犹豫。

“连横并积羽沉舟之策，苏秦可能提出？”

“苏秦大才，张仪不疑。”

“结局若何？”

“我固当败。”

“何以见得？”

“时也势也。苏秦在秦，苏秦胜。张仪在秦，张仪胜。”

“莫非苏秦不明此理？”

“非苏秦不明也，乃知其不可而为之也。”

“丞相之言，令人费解。”

“仁政井田不可复，孔孟毕生求之。六国旧制不可救，苏秦全力救之。事虽相异，其理同一。孔孟为天下求一‘仁’，苏秦为天下求一‘公’也。”

“强力大争，焉得有公？”

“给六国一个如同秦国一般重新崛起的时机，还天下大争以同一起点，此谓‘公’也。奈何六国不争，苏秦又能如何？”

秦惠王默然良久，终是喟然一叹。

五　媚上荒政杀无赦

这一夜，君臣二人密谈到五更方散。

张仪出得宫来，薄雾迷茫，天黑得伸手不见五指，索性弃车徒步而行，片刻出得宫墙偏门，却见长街树下黑糊糊一片蠕动。张仪虽然吃了一惊，却是胆色极正，大步走近一看，竟是一群肥牛当街倒卧，悠闲地喷着鼻息倒嚼，旁边一张大草席上，横七竖八地躺着几条呼噜鼾睡的汉子。张仪又好气又好笑，低声喝道：“嗨！醒醒了！当街卧牛犯法，知道么？”一个精瘦的身影一骨碌爬起连连打拱作礼：“军大人恕罪，我等少梁村汉，只草草住得一夜，明日献了寿牛便走，求大人法外施恩才是。”张仪见是个白发老人，先软了心肠，温和问道：“寿牛？甚个寿牛？给谁献寿牛？”老人仍是打躬不迭道：“军大人有所不知，我少梁县连年大熟，都是托王家圣明福气。今年少梁县要给秦王祝寿，每村献一头寿牛咧。”

张仪听得大是诧异——献耕牛祝寿，这可当真是天下头一份！

那时候，耕牛比黄金还贵重，除了国家祭祀天地的大典，谁敢用活活的耕牛做寿？再说，张仪身为丞相，尚丝毫不知秦王有祝寿之举，山野庶民却如何这般清楚？心思闪烁间张仪笑道：“你等是王室贵戚，好福气。”一个粗壮汉子连忙摇手道：“不咧不咧，草民能有恁福分？”又一个汉子抢着道：“秦王寿诞呀，有人上心咧，四月初三么！不知说儿多遍了，少梁谁不知道？”张仪笑问：“那这个人肯定是大贵人了？”汉子正要说，精瘦老人低声呵斥道：“一边去！胡咧咧个甚？”回身对张仪躬身笑道：“他是个半瓜，信不得，寿牛自是庶民诚心献纳了。”张仪笑着连连点头：“那这寿牛，是全村人花钱买的了？”“错咧错咧！”一个汉子高声道，“出钱买牛，那能叫献牛祝寿？这牛可是咱家自个儿献上的！”张仪笑道：“一家一牛，都想献牛祝寿，不就没有耕牛了？”那汉子脸色憋得通红，想说话，却硬生生回过身去了。老人叹息一声道：“军大人，看你也是个好人，就莫再问了。王家圣明，子民祝寿，左右不是坏事了。”

张仪思忖着笑道：“倒也是，不说了。老人家，秦国向来是法外不施恩。我看你还是赶紧将寿牛赶到南市去，那里有牛棚。哎，可不要说在这里碰见过人。”

“是是是，大人有理。”老人回身低声下令，“走！各人吆起自家牛快走！”

汉子们卷起了草席，一片“嘚儿起嘚儿起”的吆喝声中将耕牛赶了起来。突然，一个汉子“哎哟”一声，脚下一滑，摔了个仰面朝天。

“哈（坏）咧哈（坏）咧！牛拉屎咧！”一个汉子惊恐地叫了起来。

秦人都熟悉与日常衣食住行有关的律条，“弃灰于道者，黥。”是谁都刻在心头的。将柴火灰随意倒在路边，都要给脸上烙印刻字，何况牛屎？更何况在王宫与相府间的天街上？一时之间人人惊慌。

“慌慌个甚？都脱夹袄！快！”精瘦老人厉声命令。

十多个粗壮汉子齐刷刷脱下了厚厚的双层布衣，这便是“夹袄”，春秋两季的常衣。见汉子们已经脱了夹袄，老人指点着低声吩咐：“你等几个包起牛粪！你等几个擦干净街道！狠劲擦！”汉子们二话不说，在飕飕凉风中光着膀子忙活了起来。老人回头对着张仪深深一躬：“军大人，我等草民为王祝寿，无心犯法，还请大人多多包涵，莫得举发，我全里十甲三百口多谢大人了！”说着扑通跪到了地上，其余汉子们也光膀子抱着牛屎夹袄一齐跪倒：“我等永记大人大恩大德！”

张仪心中大不是滋味儿，连忙扶起老人，殷切道：“人有无心之错，既然已经清理干净，又脏了衣服，还受了冻，我如何还要举发？老人家，快走。”

老人一躬，唏嘘着与汉子们牵牛走了。静谧的长街传来噗沓噗沓的牛蹄声，张仪的心也随着一抖一抖。寒凉的晨风拍打着衣衫，恍惚间张仪竟忘记了身在何处，痴痴地兀立在风中，一直凝望着牵牛的农人们远去。

“丞相，早间寒凉，请回府歇息。”家老早晨出门，见状连忙跑了过来。

回到府中，张仪不能安枕，觉得少梁献寿牛这件事实在蹊跷；又隐隐觉得“寿牛”后边影影绰绰隐藏着更深的东西，只是吃不准这件事究竟是否应该向秦王提出，尤其是否应该由他提出。古往今来，哪个帝王不喜欢为自己树碑立传歌功颂德？虽说秦惠王是个难得的清醒君主，但安知内心没有此等渴望？若是有人暗中授意，出面劝谏岂非自找无趣？然若佯装不知，却又于心何忍？

虽然不是那种以“死谏”为荣的骨鲠迂腐臣子，张仪却也不是见风转舵的宵小之辈。纵横家的本色，是“审势成事”，不审势则动辄必错，即或搭进性命也于事无补。可眼下此等情势，他却是两眼一抹黑。按照商君法制：庶民不得妄议国政。这“不得妄议”，既包括了不许擅自抨击，也包括了不许擅自进行各种形式的歌功颂德以及对君王与上司祝寿。商鞅变法以来，秦国的各种祝寿便销声匿迹，秦惠王难道不清楚？蓦然之间，张仪想到了秦惠王车裂商君，不禁出了一身冷汗。安知这位城府极深的秦王不想对商君之法改弦更张？果真如此，那这祝寿莫非是试探？张仪啊，慎之慎之……

睁着双眼躺卧了一个多时辰，张仪索性起身梳洗，又喝了一鼎滚热的羊肚汤，吩咐书吏去请行人嬴华前来。

行人本是开府丞相的属官，官署便在相府之内。由于嬴华常有秘密使命，所以未必总是应卯而来。但只要在咸阳，嬴华还是忠于职守，每日卯时必到自己的官署视事。这也是秦国王族子弟的传统——但任国事，便守规矩，从不自外。今日嬴华刚进官署，见书吏来唤，依着章法跟在书吏后边来到了张仪书房，全然没有以往洒脱亲昵的笑意。

张仪挥挥手教书吏退下，笑着问道："公子可知今日何日？"

"丞相不知，属下安知？"嬴华一脸公事。

"秦王寿诞。公子不去祝寿？"

"秦王寿诞？"嬴华又惊讶又揶揄地笑道，"丞相灵通，赶紧去拜寿了。"

张仪悠然一笑："穷乡僻壤都赶着寿牛来祝寿，身为丞相，焉能不去？"

"寿牛？亏了丞相大才，想出如此美妙的牛名。"

"美妙自美妙，却不是我想的，是农夫说的。不过，我亲眼所见。"

"属下不明丞相之意。"

"是么？"张仪悠然一笑，"秦王今日定要大宴群臣，相府关闭，全体属官随我进宫祝寿。你嘛，乃王室公子，特许你三日寿假如何？"

"寿假？"嬴华大是惊愕，"六国联军正在集结，你倒是给我寿假……"

"上有大寿，臣能不贺？"张仪只是微笑。

"岂有此理？我偏不信！"嬴华一跺脚风也似的去了。

秦惠王正在书房听樗里疾禀报各郡县夏熟情势，却见嬴华大步匆匆而来，一脸愤愤之色。当年秦惠王重回咸阳，这个堂妹妹是他与伯父嬴虔之间的小信使，可谓患难情笃。嬴华执掌黑冰台，也是秦惠王亲自定名的。不管多么忙碌，只要这个小妹妹进宫，秦惠王都会撇开公务与她谈笑风生。此刻秦惠王向樗里疾示意稍停，打量着嬴华亲切笑道："哟，要哭了，受谁欺负了？王兄给你出气。"

"没有别人，就你欺负我！"

"我？"秦惠王哈哈大笑，"好好好，说说看，王兄如何惹你了？"

"今日可是你生日？"

秦惠王一怔："别急，我想想……是，四月初三，小妹要给我做寿？"

"你不是自己想做寿么？"嬴华揶揄地笑着。

"我想做寿？"秦惠王又是一愣，索性站了起来，"小妹，谁说的？"

"老百姓说的！寿牛都拉到咸阳了，你不知道？"

"寿牛？甚个寿牛？"秦惠王云山雾罩，脸却不由得黑了下来。

旁边不动声色的樗里疾一对小眼睛炯炯发亮，嘿嘿笑道："君上莫急，我看此事有名堂，听公子说明白了。"

嬴华硬邦邦道："正当夏熟，农夫们却要从几百里外给你献寿牛！没有你的授意，谁个敢这样做！方才我在南市外已经看了，少梁县四十八头牛披红挂彩，正要进宫！你就等着做寿吧。"说完转身便走。

秦惠王又气又笑又莫名其妙，摊着双手"咳"的一声，愣怔着说不出话来。

"君上，且听我说。"樗里疾走了过来笑道，"此事我大体揣摩明白，就看君上主意如何了。"

“我的主意，你就没揣摩明白！”秦惠王冷笑着，脸色很是难看。

樗里疾嘿嘿笑道：“好，黑肥子便说，左右也是我右相的事。少梁县连年大熟，庶民对国政王家多有赞颂，也是实情。于是，有人鼓动庶民，献牛给君上做寿。庶民难知详情，必以为这是官府主意，甚或王家授意，是以有了民献寿牛之举。虽有若干细节不明，然臣之揣摩，大体无差。”

“这‘有人’是谁？”

“事涉律法，臣须查证而后言。”

秦惠王默然良久，突然厉声吩咐：“宣召廷尉！”内侍一声答应，急匆匆去了。

廷尉是商鞅变法后秦国设置的司法大臣，专司审判并执掌国狱。此时的廷尉虽然也是独立大臣，但却归属于统辖国政的丞相府，由右丞相樗里疾分领。片刻间廷尉赶到，秦惠王阴沉着脸下令：“着廷尉潼孤，十日之内查清寿牛一事！依法定刑，即速禀报。”

潼孤本是商君时的律条书吏，精通律法，忠于职守，一步一步地从“吏”做到了“官”，虽然已经是白发苍苍的老臣子了，骨鲠刻板的秉性却丝毫没有改变。听完秦惠王书令，他肃然拱手道：“秦法在上，此令该当右丞相出，我王自乱法统，臣不敢受命。”

秦惠王又气又笑，想想却是无奈，回头道：“好。右丞相下令。”

樗里疾正要说话，潼孤却道：“事涉王家，王须回避，属下须在丞相府公堂受命。”

“好好好，我走我走。”秦惠王又气又笑地走了。

“潼孤，随我到丞相府公堂受命。”樗里疾憋住笑意，大摆着鸭步出了国王的书房。

两人刚刚走到宫门车马场，便听一阵金鼓之声震耳欲聋。樗里疾急晃鸭步走到宫门廊下，却见黑压压成千上万的庶民围在了王宫大街看热闹，最前面一幅横长三丈余的红布，黑字赫然斗大——少梁献牛为王贺寿！横幅下几十头大黄牛披着红绿彩布，不时的“哞哞”长叫，偶有牵牛者发出惊慌的呼喊：“牛拉屎咧——快接着！”四面哄然大笑，有人便高喊：“寿牛拉屎不犯法！尽拉无妨！”又招来一片哄然大笑。

“嘿嘿，潼孤，此等情形当如何处置？”樗里疾笑着，脸上却抽搐着。

“律法所无，潼孤不敢妄言。”

樗里疾嘿嘿一笑，晃着鸭步走上门廊外的上马石礅，脸色顿时黑了下来，大手一挥厉声道：“宫门甲士成队！”

“嗨！”宫门两厢哄然一声，两百名长矛甲士锵然聚拢，瞬间摆成了一个方阵。

秦国宫城禁军是两千四百人，每八百人一哨，轮值四个时辰。这八百人按照秦军的经常编制，分为八个百人队，头领是百夫长。八个百人队为一“校”，头领职衔为“尉”，习惯称为宫门尉。也就是说，昼夜十二个时辰，总有八百禁军守在王宫冲要地带。宫门最为要紧，每哨必有两个百人队守护，而宫门尉往往亲自带队守护宫门。寻常情势下，宫门无论发生何种骚乱，若无国君或权臣的特殊命令，只要骚乱者不冲击宫门，宫门禁军不得擅动。此时宫门尉正在宫门当值，见庶民虽蜂拥而来，却是进献寿牛，自然不敢随意发动。如今见右丞相发令，立即拔剑出鞘，整肃待命。

“将献牛人等全部羁押！将耕牛交南市曹圈养，等候处置！”

宫门尉举剑大喝：“左队押人！右队牵牛！”

两个百夫长手中长剑一举：“开步！”长矛甲士两人一组，挺着长矛楔入人群。

围观的民众大是惊讶。谁能想到给国王献牛做寿者，竟然被拘押起来？许多山东商人立即喊叫起来："错了错了！抓错了！人家是给秦王贺寿的！"咸阳老秦人也一片呼喊："献寿牛不犯法！不犯法——"献寿牛的农人们也一片叫嚷，几个白发苍苍的老人乱纷纷嘶声高喊："害了牛还害人！冤枉哪冤枉！""耕牛如命，谁愿来献哪？"

樗里疾连连挥手制止，人群渐渐平息下来。樗里疾高声道："国有律法，不会冤枉无辜。一时拘押，正是要彻查违法罪犯！围观人等立即散去，毋得鼓噪！三日后，秦王与国府自有文告通报朝野。"

无论是咸阳国人还是六国商贾，都知道秦国律法无情，见赫赫右丞相已经公然承诺"彻查"并将通报朝野，便知此事非同小可，虽然满腹疑虑，人们还是在一片小声议论中散去了。四十多头"寿牛"全部赶往南市圈养，一百多个少梁农夫也已经被全部带开。

"潼孤，去丞相府！"樗里疾黑着脸跳上轺车辚辚去了。潼孤连忙上了自己轺车紧跟而来。进得丞相府，樗里疾教潼孤先在外厅等候，自己到书房来向张仪禀报。听樗里疾说完经过，张仪哈哈大笑："秦有商君之法，便有骨鲠之臣，天兴大秦，岂有他哉！"立即与樗里疾来到国政厅，也就是寻常说的相府正堂。

等闲时分，官员来丞相府接受政务指令，都是樗里疾单独处置。一则是樗里疾本来就一直主持内政，国务娴熟，文武皆通，除了事后归总禀报张仪，基本上无须张仪操心。二则是秦国的法制完备，凡事皆有法度可依，依法出令，大体上也无须张仪出面。三则是张仪领开府丞相之职，但其谋事重点却在秦国外事，也就是全力与合纵周旋，内事尽可能地交给樗里疾去做。这是秦惠王与张仪樗里疾在开府拜相之日，心照不宣的君臣默契，丝毫没有削弱张仪权力的意味。今日遇见潼孤这等毫无通权达变的执法老臣，张仪樗里疾也就只有以全套法式对待了。

过程倒是简单。张仪居中一坐，樗里疾右手下坐，站在厅中的领书一声高宣："请命官员入堂——"潼孤进得大厅一躬："廷尉潼孤奉召领命，参见丞相，参见右丞相。"便肃然挺身站在当厅。张仪悠然道："廷尉潼孤：国发重案，事涉王室，命尔依法办理此案，受右丞相樗里疾督察。"领书便将写着命令、盖着丞相大印的一方羊皮纸双手呈给潼孤。潼孤接过，拱手高声道："廷尉潼孤领命。敢请右丞相督察令。"樗里疾正色道："本大臣依法督察，廷尉潼孤须得在三日内，查清此案来龙去脉，报请丞相、秦王，会同朝臣裁决。"潼孤高声答道："潼孤领命。潼孤告辞。"迈着赳赳大步出厅去了。

樗里疾憋不住，嘿嘿笑了："少梁县令一头老狐，碰在一口老铁刀上了。"

"飓风起于青萍之末。我看，这股邪风不可能是少梁一家。"

樗里疾一怔，随即恍然道："也是，我得赶快访查一番。"

话音方落，书吏匆匆进门："禀报丞相：又有六个县的农夫们来献寿牛寿羊，听说右丞相在宫门拘押了少梁人众，都将牛羊赶到南市去了。"

张仪看看樗里疾没有说话。樗里疾脸色黑了下来，霍然起身，急忙晃着鸭步走了。

三天之中，廷尉府一片忙碌，飞骑如穿梭般进出，风灯彻夜通明。老潼孤先前以为，此案虽是生平未闻的特异案，案情却是简单，只需将献寿牛的少梁县查清即可了结。不成想一入手竟是大大麻烦。且不说寿牛之外又来了寿羊寿鸡寿猪，更麻烦的是发案范围从一个少梁县变成了八个县。除了偏远的陇西、北地、上郡、商於，秦中腹心地带的大县，几乎全部都包了进来。献寿礼者都是朴实木讷的农夫，数百人被拘押在城外军营更是一件棘手事。时近夏忙，这些人都是村中有资望的耕稼能手与族中长老，如今非但不能领赏赶回，反而被当成人犯关押，日夜大呼冤枉，整个关中都人心惶惶起来。

秦惠王闻报，气恼得摔碎了好几个陶瓶，却也是无可奈何，只有连连催促樗里疾与潼孤尽速结案。

潼孤虽是执法老吏，却也是生平第一遭儿遇到这匪夷所思的“祝寿案”。涉案者都是勤劳朴实的良民，即或背后有官吏操纵指使，可也全都是县令县吏。潼孤之难，倒不在无法定罪量刑，而在于牵扯的官吏庶民太多，范围之大，几乎就是大半个秦国。虽说他也亲身经历了商君一次斩决七百多名人犯的大刑场，可那些罪犯都是疲民世族中的违法败类，如何与如今这些“罪犯”同日而语？潼孤也是秦国平民出身，深知庶民无心犯法，即或那些县令县吏，其中也多有政绩不凡者，如何能断然杀之？反复思忖，潼孤上书丞相府，提出了“放回农人夏收，缉拿少梁县令勘审”的救急之法。公文呈上，樗里疾却不在咸阳。潼孤大急，直接面见张仪。张仪略一思忖，教他在府中等候，自己立即进宫。一个时辰后张仪回府，下令潼孤放了农夫，将八名县令全数缉拿到咸阳勘审。潼孤本想说县令无须缉拿太多，看着张仪脸色少见的阴沉，终于没有开口便匆匆去了。

农夫们一放，情势立时缓解，秦川国人立即淹没到夏收大忙中去了。八个县令虽然被押到了咸阳，留下的县吏们却是大出冷汗，连忙下乡分外辛苦地督导收种，农时公务倒是没有丝毫的紊乱。潼孤便静下心来，认真勘审这几个县令。

这一日勘审少梁县令，秦惠王与张仪便装而来，面无表情地坐在了大屏之后。

“带人犯上堂——”书吏一声长喝，一个黑瘦结实的官员被两名甲士押进大厅。

秦法虽刑罚严厉，却极是有度。但凡违法人等，在勘审定罪之前，官不除服，民不戴枷，除了关押之外，与常人无异。这与山东六国的“半截法治”大不相同，与后来的“人治”更有着天壤之别。这时的少梁县令依然是一领黑色官服，头上三寸玉冠，神色举止没有丝毫的慌张。

“堂下何人？报上姓名。”潼孤堂木一拍，勘审开始了。

“少梁县令屠岸钟。”

“屠岸钟，少梁县四十八村献寿牛，你可知晓？”

“自是知晓。龙紫之寿，也是下官晓谕庶民也。”屠岸钟镇静自若。

“何谓龙紫之寿？”

“天子者，生身为龙，河汉紫微，是为龙紫。龙紫者，我王万岁万岁万万岁也！龙紫之寿，我王万寿万寿万万寿也！”屠岸钟慷慨激昂，大念颂词。

“屠岸钟昌明王寿，是奉命还是自为？”

“效忠我王万岁，何须奉命？屠岸钟一片忠心，自当教民忠心。”

“端直答话！究竟是奉命还是自为？”

“自为。屠岸钟领全体十八名县吏，三日遍走少梁四十八村，使龙紫之寿妇孺皆知。”

“献牛祝寿，可是屠岸钟授意？”

“无须授意。民受屠岸钟教化，闻龙紫之寿，皆大生涕零报恩之心，交相议论，共生献牛祝寿之愿。”

“献牛祝寿，屠岸钟事先可曾阻止？”

“庶民景仰万岁之德治，效忠万岁之德行，屠岸钟何能阻止？”

“端直说！可曾阻止？”

“不曾阻止。”

“献牛祝寿，屠岸钟可曾助力？”

“自当助力。屠岸钟心感庶民忠贞大德，特许献牛者议功，以为我王万岁赐爵凭据，又特许献牛者歇耕串联，上路吃住由县库支出。”

“其余各县祝寿举动，屠岸钟是否知晓？”

“下邽、平舒两县派员前来询问，屠岸钟亦晓谕龙紫之寿。其余各县，屠岸钟并未直面，但却都知晓也。”

“屠岸钟，少梁境内三十里盐碱滩排水，丞相府可有限期？”

“有。仲秋开始，春耕前完工。”

“如期完工否？”

“尚未开始。”

“因由何在？”

“连年大熟，民心祈祷龙紫之万寿，岂容琐事分心？”

“屠岸钟，你可知罪否！”漳孤沟壑纵横的老脸一片肃杀。

“说甚来？知罪？”屠岸钟仰天大笑道，“古往今来，几曾有过颂德祝寿之罪？三皇五帝尚且许民颂德，何况我王大圣大明大功大德救民赐恩之龙主？尔等酷吏枉法，但知春种秋收，不知王化齐民，竟敢来追究忠贞事王之罪，当真可笑也！”

“大胆屠岸钟！”漳孤“啪”地一拍堂木，“此地乃国法重地，端直答话，勿得有他！”

“尔等酷吏，岂知大道？屠岸钟要见我王万岁万岁万万岁！”

老漳孤气得稀薄的胡须翘成了弯钩，堂木连拍。屠岸钟却只是嘶声喊叫着要见“我王万岁万岁万万岁”，威严肃杀的廷尉大堂乱纷纷一团，没了头绪。

突然，大堂木屏“哗啦”推开，秦惠王铁青着脸走了出来。漳孤颤巍巍站起来正要行礼参见，秦惠王摆摆手制止了他，缓慢沉重地踱着步子走到了屠岸钟面前。屠岸钟做了五年县令，却偏偏没有见过秦惠王，见此人虽然布衣无冠却是气度肃穆地逼了过来，不禁吭哧道："你你你，你是何人？"

"屠岸钟穷通天地，却道我是何人？"那咝咝喘息的喉音与冷笑令人不寒而栗。

"哼哼，你总不至于是我王万岁万岁万万岁吧？"屠岸钟傲慢地冷笑着。

秦惠王浑身一个激灵，咬牙切齿地冷笑着："可惜呀，你运气不好。看准了，站在你面前的偏偏是秦国君主。不相信么？"

看着恭敬肃立的潼孤，再看看满堂肃杀的矛戈甲士，屠岸钟悚然警悟，心头狂跳，不禁一身冷汗，慌忙扑倒以头抢地："罪臣屠岸钟，参见我王万岁万岁万万岁！"

"罪臣？你少梁县令功德如山，何罪之有啊？"

"屠岸钟不识我王万岁万岁万万岁，罪该万死！"

"不识本王便罪该万死，这是哪国律法啊？"

屠岸钟吭哧语塞，额头在大青砖上撞得血流纵横："屠岸钟一片忠心，唯天可表也！"

"一片忠心？三十里盐碱滩不修，四十八耕牛做寿，这便是你的忠心？"

"臣彰显我王大仁大德，教化民众效忠王室，无知有他，我王明察！"

"好个无知有他。屠岸钟，你也是文士一个，这是哪家学问？"

"启禀我王万岁万岁万万岁：臣自幼修习儒家之学，畏天命、畏大人、效忠我王！"

"住口！"秦惠王厉声断喝，"儒家之学？孔子孟子宁弃高官而不改志节，你如何不学？儒家勤奋敬事，你如何不学？挖空心思，媚上逢迎，龙紫之寿、寿牛寿羊、万岁万岁万万岁、万寿万寿万万寿，名目翻新，当真匪夷所思！沽大忠之名，行大奸之实，种恶政于本王，祸国风于朝野。恬不知耻，竟以为荣！如此居心险恶之奸徒，竟位居公堂，教化民众，端的令人拍案惊奇也。”

“我王诛臣之心，臣却如何敢当啊？！”屠岸钟奋力抢地嘶声哭喊。

“如何？你这颗心不当诛么？”

“屠岸钟天地奇冤！我王万岁明察……”

“狗彘不食！”秦惠王勃然大怒，回身抢过甲士一支长矛直扑过来，“再喊一句，洞穿了你！”冰凉闪亮的长矛顶在胸口，屠岸钟顿时脸色苍白瑟瑟发抖，大张着嘴巴一句话也说不出来。潼孤虽然年迈笨拙，此时却大步抢来双手抓住长矛：“臣奉命勘审人犯，我王不能坏了法度！”

“当”的一声，秦惠王掷开长矛，拂袖去了。

就在当日晚上，樗里疾回到咸阳，匆匆到丞相府见了张仪，两人立即进宫了。樗里疾禀报了走访秦中八县的情形，尤其对屠岸钟的来龙去脉作了备细述说。秦惠王听罢，久久沉默。

这个屠岸钟，原是晋国权臣屠岸贾的后裔。春秋时，屠岸贾在晋灵公支持下诛灭了上卿赵盾满门。谁想阴差阳错，侥幸被人救出的一个赵氏孤儿却活了下来，而且鬼使神差地被屠岸贾收做了义子。二十年后，这个赵氏孤儿因了屠岸贾的权势，做了晋国将军。此时又是鬼使神差，收养赵氏孤儿的老义士，竟然秘密向这位年轻的“屠岸将军”揭穿了他的本来身世与灭门大仇。此时恰逢屠岸贾失势，孤儿将军愤然联络赵氏旧势力，一举将屠岸氏剿灭。从此，屠岸氏残余人口星散逃亡于列国。后来，赵氏恢复了势力，与魏韩两个大族共同瓜分了晋国，有了声威赫赫的赵国。

赵氏立国，明令以屠岸氏为不共戴天之世仇，锲而不舍地在天下秘密追杀。屠岸氏族人纷纷改名换姓，一时间，屠岸氏几乎绝迹。这时，逃到秦国骊山河谷的两家屠岸氏后裔，也改为“土山”姓氏，彻底地变成了老秦人。几代之后，“土山”一族已经有了五十余户四百余口。商君变法后聚族成里，土山氏渐渐富了起来。“土山”族长一心想改换门庭，将自己的大儿子“土山钟”送到了鲁国去求学。此子归来，雄心勃勃，振振有词地力劝父亲恢复屠岸姓氏：“人之生灭在于天，何在于姓氏？赵氏不当灭，虽抄满门而漏孤儿。屠岸氏当灭，又岂在隐姓埋名哉！”父亲与族人们被他的勇气感动，终于议决恢复了屠岸姓氏。于是，“土山钟”变成了屠岸钟。

屠岸钟与下邽县令在鲁国求学时是同窗师兄弟。后来，屠岸钟在这个县令荐举下先做了县吏，三年后又做了少梁县令。当时的少梁县，偏远荒凉又靠近魏国，寻常文士出身的吏员都不敢去做少梁县令。屠岸钟却是上书请命要做少梁县令的。樗里疾还记得，他当时便欣然批下了。当时正逢秦惠王在陇西巡视，屠岸钟未及被召见，便匆匆赴任了。

上任头三年，屠岸钟尚算勤政敬事，将少梁县治理得井然有序。可三年未见升迁，屠岸钟开始渐渐变得闷闷不乐了。据一个老县吏说，两年前的一天，屠岸钟秘密请来了一个魏国老巫师，用古老的钻龟之法为他占卜命数。老县吏也说不清巫师是如何解说龟甲裂纹的，反正从那之后，屠岸钟便开始邪乎起来了。先是在县府大堂的庭院立了一座“望王碑”，每日三炷香、三叩拜、三次高声表白对秦王的耿耿忠心。后来，无论与何人叙谈，也无论公事私事，但凡涉及秦王，立即挺身起立，高声念诵“我王万岁万岁万万岁”一句，再入座说话，举座莫不愕然。再后来，屠岸钟又镌刻了一座“秦王功德碑”，列出了秦王的“十大功德”。但凡庶民诉讼或吏员公务进入少梁县大堂，都要在屠岸钟陪同下先行叩拜念诵一通，否则不能处置任何公务。今年恰逢少梁县连续三年大熟，屠岸钟忽发奇思妙想，便有了寿牛寿羊这桩奇案，波及关中八县，令人匪夷所思。

由于屠岸钟经年如此，人们也由惊愕疑虑变成了信以为真。渐渐地，屠岸钟的“大忠”之名传扬了开来，诸多县令群起仿效，县吏与少梁县的族长们还酝酿给秦王上“万民书”，请秦王引屠岸钟入朝“秉持大政，泽被朝野”。

“我王请看，这是老县吏代为草拟的万民书。”樗里疾从大袖中摸出一方折叠的羊皮纸打开双手递过。秦惠王顺手便丢在案上，看也不看一眼。樗里疾知道秦惠王此刻憋闷窝火，不能聒噪追问，只能慢慢疏导，教国君自己开口，便嘿嘿笑着看看张仪：“丞相以为，这天下第一奇案，如何处置？”

“此案奇归奇，然并无复杂疑难处。”张仪微微一笑，“此案之难，在于处罚之度。一则，本案涉官涉民，须得有所区分；二则，本案无成法可循。秦法虽有‘妄议国政罪’，但却没有媚上贺寿歌功颂德之条目，其间分寸，颇难把握也。”

樗里疾飞快地眨巴着小眼睛，又是嘿嘿一笑道：“要黑肥子说来也好办，夺爵罢官，以儆效尤，毕竟不是杀人放火也。”

张仪盯着樗里疾，眼里一丝揶揄的嘲讽，一句话也没说。

“岂有此理！”秦惠王啪地拍案而起，“定要严厉处罚，此等邪风，远胜杀人放火！”秦惠王缓慢地踱着步子喟然叹息，“古谚云：王言如丝，其出如纶。但有丝毫宽宥，无异于放纵官场恶风。秦法无成例，难不倒我等君臣。商君变法至今已近四十年，民情官风皆有变，律法亦当应时而增。况且，匡正朝野，移风易俗，本是商君立法之本意，何能拘泥成法而放纵恶习？”

“好！我王但有此心，何愁国风不正？”张仪顿时满脸笑意。

樗里疾耸耸肩膀两手一摊：“我王如此圣明，臣有何说？”秦惠王与张仪顿时想起酒肆第一次谋面时的情境，不禁同声大笑。

此日，张仪与樗里疾会同廷尉潼孤及商鞅变法时的一班老臣子，对秦法进行了细致梳理，增加了一百多个条目，报秦惠王作最后定夺。在此期间，潼孤也昼夜忙碌着将“寿牛案”的处置及刑罚分类明确下来：其一，所有涉案庶民，两年不得叙功，有功不得受爵；其二，所有涉案县吏，罚俸两石，两年不得叙功；其三,八名县令，屠岸钟‘斩，立决’，其余七名县令夺爵罢官，贬为庶人。几名书吏连夜誊清为三卷，立即呈送王宫。

盖着赫赫大方王印的批件一发下来，潼孤惊讶得目瞪口呆。

其实，秦惠王只动了一条：屠岸钟改为剐刑，其余原封未动。而潼孤的惊讶，恰恰在于这个剐刑。

剐刑，是杀死人犯的一种方法，后人叫做“凌迟处死”。远古无利器，钝刀割肉是世间最为痛苦的折磨。于是，用钝刀对罪大恶极的罪犯一块一块地割肉，而后再割除生殖器，再砍开骨架，让罪犯在漫长的煎熬中活活疼死。教观刑者毛骨悚然，永远烙印在心头。终战国之世，只有后来的齐湣王田地在逃亡中被民众一刀一刀地剐死。除此之外，大夫受剐，闻所未闻。战国时兵器精进，利刀出现，剐刑变得更为残忍：最甚者可以剐两到三日，罪犯方最终身亡。但是，剐刑毕竟是一种“非刑”，也就是法律规定的刑罚之外的处刑之法，不是正刑。直到后来的五代十国，凌迟才成了大量使用的常刑。宋代之后，凌迟更成了法律规定的正刑，专一处死那些谋逆类“十恶不赦”的罪犯。这是后话。战国之世刀兵连绵，人们习惯于轰轰烈烈痛痛快快地去死，对待战俘罪犯，要杀也都是一刀了事，绝不累赘。剐刑，也只是流传在狱刑老吏们中间的一个神话而已，见诸刑场，几乎哪个国家也没有用过。而今，秦惠王竟要对这个天下奇案的首犯，使用这种旷古罕见的奇刑，老潼孤如何不心惊肉跳？潼孤反复思忖，本想上书劝阻，蓦然之间，却想到了商鞅被秦惠王车裂的非刑，不禁打了个激灵，终于保持了最后的沉默。

屠岸钟被押到刑场的那一天，渭水草滩人山人海。

奇怪的是，当亮晃晃的特制短刀割下第一片肉时，屠岸钟居然还在嘶声惨叫："我王万岁万岁万万岁……"及至一刀割到喉头，才沉重地呼噜了一声，了无声息。此后两日，万千国人眼看着这个赫赫县令从惨叫喘息，变成了一跳一跳，变成了一抖一抖，又变成了难以觉察的一丝抽搐，却鸦雀无声。忍不住者竟跑到河边翻肠搅肚地呕吐，直到第二天，太阳枕在了西山之巅，如血残阳照着那在晚风中摇曳的森森骨架，人们才梦游般地散去了。

可是，人们又迎头碰上了张挂在咸阳四门的那张硕大的羊皮王书。官府吏员们打着风灯守在旁边，一遍又一遍地为人们高声念诵着：

禁绝媚上荒政令

秦王书告朝野：为政之本，强国富民。为官之道，勤政敬事。阿谀逢迎，媚上荒政，上负国家，下负庶民，诚为大奸大恶。今少梁县令屠岸钟不思勤政报国，专精媚上，揣摩君心，猜度奇巧，歌功颂德，耕牛贺寿，发闻所未闻之邪术，沽大忠之名，行大奸之实，乃旷古罕见之奸佞也。恶习旦开，官风大坏，吏治不修，祸国殃民，法制大崩，国将不国！本王今书告朝野：秦法已修，颁行郡县；自后凡不遵法度，刻意媚上，一心逢迎而荒芜政事者，杀无赦。秦王十一年八月人们听得感慨唏嘘，又惊诧莫名。

古往今来，何曾有过君王不许臣下歌功颂德表忠心者？纵是三皇五帝，也还不是在芸芸众生的颂扬声中，才有了接受禅让的资格？能做到不纵容臣下庶民歌功颂德，就已经是天子圣明了。如今这个秦王，非但剐了这个临死还在喊万岁的县令，而且禁绝一切媚上逢迎歌功颂德，如何不令厚重淳朴的庶民们困惑？春秋战国以来，多少君王毁在了阿谀逢迎的奸佞手中？英明神武如霸主齐桓公者，不也是被易牙、竖刁两个割了生殖器的阉臣哄弄得不问国事，最后竟困死深宫，连尸体上都生满了蛆虫？流风蛊惑，人们相信了“是人便喜颂歌声”，以为那是巍巍泰山般屹立不倒的官道人道。可如今，这个秦王却对这一套如此地深恶痛绝，他是个真圣人么？人们想说几句，却又不敢。转而扪心自问，如此国王有何不好？只要守法，怕甚来？剐刑残忍么？可那剐的是媚上荒政的县令，又不是剐无辜百姓。仔细想想，国王无非是教官员们看个心惊肉跳，从此永远绝了这害人之风，说到底，还是对老百姓有好处啊……

想着想着，人们心里舒坦了，那种莫名其妙的恐惧也消失了。虽然还是不敢像以往那样忘情地高喊一嗓子“万岁”，但也是相互竖起大拇指，低声笑谈着消融在炊烟袅袅的村庄，消融在灯火闪烁的街巷。一股凛冽的清风掠过，老秦人觉得天更蓝了，水更绿了。

就在这时，传来了一个惊人的消息：六国大军云集函谷关外，要猛攻秦国了！

六 联军幕府 春风得意

河外营寨连绵，六大片旌旗军帐满当当地塞实了四十里山塬。

大约春秋开始，黄河以南的大片平原便叫做“河外”，黄河以北的山塬便叫做“河内”。这片气势惊人的军营，就扎在大河南岸虎牢山下的河外平原上。以兵家眼光看，这片大军营地极得地利之便：北临滔滔大河，东靠虎牢要塞；引河入梁的鸿沟恰恰从虎牢山东麓南流，汜水则从南麓北流入河，三水夹营，大军取水极是方便；鸿沟与大河的夹角地带，是天下储粮最多的敖仓，大军粮秣路程仅仅只有三五十里。

这便是山东六国的合纵大军。从六色军营的驻扎方位看，显是极具匠心。虎牢山南麓是火红色的魏国营寨，依山傍水近粮，占尽形胜险要，乃是全军的辎重枢纽位置，正当身为“地主”的魏军驻扎。东南的汜水东岸，是草绿色的韩国营寨，背靠太室山，正在韩国边缘。北临大河的一片山塬，则是红蓝色的赵国营寨，过河北上二百里便是赵国的上党地带，正占据着这里直通赵国的唯一渡口。汜水东面接近荥阳的山塬上，是紫色的齐国军营，位置正在韩齐官道的咽喉。东北接近广武的山塬上，是海蓝色的燕国军营，正在魏燕官道的咽喉地带。虎牢山西麓的虎牢关外，是茫茫土黄色的楚国军营，既是直面函谷关的前敌位置，又是南下楚国淮北地区的最便捷所在。六大营寨各有便利，各得其所，没有一番折冲周旋，显然是不可能的。

这片浩大的军营里，驻扎着六国联军四十八万，是战国以来最大的一次性用兵规模。其中魏国精锐步骑八万，主将晋鄙；齐国步骑八万，主将田间；赵国步兵六万，主将肥义；韩国步骑五万，主将韩朋；燕国步骑六万，主将子之；楚国兵力最多，十五万大军，主将子兰。

在这片茫茫军营的东边接近敖仓处，还有一座小军营。这座军营只驻扎着两万余人马，却是六色旌旗六色甲胄，大军帐多，大纛旗多，色彩斑斓分外热闹。这便是由六国丞相苏秦执掌的六国联军幕府。军营中央有一座砖木庭院，被百辆兵车围起的一个巨大辕门包围着。辕门口一面六色大纛旗迎风舒卷，上书“六国丞相苏”五个大字。辕门内外，二百名长矛甲士列成了一个肃杀的甬道，亮晃晃的长矛大戟一直延伸到庭院口。这便是六军司命的幕府。辕门百步之外，扎着红黄紫蓝四顶没有辕门的大帐，帐口也是各立一面大纛旗，分别是魏公子信陵君、齐公子孟尝君、赵公子平原君、楚公子春申君。

这片军营虽然不是实际意义上的出令统帅部，却是四十八万大军的灵魂所在。故而有幕府之名。幕府者，将军统辖三军之府署也。将军出战无常处，所到以幕帘为府署，故曰幕府，或云莫府。究其实，幕府便是后世所谓将军总帐，司令部。或砖石庭院，或牛皮大帐，皆可为幕府，未必有固定法式。

时当落日衔山，幕府庭院里已经亮起了十多盏纱灯，八名侍女正穿梭般地在院中摆布收拾，厚厚的猩红色地毡使得她们变成了无声忙碌的影子。这时，腰悬长剑的荆燕大步匆匆地走了进来，看也不看侍女们一眼，进入幕府径直掀帘进了后帐。

所谓后帐，是幕府中用小门隔开的一个起居小寝室。此刻，小寝室的军榻上蜷卧的是苏秦，那悠长均匀的鼾声，显然是沉沉大睡者才能发出的。荆燕稍一犹豫，轻轻拍着军榻靠背道：“大哥，天快黑了，该起来了。”鼾声突然停止，苏秦睁开了眼睛坐起来，伸腰打了个长长的哈欠。荆燕递过一条汗巾低声笑道：“大哥真是太乏力了，眼屎涎水都有了。”苏秦呵呵笑着擦去了眼屎口水道：“心松泛了，睡得一个眼屎涎水横流，解乏。”说着霍然站起，“你先去应酬，我冲个凉水便来。”

在起居琐事上，苏秦从来不用仆人侍女。国君们赐给他的侍女，都是专门挑选的侍奉能手，可他都一律婉言谢绝，实在推不掉就送给别人。他惯于自理，也善于自理，对伸手来衣张口来饭的那种贵胄生活极是厌烦，认定那种生活对心志是一种无形的消磨。此刻他脱光了身子，走到帐角提起一桶冰水便从头顶猛浇下来。一阵寒凉骤然渗透了身心，顿时便清醒起来，用大布擦干身子擦干长发，换上一套干爽的长袍，分外地惬意清爽。

寻常时日，苏秦也不喜欢给头上压一顶高高玉冠。只要不是拜会国君，他总是布衣长袍散发披肩，最多是一根丝带束了灰白色的长发而已。此刻长发未干，他便布衣散发悠游自在地走出了内帐，来到了大帐口。本想到外边走走，看看落日，可望着庭院中亮晃晃的长矛大戟，他顿时皱起了眉头。

“百夫长，教甲士撤到辕门之外。日后辕门内无须甲兵护卫。”

两个百夫长异口同声：“此乃军法，小军不敢擅动！”

“谁的军法？回头我自会向荆燕将军说明，撤出去。”

两个百夫长一举短剑：“辕门之外，列队护卫！”矛戈甲士锵锵然退了出去，辕门内顿时清净宽敞了许多，仿佛一个别致的庭院。苏秦踱步“庭院”，远眺晚霞照耀下锦缎般灿烂的大河远山，心头泛起一种说不清的滋味儿。

秦国食言，楚国愤怒，使眼看就要夭折的合纵骤然有了转机。当苏秦风尘仆仆地赶到郢都时，楚国朝野正在一片愤愤然的混乱之中。楚怀王大感屈辱，一连声地叫嚷要杀了张仪。可真到了决策关头，却莫名其妙地又软了。苏秦与屈原、春申君联络楚国新锐势力的三十多名将军，一起晋见楚怀王。在苏秦的苦心说辞与屈原春申君并一干将军的慷慨激愤中，楚怀王终于当场拍案，决意起兵。眼看国人汹汹，新锐拼命，郑袖不得不沉默了。

老狐般的昭雎一反常态，连夜进宫，向楚怀王痛切责骂张仪与秦国，荐举自己的族侄子兰做楚军统帅，要一雪“国仇家恨”。颟顸懵懂而又自以为精明过人的楚怀王，立即欣然赞同，当场向子兰颁赐了兵符印信。屈原与春申君大是不满，连夜邀苏秦共同进宫。谁知楚怀王振振有词："昭氏封地的兵员最多，粮赋最多。子兰为帅，军兵粮秣不受掣肘，有何不妥？再说昭氏与张仪有仇，他能不死力奋战？"屈原愤激，历数昭雎祸国殃民勾连张仪的劣迹，断言："子兰为帅，丧师辱国！"楚怀王闻言大发雷霆，呵斥屈原"败言不吉，灭楚志气"。春申君立即顶上，自荐为将。楚怀王只说了一句"未战先乱，居心叵测"，铁青着脸不再吭声。苏秦担心事情弄僵，楚怀王又再度反复，便婉言周旋，表示赞同楚怀王，提出春申君做监军特使。楚怀王很不情愿地答应了下来，这才算勉强收场。

谁知屈原怒气不息，对苏秦颇有辞色，连夜南下，以"新军整训未了，不成战力"为由，将正在北上的八万新军调入屈氏封地驻扎。昭雎大为不满，联络几个老贵族大臣请杀屈原"以解朝野之恨"。楚怀王素来不懂军旅之事，根本不清楚少了新军又能如何，只是打定了主意要不偏不倚，对昭雎打着哈哈不置可否，回头便下书另行调兵。

这次，苏秦对屈原的做法不以为然，说屈原是"以小怨乱大局"。屈原愤激异常，拍案而起道："八万新军乃楚国精华，能教子兰狗才挥霍新军之鲜血？真正的楚秦大战还在后头，八万新军不能交给奸邪之才！"春申君只是沉重叹息默默不语。苏秦也没有再和屈原认真计较。毕竟，屈原是楚国新锐势力的灵魂，他那卓越的才华、喷薄的激情、犀利的见解与坚韧的心志，无不给楚国少壮人物以巨大的感召。虽然屈原贬官做了三闾大夫，可训练新军的实权仍然在手，实际影响力远远大于春申君。更重要的是，屈原是楚国支持合纵最坚定的栋梁人物，苏秦无论如何也不能因不发新军而与屈原对立。

楚国一出兵，齐国不再犹豫。楚齐一动，魏赵燕韩大见踊跃，两个多月便完成了大军集结。遥望大军营帐，苏秦却总有一种奇异的感觉：

秦国弱小时，山东六国多次合谋瓜分，可始终没有一次真正的行动；偏偏在秦国强大而成致命威胁之后，山东六国才真正地结盟合纵，成军攻秦。此中意味，直是教人想到天意，想到冥冥之中谁也无法揣摩的那些神秘。

在六国君臣看来，那时没灭秦国，此时一战灭秦，也不为太晚。说到底，六国都认定了可以一战必胜，一战灭秦。每个人都摆出了不容辩驳的数字：秦国差强二十万新军，除了必须防守的要塞重地，能开上战场的充其量十五六万；四十八万对十五六万，几乎四倍于敌，焉能不胜！

苏秦素来不谙兵家，甚至连张仪那种对兵器军旅的好奇兴趣也没有。但生于刀兵连绵的战国，哪个名士对军旅战事都会有些基本知识。苏秦了解秦国，也了解六国，自然不会像六国君臣那般信心十足。但是苏秦仍然认为，这场大战至少也有六七成胜算。兵力上，六国是绝对优势。将才上，秦国有司马错。楚国的子兰统帅四十八万大军虽然差强人意，但有颇通兵法的信陵君襄赞，当不会有大的失误。纵然如此，苏秦还是极力主张设置了六国幕府，为的就是教通晓军旅战阵的四大公子起到轴心作用，弥补六国大将的平庸。令苏秦感慨的是：四大公子个个可以为将，偏偏个个都没有拜将，却不约而同地被国王任命为“阵前监军兼领合纵特使”，与苏秦共同组成了这座六国幕府。

“噢呀呀，武安君好兴致，看日头落山了？”

“春申君啊。”苏秦回身笑道，“你看这长河落日，军营连天，晚霞中旌旗茫茫，战马萧萧，当真令人感慨万千也。”

“噢呀呀，要出第二个屈原了！我可是看不出啥个感慨来。”春申君笑着笑着猛然压低了声音，“噢呀武安君，我总是放心不下了。”

“何事啊？”看着诙谐机智的春申君神秘兮兮的样子，苏秦不禁笑了。

“子兰为六国总帅，虾蟹肉了，硬壳一剥全完。噢呀，我看要教信陵君做总帅。这一仗，可是六国大命了。”

“虾蟹肉？好描画。”苏秦笑容一闪而逝，“按照合纵盟约，出兵多他国一倍者为统帅，有何理由换将？”

“噢呀，我是百思无计。你是六国丞相，执掌幕府，不能想个妙策了？”

“临阵换将，事关重大，晚间与信陵君一起会商，再作定夺。”

此时一阵马蹄如雨，信陵君、孟尝君、平原君三骑不约而同地飞马而至。三人腾身下马，一色的斗篷高冠软甲长剑，高声笑谈着联袂进入辕门，一阵英风扑面而来。

“四大公子人中俊杰，当真军中一景也。”苏秦遥遥拱手笑迎。

平原君拱手笑道：“武安君布衣散发统大军，才是天下一景也。”

“噢呀呀，平原君一鸣惊人了！我如何想不出此等好说辞来？”

众人哄然一阵大笑，苏秦拱手道：“诸位请进帐，今日尽兴。”

苏秦幕府没有将帅气息。将台令案兵符印剑，帐外聚将鼓，帐内将军墩，这些威势赫赫的物事统统没有。一圈六盏与人等高的硕大风灯，将大帐照得分外通明；厚厚的猩红色地毡上，六张长案排列成了一个马蹄铁般的半圆；每张长案上都已经是鼎爵盆盘罗列，连同案旁三个酒桶与一个跪坐的侍女，每张大案都形成了一个单元。苏秦居中，信陵君平原君居左，孟尝君春申君居右。

苏秦笑道：“今日聚宴，皆由信陵君安排，由他先交代一番了。”素来不苟言笑的信陵君神采飞扬，大手一挥道：“无忌借地主之便，代为武安君绸缪，就近取材。今日是三国菜三国酒：楚鱼、齐鸡、魏麋鹿，赵酒、燕酒、兰陵酒。谁个另有所求，立时办来便是。”春申君煞有介事地低头盯着满案鼎盘，笑叫道：“噢呀呀，满案珍奇，我倒真想叫个秦苦菜来啦！”众人大笑。信陵君一拱手道：“敢请武安君开席。”

所谓开席，便是打开席间最主要的食具，而后再举爵致辞开宗明义。苏秦闻言笑道：“信陵君办事，总归有章有法。”说着拿起手边两支精致的铜钩深入鼎耳之下，将热气蒸腾的青铜鼎盖钩起，再连铜钩一起置于侍女捧来的铜盘中；而后举起已经斟满的铜爵，环视座中一周，慨然笑道：“合纵得遇四大公子，苏秦之幸也！蒙诸君鼎力襄助，终得大军连营。久欲聚饮，跌宕无定。今日一聚，终生难得。来，为联军攻秦，旗开得胜，干此一爵！”

“联军攻秦，旗开得胜！干！”五爵相向，尽皆一饮而尽。

苏秦笑道：“诸君性情中人，今日但开怀畅饮，无得拘泥，鸡鱼鹿，来！”

“噢呀呀且慢，”春申君晶莹光洁的象牙箸点着铜盘中红亮肥大的烤鸡，惊讶地嚷嚷起来，“孟尝君啊，我楚国鸡才鸽子般大，这齐国鸡如何这般大个？这能吃么？”

“楚国倒有何物是大个了？”孟尝君哈哈大笑道，“你说的‘鸽子’，原是越鸡。齐国鸡，原是鲁鸡。庄子说了：‘越鸡不能孵鹄卵，而鲁鸡固能矣。’说的就是越鸡小，鲁鸡大。越鸡细瘦肉精，宜于陶盆炖汤。鲁鸡肥大肉厚，宜于铁架烧烤。这烤整鸡可是我齐国名菜之首，保你肥嫩酥软香，大快朵颐，满嘴流油。来！象牙箸不行，猛士上手，哎，对了。”孟尝君两手抓住两只鸡腿一撕，一口吞去了半只鸡大腿。

春申君看得目瞪口呆，突然拍案：“噢呀呀，来劲啦！”丢掉象牙箸，上手大撕张口狼吞，几口下去，腮边流油噎得喉头咯咯响。众人哄堂大笑，侍女使劲儿憋着笑意，连忙用打湿的汗巾沾拭他满脸的油渍。春申君抚摩着胸口喘息道：“噢呀呀，好噎好噎啦。”孟尝君笑得连连拍案："快！大个葱，最，最是消噎爽气。"说着拿起铜盘中一根肥白粗大的小葱[1]，咯吱咯吱咬了下去。春申君如法炮制，一口下去却叫了起来："噢呀呀，不爽也罢，辣死人了！"

哄笑声中，春申君揶揄道："噢呀，齐人如此吃相，大是不雅，诸位且看我楚国人如何吃鱼了？"说着拿起象牙箸，扎住了铜盘中一条金色小鱼，"噢呀，看好了，此乃云梦泽小金鱼，鲜嫩清香，偏是鱼刺极多了。"说话间几条小金鱼已被象牙箸分成若干小段。一段入口，只见春申君文雅地闭着嘴唇，只是腮帮在微微蠕动，银丝般的鱼刺便从嘴角源源不断地流了出来，片刻之间，几条小鱼全部下肚。

四个人都饶有兴致地瞅着春申君，及至鱼盘顷刻干净，不约而同地"啊——"了一声。看着面前的鱼盘，却没有一个人敢下箸。春申君乐得哈哈大笑："噢呀如何？你那大个儿肥鸡，可有这般风味了？少不得呀，我要为诸位操劳一番了。"说着对几个侍女笑道："将案上鱼盘，都端到那张空案上去了。"又对自己身边的侍女吩咐道，"你去剔除鱼刺了。"那名黄裙侍女飘然过去，一刀一箸玉腕翻飞，须臾之间接连剔出四盘鱼肉。各座侍女捧回案上，盘中整齐码放的精细肉丝丝毫不乱。

"噫——"最年轻的平原君长长地惊叹一声，"楚人如此吃法，天下还有鱼么？"

"哗"的一声，满帐大笑。苏秦悠然道："民生不同，南北各有专精，联体互补，便成天下了。"

"武安君此言，不敢苟同。"平原君笑道，"衣食住行出性情，可不能弄成了一锅肉粥。譬如赵胜，生就的马肉烈酒，若是吃小鱼，饮兰陵酒，只怕一筐鱼一车酒也没个劲道。"

---

[1] 小葱为中国固有，大葱为西汉后由西域传入。

“噢呀呀，平原君一顿几多马肉，几多烈酒了？”

“看如何说法，草原与匈奴大战，一次战饭，马肉五六斤，烈酒一皮囊。”

“噢呀，一皮囊几多了？”

信陵君笑道：“骑士皮囊，五六斤上下。”

“噢呀，都是赵酒么？”

平原君大笑：“若是楚酒，冰天雪地中能有满腔烈火？”

“噢呀好！赵酒一爵，干！”众人哄然笑应，一齐大爵饮下。

信陵君道：“为了这赵酒，楚国还和赵国打过一仗，春申君可是知晓？”

春申君皱眉摇头：“噢呀大仗小仗不断，这酒仗，可是不记得了。”

“久闻信陵君精熟战史，说说。”孟尝君兴味盎然。

“我如何也不知道？快说说。”平原君叩着长案催促。

信陵君悠然一笑：“五十多年前，楚宣王会盟诸侯。赵国没参加，却献了一百桶窖藏五十年的上等好酒，示好楚国。楚国主酒吏品尝后对赵酒大是赞赏，然却硬说赵酒藏期不够，酒味淡薄，责令赵国掌管酒食的宰人另送一百桶来。赵国宰人大是叫苦，反复申明陈年赵酒已经全数运来，赵国再也没有这么多五十年陈酒了。楚国主酒吏却以为赵国宰人不懂孝敬规矩，便使出了一个小小计谋。”

“何等计谋？”几人不约而同。

“主酒吏偷天换日，将民间淡酒换装进赵国酒桶，搬上了宴席。楚宣王极为喜欢烈酒，及至饮下，寡淡无味，怒声责问这是何国贡酒。主酒吏惶恐万分地搬来酒桶，指着那个大大的‘赵’字说不出话来。楚宣王勃然大怒，认为赵国蔑视楚国，当即兴兵北上，只要赵酒五百桶。赵敬侯也发兵南下，针锋相对，偏偏就不给赵酒。”

孟尝君不禁拍案：“噢嗬，这仗打得稀奇，后来如何？”

“后来？在河外相持半月，谁也没讨得便宜，偃旗息鼓了。这便是旷古第一酒战。”

平原君深深吸了一口气，轻声道：“为一百桶酒开战，匪夷所思也。”

信陵君道：“亘古以来，有几战真是为庶民社稷打的？好生想想。”

“噢呀，这楚国主酒吏可是个小人，脸红。”

“脸红何来？小人暗算君子，此乃千古常理也。”孟尝君笑道，“孔老夫子多受小人纠缠，临死前大呼：唯小人与女子为难养也！”

“噢呀呀，谁道这是孔夫子临死前喊的，偏你看见了？”

举座大笑一阵，又借着酒话题大饮了一阵。苏秦笑道：“信陵君是准备了歌舞的，要不要观赏一番？”平原君立即接口：“不要不要，再好也腻了，听说孟尝君春申君善歌，两位唱来多好？”话音落点，举座齐声喊好。

“谁先唱？”苏秦笑问。

“孟尝君——”举座一齐呼应。

孟尝君酒意阑珊，额头冒着热汗道：“好！我便来。只是今日难得，我也唱支踏青野歌。”

“好！我来操琴。”信陵君霍然起身，坐到了琴台前。

“齐国《海风》。”孟尝君话音落点，琴声叮咚破空。孟尝君用象牙箸在青铜鼎耳击打着节拍，陡然一声激越的长吟：“东出大海兮，大海苍茫——”

别我丽人　　渔舟飘荡

海国日出　　远我故乡

云遮明月星斗暗　　水天无尽路长长
西望故土　　思我草房
念我丽人　　我独悲伤
忽闻丽人一朝去　　魂归大海永流浪

人们听得入神，肃静得竟忘了喊好喝彩。

苏秦黯然道："渔人酸楚，当真令人扼腕也。"信陵君笑道："倒是没想到，孟尝君有如此情怀。"孟尝君连连摇手道："惭愧惭愧，我是跟一个门客学唱的，他把我唱得流泪了。"平原君揉揉眼睛道："好了好了，一篇翻过，该春申君了。"

"噢呀，我是公鸭嗓，可没孟尝君铁板大汉势头了。"春申君神秘地眨眨眼睛笑道，"我看呀，我用南楚土语唱一支。谁能听懂我唱的词儿，我就送他一样礼物。若举座听不懂，每人浮一大白。如何？"

苏秦一指周围的歌女琴师与侍女："那可得连她们也算进来。"

"噢呀，也行了，我看看她们。"春申君打量了一圈笑道，"她们也不行，我准赢。"

平原君道："你就唱吧，我正等浮一大白。"

春申君对女琴师笑道："埙，吹《陈风》了。"女琴师点点头，拿起一只黑幽幽的埙吹了起来。埙音空灵缥缈，《陈风》委婉深沉，倒是正相得宜。春申君咳嗽一声，也用象牙箸击打着节拍唱了起来。只见他面含微笑，一副情意绵绵的陶醉模样，口中却是咿呀啁啾呜呜哝哝仿佛舌头大了一般，忽而高亢沙哑，忽而婉转低沉，一时极为投入。

戛然打住，春申君笑道："噢呀完了，听懂了么？"

众人瞠目结舌，骤然哄堂大笑，连连指点着春申君，笑得说不出话来。

“噢呀呀，不行吧。”春申君得意地笑着，“这叫寸有所长，举爵了。”

突然间“叮——”的一声，编钟后一个女乐师走了出来道：“小女听得懂。”

“好——”举座一片叫好，分外兴奋。春申君笑道：“噢呀呀，你是楚人了？”女乐师道：“非也，小女薛国人。”“噢呀呀！”春申君大是惊讶，“薛国人如何能懂了？真的假的？”女乐师轻声道：“小女虽不懂南楚土语，但却通晓音律。人心相通，只要用心去听，自能听得懂。”春申君沉默了片刻道：“姑娘能否唱得一遍？”女乐师点点头，陶埙再度飘出，柔曼的歌声弥漫开来：

投我以木桃兮　抱之以琼瑶
非为生恩怨兮　欲共路迢迢
投我以青苗兮　抱之以春桃
非为生恩怨兮　欲结白头好

女乐师一身绿衣，一头白绸扎束的长发，亭亭玉立，人儿清纯得如同明澈的山泉，歌声深情得好像篝火密林的诉说。众人听得痴迷，都眼睁睁地看着春申君，等他说话。

春申君站了起来，对女乐师深深一躬道：“噢呀，他乡遇知音了。姑娘如此慧心，黄歇永生不忘。”说罢从腰间甲带上解下一柄弯月般的小吴钩，双手捧上，“这柄短剑乃天下名器，赠与姑娘。若有朝一日入楚，此剑如同令箭，畅通无阻了。”美丽清纯的女乐师接过吴钩，轻声念道：“投我以青苗兮，报之以春桃。小女也有一物，赠与公子。”说着从贴胸的绿裙衬袋中摸出一个红绸小包打开，露出一只绿幽幽圆润润的玉埙："这只玉埙，乃小女家传，赠与公子，以为念物。"春申君接过玉埙捧在掌心，又是一躬，女乐师也是虔诚地一躬。不意二人的头却碰在了一起，女乐师满脸通红，众人不禁哈哈大笑。

平原君学着春申君口吻笑道："噢呀，变成孔夫子啦，如此多礼啦？"

信陵君举爵道："春申君野歌唱得好，有果！来，共浮一大白。"

"噢呀呀，我输了，浮三大白。"春申君与众人饮尽，又连忙再饮两爵，呛得面色涨红，连连打嗝。

孟尝君豪气大发，拍案高声："酒到八成，来一局六博彩！"

"好！六博彩！"帐中一片呼应。

苏秦笑道："信陵君是六博高手，你等还不是输？"

孟尝君高声道："谁说我今日要输？来！我与信陵君对博，诸位人人押彩，如何？"

"好——"乐师侍女们也跟着喊起好来，显然是分外兴奋。

"六博"，是流行当时的博弈游戏，坊间市井流行，宫廷贵胄更是喜欢。这种游戏的特异之处，正在于无分男女贵贱，在场有份，呼喝嬉闹，毫无礼仪讲究。齐国的滑稽名士淳于髡，曾对齐威王如此这般地描绘六博游戏："州闾之会，男女杂坐，行酒稽留，六博投壶，相引为曹，握手无罚，目眙不禁，前有堕珥，后有遗簪……日暮酒阑，合尊促坐，男女同席，履舄交错，杯盘狼藉。"当真是一幅生动鲜活的男女行乐图。如此可以放纵行乐的游戏，如何不令这群年轻男女们怦然心动？

平原君高喊："摆上曲道！"

两个侍女欢天喜地地抬来了一张精致的红木大盘，摆在正中一张长案上。这便是六博棋盘，叫做"曲道"。盘上横竖各有十二线交织成方格，中间一行不划格，叫做"水道"。水道中暂时只有两条精致的鱼形铜片，这是“筹”，由胜方得之兑钱。一旦开始，各种大小铜片便会都投在“水道”中。

曲道摆好，人人离席聚到了曲道大案两边。孟尝君与信陵君是博主，隔案对坐。苏秦与春申君打横对坐，平原君挤在孟尝君与春申君之间。其余十余名艳丽妖娆的侍女乐手挤挨在各个缝隙里，或趴在哪个男人的背上，或坐在哪个男人的腿上，一时莺声燕语，大是热闹。只有那个绿裙女乐师静静地微笑着，趴在春申君背上抱着他的脖颈，却不往人堆里挤。

信陵君笑道：“武安君做赌正，如何？”

“好——”一声呼喝，一片笑声，算是当局者全体赞同，相信了苏秦的公道。

“好了，我便做了。”苏秦故意板着脸道，“先立规：赖赌金者，重罚！”

“好——”女子们喊得最响，得遇四大公子这样的豪阔赌主，她们的彩头往往是难以预料的，再加上六国丞相做赌正，赖赌重罚，谁不欢呼雀跃？

孟尝君大笑：“大丈夫岂有一个‘赖’字？请掷彩。”

六博行棋，先得掷彩。所谓掷彩，便是用两粒玉骰子决定行棋先后。骰子六面：两面白两面黑，一面“五”（五个黑点），一面“塞”（画一块石头）。两粒同掷，“五白”最贵（一白一五）。但有“五白”，众人齐声大喝“彩——”，这便是喝彩。其余的五黑、全黑、全塞、五塞，都不喝彩。掷出彩来，除了掷彩者先行棋，对方还要先行付给在场所有当局者一定的彩头。这便是“五白”一出，齐声喝彩的原因。

苏秦将两粒亮晶晶的玉骰子当啷撒进铜盘：“谁先掷？”

“我半个地主，孟尝君先掷了。”信陵君笑着谦让。

“好！我先来。”孟尝君拿起两粒骰子在大手掌中一阵旋转，猛然抛向空中，待“叮当”落盘，大手顺势捂下，掌下犹有当啷脆响。孟尝君手掌移开，五白赫然在目。

“彩——”诸般男女一齐忘形大叫。

信陵君微微一笑，拣起两粒骰子，手腕一抖摔入大铜盘中。但见两粒骰子在铜盘中光闪闪蹦跳如同打斗一般。“哎哟哟！骰子活啦！”女子们惊叫起来。此时信陵君单掌猛然捂下，盘中一阵叮当不绝，待手掌拿开，又是一个五白。

“彩啊——彩——”一阵尖叫笑闹哄然爆发。

苏秦哈哈大笑道：“两白相逢也，都付彩头！记下了。”

“人各十金！”孟尝君高兴得赢了一局一般。

“跟上。”信陵君呵呵笑着。

苏秦高声道：“六博将开，先行押彩——”

平原君抢先道：“我押信陵君，百金。”向水道中打下一个刻有“百金”二字的铜鱼片。

“噢呀，孟尝君我押啦，百金！”春申君也打下一个铜鱼片。

苏秦对四周女子们笑道：“赌正抽成。你等押了。”

女子们笑着叫着押了起来，十金二十金的小铜鱼片纷纷落入水道。春申君大笑：“噢呀呀，小小啦！对他们两个要狠点啦。”趴在春申君背上的女乐师尚未押彩，突然笑叫起来：“我跟春申君，押孟尝君，五百金啦！”一条肥大的铜鱼片“当啷”一声打入水道。

“呀！这个应声虫，好狠也！”孟尝君惊讶地叫了起来。

“轰哗——”一声，男女们大笑着前仰后合地叠在了一起。

苏秦拍掌喊道：“肃静，开始行棋，布阵——”

六博共有十二枚棋子，黑白各六，实际上是一种远古军棋。按照古老的军制，六子分别是枭（帅）、卢（军旗）、车、骑、伍、卒，后四者统称为“散”；枭可单杀对方五子，对方五子联进包围，则杀枭；但在行棋之时，棋子有字一面一律朝下，无字一面朝上；两子相遇，赌正翻开棋面定生杀，枭被杀为最终失败。由于双方都在黑暗中摸索，只能凭已经翻开的棋子判断形势，所以即便有事先布阵，也仍有诸多难以预料的戏剧性结局。正是这种难以预料的戏剧性，才使六博棋具有赌的特殊魅力。

孟尝君执白，信陵君执黑，两人各自在案下一个小铜盘里摆好阵形。小铜盘端上，身边偎依的侍女原封不动地将棋子移上大盘。孟尝君高喊一声：“枭来也！”兴冲冲将一枚圆圆的玉石白子推过水道。信陵君哈哈大笑：“五散来迎！”手掌一伸，推出了摆成弧形的五颗玉石黑子。六博行棋原是可以任意呼喊，但输赢却要在翻开字面后决定，所以也便有了兵不厌诈的乱喊名目。苏秦酒量小，又不饮烈酒，最为清醒，左右一打量，不动声色地先翻开了五颗黑子。

“啊！果真五散！”男女们惊诧笑叫。

苏秦又翻开了那颗孤身过水的白子。

“啊哟！果真是枭！”又一阵更响的惊叫笑闹。

“联兵杀枭了——赢了——彩——”押信陵君的男女们顿时抱在一起叫了起来。

苏秦笑道：“联兵杀枭？好！孟尝君立马兑彩！”

“好口彩，联兵杀枭！输得快活！兑彩——”孟尝君哈哈大笑。

一片笑闹中，绿裙女乐师惊讶地叫了起来：“噫呀！日光半山了——”

众人抬头，亮煌煌的阳光已经撒满了军帐，帐中顿时显得酒气熏天，乱作一片狼藉。说也是怪，正在笑闹的男女们一见明亮的日光，顿时横七竖八地倒在了猩红地毡上，一片呼噜声大起。苏秦心中有事，霍然起身，想将春申君与信陵君叫到一边说话，扫了一眼，不见春申君，仔细搜寻，却发现春申君正埋在一片绿裙下鼾声大作。信陵君虽未倒地，却也趴在长案上结结实实睡着了。豪侠的孟尝君与年轻的平原君，则都裹在色彩斑斓的裙裾中喃喃地说着梦话了……

苏秦走出了帐外，秋风吹来，一阵萧瑟寒凉的气息渗进燥热的心田，顿时清醒了许多。想想帐中情景，苏秦对幕府司马叮嘱了几句，便飞身上马，向楚国军营去了。大战在即，他实在放心不下子兰。秦国的司马错，子兰究竟知道多少？更有他的师弟张仪与司马错合力，六国大军胜算究竟有得几多？蓦然之间，苏秦感到了一种巨大的隐忧。

第十章 张仪风云

一 咸阳宫君臣合璧

六国联军集结的时候，秦国大军也在秘密移动。

司马错不是一个只懂得“兵来将挡，水来土屯”的将领，而是一个审势为战的统帅。这个将门家族的《司马法》，大部分都是在说打仗的基本准则，也就是“战外之道”，对于具体战法阵法的论说倒是篇幅很少。这就是司马兵家的特殊之处：着力锤炼将领的全局眼光，不脱离大势，不纯然打仗。《司马法》最后的论断是：“大善用本，其次用末，执略守微，本末唯权，战也。”说的便是高明统帅要善于运用战略（本），其次善于运用战术（末），能够坚定地推行战略，微妙地把握战术，权衡本末而用于战场，这才是最高明的战法，才能称之为“战”。司马错天赋极高，且深得先祖兵法精髓，他的蓝田幕府自然不会放过函谷关外的丝毫动静。

六国兵马尚未开出本国的时候，散布在各国的秘密斥候流星般报回消息，与张仪丞相府送来的黑冰台消息相印证，司马错已经大体上清楚了各国兵马的情势。他给掌管斥候探马的中军司马下了命令："立查六国军情：主将、兵力、兵器、辎重，务求详尽，作速禀报。"同时下令秦军各部，"作速禀报伤病人数、兵器残缺、粮秣辎重之详情。"

两道命令一下，司马错没有急于调动兵马，而是飞马赶赴咸阳。

司马错到咸阳，不是要晋见秦惠王，而是要见张仪。司马错很清楚，打仗只是秦国连横的一个环节，他要对合纵连横的大势做到心中有数，打仗才能有分寸；张仪对六国情形的了解，比他更为详尽深刻，与六国大战而不向如此一个人物请教，实在是极不明智的。

身为上将军的司马错，与丞相爵位几乎等同。按照战国传统，除了辎重粮秣军俸等军务事宜，上将军在战事上完全独立，既可以不征询国君"高见"，更可以不征询丞相"指点"。这是"将在外，君命有所不受"，是大将权力的极限。然则事在人为，大将主动征询于国君丞相，自然是没有任何限制的。自古以来，大将对这种权力都很难把握分寸。遇到刚愎自用的君主，大将坚持独立，往往会有杀身之祸；遇到奸佞权相，便会将相冲突事事掣肘，胜仗也得打败。唯其如此，生出了无数的名将悲剧。战国大争之世，人们看一个国家是否稳定强盛，一个重要标志便是将相两权是否和谐。在刀兵连绵的时代，上将军独立开府统辖军事，权力与丞相几乎不相上下，国君——丞相——上将军，是国家权力的三根支柱。将相不和，国家必然混乱。当然，司马错没有想到这些，他只清楚一件事：拜见张仪，对这场大战是必须的，是有好处的。

张仪正在与樗里疾议论这场大战，恰逢司马错来到，自是分外高兴。司马错将来意说明，张仪樗里疾不约而同地哈哈大笑。司马错道："两位丞相胸有成算，司马错愿闻高见。"

"上将军准备如何打法？可否见告？"樗里疾嘿嘿笑着反问了一句。

"大军未动，尚无定见。"

樗里疾知道司马错性格，没有思虑成熟绝不贸然出口，也不追问，径自拍案笑道："我只一句话：放手去打，准保大胜。"

"好主意。"司马错淡淡笑了，"王命一般，甚也没说。"

"甚也没说？"樗里疾嘿嘿揶揄道，"我俩等你高见，你要我俩高见，究竟谁有高见？"三人一阵大笑，司马错道："还是丞相先点拨一番，廓清大势，打仗便有办法。"

张仪笑道："疆场战阵，上将军足为我师也。张仪所能言者，七国纵横大势也，上将军姑妄听之。"对生性极为高傲的张仪而言，这种口吻可谓十分罕见。其原因在于司马错的奇袭房陵，使张仪在兵事谋划上第一次大受挫折，张仪对司马错的军事才能自然佩服了。司马错却一直认为，房陵奇袭成功，乃楚国边备荒疏所致，张仪谋划之失并非根本，反倒以为张仪的兵家眼光是名士中极为罕见的。见张仪如此自谦，司马错连忙拱手道："丞相此言，实不敢当。为将者，贵在全局审势。丞相纵横天下，洞悉六国，堪为战阵之师，司马错正当受教。"

"都是心里话，也好，我便说。"张仪一挥手，"此次六国联军出动，乃合纵第一次成军，也是近百年来山东六国第一次联军攻秦。对六国而言，这一战志在必得，欲图一举击溃甚或消灭秦军主力，即使不能迫使秦国萎缩，至少也锁秦于函谷关内，消除秦国威胁。对秦国而言，此战则是能否破除合纵、长驱中原的关键。秦国战胜，六国旧怨便会死灰复燃，连横破合纵，便有了大好时机。若秦国战败，连横便会大受阻碍，下步的连环行动便要搁置。山东六国也将获得一个稳定喘息的机会，期间若有趁势变法强国者，天下便会重新陷入茫无头绪的战国纷争。秦国大出天下，几将遥遥无期。"

"嘿嘿嘿，不能给六国这个机会，不能教这帮小子喘息！"樗里疾拳头砸着长案。

“丞相以为，六国联军长短利弊如何？”司马错更想听到实际军情。

“六国联军，两长三短。”张仪敲着座案，“先说两长：其一，初次联军，恩怨暂抛，将士同心，多有协力之处。譬如六国军马皆不带粮草辎重，而由魏国敖仓统一供给，过后六国分摊。若在往昔，这根本不可能。其二，兵势强大，四十八万大军，是我三倍有余。再说三短：其一，相互生疏。六国长期互斗，军事各自封锁，更无联兵作战之演练，虽有名义统属，实则自守一方，很难形成浑然一体之战力。其二，军制不一，装具各异，步兵骑兵战车兵相互混杂。其三，将帅平庸，叠床架屋多有掣肘。楚军主将子兰为联军统帅，此人年轻气盛，志大才疏，实则一个华而不实喜好谈兵论战的贵胄公子，毫无众望，难以驾驭大军。此外，六军统帅之外，还有一个六国幕府，由苏秦与四大公子坐镇，监督诸军并统决大计。如此章法，必然行动迟缓，缝隙多生。”

“嘿嘿，还有一条：除了魏国五万铁骑与齐国三万铁骑是新军外，六国联军都是步兵车兵老式大军。我军嘿嘿嘿，可都是清一色的骑步新军。”樗里疾插了一条。

“丞相之见，我军当如何打这一仗？”

张仪笑道：“上将军有此一问，必是已经有了谋划。”

“丞相总是料人于先机。”司马错笑道，“如此打法，两位丞相看如何？”说着移坐张仪案前，拿过鹅翎笔，在案上写下了四个大字。

“妙——”张仪樗里疾不禁拊掌大笑。

稍一沉吟，张仪道：“此计之要，算地为上。‘知天知地，胜乃可全。’不知军中可有通晓此地之将？”司马错道：“目下没有，须得依赖斥候与得力乡导[1]。”樗里疾道：“孤军深入，等闲乡导都是外国人，

[1] 乡导，春秋战国对领路乡民的称谓，即今人说的向导。

只怕误事，可否教得力大将事先踏勘一番？”司马错道：“此事我来设法，两位丞相无须分心了。”

张仪却慨然拍案道：“我来！河外之地，张仪无处不熟。”

“如何如何？你不行！”樗里疾惊讶地叫起来，“我去！黑肥子好赖打过几仗。”

“你？”张仪笑道，“先画一张虎牢敖仓图出来再说。”

司马错庄重地一拱手道：“丞相涉险，老秦人无地自容了，司马错万不能应承。”

“哪里话来！”张仪霍然起身，“张仪虽不是老秦人，可秦国是结束天下连绵刀兵之指望，是破除合纵、统一华夏之根基！张仪对秦国之忠诚，何异于老秦人？纵然献身，何足道哉！”司马错见张仪动情，大是歉疚，站起肃然一躬：“司马错大是失言，请丞相恕罪。”

樗里疾嘿嘿笑道：“上将军未免当真。张兄是借你个灵堂，喊自己冤枉，理他做甚？不能去还是不能去。”张仪哈哈大笑道：“还是樗里兄，一针便扎破了我这气囊。”言罢却又正容拱手道，“上将军，此战乡导非张仪莫属，你便收了末将。”

司马错厚重不善诙谐，又见樗里疾直是摇头挤眼，思忖道：“事关重大，我须得进宫，请准君上定夺。”

“然也！”樗里疾摇头晃脑，“司马错，真良将也。”

司马错不禁笑了：“如此便是良将，未免也太容易了些。”

张仪仿佛没听见一般：“好！我也进宫，走。”

三人立即进宫晋见秦惠王，各自说了一篇理由。秦惠王笑道：“国君重臣亲赴战阵，在战国原是不少，秦国更是寻常。丞相之请，并非横空出世。右丞相上将军拦阻，亦是关切之心也。”

张仪笑道：“君上却是甚也没说。”

樗里疾嘿嘿一笑："君上是有混淆之嫌。国君大臣统兵出战，原是寻常。然重臣做乡导，却是闻所未闻，还当真是横空出世。君上当断然否决才是。"

"只战事需要，重臣为何做不得乡导？《孙子》有言，不用乡导者，不能得地利。我对河外了如指掌，定然事半功倍。"张仪分外执著。

秦惠王一直在若有所思地踱步，此刻摆摆手道："上将军，如丞相这般洞悉六国者，对战事可有裨益？"司马错肃然拱手："丞相对六国洞若观火，司马错获益良多。"

"如此便好。"秦惠王一挥手，"请丞相做你军师如何？"

"君上明断！"司马错大是欣慰。

"君上不当也！"张仪急迫摇手道，"臣在幕府，无端搅扰上将军，岂非事与愿违了？"

秦惠王笑意褪去，脸色凝重起来："探马报来，我便反复思忖。此战事关重大，嬴驷本欲亲临军阵。然上将军与两位丞相同心合议，倒使嬴驷颇有感慨：将相同心，为国家根本。今卿等有如此气象，秦国何惧之有？然据实而论，秦国兵力毕竟少了许多，要想获胜，一个环节也出不得毛病。粮秣辎重兵器马匹衣甲等，务求通畅充足；六国军情探测，务求精确及时。凡此种种，都得有人着力督导，仔细核查，方可保得一支精兵能将战力发挥到十分十二分。唯其如此，我意：丞相亲赴军前，辅助上将军督导军务，赞襄军机；嬴驷与右丞相督导后方，务求军需辎重并一应急务快速解决。《孙子》云，上下同欲者胜。我等君臣，但求事成，心中无须有他。"一口气说罢，笑得一笑，"嬴驷没有过军旅战阵生涯，大要言之，共同议决，卿等以为如何？"

张仪三人一时肃然沉默。进宫之前，三人所议所言，毕竟还是各司其职的一种征询。张仪请做乡导，也只是一件单纯行动的辅助。从心底里说，三个人都没有将这一仗看成举国大战，自然也没有看成是三人之间的共同大事。秦惠王却梳理纲目，一举从根本上整合了君臣力量配置，确实触及要害，且顿时使秦军作战的基础大大强固。张仪三人皆是当世英杰，自是立即掂出了分量，对秦惠王的这一番调遣从心底里敬佩。更有难能可贵处，在于秦惠王没有丝毫的刚愎自用，而是自认“没有军旅战阵生涯”只是共同议决而已，相比于六国君主，当真是令人感触良多。

“君上所言极是！”三人不约而同地高声赞同。

“但求事成，心中无他。”张仪笑着重复了秦惠王这句话，“君上点睛之笔，张仪记准了。”

“臣亦铭刻在心。”司马错慨然补充。

秦惠王大笑：“好！我等君臣如此这般，山东六国能奈我何？”

二　六国联军的统帅部

清晨起来，子兰练了一趟箭术，百步之外连射二十支长箭，箭箭上靶，且有十支正中鹄心，引得晨操的护卫骑士们一片欢呼惊叹。刹那之间，子兰豪气顿生，健步登上了帅帐外三丈多高的云车，要瞭望一番敌情。

秋日朝阳正在身后山头，遥遥西望：函谷关只是大山中一个影影绰绰的黑点儿而已，关外更是空阔明朗，除了沉沉大河，便是苍黄的原野，连大片军营的影子也没有。子兰感到困惑：四十八万大军压境，秦国如何竟没有动静？斥候探马没有发现秦军集结，咸阳楚商也说秦国平静如水，连这咽喉要塞函谷关也是毫无异常，当真是匪夷所思。按照在郢都发兵时的估计，凶狠的虎狼秦国绝不会坐等六国大军进攻函谷关，一定是傲慢地摆开阵势与联军酣战，从而溃败湮没在无边无际的六国联军海洋里。可如今连秦军的影子也见不到，子兰还真有些茫然，一时竟想不出从何下手来啃这块硬骨头。

隐隐约约的，远方山塬上的苍苍草木，化作了莽莽丛林般的旌旗矛戈，使他蓦然一个激灵一身冷汗。静下神来，子兰不禁哑然失笑，四十八万对十五万，何至于此？抬头再看，却见营寨之外的官道上两骑快马扬尘而来。渐行渐近，却见为首骑士红衣散发，既无甲胄又无冠带，一时看不出来人路数。莫非是咸阳商家赶来报讯？心念一动，子兰连忙下了云车。

“禀报柱国将军：联军幕府荆燕将军营门候见。”军吏赶来高声禀报。

“荆燕将军？噢，苏秦那个护卫啊，教他进来。”子兰很腻烦“联军幕府”这几个字，听说是幕府来人，脸上顿时暗淡下来，丢下一句话转身走进大帐。

营外来者，正是苏秦与荆燕。想到自己没有带仪仗护卫，为免麻烦，苏秦教荆燕报名，没有显露自己身份。片时得军吏允许，两人交了马缰步行进寨。楚国军营东依虎牢山，西临洛水，正卡在大河南岸的冲要地带。军营内军帐连绵，按照车兵、骑兵、步兵分为三大内寨。子兰的中军大帐设在最大的车兵营寨，军帐之间兵车罗列战马嘶鸣，气势十分宏大。

“荆燕，楚国军容如何？”苏秦打量笑问。

“一片热闹，没闻出杀气。”荆燕皱着眉头。

苏秦一怔，一路走来不再说话。转过一个小山包，便见一座兵车包围的中军大帐，气势大是显赫：外围是两千骑兵的小帐篷，第二层是二百辆兵车围出的巨大辕门，第三层是一座土黄色的牛皮大帐，足足顶得十几座兵士帐篷，辕门口肃然挺立着两排长矛大戟的铁甲卫士，一直延伸到军帐门口。辕门两边，两面三丈多高的大纛旗猎猎飞动，一面大书“大楚柱国将军昭”，一面大书“六国上将军子兰”。即或是不谙军旅的人随意看去，这座将军帐的规模与气势，都要比苏秦的六国幕府大多了。

“六国上将军？谁封的？莫名其妙！”荆燕黑着脸嘟哝了一句。

苏秦微微一笑：“报号。”

荆燕大步上前：“联军幕府司马荆燕，请见子兰将军！”

辕门口的带剑军吏板着脸道：“六国上将军正在沐浴，辕门外稍待。”

见荆燕一副想发作的神气，苏秦指着辕门内高高矗立的一架云车问：“这是攻城利器，摆在中军大帐却是何用场？”

“哼哼，这里又没有敌城，观赏山水罢了。”荆燕一脸轻蔑的冷笑。

苏秦看了荆燕一眼，正想叮嘱几句，辕门内突然传来一声楚人特有的尖锐高宣：“燕国司马荆燕进帐！”一嗓子传来，苏秦便觉得不是味道，看看荆燕，脸色愈发难看。苏秦低声道：“沉住气了，走。”跟在荆燕身后要进辕门。

“且慢！此乃六国上将军大帐，小小司马岂能再带随从？退下！”随着一声呵斥，一柄弯弯的吴钩闪亮地指到了苏秦胸前。

“大胆！”荆燕一声怒喝，疾如闪电般伸手拿住了军吏手腕，轻轻一抖，吴钩“当啷”跌落。军吏脸色骤变，尖声大喝：“拿下了！”两排甲士“嗨”地一吼，一片长矛大戟森然围住了两人。

荆燕高声长喝：“六国丞相苏秦驾到！子兰将军出迎！”

军吏甲士不禁愕然，一时不知如何是好。突然，大帐口传来一阵大笑：“原是丞相到了，子兰失敬。”随即又是一声威严的呵斥，“成何体统？退下了！”随着笑声与呵斥声，全副戎装斗篷拖地的子兰大步走了出来。苏秦在辕门外笑道：“人说大将军八面威风，果然不虚也。”子兰一拱手道：“身负重任，不敢荒疏，敢请丞相恕不敬之罪。”苏秦也是一拱手笑道：“匆忙前来，未及通会，原是我粗疏也。”子兰连连道：“丞相此言，子兰不敢当。”说着便请苏秦进入了大帐。

中军大帐很是整肃，帅案前的两排将墩直到帐口，足足有三十多个；大帅案正中横架一口楚王剑，左边兵符印信，右边令旗令箭；帅案背后立着一个巨大的本色木屏，屏中一只黑色的九头猛禽。苏秦知道，昭氏祖居于云梦泽东部的大江两岸，那里有龟蛇两山夹峙江水，是楚国中部的险要形胜；可能是降伏龟蛇的愿望所致，中部楚人向来信奉久远传说中的九头猛禽，以这种怪鸟做保护神。子兰的中军大帐也以九头鸟为帅记，可见这种猛禽在中楚的神圣。

“军中不上茶，丞相要否饮酒？”子兰坐进帅案，浓浓的笑意遮不住矜持与威严。

“身在军营，自当遵守军法，茶酒皆免了，苏秦唯想听听将军谋划。”苏秦被军吏领到帅案左下侧的军师席上。荆燕看得直皱眉，苏秦却坦然微笑浑然无觉。

“既设六国幕府，运筹谋划自当由幕府出之。子兰为将，唯受命驰驱战阵而已了。”

“将军既有此言，苏秦当坦诚以对。”苏秦原先也预料到子兰可能对六国幕府心有不快，却没想到如此耿耿于怀，推心置腹道，“合纵有约：军雄者为将。六国幕府之设，原为斡旋粮秣辎重，督导协力作战，并非调遣大军战事。柱国身为六国统兵上将军，既无人取代，亦无人掣肘。尚望将军以大局为重，与六国幕府同心协力。若将军心有隐忧，苏秦即刻撤去六国幕府。”

“子兰原是笑谈，丞相言重了。”子兰心中大是舒坦，脸上却是一副忧戚，“传言春申君力主换将，大敌当前，却有此等阴谋，令子兰寒心。”

苏秦大笑一阵：“将军多心了。春申君原是要你坐镇六国幕府，做大元帅，如何竟成了换将？传言者该杀也。”

子兰哈哈大笑道：“丞相见笑了。”岔开了话题道，“丞相以为，我军当如何应对？”

“苏秦不谙军旅，全赖将军谋划。只是秦国兵马不动，我心不安，不知将军如何看？”

子兰一怔，随即大笑：“无非畏惧我四十八万大军，又能如何？”

苏秦看看子兰，凝神沉思着不再说话。

“丞相毋忧。”子兰笑道，“无论秦人如何智计百出，打仗总是要两军对阵了。秦国总是没有妖法，能靠躲避取得胜利么？彼不来，我自去。明日我军便猛攻函谷关。”

“函谷关间不方轨，狭长幽深，关下至多容得数千人，四十八万大军如何摆布？”

子兰原是鼓勇之间脱口而出，被苏秦一问，难以回答，期期艾艾道：“轮番猛攻，看，看他能撑得几日？”

苏秦幽然一叹：“子兰将军，请到幕府一趟，众口出良谋也。”

子兰面色通红道：“要商议军机，也当在中军大帐了，六国幕府算……”却生生打住了。

“好。”苏秦轻轻叩着长案，“今晚，我等来中军大帐。”

正在此时，帐外马蹄声疾，斥候沉重急促的脚步直入大帐：“禀报六国上将军：秦军出动了！函谷关外遍地营寨！”子兰拍案大喝：“当真胡说！方才还没有踪迹，难道秦军是神兵？”斥候喘息道：“不，不敢假报，上将军一看便知。”子兰阴沉着脸霍然起身，也不看苏秦一眼大步出帐。苏秦已经出了大帐，跟着子兰便上了云车。

高高的云车上，眼界分外开阔，向西望去，但见函谷关外漫山遍野都是黑色旌旗，连绵营寨，埋锅造饭的袅袅炊烟，在明净的蓝天下如在眼前。苏秦虽然目力不佳，也确定无误地看出了那是真正的军营，而不是虚妄的幻觉。子兰大皱眉头，径自不断地嘟哝：“哪来得如此快捷？鬼魅一般，当真鬼魅一般。”苏秦肃然道：“子兰将军，秦军出战，我军当速定对策，我与四公子午后便到。”说完也不等子兰回答，径自下了云车。

回到幕府，正当中饭时刻。偌大幕府虽然已经收拾干净，但四公子依旧个个酣醉如泥地倒卧在后帐，鼾声一片，酒气冲天。苏秦立即给侍女领班下令：“小半个时辰，让他们立即清醒过来，办不好军法从事！”

侍女们立即忙碌起来，醒酒汤、冰块浸汗巾、凉茶、冷水、按摩拿捏，能用的办法一齐上，终于使四公子醒了过来。虽然醒了，却都是头重脚轻胸闷恶心，春申君噢呀呀一阵呕吐，其他三人也立即跟着大吐起来，帐中污秽酒臭一片。侍女们掩鼻侍奉，四个人犹自软在地上。苏秦不堪忍受，一个人在庭院踱步，幕府内动静却听得清楚，走进来吩咐道：“脱去衣服，冷水浇身！”

侍女们一阵愕然，但见苏秦阴沉肃杀的模样，只好红着脸将四公子脱光，人各一桶冷水向四公子兜头浇下。大帐中立即流水淙淙，变成了一片泥泞。此时，只听一阵噢呀啊噫的叫声，四个人终于完全清醒过来了。待四人换好干爽衣物收拾齐整，苏秦已经命人将酸辣羊肉羹摆好，四人稀里呼噜地喝下，出得一身热汗，才精神了起来。

“噢呀呀武安君，你这是何苦来哉！如此痛饮，不大睡三日，如何过得了？”

苏秦揶揄笑道：“莫非要做了秦军俘虏再醒来？”

“秦军出动了？”孟尝君大是惊讶。

苏秦沉重地叹息了一声：“函谷关外已经大军云集，子兰尚没有定见。”

信陵君面色通红，啪地拍案而起：“我等几时做了酒囊饭袋？不用说了，走！”大步出帐，上马飞驰而去。

五骑快马到达楚军营地，正是未时末刻。尚未进营，便见六国军营间的官道上不断有快马飞来。平原君赵胜眼尖，扬鞭高声道：“肥义？看，五国大将都来了。”孟尝君笑道：“好！子兰总算醒过来了。”片刻之间，五国大将一一到了营门，最前面的平原君一抖马缰要进营，不防总哨司马举着一面令旗拦在当道：“军营不得驰马！各位将军交缰进营！”

孟尝君笑道：“军中法度没个变通么？真个东施效颦。”

“六国上将军大令，谁敢不遵？军法问罪！”总哨司马声色俱厉。

平原君揶揄笑道：“我只道有个六国丞相，竟还有个六国上将军？”

“噢呀呀，你等毋晓得，再说也没用，下马交缰了。”春申君又气又笑，将马缰掷给士兵，昂昂大步进了营门。五国大将们原是奉紧急军令赶来，不想子兰如此章法，个个面色阴沉，竟无一个抬脚。苏秦苦笑道：“诸位皆是将军，人人都有军法，莫要计较了，走。”燕将子之道：“武安君，非是我等计较，楚营广阔，到中军大帐得走小半个时辰。究竟军情紧还是军法紧？”苏秦豁达地笑了：“早晨我已经走过一遍了。”将军们顿时一怔，赵将肥义高声道：“六国丞相都走了，我等武夫走不了？走！”马缰一丢，气昂昂走了进去。

走到中央营地的辕门前，甲胄齐全的将军们已经是大汗淋漓，刚刚酒醒的四大公子更是脚下虚浮面色苍白。除了苏秦，这些人个个都是颐指气使惯了的，谁个受过如此无端窝囊？此时个个面色阴沉，连素来持重的信陵君也是牙关紧咬。

“鸟！还立大纛旗？还六国上将军？谁认你个小子！”韩朋先骂了起来，他不像其他四位将军还顾忌本国公子在场，全然口无遮拦。

“韩将军，大敌当前，大局为重。”苏秦声音很低，神情却很肃穆。

“呸！”肥义、子之、田间、韩朋一齐向大纛旗啐了一口，连老成稳健的魏将晋鄙也哼哼冷笑着瞪了大纛旗一眼。突然，辕门中一阵隆隆大鼓，军务司马站在大帐口高宣：“聚将鼓响！大将鱼贯入帐——”

苏秦看见，辕门内的楚军将领已经进帐，便知子兰聚集了全部将领，看阵势是要聚将发令。按照苏秦想法，子兰至少应当与幕府五人商定方略，而后调兵遣将，匆忙聚集所有将领，却又没有五国其他将军，但有歧见，岂不难以收拾？然则已经来了，能不进去么？看看众人阴沉沉地没一个动弹，苏秦低声对信陵君道：“走。”信陵君咬咬牙大喝一声：“入帐！”率先进了辕门。

三通鼓罢，苏秦一行堪堪最后入帐，依次坐定，两排将墩满满当当一个不空。

“六国上将军升帐——”军务司马矜持得就像天子的礼宾大臣。

随着悠长尖锐的宣呼，子兰从硕大的九头猛禽后走了出来。前排的四大公子侧目而视，却见子兰头戴一顶无缨金帅盔，熠熠生光的盔枪足足有六寸，身穿土黄色象皮软甲，腰悬一口新月般的吴钩，一领金丝斗篷映得满帐生辉。苏秦向帐中瞄了一眼，见人人皱眉，心中不禁一沉。

楚国将领一齐站起：“末将参见上将军！”

五国将领却只是坐着拱手道：“参见子兰将军！”四大公子默不

作声。

苏秦见子兰难堪，一拱手笑道：“上将军首次聚将，实堪可贺。”

“丞相驾临坐镇，子兰实感欣慰。”子兰拱手还礼，肃然入座道，“诸位将军：本上将军升帐聚将，诸位将军无分职爵高下，须得一体听从本上将军军令，若有违抗，军法不容！”话音落点，楚军将领轰然一声：“嗨！”前排的联军将领与四公子却无声无息。

“本上将军发布军令……”

“且慢！”燕国大将子之霍然站起道，“敢问子兰将军，这是六国联军，还是楚国一军？”

“子之将军，此言何意？”子兰顿时沉下脸来。

子之本是燕国世家子弟，长期驻守燕国边陲与阴山、辽东的胡人作战，所部六万是燕国唯一一支拉得出来的劲旅。燕易王决意子之率军南下后，便调子之回到蓟城做了亚卿。燕国亚卿职爵不高，却是军政实权位置，与秦国的左庶长一般。六国合纵是燕国最露脸的一件事，燕易王反复思忖，才改派干练机警的子之做了大将。子之要为燕国争光，更想在天下打出自己的声望，便对战事作了事先谋划，一心要在大将会商时争得主战重任；不想子兰如此做派，一副谁的账也不买的跋扈模样，尤其是不尊苏秦让子之恼火。虽说苏秦是六国丞相，可本职却是燕国武安君，按通例便是燕职燕人，子之身为燕国大将，不能维护苏秦尊严，等于使燕国蒙羞，这如何能教子之忍受？

但子之并非鲁莽武夫，他冷冷问道：“若是六国联军，便当先聚六国大将于六国幕府，谋划妥当之后，再由各国大将分头回营下令。如今有楚国营将，却无五国营将，莫非子兰将军蔑视五国大军不成？”

“还有，将幕府五魁与楚国营将等同待之，这是哪家军法？”赵国肥义也霍然站起。

“敌情不明，打法未定，便要贸然行令，这是打仗么？”齐国田间也昂昂质问。

“敢问子兰将军打过仗么？”韩朋更是一脸的嘲讽揶揄。

子兰面色铁青，想发作却又心虚。毕竟是六国联军，虽然楚国兵力最多，但在近百年的战国历史上，中原三晋与齐国的战力战绩都远远强于楚国，若非楚国与秦国冲突最烈，盟主未必就是楚国，若由自己搅散了六国联军，昭氏在楚国如何立足？退让吧，方才已经申明军法，日后如何坐帐行令？子兰两难之间，五国大将连串质问，子兰的心腹营将大觉尴尬，人人怒目相向，大帐中立时紧张起来。

“诸位少安毋躁。”苏秦面色肃然地站了起来，对五国大将道，“军无大将不行，如此纷争，成何体统？”苏秦一贯的稳健坦诚，在六国君臣中声望极高，五员大将虽愤愤不平，但还是坐了回去不再纠缠。苏秦回身对子兰一拱手道：“上将军，依苏秦之见，我军各方主将当先行会商，议定战法，而后上将军号令全军出战，似可如臂使指，上将军以为如何？”

子兰舒了一口气：“便依丞相主张了。”回头下令，“楚国营将回帐，厉兵秣马，准备大战。”营将们哄然一声，退出了大帐。子兰回身对众人一拱手笑道：“子兰一时粗疏，丞相并诸位公子、将军见谅了。”

苏秦笑道：“联军初成，原无定规，说开便了，谁能计较？”

“噢呀呀，我的心都要跳出来了。”春申君一句，满帐一片笑声。

平原君笑道：“子兰将军，我等口干舌燥，可否来几桶凉水了？”众人已经听荆燕说了子兰大帐不得上茶的“军法”，闻言又是一阵大笑。

子兰回身吩咐军务司马：“上大桶凉茶来。”

“好！有茶便有说的，我看信陵君先说。”孟尝君大饮两碗，立即来了精神。

“岂有此理？”信陵君笑道，“还请子兰将军先展机谋，我等拾遗补缺。”

子兰却拱手笑道：“既是会商，还是毋得拘泥，子兰愿先闻诸位高见。”

“哼哼！”子之冷冷地一笑。在他看来，这个金玉其外的年轻统帅，压根儿就是个花花公子：剑器、甲胄、斗篷、战靴，样样都金光灿灿，像打过仗的行伍将军么？做派十足而胸无一策，明明没有谋划，还要装模作样地“先闻诸位高见”，如此之人竟做了六大战国的统帅，当真令人齿冷。

“子之亚卿可有谋划？”燕齐老邻，孟尝君素闻子之才干，见他横眉冷笑，便知就里。

子之从将军墩站起，从容道：“六国丞相、诸位公子、将军，子之以为：六国联军虽众，然亦有不足处。最大缺陷，是老兵车与老步兵太多，无法与风驰电掣的秦军铁骑抗衡。若依成例战法，摆开大阵迎敌，联军战车与老式步兵，非但必成秦军鱼肉，且也是我军累赘，极难取胜。”子之寥寥数语便击中联军要害弱点，众人不禁一怔。

“唯其如此，须得出奇制胜。”子之胸有成竹，“其一，六国联军须立即精编，遴选各军铁骑与铁甲步兵，使联军能够与秦军打得硬仗！其二，不必拘泥于函谷关外决战，可将联军分为三路：第一路由楚国战车步卒与韩国步兵组成大阵，在函谷关外吸引住秦国大军，能战则战，不能战则守；第二路由燕国辽东铁骑与赵国步兵合成，北上袭击秦国北地郡；第三路由魏齐骑步合成，从西南袭击崤山，可从背后拿下函谷关，并对秦军主力前后夹击。若得如此，秦军必败！”

大帐中一片沉默。公子、将军们虽然都赞许点头，然却没有人说话。

在子兰看来，这明摆着是将楚军看做废物，将子兰的统帅权力变成了无足轻重的留守，将楚国的合纵盟主地位一笔抹杀。虽然不满，但基于方才难堪，子兰却不想第一个反对。在苏秦看来，这确实是一个极具才华的构想，不禁很是赞赏这位燕国亚卿。但想到自己毕竟不通兵家，不能首肯，便等着别人说话。在四大公子看来，谋划是不错，实行起来却很难：譬如魏国派出的只是五万步兵，且主要守在敖仓要道，主将晋鄙则是墨守成规唯君命是从的那种人，要按子之战法，魏国就要增兵换将，否则不可能攻下崤山重地；然则要增兵换将，必然要大费周折，大敌已在眼前，如何容得你从容周旋？赵将肥义本是很有胆识的军中干才，却也虑及赵国派出的步兵不足以奇袭作战，而要调来防御匈奴的精锐骑兵，又绝非他说了能算，也缄口不言。田间、晋鄙、韩朋，则都是平庸之辈，不置可否。如此等等，一时间大帐中竟无人呼应。

“信陵君，还是你来说说。”苏秦瞅准了最合适的评点者。

信陵君没有推辞，慨然一叹道：“子之将军之谋划，确是上乘战法。六国若能如此分头攻秦，何能有得今日？然则，以联军实情而言，谋划虽好，却极难实施。精编大军、增兵换将、粮秣辎重、探察地形、预备乡导、更换兵器，凡此等等，牵涉六国，皆非旬日之功。秦军便在眼前，张仪司马错容得我等半月一月？”说着又是一声沉重的叹息，“为今之计，只能就目前军力，谋划可战可胜之法，忠于职守，恪尽人事，岂有他哉！”

“噢呀，信陵君，你就说如何打了？”

“对呀，好赖也是四十八万，怕他个鸟！”孟尝君粗豪地骂了一句。

“信陵君但说，我听你！”平原君立即毫无保留地敞明了与信陵君的坚实纽带。

信陵君笑道：“武安君、子兰将军，无忌以为：既不能奇计取胜，便当同心协力，战阵对之。具体战法，仍当以子之谋划为根基，略作变通而已。决战之日，子兰将军率楚韩大军居中成阵，魏齐大军从西面进攻，燕赵大军从东面进攻；三路大军成犄角之势，相互策应，即或不能大败秦军，也当将秦军压回函谷关。”

“好！简单易行！”孟尝君立表赞同。

“噢呀，那可是要立即变动军营位置了。”

子兰豁达地笑道：“只要能打胜仗，军营变动何难？”

子之沉重地叹息了一声，闭上眼睛不再说话了。

“那就如此这般了，我看可行！”平原君说得果断利落。

肥义道：“还是六国丞相定夺，六国联军听凭号令！”分明没有将子兰放在眼里。

苏秦看看无人争辩，便道：“信陵君与子之亚卿的谋划，合我军情，甚是妥当。若没有歧见，请子兰上将军发令。”

子兰心中顿时踏实，对苏秦拱手一礼，走到帅案前肃然端坐，发下令旗令箭，限令五国兵马在明日内移营到位：魏齐大军于楚军西北扎营，燕赵大军于楚军东北扎营，韩国兵马在楚军西侧并立扎营；三营各推进三十里，于函谷关外形成犄角阵势。

号令完毕，已经是明月东升。苏秦一行出得楚军大营，走马沿着大河东来，没有丝毫的激动兴奋，河水滔滔，马蹄嘚嘚，没有一个人说话。良久，孟尝君哼起了古老的战歌，伴着呜咽的大河涛声，分外的沉重忧伤。人们怦然心动，跟着哼唱起来。古老的战歌被涛声马蹄声搅成了无数的碎片，弥漫在清冷的月光下，散落在萧瑟的古道上：

我车既攻　我马既同

弓矢既调　王师既征

萧萧马鸣　猎猎旆旌

披坚执锐　烈士大成

三　河外大战　张仪偏师袭敖仓

函谷关的中军大帐彻夜通明，探马如梭，军令声声，一片紧张忙碌。

第一次置身大军之中，张仪分外振作。他几乎忘记了自己是以丞相之身参赞军机，只是如饥似渴地观察着大军运行的每一个环节，品味着，感悟着，甚至在短暂的睡梦里也揣摩着自己的心得。身为军旅家族的后裔，张仪少年时候对沙场征战充满了向往，对兵家名将更是奉若神明。在莽苍苍的王屋山，当老师第一次问他欲操何业时，张仪毫不犹豫地回答："兵家。"可老师却说他"命中乏金，入军必败"，派他与苏秦专修了纵横之学。虽则如此，张仪对兵家的向往与对铁马生涯的兴趣却没有稍减。今日如愿以偿，自是精神抖擞，处处刻意揣摩。在中军大帐，他对司马错频繁的调遣、命令从不过问，只是看，只是想。

目下，张仪觉得司马错集结大军的方式，与他所想象的大是不同。

秦国共有二十万大军。依张仪所想，如此关乎连横成败的大战，自然要聚集全部重兵到函谷关外决战。可从咸阳赶到蓝田幕府调遣大军时，司马错却将秦军分成了五支：西部大散关与陈仓要塞留守一万，东南武关留守一万，这两万留守军全部是步兵；蓝田大营驻扎四万，全部是精锐铁骑；其余十四万大军分为三支：第一支主力大军十万，步骑混编，全部开出函谷关扎营；第二支步骑混编两万，秘密开进崤山东南部河谷扎营；第三支两万，全部精锐铁骑，秘密开进函谷关外大河南岸的山谷中扎营。司马错严令：“两日之内，各军务必到位扎营。除函谷关大营，其余各部务求驻扎无形，绝不能被敌军觉察！”

晚来更深，明月高悬在函谷关箭楼，刁斗声声，山塬倍显幽静。张仪布衣散发，悠闲地踱进了中军大帐。司马错笑道：“丞相好洒脱。请坐了。”张仪笑道：“入得将军帐，方知军旅事，张仪特来讨教一二。”司马错坦然笑道：“丞相不明，但问便是，何敢言教？”

“西南无战事，何以留守两万？”

“战国多突发之战，我能袭敌，敌亦可袭我。有险无守，天堑也是通途。此所谓有备无患也。”

“既有留守，何以尽皆步兵？”

“固守险关，步兵强于铁骑。一旦遇袭，我唯固守，步卒足矣。”

“关中无事，何留四万铁骑于蓝田？”

“凡大战，必有不测之变。四万铁骑居关中，专一策应不测之危，是为万全。”

“崤山河外两军，何能做到驻扎无形？”

“六国军营难以无形。秦军独可：熟肉干饼，不起军炊。”

“以十万当四十八万，若敌军山海压来，何以应之？”

“函谷关外山塬，堪堪容得二十余万兵马驰骋，敌方若人海而来，必自为鱼肉。”

张仪哈哈大笑：“啊，不想如此简单，却害我好生揣摩。”

司马错笑道：“凡事明则简单，不明则奇诡。譬如连横之先，举国困惑，丞相一旦敞明，岂不也很简单？”

“言之有理！”张仪慨然拍案，“道理虽简单，事中人却多有迷惑。运用之妙，存乎一心，非天才不能为之也！当年房陵之错，不正在于有险无守么？”

“丞相悟性，令人佩服。”司马错拱手笑道，“我倒是正要求教丞相：六国幕府多有英才，他们可能如何谋划？”

张仪道：“六国幕府以苏秦与四大公子坐镇，此所谓幕府五魁。幕府之下，是六军统帅子兰，再次是五国主将。论兵家才能，幕府五魁大体与张仪不相上下，都是半瓶水。其中唯有信陵君通晓兵法，然此人遭魏王嫉妒，从来没有提兵战阵的阅历。至于上将军子兰，更是拘泥成例的贵胄公子，既无军旅行伍之锤炼，更无统帅大军之才能，唯知弄权而已。此人为帅，不能服众，只能生乱。下余五国主将，三平两能：三平庸者，晋鄙、田间、韩朋，两能者，肥义、子之。肥义虽能，职爵却低，又兼依附平原君，只能以平原君马首是瞻，不会出谋。子之位高权重，又是燕王心腹，建功心切，最有可能出谋划策。归总而论，信陵君与子之是左右战阵大计的两个人物。”

“丞相以为，六国幕府会生乱么？”

“生乱必不可免，然有苏秦在，不会乱得没有头绪。”张仪踱步思忖道，“两个人物能拿出甚个妙计？我目下若明若暗，想不清楚。”

“其实，丞相已经说清楚了。”

“噢？我说清楚了？”张仪大笑摇头，“如何我还在雾中？”

“计自人出，人必有本。”司马错微微一笑，“子之是与胡人作战的能将，所谋必不能离开骑兵。骑兵所长，在于快速奔袭。若子之谋我，必不在正面硬仗撑持，而在袭我北地与峭山，使我首尾不能相顾，然则也有一难。”

“难在何处？”

“燕国派兵六万，骑兵却只有一万。若要奔袭，须得增加魏国铁骑。而魏国又恰恰没有派出骑兵。丞相以为，六国重新增兵甚或换将，有可能么？”

“断然不可能。”张仪一挥手，“六国成军，乃利害算计之结果，谁肯以一将之谋乱格局？”

“如此，我便踏实了。”司马错舒了一口气，“无奔袭之危，下面的棋便由不得他了。只是，司马错要有求于丞相了。”

“噢？要我做甚？说便是！”张仪一下子兴奋起来。

司马错低声说了一阵，张仪哈哈大笑：“好！我张仪便真洒脱一场！”

军师大帐便在中军大帐旁边，张仪回帐一说，绯云高兴地跳起来收拾。嬴华却直愣愣道：“你真要领军？”张仪笑道：“还有假么？快去收拾甲胄。”嬴华道：“可知秦军军法，无端败军者斩？”张仪道：“无端败军，自要斩首。与我何干？”嬴华急红了脸：“别装糊涂了，不是战阵之才，何须无辜涉险！”张仪笑道：“樗里疾老调，君上都没赞同，还说个甚？”嬴华道：“正是君上严令：我必须保护你安然无恙。”张仪揶揄笑道：“那就整日价睡大觉完了。”嬴华又气又笑道：“秦军将才多的是！”张仪笑道：“然则，谁有我熟悉河外？”说着拍拍嬴华肩膀，慨然高声道，“有如此大军，如此统帅，如此谋划，我张仪竟连走马战阵的胆识也没有，何颜对秦国父老？何颜居丞相大位？”嬴华默然片刻，粲然一笑道：“好！随你了。”便进了后帐。

片刻之间，嬴华绯云出帐，看着帐中铁塔也似的一条大汉，不禁相顾愕然。原来张仪已经披挂整齐：头上一顶带护耳护目的无缨铁盔，身上一副大护肩的将军铁甲，脚下一双牛皮铁头战靴，手持一口越王吴钩。张仪本来身躯伟岸，一身黑色铁甲上身，双眼在护目小孔中晶晶发亮，加上弯月形吴钩，在灯下无声矗立，顿显威猛可怖。

猛然，嬴华绯云咯咯笑作一团：“吔！活活一个江洋大盗！”

张仪这身披挂，是秦军的战将铁甲，全副重量达六十余斤，若加上弓箭兵器连同干粮干肉，当在百斤上下。仅此一点，可知做秦军猛将之难。张仪此刻铁甲上身，顿时涌出一股无坚不摧的力量快感，大是畅快。听得两人笑声，张仪一拱手道：“末将甲胄在身，不能全礼了。”嬴华绯云更是笑得不亦乐乎。

“噫！你如何不披挂自己的上将甲胄？也轻便点儿。”嬴华很是惊讶。

“此乃奇袭，帅甲斗篷招摇过甚。噢——好英武的少年将军！”

嬴华与绯云，却是一身牛皮铜片软甲，足下战靴，头顶铜盔，身上斜背一个牛皮袋，当真是纤细英武的少年将军一般。张仪对两人叮咛了此行要点，三人大步出帐，恰逢司马错派来的随行军务司马也刚刚赶到帐外，四人就着上马桩跨上战马，飞驰出了大营。

秦军的主力营寨扎在函谷关外的崤山北麓，六国联军的新营地已经推进到洛阳以西的山塬地带，中间相距不过数十里之遥。而秦军的一支骑兵已经插到了六国联军的身后，隐蔽在虎牢山西面的山谷之中。张仪要去的地方，正是这支骑兵隐藏的无名谷，地形不熟，当真是难以寻觅。

张仪原是魏人，修业的王屋山也在魏国，天下游学时首先踏勘的也是魏国，对河内河外地形自然极为熟悉。他离开秦军营地，立即向东北方向飞驰。不消半个时辰，便到了大河南岸的茫茫草滩。时当仲秋，大河进入枯水季节，河滩齐腰深的茫茫苇草已经变黄变干，沙滩泥地，已经变成了潮湿的硬板地。战马飞过，弹性十足的地面非但消解了马蹄声音，茫茫苇草又遮掩了骑士踪迹，莫说朦胧月色下难以发现，纵是白日，一里之外也难以觉察。张仪选的这条“时令大道”确实快捷，放马奔驰，月到下弦之时，四人已经越过孟津渡口。又过半个时辰，便进入了虎牢山地。

虎牢山扼守大河南岸，四周多有丘陵山谷，虽然不算险峻高山，却是林木苍莽曲折回环。按照军务司马说的方位，张仪没费力气便找到了虎牢山东北的这条山谷。进入谷口，缓辔走马，幽静异常，丝毫没有人马迹象。

突然之间，一声长长的狼嗥掠过了山谷。军务司马一撮嘴唇，立即发出三声短促尖锐的鸮[1]鸣。叫声方落，山道两旁黑黝黝的小树突然倒下，两个长大身影倏忽冒出在马前，低声喝道："东有虎牢！"军务司马低声道："西有函谷。"一个身影低声道："随我来。"大步向谷中走去，另外一个身影又立即变成了黑黝黝小树中的一棵。

拐了两个山头，来到一道不起眼的山谷。月色之下，但见满山林木，却无一顶军帐，没有人声，没有马嘶，与寻常幽谷没有两样。张仪大是疑惑，两万骑兵如何能隐藏在这里？寻思间已经随着"小树"摸黑进了一座山洞。洞口很小，洞中却颇为宽敞，隐隐传来一片沉重的鼾声。

"小树"咳嗽了一声，沉重的鼾声突然刹住。一个身影霍然冒出："军令到了么？"军务司马低声道："白山将军，丞相到了。""啊！"对面身影轻轻地惊呼了一声，低声道，"骑右将白山，参见丞相！"张仪笑道："免了免了，目下没有丞相，只有将军张。记住了？"

"嗨！"白山答应一声道，"请随我来，到亮处说话。"

拐过几块巨大秃圆的山石，一缕月光洒在了洞中，在习惯了黑暗的来人眼里，倒是分外的清爽。几个人在秃圆的石块上坐定，一名军士拿来了四个皮囊与一个布袋，白山道："丞相……不，将军张，这是虎

[1]　鸮，古人对猫头鹰的叫法。

牢泉水干牛肉，先垫补垫补了。”张仪摇手道：“我等与骑士一样，自带军食，日后无须专供。就地取水，倒是可以享用一些。来，先痛饮一袋，虎牢山泉水甜美闻名。”四人咕咚咚饮罢，军务司马道：“白山将军，上将军有令：奇袭战由丞相决方略路径，你只管打仗。打得不好，军法是问！”

“嗨！但请将军张下令，末将主战便是。”

张仪笑道：“白山将军，我来军前，只因我对河外熟悉，并非我通晓战阵韬略。上将军虽有如此将令，你却只将我看做一个乡导。我有计策便说，若有不妥，你便不要听。万勿心存上下芥蒂，因而痛失战机。老秦人本色不作假，是么？”

白山拱手慨然道：“丞相如此襟怀，末将疑虑顿消。右骑两万，全数郿县孟西白子弟，打仗断无差错！丞相，不，将军张但决谋略路径便是。”

“好！”张仪笑道，“再隐蔽一日，可有保障？”

“断无差错。”白山信心十足，“这道山谷是前哨，战马骑士都隐蔽在后面一道三面环山的绝谷。不支军帐，不起军炊，马入山林喂料，人入山洞就食，再隐蔽三两日也可。”

“骑士军食还可支几日？”

“三日。”

“游哨放出多远？”

“周围十五里。”

“好！明日大睡，养足精神，往后几日只怕想睡也没得空了。”

“嗨！”白山应命一声又道，“丞相鞍马劳顿，也请休憩。我去拿几条军毯？”

“不用。将军处置军务去，有事随时报我便了。”

白山答应一声，出了山洞。张仪笑道："睡吧，动静越少越好。"四人卸下甲胄打开军毯裹住身子睡了过去，片刻之间，一片鼾声。

正当午时，秦军大营前飞来两骑快马。距营门一箭之地勒马，一人遥遥高喊："我是联军特使，来下战书，作速通报上将军！"

"特使稍待——"秦军寨门一声回应，马蹄如雨而去。片刻之后，一骑飞出营门高声道："特使随我来。"话音落点，马头已经回转，带着两骑飞驰进了营寨。

中军大帐空荡荡的，帐外只有两名甲士，帐内也毫无肃杀之气。两名特使坐定，一名军吏捧来陶壶陶碗，斟满凉茶请特使慢饮。两特使相顾困惑，一人昂昂道："我等来下战书，要见上将军！"军吏拱手道："上将军正在午眠，请稍待片刻。"一特使笑道："噢呀，好洒脱了。"军吏道："夜受贼风，上将军偶有小疾而已。"另一特使笑道："定是巡查风寒，峭山寒症可是厉害也。"军吏板着脸道："两军敌对，请勿闲话。"两特使便不再说话。

小半个时辰后，后帐传来一阵沉重的咳嗽喘息，接着听见脚步声，一个身着软甲外罩丝披风的黝黑瘦子走了出来，目光向两人一扫，却是炯炯有神。他缓步走到帅案后坐定："你等便是联军特使？"声音中带有明显的咝咝喘息。

两特使站起，身材高大者道："联军特使景余、田锋，参见上将军！这是我六军统帅子兰上将军战书。"军吏接过战书，抽去布封套，将一卷竹简捧送到帅案之上。

黝黑瘦子矜持地一手展开竹简，瞄得一眼笑道："子兰有古风也，下战书，司马错可是头一遭遇到，要何日决战啊？"

"战书写得明白，明日决战！"

司马错笑道："既学古人，便当学像。战书隔三，子兰不懂么？"说着提起铜管鹅翎笔在竹简上大书了"三日后决战"五个大字。军吏上前卷起竹简，交还特使。

特使昂昂道："我上将军有言：天下皆云秦国虎狼之军，我独不惧！但受战书，便是堂堂之阵正正之旗，两军对阵决战，不得施偷袭惯技！"

司马错哈哈大笑，呛得咳嗽起来，咝咝喘息一阵，满面潮红声音嘶哑道："好！对阵决战，教六国输得心服口服。"

"上将军保重，本使告辞！"两位特使赳赳大步出了中军大帐，一阵马蹄出营去了。

后帐转出精神奕奕的司马错："山甲将军，亏了你这个现成病号，竟在如此两个人物面前周旋，还行！"黝黑瘦子喘息着道："不就两个军使嘛。"司马错摇头微笑道："一个孟尝君，一个春申君，大人物也。"黝黑瘦子高兴得一跳："哎呀！山甲病得值了！"帐中一片大笑。

子兰的中军大帐顿时热闹起来了。

孟尝君春申君回来将经过备细一说，帐中顿时歧见纷纷。下战书探营，原是苏秦的主意，本意是想试探秦军能否答应这种正面阵战。因为楚军的两千辆兵车与各国二十余万步兵，最适合列阵而战；若能以兵车步兵列成正面大阵，两翼辅以骑兵突袭包抄，则胜算在握。这是联军幕府反复商定的最佳战法。如今带回的消息大是令人意外：司马错非但答应列阵决战，而且在三日之后；更重要的是，司马错似乎患了"崤山寒症"——这是崤山狩猎山民的一种怪病，一旦染上，嗜睡厌食，月余则枯瘦如柴。若果真如此，岂非六国大幸也！使幕府魁首与将军们惊喜的是这一点，产生分歧的也是这一点。

子兰最是激动，主张拖延旬日，待司马错病势沉重时一举猛攻，务克全功。赵将肥义则认为，拖延下去有可能使秦军换将，不如将计就计，就在三日后如期决战。魏将晋鄙、齐将田间、韩将韩朋都支持肥义，认为这是万全之法。燕国主将子之则提出惊人主张：明晚发动突然袭击，一举击溃秦军主力。子之雄辩地说了三点理由：其一，兵不厌诈，安知司马错不是装病？其二,六国联军协调费力，不宜久拖而宜速战；其三，所有事态中，只有司马错批回“三日后决战”这一事实可信无误，三日内秦军戒备必然松弛，是联军战胜的唯一机会。

经过一番激烈争辩，谁也驳不倒子之的雄辩理由。立足司马错病情，显然是一种侥幸，而且极可能上当，连子兰也不再坚持了。从各方面看，提前突袭都是一种可行的战法。最后，终于得到了所有人的一致认可。

“好！”平原君笑道，“司马错善于偷袭，今日也教他尝尝偷袭的滋味。”

“噢呀，以其人之道，还治其人之身，房陵之仇得报了！”春申君更是高兴。

“别忙。”孟尝君笑道，“战场诡诈，我能袭人，人也能袭我，先想想自己的软肋为是。”

“孟尝君所言极是。”苏秦道，“六军之要，在于粮道。敖仓到六军营寨一百余里，每日都有辎重车队在道，信陵君以为安全否？”

信陵君沉吟有顷道：“晋鄙将军拖后，为的就是护卫粮道。再说，敖仓之西是虎牢要塞，虎牢之西我营寨连绵，此等重地，应当没有险情。”

“也是。”平原君道，“若是六国分头运粮，道路遥远，防守拉开，难保不失。如今粮道只有一条，且敖仓乃魏国根本，不说晋鄙大军，敖仓令的军营还有五千铁骑。再说函谷关到敖仓两百余里，险道要塞均有防守，秦军根本无路可走。”

“背后如何？”苏秦问，“从河内南下不行么？”

“武安君多虑了。”素来寡言的晋鄙道，“河内南下只有两个渡口：孟津渡口乃周室洛阳要塞，我军也近在咫尺；白马渡口乃卫赵水道，历来是赵国重兵守护，断无差错。”

“噢呀，南边更不可能，除非秦军插翅飞过三川，再飞过韩国了。”

“如此便好！”苏秦拍案，“子兰将军，你下令了。”

子兰兴奋地升帐发令：齐韩赵三国步兵以田间为将，分三路夜袭秦军大营；燕齐楚三国骑兵以子之为将，在秦军大营外两翼截杀；其余楚国大军由子兰亲自统领，在正面的广阔地带封堵秦军；信陵君与孟尝君率领精锐步兵五万，趁乱抄后，攻下函谷关；里外左右，四面夹击，务求一举歼灭秦军主力。苏秦坐镇幕府，记功督察。

幕府五魁与将军们掂量一番，都觉得这是一场很有气势的大战，尽皆赞同。于是立即各自回营，准备明晚突袭大战。

太阳刚刚到得山巅，山谷中幽暗下来。

午后，张仪醒了过来，用短剑划开一张干面饼，再塞进一大块酱干牛肉，狼吞而下，再灌了半袋山泉水，顿时精神抖擞。召来白山与军务司马，三人躲在山洞角落又是画又是说，整整折腾了一个时辰有余。白山与军务司马不熟悉河外之地，随军的两个乡导也只能在你说清地名后准确带路，不会完整地将虎牢、敖仓方圆百里的地形描述出来，更不会画图描述。而对于一个率领两万骑兵，要完成一场大奔袭的将军来说，完整地熟悉地形道路之间的关联是极为重要的。张仪与白山说得几句，立即觉察出这个致命弱点，于是不厌其烦地从当下所在的山谷画起，详细解说了所有山头、河流、大路、小路的关联，又教白山多次复述演练，大费了一番工夫。亏了白山是郿县白氏世家子弟，家道虽在商鞅变法时中落，却也识文断字颇有天赋，总算确定无误地弄清了这一带地形道路的全貌。

说完地形又议战法。白山的主张很简单：找到地方猛攻而入，烧了粮库便撤。张仪笑道："如此只能骚扰六国联军，可惜了两万铁骑。听我说……"张仪一五一十地说了一遍，末了笑问："如何？说实话了。"话未落点，白山跳了起来连叫："好好好！听丞相的，兄弟们人人立功！"嬴华绯云被惊醒过来，听得军务司马一番学说，高兴得立即吃喝收拾，做好了夜袭准备。

天一落黑，白山下令收拢游动步哨。山林中长长的三声狼嗥之后，白山带着张仪一行出了山洞，拐过两个山头，进入了一道长长的峡谷。白山低声道："丞相，这是一面谷，只有这一个出口。"张仪一路打量，只见这山谷越走越宽，最里面竟是一片环山盆地，山坡上的林木在黑夜里一片黝黑。

张仪笑道："人马都在山坡密林中？"

白山道："正是。下令集中。"

"且慢。"张仪猛然想到一件事，向白山低声交代了几句。白山高兴得连连点头："这样好！弟兄们一定更起劲。"说罢两手搭上腮边，顿时一声虎啸在山谷回荡开来。接连三声虎啸，山坡密林中黑影连串成片地拥下，轻微急促的脚步声在谷中像连绵细雨落在了无边荷塘。片刻之间，谷地中聚集起两个巨大的骑士方阵，没有丝毫的人喊马嘶。方阵列定，军吏将张仪四人的战马牵了过来。张仪一看，马口衔枚，马蹄裹布，鞍辔也都固定得紧趁利落毫无声息，不禁对秦军铁骑油然生出一种钦佩。

白山走马阵前低声喝道："各千夫长，下传全体骑士：今夜奇袭，由丞相亲自领军！"回身便道，"敢请丞相训示全军。"张仪走马前出，低声道："下传全体骑士：此战关系秦国存亡，务求大胜，人人立功！张仪决与全军共荣辱！"话音落点，骑士方阵一片低沉激昂的轰嗡声，瞬间又恢复了肃静。

"左阵一万，随丞相先行！右阵一万，随我押后！"

白山军令一发，张仪挥手号令："左阵出动！"脚下轻触马镫，那匹"黑电"便无声地飞了出去。但见朦胧月色下，黑色方阵流水般涌出了峡谷。

出得虎牢山地，张仪仍然上了大河南岸的时令大道，从茫茫苇草滩直向东北而来。大约小半个时辰后，白山的一万铁骑也在时令大道尾随飞驰。行三十余里后，张仪前军折向东南，进入鸿沟堤岸下的谷地，从鸿沟北岸的护渠荒田疾进。白山的后军则继续驰向东北。

秦军的袭击目标是敖仓。

敖仓，魏国最大的粮仓与物资重地，也是天下最大的粮仓与货仓。其所以在这里修建最大的粮仓，一是这里地势险要，二是这里交通便捷。在黄河与济水分流处的三角谷地，有一座敖山。敖山并不高大险峻，事实上只是一座丘陵山地，但因为孤立于两条大河之间的平原，所以险要易守。除了两条大河，敖山西面又有魏国开凿的引黄河入大梁又南通淮水的最大人工河流——鸿沟。如此一来，敖山三水环绕，更兼临近大梁，陆路官道畅通，物资集散极为便捷。

从魏武侯起，魏国在敖山开始修建粮仓，经过近百年扩建完善，整个敖山建成了一个城堡式的粮仓，山下则是十多个临时集散的小仓场。由于规模庞大，魏国人呼为"敖仓城"。魏国在敖仓设置了敖仓令，爵位官职与郡守等同，有五千精锐铁骑长期驻守。后来秦国统一天下，仍将这里扩建为天下最大的粮仓，以致“敖仓”成为天下粮仓的代表称谓。这是后话。

一个多月来，由于敖仓要供应六国联军四十八万人马的粮食物资，大大繁忙起来。山下十几个仓场堆满了随时准备装运的粮货，人声鼎沸，夜夜火把，加上正常进出的出粮缴粮车队，往往是昼夜不息地大开着城堡。敖仓令与所有的部属吏员、仓工都忙得团团转，一有空闲连忙躺倒打盹。山下军营的五千骑士昼夜警戒，时间一长，也是混混沌沌了。今日暮色时分，守军接到敖仓令命令：“歇仓一夜，明日卯时开仓。”于是一片欢呼，晚饭之后全营倒卧，敖山上下一片酣睡。

正是子夜时分，张仪的一万铁骑抄到了敖仓背后的山坳。奇怪的是，天色突然阴沉下来，厚厚的乌云淹没了月亮，秋风呜呜地刮了起来，近在咫尺的敖仓一片寂静，除了点点军灯，山上山下一片黝黑。出发时，张仪已经接到黑冰台密探的报告，知道了敖仓今日歇仓，但仍然没有料到，敖仓竟如此死寂。

十个千夫长聚来。张仪一阵低声吩咐。千夫长们立即归队，分成了大小不等的三个方块。张仪令旗一劈，三个方阵哗然散开，也不喊杀，风驰电掣般冲向了三个方向。最大的一路是六千铁骑，全力扑向了山下的魏国军营。第二路两千铁骑，冲上敖山城堡。第三路两千铁骑，杀进了山下仓场与敖仓令官署。

魏军骑士正在沉沉大梦之中，连营门哨兵也昏昏欲睡，突遭暴风骤雨般的秦军铁骑冲杀，当真是山崩地裂般恐惧混乱。许多人还没有醒来便身首异处，及至人喊马嘶，五千骑士已经伤亡大半。军营奔蹿呐喊之时，山下仓场与官署立即蹿起了大火。片刻之间，敖山上的城堡主仓也成了一片火海。大火一起，白山的一万铁骑从北面漫山遍野冲了过来，一路向鸿沟，一路向济水，大半个时辰后，便见滚滚滔滔的大水扑向了敖山谷地。

张仪一声令下，攻入敖仓的秦军骑兵立即向北方的大河岸边飞驰。到得渡口，三千骑士下马，在小半个时辰内彻底摧毁了敖仓码头，凿沉了停泊岸边的百余艘粮船。此时，遥见敖山已经陷在一片火海之中，滔滔洪水正在轰轰隆隆地涌向敖山。张仪与白山聚头，清点人数，只有二十多名轻伤，可谓全胜而归。

"回兵！"张仪一挥手，沿着大河南岸的时令大道向西飞驰而去。晨曦时分，铁骑越过了孟津，遥闻遍野杀声。

张仪登上山头一望，只见六国联军正与秦国的黑色兵团在旷野上纠缠冲杀，联军旗帜混乱，但却并未溃败。白山高声道："丞相，那里是燕齐铁骑，我从背后杀过去！"张仪道："好！打出战旗！号角准备！"一挥手，二十名牛角号手已经立马山头，一面"秦"字军旗与一面"白"字将旗已经排在白山马后，二十面千夫长将旗也在阵中猎猎展开。

张仪手中令旗一劈，二十支牛角号尖厉地划破秋雾。白山高举长剑大吼："杀——"一马冲出，万马奔腾，雷霆般压下原野。

就在张仪偏师奔袭敖仓的时候，六国大军也对秦军主力发动了夜袭。可是，当田间率领三国步兵一片呐喊，攻进秦军大营时，却发现偌大的营寨空空荡荡。田间愚蠢地以为秦军怯战逃跑，喝令烧毁秦军营帐，顺着营地山谷追击。没追得二三里，秦军铁骑从两边山塬漫山遍野冲杀下来，几乎只是一个冲锋浪潮，三国步军便蜂拥溃败着向来路逃跑。当子之率领三国骑兵掩杀到秦营两侧的山麓时，却遇到了埋伏在山麓沟垒之后的步兵大阵的猛烈阻击，箭如疾雨，石如飞蝗，联军骑兵不能越雷池半步。子兰的两千辆兵车在正面已经摆好了横宽三里的大阵，等待截杀秦军，但却只闻几条山谷中杀声震天，就是不见秦军仓皇逃出。子兰心中焦躁，又是立功心切，断然喝令车阵前推，全部封堵秦军营寨。

遍野火把下，兵车大阵隆隆向前推进的时候，秦军营寨里潮水般涌出了溃逃的联军步兵。无论子兰如何号令，恐惧的步卒们全然不顾，只是一味尖叫着四散逃命，将子兰的兵车大阵冲得混乱不堪。正在子兰要下令兵车后退到宽阔原野时，万千黑色铁骑如怒潮般从山谷中呼啸扑来，冲进车阵猛烈砍杀。片刻之间，两千辆兵车互相冲突，向身后平原夺路狂奔。车战之法，每辆战车都有二三十名步兵追随，一则保护战车，二则在战车甲士号令下冲锋，形成一个战斗单元。两千辆战车，实际上便是五万多兵力。如今战车混乱夺路，车下步兵成了秦军铁骑的剑桩，但见大劈的剑光在黑夜中霍霍闪亮，遍野都是惨烈的号叫。

不到半个时辰，楚国战车后退了二十余里，数百辆兵车已经车毁人亡，车下步卒几乎全数被杀。子兰大是恐慌，如同梦魇一般。正在此时，子之率领联军骑兵撤回，与楚国战车会合，子兰方稍稍觉得心安，却是实在想不出该如何号令三军。

子之大怒，抛开子兰，厉声喝令军马集结，列成两个大阵。乱军败退，最是需要主将胆识。主将但有勇气，败军犹可收拾。子之久在辽东作战，极具实战经验，在他威猛的号令下，剩余可战的近一千辆楚国战车，竟重新列成了大阵。子之将剩余的四万多骑兵，在兵车大阵左右两翼列成两个方阵，举剑大呼："败退死路一条！杀——"率先反身杀回。楚国战车与两翼骑兵一声呐喊，竟隆隆海啸般冲了回来，迎住了秦军的黑色浪头。这些战车骑兵虽然也是败兵，阵形更是混乱，但人怀必死夺路之心，比前大不相同，生生地与秦军五万铁骑纠缠混战起来。

正在晨曦初露秋雾蒙蒙两军相持混战的时刻，联军身后突然爆发出震人心魄的喊杀声。但见黑色大旗招展，漫山遍野的黑色铁骑竟从身后杀来。正面的秦军骑兵精神大振，一阵呐喊冲锋，便将联军战车骑兵混杂的阵形彻底冲垮。联军后退之间，白山的两万最精锐铁骑堪堪赶到，硬生生将溃逃的战车骑兵堵了回去。两面夹击，不到半个时辰，被包围进来的战车骑兵几乎全数被杀。

原野上寂静下来。

子兰方才并未随同冲杀，只木呆呆地在战车上观望。从其他方向溃逃的楚国步兵，渐渐在他旗下聚拢，一时有数千人之多。当白山的两万铁骑发动冲锋时，子兰彻底绝望，不顾一切地率领残兵逃跑了。将到大营，忽有残兵来报：信陵君与孟尝君偷袭函谷关的五万步兵，被埋伏在崤山河谷的秦军截杀，大败逃走；秦军伏兵转道淮北，要抄楚军后路，全部斩杀楚军。子兰吓得心胆俱裂，嘶声喝令："快！立即逃回楚国！"带着数千残兵落荒向南去了。

太阳升起的时候，坐镇幕府的苏秦已经什么都清楚了。

信陵君与孟尝君狼狈逃回。信陵君连连叹息。孟尝君则大骂司马错"贼将老狐"。苏秦却只是淡淡地一笑，一句话也没说。正在一片默然的时候，斥候飞马来报：子兰丢弃大军逃回楚国。春申君顿时气得跳脚大骂，骂声未落，又是斥候飞报：敖仓被秦军袭击，粮仓大部烧毁，敖山四面汪洋。

顿时，信陵君面如死灰般跌坐在地，大帐中死一般的沉寂。苏秦依旧淡淡地一笑，踱步帐外，凝望着血红的秋日，双眼一片模糊。

四 大才机变修魏齐

河外战胜，张仪没有稍歇，立即东出函谷关趁热打铁。

此时山东深为震恐，联军自行溃散，六国朝局都陷入了相互指责的纷争之中。张仪向秦惠王禀明，须趁此时机一举摧毁合纵根基，不使合纵死灰复燃。秦惠王只说了一句话："卿乃开府丞相，但放手行事便了。"并当殿特加张仪一千铁骑护卫并全副特使仪仗，以增张仪出使声威。张仪通盘权衡了六国大势，第一个目标直奔魏国。

大梁街市萧条，国人惶惶，全没有了以往的繁华兴旺气象。战国年头，人们对大战已经习惯了麻木了，一战死伤几万人也都是寻常事了。况且对于殷实富强的魏国来说，六万步兵的损失根本不足以使朝野恐慌。可是敖仓被毁，对魏国的打击却是太大了。那里储存着魏国十之八九的粮食与物资，自李悝实行平粜法以来，敖仓便是魏国平抑物价赈灾救荒的宝库。如今，粮食物资被大火烧毁十之七八，整个敖山被大水包围，临近渡口全部被毁坏，洪水竟然漫流到了大梁城外。如此一来，整个魏国的物价在旬日之间飞涨了十倍，粮价更是一日数涨，难以抑制。私家粮栈干脆关闭，准备将余粮留下自家度日。官府粮栈虽勉力支撑，也架不住国人抢购如潮，虽然没有关闭，也是眼看无粮可以上市了。眼看着北风渐紧，窝冬期临近，从来没有操心过粮米短缺，也很少存粮的大梁国人，第一次感到了恐慌。人们东奔西走地讨粮债，欠粮的人家则千方百计地躲债，更多的大梁人则纷纷出城，到乡野去偷偷买粮。一时间，大梁这个令魏国人傲视天下的商市都会，乱得人人没有了方寸。

魏襄王窝火极了，整日阴沉着脸不说话。

民以食为天，国以粮为本。国仓没有了粮食，比任何灾难都可怕。以目下情势，没有百万斛[1]粮米，难解这大灾大难。可是，冬期将至，仓促间到哪里去谋如此多的粮食？原本六国有盟约：大战后其他五国加

[1]　斛，古代粮食单位，战国时一斛十斗，一斗十到三十斤不等。

利偿还魏国供应的军粮与物资，魏国显然有一笔不小的收益。可如今兵败山倒，联军作了鸟兽散，连统帅子兰都弃军逃跑了，六国丞相苏秦也悄悄回到燕国去了，到五国找谁讨粮去？纵然想讨，以魏国目下处境，五国落井下石倒是大有可能，谁还肯认这笔账？向中小诸侯国借粮么？昔年它们多受魏国欺凌，避之犹恐不及，谁还能雪中送炭？百思无计，魏襄王只好召集了几个亲信大臣秘密商议，有人主张将信陵君也召来，魏襄王却连连摇头。

在密殿里商议了整整一天，谁也想不出好办法。魏襄王无名火起，拍案怒喝：“个个都是高爵厚禄，事到临头，一个没用！都下去！”这时，丞相惠施突然高声道：“魏王，臣有谋划。”

“是何谋划？快说！”魏襄王急不可耐。

“进攻洛阳，夺王室粮仓！”

大殿中人人瞠目，没有一个人回应。惠施昂昂然道：“濒临危境，岂能坐等灭顶！”

司土先轸吭哧道：“怕，怕是难，此时不宜轻动。”

魏襄王眼珠转悠了半日，终究长叹一声：“去去，痴人说梦也。”他心里清楚，此时兴兵，无异于火中取栗，焉知秦国不会以“尊王”这个古老的名义，呼喝列国携手灭了魏国？

正在魏国君臣团团乱转惶惶无计的时候，宫门急报：“秦国丞相张仪，请见我王——”

“张仪？”魏襄王惊得一激灵，“他，意欲何为？”

惠施连忙道：“无论意欲何为，我王都不能慢待。”

魏襄王猛然醒悟，大袖一挥：“走！随本王出迎。”

一阵煞有介事的迎宾大礼，张仪踩着厚厚的大红地毡与魏襄王并肩进入了魏王宫。看张仪身后跟着两个英武俊秀的带剑卫士，惠施几次想说不能有带剑卫士进宫，可看看魏襄王与掌典大臣浑然无觉，也就生生地咽了回去。毕竟，张仪这个煞神不能得罪，惹火了他，此时兴兵攻魏如何了得？

对张仪，魏襄王可是久闻大名了，在他还是太子的时候，便亲眼目睹了张仪舌战孟子而被父王赶出王宫的情景。后来，隐隐约约地听说张仪死在了楚国。不想在苏秦合纵之后，张仪却突然冒了出来，而且一出山便是秦国丞相。一开始谁也没在意，都说这个魏国布衣平常得紧。做过敖仓令后来做了司土的先轸，更是哈哈大笑："张仪算得甚来？一个败落布衣，当初还求靠我等，想谋个小吏也。"不成想正是这个张仪，定连横长策，一举撼动楚国，再举大破六国联军，竟在一夜之间成了令山东六国谈虎色变的人物。大梁的市井国人将张仪奇袭敖仓的故事传得神奇极了，也恐怖极了。奇怪的是，竟没有几个人骂张仪，却都说，这是上天对魏王不识贤愚的报复。如今想来，若有张仪，魏国何至于此？魏襄王硬是弄不明白，如此一个扭转乾坤的大才，父王如何就粪土般扫了出去？而且就在魏国朝臣的众目睽睽之下？细细想来，自己当初也在当场，又何曾想到过劝阻父王？

今日之张仪威风八面，魏国君臣个个小心翼翼地看张仪脸色。那个嘲笑张仪的司土先轸，遮遮掩掩地始终不敢与张仪照面。魏襄王心中酸涩难禁，坐定之后竟神不守舍地恍惚起来。

"敢问丞相，是过道魏国，还是专程而来？"丞相惠施赶忙插上圆场。

"张仪奉秦王之命，专程为秦魏修好而来。"张仪直截了当。

举殿愕然沉默。虽然没有了秦国攻打的恐惧，却也不知道如何应对这突如其来的"秦魏修好"。秦魏宿敌，魏国对秦国邦交，除了连绵不断的围堵，只有兵戎相见，几曾想到过与这个先蛮夷后虎狼的不世仇家修好？即便这次战败，魏国君臣想的也只是怕秦国趁势猛攻，礼遇张仪，也只是不想激怒秦国而已，根本没有想到过修好。正因为匪夷所思，张仪乍一说出，魏国君臣一片木然。

良久，魏襄王道："请问丞相，可，可是有所图？"

"魏王明智之人也。"张仪从容笑道，"魏国只需不再参与合纵便是。据实而论，合纵没有给魏国带来任何好处，带来的，只是大灾大难。"

魏襄王喟然一叹："秦王盛情，丞相好意，魏嗣心领了。只是目下举国惶惶，修好之事，容徐徐图之。"

"魏王可否见告，魏国难在何处？"

"丞相心明如镜，魏国大饥大荒在即，如何顾得合纵？请告秦王，但放宽心便是。"

"度过饥荒，魏国须得几多粮米？"张仪只是微笑。

"司土何在？"魏襄王突然高声，"先轸，职司所在，你对丞相说。"

躲在惠施身后的先轸出了一身冷汗，莫非魏王要拿自己讨好张仪？心中七上八下地硬着头皮走了出来，向张仪深深一躬道："小吏先轸，往昔开罪于丞相，敢请丞相恕罪。"张仪大笑着扶住了先轸："司土言重了，故旧之交，何罪于我？你我旧事，改日再叙，但请司土先说国事。"先轸顿时去了惶恐之情，拱手道："无百万斛粮米，魏国难解饥荒。"张仪慷慨道："两国修好，魏难便是秦难。秦国出粮百二十万斛，如何？"

"此言当真？"魏襄王精神陡然振作，霍然站了起来。

张仪一阵大笑："食言自肥，张仪何以面对天下？我这便修书一札，请魏王派出特使，立即到咸阳丞相府见右丞相樗里疾，办理运粮事宜。”

魏襄王向张仪深深一躬：“丞相大恩，魏嗣铭记在心。”

张仪连忙扶住魏襄王笑道：“张仪原是魏人，桑梓有难，何能旁观？”

魏襄王对殿中大臣高声道：“晓谕朝野：秦国借粮于我，解我国难，自此之后，魏秦修好，若有再言合纵者，杀无赦！”

朝臣们感慨唏嘘，纷纷点头称是。丞相惠施自请为特使，立赴咸阳。司土先轸自请为监运大臣，匆匆去征发牛车。大臣们人人觉得解了自己的危难，争相做事，一时间效率奇高，仿佛起死回生一般。

粮米有了来路，魏襄王立即有了胆气，当晚在王宫大湖的明月岛举行了名为“两强修好”的盛大宴会。魏国司礼大臣充分挥洒了大梁的富贵排场传统，两千多盏风灯挂满水边林木。湖光山色，雅歌声声，任谁也想不到这是一个刚刚遭受了夙敌猛烈一击而几乎被灾难淹没的国家。张仪心中大不是滋味，借着如厕，在竹林回廊上独自伫立，望着灯火下的粼粼波光，有些恍惚起来。

“丞相好兴致，这里正好看得王宫夜景。”

“呵，原是魏王，张仪正要告辞。”

“请稍待。”魏襄王猛然压低声音道，“丞相可愿回魏国，同样做丞相？”

张仪一怔，迅即笑道：“魏王何出此言？张仪可是秦国臣子。”

“苏秦能做六国丞相，丞相何不能兼做魏国丞相？”魏襄王显然为自己的出新而兴奋，急迫道，“若得如此，一则可挽回父王当年大错，二则有利于秦魏长期修好，一举两得也。”

张仪笑了笑：“魏王虽是好意，只怕张仪没得工夫。”

“不误丞相大计。”魏襄王殷殷笑道，“丞相只管掌控邦交大事，不必时时守在魏国。”

“然则，这俸禄府邸？”

“本王心中有数。”魏襄王突然有些矜持起来，“秦国官俸太低，魏人如何得惯？本王定丞相一等年俸、一座府邸，外加在丞相的安邑故居再起一座府邸；若有大功，本王定然封丞相百里之地两万户，如何？”

“好！”张仪满足地笑了，“但有锦衣玉食，张仪自当为魏王效力。”

“然也，然也，张卿大是明白人也！”魏襄王也满足地笑了。

次日清晨，张仪正在梳洗，魏襄王派内侍送来了一件密札。嬴华打开一看，先自笑了：“哟！魏王端起来了。你听了，张仪我卿：但留大梁旬日，受丞相府邸官俸玺印，再定行止可也——”嬴华拖了一个长长的腔调。正在摆置早茶的绯云道：“吔，昨日还蔫草儿似的，两滴露水就抖起来了？”张仪摇头笑道：“这就是魏嗣。难怪老孟子到处唠叨，说他不像个国君，教人无法敬重。”嬴华道：“如何回他？要等那丞相大印么？”张仪道：“我行我素，理他做甚？”

早茶之后，张仪派嬴华给魏襄王送去了一封辞行柬，先行启程走了。嬴华赶上来时，张仪已经出了大梁东门外的迎送郊亭。嬴华走马车旁，备细说了魏襄王的惊讶与失望，说一定要张仪返回时折道路经大梁，接受丞相大印。张仪笑道：“世间偏有魏嗣父子这等国君，只相信俸禄官邸的威力。多可惜也，本来好端端一个魏国。”嬴华道：“你可惜得完么？到了齐国，说不定更觉得可惜。”张仪摇头道：“不过，齐国这个田辟疆，可是比魏嗣难对付多了。”嬴华笑道：“我看呀，还是你最难对付。”张仪不禁哈哈大笑。

魏齐官道虽然是千里之遥，但路途却是平坦畅通。官道沿着济水河谷直向东北，沿途几个小国，历来都不敢在这两个大国间的官道上设卡，更不敢拦阻虎狼秦国的特使车队。倒是每到小国边界，必有使臣置酒做过境迎送，说些大而无当的官话，表示不敢得罪，等等。张仪简单处置，凡有迎送，一律赏赐使臣百金，赠国君蓝田玉璧一双。虽然略有耽延，也是第五日到了济水入海段，向东南沿着淄水河谷的官道走得半日，便远远地望见了临淄城的箭楼。

前行斥候飞报："禀报丞相：临淄郊亭有大臣迎接。"

车马将近郊亭，一辆六尺车盖的青铜轺车辚辚飞来，车上一人红衣高冠玉佩叮当，遥遥拱手道："孟尝君田文，恭迎丞相。"话音落点，已经跳下轺车大步迎了上来。

张仪很有些惊讶，孟尝君做使臣出迎，显然便是仍旧参与国政，这齐王田辟疆当真比魏嗣高明。他也停车下车，拱手笑道："久闻孟尝君大名，果然英雄非凡。"四手相握，孟尝君哈哈大笑："被人杀得落花流水，还英雄非凡？狗熊一个。"张仪不禁笑道："胜败兵家常事，谁敢说孟尝君不是英雄了？"孟尝君慨然一叹："秦军阵仗，田文不得不服啊，尤其是丞相奇袭敖仓，匪夷所思也！"张仪大笑："不敢贪天之功，那是司马错运筹帷幄，张仪驰驱奔波罢了。"孟尝君高声赞叹："好！丞相有气度，田文喜欢如此人物。请丞相登车。"

张仪刚刚上得轺车，孟尝君跳上车辕对驭手道："你下去，我来驾车。"驭手看着车旁骑马的嬴华不敢下车。嬴华正要婉言谢绝孟尝君，张仪豪爽笑道："孟尝君车技超群，难得有此雅兴，张仪却之不恭了。"孟尝君大笑："田文曾为六国丞相驾车，为何不能为两国丞相驾车？"张仪道："孟尝君，消息何其快也！"孟尝君又是大笑："如今天下，谁不盯住苏秦张仪，谁心里就不安生。"一言未了，轺车辚辚启动，风驰电掣般向临淄飞去。

王宫正殿正在举行策士朝会，争辩得很是热闹，竟至有些面红耳赤了。

在做太子的时候，田辟疆就以名士自居，经常化名易装去稷下学宫与那些名士大家论战。做了国王后，田辟疆最上心的一件事，是扩大学宫规模，广召天下学人名士来学宫讲学修业。每有名士入稷下学宫，一律以上大夫规格赐六进大宅，年俸五千石。而在齐威王时期，唯有孟子这样的显学大师才能享受六进大宅。齐威王晚年，稷下学宫本来已经人才凋零，可田辟疆即位没有几年，稷下学宫又蓬蓬勃勃地恢复了生机。原先离开的名士如慎到、邹衍、淳于髡、田骈、许行等回来了，新锐名士如荀况、接予、环渊、田巴、徐劫、庄辛等也纷纷来投，一时间人才济济，仅享受上大夫礼遇的便有七十六人，全部学子多达数千人，齐宣王文名大盛。

可田辟疆很奇怪，从来不给这些名士官做，而只教他们对国政参与议论。这便是天下有名的“不治而论”。每有大事，齐宣王便将那些一等一的名士大师召来议论，他与几个主政大臣只是听，既不表态，更不参与议论。往往是几日争论，莫衷一是，最后也是散了就散了。孟尝君感到奇怪，曾问：“我王整日听名士清议，何不教他们任职为治？岂不强如那些平庸小吏么？”齐宣王笑道：“卿养门客三千，本王便养不得名士三千？卿之门客何不做官？”孟尝君恍然，笑道：“臣今日方得明白，稷下学子，乃我王门客也。”齐宣王大笑。

今日“门客”朝会，是议论一个大题目：河外战败后如何应对秦国？如何应对张仪来齐？三十六位各派名士整整议论了一天，越论越分歧，最后摆开论战架势，当殿吵得不亦乐乎。

几个大师级的老名士说，秦本蛮夷弱小，骤然暴发几年何足为奇？魏国强大过，楚国强大过，甚至韩国都强大过，齐国更是始终强大，何独对秦国一时的强大如此惶恐？竟要联合六国抗秦？完全是扰民扰国，多此一举。老学宫令邹衍一言以蔽之："与其合纵劳民，何如积聚国力，静观待变？不出五年，秦国便会自乱自衰。战国以来，莫不如此。"

新锐名士们却激烈反对说，秦国根基已成，其志在吞灭六国，绝非短暂强大，更不会自乱自衰；苏秦合纵是最为高明的谋略，首先要合纵抗秦，同时要变法强国，才不至于亡国灭族。刚刚入齐的年轻名士荀况最为直截了当："秦国虽为敌国，却当为六国之师。师秦而抗秦，当今大谋也！"

老名士们哄堂大笑，尖刻的嘲讽夹着老成的训诫连绵扑来。

新锐们在挺身争辩中又分立成了两派。已经小有名气的辩士田巴，严厉斥责"师秦"一说，认为："抗秦之要，在于反其道而行之。"荀况反唇相讥："反其道而行之？莫非你田巴要恢复王道井田，做孟子门徒么？"老名士们在反驳荀况中也分立了。老法家名士慎到对"师秦抗秦"大是激赏，慷慨激昂道："法家挽救了秦国，何以不能挽救天下？师秦之实，在于法家治国，上上之策也！"于是，新老纠缠，各家纷争，又是一个活生生的学派战国。

齐宣王听了大半日，越听越乱。他对这些名士们动辄这道那道这家那家，本来就腻烦，加上有人经常引经据典，一席话倒有大半都是听不明白，更是不得要领。听来听去，还是那个荀况说话结实，无经无典，那"师秦而抗秦"倒也不失为一种办法。但是，那么多人反对围攻荀况，齐宣王又糊涂了，一种千夫所指的谋略，能说他高明么？身为大国之王，不能衡平各方，纵有谋略，说到底还不是无法推行？

"禀报我王：秦国丞相张仪到。"

齐宣王正在烦乱，一听老内侍禀报，站起来向外便走。这种情势往日也遇到过好几次，名士们都是趁势散去。可今日一听是张仪到来，稷下名士们谁也没有挪动，都想看看这位搅乱六国的连横权相的本领气度，更有一班新锐纷纷低声议论，猜测张仪与苏秦的不同。

在这片刻之间，齐宣王与孟尝君一左一右陪着一个人走了进来。那人谈笑自若地走在中间，一领黑斗篷，六寸黑玉冠，络腮胡须，身材伟岸，一条微瘸的左腿使他的脚步有些不易觉察的拖沓点闪。然而，恰恰是这种残缺，使他的整个神态渗出了一种别有韵味的沧桑与刚毅，竟有一种难以撼动的气象。稷下名士们非但没有丝毫的嘲笑，反倒在沉默的注视中流露出几分钦敬之情。

齐宣王见名士们没有走，先是一愣，心思一转便笑了，转身对张仪笑道："这些都是稷下名士，方才正在与本王议论治学之道。"又转身高声道，"诸位，这位便是名动天下的秦国丞相，名士张仪。"众人拱手齐声道："久仰。"张仪也是一拱手："久仰。"彼此竟都没有做官场礼节。齐宣王笑道："先生请入座。"孟尝君将张仪让进了王案左首的长案前，自己则坐在了王案右首。

"敢问齐王，我等欲向丞相讨教，不知可否？"辩士田巴高声请示。

"但凭丞相了。"齐宣王笑着看看张仪。

张仪道："有幸相逢，自是客随主便。"

"在下田巴，敢问先生：秦国欺凌天下，猖狂至甚，丞相不以为有违天道么？"

张仪悠然一笑："久闻稷下名士见多识广，何如此闭目塞听？当初，图谋瓜分秦国者，山东六国也；重兵围堵秦国者，山东六国也；商旅封锁秦国者，山东六国也。如今，合纵锁秦者，仍是山东六国；四十八万大军攻秦者，还是山东六国。谁恃强凌弱，谁猖狂至甚，谁有违天道，岂不一目了然？"

“在下环渊。秦国妄图吞灭天下，先生为狼子野心张目，这是何家之学？！”

张仪大笑道：“一统天下便是狼子野心？当真旷世奇谈！天下统一而后安，天下分裂而战乱。唯其如此，我华夏皆视一统天下者为圣王雄主，万古流芳。以足下奇谈，三皇五帝，商汤周武，不也是狼子野心了？放眼当今，哪个国家不想一统天下？魏国尝试过，楚国尝试过，齐国更尝试过。虽然都失败了，但有识之士都赞赏他们曾经有过的勇气与雄心。如今秦国也在努力尝试，何以便横遭贬斥？一统华夏为亘古正道，但凡有识之士，无论所持何学，皆应顺时奋力，为一统大业助力。张仪自不能外，且以此为无上荣耀！莫非足下之学，是专一的复辟分裂之学？专一的以反对一统为能事之学？”

片刻之间，两个愤激满腔的新锐名士铩羽而归，大殿中一时惊愕沉默。猛然，一人高声道：“在下接予。先生入齐，意欲何为？”

“秦齐修好，岂有他哉！”

“与秦修好，对齐国有何好处？”

张仪揶揄笑道：“敢问先生，与六国合纵，又有何等好处？”

“立我国本，保我社稷，大齐永不沦亡。”

“先生之言，何其荒谬也！”张仪正色道，“合纵若是立国之本，秦国何以强大？齐国强大之时，又何曾与人合纵？不思发奋惕厉，却一味地将国家命运绑在别家的战车上，这便是稷下学宫的强国之道么？”

一黄衣高冠者愤然高声道：“在下庄辛。先生做了秦国丞相，又做魏国丞相，首鼠两端，吃里扒外，不怕天下笑骂么？”

张仪纵声大笑：“庄辛妙人也！先生本是楚人，却在齐国做事，莫非也是吃里扒外首鼠两端？六国合纵，苏秦身佩六国相印，岂非也是吃里扒外首鼠六端？我秦国正欲请孟尝君为相，莫非孟尝君也要吃里扒外首鼠两端了？身在战国，却不知战国之事，先生好混沌也。”

稷下名士们一片难堪之时，一个人从容站起拱手道：“在下荀况。秦国变法，本是强国正道，天下之师。敢问先生：秦国连横，是否欲图搅乱六国，夺其变法机会，而使一己独大？”

张仪见此人敦厚稳健，问题来得极是正道，不禁肃然拱手道：“连横之要，在两国互不侵犯，共同康宁。秦国决然不干盟友国政，何能搅乱盟友朝局？自古以来，乱国者皆在萧墙之内。我自不乱，何人乱我？我自不灭，何人灭我？若欲真心变法，便是秦国，又奈我何！”

“如此说来，先生不怕盟友与秦国一争高下？”

“天下虽大，唯有道者居之。堂堂正正地变法，堂堂正正地与秦国一争，自是雄杰之邦。若无勇气与如此对手一争，秦国便当灭亡而已，岂有他哉！”

荀况肃然躬身：“秦国气度，可容天下。齐秦修好，荀况大是赞同。”大殿中一片愕然。谁也想不到荀况竟公然赞同秦齐修好，但奇怪的是，却没有人再发难诘问了。齐宣王猛然醒悟，哈哈笑道：“丞相好辩才！好辩才！孟尝君，设大宴，为丞相接风洗尘。”

在这一场盛大夜宴的觥筹交错中，稷下名士们纷纷与张仪切磋周旋，齐宣王却一直与孟尝君喁喁低语着。两个多时辰的宴会，张仪只是痛饮高论，谁上来便应酬谁，没有说一句与使命相关的话。

次日，齐宣王在孟尝君陪同下正式召见张仪，直截了当地表示愿意与秦国修好，请张仪拟定盟约。张仪笑道：“一东一西，两不搭界，要说盟约，只有三句话：不动刀兵，不结合纵，不涉内政。”孟尝君笑道：“如此简单，约法三章？”张仪道：“简单者易行，只要信守承诺，此三章顶得千军万马。”

齐宣王原本担心张仪胁迫齐国，漫天要价，譬如要齐国与合纵魁首楚国断交、攻打燕国并缉拿苏秦等，也教孟尝君准备好了应对条款与万一翻脸的准备。今日一谈，不想张仪的盟约却如此简约，实际只有一句话：不联合他国与秦国打仗便了。如此齐国便避开了最大的尴尬——亲秦而开罪五国，丝毫不会因与秦国修好而得罪昨日盟邦。从长远说，秦国又不干涉齐国内政，齐国丝毫没有附庸之嫌，依旧是一个堂堂大国。

齐宣王顿时轻松，呵呵笑道："丞相当真大手笔也！目下便立盟约如何？"

"好！目下便立。"

齐宣王一拍掌："太史，出来。"

高大的木屏后面走出了一个白发苍苍的老臣，手中捧着两张很大的羊皮纸道："臣启我王：此乃我王与丞相议定的盟约。"说着便将羊皮纸摆在了王案上。齐宣王瞄得一眼，三五行字立即看清，笑道："请丞相过目定夺了。"太史又将羊皮纸捧到张仪面前，张仪笑道："便是如此，齐王用玺可也。"齐宣王拍案笑道："宣掌玺大臣。"内侍一声长呼，一个捧着铜盘玉匣的中年大臣走了进来，将铜盘摆在王案上，向齐宣王深深一躬。

"齐秦盟约，用玺。"齐宣王一指羊皮纸。

"谨遵王命。"掌玺大臣向铜盘玉匣深深一躬，高声长呼，"史官载录：齐秦盟约，用玺存馆！"然后恭敬地打开玉匣，捧出一方六寸绿玉大印，双手提住了大印龟钮，神情庄重地盖在了羊皮纸上，却是鲜红夺目的朱文古篆。

"齐秦盟约，秦国丞相用玺！"

张仪伸手向腰间鞶带上一摁，卸下了一个玉带钩，打开了玉带钩上一只精致的皮盒，露出了一方四寸铜印。他抓住印背鼻钮在书案玉盒印泥中一蘸，提起摁在了羊皮盟约上，却是红底白文古篆印，与齐宣王的朱文大印恰成鲜明一对。

“史官载录：齐秦盟约成！”掌玺大臣将盟约恭敬地呈给了齐宣王与张仪各一张。

“好！”齐宣王打量着盟约，“本王欲赠丞相一方上等宝玉做印料，丞相笑纳了。”

山东六国以玉印为贵。齐宣王之意，显然是说张仪的铜印与丞相身份不配。张仪却悠然笑道：“秦人多有马上征战，玉印质脆易碎，徒有其表，不受摔打了。”

孟尝君及时跟上道：“难怪秦国有蓝田玉不用，却是此等缘故，还是秦人务实也。”

齐宣王脱得尴尬，连连笑道：“好好好，先生不愧秦国丞相也。”

张仪大笑一阵：“齐王若放孟尝君到秦国任相，也得一个秦国丞相了。”

“自然好事。”齐宣王笑道，“只是联军新败，孟尝君须得收拾一番残局，此事一了，孟尝君便可如约前往，丞相以为如何？”

“好！张仪便等与孟尝君共事了。”

孟尝君哈哈大笑，没说一个字。

张仪回到驿馆，嬴华匆匆前来，将一个长约两寸比小手指还细的密封竹管递给他。张仪笑道：“你打开，我做不来这种细活儿。”嬴华笑道：“黑冰台密件都是青鹰传送，越轻越好。”说着已经将管头封泥剥下，细巧的小指撬开了管盖儿，从中抽出了一个极细的白卷，打开铺在书案上，却是一方一尺白绢，上面画着两行古怪的符号。嬴华笑道：“哟，这是甚画？河图洛书一般。”张仪走过来一看不禁笑道：“这是金文古篆，樗里疾真能出奇。”嬴华高兴道：“好啊，日后黑冰台都用这金文古篆传信，等闲人识不得了。”张仪笑道：“说得容易，可惜天下没几个人写得。你看：‘燕事已妥，三日后上路，公可径赴燕国，会齐入蓟。樗里。’啊，好，好！”

“想好了？甚时启程？”

“明晨启程。”

“今日辞行？”

“不用了。你给孟尝君送去这件物事便是。”张仪说罢，走到书案前写了几行字，嬴华封好拿起走了出去。

次日清晨，张仪的快马轺车出了临淄。仪仗护卫原本驻扎城外，此时已经在官道边列队等候。嬴华一声号令，马队收起旌旗矛戈，变成了一支精锐的轻装铁骑，护卫着张仪辚辚北上。由于燕齐两国多年不睦，商旅几乎杜绝，过了郊亭，道中车马行人顿见稀少，一眼望去，大是空旷萧瑟。正在这时，却见一人站在道中遥遥招手。驭手缓辔，张仪拱手道：“足下何人？何事挡道？”那人拱手道：“在下乃孟尝君门客冯驩，奉命有请丞相。”张仪笑道：“孟尝君么，在何处啊？”冯驩道：“敢请丞相随我来。”张仪便命马队原地等候，下车与嬴华随着冯驩进了道边小山。树林中多有暗哨，显然是警戒森严。

密林深处，孟尝君迎了上来：“临淄多有不便，专程在此等候丞相。”

“正事已毕，孟尝君何须多礼？”

“田文素来蔑视繁文缛节，实是不得已而为之。”

“孟尝君有话对我说？”

“正是。”孟尝君点点头，将张仪拉到一棵大树后低声道，“两件事：其一，齐国可能生变，望公留意。其二，子之凶险，公去燕国，须多加防范。”

张仪心中顿时一沉，沉默片刻拱手道：“孟尝君大义高风，张仪不敢相忘。”

孟尝君慨然一叹：“河外大败，丞相入齐，荀况之言。若无这三件事，田文对秦国也是一如既往的偏执仇视。败六国者，非秦也，六国也。田文当真希望齐国师秦友秦，变法强大。惜乎孤掌难鸣。此中难处，尚望体察，莫笑田文优柔寡断。”

张仪素来洒脱明朗，此时却觉得心中堵塞，看着孟尝君无言以对。良久沉默，张仪道：“孟尝君但有难处，知会张仪便是。”

“但愿不会有那一日。”孟尝君笑道，“丞相上路，恕田文不远送。”

“后会有期。”张仪一拱手，大步出了山林。

五　张仪苏秦都祭出了古老的权谋

三日之后，张仪马队到达易水渡口，在南岸扎营，等候咸阳北上的车队。

自秦立为诸侯，与燕国来往最少。一则距离遥远，中间隔着魏国、赵国、中山国，几乎从来没有直接的利害冲突。二则秦燕相轻，相互瞧不起对方。燕国是西周老牌王族诸侯，说秦国是王化未开的蛮夷之邦；秦国是东周开国元勋，说燕国是死气沉沉的僵尸之邦。同样是距离遥远，秦国与齐国声气相通，常有使节来往，与燕国却几乎是老死不相往来一般冷淡。然而，恰恰是这个生疏的燕国，却做了合纵抗秦的发动者，做了苏秦的根基之邦。

如此一来，秦国想不理睬燕国也不行了。燕国疲弱，燕国遥远，燕国经常没有动静，但也恰恰是这样的条件，使燕国成为战国中最有可能爆出冷门的国家。张仪的谋划，就是要消除这个躲在大山背后抽冷子暴起的祸根。以秦国目下的战力，对于燕国这样的疲弱之国，挥师北上，完全可以一战击溃肢解，使燕国名存实亡。然则螳螂捕蝉黄雀在后，有中原战国虎视眈眈，秦国便不可能兴师远征，去对付这个疲弱而又抽搐不定的爆冷国家。唯一的办法，就是笼住它安抚它，使它不要瞄着秦国抽冷子发疯。

秦惠王最头疼燕国，说："燕如羊腿骨，食而无肉，弃而可惜。"

"炖汤也许鲜美。"张仪笑答。

"炖汤？如何炖法？"

"细柴文火，慢工打磨。"

秦惠王品咂片刻，恍然大笑："丞相是说，联姻？"

"最古老，又最可靠。"

"好！"秦惠王拍案，"当年秦晋联姻，保了三十年结盟。而今便与燕国联姻。"

后来，秦惠王委托嬴华在王族中物色适合远嫁的公主。嬴华用了一个月的时间，才定下了人选。奇怪的是，她没有先禀报给秦惠王，却先来说给张仪。

"哪个公主啊？"

"栎阳公主。"

"报给君上了么？"

"还没有。"嬴华莫名其妙地有些脸红。

"噢，却是为何？"

"想先说给你听嘛，你不向我打听公主么？"

张仪大笑一阵："哎呀呀，好记性，我早忘到渭水里去了。"

"甚也不记，好没心！"嬴华粲然一笑，跑了出去。

公主人选一确定，张仪便与樗里疾商议如何来做。樗里疾嘿嘿笑道："这种上门之事，要等个茬口才好做。这茬口，就是秦国要在纵横之争中大占了上风。要不，上门联姻只能自讨没趣。"张仪深表赞同，将此事的先期斡旋交给樗里疾办理，自己匆匆赶到河外参战去了。樗里疾老谋深算，明白联姻的关键是要燕国前来求亲，否则，强大的秦国要将一个公主硬塞给人家，岂不贻笑天下？一番思谋，樗里疾紧急修书陇西大驼部族的老酋长，请他暗中斡旋。

这大驼族是樗里疾的祖籍老根，虽然势力不大，却与阴山草原的匈奴素有渊源。匈奴诸部又是燕国与赵国北部最大的威胁，也是两国的夙敌。大驼老酋长接到樗里疾密件，立即带着一头名贵的火焰追风驼与一百名骆驼兵，兼程赶到了敕勒川草原。匈奴老单于一见一团火焰般的红骆驼，高兴得笑个不停。大凡草原部族，对大驼族的火焰驼历来都是垂涎欲滴。这种骆驼非但驰骋赛过骏马，而且能几天几夜不吃不喝地奔驰，在草原大漠戈壁中确实比雄骏的战马更是名贵。

但在秘议之间，匈奴老单于还是开出了条件：十年内秦国不能对匈奴用兵，匈奴占据秦国上郡北部的几百里土地，三年后再归还秦国。大驼老酋长思虑一番，欣然答应了为匈奴斡旋。此时，正逢合纵联军大败，六国一片混乱。匈奴老单于亲自赶到蓟城西北的于延河草原，并邀来了燕国辽东夙敌——东胡部族的首领，共同约见燕易王。

老单于开门见山道："燕王兄，我大匈奴已经与秦国修好结盟了，可燕国却乌鸦一样，在秦国后边呱呱乱叫。燕王兄要能与秦国一家人，就是我匈奴与东胡的朋友。要不，就是匈奴东胡的敌手，老夫就要骑着火焰追风驼，住到蓟城去了，啊哈哈哈哈！"

燕易王与子之密商了一天一夜，终于答应了老单于。旬日之后，燕王特使便到了咸阳，向秦惠王呈上了燕易王"求亲修好，永不为敌"的国书。秦惠王"踌躇"了一番，欣然允诺，对燕国特使道："一月之后，丞相张仪护送公主到燕国成亲。两国盟约，由丞相全权处置。”硬是留个尾巴，让燕国特使忐忑不安地回去了。

张仪在易水渡口等了两日，咸阳的送亲车队方才辚辚到达。正好是已经升任前将军的白山率领三千铁骑护送，与张仪的两千铁骑仪仗会合，正是合乎礼仪的王室送亲规格。张仪与白山寒暄一阵，带着嬴华来见栎阳公主。进得公主营区，一名女子正在帐前草地上练剑，红衣短装，剑光霍霍，一股英武之气。

张仪笑道：“孤身入燕，带如此一个贴身侍卫也好。”

“才不是，她便是栎阳公主了。”嬴华说罢笑叫，“平姐姐，丞相来了。”

剑光猛然收刹，练剑女子面色涨红地说了声“稍等”，风也似飘进了大帐。片刻之间，一个女子迎出帐来，宽袖长裙，秀发如云，竟是与方才练剑女子截然不同的一个丽人。张仪惊讶地揉揉眼睛：“她？是方才的栎阳公主么？”

“哟！那能有假么？”嬴华笑道，“栎阳姐姐琴剑诗酒，无一不精。”

张仪拊掌笑道：“王室有此奇女子，秦国之福也。张仪参见公主。”

栎阳公主笑道：“丞相多礼，请进帐说话。”

到得帐中坐定，张仪将所知道的燕国情况与燕易王性情、宫廷纠葛等作了一番备细叙说，末了道：“公主孤身远嫁，任重道远。嬴华已经在蓟城建了一家燕山客栈，做公主秘密护卫，公主但放宽心便了。”栎阳公主笑道：“不打紧，嬴平不会有事，也不会误事。”张仪心中一动道：“公主熟悉燕国？”嬴华笑道：“平姐姐在燕国长到十五岁，说是燕国人也不为过。”张仪恍然笑道：“噢——公主是回归的北嬴族？”栎阳公主道：“丞相说对了，族人落叶归根，嬴平也心无牵挂了。”张仪大是高兴："天意天意！秦人国运来也。"

嬴秦部族在商王朝灭亡后流散西部，主流一支一直与西部戎狄长期拼打，有两支流落到了燕国与晋国。数百年之后，进入晋国的一支已经是晋国的赵氏部族了，以致天下有了"秦赵同源同姓"的说法；进入燕国的一支稍小，却始终顽强地保留着嬴秦部族的姓氏与独有的生活习俗，被秦人称为"北嬴"。不知道是何缘故，北嬴始终没有回到秦国。秦国变法强大后，秦孝公为了增加人口，陆续派出了三名嬴秦部族的元老到北嬴秘密联络，策动北嬴重返家园。北嬴族长提出了一桩旧时冤案：当年秦献公一方发动宫变时，北嬴老族长正在雍城，被即位后的秦献公以"乱国同党"斩首；若要北嬴回归，便须了结北嬴这块心中创伤。秦孝公与商君未及处置，接连去了。其后，秘密联络的三个嬴秦元老，又因卷入甘龙叛乱而被新君嬴驷诛杀，这件事又搁置了下来。直到张仪入秦嬴驷称王，秦惠王才重派密使联络，谈好处置方法，北嬴两万余口才绕道九原，从北地郡回归秦国。归秦之后，秦惠王举行了隆重盛大的庆典，以"壮大嬴氏血脉"为功名，封赠了北嬴大小首领百余人以各等爵位；并在太庙祭祖，下《嬴氏王室罪己书》，对先祖错杀表示了谴责忏悔。自此，北嬴重返老秦，秦国的精锐骑士骤然增加许多，王室世族的力量也大为增强。

嬴平是北嬴族长最钟爱的小女儿，被秦惠王册封为栎阳公主。她原本便是父亲的外事臂膀，不但熟悉燕国民情风习，而且与蓟城官场人物多有交往。寻常公务，这个嬴平都是一身男装，英姿飒爽，不让须眉。回到秦国，才恢复了女儿装束，做起了无所事事的公主。嬴华逐一对王族公主摸底试探时，嬴平意外地兴奋，非但立即答应，还主动请见秦惠王请求远嫁。秦惠王与已经是"王叔"的北嬴老族长磋商，老族长也欣然答应了。

于是，这个生于燕国长于燕国的秦国公主，就成了远嫁燕易王的最佳人选。

看看如此一个公主，张仪原本想好的诸多叮嘱都省去了，只说了一句话：“燕国但有大乱，秦国力保公主返国。”栎阳公主爽朗笑道：“不会有事。我姓嬴，我是秦国公主，这就够了。”

张仪哈哈大笑：“公主见事透彻，有秦国后盾，入燕万无一失也。”

次日，张仪派出快马使者飞报燕王，随后拔营渡河，过了易水，向蓟城浩浩荡荡开来。将近蓟城百里之遥，黑冰台安插在蓟城的秘密斥候飞马来报：苏秦与子之联姻结盟，密谋在蓟城截杀张仪，重组合纵，请丞相不要入燕。嬴华脸色立变，力主张仪返回咸阳，由她以“行人特使”身份护送栎阳公主入燕。张仪思忖片刻，断然道：“果真如此，目下便是一举安定燕国的绝佳时机。不冒大险，焉得成事？走！”

这时的燕国，迷雾重重。

联军大败后，子之率领燕国残兵连夜从孟津渡河，进入河外方才扎营歇息。一清点人马，南下的六万步骑竟然战死了三万，重伤万余，余下的一万多人马也几乎人人带伤狼狈不堪。尤其是带去的精锐骑兵，竟然只有不到一万人生还。子之自己也身中一剑一箭，剑砍伤了左手臂，箭射到了右肩背。虽然都不是要害部位，也不是毒箭，但却使子之吊着左臂袒着右肩，加之脸上擦伤淤血，一副死里逃生的血人模样。

但子之顾不得仔细打理自己的伤口，他全力去做的第一件事，是用重金从大梁秘密请来三个善于疗伤的高明医师，连同军中三个医师，不分昼夜地给士兵包扎上药。最后，终于是保住了余下的一万多人马没有流播恶疾。士兵们全部疗伤之后，子之才教医师给自己疗伤敷药，只是此时伤口已经溃烂，人也高烧不退。三名医师精心守护三日三夜，用尽了所有方法，才使子之度过了险情，但人却仍在昏迷衰弱之中。燕国将士们大是感动，万余人围坐在大帐周围，不吃不喝不睡，就是要守候着亚卿醒来。十二个时辰后，子之终于醒转过来，听中军司马一说帐外情形，奋然起身，摇摇晃晃地走出了大帐。

万余将士霍然起立，纷纷高呼："将军平安！亚卿万岁！"

骑兵将军上前高声道："全军将士请命立即拔营回燕，作速救治亚卿！"

子之摇摇手："不能走。要等武安君，一起回燕国。"

"荆燕将军的两百铁骑没有参战，毫发无伤，武安君不会有事！"

"不，不能。"子之粗重地喘息着，"你等要走便走，我要等，等武安君……"

将士们沉默了，突然，万众齐声高呼："追随亚卿！效忠亚卿！愿等武安君！"

子之向将士们抱拳拱手，要开口说话，却又突然昏迷了过去。

这支残兵在河外一直驻扎了十日，待一名骑将军带着苏秦人马赶来时，军粮已经没有了。苏秦立即下令荆燕，将随带军食分出共用，又立即派荆燕带着自己手书赶到邯郸，向平原君讨来了几百石军粮。

扎营当晚，卧榻不起的子之与苏秦密谈了两个时辰。子之坦然说明了两人的困境：自己战败而归，丧师大半，很可能从此在燕国失去军权，也难保不被问罪斩首；苏秦则失去了合纵根基，所谓六国丞相也成了泡影，唯一的根基便是燕国武安君这个爵位，若在燕国不能立足，便将成为水上浮萍，合纵大业也将永远地烟消云散。

"此等情境，敢问武安君何以解困？"

子之所言，苏秦心中当然清楚。联军大败，最痛苦的莫过于苏秦。谁都可以将罪责推到他的身上，唯独他不能向任何人推卸罪责。尽管他不是统帅，也不是某国将领，坐镇幕府也只是协调六军摩擦而已。但在四十八万大军血流成河之际，谁能为他这个六国丞相、幕府魁首说一句公道话？将军们是决然不会的，他们只有归罪于苏秦，才能解脱自己。四大公子在国内本来就有权臣劲敌，目下与自己处境也相差无几，自保尚且费力，又何能为苏秦挺身而出？纵然有之，又何能使六国君主与权臣们相信不是与苏秦沆瀣一气？在六国大营纷纷席卷而去作鸟兽散的时刻，苏秦几乎彻底绝望了。突然之间，他看到了六国的腐朽根基，看到了六国无可救药的痼疾，觉得要联合他们做一件惊天动地的事情，简直就是痴人说梦。四大公子各自匆忙回国了，原先各国给他的铁骑护卫，竟也悄悄地各自走了，只留下荆燕率领的燕国两百名铁甲骑士一个没走。

苏秦的军帐，在遍野尸体的战场一直驻扎了五日。辽阔山塬间不断起落着啄尸的鹰鹫，落日暮色中，成群的乌鸦遮天蔽日地聒噪着，秋夜明净的月亮也有了腐尸的腥臭味儿。苏秦漫无边际地在萧瑟的战场转悠着，他渴望秦国军队突然冲来，杀死自己了事。可是，那黑色的旌旗始终只在函谷关城头上飘扬，始终没有呼啸着冲杀出来。他不明白，司马错大军为何不清理战场？为何不收缴这些有用的兵器？三日之中，苏秦原本渐渐复黑的须发又一次骤然变白了，白如霜雪，吓得荆燕几乎要哭叫起来。那时的苏秦，觉得自己没有脸面到任何一个国家去。他教荆燕不要管他，只管带着骑士们回燕。可荆燕就是不听，只咬定一句话："大哥死，我也死！大哥不怕死，荆燕怕个鸟！"只日夜跟着他在萧瑟的战场上转悠，要不是子之的骑兵将军找来，荆燕还真是没奈何。

如今，子之的顽强激活了苏秦麻木的灵魂。苏秦巡视了子之的军营，看到濒临绝境的伤兵们在子之的努力下已经恢复了活力，不禁怦然心动。身为统兵大将，子之的确具有过人之处。他的战场谋划没有被采纳，但在危急关头，却依然挺身而出拼死抵抗，败退之后又全力救治伤兵，宁可自己在最后疗伤。凡此种种，都使苏秦蓦然想起了自己在洛阳郊野的顽强挣扎——头悬梁锥刺股，一腔孤愤，从来没有想到过“失败”二字。苏秦啊苏秦，你的那种精气神到哪里去了？

“以亚卿之见，我当如何应对？”多日来，苏秦第一次露出了一丝笑容。

“稳定燕国，站稳根基，卷土重来！”

“如何站稳根基？”

“你我联手，稳如泰山。”

苏秦沉默了。在他看来，战国大争之世，名士以功业立身无坚不摧。如同所有志存高远的名士一样，他蔑视权力场中的朋党之争，从来都没有想过，要在哪个国家与权臣结盟而立身，更没有想过与哪个将军结盟，以军旅实力来巩固自己的权力地位。在此之前，若有人对他提出这样的动议，他一定会大笑一通嗤之以鼻，可今日，他却久久没有说话。

“武安君。”子之苍白失血的脸如同一方冰冷的岩石，“你有合纵功业，有六国丞相之身，有燕国朝野人望，是一个天下人物。可是，这些都是虚的，就像天上的云彩。一旦功败垂成，这些资望都会烟消云散。瞬息之间，你的脚下便无立锥之地。”子之沉重地喘息着，惨淡地笑着，“我，子之，六代世族，身为实权亚卿，长期统军抗胡，外有辽东铁骑，内有目下的万余死士，算得一个有实力有根基的大臣。但是，我也有政敌，有对手。这次战败回燕，若他们联手，再拉过燕王，我是必然要被整垮，甚至全族都要被杀掉。武安君，子之所言你我困境，可是实情？”

“既然如此，如何联手？”苏秦在帐中缓慢地踱着步子。

“你有能力化解朝臣攻讦，阻挡燕王与旧族结盟。我有实力，保蓟城不会发生宫变，不会动摇你的爵位权力，更不会有人对你暗中动手。”

“亚卿啊，你在合纵大战中是有功之臣，何怕攻讦？”

“欲加之罪，何患无辞？”子之惨然一笑，“武安君还是不知燕国也。”

“罢了。”苏秦叹息一声，“那就一起往前走。”

子之虽然卧榻，顿时目光炯炯：“好！立即做明，教蓟城知晓。”

“做明？如何做明？”苏秦大是困惑，这种事能大张旗鼓地对人说么？

子之笑道：“你有一个小弟，我有一个小妹，两家联姻，便是做明。”

“有用么？”苏秦苦笑，他历来蔑视这种官场俗套，更不相信这种老掉牙的世俗透顶的办法，能威慑政敌而改变一个人行将淹没的命运。

“武安君。”子之从军榻上站了起来，“如公与张仪者，信念至上，联姻自是无用。然则，天下官场凭信念做事者有几人？历来权臣多庸碌，他们就是相信这种血亲联姻，相信这才是割不断打不烂的。你我一旦做明，便无人在你我中间挑唆生事，连燕王也会顾忌三分。武安君，相信我。我早看透了这群鸟兽！”

“然则，我说起话来不是自觉气短么？”

子之哈哈大笑一阵：“武安君啊，古人有话：外举不避仇，内举不避亲。你放胆去说，名头只会更响！”

苏秦无奈地笑了：“好，听你一回。”

当夜，苏秦在子之催促下给三弟苏代修书一封。荆燕派快马骑士，连夜送往洛阳苏庄。子之也派出心腹司马先行赶回蓟城安排。苏秦歇息后，子之又召集将士秘密计议了两个时辰。诸事妥当，第二天拔营回燕。

蓟城早已流言四起，狐疑纷纷，宫廷朝野都乱了方寸。

燕国老世族们原本就认为燕国不宜涉足中原，只可固守燕山辽东并相机向胡地扩张，像当年秦穆公西进称霸一样。这在世族中称之为“北图大计”。对于燕文公重用苏秦发动合纵，世族历来是反对的。可燕国兵力大部分是公室部族掌控，老世族们也无可奈何。苏秦合纵成功，燕国威望骤然增长，老世族们便见风使舵，连忙跟着鼓噪，拥戴燕易王出兵联军抗秦，意图从灭秦大功中分一杯羹。正在人人兴高采烈之际，噩耗突然传来：联军兵败，子之战死，燕国六万兵马全军覆没。

消息传开，蓟城朝局大乱。老世族们立马急转弯，聚相大骂苏秦误国，子之败军。上书燕易王，请求“驱逐苏秦，斩首子之，以安国人”。原先力主合纵的子之实力派，也裂为几拨各找出路，纷纷附和老世族，怕子之连累他们也做了刀下冤魂。燕易王原本是想通过合纵振兴燕国，所以才将与东胡对峙的六万主力军投入联军，如今六万精锐全部覆没，对他简直就是当头一棒。抗胡大军本是王室根基，有这支大军在，老世族们的私家兵马便不足挂齿，可没有了这支大军，蓟城周围老世族的私家兵马顿时成了封喉利剑，如何不教燕易王芒刺在背？想来想去，燕易王只有屈尊斡旋，与世族大臣们一起大骂苏秦大骂子之，磋商如何妥善处置罪臣，如何重整“北图大计”。

正在一团乱麻的时候，又传来消息：子之未死，只是重伤难治；还有一万多伤兵，也都是奄奄一息；苏秦羞于回燕，已经在战场自杀。老世族们更是同声相庆，聚相痛饮。苏秦死活，老世族们本不在意。令人高兴的是，没有了苏秦的子之，纵然活着带兵回来，也只能是上法场的鱼肉而已。燕易王更加蔫了，苏秦与子之，一个有主见，一个有实力，一个是他的灵魂，一个是他的胆量；如今一个死了，一个也快要死了，他这个国王再到哪里去找如此两个大才？燕易王彻底绝望了，亲自驾车出宫，要与老世族们开价了。

车行宫门，又传来消息：苏秦安然无恙，已经与子之合营休整；子之创伤痊愈，仍然握有一万多精兵。燕易王一听，立即转头回宫，下令三千禁军严守宫门，决意要等到真相大白再说。这个消息一传开，大臣们又开始了微妙的变化。老世族们狐疑纷纷，难辨真假，可相聚会商之后，仍然坚持聒噪，一片声请求燕王立即问罪苏秦子之，形成“既决”之势。可燕易王偏偏生了热寒急症，不能理事，老世族们急得热锅上的蚂蚁一般。忙于寻找门路投靠的子之同党们却嗅到了一丝另外的气息，连忙停止了奔波，有的索性不再出门了。

旬日之间，又一个消息传遍了蓟城：武安君与亚卿战场患难，已结联姻血亲，誓同生死，效忠燕王。两三日之间，蓟城朝局立转，老世族们甚嚣尘上的聒噪顿时变成了窃窃议论，蜗居的子之同党们开始逢人便喊“亚卿冤枉”。文臣名士也开始念叨起武安君的盖世才华，只是王宫依然沉寂，燕易王依然热寒未退不能理事。

这一日快马飞报：武安君与亚卿班师回国。燕易王传下了一句话的王令：“本王带病郊迎。”并没有要求全体大臣跟随。可在郊迎的那天，蓟城所有的官员却都出动了，连百工国人也空巷而出，人们都想看看这支败军之师究竟如何了。

君臣国人们望眼欲穿地守候到日暮时分，突见前方烟尘大起，鼓角齐鸣，旌旗招展，马蹄如雷，两面大纛旗当先飘扬。眼尖者纷纷叫嚷：“呀——快看！六国丞相武安君苏！”“还有一面！燕国亚卿子！”更有国人失惊出声：“看哪！铁甲骑士！足有两万！”“还有步卒方阵！三个，少说也有五六千！”国人们为燕国在大败之后仍保有如此一支精兵激动了，一时间纷纷高呼：“武安君万岁！亚卿万岁！燕王万岁！”

朝臣们蒙了，燕易王也蒙了。恍惚之间，弄不清昨日是梦今日是梦？燕易王狠狠忍住了自己，几乎没有说话，只是按照礼宾大臣的引导完成了仪式。奇怪的是，苏秦与子之以及迎接的朝臣，也都几乎没有说话。直到王宫大宴，君臣们才渐渐清醒过来，才开始仔细掂量对面的人物，才开始小心翼翼地试探。

“武安君啊，河外大战死里逃生，本王与众臣工为你等压惊。来，干了。”

苏秦饮下一爵，肃然拱手道：“启禀燕王：苏秦身为六国丞相，已经将河外大战情形备细记载，分送六国。苏秦在燕国有武安君之爵，所以将送燕一卷亲自带回，敢请燕王明察。”说罢一挥手，荆燕将一个木匣恭敬地捧到了燕王书案。

燕易王打量着木匣：“传言纷纷，真伪难辨，本王与诸位臣工，皆莫衷一是也。”

“今日大宴，容我当众说明。”苏秦便从各国兵力、主将说起，说到幕府谋划，说到战法改变，说到大战经过，说到敖仓被袭，尤其详细地讲述了子之在谋划战法与挽救战场危局中的柱石作用，末了道：“联军之败，根源有四：其一，苏秦不善兵事，整合六军不力；其二，子兰徒有其表，调度失当；其三,六军战力参差不齐，军制互不相统；其四，魏国懈怠，敖仓被袭。”

大殿中一时沉默。苏秦将战败罪责首先归于自己，倒使燕国君臣一时无话可说了。谁都知道，苏秦本来就不是军旅统帅，虽然是坐镇幕府，也只是为了协调六军摩擦而已。若苏秦强词夺理，将罪责全部归于别人，老世族们也许会揪住不放，毕竟他是六国丞相、联军幕府魁首啊。但苏秦一身承担，意图刁难的老世族们倒是要琢磨一番，不敢轻率发难了。

“六军伤亡如何？”燕易王开始试探最要害处了。

“具体而论，六军伤亡不一：楚军一触即溃，损伤最为惨重，十五万大军几乎全军覆没，唯余子兰率残兵一万余逃回；燕军战力最强，损伤却最小，六万步骑尚有三万余精锐完整归来。正因如此，这次合纵大军虽然失败，燕国却是军威大振，洗刷了‘弱燕’之名。燕军能有如此作为，皆赖亚卿子之之胆识谋略也。”

殿中顿时轰嗡一片。燕国朝野早已经听惯了“弱燕”说法，久而久之也认为燕国就是弱，就是不如中原战国。今日，苏秦竟然说“燕军战力最强”、“军威大振”、“洗刷了弱燕之名”，能不令人吃惊么？

“果真，如此么？”燕易王心头一震，不敢相信自己的耳朵。

“苏秦有信陵君、孟尝君、平原君、春申君的书简。敢请燕王过目。”

燕易王拍案道：“御书，念！高声念！”

御书从荆燕手中接过四卷竹简，展开一卷高声念道：“魏无忌拜上武安君：河内大战，若按子之谋划，可出奇制胜也，燕军有此人为将，燕国之福也……”又展开一卷：“黄歇拜上丞相：楚军溃阵，若非子之将军率燕军浴血奋战，六军将无一生还者！人言燕弱，今却见强燕一端，令我楚人汗颜……”又展开一卷：“武安君台鉴：今次大败，唯燕军孤军力战，力挺危局，田文感慨万端……”展开最后一卷，却犹豫地看着苏秦，苏秦笑道：“念吧，燕王自有明断。”御书便高声念道：“赵胜顿首：联军之战，赵人当对燕军刮目相看。天下皆说燕国孱弱，谁知燕军竟是如此强悍？赵燕相邻，赵胜从此不能安枕也……”

四卷念罢，殿中大臣们都死死地盯着胳膊吊带上还渗着鲜血的子之，仿佛盯着一个不可思议的怪物一般。子之的凌厉果敢杀伐决断，朝臣们倒是都隐隐有所闻，老世族们也正因为如此才将他看做隐患。但子之毕竟是个边将，升任亚卿还不到一年，许多重臣对他还都是一知半解，甚至远不如对宫他熟悉。今日看来，此人在几十万大军阵前能打出威风，自是大大的非同小可。老世族们想的是：还能不能除掉他？新进大臣想的是：如何在这个人面前辩解自己？

“诸位卿臣，武安君所言如何？”燕易王完全清醒了，但并没有激动。

一个老臣颤巍巍站了起来：“臣忝为太师，以为武安君所言纵然实情，也难掩兵败盟散之后果。武安君身为六国丞相，又执掌幕府，当对兵败担承些许罪责，我王亦应给予适当处罚。否则，只恐难以安抚朝野。”

“太师以为，当如何处罚？”

“如何处罚，尚请我王与众臣公议为宜。老臣只是动议，尚无定见。”

“臣以为，至少当削爵减俸，书告朝野。”一有试探，立即有老世族附和。

“差矣！老夫以为，夺爵罢职。”

“老朽以为，苏秦丧师辱国，当罚为苦役，流徙辽东！”有人慷慨激昂。

“苏秦本非燕人，大罪误国，当满门斩首！否则，难息国人之愤，愧对将士亡魂！”

瞬息之间，殿堂风云突变，燕易王顿时愕然了。他本来已经完全清醒，也很振奋，其所以没有立即封赏苏秦子之，只是认为大局已定，想教朝臣们拥戴一番。不想老世族们当殿发难，一个比一个气势汹汹，燕易王心中又没底了。说到底，王族兵力远在边地，老世族们的封地军兵却都聚集在蓟城周围，燕易王与子之还没来得及任何沟通，谁知子之对苏秦如何看待？安知他不恨苏秦？一旦僵持，最危险的还是王室。此情此景，燕易王如何敢贸然说话？

“啊哈哈哈哈哈！啪！”突然，殿中一阵长笑，吊着一只胳膊的子之拍案而起，竟在大殿中悠然地踱着步子，“好个燕国啊！自命王族战国，别的不会，却会中伤功臣，会自毁长城，会夺爵罢职，会满门斩首，还会聒噪着诬陷天下名士！”揶揄的笑脸突然变得杀气腾腾，指着满堂老世族厉声骂道，“一窝蠹虫！一树黑老鸦！一群酒囊饭袋！武安君万里驰驱，奔波合纵，尔等哪里去了？武安君亲临战阵，呕心沥血，尔等哪里去了？大军败退，武安君独守战场，三日复生白发，尔等哪里去了？今日，武安君顾全燕国安危大局，不去他邦，独来燕国，如此大忠大贞，尔等竟敢作狂犬吠日？真有胆色啊！子之今日正告尔等：谁敢对武安君恶意中伤，子之不答应！我三万六千铁甲锐士不答应！尔等不是有兵么？来呀，明日摆开战场，看谁家血流成河？！”

子之脸色铁青，单臂一挥，一阵沉雷似的脚步声轰隆隆压进大殿，两个铁甲方阵立时森森然矗立在殿中。子之冷笑着单臂一指：“将士们都是百战余生，跟着子之从死人堆里爬出来不知几回，尔等有话，对将士们说！”

大殿中死一般的寂静。

这一番嬉笑怒骂，当真是雷霆万钧。所有的虚与周旋都被撕扯得干干净净，只剩下赤裸裸的实力较量了。饶是苏秦见多识广，也想不到子之竟在王宫之中当着燕王用如此手段，如此震慑朝局。饶是燕国臣僚们风闻子之凌厉，也想不到此人竟如此狂悖，如此威猛。且不说子之是燕国闻名的战将，最可怕的是，随他征战多年又浴血逃生的几万亡命甲士便戳在宫外，森森矛戈便在眼前。老世族封地的全部甲兵聚集起来，也当不得这些久经恶战的精兵一阵冲锋，当此情景，谁不胆战心惊？谁还敢大声喘息？

“好！”燕易王却笑着站了起来，“本王自有公断：武安君功勋卓著，对燕国忠贞不贰，加封地一百里，任燕国开府丞相！子之浴血奋战，扬我国威军威，爵封成义君，职任上卿上将军！班师将士，兵士赐爵一级，千夫长以上者晋爵两级！方才攻讦武安君者，各削爵两级，减封地三十里。上卿啊，命甲士们下去。”

“臣，谨遵王命！”子之一挥手，两个方阵隆隆出了大殿。

一场灭顶之灾就这样过去了。燕易王与苏秦、子之重新结成了稳固的君臣同盟，苏秦做了开府丞相，子之做了上将军外加一个监理政务的上卿，燕易王的地位也空前巩固。燕国老世族在这场短兵相接的较量中完全失败了，完全蛰伏了。燕易王与苏秦、子之连续会商三日，决意君臣同心，整饬吏治，训练新军，使燕国真正崛起。

就在这时候，张仪的和亲车队到了。

燕易王述说了与秦国联姻的来龙去脉。苏秦是赞同的，认为时势所迫也只能如此，况且也能够给燕国争取一段时间，只有等燕国喘息过来，才能再图合纵大计。子之也赞同联姻，但却主张借此除掉张仪，说话是一如既往地直截了当：“张仪，六国祸乱之外源，武安君之死敌！不杀此人，六国永无宁日，合纵大计终成泡影。”

对子之这种动辄赤裸裸诉诸杀戮的做法，苏秦本来就觉得有些不对味道，如今子之竟要杀掉张仪，不禁令他震惊了。苏秦沉着脸道：“上将军所言，大是不妥，邦国相争，依靠暗杀而取胜者，未尝闻也。燕国若开杀戮使节之先河，将自毁于天下。”

燕易王呵呵笑道：“上将军啊，张仪就那么好杀？此事还是罢了。”

“好。”子之爽快拍案道，“臣心思粗疏，未想到张仪是秦国使节一层，武安君既然反对，子之就此作罢。”来得快去得也快。

但是，苏秦仍然不放心，他知道子之一旦认定某事，必要做成方肯罢休，杀张仪绝非他临机闪念，也许在河外战场大败时他就恨上了张仪。苏秦反复思忖，派三弟苏代以商议婚期为名，到上将军府留心察看。苏代去住了一宿，回来说没有发现异常动静。苏秦还是半信半疑，只有吩咐荆燕私下多多留心，便忙自己的事去了。

三月初三，张仪的送亲军马在蓟城南门外十里扎下了大营。

按照礼仪，燕易王在约定日期将秦国公主迎进王宫成亲，张仪才能进入蓟城入住驿馆，开始邦交活动。在此之前，只能在蓟城外等候迎亲。张仪虽然不急，但也不想夜长梦多。大营扎定，立即修好国书，派行人嬴华进入蓟城与燕易王约定日期。嬴华午时出发，日暮时分辚辚归来。燕易王派出了司正[1]随同嬴华前来，抚慰送亲军马，带来了一百只羊、十头牛、三十头猪并六十坛燕山老酒。司正带来的国书确定：三日后燕王迎亲，举国大酺。

当夜，张仪下令军士杀牛宰羊，特许每个甲士饮酒一大碗。军中欢呼不断，立即炊烟袅袅热气腾腾，料峭的春日寒风顿时减了威力。在满营欢声中，张仪与嬴华、白山并栎阳公主议定了若干送亲事务，不知不觉间已到了三更时分。

“禀报丞相：帐外有一商人求见。”军务司马匆匆进来禀报。

“商人？教他进来。”

白山霍然起身：“且慢。我先去看看。”便大步出帐。片刻之后，白山带进来一个年轻的后生，虽是布衣风尘，却生得沉稳英秀。张仪眼睛一亮：“你？你是苏代？”

---

[1] 司正，春秋诸侯国执掌礼仪的官员。燕国为老诸侯国，保留了许多旧官职，此为其一。

后生深深一躬："张兄果然过目不忘，小弟正是苏代。张兄别来无恙？"

张仪哈哈大笑，过来拉住苏代："哎呀呀，我师说苏氏当有三杰，果然应验！苏厉如何？"

"苏庄兄嫂们尚须照应，四弟一时不能离开。"

"好好好，来，坐了慢慢说。"

"多谢张兄。"苏代一拱手，"小弟时光无多，张兄看了此信我便走。"说罢从腰间摸出一方羊皮纸递过，"二哥一番苦心，望张兄体察。"

张仪连忙打开羊皮纸，两行熟悉的大字分外清晰——

蓟城有不测风险，张兄当作速离开，毋得强自犯难，切切。

张仪笑道："好。苏代啊，我想见苏兄一面，可行么？"

"二哥说，各谋其国，各忠其事，未分胜负，不宜相见。"

张仪默然片刻道："也好。代我向苏兄致意，也转告苏兄：三日后张仪便入蓟城，非不领苏兄之情义，时也势也。"

"如此苏代告辞，张兄保重。"

"且慢。"张仪从腰间大带上抽出一把皮鞘短剑，"这是我为苏兄物色的一把利器，合于苏兄剑路，目下燕国正在动荡之中，望苏兄多加防范。"

"张兄……"苏代接过短剑深深一躬，匆匆去了。

大帐中一时无话。白山送苏代回来，见几个人都低头沉思的样子，忍不住道："丞相，连夜回咸阳吧，末将派三千铁骑护送。燕国不敢伤及公主，他们只要害丞相。"

"白山，坐下。"张仪笑道，"谁说我要走了？你我好赖也一起打过仗了，张仪贪生怕死么？”白山着急道：“丞相，不是你贪生怕死，是秦国不能没有你！”张仪摇摇头道：“每一个秦人都是秦国子民，我张仪也是。白山，你当知道，邦交也是战场，也需要勇气胆识，贪生怕死者，打不了胜仗，也办不好邦交。”

“丞相教诲，白山明白！”白山深深一躬，“我这五千骑士宁可粉身碎骨，也保得丞相公主平安！”

“我看没事。”栎阳公主笑道，“燕国就是这个子之，防住他，一切了结。”

嬴华走过来道：“白山将军，你军中可有铁鹰剑士？”

“有，正好十个。”

“好！全数给我。你只管打仗，丞相公主不用你分心。”

“是，末将明白。”

张仪笑道：“如此妥当，还有何好怕？好了，三日后进蓟城。”

六　四阵三比　秦燕结盟

第四日正午，蓟城南门大开，鼓角喧天，燕易王全副车驾出城迎亲。秦军辕门大开，仪仗整齐，三十名长裙侍女，护卫着栎阳公主的轺车辚辚驶出。张仪率领全副仪仗与一千铁骑甲士，随着栎阳公主的轺车方队跟出，在辕门外与燕易王车驾遥遥相对。燕国司正与秦国行人走马交换了联姻国书，接着鼓乐大作，燕易王与栎阳公主的轺车并驾前行，张仪率领秦国仪仗护卫随后，燕国仪仗压阵，浩浩荡荡开进了蓟城，开进了王宫。

婚典进行完毕，燕易王偕同栎阳公主，在王宫大宴送亲宾客与国中大臣。张仪坐席在燕王左下首，饮酒间看来看去，殿中却没有苏秦。

“丞相莫看，武安君不会来了。”一个带剑将军悠然来到张仪身旁。

张仪淡淡笑道：“敢问阁下何人？”

“燕国上将军子之，见过秦国丞相。”

张仪揶揄笑道：“上将军带剑赴朝，八面威风也。”

子之哈哈大笑：“论起威风，子之只在面上。何如丞相，偷袭敖仓，颠覆合纵，不在暗夜之中，便在宫闱之内，子之甘拜下风。”

“是么？”张仪嘴角露出轻蔑的笑容，“偷袭在战场，邦交在庙堂，张仪所为，天下无人不知。何如子之上将军，夺心于营，结盟于私，威压于朝，却神鬼不觉，令张仪汗颜也。”

“丞相此言，子之不明白。”子之突然语气阴冷。

张仪一阵大笑道：“上将军，头上三尺有神明，总该明白了？”

子之突然一转话题：“丞相，河外之战，子之输得不服。”

“何处不服？”

“战力不服，若是秦燕两军对垒，胜负未可知也。”

“上将军是说，联军牵累了燕军战力，所以致败？”

“丞相明断。”

“张仪冒昧揣测：上将军想与我军单独较量一番？”

“丞相有此雅兴否？”

张仪大笑道：“为燕王婚礼助兴，客从主便，但凭上将军立规。”

“丞相果真痛快！秦军擅长技击，较量技击术。”

“上将军百战之身，两军阵前，莫非是攻敌所长？”

“莫非丞相要明告秦军所短？”

“秦军无长无短，男女皆战，人皆善战。”

“任燕军挑选较量？”

张仪笑着点点头。

“好！”子之掰着指头说出了自己的安排，张仪依旧只是笑着点头。

子之大步走到燕王身边，“啪啪”拍了两掌高声道：“诸位肃静了：方才我与秦国丞相商议，为给燕王与栎阳公主婚典助兴，秦燕两军比试战力。两日比四阵：第一阵女兵，第二阵剑术，第三阵骑士，第四阵步卒搏击。今日当殿比试前两阵，明日南门外比试后两阵。诸位以为如何？”

“好——”所有的燕国大臣都兴奋地鼓掌叫好，秦国宾客却都只是笑了笑。

燕易王大出所料，皱着眉头道：“公主，这，妥当么？”

栎阳公主笑道：“上将军主意已定，我王只好与臣民同乐一番了。”

燕易王看看子之，想说什么却又终于没有说出来。子之却连燕易王看也没有看，一挥手高声下令：“宴席后撤三丈！红装武士成列——”

“嗨！”大殿中一片清脆的应答，原先莺声燕语的侍女们齐刷刷脱去了细纱长裙，人人一身红色短装软甲，腰间一口阔身短剑，疾风般列成了一个方阵，当真是英姿飒爽。燕易王大是惊讶，脸色不禁骤然沉了下来。子之上前躬身低声道：“子之事前未及禀报，我王恕罪。”燕易王沉声道：“恕罪？寡人侍女何处去了？”子之道：“都在四周，一个不少。”燕易王沉思片刻道：“上将军，日后不得这般造次。”“遵命！”子之答应一声，回身走到张仪面前笑道，“丞相，教秦国女兵出阵。”张仪淡淡笑道：“看来，上将军有备而来啊。”子之道：“丞相见笑，这些女子都是辽东猎奴，在军中做杂役，略通剑道而已。为两国联姻助兴，子之何能当真？”

“张仪却听说，上将军在辽东军中，有一支‘铁女百人旅’也。”

“丞相多虑了，铁女没有随军南下。”

张仪大笑：“多虑个甚？要是铁女，我便比试；要不是铁女，莫草营人命。”

子之也笑了：“既然如此，算是了。”

“好。嬴华听令。”

“嬴华在！”

“命你全权调度前两阵比试，一切规矩，但凭上将军。”

“遵命！”嬴华大步走到栎阳公主面前，“禀报公主，在下借你侍女一用。”

栎阳公主做了个鬼脸笑道：“哟，都是些洗衣做饭的三脚猫，她们行么？”

“秦人男女皆战，百业皆战。她们虽非精锐，但可一战。”

“好好好，借给你。”

“多谢公主。侍女列队！”

“嗨”的一声，三十名侍女长裙瞬间离身，人人一身黑色布衣短装，脚下牛皮短靴，虽无软甲，也是精神抖擞。“上剑！”嬴华一声令下，十名秦国军吏各捧三剑从队前穿过，片刻之间，侍女们人手一剑。

“双色剑在前，长剑在后，短剑居中。列冰锥剑阵！”

“嗨！”三十名侍女一声脆生生答应，刷刷刷一阵移动，站成了一个锥形剑阵：前六人站成了一个“一二三”的尖端；接下来每排增加一人，最后排的锥座九人；尖端六人是双色剑，中间三排十五人是阔身短剑，后座九人却是几近三尺的长剑。煌煌灯下，九口长剑森然夺目。这种长剑本是显贵人物的佩剑，极少装备军旅。今日秦国侍女们也用上了长剑，其威风凛凛之势，不禁令燕国大臣们惊讶。十五口短剑则比燕国女子手中的短剑宽了三分，仿佛一片雪亮的大刀。但最令人瞩目的，还是那六口双色剑的奇异光芒——剑身金黄，剑刃雪白！

子之目光一扫剑阵，呵呵笑道：“丞相啊，这当头六剑如此怪异，是何名目？”

“上将军久历战阵，不识墨家双色剑？”

子之恍然笑道：“久闻墨家首创铜锡嵌铸双色剑，不想今日得见，开了眼界。”

张仪意味深长地笑了：“看来，上将军心思不在兵器战阵之间也。”

“丞相当知，战心出战力。决战决胜之道，并不在兵器战阵之间。”

“好！今日一睹上将军战心。”

嬴华大步走过来道：“敢问上将军，是点到即止，还是生死不论？”

子之浅淡一笑：“燕人非生死不能鼓勇，死战。”

“遵命。请上将军发令。”

子之走到两阵中间，左右一打量：“两阵听了：比试战力，以方圆十丈为界，不得越出；生死不论，一方先死十五人者为败。明白没有？”

“嗨！”两阵齐声答应。

“开始！”

话音方落，燕国铁女阵抢先发动，头领一声喊杀，三十名红甲铁女散开队形扑杀过来，仿佛一团火焰，声势极是威猛。秦女剑阵的双色六剑跺脚齐喝“开！”三十名黑衣女子轻盈无声地分成了六个五人小锥，每锥都是三剑齐备：双色剑打头，短剑居中，长剑压阵。转瞬之间，五把黑色的锥子插入了红色火焰之中。

燕国铁女原本都是猎户出身，又在与东胡激战中多经磨炼，个个体魄强健，格杀本领高强，历来都是与胡人同样战法——散兵冲杀，各自为战。秦国这批“侍女”，却是嬴华的黑冰台剑士，原本人人都是剑道高手，经常各自单独到山东探密。但只要有机会，嬴华便聚集她们训练阵战之法，以备不时之需。此次入燕，要保护栎阳公主，嬴华将女剑士们全部集中扮为侍女，不想竟然派上了如此一个用场。这冰锥剑阵，本是从司马错为秦军步兵百人队创设的“铁锥阵”演化而来，灵动快速，配伍严密，最适合小队形格杀。加上黑冰台剑器精良，使这冰锥剑阵威力奇大。此刻两阵搏杀，黑色剑锥转圜自如，双色剑寻敌定向，短剑只是专一搏杀，长剑则重在保护。若人数相当的五六个铁女来攻，根本不能近前，于是只有八九个或十来个人攻一个剑锥。但如此一来，总有一两个剑锥成为无人围攻的机动力量，不断与另一个被包围的剑锥形成里外夹击。虽然如此，可嬴华有言在先，尽量不杀燕女，所以燕国铁女虽然手忙脚乱，觉得有力不能使，却也是一人未伤。

子之哈哈大笑：“丞相，秦女剑阵也是中看不中用也。”

“上将军，果真好眼力。”张仪揶揄地笑了。

嬴华脸色顿时阴沉，一个尖厉的口哨，场中形势立刻大变：冰锥剑阵立下杀手，片刻之间，五六个铁女便倒卧在血泊之中。子之一愣神间，已经有十多个铁女中剑不起。

“停——”嬴华高喊一声，回头道，“上将军，十六具尸体，够了么？”

“好！这一阵秦国胜了。”子之哈哈大笑，“拖走尸体，下一阵！”

嬴华见张仪只是微笑不语，一挥手下令：“铁鹰剑士成列！”十名剑士锵然站成一排，人人全副铁甲铁盔连带着护鼻护耳，脸上竟然只露出一双眼睛与嘴巴；右手阔身短剑，左手牛皮窄盾，左臂佩戴一枚铁鹰徽记，宛如一座座黑色铁塔矗立在大红地毡上。与轻身带剑的游侠剑客，显然大大不同。

子之端详着一座座黑铁塔笑道：“全用铁皮包起来，这便是铁鹰剑士？”

“上将军。”张仪笑道，“自秦穆公创铁鹰剑士，至今已有百余年。两年一选，几十万大军往往只选得二三十人而已。秦军的铁鹰剑士不是游侠剑客，而是重甲猛士。他们这一身甲胄便有八十余斤，上将军可曾见过如此铁皮？”

子之久与东胡、匈奴作战，历来崇尚轻灵剽悍，何曾见过如此“笨重”的战场剑士？不禁哈哈大笑：“此等剑士嘛，金瓜斧钺一般，只做威风摆设可也，何能打仗？”

“上将军要如何试手？”

“自然是一对一。”

张仪大笑：“一对一？十对一，你出一个百人队。”

“秦人太得狂妄。”子之冷笑道，“若敢让我砍得一剑，便十对一。”

“好！铁鹰剑士只许显示防守力道，不许还手。上将军，随便砍哪个都行。”

子之抽出长剑，一道弧形青光闪过，带出一阵鸣金震玉之声，显然是非同凡响的利器。燕国大臣们不禁一阵低声惊叹：“胡人剑形刀！”张仪素有剑器嗜好，熟悉天下兵刃，知道这剑形刀是胡人匈奴最有名的马上战刀，单刃厚背，却如剑一般细长，最适宜马上猛砍猛劈，威力奇大。再说子之悍勇精明，自然不想以上将军之尊与剑士缠斗，只要借手中这口利刃一刀劈开铁鹰剑士的牛皮盾牌，给吹嘘铁鹰剑士的张仪一个难堪。

“铁鹰剑士，防好了！”子之大步走到中间一座黑塔面前，根据他的军旅经验，中间一个总是这种小队形中薄弱的一环。

黑铁塔只是哼了一声，算做答应。突然间，子之一声大喝，双手举刀从斜刺里猛力向盾牌劈下。这是马战最宜于着力的大斜劈，寻常战场上，一个勇猛骑士的大斜劈可以将对手连人带马劈为两半，堪称威猛绝伦。此刻，却听得猛烈的一声钝响，连着一声奇异的摩擦啸声，只见那张窄长的棕色盾牌一划一挺一举，子之“哼”的一声飞出了三丈之外。那口剑形长刀带着哨音直飞上大殿穹顶，“嘭”的一声闷响，颤巍巍地钉到了大梁正中。那尊黑铁塔却纹丝未动，依旧岿然矗立。

再看子之，不偏不倚地飞到了大臣群中方才自己的宴席座案前，咣当叮咚一阵大响，重重地跌落到地毡上。殿中不禁一片混乱，纷纷上来围住了子之。

“好端端的，何须嚷嚷？都坐回去！”子之站了起来，犹自觉得臀肉生疼，一瘸一瘸地走到张仪面前，“丞相，我出百人队了。”

“悉听尊便。”张仪淡淡地笑着。

不想殿中却轰嗡起来，大臣们纷纷上来劝阻子之。子之正要呵斥，一个将军高声道：“上将军，要比试，明日比真正的军阵！此等微末小技，胜败又能如何？”

子之略一思忖笑道：“好，今日便罢。丞相啊，明日比试军阵。”

“悉听尊便。”张仪还是淡淡地笑着。

一场迎亲大典，便这样在刀光剑影中散去了。张仪一行没有再去驿馆，而是连夜出城，回到了南门外留守的军营，招来白山与五个千夫长计议。将领们一听说与燕军较量，顿时人人亢奋，眼睛放光。白山搓着手掌道：“丞相，你只给个分寸，白山分毫不差！”张仪笑道：“这个子之，只认强力，不要留情，一定要打得他心疼。要教燕国君臣知道，依靠子之是抗不住秦国的。”白山激动得身子一挺：“末将明白，一定教他心疼！”张仪道：“明日马军较量，子之可能要亲自领军。白山，我军由你统领作战，临机处置，无须请令。”

“嗨！”白山慷慨应命。

嬴华笑了：“子之若要拼命，也杀了他？”

“不。对子之可轻伤，不可诛杀。记住了？”

“能否活擒？”白山皱着眉头。

“不能。子之是燕国唯一的脸面。”

“难办。但末将做得到。”

领了张仪命令，白山立即回到自己帐中，召来属长以上全部将官，将近百人，满当当一帐。商鞅建立的秦国新军行连保制：五人一伍，头目称伍长；十人一什，头目为什长；五十人为一属，头目称属长；百人一闾，头目为闾长，俗称百夫长；千人一将，头目称“将”，俗称千夫长；万人成军，头领为各种将军。这种军制后来被魏国的尉缭载入兵法，成为《尉缭子·伍制令》，渐渐成了战国中期以后的通行军制。白山虽然目下只有五千骑兵，但本职却是统帅两万精锐铁骑的骑兵前将军，也就是后来人说的先锋大将。这种大将必须具有两个长处：一是勇冠三军，二是有极为丰富的实战经验与临机决断能力。寻常作战，白山这样的前军主将，只需将将令下达给两员副将，最多下达到千夫长，就完全可以雷厉风行了。可这次事关重大，尤其是既不能诛杀又不能活擒对方主将，这在激烈拼杀的战场可当真极难做到。白山聚来大小将佐层层商讨，直说了一个多时辰，方才散去分头准备。

次日午后，燕易王与栎阳公主率领燕国君臣，在子之五千燕山铁骑的护卫下，隆重地开出了南门。昨日大宴后，燕易王本想终止与秦军做这种有伤和气的较量。以他目下的权威，控制子之还是能够做到的。可在昨夜三更时分，他却突然被老内侍从睡梦中唤醒。他极不情愿地离开了栎阳公主下榻，老内侍低声道：“苏相国密函。”他立即警觉，在灯下打开了那方羊皮纸，苏秦那熟悉的字迹赫然在目：

臣启燕王：子之者，燕国盾牌也，若得燕国安宁，毋阻子之示威于秦。

燕易王在回廊转悠了半个时辰，终于放弃了制止子之的打算。早膳后，当子之进宫禀报与秦国订立盟约的细节时，燕易王只说了一句话：“上将军啊，与秦军只比一阵算了，既要结好，不宜过分才是。”子之没有执拗，爽快应道：“我王所言极是，臣遵命。”

秦军五千将士全军迎出大寨，整肃无声地排列成三个方阵，宛如三方黝黑的松林。秦军营寨前正好有三座小山，面北对着蓟城南门，其间正好形成了一片开阔的谷地。燕国的五千燕山铁骑在北面列成了一个大方阵，海蓝色旌旗招展，战马嘶鸣，人声鼎沸，一看便是人强马壮的气势。张仪乘轺车与燕易王见礼后，陪着燕易王车驾上了东面的小山。看着全副甲胄的子之，张仪笑道：“上将军，张仪不通军旅，较武事宜有白山将军，与他立规便了。张仪只在这里观战。”

“丞相雅兴。子之老行伍，却是要见识见识秦军。”

“素闻燕山铁骑威震东胡，张仪也想开开眼界。”

子之大笑着策马驰下了山冈，飞马到秦军阵前高声道：“白山将军何在？”

高处的声音仿佛从云端中飞来：“末将在！悉听上将军立规！”秦军中央方阵前立着一辆高高的云车，白山在云车顶端站立着。

“好！秦军将士听了：今日规矩，两军一战，无计生死！明白没有？！”

“嗨！”轰雷般的短促应答山鸣谷应。

子之飞马驰回燕军阵前，一阵指令叮嘱，高举战刀大喝：“起号！杀——”骤然之间数十支牛角号呜呜长鸣，燕山铁骑第一个浪头呐喊着飓风般冲杀了过来。燕山铁骑原本排成了一个宽约一里的方阵，五千骑士分为三个梯队：前军一千骑，中军三千骑，后军一千骑。这种冲锋阵法，是燕军在长期与匈奴骑兵大战中锤炼出来的战法，子之称为“海潮三波”：第一波，前军一千长矛骑士，人手一支长约一丈的轻锐木杆长矛，腰间一口战刀。这时的骑兵极少使用长兵器，往往被这种长矛骑兵一冲即乱。而这第一阵冲锋的真正意图，恰恰在冲乱敌骑阵形，给中军主力斩杀敌人创造有利条件。子之的长矛骑兵，在与匈奴大战中屡见奇效，这次也照样搬来，要教名震天下的秦军铁骑尝尝滋味儿。第二波，战刀骑士，这是主力军，全部由骑术高超刀法精良的勇士组成，每人腰间都有一口备用战刀，专一搏击砍杀。第三波，短剑骑士，这是追击逃窜之敌的轻锐骑士，坐下战马特别出众，轻兵良马，疾如闪电飓风。

燕军发动之时，秦军云车上大旗划出一个巨大的弧形，随之十面牛皮大鼓隆隆响起。左右两个黑色方阵抢先发动，从两翼插向燕国前军中军的断续部位，而中央方阵的三千铁骑则展开成一个巨大的扇形，迎着燕军的长矛前锋兜了上去。燕山铁骑是大致有阵，三波冲锋之间并非紧密相连。尤其是两军初战，子之要看看秦军骑士在长矛兵面前的抵抗力，所以没有连续下达第二波冲击命令。

虽在片刻之间，但对于急风暴雨般的骑兵而言，第一波之后已经出现了一个空阔地带。秦军的两翼铁骑绕过长矛兵，恰恰立即插入了这个短暂的空白地带。黑色两翼先行展开之时，子之已经有所觉察，立即下令中军主力发动第二波冲杀。可是已经迟了。两股黑色浪潮已经呼啸着在空白地带重叠，将燕军截为首尾不能相顾的两部分。此刻，云车上大旗左右招展，重叠汇聚的黑色浪潮立即分为两股，一股压着长矛兵后背杀来，一股迎着燕军主力杀来。

燕军长矛兵战力虽强，但因为是长兵器，所以相互间总有一马之隔，只能散开成漫山遍野的一大片冲杀过来。迎上来的秦军主力，则只有中间的一面大旗正面接敌，两面的两千骑士则掠过长矛兵外围，压上去截杀燕军主力。如此一来，战场形势发生了陡然的变化：秦军两千骑士，前后夹击一千燕军长矛兵；秦军三千骑士，正面迎战燕军主力三千；燕军被从中间分割，后军窝在原地，前军陷入两倍兵力的包围夹击，顷刻便有覆没危险。若要扭转这种大格局的被动，只有后军驰援前军，形成两大块势均力敌的对抗，而后真正比拼实力。

子之久经战阵，立即看出了这种危急局面，战刀一举："后军骑士，跟我杀——"一马当先，亲率后军来驰援前军。云车上，白山大旗左右两掠，秦军的截杀主力立即喊杀声大起，左右加倍展开，将后军拦在了正面。云车上的白山一见子之出动，立即将大旗交给了司马，飞身从三丈高的云车上跃下，恰恰落在那匹神骏的汗血战马上。白山一触马身，金红色的汗血马长嘶一声，平地飞起，闪电般冲向中央战场。

两方中军主力正在鏖战，秦军本来大占上风。但分兵一千堵截子之后军，中军成了两千对三千，立即成了拼死力战。白山飞马赶到后军战场，大喝一声："铁鹰百人队随我杀！其余回中军战场！"吼声落点，一支铁甲骑士随着白山箭一般插向子之大旗。这是白山与将领们事先商议好的战法：若子之出动，立即缠住。其余的燕军骑士无论流向哪里，都不能根本改变战场大势。为有效缠住子之，白山以全部十名铁鹰剑士为主力，组成了一个特殊的百人队，由自己亲自率领截杀子之。

白山本是前军大将，勇猛绝伦，这个百人队更是秦军精华。猛烈冲杀之下，所向披靡，立即将子之及其周围骑士圈堵在正面，其余秦军骑士又潮水般卷回了主战场。战国军法通例：战场之上主帅战死者，从卒皆斩。子之被堵截，燕军骑士自然大举围来，要最快歼灭这个不要命的百人队。但是子之极为清醒，一眼便看出了秦军意图——宁可少数伤亡，也要全局获胜。身为主将，子之自然也是如此打算。他圈马高声大喝："留一个百人队！其余驰援前军！违令者斩！"燕山铁骑号令森严，主将一声令下，大队骑士立即风驰电掣般飞出了小战场。于是，这里成了两个百人队的殊死拼杀。

子之的谋划是：一定要在各个战场形成对等兵力的搏杀。只要对等，他坚信燕山铁骑绝不输于秦军铁骑。哪怕打得平手，燕军也将扬威天下。这便是他只留一个百人队而严令大队驰援前军的原因。他明白，这种不过万人的小战场，不会有更复杂的变化，只要保持大体均衡的格杀，不输于格局大势，便不会落败。

但是，两个百人队一接战，子之立即感到了巨大的压力。面前这个百人队，简直就是铁马铜人，马戴面具，人穿铁甲，纵然一刀砍中，几是浑然无觉。然则，这个百人队却没有秦军骑士五骑并联的战法，竟人自为战，与燕军展开了真正的散兵一对一搏杀。只见他们横冲直撞，长剑劈杀，片刻间便将燕军十余名骑士劈落马下。子之怒吼一声“斩首一名，赏千金！杀——”战刀挥舞，猛烈砍杀前来。但奇怪的是，这一百个骑士虽然也在猛烈拼杀，从此却没有斩杀一个燕军，只是比拼剑术一般，哪怕将对手的战刀击飞，也不下杀手。愤怒的子之与两名护卫勇士，被白山亲率两名铁鹰剑士如影随形般截杀围追，却无论如何也伤不了这三座黑铁塔。缠斗良久，子之大吼一声，战刀掷出，一道青光直奔中间白山咽喉扑来。白山眼疾手快，长剑斜伸，堪堪搭住了子之战刀，长剑一搅，战刀竟倒转着飞了回去，“噗”地钉进了子之战马的眼睛。战马长嘶悲鸣，一个猛烈的人立，轰然将子之掀翻在地。

此时，一骑飞马冲到，高声喝道：“燕王有令：终止较武，秦军胜——”

子之艰难地站了起来，四面打量，突然嘶声大笑：“好啊！秦军胜了！胜得好！中军司马，燕军伤亡多少？说！”

“禀报上将军：前军战死五百，伤三百；中后军战死两千，伤一千五百；总共战死两千五百，伤一千八百。”

“秦军伤亡？说！”

“秦军战死一百余人，伤一千余人。”

子之脸色铁青，双眼血红，提着头盔瘸着步子，艰难地走到了燕易王车驾前道：“燕王，盟约用印。子之无能！”

“回宫。”燕易王淡淡地说了两个字，全副仪仗辚辚回城了。

当夜，燕易王偕栎阳公主召见了张仪，在《秦燕盟约》上盖下了那方“大燕王玺”的朱文玉印。子之虽然还瘸着腿，但依旧昂昂然地参加了结盟仪式，丝毫没有半点儿颓丧的样子。

“此人直是个魔鬼！”嬴华在张仪耳边低声说。

“燕国从此休得安宁也。”张仪深深地叹息了一声。

栎阳公主来到张仪面前道：“丞相、华妹明日离燕，一爵燕酒，栎阳为两位饯行了。”嬴华笑道：“甚个两位？一个行人，能与丞相并列么？”栎阳公主咯咯笑着贴近嬴华耳边道：“我有眼睛，并列事小，只怕还能并肩齐眉呢。”“栎阳姐姐！”嬴华满脸通红，却又“噗”地笑了。张仪在旁哈哈笑道：“两姐妹盘算甚，我可饮了。”说着一饮而尽。栎阳公主笑道：“偏你急，没交爵就独饮了。”嬴华笑道：“我也独饮。”也一饮而尽。栎阳公主嗔道：“非礼非礼！来，我为你俩斟满一爵。对，交爵！好！”看着嬴华与张仪碰爵饮下，栎阳公主才自己饮了一爵，高兴得满脸绽成了一朵花儿。

张仪从大袖中拿出一个铜管：“公主长留燕国，请设法将它转交苏秦。”

“这有何难？交给我。”

正在此时，书吏匆匆走来，在张仪身边低声说了几句。张仪霍然起身，立即向燕王辞行，连夜出城南下了。

第十一章 郢都恩仇

一 张仪临危入楚

初夏时节，风调雨顺的渭水河谷艳阳高照，晴空万里。

一个黑点正从高远的蓝天悠悠飘来，飘过了南山群峰，飘进了渭水谷地，飘过了咸阳城高高的箭楼，带着嗡嗡哨音消失在北阪的苍茫松林中。片刻之后，一骑快马飞出松林，飞下北阪，直入北门箭楼，飞进了气势巍峨的咸阳宫。

长史甘茂一看竹管端口，封泥上有苍鹰徽记与三支箭头，脸色一变，立即停下手头忙碌，飞步向东书房奔去。秦惠王正在那幅《九州山水图》前发愣，忽听背后急促脚步，没有回头便问："甘茂，有事了么？"甘茂急道："禀报君上：黑冰台青鹰急报。"秦惠王霍然回身："打开。"甘茂走到大书案前，用一把细锥熟练地挑开封泥，打开竹管，抽出一个白色的小卷抖开。秦惠王接过只扫了一眼，眉头皱了起来："甘茂，立即宣召右丞相。"

片刻之后，右丞相樗里疾匆匆赶到。秦惠王指着书案上那幅白绢：

“看看，楚国又变过去了。”樗里疾拿起白绢，一片篆文赫然入目：

青鹰密报：楚国君臣消除嫌隙，发誓向秦复仇。昭雎父子蜗居不出，老世族尽皆蛰伏。春申君北上燕国，屈原重新掌兵。

“嘿嘿，芈槐又抽风了。”

“黄歇不远千里，到燕国做甚？”

“燕国无力援楚，只有一事可做：找苏秦。”

秦惠王踱步点头道：“苏秦南下，与楚国合力，齐国便有可能反复。齐国反复，合纵便有可能死灰复燃。楚秦近千里边界，楚国发疯，秦国背后可是防不胜防。”

“君上所料不差，樗里疾以为：当立即急召丞相回咸阳。”

“丞相回来之前，不妨先试探楚国一番。”

樗里疾拍拍大头笑道：“臣一时想不出如何试探。”

“派甘茂为特使，归还房陵三百里，与楚国修好。”

“也好，左右土地是死的，到芈槐手里也长不了。”

次日，长史甘茂带着秦惠王的国书匆匆南下了。与此同时，一骑快马星夜飞驰燕国。张仪接到秦惠王手书密件，连夜率领五千铁骑南下，不想却在漳水南岸被平原君拦住，盛情邀请张仪进入邯郸，商谈修好事宜。原来赵肃侯在联军大败之后一病不起，半月前病逝，太子赵雍即位，着意要与秦国订立修好盟约。张仪归心似箭，却又实在不能放弃这个大好时机，便命嬴华率领一千铁骑先行赶回，他随平原君进了邯郸。

邯郸一日，张仪对赵雍的意图了如指掌：赵国正在疲软凋敝之时，深恐秦国与老冤家燕韩魏联手进攻赵国；目下赵国的当务之急，是稳住秦国这个最强大的敌人，以求度过新老交替这道关口。虽则如此，但对秦国也是一件好事，赵国一静，秦国东北两面全无战端之忧，便可全力化解楚国这个背后大敌。张仪没有说破赵雍的心思，在一片交相赞誉中，同赵国订立了互不犯界的盟约，一场大宴后只睡了一个时辰，天蒙蒙亮出了邯郸，一路昼夜兼程，不消三日赶回了咸阳。

这时候，甘茂也刚刚从楚国回来，上将军司马错也奉命从函谷关赶回。秦惠王立即在东偏殿召见几位重臣商讨对策。

甘茂带回来的消息很简单，但却大出君臣预料：楚怀王看了秦惠王国书，拍案大叫："不要房陵三百里！我只要张仪！"非但不与甘茂作任何正式会谈，而且只许甘茂在郢都停留一日。甘茂本想与王妃郑袖和昭雎父子会面，探察一番楚国的变化内情，无奈驿馆被严格看守，根本无法私下走动，只好匆忙回国。

"嘿嘿嘿，芈槐这小子还铆上劲了，非和丞相过不去？"

甘茂道："合纵兵败，楚国伤亡最惨，楚王恼羞成怒，归罪于丞相，一时确实难解。以臣之见，不理不睬，后发制人可也。"

"嘿嘿，不行！"樗里疾道，"你是不理不睬，可芈槐正在抽风，屈原黄歇苏秦与一班新锐必然抓住这个机会不放。哼哼，以我黑肥子看，这帮小子又在密谋攻秦了。"

"若来进攻，正好趁机一举击垮楚国，根除背后大患！"甘茂很是气壮。

司马错道："打败楚国不难，难在楚国发兵之日，必是苏、黄策动六国重组合纵之日。若再次合纵，六国不会联军出动，而会分头出兵攻秦，这种局面最为危险。"

甘茂道："丞相刚刚与五国立约修好，变脸岂有如此之快？"

"嘿嘿，山东六国，变脸比脱裤还快，关键是有楚国这个疯子打头。"

秦惠王一直在用心倾听，渐渐地觉得确实为难：被动等待与楚国决战吧，有几路受敌的危险；主动攻楚吧，又与秦国目下的连横修好宗旨大相径庭，更会加剧山东列国对秦国的戒惧之心，再说连横局面刚刚形成，一旦攻楚便会前功尽弃。春秋战国的传统，只要主动割地，哪怕是天大的仇恨都能化解。可目下这个芈槐，竟然连三百里故土粮仓都不要，而只要张仪，还真是没有个好办法对付。看张仪一直没有说话，秦惠王心中一动，笑道："再议议看，除了丞相不能入楚这一条，甚办法都可商量。"

"我有黑冰台，派刺客，杀了这个抽风芈槐！"甘茂眼睛突然一亮。

樗里疾摇摇头："还是丞相设法稳住中原五国，由上将军准备对楚国决战。"

司马错道："只有举国发动，再征发至少十万壮丁成军，臣力保不败。"

秦惠王拍案一叹："看来，秦国到了一个真正的危急关口。也罢，举国一战，与山东六国鱼死网破！"一言落点，殿中气氛顿时凝重起来。

"君上。"张仪悠然一笑，"臣去楚国。"

三位大臣惊愕地看着张仪。秦惠王不悦道："丞相哪里话来？堂堂大秦，岂能拿自己的丞相迁就仇敌？丞相无须如此，本王自有定见。"

"君上，列位，张仪在燕国得报，便已开始谋划，并非轻率，且容臣一言。"

"嘿嘿，听听也好，丞相大才，化腐朽为神奇也未可知。"

"君上，列位。"张仪侃侃道，"一国之君，将邦国衰落记恨于外国大臣，又置邦国大利于不顾，而一味索要仇家，此种疯癫只意味着这个君主的昏乱无智。昏乱思虑总是不稳定，容易改变也。屈原、黄歇皆清醒权臣，他等听任楚怀王要张仪而不要房陵，只能说明：一则，这不是君臣共商的国策，而只是楚怀王的一己昏乱；二则，芈槐与屈原黄歇一班新锐并不同心，君臣猜忌依然存在，屈黄无法劝阻，只能利用芈槐的仇恨，先夺回失去的权力；三则，黄歇北上燕国求助苏秦，意在请苏秦南下，真正扭转芈槐；而苏秦一旦南下，芈槐真正死心抗秦，则君臣同心，秦国很难扭转。唯其如此，目下扭转楚国，正是唯一时机。若得如此，非张仪莫属。张仪不入楚，秦楚化解无从入手。君上、列位以为然否？”

殿中一时沉默。张仪的剖析句句在理，可要张仪孤身赴楚，毕竟是谁也不愿意的。

甘茂打破沉默道：“丞相说得在理，然则丞相身系秦国安危，岂能如此冒险？甘茂愿代丞相赴楚，扭转危局。”

“嘿嘿嘿，不是黑肥子小瞧，你那两下子不成。”樗里疾笑道，“此事要做，还真得丞相亲自出马。丞相是块大石头，一石入水千层浪，能激活死局。他人，嘿嘿，谁都不行。”

司马错道：“臣可率精兵二十万，开出武关，使楚国有所顾忌。”

“列位无须为我担心。”张仪笑道，“自来邦交如战场，大局可行则行，不担几分风险，焉得成事？臣望君上莫再犹豫。”

“好。”秦惠王拍案，“丞相入楚，嬴华负护卫全责；司马错率大军前出武关，威慑楚国；甘茂东行，稳住齐国，无使楚齐结盟；樗里疾坐镇函谷关，秘密封锁楚燕通道，延迟苏秦南下，并策应各方。”

“臣等遵命！”

会商结束，四位大臣立即各自行动。秦惠王又与张仪密谈了整整一个时辰，张仪方才回到丞相府，召来嬴华绯云吩咐一阵，两人立即分头准备去了。次日清晨，张仪的特使马队驶出了咸阳东门，马不停蹄地出了函谷关，轺车辚辚，昼夜兼程，直向楚国大道而来。张仪谋划的是：一定要在苏秦南下楚国之前，先大体稳住楚国，而后再图周旋。

二 苏秦别情下楚国

春申君犯难了，子之也大皱眉头。

急如星火的北上，为的就是要尽快请苏秦南下，这是屈原与春申君的共同想法。只有苏秦能够扭转楚怀王这种朝三暮四的反复，也只有苏秦，能够化解张仪那智计百出的斡旋手段。没有苏秦，楚国的抗秦势力很难稳定地占据上风。可来到蓟城两日了，却连苏秦的面也没见上。子之大是着急，他很希望苏秦出山南下楚国，促使楚国与秦国强硬对抗，只要秦楚对抗一形成，他在燕国才有大展身手的机会。可自从张仪入燕，苏秦就离开了蓟城，原本说好的旬日便回，可到如今已经是两旬过了，苏秦还没有回来。子之大是困惑，以苏秦的诚信稳健，断不会无端食言，定是有甚隐情。百思无计，子之只好陪着春申君来找刚刚成为自己新婚妹夫的苏代。两人对苏代说了半个时辰，苏代终于答应带春申君去找苏秦了。

燕山无名谷正是鸟语花香的时节，苏秦与燕姬也实实在在地过得逍遥惬意。日间放马，追捕一两头野羊。傍晚时点起篝火，烤羊饮酒恣意畅谈。月上中天，或在草地小帐篷露营，或在半山石洞中安歇，往往是日上东山，两人依然高卧不起。

“唯愿两人，永远做这般神仙。”燕姬快活极了。

“心下不清净，隐士也不好做。”苏秦却显得神情恍惚。

“季子啊，当日拿得起，今日也要放得下。”燕姬知道苏秦心事，殷殷笑道，“你首倡合纵，为六国自救找到了一条大道。可六国不自强，上天也救不了。败根不除，纵有十个苏秦，又能如何？”

苏秦一声叹息：“我还是想试试，这败根究竟能否得除？”

“季子又要出新招了？说说。”

“扶持强臣当政，刷新吏治，造就新邦。”

“季子，有这种强臣么？”

“北有子之，南有屈原。”

燕姬拨弄着篝火久久沉默，眼中慢慢溢出晶莹的泪花：“季子啊，我熟知燕国，子之是个凶险人物，靠不住。”

“子之过分张扬，但毕竟是个实力干才，他能扫除燕国陈腐，教燕国新生。”

“季子。”燕姬声音发颤，“莫非你想与子之联手宫变？”

“田氏代齐，魏赵韩代晋，都催生了新兴战国。”

“季子莫得糊涂。”燕姬很是着急，“此一时彼一时，齐国田氏取代姜氏，积累了一百多年。魏赵韩分晋，积累了两百多年。子之没有根基，只是燕国一个小部族，只有几万军马，纵然当国执政，也只能将燕国搅乱，使燕国更弱更穷，如何能使燕国新生？你要三思而后行。”

“依你之见，苏秦只能无所作为？”

“季子，为名士者当知进退。合纵之败，不在君无才，而在六国衰朽。连横之胜，不在张仪之才，而在秦国新生啊。”燕姬轻轻叹息一声，“合纵大成之日，你身佩六国相印，已经是功成名就了。联军攻秦，你更走到了名士功业的顶峰。天不灭秦，秦不当灭，你苏秦又能如何？难道没有纵横天下的显赫，苏秦就不会做人了么？”

“燕姬，我也想隐居遨游，可总是心有不甘。若大胜一次，我会毫无牵挂地回到你身边。没有一次像样的胜利，立而无功，此生何堪？”

“季子，明智者适可而止。燕姬不如你这般雄才，可燕姬知道，功业罢了还有人生。你如此执拗求成，可是如何罢手？”

“燕姬，教我好好想想……”

谷风习习，山月幽幽，两人对着篝火，一时默默无言。

朦朦胧胧中太阳已经在山头了，燕姬跳起来嚷道：“呀，好太阳！走，到山外转转去。”苏秦霍然站起，看明媚日光洒满山谷，也顿时振奋起来：“好！出山看看。”两人到山溪边梳洗一番，收拾好帐篷，从山洞马厩里牵出马来。

突然，谷口隐隐传来急促的马蹄声。

“上山！”燕姬迅速将马拉进山洞，两人立即登上了山腰一片小树林。这片树林外，有一座象鼻般伸出去的岩石，站在上面，谷口情形一览无余。上得岩石一望，燕姬愣怔着只顾端详。苏秦目力弱，只看见谷口影影绰绰几个人马影子，又见燕姬愣神，连忙问：“来人可疑么？”燕姬道：“头前年轻人，身形与你相近，另外那个人，黄衫高冠，很眼生。看来，不是燕王找我。”苏秦道：“定是苏代有急事。走！下去。”

谷口两骑已经走马入谷，左右张望，黄衫高冠者喊道：“噢呀武安君，你在哪里了——”

“春申君——我来了——”

春申君闻声下马，跑过来抱住了苏秦：“噢呀呀武安君，你做神仙，想煞黄歇了！”

苏秦大笑道：“一样一样！哎，你黄歇飞到燕山，总不是逃难了？”

“噢呀呀哪里话？好事。大大的好事了！”

“好事？”苏秦一副揶揄的笑容，“楚国能有好事？”

“噢呀呀，我可是又饥又渴，你这神仙洞府难找了。”

“来来来，坐到溪边去。三弟，到那个山洞去拿。”苏秦兴奋地将春申君拉到山溪边大石上坐下，“先说事，少不了你酒肉！”

“噢呀呀，还是武安君了！屈原还怕你没得热气了。”春申君将光光的大石头拍得啪啪直响，“给你说：楚王决意抗秦复仇！昭雎父子一干老对头，都做缩头龟了！”

“呵呵，太阳从西边出来了？”苏秦反倒淡漠下来，“楚王是要找张仪复仇而已。”

“噢呀，洞若观火了。”春申君急迫道，“老实说了，楚王觉得合纵兵败是奇耻大辱，发誓复仇；秦国愿归还房陵三百里，请求修好；楚王拍案大怒，说不要房陵，只要张仪！并立即恢复了屈原的大司马兵权，又立即派我联络齐国共同起兵。你说，向张仪复仇，向秦国复仇，这有何区别？”

“千里北上，是屈原的主张？”

“也是楚王之命了。”春申君红着脸辩解道，“屈原上书楚王，主张请武安君出面斡旋齐楚，楚王赞同，黄歇便星夜北上了。”

“明白了。”苏秦笑道，“你老兄先吃酒肉，容我揣摩揣摩。”

“噢呀，你就揣摩了。苏代，来，先吃饱喝足再说。”春申君向苏代一招手，两人狼吞虎咽起来。

苏秦径自过了山溪，顺着山林小道走进了那座隐秘的山洞。他知道燕姬的心思，但也想教她听听春申君带来的新消息，说说自己该如何应对。可山洞里静悄悄的，外洞里洞都没有那个熟悉的身影。猛然，苏秦看见铜镜中有一方物事。一回身，长大的石案上果然有一张羊皮纸，拿起一看，墨迹竟还没有干：

君经坎坷，心志不泯。燕姬无意奋争。君可自去，毋得牵挂。

颓然跌坐在石案上，苏秦一时心乱如麻。愣怔半日，长叹一声，苏秦将那方羊皮纸折叠好仔细装进贴身皮袋里，环视洞中物事，一阵酸楚难耐，咬牙举步间猛然醒悟，回头提笔，在洞壁上大书两行，“当”地丢下大笔，大步出了山洞。

苏代迎上来低声道：“这是二哥的衣物，还有这把剑。”

“你看见她了？”

“没有，东西放在酒窖边上。”

春申君脸上露出罕见的庄重，向着山洞方向深深三躬，高声喊道：“燕姬夫人，深情大义，楚国恩人了——”悠长的声音在山谷久久回荡着。

苏秦长叹一声，接过包袱短剑：“不说了，走。”

三骑飞出谷口，却闻身后一阵长长的骏马嘶鸣。三人回头，只见一骑红马正立在谷口山头，马上一人举着一方红巾遥遥晃动着。苏秦立马，双眼顿时一片朦胧，嘶声高喊：“燕姬——等我——”头也不回地飞马去了。

日暮时分，三人到了蓟城郊野。苏秦将苏代叫到一边低声叮嘱了一阵，苏代便回蓟城去了。春申君笑道：“噢呀武安君，你还是回蓟城见见子之，我在军营等你一晚了。”苏秦断然道：“不用。我等得连夜南下，还得走齐国一路。”春申君惊讶道：“噢呀，你还想在这时候策动齐国？”苏秦笑道：“策动齐国，那要回头再说，这是借道齐国。”春申君更是不明所以了：“噢呀呀，这不是舍近求远么？多三日路程了。”苏秦低声笑道：“似慢实快。你不觉得，有人会截杀阻道么？”春申君恍然大笑：“噢呀，黄歇蒙了。对！就走齐国了。”

月亮初升，春申君带来的两百护卫骑士立即拔营。苏秦与春申君也弃车乘马，这支没有任何旗号的马队直插东南，沿着大海边人烟稀少的地带向齐国飞去。

三　明暗双管　张仪巧解第一难

三更时分，郢都长街已经断了行人车马，连往昔的夜市灯火也没有了。

秦楚结仇，眼看就要打仗，郢都人心惶惶。天一黑民人商旅便窝在家里不出来了。加之中原各国兵败后纷纷封锁国界，进入楚国的客商大大减少，惯于夜间逍遥的官府吏员们，也因了朝局紧张，不敢轻易拜客走动了。不到半年时光，郢都前所未有地萧条了。

静夜长街上，却有一辆四面严实的紫篷车辚辚走马，驶到了一座显赫府邸的偏门前。身着紫色长衫的驭手下车，上前拍了三下门，一重两轻。木门开了一条缝，一颗雪白的头颅伸了出来，紫衫驭手低声说了几句，旁边的车马门无声地拉开了。篷车轻快地驶了进去，高大的车马门又无声地关闭了。

昭雎已经蜗居几个月了，由头是“老疾发作，卧榻不起”。每日梳洗之后，他都在这片两三亩地大的水池边漫步，常常是月上中天了，还在悠悠地走着。当初六国合兵，他力荐子兰为上将军统兵，是认为秦国根本不可能战胜四十八万六国联军，只要联军一战获胜，他就会摆脱张仪的挟制，重新成为楚国举足轻重的权臣。那时候，清除屈原黄歇一班新锐，是不用费力气的，掌控平庸无能的芈槐更是易如反掌。几个回合，昭雎便可成为楚国的摄政王，过得十数年，昭氏取代芈氏而成为楚国王族，几乎是无可置疑的。谁想一战大败，大势立刻逆转。子兰成了败军之将，按照楚国历来的规矩：折兵五万者，大将必得处斩，举荐大将者，也得罢官除爵。楚王怒骂不休，朝野一片复仇之声，屈原黄歇一班变法派更是甚嚣尘上，要“杀子兰，除昭雎，以谢天下”。若不是昭氏树大根深，联结郑袖软化楚王，又忍痛将昭氏封地二百里秘密割让给王族，并答应不问朝政，这场大灾大难实在是难以躲过的。痛定思痛，全部错失都在于一点：低估了秦国。要不是低估秦国，当初则可以反对出兵，或者称病不言，如今岂不是顺理成章地清除了这班新派政敌？正因为低估了秦国，自己人挂帅，才使政敌死灰复燃，而且使昭氏陷入了泥潭……

“禀报令尹：西方秘使求见。”

昭雎一激灵，又迅速平静下来：“领入竹林茅屋，四面巡查，不许一人靠近。”

“是了。”家老转身快步去了。

片刻之后，两个紫衫客被家老领到了池边竹林的茅屋之中——月光幽幽，一头霜雪的昭雎拄着一支竹杖坐在廊下，仿佛世外仙人。

“参见老令尹。”为首紫衫客深深一躬。见昭雎没有作声，紫衫客道，“本使乃秦国公子嬴华，职任行人，奉我王与丞相之命，特来拜会老令尹。”

昭雎心中一动，此人曾与子兰比剑，他如何不记得？只是他无论如何想不到，此人竟是秦国王族公子，且是行人之职。身为密使，公开本来身份，这是罕见的，看来秦国一定有大事相求了。他淡淡笑道：“老夫识得公子，有话便说。”

“秦王口书：我丞相入楚，敢请老令尹关照，后当重报。”

“如何？张仪要来楚国？”昭雎大是惊讶，苍老的声音颤抖了。

“正是，三日后便到郢都。”

昭雎突然冷笑：“张仪自投罗网，老夫爱莫能助。”

“老令尹，昭氏部族岌岌可危，没有秦国援手，只怕灭顶就在眼前。”

“公子危言耸听了。”昭雎淡淡冷笑，“昭氏六世兴盛，目下小挫也已平安度过，何来灭顶之灾？又何须他人援手？”

“故作强横，两无益处。”嬴华笑道，“老令尹该当明白，苏秦不日南下，便是昭氏大难临头之时。若无张仪抗衡苏秦，楚国朝局只怕要颠倒乾坤了。”

“老夫倒想听听，秦王如何报我？”

“一年之内，老令尹在楚国摄政。”

昭雎大笑：“秦王以为，他是楚王？”

“秦王固非楚王，可更能决定昭氏部族之生死存亡。”

“老夫愿闻秦王手段。”

“归还房陵三百里，与楚国罢兵，与屈原黄歇新派修好；内外夹击，促使楚王连根斩除楚国老世族。老令尹以为如何？”

昭雎长叹一声：“老夫心意，只是不想受人挟制而已。”

“两相结盟，两相得益，谈何挟制？老令尹多虑了。”

昭雎颤巍巍站了起来：“好了。老夫尽力而为，只是公子还得辛苦了。”

“但凭老令尹吩咐。”

昭雎低声说了一阵，嬴华连连点头。

次日暮色时分，郢都水门即将关闭。一叶小舟飘了过来，出示了中大夫靳尚的送物令牌，悠悠出了水门，飘进了一片汪洋。小舟在汪洋中飘荡了整整一个时辰，直到月上东山，才掉转船头向云梦泽北岸飞快地驶来。看看将近岸边的大石码头，船舱中走出了一个白衣人，从容地在船头临风而立，月光下分外潇洒。

“好个美小哥！靳尚有礼了。”岸上一人高冠带剑，笑语颇显轻薄。

“靳尚，我给你的物事如何？”白衣人很矜持。

“小哥有心人，那物事太金贵了，靳尚受宠若惊。”

“那还聒噪个甚？走。”

“小哥慢行，还有两句话说。”靳尚笑得甜腻腻的，“不瞒小哥，自小哥上次随张仪来过后，王妃念叨不休，想教小哥与靳尚一道，做王妃贴身侍卫，也做中大夫，比做张仪仆从可是风光多了。王妃还说，小哥要不满意，尽管开价。”

“还有么？”白衣人眼中闪出一道凌厉的光芒。

靳尚不由自主地一颤：“大，大体如此，小哥意下如何？”

“不劳你操心，我自会对王妃说。走。”

“好好好，随我来，小哥走好。”靳尚边走边殷勤唠叨，“小哥，王妃有王子了，更美了，水灵白嫩得仙女一般，真是口好菜，你小哥比我靳尚可是福气了。”

白衣人猛然站定，森森目光盯住了这个俊秀聪灵的中大夫：“靳尚，你好好给我办事，我便成全你这口福，本公子没有趣味。否则，我教楚王活剐了你。”

靳尚浑身一激灵：“是是是，小人明白！公子？你，你不是张仪仆人么？”

“休得聒噪！头前领道。”

刹那之间，靳尚的轻薄无影无踪，温顺得像一头绵羊，颠颠儿地领路向前，到得山前明亮的庭院廊下，靳尚轻柔地颠着小步进去禀报了。

“毋晓得贵人来了，快快进来。”片刻间厅中传来惊喜柔昵的笑语，一个婀娜身影轻盈地迎了出来。“在下参见王妃。”白衣人深深一躬。郑袖笑吟吟扶住道：“好小哥晓得无？你可是我的贵人也。上次一来，我就有了王子，大王整日说要重谢小哥。来，进来了。”

进得舒适幽雅的厅中，侍女轻柔利落地将茶捧了上来。白衣人坐在了郑袖对面，一个捧匣黑衣人肃然立在身后。靳尚也笑吟吟地站在郑袖座后，眼睛却不时地四处打量。郑袖瞄着白衣人笑道：“晓得无？震泽东山茶，碧绿清香，秦国没有的了。”

“天下有名的吴茶，在下多谢王妃盛情。”

“晓得就好，我是从来不给人上茶的了。”郑袖眼中突然生出了一种奇异的光芒，“小哥，到楚国如何，我保你做大官了。”

白衣人目光一闪，一阵朗声大笑：“不瞒王妃，在下乃是秦国公子嬴华。身为王族，官居行人，身不由己也。”

奇怪的是郑袖并没有丝毫的难堪，反倒一脸惊喜：“真毋晓得呢！也是，等闲人哪有这般气象？不管你是谁，我都看着顺眼，只是有点儿可惜了。”

“王妃，有朝一日嬴华在秦国失势，定来楚国。”

“晓得了！秦国还是靠不住了，你看，我在楚国便不会失势。”

“王妃差矣！嬴华此来，正是奉丞相差遣，要给王妃密报一个消息。”

“张仪么？晓得了，说也。”

嬴华正色道：“秦国想与楚国修好罢兵，提出归还楚国房陵三百里，可楚王不要房陵，只要张仪。秦王如何肯教自己的丞相送死？于是，秦王秘密遴选了二十名美女，其中有十名绝色胡女，要送给楚王。交换条件是，楚王不再记恨张仪。丞相念及与王妃素有渊源，差我密报王妃留意。秦胡美女入楚，王妃岂能安宁？”

郑袖灿烂的面容顿时暗淡下来：“秦胡女上路了么？”

嬴华掐着指头一阵默算：“三日后上路。”

“晓得了。楚王主意若变，秦王能否取消秦胡女入楚？张仪敢不敢来楚国结盟？”

“丞相已经到了函谷关，随时准备入楚。”

郑袖叹息了一声：“晓得了，张仪好人呢。”

“丞相送给王妃两样礼物，呈上来。”嬴华接过一只精美的铜匣打开，“这是一方蓝田玉枕，妙在两端嫣红，中间碧绿，夜间别有光彩。”又拿起一个形制粗朴的陶瓶，“这是给楚王的强身胡药，王妃定能多子多福。”

郑袖淡淡一笑，抚摩着蓝田玉枕爱不释手，不防却突然转身，“哗啦”一声将那只陶瓶摔碎在地。靳尚连忙碎步跑了过来，趴在地上捡拾碎片与药丸。郑袖咯咯咯一阵长笑，点着靳尚的额头道：“靳尚啊，晓得无？日后这药丸就是你的了！”

三日后，张仪的特使车马大张旗鼓地进入了楚国。

一过淮水，“秦国特使”与“丞相张仪”两面大旗引来沿路楚人争相围观，都想看看这个上门送死的秦国丞相是何等模样。张仪从容端坐在六尺伞盖之下，任人指点笑骂，依旧是泰然自若。马队仪仗也毫无表情地行进着，对道边动静似乎全然丧失了知觉。堪堪行进到距离郢都百余里的人烟稀少处，却见迎面烟尘大起，一支骑队飞驰而来。张仪脚下轻轻一跺，车马仪仗停在了道边一片树林旁。

来骑渐行渐近，正是嬴华率领的“商社”骑士。张仪车马一出函谷关，嬴华便率黑冰台两名得力干员飞骑先行了。到达郢都的当晚，嬴华立即点出了多年囤积在商社以备急用的各种奇珍异宝，派出了商社一班“老商”，携带各色贵重礼品登门造访楚国重臣，探察动静；而后又亲自造访了昭雎与郑袖两处要害，两件事办妥，正好得到张仪将到淮水的密报，带领“商社”骑队飞马迎来。

张仪与嬴华在树林中密谈了一个时辰，诸事议妥，军士战马也就食完毕，立即启程向郢都进发。一路不疾不徐，恰恰在暮色时分赶到了郢都北门外。此时楚国王宫所有的官署都已经关闭，城门守军与一应留值吏员，也都是按照惯例放行禁止。秦国特使入楚本是大事，在寻常白日，当急报令尹府或国王定夺后，方可按照礼仪迎接入城。张仪车队仪仗突然而来，城门将领军士与国人一样，也风闻了楚王要杀张仪复仇，虽然对秦人侧目而视，但未奉王令，谁敢对这个虎狼大国的特使无礼？

“放行——”北门将军终于可着嗓子喊了一声。

按照天下通例，五百马队在城外扎营，张仪只带领二十名护卫剑士并几名吏员进了郢都。驿馆丞见是秦国特使，不敢怠慢，立即安排到最宽敞的一座庭院。嬴华的“商社”多年来已经将驿馆上下吏员买得通熟，一班人马刚刚住下，饭食茶水立即送到了各个房间。嬴华唤来驿丞吩咐：“自明日起，此院自己起炊。对外不要泄露，我自会重谢你等。”驿丞连连答应着颠颠儿去了。诸事安排妥当，张仪酣然大睡。绯云说嬴华劳累，坚持教她歇息，自己却不敢大意，坚持在张仪寝室外值夜守护，直到东方大亮。

清晨卯时，楚怀王被内侍从睡梦中唤醒，大是不悦道：“又不早朝，聒噪何来？滚了！”

内侍惶恐道：“禀报我王：秦国张仪宫外请见。”

楚怀王一骨碌翻身坐起道：“如何如何？张仪来了？何时来的？”

内侍低声道：“方才听说，昨夜入城。”

“好个不怕死的张仪！”楚怀王立即站起，“更衣！”

可是等穿戴整齐，楚怀王却犹豫了。自从坚持向秦国要张仪以来，他一心等待秦王交出张仪，一心督促屈原厉兵秣马，督促春申君策动齐国，已经多日不举行朝会了。卯时早朝的规矩，也早在他即位后不久取消了。黎明清晨，对于他是最宝贵的时光，与光鲜白嫩的郑袖折腾一夜，那几个时辰可是酣睡正香的时刻。可郑袖这几日却带着小王子去了别宫，楚怀王耐不得寂寞，昨夜将两个侍寝侍女赏玩了大半宿，此时站起来还觉得晕乎乎的。但楚怀王的犹豫却不在此，而是确实没料到张仪竟然敢来，更没有想过，张仪来了如何个杀法。他只有一个心思：张仪绝不敢来，他一定要揪住秦王要张仪！而今张仪突然来到了面前，立即杀么？好像不太对。要杀张仪，总得有个隆重的复仇仪式，至少须得全体大臣到场，祭拜天地宗庙而后杀了张仪。非如此，何有王者威仪？何以重振楚国雄风？可目下，屈原在外练兵，黄歇在外斡旋齐国，昭雎一班老臣又一直卧病不起，骤然早朝，来的也只能是些小官小吏，悄悄杀个张仪，岂不大折了威风？

“传令宫门将，着张仪单独入宫，在东偏殿等候。”楚怀王终于拿定了主意。

内侍急忙出宫，对宫门大将低声说了几句。宫门大将昂昂走到张仪轺车前道：“楚王有令：张仪单独入宫——”

嬴华一阵紧张，正要上前理论。张仪却在车上咳嗽了一声，随即从容下车，对嬴华低声道：“沉住气，按既定谋划行事。”大袖一摆，随内侍去了。

东偏殿冷冷清清，既无侍女上茶，又无礼仪官陪伴，只有殿外甲士的长矛大戟森森然游动着。张仪自顾踱着步子，观赏着窗外的竹林池水。

“好好看了，看不了几天了。”楚怀王冷笑着走了进来，一队甲士立即守在了殿门。

“秦国丞相特使张仪，参见楚王。”

“张仪，你知罪么？”

“敢问楚王，张仪何罪之有？”

“你！张仪！”楚怀王将王案拍得啪啪响，“骗我土地，折我大军，害我君臣失和！竟敢说无罪？好大胆子你！”

“楚王容臣一言。”张仪微微一笑道，“先说许地未果：春秋以来四百年，大凡割地皆须国君定夺。张仪与楚王协约，原为修好结盟，不意秦国王族激烈反对割地，秦王与张仪亦不能强为。但是，大秦与大楚修好之意终未有变，是张仪力主，这才有归还房陵三百里粮仓之举。奈何楚王不解张仪苦心，反而仇恨张仪，委实令张仪不解。另外两罪，张仪不说，楚王也当知晓是佞臣虚妄之言。其一，是六国联军进攻秦国，而不是秦国进攻六国；六国兵败，归罪于张仪，岂非贻笑天下？其二，张仪使楚，全为两国结好。是否结好，当在楚王与大臣决断。若因此而君臣失和，只能说有权臣与楚王国策相左，恶意诿罪于张仪而已。楚王若信以为真，张仪也无可奈何。臣言当否，楚王明察。”

楚怀王嘴角抽搐，脸色青一阵白一阵，突然拍案喝道：“来人！将张仪打入死牢！”说罢转身便走，一个趔趄差点儿绊倒在门槛上。出得东偏殿在湖边转悠了许久，他才平静下来，却又感到心中一片茫然。

“禀报我王：大司马屈原紧急求见。”

“屈原？教他进来。”

片刻之间，屈原匆匆来了，一身风尘一头大汗：“臣，参见我王。”

“屈原，你不是说一两个月都回不来了？”

“臣闻张仪入楚，心急如焚，兼程赶回。”

“急得何来？怕本王处置不了张仪？”

屈原急迫道：“臣启我王：张仪乃凶险之徒，实为天下公害，宜尽速斩决！臣怕有人为张仪暗中周旋，贻误大事，是以心急如焚。”楚怀王心中一动，笑道：“屈原啊，张仪入楚，本王也是刚刚知晓，你如何早早知晓？还有时间赶回郢都了？”屈原道：“张仪大张旗鼓入楚，沿途村野皆知，巡骑斥候在边界亲眼所见，前日便飞报军中。我王如何今日方才知晓？臣以为，此中大有蹊跷。”楚怀王不耐烦地摆摆手：“好了好了，动辄‘大有蹊跷’，教本王如何理国当政？”

屈原沉重地喘息着：“臣请我王，立即斩决张仪！”

“立即斩决？”楚怀王一脸嘲讽，“屈原啊，你与春申君如何总是急吼吼毛头小儿一般？大国杀敌国大臣，总得有个章法，至少得教张仪无话可说，是了？”

“楚王也！”屈原愤激得满脸通红，“张仪天生妖邪，言伪而辩，心逆而险，若教此人施展口舌，大奸也会变做大忠。我王宽厚，其时被张仪巧言令色所惑，必致后患无穷。为今之计，我王当效法孔子诛少正卯，不见其人，不行仪典，立行斩决！屈原自请，做行刑大臣，手刃张仪！”

“好了好了，晓得了。”楚怀王很是不耐，“大司马回去了，容本王想想再说了。”说完一摆大袖，径自去了。屈原愣怔半日，长叹一声，颓然跌倒在草地上。

回到后宫，楚怀王心绪不宁，又烦躁起来。本来拿定的主意，被屈原一通气昂昂的搅扰，又乱得没了方寸。想想屈原说的话，对秦国对张仪的新仇旧恨又翻滚起来，也是，立即杀了张仪，芈槐便是敢作敢为的君主，一定大快人心，举国同仇敌忾，安知不是振兴楚国的大好时机？

“禀报我王：王后回宫了。”一个侍女轻轻走来低声禀报。

“啊？”楚怀王一阵惊喜，“几时回宫了？”

“我王登殿时王后回宫。王后病了，卧榻不起。”

侍女还没有说完，楚怀王已大步流星地走了。郑袖只走得几日，他立时觉得没了那股舒坦劲儿，整个后宫似乎都变得冷冷清清，国王的尊荣奢华似乎也都索然无味了，夜来睡不好，白日食不安，心头时时涌动的那股烦躁，竟怎么也解消不了。说到底，这个女人对他是太重要了，不但使他快乐无边，还给他生了唯一的一个王子。说也奇怪，郑袖从来不阻止芈槐与其他“宜于生子”的嫔妃侍女寻欢取乐，有时还哄着他纵容他去尝鲜。可所有侍寝的嫔妃侍女，竟然都没有生出一个子女来。芈槐也就越发认定，郑袖是上天赐给他的女宝，没有郑袖，他就不是一个真正的男人。郑袖病了，不是要他的命么？

寝宫里帐幔低垂，虽是白日，却依旧点着雪白的纱灯，艳丽舒适得令人心醉，一身绿纱长裙的郑袖侧卧假寐着，婀娜曲线在朦胧的纱帐中更显迷人。突然，一阵沉重急促的脚步声传来，郑袖立即嘤嘤抽泣起来。

“郑袖啊，你病了么？快来，我看看！”楚怀王疾步冲了进来，走到卧榻边撩开纱帐抱起了郑袖。可一向驯顺的女人却挣开了他的怀抱，大声地哭了起来。

楚怀王当真是手忙脚乱了：“哪里疼？快，快叫太医！”

“不要哦！心疼……”郑袖趴在大枕上伤心地哭泣着。

“哎呀，我的王后，你就好好说话，如此哭法，急煞我了！”

郑袖抹着泪花从榻上坐了起来，点着楚怀王额头道：“晓得你威风哦！不想要我们母子了，是也不是？”楚怀王急得一头雾水道：“哎呀这是哪里话？说个明白！”郑袖圆睁双眼道：“晓得你有本事哦，打仗打不赢，便要杀张仪！秦国丞相那么好杀哦？晓得无，人家在武关外已经聚了三十万大军，就等着你杀了张仪，秦王好来趁机灭楚呢！要杀张仪你杀，我母子可不跟你做刀下冤魂了！明日清早，我母子到苍梧大山去哦……”说着说着，声泪俱下地一头栽倒在卧榻上了。

楚怀王连忙坐到榻边，拍着郑袖肩头又哄又劝。好容易郑袖不哭了，楚怀王轻声问：“王后啊，你如何得知武关外屯了三十万大军？”

“老令尹说的哦，他族中有多少人在军中？晓得无你？”

“他为何不对我说？”

“你教老令尹闲居哦，人家敢报么？你该问屈原哦，他是大司马，军情该他禀报！他为何不报哦？晓得无？有鬼哦！”

楚怀王一下子蒙了。昭雎部族的军中子弟极多，所言断然不差。屈原是大司马总揽军务，应当知道武关外秦国屯军，也是明白不过的。可屈原刚刚见过他，为何就不禀报如此重大的军情？猛然一惊，他出了一身冷汗，急急地踱着步子搓着手：“是了是了！他要我立斩张仪，逼秦国大举攻楚！好……好……”对屈原的图谋，他却怎么也说不清楚。

郑袖接道：“好借机清除对手，独掌大权哦！晓得无？”

楚怀王颓然跌坐在卧榻上，双手抱头脸色发青，一句话也说不出了。郑袖过来将他轻轻放倒在榻上，又盖上了一床锦被，轻步走到廊下对靳尚轻声道：“没事哦，去了。”靳尚机警地点点头，匆忙大步去了。郑袖又回到榻边，为楚怀王轻柔地宽衣解带，然后笑吟吟地偎到帐幔中去了。

张仪被押入郢都死牢，嬴华第一个紧张，回到驿馆对绯云悄悄一说，绯云立即跳了起来，拉着嬴华要去救张仪。嬴华摁住绯云低声道：“他说了：若不出来，三日内不要轻举妄动。目下要紧的，是两桩事。”

“快说，哪两桩？”

“探察各方动静，买通牢中狱吏。”

“吔，姐姐分派，我能做甚？”

“我去商社坐镇，你去城外军营，若有不测，只有拼死冒险！”

绯云一阵酸楚，哽咽失声道：“大哥在楚国两次坐牢，苦了他……”

嬴华揽住了绯云肩膀：“绯云啊，丞相大哥说，邦交如战场。别哭了，记住，不能教吏员军士看出我等心绪不宁。”“嗯，记住了。”绯云点点头，抹去了泪水，“姐姐，我这就去。”

绯云刚走，书吏便来禀报：有一蒙面客商求见。嬴华来到厅中，一看黄衫客商的身形便笑了：“中大夫，直面相向吧。”客商揭去面纱，果然便是靳尚。他拱手笑道：“公子啊，靳尚今日可是领赏来了。”嬴华道：“是么？我听听，价值几何？”靳尚压低声音道：“王后传话：没事哦。靳尚揣测，明日当有佳音。”嬴华矜持地笑道：“也是，本来就没甚事。不过啊，念起中大夫辛苦，略表谢意。”说着从面前书案上拿起一个精致的棕色皮袋一摇，哗啷啷金币声清脆异常：“这可是洛阳尚坊的天子金币，先拿着。”靳尚俊秀的脸庞溢满了甜腻的笑容，惊喜地跑过来接了钱袋道：“多谢公子，明日的赏赐，公子也当准备好了。”嬴华笑道：“中大夫也，喂不饱的一只狗了。不过，本公子有的是稀世奇珍，只要你撑不着。”靳尚依旧是甜腻地笑着：“公子骂我，我也舒坦了，靳尚就喜欢美女人骂了。”嬴华脸色一变，冷冰冰道：“靳尚，你要坏规矩么？”靳尚连忙躬身笑道：“不敢不敢，在下告辞了。”戴上面纱一溜碎步出去了。

嬴华立即去了商社，派出干员到要害官署、府邸探察情势，又亲自出马秘密会见了郢都狱令。在一箱灿烂的金币珠宝面前，狱令信誓旦旦：只要张仪在牢狱一天，他都会待如上宾，绝无差错。到得晚上，各方汇聚消息，没有发现异常动静。只有探察大司马屈原府的人禀报：被买通的屈原府书吏说，屈原从王宫回府后恼怒异常，一面立即派飞骑北上，接应苏秦春申君，一面派军务司马南下军营了。嬴华仔细思忖，飞骑北上，一定是催促苏秦黄歇早日到达郢都，与屈原合力敦促楚王诛杀张仪；可飞骑南下军营，意图何在呢？交代军务还是另有所图？嬴华一时想不清楚，下令严密监视屈原府，不惜重金，收买大司马府的枢要吏员。

四更时分，绯云秘密潜回商社，报告说城外骑士三百人已经化装进入郢都，分别以商队名目住在国狱周围的客栈里，另外二百名骑士也做好了接应准备，届时一举攻占北门。商议完毕已是五更鸡鸣，两人和衣睡去了。

“禀报公子：丞相要回来了！”

“在哪里？快说！”嬴华绯云一齐翻身坐了起来。

“楚王刚刚下令，中大夫靳尚奉命到国狱去了。”

“绯云快走，接他去！”嬴华一回头，绯云已经在门口笑了：“吔，说个甚？快走。”

靳尚和国狱令簇拥着张仪刚刚出得高墙，嬴华绯云带领的全副车马仪仗已经开到。张仪笑着向国狱令与靳尚一拱：“多谢两位，张仪告辞。”跳上轺车辚辚去了。

“丞相，我看还是回咸阳。”嬴华有些后怕，虽然一脸笑意，脸上却汗津津的。

“岂有此理！”张仪高声笑道，“盟约未结，楚国未安，如何走得？”

嬴华低声道：“苏屈黄即将合力，我怕再有危险。”

“我就是要等苏秦来，更要会会屈黄二位，与他等共弈天下！”张仪笑得神采飞扬。

四　点点渔火不同眠

屈原接到快马急报：苏秦与春申君已经过了琅邪，明晚将到郢都。并说两人本来要进临淄晋见齐王，并邀孟尝君一同入楚，一闻大司马急讯，已放弃入齐径直南下了。屈原大是振奋，立即着手秘密准备，要在苏秦黄歇到达郢都前将一切料理妥当。

此日掌灯时分，一支商旅打着齐国旗号进了北门。一名管家模样的护车骑士与守门将军小声嘀咕了几句，那辆遮盖严实的篷车未经查验便入城了。一进城，货车与护卫去了客栈，篷车却七拐八弯地到了大司马府门前，直接驶进了车马进入的偏门。

"武安君、春申君，一路辛苦了！"屈原笑着迎了出来。

"一别经年，屈子多有风尘之色也。"苏秦大是感慨，与屈原四手相握。

"噢呀，一个黑瘦了，一个白发了，一般辛苦了。走！先痛饮一番再说。"

三人进得厅中，三案酒菜已经摆好，屈原敬了两人洗尘酒，便酒中侃侃起来。春申君说了一番寻找苏秦的经过，苏秦说了一番燕国情势，屈原不断地询问着，自是一番感慨唏嘘。春申君笑道："噢呀屈兄，如何教我等这般神秘兮兮地回来？不想教楚王知道么？"屈原道："不是不想教楚王知道，是不想教张仪知道。""噢呀呀，张仪关在大牢里，他却如何知道？"屈原摇摇头一声沉重的叹息："楚王已经将张仪放了。"

"噢呀，那张仪不是跑了？放虎归山了！"

"张仪没走，还在郢都。"

"噢呀，这个张仪，好大胆子了！死里逃生还赖着不走？"

苏秦微微一笑："这便是张仪，使命未成，永不后退。"

"武安君，楚国已经到了生死存亡的十字路口也。"屈原叹息了一声，"楚王能放张仪，便能重新倒向老世族一边，向虎狼秦国乞和。果真如此，楚国真的要亡了。武安君你说说，如何才能将楚王扭过来？"屈原很悲伤，双目却炯炯生光。

"苏秦一路想来，楚国的确危如累卵。"苏秦先撂下一句对大势的评判，又道，"楚王向无主见，容易被蛊惑，也容易意气用事。面对如此国君，不能操之过急。苏秦以为：一则，不要再逼楚王诛杀张仪，以免陷入无可回旋的僵局。二则，大司马应当离开郢都，暂时避开纵横漩涡，全力以赴地训练新军。十万新军一旦练成，楚国有了根基，必是另一番天地。三则，由我与春申君全力稳住楚王，至少不使楚王转向老旧势力。一旦楚王稳定，便可联齐联燕，再度恢复合纵。"

"噢呀，武安君言之有理了。这大王啊，是得磨上一段。否则他朝令夕改，变过来也是白变。"春申君一路与苏秦多有商讨，立即表示赞同。

屈原默然不语，良久一声叹息："武安君，一番大败，你变化很大了。"

苏秦明白屈原不无嘲讽，却只是淡淡一笑："屈子啊，燕国子之使我想了许多。谁有实力，谁便有权力，往昔所以失败，都是我等没有实力。"

"所以，武安君主张屈原埋头训练新军？"

"看来，屈子很不以为然。"

"不是。"屈原霍然站了起来，"我有一个更简捷直接的谋划，一举稳定楚国！"

"噢呀，那快说说了。"

屈原到廊下看了看远处戒备森严不断游动的甲士，关上门回身低声道："秦国司马错亲率二十万大军，屯扎在武关之外，意在威慑楚国，保护张仪。我没有禀报楚王，呵，也是没来得及禀报。我的办法是：秘杀张仪，逼秦攻楚。只要楚国全力抗秦，楚国就有希望！"

"啊——"春申君惊讶得连那个"噢呀"话头都没有了，"这？这主意好么？"

"好！"屈原拍案道，"这正是武安君说的实力对策。不能永远与楚王只是说说说，要逼着他做。我有预感：楚王不久又要罢黜你我，错过这个机会，楚国就永远任人宰割了！"

春申君一时愣怔得无话，只是木呆呆地看着苏秦。苏秦脸上已经没有一丝笑容，淡漠得有些木然，见春申君盯着他，只默默地摇了摇头。屈原入座，微微一笑道："苏子啊，同窗情谊，天下大局，还要权衡？"苏秦还是没有说话，却默默站了起来，拉开关上的大门，看了看四面游动的甲士，回身笑道："屈子啊，看来你是早有定见了，能否容苏秦一言？"

"噢呀呀，这是哪里话？快说快说。"春申君素知屈原秉性，生怕他意气上心执拗起来，连忙先插出来圆场。屈原一笑道："能说给苏子，还能听不得苏子一言？"

"无论对手是谁，都不当暗杀。"苏秦正色道，"自古以来，没有一个国家，靠暗杀战胜敌国，更没有一个国家，靠暗杀稳定了自己。"苏秦喘息了一声，坐到了案前，"再说屈子，你杀得了张仪么？张仪此时入楚，秦王能将二十万大军开出武关，安知没有诸多防备？一旦杀不了，楚国大局将立即陷入混乱，后果不堪预料。屈子啊屈子，为楚国大计，为天下大计，你可要三思啊。"

"噢呀屈兄，我看是得想想了。"

屈原思忖一阵，突然朗声大笑道："好！武安君说得也对，原是心血来潮，不杀便不杀。不过苏子啊，你可不能说给张仪，给我种一个仇人了。"

"那是自然。"苏秦笑着点了点头。

这时屈府家老走进来禀报说：有个人送来一封密札，请交武安君。苏秦接过泥封竹筒，打开一看笑道："啊，是张仪书信，约我明晚在云梦泽一聚。"

"噢呀，那如何去得？不能不能！"春申君连连摇头。

"春申君莫担心。"苏秦笑道，"鬼谷子一门，公私清白得很，情谊而已，不会有事。"

屈原道："要不要派几个人，驾船护卫？"

"不用不用。"苏秦笑道，"一叶扁舟会同窗，足矣！"

三人一直说到四更天方才散去。苏秦连日奔波劳累，一觉睡到日上三竿方起，刚刚梳洗完毕，春申君匆匆进来道："噢呀武安君，楚王派内侍来了，要召见你。"苏秦惊讶道："楚王如何知道我来了？"春申君苦笑道："噢呀呀，说不清，楚国现下真是出鬼了。"苏秦略一思忖道："好。我去，你等我回来。"

楚怀王对苏秦很是敬重，特意在书房单独会见。虽然联军战败，但合纵并没有正式解体，苏秦的六国丞相毕竟在名义上还保留着。楚怀王还是一口一个"丞相"地叫着，显得很是亲切。苏秦先行述说了六国兵败的诸多原因及战后各国变化，尤其对燕赵齐三国的变化作了备细介绍，认为这三国的合纵根基仍在，只要楚国稳定不变，合纵抗秦的大业依然大有可为。楚怀王极有耐心地听完了苏秦的长篇大论，末了淡淡一笑道："丞相啊，那些事就那样了，从长计议。我想请问丞相，武关之外可有秦国三十万大军？"

“有。不过是二十万，也可能不到二十万，由司马错亲自统帅。”

“丞相如何得知？”

“大司马屈原告知。”

“丞相啊，这个屈原是本王的大司马，为何不向本王禀报？”

“楚王恕苏秦直言：屈原兼程回到郢都，正是要禀报这个紧急军情，请命楚王如何处置的，不料却因请斩张仪而与楚王争执。楚王拂袖而去，致使屈原未及禀报，及至回府，屈原便郁闷病倒了。”

楚怀王长嘘一声：“这个屈原啊，一见本王就急吼吼先说张仪，就是不分轻重！若非丞相说明，本王如何向朝臣说话？”

“大司马忠心耿耿，愿楚王明察。”

“不说也罢。”楚怀王似乎一肚子憋闷，敲着书案道，“丞相啊，你说我这国王好做么？这边说东好，那边说西好，个个都斗鸡般死咬住一个理不放。我，我不细细掂量行么？”

苏秦笑道：“臣有一法，楚王姑且听之。”

“快说，本王要听。”

“去内去老，一心独断。此乃战国君王成功之秘诀也。”

“丞相是说：不听后宫，不听老臣，只自己决断？”楚怀王飞快地眨着眼睛。

“据臣所知，楚王独断之事，无不英明。”苏秦点头笑着。

楚怀王长嘘了一声：“本王何尝不想独断……咳，不说也罢。”

苏秦回到春申君府，说了晋见楚王经过。春申君听罢，立即驱车来到大司马府邸，偏偏屈原不在。春申君急了，找来平日掌管大司马文书的舍人将情势说了一番。这个舍人是屈原亲信，精明机敏，立即将武关急报找了出来，附上屈原上呈楚王的批语，并加盖了大司马印，亲自飞马呈送给王宫。

苏秦放下心来，驰马出城，登上春申君为他准备的快桨小舟，悠悠出了水门。

夕阳衔山时，一叶扁舟进得云梦泽水面。一片汪洋变成了金红色的灿烂锦缎，点点岛屿恰似一簇簇燃烧的篝火。俄而晚霞散去，夜空幽蓝，一轮明月玉盘一般镶嵌在点点岛屿之间，灿烂锦缎倏忽变成了万点银光洒在汪洋碧波之上，那一簇簇燃烧的篝火也变成了一座座黝黝青山。山下飘荡着的点点渔火，在山影里恍若天上无数的小星星。一叶扁舟飘飘荡近岛屿山影，似在天国梦境一般。

“来者可是苏兄——”山影里飘来一声长长的呼唤。

“前面可是张兄——”苏秦举起风灯大幅地摆动着。

一盏同样摆动着的风灯，在一阵笑声中悠悠迎来。终于，两只船头上的身影在两只风灯下清晰了。在渐渐靠拢中，两人都站在船头相互打量着对方，久久没有说话，突然，两人不约而同地大笑起来。

“苏兄，前面好去处，痛饮一番！”

“好！并头快船。”点点渔火中，两叶扁舟飞一般向小岛漂去。

“苏兄，这是田忌岛，张仪当年避祸之地。”

“好地方！一波三折话当年。”苏秦大笑一阵。

笑声中，船已靠近了岛边石条。两人弃舟登岸，沿着石板小道拾级而上，来到山腰一间茅亭下。亭中石案上已经摆好了两坛酒、两方肉、两只陶碗。苏秦笑道：“看来张兄是有备而来啊。”张仪笑道：“我先入楚，揣摩苏兄也要来，自然要做地主。”苏秦耸耸鼻子指点道：“啊，好酒，好肉，好家什，样样本色，好！”张仪大笑道：“老规矩：你兰陵佳酿，我邯郸烈酒；你正肉一方，我牛肉一块；粗陶碗两只，不分上下。”说着打开酒坛，分别咕咚咚倒满笑道：“来，苏兄，先干一碗重逢酒！”两人举碗相撞，一声“干了”！咕咚咚一饮而尽。

时当天中明月高悬，山下大泽一片，亭中谷风习习，湖中渔火点点。苏秦不禁慨然一叹：“云梦泽多美啊，真想永远地留在这里，像田忌那样做个渔樵生涯，有朋自远方来，便做长夜聚饮，不亦乐乎！”

“苏兄啊，田忌固然是隐居了。”张仪也是一叹，“可一波三折，最终还是被拖回去了。一旦卷将进去，脱身谈何容易？”

“来，不说也罢，再干！”苏秦举起大陶碗，一气饮干了。

张仪拍案：“好！苏兄酒量见长，干！”也是一气饮干。

“张兄，失败痛苦时，你想得最多者何事？”

“成功！皇皇成功。”

苏秦哈哈大笑：“看来啊，你我只此一点相同也。”

“苏兄啊，我也问你一句：这些年坎坷沉浮，你最深之体察何在？”

“人，永远不能圆最初的梦想。你？”

“名士追求功业，得到了，不过如此。”

“好！再干了！”苏秦饮下一碗，盯住了张仪，“这个回合，你胜了。”

“我胜了？”张仪大笑摇头，“机遇而已，若不是楚威王、齐威王、魏惠王这三巨头骤然去世，胜负可是难说。”

“青史只论成败，不问因由。没有机遇，谁也不会成功。”

“苏兄，你是在等待下一个机遇？”

“是的，这个机遇一定会出现。”

张仪喟然一叹道：“苏兄，我等都熟悉秦国，更是熟透山东六国，两相比较，这个机遇不会有了。你我初衷，都是要腐败旧制加速灭亡，而今何以要助其苟延残喘？”

“张兄莫要忘记，你我还有一个初衷：使天下群雄同等大争。”

“苏兄。”张仪急切道，“还是到秦国去！那是个新兴法治国家，你我携手，辅助这个新国家尽快一统天下，岂不是人生一大快事？”

苏秦笑了：“张兄，上天教你我错位了：当初我想到秦国，却被逼回了山东；你想到齐国，却被逼到了秦国。命运如此，各就各位了。苏秦何能逆天行事？”

张仪默然良久：“也好，你守一个初衷，我守一个初衷，只有争一番高下了。”

“正道，未必只有一条。你我，都没有背叛策士的信念。”

“苏兄，我是知其可为而为之，你是明知不可而为之。你比我更苦，更难。”

苏秦举起了大陶碗：“不说也罢，来，干了！”两碗一撞，两人咕咚咚一饮而尽。

酒中话越说越多，时而慷慨激昂，时而忘情唏嘘，说到了王屋山的同窗修习，说到了永远不能忘记的老师，说到了出山以来的种种坎坷，说到了成功路上的万千滋味儿，不知不觉的，天将亮了。汪洋云梦泽水雾蒸腾，天地山水都埋进了无边无际的鱼肚白色，只有那微弱的点点渔火，在茫茫水雾中闪烁着温暖的亮色，悠长的渔歌随着风随着雾，漫漫地在青山绿水间飘荡着：

碧水长天兮　昭昭日月不同弦
知向谁边兮　点点渔火不同眠
青山如黛兮　幽幽吴钩共秦剑
孤舟一叶兮　化做了淡梦寒烟

“好！点点渔火不同眠！”苏秦大笑着，张仪大笑着，两人都醉了。酒兴阑珊之际，你搀着我我扶着你，一路大笑着磕磕绊绊地下山了。

五　张仪遭遇突然截杀

嬴华与绯云丝毫不敢大意，两人真是着急了。

张仪要去见苏秦，两人力劝张仪不要冒险。谁知张仪生气了：“这也不敢，那也不敢，要这条命甚用？”见劝阻不行，嬴华要亲自带领商社武士护卫，张仪更是动了肝火：“纵是两军交战，还有个不斩来使！老友相约，要护卫做甚？摆架势么？我一个，谁也不带！”硬邦邦撂下话，径自飞马去了。

嬴华无可奈何，立即命令商社三个干员便装尾随，又吩咐绯云守在驿馆随时待命，自己去商社坐镇探听郢都动静。五更时分，绯云正坐在厅中打盹儿，一阵沉重急促的脚步声将她惊醒，睁开眼睛，一个商社武士已在眼前：“禀报少庶子：楚军动静有异。公子命你立即出城，带领军营骑士到十里林东口相机行事，公子接应丞相去了。”

话音未落，绯云已经霍然起身，消失在庭院了。

张仪将苏秦送上小船，又摇摇晃晃上山了。他在自己曾经住过的茅屋里转悠了一圈，托看守老仆给老暮之年的田忌带去了他的一封书简。从田忌山庄下来，正是太阳未出的清晨时分，晨雾弥漫，山野一片朦胧，跨上那匹纯黑色的神骏战马，他从半岛山后的陆路回郢都了。这匹战马叫“黑电”，是河外大战时司马错特意为他挑选的，非但奔驰如风驰电掣，更有一样好处，走马极为平稳。这条路来时走过一遍，张仪信马由缰，任黑电在大雾中不断喷着鼻子走马而去。虽是大雾弥漫，黑电也在片刻之间出了山谷，来到一片大树林前。

这片山林实际是两座浑圆小山包，中间一条小道穿出去，距郢都北门只有十里之地，当地人称“十里林”。此时酒力发作，马背上的张仪有些朦胧起来，一个恍惚，伏在马背上呼噜了起来。

突然，黑电不安地咴咴喷鼻，低低地嘶鸣几声，请示着主人的命令。见张仪依旧呼噜着，黑电骤然人立，长嘶一声，连连倒退。张仪惊醒，使劲揉揉眼睛，瞄着大雾中黑黝黝的山林，嘿嘿笑着拍拍马头道："黑电，走，身经百战了，还怕这鸟树林子？"黑电又是一声长嘶人立，不断喷鼻倒退，显然更为紧张。

张仪骤然一身冷汗，右手一伸，那口闪亮的越王吴钩已经出鞘："黑电，几个山贼挡不住我，冲出去！"正在此时，一声尖厉的口哨，右侧山梁上一只黑色猛犬与一道白影掠地飞来。张仪未及反应，白影已经飞上马背抱住了张仪，同时伸手一圈马缰，黑电倏地转身，那条猛犬已经顺斜刺里冲上山坡。黑电长嘶一声四蹄腾空，风驰电掣般追随猛犬而去。

便在此时，突然一声呐喊，山坡上立起两队甲士，箭如飞蝗挡住了去路。猛犬黑电灵异般飞转回来，密密丛林中已经拥出了一片森然无声的甲士，弧形包围了上来。千钧一发之时，丛林中杀声大起，一支骑兵从山林中呐喊冲出，人人头戴青铜面具手执阔身长剑，在清晨迷雾中显得威猛可怖。面具骑队冲开甲士弧阵，与迎面而来的黑电猛犬堪堪相遇。

骑队中一个清脆的声音高喊："杀上山坡！黑电快走——"

骑队立即旋风般卷了过来，一个冲锋便将山坡上的弓箭手杀散。紧随其后的黑电一声长嘶，与那只猛犬飞出了包围圈。堵在山坡上的面具骑队呐喊大起，反身压了下来，与山林中的步兵甲士杀在了一处。步兵甲士却如潮水般不断涌出，弓箭手也重新聚拢，三面围住了死战不退的面具骑士，渐渐地，面具骑士在箭雨中一个个倒卧在血泊之中……

黑电飞出伏击圈，眼见一个转弯便是官道，却闻突然一声低吼，弯道两边山头凌空飞下一片黑影，吴钩霍霍迎面扑来。黑电久经战场，突然一个人立嘶鸣，马背白色身影已经凌空跃起，挥剑一个横扫，立时几声惨叫，敌手已沉闷坠地。张仪早已经清醒过来，一声怒吼，跳下马杀入战圈。白衣嬴华高声喊道：“快上马！步战危险！”张仪却怒火中烧，愤怒骂道：“阴险楚贼，背后下手，杀光你等！”吴钩连劈，竟有两三个黑衣人倒在了面前。

嬴华一瞄，猛醒张仪不会马战，立即一剑荡开身边强敌，一声口哨飞身跃起，黑电堪堪冲到，正好坐上马背。嬴华本是马背长大，手中那口奇特的弯剑又是天下闻名的蚩尤天月剑，一旦跃上神骏无比的黑电，顿时成为威猛难当的骑士。拦截黑衣人只剩下二十多个，她一声怒喝，黑电嘶鸣着冲进人圈。嬴华也不一个个劈杀，只是伏身将长剑连续横扫，天月剑光华大展，几乎整个人圈都被一片森森青光笼罩。

张仪纵身跳出战圈，顾不得胳膊伤痛，只是连声高喊：“杀得好！杀！”

此时，那只被黑电甩在身后的猛犬刚好赶到，凌空跃起扑入了战团，不偏不倚恰恰扑中了呼喝呐喊的头目咽喉。只听一声长长的惨嚎，头目的脖子竟被血淋淋咬断。大骇之下，剩余几个拔腿便逃，却被黑电与猛犬兜头圈住，在天月剑青光下立时毙命。

遥闻山后马蹄如雷，嬴华大喊：“大哥上马！”张仪右腿本来有伤，加之方才又被杀手刺中一剑，急切间无法纵跃。嬴华飞身下马，情急神力，竟将张仪一举上马。黑电发动间嬴华已经飞身跃上马背，黑电大展四蹄，飓风般卷出了弯道。

山口官道边正有两名商社骑士与一辆驷马篷车等候，见黑电飞驰出山，立即迎了上来。嬴华一跃下马，将张仪抱下马来道：“立即护送丞相回馆疗伤，我不到馆，不许任何人出入！”不容张仪分说，嬴华将张仪抱进了篷车，一声“快走”，骑士篷车哗啦飞了出去。嬴华却飞身上了黑电，一声呼哨，猛犬前冲，绕向了另一条山道。

晨雾弥漫的十里林中，楚国军兵已经消失得无影无踪，连尸体都没有了。只有面具骑士们的尸体与战马纠缠夹裹在一起，遍地一片血腥。嬴华驰马林口，望着遍地青铜面具，只觉眼前一黑，从马上倒栽了下来。黑电嘶鸣喷鼻，猛犬立即在嬴华脸上猛舔……嬴华一个翻身坐了起来，从怀中掏出一方汗巾凑到了猛犬鼻头前："猛子，闻仔细了。"猛犬咻咻几下，箭一般蹿进了林间尸体中。一阵急嗅，猛子突然狂吠起来。

嬴华摇摇晃晃站了起来，走到猛子狂吠的尸体前，只见一具尸体的双腿被马腿压在下面，肩头两脚竟分别中了四箭。嬴华连忙伏身打开了尸体头上的青铜面具，一绺长发顿时散了出来。嬴华惊叫一声："绯云！绯云……"绯云却没有声息。嬴华连忙将手探到绯云鼻翼，立即感到了一股微弱的热气。此时，猛犬已经全力拱开了压在绯云身上的马腿，嬴华顾不得细想，摘下了那副青铜面具，双手一伸，便将绯云托了起来。黑电立即沓沓走到了一块大石旁边，嬴华费力上了大石，跨上了马背，左手将绯云抱在身前，右手握住马缰，一声轻轻的呼哨，黑电飞出了晨雾弥漫的山林。

张仪的剑伤在左上臂，虽不致命，却也挑开了两寸多深。幸亏嬴华事前已有准备，派商社干员从震泽岛请来了一个专治各种创伤，人称"万伤神医"的隐居老人。老人仔细看了伤口："狠了些，却是无毒，不妨事。"用自制药汁为张仪清洗了伤口，敷药包扎后又用一副白布吊住了胳膊。张仪腿上本有楚国老伤，经此激战颠簸，竟有些发作起来，便拄了一支竹杖在庭院中强自漫步，等待嬴华消息。正在焦躁间，门口马蹄声疾，黑电与猛犬从车马门直接冲进了庭院。张仪闻声上前，见嬴华抱着长发散乱的绯云走了过来。

张仪脸色苍白："她，伤得很重么？"

嬴华低声急促道："四箭两刀！你如何？"

"我没事。绯云……"

"快请万伤老人。"

张仪猛然醒悟："快！快请万伤老人来！"

绯云被平展展地放在了一张竹榻上。嬴华轻轻地解开了绯云血迹斑斑的衣甲，颤巍巍的四支长箭不断带出伤口鲜血，大腿上的两处刀伤翻着三寸有余的惨白伤口，令人心惊肉跳。张仪看得咬牙切齿，拐杖顿得笃笃直响。万伤老人察看完伤口，皱起了眉头道："刀箭无毒，伤口也医得，只是这箭杆碍事，很难挖出箭镞了。"嬴华猛然醒悟："前辈退后，我有办法。"说罢横托着天月剑喃喃祷告："天月剑啊，当年你为公祖父去箭有功，今日可是四箭，嬴华拜托你了。"话音落点，天月剑"嗡嗡"鸣金震音，观者无不惊诧。

嬴华站起，天月剑倏地出鞘，青光划出一个闪亮的弧线，四支箭杆竟被剑锋立时扫断，却是毫无声息。万伤老人大是惊叹："如此神兵利器，伤者之福也！"老人虔诚地对天月剑拜了三拜，便开始治伤：几滴浓稠的药汁渗入箭镞伤口，一把雪亮的三寸匕首"噌"的一声插进肌肤，手腕一旋，"当"的一声，铜盘中便多了一个血乎乎的箭镞。箭镞挖完，几滴药汁又进伤口，然后包扎妥当。大腿伤口虽然可怕，老人却说没伤着血脉不打紧，创口一清洗，撒上些许白色药末，便用两幅大白布裹了起来。临了老人说："三日一换药，半月之后当可痊愈。"张仪向老人深深一躬，吩咐嬴华赠送老人医资百金。老人却只拿了两金，笑呵呵道："山野之人，多金多累。一金衣食，一金制药，足矣足矣！"竟自扬长去了。

张仪心一松，颓然跌在坐榻，铁青着脸死死沉默着。嬴华备细说了事件经过：楚国出动了一千新军甲士，一名被俘获的头目供认，新军奉大司马屈原紧急军令而来；秦骑护卫伤亡二百零八人，商社探员骑士伤亡十五人。

“你说，苏秦真的不知道此事？”只此一句，嬴华骤然打住了。

张仪脸色难看极了，牙齿将嘴唇咬得几乎要出血。突然，张仪霍然起身道：“进宫！”拿起竹杖笃笃笃到了廊下。嬴华连忙追出来扶住他：“大哥，明日再去，你有伤！”张仪一甩胳膊：“就要今日！死了那么多人，张仪忍心？！”嬴华不再劝阻，高喊一声：“备车！”轺车来到面前，嬴华扶张仪上车，跳上车辕亲自驾车出了驿馆。

时当正午，楚怀王正在观赏着例行的饭后歌舞，听得张仪进宫，不禁大皱眉头——他最不喜欢在观赏歌舞时被人打扰。可听内侍一阵低语，顿时惊得脸都白了：“下去下去！快！扶本王迎接丞相。”刚到宫门，便见吊着胳膊拄着拐杖一脸怒容的张仪笃笃走来。

“几日不见，丞相何得如此啊？快！来扶着丞相！”楚怀王确实有些慌乱了。

张仪一甩胳膊，径自笃笃进了大殿。楚怀王快步跟进来要扶他入座，张仪却昂昂然挺立在殿中道：“秦国丞相张仪禀报楚王：楚军在郢都北门外十里林截杀张仪，我方救援将士死伤二百余人！敢问：可是楚王下令？”

“啊？”楚怀王惊呼一声道，“断无此事！断无此事！本王要杀丞相，丞相入楚时不就杀了么？何须暗杀了？”

“我想也是如此。”张仪冷笑道，“然则，此事何人主使？楚王必须在三日内查明严惩！否则，我大秦国兵临郢都，可是师出有名！”说完头也不回地去了。

楚怀王连忙追了出来：“敢问丞相，你知道何人主使么？”

“我只知道是楚军！”

楚怀王眼睁睁地看着张仪去了，脸上青一阵白一阵，当真焦躁极了。暗杀出使丞相，这在战国还真是头一遭，杀成了还则罢了，杀又没杀成，岂不成为天下笑柄？成为令人不齿的“不堪邦交”之国？秦国一旦发兵，别国如何敢来援救？这不是葬送楚国么？楚怀王越想越怕，大声吼叫起来：“找屈原！给我找屈原！快了！”

片刻之后内侍回报：屈原前日返回了新军营地，大司马府连书吏也跟着去了。楚怀王一听顿时蒙了，这军务上的事，除了屈原还能找谁？忽然心中一亮，高声道：“找苏秦、春申君！快！”内侍刚跑出宫门便又跑了回来：“禀报大王：武安君、春申君自己来了！”

“快领他们进来！”楚怀王松了一口气，稍一愣怔疾步坐回了王案，胸脯却还在大喘不息。苏秦、春申君刚刚进门，尚未走到行礼参见的距离，便听楚怀王高声问道：“黄歇！屈原哪里去了？快说！”

“噢呀我王，大司马留下书简，说奉了王命赶回新军营地，臣却如何知晓？”

楚怀王拍案怒喝：“岂有此理！本王何时命他去军营了？分明是暗杀张仪不成，负罪逃亡了！是也不是？”

春申君大惊道：“噢呀不会！臣启我王：谋杀张仪之事尚须查实问罪，何能仓促指人？”

“查查查！”楚王拍案喝道，“如何查？谁来查？张仪只给三日，否则大兵压境！”

刹那之间，殿中空气凝固了一般。一直沉默的苏秦拱手道：“楚王切勿愤激过甚，容苏秦一言：无论何人主使截杀，都是楚国之责；秦国若趁此兴兵问罪，山东六国又恰逢新败，肯定无人救援，如此楚国大险也。为今之计：楚王当与张仪好生协商，宁可割地结好，也不能孤注一掷。苏秦身为合纵丞相，主张秦楚结好，殊为痛心！然则为楚国存亡大计，臣以为唯此一法可救楚国，望楚王三思。”

楚怀王泪流满面，站起来向苏秦深深一躬道：“丞相啊，本王听你的，实在说，我也恨秦国，也想抗秦啊……”

回到府中，春申君唉声叹气，苏秦脸色铁青，大半日中两人面面相觑，竟都没有说话。

十里林截杀张仪，已经惊动了郢都，朝臣国人都骚动了。早晨，当苏秦被春申君从大梦中唤醒，一听便昏倒了过去。好容易醒来，立即拉着春申君去找屈原。谁知大司马府家老却说：屈原留给春申君一封书简，从前日晚出去便没有回来。苏秦顿时冷汗直流，连忙教春申君打开书简，只有寥寥两句：“兹告春申君：屈原奉王命再练新军，后会有期。”春申君慌得没有了主张，只是反复念叨：“噢呀呀，这可如何是好了？如何是好了？”苏秦二话没说，拉着春申君便走：“快！不能教昭雎抢先，否则全完！”

出得王宫回府，两人的心都凉了。最后，还是苏秦开了口：“春申君啊，屈原将你我，将楚国，都推上绝境了。”

“噢呀哪里话？张仪没死，楚王又听了你言，如何绝境了？”

苏秦沉重地叹息一声：“春申君，屈原早早便谋划好了，他就是要拿张仪做文章，逼得楚国与秦国对抗。此心也忠，此性也烈。然则，全然不计后果，恰恰将楚国毁了！”

“噢呀武安君，我不明白，楚国究竟如何能毁了？”

“春申君啊，你当真没有想明白此事？”

“噢呀呀，不就是屈原杀张仪，瞒了你我么？”

苏秦冷冷一笑：“你可知道屈原现在何处？”

“新军营地，他自己说的了。”

“新军营地何干？”

“训练新军了。”

“春申君等消息吧，只恐怕楚王熥和都来不及了，楚国只怕要大难临头了。”苏秦淡漠而又凄然地笑了。春申君仔细一琢磨，脸色倏地变白了，霍然起身：“我去新军！”

六　壮心酷烈走偏锋

就在郢都一片慌乱的时候，屈原已经到了安陆的新军大营。

安陆大营，是屈原多年苦心经营的新军训练大本营。从楚威王委派屈原秘密筹划第二次变法开始，屈原便将训练新军作为最重大的使命对待。战国以来，所有的半截变法，都失败在老贵族掌握的封地私兵手里。吴起在楚国的失败更是引人深思：一个手握重兵的统帅，却无法防备老贵族的私家武士兵变，可见私家武装的危害之烈。封地建私兵，又恰恰是楚国军旅的根基，是楚国成军的传统，是最难改变的。要想使变法与变法势力立于不败之地，就必须训练出一支真正忠于变法的新军。为此，屈原花了许多心思，非但请准楚威王允许新军招募隶农子弟做骑士，而且破例地在新军中取缔了将领的世袭爵位，所有将士都凭功过奖惩升迁。正因为如此，楚国的世族子弟都不愿意到新军中来，而几乎所有的穷苦壮丁都争先恐后地往新军里挤。屈原要的正是这般效果。

屈原对这支新军的管制颇具匠心：用楚国著名的老将屈丐做了统兵大将。这个屈丐是屈氏部族的元老，也是屈原的族叔。论军旅资望，屈丐是当年吴起部下的千夫长，身经百战，秉性刚烈，更是不折不扣的反秦将军，每每说到秦国对楚国的欺凌，便是声泪俱下。屈原将所有的战阵训练都交给了屈丐全权处置，他在军中只有一件事：常常到帐篷中与兵士们闲说变法，说变法给隶农穷人能带来的好处，说这支大军能如何如何支撑变法。屈原是大诗人，还专门编了一支楚歌在军中传唱：

我无耕田牛羊兮　我执矛戈
我无渔舟撒网兮　我持吴钩
我无官爵荣耀兮　我望新法
我有国仇家恨兮　我上疆场

时间一长，新军将士们对变法充满了殷切的期望，对“使楚不能变法”的秦国充满了仇恨。屈原第一次被楚怀王贬黜的时候，新军将士万众愤激高呼“还我大司马”，竟要开到郢都向楚王请命。屈原虽然痛心之极，但还是苦苦劝住了三军将士。他相信，他肯定还会有一次机会。联军兵败，他重掌军权，看到的却是楚王的闪烁不定，听到的是老世族们仇恨的诅咒，于是他有了一种强烈的预感：他随时都可能被再次罢黜，甚或会像吴起一样被老世族兵变杀害。反复思忖，屈原暗暗咬着牙关作了决断：一定要使这支新军在他手里生发威力，将楚国逼上变法大道。

楚王将张仪将秦国看做仇敌时，屈原很是兴奋了一阵，认为变法的时机到了——要复仇要强国，便要变法，这几乎是战国新兴的铁则。可是倏忽之间，楚王竟放了张仪，昭雎郑袖又暗暗活跃了起来，张仪居然在郢都重新施展，又将楚国搅得是非大起。

骤然之间，屈原惊醒了：这是他的最后机会，至于能否如愿以偿，便看天意了。他瞅准了张仪是楚国生乱的祸根，是秦楚波澜中的要害人物，如果杀掉张仪，便能在秦国的强大压力下，迫使楚国走上救亡图存的变法之路。本来，屈原是准备与苏秦春申君联手做这件大事的，可一试探出苏秦反对，春申君犹豫不定，屈原便决意自己秘密行动了。

一千新军甲士秘密开到云梦泽北岸，屈原立即出了郢都。他要做最坏的准备，要立即准备第二步棋，而绝不能留在郢都听任被罢黜治罪。走到半途，他接到了截杀失败的消息，不禁热泪纵横，仰天大呼：“上天啊上天，你庇佑妖邪！你何其不公？！”

安陆大营，老将军屈丐已经率领部将二十余人，在中军大帐焦急地等待。将近正午，屈原飞马赶到，低声对屈丐说了几句，走到帅案前痛心疾首道：“诸位将军，屈原无能，没有除掉张仪！目下秦国虎视眈眈，楚王却一味退让，楚国危如累卵，屈原敢问各位：我当如何处置？”

“讨伐秦国！雪我国耻！”大将们异口同声。

“好！众将有复仇猛志，楚国便有希望！”屈原一拍帅案，感慨万端道，“这一仗没有王命，非同寻常。但是，屈原有王室兵符，楚王战后追究，罪责由屈原一身承担。战胜了，诸位大功！战败了，诸位无罪。”

帐中沉默了，良久，大将们轰然一声：“愿与大司马同担罪责！”

“岂有此理？”屈原笑了，“诸位记得了：有新军在，楚国便有振兴生机。都跟我一体论罪，连救我的人都没有了。屈原不会打仗，只能为诸位做这一件事，不要争了。”

白发苍苍的屈丐道：“我等早准备好了，随时可拔营！大司马下令了！”

“好！屈原只定两件事：屈丐将军统兵攻秦，屈原调集粮草辎重。”说罢一拱手道，“老将军，调兵军令由你来！”

屈丐大步赳赳走到帅案前下令：“大军立即集结，由大司马训示全军！随后按三军顺序开拔，兼程赶赴丹阳！”

“谨遵将令！”大将们轰然一声，立即鱼贯出帐了。

片刻之间，山野军营响彻了此起彼伏的牛角号，尖锐急促，听得人心颤。不消半个时辰，八万新军在大校场列成了整肃的方阵，除了猎猎战旗毫无声息。已经跨上战马的屈丐可着嗓子喊了一声："三军整齐！大司马训示——"

一身软甲，金黄战袍，屈原大步走上了将台道："三军将士们：秦国大军压境，楚国已经到了生死存亡关头！不打败秦国，楚国不能变法，就只有灭亡！你们将沦为亡国之奴，你们的好日子，就会像云梦泽的晨雾一样被风吹散！你们的爵位，你们的土地，你们的家园，你们的父母妻儿，都会被秦国虎狼的利爪撕得粉碎！楚国勇士们，为了楚国，为了变法，为了你们的梦想，为了新军的荣耀，用你们的满腔热血去洗雪国耻，去打败秦国虎狼！"

"洗雪国耻——灭尽虎狼——""变法万岁——"群情沸腾，万众汹涌，山呼海啸般的吼声震得大地都在颤抖。

号角呜呜，马蹄沓沓，八万大军开拔了。屈原飞身上马，泪眼蒙眬地将大军送出三十余里，方才忍痛折返。他要做的事任何人都替代不了，这便是为大军征集粮草。调集粮草如同调集军队一样，必须持有国王的兵符。楚国军法：兵粮一体，要想调粮，须得先有调兵权，无调兵之权便无调粮之权。这次大军出征没有王命，调集粮草便成了最大的难题。军营屯粮只够十日，已经先行运出。连同路程耗粮，大军到达战场后便只有三日余粮了。其后粮草若不能源源接济，新军抗秦便将成为天下笑柄。在楚国大臣中，只屈原有楚王叫嚷复仇时秘密特赐的兵符，与中原各国的虎符不同，那是半只有铭文的铜象，军中呼为"象符"。若楚王还记得此事，紧急下令各粮仓取缔屈原象符的效力，屈原便要抓瞎了。目下，屈原不断祷告上天：但愿楚王一时颟顸，将秘赐兵符的事忘记了。

回到留守大帐，屈原立即命令军务司马：携带大司马令箭，到安陆仓调集军粮十万石先行运出。这是一次试探，若能够调出，则十万石粮米足够八万大军支撑一月有余，即便此后楚王废了屈原象符，至少也还有回旋的余地。安陆仓是供应新军粮草的最近粮仓，仓令已经好几次与屈原堪合兵符，若安陆仓调不出粮草，就意味着楚国所有官仓都对屈原关闭了。

次日清晨，军务司马风尘仆仆地禀报：安陆仓能调粮，但却只有两万石存粮，压仓之外，只能给新军一万石。屈原一听大急，一万石仅仅只是十天的军粮，对于七八百里的运粮距离来说，除去押运军士与民伕牛马的消耗，运到也几乎只剩下五六千石了。所谓千里不运粮，便是这个道理。往昔，房陵大仓在楚国手中，那里距离丹水最近，虽然是山路难行，却可以牛驮人挑天天运，不愁接济不上；如今房陵丢失，楚国其他几个官仓顿时干瘪起来，不是没有充足的粮草，便是距离遥远难以运输；安陆仓堪堪合适，偏偏却只有一万石。若不立即筹划，大军断粮是完全可能的。

“一万石运走没有？”

“正在装运，午后便可上路。”

“好。备马！立即回封地！”

“大司马，这，这如何使得啊？”军务司马顿时急了。

“快去！走啊！”屈原铁青着脸色喊起来。

屈氏是楚国的五大世族之一，封地八百里，正在云梦泽南岸的湘水、资水、汨罗水的交汇地带，土地肥沃宜于耕耘，是楚国著名的粮仓宝地之一。在五大世族中，屈氏部族的封地最偏远，但却最大，拥有的粮草也最多。情急之中，屈原的心思动到了自家身上。但是，屈原也不敢说有把握调出屈氏粮草。他虽然被立为屈氏嫡子，承袭了屈氏门第爵位，成为屈氏部族在朝中的栋梁人物，但却还不是族长。粮仓是部族公产，要大批地无偿地调做军粮，纵然是部族首领，也难以一言了断，更何况屈氏部族中的前三代老人还都稀稀落落地健在，如何能容得你一句话便开了公仓？

经过一夜奔波，天放亮时屈原终于到了封地治所。这是湘水汨罗水交叉点的一座城堡，北靠汪洋连天的云梦泽，西依莽莽青山，东临两条大水，南面便是片片盆地沃土与星罗棋布的小湖泊，当真比得中原一个二三等的诸侯国。

屈原多年未归故里，仓促回来，城堡外的年轻后生们居然认不出这风驰电掣的人物是谁了。若在寻常时日归来，激越奔放的屈原一定会早早下马，与耕夫渔樵们谈笑唱和起来。可今日顾不得了，屈原匆匆与城门头目验证了身份，惊喜万分的守军头目未及飞步禀报进去，屈原便打马一鞭去了。

“咳！你，你是屈原？大司马？”白发苍苍的老族长眯缝着双眼，颤巍巍地上下打量着。

“屈原参见前辈族长。”屈原破例地拜倒在地，行了一个大礼。

老族长连忙伸手扶住：“快起来了，大司马是我屈氏宗嫡，岂能行此大礼了？”

屈原高声道：“家国一体，屈原归乡，自当以老族长与诸位前辈为尊了。”

“大司马有此胸襟，我屈氏振兴有望。来人，接风宴席侍候了。”

“老族长在上，屈原归来，有事相求了。”

“有事？那就快说了。”

屈原匆匆将事体原委及调粮请求说了一遍。老族长顿时皱起了眉头：“不瞒大司马，粮草是有啊。可楚王刚刚下了王令：房陵失守后官仓空虚，要增加封地粮赋三成……”老人沉吟片刻，一拍长案，“老夫之见，先将族老们请来商议一番再说了。缓赋抗赋的事不是没有过，只要族中同心，好说。”

“谢过老族长！”

族老们原是各支脉七十岁以上且有战功爵位的老人，大多曾经是各支脉的显要人物。按照屈氏族规：支脉要人但入赋闲高年，便移居部族城堡颐养天年，同时成为参与族务商讨的族老。因为都住在城堡，所以来得也便捷。老族长使者出去不消半个时辰，三十多位族老便聚齐了。

老族长站了起来，笃笃点着竹杖道：“大司马，都是自家人，一个屈字掰不开，你就说了。”

屈原恭敬起身，向厅中族老们深深一躬道：“诸位前辈：虎狼秦国欺凌楚国，虎狼丞相张仪，更是多次欺骗戏弄楚国。楚王偏信昭氏，不纳忠言，非但放了张仪，还要向秦国割地求和。屈原愤然截杀张仪，不想却失手未果。为了挽救楚国，屈原以王命兵符为名，将八万新军开到了丹水，与秦国决一死战！奈何自房陵被秦国攻占后，军粮难以接济。万般无奈，屈原只有求助本族了……”骤然之间，泪水涌出了屈原眼眶，“四百多年来，我屈氏从来都是楚国的忠烈望族，新军将士更是多有屈氏子弟。而今，楚国的生死存亡，扛到了屈氏部族的肩头！屈原空有一腔热血，却是独木难支，恳望我族前辈，撑持破碎的楚国……”

大厅中一片苍老的喘息唏嘘。一个老人颤巍巍站了起来：“大司马，统军大将可是我那个小子？”屈原拱手道：“正是屈丐将军。诸位前辈：新军三十二员将军，二十六位是屈氏族人哪。”

“大司马是说，我屈氏一族，扛起了八万新军？”一个老人顿着竹杖。

“不！还扛起了楚国啊！”又一个老人站了起来。

屈丐的老父亲走到屈原身边，笃笃点着竹杖：“老哥哥们，还说啥子么？屈氏不救楚国，还等别个救了？屈氏一族为楚国流的血，比这汨罗水还多！还有啥子舍不得的物事，啊？”

“老二哥言之有理！”“屈氏义不容辞！”“家国一体，大司马就说话吧！”“大司马，编一支苍头军，老夫也去打仗了！”族老们慷慨激昂地嚷成了一片。

老族长道：“大司马，你就说，要多少军粮了？”

“回老族长，至少十万石。”

老族长一咬牙：“十五万石！只留五万石压仓救急，老哥哥们以为如何？”

“赞同了！”族老们异口同声，竹杖笃笃成了一片。屈原激动了，热泪夺眶而出，肃然整衣，向老族长与族老们扑地拜倒。当日午后，屈氏老族长发出了征发令，整个几百里封地便紧张忙碌起来了。

农家商贾的牛车从四面八方赶来，渔家舟船也从湘水资水汨罗水络绎不绝地顺流而下，几百个大村落聚集的一万多兵勇，极快地组成了一支护粮军。入夜开始装车装船，人声鼎沸，城堡内外的灯笼火把连成了一片海洋。两日之内，十五万石粮草从水陆两路悉数运出，连族老们都咋舌惊叹。

屈原总算松了一口气，可心里却更加沉重起来。屈氏部族不但献出了十五万石粮草，而且征发了全部牛车马匹渔舟与族中壮丁。这意味着屈氏部族献出了全部实力，一旦国中有变，大族抗衡，屈氏部族便丧失了反抗能力，可能任人宰割。其中的全部关键，都在于对秦国的这一仗能否战胜。战胜了，屈原与屈氏部族是挽救楚国的功臣，挟战胜大军之威，楚王也只有按照他的主张进行第二次变法。可是，一旦失败了呢？

屈原不敢想，也不愿想。目下，他只有一个愿望：尽快赶到丹水战场，与新军将士同心浴血，战胜秦国！

七　秋风沙场兮何堪国殇

丹水谷地，楚军的土黄色大营与秦军的黑色大营遥遥相望。

丹水谷地在秦国的武关东南，既是楚国的西北大门，又是秦国的东南大门，历来是秦楚两国兵戎相见的老战场。楚国在这里没有少过驻军，即或在六国联军攻秦的优势时候，丹水谷地的十万大军也没有移动。联军兵败后，屈原深恐秦国乘势偷袭，又增调了五万兵马到丹水谷地。这十五万大军的统帅，是昭氏一族的老将，柱国将军昭常，副将则是景氏大将景缺。景氏部族与屈氏部族长期通婚，素有渊源。昭氏却是屈氏的夙敌，如同屈原与昭雎一样水火不容。

面对秦国开出武关的十余万大军，昭常只是深沟高垒防守不战。秦军也只是扎营对峙，没有进攻的迹象。两军大营如此对峙了几个月，秋风一起，楚军便渐渐松懈了。这一日，昭常突然接到斥候急报：八万新军兼程北上，已经到了三十里之外的丹水均水交汇处。昭常大是惊讶：新军是屈原的台柱，如何突然开到了丹水？他并没有接到楚王的增兵王书，也没有接到伯父昭雎的密札，这八万大军来得不是太蹊跷了么？狐疑归狐疑，毕竟都是楚军，他拥有的兵力又超过新军一倍，也就没有太放在心上，只是吩咐总领斥候营的军务司马随时禀报消息。

“禀报柱国将军：新军大将屈丐前来拜会。”暮色时分，军务司马匆匆来报。

“屈丐？这头老犟驴！带了多少人？”

“只有两名副将随身。”

“噢——请进来。”昭常本打算升帐聚将，一听屈丐只有三人，也就作罢了。

屈丐昂昂进帐，径直走到帅案前：“柱国将军昭常，拜接王命兵符——”

昭常一阵愣怔，眼看着屈丐接过副将手中的铜匣，也不得不躬身到底：“臣，柱国将军昭常，恭迎王命兵符。”屈丐一伸手，铜匣“当”的一声弹开，半尊青铜象符赫然入目。这是楚军大将人人熟悉的象符，两符勘合，军中大将便得听命于新来大将。

“柱国将军，勘合兵符了。”威严持重的屈丐不冷不热。

昭常实在弄不明白这突然的变化，心中乱作一团面糊，可这是要命的时刻：不奉王命，持兵符大将便可立斩抗命将领！眼看屈丐脸色黑了下来，昭常只得下令：“中军司马，勘合兵符。”中军司马从后帐捧来一个一般大小的铜匣打开，昭常捧出了里面的半尊青铜象符，与屈丐手中的半尊青铜象符一碰，只听“咣”的一阵振音，一尊铜象便浑然一体了。

“昭常将军听令！”

“末将在。”昭常憋得满脸通红，心中依然是一团面糊。

屈丐展开了一轴黄绢：“楚王君命：昭常怯战不出，抗秦不力，着即革职，于军前戴罪立功！所部大军由屈丐统帅，大破秦军！”

昭常大喊起来：“屈丐！何有如此王命？坚守不出，可是楚王严命啊！”

屈丐冷笑：“莫非本将军不是王命？来人！将昭常押到新军大营看管！”

不知何时，帐外多了一队新军甲士，轰然一声，进来便将昭常押了出去。屈丐立即击鼓升帐，聚齐了两股大军的三十多位大将，又一次当众勘合了兵符，宣读了楚王王书。昭常大军的昭氏将领们虽然多有疑惑，却也不敢抗命，毕竟楚怀王即位后，王命反复已经是家常便饭了，气恼抗命也没用，说不定过几日又变了回来，抗命非但有立时之危，过后也是军中笑柄，何苦来哉？

屈丐是有备而来，立即对全部二十三万大军进行了整编：新军八万为中军主力，老军步兵五万为左军，老军骑兵五万为右军；老军中最特殊的一千辆战车，车上甲士与随车步卒合计五万编为前军；屈丐自领中军，景缺任副将兼领右军，步战名将同匄领左军，车战老将逄侯良领前军；一日整肃部伍，演练协同，两日后开战。

屈丐其所以没有立即进攻，是想等待屈原赶到之后再开战。毕竟，这是屈原呕心沥血冒着最大的风险谋划的一场大战，也许还是屈原握兵生涯中唯一的一次大战。尽管屈原交代得非常明确：抵达战场后若统编顺利，便立即开战，以防郢都随时生变。为此，屈原事先作了精心部署，派出五千精兵切断了郢都通往丹水的大小三条通道，凡是郢都派往丹水的快马特使，一律拘押，尽量给屈丐大军争取时间。凭经验与阅历判断，屈丐认为自己至少有五六日的宽余，安陆到丹水是兼程三日的距离，屈原完全可以赶到。

但是，屈原却来迟了。回领地出粮耽搁了整整三日，风风火火赶到安陆留守大营，又恰恰逢春申君在焦急地等候。两人争吵了一宿，终于是屈原的激情无畏甘做牺牲征服了春申君，次日黎明，两人便马不停蹄地兼程北上了。第七日的黄昏时分，终于赶到了丹水谷地。

那一番景象真是令人怵目惊心！残阳之下，方圆二三十里的山塬上，到处都是层层叠叠的尸体，混杂着支离破碎的战车，鲜血淋漓的战马，丝缕飞扬的战旗，啄尸的鹰鹫正在成群成群地飞来，大片大片的黑老鸦聚满了山头枯树，无休无止地聒噪着，温热的血腥味儿随着萧瑟秋风弥漫了整个河谷，浓烈得使人要剧烈地呕吐。

“禀报大司马：我军战败了……”

“上天啊！”面色苍白的屈原大叫了一声，一口鲜血喷出，从马上倒栽下来。

悠悠醒来，屈原依稀看见了一圈火把，看见了火把中士兵们的泪光，看见了浑身鲜血的一员大将正扶着自己……“你？你是景缺？快，快说，死了多少人？屈丐将军呢？”

“大司马，新军将士兄弟们，全部战死了，屈丐老将军剖腹，殉国了……”

“啊——”屈原又一次昏了过去。

一片沉重的脚步声渐渐逼近，屈原睁开了眼睛，看见大片火把包围了过来，看见面色苍白的春申君与一个黑色战袍的大将走到了面前。

“秦国上将军司马错，参见大司马。”黑色战袍的大将恭敬地深深一拜。

屈原倏然清醒，神奇地霍然站了起来：“司马错，楚人有热血，楚国不会灭亡！”

“噢呀屈兄，上将军是来商谈分尸的。”春申君在屈原耳边说了一句。

“大司马。”司马错肃然拱手道，“楚国新军人怀必死之心，战力之强，天下罕见，我秦军将士深为敬佩。此战我军伤亡六万，实为惨胜。司马错景仰大司马，敬佩楚国新军将士，愿与楚军合力，分开两军尸体，使英雄烈士各归故土。”

屈原默默地对司马错深深一躬，热泪不禁夺眶而出，大袖一甩，转身去了。

次日午后，两军尸体已经完全分开。屈原本想将新军将士运回南楚故土安葬，可实在难以办到，无奈之下，与春申君选择了丹水南岸一片山清水秀的谷地做了楚军坟场。楚军十万具尸体，百人一坑，一日一夜便堆起了一千座高大的坟墓。司马错亲自送来了一千方秦国蓝田玉，做了楚军墓石刻。屈原亲自题写了两个大字“国殇”，镌刻于白玉之上，立于每座坟头之前。第三日，楚军残兵在谷地中为阵亡将士举行了隆重的祭奠仪式。屈原身穿麻衣，亲自主祭。当他将三桶楚酒洒在祭台前时，悲从中来，不禁放声大哭。楚军人人饮泣，哭声弥漫了河谷原野。屈原在遍野哭声中登上了祭台，激越吟哦——

我有忠烈兮千古国殇
猛士身死兮不得回故乡
云梦渔舟兮一别去
浴血沙场兮云飞扬
挥吴钩兮夺秦弓
血染甲兮大旗红
身首离兮天地惊
怀故国兮志坚诚
心高洁兮不可凌
子魂魄兮为鬼雄

出不入兮往不返
平原忽兮路迢远
猛士去兮栋梁折
国殇沉沉兮何以堪

当天晚上，楚军拔营后撤了一百里，回到了原先驻防的沔水河谷。

屈原一直昏睡到夜半方醒，见春申君还守候在榻边，不禁迷惘惊讶道：“你？你还没有走？”春申君笑了：“噢呀屈兄，我到哪里去？回郢都送死了？你醒醒吧，我俩一起走，到燕国去，找苏秦了。”屈原翻身坐起道：“春申君啊，你如何这般糊涂？大祸是我的，与你何干？快回郢都去，留一个是一个，莫非要一起上杀场，才心安了？”“屈兄哪里话了？”春申君真着急了，“你我同心，合纵抗秦，今日失败，我如何能独生了？”屈原长叹一声，眼中又是泪光莹然：“春申君啊，义有大节方为义，我等固可同生死，但却不能抛下楚国啊！有你在朝，楚国终是有一线生机，你如何不明白也！”春申君喟然一叹：“屈兄啊，我回去也是死，何如共担艰危，要死一起死了！”

“不！”屈原光着脚跳下地来，“你不似我这般激烈，楚王对你颇有好感，老世族对你也没有深仇大恨。你回郢都，至多稍有贬黜，断不至于杀身灭门。陪着我，既不能稍减我罪，又徒然教老世族独霸朝政，不能这样啊，春申君！”

诙谐达观的春申君罕见地流泪了：“噢呀屈兄，非我人缘好，是你替我挡住了风雨啊……你获罪，我如何走得心安？”

“春申君！你是大丈夫！妇人之仁，害死人！”屈原几乎是吼了起来。

春申君拭去了泪水，对屈原深深一躬：“屈兄，今日别过了……”猛然转身大步去了。屈原一阵大笑：“春申君，多多保重！”

夜色之中，一阵急骤的马蹄声渐渐远去。屈原走出军帐，看着漫天闪烁的星斗，听着点点零落的刁斗之声，觉得天旋地转，自己飘飘悠悠地飞升了起来。

第十二章 不宁不令

一　大义末路何茫然

郢都乱了。楚怀王找张仪媾和，张仪冷笑着撂下一句话："媾和？打完仗再说。"当着他的面上车回秦国去了。找春申君，春申君不知去向。好容易找到苏秦，这位滔滔雄辩的六国丞相又一言不发。楚怀王走投无路又六神无主，最后只有去了昭雎府。

昭雎虽然还是"卧病在榻"，却也给楚怀王出了几个实实在在的主意：第一个是缉拿屈原，防止肘腋之患；第二个是罢黜春申君黄歇，剪除屈原羽翼；第三个是驱逐苏秦，向秦国表示退出合纵的决心。昭雎末了道："我王若能如此，则楚国大安。否则，老臣也是无能为力了。"楚怀王想想也是无奈，跺着脚长嘘一声走了。回到王宫，楚怀王却不知这三件事从何做起。缉拿屈原，屈原在哪里？罢黜春申君，春申君连影子都不见如何罢黜？驱逐苏秦，总得有个说法，一个六国丞相，总不能教几个武士吆五喝六地将人家赶出去吧？还要向秦国示好，张仪都走了，向谁去示好？

楚怀王一路皱着眉头到了后宫，长吁短叹地对郑袖说了一遍。郑袖白嫩的手指戳着他的额头，咯咯笑道：“晓得无？木瓜一个！谁出的主意，教谁来办哦，人家出了主意，不给人家权力，生生一个青木瓜哦。”楚怀王恍然大悟道：“对呀！王后真道聪明，来人，立即下书：宣老令尹昭雎进宫理政。”

昭雎一出山，一河水立即开了：三路精骑缉拿屈原，一纸王书罢黜春申君。昭雎亲自出面，彬彬有礼地请苏秦离开了郢都。而后又立即派出驷马快车的特使，飞驰咸阳示好媾和；再便是老世族纷纷重掌旧职，新派纷纷搁冷置闲。旬日之间，楚国的老气象恢复了，满堂白发苍苍，朝野再无争斗，楚怀王竟觉得轻松了起来。

可就在这时候，忽然传来一个惊人的消息：八万新军开得不知去向，屈氏领地大出粮草！满朝顿时哗然。屈原若领着这八万新军压来郢都，岂非又是一个乾坤大颠倒？可反复探察，郢都方圆几百里都没有新军踪影。昭雎猛然醒悟，立即派出连续六路亲信飞骑奔赴秦楚边境探察。可忒煞作怪，六路飞骑都是泥牛入海。这一下，郢都君臣可都迷糊了。有人说，屈原领兵去了岭南，要建一个新诸侯国复仇。有人说，八万新军投奔了齐国，屈原要做齐国丞相了。有人说，新军就藏在屈氏领地里，屈原马上就要反了。各种揣测流言不胫而走，一时人心惶惶。

毕竟昭雎有见识，径直到后宫来找楚怀王，铁青着老脸道：“敢问楚王，屈原手中可有兵符？”楚怀王惊讶了：“没有啊，本王没有给过他兵符，他如何能有兵符了？”昭雎依旧板着脸：“楚王记性不好，还是再想想了。”楚怀王转悠了两圈猛然一跺脚：“咳呀！老令尹还真是神！想起来了，本王给过屈原一尊象符，可，可本王有言在先，不许他擅自动用的了。”昭雎摇头叹息：“楚王啊楚王，此番楚国算是和秦国结下死仇，永世解不开了。”

“老令尹此话怎讲？”楚怀王急得额头冒汗，“不能媾和了？秦王拒绝了？”

昭雎哭笑不得：“楚王还不明白？屈原有兵符，调集兵马打秦国去了。他打过仗么？能打赢么？八万新军加昭常十五万大军，全都要葬送在屈原手里了！”

楚怀王红润润的面孔刷地变得苍白：“你，你是说，楚国的主力大军全完了？”

“非但如此。”昭雎沉重地喘息着，“如此不宣而战，秦国岂能不记死仇？多年来，老臣竭力斡旋，都为不使楚国与强秦为仇，如今啊，全完了，楚国被屈原葬送了……”

楚怀王一下子软瘫在草地上，带出了哭声道：“这这这，这却如何是好了？”

“杀屈原，罢黄歇，以谢秦国！”昭雎牙齿咬得咯咯响。

楚怀王抽着鼻子唏嘘着：“也只有这样了，本王，本来最怕杀人了。”

次日内侍急报，说春申君黄歇宫外候见。楚怀王一听便跳了起来：“快！叫他进来了！”一见春申君疲惫憔悴风尘仆仆的样子，楚怀王心又软了，却依旧板着脸道：“黄歇，你窜到哪里去了？弄得一副逃犯模样。”春申君惨淡地笑了：“楚王，臣到丹阳去了。”楚怀王满脸疑云：“丹阳？丹阳在哪里？有事了？”春申君叹息道：“噢呀我王，黄歇是屈原一党，听凭我王发落了。”

“噢——对了！”楚怀王恍然大悟，“你跟屈原打仗去了！是也不是了？”

“是。”春申君淡淡漠漠道，“事已至此，臣不愿多说，领罪便了。”

“领罪领罪！就晓得领罪！”楚怀王指点着春申君数落起来，“黄歇呀黄歇，你我同年，本王对你如何？从来都是宠着你护着你，对么？你倒好了，却偏偏跟着屈原那头犟驴乱踢腾。又是新政，又是变法，又是练兵，又是暗杀，事事你都乱掺和！这下好了，屈原叛逆该杀，你说本王还如何保护得了你？”

“臣唯愿领死。”春申君干脆得只有一句话。

“晓得无？你才是个大木瓜！还说我是木瓜？”楚怀王骂了一句，突然压低声音道，“哎，说老实话了，屈原这仗打得如何？大军全完了么？”

“噢呀呀，我王这是从何说起了？”春申君惊讶地叫嚷起来，“大司马未奉王命是真了。可要说打仗，这次可真是打出了楚国威风！斩首秦军六万，我军伤亡只有十万余，其余十来万楚军还好好地驻扎在沔水！谁说楚军全完了？分明恶意诬陷！”

“毋躁毋躁。”楚怀王惊喜地凑了上来，“你说斩首秦军六万？”

“噢呀没错！司马错也亲口认账了。”

“楚军还有十来万？”

“断无差错！我王可立即宣昭常来郢都证实了。”

“好！大好！”楚怀王拊掌大笑，“春申君啊，你真是个福将，给本王带来了福信！”说着突然压低了声音，“对了，快去找几个人担保，有人要罢黜你了。”

“谢过我王。臣告辞了。”

春申君一走，楚怀王顿时轻松了起来。匆匆大步回到后宫，高兴地对郑袖学说了一遍。郑袖笑道：“晓得了，也好，没伤筋动骨哦。日后只要再不开罪秦国，也许还是平安日月哦。”楚怀王道：“说的是了，有这一仗，秦国也不敢小瞧我大楚国了。哎，王后，你说这屈原该如何处置好了？”郑袖笑道：“晓得无？这种事找老令尹说了。”楚怀王道：

“老令尹？他教我杀了屈原。”郑袖笑道：“那就杀了，还能再说个木瓜出来了？”楚怀王嘟哝道：“木瓜木瓜，我是木瓜么？你才是木瓜了。”郑袖点了一下楚怀王的额头咯咯笑道：“晓得晓得，我是木瓜哦，谁敢说乖儿子是木瓜了？”楚怀王得意地大笑了一阵：“木瓜嘛，倒是有一个，屈原！”“乖儿子真聪明哦！”郑袖笑着拍手：“晓得了，屈原大木瓜。”楚怀王大乐，抱起郑袖滚到了纱帐里，笑声喘息声久久不歇。

正在这时，老内侍在纱帐外高声道：“禀报我王：屈氏族老在宫门请命。”

“败兴！”楚怀王气恨恨地嘟哝了一句，衣衫不整地爬了起来，“如何个请命法了？”

“一大片老人举着白绢血书，跪着不起来，要见我王。”

“岂有此理！没找他的事，他倒先来了？王后，我去看看了。”

来到宫门一看，楚怀王钉在那里挪不动脚步了。偌大车马场中跪满了白发苍苍的老人，一幅钉在大木板上的白绢血书怵目惊心——杀我屈原，反出楚国！斗大的八个字还滴着淋漓的鲜血，个个老人的手上都缠着白布，面色阴沉得仿佛随时都要爆发。楚怀王虽说颟顸，但有一点还是明白的：屈氏举族百余万口，除了王族芈氏与昭氏部族，便是楚国第三大部族，若举族造反，楚国岂非要大乱了？

“前辈啊，这是何苦了？快，快起来了。”楚怀王走到为首老族长面前，不禁有些慌乱，想扶起老人，却硬是不敢伸手。

“屈氏草民恳请我王：赦免屈原，否则，屈氏举族反往岭南自立！”

“哎呀呀老前辈，本王何曾说过要杀屈原了？”楚怀王连忙先为自己开脱了一句，又凑出一脸笑容道，“屈原还没有回来，本王还没有见他，谁说要杀他了？纵然回来，也还要查问后再说了，起来起来，快起来了。”

老族长还是跪着，竹杖点得笃笃响：“大司马为洗雪国耻，献出族中六万子弟，献出族中粮草十五万石，浴血沙场，斩首秦军六万，有大功于楚国！我王若听信谗言，诛杀屈原，楚人将永世没有忠臣烈士！”

“老族长，本王听你的便是了。”楚怀王沉重地叹息了一声，“杀秦军六万，也不容易了，快，快起来了。”

老族长刚刚站起，便闻场外马蹄声疾。内侍低声急报：“我王快看！”楚怀王闻声抬头，却见一个“野人”迎面而来：战袍血迹斑斑，须发灰白散乱，眼眶深陷，干瘦黝黑得好像一段木炭。楚怀王不禁惊讶得倒退了两步：“你？你是大、大司马？”

来人扑地跪倒：“臣，屈原领罪。”

楚怀王长叹了一声：“屈原啊，你也苦了，先起来，容我想想再说了。”

“屈原尚有一言，望我王容禀。”

“有话，你就说。”

屈原慷慨激昂道：“与秦国开战，全系屈原一人所为，与他人无涉。臣恳请我王：对战死将士论功行赏，对屈氏粮草如数偿还！此外，此战后虎狼秦国必来复仇，楚国目下战力太弱，恳请我王交出屈原，以全楚国！”

“大司马！不能啊！”屈氏族老们老泪纵横，一片哭喊。

屈原站起来对族老们深深一躬：“族中前辈们：屈原不才，若能以一己之身消弭楚国危难，虽死何憾！我屈氏世代忠烈，当以国难为先，切莫为屈原性命胁迫楚王了，前辈们，回去，屈原求族老们了……”

“大司马……”老族长竹杖笃笃，颤抖得说不出话来。楚怀王大是动情，一时涕泪交流泣不成声。

这场风波又一次震撼了郢都。屈氏部族不惜举族叛逆而死保屈原，屈原不惜一死而为战死将士请功的故事迅速传遍了朝野。更令国人心动的是，屈原竟自请楚王将自己交给秦国，以保全岌岌可危的楚国，古往今来，几曾有过如此耿耿忠烈的大臣？一时间，为屈原请命的呼声弥漫了楚国，老世族们不好开口了。

楚怀王也英明了一回：先恢复了春申君的参政权力，而后拉上春申君一起与老令尹昭雎等几名主政大臣密商了一日一夜，终于书令朝野：丹阳之战的死难将士，全数论功赐爵，由春申君清点实施；免屈氏领地三年粮赋，以为补偿；罢黜屈原大司马之职，领三闾大夫爵，放逐汨罗水思过自省。王令通告朝野，庶民们虽然还是怨声难平，却也是无可奈何。残余的新派们也渐渐安静了，毕竟没有杀屈原，也没有交出屈原给秦国，有老世族咬着屈原，还能教楚王如何处置？

屈原离开郢都那日，十里郊亭挤满了送别的人群。有郢都国人，更有四乡村野赶来的庶民百姓，四面山塬上到处涌动着默默的人群，路边长案罗列，摆满了人们献来的各种酒食。正午时分，当春申君亲自驾车送屈原出城上道时，郢都四野的哭声弥漫开来，随着那辆破旧的轺车慢慢地聚拢到了十里长亭。站在轺车伞盖下的屈原，苍老干瘦得全然没有了往昔的风采，他那永不熄灭的激情似乎也干涸了，只是木然地望着四野涌动的人群，一片空洞，一片茫然。

半日驰驱，终于到了云梦泽边。春申君跳下轺车，扶着屈原下了车，深深一躬道："屈兄，善自珍重了。"屈原淡淡地笑了笑："春申君，我有最后一言：楚国不堪腐朽，已经无力自救了。一定要去找苏秦，再度合纵，以外力保住楚国，等待机会了。见到苏秦，代我致歉，屈原，意气太过了……"说罢一声叹息，大步上了小船。

"噢呀屈兄——我记住你的话了！"

小船飘飘荡荡地去了，屈原始终没有回头。

二 苏秦陷进了烂泥塘

苏秦离开了楚国，心灰意冷地踏上了北上的路途。

南下时踌躇满志，要一心与屈原春申君合力，扭转楚国危局，为合纵保留最坚实的一块立足之地，也与张仪进行一次面对面的纵横较量，不想倏忽之间急转直下，结局乱得一塌糊涂，原因却是莫名其妙。作为合纵一方，是彻底失败了：非但没能扭转楚国，反而使其余五国更加离心。秦国，同样是失败了：非但张仪险遭暗杀，最终也还是没有避免一场恶战，竟前所未有地折损了六万新军锐士。楚国呢，更是最大的输家：朝局大乱新派湮灭且不说，积数年心血所训练的八万新军连同两三万老军，也全数赔了进去。同时还结下了一个最凶狠强大的仇敌，将无可避免地永远不得安宁了。

细思其中因由，千头万绪令人扼腕叹息。楚怀王是千古罕见的抽风君主，时而聪明机断，时而颟顸纨绔，弯子转得常常令人哭笑不得。屈原则是千古罕见的激烈偏执，恨便恨死，爱便爱死，意气极端得全然没有回旋余地。春申君呢，机变诙谐且颇有折冲之能，但却少了一些坚刚与大智，既影响不了屈原，又影响不了楚王，硬生生地无可奈何。昭雎阴沉狡黠又极是沉得住气。郑袖聪敏贪婪偏又能适可而止……面对楚国如此乱象，几乎每个人都是苏秦的对手，却教苏秦如何对付？张仪号称天下第一利口，能事之极，还不是无法将楚国乱象理顺到秦国和局之中？

到头来三败俱伤，却不知道罪责在谁。似乎一切都是屈原搅乱了。可是，若没有屈原的强硬，楚国还不是纳入了秦国算盘？屈原既强力扭转了楚国倒向秦国，又完全堵塞了楚国重入合纵，更是一举毁灭了楚国变法的希望。功也罪也，孰能说清？

一路之上，苏秦思虑着念叨着揣摩着，最后还是说不清道不明的一团糨糊，末了只好长叹一声："人算何如天算？当真天意也！"想想合纵以来的坎坷，苏秦无可奈何地笑了。难道不是天意么？每到穷途末路，苏秦必得从燕国开始。合纵发端于燕国，每次大挫，竟都只有回燕国这一条路。弱燕生苏秦，强秦成张仪，看来这也是天意了。

"二哥——二哥——"

苏秦蓦然惊醒，却见一骑快马飞驰而来，马上骑士斗篷招展摇手长呼，不是苏代却是何人？苏秦四面一张望，发现竟然已经到了蓟城郊野，低声嘟哝一句"好快"，跳下了轺车，坐在道边一块大石上等候苏代。

"二哥，回来得好！我正等你。"苏代下马，不断拭着脸上的汗水。

苏秦笑道："三弟啊，你知道我回燕国？"

"不知道，我正在城外狩猎，看见了苏字大旗，不是二哥却是谁？"

"一个人狩猎？"

"不是，子之邀我一起狩猎的。你看那儿——"

苏秦目力虽差，却也看见了遮天蔽日的烟尘中翻飞的大旗与冲锋驰骋的马队，看那气势，少说也有三五千骑兵。苏秦不禁皱起了眉头："子之又在炫耀燕山铁骑了？"苏代笑道："二哥不知，子之目下可是威风起来了，军政大权一把抓。"苏秦冷冷道："燕王相信他？"苏代道："燕王病了，瘫了，将国事都交给了子之。"

苏秦大是惊讶，走时还好端端如日中天的一个燕王，如何就瘫在了榻上？莫非是子之……苏秦脊梁一阵发凉："快说，燕王如何病的？”

“前次狩猎，燕王从马上摔了下来伤了腿，后来日益沉重，最后便瘫了。”

“燕王精于骑射，如何能摔下马来？”

“子之说，那是一匹东胡野马，燕王冒险尝试，被野马掀翻。”

苏秦沉默良久淡淡一笑：“去看过燕姬么？”

“去过两次，想给她送点物事，却没有见到人，可能云游去了。”

苏秦又是一阵沉默：“你先去，记住，不要对子之说我回来了。”

“好……那我先走了。”苏代似有困惑，却也习惯了听苏秦吩咐，上马一鞭去了。

眼看着烟尘消散，狩猎马队卷旗收兵，苏秦才上了轺车偃了大旗，静悄悄地绕到最僻静的北门进了蓟城。回到府中吩咐关了大门，沐浴梳洗之后便进了书房，苏秦要一个人好好想想燕国这几件事。谁知刚刚落座，总管老仆走了进来低声道：“大人，上卿来了。”苏秦一怔：“上卿？他如何知道我回来了？”老总管默默摇头。苏秦道：“你去说，我路途受了风寒，已经卧榻歇息，改日上门回访。”老总管看看苏秦，却没有走。苏秦不耐烦道：“没听见么？去。”老总管低声道：“老朽本不该多嘴，大人还是不要回绝的好，上卿在蓟城可是……”老人眼光闪烁，似乎不敢往下说了。苏秦想了想：“也好，去请他进来。”老人犹豫道：“大人不去迎接？”苏秦不禁笑了：“我是封君开府丞相，他只是上卿，知道么？去。”

片刻之间，书房外脚步腾腾，子之赳赳走了进来，还是一身软甲一领战袍，手中一口长剑，人尚在廊下，响亮的笑声已经响彻了庭院：“武安君当真雅兴，悄悄归燕，也不给子之一个接风的机会。”随着笑声进门，人已一躬到底，“武安君，子之有礼了。”苏秦淡淡笑道：“甲胄上卿，礼数倒是周全，请入座了。”子之哈哈大笑一阵，坦然入座，顺手将长剑横在了案头。总管老仆上了茶，悄悄地守到廊下去了。

“楚国震泽吴茶，上卿以为如何？”

“好看，太淡。”子之笑道，“还是燕山粗茶来劲儿，克得动牛羊肉。”

“见仁见智，一家之言了。”

子之对苏秦的揶揄似乎浑然无觉：“武安君，多日等你归来，四处派出游骑斥候探察你动静，非有他意，只是想与你商议一件大事。”

见子之坦诚，苏秦的一丝不快已经消散：“大事？上卿请讲。”

“在燕国变法！”

苏秦大是惊讶，沉默着半日没有说话。子之打量着苏秦笑道：“武安君以为子之粗蛮，不堪变法？”苏秦默默摇头，却还是没有说话。子之道：“武安君啊，变法有内外两方条件，而今大势已变，燕国内外皆宜变法，如何武安君倒狐疑起来？”

“你且说说，燕国如何内外皆宜了？”苏秦终于说话了。

“先说外势：秦国惨胜楚国，遭受重创，三五年内不会在中原生事；赵齐魏楚四大国内事频仍，更无力威胁燕国，如此燕国便有了一段安稳时日；再说内事：燕王贤明，委大政于你我，新派已经成了气候，老世族没有实力抗衡，此时若在燕国变法，岂有不成之理？”

“你欲如何变法？”

子之哈哈大笑：“武安君何其糊涂！变法你领，问我何来？”

“你要变法，如何又是我领？”

“哎呀武安君，子之保驾，苏秦变法！不好么？”子之拍着书案一阵大笑。

苏秦心中怦然一动，正待开口，却又硬生生忍住，淡淡笑道：“兹事体大，苏秦从来没有想过，得从长计议。”

“好，多想想也好，我等你。”子之突然压低声音道，“还有一事，敢请武安君恕罪。”

苏秦很不喜欢这种一惊一乍，皱着眉头道：“你说。”

“燕王瘫病期间，武安君不在国中，燕王要我署理丞相府政务。子之事先言明：只是代为署理，武安君回燕即交还权力。可燕王不答应，说丞相未必再回燕国，硬是宣来一班大臣，教我做了丞相……”子之叹息了一声，流露出深深的歉意，“子之愧对武安君，特来说明，明日你我面见燕王，我即交还丞相印信。”

蓦然之间，苏秦恍然大悟，笑了笑道：“丞相便丞相，那是国家公器，又不是你借我的物事，能还回来么？”

“只要子之坚执不受，自然能归还回来。”

苏秦哈哈大笑：“子之啊子之，苏秦岂是讨官做之辈？你便做丞相何妨，只要你真正变法，真正使燕国强大，苏秦何须斤斤计较？”

“武安君大义高风，子之敬佩之至。”

送走子之，苏秦前所未有地失眠了，想了整整一夜，却不知究竟想了些什么，更不知道想清楚了什么。天亮时终于朦胧睡去，日上半山时却又被老仆唤醒了，说上卿亲自驾车来接他进宫。苏秦只得起来梳洗一番，出来上了子之高车进宫去了。

踏进王宫，苏秦便觉得气氛有异。燕国宫殿虽然窄小陈旧，平日里却也是一片生气。尤其是燕易王成年即位，一心要振兴燕国，操持国务一点也不松懈，每日吏员如梭，宫中总是忙忙乱乱的。今日进宫，偌大车马场竟没有停放一辆官员轺车，进得宫门，两廊官署更是冷冷清清，只有管辖王室事务的两三处开着门有吏员身影，其余一概关闭。苏秦不禁大是困惑：燕王病了，难道国务也停止了？

子之见苏秦眼神不对，指点着笑道："我一个忙不过来，也是偷懒，教这些官署都迁到我府上去了。"苏秦心中一沉，脸上却笑着："上卿果然不凡，只差将王宫搬走了。"子之大笑道："武安君却是迂腐了，无论搬到哪里，只要将事情办好不就完了？"苏秦想赶快见到燕王，也不说话，只是大步向深处走去。

进入第四进，是燕王经常召见朝臣的两座偏殿，过了偏殿是正殿，一过正殿便是燕王书房与典籍库。这些地方苏秦都很熟悉，唯独没有来过后宫。步入书房回廊，一股草药气息扑面而来，苏秦不禁大皱眉头。来到寝宫庭院，药味儿更是浓郁。苏秦抬头一看，庭院池边铺满了草席，席子上晾满了黑糊糊的药渣。药渣席边，好几个太医在蹬着药碾子碾药，呼噜咣当一片，直与制药作坊一般。

子之低声道："东胡神医的方子：服用汤药之后，药渣碾成粉末吃下。"

苏秦阴沉着脸走进了寝宫，远远便听大木屏外的老内侍高声长宣："武安君上卿到——"苏秦一怔，听见里面一阵急剧的咳嗽喘息。内侍此时连忙躬身闪开："燕王召见，武安君上卿请——"

苏秦早就听燕姬说过，燕王宫狭小粗简，唯有寝宫高大宽敞，白日里阳光一片，分外明亮。但是转过大木屏，眼前却一片幽暗，窗户关闭，帐幔低垂，一股令人作呕的气息四处弥漫，厚厚的帐幔中剧烈的咳嗽喘息之声不能停止，听得苏秦分外揪心。

子之捏着鼻子在苏秦耳边道："东胡神医说：不敢见风。"

苏秦终于忍不住了，对着帐幔深深一躬，高声道："臣苏秦启禀我王：苏秦通晓医道，此乃东胡巫术，摧残性命，百害而无一利。臣请我王立即裁撤，改用我华夏医药救治。"

帐幔后传出一阵更为急剧的咳嗽喘息声……苏秦对四名侍女断然

挥手："快！撤去帐幔，打开窗户，搬走药渣，立即收拾干净！"

侍女们惊恐地望着子之，没有一个人敢动。苏秦微微冷笑道："上卿大人，这是东胡巫术，还是蓟城人术啊？"子之看看苏秦铁青的脸色，突然大笑："武安君受不了，我也受不了。撤，快！撤了！"

几名侍女立即忙不迭动手，拉开围墙大帐，打开全部窗户，又收去卧榻帐幔，搬走屋中所有药渣与不洁之物……片刻之间，寝宫中阳光明媚和风徐徐，大是清新宜人。苏秦向卧榻一看，却惊讶得钉在了那里——阳光之下，卧榻之人形如鬼魅：一身脏污不堪的布衣，面色苍白如雪，眼眶深陷成了两个大洞；一头黄发散披在肩，一脸血红的胡须杂乱地虬结伸张着；嘴巴艰难地开合喘息着，口中黑洞洞的看不见一颗白牙。若非亲见，苏秦如何能想到这便是几个月前英挺勃发的燕王？蓦然之间，苏秦心中闪过了齐桓公姜小白爬满蛆虫的尸体，不禁倒吸了一口凉气。

"哦哦，噢啊……"燕易王含混不清地喘着叫着，木呆呆地看着苏秦。

苏秦走到榻前："臣，苏秦参见燕王……"

燕易王艰难地喘息着，深陷的眼眶中流出了细细的两行泪水。苏秦道："臣请为燕王把脉。"说罢跪坐榻前，拉过燕易王干柴一般的枯手，刚一搭脉，苏秦心中猛然一跳，良久，苏秦站起来肃然一躬："臣启燕王：医家至德，不讳言误事。燕王脉象，来日无多，须及早安排后事了……"燕易王眼眶中又涌出了两行细泪，那只枯瘦的右手却艰难地摇动着。苏秦一看，子之正站在燕易王右首。

苏秦正色道："上卿，宣召太子。"

子之沉重地叹息了一声，转身命令内侍："宣召太子进宫。"内侍匆匆去了。

苏秦猛然想起一人："敢问上卿，栎阳公主为何不在燕王身边？"

"秦人没个好！"子之愤愤道，"燕王一病，她便回咸阳省亲去了。"

苏秦心有疑云，瞄了一眼燕易王。燕易王微弱的目光连番闪烁，只喘息咳嗽着无法说话。一阵默然中，寝宫门廊下的内侍一声长呼："太子到——"苏秦抬头一看，一个面目疏朗神情却很猥琐的高冠青年，小心翼翼地走了进来。苏秦深深一躬："臣苏秦，参见太子。"太子游移的目光中闪出了一丝惊喜："你便是武安君苏秦？好……"却又突然打住，匆匆走到榻前对着怪异可怖的燕易王躬身一礼，默默地钉在了那里。

燕易王空洞的目光盯住了苏秦，又看了看太子。苏秦默默走到榻前。燕易王艰难地拉住了苏秦与太子的手，将太子的手塞进了苏秦的手中，喉头发出一阵含混的叫声与喘息。苏秦高声道："燕王毋忧，苏秦当竭力辅佐太子！"燕易王喘息稍平，又看看走到榻前的子之，又将子之的手塞进了太子的手中。子之朗朗高声："我王放心去，子之力保太子称王！"

一阵微弱喘息，燕易王大睁着空洞的双眼，了无声息地去了。

苏秦三人刚刚跪倒，寝宫外一阵沉重急促的脚步声，接着便闻内侍一声长呼："王后驾到——"话音未落，子之霍然起身，长剑已经提在了手里。太子一扯苏秦衣襟，也惊恐地站了起来。苏秦转过身来，一队劲装带剑的黑衣侍女已经环列厅中，将三人连同燕易王的尸榻一起围在了中间，一身甲胄一口弯刀的栎阳公主冷笑着走了过来。

子之冷冷道："栎阳公主，来燕国何干啊？"

"问得好稀奇。"栎阳公主淡淡道，"我是燕国王后，这里是我的家，将军不知道？"

"你逃国离燕，已经不是王后了。"

栎阳公主微微冷笑道："子之，可惜你还没做燕王，未免威风得太早。"

"你且看好了，这是燕王废黜王后的黄绢王书！"子之抖开了一方黄绢，"废后令"三个大字与那方鲜红的王印赫然在目。

一阵哈哈大笑，栎阳公主手中抖开了一方白绢："子之看好了，这是燕王手书王命：栎阳公主，永为王后！再看后面一行小字了：若有废后矫书，是为乱国！看清楚了么？"

"来人！将这矫书秦女拿下问罪！"子之威严地大喝了一声，宫外却没有动静。

栎阳公主笑道："喊啊，如何不喊了？"说话间悠然走到子之面前，雪亮的弯刀突然架在了正在发愣的子之脖颈上，"子之，你那套鬼蜮伎俩骗得了武安君一等正人君子，可骗不了我这个目无王道的刁钻女子。今日我要明告你：你若忠心辅佐太子称王，你便是燕国功臣。否则，本后的老秦旧部便要联结燕国王族，教你死无葬身之地！如若不信，你便试试。"

子之哈哈大笑："栎阳公主，你只有今日一个机会，你不杀我，休怪子之日后无情。"

栎阳公主收了弯刀："子之，若非顾忌燕国内乱生灵涂炭，杀你比杀狗还容易。我栎阳公主身为王后，若无讨贼实力，也不做今日之事。至于子之的无情，栎阳早有领教，随时奉陪。"说罢沉声命令，"燕王遗命：武安君苏秦，拥立太子即位；上卿子之，主持国丧大礼；若有不臣之臣，举族杀无赦！"

"臣苏秦谨遵王命！"苏秦一阵轻松。

"子之谨遵王命！"子之也没有片刻犹豫。

次日太子即位，这便是燕王姬哙。姬哙当殿下书：武安君苏秦爵加两级，领丞相府主政，封地增加一百里；上卿子之爵加两级，兼领右丞相、上将军辅政，封地增加一百里；苏代任亚卿，辅上卿署政；燕国名士鹿毛寿赐大夫爵，任御书[1]之职。这些都在朝臣预料之中，原是不足为奇。

出人意料的是，新王宣布：将十三岁的长子姬平立为太子。即位当天便立太子，这在百余年的战国历史上可是闻所未闻。当时便有将军市被出来劝阻燕王，说储君事大，须得从长计议，不宜操之过急。平日显得并无主见的新王姬哙，此时却一声不吭，显然是咬住了要立太子。苏秦虽然也是大感意外，但略一思忖，立即站出来支持了燕王，说辞只有十六个字："早立太子，国脉明晰，传承有序，并无不妥。"子之虽然没有说话，但声望满天下的苏秦一开口，姬哙顿时吃了定心丸一般，也不再听朝臣议论，便宣布了散朝。

苏秦刚刚回到府中，苏代跟脚就到，还没落座就问："二哥，你如何赞成燕王立太子了？"苏秦沉着脸道："如何，我不能赞同？"苏代红着脸道："上卿最烦这个姬平，要立也不能立他。"苏秦顿时不快，盯住了这个聪敏机变的弟弟："姬平是长子，立太子名正言顺。子之烦姬平，烦的该不是太子本身吧？"

"二哥。"苏代苦笑道，"子之既有实力又有魄力，还有一股锐气，他在燕国掌权有何不好？你说，战国以来有多少家臣废主自立？鲁国、晋国、齐国，三个老大诸侯，都被新派臣子取代了，独独留下这个老燕国，为何新派人物就不能取而代之？"

"哼哼。"苏秦冷笑道，"苏代，你娶了子之妹妹，可不要连自己也卖了。"

[1]　御书，燕国官职，掌王室文书典籍并起草诏书政令等。

“不！我是真心敬佩子之，雄心勃勃，新派气象。”

“新派气象？”苏秦又气又笑道，“你知道新派气象为何物？正经主张一条没有，就有几万铁骑、一片机心、一副狠烈张扬的脾性，这就是新派气象了？”苏秦打住话头，沉重地叹息了一声，“三弟，为兄不是迂腐士子。子之果真有治国变法之才，为兄为何不拥戴他？不说像吴起商鞅那般大才，纵有屈原那一股为行新政不惜牺牲的坦荡正气，为兄也认了。可子之有么？没有。子之有的，只是勃勃野心。这叫何来？叫志大才疏。这种人成不了事。三弟啊三弟，你初出天下，可不要湮没在燕国。”

苏代固执地摇了摇头：“二哥，你奔波合纵，名重天下，身佩六国相印，到头来却没有立锥之地，不觉得寒心么？子之是没有治国之才，可二哥你有啊！子之敬重你，一心要与二哥联手执掌燕国，这正是二哥所需要的根基，也是你我兄弟所需要的根基，又何须求全于子之？”

“住口！”苏秦大喝了一声，脸色骤然涨红。

平日里苏秦很是钟爱两个弟弟，在洛阳故里三兄弟同吃同住，苏秦实际上便是两个弟弟的老师，从来都没有对两个弟弟发作过，今日当真是前所未有。一阵沉默，苏秦心有不忍，低声道：“三弟啊，洛阳国人称你我兄弟为‘苏氏三贤’，难道你我兄弟不能自立于天地之间，却要附庸于一个以不臣为能事之人么？”

苏代默默地走了，一句话也没有说。

这一夜，苏秦又失眠了。这种烦乱一出现，他就知道无论如何努力也只是辗转反侧而已，索性披衣坐起，到庭院中漫步去了。幽蓝的天空，闪烁的星斗，清凉的秋风，皎洁的月亮，他的心终于渐渐平静了下来，仔细地回想了多年来在燕国的每一次转折，每一个关键人物，每一次重大事件，一条清晰的脉络突然显现了出来——燕国大乱在即，已经是一个烂泥塘，是一个危邦了。虽然他名高望重爵位显赫，但他却只有无可奈何地看着乱局一步步逼近，在这种实力碰撞的乱局中，自己的名望、高爵与才华，显得那样苍白无力。苏秦清醒地知道，要扭转这种乱局，只有投身其中，拥有自己的力量——土地、民众、财货与军队，必须像屈原像栎阳公主那样，敢于以武力相向。虽则答案如此简单，可苏秦最终还是认为自己做不到，即或让岁月倒退回去重来一遍，自己也还是如今的自己，也许是天意，也许是命数，也许是秉性，总之他无法接受实力碰撞中的那些龌龊，无法教自己屈从于血腥交易之中，无法让自己的灵魂依附于一种强大的黑暗。从这个意义上说，苏代比他强。苏代敢于跳进漩涡，敢于从实际利害决断自己何去何从，敢于为自己争取实力根基，而不是像他那样，将名士风骨永远看做第一位的人生准则。强求苏代如苏秦，岂非与强求苏秦如苏代一般荒谬？

不知不觉天已经亮了，苏秦到浴房浇了一通冷水，擦干身子换上了干爽的夹衣，顿时觉得轻松惬意，一直压在心头的忧郁烦乱烟云般地消散了。他吩咐总管家老关闭府门谢绝见客，进了书房，直到入夜掌灯，苏秦还没有走出书房。

过得一些日子，燕国风平浪静了。这日清晨，苏秦亲自驾车进了王宫。

姬哙虽然做了燕王，可是却没有一个大臣来见他议政，清闲得无所事事。正觉无聊之时，住在燕山别宫的栎阳公主却给他派来了两个侍女，还带给他一封书简，简上只有十二个字——王与太子，勤修剑术，以防不测。姬哙左右无事，便常常跟着这两个侍女练剑。太子姬平少年心性，剑术兴趣极为浓厚，不用姬哙叮嘱，天天来跟两个女剑士练剑，有时候还要在月光下玩练，仿佛永远没个尽头。

这日早晨，姬哙正坐在草地上看太子姬平与侍女比剑，老内侍罕见地匆匆走了过来：“禀报我王：武安君苏秦求见。”姬哙高兴地站了起来：“武安君来了？快，请他进来。”说着向水池边的茅亭走去，“来人！快上燕山羊汤！”

苏秦来了，一身布衣散发无冠。姬哙老远迎了上去：“哎呀武安君，山人隐士一般也，当真洒脱！”说话间拉住了苏秦，“如何老是不来，闷死我也。快来坐了，这是专门为你上的羊汤，先喝了暖和暖和。”苏秦笑着一躬：“谢过燕王。”也没有推辞，喝了一鼎浓浓白亮的燕山羊汤，额头上顿时渗出了一片细汗。燕王叹息一声道：“武安君啊，这国王当着实在寡淡。”苏秦悠然一笑道：“上天衡平也，既握天下公器，便要舍弃自在之身。若要率性而为，便不能握天下公器，难得两全了。”

“还是武安君好，永远都是游遍天下的快意生涯。”

“臣启我王：苏秦正是来辞行也。”

“辞行？”燕王姬哙惊讶了，“武安君要抛下燕国不管了？”

“非也，臣离开燕国，恰恰是为了燕国长远大计。”

“武安君此话怎讲？”

苏秦压低了声音道：“两三年内，燕国必有不测风云。苏秦欲为燕国谋求一个可靠盟邦，必要时辅助燕国消弭内患。燕国情势，木已成舟，无力自救。若无外力，燕国只怕要社稷变色了。”姬哙沉默良久，一声长长的叹息道：“社稷兴亡，天意原是难测也。武安君恪尽人事，姬氏王族当铭刻在心，纵然无果，也无须上心。燕国自周武王始封诸侯，一脉相传六百余年，也知足了。有人要燕国，给他又何妨？这寡淡国王，姬哙也做够了……”

“我王差矣。”苏秦正色道，“王者，公器也。公器失位则国家祸乱，庶民涂炭。一己之物可让可赠，天下公器却不可随心取予。苏秦之心，我王当三思明察。”

姬哙又一阵沉默，起身深深一躬：“武安君忠信谋国，姬哙先行谢过。”

苏秦连忙扶住了燕王，低声说了一阵，燕王频频点头。

半月之后，齐国孟尝君来到燕国，交涉燕齐边境的渔猎争端。子之与孟尝君两相厌恶，破例地将这件棘手事儿推给了燕王决断。燕王姬哙顺理成章地交给苏秦全权处置，磋商了几日，苏秦以特使之身与孟尝君到齐国交涉去了。

一出蓟城，孟尝君告诉苏秦一个惊人的消息：张仪磨下了齐王，齐王决意与秦国修好结盟，竟然接受了秦国“邀请”——派孟尝君到秦国去做客卿。

苏秦心中一沉，脸上笑道：“孟尝君做强秦贵客，可喜可贺了。”

“何来贵客？齐王拿我做人质罢了，武安君当真不明？”孟尝君一脸苦笑。

苏秦笑道：“看来，这次又要在齐国与张仪周旋了。”

“齐国不是楚国，孟尝君不是春申君，张仪不会得逞。”

“好！”苏秦很为孟尝君的豪气振奋，“我在临淄等候你消息。”

易水南岸，两人下车商议了半日，最后依依分手。苏秦向东南去了齐国，孟尝君向西南去了秦国。

三　巅峰张仪又出错

交十月，孟尝君抵达咸阳，张仪亲自出城郊迎，礼节隆重极了。

孟尝君对张仪有一种奇特的感受，既有大是相投，又有虚与委蛇，以至每每不知何种滋味儿。与苏秦相处长了，孟尝君对名满天下的张仪自然也有一番推测想象，大体上总是不脱苏秦那种名士器局的影子罢了。可当初在临淄第一次见张仪，孟尝君便觉张仪与苏秦迥然不同。张仪的谈吐是诙谐犀利的，不像苏秦那般凝重睿智；张仪不修边幅，一领丞相锦袍在身上穿得皱巴巴的，加上一支铁杖与微瘸摇摆的腿脚，与苏秦那种整肃华贵的气象相比，张仪更像是个市井布衣；张仪不拘小节，痛饮烈酒，高谈阔论，但有评点，便是一番嬉笑怒骂，鞭辟入里，令人如醍醐灌顶般过劲儿。听多了也习惯了苏秦的那种侃侃雅论，乍然一听张仪论事，往往教人不敢相信面对者是苏秦的同窗师弟……所有这些在苏秦身上看不到的东西，都令豪侠本色的孟尝君心醉。比较起来，孟尝君觉得自己更喜欢张仪。孟尝君恨秦国，却真心地喜欢张仪。

郊迎聚酒，遇到如此一个不世出的洒脱人物，孟尝君当真是前所未有的一腔快意。本来是礼节性的郊迎接风，两人竟相对痛饮了两个时辰。谈笑间从品酒说开去，名酒佳酿、名车骏马、兵戈剑器、《诗》风情歌、各人喜好，无事不论，偏偏国事一句也没有说，秋日已枕在了山头。看看天已暮色，嬴华走过来在张仪耳边悄悄说了两句。

“罪过罪过。”张仪恍然大笑着站了起来，“孟尝君啊，秦王还等着给你洗尘。走！接着喝！”

“好！接着喝！”孟尝君也是一阵大笑。

两人上车进了咸阳东门，城中已经华灯初上。车行十里长街，但见道中车水马龙，万家灯火中夜市煌煌，一片灿烂锦绣。孟尝君目不暇接，一路连声惊叹，到得宫前，见广场中车马如梭官吏来往匆匆，竟比临淄的早朝还要繁忙。孟尝君不禁戏谑笑道：“一个孟尝君，秦国忙成了这般模样？”张仪哈哈大笑道：“秦国无闲官，当日事当日毕，能不忙么？”素来豁达的孟尝君蓦然愣怔，长长地叹息了一声，半日无话。

进得一座小殿，四个黑衣人正在悠闲地笑谈，几张长案上都摆着显然已经变凉了的酒菜。孟尝君在门口瞄得一眼，座中几人都是黑色的无冠常服，座案又摆成了环形，竟没有立即看出哪个人是秦王。孟尝君不禁松了一口气：一定是几个大臣等候在这里，秦王还没有来。正在此时，一个须发灰白敦厚稳健的黑衣人迎了过来："孟尝君，嬴驷等候多时了。"嬴驷？孟尝君大出意料，连忙深深一躬："田文唐突，多酒失礼，望秦王恕罪。"

"哪里话来？"秦惠王爽朗笑道，"至情至性，大礼不虚，孟尝君正对秦人脾胃。"说着拉起孟尝君的手，"来，先认认我这几个老臣子：右丞相樗里疾，你的老友了。"

樗里疾拱手嘿嘿笑道："孟尝君，黑肥子想你想得紧也。"

"上将军司马错，没见过面的老冤家了。"

司马错拱手作礼："久仰孟尝君大名，日后多承指教。"

孟尝君笑了："上将军，你可是替我这个败将说话了。"

一片大笑声中，秦惠王又介绍了长史甘茂，君臣便落座入席。间隙中，张仪早已经命内侍换上了热腾腾的新菜。秦惠王举爵开席，君臣同饮，为孟尝君行了接风洗尘之礼。酒过三巡，秦惠王笑道："孟尝君，我等君臣为你洗尘接风，嬴驷只有一句话：邀君入秦，非有他意，只是想请你到秦国走走看看，看完了，你可随时回齐。"

孟尝君内心很是惊讶，却悠然笑道："多谢秦王，许田文自由之身。"

"嘿嘿。"樗里疾笑着指点，"你个孟尝君，秦国稀罕你小子做人质么？"

孟尝君与樗里疾笑骂惯了，闻言哈哈大笑："有黑肥子这句话，我便放心。"

秦惠王悠然笑道："山东六国历来以老眼看秦国，骂秦国是虎狼之国蛮夷之邦。君性公直，能还秦国一个公道，嬴驷也就多谢了。”

“谢过秦王信任。”孟尝君慨然允诺，还想说话，终于忍住了。

从宫中出来，已经是二更时分。张仪拉着孟尝君笑道：“给你说，我那里还有几坛百年赵酒，明日去灭了它如何？”张仪慨然做请，铁杖顿得笃笃响。

“明日做甚？便是今夜！”孟尝君兴致勃勃，“我最不喜欢住驿馆，到你府上盘桓它几日，看看秦国丞相如何过活了？”

张仪哈哈大笑：“人许三分，自索十分，孟尝君当真稀奇也！”

“养门客久了犯贱，也想教别人养养，有甚个稀奇？”孟尝君一本正经。

张仪更是笑不可遏：“哎呀了得！如此一个门客，折煞张仪了。”

一路笑谈指点，回到府中已经过了三更。张仪冒着醺醺酒气，一进正厅高声叫道：“绯云，酒神来也！上百年赵酒！”绯云扶住张仪笑道：“咄，还酒神呢，酒桶吧，还能装多少？”孟尝君莞尔笑道：“小妹说得好，原是两只酒桶。”张仪笃笃顿着铁杖：“我的小妹，是你叫的么？”孟尝君忍俊不禁哈哈大笑：“你的便是我的，又有何妨？”张仪跌坐案旁地毡上，口中兀自喃喃：“我的便是我的，又有何妨？”

绯云一边忙着将张仪扶着靠到大背垫上坐好，一边红着脸咯咯笑道：“咄！又乱说了，有贵客在这里呢。”说着又利落地给孟尝君拿过一个大靠垫：“大人稍待，赵酒马上便来。”说完一阵风似的飘了出去。

“张兄。”孟尝君神秘地笑笑，“不惑之年，依旧独身，文章在此处了？”

张仪呵呵笑道：“文章啊文章，文章也该结果了……”

“张兄大手笔，定做得好文章！”

“大手笔？大手笔也只能做一篇好文章啊。”

“哦！”孟尝君摇头晃脑，“只要值得做，两篇做得，十篇八篇都做得。张仪是张仪，张仪不是孔夫子，也不是孟夫子。”

“说得好！”张仪拍案笑道，“张仪是张仪，知张仪者，孟尝君也！”

“知田文者，张仪也！”孟尝君一拍案，两人不约而同地大笑起来。

一阵轻微细碎的脚步声，绯云带着两个侍女飘了进来。一阵摆弄，两张长案上摆满了鼎盘碗筷，两只贴着红字的白陶酒坛赫然蹲在了案旁。孟尝君耸了耸鼻头：“啊，好香！这，是百年赵酒？”绯云笑道：“吔，错不了，管保饮来痛快。”孟尝君大笑：“好好好，这便对路了！”猛然睁大眼睛看着面前的土色大陶碗，“噢？老赵酒，要用陶碗喝的么？”绯云笑道：“吔！老酒大碗，比铜爵更快意呢。”说着已经端起白色陶坛，飞快地给两只大陶碗斟满了，递到了两人面前。

孟尝君高声大笑道：“张兄，来，你的百年赵酒！干！”

“对！你的百年赵酒，干！”两碗一照，两人咕咚咚一气饮干了。

“好爽快！百年赵酒！再来再来。”又连连饮干了三碗，孟尝君方才啧啧品咂着，一脸困惑道，“不对呀，这，这赵酒？如何是冰凉酸甜？”

“对呀，这赵酒如何冰凉酸甜？问邯郸酒吏！”张仪笃笃顿着铁杖。

看着两人醉态，绯云咯咯笑道：“吔！这是冰镇的老秦米酒，还酒神呢。”

孟尝君哈哈大笑：“好！百年冰镇，正当其时，天下第一！再来！”

“对！百年冰镇，天下第一！再来！”张仪立即呼喝响应。

片刻之间，两人连干六碗，胸腔中那股热辣辣的火苗终于平息了一些，满面红光歪着身子靠在墙上。张仪啪啪地拍着长案道：“孟尝君啊，你转悠上个把月，等我手边事一了，我与你同去临淄一游。”孟尝君呵呵笑着连连摇头：“苏秦刚到齐国，你又要去搅和，生生让苏兄不得安宁么？”张仪脸色猛然黑了下来：“孟尝君，你说说，屈原暗杀张仪，与我这位师兄合谋没有？”

孟尝君哈哈大笑，笑着笑着倒在地毡上打起了呼噜。张仪歪着身子，敲敲长案兀自笑道：“好你个孟尝君，打呼噜搪塞我，我追你梦中，也要问个明白……”头一歪，也呼噜呼噜地睡了。

次日午后，孟尝君方才醒来，梳洗用饭后来书房找张仪说话。书房外遇见绯云，方知张仪清早便进宫去了，目下还没有回府。孟尝君不禁惊讶张仪的过人精力，更是敬佩秦国官员的勤奋敬事。若在齐国，因邦交周旋而醉酒，大睡三日也是理直气壮的，任谁也不会来找你公干。一个丞相都如此勤谨，秦国官员谁敢懈怠国事？举国如此勤谨，国家岂有不兴旺的道理？蓦然想到齐国，想到山东战国，孟尝君顿时心里沉甸甸的。

此时的张仪，在宫中与司马错发生了激烈的争论。

丹水大战后，秦惠王深感国力仍然欠缺，与楚国新军一次恶战便有吃紧之感，如何能与山东六国长期抗衡？张仪与司马错回到咸阳后，秦惠王下令几个股肱大臣认真谋划，如何大大增强国力？如何重新打开僵局？今日朝会，便是聚议这件至关重要的大事。参与者除了张仪、司马错、樗里疾、甘茂，秦惠王还特意派内侍用军榻抬来了白发苍苍的王伯嬴虔，请他安卧在炭火明亮的大燎炉旁听一听。

樗里疾是实际主持内政的右丞相，先简约地禀报了秦楚大战后的国力状况：秦国虽有六郡四十余县，人口三百余万，但北地、上郡、陇西三郡，为抗击匈奴与诸胡，历来不征兵员、不缴赋税；关中两郡与商於郡，是秦国抗衡山东六国的实力来源，三郡人口将近两百万，可成军[1]之壮丁足额为三十万；秦国三座粮仓存粮两百余万斛，若无赈灾之急，可供三年军食；咸阳尚坊存铁料九万余斤，仅可铸造兵器一万件左右；国库存盐三万余担，大体可供两年国用。

末了樗里疾道：“据臣测算：要抗衡山东，大出天下，新军兵力至少当在五十万。而以秦国目下之土地人口财货盐铁粮草等诸般状况，纵可成军三十万，也无法支撑三年以上。若加重赋税、扩大兵员，则自坏法制，为今之计，必须在‘拓展’二字着力。”

生性诙谐的樗里疾，今日封着黑脸没有一丝笑容。尽管大臣们也都大体知道这种实情，但被主政大臣板上钉钉地用一连串数字亮出来，依然是人人心惊，殿中一时沉默。

“拓展？”秦惠王在王案前来回转悠着，“倒是不错，然则向何方拓展？想过么？”

“臣尚无定见。”樗里疾道，“丞相洞悉天下，此事当请丞相定夺。”

张仪是首席大臣，又是对天下了如指掌的纵横大家，秦惠王与大臣们自然都想听到他的长策大谋。樗里疾一说，秦惠王笑了：“那是自然。丞相先说了。”

“臣启我王。”张仪拱手道，“秦国开拓，须得合乎三则要义：其一，此地与秦国相连，否则难以化入；其二，土地富余，物产丰饶，否则反成累赘；其三，国弱兵少，可一攻而下，无反复争夺之忧。”

“好。”秦惠王微笑拍案，“如此三则要义，丞相瞄到了何处？”

“韩国！”

“韩——国？——”樗里疾、甘茂与军榻上的嬴虔几乎同时惊讶地瞪起了眼睛，只有司马错不动声色地坐着。秦惠王只是望着张仪，显然

---

[1] 成军，古代计算兵员基础的概念，即可以成为军队的人数，也就是可征兵员，并非现成军队。

是要他继续说下去。

“韩国与秦国相邻，非但有宜阳铁山、大河盐场，且是平原粮仓，更有两百余万人口。此为灭韩之实利。韩国力弱，可战精兵不过五七万。目下合纵破裂，山东战国自顾不暇，韩国无救援之兵，定可一鼓而下。此为灭韩之可能。”张仪说得激动，顺势站了起来，“再说灭韩之远图：一旦灭韩，秦国在关外有了殷实的根基，将对山东战国以巨大震慑，促成统一大业早日成就。张仪以为，目下攻韩，正当其时！”

殿中一时肃然沉默。白发苍苍的嬴虔激动得喘息起来，当当地敲着燎炉嘶哑着道：“说得好！有魄力！灭一韩国，天下震恐，不定山东就呼啦啦崩了！”

此时秦惠王表现出了难得的定力，看着其他几个没有说话的大臣，缓慢地踱着步子道：“此时生死攸关，不能踏错一步，都说话。”

樗里疾又嘿嘿笑了：“要攻城略地，黑肥子还是先听听上将军说法。”

“臣初谋大政，也想先闻上将军高见。”甘茂立即追随了樗里疾。

“也是，打仗要靠上将军了。”秦惠王笑道，“司马错寡言多谋，说说。”

一直沉默的司马错，谦恭地对张仪拱手作了一礼：“丞相鞭辟入里，所说拓地三要义，司马错至为敬佩。然则，司马错以为：目下不宜灭韩，而应灭巴蜀两国。”

“巴——蜀——”一言落点，又是波澜陡起。樗里疾比方才张仪提出灭韩还要惊讶困惑，本来想笑，却莫名其妙地变成了两声长长的惊呼。

在当时的秦国朝野，清楚巴蜀两国者寥寥无几，到过巴蜀两地的大臣更是凤毛麟角。纵然知晓者，也莫不将巴蜀看做楚国岭南般遥远荒僻的山地小邦。而今，上将军司马错竟要去攻占这茫茫大山中的化外之邦，当真是匪夷所思。难怪樗里疾惊讶莫名，想笑都笑不出来。

“上将军，巴蜀……好，你且说下去。”秦惠王蓦然想起司马错奇袭房陵之前的话“无八分胜算，臣不敢谋国”，终究是稳住了神，决意听司马错说完。

“君上，列位大人。”司马错没有丝毫的窘迫，拱手侃侃道，“古谚有云，欲富其国，务广其地；欲强其兵，务富其民；欲王天下，务张其力。目下秦国地小民少，国无殷实财货，仓无三年积粮，急图大出，必耗尽国力而无所成。灭韩固能大增实力，然则事实上极难成功。六国合纵虽然破裂，但陡起灭国之祸，山东六国必生唇亡齿寒之心，必将拼死救援。大战但起，秦国兵员财货何能支撑三年以上？此为韩国不可灭也。”

“近在咫尺不可灭，远在千里倒可取了？”张仪揶揄地笑了。

司马错道：“丞相明察：巴蜀虽远隔崇山峻岭，但两邦人口众多，又多有河谷平川；其山地盐铁丰饶，其平原雨量丰沛，水患一旦根治，便是天然粮仓。秦国若取巴蜀之地，当增民众百余万，地扩一千里，抵得上半个楚国。”

话音落点，殿中君臣不禁为之一动，张仪冷冷追了一句：“愿闻如何取法？”

“巴蜀之难，在于路无通途。”司马错先一句挑明了症结，又侃侃道，“奇袭房陵之时，司马错已经探察清楚，进军巴蜀有三条路径：其一，轻舟溯江而上，专运兵器辎重；其二，五千轻兵出陈仓大散岭，从山道入蜀地；其三，五千轻兵出褒斜古道，沿潜水河道入巴地。以我军之坚韧，进入巴蜀不是难事。”

“嘿嘿嘿。”樗里疾笑道，“上将军啊，若有一军埋伏，可就颗粒无收喽。”

司马错淡淡一笑：“敢问右丞相，半月之前，可有巴蜀使者入咸阳？”

“嘿！黑肥子如何忘了这茬儿？”樗里疾一拍大腿，“巴国蜀国打了起来，都来请我出兵，君上还没给回话。”

“是有此事。”秦惠王点点头，“虑及路途艰辛，没打算救援，所以也没有周知诸位。”

“纵有此事，巴蜀依旧不可取。”张仪断然道，“巴蜀虽大，却多是险山恶水，且多有瘴疠之患。得此一千里，非但不增秦国实力，且要下大力气驻军治民。张仪以为：无三十年之功，巴蜀终是累赘。敢问上将军，若巴蜀之地能大增国力，何以楚国不拓岭南三千里，却要拼死争夺淮水以北尺寸之地？”

“丞相此言差矣。”司马错竟一句先否定了张仪，惊讶得燎炉旁的嬴虔都瞪大了老眼，司马错却依旧板着脸道，“其一，巴蜀外险峻而内平缓，既无大国胁迫之忧，又无匈奴骚扰之患，治理之难，更比陇西戎族来得容易，堪为秦国真正的大后方。其二，岭南与巴蜀不同：岭南燠热，丛林参天，部族散居山洞水边，纯以渔猎为生，而无农耕习俗；巴蜀两邦则与中原大同小异，更有仰慕中原文明之心，若有精干大员十余人，三年之内必有小成，十年之内便是大成。”

“三年？十年？”张仪冷冷一笑，“耗时劳师，不足以成名。空得其地，不足以为利。何能与灭韩相比？”

“非也。”司马错丝毫不为张仪气势所动，执拗反驳，“当下灭韩，实为冒天下之大不韪，一获恶名，二树强敌，导致天下汹汹，岂非与连横长策背道而驰？”

张仪陡然一怔，立即反唇相讥：“攻占杀伐但凭实力较量，何论善恶之名？上将军何时变成了儒将？”战国之世，“儒将”是一种讥讽。此言一出，殿中君臣不禁为之一怔。

“攻城拓地，无须沽名，却也无须自招天下口诛笔伐。”司马错对那个“儒将”似乎浑然无觉，依旧顺着自己的想法说了下去，“巴蜀求援，秦以禁暴止乱为名而取之，顺理成章。拔两国而天下不以为暴，得实利而天下不以为贪，一举而名实相符，何乐而不为也？韩固当灭，然秦国今日无力。巴蜀固远，秦却伸手可及。愿丞相三思。”

“谚云：争名于朝，争利于市。中原之地，正是今日天下之朝市！谋利而不上市，谋政而不入朝，岂非南辕北辙？”张仪对中原的地位说得再清楚不过了。

“臣言尽于此，唯愿君上定夺。”司马错终于退让了。

“臣与上将军，同心不同谋，君上明察独断。”张仪也笑了。

“同心不同谋，丞相说得好。”秦惠王此刻担心的正是将相失和，尤其对于号称天下第一利口的张仪，秦惠王更担心他拉不下脸。此刻张仪一句话便撂开了他这块心病，自然大是激赏，“将相同心，国之大福也！丞相这句话胸襟似海，国之良相！”

樗里疾笑道：“嘿嘿嘿，以守为攻罢了，君上不要上当喽。”

张仪哈哈大笑：“知我者，黑肥子也！”

殿中哄然大笑，连不会笑的司马错也大笑了起来，方才的紧张气氛一时烟消云散了。正在秦惠王要说散朝时，一个书吏匆匆进来交给了甘茂一卷竹简。甘茂打开瞄得一眼，连忙双手捧给了秦惠王：“赵之国书，请君上过目。”秦惠王笑道：“你念，一道听听。”

甘茂展开竹简高声念道：“赵雍拜上秦王：雍虽继位，然赵国积贫积弱，雍愧对社稷，愧对朝野。今欲变法富民，奈何无从着手。秦国变法深彻，实为天下之师。雍欲师从秦国变法，祈望秦王派一大臣，为我变法国师。秦赵同源，恳望秦王允准。赵雍二年秋。”

殿中一时愕然。历来变法大计，在各国都是最高机密，等闲大臣也不可能参与筹划，更别说公然求助于他国了。而今这个新赵君匪夷所思，非但明告变法意图，而且请求秦国派一个“变法国师”，当真是不可思议。

“嘿嘿，赵雍这小子有花花肠子。”樗里疾拍拍肚皮，“我看要当心，看看再说。”

秦惠王一直在缓慢地转悠，笑道：“邦交纵横，丞相全权处置，我等不用费尽心思揣摩了。”说罢一甩大袖，“散朝。”径自走了。

“上将军留步。”张仪走到司马错身边低声说了一阵，司马错频频点头。

四 新朋旧情尽路营

回到府中，张仪立即吩咐绯云备酒，自己亲自去偏院请来了孟尝君。

酒坛一打开，孟尝君长长地吸了一口气：“好！真正的百年赵酒，张兄信人也！”张仪笑道：“孟尝君是谁？张仪敢骗么？”孟尝君哈哈大笑：“未必未必，今日此酒，敢说不是买我了？”张仪也是一阵大笑：“孟尝君胆大如斗，心细如发，果然名不虚传。”说着举起面前大爵：“来，先干一爵再说。”

一爵下肚，张仪品咂着笑道：“敢问田兄，齐国可想变法？”

“想。”孟尝君目光闪烁着却不多说。

“想在秦国请一个变法国师么？”

孟尝君哈哈大笑：“妙论！张兄想做天下师了？好志气！”

张仪诡秘地笑了："你别说嘴，先看看这件物事。"说着从案下拿出一卷竹简递了过去。孟尝君打开一看，瞪着眼睛说不出话来，愣怔得一阵，慨然拍案道："天下之大，当真无奇不有！田文可是开眼界了。"张仪摇头悠然一笑："奇亦不奇，不奇亦奇。你先说说，赵雍究竟意图何在？"

孟尝君思忖良久，只是微微一笑。

"不愿说？还是不敢说？"张仪目光炯炯地看着孟尝君。

"猪往前拱，鸡往后刨，各有活法罢了。"孟尝君叹息了一声。

张仪哈哈大笑："妙辞！你我同去邯郸，看看这头猪如何拱法？"

孟尝君眼睛一亮："好！去看看这头笨猪。"

一通酒喝了一个多时辰，孟尝君仿佛换了个人，没有了爽朗的笑声，只是自顾饮酒，对张仪也是有一搭没一搭地应酬着。

三日之后，一行车马东出咸阳辚辚上路了。张仪此行轻车简从，只有一个百人队做护卫骑士，比孟尝君的门客骑士还要少。可孟尝君却留意到了，张仪的随员中多了几位，虽然是寻常甲胄，却隐隐然是百战之身的神秘人物。虽说与张仪甚是相投，可孟尝君毕竟身为重臣久居高位，深知邦交大臣间"可交人不可交事"的来往准则，更何况面对秦国这样的对手国家的丞相？于是，一路上只是海阔天空痛饮酒，绝不主动涉及公事，更不与张仪的随员私下说话。反倒是张仪无所顾忌，每日宿营痛饮，都要说一阵赵国，说一阵秦国，间或也说一阵自己的使命与身边的随员人等。将到邯郸，孟尝君对张仪此行的诸般事务，竟有了八九不离十的了解。

这日天将暮色，车马在漳水北岸扎营。漳水距邯郸不过二百多里路程，明日起早上路，大半日便可抵达。这种分际，在车马商旅叫做"尽路营"——来日路尽，大抵总要酒肉一番。特使人马若无急务，大体上也与商旅路人的传统一样。张仪与孟尝君都是经年远足的名家，自然更要借着这个由头痛饮一番了。大帐中风灯点亮，两人便人手一方干牛肉，谈笑风生地痛饮起来。

“田兄啊，赵国军力比齐国如何？”饮得几碗，张仪又扯上了国事。

孟尝君笑道：“不好说，赵齐似乎还没打过仗。”

“噢？”张仪又是诡秘地笑了笑，“燕韩也没打过仗，也不好说么？”

“那好说。韩国弱小，自然不如燕国。”

“赵国大么？比韩国多了五个县而已。”

孟尝君不禁笑道：“张兄啊张兄，你无非是想教田文说：赵国战力与齐国不相上下，是么？”

“不是要你说，是你不敢自认这个事实，可是？”

孟尝君苦笑着点点头：“就算是，你又有题目了？”

“敢问孟尝君，”张仪煞有介事地笑着，“你若是赵雍，最想做甚事？”

“田文不是赵雍，也不是赵雍腹中虫子。”孟尝君也是煞有介事。

“再问孟尝君：赵雍要做的这件事，对齐国有没有好处？”

孟尝君终于忍不住哈哈大笑：“张兄啊张兄，齐赵老盟，离间不得也！”

“错。那要看是不是离间？天要下雨，娘要嫁人，谁离间谁了？”张仪微笑着摇头。

“我想想……”孟尝君举着的酒碗停在了半空。

“敌无恒敌，友无恒友。孟尝君，记住这句话，便是谋国大师。”张仪悠然笑着。

“敌无恒敌，友无恒友。世事无常了？”孟尝君举着酒碗兀自喃喃。

“非也。”张仪哈哈大笑，“邦国之道，唯利恒常。”

孟尝君冷冷打量着张仪，眼中射出异样的光芒，有些冰冷，又有些迷茫，似乎已经不认识面前这个令他倾心的名士了。张仪却没有丝毫窘迫，坦然地迎接着孟尝君的目光，脸上甚至还挂着几分微笑。良久无言，孟尝君默默地走了。

“呱嗒”一声，后帐绵帘打开，嬴华走了过来：“是否太狠了？不怕适得其反？”

张仪笑着摇摇头：“孟尝君之弱点，在于义气过甚，几瓢冷水有好处。”

“齐赵老盟，不要又逼出一个屈原来。”嬴华显然还是担心。

“孟尝君不会成为屈原，平原君也不会成为屈原。”张仪在帐中转悠着，那支精致闪亮的铁杖笃笃地点着，“屈原之激烈，在于楚国至上。任何伤害楚国利益与尊严的人与事，屈原都会不顾一切地复仇，哪怕此人曾经是他的至交知音，也会在所不惜。孟尝君却是义气至上，在国家利益与友情义气相左时，他甚至很难有清楚的取舍。你说，他会成为屈原？”

嬴华轻柔地笑了：“但愿无事，我只是怕再遇上郢都那样的险情。”

“怕甚来？至多再加一支铁杖。”

“不许胡说！”嬴华低声呵斥着，一手捂住了张仪的嘴巴娇嗔道，“那是胡乱加的么？没心肝！”男装丽人情之所至，灿烂娇柔分外动人。张仪第一次看见嬴华流露出女儿情态，鼻端又是温热馨香，心中骤然一热，几乎就要伸手揽住那丰满结实的女儿身子。但也就在心念电闪之间，张仪生生地咬牙忍住了，头一偏一阵哈哈大笑：“好好好，有你这一支便够了。”说着笃笃笃地点着那支铁杖，“要不是屈原，你能打造出这件宝贝来？”

“还有一支，也是宝贝。”嬴华的笑脸上闪烁着一丝诡秘。

“只许一支，又如何还有一支？”

“不许笑！这个‘一支’，不是那个‘一支’。”

张仪凑到嬴华耳边悄悄说了一句什么，嬴华脸色顿时涨红，咯咯笑着猛然抱住了张仪。

“吔！两个大哥好热闹。”绯云一副顽皮的鬼脸，捧着铜盘走了进来。张仪红着脸拍拍嬴华的头笑道：“看看，小妹要哭了。”绯云放下托盘笑道：“吔，你才哭呢。”说着走过去将嬴华拉了过来：“大哥哥，不，大姐姐坐好，听我说，你与大哥该成婚了，甚时能办了？”嬴华本来低着头大红着脸，听绯云一本正经的管事操办口气，“扑哧”笑道：“哟，小妹比我还着急，你甚时办呀？”

“吔？关我甚事？”似乎不胜惊诧，绯云长长地惊呼了一声。

“吔？关我甚事？”嬴华惟妙惟肖地学着绯云口吻，人却笑得靠在了长案上。

张仪想不到如此一个偶然场合，竟将多年困扰心头的事明朗了，便想索性说个明白。心思一定，虽然也是红着脸，却是从容笑道：“心里话：你们俩都与我甘苦共尝，都救过我的命，都为我受过苦难，再说，也都是窈窕淑女杨柳丽人，我一个也不能舍。张仪多年不成婚，便是等着有一天将话说开了，不想今日竟合了气数：你们两个都是我的妻子，姐妹一般，无分大小。”

“吔！胃口好呢。”绯云做了个鬼脸。

“哟！我姐妹嫁不出去了？”嬴华也咯咯笑着。

张仪笃笃顿着铁杖站了起来，一副大丈夫气派：“毋庸再议，俩姐妹今夜便是我妻！回到咸阳再补婚典。”说着径直走了过来。嬴华跌在地毡上惊讶地叫了起来：“哟！匈奴单于呀，抢人了？”绯云笑叫起来：

"吔！谁教你惹他了？有姐姐受的折磨呢。"

张仪丢掉铁杖，哈哈大笑着一边一个，将两人抱起来走进了后帐……

五　将计就计邯郸策

虽说是初冬尚未入九，邯郸已经是北风料峭了。当张仪与孟尝君一行进入这座坚固雄峻的城堡时，却发现一两年之中，邯郸发生了惊人的变化。

三晋之中，赵国以久远的尚武传统著名。春秋时期，赵氏一族的优秀子弟大多都在军中做各种将领，赵氏也就长期掌握了晋国的军权。尽管期间多有坎坷沉浮，但军旅尚武传统已经成为赵氏永久的部族徽记。立国之后，赵氏部族的这种传统，化作了弥漫朝野的尚武习俗。虽然赵国还不是第一流强国，但却是谁也不敢轻易触动的一只卧虎。除了魏国在全盛时期的几次挑衅攻赵，中山国几次偷偷摸摸的袭击，中原大国都没有与赵国发生过十万兵力以上的大战。其所以如此，是谁都明白一个事实：赵国的精锐军力都在阴山、云中的千里草原大漠与匈奴抗衡，而从来没有将精锐的骑兵开进中原。

自赵烈侯起，历经武侯、成侯、肃侯四代，赵国的经国方略始终都是很明确的四个字：北战南和。南进中原争霸，赵国不如地广人众的魏齐楚三国；但北出河套拓地，赵国却有很强的优势。赵成侯曾经发誓要像秦穆公一统西戎那样，结结实实拿下全部阴山草原与敕勒川谷地，回过头再南进中原。可几十年打下来，竟是人算不如天算——偏偏这时正是草原诸胡的强盛时期，匈奴的大小单于们本来就嗷嗷叫着要南下中原，便与赵国硬碰硬地大打起来。十几场大战下来，双方都对对手的战力大为惊诧，眼睁睁地谁也战胜不了谁，鲜血凝下的仇恨却是越积越深了。犹如两只猛虎对峙，谁也不敢后退，双方都被牢牢地粘在了广袤的草原大漠上。

赵国狼狈了——北不能退，南不能战，窝火了几十年。

这种紧绷绷数十年的“常战”生涯，邯郸街市便有了人人皱眉的独特色彩——充斥官市民市的交易物，大多是牛马兵器与各种皮革，它们杂乱无序地堆砌在街市帐篷中，与盐铁布帛店铺交相混杂，仿佛是草原上的月终大集市；弥漫邯郸街区的浓烈气息，是香辣的酒气与马粪牛屎的臭气；行人一不小心，便会被到处都可能遇到的牛屎马粪猛跌一跤，招来满街大笑。再光鲜的服饰，上市一趟都会变得脏污不堪。于是，但凡邯郸国人都有一身专门上市做买卖的粗布衣服，叫做“市衣”。至于王公贵胄，那是绝不会踏进商市街区的。

不知哪一年，稷下学宫的一个士子游了邯郸，编了一首美其名曰《赵风》的童谣：

邯郸邯郸　脏臭百年
满市牛马　辣臭熏天
女儿疾走　避粪遮颜
若得杨柳　学步邯郸

时日一长，这首童谣传遍列国，成了商旅游人嘲笑赵国的必修歌谣——不会唱“赵风”，等于没有来过邯郸。

可今日入邯郸，这一切竟然都神奇地消失了。街市货品虽然不多，却整齐有序地分类排列在店铺中，杂乱拥挤的街边帐篷全都没有了。更令人惊奇的是，满街悠然游走的牛马也没有了，散发着浓烈血腥味儿的生皮革，也看不到了。脚下的青石板干干净净，昔日随处可见的热烘烘的牛屎马粪踪迹皆无，满街之中风吹酒香，分外醉人。

绯云走过去问一个店主，老人昂昂高声道："咋？小哥还当我脏臭邯郸么？牛马皮革市，早搬到城墙下去了。"张仪与孟尝君同声大笑，齐齐喊了一个"好"字。

正在此时，一队人马沓沓而来，为首一人大红斗篷，老远滚鞍下马高声笑道："丞相大人、孟尝君，别来无恙了？"孟尝君连忙下车迎上来笑道："平原君别来无恙？来，正主是丞相，我是陪客而已，快来见过。"张仪虽然与平原君赵胜仅有过草草一面之交，却也素知"四大公子"秉性，也已经下车迎了过来："平原君，张仪又来叨扰。"

"丞相老是给我脸面。"平原君连忙谦恭地一躬到底，朗声笑道，"原是赵国请丞相做国师来的，赵胜粗疏，出了城竟没接着人，当真罪过也。"

"那就将功补过，说！哪里有百年赵酒？"孟尝君立即笑着顶上了一句。

"自然有了，丞相请。"赵胜说罢，恭敬地将张仪虚扶上车，然后利落地跳坐上车辕笑道，"孟尝君随我来。"一抖双马丝缰，轺车在石板长街辚辚而去。

片刻之间，轺车马队停下，平原君府邸赫然面前。平原君将轺车停稳，虚手扶下张仪，立即吩咐已经肃立待命的管事家老，将所有随员连同孟尝君的门客骑士，一并安置在偏院摆酒款待。孟尝君笑道："平原君，还是教他们住驿馆好。"平原君笑道："丞相随员与孟尝君门客，都是要办事的，赵胜岂敢唐突？请。"孟尝君目光向张仪一闪，张仪微微一笑，径自随平原君走了进去。

正厅中宴席已经摆好，平原君指点着酒菜笑道："两位看看，一色的胡羊，纯正的赵酒，如何？”张仪与孟尝君同声大笑，连连道好，迫不及待地凑近长案，打量着耸起了鼻头。平原君将张仪请入宾客主位，将孟尝君请入陪客尊位，亲自跪坐案前开启酒坛泥封，执起长柄木勺，为两人斟满了第一爵赵酒。而后平原君在末座长案前举起了酒爵：“丞相、孟尝君皆为贵客，赵胜代我王为两位接风洗尘，来，先干一爵！”

按照礼节，主人代国君接风，客人须得先谢王恩而后饮酒。孟尝君素来豪爽，视平原君如异姓兄弟一般，此刻却觉得年轻的平原君有些做作，不禁先自有些别扭，竟看着张仪没有举爵。张仪却呵呵笑着举爵高声道：“孟尝君啊，你我该多谢赵王，多谢平原君了，来，干！”孟尝君只说了一句：“好，干了！”一饮而尽，抓起盘中热腾腾的胡羊腿大啃起来。

张仪笑道：“平原君，邯郸大变，教人刮目相看也。”

平原君大笑：“脏臭邯郸，能迎国师？些许收拾，值得刮目相看？”

“要说请国师，这礼数就差池了。”孟尝君揶揄地顶上了一句。

平原君笑道：“田兄老是打我，赵胜饮了此爵，先给丞相赔罪了。”说罢将大爵咕咚咚饮干，又在座中一躬，“实不相瞒：阴山告急，赵王巡边督战去了，委托赵胜迎候国师，尚请丞相恕罪。”

张仪哈哈大笑：“平原君啊，还真当张仪做国师了？来，先喝酒！”饮干一爵又品咂一番道，“啧啧啧，果然凛冽非凡，比我那百年赵酒还有劲力，奇了！”

“这是王室作坊特酿特藏。”平原君拍案笑道，“临走时，赵胜送每人十坛！”

孟尝君高兴得用羊腿骨将铜盘咂得“当”的一声大响：“好！这才叫慷慨平原君也。”平原君不禁大笑起来：“哎呀，照你老哥哥说法，赵胜不送酒便不慷慨了？”孟尝君摇头晃脑地拉着声调：“然也然也，不交酒肉，谈何朋友？”平原君眨眨眼睛揶揄笑道：“如此你我是酒肉朋友了？”孟尝君似笑非笑道：“也许当是，酒肉，再加朋友。”张仪哈哈大笑，平原君也跟着笑了起来。

一通酒直喝到刁斗打了三更，张仪与孟尝君回到各自的小庭院去了。

平原君也是有名的养士公子，门客虽然没有孟尝君那般声势，至少也有八九百人了。为此，平原君的府邸中建造了十几座独立的小庭院，专门给名士能才居住。今日接待张仪孟尝君两位大人物，不意派上了用场。张仪被安置在“松谷”小庭院，一池清水，几株苍松，六间古朴的茅屋，很是雅致幽静。孟尝君被安置在“竹苑”，庭院中竹林萧萧，石山错落，一座红色木楼耸立，又是另一番情境。松谷与竹苑一东一西，中间隔着两排办事吏员的公事房，是平原君府中各擅胜场的两座最好庭院。

孟尝君沐浴后并未晕酒，吩咐在寝室廊下煮茶，与自己一个门客品茶闲谈。这个门客本是赵国人，兴致勃勃地对孟尝君说起了赵国的诸般风习。孟尝君听得心中一动：“你说，赵国民风最抢眼处何在？”门客毫不犹豫：“尚武之风。”孟尝君又追一句：“赵人尚武，比齐人如何？”门客思忖片刻道：“齐人尚武，多在防身，民间多练个人技击之术，以剑器格斗为最多。赵人尚武，是聚村结族，群练群战，以骑术箭术马上劈刀为最。”孟尝君沉吟道：“这就是说，赵人尚武为群战，齐人尚武为私斗？”门客笑道：“正是如此。”孟尝君一时无话，只是默默啜饮。

正在此时，木楼梯传来笃笃的脚步声。孟尝君抬头之间，一身常服的平原君已经笑吟吟站在面前。孟尝君恍然笑道：“啊，赵酒虽烈，却不上头，还有一个清醒者。来，品品我的蒙山茶了。”平原君笑道：“但有好酒，孟尝君皆是通宵达旦。今日三更散宴，如何能尽兴？”说着一个熟练的响指，一个黑影倏地从楼下飞了上来，两坛赵酒赫然摆在了孟尝君面前，黑影消失得无影无踪。

平原君笑道：“更深人静，不想多有响动，田兄见谅。廊下风大，进去痛饮。”

孟尝君向门客一瞄，那门客不失时机地告退了。进得寝室外厅，孟尝君微微一笑：“平原君，你方才已经醉得软倒了，醒得如此快当？”平原君狡黠地笑笑：“田兄心知肚明，那是骗张仪而已。”孟尝君不禁失笑：“班门弄斧也，张仪不是苏秦，那么好骗？”平原君道：“雕虫小技，骗不过也无妨，左右找个由头早散了，我与兄有话。”孟尝君淡淡笑道：“有话便说，此刻我不想饮酒。”

“好！”平原君正色道，“赵胜最敬佩者两人，第一信陵君，第二孟尝君。对你们两位，赵胜从来不敢虚言。”

“唔？弯子绕得不小。”孟尝君似乎很疲惫，慵懒地坐在地毡上靠着大案。

“田兄你说，赵国最大的危险何在？”

“匈奴、东胡。”

“错。秦国！”

“秦国？”孟尝君惊讶又揶揄道，“刚刚拜了老师，翻脸不认人了？”

平原君没有理会孟尝君的揶揄嘲讽，直直盯着孟尝君，肃然道：“秦国雄心勃勃，实力强大，以统一天下为己任。从长远看，秦国是山东六国的致命威胁，尤其是赵国的致命威胁。认不准最大之敌，便找不到救亡图存之法。”

“哎呀，我还以为有何高论，这不就是苏秦合纵说么？”

“孟尝君，苏秦合纵说是如此。可你仔细想想：哪个国家真正接受了苏秦的秦国威胁论？合纵所以屡屡失败，正因了六国并没有真正将秦国看成长远的致命的威胁。而今，赵国真正清醒了。你能说，这仅仅只是苏秦合纵说？”

孟尝君目光骤然一亮：“平原君，长进不小啊。”

“赵胜不敢贪功，这完全是赵主的想法。”

“你是说，赵主将秦国看成了真正的大敌？”

“正是如此。”

“哪？赵主可有大谋长策？”

“十二个字：外示弱，内奋发，整军备，改田制！”

“第二次变法？”孟尝君霍然站了起来。

平原君点点头，自信地笑道：“赵主要我转告孟尝君：齐国不是赵国之敌，赵国强兵对齐国没有任何威胁，赵齐两国只能是友邦。”

孟尝君沉默了。赵雍做太子时，他已经隐隐感到了此人绝非庸常之辈。可即位两年，赵雍却也没见惊人之举，孟尝君心中最初的赵雍也就渐渐淡出了。初入邯郸所看到的变化，虽然又使他蓦然想起了英气勃勃的赵雍，可一想到这也可能是为了讨好张仪做做样子，也没有在意。相反，倒是平原君那种似乎竭力要隐藏什么的闪闪烁烁，使他心中很不是滋味儿，觉得赵国变得难以琢磨了，与齐国这个老友邦似乎疏远了。而今细细回想起来，一切竟都是那么明朗那么简单——赵国对秦国虚与委蛇，对齐国却是诚心结好。

“笨！真笨！”虽说豁然开朗，孟尝君还是狠狠地骂了自己两句。身为齐国王室重臣，也算是久经历练名满天下，却连平原君这个年轻人也不如，竟差点儿被张仪拉了过去，与赵国生出嫌隙来。可细细一想，秦国还是不能得罪，张仪也还是不能得罪，得想一个不着痕迹的转圜办法……五更鸡鸣时，孟尝君已经有了主意，头一落枕呼呼睡去了。

日上三竿，孟尝君匆匆来到了松谷。张仪正在吃饭，一见孟尝君进来笑了：“来，先坐下吃饱再说，尝尝秦羊炖比赵胡羊如何？”孟尝君看见另一案上已经摆好了热气腾腾的铜鼎与一盘面饼，不禁讶然笑道：“你知我要来？”张仪笑道：“知不知有何干系？吃不吃可是肚肠兴亡也。”孟尝君原是没有用饭，毫不推辞地入座掀鼎，稀里呼噜将一鼎浓热的炖羊汤喝了下去，冒着一头热汗赞叹：“好鲜美的秦羊炖，酒后最是来得。”

张仪丢下了细长的铜勺，擦拭着额头汗珠道：“孟尝君，我倒想临淄的鱼羊汤了。”

“好啊，到临淄我教你整日鱼羊汤。”

“明日便去如何？”

“如何如何？”孟尝君心中一沉，面上却哈哈大笑，“张兄，你是来做国师，教人家变法也，一件事不做，能溜之大吉？”

“国师？鸟！”张仪笑骂了一句，“人给一支麦秆，你指望张仪当铁拐使了？”

“此话怎讲？”孟尝君一副困惑神色，“赵国礼数不够么？”

“一夜之间，孟尝君便改了脾性，邯郸牛屎酒厉害也。”张仪呵呵笑道，“不过，张仪还是老脾气，直话直说：赵国要变法是真，至于请教秦国，虚应故事罢了。赵雍厉害也，一副恭敬模样，公然将变法倡明了请教你。你纵然醋心，也总不能在学生变法时攻打学生，引得天下汹汹是么？软软地，给老师套了个笼头，请老师不要张嘴。孟尝君啊，比起楚国，比起屈原，赵雍何其高明也！”

“于是，你索性不做？”孟尝君觉得一股凉气直渗脊梁。

“不。我要做，但不能真做。”张仪诡秘地笑了，“得给平原君留个面子，也得给我留个偷闲的机会，死守在邯郸，人家心里不自在。田兄明白？”

孟尝君当真茫然了：“张兄啊，你说心里话：赵国变法，秦国当真乐观其成？”

这便是张仪，机变百出却又坦坦荡荡，摇摇头笑道：“不，秦国当然不愿意看到一个强大的赵国矗立在身边。然则，自商鞅变法以来，秦国君臣朝野锤炼出了一种异乎寻常的信心：与天下战国做实力较量，看谁更强大，看谁强大得更长远！”张仪拍着长案站了起来，笃笃地顿着铁杖，“这叫甚来？所谋甚大，其心必坚。说心里话，苏秦张仪有纵横之能，却没有这等坚实雄心。对赵国变法不干预，是秦王决策，并非张仪之见。”

“秦王？”孟尝君又迷惑了。

“道理很简单：强力干预，密谋搅扰，只能火上浇油，使赵国朝野更加同仇敌忾，同心变法。最好的办法，是更扎实地壮大自己，准备接受一个新对手的全面较量！要说是计，算做个将计就计吧。”

孟尝君目光炯炯：“如此说来，其他国家变法，秦国也会将计就计？”

“正是！”张仪大笑，“楚国要变法，燕国也要变法，秦国搅扰过么？没有。秦国所做的，只是不能教六国合纵攻秦而已。孟尝君莫得担心，齐国尽可以变法，秦国绝不会做适得其反的蠢事，只能将计就计。”

孟尝君沉默了，虽然一时说不明白，但内心那种深深的震撼却是实实在在的。他来松谷，本来是向张仪辞行的。他要尽速回到临淄，将赵国的意图禀报齐王，敦促齐国振作起来。在他看来，这种想法是不能对张仪明说的，只能找个理由走了便是。可张仪方才的一番话，实实在在地交了底，将秦国的“大谋”和盘托出，顿时使他觉得自己的盘算渺小猥琐得不屑一提。虽则如此，孟尝君毕竟智慧能事，站起身来向张仪一躬：“张兄一席话，田文感触良多，容日后细说。目下张兄若得方便，与我同去齐国如何？”

“好啊！”张仪一顿铁杖，“我要追上苏秦问个究竟，他事先知不知道屈原杀我？”

孟尝君哈哈大笑：“都做丞相了，还孩童般记仇？”

“一件事毁了你心中神圣，你能不记？”张仪没有一丝笑容。

“好好好，那就算账。”孟尝君哄孩童般笑道，“苏秦张仪掐起来，定然热闹。”

张仪冷冷一笑：“有你看的热闹。”

六　相逢无由泯恩仇

临淄的冬日别有一番滋味，那便是冰凉。浩浩海风活似带水的鞭子，抽在人身上凉冰冰湿漉漉的，任你穿得多厚实，也休想享受那一份干爽与温暖。中原人窝冬，是怕那吹得人皮开肉裂的干冷风，怕那漫天大雪封塞路径。临淄人窝冬，却是怕这渗入肌肤的冰凉海风，但到冬日闭门不出，守在或大或小的燎炉旁，做些户内活计，消磨这漫长的冰凉。

但是，这种冰凉水冷对于王宫却无可奈何。一入宫门，每隔数十步一只硕大的木炭火燎炉，正殿与常用的几座偏殿更是炉火明亮，日夜不灭。冰凉水湿的海风在王宫中顿时化成了暖融融的湿润，不干不冷，惬意极了。

“禀报我王：苏秦求见。”

“教他进来。”正在燎炉旁看书的齐宣王头也没抬。

一辆轺车孤零零地停在萧瑟清冷的车马场，苏秦正拢着大袖在车下跺脚。

往昔时日，到任何一国王宫，苏秦从来都是长驱直入的。可这次入齐，却莫名其妙地变成了入宫必等，有时候连齐国那些寻常臣子都进去了，他还在等。虽然如此，苏秦没有丝毫的负气，每次都平静地等候着。多少年来，他对这种立竿见影的宠辱沉浮经得见得太多了，也麻木了。合纵解体，各国与秦国纷纷媾和结好，他在燕国又被子之架空，既无大势可托，又无实权在握，来齐国能有昔日的显赫么？齐宣王给了他一个客卿虚职，既不任事，也不问谋，冷冷地撂着不闻不问。苏秦也不着急，更是耐得寂寞，竟觉得这是自己又一次苦寒修习的好时机，整日除了读书，便漫步到稷下学宫与年轻的学子们谈天说地。几个月清谈下来，非但结识了几个后学好友，且从他们身上长了许多见识。

“宣客卿苏秦入宫——”内侍冰凉尖锐的声音从高高的王阶上飘了下来。

一甩绵袍大袖，苏秦大步走上了九级玉阶，不用内侍引领，他轻车熟路地来到了齐宣王冬日厮守不离的东暖殿。正要行礼，齐宣王已经站起来扶住了他：“苏卿啊，多日不见，多了几分仙气，清雅多了。”

“苏秦是瘦了些许，然心中清明如故。”苏秦不善诙谐，对这种应酬辞令的别样说法，他从来都是一言截过，直接逼近话题。

“上茶。苏卿请入座。”齐宣王也许是坐得久了，悠然踱着步子拿起案头那卷竹简，“苏卿啊，近来这卷书传抄天下，可曾看过？”

苏秦一瞄题头大字笑了：“齐王也读《庄子》？看得下去么？”

“一片囫囵。”齐宣王摇摇头，“这庄子也怪，说了那么多不着边际又莫名其妙的故事，北海大鱼啊，蓬间雀啊，盗跖啊，田子方啊，梦蝴蝶啊，到底想说何事？一团面糊，竟还有那么多人争相传看，稷下学宫整日争得不亦乐乎，却又都说不明白。苏卿你说，这《庄子》有何用处？”

“《庄子》不为王者写。齐王本无须看，自然也看不明白。”

“不为王者写书？难怪，他连个漆园吏都做不了。”齐宣王惊讶之余，又鄙夷地笑了，“为布衣写书，布衣能给他官爵荣耀么？”

“天下之大，未必人人都以官爵为荣耀。”

“岂有此理？孔夫子说：学而优则仕嘛。对了！这庄子定然是，学问差劲。”齐宣王突然觉得自己刨到了这个写面糊书的根子上，矜持自信极了。

苏秦罕见地大笑了起来：“孔子是孔子，庄子是庄子……齐王啊，还是不要想《庄子》了。想明白了，齐王也不是齐王了，是庄子了。”

“好，不说这个没学问的庄子。”齐宣王笑了笑，“苏卿有事么？”

“臣有两事，皆是齐国当务之急。”苏秦直截了当，“其一，赵国已经开始筹划第二次变法，齐国当立即着手，万不能因远离秦国而松懈。”

齐宣王沉吟点头：“容我想想，也等孟尝君回来商议一番再说。第二件？”

“苏秦荐举两个大才，做齐国变法栋梁。”

“噢？还是大才？”齐宣王淡淡地笑了笑，“说来本王听听。”

“一人名叫鲁仲连，一人名叫庄辛，都是稷下学宫的后学名士。”

“稷下学宫……”齐宣王淡淡的笑意没有了，皱着眉头问，“苏卿啊，你可知道先王为稷下学宫立下的规矩？”

“知道：但许治学，不许为官。”

“既然如此，本王如何能破先王成法？”

“齐王差矣。”苏秦面色肃然，“图王争霸无成法。威王兴办稷下学宫，本是聚集天下人才之大手笔。惜乎思路偏斜，将天下名士看做国王门客，养而不用，实乃荒诞不经也。齐王光大稷下学宫，天下名士纷纷流入齐国，若再不选择贤能而用之，必然要纷纷流失。那时，齐国将成为人才的荒漠，齐国也就很快要衰落了。”

“好说辞！”齐宣王惊讶地瞪大了眼睛，一拍长案，脸上倏忽换成了嘲讽的微笑，“苏卿，莫非你是在提醒本王，你是当世大才，本王小用了？”

苏秦一阵愣怔，脸上的光彩与眼中的火焰立即黯淡了。沉默片刻，他站起身来一拱手道：“苏秦告辞。”径自大步走了。

“哎，苏卿……”齐宣王大是尴尬，想唤回苏秦却终是难以出口，涨红着脸在殿中急躁地绕着圈子。苏秦毕竟是名重天下的六国丞相，不用也就罢了，如何能轻易得罪？齐国两代君主花大力气开办稷下学宫，还不是为收士子之心？苏秦这般人物，有干才，有学问，又出自名门，比孟夫子那种空谈学问的老名士更有感召力，他负气而走，若像孟夫子贬损新魏王魏嗣一样逢人便说，传扬开去，齐王敬贤的声望岂非一落千丈？稷下学宫的士子们要是真的走上大半，齐国颜面何存？想到这里齐宣王再不犹豫，一挥手高声吩咐：“备暖车仪仗！快！”

一出宫，苏秦跳上轺车辚辚出城了。

这次进宫，苏秦是有备而来的。昨日接到了苏代的快马急书，说子之再次敦请他回燕共图大业。从那些闪烁其词的话语里，苏秦嗅到了子之的野心与燕国的危险。本来，他就准备晋见齐宣王之后回燕国，设法阻止这场乱国之祸，事先已经教荆燕带着卫士们出城等候了。他进宫晋见，只是想在临走前给齐宣王一个郑重提醒，更想将鲁仲连与庄辛两位年轻的英杰之士推荐给齐宣王。毕竟，齐国有抗衡秦国的基础与实力，齐宣王也还算精明君主，若振作起来，将有望取代楚国做六国头羊。可他万万没有想到，齐宣王竟如此龌龊地度量于他，如此轻蔑地嘲讽于他。在那一刻，苏秦心头飞快地闪过了“士可杀，不可辱”这句名士格言，几乎就要义正词严地痛驳齐宣王，但他终于还是忍住了。他耳边响起了老师那苍老的声音：“非其人，勿与语。此名士说君之道，慎之，慎之。”齐宣王既不是可说之君，也就不用枉费心智了。

一出临淄西门刚刚与荆燕会合，迎面烟尘大起，一队车马旌旗隆隆卷来。苏秦眼拙，吩咐一句：“让道。”便走马道边了。荆燕却惊讶地喊了起来：“大哥，黑旗上一个‘张’！红旗上一个‘田’！会是谁？”苏秦一惊，手搭凉棚眯缝着眼睛，仔细打量渐行渐近的轺车仪仗，终于喃喃惊喜道：“张仪，孟尝君，没错！”略一思忖，断然吩咐，“荆燕，上小道！我不想见他们。”荆燕一阵愣怔，低喝一声：“上小道！”苏秦马队便风一般卷上了一条田间岔道。

正行之间，身后车声隆隆，一声高喊随风传来：“武安君——田文来了——”

苏秦苦笑道：“跑不过他，等着。”马队刚刚收缰，一辆驷马快车旋风般卷到面前，车上一人斗篷展开，随着一阵笑声大鸟般飞下车来：“武安君，田文何处开罪，竟要夺路而去？”

苏秦笑道：“眼拙不识君，避道而已，何须夺路了？”

“武安君无须多说，田文明白。”孟尝君慷慨道，“敢请武安君还是跟我回去，与张兄聚几日再说，一切有我。”苏秦尚未说话，便见临淄西门飞出一队车马，直向田间小道而来。

“齐王暖车？”孟尝君惊讶地低呼了一声，满脸疑问地看了看苏秦。

苏秦也看清楚了来者正是齐宣王的暖车仪仗，心中一动，只是淡淡地笑了笑：“孟尝君，我还是要走的，我的根在燕国。”说话间，声威赫赫的驷马暖车已经隆隆赶到。车未停稳，齐宣王掀开厚重的绵帘跳了下来，对着马上苏秦一躬道：“武安君，田辟疆多有唐突，请君见谅。”

孟尝君大是惊讶，他从来也没有见过这位王叔如此地谦恭，今日何事如此了？不及细想，连忙躬身作礼：“臣田文参见我王。”齐宣王笑道：“孟尝君，你回来得好。天意啊天意，也是武安君不该离开齐国。”

此刻苏秦已经下马了，毕竟是齐宣王亲自追来又当面赔罪，苏秦不是迂腐书生，岂能执拗到底不知转圜？他走过来也是深深一躬：“苏秦原多冒昧处，请齐王恕罪。”齐宣王连忙虚扶一把笑道：“孟尝君啊，请武安君先在你府上歇息一宿，明日共商国是。本王也即刻为武安君遴选一座府邸了。”孟尝君领命，苏秦也没有推辞，齐宣王便登车去了。

“上我车，回去再说。”孟尝君笑着拉起苏秦上了宽大坚固的驷马快车，又向荆燕一招手，隆隆驶出了田间岔道。上得官道，却不见了张仪车马，苏秦不禁大是困惑道：“孟尝君，张仪不知道你在追我？”孟尝君心知就里，打哈哈笑道：“我车快，张兄没看见，回去请他过来。”说罢马缰一抖，走马进了临淄城。

且说张仪目力极佳，早看出是苏秦绕道，也料定孟尝君必定追人，只是自己却不想与苏秦在这里仓促谋面，对嬴华吩咐一声：“去驿馆。”先行进了临淄。在驿馆刚刚住好，孟尝君的门客总管冯驩便来相请。张仪决定独自前去，嬴华绯云齐声反对。张仪笑道：“齐国不是楚国，惊弓之鸟一般。”嬴华板着脸道：“不行，哪国都不能掉以轻心。绯云，你做童仆随身跟着他。我来驾车，守在门外。”绯云做个鬼脸道：“这才对呢，还当你一个人吔。”张仪无可奈何地笑道：“黏住我了？好好好，走。”

到得孟尝君府，正是日暮时分，大厅中灯烛明亮，燎炉通红，暖融融春日一般。苏秦正在厅中与孟尝君闲话，突然听得院中一声长传：“丞相大人到——”不禁失笑道：“孟尝君也摆起架势了？”未及孟尝君说话，苏秦已经快步走出了大厅，却又怔怔地站在廊下说不出话来——幽暗的暮色中，张仪拄着一支细长闪亮的铁手杖，一步一瘸地走了过来，铁杖点地的笃笃声令人心颤。那异常熟悉的高大身影显得有些佝偻了，那永远刻在苏秦心头的飞扬神采变成了一脸凝重的皱纹，蓦然之间，苏秦清晰地看见了张仪两鬓的斑斑白发。

“张兄……”苏秦大步抢了过来，紧紧地抓住了张仪的双手。

张仪没有说话，两手无法抑制地颤抖着。

“张兄，走。”苏秦低声说着，轻轻来扶张仪。

张仪甩开了胳膊冷冷道：“不敢当六国丞相大驾。”径自笃笃进了大厅。

骤然之间，苏秦面色灰白，一股冷冰冰的感觉直渗心头——难道人心如此叵测，连朝夕相处十多年亲如手足的张仪也变成了如此势利的小人？果真如此，这人世间还有值得信赖的情义么？一刹那，冰凉的泪水夺眶而出，苏秦几乎要昏倒过去。

“武安君，没有说不清的事，走。”孟尝君旷达的笑声便在耳边。

一股冰凉的海风扑面抽来，苏秦打了个激灵，终于挺住了那几乎要崩溃的身心，牙关紧咬，大步走进了厅中。孟尝君对交游斡旋素有过人之处，早已吩咐冯驩关闭府门谢绝访客，并将“童仆”绯云安排在大屏风后面的小案，厅中只有三张摆成“品”字形的长案。

孟尝君恭敬地将苏秦张仪请入两尊位，自己在末座打横就座，先行一拱道：“苏兄张兄皆望重天下，今日能一起与田文共酒，当是田文三生荣幸。当此幸事，田文先自饮三爵，以示庆贺！”说罢咕咚咚连饮了三大爵。

张仪目光一闪，孟尝君又举爵笑道：“苏兄张兄相逢不易，今日重逢，自当庆贺。田文再饮三爵，为两兄相逢庆贺！”说罢又咕咚咚连饮了三大爵。

见苏秦张仪都看着他没有说话，孟尝君又举起了青铜大爵："苏兄离齐，罪在田文。张兄径住驿馆，罪在田文。田文再饮三爵，为两兄赔罪。"说罢，又咕咚咚连饮了三大爵，一时厅中酒香弥漫，分外浓烈。

孟尝君瞅瞅苏秦张仪，又举起了酒爵……

"啪！"张仪拍案道，"你究竟教不教我等喝酒了？来，苏兄，我俩干了！"

孟尝君哈哈大笑，连忙举爵凑了上去："我陪两位大兄干了，这是接风！"三爵一碰，孟尝君径自一饮而尽。苏秦张仪却是谁也没看谁，默默地各自饮干了一爵。

"孟尝君，也不用你折腾自家。"张仪终于板着脸开口了，"你在当场便好，我有两句话要问苏兄，若得苏兄实言，张仪足矣。"

苏秦眼中闪出冰冷的光芒："问也。"

张仪的目光迎了上来："屈原暗杀张仪，苏兄可否知情？"

"自然知道。"

"你我云梦泽相聚之前便知道？"

"然也。"

"有意不对我说？"

"正是。"

张仪倒吸了一口凉气："苏兄，可有不得已的理由？"

"没有。"苏秦平淡得出奇。

张仪勃然大怒，霍然站起厉声道："苏秦！同窗十五载，张仪竟没看出你是个见利忘义之小人！自今日起，你我恩断义绝！"说罢笃笃点着铁杖推门而出。孟尝君大惊失色，冲上去拦在门口道："张兄息怒，且容苏兄说得几句，再走不迟。"张仪冷冷一笑，推开孟尝君便走。绯云向孟尝君一使眼色，连忙过来扶住了张仪。

眼睁睁地看着张仪笃笃去了，孟尝君愣怔在庭院中不知所措。依着孟尝君的做人讲究，着意排解却反将事情弄僵，便是最大的失败。他沮丧地叹息了一声，沉重地走回大厅，却发现苏秦也不见了。孟尝君二话不说，冲到了为苏秦安排的庭院，不想院子里一片漆黑，正要转身，却见那棵虬枝纠结的大松树下一个孑然迎风的身影。孟尝君不禁长长地松了一口气，走过去轻声道："武安君，为何不说话？这件事必定另有隐情。"

"知音疑己，夫复何言？"黑暗中传来的声音是那样冰冷。

孟尝君沉重地叹息了一声："苏兄，自合纵伊始，田文便跟你在一起。我知道，许多时候为了维护局面，你都宁可自己暗中承担委屈。联军换将，你为子兰这个酒囊饭袋忍受了多少怨言？回到燕国，你又为子之那个跛扈上将军委曲求全……苏兄恕田文直言：你心高气傲才华盖世，可你却在坎儿上掩沓，杀伐决断不如张仪，原本明明朗朗说出来的事情，为何偏是不说？"

"我待张仪，过于兄弟之亲。你说，他如何能疑苏秦？"苏秦猛然转身，暴怒高喝，"他！根本就不能如此问我！知道？！"

孟尝君一阵愣怔，亲切地笑了："好了好了，这件事先搁下，三尺冰冻也有化解之日。武安君，我只求你一件事。"

"说。"苏秦自觉失态，语气缓和了许多。

"不要离开齐国，不要再陷进燕国烂泥塘。"

"在齐国闲住？"

"这个我来周旋，苏兄在齐国大有作为。"

苏秦默默笑了，显然，他觉得孟尝君在有意宽慰自己。孟尝君肃然道："田文不敢戏弄苏兄。此行秦国赵国，田文大有警觉，深感齐国已经危如累卵。我当力谏齐王振作，在齐国变法。”“好！”苏秦猛然握住了孟尝君的手，“你放胆撑起来，苏秦全力辅佐你。”孟尝君哈哈大笑：“苏兄差矣！这种事，你比我强十倍，田文只有一件事，死死保你！”苏秦也笑了起来：“到时日再说，谁也不会坏事便了。”

两人又回到了大厅，继续那刚刚开始又突然中断了的酒局，边饮边说直到四更方散。苏秦被扶走了，孟尝君却毫无倦意，思忖片刻，叫来冯驩低声吩咐了一番。冯驩连夜带着一封密件南下了。

日上三竿，孟尝君驾着一辆轻便轺车辚辚来到驿馆，径自进了那座只有外邦丞相能住的庭院。淡淡雾气中，张仪正在草地上练剑。孟尝君也是剑术名家，一看那沉滞的剑势与时断时续的剑路，便知张仪仍然郁闷在心。孟尝君耐心地等张仪走完了一路吴钩的打底动作，轻轻地拍掌笑道：“还行，没把吴钩做成了锄头。”张仪提着剑走了过来：“清早起来便做说客？”孟尝君哈哈大笑：“天下第一利口在此，谁敢当说客之名？我呀，来看看你气病了没有？”张仪淡淡笑道：“劳你费心，多谢了，张仪还不是软豆腐。”

“那是！”孟尝君慨然跟上，“张兄何许人也？铁胆铜心，能被两句口角坍台？”

张仪不禁噗地笑了：“长本事了？骂我无情无义？”陡然黑下脸冷冷道，“你说，我没教他解说么？他为何自承如此？”

孟尝君拱手笑道：“张兄切勿上气。田文愚见，姑妄听之：天下之谜总归有解。张兄若信得田文，田文便能澄清此事，给两兄一个说法。若苏秦果真背义卖友，田文第一个不答应！”

张仪一声叹息：“知我者谓我心忧，不知我者谓我何求？但看天意了。”

“丞相大人，我是来请你入宫的。齐王召见。”孟尝君笑吟吟说到了正事。

“是么？”张仪显然有些出乎意料。自齐威王开始，齐国对秦国使者就莫名其妙地别有一番矜持。秦国重臣特使入齐，总要求见三五次，甚或要疏通关节才能见着齐王。齐宣王也与乃父如出一辙，除了六国战败那一次，张仪两次入齐都是在两日之后才被召见的，此次并无重大使命，齐王倒是快捷了？虽说意外，张仪却也并不惊讶，悠然笑道，“孟尝君入厅稍候，我要带上一件物事。”

片刻之后，两车入宫，径直驶到那座东暖殿前。车马方停，齐宣王笑吟吟迎了出来：“丞相光临，田辟疆幸何如之？”张仪也是深深一躬：“齐王出迎，张仪幸何如之？”齐宣王过来扶住了张仪，又拉起张仪的一只手，笑吟吟地与张仪比肩入殿。暖烘烘的小殿中除了王座，只设了两张臣案，弥漫着一种密谈小酌的融融气氛。时当早膳方罢，座案上的白玉盏中是滚烫的蒙山煮红茶，当真是十分的惬意。对于一向在臣下面前讲究尊严的齐宣王来说，如此做法也实在是头一遭。

张仪丝毫没有受宠若惊的谦恭谢词，坦然入座，将那支亮闪闪的铁杖往手边一搭，便端起茶盏品啜起来。孟尝君看了看张仪，皱皱眉头在对面坐了下来。

“今日请丞相一晤，原是田辟疆要讨教一二。”齐宣王悠然开口了，“方今合纵已散，列国又回旧日大势，望丞相对齐国莫做敌手之想，为田辟疆排难解惑。”

“齐王但有所问，张仪自当坦诚作答。”

“听说楚燕赵韩都在密谋筹划，要再次变法，是否真有其事？”

张仪笑道：“此乃斥候职事，齐王当比张仪所知更多。”一句诙谐，撂开了这个证实传闻的难题。齐宣王被张仪说得笑了：“何敢以丞相为斥候？若果真变法，丞相以为哪一国可成？”张仪笑道：“此乃天意，齐王问卜太庙，大约龟甲蓍草总是知晓了。”齐宣王虽然笑脸依旧，眉头却已皱了起来。孟尝君不禁高声道：“我王就教国事，丞相何能戏谑如此？”张仪坦然笑道：“非张仪戏谑，实是齐王戏谑国事了。”齐宣王惊讶道：“丞相何出此言？变法之事不能问么？”脸上有些不悦。

张仪依然不卑不亢地笑着：“齐王可知太公姜尚此人？”齐宣王道：“太公乃齐国第一国君，谁个不知？”张仪笑道：“太公曾在太庙踩碎龟甲，齐王可知？”齐宣王惊讶道：“有此等事？却是为何？”张仪侃侃道：“武王伐纣，依成例在太庙占卜吉凶。龟甲就火，龟纹正显之时，太公骤然冲入太庙，踩碎龟甲，大声疾呼：‘吊民伐罪，天下大道！当为则为，不当为则不为，何祈于一方朽物？！’正当此时，天空雷电交加，大雨倾盆，群臣惊恐。太史令请治太公亵渎神明之罪。武王却对天一拜，长呼：‘天下大道，当为则为，虽上天不能阻我也！’当即发兵东进，一举灭商。”

齐宣王尴尬地笑了笑：“丞相之意，本王无须过问他国变法？”

“张仪明白齐王心意：既不想落他国之后，又唯恐变法不成，反受其累。”一句话便说得齐宣王睁大了眼睛，张仪接着道，“变法者，国之兴亡大道，满腹狐疑四面观瞻，而能变法成功者，未尝闻也！国情当变则变，不当变则不变，与他国何涉？此等国策大计，齐王却只问传闻虚实，只问吉凶成败，张仪何能断之？以狐疑侥幸之心待邦国大计，岂非戏谑于国事？”

这一番话正气凛然掷地有声，孟尝君大是佩服，不禁站起来对齐宣王拱手慨然道：“丞相之言，治国至理，祈望我王明鉴！”

齐宣王本想请博闻广见的张仪好好地说说列国见闻，顺便透露一些这几个嚷嚷变法的国家的内幕实情，再替自己参酌一番，齐国应该如何应对？看着宫墙外冰凉呼啸的海风掠过，在木炭通红的燎炉旁听着轶闻趣事，齐宣王的确想惬意地享受一个有趣的冬日。就本心而言，无非想在这个秦国丞相面前忧国敬贤一番，以遮掩昨日对苏秦的不敬罢了。不想鬼使神差地从变法问起，竟被张仪当真教诲了一通，不禁大是不快；然则，不快归不快，面对秦国这个气焰正盛的权臣，再加上一个不识趣的孟尝君，齐宣王也只能窝在心里。沉思状地沉默了片刻，齐宣王大度地笑了笑："丞相金石之言，田辟疆铭刻不忘，容我忖度几日，若有难事，再请教丞相。"

张仪心中雪亮，站起来笑道："齐王国务繁忙，张仪送齐王一样物事，便即告辞。"

"何敢劳丞相赠礼？多有惭愧了。"齐宣王又高兴起来，毕竟，这是很有体面的一件事。

张仪回身对殿口内侍吩咐道："请我行人入宫。"

内侍一声传呼，嬴华捧着一个铜匣走了进来，呈到齐宣王案前打开。齐宣王一看，却是整整齐齐的几卷竹简，不禁笑道："丞相送我何书啊？"

"启禀齐王：这不是书卷，这是各国议定的变法举措。"

"这？这？如何使得？"齐宣王愣怔了，他向各国派出了那么多坐探斥候，报来的也只是各种皮毛消息而已，实际的变法举措如何能轻易得到？张仪纵然知晓，又如何肯轻易送给他国？一时之间，齐宣王有些怀疑张仪在捉弄他。张仪却坦然笑道："齐王莫担心，这是张仪自己归总的，大体不差。其所以送给齐王，是因齐王有变法大志。"

"丞相过奖，何敢当之？"齐宣王顿时高兴起来，谦恭得自己变成了臣子一般。

"然则，张仪以为，齐王若得变法，非一人不能成功。"

"何人？丞相但讲。"

“苏秦。”张仪面无表情，“非苏秦不能成功。”

齐宣王大是惊讶，与孟尝君相互看看，一时说不出话来。就在这片刻愣怔间，张仪已经笃笃出宫去了。望着张仪踽踽独行的背影，齐宣王摇摇头：“此人当真不可捉摸也。”孟尝君对张仪的突然变化也是一团迷雾，小心翼翼试探道：“我王是说，张仪举荐不可信？”齐宣王颇为神秘地低声道：“你是不晓得，屈原暗杀张仪，本是苏秦与屈原同谋，后见张仪，却知情不言，以致张仪遭遇截杀，变成了瘸腿。你说，张仪不记恨苏秦？”孟尝君笑道：“臣执邦交，尚且不知此事，实在惭愧。”齐宣王呵呵一笑道：“此事大有文章，还得看看再说。”

孟尝君出宫，直奔驿馆而来。张仪正在庭院草地上独自漫步，见孟尝君大步匆匆走来，不禁笑道：“看来，孟尝君也有黑脸的时日了。”孟尝君拉起张仪便走：“这庭院隔墙有耳，到里面去说。”张仪不动笑道：“孟尝君，你就是在这里喊破天，也没人敢传出去，说。”孟尝君道：“别那么自信，苏秦张仪结仇，齐王如何知道？”张仪淡淡笑道：“权臣嫌隙，名士恩怨，时刻都在天下口舌间流淌。过得两年，只怕连乡村老妪都当故事说了。”孟尝君道：“如此说来，你是有意报复苏兄？”

“此话怎说？”张仪倏地转过身来，语气冰冷得刀子一般。

孟尝君目光炯炯地看着张仪：“既明知齐王知晓苏张成仇，却要以仇人之身举荐苏秦，使齐王狐疑此中有计，进而不敢重用苏秦。此等用心，岂非报复？”

张仪看着郑重其事的孟尝君，却突然笑了，铁杖笃笃顿着草地道：“孟尝君，你为权臣多年，竟不解帝王之心？记住一句话：加上你之力保，齐王必用苏秦！”

“何以见得？”孟尝君逼上一句。

张仪悠然笑道：“苏张但有仇，天下君王安，孟尝君以为然否？”

孟尝君身为合纵风云人物，如何不知六国君臣对苏秦张仪合谋玩弄天下于股掌之间的种种疑惑？甚至就是四公子之间，也没有少过这种议论，心念及此不禁恍然道："如此说来，张兄是有意在成仇时节，举荐苏兄了？"

"如此机会，也许只此一次。"

"好！"孟尝君拍掌笑道，"两兄重归于好，田文设酒庆贺！"

"错。"张仪顿着手杖冷冷道，"不想教大才虚度而已，与恩怨何涉？"说罢顿着铁杖径自去了。孟尝君愣怔半日，摇摇头沮丧地走了。

第十三章 最后风暴

一 春申君星夜入临淄

孟尝君对苏张一筹莫展，只好先放下不管，每日进宫去磨齐宣王。

齐宣王看了张仪的《列国变法》，心中不停地翻翻滚滚起来。目下打算变法的这几个国家，齐国以往都不大在乎。自齐威王两战将魏国的霸主地位摧毁，齐国始终是第一流强国。这种自信深深植根于齐国君臣朝野。纵然在秦国崛起之后，齐国也没有像其他五国那样惊慌失措。事实上，秦国也始终没有公然挑衅过齐国。晚年的齐威王与继任的齐宣王，其所以不愿做合纵头羊，不是自认比楚国实力弱，而是在内心对秦国与中原的争斗宁作壁上观。

齐国君臣的谋划是：支持中原五国长抗秦国，自己尽量保存实力不出头，待到六败俱伤之时，收拾天下局面的便只有强大的齐国了。齐国的谋划虽然长远，可是在合纵抗秦的几番较量中，齐国的方略却总是结结实实被打碎。一经真正的实力对抗，各国与秦国的真实差距陡然全面暴露，竟大得令人心惊。非但是数倍于敌的联合兵力不能战胜，而且连楚国的八万新军也全军覆没。经此两战，天下变色。各国纷纷与秦国结好，连忙埋头收拾自己。这才有了楚国、燕国、赵国的变法筹划。魏国虽说不如这三国唱得响，但魏国信陵君鼓动魏王进行第二次变法的消息也不是秘密了。就连对变法已成惊弓之鸟的韩国，也有一班新锐将领在大声疾呼“还我申不害，韩国当再变”。凡此动静，齐宣王不可能不知道，但却总是将信将疑，觉得无非是各国虚张声势鼓动民心的权谋罢了，当真变法谈何容易？可如今看了张仪对列国变法的记载，才第一次觉得列国的变法已经是实实在在发生着的事情了，也才真正有些着急起来。这便与孟尝君从赵国归来后急迫变法的心思合了拍，孟尝君每鼓动一次，齐宣王便踏实一些。连续几日磋商下来，齐宣王终于下了决心：召见苏秦，正式议定变法。

这日出宫天色已晚，孟尝君很是兴奋，想邀苏秦张仪聚饮一番。但转念一想，邀来也是自讨无趣，遂与几个门客痛饮了几爵，议论了一阵，看看已是三更时分，便上榻安卧了。

正在朦胧之际，突闻门外马蹄声疾。孟尝君头未离枕，已听出了自己那匹宝马的熟悉嘶鸣，正待翻身坐起，一个响亮的声音已经在庭院回荡开来：“噢呀——孟尝君府也有黑灯瞎火的时日了？”

“春申君——”孟尝君一嗓子高喊，人已披着被子冲到了廊下。

“噢呀呀成何体统了？”春申君大笑着拥住了孟尝君直推到厅中，一边主人般高呼：“来人，快拿绵袍了。”一边兀自唠叨，“噢呀呀，临淄这风冰凉得忒煞怪了，浑身缝隙都钻，受不得了。”孟尝君将身上的大绵被往春申君身上一包，自己却光着身子跳脚大笑：“春申君以为临淄是郢都啊？来人，绵袍、木炭！”话音落点，侍女恰恰捧来一件丝绵袍一双丝绵靴便往孟尝君身上穿，孟尝君一甩手：“没听见么？给春申君！”侍女惶恐道：“这是大人的衣物，别人不能穿。”孟尝君高声道：

“岂有此理？谁冷谁穿！我来。”说着拿过衣服手忙脚乱来往春申君身上套，春申君笑得直喘气：“噢呀呀，自己光着身子，还给别个乱包乱裹了？”一边说一边将身上的绵被又胡乱捂到孟尝君身上。孟尝君推脱间不意踩着被角跌倒，连着春申君也滚到了地上，两人在厅中滚成了一团，也笑成了一团。

就在这片刻之间，侍女已经拿来了另一套绵袍绵靴与大筐木炭。两人分别将衣服穿好，坐到炭火烘烘的燎炉前，感慨唏嘘不知从何说起。孟尝君猛然醒悟，立即吩咐上鱼羊炖兰陵酒。春申君本是星夜奔驰而来，正在饥寒之时，自然大是对路，一通吃喝，脸上顿时有了津津汗珠，人也活泛起来了：“噢呀孟尝君，你将我火急火燎地召来，哪路冒烟了？”孟尝君看着他须发散乱风尘仆仆的模样，心中大是感动：“春申君星夜兼程，田文实是心感也。”春申君道：“噢呀哪里话了？你有召唤，我能磨蹭？说事了。”孟尝君不禁一叹：“事嘛，说大不大，说小不小，见一个熟人，说一番实话而已。”春申君不禁一阵好笑：“噢呀孟尝君，人说你急公好义，果然不虚了，将我黄歇千里迢迢弄来，就是教我陪你做义士了？”

“先别泄气，包你此行不虚。”孟尝君诡秘地笑了笑。

偎着烘烘燎炉，两人佐酒叙谈，一直到了五更鸡鸣。

次日过午，孟尝君来到驿馆请张仪出游佳地。张仪笑道：“海风如刀，此时能有佳地？”孟尝君笑道：“张兄未免小瞧齐国了，走！一定是好去处。”张仪眼睛转得几转笑道：“好，左右无事，走走了。”进去一说，嬴华挑选了十名骑士随行，亲自驾车，绯云车侧随行，便与孟尝君出了临淄西门。

出城三五里，孟尝君道：“张兄，须得放马大跑两个时辰，你的车马如何？”

张仪笑道："试试，看与你的驷马快车相距几何？"

随行的秦国骑士一听与孟尝君较量脚力，立刻兴奋起来。孟尝君的座车是有名的铁车，车轮包铁，车轴铁柱磨成，车厢车辕全部是铁板拼成，里层是木板毛毡舒适之极；铁车宽大沉重，用四匹特异的良马驾拉，驭手便是门客苍铁从"盗军"带出的生死兄弟。此车虽不如献给齐宣王的那辆"天马神车"，却也是大非寻常。张仪的轺车也颇有讲究，表面看与寻常轺车无异，实际上却是黑冰台寻访到墨家工匠特意设计打造的一辆轺车，一是载重后极为轻便，二是耐颠簸极为坚固；驾车的两匹马也是嬴华亲自遴选的驯化野马，速度耐力均极为出色。

放马奔驰两个时辰，对于训练有素的骑士与战马也不是易事，何况车乘？车身是否经得起颠簸，挽马的速度耐力是否均衡，驭手技巧是否高超，乃至乘车者的坐姿、站位与身体耐力能否配合得当，都是座车能否持续奔驰的重要原因。孟尝君问"车马如何"，便是这个道理。

见张仪答应，孟尝君高声道："我来领道，跟上了。"说罢一跺脚，那早已从车辕上站起来的驭手轻轻一抖马缰，铁车隆隆飞出，当真是声势惊人。十名门客骑士几乎在同时发动，却也只能堪堪跑在铁车两侧。

嬴华见烟尘已在半箭之地，低喝一声："起！"轺车骑士齐齐发动，直从斜刺里插上。时当冬日，田野里除了村庄树木，光秃秃一望无际，所有的沟洫都是干涸的。按照传统，这也是唯一可在田野里放马奔驰的季节。秦人本是半农半牧出身，嬴华自然熟知这些狩猎行军的规矩，所以一发动便从斜刺里插上，看能否与孟尝君车马并驾齐驱。

孟尝君回望，见张仪轺车不是跟在后面，而是从斜刺里插来，顿时兴奋起来，高声长呼："张兄，上来了——"驾车驭手明白，一声响亮的呼哨，驷马应声长嘶，铁车顿时平地飞了起来一般。门客骑士只能跟在铁车激碾出的一片烟尘之中，不消片刻，渐渐脱出了烟尘，落下了大约半箭之地。

张仪的轺车马队却是整齐如一，始终保持着车骑并进的高速奔驰。大约在半个时辰之内，始终与孟尝君铁车保持着一箭之地的距离。将近一个时辰的时候，张仪车马渐渐逼近到半箭之地。张仪用铁杖“当当”敲着轺车的伞盖铁柱，高声喊道：“孟尝君快跑！我来也——”随风飘来孟尝君的哈哈大笑：“张兄莫急，赶不上的——”

突然之间，嬴华一声清叱：“张兄站起！”待张仪贴着六尺伞盖站稳——这是站位车轴之上车身最为轻捷灵便之时——嬴华一声清脆的口令，“提气跑！”话音落点，秦军骑士一齐躬身冲头，臀部骤然离开马鞍，人头几乎前冲到马头之上。这是人马合力全速奔驰的无声命令。十骑骏马立时发力，竞相大展四蹄，如离弦之箭般飞了起来，直冲轺车之前。嬴华飞身从车辕上站起，两缰齐抖，两匹驯化野马齐声嘶鸣奋起，片刻之间插进了马队中央。

渐渐地，孟尝君的驷马铁车越来越清晰了，终于并驾齐驱了。

“好！”孟尝君一声赞叹，挥手喊道，“走马行车——”两队车马渐渐缓了下来，变成了辚辚隆隆的走马并行。孟尝君打量着张仪的车马笑道：“张兄啊，了不得！你这两马轺车竟能追上我这驷马快车，当真匪夷所思！”张仪笑道：“你那是战车，声势大，累赘也大。”孟尝君大笑一阵，扬鞭一指前方道：“张兄且看，片刻便到。”

暮色之下，两座青山遥遥相对，一片大水粼粼如碎玉般在山前铺开。说也奇怪，凛冽的海风不知何时消失得无影无踪，一片暖融融的气息夹着诸般花草的芬芳扑面而来。张仪四面打量一番，恍然笑道：“孟尝君，这不是蒙山蒙泽么？”孟尝君惊讶道：“张兄来过？”张仪摇摇头：“听老师说过：临淄西南二百里，有山水相连，冬暖如春，天然形胜。”孟尝君笑道：“老人家好学问！这正是蒙山蒙泽。走马行车，跟我来。”

蒙泽水面平静如镜，除了水边浅滩的葱茏草木，岸边却是细沙铺满了石板，极是清爽。两队车马沿着岸边绕了过去，便到了山脚下的洼地。孟尝君笑道：“张兄，此地扎营如何？”张仪笑道：“干爽避风，正是露营佳地。”

两人一定板，两边人手各自忙碌起来。片刻之间，一座营地收拾妥当：两边山脚下各有两座帐篷，中央一片空地，是埋锅造饭与篝火聚餐的公用场地。两边人手原都是行军露营的行家里手，挖灶的挖灶，砍柴的砍柴，兼职炊兵搭架上锅，门客驭手摆置酒肉，一阵井然有序地忙碌。月亮爬上山巅时，篝火已经熊熊燃烧，铁架上的整羊已经烤得吱吱流油香气四溢了。

张仪望着山头一钩新月，长长地叹息了一声：“孟尝君，可惜了。”

“如此佳境，可惜何来？”孟尝君笑了。

张仪正要说话，一片急骤马蹄声直压过来。“骑士上马！”嬴华一声令下，已经拔剑在手。孟尝君笑道：“行人且慢，这里有事，田文一身承担。”转身对一名门客骑士吩咐：“快马迎上，快查快报！”门客骑士飞身上马，倏地消失在夜色之中。片刻之间，便闻遥遥高呼：“噢呀孟尝君——黄歇来也——”

“春申君！”孟尝君惊喜地叫了起来，“张兄，可有个好酒友了！”

“春申君？他来这里做甚？”张仪大是疑惑。

“等他来了，一问便知。快，再添一毡座！”

话音落点，一行十余骑已经冲到面前，为首一人高冠束发黄锦斗篷，在月下笑得分外明朗：“噢呀孟尝君，莫非你也来找那人了？”孟尝君笑道：“那人，谁也？”春申君笑着下马：“你知我知，天知地知，休装糊涂了。”孟尝君大笑：“好好好，先撂在一边，你可知这位是谁？”

春申君端详着面前这个手执细亮铁杖，身材伟岸而又稍显佝偻的人物，兀自喃喃道：“噢呀呀，定是非常人物……对了，阁下莫非张仪？搅得我楚国鸡犬不宁的秦国丞相了？”张仪冷笑道：“正是在下，春申君与屈原之手段，张某已经领教了。”春申君深深一躬道：“先生大才，黄歇与屈原深为敬佩。各自谋国，尚望先生勿恨屈原黄歇了。”孟尝君哈哈大笑：“春申君何其迂腐？竟说此等没气力话。”张仪原本只为春申君一句“鸡犬不宁”不悦，如今见孟尝君圆场，屈原又是自己心下敬重的忠贞之士，如何还能一味僵持，慨然一躬道：“久闻春申君明锐旷达，果然不虚，张仪这里赔罪了。”春申君连忙上来扶住笑道：“噢呀呀不敢当了，莫得又被昭雎咬一口，黄歇里通外国了。”一句话说得众人哄笑起来。

篝火前落座，饮得两碗相逢酒，孟尝君笑问：“春申君火急火燎赶到蒙山，果真要见那个人？”春申君笑道：“那是自然，先生乃我楚国名士，有了事我自当出面。”孟尝君揶揄道：“做得楚国芝麻大个官儿，便成了楚国名士？这难道不是我齐国地面么？”春申君苦笑着摇摇头：“噢呀你说得轻巧，芝麻大个官儿？你孟尝君倒是给先生磨盘大个官儿，先生要么？”孟尝君依然追着道：“总是楚国不自在，否则先生如何到我齐国地面来？”春申君笑道：“噢呀呀，就算先生目下是齐国名士，我黄歇见见总可以了。”

听得两人兀自唠叨折辩，张仪不禁笑道：“如何一个名士，害得齐楚两国都伸手？”春申君惊讶道：“噢呀孟尝君，你没说给丞相听？”孟尝君笑道：“刚要说你就来了，你说。”春申君笑道：“噢呀丞相，你可晓得庄周了？”张仪恍然笑道：“庄子么？如何不知道？公子要见庄子？”春申君道：“是了是了。庄子夫人病重，我要去送点儿冬令物事。

我猜度，孟尝君也是此意了。”孟尝君笑道：“好事好事，我等都去给这位老兄热闹一番了。”张仪笑道：“见庄子好啊，何不早说？我也该带些许物事的。”春申君笑道：“噢呀丞相，这个庄子不要多余物事，至多留下些须粮米粗布而已，带了物事也送不出去，了了心事而已。”张仪听得不禁喟然叹息一声：“粗衣粗食，可以清心矣！”

春申君猛然叫了一声：“噢呀想起了，听说武安君在齐国，如何没有同来？”孟尝君尴尬地笑笑：“这却怨我，粗疏忘记了。”张仪冷笑道：“原是我不想见，与孟尝君何干？”春申君惊讶得眼睛瞪得老大道：“噢呀奇闻，张仪不想见苏秦？比龙王不想入海还稀奇了。”张仪虽然诙谐，却是最烦在此事上聒噪嬉笑，不禁冷冷道：“莫非春申君喜欢朋友出卖自己？”话音落点，春申君张着嘴愣怔了，惊愕之情是显然的。

孟尝君叹了一口气：“春申君莫怪张兄唐突，屈原暗杀张兄，武安君分明事先知情，见张兄时却一字不漏。要是你，不上气么？”

一语未罢，春申君红着脸跳了起来：“噢呀孟尝君，此事你是见了还是听了？说得如此真确，连我这在场之人，都教你包了进去？岂有此理了！武安君大大冤枉了！”一通高亢楚语噢呀哇啦，分明是大为气恼。

孟尝君冷冷笑道：“春申君少安毋躁，田文说的不是事实么？”

“不是！半点不是了！”春申君摊着两手，脸红脖子粗地大声嚷着。

“这却奇了。”孟尝君也站了起来，“你既在当场，你说事实，若有虚言，该当如何？”

四大公子其所以名动天下，根基就是慷慨好义重然诺，此等板下脸说话，已经是极为罕见的了，要求对方承诺“虚言该当如何”更是绝无仅有。张仪素知四大公子人品，如何不解孟尝君此话分量？听得心中一沉，生怕两人伤了和气。

春申君咬着牙一字一顿道："苍天在上，黄歇若有半句虚言，祸灭九族！"一言既出，全场默然，以春申君身份发如此重誓，当真是惊心动魄。

孟尝君长叹一声："春申君，你说。"

春申君正色道："当日黄歇与武安君南下之时，屈原已经将新军调到了郢都郊野。既未与武安君商议，也未与黄歇商议。那日聚宴，屈原突兀提出截杀张仪，自然是想要武安君与我一起联手。我虽犹豫，却也心有所动。武安君却是决然反对，还痛心地说了一番实力较量的根本道理。武安君说罢，屈原当场表示放弃暗杀，且请求武安君，不要在张仪面前提及此事，以免他日后与丞相不好周旋邦交。武安君慨然允诺了。酒宴将要结束时，武安君收到书简一件。我问何事？武安君说是张仪相约，次日在云梦泽会面。我与屈原都担心有危险，武安君大不以为然，坚执不教屈原与我派人护卫。次日，截杀丞相的事一发生，武安君便愤然离开了楚国……事实如此，丞相自己斟酌了。"

张仪仔细回味春申君的话，一时默然。孟尝君置身事外，却已经将关节听得明白，便问："春申君，是屈原当场说了，放弃暗杀张仪么？"

"噢呀，正是了！"

"是屈原请求武安君，不要将一个已经放弃了的谋划告诉张仪，以免他日后难堪？"

"是了是了！"

"武安君见屈原放弃暗杀，便答应了屈原所请，是么？"

"正是了，很清楚的了！"

孟尝君转身笑道："张兄，此事……你说？"

张仪默默伫立着，仰望天中一钩残月，泪水涌泉般流了出来。

二 逍遥峰的鼓盆隐者

次日天亮，三人将车马骑士留在山口，徒步进入山谷。张仪腿脚略有不便，孟尝君与春申君一致赞同嬴华绯云随行照拂。一夜过来，张仪心绪好了许多，谈笑风生一如平日，路上大大轻松了起来。

沿着山谷中的溪流拐过了三道山弯，突兀的一座孤峰矗立在面前。

这座孤峰煞是奇特，冬日里满山苍翠鸟语花香，迎面一道瀑布飞珠溅玉般挂在山腰，直似苍黄群山中的一株参天碧树。张仪惊叹道："此山异象也！庄子一定在这座山上。"孟尝君笑道："不错，庄子正在此山之中。"春申君笑道："噢呀你等可晓得了？方圆百里的楚人，将这座山叫做逍遥峰了。"张仪笑道："逍遥峰？好！庄子正有《逍遥游》一篇，读来真是令人心醉。"孟尝君高声吟哦起来："北冥有鱼，其名为鲲。鲲之大，不知其几千里也。化而为鸟，其名为鹏。鹏之背，不知其几千里也。怒而飞，其翼若垂天之云……"张仪神往笑道："此等景象，非神目万里神游八极不能企及，非高居昆仑之巅天宇之上不能入眼。庄子，非人也，诚为仙也。"春申君不禁大笑起来："噢呀，张兄解得妙！我等去看看这个仙兄了。走，随我来了。"

从一条羊肠小道登上孤峰，山腰阳坡上一座茅屋，一缕炊烟飘飘荡荡地融化在高远的蓝天。上得面前一个山坎，几个人看到了茅屋，却都惊讶地站住了。

一堆枯枝燃起的大火上，吊着一只黑黝黝的大陶罐，还有半只烤得红亮的野羊。一个布衣散发的年轻人坐在火坑前，默默地往火里添着木柴拨着火。火坑旁绿草如茵，一个裸身女子躺在花枝堆成的花山中间。仔细看去，那花山却堆在一层白花花的木柴之上。花山前坐着另一个人，粗布大袍已经看不出颜色了，披肩的长发灰白散乱。他身旁放着一个很大的酒坛，淡淡的酒香随风飘了过来。尽管是背影，也可以看出，他正在敲着一个破烂的瓦盆吟唱，那悠扬嘶哑的歌声说不清是快乐还是忧伤，听得几个人都痴了：

方生方死兮　　方死方生
其始而本无生兮　　无生也本无形
非徒无形也本无气兮　　杂若恍惚之间矣
形变而有生兮　　再变而为死
春秋冬夏四时行兮　　死为达生
不问生之所以为　　不问命之所无奈
人欲免为形者兮　　莫如弃世
弃世则无累　　无累则正平
正平则与彼达生兮　　达生者不朽矣

"夫人死了，他还鼓盆唱歌？"嬴华低声问。

张仪一声长长的感叹："死为达生，大哉庄子也！"

孟尝君低声道："一步来迟，庄子夫人竟去了，我等便在这里陪祭了。"

布衣散发者一声高亢的吟哦，站了起来，提起酒坛绕着花山洒了一圈，又将坛中剩酒全部泼洒到花山之上，高举双臂对着花丛中裸身女子喊道："夫人——你终究脱离了人世苦难，一切忧愁都如风一般消散！快乐地去也，你已与天地万物融为一体了——"说罢深深一躬。火堆旁的年轻人拿起了一根熊熊燃烧的木柴，走了过来递给他。

布衣人举起火把，从容地伸向花山下的那片木柴。一簇火苗冒了起来，渐渐地，木柴燃起来了，花山燃起来了，熊熊火焰吞没了花山，吞没了那静静长眠的裸身女子。布衣人在随风飘散的烟火前默默地伫立着，没有哭声，没有笑声，直到熊熊火焰化成了淡淡青烟。

“吔！他竟烧了夫人……”绯云惊骇得一个激灵。

张仪低声道：“这叫火葬，墨子大师便是如此升天。”

“噢呀孟尝君。”春申君低声惊呼，“先生要走了？你看！”

只见布衣人从茅屋里走了出来，背上一个青布包袱，手中一支碧绿竹杖。火堆旁的年轻人笑着跪在布衣人面前道：“老师，你真的要一个人走了？”布衣人笑道：“蔺且啊，你有你该做之事，何执于行迹之间也？”年轻人笑道：“老师，你就不怕蔺且再来追你么？”布衣人笑道：“方可方不可，方不可方可，欲是其所非，而非其所是，吾却何以知之？”年轻人恭恭敬敬扑地拜了三拜，声音哽咽起来：“老师，保重了。”

布衣人大笑而去，一路吟哦随风传来：“风起北方，在上彷徨，天其运乎，六极五常……”

“噢呀孟尝君，我去追先生回来了！”春申君大步疾走，去追那布衣人。

茅屋前的年轻人拦在了当面，拭着泪眼笑道：“春申君，无用也，老师的心早就走了。”春申君怔怔站住，顿足长叹一声，对着山道长长呼喊：“庄周兄——等你了——”

谷风习习，一阵笑声在空山中荡开，终是渐去渐远。

张仪一直默然伫立着，心底里一片空白。孟尝君笑道：“张兄，去看看蔺且吧，庄子连他这个唯一的学生都丢下了。”来到茅屋前，年轻人苦笑道：“孟尝君，我还是没有留住老师。”孟尝君喟然一叹：“蔺且啊，先生走了，你到稷下学宫去吧。”蔺且摇摇头：“不，我要整理老师的文章。”春申君笑道：“噢呀蔺且，你可真糊涂了。孟尝君请你去稷下学宫，为的就是教你无衣食之忧，更好整理文章了。”蔺且淡淡笑道：“离开这蒙山逍遥峰，便没有老师文章。”

“却是为何？”孟尝君大是惊讶。

蔺且笑道：“老师根本不看重文章，走到哪里心血来潮，便写下一篇。有的刻在树干上，有的写在山石上，有的还写在陶盆上，有的还不知道写在何处。我每日都要在山里搜索，有些还没有抄完，字迹便看不清楚了……”

“吔——这里有字！”在旁边转悠的绯云突然惊讶地叫了起来。

几人过去一看，只见一片半枯的竹竿上刻画着一个个清晰的字迹。蔺且笑道：“这是师母病重期间，老师不能走远，每日在这里转悠刻下的了。”孟尝君不禁顺着竹竿边走边念道：“世之所贵道者，书也。书不过语，语有贵也。语之所贵者，意也。意之所随，不可以言传也。而世却贵言传书。世虽贵书，我犹不足贵也，为其贵非其贵也……知者不言，言者不知。悲夫，世人岂识之哉……”念着念着，孟尝君打住了。

“噢呀岂有此理？没有书，哪里有学问了？”

张仪笑了：“庄子本意，我看却在这几个字：书不如思贵，意不可言传。说到底，是教人多思深思，切莫草草立言。”

蔺且笑道：“先生果然智者，老师也是如此说。”

孟尝君大笑：“蔺且啊，我等与这位智者，今日住在这里如何？”

“自然好。”蔺且高兴地笑了，“诸位稍待，我去拿坐席。”说着进了茅屋，抱出一摞草垫，递给每人一个，又去提来一个粗陶大壶与一摞粗陶大碗，给每人斟了一碗殷红的凉茶。几人围着火坑坐定，孟尝君道：“蔺且啊，我等方闻你师母病体不佳，特意来拜望探视，如何便骤然去了？”蔺且一声叹息眼圈先红了：“师母多年操劳，原是有痼疾在身，却不告老师。老师粗疏不经意，只以为寒热小病而已，每日进山采撷草药……不想前日三更，突然去了。”

众人听得一阵唏嘘。张仪笑道：“夫人逝去，庄子鼓盆而歌，花山火葬。此等达生意境，原非常人所能解。我等还是追随庄子性情，将夫人之死，看做达生快乐的好。”

“张兄此言大是！”孟尝君笑道，“蔺且，你说？”

“自当如此。原是蔺且天分差，难追老师高远，犹如蓬间雀之与鲲鹏也。”

一言落点，众人都笑了。孟尝君与春申君解下随身背来的酒袋，绯云也解下张仪给庄子准备的酒袋，又一一泼去陶碗中残茶，用茶碗做酒碗，几个人饮了起来。这时，蔺且用一只大木盘盛来了大块的带骨羊肉，一股肉香浓浓地弥漫开来。春申君惊讶道：“噢呀，蔺且本事见长，能狩猎了？”蔺且笑道：“春申君不晓得，师母病重时，这只羊在茅屋前卧了三日三夜，只是不走。老师说，这是上天所赐，是羊之达生。我去捉它，这只羊动也不动。老师为师母烤了半只，可师母只是闻了闻便去了……”说着，蔺且的眼圈又红了。

众人一阵默然，嬴华绯云都别过了头去。还是孟尝君笑道：“张兄不知，庄子的奇遇异事多了，桩桩都令寻常人不能想象也。”张仪看着蔺且笑道：“我只是不解，庄子如此清苦，行迹又大异于常人，何以竟有弟子相随？”

孟尝君饶有兴味地笑了：“我也不清楚，蔺且，你说说如何？”

“噢呀蔺且，我只听先生说过一句，你是上天硬塞给他的。究竟如何了？”

“也是，老师原本不想收留我的……”蔺且眼望着远山，断断续续地说出了一个奇异的故事：

八岁时，蔺且的工匠父亲因打造的战车断了车轴而被杀，母亲、姐姐和他便成了邯郸一家官员的奴隶。母亲与姐姐给主人们洗衣做饭，小蔺且则给马夫做下手杂活。可不到一年，这家官主人战死了。国君没有赏赐，军中没有抚恤，蔺且一家便随着主人的沦落，流失到市井做了乞丐。那一日，小蔺且正在邯郸街头流窜乞讨，不想遇上官府市吏查市，慌忙躲逃间撞倒了一个迎面而来的士子。

“大人饶了我，小子实在没看见。”小蔺且以头抢地，爬起来便跑。

“小兄弟，别跑。”士子从地上爬起来笑道，“撞了便撞了，怕我何来？”

“不是大人，后面市吏追我。”小蔺且惶恐的眼睛滴溜溜打转儿。

士子笑道：“别怕，跟我来。”说着拉起小蔺且的手，快步进了一家酒肆。

士子请小蔺且饱餐了一顿，末了笑道：“小兄弟，如有一笔大钱，你想如何用它？”

“先开脱了娘与姐姐的隶籍，而后嘛，自做营生。”小蔺且回答得毫不犹豫。

“好，你跟我来。”士子戴上了一顶很大的斗笠，拉着小蔺且来到邯郸最热闹的北门口，“小兄弟，过去看看城墙上那张画像，看准了。”小蔺且跑过去端详了一阵，又跑了回来：“那张画像，就是大人。”士子笑道：“小兄弟果然聪敏，过来，听我说。”士子将小蔺且拉到僻静处道，“你目下到国府去，就说你知道图上这个人在哪里，然后带他们到方才那个酒肆，我再跟他们去。这样你可以得到一百金，再去做你的事。”

小蔺且默默地转着眼珠低下头：“我，不要那种钱。”回头走了。

士子却追了上来：“哎，小兄弟，你我商量一番，两个人都有饭吃如何？”

“你也没饭吃？”小蔺且惊讶地瞪大了眼睛。

“有短饭，没长饭，明白？”见小蔺且点了点头，士子又道，“你看，我跟他们走，是到那大宫殿里吃鱼吃肉喝酒。你有了钱，也能吃鱼吃肉喝酒。两厢便利，多好。”

“那你自己去找他们多好，要我说做甚？”

“小兄弟不明白。”士子低声道，“我自己去，多丢面子。要他们来请，才吃得气派，明白？”

小蔺且笑了，去宫门前报了官，领着一队车马接走了士子，自己得了一百赏金。一家人脱了官府隶籍，还在邯郸开了一家小小的酒肆。后来蔺且渐渐长大了，听一个常常光顾他家酒肆的书吏说：他当年举发的那个布衣士子，叫做庄周，学问很大，经常谈论天下剑术；赵侯也酷爱剑术剑士，自然也很想见到论剑的庄周。书吏说得绘声绘色：“几年找不到这个庄周，赵侯便想了这个绘影缉拿的法子。嗨，不想立即见效，应在了你这个小乞丐头上！蔺且，你命好啊。”

从此，蔺且心中有了庄周这个名字。当年那个身影整日在他心头晃动，连做梦都是那个影子。他见到读书人便打问，可谁也不知道庄周在何处。蔺且十八岁那年，几个游学士子在他家酒肆兴致勃勃地议论一篇传抄天下的文章，大谈庄子如何如何。蔺且立即上前恭敬一礼：“敢问先生，庄子可是庄周先生？”游学士子大为惊讶：“是啊！你也知道庄子大名？”蔺且又问：“先生可知，庄子目下居住何处？”士子们都摇摇头，有一个忽然笑道：“我听一个人说，好像在楚国。如何，小兄弟要找庄子拜师求学？”士子本来是戏谑一句，不想蔺且却是正色高声：“正是。”逗得几个士子哄然大笑。

蔺且与母亲姐姐一说，卖了酒肆，在邯郸郊野买了一片桑田盖了两座茅屋。安顿了母亲姐姐，蔺且便带着剩下的钱上路了。赵国、魏国、韩国、楚国，一路寻觅，半年便没有钱了。蔺且没有回头，一边给人做苦工一边乞讨，千辛万苦地找了三年，最后终于在宋国蒙邑的一座漆园找见了庄子。那时候，庄子正做着漆园小吏，见蔺且千辛万苦地找来，惊叹之余留下他做了个漆园工匠，却不答应收他做弟子。蔺且也不着急，整天除了默默做工，便是留心庄子随处挥洒的文字，一片一片地收集珍藏。三年后庄子不做漆园吏了，要搬到山里去了。那时候，蔺且已经是漆园有名的漆工了。庄子叮嘱蔺且好好做工，攒一笔钱回去孝敬母亲，一辆牛车拉着夫人与几个包袱走了。

到了蒙山，庄子在修建茅屋时惊讶地发现了神助：白日明明砌了半人高的墙，过了一夜陡然变成一人高了。正没柴烧了，墙下便有了一摞码得很整齐的砍柴。庄子夫人聪慧过人，笑着劝道："夫君啊，你还是收下蔺且吧，我看他与你一般，都是痴心放任的种儿。"庄子笑道："蔺且在漆园里，如何去收？"夫人笑道："不，他就在山里，你喊几声试试？"庄子便高声喊道："蔺且——你在哪里——你出来——"话音尚在山谷回荡，蔺且已经站在了庄子面前。

"蔺且？你在何处？"

"我在山里。"

"在山里做甚？"

"听老师与天地对话。"蔺且说着，从怀中摸出一片柔韧雪白的树皮内瓤，上面赫然便是木炭大字"逍遥游"。庄子哈哈大笑："好啊好，天地要留下庄周，竟派了一个蔺且来也！"

就这样，蔺且成了庄子唯一的学生。

众人听得感慨唏嘘，张仪叹道："还是庄子说得好，天地要留下庄子，于是便有了蔺且啊！除了天意，还有何说？"孟尝君思忖一阵笑道："蔺且啊，先生在时，我等想请他出山不能，接济他又不要。目下他去逍遥了，你承担着传扬庄子的重担。我看，你便做稷下学宫的院外学子，我叮嘱学宫给你在这里起一座庭院，每月送几石禄米，你只安心收集整编庄子文章便了。”春申君连连拍掌：“噢呀，好主意！我如何没想起了？你要不愿到稷下学宫，我教楚国管你如何？”蔺且笑道：“便是稷下学宫吧，可有一条须得听我。”孟尝君慨然道：“你但说了。”蔺且道：“三年为限。三年后，我将《庄子》留下一部给稷下学宫，我也要寻觅老师去了。”

孟尝君一声叹息，默默点头。众人听得百感交集，恍恍惚惚说不清何等滋味儿。

三　英雄之心　恩怨难曲

回到临淄，孟尝君立即进宫继续他的“磨王”功夫。

这次倒是齐宣王着急了，一见孟尝君到来，立即说了两则消息：一是赵雍已经从云中回到邯郸，赵国的变法大计已经确定：以“变兵”为主，目下正在与肥义、平原君等秘密谋划，预料明年将有大举动。二是燕王已经将全部大权交给了子之，子之正在整肃吏治，大批裁撤燕国老世族官员，据说明年便要推行“子之新政”，燕国朝野目下一片风声鹤唳。齐宣王显然有了一种急迫感，想赶紧在齐国动起来。孟尝君笑道：“我王但有变法心志，便须谋定而后动。我看还是请武安君全盘谋划，不必与别国虚争声势。”齐宣王道：“也是，你便说，如何做法？总不能不动了？”孟尝君道：“我王须仿效秦孝公，只要一件事做好：用好苏秦，给苏秦足够权力。”齐宣王思忖一阵道：“好！你知会苏秦，准备好变法成案，本王立即着手为他铺垫。”孟尝君大是兴奋，向齐王深深一躬：“如此则齐国幸甚，我王幸甚！”告辞出宫，匆匆去找苏秦了。

临淄城南有一条小巷，名字叫做客巷，住着十几名客卿，苏秦也住在这里。

客卿，是诸侯林立战国纷争时的一种官场异象。究其实际，客卿不是官员，而只是国君赐给外国流亡官员，或一时不好安置的人物的一个官身名号，表示国府在养着你而已。客卿既无爵位等级的高低，也无官署可以归属，更无实际执掌，日常费用由掌管邦交的官署通过驿馆吏员来供给，实际便是寄居而已。中原各国的客卿，通常都是住在驿馆当做宾客。齐国富裕，也素有敬贤之名，给客卿每人配有一座府邸一辆车。说是府邸，实际上是一座五六间房勉强算得上两进的小庭院；说是车，却不是有伞盖高低之分的轺车，而只是一匹马驾拉的低厢板车而已。在齐国，如此规格只不过等同于稷下学宫一个三等学子而已。这些客卿大都是不得已而流落，既无财货与高车骏马去周游结交，也没有贵胄重臣来拜望。于是，这条小巷分外冷清，冬日里海风飕飕，几乎见不到人影。

孟尝君特意驾了一辆最轻便的单马轺车前来。纵然如此，那辚辚隆隆的车声，在小巷石板路上也是声势惊人。一扇扇大门吱呀吱呀地相继打开，纷纷有人探出头来要看个究竟。见来人竟是孟尝君，且轺车直向最深处驶去，小巷中顿时惊炸了。

“卷土重来！苏秦又要出山了！”一个客卿很自信地对开门邻居高声宣布。

抛下身后的惊叹议论，孟尝君径自进了那座小小庭院。庭院与小巷一般冷清，院中那棵大树落下的黄叶满院飘落，沙沙作响，一片萧疏。孟尝君穿过正房中间的过厅，进到后院，也就是第二进，高声喊了一句：“武安君，我来了。”旁边一扇小门吱呀一声，一个老人出来笑道：“敢问大人高名上姓？客卿大人出门了。”孟尝君板着脸道：“你是官仆？”老人笑道：“正是。”孟尝君道：“官仆就如此坐大？大门不守，落叶不扫，窝在房里睡大觉么？”老人连忙一躬道：“老奴何敢如此？客卿大人烦几家邻居好看稀奇，吩咐大门竟日开着，院中落叶，客卿大人也不教扫，说是天地气象。老奴一日只做两餐菜饭，连开水也只能煮两壶，实在是闲得发慌。”孟尝君叹息了一声：“既然如此，也不怪你。大人哪里去了？”老人道：“大人出门，从来不给老奴招呼。不过，老奴估摸着也该回来了，到饭时了。”

正在说话，便闻前院落叶沙沙的脚步声，一个声音传了进来：“家老，与谁说话？”老人碎步向前高声道：“大人回来了好，有客！”孟尝君回身笑道：“武安君，好悠闲了。”苏秦高兴地笑起来：“孟尝君，你如何找来了？来，好在有太阳，院中坐了，家老，上茶。”老人听说是孟尝君，慌得话都说不利落了，一溜碎步去烧水煮茶。

庭院浅小，没有遮阳的高屋层楼，过午的冬日西晒了整个庭院。两方石凳一张石板，倒是被落叶埋了一半，人仿佛坐在郊野一般寂寥。孟尝君不禁一叹：“当日我直去了秦国，没有陪你来临淄，不想竟教你窝在如此府邸，田文惭愧也。”苏秦笑道：“很好了啊，庄子一座茅屋，不也舒畅得很么？至乐不乐，在乎人心。”孟尝君惊讶道：“如何？你去过蒙山逍遥峰？”苏秦笑道：“两三年前去过，虽不敢说是先生知音，也算是友了。”说着一声深重的叹息，“庄子夫人去了，多美的一个女子，临去时也是笑吟吟的。”

“你？你知道庄子夫人过世？”孟尝君更惊讶了。

“我在蒙山守了一夜。”苏秦点了点头。

“你知道我等去么？”孟尝君愣怔了。

“知道。我知道你会去，春申君也会去，都是庄子的地主之友啊。”

孟尝君长嘘了一口气：“不说庄子了，一说庄子，世间一切事都索然无味，只遨游隐居来劲了。”苏秦大笑道：“倒也未必，世间总要有做事者。都去做庄子，庄子也就贱了。”孟尝君笑道：“还是苏兄见识高。哎，我来是给你说，齐王请你谋划变法定案，不日要郑重请你出山。”苏秦没有丝毫惊讶，只是笑了笑：“如何？齐王通了？”孟尝君道：“通了。我看这次是大通。”苏秦点了点头，思忖着没有说话。

一阵急促的脚步声，老仆急急来道：“禀大人，门外有人请见！”

孟尝君笑道：“有人请见，慌张何来？”

老仆道：“此人拄着一支铁拐，背上还有一段黑糊糊物事……”

“铁拐？”孟尝君眼睛一亮道，“我去看看。”大步流星到了前院。苏秦刚刚起身，便听见孟尝君惊讶的声音：“张兄，你这是甚个讲究？”苏秦已经出了过厅，只见小庭院中站着一个熟悉的身影，分明便是张仪，只是那样子却令人吃惊：寒冷的冬日只穿了一件薄薄的布长衫，既没有高冠，也没有官服，散乱的长发披散在肩头，完全是一个寒士模样。但更令苏秦与孟尝君吃惊的，却是他身上背了一支干枯带刺的荆条！

见苏秦出来，张仪一扯胸前布带，从背上拿下了荆条，双手捧着深深一躬：“张仪心胸浅薄，以恩为仇，敢请苏兄打我荆杖！”

“张兄！”蓦然之间，苏秦泪水盈眶，扑上去紧紧抱住了张仪。

孟尝君哈哈大笑，却又惊讶喊道：“快松开，荆条夹在胸前，都带血了！”说着上去分开两人，细心地拿下了那根指头粗细的荆条，黑糊糊的干刺上血迹斑斑，连张仪的布衫都扎破了。饶是如此，苏秦张仪全然不觉，泪眼相顾，兀自开怀大笑。

“好事！痛快！”孟尝君大乐，“家老，有酒么？”

老仆忙不迭道：“酒不好，有两坛。”

“有就好，快拿出来！走，张兄苏兄，到里院坐。”孟尝君完全变成了主人在张罗。

老仆连忙去提了酒坛，拿着大碗碎步跑了过来，满脸惶恐道：“大人，没得下酒之物。只有，只有一筐羊枣儿，实在……”孟尝君笑道：“羊枣儿就好，拿来便是。”苏秦一边忙着进屋找了一件绵袍，出来给张仪穿上，一边笑道：“这筐羊枣儿，还是家老的儿子看他老父送来的，今日正摊上，惭愧惭愧。”张仪看小庭院中萧疏一片，苏秦的旷达中透着一种从未有过的落寞，原来已经变黑的头发，已经真正地变成了两鬓斑白，消瘦清癯得架着一件丝绵袍空荡荡的不显身形，心头直是酸楚。

但张仪毕竟豁达明朗之人，况苏秦复出的机会便在眼前，揉揉眼睛笑道：“羊枣儿好啊！当年我们常常给老师采一布袋，每每在月下讲书毕了，老师便用羊枣儿下酒。”苏秦接道：“老师还用干羊枣儿泡酒。有一冬快过年时，张兄打扫老师的山洞书房，偷着喝了老师半坛羊枣儿酒。孟尝君，你猜老师如何惩罚？”孟尝君童心大起道：“我想想，打！屁股打肿！”苏秦一本正经道：“非也。老师罚他，将那半坛再喝了。”

“痛快！好个鬼谷子！”孟尝君将石案拍得啪啪响，“张兄啊，你好福气！偷酒得福，定然是醉翻了。”苏秦接道：“张兄心里偷着乐，却愁眉苦脸对老师请求，说偷酒是师兄望风，师兄该当一起受罚。老师捋着白胡子笑了，‘好啊，同伙，一起受罚。’张兄便将我喊了来一起喝。那羊枣儿酒啊，凛冽中透着酸甜爽利，我俩直嚷着好喝，不消片刻便喝完了半坛。”孟尝君一副渴慕的神色紧追道：“啧啧啧，这羊枣儿酒喝了，何等后劲儿？”苏秦笑道：“你问张兄了。”张仪摇头笑道：“何等后劲儿？嘴唇肿了三日，不能吃饭，不能说话，只能面对面不断地呜噜呜噜……”一言未了，孟尝君笑得前仰后合，苏秦张仪两人也大笑起来。

孟尝君来了兴致，将一筐羊枣儿摆在石案中间，举起大碗慨然道："来！双喜齐至，羊枣儿下酒，干了！""干了！"苏秦张仪也举碗齐应，"当"的一撞，三人一饮而尽。孟尝君撂下碗笑着叫了起来："噫！酒尾子，又淡又辣！"张仪笑道："收不住酒意，再加一个散字。散淡辣，谓之酒尾也。"苏秦哈哈大笑："快，羊枣儿上了。"三人各抓一把羊枣儿塞进口里大嚼，酸甜爽利，特别上口，淡辣之气顿时大解，三人同时喊了一声："再来！"不禁又是一阵大笑。

再看这羊枣儿，小小颗粒如小指肚儿，颜色黑红发紫，枣肉也只有钱般薄厚，酸甜味道却极有劲力，三人不禁啧啧称奇。张仪拈着一枚羊枣儿笑道："你等可知，秦人将羊枣儿叫甚个名字？"孟尝君笑道："那谁知道？"张仪道："羊枣儿是孟子叫开的。秦人叫它'羊屎枣儿'。你看，又小又黑，像不像羊屎蛋？"孟尝君摇头笑道："不雅不雅，纵像羊屎蛋又能如何？还是老孟子叫得好。"苏秦笑道："雅从俗中来，无俗何谓雅？原本说不上好坏。"孟尝君眨眨眼笑道："算你为俗请命了，你可知道，这天下有几多种枣儿？"苏秦一怔："哟，还当真不知，你说说看了。"

孟尝君掰着指头道："壶枣儿、要枣儿、白枣儿、酸枣儿、大枣儿、填枣儿、苦枣儿、虰枣儿、唐枣儿、紫枣儿、历枣儿、三星枣儿、骈白枣儿、灌枣儿、青花枣儿、赤心枣儿；以地划分，还有齐枣儿、安邑枣儿、河内枣儿、东海蒸枣儿、洛阳夏白枣儿、梁国夫人枣儿；以牲畜跑物命名者，还有狗牙枣儿、鸡心枣儿、牛头枣儿、猕猴枣儿、羊角枣儿、羊枣儿、马枣儿；说到神仙嘛，还有西王母枣儿！数数，一共多少？"张仪大笑道："嗬，好学问！一口气说了三十种枣儿名字，当真了得！"孟尝君得意笑道："两位大兄那么大学问，我这粗汉不长点儿记性，活得下去么？"三人又是一阵大笑。

羊枣酒尾子喝得快乐，不知不觉的红日西沉了。

孟尝君出去了一会儿，回来吩咐家老只管清扫庭院，莫要再忙其他琐事。片刻之后，两辆高厢牛车咣当咣当地到了大门口，几个年轻力壮的仆人穿梭般往里搬物事。舂好的米、磨好的面、宰杀好的猪羊、风干的鱼虾、泥封坛口的兰陵老酒、捆扎停当的冬菜、大罐小坛的油盐酱醋、挡风的厚布帘、大大的燎炉、几口袋木炭等诸般应用物事应有尽有，而且还来了一个精于烹饪的厨工。

张仪笑道："雪中送炭，孟尝君也！"苏秦苦笑道："孟尝君，何苦这般折腾？弄得一片光鲜，我倒是不自在了。"孟尝君大笑道："你自在了，我这脸面却何处搁去？再过十天半月，我想逢迎只怕都进不得门了。"张仪笑道："逢迎的车马堵住大门了？"孟尝君道："张兄明白人，我得抓这个机会。"说得三人一阵大笑。

不消半个时辰，这座黄叶萧疏的小庭院顿时灯火明亮，变得富丽光鲜温暖舒适起来，满院都弥漫着厨屋散发出来的浓浓肉香。三人坐在正房厅中，一眼便能望见厨下灯火与厨工的刀铲影子翻飞，感觉从来没有过的新鲜。孟尝君笑道："平日里庭院深深，哪看得如此温馨红火景象了？"张仪慨然道："要说起来，苏兄大家，也没经过此等小庭院日月。张仪小家庭院，从小便如此了。"苏秦道："孔子所说的天下大同，大约便是家家户户如此了。"张仪道："家家如此，谈何容易？"三人一时默然了。

过得片时，酒菜进来，三人开怀痛饮。孟尝君说起了齐王决意起用苏秦变法的事，张仪大是高兴，立即提议大饮了三爵，慷慨激昂地备细说了商鞅变法的经过，以及他对秦法的体察，还给苏秦出了许多主意。苏秦听得很是专注，却很少说话。

孟尝君笑道："张兄说了如此多，其实只要钉死一条即可。"

“哪一条？”

“秦国会不会突然进攻齐国？”

苏秦脸一沉：“孟尝君，邦交有道，何能如此问话？”

“不打紧，此话却是说得。”张仪微微一笑，“自秦国崛起，山东六国便怪象百出：做好事是抵抗秦国威胁，做坏事是迫于秦国威胁，明君良臣喊秦国威胁，奸佞贪官也喊秦国威胁。一言以蔽之，都将秦国威胁做了自己的救命稻草。孟尝君何等人物，都将秦国威胁看做了变法能否成功的根本一条，可见此痼疾之深也。”张仪说着说着语气凝重起来，“可究其实际如何？秦国实力不足，秦国也很害怕山东六国的合纵抗秦。否则，张仪的连横如何成了秦国国策？说到底，方今天下都在扩展实力，都需要扩展实力，也都需要时日。谁抓住了机会，扩展得快，谁便占了先机。谁坐失良机不扩展，谁便自取灭亡！苏兄心中最清楚，纵是秦国从今日开始灭国大战，齐国也是最后一个，至少还有十年时间。”张仪长长地叹息了一声，“十年啊，十年可以做多少事？要说威胁，秦孝公与商鞅变法二十三年，时时都有被六国瓜分的大险，那才是真正的威胁！可他们君臣就是挺住了，挺到了最后，挺到了成功。有人说，那是天意。可不要忘记，变法的每一关口，都有更多的人说：遵循祖制是天意，变法是逆天行事。想想春秋战国三百余年，天意在哪里？不在别处，就在人心！就在当事者的强毅胆略，就在百折不挠的坚韧！威胁在哪里？不在别处，就在自己心里！而不在秦国或是六国！孟尝君，我算答复了你么？”

张仪这番话当真是肃杀凛冽掷地有声，说得孟尝君额头冒汗，冷不丁打了一个激灵站起来，深深一躬道：“张兄一剂猛药，田文一身冷汗，无地自容也。”苏秦感慨万端地叹息了一声：“张兄啊，你入秦十多年，精进如斯，苏秦自愧弗如了！此番见识，令我心颤，又令我气壮。好，好得很哪！”

张仪本来激动得面红气粗，此刻却有些不好意思起来。苏秦与孟尝君，那可都是目空天下的人物，纵是对才堪匹敌的张仪，那也从来没有说过一个“服”字，遑论“自愧弗如”与“无地自容”四个字？此刻说来，自然绝非虚应故事。张仪笑了笑拱手道：“两兄奖掖，张仪愧领了。索性，我自赏一爵罢了！”说罢举起大爵一饮而尽。

“那不行。”孟尝君急急道，“我俩也要庆贺一爵！”苏秦笑应一声，叫张仪再领赏一爵，三人又干了一大爵。

撂下酒爵，苏秦若有所思道：“看来，秦国养人胆气。张兄这番话，非以才华利口服人，却是以英雄胆气立威。可以想见，这种胆气弥漫在秦国朝野山乡，却是何等气象？我听过那句秦人的口誓：‘赳赳老秦，共赴国难！’就这一句，民心胆气浩浩荡荡。那刚猛的步态，那高亢的秦音，那粗朴坚实的民风民俗，日日耳濡目染，滋养了张兄的英雄胆气啊。”说着叹息了一声，“我苏秦在六国之间盘旋十多年，胆气竟丝丝缕缕地飘散了。每每看到失败后的分崩离析，每每看到危难面前的君臣倾轧，我便心痛如割。时日长了，竟常常空落落的。不知从何时起，苏秦喜欢上了庄子，常常想到何如撒手隐居？一个纵横家，一个纵横家啊……”说着说着，眼眶湿润了。

“苏兄，英雄有本色。”张仪眼眶也湿润了。

月上中天，海风呼啸，三人感慨唏嘘地一直说到了天亮。

四 天齐渊波澜诡谲

河消冰开，咸咸的海风变得温柔的时光，临淄猛烈地摇晃了起来。

齐宣王仿佛变了个人，精神抖擞，王令频频，杀伐决断毫不留情。

先是在春耕大典后的朝会上，突然任命孟尝君为上将军，授兵符王剑，全权执掌齐国四十万大军。元老大臣们虽然惊疑，却也无从劝谏。孟尝君本来就是齐威王晚年器重的王族公子，合纵以来已经是名满天下，齐宣王即位后虽然一直没有授孟尝君实职，但也没有贬黜，如此一个人物，执掌军权也算是无可厚非。

元老们刚刚平静下来，齐宣王又是一道王令：起用苏秦为丞相，赐九进府邸开府，全权处置国务。这一下可是满朝大哗！苏秦虽然名重天下，但离燕入齐，本来只是一个流亡客卿，如何能做得齐国开府丞相？更令元老们深感不安的是：苏秦历来主张以变法强国为抗秦根基，他做开府丞相，不是明摆着要在齐国变法，要对老贵族动手么？

正在元老大臣们惊恐之时，齐宣王又是一道王令：起用稷下学宫七名青年学子为实职中大夫，入丞相府为属官。苏秦丞相府又立即出令：任命七大夫分掌盐铁、田土、官市、仓廪、百工、刑罚、邦交七个官署，几乎囊括了所有的办事实权，将元老大臣们的权力几乎全部架空。紧接着又是一连串的王令：王宫禁军大将换了，宫门司马换了，执掌机密的王宫掌书、御史换了，要害大县的县令也全换了。

临淄城动荡起来了，元老大臣们惶惶不安，纷纷出城，聚集到了一个神秘的山庄。

淄水从临淄城外流过，北去五十里汇入了两山夹峙的一片大泽，形成了一片肥美的河谷。这片山地叫做牛山，山中涌流出五条山泉，汇成了山下这片大泽，叫做天齐渊。相传，周武王将太公姜尚封到东海时开始没有国号，太公听了天齐渊之名，便请周武王赐国号为“齐”，可见这片大水之古老有名。天齐渊东岸有一座很大的庄园，依山傍水，绿树环绕，幽静美丽得仙境一般。

这座庄园叫做天成庄。“天”字依了天齐渊，“成”字却是主人的封号——主人是已经退隐了的成侯驺忌。

驺忌是个永远教人揣摩不透的传奇人物。他原本是著名琴师师旷的弟子，精通音律且弹得一手好琴。后来入宫给齐威王做了乐师，经常给齐威王讲说乐理乐法。齐威王惊讶于驺忌乐理乐法中隐寓的治国之道，教他做了一个职同中大夫的乐博士。谁知这驺忌处事得当，将一班数百人的乐师歌女统辖得井然有序，还不断有高雅的新歌舞新乐曲推出。齐威王爱惜这个与王室贵族毫无瓜葛的人才，又拜驺忌做了上大夫，几年之后竟做了丞相。论才能，驺忌既不是学问精深的治国名家，又不是通晓战阵的兵家名将，各方皆是平平。可驺忌天生的长于周旋，且城府极深，揣摩上意往往是出奇的有准头。几年丞相做下来，竟成了与上将军田忌平分秋色的股肱大臣。

田忌是王族大臣，素来瞧不起驺忌这个出身乐师的丞相。田忌与孙膑协力，两次战胜魏国后功高望重，更是极力举荐孙膑出任丞相，取代驺忌。驺忌恨上了田忌，竟想出了一个匪夷所思的法子，整倒了这个王族名将。

田忌又打了一次胜仗后，驺忌派一个叫做公孙阅的心腹门客带了十个大金饼，找到了一个以龟甲占卜著名的巫师，说："我是上将军门人，上将军三战三胜，声威震天下，目下欲举大事，请大师为之一卜吉凶，万莫对他人说起。"待占卜完毕，公孙阅刚走，太史令派来纠察占卜者的官员随后赶到，将巫师抓了起来，连同方才占卜的龟甲卜辞一并押进了王宫。也是齐威王素来防备王族大臣，一审巫师，便对田忌怀疑了起来，派出特使收缴了田忌兵符。田忌得到消息大为愤怒，立即发兵包围临淄，请命齐威王立杀驺忌。谁知齐威王与驺忌已经做好了准备，坚守不战。田忌久屯无粮，军心涣散，只好只身逃到楚国去了。

从此，驺忌成了大功臣，被齐威王封为成侯，封地只比君爵小了二十里。

有了侯爵，有了封地，驺忌理所当然地成了贵族。齐国老贵族们见驺忌雍容谦和敬老尊祖，便经常找驺忌商议一些有关贵族利害的对策。时间长了，驺忌隐隐然成了临淄贵族的主心骨。但是，驺忌对权力与国事却渐渐淡漠了。一则，是他看准了在齐威王这样的强悍君主麾下做臣子，随时都有覆舟之危；二则，是他觉察了齐威王对处置田忌孙膑的悔意，以及对孟尝君等一班新进的器重。自己一个乐师根底，并非几代根基的老贵族，若在权力场栽倒，一切都烟消云散。反复揣摩，他终于在一个非常恰当的时机上书请求退隐，而且没有荐举接手丞相。齐威王没有照准，他便再辞，连续三辞，终于获准。齐威王虽然没有说什么，却将驺忌的封地增加了三十里。重要的是，这三十里封地便在天齐渊东岸，离临淄城只有快马半个时辰的路程，既清幽肥美，又毫无闭塞，简直就是王畿封地一般。

驺忌很明白，这块封地名为“特赐颐养”之地，实则是齐威王防备他这样一个权臣远离都城而悄悄坐大，他必须在国君视野之内归隐。因了这一切心照不宣的规矩，驺忌在天齐渊的田舍翁做得很扎实。终齐威王晚年之期，驺忌从来没有进过临淄。新王即位，他也没有鲁莽，依旧在冷眼观察。渐渐地，他终于看清了这个新齐王的面目，觉得自己可以出山了。临淄的老贵族们也已经拟好了奏章，要“公推成侯驺忌出山，任开府丞相，恢复先王之富强齐国”。

正在此时，临淄都城风云骤变，竟与驺忌的预料南辕北辙。

驺忌第一次蒙了，猛然警觉自己太过轻率，低估了这个田辟疆。毕竟，王室王族居于权力中枢，拥有的实力是无可匹敌的，一步踏错，灭亡的只能是自己。想来想去，驺忌终于又蛰伏了下来。他相信，如此大的剧烈震荡，临淄贵族们一定比他更焦躁。

驺忌没有错料，贵族们急匆匆地来了，三三两两地拥到了天成庄。旬日之内，天成庄成了“狩猎者”云集的所在。驺忌一个也不见，庄前日日车马如梭，仿佛一个狩猎车马场一般。

“禀报成侯，十元老一齐来了。”白发家老匆匆来到水榭报告。

驺忌正在抚琴，闻言琴声戛然而止：“十元老？却在何处？”

“斥候报说，已经过了淄水，狩猎军士已扎了营，估摸小半个时辰必到。”

驺忌推开了那张名贵的古琴，思忖片刻道：“备好酒宴，十元老要见。”

家老去了，水榭的琴声又响了起来。十元老是封地在三十里以上的十家老贵族大臣，其中六家都是田氏王族。在齐国，除了一君（孟尝君田文）一侯（成侯驺忌），他们既是齐国最有实力的十家贵族，又是所有贵族的代言人，别人可以不见，这十元老可不能不见。他们要听驺忌的高见，驺忌也要听他们的高见。

一曲终了，遥闻庄外马蹄声疾，驺忌信步踱出了水榭，刚刚走到庭院廊下，便闻大门外一片粗重的脚步声与喧哗笑语卷了进来。

“成侯别来无恙乎？！”为首一个斗篷软甲精神抖擞的老人高声笑道，“经年不见，成侯更见矍铄也！”

立即有人高声呼应：“谁不知晓，成侯当年是齐国美男子！与城北徐公齐名也！”

“徐公是谁呀？成侯比他美多了！”

“那是那是！成侯乃人中之龙，一介布衣如何比得？”

“成侯也是白须白发，老朽也是白须白发，如何这精气神就不一般？”

“笑话！一般了，你不也是成侯了？”

一片笑声歆慕，一片溢美赞叹，庭院中分外热闹。驺忌仪态从容地拱手笑道："列位大人，春草方长，狐兔出洞，猎物如何啊？"众人七嘴八舌笑道："草长狐兔藏，看见猎物，射准却难。""猎物多了，都在心田里头了。""别说了，今年狩猎最晦气！""我看，明年不定连狩猎地盘都没有了！"驺忌虽然带着笑意四面应酬，却将每个人的话都一字不落地听了进去，脸上一副心不在焉的模样。

众人进入正厅，坐案已经摆好，饮得一盏热茶，酒菜整齐上案。元老们一看，无不啧啧称奇。原来，上案的酒器餐具没有一件金铜物事，青铜食鼎、青铜大爵、金托盘、象牙箸统统没有，所有的菜肴都用本色陶器盛来，连酒具都是陶杯。可奇怪的是，这些陶器上得座案非但丝毫不显寒酸，反而透出一片别有韵味的高雅。一个老人端详了片刻，惊讶笑道："呀！老朽明白了，这些陶器是成侯专门烧制也！"另一人也高声惊叹："对了！形制古雅，还有铭文，当真难得！"于是又是一片溢美赞誉之辞。驺忌谦和笑道："老夫寒微之身，只喜欢这些粗朴之物，如何有诸位大人那些贵重器皿了？"说罢举起了那只本色陶杯："诸位大人狩猎出都，光临寒舍，老夫不胜荣幸。来，同干一杯，为诸位大人洗尘。"

一杯酒落肚，驺忌只是笑语寒暄，绝口不提朝政国事。元老们按捺不住，终于是斗篷软甲的老人开了口："敢问成侯，临淄已经是满城风雨，你能如此安稳？"

说话者名叫陈玎，原是齐桓公田午时的上将军，说来也是王族远支。齐国田氏王族的鼻祖是田完，田完的本姓为陈，是陈国公族的后裔。陈完在陈国争夺国君之位失败后，逃到了齐国，改姓了田。八代之后，田氏取代了齐国政权，却沿用了"齐"这个国号。田氏在齐国经营二百余年，期间一些部族分支恢复了陈姓。但在齐国朝野，却历来都认做"田陈两姓，一脉同源"，陈氏大臣历来都被看做王族贵胄。田氏当齐的百余年下来，陈姓成为权臣贵胄者，反而比田氏王族多。于是，临淄城便有了"要想贵，田变色"的民谣。这陈玎是王族大臣中资深望重的元老，胆气粗豪，为十元老之首。

"老将军所言，老夫不明，临淄如何满城风雨了？"驺忌很是惊讶。

"成侯啊，莫非你当真做隐士了？"陈玎一声感慨，备细说了驺忌了如指掌的人事变化，末了拍案道，"成侯明察：如此折腾，是可忍，孰不可忍！"

一个苍老的声音跟道："换几个人事小，根本是换了人做何事？"

"还不清楚么？说是变法，其实明白是要改变祖制，逆天行事！"

"说到底，还不是夺我等封地财赋？狼子野心！"

一片愤激的叫嚷，驺忌始终只是沉默不语。渐渐的众人都不说话了，只将一对对老眼直勾勾盯住驺忌。驺忌叹息一声道："齐王执意如此，必有其理也，我等退隐臣工，又能如何？"

"成侯说话好没气力！"陈玎拍案高声道，"我等来讨教主意，你却只是摇头叹息，莫非你是怕了田文苏秦一干人不成？"立即有人跟声应道："成侯只需理个主见出来，老朽破出命干了！""对！不动便要被人剥得一干二净，左右得拼了！""我等老命怕甚来？赢了留给子孙一片封地，输了老命一条！""对！拼了！不能教苏秦猖狂！"末了座中一口声地喊起来。

驺忌也不制止，也不掺和，直到众人又都直勾勾地盯住他，方才不紧不慢地开了口："列位对先王成法如此耿耿忠心，老夫自不能置身事外。只是兹事体大，须得在理上站住根基。老夫忖度，列位大人坚守三法：其一，以'三变破国'力谏齐王；其二，以'终生破相'猛攻苏秦；其三，以'尾大不掉'对付孟尝君。有此三法，至少不败。"

元老们听得瞪大了眼睛，骤然之间参不透其中玄机。

陈玎拍案道：“成侯，你就明示我等了，一法一法地说，破了闷葫芦。”

于是，驺忌款款开说，直说了几乎一个时辰。老贵族们听得连连点头兴奋不已，末了异口同声地喝了一个“彩”字。这顿酒直喝到月亮爬上了牛山，驺忌不留客，敦促元老们到狩猎营地去住。一片马队从天成庄卷了出去，次日一大早又卷回了临淄。

苏秦第一次尝到了大忙的滋味儿。

合纵之时苏秦也忙，但那主要是谋划对策与连续奔波，从来没有事务之累。目下却是不同，开府主政，发动变法，事情多得难以想象。尽管事先已经谋划好了大的方略，但要一步步落实却是谈何容易？先得理清齐国的家底：人口、财货、仓廪、府库、官市、赋税、封地、王宫支用、大军粮饷、官员俸禄等，调集了二十多个理账能手昼夜辛劳，一个月才刚刚理出个头绪，许多数字或取或舍，都要随时请苏秦定夺。其次，是起草新法并各种以齐王名义颁发的王书，这班人马主要是稷下学宫的几位名士，但苏秦却是主心骨，几乎是须臾不能离开。再次是纷杂的官署人事变动。权力格局骤然有变，临淄官场如同开了锅一般沸腾焦躁。丞相府日夜车水马龙，求见的官员满当当挤在头进大庭院等候，苏秦简直无法出门。纵是苏秦才华过人处置快捷，也忙得陀螺般旋转，一日勉强两餐，只睡得一两个时辰，连如厕也是疾步匆匆。再后来，相府主书便在苏秦茅厕的外间设了一座，如厕时万一有紧急事务或公文，官员便在茅厕外间向他禀报念诵。

如此两个多月，苏秦骤然消瘦了。可奇怪的是，消瘦归消瘦，脸色却是越来越好，那黯淡的颜色竟渐渐变得红润了。最令人惊奇的是，苏秦那一头几乎完全白了的须发又神奇地变黑了。临淄官场人人议论，一片惊疑感叹。

这一日过午，苏秦匆匆喝了半鼎鱼羊炖，生出一阵内急，连忙三步并作两步去了茅厕。谁想刚刚蹲下，茅厕外间便有匆匆脚步走来："禀报丞相，王宫掌书到府，请丞相立即入宫。"苏秦吭哧道："知道、事由么？"主书道："十元老捧血书入宫，说要死谏齐王。"苏秦顾不得狼狈，倏地起身，拉上大裤走了出来："备车，去王宫。"主书苦笑道："丞相，满院都是官员，正门出不去。"苏秦急迫道："正门出不去出偏门，快！"

片刻之后，一辆四面垂帘的篷车从偏门悄悄地驶进了王宫。宫门内侍立即将苏秦领进了西偏殿，一眼看去，苏秦脸色黑了下来。

西偏殿是齐王夏日议事之地，宽敞通风，座案地毡墙壁都是浅淡的本色。平日里这座殿堂明亮凉爽，此刻却是怵目惊心的一片幽暗。白发苍苍的贵族十元老跪成了一排，都是一身丧服黑袍，高举着三幅白绢，上面挤满了血淋淋的红字——"三变破国"！"终生破相"！"尾大不掉"！齐宣王面色铁青，旁边的孟尝君一脸嘲讽的微笑。

见苏秦走了进来，齐宣王点头，示意他入座。待苏秦坐定，齐宣王咳嗽一声道："诸公都是齐国元老重臣，出此狂悖举动，本当治罪。念变法欲行未行，你等不甚了了，姑且不予追究，容你等将欲谏之言当殿说明，本王自有定夺。陈玎，你先说。"

抖动着那幅"三变破国"的血书，陈玎嘶声道："我王明鉴：齐国已经有过了两次变法，田氏代齐为第一次，先君威王整肃吏治为第二次。目下之齐国，已经是天下法度最为完备的邦国！律法贵在稳定，已经一变再变，如何还要三变？今我王轻信外臣蛊惑说辞，要在齐国第三次变法，实在是荒诞不经，战国以来闻所未闻。如若三变，齐国必破！

三变破国，我王明鉴。”

齐宣王冷笑道：“也算一理，‘终生破相’如何说？”

一个元老高声道：“臣等有机密面陈，只能说给我王，他人须得回避！”

“岂有此理！”齐宣王显然生气了，“一个是丞相，一个是上将军，国有何事不可对将相言说？无须回避，你等说便是。”

这番斥责却是元老们没有想到的，理由又是堂堂正正，老臣们一片粗声喘息。沉默片刻，陈玎亢声道：“我王既作如此说，臣等也索性将秘事当做明事说了。老太史，你便说。”

“老臣也只好如此了。”一个清癯的白发老人颤巍巍挺起了腰身，他是齐威王时的太史令晏岵，人称太史岵，是春秋姜齐名臣晏婴的后裔，也算是齐国的数百年望族了。他看了看苏秦道：“我王用苏秦变法，诚为大误。此人面相寒悲，眉宇促狭，步态析离，乃不留功业之破相也。唯其如此，此人终生奔波，一事无成，纵有小彩，大毁亦必随之而来，此谓终生破相。我王若执意重用此人，非但不能建功，犹恐有破相败国之累，望我王三思而后行。”

当时的太史令在各国都是重臣，有任何人都无法替代的两大优势：一是编修国史，可以史为鉴劝谏国君；二是掌天文星象，可代天传言劝谏国君。敬畏祖先敬畏上天，恰恰是天下法统的根基，一个对祖先足迹与上天机密都了如指掌的太史令，其进言拥有常人难以企及的分量。一言罢了，殿中一阵微妙的肃杀沉默。

“妙极妙极！”孟尝君突然大笑起来，“太史岵，我倒是猛然想起，齐国这些年不顺，原是你这败相破国了。诸位请看：这尖腮鹰隼，猴步寒声，一副孤寒萧瑟，整日老鸦般呱呱聒噪，岂能不破相败国？诸位说说，如此之人该当何罪！”

“孟尝君，你，你，岂有此理……”晏岵本斯文老名士，面对这尖酸刻薄的戏谑，又羞又恼，一时大窘，浑身颤抖得说不出话来。

“孟尝君大辱斯文，成何体统？该当治罪！”陈玎嘶声高喊起来，十元老一片呼应，“成何体统？该当何罪？”喊成了一片。

孟尝君哈哈大笑：“斯文？你等还晓得斯文？整个一通狗屁，臭不可闻，破相败国！”

“我王明察：如此大臣，成何体统啊……”十元老一片声地叩头嘶喊起来。

齐宣王不耐之极，“啪”地一拍书案：“术士之言，枉为大臣！若再无话说，本王退朝。”这一下发作，大出老臣们预料，一时愣怔，后悔与孟尝君纠缠了。

“我王容禀。”一个苍老的声音缓慢地回荡开来。

这次却是另一个颇具神性的人物开口了，他是太庙令陈诜。太庙是王室供奉祖先的神圣庙宇，太庙令便是掌管太庙祭祀的大臣。通常但有大事，国君都要到太庙祭祖，一则请求祖先庇护，二则在祖宗面前占卜吉凶。因了这两个特殊用场，太庙令成了巫师与卦师的化身，分量与太史令不相上下。这陈诜与陈玎一样，都是王族远支，但他有一处为别人所不及，是十元老中唯一的在职大臣，也就是还没有退隐。

陈诜似乎很茫然，谁也没有看，声音很是稳当实在：“我王以田文为上将军，此乃失察也。田文本是靖郭君庶子，生性纨绔奢华，蒙先王重用，立嫡封君，却从来不务经国之道。此人大养门客，几达三千余，封地私兵亦有万人之众。更令人咋舌者，田文在封地烧毁全部隶农债券，收买民心，竟敢公然称为‘狡兔三窟’！此等人物一旦握兵，臣恐坐大为患，成尾大不掉之势。其时，我王何以自处乎！”

随着元老们的奏对，齐宣王的脸色越来越难看。陈诜刚刚说完，他便拍案怒道："尔等元老，如此捕风捉影，当殿流播蛊惑之辞，算得国事对策么？本王不听也罢。尔等下殿去！"

"我王差矣！"陈玎高声抗辩道，"原是我王许臣等尽言，更逼臣等将秘事公开，既已言明，我王便当批驳有道，何能不了了之？！"其余元老们也抖动血书同声附和："老将军所言极是，我王不能不了了之！"那一片苍老的头颅一齐叩地咚咚，没有一个人起来。

齐宣王是一下子愣怔了，这才真正意识到事情远比他想象的要严重得多。这些元老们显然有备而来，大有以死谏威胁他就范的意味。骤然之间，齐宣王竟不知如何应对了。孟尝君面色铁青，碍着方才弹劾他的恶言，他只有等齐宣王命令行事。齐宣王一愣怔，急切间也不知如何扭转这个僵持局面了。

"臣启我王：请准苏秦与元老们辩驳国事。"苏秦从容不迫地站了起来。

"好！"齐宣王立即拍案，"丞相尽管驳难，本王洗耳恭听。"

"敢问陈玎老将军，所谓三变破国出自何典？抑或何人杜撰？"苏秦开口了。

"这与你何干？只需占得大道公理便是！"陈玎满脸涨红。

苏秦哈哈大笑："只可惜也，全然信口雌黄！"瞬息之间，驰骋六国朝堂的名士气度在苏秦身上又神奇地复活了，他在元老们面前悠闲地踱着步子，目光却始终盯在陈玎的脸上，"顺势而动，应时而兴，此乃三千年来邦国兴亡之大道。五帝不同道，三王不同法，舜变尧，禹变舜，商汤变夏桀，周武变殷纣，平王变西周，三家分晋变春秋，李悝新法变战国，商鞅新法变强弱。亘古三千年，一个'变'字囊括了天下风云！善变者强，不变者亡，岂有他哉！战国以来，魏国两代巨变而成霸主，魏惠王没有第三变而一落千丈。秦国两次小变，出不得函谷关一步，孝公与商鞅第三次大变，而成天下第一强！所谓三变破国，可曾在一个国家应验？！”见元老们喘息一片，目光却显然不服，苏秦口气一转道，“再说齐国，太公田和之变在国体，先君齐威王之变在吏治，既非法度完备，更未触及根本。根本何在？在于田制、封地、隶农、政体四大症结。我王第三变，正是要真正彻底地像秦国那样变法。这第三变恰恰是齐国强大之根本，是齐国统一天下之起点，否则，只有任秦国欺侮而不能战胜！诸位倒是说说，究竟是三变强国？还是三变破国？”

元老们瞠目结舌，无一人说话。孟尝君冷笑道：“我看，这‘三变破国’改为‘三变破贵’才妥当，不怕丢失封地，你等胡乱聒噪个鸟！”最后竟咬牙切齿地骂了一句。

“孟尝君无礼！”太史令晏岵突然喊了一声，“纵然变法，也不能用外臣！”

“荒唐荒唐！”孟尝君呵呵笑道，“敢问太史令，先祖晏平仲祖居何处啊？”

“祖上莱地夷吾，孟尝君岂能不知？”

“我知你不知啊，那时的夷吾是齐国么？若非齐国，先祖晏平仲不也是外臣？我田氏原是陈国人，岂不也是外臣？还有你陈玎，不也是外臣？说说，在座者谁个不是外臣？既都是外臣，你在这里猖狂个鸟！”孟尝君又狠狠骂了一句。

“田文无礼啊……”晏岵嘶喊一声，再接不上话来。

陈玎突然嘶声哭喊：“田文言行粗蛮，狼子野心，我王万不可重用！”

一声大喊，殿中竟出奇地静了下来。元老们惊愕的是陈玎乱了章法，一时不知如何跟进。按照驺忌的谋划，只可全力猛攻苏秦，对孟尝君只能是点到即止。孟尝君毕竟是王族近支，且此人手握重兵，生性粗豪刚猛，若一时激怒便是大祸。然则今日孟尝君斜刺里杀出，嬉笑怒骂使元老们颜面无存，却也是驺忌无论如何想不到的。陈玎一时愤激，当众公然对孟尝君正式发难，元老们如何不暗暗惊慌？齐宣王的惊愕，在于他猛然意识到老贵族们明是攻击孟尝君，实则是要将他孤立起来。一身冷汗之际，齐宣王却拿不准是否在此时处置这些元老，毕竟他们在齐国也是树大根深了。孟尝君却是一牵涉到自己，就要看齐王意思，总不能自己出令将这些鸟们拿了，一时也只能沉默。

"陈老将军，当真斯文扫地也！"还是苏秦开口了，笑容里充满了蔑视，"大臣风范，弹劾当言之凿凿，岂能以私愤戏弄君臣于朝堂？言行粗蛮便是狼子野心？你陈玎也做过上将军，一身丧服，当殿呐喊，鼻涕眼泪，又何止粗蛮？简直就是公然不守臣道！岂非更是狼子野心了？"苏秦口气一转，"孟尝君身负先王重托，以特使之身奔波合纵抗秦十余年，有权如斯，无权如斯，几曾伸手讨过封地？要过职权？今我王委孟尝君以上将军重任，孟尝君却将王命兵符交还我王保存，王不出令，上将军不动一兵一卒。更有动人处，孟尝君决意在变法之时，自请交出封地，将悉数门客交于军中，组成猛士之旅派驻要塞。此等胸襟，耿耿可对日月，何来尾大不掉？何来狼子野心？！"

苏秦这番话当真令元老们心惊肉跳了。果如苏秦所说，孟尝君交出封地、交出门客，这变法还有谁能阻挡？骤然之间，元老们放声号啕起来。

齐宣王厌恶地挥挥手："下去下去，再有此等蛊惑之辞，重重治罪！"元老们灰溜溜地出殿了，那三幅血书却被苏秦指派的内侍留了下来。

五 东海之滨雷电生

元老贵胄们公然发难，促使齐国政局发生了急骤的变化。

齐宣王本来是打算推行一种渐进性的变法，慢慢消磨元老贵族层的愤懑。但在十元老血书丧服闹殿之后，齐宣王感到了一种骑虎难下的难堪。贵胄们已经对变法打出了鸣金收兵的号令，变法大臣也已经与元老们作了面对面的较量，剩下的就看他这个国君如何决断了。若按照原先谋划按部就班地慢慢来，显是两面丢失人心：既不能满足元老们的要求，也使变法新派失望。若停止变法，罢黜苏秦与孟尝君，则无异于王室接受了贵族的挟制，而且将永远受到旧贵族们的胁迫；演变下去，难保田氏王室不会成为当年的姜氏公室，被人取而代之。齐宣王虽然没有雄才大略，但保住王业社稷这一点还是不会退让的。那日元老们出宫后，齐宣王心神不定，也没有与苏秦孟尝君再商讨，只将自己在书房关了一日，反复思忖，自觉只有一条路可走。

次日掌灯时分，苏秦与孟尝君奉命从秘道进宫，君臣三人商议了整整两个时辰。临淄城楼的刁斗打响四更时，苏秦与孟尝君出宫了。临淄城两座最有权力的府邸立即忙碌起来，满府灯火通明，大门快马连出，官署吏员穿梭，如大战在即一般。

早晨起来，国人惊讶地发现临淄变了。

城门、官市与行人过往的街口都贴上了一幅幅白绢大告示，下面还有小吏看守着给行人读讲；王宫、城门、官署的守军兵将都变成了生面孔；向来人头攒动熙熙攘攘而为中原人所歆慕的齐市六街，每个进出口都有了一排长矛大戟的武士；但最令人咋舌的，还是每座元老贵胄的府邸都被甲士围了起来，每三步一支长矛闪亮，当真令人心惊。

赶早市的国人们全拥到了白绢告示下，听小吏一念，原来是齐国要变法，教国人百姓们各安其业，毋得听信妖言，若有传播妖言者，治重罪。看看并没有增加赋税，也没有紧急征发，人们心中稍安，暗暗长嘘一声，又忙活自己的生计去了。于是，早市渐渐地又恢复了熙熙攘攘的交易。

最热闹的是那片六尺坊。这六尺坊街道不甚宽阔，却都是高大府邸相连，平日只有车马进出，行人却是寥寥。按照官定名称，这条街叫做玉冠街，"六尺坊"只是市井国人的叫法而已。"六尺"，说的是轺车上的伞盖：大凡六尺伞盖的轺车，都是高爵高官，而这条街进出的轺车几乎见不到四五尺的车盖，于是市井间有了"六尺坊"这个叫法。这个别称响亮生动，于是众口铄金，玉冠街本名竟被临淄人淡忘了。

陈玎的府邸在六尺坊的中间地段。他是老军旅，虽然年迈，却是每日四更必起，梳洗完毕便在雄鸡声中练剑品茶。前日入宫铩羽而归，一肚子愤懑，本想立即到天齐渊找驺忌再行谋划，但想想还是按捺住了。去得急了，这个老琴师又要笑他沉不住气了。但更重要的是，陈玎要看看齐王这几天的动静。他料定，元老们的血书进谏纵然不能使齐王回心转意，也必定给齐王激了一盆冷水，吓了他一大跳，必定使他冷静思虑，放慢变法的步子，疏远苏秦与孟尝君。存了这个想头，陈玎倒也没有过分折磨自己，照样四更离榻，练剑品茶。这日早早起来，在淡淡海风中练完了剑，便在池边茅亭下好整以暇地煮起茶来。清晨煮茶，陈玎从来不用仆人，都是自己动手，为的是要煮出当年军营那种粗酽的茶汁味。仆人侍女们做得太精雅，没了那股粗朴的土腥味。

天将拂晓，陶壶在红红的木炭下已经滚开了。正要滤茶，陈玎突然听得门外一片沉重急促的脚步声——兵卒甲士，至少三个百人队！他霍然起身，长剑一提，大步流星地奔门厅而来。走到廊下，门外车马场正有三个全副长兵的百人队刷刷刷开来。守门家兵惊慌地在廊下挤成了一堆，七手八脚地要关闭大门。

陈玎大喝一声："住手！老夫是关门将军么？"家兵们胆气顿生，哗啦啦排列在陈玎身后。陈玎摆了摆手，一个人大步赳赳地来到官兵面前："来者可有王命？"带队千夫长亮出手中一支硕大的令箭高声道："上将军令箭在此！凡六尺坊贵胄元老，于变法开始三个月内不得离开府邸！"陈玎冷笑道："老夫问你，可有王命？！"千夫长仍是大手一晃："上将军令箭在此！"陈玎勃然大怒："老夫目下便去早市！你敢拦么？"说罢大步向车马场外走去，廊下家兵呼啸一声，立即跟了上来。

千夫长令箭一劈："长兵拦阻！但有一人抢路，立杀无赦！"

"嗨！"三百长兵甲士齐齐地吼了一声，咔咔咔分为三个小方阵，堵住了车马场出口，将陈玎与家兵遥遥围在中间。陈玎一看那矛戈森森的气势，便知这是齐军最精锐的技击步兵，自己的家兵根本不是对手。

"田文私封大臣府邸！狼子野心！"陈玎突然高声呐喊，苍老的声音在六尺坊嗡嗡回荡。喊声方落，左右府邸也传来阵阵喧哗吵闹，太史令晏岵悠长嘶哑的哭喊声也随风飘了过来："私刑不轨——上天不容哪——"

片刻之间，偌大六尺坊哭喊成了一片。街中赶早的市人好奇地围了过来，不到半个时辰，六尺坊的街巷与各府邸的车马场，便被行人塞得满当当了。一看这阵势，能人们顿时恍然，那些告示与所有令人惊讶的骤然变化，其实都是对着这些权势贵胄来的。一旦开窍，国人们立即在窃窃私语中轻松起来。

是啊，变法原本是老百姓盼望的好事，他们能得到许多实实在在的好处，丢掉的却只是些鸡毛蒜皮般的东西。只有那些巍乎高哉的贵胄们，才是变法的受害者，他们要丢失封地，丢失财富，丢失世袭高爵，丢失私家军兵，丢失无数令人难以割舍的独有享受，他们自然是要哭要喊的了。看，他们的家兵都气势汹汹的一大片，要不是上将军派兵镇住他们，他们还不要杀了变法丞相，守住自己眼看就要失去的那些宝贝物事？

贵胄们哭着喊着骂着，围观的市人们笑着品着指点着，时不时有故作惊讶的尖叫："哟！大人吐血了！""快看！夫人晕倒了！""哟！那小公子也哭了！""啊，那是怕长大了没的好吃好喝！"

如此三两日，临淄国人也就淡了，再也没有人来凑热闹了。于是，六尺坊又恢复了一片清冷。这清冷与寻常时日的清冷不同。寻常时日，六尺坊透着一种尊贵的幽静，绿树浓阴，行人寥寥，偶有驷马高车辚辚驶过，长街石板更添了几分天国韵味。可如今一片肃杀，长风过巷，但闻军兵沉重的脚步，车马封存，行人绝迹，偶有深深庭院中传来断断续续的夜半哭声。倏忽之间，六尺坊成了一片尊贵而又凄凉的坟墓。

这时，苏秦带着一班精干吏员与一千精锐骑士出了临淄。

君臣议定的方略是：孟尝君提兵镇守临淄，苏秦带王命国书清理封地，之后再颁行新法令。这是苏秦根据齐国的实际国情提出的一个谋略，称之为"颠倒变法"。就是说，不是先行颁布新法，在全面推行中消除阻力，而是先行清除阻力，再颁布推行新法。苏秦的立论只在一点：齐国未行变法，旧势力便先行跳出，若搁置不顾而一味变法，朝野将会动荡不安，最终，变法也可能完全失败；为今之计只有颠倒次序，一举清除阻力，而后新法颁行事半功倍，可加速完成。一番磋商，齐宣王拍案定夺，苏秦孟尝君立即分头动手。

齐国贵族的封地有三十六家，其中十四家是当年姜氏公室的贵族，其余二十二家都是田氏夺齐后的新贵族。老十四家原本是安抚性的封赏，封地大者三十余里，小者则只有五六里而已，且明令不准在封地成兵，所以不足为患。新贵族封地却大不一样，大者二百余里，最小者也有三十里上下，但新老封地最大的不同还是权力的不同。新封地领主的权力分做三等：第一等是全权封地——治民权、赋税权、成兵权全部都有，等于一个国中之国小诸侯；第二等是两权封地，即治民权与赋税权；第三等是一权封地，即只有赋税权，等于是拥有了一个永久的财富源泉。

第一等封地，事实上只有孟尝君一个家族。由于孟尝君的父亲靖郭君是齐威王的胞弟，晚年又是齐威王的开府丞相，这片全权封地在齐国贵族中也无可争议。孟尝君承袭嫡位，自然成了封地领主。元老们微词多多，密请齐宣王削小孟尝君封地与权力。齐宣王即位之初也确实有过这个念头，但经过合纵曲折，终觉得孟尝君不是野心勃勃之臣，终是打消了这个念头。此次变法，孟尝君自请交出封地，齐宣王内心极是高兴，但反复权衡后，齐宣王对苏秦交代：给孟尝君保留三十里一权封地，以示褒奖功臣。

苏秦想得清楚，清理封地，务须从孟尝君入手。

孟尝君的封地在蒙山以西的薛邑，原本是薛国的一部分，齐国夺得这片土地后，叫了薛邑。当时的齐国尚没有实行严格的郡县制，邑、县、城并存，相互没有统辖，除了境内封地，都归王室管辖。薛邑大约有三百多里地面，大半都是孟尝君封地。薛邑人将孟尝君封地叫做“孟邑”，将薛邑叫做“小半薛”。为了治理方便，孟尝君在封地中心地带修筑了一座城堡，人呼“孟尝堡”，堡内有部族民众数千人，加上吏员、家兵、工匠与些许商贾，也是个万人出头的大堡子小城池。

苏秦人马赶到时，孟尝君的总管家臣冯驩与封邑令，已经率领封地全部吏员三十余人在堡外石亭迎接。无须多说，冯驩等便将苏秦迎进了城堡府署。苏秦的随行干员刚刚坐定，封邑令领着一班吏员鱼贯而入，一捆捆竹简摞满了一张张书案。民户、仓廪、赋税、兵员、吏员、田亩等账册，清清楚楚地分类列开。一时查验完毕，苏秦当即给三千家兵发了一支令箭，着其就近开往薛邑驻扎，又封了仓廪府库，交接要害便大体告结。

“冯驩，我听过狡兔三窟这句话，第三窟在何处？”苏秦将冯驩叫到了一边。

“原是冯驩戏言，便在泗水北岸三十里河谷，很穷，离堡子不远。”冯驩笑了。

“齐王特许孟尝君保留封地三十里，还有这座孟尝堡。你看，定在何处妥当？”苏秦静静地看着冯驩，脸上只一副淡淡的微笑。临行前苏秦问过孟尝君，孟尝君只是笑道：“丞相但以公事论处便了，何须难我？”苏秦心中有数，也没有再问。他知道此事冯驩必然有底，冯驩的意思也必然是孟尝君的意思。

冯驩却道：“丞相奉王命变法，在下不敢私请。”

苏秦笑道：“既不敢私请，我看就泗水河谷三十里，穷地方好说了。”

“遵命！”冯驩高声领命，眼中顿时大放光彩。

“冯驩，我留下两个书吏给你。旬日之内，能将该运的物事运到临淄国库么？”

“定无差错！”冯驩慨然答应，还低声补了一句，“这也是孟尝君的大事，在下岂敢有误？”

苏秦人马当晚在孟尝堡歇息，次日黎明时分，马队疾驰北上，绕道临淄西北，径直向天齐渊飞驰去了。苏秦知道，将要面对的成侯驺忌，才是一块真正难啃的骨头。

天齐渊依旧是那样的宁静娇媚，茫茫苇草圈着一汪明镜大水，大水之外是棋盘般的绿野沃土，是两座苍翠欲滴的青峰。山下水畔树林中的那片红墙绿瓦的大庄园，是这沃野明镜之上的一颗珍珠，美得人心醉。如此可人的山水田园，几是股掌之间的一个美女，永远都会百般柔顺，任他品咂赏玩。可驺忌今日登上牛山远望，却第一次觉得她扑朔迷离了，看不透了。驺忌隐隐地觉得，这片娇媚丰饶的土地就要离他而去了，森森的冰凉正在一天一天地向他逼近着。

实在预料不到，自己精心谋划的破苏三策，如何竟成了火上浇油？非但没有将苏秦整倒，反而使齐王莫名其妙地跳了起来，竟迅雷不及掩耳地动了手。一干元老统统被关在了六尺坊禁地，天齐渊周围的山口也突然有了军营，倏忽之间，元老世族统统成了阶下囚，只能任人宰割了。只是驺忌一下子还想不来，苏秦这变法要如何动手。按战国变法的寻常规矩，总是要先行颁布一批法令，而后逐次推行。若照这个章法，轮到收缴封地，快慢也就是一年多的时光。那就是说，自己坐拥这片仙境的日子马上就要完结了，一年半之后，自己难道又要做一个老琴师了？

突然，身后传来家老异样的声音："成侯，你听……"

驺忌一怔，已经从纷乱的思绪中摆脱出来，听得一片隆隆声随着山风飘了过来。虽然是隐隐约约，但却是连绵不绝，越来越清晰。"马队？没错，是马队。"驺忌淡淡地笑了，他确信自己这双能在风雨中分辨千百种声音的耳朵不会出错。

"马队？"家老目光闪烁，"既非狩猎时节，也非边城要塞，马队来天齐渊何干？"

"想不出。"驺忌一笑，"你先回庄，也许是六尺坊又开禁了。"

"老朽愚见，总觉有些蹊跷。"家老道，"我先走一步，成侯莫耽搁久了。"

驺忌笑道："弹奏一曲，我自下山。"说罢进了山顶那座清幽古朴的琴亭。琴声但起，驺忌平静了下来。家老对亭外两个仆人低声叮嘱了几句，匆匆走了。身后琴声叮咚，彷徨郁闷，有着一种难以名状的忧伤，但却没有大难临头该当有的那种警觉。白发苍苍的家老不禁苦笑着摇了摇头。

一曲未了，山下战马嘶鸣，似乎已在天成庄外。驺忌一惊，马上收琴起身，刚走出琴亭，家老已经派山下武士前来急报：临淄骑兵已到庄前，请成侯稍待下山。驺忌知道家老要探明虚实后再教他出面，又回到琴亭坐了下来，琴却是再也弹不下去了。

大约半个时辰后，家老派人来报：苏秦带领兵马吏员前来清缴封地，似乎并无问罪恶意，请成侯下山应对。驺忌惊得出了一身冷汗，原想在一年之中从容安排后事，就是交了封地也不至于无处存身，谁能料到收缴封地如此之快，直是迅雷不及掩耳，却教他如何下场？想想也是无奈，只有下山见机行事了。短短的一截山路，驺忌走得大汗淋漓。骤然之间，一种暮年的悲凉涌上心头，他第一次觉得自己老了。

到得庄外，一千铁甲骑士在车马场排成了一个整齐的方阵，一班吏员肃立廊下，高冠红袍的苏秦在廊下悠然踱步，家老站在那里笑脸陪着。驺忌心下又一惊，这苏秦连正厅吃茶的礼遇都不受，看来凶多吉少了。虽然内心忐忑，驺忌毕竟做了几十年丞相，官场极是老到，一进大门满面春风地遥遥一拱手："阔别久矣，武安君别来无恙？"语气亲切得老友一般。

"成侯童颜鹤发，更见风采也。"苏秦打量着这位当初也曾一起畅谈合纵的齐国美男子，笑脸一拱，"今日唐突，成侯见谅。"

"如此说来，武安君是国事公干。"

"苏秦奉王命收缴封地，敢不尽心？"说着将手中一束带有封套的竹简递给了驺忌，“此乃齐王书，请成侯过目。”

“敢问武安君，如何收缴法？”驺忌并没有打开竹简。

“依收缴孟尝君封地为成例：保留成侯封地五里，其余财货仓廪民户家兵等，一应即时清缴。”

一听尚有五里封地，便知不是赶尽杀绝，心中一块大石顿时落地，驺忌一挥手道：“敢请武安君入厅就座，老夫立即清缴。”进得正厅，驺忌吩咐上茶之后，命家老立即在庭院中排出十几张大案，安顿相府吏员列座。片刻之间，封邑令带着一干家臣抬来几案账目，开始了紧张的查核接收。驺忌只陪着苏秦饮茶叙谈。苏秦也明白驺忌是文臣封侯，封地没有部族家兵，清缴要简单容易得多，便也不去督察，只从容地与驺忌品茶说话。

驺忌说，自己当年便想在齐国变法，谁料老世族坚执反对，自己势孤力单只好作罢；如今苏秦能大刀阔斧地变法，当真齐国福气，驺忌虽然在野，也愿意全力襄助。苏秦一时难辨真假，只静静地听着，偶尔附和一二。毕竟，驺忌也是齐国名臣元老，果能支持变法，何尝不是好事？末了驺忌笑问：“敢问武安君：五里之封，老夫可否择地而居？”

苏秦笑道：“成侯想要一片肥美良田，颐养天年了？”

“不敢。”驺忌正色道，“天齐渊周野良田，自当由官户耕耘，增加府库为上。老夫所愿者，两座牛山而已，残年余生，依山傍水隐居而已。”

“两座山头，无田耕耘，成侯生计如何着落？”苏秦倒是有些担心。

驺忌笑道：“老夫略通医道，牛山有数十家药农，开座制药坊了。不增封户，不占良田，唯给老夫一片习习谷风，可否？”

“成侯有此襟怀，自当成全。”苏秦有些感动了，高声道，“来人，成侯五里封地，从天齐渊变为牛山两峰。”一时相府主书拿进封邑图，苏秦在上面圈定了“牛山两峰”，又在王书后附了一行字：“成侯节律自请，丞相苏秦变通，五里封地变为牛山。”又盖上了随身铜印，此事便算定准了。驺忌说了许多感谢的话，又设了小宴为苏秦洗尘。苏秦见也只是一盆山菜一盆牛山野枣儿，酒也是寻常的临淄米酒，若要拒绝反而显得矫情做作，也就与驺忌对饮了几碗，说了许多的闲话，天便渐渐黑了下来。

驺忌不是孟尝君，苏秦须得亲自守在封地监交清楚，一日自是完结不了。眼见天色黑了，驺忌吩咐家老准备，请苏秦晚上住在自己的水榭别院。苏秦坚执谢绝，陪着吏员们忙碌到三更，回到庄外大帐去住了。

连日劳碌奔波，苏秦倒头睡了过去，朦胧之中帐外马蹄声疾，一个熟悉的声音已在耳边。翻身坐起一看，荆燕风尘仆仆地站在榻前。

“兄弟，你可回来了！”苏秦惊喜过望，拿过帐钩上的酒袋塞进荆燕手中。

荆燕嘿嘿笑了：“还是大哥好，没忘兄弟这毛病。”说着拔开木塞，咕咚咚将一袋米酒饮了大半，拭去嘴角酒汁笑道，“我在燕国听说大哥做了丞相，只可惜没长翅膀，飞不过来。”苏秦将荆燕摁到榻上坐下，连忙问道：“先说说，燕国如何了？她还在么？”

“大哥不能着急，两件事都有纠葛，须听我一宗一宗说来。”荆燕喘息了一阵，慢慢说了起来，虽然插前错后地有些零乱，苏秦已经听得明白。

原来，苏秦入齐后冷清无事，对燕国消息也无从得知，既担心苏代跟着子之越陷越深，更对燕姬的处境感到忧虑，便派荆燕返回了燕国，要他见机行事。荆燕回到蓟城，先去见了苏代。苏代开口便问：二哥在齐国如何？荆燕按照苏秦叮嘱，说了一番诸般都好的状况。苏代半信半疑，说燕国已经大事底定，子之做了相国，不日要全权摄政，目下急需苏秦回燕共图大计。言下之意，要荆燕立即再回齐国，催促苏秦回来。荆燕心中有数，便说回家看望父母一趟，再去齐国。次日，荆燕没有在蓟城停留，飞马去了燕山天泉谷，按苏秦所画图形寻觅燕姬。谁知一连三日，蛛丝马迹皆无，苏秦所说的那些山洞，都空荡荡一无长物，仿佛从来没有人住过一般。寻思无计，荆燕只好再回到蓟城找苏代。苏代说，燕姬失踪好久了，他两次秘密寻访都没有见到，后来也忙得没有时间去了。荆燕忙问原因。苏代说他不知道，揣测起来，总是与王室藏宝有关了。

无奈之下，荆燕找了在王宫做护卫的一个将军，说想在王宫做几日护卫。将军叫市被，是当年军中老友，虽然觉得蹊跷，却也没有多问便答应了。将军市被只告诉他，王宫近年怪事多，莫得大惊小怪惹祸。荆燕自是慨然允诺，选了在王宫巡查的游击头目来做。荆燕原本就做过王宫甲士，对宫中情形不算生疏，做了游击巡查，自是不会出无端纰漏。然则一连半个月，王宫中都是白日冷冷清清，晚间死气沉沉，找不出些微消息。荆燕有韧劲儿，非但没有离开，反而又专门选了后半夜巡查。他从少年时候听族老们说财宝古经起，便有了一个顽固的想法：大凡财宝秘事，都是更深人静时的故事。

一日夜里，荆燕终于有了一丝惊喜——往昔后半夜总是黑沉沉的庭院里，却有一处隐隐闪烁的亮光。从方位看，这亮光在池边树林之内。荆燕知道，那地方只有一座消闲的茅亭，当年燕文公便在那座茅亭里第一次召见了苏秦，后来燕易王夏日也常在这里消夜。新王即位后子之当政，这里便荒凉起来了。如此夜半时分，谁能在这里消闲？荆燕教随行的十名军士原地守候，一个人悄悄走近了树林，仔细一看，发现一棵棵大树后都有一个黑色的长矛影子，自己根本不可能穿过树林，更别说走近茅亭。

憋了一阵子，荆燕猛然想起：护卫苏秦泅渡潍水后，自己拜了个楚国渔民子弟为师，水性已经大长。荆燕脱了衣甲，从岸边苇草中悄悄地潜进了池水。片刻之后，悄无声息地到了茅亭岸边。伸头从苇草缝隙中望去，荆燕大吃一惊：茅亭中两男一女三个人，其中一个竟然是他的老友——将军市被！其余两人背对池水，听声音都很年轻，他却不识。

只听那个年轻的男声说："既然心同，这便是一桩大业。聚众似乎不难，最缺的是金钱了。"那个女声说："钱财倒是有一大坨，只是此人难找。"男声急迫问："一大坨？在哪里？"女声道："在燕山几个无名洞窟，图在那个人手里。"男声追问："那个人是谁？在哪里？"女声道："文公国后，在燕山隐居。"男声道："既在燕山，如何找她不到？"女声道："她可不是寻常女人，我已经找了多次，所有的山洞都找遍了，没有踪迹。"男子长长地叹了一声："莫非天意，燕国当灭也？"一时沉默了。将军市被却突然道："我有一法，但却涉及先君宫闱，不知当说不当说？"男子道："兴亡大业，有何忌讳？但说无妨。"将军市被道："传闻国后与武安君笃厚，若能得武安君襄助，请她出山，定然不差。"男子沉吟道："武安君与那厮交谊深厚，如何能助我？"女声道："倒是未必，武安君襟怀正大，与奸佞绝非一党。只是要找到武安君却难，机密大事，没个合适人选。"将军市被笑道："也是天意，目下正好有一人——武安君的义弟。""啊——"男女不约而同地惊叹……

荆燕惊诧莫名，连忙游出水池上岸，估摸市被天亮后肯定来找自己，怕难以脱身，给市被留下一书，趁着天色未明便出了蓟城。本想立即来齐国报讯，但荆燕多了一个心思，怕燕姬被他们先找到，又去了燕山搜寻。荆燕重新走遍了每个山洞，在每个洞中反复查勘，终于在马厩洞中的马槽下面，发现了一个羊皮纸袋……

“大哥你看，这个物事！”

苏秦连忙拆开，里面是一幅白绢，上面两行大字——

国将不国　斯人无忧

难寻难觅　不请自到

娟秀中透着刚健的字迹是那般的熟悉亲切，苏秦怅然叹息了一声，久久无话。

看来，燕国王室又有了一支新的秘密力量，似乎还是苏秦不熟悉的神秘人物。那个女子，苏秦揣测，极有可能是燕易王的王后栎阳公主。可是那个主导“大业”的男子何人？苏秦想不出来路。燕王姬哙的儿子才十五六岁，难道会是这个少年？假如不是他，王室中还能有何等人物？这样的“大业”，没有王室人物主导，几乎是不可能的。

这样的一支力量聚在一起，还能做何等大业？自然是要从子之手中夺回王室的权力，恢复燕国的姬氏社稷了。他们要找自己，还要通过自己再找出燕姬，如此一来，他与燕姬都要被卷进这个漩涡了。燕姬对燕国的事历来有定见，可偏偏难觅踪迹，若那人秘密派人找来齐国，自己该如何应对？在燕国大政上，苏秦觉得自己第一次陷入了无所适从的茫然。说到底，还是对子之的新政心中无数。子之若真是个申不害般的铁血变法人物，苏秦宁肯负了燕国王室，也会支持子之。可偏偏子之的国事举动，总教苏秦觉得一股浓烈的异味儿。说他是奸佞野心，也不全像，连苏代都那么拥戴他，你能说子之没有过人之处？一边衰朽老旧，一边生猛无度，何以燕国就涌现不出一股堂堂正正的新生势力？

燕国的事再头疼，苏秦也不能误了齐国的变法大事，只有忙碌起来。

封地收缴完毕，已经是黄叶萧疏了。秋霜来临之时，元老贵胄们衰草般蔫了下去。也是苏秦法令有度，并没有将元老贵胄们的封地剥夺净尽，总是或多或少地酌情保留了三五里。如此一来，齐国贵族的封地统共只剩下不到一百里，说起来还没有一个县大。这在天下七大战国中，几乎与秦国一般，成为封地最少的大国了。

封地藩篱一打碎，苏秦立即重新规划政区。根据齐国传统与实际情势，苏秦取消了邑、城两种政区，齐国归并为七十三县，原来的"城"，一律变为县的治所，也就是县城。后来乐毅破齐，连下七十余城，便是这时定下的县城。如此一来，政区大大简化，少去了邑、城、县三政并立时的许多累赘纠葛。政区一划定，苏秦立即对七十三县的县令作了一番大调整：一是查办了一批贪吏，撤销了一批庸吏；二是裁汰县府冗员，明定每县只许有十六名属员；三是县令异地任职，将乡土县令一律调换到他县；四是从稷下学宫遴选了二十名务实正干的学子，补齐了县令缺额。

这两大步走完，又到了来年夏日。从这时开始，苏秦的丞相府开始连续颁布法令，每月三法，一直颁布了四个月，十二道法令才全部颁行全国。苏秦的变法，自觉地仿效了秦国的商鞅变法，虽然没有商鞅法令那般冷峻那般完整，但诸如奖励耕战、废除世袭、废除奴隶、耕者有田、大开民市、训练新军、统一政令等主要法令都是齐备了的。

"臣之变法，当用十年之期，三波完成。此为第一波，确立筋骨，后当徐徐图之。"苏秦对齐宣王这样说了齐国变法的总谋划。

六 冰雪铭心终难却

冬月初，第一场大雪纷纷扬扬地覆盖了临淄。

郊野雪雾茫茫，一辆辎车正从北方的雪原上驶来。辚辚车声消解在无边无际的雪的帷幕里，如同白色海洋中一只乌篷小舟，悠悠荡荡。辎车很小，篷布很厚实，一匹已经看不清颜色的马拉得很是轻松，从容走马，拉着一辆空车一般。最奇怪的是，这辆小小辎车没有驭手，也听不见车中人的呼喝，似乎信马由缰地在雪原上游荡。可是，不知不觉之中，临淄城高大的箭楼影影绰绰地显现了出来，那匹从容碎步的走马停了下来，努力地昂头嘶鸣了一声，前蹄不断地在雪地上刨了起来。良久，辎车中传来一阵模糊的呻吟。驭马又是一声嘶鸣，展开四蹄，向着茫茫雪雾中的箭楼奔驰而去，小小辎车变成了飞速滑行的雪橇。

如此大雪，行人几乎绝迹。临淄城门虽然洞开着，城门口却看不见一个甲士。快马辎车飞来，径直冲向城门。突闻一声大喝，一个雪人咔咔走来，拦在了当道。抖去积雪，却是一个长矛在手的武士。原来城门两侧的两排雪树，竟是被大雪覆盖了的守门兵士。辎车驭马灵敏异常，见武士当道立即止步，四蹄笔直撑住，将辎车稳稳地停了下来。

“齐国新法，查验通文照身！”长矛甲士口中的热气，随着齐人咬字极重的吼声一起喷了出来。驭马一声嘶鸣，黑色车帘中伸出了一方摇摇晃晃的木牌。甲士一看，高声喊道：“禀报千长，我不识字。”雪树中咔咔又走出一尊雪人，抖落积雪，是一个带剑头目。他走过来一看木牌，惊讶地凑近了车辕要掀开车帘。突然，厚厚的绵帘中倏地伸出了一口雪亮的长剑！

带剑头目惊讶跳开，高声命令：“十人出列！随我押送辎车进城！”

十名甲士左右夹住了辎车，头目前行牵马，在大雪纷飞中缓缓进了临淄。拐得几条长街，来到了丞相府门前。头目上前对守门领班说了几句，领班匆忙走了进去。片刻之后，荆燕大步流星地赶了出来，绕着辎车转了一圈，从怀中掏出一个叮当作响的小皮袋对城门头目道：“多谢千长了，天冷，几个钱给兄弟们买酒。”头目一声道谢，高兴地带着甲士们去了。荆燕回身走到辎车前拱手道：“在下荆燕，敢请贵客进府。”说罢牵了驭马从旁边的车马门径自进了丞相府。

苏秦从王宫回来时，天虽然一片雪亮，实则已是暮色时分，书房里已经掌灯了。苏秦没有先到厅中用饭，而是进了书房。他要立即替齐王修一封紧急国书，可刚刚提笔，荆燕匆匆走了进来道：“大哥，瑞雪大吉！你猜谁来了？”苏秦看看荆燕神秘兮兮的模样，不禁笑道：“孟尝君么？有酒就是大吉？”“差矣差矣！”荆燕斯文一句，自己倒先笑了，“先别说，你随我来。”不由分说夺过笔撂下，拉起苏秦便走。

来到苏秦起居的小庭院，但见院中席棚下停着一辆小小辎车，苏秦眼中陡然一亮。大步走进，见燎炉红亮的寝室中纱帐低垂，帐中影影绰绰显出一个绿衣女子的身形，弥漫出淡淡的药味儿与一股熟悉的异香。

“燕姬……”苏秦惊喜地叫了一声，冲上去撩开了帐幔，却木呆呆地说不出话来了。卧榻之上，燕姬面色苍白双目紧闭，额头上胳膊上都裹着渗血的白布，双脚也包裹着厚厚的丝绵套儿。苏秦一阵惶急，转身到厅中急问：“荆燕，这是如何事来？”

“大哥莫慌。”荆燕低声道，“她来时一辆辎车，浑身带着刀伤，冻得冰块也似，已经不能说话。我方才找太医来看过，刀伤不在要害，冻伤也已经冷敷回暖。太医说，人可能要昏睡两三日，只能喂米汤汁，他会每日来酌情换药。大哥，燕姬不会有事。”

苏秦急迫道："荆燕，你去给掌书说，立即将我的书房搬到这个外厅来。我就在这里，守着她……"荆燕劝道："大哥，我已经派好了两个侍女，累倒了你，就全乱了。"苏秦断然道："我没事，不要侍女。你去办，我在这里等着。"

荆燕默默去了，片刻之后，掌书领着几个属吏将处置公文的日常器具搬了过来，将外厅布置成了一个简单书房。苏秦看了看昏睡不醒的燕姬，一阵怅然百感交集，涌出了一眶泪水，叹息良久，坐下来起草那封紧急国书。

日前，大权在握的燕相子之向齐国派来特使，请求来春在大河入海地与齐王会盟，缔结燕齐修好盟约。苏秦是邦交大师，齐宣王不知如何应对，自然要召苏秦商议。苏秦一眼看出：这是子之的一个试探——一旦齐国与子之会盟修好，便意味着齐国默许了子之在燕国掌权。从战国形成的势力圈看，燕国历来依靠齐国解决棘手事端，隐隐然是齐国的势力范围。子之有苏代谋划，自然明白此中奥妙，便以摄政相国的名义向齐王动议结盟。齐国若答应，便是承认了子之权力，他便可能立即动手，废黜燕王而自立；若被拒绝，则是与燕国结仇，却并不影响子之摄政。齐王的难处正在这里，承认子之吧，怕这个生猛人物将来反倒成为齐国的后患；不承认子之吧，似乎又没有理由，他是燕王册封的摄政相国，一切都是"代燕王行事"，又如何拒绝？于是，这封国书自然地要苏秦这个邦交大师来起草了。

虽然还牵挂着寝室中的燕姬，但苏秦毕竟很有定力，一旦在书案前坐定，片刻间拟就了这封国书：

大燕相国子之：齐燕结好，实属我愿。然燕易王在位时，齐国与燕国已经订立友邦盟约。多年以来，两国罢兵，边境安宁。重

新订立，反示天下以两国嫌隙。田辟疆之意，原盟可矣，无须添一蛇足。齐王九年冬

写罢斟酌一番，苏秦觉得这是目下能够做到的最好转圜——既能稳住子之，又不公然承认子之的“王权”，尚算满意。看着羊皮纸上的墨迹晾干，苏秦唤来值夜书吏拿去誊抄刻简，天一亮送进王宫。

书吏走后，苏秦立即起身走进寝室，见燕姬依然在灯下昏睡，不禁仔细打量起她的伤口：额头白布虽然渗出了一片血迹，但周围鬓发之际依旧是那样光洁，并没有青肿，伤势当不是很重，可能不会是刀剑之伤，而很可能是擦破的皮肉之伤；左胳膊包扎的白布，隆起了一个大包，渗出的渍印似乎也没有血色，而是淡淡的黄色，这个伤口很可能是刀剑创伤，并且已经肿胀化脓了；右边膝盖包扎的白布里，衬着一层厚厚的丝绵絮，绵絮外是固定的两个夹板，看来这里是骨伤了；两只脚则套在宽松硕大轻软的厚绵靴里，太医还给脚下专门摆了一个小小的燎炉，炉中木炭火不猛不弱，脚边正是一片温热。

再看寝室，苏秦发现竟然有六个大燎炉在墙边围成了一圈，木炭火烧得红亮亮的，却没有一点儿呛人的气息，暖烘烘的一片干爽。看来太医、荆燕与两名侍女真是费了一番心思。

一番打量，苏秦不禁感慨中来，跪坐在燕姬身边默默流泪。一阵伤感，轻轻抱起燕姬的双脚，脱去那双硕大的绵靴，将那双光脚放进了自己胸前。立刻，一股森森冰冷流遍了他的全身，仿佛胸前贴上了一块大冰！苏秦一个激灵，却更加紧紧地偎住了那双冰冷青红的赤脚。苏秦曾经在冰天雪地的茅屋里度过了三个寒冬，可也从来没有冻伤到如此程度。一个生于长于天子王城，身为一国王后的燕姬，冻伤若此竟然还能找到临淄，期间所受的惊险坎坷定然是难以想象的。

茫茫大雪之中，天渐渐亮了，苏秦紧紧抱着燕姬一双冰冷的赤脚，昏昏睡去了。

直到荆燕领着太医走进了寝室，苏秦还没有醒来。白发苍苍的老太医看着抱足而眠的丞相苏秦，一双老眼湿润了。老人对荆燕摇摇手，轻步到了外厅低声道："吩咐厨下，炖一鼎麋鹿汤。那女子至寒，丞相要热补。"荆燕匆匆去了。老太医坐在外厅兀自唏嘘不已。苏秦醒了过来，听见外厅人声，将燕姬双脚套上绵靴，自己整好衣服走了出来，见是太医，苏秦忙问燕姬伤势究竟如何？

老太医唏嘘道："此女不打紧，只是复原慢一些。后来，至多是腿脚有些不灵便。"苏秦急迫道："腿脚不灵便？是冻伤？还是骨伤刀伤？"老太医道："骨伤刀伤好治，这寒气入骨日久，只怕难以驱赶净尽。"苏秦愣怔一阵道："医家驱寒之法甚多，前辈当真没有办法？"老太医沉吟良久，叹息一声道："办法倒是有一个，只是常人难为也。"苏秦忙道："前辈只说，是何良方？"老太医道："老朽辽东人氏。辽东猎户遇冻僵亲人，尝以赤身热体偎之三日三夜，可驱赶冻伤者体内积寒。然则，此法对热身者为害过甚，至寒必伤其身。其后热补虽能稍减，却不能除根，常致虚痨之症，常人何能为之？"

苏秦心中明白，也不多说，只看着老太医给燕姬诊脉开方查验伤口。末了，老太医说三日后再来换药，唏嘘着走了。老太医一走，苏秦吃了荆燕拿来的那鼎麋鹿炖，身上顿时热汗津津。苏秦看看荆燕笑道："兄弟，帮大哥一个忙，在书房守得三日，不要教任何人来打扰。"荆燕叹息了一声点点头："荆燕知道大哥心思，只是每日一鼎麋鹿炖，定是要吃。"苏秦点头道："好，便依兄弟。"

荆燕立即办事，先请来掌书，将外厅公事器具照旧搬入书房，又与掌书秘密商议了片刻，去找孟尝君帮忙。孟尝君慨然道："武安君生平多难，此事该当。我挡住王宫不紧急召见。其余公务，你与掌书先拦下。”荆燕心中底定，回到府中守在大门廊下，凡求见官员，一律婉言挡回。掌书则坐镇书房，应对丞相府属官，凡呈阅文书者，一律答复三日后再回。如此一来，丞相府顿时清静了下来。

荆燕一走，苏秦立即做了一番冷水沐浴，擦干后全身赤红。走到大雪纷飞的庭院，他第一次虔诚地对天三拜，祷告上天赐福于燕姬。回到寝室，苏秦掀开轻软的丝绵大被，轻轻脱去了燕姬的贴身小衣，赤身躺下，搂住了燕姬——饶是冷水沐浴全身赤红，苏秦依旧感到了一股寒气扑面而来，彻骨的冰凉立即潮水般淹没了自己，一阵颤抖，竟觉四肢沾在了冰冷的躯体上不能分开。苏秦心中一阵大恸，骤然间热泪泉涌，紧紧地将冰冷的燕姬揽在了自己怀中。渐渐地，苏秦麻木了，朦朦胧胧地飘到了洛阳郊野那冰天雪地的茅屋之中，夜读的他冻得全身发硬，站起来跺着双脚搓着双手，铁锥扎得腿上满是鲜血……大黄呜呜着趴到了他的脚上，他搂着大黄，一手伸进大黄的两腿中取暖，一手还捧着竹简喃喃念诵，冷啊，太冷了……飘啊飘啊，春光明媚的燕山幽谷，燕姬迎着他袅袅飞来，那绿色的长裙就在眼前飘拂着，却总是够不着抓不住……啊，终于抓住了，柔腻光洁的肌肤，令人心醉的异香，滚烫绯红的面颊，灼热疯狂的冲击，好热，好累，她笑了，紧紧地搂住了他，雪白的双臂将他圈向丰腴的河谷，他是那般饥渴，品咂着啜饮着，她咯咯地笑着，拽着他的长发，拍打着自己的胸脯……饿了，为何那般饥饿？等不及那野羊烤得焦黄，割下一块狼吞虎咽，那咯咯的笑声总是不断，那圆润细长的手指正抹着自己嘴角的肉渣……

终于醒了，一双明亮的眼睛正在苏秦面前闪烁。

“燕姬……”

“季子……”燕姬紧紧抱住了苏秦，“终是见到你了……”

“燕姬，你是如何受伤的？快说给我听。”

“季子，别急，他们都在外边等着呢。还有孟尝君，先起来，晚上再说，啊。”燕姬坐了起来，哄小儿一般溺爱地将苏秦扶了起来。

孟尝君午后就赶来了，已经与荆燕在外厅等了近两个时辰。天将暮色，老太医也来了，说丞相若能在掌灯之前出来，便是无事了。看看天色已晚，孟尝君不禁着急起来，在厅中焦急地走来走去。正在此时，绵帘“啪嗒”一声，众人看时，却都惊讶得呆住了——苏秦那已经返黑的一头长发突然又变白了，白得如雪，一丝黑发也没有。绿色长裙一领貂裘的燕姬扶着苏秦，恍若一个美丽的仙子扶着一个年迈的老翁。

“苏兄……”孟尝君叫了一声，哽咽住了。

苏秦笑了，看得出，笑得很轻松：“田兄……没事，只是累了些个。”又摆摆手，“坐了，诸位坐了。”又连忙对太医道，“前辈，快看看她脉象如何？”

老太医唏嘘着点点头：“夫人请坐，待老朽看看脉象。”燕姬微微一笑：“老人家，我没事，还是先给他把脉。”说着眼眶湿润了。老人连连点头：“哎哎，都要把的，都要把的。”说着将手指搭在了燕姬手腕上，凝神片刻长嘘了一声：“夫人，真没事了，骨寒退尽，气虚而已，将息几日，便得痊愈。”苏秦一直凝神看着听着，此刻高兴得哈哈大笑，笑声未落，颓然软倒，面色苍白，双唇青紫。

“季子……”燕姬一声哭喊，扑到了苏秦身上，孟尝君与荆燕大惊失色。

老太医抢前搭脉，嘴里说一句“莫慌，不打紧”，手里一支圆润锋利的砭石针已经捻入了苏秦的涌泉、神门两处大穴。众人凝神屏息间，苏秦脸泛红润，悠悠醒转，睁开眼睛一脸笑意，待要说话，却被老太医摆手制止：“丞相须得心气平和，大喜大悲，虚弱不胜也。”荆燕连忙问："可吃得麋鹿炖？"老太医摇头道："麋鹿炖三日足矣，多则虚火过盛，鱼羊汤正好。"荆燕连忙快步到厨下去了。

片刻之后，两鼎热气腾腾的鱼羊汤到了面前，雪白的汤汁上飘着细碎的小青葱，苏秦看得"咕"地咽了一口口水。孟尝君笑道："馋了就好！你俩快吃，我一边等候。"说着与荆燕走到了廊下看雪，老太医兀自在书案前斟酌药方。片刻后，苏秦与燕姬已经吃罢，浑身汗津津的，精神显然好了许多。

孟尝君走过来笑道："苏兄啊，我看你再歇息旬日，大事我给你挡着，无须心急。"苏秦笑着连连摇手："些许摔打，何须小题大做？明日便能理事。哎，这几日可有大事？"孟尝君笑道："那就明日再说，你能行我可不行，告辞。"说罢一拱手径自去了。老太医药方开好，又叮嘱了几句也告辞了。苏秦正要问荆燕这几日相府的事，却发现荆燕早就走了，摇摇头笑道："这几位，当我真是病人了。"

"难道你不是病人么？"燕姬轻柔地笑了，"走，我扶你进去，有话躺着慢慢说。"

进得寝室，燕姬将苏秦扶在卧榻上，又拿来一个大枕教他靠着坐了，自己去调理了一番燎炉木炭，不使寝室过热，又煮了一壶淡淡的临淄竹叶茶给苏秦捧过来一盏。苏秦打量着燕姬极是娴熟精到的女工操持，一种从来没有过的温馨涌上了心头，不禁笑道："燕姬，男有女，便是家，对么？"燕姬笑道："女有男，也是家。"苏秦点头笑叹："噫！活到今日，方知家之安乐，不亦悲乎？"燕姬咯咯笑道："老百姓说了，有家方是浑全人，大丞相今日才知道？"苏秦喃喃道："有家方是浑全人？好，说得好啊！看来，苏秦只算半个人了。"燕姬跪坐到榻前笑道："别想了，有我在，你便是个浑全人。"苏秦恍然道："哎呀，如何岔了？你快说说，遇到了何种变故？如何到临淄的？"

燕姬轻轻叹息了一声，说起了她的离奇遭遇。

原来，苏秦与春申君离开燕山天泉谷不久，燕王哙就派来秘密使者，要全部收回先祖藏宝。燕姬对此早有预料，苏秦一走便离开了天泉谷。密使找不到燕姬，飞马回报蓟城。燕王哙又惊又怒，派出了十多名剑道斥候进入燕山，全力搜寻燕姬。特使在原来的山洞中留下书简，声言只要燕姬交出藏宝图，她便永远有了自由之身。正在燕姬谋划如何与特使交涉之时，一个女子与一个少年竟然在她极为隐秘的新住处找到了她。女子说她是燕易王王后栎阳公主，少年是燕易王王孙，叫姬平，并且拿出了只有燕姬可以辨认出的先君遗物为证。女子说：她与王孙秘密前来，是要与她商议一件大事，绝无加害之意。为防万一，燕姬将他们带到了孤峰绝顶，并用大石封死了唯一的羊肠小道，就在那座山风呼啸的孤峰绝顶，他们说了整整一个晚上。

栎阳公主告诉了她一个惊人的秘密：当年燕易王周围的侍从都被子之收买，燕易王每日的食物中都有一种无色无味的异药。栎阳公主发现时，燕易王已经得了一种怪病，时而昏迷时而清醒，似乎羊角风，却又比羊角风更可怕。人已经一天天干枯了，头发都变成了红色。有一天夜里，侍从们都不在身边，燕易王流着眼泪叮嘱栎阳公主：一定要找到燕姬，不能教这笔巨大的财富落到子之手里，他"派去"的特使与剑士都是子之的心腹。燕易王说，他的儿子姬哙是个庸才，王孙姬平却是个英雄少年；叮嘱栎阳公主一定要保住姬平性命，助他将来振兴燕国。两件事说完，燕易王就昏迷了过去，从此再也不能开口说话了。

燕姬对子之本来就很厌恶，听了这一番述说，当初振兴燕国的心志又陡然振作，慨然应允了栎阳公主的请求。三人议定了一个办法：栎阳公主暗中联络留居燕国的老秦旧族与军中将领，为姬平积蓄一股力量；燕姬去找苏秦，请苏秦设法使苏代离开燕国，既剪除子之羽翼，又使子之不能继续打与苏氏结盟的旗号；更重要的是，要为姬平寻求齐国支持，将来不使齐国变为子之的同盟；姬平则以全身为主，在子之势力旺盛时蛰伏起来，对国事不闻不问。一切都说好了，可少年姬平却突然提出：藏宝图应当交给他保管。燕姬见栎阳公主没有说话，也多了一番心思，推说藏宝图如何能带在身边，待危险过后再起出来交给他。

天将黎明时分，三人决定趁着黑暗缒绳下山。方要动手结绳，突然听得山腰一阵石子滚动的刷拉声。燕姬立时警觉，教栎阳公主与姬平立即从山后缒绳下峰，自己留下来断后。栎阳公主欲待争辩，被燕姬厉声呵斥，也不再多说，立即与姬平缒绳下了后山。燕姬思量之间又恐后山有人，想将剑士们吸引到山腰这面来，好教栎阳公主与姬平安全逃脱。主意拿定，燕姬故意向着前山蹬下了一块山石，哗啦啦一阵大响，又低低地惊叫了一声，似乎险些儿失足。响声过后，山腰有人呼喝："国后但下山无妨，燕王只要一图，不要人命！"燕姬高声道："既然如此，你等在山根等候。否则，我跳下山谷，为先君殉葬了！"山腰声音惶恐道："国后万万不可，我等下山等候便了。"大约剑士们觉得燕姬无路可逃，说完后果然下山去了。

燕姬久在山中，对燕山的每一座山峰都极为熟悉。这座孤峰的山腹，本来就是老燕国一座最大的藏宝洞，山腰正好有一个隐秘的通气孔。燕姬小心翼翼地缒绳到山腰，正打算从通气孔钻进山洞，突然听到急促轻微的脚步声，显然是剑道高手正在逼近。此时若进山洞，剑士们必然在此仔细搜索，难保这座最大的藏宝洞不被发现。

情急之间，燕姬连忙隐身到一棵粗大的老枯树后。不意这棵枯树连根松动，轰轰隆隆地跌下了高峰。饶是燕姬身手敏捷，于黑暗中紧紧抠住了枯树皮的大裂缝，还是在山风呼啸的高空跌落中昏了过去。醒来的时候，她第一个感觉就是冷。原来，那棵巨大的枯树正好横搭在山下一条小溪上，她半身缠在枯枝中，半身浸泡在溪水中，薄薄的冰碴儿已经覆盖了她的双腿。她费力地折断了身边虬结的枯枝，艰难地爬出了山溪，找到一个避风的小山洞晾干了衣服，耐心等到天黑，方才小心翼翼地摸索到自己隐藏车马的另一座山下。车马洞极是隐蔽，所幸没有被人发现。她怕辚辚车声动静太大，没有敢坐车，草草准备了一番，爬上马背连夜出了燕山。

白日里，她找一个荒村小店吃饭睡觉喂马。天一暮黑，她便策马上路。如此三日，她过了彰水，进入了齐国边境。正是这日，天空彤云压顶，飘起了鹅毛大雪。凭这些年的野外阅历，燕姬知道这场雪绝不是三两日便能结束。她清楚地知道，她的伤势不允许耽搁，若寻宿等候，很可能她要一病不起了。于是，在一家小店里她用了一袋金币，买下了主人拉木炭的一辆小板车；又托主人用五个金币去十里外的一座城堡，请来了一个车匠，将小板车改成了一辆结实的小辎车。两日之后，在车辕上压了一袋马料，她在大雪之中上路了。

这匹驭马是辽东胡马，是燕姬从小马驹开始亲手养大的，取名叫“小乘黄”。“小乘黄”是辽东燕人传说中的神马，背上有角，形如狐狸，急难时能平地飞起。燕姬叫它“小乘黄”，也是因了它非但耐得奇寒，而且机警通灵，对燕姬任何微小的声音与暗示都很熟悉，除了不会说话，与人一般无二。小乘黄显然也知道主人在危难之中，茫茫雪原上，完全凭着嗅觉寻路奔驰，但遇岔道嘶鸣几声，待燕姬马鞭伸出车帘一指，又立即奔驰。经常是一日之中，只回过头来吃几口干草料，再吃一阵冰雪，便立即启动，累了碎步走马也绝不停下。后来，燕姬经常昏迷，小乘黄也明白了只要向东南便可，也极少停下来问路了……

燕姬说完了，苏秦泪光闪烁。良久沉默，他轻轻搂住了她：“燕姬，你受苦了。”

“季子，受苦的是你。”燕姬轻柔地笑了，“你竟用如此奇法，舍身救活了我……我原本只道活不了，只想最后见到你……”汩汩泪水在燕姬的笑脸上任意流淌着，两人紧紧地抱在了一起。

七　阴谋阳谋万象生

开春之际，燕国传来一个惊人的消息：燕王姬哙将行大典，要将王位禅让给子之！

苏秦接到的只是齐国商人的“义报”，燕国方面却没有任何正式的国书通告。姬哙没有王书，子之也没有相国文书。在燕齐邦交中，这是极不寻常的异象。苏秦立即派荆燕秘密返回燕国探查确实详情，一面会同孟尝君立即进宫禀报。齐宣王一听大皱眉头，想笑却笑不出来：“禅让？当真莫名其妙！姬哙君臣想做尧舜？”苏秦道：“姬哙非尧，子之非舜，禅让更非真。为今之计，齐国要预谋应变之策。”齐宣王一阵沉吟道：“齐国正在变法之中，也是朝野不宁，还是看看再说。”说罢一声叹息，似乎不愿意再说下去。苏秦与孟尝君便告辞出宫了。

出得宫门，孟尝君正要上车，却突然走近苏秦低声道：“燕国之事，慎言为好。”说完匆匆登车去了。苏秦大是惊讶，孟尝君本豪爽不羁之人，为何出此神秘告诫？齐王今日虽然犹疑，却也并无异常。一个国王，在邦交大事上说出“等等看看”之类的话，那是再平常不过了；策士之能，便是将国王从游移不定说服到自己的谋略上来，又何须慎言？然则孟尝君又绝非胆小怕事之人，他有这个告诫，背后必然有秘事隐情，只是在宫门不便多说罢了。一路想来，苏秦猜不透其中奥妙。

晚饭用罢，苏秦与燕姬说了今日入宫情事。燕姬思忖片刻道：“子之与齐国朝臣私相来往甚多，说盘根错节也不为过。以孟尝君之说，其中似乎大有蹊跷。”苏秦不禁默然。子之与齐国老臣来往密切，倒是多有耳闻，但在他看来，那无非是合纵大势下的一种需要，如同他与六国权臣的来往一样，又能有何密谋？更不可能影响邦国间的根本利害。所以，对子之与齐国朝野的交往，他也从来没有往其他方面想过，莫非他错了？

“丞相，孟尝君到了。”家老进来低声禀报。

一看家老神秘模样，苏秦已知孟尝君是秘密前来，不禁笑道：“我去接，在哪里？”

“来者自来，何须接也？”一阵笑声，便服散发的孟尝君走了进来。

燕姬连忙笑着起身，吩咐侍女上茶，寒暄两句道：“孟尝君但坐，我要回避了。”

孟尝君摆手笑道：“一做嫂夫人，便有了妇道，与我也见外么？”

“也好，你俩说话，我来侍茶。”燕姬笑吟吟打横跪坐，给两人续上了新茶。

“解谜来了？”苏秦笑问一句。

“正是。”孟尝君呷了一口热茶低声道，“我的一个故旧门客探得消息：两年前，子之与临淄一个元老结成了盟约。你先猜猜，这个元老何人？”

“陈玎？成侯驺忌？”

“驺忌！”孟尝君拍案道，“正是这头老狐狸。他等盟约是：子之做了燕王，请驺忌到燕国为相；驺忌稳住齐国，不干预子之。”

“驺忌退隐多年，素不过问国事，何能有此神通？”苏秦大为惊讶。

孟尝君呵呵笑道：“武安君啊，你是书生，我是村汉，可驺忌是一头千年老狐狸！你能想到他的手段么？”苏秦思忖片刻摇摇头：“还真是无从着手。”孟尝君道：“驺忌训练了一个美艳的女琴师。听好，他没有献给齐王，却给了子之，教子之当做贡品献给了齐王。女琴师得宠后，给齐王拿出了子之的一幅血书：只要齐国不干预子之称王，子之的燕国，唯齐王马首是瞻，还要割地十城给齐国。”

“匪夷所思！”苏秦听得不禁咋舌，却又惶惑道，“若是这般，驺忌身为先朝重臣，完全可直然秘密上书齐王，岂不比那女琴师有分量？何以他完全躲在幕后？”

“这便是老狐。”孟尝君拍案笑道，“以我揣摩，驺忌图谋有二：其一，他对子之把不准，万一失败，他可置身事外；其二，果真成功，齐国不会留他这个‘从不过问国事’的山野隐者。”

“还有其三。”燕姬笑道，“齐王心性，喜好阴谋大事，公然上书反未必成事。”

“着！”孟尝君大笑，“忌讳处一语道穿，嫂夫人真才女也！”

苏秦不禁笑道：“孟尝君，你如何这般清楚？等闲门客有这番本事？”

“季子憨实了。”燕姬咯咯笑道，“这才是忌讳，如何问得？”

“不然不然。”孟尝君摆摆手，“我与苏兄向来肺腑直言，无不可说之事。苏兄可记得，当年我那辆天马神车？”

“噢——想起来了。”苏秦恍然笑道，“苍铁做了王宫司马，执掌禁卫，可是……”苏秦却又顿住了。孟尝君道：“苍铁只知道王宫里的事，且还与我有个约法：只透邦交消息，不说王宫秘闻。”苏秦点头道：“此人大盗出身，倒是有格，盗亦有道了。”孟尝君笑道：“我不是还有几百个门客么？那些鸡鸣狗盗之徒，我一个没放走，他们可是手眼通神。”苏秦不禁油然一叹：“鸡鸣狗盗而大用，孟尝君也！”孟尝君与燕姬不禁大笑起来。

孟尝君走后，苏秦与燕姬又议论了一番，感慨良多，觉得燕齐两国朝野之间交织极深，阴谋阳谋纠葛丛生，确是要慎重行事，只有沉下心来等候荆燕归来，清楚了燕国情势再行决断。旬日之后，荆燕快马归来，苏秦方对燕国的变故有了一个底数。

原来，在燕王姬哙即位后的几年中，子之先是由上将军兼领了开府丞相，出将入相，军政实权全部掌握。第二年，由苏代会同百官出面上书，请姬哙封子之为相国，行摄政之权。姬哙无奈，下了王书。谁料子之竟以“才德浅薄”为名，推辞不受。姬哙便不作理会了。可苏代又领百官上书：说“辞相国摄政”正是上古大贤之风范，燕王要解民倒悬，要学古圣王敬贤之法，坚请丞相出山摄政。姬哙便又下书，子之则又推辞。如此三番，子之方做了相国摄政，每日在王宫上殿理事，只差没有住进王宫了。

此后两年，子之下令在燕国“整肃吏治，以为变法开路”，先后将王族大臣与燕王心腹将吏置闲，或明升暗降，或调出军中，或借故问罪，总之是一个不剩地剔除出庙堂。尤其是三十多个县大夫，悉数更换为子之部族的才俊子弟。如此一来，燕国朝野议论蜂起。子之又以燕王名义下书全国，申明相国是“代天变法，尊王理政，除旧布新，朝野务须同心追随相国”，之后又连续两次减低赋税，大局方才慢慢稳定下来。

摄政之后，子之给苏代加了一个“王太师”封号，专门给燕王姬哙讲述三皇五帝三代圣王治理天下的敬贤大道。苏代每日进宫，雷打不动地讲述两个时辰，每讲古必涉今，整整讲述了两年。奇怪的是，两年之中，燕王姬哙没有开口问过一个疑难，只是笑呵呵点头称是。去年冬天的一日，苏代讲罢故事，姬哙破天荒地开了口。

“敢问王太师，六国不成霸业，根由何在？”

“国君不信臣下。”苏代回答得非常肯定。

“若要信任臣下，如何做法最好？”

“禅让。将国君之位让于大贤。”

“相国可算燕国大贤？”

“何止燕国？相国乃千古第一大贤。”

燕王姬哙笑道：“王太师说得好。这王位，姬哙禅让给相国。”

就这样，经过一个冬天的筹划，燕王的禅让王书在开春时节颁发了。王书颁布后，非但燕国朝野震动，连几个大国都莫名惊讶，纷纷派出特使到燕国探察究竟。秦国竟然派了一个少年王子叫嬴稷，做长驻燕国的特使。子之怕这个嬴稷与栎阳公主勾连，对他监视得很紧。荆燕还听说，有个燕国王子逃出了王宫，自称太子，正在王室部族的封地与辽东大军联络，要举事夺位。荆燕因急着回来报告消息，没有备细打探这个太子的踪迹。

“我看，燕国要大乱一场。”末了，荆燕忧心忡忡地说了一句。

苏秦早已经听得黑了脸，拍案大叫：“子之可恶！苏代可怜！从古至今，有这般变法么？有这般新政么？一个狼子野心！一个助纣为虐！还妄称大贤王太师，千古笑柄！笑柄！”

“季子，小声点儿了。”燕姬连忙捧过一盏热茶劝慰道，“各人路要自己走。对子之，对苏代，你都问心无愧了。事已至此，只有心平气和，方能谋划良方。”

苏秦长叹一声，热泪盈眶道：“我是心恸苏代……多好的一个弟弟，我不该教他与子之联姻，我害了他……”说着悲从中来，不禁放声大哭。

燕姬默默地拭着眼泪，给苏秦拿来了一方热腾腾的布巾。良久，苏秦止住了唏嘘平静下来。燕姬低声道：“季子，我看还是将苏厉接到齐国来，该教他经经世事了。”苏秦愣怔了片刻，恍然点头：“对，不能教他再到燕国去了！荆燕兄弟，你就再辛苦一次，跑一趟洛阳。”荆燕笑道：“大哥哪里话？本是该当的，又是大事，我天亮便走。”

次日早晨，苏秦匆匆来到孟尝君府商议对策。孟尝君一时没有个定准主张，只是觉得禅让大典尚未举行，说动齐王恐怕很难。苏秦却觉得，应该教齐王知道燕国的禅让内幕，可是如何教齐王知道，却想不出一个妥当办法。两人一时不得要领，思忖间孟尝君恍然笑道：“身边一个大才女都忘记了。我看教嫂夫人说说，此等事，她比你我高明。”苏秦也醒悟过来：“我为苏代的事心烦，倒是真没和她说起。”

两人又驱车回到丞相府，燕姬正在苏秦书房翻检典籍，听孟尝君一说倒是笑了：“季子实诚，算人机谋历来不工。我倒是想了个法子，只是不知能否用得？”苏秦笑道：“你但说。”燕姬道：“八个字：密人密报，投其所好。”孟尝君大笑：“好！只听这八个字，便对了路数。”燕姬笑道：“小心奖错了，你俩且听我说了再议。”如此这般说了一遍，苏秦与孟尝君不约而同地齐声赞成，三人分头安顿去了。

孟尝君当即进宫，对齐宣王禀报了一个秘密军情：燕国正在彰水北岸的河谷山林中部署军马，意图难料。齐宣王顿时起了疑心，彰水两岸多湖泊，历来是渔猎佳地，也是燕齐两国最敏感的地带；渔民为了争夺水面，在这一带常有冲突；齐威王在位时，曾与燕国在彰水边境打过两次大仗，才划定了各自的渔猎范围，那时自然是齐国占了大便宜。后来，燕国实力不济无力反扑，也就渐渐地相安无事了。如今燕国在这里集结军马，莫非又要滋生事端？

沉吟之间，齐宣王皱着眉头道：“子之还没做燕王，就想翻云覆雨？”说得一句又突然打住了。孟尝君小心翼翼道：“从既往邦交看，子之对齐国倒是礼敬有加，当不会有险恶用心。”齐宣王冷笑道：“礼敬有加？那得看时候。”转而笑道，“以上将军之见，此事该当如何？”

孟尝君道：“我方当有所防备。以臣之见，可否以庆贺燕国禅让为由，派出特使，秘密探察子之的真实图谋，而后再作决断？”齐宣王立即点头道：“另外，上将军也不能掉以轻心，要立即向彰水南岸秘密增兵，以防不测。”孟尝君连连点头称是，出宫部署调兵去了。

三日之后，苏秦进宫向齐宣王禀报新法令推行进展，顺便呈递了一封来自燕国的尚未开启的机密义报。义报，是春秋战国时各国在外国做生意的商人，向本国官署发回的敌情报告；因商人不是官派密使，也不是军中斥候，本无探事职责，所以时人称为“义报”。齐宣王接过义报道：“丞相为何不开启？”苏秦道：“臣在燕国多年，未免多有瓜葛，处置燕国事务唯恐失当，何如我王亲自决断？”齐宣王笑了：“丞相但以公心，何须如此避嫌？”说着启开义报观看，看着看着脸色阴沉了下来，将义报丢在了书案道：“岂有此理！丞相看看，子之在燕国做的好事。”苏秦拿过义报浏览了一番，一声叹息道：“这个子之啊，当年还是良臣一个，如何倏忽之间换了个人一般？”齐宣王揶揄笑道：“良臣？目下只怕是狼臣了。”又敲着书案道，“身为大臣，若堂堂正正地凭实力取代燕王，尚可对天下说话，使出这般阴狠手段，不是自绝于天下么？”苏秦又是一声叹息：“子之行事虽无定准，然对齐国还是恭顺的。”齐宣王嘿嘿冷笑了几声，不再说话。苏秦也不再说燕国的事，只是将变法事宜禀报了一番，便告辞出宫了。

回到府中，苏秦将经过对燕姬说了一遍，燕姬笑道：“燕国那边，我已经派人去找栎阳公主了。过些日子，各种消息都会聚到齐王面前，他自会提防子之。你要硬说强谏，他反倒不听。”苏秦喟然一叹：“目下看来，已经是如此了。看来这君王之心，与寻常人大大不同也。纵横家讲究个揣摩君心而有说辞，我如何没想到这条路子上？惭愧惭愧。”燕姬笑道：“纵横家的揣摩，是揣摩邦交利害中君王的取舍决断，实则揣摩的是事。这等揣摩，是揣摩君王处事的好恶，揣摩的是人。两者大不相同也。”苏秦恍然大悟，躬身笑道：“夫人之言，醍醐灌顶，在下如梦初醒也。”燕姬咯咯笑道：“哟！了不得，我可要收一条干肉了！”

旬日之后，燕国密报接踵而至。特使的快马急报一连几日，全部印证了商人义报中说的事实。最重要的，是特使传来了一个意外的消息：燕太子姬平正在秘密联络王族与军中将领，密谋起兵讨伐子之。齐宣王正在将信将疑，特使急报又到：燕太子姬平秘密拜会特使，请求齐国以王道行事，支持燕国王族；太子若得平乱复位，将割让彰水北岸一百里酬谢齐国。

齐宣王既惊喜又疑惑，当即派出最信任的心腹大臣章子，秘密奔赴燕国。齐王严令章子：务必会同特使秘密约见太子姬平，考察其人其事是否可靠可行。月余之后，章子返回临淄禀报：太子姬平的势力甚大，数十家王室部族都拥戴太子复位，这些封地私兵加起来有三万多人；北抗匈奴的将军市被，也秘密投靠了太子姬平，这一支大约有两万多军马；更重要的是，燕国庶民对子之“新政”怨声载道，纷纷拥戴太子。

“如此说来，太子姬平可望成事？”

章子道：“以臣愚见，姬平比子之更有成事气象。姬平许我王百里之地虽少，却是真心要给的。子之许我十城虽多，却是权宜应酬而已。一旦王位坐稳，子之必然与我反目。”

齐宣王默默踱步片刻，突然高声道：“召丞相、上将军进宫。”

苏秦与孟尝君在宫门车马场相遇，不约而同地会心点头，联袂进了东偏殿。齐宣王直截了当，开首便说：“今日之事，会商如何对付燕国两方势力。”接着备细说明了燕国情势，对新燕王子之与燕太子姬平双方作了一番评判，末了道，“经多方查实，子之对本王有食言迹象，而太子姬平较为可信。燕齐双方犹如三晋之间，交往源远流长，利害盘根错节，一方但有大乱，另方必不能安稳。为此，燕国之乱，齐国不能作壁上观。然则如何涉入？做何方后盾？尚须我等君臣商议定夺，丞相、上将军但畅所欲言。”

孟尝君拍案道：“我王所言极是！子之于彰水屯兵，显然居心叵测！如此之人，直与中山狼无异，断不可结盟。至于燕太子姬平，臣闻所未闻，敢请我王定夺。”

齐宣王矜持地笑了：“燕太子姬平一直与本王有秘密来往，以往火候不到，未曾知会丞相、上将军，倒是粗疏了。”口气一转，看着苏秦道，“丞相邦交大师，有何高明对策？”

“我王谬奖。”苏秦谦恭地笑了笑，“身在山中不识山，臣在燕国沉溺日久，与子之也曾多有交往，竟对此人没有警觉，实是惭愧。燕太子姬平，臣更是从来没有听过，但听我王决断。”

齐宣王大是舒心。起用苏秦与孟尝君，齐宣王最担心的是被架空。凡这两个人禀报处置的国事，他都要时时事事查实是否与禀报相同。虽然从来没有发现过疑点，但这种警觉却始终没有消除。处置燕国事务，齐宣王更是亲掌机密，亲自调遣，为的就是要让所有臣下明白：齐王在军国大事上还是乾纲独断，不受左右的。今日，见孟尝君与苏秦都是不知就里，且“唯王决断”，舒心之余，反倒有些歉意了，亲切地笑道：“这些都是特使刚刚回报的，本王也是方才知道。”语气一转道，“本王之意：上将军会同上大夫章子，立即秘密集结大军，准备随时开赴燕国。丞相坐镇临淄，全力推进变法为第一要务。一切燕国纠缠，均由本王与上大夫章子处置。”

“我王所言极是！”孟尝君立表赞同后又道，“一俟调兵完毕，臣便将大军交于章子。臣欲辅助丞相镇守国政，推进变法，以为固本之计，望我王允准。”

“也好。”齐宣王笑道，“说到底，内政是根本。”

散朝之后，孟尝君立即去了上大夫章子的府邸，将齐王的王命一说，一起到了上将军府。孟尝君极是爽利，将兵符印信一起捧出道：“对燕之战，由上大夫全权处置，但有难处，到丞相府找我。”章子没想到孟尝君如此推重，受宠若惊，一躬到底道：“虽有王命，章子却不敢僭越。章子以为：可会五都之兵对燕，上将军以为如何？”孟尝君笑道：“好！有五都之兵，安燕足矣。”这五都，说的是齐国五座重镇：临淄、阿城、莒城、即墨、历城，五座重镇都有常驻军马，合称“五都之兵”，大体上便是齐国军马的主力。又说得片刻，章子开始忙碌起来了，孟尝君径自来找苏秦。

苏秦正与燕姬在书房，计议如何用老燕藏宝支持燕国。见孟尝君到来，苏秦不禁惊讶道：“调集军马何等繁剧，你能脱身？”孟尝君大笑道：“交给章子办理，我那王兄更放心。”苏秦一时愣怔：“哪？你不怕他背着你出事？”孟尝君笑着摇头：“他就在我府邸办事，怕甚？我也说了，有难处到这里找我。”苏秦不禁又是惊愕道：“交权留府？天下也只有孟尝君能如此作为了。”燕姬在一边笑道：“阴谋阳用，事事都在明处，孟尝君大本事呢。”孟尝君又是一阵大笑，问两人在嘀咕何事，莫非燕国又有了变故？燕姬将老燕财宝的事说了一遍，末了笑道：“如何交到燕太子手中？该不该一次交完？季子和我都没个定见，敢请孟尝君说说？”

孟尝君思忖道：“如何交法，倒是不难，我门客可以帮忙。当不当交完，可是难题。一次交完吧，若燕太子复位失败，岂不大坏？说到底，此时大势还不明朗。”

苏秦眼睛一亮，拍案道：“大势不明朗，说得好！我看，这笔财宝目下不能交出，一旦此时交出，必定流失于战乱之中，中饱了权臣悍将私囊而已。唯有等到燕太子复国成功，百废待兴之时，这笔财宝才能用到正途！”

“好！”孟尝君拍掌赞叹，“还是苏兄主意正：夺位在兵，复兴在财。”

“好是好。”燕姬笑道，“只怕太子与栎阳公主要不断派人寻来，纠葛多些。”

苏秦道：“我看，不妨将此意明告太子，也可立下一份誓约，教太子明白：成则复兴有望，败则为国藏宝。”

燕姬笑道：“此话有理，季子也有机谋了。”三人一齐大笑起来。

孟尝君道：“苏兄，我还要对你说件事：秦国不是给燕国派去了个王子么？前日又来国书，要派一个王子到齐国为质，这究竟是何意？莫非又是张兄要出新名堂？”

苏秦沉吟片刻，意味深长地笑道：“给齐国派人质，唯有一个可能：重提齐秦结盟。此时六国自顾不暇，秦国却主动与齐国结盟，只能说明秦国可能有变，需要安宁治内。若是张仪主谋，未必如此示弱……看来，张兄倒可能有些微妙了。”

孟尝君恍然：“有理！我如何没想到这一层？苏兄且说，如何应对为好？”

苏秦轻轻叩着书案道：“此事不必着急，先拖些许时日，待齐燕局势明朗之后，再派特使到秦国看看，而后相机决断。与秦国结盟，对目下齐国有好处，可一举使齐国成为与秦国并立的两强。唯其如此，不能操之过急，要教秦国先伸手。”

“便是如此。”孟尝君笑道，“苏兄不入秦，过些日子我去秦国。”

第十四章 百年一乱

一 关西大力神

张仪回到咸阳，立即嗅到了一股异常的气息。

长街之上，国人们三三两两地聚在一起议论着，眉飞色舞之间似乎又透着一种神秘。尚商坊的几条街市更是热闹，酒肆、店铺与街边，尤其是那闹哄哄的六畜大市，人们交头接耳，说得一阵笑得一阵，有了难以言传的喜事一般。六国商人们碰头，更是惊诧摇头，啧啧称奇，连呼“了不得！了不得！秦国大神气了”！张仪很是疑惑，秦国律法有“流言惑众罪”，禁止国人议论国政是非、传播流言蜚语，目下这般街头景象，平日是根本不可能遇到的，一定是咸阳发生了异乎寻常的事情。正在困惑之间，猛听见街边一嗓子呼喝：“那是！上将军第一大功！”张仪恍然醒悟，立即吩咐掉转车头向司马错府邸而来。到得府门，家老匆匆迎出，回说上将军去了校军场。张仪没有再问，又掉转车头驶向校军场。

校军场在咸阳城的西坊国人区，紧靠西门，占地一百余亩，是仅次于王宫广场的又一个城内广场。说是校军场，实际上也只是王宫禁军与城防守军经常在这里训练操演罢了，拱卫咸阳的五万大军则驻扎在东门外的渭水河谷，有自己专门的训练营地，是用不着进入咸阳城校军的。所以，都城内的校军场，实际上是一万王宫禁军与一万城防守军的专用训练场地。此外，这个校军场还有一个特殊用途，便是举行盛大的欢庆仪典，国君、官吏、世族、国人同场欢庆。这种时刻，往往是秦国朝野少见的喜乐狂欢。

一进入西坊长街，行人络绎不绝地向西流去，呐喊欢呼声不断从校军场方向隐隐传来。张仪无须再问，便知这一定是秦王为司马错大军胜利班师在举行庆典。当张仪车马来到校军场石坊时，守门将领立即迎了上来，要将丞相领到王台上去。张仪笑着拒绝了。下得轺车，他换了一身布衣，又卸了头上玉冠，只带着嬴华与绯云挤进了校军场。

咸阳校军场堪称天下奇观。广场四周是山坡梯田式的木楼看台，层层向高处延伸，最顶层达到三丈余高。正北面南的中央区域是王台，最顶层高出周围看台六尺，足足三丈六尺高。每逢盛大庆典，四面看台人山人海，鸟瞰中央场地的盛大操演，欢呼呐喊声山呼海啸般响彻咸阳。这校军场看台区域的分布，也是颇有讲究：正北面南的中央区域，是王室贵胄与国中大臣的专用区域，咸阳人称为王台；东西两侧各有一千人的军士看台，拱卫着王台区域；与正北王台遥遥相对的南面看台，则是外国使臣与商贾的区域，咸阳人称为“六国台”；东西两面则是国人区，其间又有细致划分：东面三区分别为爵民、士子、百工，西面三区分别为农人、老军、商贾。总的说，但凡庆典，校军场汇集的万千人众囊括了秦国朝野的精华人口，也包容了山东诸国在秦国的各色人士。所以，每一次庆典在实际上则是向天下展示秦国实力的一次绝佳机会，每一个秦人都忒是兴奋，呐喊声也分外的响亮。

秦人在夏商之后，已在长期动荡中锤炼成马背部族，保留着西部草原久远而又古老的集会传统。商鞅督造咸阳，建造了这座奇特而又雄伟的校军场，实在是想使秦人的这种集会传统，在都城有个宣泄的去处，不想却成了天下最宏大的都城奇观。后来的阿房宫，自然更是这种集会场地的大手笔了。

嬴华最熟悉校军场，在前面拉着张仪，绯云在后面护着。三人曲曲折折一阵挤挨，好容易在高低错落的人山中挤到了南面看台的商贾区。这里全是六国商人，无人识得张仪，嬴华绯云护卫起来也方便一些。谁知刚刚走到看台尚未坐定，便闻全场一阵战鼓隆隆，随着是山呼海啸般呐喊："大力士出场——""万岁！万岁——"张仪目力极佳，一看场中大是惊讶。

在隆隆鼓声中，但闻"哞"的一声齐吼，五头秦川黄牛沓沓出场，身披大红布罩，头戴青铜面具，狰狞威武如神兽一般。更奇特的是，牛身大红布罩两边分别绣着两个金色大字，一边是"大力"，一边是"牛神"。张仪知道，渭水平原的黄牛被山东六国称为秦川牛，生得肥厚壮硕，力大无比。那最为酷烈的车裂刑罚，便是由五头秦川牛做行刑手的。秦人但说谁力气大，口头谚便是"后生一把牛力气"。如今，这五头秦川牛盛装出场，莫非要车裂巴蜀两王？张仪正在思忖，却闻又一阵山呼海啸般呐喊，一辆两马战车从校军场东口飞驰而入，战车上矗立着一个大汉，黑色披风，黑色铁甲，黑色铁矛头盔，身高足有一丈，真正一座黑铁塔一般。

战车哗啦啦绕场一周，在五头"大力牛神"旁停了下来。黑铁塔向正北王台遥遥一拱，又向各方位看台分别拱手作礼。突然，校军场响彻一个声音："步卒力士乌获！与五牛较力，庆贺巴蜀归秦——"声音不知从何处发出，如雷声碾过天空，隆隆余音轰鸣不绝，直如天神在空中一般。“雷声”碾过，全场突然爆发出又一阵山呼海啸：“乌获万岁——”“大秦万岁——”

欢呼声平息，一个甲士百人队开进场中，在战车与大力牛神周围散开站成了一个大圆圈。带剑百夫长一挥令旗，战车辕中的两匹白马被卸下辔头牵走，那辆铁轮战车被粗大的锁链牢牢固定在四根预先栽好的铁桩上，唯独留下那座黑铁塔岿然矗立在战车之上。百夫长令旗再劈，五头秦川牛立即被牵到战车周围的五个方位，套上了特制的粗大皮绳亘头，每个牛亘头后的粗大皮绳都被拴在了黑铁塔身上——两手挽着两根，两腿拴着两根，脖颈上还套了一根，这五个位置，正是五牛分尸的要害位置。纵是铜筋铁骨，在五头壮牛数万斤巨力的疯狂撕扯下，也只能是粉身碎骨。蓦然之间，张仪想到了被车裂的商鞅，一阵寒意中生出了一种荒诞离奇，恍惚间不知身在何处了。

一阵尖锐的号角，一阵“哞”的牛吼。张仪蓦然惊醒。场中五条牛尾已经变成了五支狂舞的火把，黄牛吃疼发力，吐沫刨蹄，分向五方牛吼狂奔。再看那战车上的黑铁塔，却是岿然不动，兀自发出咬牙切齿的呵呵声。人山人海的校军场，静得如同深山峡谷一般。突然，黑铁塔一声大吼，那领黑色斗篷骤然鼓起，黑铁塔宛如一只钉在蓝天的苍鹰。几乎就在倏忽之间，五头壮硕的黄牛齐齐地惨吼了一声，又齐齐地倒退几步，如五座小山颓然倒地，激起了五团巨大的烟尘。

“五牛较力——乌获胜——”雷鸣般的隆隆声音又一次碾过全场。

“乌获万岁——”“大秦万岁——”校军场沸腾了。

这时，隆隆战鼓又响，两头五彩斑斓的长鼻怪兽踩着鼓点，晃晃悠悠地走到了校军场中央。“吔！河象！”绯云低低地惊叫了一声。张仪仔细打量，五彩斑斓的怪物恰恰正是两头河象。河象是河内河外平原丛林中的大象，在魏韩两国的大河平原上生息，比楚国岭南的大象还要凶猛。寻常时刻，纵是十头秦川牛也敌不得一头河象。更要紧的是，河象极难驯化，除了魏国在吴起做上将军时驯化过三十几头河象，组成过一支象军外，战国没有一个邦国驯化出一头河象。张仪一时想不出，如此两头被装扮得五彩斑斓的河象，却是如何来的？

此时，那隆隆雷声又碾过全场：“虎骑力士孟贲，出场——”全场顿时山呼海啸，万岁之声震耳欲聋。嬴华对着张仪耳朵喊了一句话，张仪没有听清，只好笑着摇摇头往场中一指，示意嬴华只管看完再说。

正在此时，一辆战车辚辚飞进了校军场，一出场便引得一片欢呼。张仪一眼看去，这是一辆特意打造的精铁战车，疾驰之中铁青色一团寒光。精铁战车由四马驾拉，马蹄如雷，车轮隆隆碾起一道粗大的烟尘，声势确实惊人。车上一员猛士，丈余高身材，黑色斗篷，本色铁甲，连鬓络腮大胡须，比方才那个乌获更是粗壮威猛。精铁战车驶过王台，车上猛士发出雷鸣般呐喊：“大秦国万岁——”“秦王万岁——”张仪这才猛然醒悟，原来那碾过全场的隆隆雷声，便是这个猛士的声音。人有声若雷，当真是匪夷所思。

惊讶之际，又一辆光华闪烁的战车隆隆驶进。这却是一辆青铜战车，车上一人黑色绣金斗篷，一身青铜甲胄，头盔上的铜矛足足有一尺长，一脸黄色卷曲的连鬓络腮大胡须，活生生北地胡人。飞动之中，青铜战车、青铜甲胄、绣金斗篷的光芒交织在一起，仿佛一座金光灿灿的天神，全场顿时沸腾了起来。

张仪心下生疑。此人异相，又是高贵异常的青铜战车与绣金斗篷，决然不是寻常武士。秦国的名将猛士，张仪没有不熟悉的，可无论如何想不起此人是谁。莫非是司马错收服的巴蜀王子？不可能，巴蜀人哪有如此胡人长相？正在疑惑，嬴华趴在张仪肩头锐声喊道：“太子！太子荡——”这次张仪听得清楚，心中不禁咯噔一沉。

再看校军场，孟贲已经跳下精铁战车，如雷之声又隆隆碾过：“孟贲举象——为大力神开路——”雷声方落，全场又狂热地呐喊起来。张仪周围的山东商贾们却是纷纷摇头。寻常人纵是力士，有得千斤之力，也就极为罕见了。民谚有云：“人无举手之力。”这硕大的河象少说也有五六千斤，如何能举得起来？张仪博杂，素常也算得通晓武道掌故，也对如此力道闻所未闻，不禁皱起了眉头。

此时，场中那个百夫长一劈令旗，一头河象被驯象武士赶到了一方铁板上。铁板架在四根半人高的粗大木桩上，河象晃悠上去，铁板发出咯当咯当的脆响。百夫长再劈令旗，孟贲迅速脱去了斗篷甲胄，只留下一身牛皮短装，大步走到铁板之前，又蹲身钻到了铁板之下。全场万千人众不禁屏息静气，悄无人声。

突然间，“嗨”的一声雷吼碾过，那头硕大的河象惊恐地啸叫了一声，铁板下的孟贲已经两臂伸直，铁柱般地矗立了起来。

“万岁——”全场爆发出山崩一般的呐喊。

孟贲稳稳放下河象，走出了铁板，向北方王台一躬，又是一声雷吼：“大力神！扬我国威！”雷吼余音隆隆间，令旗起落，那辆青铜战车的四匹驭马被卸下牵走，另一头更加肥大的河象又晃悠着踏上了战车。张仪明白：青铜的硬度韧性不如精铁，所以打造战车的铜板比铁板厚出了许多。也就是说，这辆青铜战车要比那辆精铁战车重量大出许多，再站上一头更加肥大的河象，总重量无论如何也在万斤之际。更难的是，战车之下无环无扣，难抓难抠，轮辐间仅可容常人窝身蜷伏，极难着力。如此情状，要举起这万斤巨物，当真是匪夷所思。

万众瞩目之下，但见金装大力神脱掉了绣金斗篷与青铜甲胄，也与孟贲一般，只留下一身牛皮短装。他却没有孟贲那般如雷虎吼，只是甩了甩胳膊腿，便蹲身钻进了青铜战车的轮下。校军场的万千人众大约也知道此人不是寻常力士，紧张得屏住了呼吸，偌大校军场如幽静的山谷。六国商人与使臣们更是瞪大了双眼，迷茫地盯着场中发怔。

静寂之中，只见百夫长令旗一劈，威猛雄壮的孟贲乌获铁塔一般守在了青铜战车的两侧，四名驯象武士手提长鞭，四面守住了在战车上山一般晃悠的河象。突然之间，一声沉闷的嘶吼，青铜战车连同那头小山一般的河象倏忽升高，又倏忽降落。那头硕大的河象惊恐地啸叫了一声，山一般地卧倒在战车上，拉出了一堆黑黝黝的粪便，战车却依然矗立在空中纹丝不动。

“啊！快看，双腿都插进地里了！”一个山东商人尖叫起来。

校军场地皮原本是夯实的硬土，更兼经年马踏兵踩，几乎坚硬得与大青砖一般无二。如此地面，双腿竟能猛然插下两尺有余，谁能不惊心动魄？一片寂静喘息之中，校军场突然爆发出山呼海啸般的呐喊。人们将头上的玉冠竹冠纷纷摘了下来，提在手里弹着叫着跳着，“大秦国万岁”的呐喊一浪高过一浪。

中央王台一阵骚动，隆隆雷声又一次碾过：“秦王王命：赐孟贲、乌获关西虎贲大力士名号！”沸腾的欢呼顿时淹没了校军场。

二　司马错讲述的军旅故事

没有等庆典完毕，张仪挤出了校军场，一路快车回到府中，一直没有说话。嬴华将张仪送到府门，匆匆折马去了宫中。绯云一进府便忙着去收拾安顿诸般琐务。张仪独自在书房里转悠，也不去处置那些积压的公务，不明不白地觉得心头沉甸甸的。

用过晚饭，张仪兀自不能平静，便驱车来到上将军府。家老见是丞相来到，没有通报司马错，将张仪径直领到了书房。

灯下，司马错正在与一个年轻的武士说话。张仪眼力极好，一眼看出，这是日间在校军场指挥大力士的那个百夫长。司马错见张仪来到，连忙迎到廊下：“我已等候丞相多日了，快快请进。”张仪打量着司马错笑道：“倏忽三两年，上将军如何如许风尘？竟白了鬓发？”司马错笑道：“我无丞相胸襟，自是老得快了。”说罢请张仪入座。那名年轻武士站了起来一躬：“骑士百夫长白起，参见丞相。”张仪见这年轻武士生得肃杀厚重，一顶头盔比寻常武士高出了半尺，凛凛身躯威武非常，不觉有些喜欢，点头虚手一礼，笑道：“可是郿县白氏后裔？”白起道：“正是。”张仪又道：“可识得白山将军？”白起点了点头，却没有说话。司马错笑道：“白起素来不张扬家世，白山将军，正是白起之族叔。”张仪笑道：“原来如此，自强秉性，好事。”白起向两人一躬道：“上将军、丞相，公务已毕，小军告辞。”司马错点点头：“去吧，转告孟贲乌获，较力不是军功，无得轻狂才是。”白起答应一声，大步出门去了。

张仪笑道：“一个小小百夫长，竟蒙上将军召见，可见器重了。”

“丞相不喜欢他么？”司马错笑罢喟然一叹，“这个白起，可是了不得。

从军较武便勇武过人，更难得的是，对兵法战阵天生通晓一般。遴选锐士进攻巴蜀，我原是要他做千夫长。可这白起，硬是要从伍长做起，说是没有军功，宁不升迁。果然也是，连续一路打下来，他竟战战斩首五人以上，按说也该做千夫长了。可他就是要伍长、什长、卒长、百夫长一级一级做。二十岁的武士，有如此沉稳的品性，难得也！”

“上将军素来不谬奖于人，张仪自是信得。”张仪笑道，“我还看得出来，你是有意锤炼于他。否则，今日校军场如此场面，如何能教一个百夫长指挥三个大力神？”

“你去了校军场？”司马错惊讶了。

“如何？我去不得么？”

司马错叹息了一声，一阵沉默，良久，语气沉沉道：“这大力神，只怕不是吉兆。”

张仪内心一动，却不好应答。当初司马错力主攻取巴蜀，张仪是反对的。两三年之后，司马错却使巴蜀三千里变成了秦国的土地臣民，使秦国变成了与楚国一般广袤的大国。这不仅是军事上的成功，而且是谋略上的成功。战国大争，上将军与丞相原是国家的两根柱石，却又是常常发生摩擦的传统对手。尽管丞相以“统摄国政”的全面权力居于朝班之首，但在刀兵时代，作为统辖全国军马的上将军的权力，却也是更实在的。更何况，上将军的爵位官俸，历来都是与丞相同等的。实际的权力格局往往是：谁更有才华、更有权谋、更有功勋、更有实力、更能够影响君主与朝野，谁便是第一位的权臣。张仪是名动天下的大策士，利口雄辩天下第一，邦交纵横算无遗策，却偏偏是两次都栽到了司马错手里。第一次房陵失算，还算情有可原，毕竟张仪不是兵家名将，当时也还没有入秦为相。然则这第二次，可是攻守大谋略的直面较量，更是张仪的强项，结局却偏偏又是张仪错了，而且错得几乎没有任何可以辩解的理由。对于张仪这种以才智立身的布衣丞相而言，这种失败几乎是不能忍受的。

可也忒煞作怪，张仪偏偏就对司马错没有妒火中烧，没有敌对心绪。与其说是张仪胸襟开阔，毋宁说是司马错的秉性品性化解了可能产生的摩擦。与张仪的飞扬洒脱相反，司马错厚重笃实，不张扬不浮躁，谋略来得缓慢，却是扎实细密，一旦谋定，几乎没有人能将他的谋划驳倒。但两人却有一点共同处，都是一心只想将事做好，都没有非分野心。恰恰是这唯一的共同点，使两人成就了良马同槽的美谈。用樗里疾的话说："秦有良相名将如张仪司马错者，天意也！"在秦国历史上，后来的范雎与白起、吕不韦与蒙骜、李斯与王翦蒙恬，都做了权力场某种程度的对手，最终也都是导致了某一方牺牲，甚至双方同归于尽的结局，由此可见张仪与司马错之可贵了。

虽说没有嫌隙，张仪对待从巴蜀大凯旋的司马错还是十分慎重的。其中最重要的原因，是张仪感觉到了咸阳正在发生着一种微妙的变化，正在弥漫着一种隐隐约约的躁动。一个最令张仪困惑的事情是：身为太子的嬴荡，纵然果真是一个大力神，如何便要这等炫耀膂力？秦国之威难道就在一个力士身上？这种经过秦王允许的炫耀，绝非空穴来风。可是，它究竟意味若何？却又很难说得清楚。这种变化，恰恰发生在他离开咸阳之后司马错班师的这段时间。张仪虽则有所警觉，但他却不想当着深沉多思的司马错，去竭力捕捉这种感觉。张仪知道，纵是才智独步天下，要说清一种朦胧的警觉，也是很危险的。

"巴蜀茶叶，如此碧绿，直与吴越震泽茶媲美。"张仪端详着陶杯中碧绿的茶水，悠然笑了。

"巴蜀两邦，地大物博，多有沃野，若治理得法，一等粮仓也。"司马错叹息了一声。

"治理巴蜀，是我职责所在，上将军有何高见？"张仪眼睛一亮。

"邦交理民，丞相原是圣手，司马错何敢高见？"这便是司马错，短处绝不做长处炫耀。

"夺取巴蜀，为秦国奠定大富强根基，乃不世奇功，上将军何有忧心？"

"不瞒丞相，司马错之忧，不在巴蜀，而在咸阳。"司马错又是一声叹息。

张仪心头一跳，要脱口追问，蓦然之间生生刹住淡淡笑道："今日庆典太得铺排？”

司马错摇摇头：“丞相若有耐心，且听我从头说来。”

张仪点头道：“你我将相多年，自当披肝沥胆，上将军但直言相向。”

司马错略一思忖，起身吩咐家老闭门谢客，回过身坐下来，对张仪娓娓说出了一番故事。

进军巴蜀前，秦惠王突然来到大散关军营，说是要教太子从军出征历练。司马错大是惊讶，一时不知如何作答。虽说，战国时王子从军作战极是寻常，许多王子还成了有名的战将，如秦孝公嬴渠梁嬴虔兄弟都是著名将领。然则太子毕竟是国家储君，带兵统帅通常都很怕太子随军，一则是统帅的保护责任太大，二则是怕太子掣肘军中决策。在司马错，则还多了一层顾虑，即从来没有与太子来往过，不知这个太子究竟何等人物。若是个膏粱子弟或纨绔少年，岂非大大不便？但若要谢绝，却又有拒绝监军之嫌。但凡大将都明白：王子随军，名义上是历练，实际上多多少少都有着监视大军的秘密王命，公然拒绝，岂非平添君臣嫌隙？

秦惠王见司马错沉吟不语，明明朗朗道：“上将军无须担心，本王与太子约法三章：只为卒伍，不入军帐，不问军令。”说着一声叹息，“本王生平未入军旅，实在是一大憾事。本王这个儿子嬴荡，天生好武，却是稳健不足，若不入军历练，只怕他难当大任。”司马错道：“臣无别心，唯虑战场乃性命相搏之地，太子若有差池，国家不幸也。”秦惠王慨然道：“贪生怕死之君，更是邦国大难，太子若在军旅阵亡，也是天意了。”说罢啪啪拍了两掌，帐外大步赳赳走进一人。司马错一看，此人宛若胡人猛士般的奇异长相，一时惊讶得瞠目结舌。及至太子以军中之礼参见，司马错方才醒悟，连忙伸手去扶。太子却是一躬到底，瓮声瓮气道："嬴荡入军，自当遵从军法，上将军若不将我做军士对待，宁不入军。"说话间，脸红到了脖子根上。司马错见太子虽然生硬，却也实在，二话没说，吩咐军务司马拿来一套兵士衣甲。太子当场脱去斗篷丝衣，换上了皮甲短装，眉宇间兴致勃勃。

司马错送走秦惠王，却为如何分发太子作了难：留在身边做中军护卫，既非秦王初衷，太子也不乐意；当真做一个小卒分下去，却有哪个小头目能领住这座尊神？嬴荡看出司马错为难，憨厚地笑了："上将军莫得为难，不要说出嬴荡姓名，当做寻常卒子分配，岂不省事？"司马错道："依你。只是要想个名字方好。"嬴荡道："安一个胡人名字，阿木拉。"司马错笑了："好，就阿木拉。做骑兵，还是做步兵？"嬴荡道："步骑都想做。"司马错思忖一番，带着嬴荡到前军去了。

前军，是司马错为奔袭巴蜀新组的一支先锋大军，全军两万人，先锋大将是张仪熟悉的白山。因了蜀道艰难崎岖，大多数山路、栈道、峡谷、隘口，都要前军徒步涉险为主力开道。所以这前军将士，全部由既做过步卒又做过骑兵的精锐组成，人人都能上马做骑士，下马做步卒。司马错来到前军营地，没有到白山的大帐，辨认着旗帜颜色，径直到了一座牛皮小帐篷。

"白起可在帐中？"司马错在帐外高声喊话。

"禀报上将军：伍长白起在！"帐中一声浑厚果断的应答，一个头盔矛枪上有一绺黑缨的精悍武卒大步走了出来，身后一字排开了四尊黑铁塔一般的壮汉。

司马错笑道："好耳力。如何听出我声？"

白起赳赳高声："禀报上将军：伍长白起听过上将军对全军训示！"

司马错点头道："伍长白起，这是陇西武士阿木拉，远道从军，配在你麾下做武卒。”

“禀报上将军：白起卒伍多出一人，须得前军主将准许。”白起站得像一尊铁塔。

司马错点头道：“白山将军我去说，你带人便是。”

“嗨！”白起一碰脚跟，立即下令，“武卒阿木拉答话，有何武技特长？”

阿木拉立即挺胸高声：“禀报伍长：阿木拉力道第一！剑术第二！”

话音落点，白起身后的四尊黑铁塔“哧——”地咧开了大嘴，虽然不敢公然大笑，那无声的蔑视却是显然的。白起没有回头便喊了一声：“乌获出队！”只听“嗨”的一声，一尊铁塔“嗵嗵”走到了队前，仿佛大石夯到了地面一般。

白起高声下令：“阿木拉！与乌获扳腕较力！”

“嗨！”阿木拉瓮声答应，伸出了粗大的右手，手腕上一寸多长的茸茸黄毛，活像是一只硕大肥厚的熊掌。

“对劲！”对面黑铁塔嘿嘿冷笑着，一只同样肥大厚实的黑手搭了上去。

“一,二，扳——”

两声大吼同时响起，两座雄伟的身躯同时拱背发力，两只粗壮的胳膊猛然抖抖地僵持住了。倏忽之间，四只大脚一起陷进了泥土里。看着两人猛兽般的对峙，白起与身后的武卒都惊讶得瞪大了眼睛。正在僵持之中，金发阿木拉一声虎吼，黑铁塔一般的乌获轰然倒在了地上。这一下，连见惯了军中力士的司马错也大感诧异。

“彩——”武卒们不禁同声大喝。

白起高声道：“较力扳腕，阿木拉胜！孟贲，将你的重剑给阿木拉！”

“嗨！”一座黑铁塔吼应一声，一柄长大黑物呼啸飞出，直扑阿木拉。阿木拉气静神闲，伸手抄住了飞来长物，口中叫道：“好剑！当真趁手！”

司马错一看惊讶莫名，这口重剑除了雪亮的锋刃，通体黑森森长矛一般，少说也有三十斤重量。军中用剑都是统一打造，虽也有轻重长短之分，但配给一些大力武士的重剑，最重也没有超过十五斤者。司马错精通各种兵器，深知一口十五斤的长剑，要在马上连续挥舞，劈杀一场最短大战所需要的两个时辰，没有超常膂力，断然无法支撑，更何况眼前这口三十余斤的重剑？再说秦军法度森严，历来不许兵士携带私家兵器入伍，这重剑从何而来？

“孟贲回话，你这口重剑可是军中打造？”司马错脸色沉了下来。

“禀报上将军！”孟贲的声音铜钟般洪亮，“因小卒力大，伍长请命前军主将，特准小卒打造了这口重剑。”

“乌获，莫非也有重兵器？”

“禀报，上将军。”扳腕落败的乌获甚是木讷，“我是这支带钩大铁矛，一百二十斤重。”说着上前两步，挺出了一支碗口粗丈余长的黑沉沉铁矛，那带钩的矛枪有三尺长短，令人望而生畏。

“一百二十斤？你如何使法？”司马错大是疑惑。

乌获嘿嘿笑了：“这，小卒说不清，要伍长说。”

“禀报上将军。”白起赳赳高声道，“孟贲乌获，均不通骑术，只能步战。乌获更有一长，行走如飞，善于攀缘。故而兵器为带钩长矛，遇有绝壁险关，乌获可借此兵器攀缘凿道。”

“好！”司马错不禁赞叹，“巴蜀山地，正是险道重重，这钩矛大有用场。谁的主意？”

“伍长！”四尊铁塔同时吼了一声。

司马错赞赏地望了白起一眼：“白起，我下令白山将军：白起一伍六卒，为全军开路尖刀。”

“嗨！”这次，白起、阿木拉六人齐齐地吼了一声，分外兴奋。

司马错笑道：“白起，你要与阿木拉比剑么？”

“禀报上将军：明白阿木拉剑术高低，便能编定战场次序。”

“好！比，我也见识一番。”司马错此话，却是说给这位“阿木拉”听的，意思是要告诉他：入军历练，没有空谈，更无照拂，可是要一刀一枪见功夫的。

阿木拉掂掂重剑道：“我用重剑，占了伍长便宜，还是用常剑。”

白起笑道：“无妨，剑术原不在剑器轻重，何况我也是十五斤重剑。”说罢一伸手，有一柄带鞘长剑呼啸飞来，白起扬手抄住，长剑锵然出鞘，却是一口青光闪烁的精铁重剑。能使此剑，足见白起也是军中猛士无疑。阿木拉见白起抄剑出剑，便知这个小小伍长确实是剑术高手，稳稳地挺出了长大的重剑，等着白起进攻。

白起却道：“军中比剑，不是剑士比剑，是战场之上的实战劈杀，架力士木桩。”

只听“嗨”的一声，乌获挟着两根大木走来，“嗵嗵”往地上一蹾，大木陷进地面半尺有余，稳稳地栽在了中间，足足有一人合抱粗细，比寻常一条大汉可是粗出了许多。孟贲洪钟般叫道：“这是我练重剑的木桩，你阿木拉能一剑劈到底，就比我强！”阿木拉冷笑道：“这么说，孟贲劈不到底？”孟贲叫道：“对！我能一拳打碎这粗家伙，可就是用剑不行，忒煞怪了。”白起道：“阿木拉，你先劈。”

阿木拉围着粗大的木桩转了一圈，凝神站定，突然一声大喝，高高跃起，双手举剑奋力劈下。只听“噗”的一声闷响，重剑在离地面一尺高低处，卡在大木中不能动了。阿木拉愣怔变色，愤然抽剑，却连木桩也“扑通”拉倒，一抬双臂，竟连那合抱粗细的树段也举过了头顶。又是一声大吼，连着大木砸到地面，“嗵”的一声，树段陷下地面二尺许。饶是如此，重剑还是死死夹在大木中不能动弹。阿木拉面色铁青，沙哑地吼叫一声，一拳打向被重剑劈过的大木裂缝，只听“咔嚓”一声大响，合抱粗的树段拦腰断开，飞成了四分五裂的碎块。

阿木拉气咻咻道：“敢请伍长劈来我看！”

白起没有说话，走到另一根木桩前站定，突然一个飞身跃起，空中一声大吼，剑光如一道白练斜斜劈下，但听咔嚓脆响，粗大的木桩应声分为两半。看那木桩断面，却是光洁的刀劈平面，而绝不是震开的裂缝痕迹。这在骑士中叫做“刀面”，一段木桩的“刀面”若能贯穿木桩头尾，意味着这一剑从始到终都在劈杀，剑术力道已经到了炉火纯青的地步。军中将士无一人不懂此中道理，所以齐齐地大喝了一声：“彩——”

阿木拉绕着木桩端详了一圈，向白起慨然一拱：“伍长剑术，天下第一！”

白起没有理会，高声道：“阿木拉膂力过人，与孟贲乌获成三人卒，为全军尖刀！”

“嗨！”三尊铁塔齐齐地虎吼了一声。

从此，白起六卒威震三军。千里巴蜀险道，逢山开路，遇水搭桥，一人顶得百人。有一次，前军逶迤抵达一处绝壁险关，当地人称巴子梁。这是横亘在大峡谷中的一道山梁，形如天降巨蟒，怪石嶙峋，却又是寸草不生，仿佛青苍苍崇山峻岭中的一块黑秃疥癣，令人望而生畏。偏这道巴子梁又是通往蜀中腹地的必经之路，若绕道群山行走，至少需得半年时光。司马错入巴蜀前，曾经搜集了巴蜀各地所有的地理方志，其中有一卷叫做《巴蜀山水志》，书云："巴子梁者，高山嵯峨，岩石磊落，倾侧萦回，下临峭壑；行者扳缘，或攀木而升，或绳索相牵而上，陟高若将登天，巴蜀之人，以为至险，唯猎户药农鸟兽可行，商旅至此绝迹也。"

就在大军望山兴叹的时节，白起六卒一番密议，立即开始了攀缘开路。

铁钩长矛的乌获当先攀上。他腰间结了一根粗大的牛皮绳，只听当当山响，他便一步一步地上了山腰。三丈之后是孟贲，腰间大带捆在乌获的牛皮大绳之上，双脚只需蹬住一块山石，双手便能着力。他结结实实地挥舞着重剑，只管凿开一个又一个碗口大小的石洞，每排三个，间隔一尺，惊人的均匀扎实。第三个便是那个阿木拉，同样将大绳捆在腰间，背上背了一大袋削好的粗大木楔，手持一个大铁锤，一锤一个，"嗵嗵"连声，便将长大的木楔结结实实钉进每一个石洞。第四个白起，也是腰捆大绳，将传递上来的厚实木板架上木楔，钉上铁钉。其余两卒则踩在钉好的悬空板桥上不断向上传递木板。山下陆续到达的万千军士工匠，只管砍伐大树，劈锯木板。

连续四个时辰，白起六卒没吃没喝，一鼓作气地拱到了山顶。单是这份耐力，也令全军将士惊心动魄了。更何况乌获、孟贲、阿木拉三人，腰间大绳还负担着后面人的重量，若是常人，当真是寸步难行。

天将暮色时分，山顶终于传来了孟贲三人雷鸣般的吼啸："山顶了——"

大军攀登巴子梁时，天色已经大黑，万千火把直通山顶，活生生一条火龙天梯。三个巴蜀乡导惊讶得连连咋舌，直呼："天兵噻！天兵噻！"

两个月后，司马错大军会齐，相继向巴蜀两国发动了突然攻杀。

白起六卒又是战功赫赫，活捉了巴蜀两王，斩首两百余级，一时声名大噪。

但也是从这个时候开始，种种关于太子的流言在军中不胫而走。“王太子在我军中！”“阿木拉是太子！”“太子异相，天生大力神！”“攻取巴蜀，全赖阿木拉奇能绝技！”起先，司马错并没有在意。他治军虽然极严，但对于军营流传军中猛士的神话，却从来都是听之任之。事实上，这种神话往往能激励士兵的功名欲望，使军营斗志更加昂扬。可时间一长，司马错却听出了这些传奇流言的一种异味——都在说太子，说阿木拉，真正的猛士与堪称猛士灵魂的白起，倒并不是传奇神话的人物。司马错秘密召见了白起询问，白起只是淡淡说了一句：“我伍六卒，没人乱说。”其余甚也不知道。司马错又找到前军大将白山。白山本也疑惑，却说不清楚，良久思忖，忽然道：“上将军，流言弥漫，似乎在三臣入巴蜀之后。”司马错仔细一想，有些明白了过来。

所谓三臣入巴蜀，说的是平定巴蜀后，秦王派来王族大臣嬴通、咸阳内史陈庄、长史甘茂三大臣进入巴蜀。三大臣带来的王书确立了治蜀法度：将原来的巴蜀两王分别确立为“只许闲居，不许干政”的巴侯、蜀侯；册封嬴通为巴蜀君，陈庄为巴蜀相，统领秦军一万镇守巴蜀；甘茂为抚军王使，犒赏三军后随同司马错班师返回。甘茂犒赏三军时，特意在前军停留了一个晚上。白山说，他的卫士看见了，甘茂在军营外的丛林里与“阿木拉”密谈了足足一个时辰。第二天晚上，“阿木拉”又被甘茂秘密领进了嬴通的大帐，也足足有一个时辰才出来。

有了这个心思，司马错在班师途中与甘茂有意无意地经常说起太子。甘茂极有兴致，向司马错详谈了太子嬴荡的过人禀赋：文武全才、胸襟开阔、礼贤下士、雄心远图等等。司马错不经意地知道了许多事情，心中越来越不安宁了。

回到咸阳，太子的军旅神话又迅速地弥漫了宫廷市井，又弥漫了秦国朝野。司马错却始终保持着沉默，在对秦惠王的《平定巴蜀书》中，只字未提太子历练，在《请封军功爵位书》中也没有罗列“阿木拉”军功。奇怪的是，秦惠王也始终没有向司马错问起过太子的军旅历练，想起秦惠王托付太子时的殷切之情，司马错觉察出其中难以言传的微妙。更令司马错不安的是，班师大典所安排的力士较力，事先他竟完全不知道。

……

张仪笑了笑：“没一件硬实事，操心个甚？”

“是么？”司马错也笑了，“果真无事，丞相倒是好耐性，听我聒噪一个时辰？”两人都笑了，却都没有说话。良久，司马错轻轻叹息了一声：“飓风起于青萍之末，太子躁动暴烈，甘茂好大喜功，偏偏秦王又到了暮年之期，秦国如何了得？”

“上将军，就没有想想自己如何了得？”

司马错笑了：“一介武夫，了不了又能如何？倒是丞相，正遇龙腾之时。”

张仪笑道：“巴蜀一趟，上将军也磨出了几分诙谐？”

“太子很是佩服丞相，岂非大喜？”

张仪默然，思忖良久道：“上将军两年有得，且容张仪思谋一番。”说罢告辞出门。司马错殷殷送到府门，再没有说一句话。

三　秦惠王千古奇症

张仪回到府中，已经三更时分，无意入睡，信步游荡到池边石亭下。

抬头一看，一个白色身影正站在石亭之中，不是嬴华却是何人？张仪走过去笑道：“夜半时分，形影相吊，倒是别有风韵。”揽住了男装丽人的身躯。嬴华笑着挣脱：“谁个形影相吊？你才是！”张仪笑道：“等我么？”嬴华娇嗔道：“等你做甚？不许人家有心事么？”张仪拉了嬴华坐在自己身边：“如何？见到王兄了？”嬴华点点头，轻轻地嗯了一声。张仪笑道：“有甚动静？也见到太子了？”嬴华嫣然一笑：“你不是能事么？猜猜。”女儿娇态十足，与平日的洒脱英风大是不同，一时分外动人。张仪怦然心动，猛然结结实实地搂住嬴华，在她耳边笑道：“教你嫁给我？是么？”嬴华咯咯笑着，一句话没说软倒在张仪怀里。

张仪雄心大起，一把剥扯去了嬴华的男儿长衫，显出了一身滑手的红色锦缎小衣。月光之下，赤裸裸的嬴华被放倒在石案上，洁白丰盈的身躯晶莹生光鲜红欲滴。乌黑的秀发上一顶男儿高冠，平添了几分奇异的媚色。张仪也是第一次在明月之下品尝丽人，微风习习，体香津津，玉体毫发皆见，比起吹灭灯烛大不相同，更是觉得美不胜收，竟一气猛勇了半个时辰，兀自兴犹未尽……

嬴华闭着眼睛瘫了好一阵，方才红着脸裹着衣服坐了起来，打量着张仪笑道：“世上可有这般丞相，未婚先乱，风流非礼！”张仪笑道：“窈窕淑女，君子好逑。公主风流，丞相何敢裹足不前？”嬴华一阵咯咯笑声，伸手飞快地在张仪脸上掴了一个清脆的巴掌：“呸！本公主从来不是淑女，是你的克星。”张仪搂住了嬴华赤裸的身子笑道：“我天生皮厚，耐克，愿如何克都由得你。”嬴华伸出赤裸的双臂揽住了张仪脖子，悄声笑道：“你这无赖劲儿，当真可爱，若像苏秦那般正经八百，才没气力。”张仪不禁哈哈大笑：“噫！你却如何晓得苏秦没气力？果真不是淑女……”嬴华一急，猛然用长衫包住了张仪的头：“夜半时分，公鸡打鸣么，恁般大声？”张仪愈发笑不可遏，咳嗽着撕扯开长衫，摇头晃脑道：“公鸡打鸣，职责所在，何罪之有也？”逗得嬴华又咯咯笑了起来，声音比张仪还响亮。

笑闹一阵，嬴华才说起了进宫情景，张仪越听脸色越沉。

嬴华是嬴虔的小女儿，秦惠王的堂妹，又是行人兼掌黑冰台，一等一的王族公主加机密干员，任何时候晋见秦惠王都无须通报。谁知这次却大不一样，刚刚过了王宫正殿，便被一个老内侍拦住，说是要禀报秦王允准方可。嬴华顿时沉下脸来，大袖一挥，径直走了进去。老内侍不敢拦截，连忙一溜碎步跑开了。将近秦惠王书房，长史甘茂从书房旁边的小门匆匆迎来，遥遥一个长躬道：“行人且请止步，我王今日不适，不能见臣理事。”嬴华眉毛一挑道：“甘茂大人，王兄有病，我更得探望。”甘茂沉着脸道：“行人是公主，如何不知法度？”嬴华顿时气恼，冷笑道：“既知我是公主，你便让开。”甘茂却梗着脖子道：“身为长史，职责所在，敢请公主退下。”嬴华几曾受过如此怠慢，怒火蹿起，抬手狠狠打了甘茂一个响亮的耳光。

甘茂大叫一声：“来人！给我拿下！”一排武士锵锵跑过来围住了嬴华，却面面相觑不敢动手。嬴华正要发作大闹，却听得大书房里一声嘶哑的叫声：“是华妹么？别理会他们，进来。”嬴华黑着脸哼了一声，一甩大袖径直进了书房。甘茂却愣怔在那里，大是尴尬。

进得书房，嬴华惊讶得不敢相信自己的眼睛——曾几何时，壮健沉稳的王兄，竟然变成了半躺在坐榻上的一个白发苍苍的枯瘦老人！

“王兄！你……你如何变成了这般模样？”嬴华一阵哽咽，扑上去抱住了秦惠王。

秦惠王慈爱地拍拍嬴华的肩膀：“小妹，坐在这，听我说。我是刚刚醒过来的，你来得正是时候。”嬴华哽咽着跪坐在坐榻前，望着苍老的秦惠王止不住地泪眼婆娑，及至秦惠王断断续续地说完，嬴华的双眼只有警觉闪烁的光芒了。

大半年前，巴蜀捷报传入咸阳。秦惠王高兴异常，大宴群臣，自己也酩酊大醉，一番吐泻，直睡了三日方才醒转。奇怪的是，秦惠王醒来后见榻前站着两个大臣，觉得眼熟之极，却硬是想不起他们的名字，只颤巍巍地指着他们，脸涨得通红，却说不出话来。一个黑胖子高声道："臣，樗里疾、甘茂。我王沉睡三日了。"秦惠王明白过来，心下一松，一切又都想了起来。

从此，秦惠王自觉得了一种怪病：经常莫名其妙地觉得头顶"钻风"。此时一阵混沌，必是忘人忘事。有一次，竟连形影相随的老内侍也想不起来了。几次之后，秦惠王大是惶恐，将实情秘密说给了最高明的一个老太医。一番望闻问切后，老太医闭目摇头，说此病无名无药，只可求助于"方士"。

秦惠王笑道："老太医莫非也混沌了？那'方士'是周天子的狱讼秋官，洛阳倒是还有。只是，这'方士'如何通晓医术？"老太医连连摇头："王知其一，不知其二。老朽所说方士，不是秋官方士，是如今兴起在燕齐海滨的一等异人。此等异人自称通得天地鬼神，驱得妖邪怪病，又能延年益寿。老朽虽对方士不齿，然自知不能医我王头风怪疾，也是无治乱投医，唯愿我王三思。"

秦惠王素来不信邪术，见老太医无法可治，便到太庙祭祖祈祷，并请大巫师以最古老的钻龟之法占卜一卦。谁知卦纹之意竟只有八个字："幽微不显，天地始终。"饶是大巫师反复揣摩龟甲纹路，也解不出是吉是凶。秦惠王长叹一声作罢，便听天由命了。从此，这怪病便成了折磨秦惠王的鬼魅。秦惠王心志强毅，立下了一条宫法：他但有混沌嗜睡之状，长史护卫须禁绝朝臣入宫，直至他清醒过来，亲自解除禁令。

日复一日，钻风怪症发作得渐渐频繁，强壮沉稳的秦惠王饱受折磨，倏忽间变成了一个枯瘦如柴的白发老人。

嬴华心头怦怦直跳，却又无法抚慰这位王兄。思忖一阵，嬴华问："大哥，你这阵能清醒得几多时辰？"秦惠王喘息着笑道："有事你便说，天黑前大体无妨。"嬴华静下心来，先大体说了与张仪出使山东的情景与各国变法进展，秦惠王笑道："这些事有丞相在，我不担心。对了，丞相为何不来见我？"嬴华道："他在修书，准备明日进宫。"秦惠王低声道："明日午时后，暮色前，记准了。"

嬴华点点头，说起了今日校军场大庆典的盛况，很为太子的威猛高兴，并向王兄道贺。秦惠王却听得皱起了眉头，脸色阴沉了下来，良久沉默，突然嘶哑着声音道："华妹，你当尽快与张仪成婚。张仪，必须成为王族大臣。"

嬴华进宫，本来也是想请准这件大事的，不想此时被王兄突然当做国政棋子敲下，心中有些不悦，但是看秦惠王寒霜般的肃杀脸色，便笑道："王兄有命，小妹自当遵从。"秦惠王低声道："小妹在心：非我清醒面命，黑冰台不奉任何王令。"嬴华不禁打了个寒战，低声应道："小妹明白，断无差错。"秦惠王又低声道："我明日要搬出咸阳宫，教张仪到这个地方来。"说着从怀中摸出了一方竹板递给嬴华："你走，我要趁着清醒，多想几件事。"

……

月光下，张仪端详着掌中竹板上那只展翅欲飞的苍鹰，心中思潮翻滚，不能自已。看来，上将军司马错对秦惠王的骤然怪病还一无所知。这只有一个可能：司马错班师以来，从未晋见秦惠王；上将军班师不入宫，也只有一个可能，那便是奉了王命君书。若秦王清醒，断无不召上将军入宫之理。如此说来，有人矫书？心念一闪，张仪一个激灵！

能在法度森严的秦国与权谋深沉的秦惠王面前矫书行事者，绝非寻常人物。如此匪夷所思，能是谁?

想着想着，张仪的牙齿咬出咔咔声响：“小妹，走！”

“疯了！”嬴华甩开张仪的手笑道，“光着身子走啊，衣服都不穿了？”

张仪二话不说，将自己的长袍脱下来包住嬴华，又在嬴华腰间勒了一条大带：“走。去见司马错，此时不能少了他！”嬴华咯咯笑道：“此等秘事你不行，毛手毛脚，听我。”说罢一闪身不见了踪影，倏忽之间，又笑吟吟转来，已经是一身黑色劲装，又利落地剥下张仪的高冠内袍，给他也换上了一身黑色短衣，还套上了一个黑布面罩。张仪笑道：“公事公行，大门出入，你这行盗一般，反是容易出事。”嬴华笑道：“你倒是大道，目下连王街都出不去。密谋者必有三只眼，懂么？”张仪不再辩驳，笑道：“我不会飞行术，就这般出门么？”嬴华道：“别说话，跟我来。”说着身子一个旋转，脚下一块大石隆隆移动，一个洞口赫然现出。张仪惊讶得咋舌：“噫！如何这里竟有地道？！”嬴华道：“回头再说，来。”拉着张仪下了洞口，地面大石又隆隆合上。

片刻之后，两人冒出地面。张仪一看，竟是一片园林草地。嬴华悄声道：“这是司马错后园。”张仪心中更是惊讶，口中却不再说话，只是随着嬴华在树影间疾走不停。到得庭院，嬴华一伸手揽住张仪，跃上了屋顶，两三个起落，到了庭院正中的灯光位置，正是司马错书房之外。嬴华在张仪耳边悄声道：“你进去说话，我在外边守着，天亮前得走。”说罢在张仪身上一阵摆弄，张仪的黑色短布衣竟神奇地变成了一件黑色长袍，与平日洒脱的张仪一般无二。

张仪走进了书房，树影里的嬴华听见了司马错惊讶的笑声。直到城楼刁斗打响了五更末刻的最黑暗时分，张仪才走了出来。嬴华二话没说，拉起张仪飞出庭院，下了地道，天空露出鱼肚白色时，两人恰恰回到府中。看看在洞中蹭的一身泥土与一脸污垢，嬴华笑得前仰后合。

张仪板起脸道：“一整夜疯姑子也似，就知道笑，有甚好笑？”

“丞相钻地洞，灰头土脸，不可笑么？”

张仪在铜镜前看了一眼，不禁也笑了：“你倒是说说，这条地道是谁开的？”

绯云早已经起来，一边惊讶地笑话着两个狼狈疲惫的夜行人，一边打来热水教两人洗脸。嬴华用热腾腾的面巾擦着脸道：“当年咸阳筑城，是商君与墨家工师总谋划。咸阳宫与各家股肱大臣的府邸，都有地道相连。怕的是一旦有陷城大战，君臣间不好联络。迁都咸阳后，商君收复了河西，秦国形势大变，这些地道便没有公开，只是将地道图保存在了王室书房。谋立黑冰台时，王兄将地道图交给了我，为的是秘密传递消息。可惜我除了当初探路，还从来没有用过，今日也是第一遭。”

“如此说来，也必有地道通向城外了？”

“有。”嬴华笑道，“当年在陇西，老秦人与戎狄周旋几百年，满山挖的都是秘密洞窟，长的有几十里，否则，精锐如何保存？”

张仪叹息一声笑道：“看来啊，这老秦人还当真有些图存应变秘技，然则能保留到强盛之时，却当真难能可贵也！看看山东六国，当初哪个不强悍？可如今，鸟！”听得张仪一句粗骂，嬴华笑不可遏，绯云红着脸笑道：“咄！大哥这丞相越做越粗了。”张仪笑道：“不粗不解气，饭？快咥，咥罢了睡觉，睡起来出城。”绯云连忙搬来鼎盘，张仪一夜劳累，早已是饥肠辘辘，也不与两女礼让，径自狼吞虎咽起来。匆匆用罢，上榻倒头便睡，一觉醒来，正是日上中天的正午时分。看看天色尚早，张仪冷水沐浴了一番，宽袍散发来到书房，嬴华已经在书房等候。

“你在读书？”打量着书案前发呆的嬴华，张仪笑了。

"没那兴致，我在看图，找出口。"

张仪恍然，连忙凑过来端详。书案上摊着一张三尺见方的大图，羊皮纸已经发黄，墨线却是异常清晰。张仪博杂如师，也算得粗通筑城术，端详了一番大图，已经看出了些名堂，见嬴华依旧皱着眉头，打趣笑道："木瓜一个，再看也是白搭。"嬴华红着脸笑道："你才木瓜！在这里，我是想不出，这出口外是甚地方？"张仪又端详一阵，指点着大图道："这是南山，这是渭水，这是北阪，这洞口外么？对了，沣水[1]南岗，松林塬。"嬴华惊喜笑道："沣水松林塬，真好！别宫正在那里。"

张仪一笑："入口呢？最好在城内。"

"木瓜！"嬴华拍案笑道，"地道相连，昨夜那里便能进入。"

听说入口在府中，张仪连呼"天意天意"，整理好了几样物事，对嬴华道："午时末刻，该走了。"嬴华也收拾了一番，两人来到昨夜石亭下，悄无声息地进了地道，大约半个时辰后出得地道，面前是碧波滚滚的一条大水，对岸一望无际的茫茫松林，掩映着两座古老城堡的断垣残壁在风中遥遥相望，平添了几分萧瑟悲凉。

这水，便是赫赫大名的沣水。沣水在咸阳城西与渭水交汇，虽是渭水支脉，却也是天下名水。所以为名水，是因为沣水两岸是周人文明的中心地带。两座遥遥相望的断垣残壁，便是当年丰京与镐京的遗址。三百多年前，周室内乱，犬戎在周室权臣引导下大举进入关中，杀死周幽王，掠夺了周人积累的全部财富，烧毁了周人最伟大的两座都城——丰京镐京，将丰裕的渭水平原变成了满目疮痍的废墟。正是这场亘古罕见的大乱，才引出了周太子（后来的周平王）千里跋涉入陇西，秦部族五万精骑东进勤王的悲壮故事。周人东迁洛阳，将根基之地全部封给挽

[1] 沣水在古咸阳以西入渭水。秦时古咸阳，在今咸阳以东。今沣水已近干涸，在今咸阳东南。

救了周人的秦人。秦人虽然勤奋厚重，封国之初却已不善农耕，更兼春秋诸侯争夺激烈，无暇修复也无力利用这两座残留的伟大城堡。年复一年，丰京镐京尘封湮没，被悠悠岁月销蚀成了真正的废墟。

奇怪的是，这两片断垣残壁的废墟之上，不知从何年开始，生起了大片大片的松柏树，茫茫苍苍覆盖了全部高冈。老秦人说，那是上天用最隆重的礼仪，安葬了这两座天子京城。后来，秦人将这片山地呼之为松林塬。商鞅修筑咸阳时，在这与咸阳一水之隔的松林塬中，建了一座小小别宫，名曰章台，国人呼为章台宫。究其实，章台宫也是一座小城堡，夏日酷暑或是春秋狩猎，国君便在这里逗留一段时日。因了离咸阳很近，于是国君时常出城在这里小住，一些耗费时日又需清静的会商，也常常选在了这里。

“飞过去么？”张仪看看波涛滚滚的河水，又看看对岸的茫茫松林。

“你飞？莫急。”嬴华左右张望着，“该当有人接。”

话音刚刚落点，便闻岸边桨声，芦苇丛中划出了一条黑篷快船。船头一名军士突兀问：“可有鹰牌？”嬴华一亮手中竹鹰牌：“看好。”随手一掷，手掌大的竹牌“嗖”地飞向船头。军士凌空抄住，看了一眼道：“请大人左走百步，从码头上船。”嬴华笑道：“无须了，稳住船头便是。”说着揽住张仪腰身，身形一闪，两人凌空跃起，稳稳地站在了船头。军士拱手道：“请大人入舱就座。”嬴华对张仪眼神示意，两人进了黑篷下的小小船舱。只听军士脚下一跺，黑篷船箭一般驶向了对岸。

片刻之间，小船已经靠岸。军士领着两人上岸，进入松林，在一座石门前交接给一个千夫长，军士转身走了。千夫长领着两人进入松林深处，一阵曲折，终于看见了一座白色石条砌起来的城堡。城堡建在一个山包上，虽说不大，但在这青苍苍的松林中却是威势赫赫。沿着白色石阶上到平台，那千夫长又走了。没有守护兵士的厚厚石门，隆隆地响着自动滑开了。

一个白发苍苍的老内侍走了出来，无声地招招手，领着两个人走了进去。张仪没有回头，却听见背后的石门又隆隆关闭了。莫名其妙地，他心中咯噔一沉，前所未有地打了个寒战。外边看，城堡虽然威势赫赫，里边却并不大，仿佛咸阳城中一个六进大庭院。穿过几道曲折回廊，便到了“庭院”深处的一座孤零零的茅屋前。茅屋外一片草地一片竹林一池碧水，倒似墨家子弟的幽谷田园一般。

嬴华趴在张仪耳边悄声笑道：“知道么？这是先君孝公特意修建，叫玄思苑。”

“玄思苑？”张仪恍然点头，方才明白这是秦孝公为怀念墨家女弟子玄奇特意修建的居处，追慕孝公，不禁感慨中来，油然一声叹息。

老内侍已经从茅屋中出来，嘶哑着声音对嬴华道：“敢请公主在池边等候，丞相随我来。”领着张仪走进了茅屋。嬴华左右张望一阵，到草地边的竹林中去了。

进得茅屋，张仪惊讶得说不出话来——茅屋中四面帷幕，幽暗中的竹榻上斜倚着须发雪白枯瘦如柴的一个老人。虽则已经听嬴华说了秦惠王的景况，但亲眼所见，张仪还是感到了极大的震撼，一时间情不自禁，哭喊一声：“君上……”扑到秦惠王榻前跪了下去。

“丞相……”秦惠王也是老泪纵横，挣扎欲起，却又跌躺到榻上，良久喘息，沙哑着声音道，“也是天意啊……车裂商君，嬴驷不良，竟落得如此下场……”

“君上，莫要自责过甚。”张仪哽咽着，“时也势也，已是当年过往之事。君上惕厉奋发，恪守商君法制，开拓大秦疆土，使秦成天下不二强国，上可对苍天神灵，中可对祖宗社稷，下可对秦国子民，皇皇功业，何愧之有！”

“天命如斯！”秦惠王长长地叹息了一声，“嬴驷来日无多，有几件事，须得对丞相说清了。”

“君上但有王命，张仪自当尽忠竭力。”

秦惠王勉力坐直了身子，缓慢沉重地对张仪叮嘱了几件事情，都与储君继位相关，张仪听得大是不安。

秦惠王有几个儿子，长子嬴荡与少子嬴稷最为惠王看重。嬴荡是秦惠王当年重返咸阳后与一个胡女妃子所生，那个胡女生下嬴荡后便回到草原去了，再也没有回来。这嬴荡天赋极高，壮猛异常，对兵事武道有着浓烈的嗜好。当初，秦惠王很为嬴荡的勇武刚猛而欣慰。战国大争，一个君王的尚武精神往往便是一个国家的旺盛斗志。可到后来，秦惠王渐渐没有这种欣慰了。说起来事情都不大，这就是嬴荡时常流露出的那种种令人惊讶的浮躁，令秦惠王不安。从军之前，嬴荡在两年中赶走了三个剑术老师，赶走了六个搏击术老师，原因都是老师打不过他。读起书来，嬴荡也是过目成诵，辩驳得几个老师张口结舌，也被一一赶走了。秦惠王几次动了念头，要请张仪兼做太傅教导太子，无奈纵横事大，张仪走马灯般周旋于六国，疲于奔命一般，如何能再掣肘?

后来，秦惠王发现了甘茂这个奇才。甘茂本是下蔡[1]名士，学无定师，自称“师尚百家，自成我家”，更兼通晓兵家武道，精于论辩之术，在北楚南魏间声名大噪。张仪在山东六国间奔波的时候，介绍甘茂来到秦国，樗里疾将他引荐给了秦惠王。一番长谈，秦惠王觉得甘茂之才确实难得，任为右长史，也便是长史之副。由于长史是常驻王宫的机密大臣，秦惠王便有了经常考察甘茂的机会。但有疑难大事，秦惠王总是先有意无意地与甘茂闲谈，想看看甘茂的见识。司马错兵出巴蜀之

[1]　下蔡，今河南汝南地带，战国时为楚魏拉锯之地，所谓“楚头魏尾”，多属北楚。

初，秦惠王有意征询甘茂的治蜀方略，甘茂说了两句话：“削巴蜀之王权治权，立秦人之王权相权。”秦惠王总觉得这个方略不深不透，可后来也照着做了。大约几个月，秦惠王对甘茂有了一个考语：“无大略，多机变，文武皆通，才堪实用。”司马错班师归来，秦惠王命甘茂做了嬴荡的老师，但是，却没有给甘茂加太子傅官爵。

秦惠王要看看，甘茂能否对嬴荡施加影响。令秦惠王意外的是，甘茂几次讲书下来，嬴荡与甘茂竟极是相得，几次来父王处谢恩，并敦请父王早日加太子傅于甘茂。

秦惠王这时却忐忑了。原本想自己正在盛年，可渐渐消磨嬴荡的暴戾浮躁之气，就像公父孝公当年对他那样，将一个浮躁王子磨炼成器宇深沉的君王，可如今身患异症，明是来日无多，便对嬴荡继位有了诸多忧虑。大秦国崛起何等艰难？若不慎交于劣子之手，有何面目去见列祖列宗？

忧虑之中，秦惠王想起了少子嬴稷。嬴稷虽然比嬴荡小得许多，还只在少年之期，但却是个气度极为沉稳的少年。老内侍与老宫女们都说，嬴稷简直就与当年的孝公大父[1]一般无二。秦惠王虽然很是钟爱这个楚国丽人生的儿子，却总是觉得他少了一点刚强，多了一些沉静。为了滋养这个小儿子的强毅，在张仪提出给危机四伏的燕国派出常驻特使时，秦惠王便将这个少年王子派去了。嬴稷的母亲不放心少年儿子久居异邦，坚持跟儿子一起去了燕国。秦惠王很想召回嬴稷，可又另有一番担心：嬴稷年少，一旦回秦便要陷入明争暗斗，种种蛛丝马迹中秦惠王已经觉察到自己无法掌控权力细节了，已经无力保护这个小儿子在羽翼丰满之前万无一失，若继位不成反遭不测，岂不弄巧成拙？再说，嬴

[1]　大父，春秋战国时对爷爷的称谓。

稷、嬴荡各有所长所短，嬴稷是否一定比嬴荡强，秦惠王还当真难以从这个缺乏历练的少年身上看得明白。反复思虑，秦惠王难以决断了。

“丞相，”秦惠王断断续续说了半个时辰，末了喘息着静静地盯着张仪，“你为秦国一定大计，你说说，嬴荡、嬴稷，孰优孰劣？该当如何摆布？甘茂之太子傅，该不该明加……时日无多，丞相莫得讳言。”

张仪心中一颤，良久沉默。虽然是秦国丞相，然张仪却长久奔波外事，对咸阳宫廷素来所知不详，也缺乏思索，或许也是不谙此道所致。有一次笑谈，嬴华曾经说他是“烛照之才，灯下便黑”，张仪哈哈大笑：“自古大才，哪个不是灯下黑？商君不是么？吴起不是么？”嬴华笑道：“你愿黑便黑，我不黑便保了你。”张仪却傲然笑道：“纵然灯下黑，也识得鬼蜮伎俩，自保足矣！何须小女子护身？”

今日听罢秦惠王一番叙说，张仪却实实在在觉得自己是“灯下黑”了。满心都是七国纵横，邦交斡旋，到头来，对咸阳朝局的变化，竟不如对山东六国的朝局变化清楚。首要一个，入秦二十余年，对几个王子一无所知；司马错的秘密自己不知道，秦惠王说的这些秘密更是闻所未闻；尤有甚者，甘茂还是自己入楚发现的人才，自己说动甘茂入秦，并委托樗里疾向秦王荐举甘茂，到头来，甘茂成了太子老师，自己竟还莫名其妙。若不是与司马错甚是相得，秦惠王对自己也深信不疑，很可能自己最终莫名其妙地出局了，还都是稀里糊涂。

思忖之间，张仪已经是一身冷汗。虽则如此，张仪的机变之才，毕竟是天下无双。一阵哽咽沉默之中，他已经清楚了一个根本事实：权谋深沉如秦惠王者，对自己的两个儿子尚难以取舍，自己更是无法说清；此刻，秦惠王最需要的，与其说是对策，毋宁说是忠心；无上佳对策犹可，无忠诚之心则是举步之危。权力交接的节骨眼上，清醒有为的君王往往都是最冷酷的。

“君上毋得忧虑。”拭着泪水，张仪终于开口了，“储君之事，虽迫在眉睫，但却难以立断。臣与两位王子素无来往，难判高下，实无高明谋划呈献君上。商君有言，大事不赖众谋，赖明主独断。储君事大，尚需君上明断定夺，方可万全。臣为丞相，深信君上思虑深远，唯以君上定夺是从。君上但有决断，臣当赴汤蹈刃，死不旋踵！力保大秦不陷入内乱之中。”

秦惠王长长地喘息了一声，似乎精神了许多：“丞相啊，你说说，司马错之后，秦国还有没有上将军人选？”

这一问突兀之极，张仪心中一惊，谨慎答道：“近年来臣疏于兵事，尚没有发现才堪上将军之人。”心中还有一句话，“上将军正在盛年之期，君上何忧？”却是生生地憋了回去。

“司马错，老了。”秦惠王叹息了一声，“你以为，甘茂兵事如何？”

“臣以为，樗里疾尚有兵家之才。”张仪脱口说出了一个熟悉的王族人物，连自己都感到了意外。

秦惠王恍然笑道：“对了，樗里疾也是良将，如何忘了？”喘息一阵又道，“丞相，听说，你有个女仆，很是可人也。”

又是突兀的一问！张仪立即明朗回道：“启禀君上：女仆绯云，乃家母所赐，忠心不二，灵慧多能，确实是臣府的女家老。”答案似乎早在胸中一般。

“好。有如此一个女家老，也是天意了。丞相，你没打算过成婚么？”

“臣谢过君上关切之心。”张仪先大礼一躬，立即跟上，“臣久欲求婚于公主，无奈诸事繁冗，竟拖至今日。今日臣请君上：恩准臣与嬴华公主立即成婚。”

“好！”秦惠王拊掌笑了一阵，“丞相有此心意，本王如何不准？一月之后，你便与嬴华小妹成婚。但愿，我也能去饮得一爵喜酒了……”

看着泪光闪烁形同枯槁的老人，张仪眼前闪过当年秦惠王为寻访自己而装扮成胡人大商的英姿雄风，不禁大是感动，悲声哽咽道：“君上何出此言？张仪寻思一法，或可使君上康复如常。”

“噢？”秦惠王眼中大放光彩，骤然从榻上坐起，“丞相何法？！”

“燕齐之滨，寻访方士。”张仪说出了昨夜与嬴华叙谈后的思索。

“你，相信方士之说？”秦惠王惊讶了。

“以臣所学，本不信鬼神方士。”张仪坦然道，“然则，方士行于天下，也绝非偶然。治愈疑难邪症，便是方士风行之根。天下之大，纵是圣贤，亦不能穷尽造物之奥秘。儒家不言怪力乱神，墨家却是敬天明鬼。仁者见仁，智者见智，又何须依据一家之言，对方士一笔抹杀？张仪以为，但能为我所用，便是有用之术。君上切莫以法家治国正道之心，对方士断然拒绝，不妨以身试之，或可大有成效。”

秦惠王不禁默然了。方士之说，老太医早已提过，只是秦惠王素来平实，不信这些虚无缥缈的鬼神之士，心中存了个宁死不贻笑于朝野天下的念头，从来不提方士一说。张仪说出，却给了秦惠王意料不到的震撼。一则是张仪学问博杂，见识非凡；二则是张仪素来不拘成见，以求实效为宗旨，由他说出，秦惠王相信不是荒诞虚无之说；三则是张仪明白秦惠王心思所在，话说得透，理论得清。张仪提得出来，可见方士也并非纯然的子虚乌有。更何况，赫赫大名的张仪有此动议，秦惠王接受方士便有了最硬实的一个理由，纵是没有成效，天下非议也有张仪在前；以张仪之能，不愁对方士治病没有雄辩的说辞。

“丞相如此说法，那，试试了。”终于，秦惠王喃喃说了一句。

突然，一阵“咚咚”鼓声，老内侍的尖锐嗓音从茅屋外荡了过来：

“暮鼓三十六——月上沣水头——”张仪方一愣怔，便见秦惠王哈哈一阵长笑，从坐榻上一跃跳下，白发飞舞嘶声笑叫：“你！你是何人？这般面熟，啊哈哈哈哈！”冲出了茅屋，在草地上大笑着兜圈子跑。

嬴华从竹林中蓦然现身，怔怔地站在那里，看着内侍们在草地周围站成了一个大圈子，警惕地注视着疯狂奔跑的老人，突然放声痛哭起来……张仪默默地走出了茅屋，扶起了嬴华悄声道：“走，迟了只怕出不了松林塬。”

回到咸阳，已经是二更时分，两人都是毫无睡意。张仪在书房无休止地踱步，嬴华只是默默拭泪，全没有了寻常的英风笑语，气氛凝重得令人透不过气来。虽说两人对秦惠王的怪异病症各有想象，但今日亲眼看见，还是不啻霹雳当头，惊心动魄。老父丧礼都没有哭出来的嬴华，一路泪如雨下，软在张仪身上几若一片丝绵。张仪面色阴沉，心中沉甸甸地像压了一块大石。在那一刹那，他有了一种强烈的预感——大乱将至，秦国大险！

他反复咀嚼了与秦惠王的全部对话，一直在紧张思索着该走的路子。

“小妹。”张仪终于站定在嬴华面前，“你我必须分开行事。”

“分开？你去哪里？”

“我去齐国。你留咸阳。”

“却是为何？你且说个由头出来！”嬴华霍然站起，语调冰冷得刀子一般。

张仪恍然大悟，从松林塬回来，还没有来得及对嬴华说今日面君之情，突兀要分开，嬴华定然是以为自己要逃离秦国了。不禁笑道：“我昏了。来，你坐好，听我说。”将日间与秦惠王的经过备细说了一遍，末了道，“要尽最后一份力，要设法治愈君上，就要去齐国寻访方士。可我又不放心咸阳，便想了这个分头行事的主意。”

“我在咸阳，能做何事？”嬴华虽然已经明白，终是皱着眉头。

“只做三件事。”张仪郑重其事道，“其一，以我之名与司马错会商，要他在我回来之前稳住咸阳大势。司马错已经萌生退隐之心，君上也已生出取代上将军之意。当此微妙之时，既不能捅破这一层，又得教司马错振作行事。其二，辅助樗里疾处置好相府政事，要紧的是严密看管丞相印信，尽可能少地发布丞相书令。其三，启动黑冰台，严密监视咸阳宫，暗中保护君上。”

嬴华不禁舒展眉头笑道：“还真行，我以为你也像我一样，乱了阵脚。”

“小妹啊，危难关头，咸阳为根。”张仪一声叹息，“你在咸阳比我根基深，又是王族机密干员之身，秘密行事比我更有成效。否则，张仪如何舍得与你分开？”

“知道了。大计有你，我就踏实。”嬴华紧紧抱着张仪低声道，“只是，今日乍见王兄发病，我便心惊肉跳，总是想起老父当年将自己关在黑屋子里的模样，可怕，只想哭……”

张仪揽住了嬴华瑟瑟发抖的双肩，抚摩着她的秀发，拍打着她的肩背：“君上有噩梦，小妹也有噩梦。其实，人都有自己的噩梦。我也曾经有过，那是酷烈人生烙在心头的伤痕，有的人能医治这种创伤，有的人不能……”

“有了你，我也能。”嬴华紧紧搂着，笑得一脸泪水。

四　大星垂沧海

轻车快马，张仪出得函谷关，五六日之间进入了齐国。

时当五月，正是农家最忙的时光。一入齐界，遍野都是收割整田的农夫，比沿途的魏国、鲁国的田畴红火了许多，田埂歇晌的农夫们也时时飘出舒心的田歌。虽是行程匆匆浮光掠影，张仪也立即感受到了这种不同，很是为苏秦的变法成效振奋。虽然苏秦发动的合纵一时分崩离析，在燕国也失去了立足之地，一时曾经落魄临淄，但在齐国的这场变法，却足以弥补所有的缺憾，使天下仍将对苏秦刮目相看。苏秦最终能有此等归宿，张仪很是欣慰。毕竟，是苏秦开了天下纵横先河，没有合纵，张仪的连横价值何在？何以在秦国立足？说到底，张仪是敬佩苏秦的，虽然是相互较量，张仪似乎还胜出了一筹。但从内心说，张仪倒是实实在在地以为：苏秦是开辟天下格局的大手笔，而自己只是应对跟进的应变之才而已；自己的胜出，与其说是才智谋略，毋宁说是背后的实力强大——假如苏秦在秦国，或者两人对调，天下大势真不知又是何等格局。看着一路红火景象，张仪动了心思，咸阳朝局明朗后，若秦国不能容身，便与嬴华绯云来齐国海滨隐居，也好多多与苏秦燕姬盘桓，尽享知己交谊之乐。

想归想，进得临淄，张仪却没有顾得上去看望苏秦，驱车直奔孟尝君府邸而来。寻找方士，最快捷的方法是请孟尝君帮忙，只有先将这件大事落到实处，张仪才能心中稍安。

一进那条熟悉的石板街，张仪就觉察到气氛异常。寻常幽静的小街，车马如流，官吏出入不断，两排全副甲胄的武士钉子似的从街口一直延伸到府邸大门。孟尝君素来不喜张扬，此等阵势，定然是发生了非常之事。莫非齐国要对燕国用兵了？及至到得府门，家老正从门厅下送一人出来，识得是张仪车马，连忙迎了上来道：“丞相来得不巧，孟尝君不在府中。丞相且府中稍待，老朽派人去请主人回府。”张仪问：“孟尝君进宫了？”家老低声道：“丞相府有急事，我家主人已经去了一个时辰。”张仪摆手笑道：“不用，我自去丞相府，一总见了两个。”车辕驭手是绯云，听得明白，一圈马缰，轺车辚辚出了石板街。

片刻之间，到得相府街口，也是甲士森严。相府门前车马排成了长龙，官员们在车马场站成了一片锦绣，人人都沉着脸不说话。张仪不禁哑然失笑，无非是齐王来到了苏秦府中，君臣三人会商出兵而已，纵然是一件大事，如何便这般阵势？心中一转念，想到在咸阳并没有接到嬴稷王子来自燕国的消息，齐国显然是要对燕国秘密用兵了。果真如此，倒确实是一件大事，既然被自己这个秦国丞相遇上了，自然得思谋一个对策，总是不能教齐国独自吞了燕国这块肥肉。

思忖之间，已到丞相府大门前。手持长剑的荆燕正赳赳守在门廊下，见是张仪轺车，匆匆大步迎了上来：“丞相请随我来。”带着张仪一行，从旁边的车马门进去了。一入庭院，静得幽谷一般，除了钉子一般的甲士，无一人走动。

张仪不禁笑道：“曾几何时，齐国的规矩大了？”

荆燕一脸肃然，也不说话，只是匆匆疾走，与平日豪爽判若两人。张仪也不多问，下了轺车，从容跟着荆燕往庭院深处而来。齐国号称富甲天下，历来有官俸优厚的传统，稷下学宫的名士都是六进宅院，大臣官邸更是宽敞。苏秦的丞相府虽说也是六进规格，但却比寻常六进宽阔了两三倍，每进都是横开二十余间，直与小诸侯的宫殿一般。几经曲折，荆燕没有带张仪到政事堂或苏秦书房，曲曲折折却是往后园而来。

一眼看去，这后园林木茂盛，花草葱茏，水池竹林山石草地，足有五六亩大小，分外的清幽。转过一座巨石堆砌的假山，竹林中出现了一座独特的居处，木楼茅屋相间，渗出一片浓浓的山居气息。那竹楼茅屋之间，孤零零立着一块形状奇特的白色巨石，石面上深陷着两个暗红的大字——燕苑，分明苏秦的手迹。

张仪对苏秦最是熟悉不过，一路看来，便知定然是那个燕姬来到了苏秦身边，两人在后园建了这座幽静的居处。苏秦的寝室原来在书房之后，与处置公事的政事堂很近，是燕姬喜欢幽静，才有了这座燕苑。看这燕苑气象，便知苏秦有了一片安适舒心的天地。蓦然之间，张仪为自己的归宿，第一次生出了一片怅然。

“丞相请，我去照看府门了。”荆燕说完，径自去了。

张仪恍然醒来，却见茅屋前石亭下都是默默肃立的侍女，时有浓郁的草药气息飘来。张仪心中顿时一沉，喊了一声：“苏兄，张仪来了。”大步进了茅屋。

一时间，屋中人愣怔了，张仪也愣怔了——屋中一张硕大的竹榻上，躺着那个熟悉的身影，榻前伏着一个绿色长裙的女子，孟尝君与齐宣王都忧心忡忡地站在榻边，两名老太医正在书案边紧张地商量着……张仪一阵大急，哭喊一声：“苏兄！”手中铁杖当啷丢开，扑向了榻前。

“张兄……”孟尝君一把抱住了张仪，将他扶到了榻前。

苏秦的上身赤裸着，胸前包裹着厚厚的一层白布，殷红的血迹已经渗透出来，恍惚一朵血染的大花，令人心惊肉跳！苏秦面色苍白，双目紧闭，气若游丝，眼看是挣扎在生死边缘了。一阵大恸，张仪双手捂面，死死咬住了牙关没有哭喊出声，泪水泉涌般从指缝流了出来。

突然，门外脚步急促，一声楚语荡了进来：“噢呀孟尝君，万伤神医到了！”话音落点，春申君大步走进，一个清瘦矍铄的白发老者跟在身后。这万伤神医曾为张仪绯云治过刀箭之伤，张仪自然识得，只是此情此景，只能与春申君及万伤老人匆匆点头示意罢了，连旁边的齐宣王也退到了一边，免得礼仪不便。

万伤老人目无旁顾，径自走到榻前，动手解开了那包裹胸口的白布，一道寸余宽的刀口翻着白肉赫然现在众人眼前。老人凝神看得一阵，又搭脉片刻，一时微微皱起了眉头。

“老人家，可有救治……”面色苍白的燕姬轻声一问，止不住地啜泣了。

春申君向燕姬摆摆手。万伤老人叹息了一声道：“这刀伤不宽，却是极深，已经刺到了脏腑。”春申君低声对老人嘟哝了一句谁也听不懂的楚语，老人道：“目下情势，老夫只能保丞相清醒得两三个时辰。”一语未了，燕姬瘫倒在地昏了过去。一个老太医连忙过来，一根红色石针刺进了燕姬人中穴。

万伤老人走到书案旁，打开了那只随身携带的皮囊，拿出一柄闪亮的小刀与几个指头般粗细的陶瓶儿，倒出几色小米般的药粒，加上些许清水在一个小小玉盏中化开，来到榻前娴熟地清洗伤口，并着意教那说不清颜色的药水缓缓地渗入伤口深处，而后用白布包裹了起来。张仪看得仔细，那白布只包了一层，却再也不见血水渗出。清洗完伤口，万伤老人又用半盏清水化开了一粒黑豆大小的药丸，用一片光洁的竹板撬开了苏秦紧咬着的牙关，将药水徐徐灌了进去。连续做完，万伤老人站在榻前，眼睛眨也不眨地盯着苏秦，眼见苏秦苍白的脸上浮出了一丝红晕，老人才轻轻地嘘了一声，叮嘱道：“饮水只能一盏。”走到书案旁收拾去了。

正在此时，苏秦的眼皮悠悠开了，一丝细亮的光芒迷离闪烁。众人屏住了气息，眼见那迷离的光芒渐渐稳定，渐渐清晰，渐渐地活了起来。终于，苏秦轻轻地张开了干燥的嘴唇，喃喃道：“太热了，茶水。”燕姬连忙捧过一盏凉茶，仔细地给苏秦喂了下去。

盏茶饮下，苏秦神奇地坐了起来，慌得燕姬连忙在背后扶住。苏秦盯住张仪惊讶笑道：“张兄，你如何来了？齐国没有出兵也。”张仪连忙道：“苏兄不要起来，躺下说话。”苏秦笑道：“不打紧，我觉得没事。”说着一一与几人笑语寒暄，抬脚下了竹榻，燕姬连忙扶住他站了起来。苏秦对燕姬笑道：“夫人，备家宴，今日我要与诸位痛饮一场！”春申君看了看张仪与孟尝君，见两人都没有阻止的意思，也勉力笑着不说话了。

正在此时，一个老内侍轻步走进，对苏秦一躬道：“禀报丞相，大王有急事回宫，请丞相好生歇息，大王晚间再来探望。”苏秦看了老内侍一眼，一阵大笑道：“来日方长，何愁无歇？知己聚首，却是难求！”语调吟诗一般铿锵。燕姬目光回避着苏秦，大袖遮面，急匆匆转身去了。孟尝君略一思忖，对苏秦道：“嫂夫人还是留在这里好，此事我来操持。”不待苏秦答应，立即追了出去。

大约半个时辰，一场最为丰盛的宴席摆置整齐。临淄烤鸡、震泽银鱼、东胡炖羊、逢泽麋鹿，天下名菜一应皆上，每案两鼎三盏四盘。兰陵楚酒、邯郸赵酒、临淄齐酒、咸阳秦酒、燕山老酒，天下美酒应有尽有，每案前都摆了五只形色各异的酒桶。看着上菜布酒的侍女穿梭般往来如连绵飞动的流云，苏秦不禁拊掌大笑：“张兄黄兄，孟尝君今日要我等做天堂仙饮，何其痛快也！”

张仪一阵大笑：“好！今日与苏兄做千古一醉！”

春申君也粲然笑道：“噢呀呀，我黄歇今日是非醉死不可了！”

笑声未落，孟尝君走了进来道：“苏兄，我与嫂夫人已经安排妥当：阖府大酺，为你庆贺。我等一醉方休！”

“好！”苏秦笑道，“我这身子舒畅得要飘起来一般，今日不醉，更待何时！”

孟尝君笑道：“今日苏兄高兴，便讲究它一番。我做司礼，诸位但听号令。”说罢清清嗓子高声道：“钟鸣乐起，宾主入席——”话音落点，浑厚的大钟六响，悠扬的乐声立时弥漫了茅屋大厅，一片和声唱道："呦呦鹿鸣，食野之苹。我有嘉宾，鼓瑟吹笙。人之好我，示我周行。我有旨酒，以燕乐嘉宾之心……"这是春秋诸侯宴乐挚友宾客的《鹿鸣曲》，渗透着肃穆浓郁的古风，苏秦不由自主地大摆了一下衣袖，肃立一侧，躬身伸手，做了一个请宾客入席的古礼。张仪与孟尝君、春申君也相对一揖，又并排对苏秦一揖，随着乐声进入了各自坐席。

孟尝君没有入座，站在案前高声道："嫂夫人入席——"

乐声中，只见大木屏后悠然飘出了一个绿色长裙的女子，无珠玉，无簪环，一头如云的长发用一幅雪白的丝巾束住，素净如布衣仙子，却顿使厅中一亮。春申君不禁笑道："噢呀，嫂夫人一出，茅舍生辉！"燕姬粲然一笑，向三人做了一个主妇古礼，笑吟吟地跪坐在苏秦身边笑道："季子与我成婚，三兄都没有饮得喜酒，今日一并补偿了。"张仪拍案大笑道："嫂夫人主意，当真妙极！孟尝君，司礼可是把住了。"孟尝君笑道："有此等好题目，何愁今日不能尽欢？"突然一嗓子高声道，"举座一饮，为苏兄新婚大喜，干！"

举起酒爵，苏秦笑了："原说是燕国安定后成婚，既然燕姬说了，今日便是大婚！张兄、田兄、黄兄，我与燕姬先干了！"说罢与燕姬一碰铜爵，一饮而尽。孟尝君三人也举爵相向，汩汩饮尽。

"张兄啊。"苏秦看看张仪，慨然笑道，"你我比不得孟尝君春申君，都是孑然一身闯荡天下，我倒是很想知道，何时能为你贺喜啊？"

"苏兄放心。"张仪笑道，"我回到咸阳便成婚！"

"好！"苏秦颇为神秘地一笑，"可是常随左右的那两个女公子？"

"知我者，苏兄也！"张仪哈哈大笑。

"噢呀——"春申君一声惊叹，"听说那两个女公子，一个是公主，一个是家老。张兄大大艳福了！"几个人一齐大笑了起来，又为张仪即将到来的大喜共同干了一爵。

张仪呵呵笑道："一路之上看到齐国变法大见成效，我还想隐居海滨，带着我那两个小哥，与师兄嫂夫人终日盘桓也。"

"大妙！"苏秦兴奋异常，当当拍案，"张兄不知，我也有退隐之想。待齐国大势安定，我回燕国，安定燕国之后，我便与你一起隐居。明月清风下海阔天空，山溪松林间对酒长歌，琴棋为伴，丽人相随，放浪形骸于山水之间，何等快意也！"

"好！我等着师兄……"张仪喉头一哽咽，大饮一爵，低头猛烈地咳嗽了起来。

孟尝君慨然一声叹息："苏兄啊，我这上将军也不会长久了，到时去找你！"

"噢呀，我也一样了。"春申君苦笑，"屈原走了，楚王昏了，我也找个退路了。"

"风雨多难见世事。"苏秦双目闪亮，感慨万端道，"二十余年，天下格局又是一变。合纵连横之争，六国虽然落了下风，却结束了秦国的一强独大，这是我等都没有想到的。六国的二次变法开始了。往后，至少是秦、齐、赵三强并立，说不定还得加上一个燕国。看来，华夏一统是条漫漫长路，也许还得再熬上几十年。人生有年，我等只能走得这几步啊！看看，苏秦张仪，已经都是两鬓白发了。孟尝君、春申君、信陵君，也都是磨得老成器局了。逝者如斯夫！我等一代已经流将过去。恋栈无功，虚度岁月，岂是英雄作为？张兄、田兄、黄兄，当归便归，何如归去？何如归去啊……"

一席话百味俱在，说得几人都是唏嘘不止，齐齐地大饮了一爵。燕姬拭泪笑道："难得季子今日至情至性，正有乐师，我唱一支歌给季子如何？"

三人一片叫好。孟尝君喊了一声，廊下乐师们奏起了悠长的序曲，等待歌者有词便随行伴奏。燕姬站了起来，向苏秦一个灿烂的笑脸，翩然起舞，深情地唱了起来，那是一首洛阳王畿的踏青情歌，词却是因人而异的：

春草离离　　　　彼稷之苗
行迈悠悠　　　　中心摇摇
知我者谓我心忧　不知我者谓我何求
悠悠苍天　　　　此何人哉

一时唱罢，座中同声赞叹。苏秦爽朗笑道："燕姬与我相识二十余年，今日第一次放歌。我也来和一曲！"

"噢呀，那可是妇唱夫随了，好也！"春申君一口楚语，夫妇二字咬得含混，众人大笑起来。却见苏秦座中站起，大袖一摆，苍哑厚亮的歌声绕梁而走：

习习谷风　维风及雨
将恐将惧　维予与汝
将安将乐　汝转弃予
习习谷风　维山崔嵬
无草不死　无木不萎
将安将乐　非汝弃予
弃予如遗　上天弃予
上天弃予——

暮色已至，灯烛大亮，歌声戛然而止。苏秦哈哈大笑，座中唏嘘沉寂，谁都能从那悲怆苍凉的歌声中听出苏秦并没有糊涂，他清楚地知道，这是他最后的时刻……明哲如斯，教人何以宽慰？

“季子……”燕姬哭喊一声，扑过去抱住了苏秦。

张仪深深向苏秦一躬：“大哥，你我虽不能如庄子一般旷达，也算得将生死置之度外了。若有心事，便对兄弟说。”孟尝君与春申君也是肃然一躬：“苏兄，但说便是了。天下事难不倒我等兄弟！”

苏秦拉着张仪的手笑了：“好兄弟，你我纵横天下，也算是做了一场功业，此生无憾，夫复何言？只是四弟苏厉已经到了齐国，正在稷下学宫，张兄代我督导训诲，莫使他学了苏代。”

张仪肃然一躬：“大哥毋忧，张仪记住了。”

“孟尝君。”苏秦转过身来笑道，“燕姬总在燕齐之间，若有急难，请代我照拂。”

孟尝君慨然一躬：“嫂夫人但有差错，田文天诛地灭！”

苏秦又拉着春申君道：“春申君啊，我在郢都败给张兄，愧对楚国也。一想到屈原，我便夜不能寐。君兄若得使屈原复出，促成楚国再次变法，楚国大有可为矣！”

春申君含泪笑道：“噢呀，苏兄有如此叮嘱，黄歇便不能退隐了。也罢，拼得再做几年官，也要救得屈原，救得楚国了。”

正在此时，屋外传来一声长喝：“齐王驾到——”

几人正待举步出迎，苏秦一个踉跄软倒在燕姬身上，面色顿时苍白如雪，喉头间粗重地喘息着。待燕姬将苏秦抱上竹榻，万伤老人已疾步赶来，一番打量，轻轻摇头。张仪燕姬四人不禁泪如泉涌。齐宣王听得动静有异，已经快步走了进来，凑到榻前俯身一看，竟带出了哭声：“丞相，你如何这般走了啊……”

“齐王……”苏秦又一次睁开了眼睛，疲惫地喘息着，“他日出兵燕国，务必善待燕国臣民。燕人恩仇必报，若屠戮臣民，是为齐国种恶……”

齐宣王频频点头：“明白，本王明白。”又凑近苏秦耳边急促问，“丞相，谁是谋刺凶手？”

“谋刺苏秦者，必是仇恨变法之辈。”苏秦艰难地一字一顿，“齐王可大罪苏秦，车裂我身，引出凶手，一举、一举铲除复辟根基，苏秦死亦瞑目了……”

“丞相！”齐宣王哭声喊道，“本王定然为你复仇……”

苏秦安详地闭上了眼睛，深入两腮的唇角一丝微微的笑意，一头雪白的长发散落在枕边，平日沟壑纵横如刀刻般鲜明的皱纹，顷刻间荡然无存。平静舒展的脸上那般年轻，那般明亮，渗透出一片深邃睿智的光芒。

“大哉苏公！”万伤老人一声赞叹，又一声感慨，“去相如斯，老夫生平仅见也！”对着苏秦深深一躬，径自去了。人们默默流泪，默默肃立，默默地注视着那个方才还意气风发谈笑风生此刻却仿佛沉睡了的老友。终于，燕姬轻轻走到榻前，深深地亲吻了苏秦，将自己的绿色长裙脱下来盖在了苏秦身上。

“王侯之礼，厚葬丞相——”齐宣王突然咬牙切齿地喊了一声。

孟尝君愣怔了：“王兄，丞相说……”

齐宣王恨声道：“丞相之意，怕我治罪无证据，要引凶手自己出来而已。齐国本已愧对丞相，焉得再折辱丞相尸身？孟尝君，本王令：立即出动你门下所有异能之士，查清谋刺来龙去脉，将凶手斩草除根！”

“臣遵王命！”孟尝君大是振作，“三日之内查不清，唯田文是问！”

齐宣王走了。孟尝君四人一阵商议，张仪与春申君都赞同齐宣王做法，燕姬也以为齐宣王并未违背苏秦本意，只是主张先设灵祭奠，铲除凶手之后再正式发丧，三人尽皆赞同。商议完毕，张仪敦促孟尝君去部署查凶，说那是第一要务。孟尝君一走，张仪便与春申君分头行事：春申君立即坐镇丞相府主事，荆燕辅助，依照王侯大礼设置了隆重的祭奠灵堂；张仪则与燕姬一起，请来大巫师给苏秦净身着衣并做停尸祈祷，一直忙到次日午后，棺椁进入灵堂，一切方算大体妥当。张仪春申君坚持要与燕姬一起，给苏秦守灵三日。孟尝君一阵忙碌，部署妥当，也来给苏秦守灵。

夏日停尸，本是丧葬中最为头疼忌讳的时节。暑气燠热，尸身容易腐臭，而丧礼规定的停尸日期却有定数，官爵越高，停尸越是长久。贵若王侯，灵床地下与四周虽有大冰镇暑，也往往难如人愿。于是便有了“死莫死在六月天”的民谚。苏秦突然遇刺，正在盛夏酷暑之日，停尸本是极难。可忒煞作怪，自棺椁进入灵堂，天气便骤然转凉，碧空明月，海风浩浩，一片凉意弥漫，大有秋日萧瑟之气。齐宣王本来已经下令：王室冰窖藏冰悉数运往相府，王宫停止用冰。然则只运得两车，便再也没有运，因为连这两车冰都没有化去。

齐人本有“宽缓阔达，多智好议论”之名，临淄城也算是天下口舌流淌之地。有此异常天象，自然是议论蜂起。于是，便有了对苏秦的诸多感念，对谋刺凶手的一片骂声，寻常以某人“死在六月”为由头的诅咒踪迹皆无。更有一首童谣传遍巷间，那童谣唱道：

春草佳禾　草鱼德大
马心不良　流火走血

这一晚，张仪正与春申君对坐灵堂廊下，孟尝君匆匆到来，先给两人唱了这首童谣，请两人破解。春申君困惑摇头道："噢呀，童谣历来是天书，谁能先知了？"张仪一阵思忖，一阵吟诵，俄而笑道："大体不差。这凶手，孟尝君当已经查出来了。"春申君惊讶道："噢呀，张兄神人，如何猜测得出了？"张仪笑道："历来童谣，皆非无风之浪。那必是知情之隐秘人物，抛给世人的一个谜语。此首童谣，头两句暗藏苏秦名号，颂苏兄对齐人有大德。后两句却是说，凶手七月便要伏法，且是马旁姓氏。"孟尝君一时惊讶得口吃起来："啊，啊，张兄，人说鬼门博杂，果然不虚，你是神目如电！"春申君着急起来："噢呀呀，你倒是说了，凶手是哪个贼子了？"孟尝君笑道："莫急莫急，请来嫂夫人，我一起说给你等听。"

燕姬的声音从灵堂帷幕后传了出来："孟尝君但说，我听着。"

孟尝君一阵喘息，耐着性子述说了一个离奇的故事：

开春之后，新法已经在齐国站稳了脚跟，民众一片颂声，连长期与齐国争夺渔猎水面的燕南民众，也纷纷逃来齐国定居。苏秦顾及燕齐盟约，亲自带着齐北三县的县令去安抚燕国流民，劝告他们返回燕国。可流民对燕国"新政"怨声载道，无论如何也不肯回去。无奈之下，苏秦只有下令齐北三县悉数吸纳燕国流民，许其在荒芜地区集中为村落居住，流民大是感激，竟在一个春天，开辟出了近万亩可耕之田。亏了燕国忙于内讧，两国才没有纠缠。苏秦从齐北回到临淄，上书齐宣王，请发王令：允许在齐国定居的流民"一体为民，有功同赏"，其中最要害的是允许新国人从军，不得有任何歧视。这种法令在秦国虽然已经推行四十余年，但在齐国、燕国，还都是惊世骇俗的"使贱成贵"法。

此法一出，朝野大哗。稷下有名士曾说："齐国山高水急，齐人贪粗好勇。"对于尚武成俗的齐国人来说，从军做骑士或步军技击勇士，都是无上的荣耀，本国隶农渔猎子弟尚且不能做，何况与战俘一般低贱的流民？然则，国人也从年复一年的传闻与亲身经历中，知道了齐国新法的好处，知道了齐国要变法便得慢慢“脱俗还法”。议论归议论，吵闹归吵闹，毕竟也没有生出大事来，新法还是颁布了。

但就在这个节骨眼上，惊人的事情发生了。

那日傍晚，孟尝君正在听斥候禀报燕国情势，突然听得总管冯驩在院中锐声叫道：“家君不好！丞相遇刺了！”话音未落，冯驩冲了进来，拉起孟尝君便走。待两人快步走到巷口，发现苏秦正倒卧在幽暗的巷口，身下鲜血一片，吓得赶来守护的几个门客面如土色。孟尝君对门客大喊一声：“快！四面搜查！”立即抱起昏迷的苏秦回到府中，请来王宫太医一看，说是不擅刀伤，只能止疼。孟尝君命令冯驩立即找到苍铁，火急赶到楚国，请春申君寻觅万伤神医。这边大体包扎了伤口，止了大出血，孟尝君便将燕姬接了过来。燕姬一看大急，立即将苏秦小心翼翼地抬回府中。孟尝君护送到府，见苏秦仍然昏迷不醒，对燕姬匆匆叮嘱了几句，急忙赶了回来。

门客们禀报说：搜遍了方圆十余条街巷，可疑凶手踪迹皆无。

孟尝君急得面色涨红，拍案高声怒道：“查！给我查！何方神圣？竟敢在田文门前行刺丞相！查不出来，我田文陪着苏秦一死！”孟尝君历来善待门客如贤士，这次当真动了肝火，门客们无不惊心，却也都更加敬佩孟尝君，异口同声起誓：“不能查凶雪耻，永不为士！”毕竟，战国士人皆豪杰之风，朋友贵客遇刺门外而不能手刃真凶，那当真是无颜面对天下。更何况孟尝君门下以“多有奇能异士”闻名，若不能查凶除恶，那才是永远不能洗雪的耻辱。数百名门客人同此心，心同此理，不容孟尝君插手，天罗地网般撒向了齐国城乡。

齐宣王在苏秦尸身旁严令孟尝君时，真凶事实上已经落网了。

谁也没有想到，这次竟是那几个鸡鸣狗盗之徒立了大功。那个善盗者，本名叫桃大，一班市井却叫他“掏大”，意思是从来不盗小物事。做了孟尝君门客，桃大也想做点正经事，怎奈总没有大用场，干瘦矮小也无法可变，纵穿得一身光鲜，也是无人看得入眼。久而久之，又恢复了一身布衣，一个酒葫芦，整日醉得东倒西歪，逢人便想一试身手。这日暮色时分，桃大胡乱哼唱着要回门客院，一进那条石板街巷，瞄见一个黑衣白发的老者悠悠地跟在一辆轺车后面。桃大眼尖，又是惯盗，不经意间瞅见了老者皮靴内插有异物。饶是如此，桃大也浑没在意，总以为老者是轺车高官的隐秘卫士，径自哼唱着跟在后边。方到巷口，车后的老者却突然痛苦地叫了一声，跌倒在地。前面的轺车闻声停了下来，车上跳下一个高冠之人，向老者走了过去。桃大依旧是浑没在意，卫士伤病，主人照拂，再是寻常不过了，径自向门客院拐了过去。

可就在这刹那之间，桃大瞥见了一道细亮的光芒！接着便是老者扶住了高冠之人。桃大心思灵动，知事体不对，风一般飘了过去，疾如闪电般从老者身上取得一物。几乎同时，老者也突然消失了。桃大喊了一声：“快救人！”自己便追了下去。

两个时辰后，当孟尝君正在愤然之时，桃大一身泥土一脸脏污地回来了。虽然没有追上凶手，桃大却盗得了凶手皮靴中的一柄短剑。孟尝君找来太医一看，短剑恰有一尺，无毒，却极是锋利，正与苏秦肋间的伤口相合，只是没有血迹而已。

“桃大无能！那个老东西有两柄短剑，这柄没有用上，那一柄在他手上。”桃大一边自己骂自己一边说，那个老东西出得临淄北门便不见了，他在方圆十余里都找遍，也没有见到可疑的藏身处所。孟尝君思忖一阵猛然醒悟，拍案道：“天齐渊！牛山！盯准这个巢穴！”

一阵紧张周密地准备，一百多个门客络绎不绝地向天齐渊撒了过去。冯驩亲自在一个秘密山谷坐镇应变。孟尝君忙着去了苏秦府，生怕苏秦突然故去。忙到昨晚，冯驩秘密急报：真凶藏匿处已经被围，要死尸还是要活人？孟尝君立即下令："一律要活口！"

凶手果然在牛山，令人想不到的是，这个凶手是一个年轻憨厚的药农。

讯问时凶手颇为奇怪，黝黑的脸膛涨得通红，一脸的窘迫愧色，咬着牙只是不说话。孟尝君心中一闪，走近药农亲切笑道："看得出，你后生是个剑击之士，也是个为国立功的人才。给你明说，齐王已经定了苏秦大罪，杀了他原本有功。你只要说出受谁指使，我便上书齐王，为你请功。"药农后生眼睛扑闪着憨憨笑道："俺才不管你是功是罪，只要不连累爷爷，俺便说。"孟尝君立即道："齐国新法，已经没有株连族人之罪，我保你爷爷无事。"后生道："你是谁？俺却信你？"孟尝君正色道："我是孟尝君，言出必行，一诺千金，你不信么？"年轻人慌忙便是一拜："孟尝君俺却知道，是侠义班头。"孟尝君哈哈大笑："既认我这个班头，你便说，谁要你杀人？"药农后生道："要俺杀人的，是公孙家老。"孟尝君道："你可知道，你杀的是谁？"年轻人道："俺只知道，是家老仇人。"孟尝君又问："有人看见，杀人者是个白发老人。你如此年轻，不能冒功。"年轻人憨厚地笑了："打开俺的镣铐，你自会知道。"

待镣铐打开，药农后生背过身片刻，一回头，一个白发苍苍精瘦黝黑的老人赫然站在厅中。桃大高声尖叫："没错！就是他！就是他！"药农后生嘿嘿笑道："牛山药农谁不会这一手？俺平常得紧，惊乍个啥？"

孟尝君二话没说，立即带着药农后生，点起三千骑士，飞马赶到天齐渊。监视天齐渊与牛山的门客禀报：天成庄方圆三十里，牛山药农封户百余家，无一人走出监视圈。可是，当孟尝君踏进庄时，那景象却教他惊呆了。

庭院石亭下的古琴前，坐着成侯驺忌，嘴唇纠缠着一片钩吻草，嘴角渗着一缕暗红的血，一头白发变得碧绿，一脸红润却变得亮蓝！数十年号称齐国美男子的驺忌，死得如同鬼魅一般。站在这具鬼魅后面的，是一个真正的白发老者，精瘦矍铄，钉在亭下，一脸平淡的微笑。见孟尝君来到面前，他淡淡地笑道："老夫公孙阅，一切罪责皆在我身，无得难为成侯尸身。"孟尝君嘲讽笑道："公孙阅，你这头老狐也有今日？"公孙阅淡淡道："成侯毕竟琴师，有谋略而无胆识。若依老夫之计，阶下囚该是田文苏秦了。"

回到临淄，冯驩向孟尝君备细叙说了公孙阅与驺忌的故事与阴谋。

这个公孙阅，跟随驺忌三十余年，是驺忌唯一的心腹门人。三十多年中，公孙阅为驺忌承办了几乎所有不能公之于人的机密大事：谋取丞相、整倒田忌、争得侯爵、扩大封地等。驺忌崛起的每一步，都有公孙阅扎实细致的谋划功勋。奇怪的是，公孙阅从来不求出人头地，只是心安理得地为驺忌效力。驺忌深知公孙阅虑事周密，才思过人，几次想杀掉公孙阅灭口。但是一个偶然的发现，却使驺忌打消了这个念头。

一日，一个女弟子给驺忌拿来了一本书，说是在公孙阅枕下翻到的。驺忌打开发黄的羊皮纸，竟是一本无名册籍。翻看内文，尽是各种权术计谋与治人秘术，开列了一百余条，各自还有简短解说，末了两行大字是："修习机谋之术，可借机心之主，与主共始终，此术可大成。"驺忌一阵沉吟，反复揣摩，对这个女弟子秘密部署了一番。

驺忌曾是名动天下的琴师，国中多有少年才俊争相拜师修习。可驺忌从来不收仕宦子弟做学生，只收得寥寥几个女弟子，还都是王室搜罗来的少女乐手。这几个女弟子对老师奉若神明，个个忠诚驯顺得猫儿一般。后来，有三个女弟子竟争先恐后地献身于驺忌，做了奴隶一般的侍妾。偏是这个叫做琴渊的最聪慧美丽的少女弟子，驺忌却从来没有动过手脚。女弟子百般娇媚委身，驺忌都稳如泰山。就在琴渊十六岁的时候，驺忌派给她一个差使：侍奉家老公孙阅。琴渊聪慧绝顶，自然晓得老师心意，便留心公孙阅的一切隐秘，这才有了那本神秘册籍的发现。

从此，琴渊真心实意地侍奉公孙阅了，而且教公孙阅实实在在地觉得这个少女爱上了他，以他为活着的希望。时间一长，少女劝公孙阅带她远走高飞，独自立业，何须与人为仆？公孙阅却说："我跟丞相修习，若得独立，大功便成流水。"少女问修习何学？公孙阅答说，仕宦之学，将来光大门庭。后来，少女与公孙阅更是亲昵，劝他直接投效齐王，做个上大夫，岂不比做仆人风光万倍？公孙阅很不高兴地说："做仆自有乐趣，只要丞相在世，我便不会走。你若不耐，公孙阅绝不相强。"

从此，驺忌打消了相机除掉公孙阅的念头，亲自主婚，将琴渊嫁给了公孙阅。新婚后三日，琴渊哭着来找老师，说公孙阅是个只会胡乱折腾的阉人。驺忌大是惊讶，第一次感到了公孙阅的神秘莫测，也顿时对公孙阅的一切怪诞与异于常人的做法恍然大悟。琴渊依旧是公孙阅的夫人，从此却也成了老师卧榻的美丽尤物，虽然常常带着满身的伤痕。公孙阅浑然不觉，只要他有兴趣折磨她时她不反抗，他便万事也不知道。

就这样，驺忌与公孙阅成了永远的狼狈。

苏秦变法开始后，驺忌谋划的贵族反扑一败涂地。驺忌本来想就此罢手，可公孙阅告诉他，成侯在贵族背后的密谋，虽然没有被齐王发现，却被孟尝君盯上了。孟尝君心狠手辣，正在筹划以门客假扮盗贼，血洗天成庄。驺忌正在郁闷难消，听得此说杀心顿起，将一张古琴愤然摔在了地上："杀！杀光他们！"公孙阅原本只要驺忌一句话，以利他调遣各方力量，如今得话，立即应命："成侯放心，十日之后，公孙阅教田文暴尸街头。"驺忌冷冷笑道："你说杀田文？"公孙阅一点头，却听驺忌阴声道："大错也！生死之仇，只有苏秦。若无苏秦，岂有老夫今日？岂有齐国乱象？先杀苏秦！孟尝君嘛，老夫慢慢消遣他。"驺忌主意既定，公孙阅便从去年冬天开始密谋实施，立即秘密进入了牛山。

牛山药农，是驺忌请求保留的封户。这些药农有一百多户，世代采药治药，人称"东海药山老世家"。这些药农终年盘旋在大山之中，且多是独自行走，不怕小伤小病，就怕猛兽侵袭。一个好药农，必须同时是一个搏击高手。千百年流传下来，牛山药农的搏击术渐渐地引人注目了。海滨齐人多渔猎生计，也多是单干行径，打斗争夺家常便饭，练习单打独斗的技击之术在齐东蔚然成风。所谓技击，便是搏击的各种技法，从各种兵器到各种拳脚，无不讲究技法。齐东技击最有名的，首推这牛山药农。公孙阅深谋远虑，自然不会放过如此一个技击高手云集的封地，当初驺忌自请只要牛山百余户，便是公孙阅的主意。

未雨绸缪，公孙阅早已经对各户药农了如指掌，不费力气找到了一家只有爷孙二人的药农。

这家药农不同寻常，没有姓氏，人只呼为"活药家"，祖祖辈辈做的是"采活药"生计。所谓"活药"，是猛虎、豹子、狗熊、野猪、羚羊、麝、野牛、野马、大蟒、毒蛇等一应活物身上的可用药材。"活药"以活取最佳，尤其是巫师方士一类鬼神之士，往往还要亲眼看着"活药"从活物身上取下，方得成药。要做这种生计，没有一身过人的本领，无异于自投猛兽之口。世世代代下来，这"活药家"锤炼出了一套独门技击术，称之为手刃十六法。这"手刃"包括甚多，短刀、短剑、匕首、袖箭、菜刀、石子，举凡各种不显山露水的物事，皆可成夺命之利器。寻常武士纵是手持丈余长矛，也难抵活药家掌中一尺之剑。公孙阅曾亲眼看见，活药孙儿只一刀便将一只斑斓猛虎当场刺死。这后生更有一手绝技，刺杀猛兽分寸拿捏之准，竟是教几时死便几时死，绝无差错。

活药爷爷八十有六，依然是健步如飞，走险山如履平地。孙儿二十出头，厚重木讷，黝黑精瘦，一身人所不知的惊世功夫。公孙阅早已经对这活药家下足了工夫，除隶籍、减赋税、许妻室、以领主之名常常适时送来各种照拂。爷爷感激得常常念叨："家老但有用人处，我这孙儿便是你的。"公孙阅自然是从来不提任何请求，使这活药家爷孙大有恩无可报的一种忧愁。

公孙阅一来，眼中含泪，说是他的仇人到临淄做了大官，正在四处追杀他，他来告别活药爷孙，要远遁山林去了。爷爷一听大急："有仇必报！家老何要逃遁，不长仇人气焰么？"公孙阅哽咽道："我如何不想报仇，只是手无缚鸡之力，如何报得大仇？"爷爷慷慨高声道："孙儿过来！自今日起，俺便将你交给了家老，不能给家老报仇，就不是俺孙子！"后生本来就听得冲动，爷爷有命，更是激昂，憋出了一句话来："家老，只要让俺识得人面！"

公孙阅将后生秘密安置到临淄城中，委派可靠仆人领着后生守候在孟尝君门前，终于死死认准了这个高冠人物。动手前一日，后生问公孙阅："要咋个死法？"公孙阅说："三个时辰死吧，我等良善，也不要他受太多折磨了。"事后回来，后生却红着脸说，他没杀过人，又受到一个飞盗的搅闹，刀下可能重了些，此人可能活不到三个时辰。公孙阅连说没事儿，便要与后生饮酒庆功。后生端起酒一闻，黑脸嘿嘿笑了，硬是说爷爷久等不放心，连夜进了牛山。公孙阅没有敢拦挡，眼睁睁看着后生去了。

冯驩说，当门客武士六十余人围住了那座山屋，准备做最惨烈的搏斗时，活药爷爷却拉着孙儿出来了。老人对冯驩说：“俺老夫有眼无珠。孙子交给你了。”说完径自进了那洞窟一般的石门，活药孙子便低着头跟他们走了。

按照公孙阅的谋划：刺杀苏秦的同时，驺忌当立即逃往燕国，借子之兵力杀回齐国重新掌权。可驺忌自以为是，却说齐王早想罢黜苏秦，绝不会追查此事，何须徒然丢失了根基？女弟子们也纷纷讥讽公孙阅“阉人无胆”，气得公孙阅连呼“成侯无识！成侯误事”！

……

孟尝君说完，张仪与春申君唏嘘良久，相对默然。

忽然，燕姬的声音从灵堂帷幕后传了出来：“孟尝君，我等倒是忘记了一件大事。”孟尝君诧异道：“你快说，忘记了何事？”只听燕姬道：“张兄原不知季子出事，匆匆赶来齐国，定是有紧急大事找你，也该当问问了。”孟尝君恍然，连忙向张仪一拱笑道：“田文糊涂，向张兄谢罪。张兄快说，要我如何？”张仪不禁笑道：“燕姬果然不凡，知我是找你来了。”春申君笑道：“噢呀，你见齐王见苏兄都不说事，不是找孟尝君却是找谁了？”张仪点头道：“也是。事情不大，孟尝君在旬日之内，给我寻觅两个方士出来。”

“方士？”孟尝君惊讶得仿佛不认识张仪一般，“张兄也信了这鬼神驱邪术？”

“此中原由，一言难尽。”张仪笑道，“你只找来便是，也许过得几年，也有故事说给你听。”

孟尝君道：“方士之事，多有传闻，我也从未见过。此等人行踪无定，我要早早安顿。”说罢匆匆走了。春申君笑道：“噢呀，孟尝君真义士了！若无这个万宝囊，张兄却到哪里去找方士了？”张仪也是感慨万端，长长地叹息了一声。

五　张仪又一次被孟子激怒了

六日之后，谋刺苏秦的元凶伏法。齐国为苏秦发丧，举行了最为隆重盛大的葬礼。

山东六国与所有仅存的二十余个小诸侯，都派出了最高爵的送葬特使。张仪以秦国丞相的身份，做了参加葬礼的秦国特使。最引人注目的，是洛阳周室也派来了天子特使。新周王感念这个洛阳布衣的不世功勋，竟派出了三千人的葬礼仪仗。依照周礼，这仪仗是公国诸侯才能享用的，新周王的天子王书以“苏秦为六国丞相，亦为王室丞相，等同大国诸侯”的名义，“赐公国葬礼，以昭其德”。加上齐国的隆重仪仗，整个葬礼仪仗铺排开三十余里，直达苏秦陵墓。临淄人更是倾城出动，哭声盈野，天地为之变色。

齐国星相家甘德目睹了葬礼盛况，感慨万端道：“苏秦上膺天命，下载人道，死之荣耀，犹过生时，千古之下，无出其右也！”

葬礼之后，齐国刚刚平静了下来，燕国便乱了。太子姬平与将军市被起兵讨伐子之，却被子之一战大败，退到辽东去了。燕国与齐国素来唇齿相依息息相关，燕国一乱，齐国朝野不安，出兵燕国的事在陡然之间尖锐了起来。也不知何种原因，偏偏齐宣王举棋不定，竟迟迟没有决策，临淄官场市井间议论蜂起，比自己国家出了事还急色。

张仪一心只想着方士，不去理会临淄的惶惶议论，见了孟尝君也从不提及燕齐之事。原是张仪心下雪亮：燕齐纠葛越深，秦国越是受益；齐国出兵安定燕国，利于齐，却不利于秦；虽则如此，秦国却不能主动站在某一方，否则不能收渔翁之利；唯其如此，毋宁作壁上观。孟尝君虽然粗豪，却也心中有数，从不就燕国大势“就教”于张仪，但有闲暇，两人便聚酒豪饮，海阔天空地唏嘘感慨一番。

这一日，孟尝君兴冲冲来说："张兄，孟老夫子要来临淄了！"

"又想来做齐军教习？"张仪淡淡的笑意中不无讥讽。

"这次啊，孟夫子是从燕国来。你说，他想如何？"

"老夫子行。"张仪笑道，"身出危邦，又入其邻，还能做甚？"

孟尝君知道，张仪对孟子历来没有好感，转圜笑道："张兄，孟夫子还是有些见识的。"

"孟夫子有见识，何消你说？"张仪笑道，"若去了那种学霸气，再去了那股迂腐气，这老头子倒确实令人敬佩。"

"去了霸气迂气，还是孟夫子么？"孟尝君哈哈大笑，"不说了，明日齐王与孟夫子殿议，请你我主陪，你只说去也不去？"

"齐王做请，张仪何能小气不前？自当陪你受苦了。"张仪心不在焉地笑着，并未将这件应酬之事放在心上。

此日过午，孟子车队进入临淄。齐宣王仿效当年齐威王之法，率领群臣与稷下名士到郊亭迎接，并在临淄王宫的正殿举行了隆重的接风大宴。白发苍苍的孟子与齐宣王并席而坐，左右是张仪与孟尝君，厅中群臣名士罗列，是名家大师绝无仅有的礼遇。孟夫子雄辩善说，席间侃侃而谈，历历述说了所过之邦的见闻，时时对各国君主略加评点，挥洒自如，不时引起举座笑声。齐宣王最是看重敬贤之名，况又是第一次与孟子直面对答，实在是对孟子的学问气度见识敬佩有加，更对孟子的君王评点大有兴趣，谦恭笑道："先生常过大梁，不知魏王近况如何？"

"魏王嗣者，实非君王气象也。"须知魏国强盛近百年，为天下文明渊薮。孟子一句话，非但直呼魏王名讳，且公然显出轻蔑的笑意，举座皆是一惊。

"先生此言，可有佐证？"齐宣王依然是面带微笑。

孟子从容道："与魏嗣对答，人无以敬之。彼问：'天下何得太平？’我答：‘天下定于一，自有太平。’彼又问：‘定于一者，何人也？’我答：‘不好杀戮，仁者定于一。’彼又问：‘不行杀戮，便无征战，谁愿拱手让位，使仁者定于一？’我答：‘天下庶民皆愿之。禾田大旱，便望云霓，大雨但落，枯苗勃勃而起，其势何人堪当？’此等之王，此等之问，何堪为王也。”

孟子悠然说完，座中却一片默然，竟没有了孟子所熟悉的惊讶赞叹之声，甚至也没有了孟子所熟悉的激烈反对与锐声辩驳，泥牛入海般无声无息。这在讲究“论战无情”的战国，尤其在论战风炽热的百余名稷下名士在座的场合，可说是罕见之极。偏孟子浑然无觉，已经有些混沌的眼神高傲地扫视了大殿一圈，悠然一笑：“孟轲游历天下四十余年，阅人多矣！唯以仁政王道为量人之器，无得有他也。”

齐宣王岔开了话题笑道：“先生从燕国来，以为燕国仁政如何？”

“乱邦无道，何谈仁政？”孟子喟然一叹，“奸佞当道，庶民倒悬，此皆苏秦之罪也。”

一言落点，稷下士子中有嗡嗡议论之声，并不约而同地将目光瞄向了张仪。苏秦新丧，张仪容得孟子亵渎苏秦么？看那张仪，神色淡漠，径自饮酒。孟尝君却一眼看到，张仪的那根细亮的铁杖在案下抖动着。

齐宣王明知就里，岔开笑道：“先生以为，当如何安定燕国？”

“置贤君，行仁政，去奸佞，息刀兵，燕国自安。”

齐宣王听孟子再没有触及难堪话题，松了一口气道：“先生所言，天下大道。敢问先生：如何能置贤君、行仁政、去奸佞、息刀兵？”

孟子微微皱起了眉头，苍老的语调分外矜持：“上智但言大道。微末之技，利害之术，唯苏秦、张仪纵横者流所追逐，孟轲不屑为之也。”

此言一出，举座皆惊，目光齐刷刷聚向了张仪。齐宣王也一时愣怔了。

“孟夫子名不虚传，果然大伪无双也！”张仪应声而起，一句悠闲而犀利的评点，殿中轰然炸开，嗡嗡议论不绝——方今天下，谁敢直面指斥孟夫子“大伪无双”？若是别个名士，齐宣王也就阻止了，毕竟孟子是天下大家，如何能教他如此难堪？可这是名重天下的张仪，声威赫赫的秦国丞相，况且孟子挑衅在先，他如何能公然拦阻？

孟子极不舒坦，沉声问道：“足下是张仪了？”

“微末之技，利害之术，纵横者流，张仪是也。”

孟子本来多饮了两爵，此刻更显得面红耳赤，如坐针毡。四十余年来，孟子周游列国，虽然无一国敢用，名气却是越游越大，渐渐地也就不寄厚望于任何邦国，悠悠然成了一个超脱传道的大宗师。如此一来，反倒是放开说话无所顾忌，正合了孟子的傲岸本性，也使孟子的雄辩才能发挥得淋漓尽致。近年来，孟子资望更深，各国皆奉为大贤宗师，孟子更是挥洒自如，往往对陪宴士子与官员不屑一顾，只与君王问对应答，俨然布衣王侯一般。常常是宴席结束论战散场，孟子才问万章：“今日来者都有何人？论辩者究是哪家弟子？”若非万章一班弟子因了要记录孟子言谈，刻意记下了应对陪同者姓名而后告孟子，孟子当真是目中无人一片混沌了。今日入得临淄，孟子也是对大片冠带不屑一顾，甚至连丈许之遥的主陪——张仪与孟尝君，也是漫不经心，没有看进眼里。也就是说，孟子压根儿没想到能在临淄碰上张仪。及至那个铁拐高冠者站了起来，甩出“大伪无双”四字掷地有声，孟子才蓦然闪念，此人必是张仪无疑。

仿佛冥冥之中的定数，孟子被誉为“大才雄辩，天下无对”，张仪则有“天下第一利口”名号，偏这两人但见便有口舌，生死纠缠的冤家一般。二十多年前，孟子在大梁讥讽纵横家是“妾妇之道”，就被刚刚出山的张仪猝不及防地痛斥了一顿。从此，孟子对张仪苏秦厌恶之极，内心却也实在有几分说不清的忌惮。虽然，孟子还是每说大道必骂纵横策士，但却再也没有说过“妾妇之道纵横家”那句话了。今日孟子说得口滑，滑上了贬损纵横策士的老路子，却不意偏偏撞上了张仪在场，又遇苏秦新丧，孟子便隐隐觉得有些不妥。

虽则心中忐忑，孟子却从来没有退让致歉的习性，振作心神，一开口气度沉雄：“大道至真，不涉得失。末技卑微，唯言利害。以利取悦于人，以害威慑于人，此等蛊惑策士，犹辩真伪之说，岂非天下笑谈耳？”

“孟老夫子，尔何其厚颜也！”张仪站在当殿，手中那支细亮的铁杖直指孟子，“儒家大伪，天下可证：在儒家眼里，人皆小人，唯我君子；术皆卑贱，唯我独尊；学皆邪途，唯我正宗。墨子兼爱，你孟轲骂做无父绝后。杨朱言利，你孟轲骂成禽兽之学。法家强国富民，你孟轲骂成虎狼苛政。老庄超脱，你孟轲骂成逃遁之说。兵农医工，你孟轲骂为末技细学。纵横策士，你孟轲骂做妾妇之道。你张扬刻薄，出言不逊，损遍天下诸子百家！却大言不惭，公然以王道正统自居。平心而论，儒家自己究有何物？你孟轲究有何物？一言以蔽之，尔等不过一群四体不勤、五谷不分的书呆子，整天淹没在那个消逝的大梦里，唯知大话空洞，欺世盗名而已！国有急难，邦有乱局，儒家何曾拿出一个有用主意？尔等终日高谈文武之道、解民倒悬，事实上却主张回复井田古制，使万千民众流离失所，无田可耕！尔等信誓旦旦，称‘民为本，社稷次之，君为轻’，事实上却维护周礼、贬斥法制，要刑不上大夫，礼不下庶民；民可使由之，不可使知之；使万千平民有冤无讼、状告无门，天下空流多少鲜血？如此言行两端，心口不应，不是大伪欺世，却是堂堂正正么？儒家大伪，更有其甚：尔等深藏利害之心，却将自己说成杀身成仁、舍生取义。但观其行，却是孜孜不倦地谋官求爵，但有不得，则惶惶若丧家之犬！三日不见君王，其心惴惴；一月不入官府，不知所终。究其实，利害之心，天下莫过儒家！趋利避害，本是人性。尔等偏无视人之本性，不做因势利导，反着意扼杀如阉人一般！食而不语、寝而不语、坐怀不乱，生生将柳下惠那种不知生命为何物的木头，硬是捧为与圣人齐名的君子！将人变成了一具具活僵尸，一个个毫无血性的阉人！儒家弟子数千，有几人如墨家子弟一般，做生龙活虎的真人？有几人不是唯唯诺诺的弱细无用之辈？阴有所求，却做文质彬彬的谦谦君子，求之不得，便骂尽天下。更有甚者，尔等儒家公然将虚伪看做美德，公然引诱人们说假话：为圣人隐，为大人隐，为贤者隐；教人自我虐待，教人恭顺服从，教人愚昧自私，教人守株待兔；终使民人不敢发掘丑恶，不敢面对法制，沦为无知茫然的下愚，使贵族永远欺之，使尔等上智永远愚弄之！险恶如斯，虚伪如斯，竟大言不惭地奢谈解民倒悬？敢问诸位：春秋以来三五百年，可有此等荒诞离奇厚颜无耻之学？有！那便是儒家！便是孔丘孟轲！”

张仪一阵嬉笑怒骂，大殿中鸦雀无声，唯闻张仪那激越的声音在绕梁游走：“自儒家问世，尔等从不给天下生机活力，总是呼喝人们亦步亦趋，因循拘泥。天下诸侯，从春秋三百六十，到今日战国三十二,三五百年中，竟没有一个国家敢用尔等。儒家至大，无人敢用么？非也！说到底，谁用儒家，谁家灭亡！方今大争之世，若得儒家治国理民，天下便是茹毛饮血！孟夫子啊，千百年之后，也许后辈子孙忽然不肖，忽然想万世不移，忽然想教国人泯灭雄心，儒家僵尸也许会被抬出来，孔孟二位，或可陪享社稷吃冷猪肉，成为大圣大贤。然则，那已经是千秋大梦了，绝非尔等生身时代之真相也！儒家在这个大争之世，充其量，不过一群毫无用处的蛀书虫而已！呵哈哈哈哈哈哈哈……”末了，张仪仰天大笑。

大殿中静得如同幽谷，唯闻孟子粗重的喘息之声。孟子想反驳，想痛斥，却对这种算总账的骂辞无处着力，想愤然站起拂袖而去以示不屑，脚下却软得烂泥一般。眼看张仪张牙舞爪哈哈长笑，孟子不能立即作振聋发聩的反击，论战如斯，便是全军覆没，皇皇儒家，赫赫孟轲，岂容得如此羞辱？大急之下，但闻“哇——”的一声，孟子一口鲜血喷出两丈多远！对面的张仪与孟尝君猝不及防，身上扑满了鲜血，连并排的齐宣王酒案上也溅满了血滴。

“老师——”儒家弟子们呐喊一声，一齐扑向孟子。王殿顿时大乱，齐宣王铁青着脸色大喝：“孟尝君，太医！”孟尝君憋住笑意，回身高喊：“太医！快！太医——”奇怪的是，稷下学宫的一百多个名士竟都无动于衷，默然地看着忙乱的内侍侍女与一片哭喊的儒家弟子，没有一个人上前照拂。

孟子被抬走了。齐宣王拂袖而去了。盛大的接风宴席落得如此收场，朝臣们一片愣怔。稷下学宫的名士们却围了过来，齐齐地向张仪肃然一躬，默默散去了。

张仪有些木然，低头看了看身上的血迹，铁杖笃笃点地，径自走了。

六　行与子还兮　我士也骄

在齐国历法的“期风至”[1]那日，两个方士被请到了张仪面前。

夜里，张仪与两名方士密谈了整整两个时辰。他备细叙说了“某

[1]　齐国历法与中原不同，有三十个节气，“期风至”，大体即中原的“立秋”节气。

公”的症状心性等，询问方士能否禳治。这两个方士是师兄弟，师兄已经白发苍苍，师弟却正在中年。听罢张仪述说，两位方士闭目沉吟。良久，白发老方士道：“此公非公，却是一王。”张仪心中一惊，脸上笑道：“果真王者，无以禳治么？”老方士道：“王者上膺天命，禳治要大费周折。”张仪笑道：“如何周折？但请明言。”老方士道：“最难者在蓬莱仙药，要大船渡海，又需童男童女祈祷于海神上天。”张仪道：“两位大师若能使此公清醒三月，所需诸般周折，并非难事。”老方士道：“此前禳治，尚需重金敬天。”张仪笑道：“上天也爱金钱么？”老方士肃然道：“非是上天爱金，原是世人敬天之心。唯将世人钟爱之物敬献上天，方知上天赐恩可贵也。”张仪点头：“不知上天所需几何？”老方士道：“万金之数。”张仪慨然拍案：“便是万金了。”目光一闪又问：“两位大师须轻车简从随我上路，不知可有难处？”中年方士悠然道：“轻车尚可，简从不能。一百名少年子弟乃祈祷法阵，非但不可或缺，衣食且须以大夫爵品待之。”张仪思忖片刻道：“便依大师所言。明日午后启程了。”老年方士道：“百名子弟，明晚方能赶到，只能后日启程。”张仪道：“好，后日。”

与方士密谈罢，张仪回房部署上路事宜。没有了嬴华，诸多事体要靠绯云与两名掌书打理，一一落实，已经是四更时分。掌书退去，绯云却心神不定，张仪戏谑笑道：“小哥儿又有心事了？”绯云道：“吔，甚心事？正经事。我怎么看，这两个方士也不像正道医家，莫得又给你惹事。”张仪笑道：“方士方士，本来就不是正道医家，有何稀奇。”绯云急道：“吔！不是！我说他们好像是，是骗子，诈人钱财一般吔。”张仪默然有顷，叹息了一声：“方士兴起几十年也，我等谁也没经过见过。可太医既然说了，齐国君臣也有许多人相信。我近日才知道，齐威王晚年，也秘密派方士到海上寻找过仙药。咸阳事急，也就信一回了。

天地之大，原本是谁也不能穷尽奥秘也。”绯云嘟哝道：“知道你是尽心而已，只怕你上当吔。”张仪板着脸不说话，绯云也不敢再啰嗦，收拾卧榻去了。

次日，孟尝君亲自到驿馆帮忙料理，一番忙碌，终是准备妥当。晚上，孟尝君为张仪饯行，两个豪气干云的人物第一次相对无语，只是默默饮酒。良久，孟尝君道：“张兄，若有不时之需，不要忘了，还有田文这个朋友。”张仪笑道：“孟尝君狡兔三窟，莫非能让得一窟？”孟尝君大笑：“张兄但出咸阳，田文为你谋得一个大窟如何？”张仪揶揄笑道：“还是我为你谋窟吧，不见临淄风向已转么？”孟尝君又是哈哈大笑：“好！顶不住风，来找你。”

一时饮罢，两人又去拜望燕姬，恰逢燕姬正在收拾行装。孟尝君惊讶莫名，连问何故。燕姬淡淡笑道：“临淄虽好，终非我久居之地。季子已去，我也当去了。”孟尝君本是急公好义，更兼受苏秦临终托付，对燕姬离去大有愧色，仿佛自己罪过一般，木呆呆难堪之极。张仪豁达笑道：“孟尝君啊，燕姬心志，不让须眉。山林之隐，原本是燕姬所求。苏兄已经去了，她孤守临淄，情何以堪？教她回燕山去吧，这与情义无涉了。”孟尝君毕竟明朗，兀自喃喃笑道：“都走了，都走了，只留下田文一个了。”说得燕姬与张仪一阵唏嘘。孟尝君反复看了燕姬行装，无可帮衬，硬是送了燕姬一匹驭车骏马，方才了了心意。

次日拂晓，临淄城西门刚刚打开，两支人马飞出城外，一支南下，一支北上，分道扬镳而去。孟尝君站在城门箭楼上，眼看着北上车马没进苍苍远山，南下车马隐入茫茫平原，竟在初秋的风中流下泪来。

张仪心情焦躁，一出临淄便吩咐两名掌书带着百名骑士，护卫着方士在后面缓行，自己则弃去轺车，与绯云快马兼程先行西进。次日午后，高耸山头的函谷关箭楼与黑色旌旗遥遥在望。及至关前，却见关内飞出一骑，白人白马，风驰电掣般掠过进出商旅直插东进官道。绯云眼睛一亮，锐声便喊："华姐姐！大哥在这里！"眼见白马一声嘶鸣，骑士箭一般从田野中斜插过来。张仪连忙下马迎了上来："小妹，如何出关了？"

嬴华滚鞍下马，一脸汗水泪水，一句话没说便抱住了张仪。绯云已经在地上铺好了一块毛毡，张仪将嬴华抱过来放在毛毡上坐好，绯云拿过一个水囊又教嬴华喝水。嬴华喝得几口，喘息一阵，"哇"的一声大哭起来。张仪心中一沉，便知大事不好，却没有说一句话，只是默默地看着嬴华。哭得一阵，嬴华哽咽道："王兄去了……"又止不住地哭了起来。绯云劝阻不住，也哽咽着哭了起来。张仪默默坐地，拉过酒囊咕咚咚猛饮了一阵，兀自粗重地喘息。良久，三人都平静下来。张仪笑道："小妹，说说咸阳的事，我等总是得回去了。"嬴华便断断续续地说了起来。

张仪走后，嬴华立即去见司马错。司马错听了张仪的谋划，一声长叹："丞相大错也！当此之时，何能为虚妄之事离开咸阳。"又默然一阵，告诉嬴华：只要他的上将军印信与王赐兵符在手，秦国大军就不会异动。末了，司马错又提醒嬴华：目下秦国之危，不在军营，而在宫廷，要她务必盯紧樗里疾，只有樗里疾牵制甘茂，方可稳定宫廷。

嬴华觉得有理，又立即找樗里疾会商。樗里疾全然没有了往昔的诙谐笑谈，忧心忡忡地说：多年以来，丞相奔波于连横，上将军忙碌于征战，他埋头于政事民治，无一股肱大臣辅助秦王料理王室王族与宫廷事务；而今甘茂与太子嬴荡居心叵测，他要钳制，竟茫茫然无处着手。丞相寄厚望于秦王病情痊愈，离国求治，可秦王明明已经是无药可治，时时都在不测之中，当此危局，谁能威慑太子一党？

嬴华大急道："说了半日，右丞相束手无策？"樗里疾苦笑道：

“今日要害，在秦王安危。我等外臣，入宫尚且艰难，如何能保得重重宫闱之后？”嬴华道：“右丞相能否将甘茂调出王宫？”樗里疾道：“长史执掌机密，历来都在王宫内设置官署。秦国法度：非丞相与国君会商、国君下书，不能变动长史。两年前，我倒是在甘茂身边安置了一个掌书，可甘茂管束极严，目下他是一步也动不得。”嬴华思忖一阵道：“右丞相，秦国正在安危之际，我决意启动黑冰台，护持秦王！这是丞相手令，你可赞同？”樗里疾嘿嘿笑了：“早当如此，黑肥子就等公子这句话。”说罢，笑吟吟将那个掌书的姓名长相说给了嬴华。

嬴华当夜立即行动，亲自带领三名黑冰台干员从丞相府地道出城，泅渡沣水，秘密潜入章台宫。连续几日，章台宫都很平静，秦惠王也仍旧是时昏时醒。嬴华下令三名干员轮流守护在玄思屋外监视，自己潜回咸阳，去找那名掌书联络。

奇怪的是，扮成宫中卫士的嬴华在长史官署外秘密监视了十二个时辰，所有的轮值吏员都逐一查勘，偏偏没有那个掌书。嬴华觉得蹊跷，连夜去见樗里疾。樗里疾以核查吏员官俸为名，径直进入王宫，一查之下，那名掌书已经暴病身亡。右长史禀报说，那掌书奉长史之命到章台宫记录王言，回来时不慎被松林中毒蜂蜇中，太医治疗三日无救，死了。

如此一来，唯一可知甘茂与太子内情的眼线被掐断了。嬴华的黑冰台，成了只能被动守护的秘密卫士。一时无法可想，嬴华只有再加派了三名干员，又亲自坐镇章台宫，要确保张仪回来之前秦王无事。如此过去了十日，依然是安静如常。

第十三日午后，太阳已经西下，苍老干瘦的秦惠王正在茅屋外的草地上若有所思地漫步，不时地看着太阳叹息一声。这时，守在竹林边的老内侍长呼了一声：“太子入宫——”秦惠王惊讶地回过头来，一身铁甲一领披风的太子嬴荡已经走了过来。秦惠王显然不悦道："此时我不见人，也不议事，不知道么？"嬴荡一躬，高声大气道："父王，少弟母子有了消息，我特来禀报。"秦惠王惊喜道："你说稷儿母子？哪里来的消息？快说。"嬴荡道："我识得一个胡商，他从燕国来咸阳，说了少弟许多事情，还带回了姨娘给父王的书简。"秦惠王兴奋得声音都颤抖了："好好好，快，进去说说，父王正念叨他母子呢。"正在此时，甘茂带着一个掌书匆匆走来："王有会见，请许掌书录言。"秦惠王挥挥手道："下去下去！本王家事，无关邦国，录个甚言？"说罢对嬴荡一招手，"走，进去说。"父子二人便进了茅屋。甘茂没有走远，依然与那个掌书守候在竹林边上。

隐藏在小土岗松林中的嬴华大是忐忑不安，觉得太子今日来得似乎蹊跷：既是需要一段时间述说的家事，便当早来，如何堪堪在太阳行将落山之时到来？但无论如何，嬴华也不好公然干预太子晋见，尚且是在国君清醒时的晋见。眼见太阳缓缓地沉到了山后，半天霞光也渐渐褪去，秦惠王昏症发作的时刻已经到了，却不见秦惠王从茅屋中出来。

正在此时，太子从茅屋中冲了出来，大喊："长史！快宣太医！父王昏过去了！"也是秦惠王久病，太医每在此时便守候在竹林边，听得太子一声喊，甘茂与太医一起冲进了茅屋。片刻之后，茅屋中哭声大起，嬴华骤然昏了过去……

醒来之时，嬴华发现自己竟躺在章台宫茅屋之中。大厅中央是盖着白布的竹榻，自己身边却站着眼睛红肿的太子。嬴华惊叫一声，要翻身坐起，身子却软得面团一般，只是心乱如麻。太子嬴荡木然道："少姑，正是你这声尖叫，我才知道你在这里，将你救了过来。太医给你服了药，说你须得安神定心。"嬴华看看屋中甘茂、掌书、太医、内侍等人道："你等出去，我有话要问侄子。"嬴荡吩咐甘茂等人退到屋外，回头道："少姑，有话你问。"嬴华冷冷道："你父王如何去的？你说。"嬴荡依旧木然道："天将傍晚，我正要告退，父王教我稍等，说要给我叮嘱一件事情。叮嘱的话还没说出口，父王叫了一声，跌倒在榻下，神志便昏迷了……我出来唤进太医，父王便去了。"嬴华愣怔片刻，冷笑道："我问你，你明知父王日暮发病，何以恰恰在日暮之前来见？"嬴荡道："我午后接到少弟消息。长史说，当及早说给父王，教他高兴。出城过沣水，耽搁了半个时辰，就有些晚了。"嬴华问："因何耽搁？"嬴荡道："渡船坏了，正在修缮。"

嬴华觉得此中疑点太多，一时理不清楚，不再追问。嬴荡却问："少姑与父王情谊深厚，请教诲侄儿，如今该当如何？"嬴华气恨恨道："有人知道，何须问我？"嬴荡不再说话，只是木木地戳在那里，失魂落魄一般。

当晚，嬴华与秦惠王的尸身一起，被秘密运回了咸阳。

次日清晨，太子嬴荡在王宫东殿举行了秘密会商，除了司马错、樗里疾、甘茂三人外，嬴华也被抬到了殿中。甘茂备细禀报了秦王"不救而亡"的经过。嬴荡放声大哭，痛骂自己犯了弥天大罪，请求为父王殉葬。司马错与樗里疾都看着坐榻上的嬴华，显然是盼望她说话。嬴华长长地叹息了一声哽咽道："王兄已去，不能复生，诸位但以大局为重了。"甘茂立即跟上，慷慨陈说危局，请立即拥立太子即位，以防六国乘虚而入。司马错与樗里疾也是无话可说，都默默点头了。三日后，王城书告朝野：秦王不幸病逝，隆重发丧，太子嬴荡即位为新秦王。

那日晚上，守护太医终于说公主康复了，嬴华回到了丞相府，便连夜出城来找张仪……

"大姐，如何虚成了这模样？"绯云为嬴华不停地揩拭着额头汗水，说不出的惊讶。

嬴华面色苍白地倚在绯云身上："我，我，散了架一般，一丝功夫也没有了。"

"大姐！"绯云抱住嬴华大放哭声，一种深深的恐惧使她浑身瑟瑟发抖。

张仪一直在沉默，一直在思索，一尊石雕般纹丝不动。良久，他长嘘一声道："绯云，拿我的令箭，到函谷关调一辆篷车出来。"绯云飞马去了。嬴华这才恍然问道："方士找到了么？如何只你俩回来？"张仪拍拍嬴华道："方士在后面。你目下甚也莫想，只闭眼歇息。"嬴华粲然笑道："你真好。那方士还会到咸阳么？"张仪笑道："你放心便了。一旦沾上，他们才不会轻易走。"

片刻之后，绯云从关内赶来了一辆四面包裹严实的篷车。张仪断然道："走，回咸阳。"说罢抱起嬴华坐进了篷车。绯云将三匹骏马拴在车后，上了车辕，一声鞭响，篷车辚辚进关。篷车不能快马奔驰，加之嬴华虚弱不耐颠簸，函谷关到咸阳整整走了三日。一路上，张仪也不进郡县官府，只是全副身心照料嬴华，倒也平安无事。

这日傍晚进得咸阳，张仪草草梳洗了一番，来到樗里疾府上。樗里疾见是张仪，嘿嘿笑道："走，找司马错，你我说不明白。"两人来到上将军府邸，却见这平日里车马如梭的车马场空荡荡黑黢黢，既无车马，更无灯火，连那两排钉子般肃立的武士也没有了，只有一盏在风中摇曳的大方灯孤悬门厅，幽静得有些寥落。张仪不禁叹息了一声。樗里疾嘿嘿笑道："司马错堂里清哩，早早收敛了，比你我眼亮多也。"张仪也不说话，只是默默向里走。门厅下一看，大门竟是关闭的。张仪"啪啪"拍着门环高声道："有客来访——"大门隆隆开了，家老匆匆迎来当头一躬道："我家主人卧病谢客。既是两位丞相，请随我来。"提着一盏灯笼将两人领进了后园。

两人进入司马错的后园，月下朦胧望去，这座后园竟比丞相府的后园还大了许多。奇怪的是，这座后园没有寻常庭院园林的水面亭台假山竹木花草，层层叠叠的小山包与曲曲折折的小水流堵在眼前，走在其中，羊肠小道千回百转，恍若入了迷宫。张仪惊讶笑道："司马错这是做甚？林苑搞成了坟园。"樗里疾嘿嘿嘿一阵道："没看懂？这是司马氏绝技，天下活山水，君上特许建造的。看看，这儿是函谷关。"张仪就着月光仔细看去，果然见"连绵群山"中一道长长的峡谷，峡谷入口处赫然一座"雄关"，关外浩浩一条"大水"。张仪顿时明白，一路指点道："这是大河，那是虎牢山、孟津渡，这边是河外、安邑，啊，这里是我家了。"一阵感叹便问家老："上将军在何处啊？"家老笑道："家主人在燕山辽东，请这边走。"樗里疾嘟哝道："燕山？辽东？司马错又想做甚？"

一时来到"燕山辽东"地面，便见一人布衣散发临"海"而立，显然正在入神，对身后脚步浑然无觉。樗里疾啪啪拍掌嘿嘿嘿笑道："司马上将军，还想去辽东打仗么？"司马错蓦然回身笑道："呀，丞相到了。来，这海边正有几块岩石，在这里坐了。家老，搬几坛酒来！"

"海"虽不大，岩石却是地道，光滑平坦，临"海"突兀而立，明月之下风声萧瑟，别有一番韵味。片刻之间老酒搬来，就着几块军中常见的干牛肉，三人对坐饮了起来。

"司马兄，樗里兄。"张仪笑道，"人生终有聚散，你我三人共事二十余年，只怕也到了各谋出路的关口。张仪鞍马未歇，便来与二位相聚，为的是各明心事，好将枢要国事对新朝有个交代，亦公亦私，唯求真心。"

"嘿嘿嘿。"樗里疾先笑了，"我看司马兄是雄心不老，还想打几仗。"

“哪里话来？”司马错淡淡笑道，“我在后园徜徉，原本是要思谋个落脚之地，看来看去，还是燕北辽东合于我心。”

张仪有些困惑：“燕北辽东山水粗粝，一曝十寒，不合隐居，司马兄如何要去此地？”

“嘿嘿，我明白，司马兄兵心不死，还想找个用武之地。”

“偏这黑老兄贼精。”司马错苦笑道，“不瞒张兄，司马氏世代兵家，不宜居于饱暖秀美之地。燕北辽东有胡人之患，战火连绵，族人振奋为生，也不致衰败。至于司马错自己，能了抗击匈奴胡人之微末心愿，足矣！”

张仪不禁慨然一叹：“司马兄痴兵若此，何以要离开？以秦国之雄兵，以将军之才智，何愁不能大展宏图？”

司马错笑道：“张兄当知，你我三人，我是第一个该走，不能留。古往今来，为将只是一朝。哪个君王愿将兵权留给隔疏老臣？况且，新朝上将军的人选，已经明了。”

“明了？能是谁？”张仪有些惊讶。

“先是甘茂，再是樗里疾，而后两人颠倒。”

“嘿嘿嘿。”樗里疾笑个不停，“你这话巫师一般，教人心里打鼓，黑肥子能做上将军？”

司马错没有一丝笑意：“先做半年丞相，再做上将军。”

“却是为何？”樗里疾也不笑了。

司马错笑了：“天机不可预泄也，无可奉告。”

蓦然之间，张仪想起秦惠王的话，内心不禁佩服司马错的冷静透彻。甘茂与樗里疾，都是所谓的文武全才，而大凡文武全才，往往在文武两方面都不能达到自成一家的超凡境界。国君可任为武职，亦可任为文职。对于新君嬴荡这样嗜兵的国君，自然以上将军为第一要职，自然要他最信任的大臣来做上将军，这个人只能是甘茂。但嬴荡在权力稳定后，极有可能亲自执掌兵权，那时，升迁甘茂做丞相，让明达而不专权的樗里疾做名义上将军，而实际上嬴荡自己做三军统帅，自然是水到渠成的结果。如此一揣摩，司马错的预言尽在情理之中。

张仪点头笑道："有樗里兄留朝，毕竟好说，秦国或可度过危局。"

"嘿嘿嘿，如此说来，张兄也要走？"

张仪笑道："如何？我不该走么？张仪此等人，唯先君惠文王此等君主用得。新君不合用我，徒然相互掣肘，何如早去？"

"苏秦去了，张仪去了，司马错也去了，这天下可是寂寞了许多也！"樗里疾一声叹息，张仪与司马错大笑起来。

三人直说到四更方散。张仪回到府中，嬴华绯云已在书房中等得偎在一起睡着了。见张仪回来，两人咯咯笑着醒了过来。张仪笑道："你俩睡，我要草个上书。"嬴华娇嗔道："不睡！我俩要和你了账！"张仪惊讶道："了账？了甚账？你还想将丞相府带走不成？"绯云"吔"的一声，笑软在嬴华怀里。嬴华咯咯笑道："你才想将丞相府揣在怀里。我俩要做夫人！不许你拖！"张仪恍然，一阵哈哈大笑，一边一个将两个丽人拥在怀里："都做几次夫人了，还想做？好！今夜教你俩再做夫人！日后呀，天天做夫人！"绯云红着脸笑道："吔！羞不羞，就知道教人家那样做夫人！人家偏要那样做夫人，要洞房花烛！"三人笑作一团。

笑得一阵，张仪道："我要办完三件事，俩小哥才能做夫人。一是上书请辞，二是明日见君，三嘛，是清理了那班方士。"嬴华笑道："方士不用你清理，绯云已经将他们打发了。"张仪惊讶道："方士来过了？你如何打发的？"绯云笑道："吔！那两个方士难缠，硬要一万金，说是此行惊动了海神，回去要建造海神台谢罪。我与姐姐商议，将相府的六千金全给了他们，他们才嘟哝着走了。还神术长寿，活生生勒索骗钱吔！”张仪笑了：“小哥童心无忌，偏是说穿了。殊不知，日后有多少君王甘心受骗。”想想又对嬴华道，“你那黑冰台是大机密，得了结一番。”嬴华笑道：“有人上心。我困在王宫那几日，还不就在了结黑冰台？早没我事了。”张仪霍然起身道：“如此我来草书，两三日内走。”

嬴华看看绯云，绯云回身从书案上拿来一卷竹简：“吔，看看，如此写法可行？”

张仪大是惊讶：“你写的？”

“吔！姐姐说，我写，不行么？”

张仪不再说话，打开竹简，一篇整齐娟秀的篆文赫然在目，不自觉高声念了起来：“臣张仪顿首：臣蒙先王知遇，执相印二十余载，些许微功，不足道矣！今臣年迈体衰，不堪国事繁剧，欲归隐林泉，以开后继之道。我王圣明神武，定能克成先王遗愿，成就秦国大业。臣虽远在山林，亦常为我王祈祷也！”张仪念罢，喊了一声“好”，又呵呵笑道，“只是肉麻了些许，不像张仪了。”嬴华笑道：“但像张仪那般‘我士也骄’，能走么？蠢！”

张仪大笑：“好！肉麻一回，待我明日送上。”

“不用你送。我等这便走。有人会送。”嬴华突然认真起来。

张仪一阵愣怔，一阵思忖，终于点头笑道：“有妻如此，张仪之福也，走！”说罢抱起嬴华大步出门。庭院中一辆篷车已经备好，绯云悄声笑道：“姐姐已经教居家物事上路了，你但走人便是。”张仪笑了笑：“有两个狐精，我只做大丈夫了，操个甚心？”嬴华在张仪脸上打了一掌笑道：“美死你了！”张仪笑着狠狠亲了嬴华一口，钻进了篷车。

天色放亮，红日跃上咸阳箭楼时，辚辚篷车已在北阪之上了。

嬴华打开车帘笑道：“小妹，为夫君老哥哥唱支歌如何？”绯云在车辕上笑不可遏："吔！还夫君老哥哥，真道腻歪了！"张仪的铁杖敲打着车辕，也是大笑不止："这老哥哥么做得好风光也！好，我也唱！"

三人放声唱了起来，那是张仪故乡的《魏风》：

园有美桃　其实佳肴
心之怡也　我歌且谣
不知我者　谓我士也骄
桑者闲闲　行与子还
十亩之间　行与子逝
不知我者　谓我心气高
……

"啪"的一声，绯云扬鞭催马，篷车湮没在清晨的霞光之中。

"老哥哥你说，目下咸阳如何？乱了么？"嬴华笑着叫着。

"天知道。老哥哥如何知道？"张仪一阵大笑，笑声随着山风在山塬间飘飘荡去。

[《大秦帝国·国命纵横》终]

纵横捭阖　强国为本

《大秦帝国》2019 年全新修订版

（精装单行本）

《大秦帝国·黑色裂变》
亡国之危 年轻君臣定长策

《大秦帝国·国命纵横》
列国为子 青年名士起纵横

《大秦帝国·金戈铁马》
强势崛起 英才名将建奇功

《大秦帝国·阳谋春秋》
巨商入政 过人才智理邦国

《大秦帝国·铁血文明》
少年英才 统一文明始称皇

《大秦帝国·帝国烽烟》
秦风低徊 帝国骤亡成绝唱